最世文化
Shanghai ZUI co.,Ltd

一朝锦绣

张瑞·著

（全二册）第一册

CNS 湖南文艺出版社
HUNAN LITERATURE AND ART PUBLISHING HOUSE
博集天卷
CS-BOOKY

序言

得知我能给这么一本好书写序，真是让我雀跃欣喜。

与作者相识十年了，《一朝锦绣》是我此时认为作者最好的一本书。在这本书里，她的写作技巧和文笔，达到了一个新的高度，全书的人物非常鲜活，文笔优美，情节曲折得让人牵肠挂肚……

这本书写了快两年了，初稿写出来时，其中一个人物表达得非常优秀，他的形象活灵活现地出现在纸上，让我欣喜若狂！可到最后，他竟不是男主？！我曾与作者很严肃地探讨了这个问题，争辩许多，依然不能说服她。

可这个人物太美太独特了，使我始终念念不忘。所谓世上无难事，只怕有心人，我继续长篇大论地对作者阐述这个人物的可贵。文学作品里，能有如此独特而富有神韵的人物是极为难得的，我不能不为他大声疾呼。

诸位可以想到我的痴迷，人说“听评书落泪，替古人担忧”，我是为了让一个小说的人物如愿以偿而费尽口舌！可想而知这个人物写得多么传神！作者最后终于难以抵抗我专科出身文学评论家的长篇大论，重写了全文，不仅另选男主，其间更对文字精益求精，反复删改，琢成美玉……

这是一本好书，不仅因为里面有我深爱的人物——美得让我窒息，还有寓意深长的对话，对人情世故的解释，对社会的剖析……在最深处，有作者对温情爱意的坚持、对美好和光明的向往。

我年轻时以为人生是理性的，最好越冷越酷。可是年纪渐长，才明白人生是个感性的过程。喜怒哀乐才是让我们无尽缅怀的记忆。我们都在寻求爱和温馨，都不愿痛苦悲伤。

作者写的是个爱情故事，可实际上，是在讲述她对爱憎的理解、对善恶有报的尊重。

这是一本有思想、有情感、有感悟、想去爱的温暖之作！

我喜爱这本书，也希望你能从中读出爱，因此对人多一分柔情和良善。

清水慢文

二〇一六年四月

温哥华的仲春阳光中

目录

红颜又惹相思苦，此心独忆是卿卿

序

秋夜如水，成片嫩红的夹竹桃，在夜风中摇曳着，空气中弥漫着清冽的淡香。

绯红的绣金罗衫已有些凌乱，白色的长裙已布满了草屑，明熙披散着长发，倚在花树下。那双漆黑如墨的杏眸布满了水泽，蒙蒙眬眬的，少了往日的凌厉与咄咄逼人。

今日，她无盛装傍身，眉宇间显得有几分羸弱，饮酒过度的缘故，嘴唇微嘟着，唇色更鲜艳。看起来虽不如往日明艳，却显出几分柔弱的风情来。

高钺铠甲未卸，满身风尘，疾步走了过来。

月影下，看不太清他的长相，只觉五官在阴影下越显深邃，踢开满地凌乱的酒壶，站在明熙的面前，遮住了所有的月光。

阴影里，明熙抬眸扫了眼来人，再次垂下了眼眸，自顾自地喝了起来。

高钺看不清明熙的表情。

这般朦胧静好的月夜里，她的周身仿佛笼罩着一股说不出的绝望，倒与往日的张扬任性大相径庭。

高钺握紧腰间的剑柄，沉了一口气："放了他。"

慢慢将酒壶放了下来，明熙侧目望向对面。

两人似乎对视片刻，被笼罩在阴影里的明熙样貌越发地模糊，哑声道："不知道你在说什么……"

高钺抿了抿唇，肃声道："你知道我说什么，此时他虽无权势，可只要一日不被废，就依旧还是太子。若执意如此，你和这一府人的下场会如何，你心里不明白吗？"

明熙摇摇晃晃地站起身，笑了一声："太子早已横死宫中，说什么太子，也……不过是个庶人罢了。"

"陛下一日不昭告天下太子身死，他便还是大雍的太子！如今你将他藏在此处……"高钺咬牙，极轻声地说道，"贺明熙，你瞒得住吗？你若能瞒住，我又是如何知道的？往日里不许人进的东苑，到底藏着什么？"

明熙侧了侧眼眸，冷笑了起来："高校尉，也管得太宽了些。"

高钺深吸了一口气："若换作他人，我岂会管！"

"又没人让你管，你为何非要管我？"明熙笑了起来，那双杏眸微微眯着，宛若一泓潋滟的秋水。

"我不是同你玩闹！"高钺上前一步拽起了明熙，厉声道，"你自小在宫中，先帝如何待人，你该一清二楚。陛下虽看似宽容，对你宠爱，只因你不曾碍事罢了，若你窝藏太子，东窗事发……"

明熙冷哼："陛下不是先帝，不可相提并论！"

高钺道："陛下虽不是先帝，却是先帝的亲兄弟。看似性情柔和，少了些刚断魄力，可当初图南关一役，对待兄弟子侄哪里有半分的心慈手软！"

明熙不以为意地撇嘴："那又如何？"

高钺低声道："你若不曾得罪过太子，不如自己先将事情对陛下坦白！若你不曾礼遇太子……那就狠心些，杀了他，只当覆水难收！"

明熙嘴唇动了动，好半晌没有发出声音来，她挣了挣想从高钺手中拽回手腕，又有些无力。

许久许久，明熙低声地笑了起来，轻声道："覆水难收……好一个覆水难收。他被我藏匿两年之久，以我的性格，还有什么没有做的？"

高钺攥住明熙手腕的手紧了紧，深蓝色的眼眸，在月光下翻涌着莫名的情绪，努力地压抑着眼底的暴怒："糊涂！太子看似性情温软，实然内在刚烈。你若一直苛责，待到他得了势，说不定便是你的死期！谁给你的胆子，敢藏匿他两年之久！"

明熙盯着高钺的盔甲，笑了笑："南郡的叛乱，平得倒是快，想来这次又该升官了。可高校尉也不想想，连你一个常年在外的人都知道太子在此，朝中上下，还有谁人不知，谁人不晓？"

高钺咬牙道："知道又能如何？那就让他彻底消失！活不见人死不见尸，只要我还在，谁能指摘你！"

明熙挑眉，笑了起来："杀他？若能下得去手……何待今日？"

高钺深深地看了明熙一眼，骤然松开了明熙的手腕，扶着腰间的佩剑，朝东苑走去。

明熙骤然清醒了，脚步凌乱地追了过去："你去东苑做甚！"

高钺头也不回："你下不了手，我去！"

明熙怔了怔，突兀地笑了起来："好好好，你去，先帝待你若亲子，你们又一同读书习武好几年，若能下得去手，你去便是。"

高钺缓缓地停住了脚步，回首怒视明熙，许久，恨声道："有你后悔的一日！"

明熙冷笑："高校尉想多了，后悔与否，是我的事！大人整日征战沙场，满身杀戮血腥，站在这里会污了这满庭的锦花，请自便吧。"

高钺怒极反笑，点了点头："贺明熙！以后休想我再管你！"

明熙嘴角露出一抹讽色，不冷不热："求之不得。"

高钺双手紧紧握成了拳，站在原地怒视明熙。

许久许久，那深蓝色的眼眸，宛若燃起了一簇簇的火苗，明明该是平和的颜色，在月色下却显出了几分妖异的猩红，仿佛要灼伤人一般。

明熙丝毫不惧，嘴角的笑意更深，抬手饮了一口酒："怎么，高校尉也想欺负我吗？"

高钺硬声道："不知所谓！"

明熙浑不在意地笑了起来，轻声道："高校尉年长明熙数载，也不见得就活得明白，又有什么资格指摘我？"

高钺眯了眯眼，关节泛白，握紧腰间的剑柄许久正色道："若非贺夫人有恩于我母亲，夫人去世前，又将你托付给了我的母亲，你以为我会管你死活？"

明熙侧了侧眼眸："我根本不知道我娘长什么样，你娘也去世多年，说这些还有什么意思？莫不是你娘和我娘从小好到大，一前一后嫁到此处，我就要和你从小好到大，将来一起出嫁？"

"自以为是！"高钺率先收回了满是怒火的眼眸，转身朝花圃外走去。

"彼此彼此。"明熙拎着手中的酒坛，站在原地，望着高钺消失在花苑的尽头，低低地笑出声来。

不知过了多久，明熙敛去了笑意，抬眸望向夜空长舒了一口气，拎着酒坛，摇摇晃晃地朝东苑走去。

贺氏自战乱后，分了两支，一支留在了南梁，一支从南迁至北已有十多年了。

贺氏当初乃举世闻名的大世族，鼎盛时，几代南梁皇后贵妃都出自贺家。几百年来，天下分分合合，换了一拨又一拨的皇室与寒门新贵。贺氏屹立不倒，已然成了这普天下数得着的几大世家之一。

二十多年前，贺皇后无嗣，毒杀南梁太子未遂，贺氏为求自保，不得不分出其中一支嫡脉北迁。为整个贺氏探路，也为给南梁那一支留个自保的退路。

南梁贺氏在南梁太子登基后，损失惨重，也就从一等一的门阀世家，逐渐没落成二三流的士族。贺明熙的祖父贺甯，乃北迁贺氏的族长，膝下只贺东青一个嫡子，为保贺氏在北朝本就不高的地位，以及对大雍皇室的忠心，又因得了先帝暗示，贺甯不得不将唯一的嫡长孙女，未满一岁的明熙，送入了大雍宫中教养。

贺甯去世后，明熙的父亲贺东青，成了大雍朝的贺氏的族长。如此一来，就更没有将明熙接回家的道理了。

南梁也好，大雍也罢，都极讲究门第、宗族与嫡庶尊卑。庶子庶女，不管如何优秀，皇家也是看不上的。

明熙所居住的阑珊居，离贺家本院颇有一些距离。

此处，本是贺东青外室所居之地，听闻这女子极得贺东青宠爱，不愿予大妇每日晨昏定省，宁肯不入贺府。贺东青也不愿委屈了这女子，特意寻了能工巧匠修建了阑珊居，便于金屋藏娇。

可惜，那女子的傲骨并未维持多久，一年半后为贺东青诞下子嗣，为让这外室子被贺氏认可得入族谱，下跪乞求大妇数次，才入贺府做了个贱妾，这处煞费苦心建造的精巧院落就被闲置了下来。

明熙的母亲顾氏乃贺东青原配，在明熙入宫没多久后便病逝了。

两年多前，先帝驾崩，陛下登基。没多久，明熙便自求出宫，不愿回贺府与继母相处，贺东青就给了明熙这处院落独居，直至如今。

圆月高悬，月辉洒在人的身上，比平日里添了几分暖意。小桥流水，夏花还未凋尽，不算太大的院落，在月光下更显温润怡人。

荷塘中间的八角亭内，亮着一盏琉璃灯。

明熙踮着脚，悄无声息地走了进去。

亭中长榻上躺着一个人，似已熟睡。他的腰间随意地搭着浅色的毯子，长发散落一地。他的呼吸很轻，整个人透着种莫名的恬静和安逸。白皙的肌肤如温玉，在橘色的光线下，泛着几分说不出的暖意，双眉入鬓，羽扇般的睫毛随风颤抖着，宛若落在风中的蝴蝶。

明熙知道，这双眼睛生得极好看，如一轮温浅又矜贵的新月，又像一汪静寂又满是生机的湖水，深邃中晕着暖暖的浅光。鼻梁很挺，嘴唇殷红，浅浅一笑，带着几分说不出的温柔。

这样一个人，只静静地站着，也是这世间最美好的景色。

明熙怔怔地望着那人，心软得要滴出水来，仿佛世间一切的忧愁烦恼都消失了。

不知过了多久，她悄然无声地坐在脚榻上，将脸放在他微凉的手背上，心中的阴郁与恍惚都不见了，情不自禁地露出一抹浅显的笑意。

嗅着熟悉的、清冷微甜的气息，人间也是平和无争的，没有了残酷冰冷，没有了不堪仇恨。这样美好的人，注定让所有人都自惭形秽。

前不久，陛下病重，朝中大臣都在寻退路。

朝中之事，本与明熙无关，但这两年能独居阑珊居，所有的凭仗，都来自陛下的信任与纵容。不然，一个未出阁的娘子，如何能逍遥自在地生活在外府之中，如何能毫无顾忌地软禁太子。

贺氏如今也不过是个二三等的士族，在皇室与大士族眼里都算不得什么，贺东青虽是贺氏族长，可若陛下驾崩，软禁太子东窗事发，贺氏必然第一个舍弃明熙。

月初伊始，府外打探的人马，来了一批又一批，一夜之间各家的探子，蜂拥而至。

明熙长居府内，也能感觉到这无形中的剑拔弩张……

贺明熙不满周岁入宫，只有乳名阮阮。

贺明熙之名，乃先武帝所赐。当时贺氏族长贺甯选了吉日吉时，单开一次族谱，亲手写在贺氏族谱嫡长子贺东青之下嫡长女的位置。

惠宣皇后一生无所出，公主皇子皆为庶出。明熙被养在中宫，所用所得一切，比皇子与公主更胜一筹。即便不合祖制，也不曾有人提出异议，先武帝甚至默许了明熙在宫中的超然地位，帝后二人对明熙疼若亲生。

十二年后，明熙十三岁。惠宣皇后被废，三日后，不明不白地死于冷宫。

当即，皇甫策被立为太子，谢贵妃作为皇甫策的生母，先武帝已拟好旨意，待到东宫祭了祖庙后，便立谢贵妃为后，先武帝又将明熙送入谢贵妃宫中教养。

一切来得如此突然，宫中上下皆不知受宠半生的惠宣皇后到底做错何事，一夜之间毫无征兆地被打入冷宫，又不明不白地暴毙冷宫。

后宫生活十二载，明熙并非不懂后宫女子的争宠手段。惠宣皇后死得毫无痕迹又如此凄凉，始作俑者看似是先武帝。可先武帝在惠宣皇后去世后，有多痛苦，明熙也亲眼所见，心中虽暗怪先武帝无情，可到底不到恨的程度。

这件事，虽从始至终看似都与谢贵妃母子毫无关系，也没有一丝一毫的证据可以指责谢贵妃母子，谢贵妃到底也不曾被立为皇后，但皇甫策已被册封为太子，这对母子才是惠宣皇后去世最大的得利者，明熙心中又怎会不恨。

惠宣皇后乃先武帝元后，正儿八经的鲜卑贵女，年少时也当得上倾国倾城，帝京娘子无人能出其右。她性烈如火，也无南梁女子的温顺与端庄。每每得见，总是神采飞扬，明艳动人。如此一个人，十多年如一日地影响着明熙的成长，许多许多的画面，几乎被深深地刻在了记忆中。

惠宣皇后逝去后，熟悉皇后的人，依然能从明熙身上，看到惠宣皇后存在过的痕迹，想必这也是先武帝在惠宣皇后去世后，再不曾召见明熙的缘故。

惠宣皇后猝死两年后，明熙十五岁，先武帝驾崩，原诚亲王皇甫泽镇压三王之乱后，拥兵自重，夺位成功。

诚亲王登基后，对待明熙的态度与生前最后两年的先武帝截然不同，虽不至言听计从，但也多有优待，甚至几次有意立为公主，均被明熙拒绝。

明熙虽是从当今陛下的态度上，几次猜测惠宣皇后的死因，可不敢确定。

陛下未登基前为诚亲王，是先帝最得用的兄弟，深得信任，拥兵二十万众，驻扎在大雍腹地图南关。陛下为诚亲王时，数十年不曾回帝京一次，又因无子嗣代劳，往年也只有家臣送朝贺入京，明熙小时也许见过，但已没了关于这人的记忆。

惠宣皇后在世时，似乎也曾对诚亲王青眼有加，在先武帝面前，不曾刻意隐瞒。可不知为何，明熙总是下意识地感觉，惠宣皇后被废，也许有许多复杂的原因，但还是和陛下脱不了干系，只是已无从考究。

天下动乱了几百年，皇室换了一家又一家，可不管大雍还是南梁，王谢都为当世大族，屹立世家顶端几百年，底蕴堪比前朝。南梁南迁时，王谢都不曾跟其离开，乃为背主无义，可在大雍朝依然高官厚禄，风光无限。

先武帝在与惠宣皇后大婚后三年，无所出。以纳后之礼，西宫之主位，诚心迎娶了谢氏嫡长女，入宫即为贵妃，很快就育有皇长子策，更有谢氏一族做后盾。

惠宣皇后在世时，谢贵妃母子虽身份显赫，地位超然，但比起余下的三个皇子与其母妃来，可谓十分低调。明熙虽面上不承认，但心里也明白，谢贵妃母子自来与中宫不争不抢，若当真有一次扳倒皇后之心，也不至于多年如一日地韬光养晦，不露半分破绽。

纵观后宫，谢贵妃母子反而是最没有理由加害惠宣皇后的，皇后无子，最得利的就是身份不逊于皇后之子的皇长子。储君之位，非嫡即长，大宝之争若无嫡子，毫无意外的胜出者都为庶长子。何况，皇长子又是谢氏的外子，不从皇室来算，这般的士族贵公子，在地位上也远高于众皇子数筹。实然，若非生死存亡之事，谢氏母子根本不必冒如此大的风险，加害惠宣皇后。

明熙想到这些时，谢贵妃已被软禁于临华宫，太子大势已去。不等细细思量，临华宫大火，谢贵妃惨死火中，皇甫策被挑断了手脚筋，扔在火海中。虽被救了出来，可四肢均有重伤，不管如何救治，这一生都只是如此了，似乎所有的一切都已晚了。

太久的仇视，注定了万分的关注，对个情窦初开的娘子又何尝是件好事。近三年的日子，不长，但也不短。不知不觉间，已走入万劫不复的魔障里……

近三年的时间，阑珊居的对峙争吵，让两人之间那原本的恨与怨，也逐渐地变了模样，明明心底的疲惫越发地浓重了，可依然不肯舍弃心中的人。

明熙走入花亭时，皇甫策也已清醒，可不愿睁开眼来。

囚禁在这看似繁花似锦，实然暗无天日的园子里，将近上千个日夜，本该是对这人、这地方充满了防备与恐惧，甚至该无比痛恨眼前的人。可时日越久，心底的防备越发薄弱，在这样无人看守的院落中放下一切防备熟睡，便是当年在宫中也不曾有过的事。

皇甫策有两日不曾见过明熙了，在朝夕相处的日子里，这般的情况，十分罕见，也让皇甫策有些不适应。

自临华宫大火来此后，两个人几乎日日相见，不管如何争执，这人总是赖在身侧，如何也赶不走。即便除夕正旦，要回贺家本宅守岁，也不会在贺家本宅待上两日，子夜后必然回来，必然要陪在东苑里，守岁到天明。

此时此刻，皇甫策清晰地感到指尖传来温热的气息，仿佛给凉意的秋夜，平添了几分安稳。明明该是温暖与舒适，可这瞬间，心里突然涌起了无尽的疲惫与恐惧。那是身处火海时不曾有过的惧怕，面对明熙的嘲讽与威胁，也不曾惧怕过的。

在这平静祥和的深夜里，在两个人靠得如此近时，熟悉的气息扑面而来，可这都让皇甫策的内心充满了莫名又深重的惶恐不安。

不知过了多久，皇甫策终是无法忍受这能将人淹没的温软气息，骤然睁开了眼眸，极为迅速地抽回了明熙脸旁的手。

“醒了？”明熙许久才回过神来，语气中说不出的失落。

皇甫策凤眸中溢满寒霜，冷冷地开口道：“几日不见，贺女郎越发不知廉耻了。”

明熙更是疲惫，伏在原地动也不想动，闭上眼也能感受到皇甫策目光里的冰冷与讽刺。这在平日里都算不上刻薄的话语，在这样美好的夜里，让本来就脆弱的人，更不堪一击了。

明熙知道这般的日子，也不会太久了，内心绝望着，也无力像往日那般争吵。脸颊靠在长榻上，整个人都埋在了阴影里，眼泪无声无息地滑落。

皇甫策等了半晌，未等到反唇相讥，心里不见安宁，反而越发地暴躁了：“若是无事，贺女郎请回吧！”

明熙有气无力，哑声道：“今夜不想和你吵了。”

皇甫策听出了明熙声音中的异样，抿了抿唇，轻声讽道：“贺女郎，这是又在哪儿受了气，来这里找填补？这次又想了何等伎俩？一个小娘子四处饮酒作乐，不知当年中宫的教养还在何处！”

明熙闭了闭眼，遮盖了眼中所有的情绪：“几日的光景，风向就变了吗？太子殿下的脾气越发见长，真以为我如今奈何不了你吗？

“挡不住朝廷上的风起云涌，东苑里进出的人，我还挡不了吗？此时仍与往昔无异，我依旧能让殿下逍遥自在，也能让殿下一无所知。太子殿下还是不要惹恼了我，不然所筹谋的那些，成与不成，还真不好说。”

皇甫策心中怒气渐起，目光微动，虽有心隐忍，可到底忍不住：“你将本宫软禁于此，日日嘲讽，本宫还得感激你了？”

明熙整衣敛容，坐了起来，眼中再不见半分软弱：“自然！救命之恩当以身相许，你要感激我的地方太多，伴我一世，也实属应该。”

皇甫策怒极反笑：“自小到大见过许多人、许多事，合在一起，终究没一个贺明熙让本宫长见识。”

明熙道：“你又拐弯抹角地骂我？”

皇甫策冷笑连连：“难得你又听懂了。”

明熙昂着下巴与皇甫策对视着，星眸晶晶发亮，带着往日的张扬不羁与咄咄逼人，低声笑道：“皇甫策，你之傲气，你之一切，都是我所赐予。太子殿下又当如何？临华宫大火后，还不是惶惶如丧家之犬？若非我救你，如今的你，不过是大雍宫深处的一具白骨！”

一瞬间，皇甫策所有的傲气与自尊，仿佛都被明熙踩在了脚下。所有的伪装，都被恶狠狠地打碎，就连衣袍都毫不留情地被扒了下来。皇甫策仿佛浑身赤裸，行走在天地间，这种羞愤欲死在阑珊居的日子里已尝了无数次。

皇甫策被滔天的怒火与羞辱淹没了理智，眯着眼与明熙对视，许久，冷笑道：“苟且偷生的日子，谁都想过吗？！自以为救了人，当初怎么不问问本宫是不是想被你救下？！

“这般暗无天日，生不如死，是你所说的赐予的救赎吗？若知道会如此受辱，当初还不如干脆死在大火中！贺明熙，你聪明点，现在就杀了本宫，否则总有一日，定有你生不如死的时候！”

“暗无天日？呵，好一个暗无天日！受辱？太子殿下当真有恃无恐了吗？那王二娘子已至桃李年华却云英未嫁，明日一早我入宫求陛下给她撮合一桩好婚事，殿下以为如何？”明熙见皇甫策变了脸色，轻笑了两声，“太子殿下，这世间最可怕的，从来不是死，是成功近在眼前，可最后还是一无所有……殿下，以为如何呢？”

虽知这段时日的筹谋，逃不开贺明熙的耳目，可也不曾想到她居然知道得如此清楚。皇甫策更是不明白，阿雅的事如此隐秘，贺明熙又是如何得知一切的。此时此刻，皇甫策满心的无力与愤怒，又夹杂着丝丝的恨意，还有一种莫名的，自己都说不上来的复杂。

一贯如此，不管何时何地，她总能捏准软肋，不痛不痒地让人屈服。与此相比，往日里那些羞辱与嘲讽，倒也落了下乘。皇甫策咬紧了牙关，虽恨不得掐碎贺明熙细弱的脖颈，可缩在长袖中的手，也不过紧紧地握成了拳头。

皇甫策紧紧地抿着唇：“贺女郎，难道就一点都不曾为自己今后打算过吗？”

明熙见皇甫策微微变了脸色，心也沉了下去。虽不知是第一句威胁了他，还是第二句更有分量，可是不管哪一句，都让此时的明熙力不从心了，整个人都空落落的。

这几年，竭尽全力地做了许多事，可依旧没有当初想的美好，适得其反，将这个人越推越远。直至此时，明熙都不明白，到底为何，两人走到了这般田地。鱼死网破，你死我活，仿佛再没有挽救的可能，可这些都不是明熙的初衷，更不是曾经和如今想要的结果。

明熙低声地笑了起来，轻声道：“今后？如果没了想要的那些，不管如何打算，也都不会有所期待了。”

皇甫策皱了皱眉头，下意识地不喜欢这笑容：“你以为你的皇帝陛下会长命百岁，你还能笑多久？”

明熙微微侧目，深深地看了皇甫策一眼，又望向了夜幕，那双杏眸也慢慢地放空了下来。

当初不曾留下后路，也不过是太自信了，笃定他会倾心于自己呢。可现在没有得到倾心相对，只是比以往更多厌恶了，以后又该如何。实然，最坏的结果，不过难逃一死。可若真死了，这辈子得带着多少遗憾、后悔、不甘？

将人禁锢在眼前，只因倾慕，只因心悦，只因舍不得少看一眼。可到最后，得到的却是连陌路都不如的敌对。一切的善意与付出，到了这人眼前，都成了恶意算计。所有的善意，都成了阴谋诡计。

中宫教养出的贺氏嫡长女，失了世家的涵养礼仪，大雍太子也失了往日的矜贵风姿、雍容气度。两人用世间最刻薄的言语，对待彼此。每每想到此处，明熙都心如刀绞。如果这般地死去，该多么不甘心。

这个美好到让帝京适龄女子魂牵梦绕的郎君，被小心翼翼藏在这院落中，所有的初衷都是将这人捧在手心，放在心尖，万般不舍。

皇甫策见眼前的人，竟是突然沉默了，凤眸中满是防备与狐疑：“若你敢对阿雅动手，不管本宫境遇如何，都会十倍百倍地还回去。”

明熙眼神晃了晃，慢慢地坐到了皇甫策的身侧，伸出手去，指尖一点点极缓慢地滑过他的脸颊、眉眼、鬓角，停在了嘴唇处。皇甫策眨了眨眼，身体僵硬了起来，仿佛是忘了躲闪。

明熙浅浅一笑，嘴唇滑过他的耳垂，柔声道：“殿下想如何呢？凌迟，车裂？劝殿下不要想那么深远，如今您依然还是自身难保的人哪。我可不怕这种没有可能的威胁。

“不过，殿下既然如此担忧王二娘子的婚事，我自会费心给她挑个好人家，想来陛下也愿成人之美。”

皇甫策藏在衣袖里的手握成了拳，低声道：“贺女郎有此闲心，不若担心自己的婚事。贺氏当年也算得上大族，中宫教养，当初之尊贵比当朝公主更胜一筹，这般的年岁，居然连个提亲的人家都不曾有。

“呵，皇叔若真心宠爱你，也该将你接入宫中封个贵妃。如今他沉疴难医，临死前给你安排个好人家，这才算对得起你多年的忠心耿耿。”

明熙骤然收回了手，怒道：“若不将我想得如此不堪，你心里就不好过吗？陛下没你想的那么龌龊，你的消息，也未必就那么真……陛下身体好着呢！”

皇甫策见明熙的手放下，心下一松，挑眉道：“贺女郎，这是恼羞成怒了吗？”

明熙眯眼看了皇甫策片刻，一言不发地朝西苑的门口走，其间头都不曾回。皇甫策见明熙离开，下意识地长舒了一口气，心中却不如面上那般波澜不定。

皓月当空，繁星闪烁，明日又该是艳阳高照的一日。

皇甫策依旧坐在长榻上，凝望着夜幕，许久许久，胸中的郁郁之气散去了不少，贺明熙的离去，似乎连着那明月都又亮了一些。怀中的锦帕，仿佛还泛着些许熟悉的幽香，宛若多年前那一成不变的温柔笑靥。

春心莫共花争发

1

秋日清晨，稍有些冷意。

大雍宫的太极殿，已早早地燃起了炭火。

今日的明熙，身着正红色宫装，领口袖口裙角是由金线绣的碎花，腰间挂着块颜色极为纯正的金嵌绯玉。头束着简单的双丫髻，点缀着纯金的圆环，细碎的红珊瑚散落发间，珍珠耳铛与发髻间的碎金辉映着。

泰宁帝皇甫泽乃太祖幼子，先武帝同父异母的弟弟。十五岁册封诚王，居于帝京，直至先武帝的权势日渐稳固，自请领兵镇守图南关。三年前，先武帝驾崩，图南关哗变，皇甫泽一举夺位登基，年号泰宁。

泰宁帝倚在床榻上，眯眼看向来人，似乎被窗外的光线晃了晃，一时竟被晃乱了神思。那人缓缓走近，浑身似是带着灿烂的阳光，每走一步都有种花开满庭的错觉，阳光也随着这人的脚步，一步一点地晕染开来。

这瞬间，泰宁帝仿佛置身少年的错觉，脑海中浮现了另一个相似的人。那时，那人也是十几岁的年纪，每次走路都仿佛带着一阵轻风，只要她朝自己走过来，满心的阴霾与烦恼，瞬间便被吹散了。她粲然一笑，世间的繁花都像开到了极致，让人莫名地随之心生喜悦。

泰宁帝不由自主地露出了浅浅的笑意，心底却涌起了阵阵的伤怀："阿熙，朕还当你忘记了这太极殿的宫门朝哪儿开了呢。"

明熙微微一怔，笑了起来："陛下说些什么，禁宫之地哪里是随便就能进出的，我若来得太勤快，只怕有些人也不太愿意。"

泰宁帝已至不惑之年，本正是春秋鼎盛，可因这场大病的缘故，两鬓雪白一片，狭长的眼眸，早已不复往日的犀利。常年抿着的唇，已能看到细细的纹路。这一笑，显得十分柔软，整个人看起来更是虚弱不堪。

月余不曾进宫，明熙骤然见到病成这般的泰宁帝，虽是心下讶异，可面上不曾露出半分，也多少明白皇甫策为何会有恃无恐了。

泰宁帝将手中的茶盏递给了六福，温声道："贫嘴，自己懒就懒，还非要寻别人做借口，这是又借机给谁穿小鞋呢？"

明熙笑嘻嘻地行个礼，坐到泰宁帝的对面："陛下不曾召见我，我哪里敢贸然前来，本来还以为您忙得很，谁会知道你竟是病了呢？陛下瞒个严实，如今又来怪我，不过陛下此时看起来精神还不错嘛！”

泰宁帝道：“知道贺女郎前来，朕精神不好也得好，否则又不知会被你如何编派了。”

明熙抿唇一笑：“那陛下的病，就快些好了吧，陛下好了，我也就处处都好了！”

泰宁帝手指微动，慢慢地坐正了身形，沉声道：“可是那贺东青难为你了？若贺氏府邸有人为难你，只管来说。”

明熙笑道：“陛下好好的，谁敢打我的主意？贺东青乃我生父，我与他之间不管怎样，都是臣子的家务事，陛下若当真插手，御史台不知又有多少人，摩拳擦掌暗暗窃喜，当是又有了以首触柱、千古留名的好机会。”

泰宁帝笑了起来：“你这小娘子，就是牙尖嘴利，不肯饶人……”

明熙接过六福送来的茶水，眯眼抿了一口，满足地笑了起来：“论起这泡茶的手艺来，宫里宫外哪个也比不过六福公公。”

六福已五十多岁了，面白无须，十几岁时贴身伺候初入宫的惠宣皇后，几年后成了中宫的太监首领。惠宣皇后入冷宫，他是唯一跟进去伺候的人，也是唯一陪惠宣皇后到最后的人。

惠宣皇后暴毙冷宫后，明熙求了先武帝，将六福接到了自己的身边。两年后，先武帝暴毙，泰宁帝夺位，感念六福对惠宣皇后的忠心，让他做了大雍宫的总管太监。如今这宫中上下，也只有泰宁帝和明熙才能喝到六福亲自煮的茶水。

六福掩唇一笑：“老奴可不信娘子所说，娘子自小最会哄骗老奴了。”

明熙挑眉道：“六福公公比谁都知道，我当年可是宫中难得的实在人，没得说这些话让人伤心难过。陛下病了这些时候，也不见公公给我送个信去。”

六福侧目看向泰宁帝，低声道：“陛下不舒服有段时日了，太医看不出个所以然来，只说劳累所致。老奴早想告诉娘子了，怎奈陛下不肯让您担心。”

泰宁帝敛去了笑意，正色道：“你就别担心了，病了这一场，也不见得就是坏事。最近不少人进言立太子，那些个魑魅魍魉，一起跳了出来。这段时日，宫里乱得紧，朕这才没让六福告诉你。如今你孤身在外，该事事小心些，莫要让人抓住了把柄……”

明熙放下茶盏，哼了一声：“陛下说哪里的话，把柄这东西，想抓的时候，什么道理都是别人说的，欲加之罪何患无辞？况且，我本一身毛病，也不见得全是欲加之罪。”

泰宁帝失笑道：“一个小娘子家家的，倒比朕都想得开。可你自小到大，才经历了几年的事，就敢在朕面前说这些话了。”

明熙道：“有句老话说，没吃过猪肉，还没见过猪跑吗？我自小在宫中见的一点都不少，陛下为何非要拿我当成孩子来看！”

泰宁帝颇有些无奈：“当年因你出宫之事，贺东青本就对朕多有不满，朕的话他不会听。如今你能如此自在，只因他们不想惹急了朕。可宗族，自有自己的一套章法，朕也惹不了他们。百年世家门阀，同气连枝，根深叶茂的，皇家也无可奈何。”

明熙拨弄着手上珠链："贺氏只要还想在朝中讨饭吃，陛下就不用为我担忧。我自来最是自由自在的，帝京不知有多少娘子羡慕我的运气。如今咱们就走一步看一步，将来的事将来再说，至少现在还没人敢惹我。"

泰宁帝抿着唇，强忍着不笑："阿熙如今都开始和朕说起运气了呢！"

明熙哼道："那陛下也不要小看了别人，我可算是娘子中饱读诗书的了，这人生在世，最是难以捉摸，运气也是有高有低。这些年，我能站在陛下左右俯视众人，已然站到了运势的顶峰，谁又能管那么多的以后！"

泰宁帝似乎有片刻的愣怔，轻声道："小娘子家又胡说什么命和运？不过，你也别那么硬气，以后在阑珊居里对阿策好一些，趁朕还活着，你施恩于他，将来他无论如何，总会给你留些后路。"

明熙拨弄珠链的手，停了下来，抬眸望向对面的人，许久，才低声道："陛下，好好的，为何突然说这些？"

泰宁帝抿唇一笑："朕若不说，你就会一直装糊涂。可你年纪也不小了，有些事已经不能装糊涂了，不管如何，他终究还是大雍朝的太子，你该服软的时候，也不要一直和他硬顶着。"

泰宁帝那双眼眸，早没了往日的凛冽与咄咄逼人，目光如此温软，仿佛只是个行将就木的老人，望着顽皮的后辈，宽容而释然，这却让明熙心中升起了莫名的悲伤。

明熙沉默了片刻，轻声道："陛下为何等到今日才说这些……"

明熙也早有预感，泰宁帝该是从开始就知道一切，不然那些贵重的药材、人参、血燕、首乌，不会在开始的半年里，如流水般地赐给阑珊居，那些太医也不会被明熙打着各种旗号随叫随到，虽是隔着床帐，但只要有心就早该知道。

自然，明熙救出皇甫策，也不曾打算隐瞒泰宁帝，从扑火到救人，直至将人搬回阑珊居，若有一步没有泰宁帝的默许与遮掩，人是肯定救不出来的。

这几年来，泰宁帝虽从不提此事，可私下里派去的暗卫与禁军，也不曾瞒着明熙，甚至明里暗里也帮着遮掩太子的行踪。如此，才让明熙遮掩了所有的一切。

也因泰宁帝一直知道，可皇甫策并不知道泰宁帝知道，明熙才能如此地有恃无恐，时不时威胁恐吓，顺便满足了所有的私心。

当年临华宫大火，谢贵妃蒙难，太子不知所终，大臣们因找不到皇甫策的尸身，暗波涌动，猜测颇多。若当日太子当真身死，至少此时不会因泰宁帝只病了月余，下面的人已摩拳擦掌，甚至到了想要谋朝篡位的地步。

可从始至终泰宁帝都未埋怨过明熙一句，他知道朝廷里的暗流，知道太子在何处，甚至加派了人手在明熙的府邸，也是真心想保护明熙和皇甫策的安全。

明熙强忍着泪意，低声道："陛下，病得很重吗？"

泰宁帝向明熙招了招手，让她坐到身边："你难受什么，当初朕那是自愿保太子不死，不是为了你。朕要是有子嗣，何至于让他们逼着立太子？贵妃从年轻时就和朕吵闹不休的，那些侍妾和嫔妃怀了孕，个个保不住，不知是不是朕应得的报应……”

明熙坐在了泰宁帝床榻边，闷声道：“说什么报应，这事要缘分，不是被期待的，或不是和心爱之人有的孩子，不要也罢。”

泰宁帝忍不住笑了起来：“小小年纪，你又知道？”

明熙道：“这世上不是所有人都能将就，没孩子也就少了牵绊，才能活得更加自由自在，不妒忌也不羡慕。娘对我说的，她说她不想和先帝有孩子，这样才能真正做到荣辱不惊，始终如一。”

泰宁帝不以为然地笑道：“诚岚虽无子嗣，还不是养着你？朕自小优柔寡断，少年时一直羡慕诚岚的性子，果断就是果断，没有一丝一毫的妥协。可朕多少次的果断，不过是表面上的事。贵妃跋扈擅权，可到底是跟了朕一辈子的结发夫妻，明知道她……还是有些不忍心。”

明熙不喜荣贵妃，倒也说不出好听的话来：“贵妃娘娘也不是世家女，虽说如今慕容氏有些权势，可也没有贵妃娘娘那样的，从来不拿正眼瞧人，和陛下说话都是仰着下巴的，这般的人要如何相处！”

泰宁帝笑了一声：“结发同枕席，黄泉共为友。朕登基后，未将中宫之位给她，她怨恨朕，也属理所当然……”

明熙道：“贵妃娘娘的性格霸道，哪里有半分的中宫大度。”

泰宁帝忍不住低声地笑起来：“说得好像诚岚就有中宫的大度一般。”

明熙噎住：“可妒忌也是因为心里还有先帝，若先帝没有那一众后宫的妃子，那么多儿子，娘肯定不是后来的样子！”

泰宁帝轻声道：“罢了，莫要以己度人了，贵妃与诚岚不一样。朕当初不能保太子安全，非朕不想，只有太子身死或生死不明，才能真正地安全，那些跟着朕夺下这江山的人也才能彻底地安心。”

明熙沉默了半晌：“总是各有心思就是了。”

泰宁帝道：“图南关哗变，他们都出了大力的，为朕夺来了这皇位。可若朕不在了，太子登基后，他们又怎会落个好？朕往日也曾想，当初是不是错了，不该一时冲动，抢了这烫手山芋的皇位。”

明熙缓缓垂眸，轻声道：“陛下正值盛年，根本不必想那么多，安心养病便是。”

泰宁帝摸了摸明熙的头，笑道：“朕自会好好养病，可走至今日，也该好好打算以后了。前朝太后专政，活生生毒杀了自家皇帝，以至于皇朝崩裂，才有了如今的南梁与大雍。朕不是妇孺，怎能做出弑杀太子、自断江山的事？

“你不必为救下太子，对朕自责愧疚，朕不会因此责怪你，反该感激你救下了他，护住了他的周全，才算真正护住了大雍的命脉，你做了朕都不见得能做好的事。”

明熙轻声道："那……陛下当真后悔了吗？"

泰宁帝轻笑道："那时朕激愤过头，又有人撺掇着，难免头脑发热。可当真正坐到这个位置上，才知道身在其位的不易。朕虽始终不能原谅皇兄，也咽不下这口气，可朕也不能全部都听臣子的撺掇，朕没有子嗣，只要太子活着，朕死了，大雍也不会乱。"

明熙蹙眉，不喜道："陛下不过只是病了，为何要将生死一直挂在嘴边！"

泰宁帝道："朝堂上的事，你不明白，朕也想和你说清楚些。若太子身死，朕也去了，等待皇甫氏与大雍的可能也只有覆灭。南梁这些年休养生息，国力已然不弱。大雍再为争夺大位起了内讧，到时候朕到了地下，也无颜面对列祖列宗了。"

冬日的午后，阳光微暖，冷冽的空气，泛着浅浅的花香。

阑珊居东苑，靠近华亭的两株梅树，不知何时已挂上了花苞。

皇甫策与韩耀，相对而坐，气氛很是融洽。

此番还是临华宫大火后，君臣二人第一次相见。韩耀寒门出身，其父韩奕颇有际遇，深受先帝信任。韩耀是皇甫策的伴读之一，与高钺不同的是，韩耀自入宫就极忠于皇甫策，以其马首是瞻。

韩耀比皇甫策还要大一些，虽已快至及冠之年，但长相文弱，看起来有些稚嫩。虽是如此，样貌也极为出众，肌肤宛若暖玉白皙温润，剑眉如画，一双星眸深邃明亮，那微勾的红唇，仿佛噙着整个冬日的暖意，芝兰玉树，姿容无双。

皇甫策端着茶盏，侧倚在靠背上，一双凤眸无甚精神，神情颇是慵懒："你年岁也不小了，怎如此莽撞，青天白日就寻了过来？"

韩耀坐得笔直，低声道："这段时日，虽能收到殿下讯息，可到底对殿下的境遇有些不安心，这才寻了空隙过来。"

皇甫策嗤笑了一声："若要出事，岂会等到今日，哪里还用来特意照看，你倒有恃无恐。"

韩耀道："殿下的行踪，帝京之中已无人不知无人不晓。陛下甚至不曾过问，我又有何担忧？再者，我本就是殿下的伴读，自幼相伴殿下左右，若知道了殿下的行踪，不来看看，只怕那些人才会更疑心。"

皇甫策轻笑了一声："说得这般简单，前段时日怎不见你过来？"

韩耀抿唇一笑："殿下明知故问，那贺明熙日日守在殿下左右，片刻不离。我与她历来有些相冲，若贸然前来，她定然从中作梗，也就不讨这个没趣了。"

皇甫策微微一怔，恍然想起，今日一早直至此时，竟是不曾见过贺明熙，顿时蹙了蹙眉头。柳南伺候皇甫策多时，看这神情就知道所为何事，忙躬身道："娘子一早入宫，探望陛下去了，今日怕是有事，耽搁到此时还不曾回来。"

皇甫策若有所思地望向远处，许久，轻声道："宫内的消息，都能确定了吗？"

韩耀沉吟了片刻："陛下登基后，太极殿那处便铁桶一般，病时都不曾有半分消息传出来。若非这次缠绵病榻日久，只怕咱们也不会得到消息。可至于病得如何，当真有些不好说。

“谢氏那边最近该是也得了殿下的消息，可一直不见有动静，倒是王氏自有消息传出后，对我父亲颇是笼络，只怕……有些人的心中还是十分惦念殿下的。”

皇甫策缓缓回眸望向韩耀：“舅父与你不同，他不动也是对的，虽说王氏、谢氏仍是士族中的巨擘，可谢氏深得陛下忌惮，打压得厉害，又有漠北的几十万兵马，动则伤筋动骨。王氏深得陛下信任，这些年甚至比父皇在时更胜一筹，已隐约凌驾于各士族之上……”

韩耀轻笑了一声：“可不是，但王大人旁敲侧击地打听殿下的事，虽有朝堂上的考量，可言谈之间却说家中追问不停，言外之意，王二娘子该是十分惦念殿下。她自幼就与殿下感情颇笃，这些年殿下失了踪迹，该是比谁都着急。”

皇甫策沉吟了片刻，低声道：“阿雅也要十九了，这些年王氏难道就不曾考量过她的亲事？”

韩耀微微一怔，低声道：“殿下该知，陛下极不喜我。这两年除了衙里，我几乎已是足不出户了，以韩氏的门第，也不可能与王氏有所交集。但若王二娘子当真有了人家，王大人也不会如此急切。自王大人夫妇回帝京后，多年来对王二娘子宠爱有加，言听计从，若当真她不愿嫁人的话，想必谁也勉强不了。”

皇甫策缓缓闭目，许久许久，低声道：“坊间都有哪些传言？”

韩耀道：“殿下问的是哪些？”

皇甫策侧目看向韩耀：“你知道哪些？”

韩耀垂眸抿了一口茶水，轻声道：“阑珊居这处的话，都云殿下与贺二娘子几年前已得了陛下许婚，不然两人孤男寡女共处一院多年，如何会平安无事。咳咳，贺氏门第虽是不如往昔，但若陛下执意让殿下迎娶贺女郎，只怕殿下也不好太过忤逆。

“不过，王氏几番打听殿下的事，臣也就特意打听了王氏二娘子。听说临华宫大火没多久，王氏后宅就建了个小佛堂，王二娘子日日念佛诵经，可具体的内容，臣也不尽知……”

皇甫策沉默片刻，而后冷笑道：“迎娶贺女郎？陛下倒是一手好算盘，可惜‘奔者为妾，父母国人皆贱之’。只要本宫不愿的话，那贺氏嫡长女，又有什么理由继续跟着本宫？”

韩耀缓缓抬眸，看了皇甫策片刻，移开了眼眸，垂眸煮水，低声道：“殿下说得极是，且自贺甯去世后，贺东青毫无建树，贺氏族中也无俊杰再振族群。南朝贺氏虽是保住了基业，可也是日益没落，贺氏在大雍虽还摆着一等士族的架子，可王、谢、陈、崔、陆，无一家再买账就是了。”

皇甫策沉默了片刻，轻声道：“身份上自不必说，陛下也不想想，她那般的性子，如何做人大妇？”

午后，大雍宫，太极殿。

明熙沉默了许久，抬眸望向倚在床榻上的人，低声道："那陛下年少时，喜欢娘娘吗？"

泰宁帝侧了侧脸，那双无神的眼眸，闪过一抹光亮："喜欢，又何止是喜欢啊？她乃鲜卑大族的贵女，我朝能有今日，也因有鲜卑一族赫连氏的支持。她自小便是个飞扬跋扈的性子，可也注定了要嫁给我们兄弟的。"

明熙忍不住道："飞扬跋扈，不算是夸奖的话吧？"

泰宁帝忍住笑意，颔首道："皇兄性格强势，她也是个不服输的性子。自然和我相处多一些，我们几乎形影不离。若非皇兄手段了得，不知使了什么法子，让诚岚死心塌地的……哪里会有后来的这些事？"

明熙道："陛下喜欢娘娘什么呢？"

泰宁帝道："诚岚年少时艳冠帝京，乃大雍朝第一美人儿，也着实美了一辈子。当初那些贵族子弟，但凡见过她人的，哪个不曾暗暗倾慕过。"

明熙嘬嘴道："以貌取人，我还以为陛下会和别人有什么不同呢，没想到原来也不过如此。"

泰宁帝抿唇笑道："你别把自己择得那么干净，你倾慕皇甫策，还不是因为他的样貌？若他长得像六福，又怎会让你如此迷恋？"

明熙沉默半晌，深觉这说法虽不全对，但也不算错："若光喜欢容貌也就罢了，日日看着，心里也不会有所妄念。可……可越相处越想接近，即便多少次感觉他可恨，也越觉得他这样的，才是我最想要一起的那个人。

"可我们历来有所争执，虽我从不后悔救下他，可我也总是忍不住问自己，当年是不是不该将他留在身边，不然也不会有后来的相处，更不会像今日这般抓不住，放不下，要将自己与他一起逼疯了。"

泰宁帝轻声道："越是得不到才越不甘心，自觉不比任何人差，为何他心中的人不是自己。最后，缘由因果初衷都已忘记，觉得能与之相伴，便是这世间最美好的一切。"

明熙笑了一声："陛下不见得喜欢，虽然平日里我也从来不说他的好，可想一想太子自小到大本身就是能让人自惭形秽的人。"

泰宁帝笑道："是啊！他从小到大，肯定都是个能隐忍又会装的人，不然朕那皇兄如此挑剔又多疑，后来都常与朕说皇长子的好处，暗暗叹息他太过聪慧，心有鸿鹄又与世无争，可后来所有的皇子都没有了，偏偏就剩下了与世无争的皇长子，可见谢贵妃与他都不是省油的灯啊。"

明熙皱着眉道："可我们小时候，皇子里先帝最不喜欢的就是皇长子了，平日里他与先帝、中宫都不亲近，隐忍、坚强倒也是真的。"

泰宁帝低声道："朕和你说的后来，已是诚岚去世后的事了。太子好不好，又有什么关系呢？如今皇甫氏只剩下他一根独苗，他能聪慧英明些，对朕来说反倒是好事，即便有些手段，用到朕身上的能有几分，将来还是要用在朝廷上的。"

明熙道："我没陛下想的那么多，小时候我们常常与他争执，现在更多的还是争执。可我从来没感觉太子是个无争的人，若是无争的话，只怕是因为从来没想要，若要真是想要，又怎会不争呢？"

泰宁帝轻笑了一声："听朕一句，对有些人、有些事，不争，才是最好的争取。你与太子也算一起长大，同朕说说他如何，你又喜欢他哪里呢？"

明熙沉默了片刻："隐忍又坚强，待人很有几分宽容，咄咄逼人时让人恨。可他自小能坚持所坚持的一切，内心又始终良善。整个人仿佛有温暖的光，仿佛世间所有的黑暗都照不进去……"

泰宁帝笑着拍了拍明熙的手，无奈道："朕就不该那么问你，瞧瞧，你说的哪里是那个善谋、心有城府的大雍太子。听朕一句，不管你多喜欢他，都不能如此用心，即便将来你们会在一起，即便你可能与他齐肩站在一起，都不能如此将一颗心都放在他的身上，让他左右你的喜怒哀乐。"

泰宁帝见明熙垂眸不语，忙道："朕也有你这种心情的时候，单纯的喜欢便成了倾慕、爱恋……那时朕觉得她哪里都好，热烈而不做作，有情有义又正直。像阳光，直接又热烈，仿佛能洗刷一切负面的想法。她身上的一切都是自己想要的，善良、热烈、不可一世。可阳光亮到刺眼，便只能融化了自己。"

明熙侧了侧眼眸："陛下时常感到后悔，是吗？"

泰宁帝道："皇兄的性格强势，不适合她的脾性。她喜欢照顾人，也喜欢别人依附自己，实然朕这般不温不火的脾气，该是更讨她欢心。可男女之情，又怎是张嘴说说那么简单。"

明熙想到泰宁帝当初的处境，倒也能理解他所说的这些。太祖众多子嗣当中，那时泰宁帝只是太祖最不起眼的幼子，母妃低微又早逝。先帝的母妃虽受宠，但也不是皇子中的佼佼者，能脱颖而出，与当时迎娶了赫连氏独女不无关系，虽然先皇后有堂兄，但赫连大将军唯有赫连诚岚一个独女。

泰宁帝看明熙沉默，似乎也知道了她的想法："父皇在位时，赫连氏盛极一时，手握着大雍的大半兵权。能与赫连氏联姻的那个，必是父皇的继承人。皇兄心思之深，志在必得。

"朕半生苟且，此生做的最轰轰烈烈的事，是夺了这个位置。说是为了诚岚，那是骗自己的，一切不过都是内心的贪婪与欲望。所有的因果都不该与死去的人再扯上关系，懂了吗？"

明熙颔首，半晌后，开口道："假如当年娘做了你的王妃，你……你可还会夺位？"

泰宁帝轻笑了一声："现在再说假如又有何用呢？人生哪有那么多假如？当初父皇不算亏待朕，皇兄虽也猜忌过朕，却也不曾下狠手。若拥太子登基，做个手握重兵的王爷，过着如花美眷、儿女成群的日子，不知道多逍遥。"

明熙道："若陛下当真那么心甘情愿，勤王之后便拥立太子登基，也可以做个逍遥自在的摄政王，兵权都握在陛下手中，谁登基又能怎样，如此也不用背负骂名……"

泰宁帝眉宇间露出些许疲惫："人总有些追悔莫及的事，朕心慕诚岚，当初在帝京也是无人不知，可皇兄迎娶诚岚之后，朕也是自愿去镇守图南封地的。因为朕知道诚岚也心慕皇兄。朕真心想离开盛京，安皇兄之心，甚至甘愿受他驱使。皇兄知道朕的心思，也曾对朕说过，他爱慕诚岚，会一辈子都珍爱善待她，不会辜负朕对他的期望……"

当初先帝能得皇位，自然少不了兄弟的支持，不管境遇如何，也不甚显眼，当初泰宁帝都站在先帝这边，也可算有从龙之功。

泰宁帝笑道："朕说再多，你也不见得会明白。朕虽觉自己甚是有理，但也不能把所有的过错，都推给那些再也不能为自己争辩的人……"

明熙道："陛下是个好人，一定会长命百岁。"

泰宁帝抿唇笑道："你见过有几个好人，长命百岁？虽太医都查不出缘故，可身体好不好，朕心里最明白。这个位置，朕坐着许是不如皇兄……"

泰宁帝缓缓垂下了眼眸："阿熙，这些年了，若阿策一直不喜你，你也不必再勉强了，放了他只当放过了自己。抢夺和强硬，也许只会让他对你越发地怨恨与疏远。那孩子外在看似温和，内在实然更像皇兄果敢。开始都不曾喜欢上，想必以后便更加不可能了。"

明熙不置可否，抿唇一笑道："好啦好啦。哪用陛下担忧这些，现在陛下就是要好好养病！您好了，我才能好，那些人恨我厌我，也没有办法。您若不好，我跪地求饶，也不一定能好到哪里去。"

泰宁帝跟着明熙笑了笑，轻声道："高氏虽为新贵，但也经历大雍三代，当算得上根深叶茂，安定城又有根基，总会愿意替你遮些风雨。高钺自己又是个带兵的，话虽不多，但为人耿直，最是可靠，又与你年纪相当。若你愿意，朕为你和他赐婚，如何？高氏和贺氏那里，都由朕去说。"

明熙沉默了片刻："可高氏到底是寒门，只怕贺氏那里不会那么容易被说服。我与高钺虽有儿时的情谊在，但越是长大，反而越是无话可说。如今高氏正忙着给他看亲事呢，陛下贸然插手总归不好……"

泰宁帝垂了垂眼眸："阿熙，太子绝非良人。"

明熙连连颔首，抿唇笑了起来："陛下那么喜欢做媒，为何不给王家二娘子做媒，她年纪那么大了，也不拘将她定给谁，只要不让她继续待字闺中，我的心也就舒服了。"

泰宁帝轻笑了一声："呵！瞧瞧，多大的口气，那王氏哪里是朕说动就能动的？除非她家求到了这里，否则朕说什么都是徒然。"

大雍皇室皇甫氏虽非外族，但乃正经的寒门出身。太祖登基后，愣是改了族谱，说皇甫氏乃临南姬氏旁支，在战乱中求存，改了祖姓。众臣心照不宣，又不以为然，可拿人俸禄，也不能在这事上与侍奉的君王死磕到底，反正这事太祖自己喜欢就好了，总之大士族在太祖时还是坚决不肯与皇室通婚。

前朝至今虽沿袭士庶不通婚的规矩，但历经几代战乱后，此规矩再不是铁板一块，越来越多的寒门掌了权势，想让宗族更进一步。许多士族看似隐居，但在朝廷上说不上话，实然是渐渐没落。如此，士庶通婚，倒是各得所需。但不管如何，大雍也已历经三代帝王，可一流的士族门阀，依然看不起寒门新贵，甚至不管如何，都不会与之通婚。

明熙忙道："陛下别那么妄自菲薄，你要是执意做媒，他们怎么也会给你些面子的……"

泰宁帝拍了拍明熙，轻声道："你当真以为朕病糊涂了，莫说这事朕肯定做不了主，就是能做得了主，也不会帮这样的忙。"

明熙很是不以为然："陛下让我做事时，我什么时候不干脆了，轮到我用陛下一次，陛下就这般推三阻四的！"

泰宁帝道："蠢，人这一辈子，得不到的才是最好的。他若心仪，你让王二嫁给他，他为一朝太子，也不可能只娶一个人。不管如何，也比让他惦记这人一辈子来得好。"

明熙抿着唇，沉默了片刻，信誓旦旦道："那陛下放心了，我也不会亏待自己的。"

泰宁帝笑了起来，无奈道："年轻就是这般，心有执念，不撞个头破血流不会醒悟。一辈子的路那么长，朕可不能看顾你一生。这不是别人能劝的，得自己想透彻，心里真的明白才是。"

明熙道："明白啦！陛下说得是！真给她做了媒，也是上赶着给她做了脸面。"

泰宁帝拍了拍明熙的头："朕看你是一点都不明白！你有这力气巴结朕，倒不如回去多巴结巴结贺东青，讨好阿策。以后，他们若有一人肯护你，将来不管多大的变动，你照样能全身而退。若阿策肯为你费心，说不定你还能捞个宠妃做一做，运气再好一些，让你捡个漏，做了皇后也说不定。"

明熙很是不服气："凭甚是捡漏才轮到我做皇后？！我长得哪点像配不上皇甫策的样子？再说了，我有陛下做靠山，为甚还要回去巴结他？那贺李氏恨着我呢，根本不可能让父亲帮着我。"

泰宁帝轻叹："你懂什么，婚姻大事，还是宗族与至亲说了才算，你没事就多去看看你的父亲，他也该念些你这些年在宫中的不易，帮你一把。若非为了整个贺家，也不会令你陷入如今的境地……"

明熙苦着脸道："可我回去寻求帮忙，他才更为难。家里兄弟姊妹众多，贺李氏所出二娘只比我小不到两岁。按照父亲的思维，真能挣得皇后的位置，也不会给我……

"可是做皇后又有什么好的，每天睁眼，到处都是狐狸精。我这样的脾性，说不定每天都要拖出去打死一摞！"

泰宁帝大笑："瞧瞧，说的什么话，嫁给别人，就没有妾室吗？男人三妻四妾，乃理所当然的事，当家主母就该宽容大度，哪有你这样的？"

明熙哼道："可我一直都不是个宽容大度的人，成了亲就得有觉悟了，我的就是我的，谁也别想染指，不然全拖出去打死！"

泰宁帝眼中的笑意慢慢地淡了："别钻牛角尖，朕看你一个也打不死。如今，趁着朕病了一场，你也该学着照顾自己了。贺家若真靠不住，朕便封你做个公主，以后有了封邑，不用依靠任何人……”

明熙道：“公主什么？若做了公主，那太子还有我什么……好了好了，知道陛下为我着想，可我不想如此，也不光是为了要和他在一起。母亲去世前给我留了不少嫁妆，娘也将嫁妆都留给了我，宫中十多年明里和暗里的赏赐，陛下给的那些良田，足够我衣食无忧一生。”

泰宁帝打趣道：“自然自然，帝京众人谁不知贺娘子富甲一方，一般人家谁能与贺娘子相比，朕的内库都不见得比贺娘子的家业多多少。”

明熙抿唇一笑：“我也曾答应娘，死了也会给她做伴，她没葬在皇陵里，那我死了，也要和娘葬在一起。是以，陛下大可不必担忧，活着没了贺家，没了一切，我照样逍遥自在的，死了我也不用贺氏宗族为我出面。”

泰宁帝侧目看向明熙许久，当对上那依然有些天真的眼眸，竟是不能张口说出些劝解的话。

如若没有夫家、宗族的依靠，少了皇族的支持，一个没了凭仗的女郎，如何能凭一己之力保得住那能买下半个帝京的财帛，万一……说不定会成了催命符。可泰宁帝知道，即便此时和明熙说了这些，她也会不以为意。

赫连诚岚本身的性格摆在那里，她自小长于中宫之中，花团锦簇顺风顺水，总觉得能战胜一切的性子，哪里会想明白这些……

泰宁帝轻声道：“阿熙，娘子家根本不用强势拔尖，也不用坚不可摧，该低头时就低头，你若柔弱些，也不会有人和你一般见识的……”

春心莫共花争发

2

秋日的黄昏，将揽胜宫染上了浓重的苍凉和落魄，越显这失了主人的宫殿的凄凉。一池的荷叶东倒西歪，大片大片的枯黄。短短月余，已让人记不住夏日的璀璨，粉红点缀碧翠连天的繁嚣。

揽胜宫乃先帝亲自画图，召集了大雍所有的能工巧匠，倾尽了内帑，特意为惠宣皇后建造的宫殿。亭台楼阁，雕梁画栋，处处精致至极，堪比南梁最美的宫殿。

明熙自小长在中宫，看到了太多不堪。先帝生性果断，鲜少温存，但极为敬重惠宣皇后，他几乎从不过问后宫之事。有妃妾盛宠一时，若得罪了惠宣皇后被罚，先武帝从不求情，但得罪皇后的妃妾，大多都不会复宠。

惠宣皇后大多的时候，从不会为那些莺莺燕燕拈酸吃醋，治理后宫最是公平公道，可她也是个睚眦必报的性格，若不挑衅皇后的权威，外面为争宠斗得你死我活，都是不管的。若敢冒犯皇后的权威以及中宫的尊荣，不管多受宠，必然是要惨淡收场。

若说先武帝对惠宣皇后一点男女私情都没有，定也不会。当初惠宣皇后执意将明熙养在中宫，宠爱到偏颇的地步，先帝非但不管，反而随着惠宣皇后一起宠着明熙。不管谁生下的皇子，在惠宣皇后在世时，先帝都是冷冷淡淡的，没有太喜欢的，也没有不喜欢的。

一夕入了冷宫，是宫中许多人，无论如何也想不到的事，明熙也曾问过六福，但六福虽是叹息连连，却闭口不提。明熙不能真的跑去问先武帝，想来想去惠宣皇后的事，许是和泰宁帝有关，可也不能确定。

太祖育有皇子七人，两个未长成人，余下五人，出自不同的四个嫔妃。太祖皇后无子，抱养低贱宫人所出三子养在膝下，即是先武帝。

先武帝出生，生母便去世了，自小养在中宫膝下，在兄弟之中，自觉高人一等，自然引起了其他母系强大的皇子不满。二皇子与四皇子乃容妃所出，兄弟二人自小亲厚，且母家甚为强势，自然不将先帝看在眼中。

大皇子自恃皇长子的身份，母家也是皇子当中唯一的士族庶女，母亲身为贵妃，在后宫中甚至可与太祖皇后并肩，皇长子自然不将婢生子放在眼中。五皇子母妃位卑，自身又十分平庸，反而是与先武帝关系最好的。

太祖病入膏肓时，立三皇子为储君，力排众议将皇长子及二、四皇子押入其封地，五皇子因为年纪尚小，虽赐了封地，但仍留在京城。先武帝在位近二十年，开疆扩土励精图治，三位王爷被打压得抬不起头来。唯独五皇子在京城时，一心辅佐先武帝夺位，在先武帝坐稳皇位时，自请出京，得封诚王。

又历时数年，诚王膝下无子，先武帝常为此忧心。帝有四子，曾起意将其一过继给诚王。因当时两人均是壮年，虽有意，但不曾深议。

不等太子登基，先武帝骤然驾崩。一夕之间，岭、楚、赵三王不约而同自封地带重兵前来奔丧，可谓司马昭之心路人皆知。帝京区区五万守卫，虽有安定城十万京畿护卫军，可这些人远远不是倾巢而动三王的对手，且勤王之军，又有远近之分，阻挡不及。太子虽拿出兵符，命各个关卡的将军阻止三王进京，但三王同气连枝，混合了几十万的兵力，打出了清君侧的旗号，势如破竹，奔京城而来。

帝京岌岌可危时，诚王力挽狂澜，将三王斩杀于图南关外，收编了三王麾下余下大军。以雷霆之势派人前往三王封地王府，斩杀三王家眷余孽。至此，岭、楚、赵顷刻间覆灭，封地王府鸡犬不留。而后，诚王麾下兵马共计四十万，直奔帝京而来。帝京的朝臣，今夜还在为诚王斩杀三王欢呼，次日便收到诚王率兵进京的消息，一时间，朝廷慌作一团。任谁都想不到，近二十多年对先帝忠心耿耿的诚王也有此心思。

因实力太过悬殊，朝廷中主战之人寥寥无几。面对多出数倍的大军，太子策虽不曾失了往日的淡然，但也曾询问众臣解救之法，可惜众臣都知大势已去，此番不管结果如何，端看诚王心意，甚至有些人纷纷劝太子策投诚。利弊之处，在朝中分析了数遍，大多是诚王无子，太子又是子侄中仅剩血脉，留得青山在不怕没柴烧，太子思索了三日，最后不忍大雍再起内乱，终依众议。

诚王进京，太子殿下亲率众臣，大开城门，迎于城门处。不想，年过古稀，历经太祖、先帝两代帝王的太子太傅程思达，当着众臣兵勇百姓，痛斥诚王数宗罪，骂其为不忠不孝不仁不义之窃国之徒！然后，纵身一跃，身死殉国。

虽后来，诚王在太子多番谦让跪求之下，勉为其难地登上了皇位，主持大局，但此事到底在诚王，也就是当今陛下心中埋下了一根刺。

陛下已过不惑，膝下无子，子侄中只太子一脉，为了江山社稷，太子不能动。太子在三王之乱前不曾登基，在诚王勤王时不曾登基，何尝不是留了一条后路，若是登基禅位，只怕不能善了。

同样的，陛下夺下了这看似悬空的皇位，可只要太子还活在这世上一日，就是悬在跟随陛下的功臣头上的利剑。陛下占尽了天时地利人和，才能夺下皇位，对三位王爷也赶尽杀绝，看似与太子不相干，可却生生抢走了本属于太子的皇位，若留其性命，等于种下了祸根。

陛下以雷霆手腕夺得皇位，但性情也是真的宽厚仁慈，登基后，不曾动先帝投诚旧臣，几乎保留了原有的体系，虽有新贵压制，可直至此时，朝中旧臣的势力依旧不可小觑。旧臣与跟随陛下而来的新贵自然不同，不管出于什么心思，都会力保太子无恙。直至陛下登基月余后，朝臣们依然对太子的位置争论不休。

陛下登基的次月，太子因病重从景阳宫迁居谢贵妃所居的临华宫调养。惠宣皇后去世后，先帝也将贺明熙送到临华宫交给谢贵妃教养，只因先帝不愿再见明熙，谢贵妃便将明熙主仆几人安置在临华宫一处院落里。

虽如此，谢贵妃在日常上，也不曾苛责过明熙。可惜那时明熙对谢贵妃满怀敌意，两年不肯接近她。先帝在废后时立太子，也有要立谢贵妃为后的意思，但太子立下后，立后之事不了了之，可在明熙心中，谢贵妃依然是抢走了惠宣皇后位置的罪魁祸首。

腊月滴水成冰的冬夜里，临华宫骤然起火，借助风势，烧毁了整座主殿。当时火势非常大，外面围了许多宫侍，只有稀稀落落的几人朝火里泼水，甚至没有宫侍冲进去救人。

明熙没见到谢贵妃与太子，追问众人，当知道二人还在主殿里，顿时大怒，令人同自己一起进去救人。太子与贵妃若死在宫中，许是陛下暗中乐意见到的。但在当时，陛下已对明熙恩宠有加，明熙若有意外，只怕会有不少人会被迁怒，可便是如此，因火势已控制不住，也只有伺候明熙多年的宫侍肯跟进去救人。

那夜，明熙若晚去半刻，那么临华宫主殿里的十六人将不存其一。皇甫策被人挑断了手脚筋，生死不明地倒在血泊中。谢贵妃被压在横梁下，明熙一行五人，尝试搬起柱子，先救谢贵妃。可火海中，谢贵妃哀求先将皇甫策救出去，明熙虽与谢贵妃并不亲近，但又怎会不感念被她照顾的这两年，虽是不愿，可也明白她的意思。

明熙和裴达只好先将皇甫策抬出去，剩下的三人去抬横梁，明熙和裴达还没出大殿时，整座主殿突然崩塌，将谢贵妃与明熙带来的两人埋在了里面，只余柳南一人脱险，但腿也烧伤了。三个人架着皇甫策，从侧门逃出主殿后，当时所有人都在殿前佯装救火，侧面空无一人。

明熙感知谢贵妃的意外，当机立断让裴达和柳南，带着尚有气息的皇甫策趁乱出宫。裴达自小伺候明熙，自然也是感念先帝恩情，虽知道风险极大，但也不曾犹豫，拿着明熙的腰牌带皇甫策出宫去，将人安置在柳南临时租借的民房里，暗中请帝京的大夫治伤。

两日后，明熙以临华宫大火之事，自请出宫，不愿回贺家，在阑珊居自成一府，没承想，倒是出奇地顺利。如今想来，何尝不是泰宁帝一直的暗暗相助，这才有了以后几年，明熙和皇甫策过的朝夕相对、相互折磨的日子。

那时，皇甫策手脚筋俱断，帝京知名的大夫诊断后纷纷断言，日后养好了伤，也定会肩不能挑手不能提，甚至双脚都不能长时间地走路。养到最好，也只能骑马拿笔。

皇甫策被救治了近两个月，才算脱离了生命危险，可也一夜间失去了一切。清醒之后，不停追问谢贵妃的去处。明熙本也不打算告诉皇甫策，可惜不擅撒谎，几句追问之下，慌乱的眼神泄露了谢贵妃的死讯。皇甫策闻讯后，万念俱灭，一心求死。

明熙见皇甫策母子如此遭遇，实然心中也没有为了惠宣皇后的那些愤恨与迁怒了，且除了最后两年的不闻不问，当年先帝待明熙甚至比几个皇子都好。如今先帝子嗣只余太子一个人，明熙如何也不忍心让他再有事，只可惜敌视太久，两人都有了心结。

皇甫策怀疑明熙的用心，一度感觉明熙是泰宁帝派来软禁监视他的，冷脸冷言自是不必说，见明熙不辩驳，甚至几次恶言伤人。明熙本就不是有耐心之人，救下皇甫策时也不过是出于对先帝的感念与对当初谢贵妃的照顾的感谢，可每日面对皇甫策的冷脸与恶毒的言语，开始还因为皇甫策伤势过重，有所隐忍，当他逐渐康复后，自然不会隐忍。两人数次争执，都口不择言到将这世上最恶毒的语言用在了对方身上。

惠宣皇后暴毙后，明熙居住在临华宫时，皇甫策已被立为太子，搬出了临华宫，居于东景阳宫，但每每前去临华宫请安时，路过明熙所居院落，总能对上那满含愤恨的目光。明熙在惠宣皇后去世后没多久，为了让先帝对谢贵妃生恶，更是不惜在深秋之时浇井水到身上以致高烧不退，为此甚至差点殒命。

皇甫策又怎会相信贺明熙的好心，刚被救回时，整夜噩梦连连，疑神疑鬼。甚至一度认为谢贵妃是明熙为了给惠宣皇后报仇害死的，不管柳南和裴达如何解释，皇甫策都不肯听，明熙不但懒得解释，甚至恶言相向，追问逼迫皇甫策：即便事实如此，你又能如何？

皇甫策在这种环境下，竟重新燃起了复仇的斗志。在一段时间里，他对明熙的愤怒，甚至超过了夺走了他皇位的陛下。一日日地过下来了，皇甫策也逐渐康复，手脚因保养得精心的缘故，倒是比当初大夫们说的最好的结果都好。

可两个人的关系丝毫不见好，甚至越发地恶化了。不管怎么说话，不管明熙多想千依百顺，到最后都是相互争吵。直至今日，明熙依然还清晰地记得皇甫策气到极点，每每望过来的眼神，都是炙啖血肉的冷酷与恨意。

也是自那以后，明熙再也不敢深想以后，因为心里清楚地知道了，一旦皇甫策走出阑珊居，回到宫中后，那么等待自己的无非就是无路可走，或者是尸骨无存。可总也想不明白，两人为何会走到这一步。

可即便此时，明熙也不怕皇甫策走出阑珊居回宫，她怕的是那些不由自主的吸引与倾慕。或许更早之前，那些追随的目光中，也不光是厌恶与愤怒吧。

皇甫策乃谢贵妃所出，谢阀外子，又是皇长子，虽不是嫡子，但也是身份最高的皇子。他性格看似温顺随和，实然内在极为自尊自傲。如皇甫策气到极致的口不择言，即便是死在临华宫的大火里，也不愿再受这种折磨。如今回想起一切来，在两个人相处的开始，明熙因不自知，种下的便是苦果。

揽胜宫，望月台内。

荣贵妃屏退众人入了望月台，无声无息地坐到明熙的一侧，两人相对而坐，许久不语。

荣贵妃原名慕容绮，乃慕容氏之嫡女，泰宁帝的原配。荣贵妃已四十多岁的人了，因保养得当的缘故，看起来不过三十出头。实然，她本就长得十分美艳，那双微微翘起的桃花眸，总是有一种欲说还休的风情。樱桃般的小口，似乎总是带着几分浅浅笑意。明明该是个讨喜的女子，可惜一辈子没得夫君欢心。

诚王登基后，身为原配的诚王妃本该登顶后位，可慕容绮不过得了贵妃之位，赐“荣”字，后宫无主，荣贵妃虽是最尊贵的女子，可这般明媒正娶的妻子，莫名其妙地成了妾室。慕容氏当初也是跟随太祖打了天下，才有今日，历经三代已算是新贵之首，可素日里还一副比拟士族的做派，也着实让人看不上，如今慕容氏的女儿又出了这等的事，自然也难免被人奚落。

明熙收回了眼眸，望向荣贵妃：“不知何等大事，让荣贵妃没去整治后宫的狐媚子，巴巴来堵我的去路？”

荣贵妃受嘲讽，脸色更加难看，可因有事相询，也不能翻脸，干巴巴地开口：“陛下如何了？”

明熙惊奇道：“贵妃日日住在宫中，我月余才入宫一次，难道您不是该比我知道得清楚吗？”

荣贵妃怒然起身，咬牙喝道：“陛下已闭宫月余，早已不许任何人探望，前些时日甚至还曾派人搜宫！如今太极殿内，连只田鼠都进不去，你倒是大摇大摆地进去了！”

明熙挑眉一笑：“原来贵妃和陛下吵不成了，特意堵在此处吗？搜宫之事，与我何干？陛下的病情，自有太医院诊治，我又不会断脉。”

荣贵妃讥讽道：“贺女郎，你如今能大摇大摆地坐在此处，同本宫平起平坐，连行礼都不用，还不是因为陛下宠你！若陛下病重，第一个要小心的不是本宫。

“什么贺氏嫡长女，贺家如今还算得了什么？不过是吓唬不知情的人，本宫可是听说你在贺家也是一点都不受宠，贺东青对你不闻不问，那贺李氏也不过是你的继母，除了陛下的宠爱，你还有什么指望！”

明熙冷笑：“贵妃若关心陛下病情，去看就是，何必在此气急败坏挤对我？贵妃手掌整个后宫近三年，想入太极殿会没有办法吗？”

荣贵妃挑眉冷哼：“呵……若他真有好歹，难道本宫给他陪葬不成？！”

明熙轻笑了起来：“荣贵妃想多了，陪葬这种事，自来都是些无权无势的小嫔妃或是正宫的皇后娘娘。你慕容家堪称当世大家，怎会让本家的嫡女为谁陪葬？贵妃就是贵妃，想和陛下葬在一起，还要看看陛下愿意与否。听闻你与陛下自来两看生厌，葬在一起的可能性不大。”

荣贵妃倒也不恼恨了，狐疑地看向明熙，轻声道：“陛下当真病重了？”

明熙歪着头与荣贵妃对视：“陛下的脉案，岂是谁都能翻阅的？不过在我看来，他只是看起来精神不太好，贵妃若真担心，自去看看。”

荣贵妃挑眉冷哼：“呵，自作聪明！”

明熙侧了侧眼眸，不再看荣贵妃：“宫门要下匙了，我想自己待一会儿。”

荣贵妃甩了个冷脸，又气又恼，冷笑连连：“你以为你靠上了太子这棵大树，本宫就没有办法了吗？呵，不说太子今后际遇如何，本宫可是听人说，太子自小与你就两看生厌，说不定他以为你是陛下的眼线呢。当年你母亲嫁入贺氏时可谓十里红妆，你那继母只怕也恨不得你死在外面！”

明熙瞥了眼荣贵妃，轻声道：“贵妃如此恶形恶状，倒落了下乘。将来我会如何，我自是不知，但至少现在，我还不是贵妃能拿来出气的人。贵妃恨我厌我，可也无可奈何，谁让陛下爱屋及乌呢？”

“什么爱屋及乌！你是谁的乌！赫连诚岚那个阴魂不散的死鬼吗？！”荣贵妃双目赤红，言语间已有些歇斯底里，“他就是个没心没肺的人！何来爱屋及乌！”

明熙侧目道：“你是陛下的妻子，你们该是最亲近的人。两人相伴二十多载，到了这个岁数，还争来斗去，又是为了什么？陛下对你已够忍让了，他虽是不曾给你后位，为了弥补，也算待你极好了。”

荣贵妃脸色十分难看，咬牙道：“后位本是本宫该得的，他为何不给本宫！谁要他假仁假义的弥补！本宫和他的事，岂是你们这些人能明白的！总有一日，他会后悔……贺明熙，你也好自为之，不是每个人都会一直走运！”

明熙见荣贵妃朝外走，倒也不曾阻止，轻声道：“小时候，宫人为了不让我朝偏僻的地方跑，常拿冷宫恐吓。原本我以为先帝很喜欢惠宣皇后……皇后入了冷宫后，我总觉得她很快便会回来，不敢去冷宫看她。三天后，惠宣皇后暴毙冷宫，令我后悔至今。”

“收起你幼稚至极的想法！”荣贵妃骤然回眸，暴怒道，“本宫从来不做后悔的事！实话同你说，他死上一百次，也解不了本宫心中的恨！”

明熙道：“贵妃要记得今日所说。”

荣贵妃怒极反笑：“少拿这些莫须有的东西威胁本宫，只要慕容氏还在一日，他即便恨得咬牙切齿，还是拿本宫一点办法都没有！”

明熙挑眉：“那若陛下不曾恨你呢？”

荣贵妃回眸看了眼明熙，很是轻蔑地笑一声，挺直了腰身，慢慢走出了望月台……

深秋的阑珊居，移植了满院子的菊花，各种各样，繁茂又热闹。一年四季，阑珊居东苑从未失过颜色，最冷的冬日，还有成片成片的万年青与各色寒梅。

石桌旁，两个人，一壶清茶，一盘残棋。

高钺放下了一枚黑棋，抿唇道：“胜负已定。”

两年多来，除了贺明熙，皇甫策已许久不曾与熟人对弈过了。高钺也是皇甫策的伴读之一，但因入宫较晚，历来与皇甫策不是很亲近，但多少都有相伴长大的情分在，比起别人来自然也多了几分亲近。

今日皇甫策的心情不错，暖暖的笑意挂在唇角：“往日里闲暇时间多，便左手和右手对弈。你常要忙军务，哪里来的闲工夫，输上一子半子，在所难免。”

高氏如今算得上大雍大族，虽非士族，但在跟随太祖打了江山的功臣中，也算唯一能与慕容氏齐肩的新贵了。因士族的食古不化，先帝尤为优待大雍功臣，皇子的伴读很少有世家子，也许是士族子弟本就很少愿意入宫伴读，皇子们的伴读，几乎都是大雍的功臣子弟。

皇甫策乃先帝长子，高钺比皇甫策还大三岁，自然只能做皇甫策的伴读。但两人因性格迥然，一个淡然，一个冷漠，虽一起读书，倒也显不出多好来。别的伴读对自己的皇子言听计从，多有附和，或自然而然地站了队，比如韩耀那般是最常见的。唯有高钺读书习武，很少与皇甫策或别的皇子私下往来，甚至除了读书习武时，从不与其多说话。

韩耀虽也是寒门之子，但早慧善言，自小与皇甫策形影不离，感情颇笃，虽是性格各异，但平日三人倒也算融洽。

高钺垂眸："天分所限，殿下不必为我找借口，我心中有数。"

先帝共有四子，不算八岁夭折的三皇子，一个十四岁病死，一个是十三岁时坠马而亡，两位皇子意外早亡，都是在皇甫策被立为太子后。虽说谢贵妃母子十几年如一日不争不抢，可若说此事与太子一点关系都没有，也没人相信，可当皇子就剩下太子一人时，本应靠过来的高钺，反而更是不亲近皇甫策，几乎已到了不再来往的地步了，反而是皇甫策对他处处笼络，时时谦让。

"你自来不喜这些纸上谈兵，如今耐着性子手谈一局，倒让本宫受宠若惊了。"皇甫策端起茶盏，轻声开解，抬手间无意中露出胳膊上一道狰狞的伤痕。

两人对弈时，高钺便看见他两个手腕上十分对称的伤痕，此时不禁道："腕上的伤是怎么来的？"

皇甫策的笑意凝固在嘴角，放下了茶盏，遮盖住了手腕："当日东宫起火，人虽是跑了出来，难免伤了几处，倒也无甚大碍。"

高钺垂着眼眸："烧伤不会留下这般的疤，莫不是贺明熙为难你了？"

皇甫策虽自诩心思剔透，可往日里也极少能看出高钺想些什么或是想做些什么。太过冷漠，又十分自视甚高，似乎这世间的一切，都入不了他的眼一般。这样的人，放在何处，也很难得别人的信任和亲近。可难得的是他当初得先帝宠爱，后来又得了陛下的青眼，倒也官途顺畅。

皇甫策垂了垂眼眸，虽知道高钺误会了，可也不说破："你何时知道本宫在此处的？"

高钺见皇甫策不否认，只当与明熙脱不了关系，声音缓和了些："如今朝中都传遍了，我不想知道也难，殿下好生待在此地也好，想来不久，便能得偿所愿了……"

皇甫策笑了笑，对高钺突然的示好，有些讶然："陛下哪里都好，只是不够狠心，若但凡学到父皇三分，朝中大臣也不会终日惶惶了。"

高钺望向花圃，不置可否："先帝有先帝的好，陛下有陛下的可取之处。宽仁非错，若他真如先帝一般，想来殿下也没有机会在此下棋了。"

皇甫策笑容凝固在嘴角，漆黑的眼眸蒙上了雾霭，沉吟道："如此说来，本宫还要谢皇叔不杀之恩了？”

高钺侧目，正色道：“先帝驾崩前，身体并无不适，骤然病逝，所有人都措手不及。没有陛下出手，那些虎视眈眈又羽翼丰满的王爷，哪个不想从殿下这里分一杯羹？有了陛下才有今日的殿下，若换成剩下的三位王爷，只怕不管如何地争抢，第一个要除去的就是殿下。”

皇甫策瞬时冷了脸：“若当真勤王救驾，莫不是本宫还能亏待了这些人不成！”

高钺轻声道：“陛下用最少的血，换了朝廷的平安交接，与大雍三年的太平，以殿下当时的年岁，不见得比陛下做得好多少。”

这些虽是事实，可也不该当着受害人的面，明明白白地说出来。韩耀与太子的心腹谋臣们，也不见得不明白，可这般地直白，当真半分情面都没有留下。

皇甫策虽在朝臣面前，极少发怒，但此时面有愠怒：“你倒是你家陛下的好臣子，父皇对高氏与你也算隆恩，若非你父亲心性不坚，临阵犹豫不定，率先规劝本宫开城门，陛下又怎会如此轻巧地得到一切！

“帝京总共不过十五万人，三万御林军、两万禁军之外，余下十万的安定护卫军都在你高氏之手！父皇如何能想到，驾崩之后，第一个倒戈的便是往日里最忠心最受宠的高家人！”

高钺抿了抿唇：“自太祖初始，高家跟随左右，能有今日，依仗的是圣恩。只因忠心大雍皇室，才不愿掺和在其中，历朝历代最大的忌讳是皇族内乱。

“当初我父亲开始不肯承认陛下的身份，何尝不是对殿下的维护？陛下不曾对那些支持殿下的人斩草除根，臣与父亲能笃定，陛下若一直无嗣，断不会伤害殿下，这才不得不妥协。”

皇甫策侧目：“不肯承认陛下身份，何尝不是为了拿到更好的筹码呢？高校尉一家，倒是算无遗漏。”

高钺抿唇道：“那是我父亲与陛下之间的事，殿下也无甚好指责的。可我虽想到了一切，却怎么也不曾想到，是明熙将你藏了起来。她自小脾气就不好，想必殿下在此处也没少受委屈。”

皇甫策蹙眉，看向别处：“成王败寇，不管这几年本宫身在何处，都不会好过。陛下正值盛年，谁能想生死不明的太子还会有机会翻身？你今日来，是为了提醒本宫，当年陛下的饶命之恩吗？”

高钺摇头：“近三年的时间，人情冷暖，殿下该是尝到了不少。如今再回头想一想，当初殿下落难时，曾有多少人能伸手拉上一把，可瞻前顾后，不曾出手。贺明熙一介女流，许是目光短浅，许是私心甚重，手段稍有不妥，但总算救殿下于危难。末将只求殿下一飞冲天之日，莫要让那些误会与龃龉耿在怀中。”

“呵，误会、龃龉？高将军果然是久居高位，避重就轻的手段，可谓炉火纯青。”皇甫策侧目与高钺对视，端起茶盏却不喝，轻声道，“高将军的意思，本宫懂。贺明熙的生母对你们母子有恩，但你这些年对她的维护也是够了。”

皇甫策见高钺沉默不语，不禁轻笑了一声，低声道：“一辈子那么长，你能照顾一个蛮横跋扈的人多久？十年？二十年？许多事也非表面上看起来那么轻松简单，若无事，你请回吧。”

高钺将皇甫策眸中的冷光看了个分明，一颗心沉到谷底：“殿下……末将告辞。”

春心莫共花争发

3

傍晚时分，突然起了大风。

西苑的秋，似乎比往年都孤寂萧瑟。

自那日从皇宫回来，已有月余光景。那日，泰宁帝话里话外，都是让明熙讨好皇甫策的意思，虽然明熙自认对皇甫策不错。

可临华宫大火后，皇甫策所享有的一切，都是明熙给予的。单这一项，便能让明熙在每一次争执中，稳占上风。明熙如何不知道，此时的相处，都是强求来的。皇甫策不喜强势的女子，就如他从小到大，从不肯接近惠宣皇后一般。

中宫的规矩不重，初一十五才许嫔妃请一次安，几个皇子，幼年时总喜欢朝中宫跑，可唯有皇甫策，从小到大去的次数寥寥无几。若非是惠宣皇后被打入冷宫，那时明熙也是从不屑与孤高又相看生厌的皇长子打交道的。

可自十三岁，几乎将所有的注意力都放在他的身上，转眼近五年。他的习惯喜好，一个眼神，不经意的小动作，明熙都知道代表着什么。他喜欢如他母妃般淡雅如兰、温婉贤淑的女子。从很久很久前，一心想迎娶的娘子只有王雅懿。

自然，从开始明熙就知道该如何讨好、示弱、求和。可性格脾性，才是世间最固执的东西，明熙有放不下的自尊骄傲，可她所拥有的一切，都是皇甫策所不喜的。

如今想来，所有强求的一切，何尝不是不由自主的恋慕痴心，只是如何都不曾想到，结果和想象，走向了截然不同的方向……

裴达端着茶盏在明熙身后站了好一会儿，轻声道："娘子，天凉了，莫要一直站在风口。"

明熙望着满院的枯枝败叶与泛黄的花草，眼中似有许多情绪，终归化作了沉寂："高钺走了？"

裴达轻声道："走了一会儿了。"

明熙回眸，看见了裴达鬓角的白发，本就失落的心情，又多了莫名的悲伤，垂了垂眼眸："他还在忙吗？"

裴达轻声道："陛下的人，都不再去东苑了。东苑的守卫越发松懈了，夜里常进进出出一些人，灯火时常亮上一整夜。"

在中宫时，明熙由崔嬷嬷与裴达贴身伺候，十五岁出宫，求了泰宁帝的恩典，将二人要了过来。崔嬷嬷出宫时已年近六旬，家中又有子孙愿意奉养，出了宫就不愿继续留在明熙身边了，于是明熙就置办了些田地，又给足了崔嬷嬷银钱，将人好好地送了回去。

裴达本是宦官，出宫也无处可去，甘愿留在了明熙的身边伺候，做了阑珊居的管家。虽是未至不惑之年，但因这几年常常皱着眉头的缘故，让他看起来比实际的岁数苍老许多。

明熙有心想去东苑看看，可对上裴达越发担忧的目光，不好开口："他的身体看似休养得不错，可到底是外强内干。你偶尔也去劝着些，莫要提到我……罢了，他一贯如此，就算对事有绝对的把握，也一定要做到尽善尽美。天生就是劳碌命，不必管他了。"

裴达沉吟了片刻，轻声道："娘子不必如此担忧，殿下这些时日，心情着实不错，兴致来了，也会抚琴舞剑，倒也看不出什么别的情绪来。"

明熙侧了侧眼眸，笑了起来："回宫复位，都是水到渠成的事，他为何要紧张？陛下虽不过是病了，只怕皇甫策夜夜都盼着大雍宫的丧钟响起。陛下那么好的人，当初也不该蹚这浑水。好在他历来仁慈，不管怎样，肯定会是善始善终。"

裴达轻声劝道："娘子只管放心，殿下虽有成算，但陛下也不见得全无防备。现在虽看起来陛下身处弱势，可也不至于走到绝路。

"娘子也根本无须如此惶恐，陛下正值盛年，有些小病痛，也没有外面传的那么严重。若陛下不想让人知道得病之事，外界不会那么快收到消息，殿下的行事也不会如此顺利，您看那些暗卫现在明里暗里，还不是在帮着殿下。这里面多多少少，都有陛下的手笔在。"

明熙皱了皱眉头："那就是陛下故意放出去病重的消息，只为了让皇甫策回去吗？我倒不惶恐，陛下肯定会无事的，但不管如何总也会担忧。一夕之间，似乎身份就变得不同了，我倒是要顾忌起来了，即便不打算以后与他……"

裴达轻声道："奴婢七岁入宫，见到的比娘子想到的要多。陛下病重这事来得如此突兀，绝非表面上看来的那么简单。陛下既给了娘子对殿下施恩的机会，娘子倒也不妨在这些时日里，与殿下和平相处一些，以后总也多了条后路。

"现如今帝京所有人都知道，殿下与娘子在阑珊居近三年，将来殿下回宫了，娘子又能去哪里呢？若殿下执意不肯迁就娘子，只怕到时娘子也不会太好过。现在相处好了，说不定将来的位分也会高一些。"

明熙不禁侧目一笑："我要位分做甚？呵，难道他娶了我，还想娶别人不成？我最近可以不去惹他，可若是让我专门去讨好他，也是做不到的！"

裴达轻声道："太子妃之位，兹事体大，哪里是娘子那么想当然的。虽然贺氏身份不低，但殿下乃谢阀外子，身份也不低，又必然继承皇位，虽有陛下做主，只要殿下不愿，这位置也不见得就是娘子的。"

明熙冷笑一声："呵，即便我现在讨好他，那位置也不见得是我的！难不成我争来抢去真的是为了和娘一样，天天困在那后宫之中，看尽勾引夫君的狐狸精吗！"

裴达沉默了片刻，轻声道："娘子若当真不愿意与殿下入宫，咱们从现在就远着点，将来不拘门第再寻夫婿。娘子有财帛傍身，又是贺氏嫡长女，即便有些过往，想来也有许多青年俊杰争相追求，现在士庶的界限已不如以往，许多庶族子弟，为了将来的仕途，也不会在乎那么多过往。”

明熙嗤笑了一声：“我还从未想过以后……”

裴达轻声道：“娘子放心好了，太子殿下本身对阑珊居这段过往不喜，定然也不会让人提起的，将来太子殿下登基后，必然没人敢说嘴。”

明熙蹙起了眉头：“是啊，可我这争来抢去近三年，将人越推越远，又到底都是为了什么呢？为了能得他的一心一意吗，还是为了能在那后宫有一席之地？后宫从来都不是我想回去的地方。”

裴达无声地轻叹：“是以娘子要在这段时日想清楚，咱们到底要的是什么？既然不愿回去，又何必再蹚太子殿下这趟浑水。既然明白将来嫁娶互不相干，还执着些什么呢？”

明熙道：“是呀，陛下在深宫中，都知道皇甫策必然不愿娶我，着急为我相看人家，我又有什么还能执着的呢？”

裴达低声道：“那些暗卫与家丁本就是陛下的人，为的就是看着殿下的一举一动，娘子与殿下相处，也从不避讳着，陛下知道，也属难免。”

明熙抿唇道：“那你呢？你想过咱们的以后吗？”

裴达沉默了片刻，轻声道：“这些时日，东苑不议事，殿下常召歌姬秋意伴在左右，一待便是半日。殿下既如此欣赏，不如将秋意的卖身契给了他，全然当个顺水人情，如今不同往日，有了这机会，娘子正好服个软……”

明熙本垂着的眼眸，骤然抬起：“我为何要服软！歌姬！他想要的倒是真多！”

裴达见明熙转身就要走，很是惊慌地追了过去，急声道：“娘子三思后行，如今的殿下，已非昔日光景。娘子既已打定主意退让了，那就一退到底，何必再惹他生气？”

裴达见明熙一直不肯回头，更是着急：“陛下无子，子侄中只余殿下一人，往后那大宝之位，定然不会再有变故。如今也不比儿时，娘子有先皇后娘娘与先帝撑腰，你们如今再起争执，定然是娘子吃亏的！现在娘子肯服软，说不定将来殿下还能念娘子的好呢。”

明熙咬了咬唇：“我已如此，还要如何退让？跪地求饶不成？若他出了阑珊居如此作为也就罢了，我看不到也管不了，可他明明知道我……还故意如此，难道我就该这样眼睁睁地看着吗！”

裴达轻声劝道：“一个歌姬而已，价值几何？殿下喜欢，权当人情送出去，只要他肯承情，娘子将来必然不会吃亏，切不可再对他拔刀相向。”

明熙觉得胸口全是点着的炭火，侧目间见裴达满脸的焦急，沉了一口气，轻声道：“你放心，我心中有数。我答应你，只要他不过分，我不惹他。”

裴达摇头，低声道：“娘子年岁还小，还不明白这其中的利害啊。殿下虽是咱们救下的，可是这些年了，他一直怀疑陛下就是大火的元凶，娘子深受陛下隆恩，将他困于阑珊居多年，两人相处得也说不上多融洽……娘子，万一太子心中有怨，总有一日他会荣登大宝，到时咱们会如何？”

明熙垂着眼眸，唇抿成了一条线，许久许久，低声道：“你不让我去东苑，我不是也没有再去了。现在我就去看看，你也别跟去了，省得他再难为你。”

裴达张了张嘴，到底不曾再开口，轻轻颔首后，目送明熙远去。可不知在原地站了多久，到底不放心，慢慢地跟了上去。

两个人有所争执，哪里又会只是一个人的错，皇甫策从不肯吃亏又爱找碴儿，多少次了，裴达亲眼看见，明熙欢欢喜喜地跑去东苑，但最好的结果也是不欢而散。

半年前，裴达已察觉出东苑的异常，只是不曾告诉明熙。陛下待明熙不薄，太子殿下的异动，明熙全然不知是一回事，知情不报又是另一说。裴达本心也是为了明熙好，陛下无嗣，子侄辈经过那场动乱，唯剩太子生还。不管陛下是否壮年，如今病了这一场，看陛下现在的意思，大统还是要太子继承的。

两人当年在宫中一同长大，自幼就有积怨，见面必有争执，可不过都是孩子之间的打闹，倒也不算仇怨。这段时日，裴达眼见两人三年相处都不过如此，莫说再亲近一些，哪里还有和好的可能，唯有劝明熙莫要再去东苑，倒不如少见面，少相处，少说话，说不定东苑将来还能念上明熙几分好。

明熙虽有不愿，可到底还是答应了。从那日以后，已有大半个月的时间，在院中发呆到半夜，甚至几次走到院落边缘，也不曾再去过东苑。这让裴达很高兴，对东苑那边照顾得更加周全，到了有求必应的地步，许多琐事再不曾告诉过明熙。

同样的秋，同一个府邸，东苑与西苑相比，有种说不出的绚烂与生机。

上百株颜色搭配极好的菊花交织一处，繁花似锦又不显得庸俗，可谓喧闹繁华至极。院落中，隐隐传来的琴弦声，柔和舒缓，还有种南梁的软媚交织错落。

软暖的音色，一直都是皇甫策所喜好的。不远处的花庭内，灯盏明亮，轻纱浮动，熟悉的人影拿着书卷，侧倚长榻，萧瑟的秋风也平添了许多暖意。

站在转角处，望向花庭处，虽只能看到模糊的人影，但连日来躁动不安的心，竟慢慢地沉淀了下来。明熙觉得这样远远看着，比两个人相处时，不知安逸多少。

花庭内，琴声慢慢地歇了下来。那道修长的身形站了起来，走向对面琴台，坐到了那曼妙身影的后面，两个人，两双手都放在琴弦上。

琴声再次响起，少了妩媚之意，多了几分洒脱与快意。

明熙当年也曾学过几日琴，虽是不喜好也算不上多精通，但该懂还是懂的。许是太了解一个人的缘故，每每皇甫策抚琴，明熙都能很轻易地从乐声中听出他的心情。半月未见，他该是过得十分舒心，琴音中的流畅和轻松，几乎让他整颗心都飞扬了起来，如此流畅不羁的琴音，也是两年来，明熙第一次听到。

幔帐上的两道身影，女子侧目望着男子，靠得如此地近，让人有种相依一生的错觉。

如此仿佛交织在一起的两个人，几乎瞬间刺疼了明熙的双眼，让她心中突然涌起了浓重的疲惫感。

那是一直勇往直前，披荆斩棘，都不曾有过的疲惫，似乎在这样的一个瞬间里，失去了全部的力气和希望，也失去了那颗奋勇拼搏的争夺之心。那种，他终将是我一个人的自信，也在连日的不安中，在眼前这一幕前，崩塌到支离破碎。

皇甫策抬手，慢慢地抚上了女子的侧脸，显得如此小心翼翼。那是明熙从未得到过的注目与珍惜。他自小秉承君子之道，对待所有的人都温和大度，彬彬有礼，可近三年的付出，他宁愿如此对待一个歌姬，都不屑多给自己一个眼神。

明熙的薄唇抿成了一条线，双眼逐渐明亮了起来，似乎有一团火在燃烧着。她深吸了一口气，终究压抑不住心中的怒焰和道不明的不甘，疾风般冲进了花庭。

依偎在一处的两人，骤然暴露在眼前时，那内心浇筑了月余的妥协与软弱，与方才的疲惫与舍弃，都被瞬间抛去，心中只余下滔天怒意。

皇甫策看到明熙，一点都不惊讶。可那舒展的眉头，慢慢地蹙了起来，温润的眼眸中染了一抹不耐烦，他的手指从秋意鬓角的长发处滑了下来。两人无声对视着，明熙先沉不住气，一脚踢塌了琴台，暴怒地将那秋意拽出皇甫策怀中。

秋意被这一连串的动作吓蒙了，呆呆地伏在原地，待到从震惊中醒来，跪趴在了明熙的脚下，瑟瑟发抖："娘子恕罪！"

明熙咬牙道："滚下去！"

皇甫策脸色变得极为难看，冷眼看着明熙的一举一动，一双眼眸霎时溢满了风暴冰霜。他的唇角噙着一抹冷笑，伸手拽住了秋意的手腕，低声道："你接着弹。"

明熙像是要喷火般的眼眸，丝毫不惧地与皇甫策对视着："皇甫策！咱们之间的事，你最好不要牵连无辜的人！"

皇甫策缓缓垂下了凤眸，很是随意地将琴台扶了起来，放好琴，轻拨了拨："牵连无辜的人？本宫喜欢听她抚琴，不能吗？"

明熙胸口起伏不定，上前又是一脚，将那琴台踢倒在地，继续怒视着皇甫策："你若喜欢听人抚琴，以后多的是机会，何必非要在阑珊居里！"

皇甫策手指动了动，轻声道："多日不见，贺女郎的脾气似又渐长，管得更宽了。"

明熙冷笑连连："太子殿下还知道多日不见，我以为你早已忘记身在何处了。"

皇甫策垂眸，抿唇笑了笑："岂敢岂敢，贺女郎的一切恩典，本宫可绝不敢淡忘半分。"

明熙抿唇："我不来，你便真以为我怕了你？"

皇甫策浅浅一笑："本宫从不曾那么以为，只道女郎半月未至，总该想明白了。以后的日子能相安无事总是好。本宫喜欢听秋意抚琴，你又何必平添风波，没得让人更厌恶。"

"喜欢？"明熙轻笑了一声，可整颗心似乎被什么撕扯着，一半火焰一半寒冰。

皇甫策平淡无波的双眼，嘴角噙着一抹嘲讽般的似笑非笑："对，喜欢，怎么，本宫不能喜欢吗？”

明熙努力压抑，可全身依然忍不住颤抖着，怒极反笑：“来人！将她赶出府去！”

皇甫策骤然抬眸，极轻声道：“贺女郎何至如此，天生一副人厌神憎的脾气，就容不得那些温柔似水的娘子吗？”

明熙又怎听不出皇甫策话中的诛心之意，咬着牙道：“皇甫策！我虽不曾对你求饶，但至少我对你是一退再退，已是忍让至极，可你不该得寸进尺！”

皇甫策淡淡地道：“本宫连东苑的门，都不曾出过，何来得寸进尺？怕是贺女郎心情不好，故技重施，拿无辜的人出气！”

明熙将那琴踢到一侧，厉声道：“皇甫策！你总是知道我最在乎什么！你也知道我最看不得什么！即便你将要一飞冲天，可此时不是还没有飞起来吗？今日我拿无辜的人出气了，你又能如何呢？”

皇甫策低声道：“噢？本宫还真不知道贺女郎在乎什么，或是看不得什么呢！怎么？多日不见，贺女郎要与本宫说心事吗？”

明熙愤然抬眸望向皇甫策，许久许久，沉声道：“来人，将这歌姬砍去双手扔出府去！”

皇甫策抿着唇，冷声道：“贺女郎小小年纪，如斯恶毒，当真无可救药，可你以为本宫会在乎这些吗？贺女郎，你如今也不过拿这些奴婢撒气，又能拿本宫如何呢？”

明熙与皇甫策对视了片刻，可方才还满心的怒火，突然化作了灰心丧气，虽面上不肯示弱，但已率先移开眼眸：“皇甫策，你如此有恃无恐……如此有恃无恐，还不是有所依仗，可我……也会累。”

明熙深吸了一口气，沉吟道：“你以为我拿你毫无办法吗？殿下所有一切，真以为我半分不知情吗？陛下肯定十分愿意知道，殿下最近彻夜不眠都在忙些什么呢！”

皇甫策轻声道：“贺女郎当真无畏无惧，既然如此，你大可一试。人无千日好，花无百日红，贺女郎可有想过本宫若回宫，你又当如何呢？”

明熙不以为意地冷笑：“那你就早点祈盼回宫，如此我们也不必再有瓜葛。”

皇甫策淡淡一笑：“原来，这瓜葛是贺女郎说有就有，说没有就没有的吗？前番贺女郎不是问本宫，知道生不如死的滋味吗？本宫虽不知道，但本宫想总有一日，有能力让贺女郎尝到。”

明熙自然听出这满是恶意的话外之音，甚至想打碎那张笑脸，可即便如此愤怒，手臂却连抬起来的力气都没了，唯有怒声道：“如此，就不打扰了，来人，将人拖下去！”

秋意惊恐到了极致，爬到了皇甫策的脚下，急声道：“殿下救救奴婢！殿下求您救救奴婢！”

皇甫策微微一瞥，甚至不曾低头，冷然与明熙对视着，轻声道：“贺女郎可曾想过自己也会有一日像她这般，哀求乞怜？”

明熙抿唇不语，心中冷意丛生：“皇甫策，你记住，我这辈子，即便是死，都不会让你有践踏我的机会！”

“殿下！”秋意满眸凄然地望向皇甫策，却被两个人钳制住，迅速地捂住了嘴，朝下拖去，“呜……”

皇甫策不曾看过秋意一眼，漆黑如墨的眼眸终是染上了怒色与冷意：“贺女郎，记住今日所说，本宫等着看呢。”

在这般寒光四射的目光中，明熙一颗心仿佛被冰封住了，她不知自己该有怎样的愤怒和表情，可整个人却被无尽的悲哀淹没了，那是疲惫至极后的绝望与灰心。

明熙低声道：“皇甫策，我今日所有的忍让宽容，不是让你拿来践踏我尊严的资本！一个歌姬而已，连牛马都不如！你若回宫，要多少没有！何必在此时今日，于我府中狎妓寻欢！”

皇甫策脸色更加难看了，冷冷地开口道：“本宫听个曲，便说得这般不堪，无耻之人，总也心存龌龊。”

明熙努力地挺起腰背，可总觉力不从心，轻声道：“有些事有些人，你也许永远都不懂，也许你不愿懂，可说不定你也会有后悔的一日！若将来真有一日，我得了她这般的结局，我也认了，但你只要还在东苑一日，就得按照我的意思活着！否则我有的是办法，让你不痛快！”

皇甫策眼底冻结成冰，颔首轻笑：“贺明熙，你若聪明，现在就杀了本宫。不然，总有一日，今日你加之于本宫的，自己也会尝到。”

明熙双眸清明一片，冷笑道：“既如此，我等殿下心想事成。”

院外，树林边。

裴达面无表情，身侧跪着哭泣不休的秋意，想着不远的将来，心里当真也有种说不出的心灰意冷。许久许久，他长叹了一声，低声道：“莫哭了，娘子哪有那么狠心，不过都是一些气话。按往例，给银钱二十，消了奴籍，你愿意去哪儿便去哪儿。”

秋意已被松开，不敢置信地愣怔，哽咽道：“裴管事大恩大德，奴婢没齿难忘……”

裴达摆手：“你也莫要谢我，咱们都是奴婢，我也不能擅作主张。娘子虽是有些脾气，但也没到那地步，只是每次和殿下生气，都会口不择言，你也别朝心里去。”

秋意垂着眼眸，无声地落泪：“平日里娘子对奴婢们也很是宽待，只是大总管也知道咱们都是做奴婢的，殿下要如何，岂是咱们能左右的……”

裴达瞥了眼秋意，不经意地开口道：“你不必诉苦，娘子虽与殿下有些争执，可心里最在乎的也不过是……这些年，她一个人撑着一府人，为的还不是东苑的殿下，可自立门户的小娘子，即便有陛下撑腰，若为人太软弱了，难免会被欺。娘子本心也不愿伤人就是了，拿了银钱，除了奴籍，寻着亲人就好好过日子吧。”

秋意对裴达连连叩首，哽咽着说：“奴婢今生今世难忘娘子恩德。”

裴达摇了摇头："去吧，自有人安置你。"

秋意又行了个大礼，才慢慢退下去。

秋风乍起，吹落了一地的枯叶，在这样漆黑的夜里，说不出地凄凉森寒……

转眼立冬，帝京城迎来了大雍皇城冬日的第一场大雪。

贺氏宅邸位于帝京东街，因这条街聚集了帝京内数得着的士族新贵，故而寸土寸金，贺氏宅邸在这条街上的位置说不上好，面积也说不上多大。

贺明熙梳着极简单的发髻，头顶和田玉金掐丝的小巧发冠。此时，她褪去身上的红貂披风，露出了内里的白色华服，袖口和领角用银线绣成图案。她容貌本就艳丽，男式的长袍穿在身上却丝毫不违和，反而显出不同往日的风情。

惠宣皇后自来眼光极好，论起梳妆打扮来，也是帝京的头一份。贺明熙从小跟随皇后身侧，历来也是个耀眼夺目的人，不管什么样的衣袍穿在身上，仿佛都是为了衬托她的样貌。如此不张扬的装扮，依然能将人衬托得艳光四射。单单站在这厅内，都会给人一种蓬荜生辉的感觉。

贺东青晃了晃心神，对这艳光四射又盛气凌人的女儿，实在亲近不起来。明熙生母在她出生没多久便去世了，明熙也被中宫抱养多年。贺东青守制九个月后，迎娶了现在的继妻，次年得一个乖巧的女儿，嫡次女贺蓉，庶女贺菱比嫡次女小了半年而已。

不满一岁离府至今，十五年有余，在明熙才被送走的那两年，贺东青偶尔还会想起这个贺氏愧对的嫡长女。可到底自小不曾养在自己身边，明熙的强势性格又不是贺东青所喜的，父女两个三五年见不上一次，也就越发淡漠了。

明熙入宫的第三年，贺氏嫡长子出世，自此贺东青将一颗心都放在了嫡长子的身上，一群儿女承欢膝下，越发地想不起这个不易亲近的嫡长女了。偶尔听其消息，大多也觉得无关紧要。

贺东青虽对明熙淡漠，但也并非无亲近的意愿，可她出宫后不肯回家，反而在陛下的支持下要去阑珊居的产业，自成了一府。贺东青虽碍于当今陛下的情面，不得不答应要求，可到底也觉颜面无光，冷了心，对这本就不亲近的女儿更加疏远了。

明熙如此作为，不但说明她心里本就没有贺氏，只怕自己这个生身父亲，在她心里也是可有可无的人。自然，在贺东青看来二女儿贺蓉乖巧懂事，庶三女也是可爱伶俐。同样是女儿，肯定是亲自教养出来的女儿来得更好，更像贺氏的女儿。但贺东青到底不是无情之人，每每想起早逝的发妻，与被迫入宫的嫡长女，心里多少还是有些内疚的。

在明熙的记忆中，自小到大见贺东青的次数，屈指可数。倒是继母贺李氏正旦进宫给皇后请安时，明熙都要见上一见，可不管那妇人表现得如何和善大度，明熙也都是不喜。许是知道她内在并不如表面那般和善，许是知道这个陌生人，占了自己母亲的位置，不由自主地反感。

有时看到贺东青，明熙也有违和感，多奇怪。这么个陌生的人，几年才能见上一次的人，居然是这世上自己仅剩不多的亲人之一。

贺东青四十来岁，五官俊美，肤白如玉，自小锦衣玉食又保养得当，看起来着实年轻。如此隆冬，依然身着淡色的广袖长袍，整个人平添几分飘逸洒脱。

明熙放下茶盏，轻声道："父亲着急将我叫来，所为何事？"

贺东青轻咳了一声，有些尴尬道："最近过得如何？"

明熙不冷不热道："谢父亲关心，与往日一般。"

贺东青沉默了片刻："冬祭未如期举行，陛下已有三月不朝，你以后是如何打算的？"

明熙侧目，看了贺东青片刻，慢悠悠地放下茶盏："父亲今日特意将我叫回来，必然是对我以后有了打算。父亲大可不必踌躇，有话可直说。"

贺东青语重心长道："不若年前回家里住，阑珊居那处只当送给太子殿下做别业。等出了正月，为父给你寻摸定个好人家。你年岁已然不小，若一直不成亲，剩下的弟弟妹妹，总也不好越过你去。"

明熙倒不惊讶，笑了笑："我不嫁人，和他们有什么干系？我入宫时，不见有一个进去陪着，如今说到成亲，倒是先算上了我。"

贺东青抿了抿唇道："当年也是权宜之计。如今我贺氏在大雍也算稍有根基，你也不必再去看谁的脸色。陈、张、李三家都有适龄的郎君，年节后我自会让你母亲带你四处走走。你自己也看看，若相中了谁，回来对为父说。"

明熙笑了笑，眼中溢满了讽刺："父亲觉得我没价值了，便合计着将我卖给别家？陈、张两家，旁支我是不知道，但是嫡支里与我年纪相当的嫡子是没有的，只有两个庶子，哪个名声好？倒是李家，虽是门楣不算顶级，想来是您夫人的娘家，这李家子即便再不好，与陈张两家的纨绔一比，定有云泥之别。"

贺东青沉下了脸："什么纨绔？什么好名声？谁年轻时没有几件荒唐事。你以为你自己的名声能比他们好多少！他们虽不是嫡长子，但李氏那个却是嫡子，不做宗妇，也没那么多杂事在身，活得逍遥一些。"

贺东青见明熙沉默不语，不禁又道："前朝至今，哪家过了十五的小娘子，还有没定亲的？以你现在的年岁，还有阑珊居里的那些破事，嫁到士族，都是别人不嫌弃。如今还有几家让你选，也算你母亲尽了心。"

明熙冷笑："何须她尽心，我一辈子不嫁，照样活得逍遥自在！"

贺东青脸色越发难看了："你顶着贺氏大娘子的身份，自然能活得逍遥，别以为我不知道你打的什么主意！贺氏从前朝至今，几百年里，也从没有将嫡长女送进宫中为人妃妾的事！"

明熙侧目看向贺东青："陛下病了，可还没死！你们便如此有恃无恐了吗？谁说我要与人做妃妾了？谁说我要嫁人了？"

贺东青绷着脸喝道："你做的那些污糟事，真以为谁都不知道吗！人家愿不愿意娶你还一说，没得你挑三拣四！幸而你不曾亏待太子，否则为父有心保你，宗族也不会放了你！”

明熙轻笑一声：“我做了什么污糟事？父亲不要将我想得太过龌龊了，若无陛下的恩准，他如何能在阑珊居？”

贺东青道：“如今陛下重病沉疴！你说是陛下当初囚禁了太子，也得别人相信，太子若当真对你有态度，肯定早就遣人与为父来说你们之间的事了，不管是为妃为妾，都至少还是有个交代的！可如今这般的情形，也只能为父为你打算了。你是我贺家人，你的所作所为，关乎我贺氏门风，如今我与你母亲给你安排好了退路，你还有什么不满的！”

明熙瞥了眼贺东青铁青的脸，脸上的笑意更甚了：“父亲自诩贺氏乃一等的士族，从来瞧不起以武起家的新贵，更不曾将寒门出身的皇家放在眼中，如今不过是个落魄的太子，倒像贺氏怕了皇室一般。”

贺东青紧抿着唇：“外面的事，你如何知道！太子殿下当年对世家最是宽待，他又是正统的继承人，皇甫家仅有的血脉，自然不会再有意外！何况，他乃谢阀外子，身份何等矜贵，哪里有我们挑选的道理！

“你囚禁太子多年，又如何能瞒得过众人！皇室早不复当初的羸弱，几场动乱哪家不曾伤些筋骨，不然世家嫡女何其矜贵，又怎会任由太子殿下的心意挑选正妻？那陈家怎会将个嫡次女，嫁给沈氏那兵家子！”

自前朝，世家经历了百年大乱，士族门阀虽在动乱中得以保全，可都付出了一定的代价。如今虽看似还是世家门阀做主，但新起的寒门勋贵，却是握着实打实的兵权。百年来，前前后后换了几次天家，哪一次不是庶族寒门的崛起，世家虽可豢养部曲，但最多的也不过几千人，如何是几十万大军的对手。

士族鼎盛时期，家中最没地位的庶女，也绝不会嫁给庶族寒门。如今倒好，先帝的贵妃定是世家嫡女不说，后宫的妃妾也不乏各个门阀的庶女。那些寒门新贵但凡有些权势，哪个没娶世家女做正妻。如今士族门阀虽还是贵族中的贵族，也不过是说起来好听，想回到当初的荣耀，已再也不可能了。

明熙道：“既然是按照太子心意挑选正妻，父亲又怎么知道太子不会挑选我？父亲不愿为我费心，我也不怪你，无须找理由搪塞。嫁人之事，以后休要再提，父亲以前没管过我，以后也不用管我。”

贺东青咬牙：“我还不愿为你费心？你若不是贺氏女，我会管你不成！太子会挑选你？简直是痴人说梦！即便是入宫为妃妾，莫说是父亲不愿意，实然是太子殿下根本没有这个意思！你当真以为，有了陛下做靠山，一切都能随心所欲吗？”

明熙笑道：“那父亲也放心好了，我有自知之明，不会做出辱没姓氏的事。不管是谁，若我心仪，定要为人正妻，绝不会做个上不得台面的妾室！”

贺东青听闻此言，不但不曾放心，反而皱起了眉头：“冥顽不灵！为父历来支持太子殿下，自是知道些许内情。当初大皇子之所以能成为太子，王家也曾出了不少力气，若无好处，谁能将宗族都压在一个人身上？你须知道，以我贺氏与王氏的差距，贺家女儿想入宫都有些困难，还说什么做正妻！”

明熙垂眸道：“是啊，一到嫁娶，门第高低都会被拿来说嘴，即便我贺氏不如王氏，难道我还能不如那个王雅懿？我为何不能做太子的正妻？”

贺东青怒道：“你如何与那名声在外的王氏二娘子相比！何况你早就坏了名声！太子在阑珊居又最是无辜，说是被囚禁都不为过！自然，不管你们是如何住在一个府邸的，若太子肯给你一个交代，为父如何会不愿意！可为父花了重金，曾遣人去了韩耀那里打听了一番……”

明熙缓缓抬眸，轻声道：“噢？那结果如何呢？”

贺东青沉了口气，轻声道：“太子殿下对你无意不说，甚至……言谈之间甚是厌恶。你与他莫说婚事，连好好相处都不能！你休要打那些上不得台面的主意……为父对待太子的婚事，心里也有计较。

“如今外面看似风声鹤唳，实然大局已定，太子的婚事也绝非是你想的那般简单，陛下也许有能力安插一些，但不可能全部左右，更不能左右正妻的位置！为父费尽心思地给你找好了出路，你不走，将来真有万一，休想贺氏管你！”

明熙道：“当初我既选择将太子带回阑珊居里，陛下必然也会保我所有，嫁娶之事虽不能左右，但是我也不会有什么万一。父亲对太子殿下婚事的计较，只怕不过是选择别的女儿，可若父亲真那么害怕受我牵连，不如直接将我逐出族谱，也省得挡了父亲儿女的好前途。”

贺东青心中怒火高涨，越发觉得明熙不识好歹：“你不过是个娘子，有何资格自出宗族！若想出我贺氏宗族也不难，一丈白绫一杯毒酒，死后也不会让你葬入祖坟去！”

明熙笑了笑：“父亲多年对我不管不问，如今怕受我连累，不肯为我周旋婚事，还起了让别的姊妹取而代之的心思，这些都不算，竟是连杀心都起了。可父亲也不要太天真了，我活得好好的，为何要去死？什么葬入祖坟，你以为我稀罕？”

贺东青怒极反笑：“你这个目无尊长死性难改的蠢东西！你且等着，有你哭着喊着求着为父回家的那日！”

明熙站起身来，披上了披风，不以为然道：“东西？我是东西，父亲又是什么呢？一言不合，父亲又何必恼羞成怒？放心好了，以前明熙从不曾让贺家为我做主，以后万不会如此。父亲等着我哭着回来求您，也是妄想！”

贺东青眼睁睁地看着明熙走入院中，只觉得一腔怒气，却怎么都发不出来，抬手打落了桌上的茶盏：“贺明熙！你且记住，你今日所说！”

明熙站在原地，缓缓回眸，冷笑了一声：“父亲忘了今日，贺明熙也忘不了。”

转身一步步地走入了冰雪里，这一刻，明熙从未如此地清晰明白，以后的路，不会有人陪伴，只能独自一人走下去。

春心莫共花争发
4

冬夜落雪，琼枝玉树，粉妆银砌。

天地间的瑕疵都被粉饰太平了，一切都美好得宛若虚幻。

从贺府回来，被告知皇甫策离开了，明熙也只是愣怔了片刻，当下面无表情地进了东苑。从暗卫撤走的那日，明熙已隐隐想到了两个人的分离，可到底没想到竟来得如此快。

可明熙不知心里是失落多一些，还是如释重负多一些，只觉疲累至极，似乎所有的精力和心思，都已经在一个人身上用完了，看似无数条路，看似有许多办法，其实已是无路可走也退无可退了。

本以为今生与他分离，是最不能承受的事，但此时看来，也没有想象中那么重。甚至那些感情在心里堆积得也没有自己想象的那么多，不然为何会有隐隐松了一口气的感觉，甚至这结果也是能预料到的。

散了也好，不然若让自己亲手斩去，只怕会更加生不如死才是。

东苑花庭，围着青纱，放上了火炉，正是整座阑珊居里，最好的赏景的地方。今夜的东苑，未曾因主人的离开，有任何改变。坐在这繁花似锦的花庭里，一颗心也难得地平静了下来，颇有岁月静好的意思。

夜已深，花庭内堆满了空酒坛，一盏盏的浊酒下去，景色越发模糊，心中的念想，却越来越清晰了。明熙一时后悔，一时又觉轻松，后悔的是若知道分离来得如此快，这些日子不该忍着不见他。轻松的是，不管是怎样的结果，既来得如此地快，也就少了许多痛苦。

可若许久前，已知自己与这人不会再有以后，当初又何必忍得如此辛苦。

心悦一人，早该让他知道，若知道了，会不会相处得更好一些。

想到此处，明熙又忍不住笑了起来，这句话是何等自欺欺人，以皇甫策的心智又如何不明白，自己对待他的喜欢与心意，又如何不明白自己所做的一切，不过都是因为心里深深地眷恋着他。可就因为他太过明白，才能这般地有恃无恐，才能紧紧地捏住了自己的软肋，他所有的傲气和脾气，那些在旁人身上都没有的任性与肆意妄为，都用在了自己的身上，用以折磨自己的心，来报复他在陛下那里承受的一切，以及谢贵妃惨死的怨气。

不管明熙认为自己有多无辜，只怕在皇甫策眼里心里，她都是陛下的帮凶，都是害死谢贵妃的间接凶手，这也是皇甫策心底最深的芥蒂与两个人这一生都最不能调和之处。除非有一日皇甫策能自己想明白，或是与陛下的误会彻底解除，否则明熙不用想都明白，自己的将来会有多凄惨。

可这些都不是令明熙最伤心难过的地方，泰宁帝掌权时，许多事自然可依照明熙的心意来。如今泰宁帝重病缠身，皇甫策将要登上至尊之位，从今以后，所有人肯定要依着皇甫策的喜好来，明熙只怕再也没有接近他的机会了。

明熙蒙蒙昽昽地笑了起来，笑着笑着落下泪，满脸的迷茫。

一时间，竟不知今夕何夕，也不知道到底在追一个什么样的梦。那些执念与喜欢，变得如此地虚幻和渺茫，不可靠。

明明该是光风霁月地活着，即使失去了所有，也该冷笑一声，为何会变成这样，为何会走到这种欲死不能直恨不得同归于尽的地步了。为何已是这般了，却胆怯到连倾慕都不敢了！

贺家虽是从韩耀那里知道一些内情，但也不见得知道全部。如今不敢轻易翻脸，也是因为不知两个人的真实关系到底如何，也不知皇甫策对明熙的最真实的态度到底如何。可一旦真相大白，知道皇甫策对自己的深恶痛绝，陛下那里也会很难做。

前路迷茫，充满了未知，若人生只剩下了荆棘，不再有依靠，当真让人恐惧。可不知为何，想到这些，明熙反而少了惧意，那颗一直被禁锢压抑的心，多了释然与放松。

可皇甫策一走，多的反而是如释重负的话，那么也许这些年来，并非是自己不放过皇甫策，而是这些年，自己一直不肯放过自己罢了。如今他一走了之，反而有种如释重负的轻松感。

东苑花庭内，明月依旧高悬在天空上，隔着青纱，月光有种梦境般的朦胧，感觉整个人似乎已不在人世了。明熙缓缓站起身来，用手指一下下地轻轻触碰着青纱。

柳南扶着皇甫策走进东苑，抬眸便见花庭里站在青纱内的人，庭内几盏烛火，将里面的一切映得非常清晰，身着绯红色长裙的明熙仿佛站在雾霭中，她的容貌在纱帐里看不清晰，半遮半掩在这样的夜色里，有种动人心魂的惊艳，有种此景不该现人间的梦幻感。

这瞬间，皇甫策感觉心似乎被什么轻撞了下，呼吸都被什么莫名地压抑住了，变得很轻很轻，他紧紧地攥住了柳南的手腕。

柳南见皇甫策突然加重了力气，忙道：“殿下腿疼得厉害吗？”

皇甫策望着华亭，轻声道：“贺明熙是在饮酒吗？”

柳南轻声回道：“娘子近日常酗酒到天亮，但大多数时间都在西苑。今日怕是知道殿下不在，才来此处的，想必不是有意来打扰殿下的。”

两个月前，贺明熙入宫回来后，就有意避开东苑了。少了个厌恶的人在面前晃悠，皇甫策甚是得意。那些时日很是忙乱，见贺明熙不来挡路，倒也不觉什么。可每晚入睡前，总觉得心里空得厉害，仿佛少了些什么。入睡也一日比一日地难，召来了歌姬抚琴，每至半夜疲累至极，才能睡着。

联络众人收拢人心，日日要谨防宫中的暗卫察觉，可谓是殚精竭虑，皇甫策以为所有的反常，是精神太过紧绷所致的。可那日贺明熙一入东苑，皇甫策对那专注的目光便心有所感，可她一直站在窗外不肯进门，让皇甫策有几分吃不准。

直至后来，她气势汹汹地杀入东苑，皇甫策不觉心烦，只觉窃喜，可也只当这段时日不曾见过她造成的错觉，毕竟三年如一日地相处，骤然地分别，即便是对养的宠物，也会不习惯。两人像往常那般争吵，贺明熙几乎算是落荒而逃，皇甫策也有片刻大获全胜的愉悦感，可随之而来的却是更多的失落。

两人为个歌姬争吵，转眼又是月余。皇甫策越发感觉东苑空寂，议事时还好，不议事时，放眼望去目及之处，都有两人的痕迹，侧目间，便会不经意地想起那人，这让他越发地烦躁不安。

可仔细想来，两个人三年形影不离，莫说分别两个月，素日里即使正旦也不过分开一日半。实然，自贺明熙在泰宁帝病重后进宫，她开始对自己避而不见，皇甫策的得意最多也不过是一两日，日复一日，越发觉得心里多了些填不满的地方。

柳南见皇甫策绷着脸沉默不语，揣测了半晌，轻声道：“殿下奔波了一日，万不可再生气，若实在不愿见娘子，殿下先进屋去。奴婢去叫裴总管，将娘子抱回去。”

皇甫策望向花庭，不紧不慢道：“听你的意思，她如此酗酒，已不是一天两天了？那裴达就不管吗？”

柳南轻声道：“裴总管自然是劝的，可劝了几次见娘子不喝酒时，也不见得就……最后也就不劝了。前番裴总管还说，娘子现在这样倒好，在园中喝上一夜，看护着点，次日睡上一天，不会特意给殿下找麻烦了。”

皇甫策微微怔了怔：“今日咱们出府时，路过西苑，也似乎不见那处有人。”

柳南小声道：“如今陛下病重，贺家人估计也动了别的心思。十多天来，贺家那边一直遣人来叫娘子回去，想来白日里娘子回了贺府。”

当年明熙在宫中时，三五年也不曾回贺家一次。皇甫策在阑珊居住了近三年，中秋与重阳这般的佳节，也不见贺家请她回去。每年也只有正旦或是祭祖，才让贺明熙在族人面前露露脸，即使如此，也是守了夜，次日一早，贺明熙也会回到阑珊居同自己一同吃扁食。

皇甫策思索了片刻：“噢？那贺氏对贺明熙……又是个什么意思呢？”

柳南道：“贺大人当初就对殿下忠心耿耿，为此一直不得陛下重用，如今肯定是听了风声，知道殿下也无意娘子，总该为贺氏与娘子的以后打算些。”

柳南见皇甫策抿唇不语，又轻声道：“陛下三个多月不曾早朝了，人心浮动。如今殿下……谁也不知道殿下与娘子的关系到底如何，想来贺大人也是先探探娘子的口风吧。”

皇甫策侧目望着花庭，冷笑一声：“对本宫忠心耿耿？若是能得了陛下的用，还有甚忠心一说，不过都是些墙头草。”

柳南不接此话，轻声道：“殿下先进屋，奴婢去叫裴总管。”

皇甫策轻轻摇了摇头：“罢了，本宫去看看。”

柳南沉默了片刻，才道："奴婢想着，娘子肯定是想着殿下今夜不回来了，才会如此。否则按照往日来说……奴婢倒是觉得娘子最近颇识时务，如此的小事，殿下大可睁只眼闭只眼。"

皇甫策瞥了眼柳南："本宫晓得，你先下去。"

柳南见皇甫策已有些不悦，忙松开了搀扶的手，小声道："殿下小心点，奴婢就守在院外，有事您叫奴婢。"

皇甫策深吸了一口气，这才伸手撩开了青纱，踱步走了进去，坐到明熙的对面。没了搀扶，皇甫策越发觉得手腕脚腕有些疼，他自觉该去休息了，可越是见柳南阻拦，越是心中有气，还是忍不住来看这人一眼。

因要骑马，皇甫策穿的胡服，虽少些往日的雍容，但整个人有种说不出的俊逸洒脱，在如此的月光下，那双漆黑如玉的眼眸，宛若流淌着浅浅华光，整个人宛若一幅动态的诗书画卷。

所谓美人者，以花为貌，以鸟为声，以月为神，以柳为态，以玉为骨，以冰雪为肤，以秋水为姿，以诗词为心，吾无间然矣。

迷迷糊糊地望着对面的人，明熙愣怔了许久，才低声笑了起来，将面前的酒杯都斟满，举起手中的酒杯："长生，当真是这世间最好的颜色了。"

皇甫策听到这已有些陌生的乳名，微微一怔，风轻云淡的眼眸凝了凝，打量了明熙片刻，轻声道："难得你还记得这名字，可惜有资格叫的人，已都不在这世上了。"

明熙笑了起来："在临华宫时，时常听先帝如此唤你，一直觉得这名字比阿策好听。谢贵妃起这名字时，该是满心地祈盼你康泰平顺。"

皇甫策缓缓垂眸："你倒是知道得清楚。"

明熙将杯中的酒水仰头饮尽，轻轻敲着桌子，笑了起来："那是，今日我若再不叫上几句，只怕以后你出了这里后，就没有别人知道了。"

皇甫策并未气恼，不知想到了何事，竟也摇头轻笑，随手拍开了酒坛上的封泥，斟了一杯，不想却被明熙伸手挡住了。

皇甫策抬眸，望向明熙："你的酒，本宫喝不得？"

明熙抢过皇甫策的酒杯，一饮而尽，鄙夷道："手脚都不利索，喝什么酒？太医可是多次交代，你今后都不可多饮酒……"

皇甫策拿起酒坛，饮了一口："倒是好酒。"

明熙缩回被拍红的手背嗤笑道："喝吧，喝出个好歹来，这世上少了个祸害人心的……"

皇甫策不怒反笑，侧目道："怎么？为了让陛下好过些，连诅咒本宫的心都起了吗？"

明熙点了点皇甫策凑过来的额头，低笑了几声："你平日里就是想太多了。"

皇甫策躲开了明熙的手指，沉默了片刻，轻声道："那你呢？今后，你有何打算？"

明熙奇怪地皱起了眉头："你觉得呢？你觉得该有什么打算呢？"

皇甫策垂眸，轻声道："怎么？本宫饮不得贺女郎的酒浆，也问不得贺女郎的以后吗？"

明熙皱眉思索，良久道："我何尝是如此小气的人，你喜欢你喝就是。可我的事，你也不必多问。问了，也不会有所改变。"

皇甫策微微眯眼，随即轻笑出声，不置可否："到底是足智多谋的贺女郎，醉成这般，还对本宫如此防备。"

明熙着迷地凝视着眼前的笑容，杏眸中雾气氤氲，郁郁不欢的心情，莫名其妙地就好了起来。许是心里，不愿再和这人起争执，明熙不曾分辩，沉默了下来。

认识皇甫策这些年，从不曾见过他饮酒。当初他满身是伤地住进阑珊居，要忌酒，因手脚被废的缘故，今后最好都不得饮酒。在阑珊居里，皇甫策从不要求饮酒，每每无事，只喜欢坐在桌前，神情淡漠，一遍遍地煮茶，饮茶。

不知不觉，两人又各饮了一小坛，明熙脑海一片空白，心情越发地放松，许是受不了这般的沉默，皇甫策率先开口："今日，你回贺府做甚？"

明熙睁了睁眼，强打精神："一些琐事罢了，殿下呢？今日有何喜事？"

皇甫策清冷地笑了笑："你如此防备本宫，本宫还要把自己的事，拿来与你分享？"

明熙道："那就算了，你越是开心，说不定我就越不开心呢。"

皇甫策墨玉般的凤眸，似乎荡着层层浅浅的辉光，望着明熙许久，轻声道："我怎会如你一样？我还没有那么恶毒，也不是个喜欢看人在恐惧中度日的人。"

皇甫策的语气里没有半分的嘲讽与抱怨，淡淡地陈述事实。正因如此，平日从不觉得内疚的明熙，竟有些无言以对。

朦胧的月光下，皇甫策倚在长栏上，半仰着头，说不出地放松，眉宇都是舒展开的，看起来一如当年，如此疏朗洒脱，芝兰玉树。

眼前这人，才是自己最初心仪乐见的那个，是自己默默喜欢上的那个。这瞬间，明熙内心的枷锁被打开了，困扰了多日的愁绪，烟消云散。

明熙轻笑了片刻，将酒坛推到了他的面前，可笑着笑着又有些莫名难过，一颗心仿佛被攥在了不知名的手掌里，酸酸涩涩的，又有些许微甜。

这一瞬间，仿佛感同身受般，这三年来皇甫策所有的心情，他失去了一切的凭仗，皇位、武艺、亲人，浑身是伤，可能会一辈子残疾，还要面对自己这世上最亲的人暗中围剿，防备一切熟悉和陌生的人，时时都有丧命的危险。

在这样最需要安全和安慰的时候，贺明熙又是怎么对他的？除了开始的温存，都是争执、威胁、恐吓、争吵。不管出于什么样的目的，贺明熙的所作所为，实然都是可恶可恨至极，也许是这一生都不能被原谅的。

明熙凝视这人许久许久，轻声道："皇甫策，你离开这里吧，我以后不会再留你了。你可以去一切你想去的地方，做一切你想做的事，迎娶你喜欢的人。"

皇甫策骤然眯起了眼眸，似乎有些防备，似乎有些不信地轻声道："哦？"

明熙轻声道：“也许你说得对，所有的一切，都是我对你的逼迫强求，你是该恨我厌我。可是就在刚才，我想我也许是真的错了，这三年来，我明明尽力了，可是最后又何尝比你好过了呢？也许，从今以后，你过得顺心开心，我也不会如此愤世嫉俗了。”

皇甫策的唇抿成了一条线，不喜反怒，冷声道：“那贺女郎既是知道错了，可知道该如何补偿呢？”

明熙缓缓垂眸轻声道：“那你想要什么呢？金银财帛、良田庄园、奇珍异宝，我有许多，都给你够不够呢？可惜，时至今日，你应该是不会稀罕的。”

皇甫策冷笑了一声：“怎么？时至今日，贺女郎是知道怕了吗？是想讨饶了吗？可若早知今日，何必当初呢？你以为如此简单，本宫就会放过你吗？”

明熙似是不以为意，轻声道：“放过如何，不放过又如何呢？只要我肯放过了自己，又哪里会怕你的威胁呢？”

皇甫策眼眸流转，水色氤氲，嘴角溢出一抹浅笑，柔声道：“今时今日，贺女郎倒也学会服软了，可真是难得。”

明熙趴在桌上，侧目望着皇甫策微红的脸颊：“我刚才想明白了好多事，可……要是想不明白多好，明白了就好像欠了你很多一样……”

皇甫策听闻此言，挑眉轻笑，讽刺道：“贺娘子都想明白了什么，说来听听。”

明熙思索了片刻，皱眉道：“无甚，总之是你乐见其成的就是了……”

皇甫策笑了一声：“金银财帛、良田庄园、奇珍异宝，你觉得本宫会稀罕吗？你想拿这些买个安心吗？如今才想明白，是不是有些晚了？贺女郎也想做墙头草？那些人先不说，陛下待你不薄了，本宫即便再仁慈，将来可不会像陛下那般，千依百顺地待你。”

明熙不想争执，轻声道：“陛下是好人，你放心好了，若有一日陛下当真一无所有，我也不会为了谁丢下他的。”

皇甫策听到这话，不但没有半分宽心，反而越发地不悦，冷声道：“呵，怎么？你就那么放不下陛下，还是你以为一无所有的陛下，还能给你什么？”

明熙如何听不出这话里面满满的恶意，可也无甚愤怒，唯有沉默以对。一个站在山顶的人和山下的人交流，其实是一件很让人精疲力竭的事。在皇甫策的眼里心里，贺明熙已被定了型，永远都不会是好人。

春心莫共花争发

5

明月正圆，繁星闪烁，倒映在雪地里，整个东苑宛若白昼。

花庭内青纱浮动，倒影微晃，炭盆虽换了两次，可冬季的子夜，亭内终是有了寒意。本坐在对面的两人不知何时，背靠背坐在了一处。

皇甫策当初伤了底子，如今十分畏寒，虽不停地在饮酒，可手脚还是冰凉一片。明熙闭着眼，小心翼翼地倚在他的背后，嗅着熟悉的气息，内心是前所未有的安宁。隔着衣袍，似乎还能感觉到背后传来的微凉。

夜已深，两人都有些微醺。

皇甫策感觉到身后的依偎，身形微微一僵，可又慢慢放松了下来："今日贺女郎，为何不曾追问本宫的去处？"

明熙晃悠悠地放下了酒盏，拉住了皇甫策缩在衣袍中冰坨般的手，若无其事地笑了起来："追问又有何用？你肯说吗？"

瞬间，皇甫策的手仿佛被团温热的光包裹住，舒服得只想喟叹，明明知道不该如此，可又有些舍不得挣脱。他象征性地挣了挣手，没挣脱，可不知为何，方才还烦躁的心情，竟是莫名地安静了下来。

皇甫策闭目笑了起来："在高钺那里小坐了片刻，又一同到城外赏景，忘了时辰。"

明熙不以为意地点了点头，片刻后又觉得皇甫策的话中，似有解释的意思，不禁真心地笑了起来："如此也好，你也该出去看看了。这几年帝京虽看似变化不大，但是真多了几处好地方，每隔五日都有夜市，不会宵禁，都很热闹。"

皇甫策挑眉道："父皇自登基后，就一心想打下南梁，不停地加赋征兵。宵禁也是不得已而为之。皇叔恰恰相反，是个守成之君，大雍近三年的休养生息，倒也没有什么不好。"

明熙嘴角轻勾："今日的你，倒也难得地公允。"

皇甫策轻声笑道："这还要多谢高钺……不，如今的安远将军。本宫不能说全然不怪皇叔，倒也知道了些事。一如高钺所说，至少皇叔对我也不曾赶尽杀绝。若换作父皇的性格，只怕本宫也不会有机会坐在此处了。"

明熙笑了起来："安远将军？正四品，高钺倒是个官运亨通的。陛下病了，人心惶惶的，倒是一点都不耽误他升职。"

皇甫策抿唇道："你自幼与高钺关系最好，他若际遇好了，你为他开心吗？"

明熙轻轻地颔首，答非所问道："高钺与你说了什么？"

皇甫策摇了摇头，低声道："倒是不曾，可当初在宫中也不是不曾看到，若非高钺得你青眼，入了惠宣皇后的眼，又如何会早早地得了父皇的重用？"

明熙笑道："高钺身负将才，即便不被皇后娘娘看中，出类拔萃也是早晚的事。如今说起那时，我似乎一直看你不顺眼，常在先帝那里给你上眼药，几个皇子里也让先帝看你最不顺眼，虽然如今想起来也不觉自己有错，可今夜得你如此宽待，我竟开始内疚了……"

皇甫策有些晕眩，缓缓放下手中的酒盏，低声道："贺女郎竟内疚了吗，还是风向彻底变了？当初吵成那般，你依然不悔，如今本宫不曾说些什么，你倒争着示弱了。可想一想，这些年到底都吵了些什么？当初若能好好相处，又何必每次都不欢而散。"

明熙低声笑了起来，侧过脸颊，波光粼粼的眼眸中，蒙上了一层浅浅的雾霭，轻声道："与风向无关，我们谁也不曾改变过。龙困浅滩，难免愤世嫉俗。如今拨开了云雾，殿下的心自然宽阔了许多。"

皇甫策微微侧目，凤眸中似乎有些错愕："贺女郎倒是知道得清楚。"

明熙回眸，两人的目光，不期而遇，脸颊近在咫尺。青纱后的明月，越显朦胧，一切仿佛又回到那个满是春光的午后，御花园成片成片的桃花开得正艳。

花树下的白衣少年，抿唇而笑，听到响动，惊愕地回眸。刹那，明熙对上了那双宛若子夜星辰的双眸，整个人仿佛搅入了那一汪深不见底的深潭中。说不出地惊心动魄，却又带着不自知的欣喜若狂。直至今时今日，都让明熙记忆犹新。

那时惠宣皇后被打入冷宫，先帝随即立了皇甫策母子。明熙满心的暴怒与怨恨，压住了心底所有的悸动，对着那样毫无防备的笑脸，抬手甩出了手中的马鞭。

直至今日，明熙还清晰地记得，那眼眸中的惊愕与不解，以及一闪而逝的怒意。那双如子夜星辰的眼眸，仿佛会说话一般，让人能明白他所有的情绪，不敢与其对视。

明熙慢慢地闭上了眼眸，手指微动，屈张许多次，终是鼓起勇气，握住了皇甫策垂在另一侧的手。两个人背靠着背，两双手紧紧握住，谁也看不到谁的脸庞，如此一来，让两人都多了些平日里少有的勇气。

皇甫策的手指下意识地缩了缩，可最终还是不曾躲开这般亲密的触碰。手与手的交叠，传来的温软和暖意，很舒服，让人心生眷恋，可心中却又有几分说不出的悲意。也许是夜色太美，也许是真的醉了，已不能分辨是非曲直和眼前的人了。

皇甫策心中有种说不出的荒谬感，似乎一开始便走错了步伐，无止境地争夺，但直至最后，什么都没有得到。当无所谓得失时，退了一步，才知并非前路难行，只是心中执念太深，深到影响了所有的判断和思维，让人都不再清晰了。

明熙紧紧攥着那双冰冷的手，似乎要将手心的温度传递出去："皇甫策，我放你走了，期望你日后喜乐安康，一生顺遂……"

平淡的语气与平常的话语，勾起了许多思绪，仿佛一颗心都跟着这句话微颤着，一层层的涟漪荡漾心间，掀起了波澜，可并无多少喜悦。皇甫策觉得自己醉了，能清晰地感受到手指传来的温度，如此地让人心安，又眷恋不舍。

皇甫策哑声道："贺女郎说的是真心话？"

明熙沉默了半晌，轻声道："自然。"

皇甫策低笑了一声："那贺女郎如此示好，要的又是什么呢？即便抽身而去，可曾想好退路吗？"

明熙道："我说什么都不想要，你也是不会信，可我们从小到大也算常常见到，你觉得我缺了什么呢？"

皇甫策虽为长子，但最不得帝宠。惠宣皇后虽看起来对后宫不闻不问，却是个要掌控一切的性子。在这样的环境中长大的人，虽不至于吃多少苦头，但也历来就有趋吉避凶的敏感。虽在一个宫里长大，可贺明熙和皇甫策从来都不是一个等级的人。

贺明熙有的一切，皇甫策不一定有。贺明熙可以做的一切，皇甫策不见得能做。她能心安理得高高在上，但皇甫策身为身份最矜贵的皇长子，却不能露出半分高高在上的优越。她可以无理任性、随心所欲，皇甫策却要拘谨守礼、小心谨慎。

作为一个皇子，不管内心如何，都要学会温和无害，要与人为善。看起来淡然，却不能寡情薄恩；看起来聪慧，却不能太过耀眼夺目；看起来无争，却不能不争。

皇甫策在宫中时，目光也常情不自禁地追随这个光彩夺目，比任何皇子都受宠，轻而易举就能得到一切的人。时至今日，也不得不承认年幼时隐在心底的羡慕和深处的妒意。

身为皇长子，虽不是嫡子，却是整个皇宫，乃至整个大雍身份最尊贵的皇子。元后无子，皇甫策便是未来的东宫。这外在的一切，都比不上养在元后膝下的一个没有名分的外臣女。

多少次，看到不苟言笑的父皇，抱着贺明熙开怀大笑。小小的女童，抱着父皇的脖颈时的得意与耀眼，几乎刺痛了皇甫策年幼时所有的自尊与虚荣，那是想拿身上所有珍贵的一切去换取的宠爱。

明熙见皇甫策沉默了，不禁低声笑了起来，摇摇晃晃地站起身来："时候不早了，我回去了。"

皇甫策慢慢闭上了眼眸，叹息道："贺女郎醉了……"

明熙笑了笑，俯下身来，轻声道："你不知道，我现在有多清醒。"

皇甫策跟着笑了一声："是吗？若我们两个，以后都能如此清醒才好……"

这句宛若叹息的话语，让明熙眼前闪过许多往昔画面，这一切足以让明熙失去所有说以后的勇气。

沉默了片刻，手指又一点点极为不舍地松开了，放开了禁锢在手心中的手。明熙知道，只有放开这想要紧握一生的手，才能给他想要的一切。

当彻底松开了手指，以为过后会不舍，会心如刀割，可当放开的瞬间，那一直紧绷的心，似乎瞬间松弛了下来，宛若也放开了禁锢那颗心的不能承受的负担。

皇甫策感觉紧攥住自己的那只手突兀地放开了，不知为何，一颗心骤然紧绷了起来，几乎想也不想单手扣住了正欲离开的那只手。

翻转间，将那只手紧紧裹在了自己的手心里。

明熙侧目，月光朦朦胧胧，仿佛给那张俊逸无双的脸镀了一层银白色光润，让他显得如此地平和美好。是世间一切都不能比拟的美好，让人自惭形秽着。

明熙如受蛊惑，哑声道："往日我喜怒不定，也让你受了不少委屈……"

皇甫策与明熙对视，轻轻叹息："本宫自从入了此处，固步自封，有些事不见得就是你一个人的错。"

明熙不禁沉默了下来，朦胧中虽看不清那人的表情，可两人的目光交会间，眉宇间的真挚却做不得假。皇甫策见明熙出神，抿唇一笑："在想些什么？"

如此近的距离见到皇甫策柔和的笑容，明熙再也想不起刚才思索的事情，唯有怔然地凝望着那双柔和含笑的眼眸。两人不知是谁，先刻意拉近了彼此的距离。片刻后，明熙似乎听见了他平稳的呼吸声，嗅到了他独有的气息。慢慢闭上了眼眸，嘴角轻勾了起来。

皇甫策如受蛊惑，忍不住靠近倚在身侧那毫无防备的人。当嘴唇轻轻碰触到她微凉的唇时，享受着对方身上微甜又熟悉的气息。感觉她的身躯微微一僵，皇甫策的手，下意识地攥紧了明熙的手，生怕这人有半分的躲闪。

稍愣怔了片刻，喜悦仿佛从心中满溢了出来。明熙缓缓俯下身来，试探地碰触着对方的唇，似乎在那微凉的唇间，尝到了世间最美好的甜意，忍不住舔舐着。

虽如愿以偿，虽是主动将人留下，可此时此刻，皇甫策只觉脑海一片空白，满心的甜腻，反手揽住了她的腰身，细微的动作间，竟也是说不出的呵护。

皇甫策只觉，这种触碰有种说不出的舒服的酥麻感，若轻羽轻轻拨蹭着心尖最柔软处，让心湖起了阵阵涟漪。舒服至极的感觉，从唇舌间直触心间，整颗心都处在前所未有的悸动与战栗中，让人为之疯狂。

明熙颇有些如愿以偿的喜悦，感觉对面的人动也不动了，虽不是自己主动的，但也难免有种做了坏事的心虚感。正欲坐直了身形，不想却被皇甫策伸手揽入怀中，托住了脖颈，禁锢了腰身，微凉的唇急切地压在了明熙的唇上，发狠地啃噬着，舔舐着，毫无章法地索取着。

这般地索取，似乎要发泄所有的怨怼，又似乎要倾尽胸口的郁气，将眼前的人生吞下肚。可那双揽住明熙的手，紧紧地将人禁锢在怀中，却始终有种细致入微的体贴。

这种靠近，让明熙觉得自己的心跳都快要停止了，如此真实地抱着梦寐以求的人，似乎比梦境还要甜美几分。两人前所未有地靠近，也该是世间最甜蜜的事。

明熙明明觉得很甜很甜，可一颗心却莫名酸涩了起来，那是一种本能的绝望，仿佛还带着不知前路的迷茫……

不知过了多久，两人恋恋不舍地分开，明熙双手依然不舍地圈着那人的脖颈，一双眼眸水光粼粼地、深深地凝望着对面的人。

皇甫策半垂着眼眸，长长的睫毛，遮住了所有的思绪，他似乎有些不敢与明熙对视，情不自禁地伸手，将明熙双眸掩住，另一只手，眷恋不舍地滑过明熙的长发，一遍遍地。

两人的呼吸逐渐平和了下来，他将明熙的脸压在了肩窝，深吸了一口气，反而将人越搂越紧。明熙能清晰地感觉到他的羞涩，还有慌张。皇甫策深觉已迷醉在这斑斓的夜幕中，手掌轻柔地滑过明熙的长发，另一只手将人禁锢在怀中，竟是一丝一毫都不舍得分开，闻着明熙身上的淡淡香味，突然有种如释重负的轻松与快活，还有种压抑不住的欢喜。

明熙勾起唇角，搂住了皇甫策的腰身，闷在这人的肩窝，甜蜜与喜悦从心间满溢出来，终是忍不住低声笑了起来。

皇甫策附在明熙的耳边，柔声道："饮酒伤身，以后不可酗酒。"

"嗯。"明熙闭目倚在皇甫策的怀中，听着他附在耳边的轻语，又笑了笑，片刻后，沉沉睡去……

春心莫共花争发

6

冬日午后，阳光正好。虽还是十分寒冷，空气中却有种说不出的温暖舒适与微甜。

东苑厢房内，厚厚的床帐遮住了光线。床榻上两人的身体紧紧地贴在了一处，皇甫策睡得很熟，眉宇疏朗，那双手自始至终都搂着怀中的人的腰身。

从温暖中醒来，嗅到熟悉的气息，耳畔传来平稳的呼吸声，明熙有片刻的愣怔。回过神来，半眯着眼眸感受周围的所有。昨夜的一切，都还历历在目，忍不住勾起了嘴角，阴霾数日的心情也万里无云。

两人昨夜都醉了，不知是如何回的寝房，都还穿着厚厚的衣袍，该是睡得很不安稳。但有心慕之人相伴的缘故，倒也一点不觉得有何不好。

明熙小心翼翼睁开了眼眸，侧过脸去，一眼不眨地凝视近在咫尺的脸庞。未醒来之前，以为做了一个前所未有的美梦。可醒来的瞬间，只觉若是梦，便永远不要醒来才好。

昨夜醉酒后，记忆本该很模糊，可醒来之后，却还是清楚地记得昨夜的所有细节，每一句和解温情的话，和后来那个充满了甜意的吻。

这个人，不管近看还是远看，看了这些年，仿佛两个人的呼吸都是彼此交错的，这人依然是如此地好看，宛若这一生都看不够般。

明熙悄悄地抬起手，在半空中停了停，方敢小心翼翼滑过他紧蹙的眉头，指尖传来肌肤的温度，让一颗心如泡在了暖水中，温温暖暖的，舒舒服服的，一切的一切都变得如此美好。

明熙醒来之前，皇甫策早已清醒，只因太过清醒了，反而不愿睁开眼，昨夜的挽留与心情，都让皇甫策此时说不出地难堪，不知如何应对。即便如此，对于昨夜的一切，皇甫策竟是毫无悔意，甚至有种如释重负的欣喜。

白日里，皇甫策虽是答应了高钺，不再与明熙争执了，可却从未想过今后两人会有多少交集与交情。不怪不怨，本是皇甫策以为能做到的极限了。

不知昨夜，那花庭里点的什么香，十分好闻，让人忍不住心软……

两人这般躺在一处，皇甫策的内心深处，竟有种难以言说的柔软与甜意，还有种被窥破的难堪与心慌，一时间恨不得将明熙掀下床榻，可当真伸出手，不知为何，又有些舍不得了。

皇甫策等了片刻，不见明熙离开，甚至脸上的手指越发地放肆了，当指腹一遍遍地刷过那颤动着的睫毛时，皇甫策闭眼轻叹了一声，不得不握住了作怪的手腕，缓缓睁开了眼眸。

骤然的对视，让那颗毫无防备的心，被溢满柔情的眼眸狠狠地撞了下。莫名地，皇甫策的心跳再次加速，仿佛快要从胸膛里跳出来般，又宛若再次饮多了酒般，心甘情愿地沉醉在那双笑盈盈的眼眸里。

帝京人都云，贺明熙容貌姝丽，灿如春华，皎如秋月。往日里总是对此嗤之以鼻，可当这样甜美柔软又脉脉含情的笑脸映入眼眸时，皇甫策觉得整个人整颗心都变得毫无招架之力，只恨不得将人再次揽入怀中，揉入骨血，平复内心的悸动与莫名的失落。

皇甫策缓缓垂下了眼眸，不敢与眼前的人对视，莫名地不安心虚："闹够了吗？"

明熙抿唇一笑，拽了拽被皇甫策握住的手："怎么？舍不得我吗？"

皇甫策身形僵了僵，缓缓松了松手指，虽努力板起脸，可刚睡醒的脸上自有一股说不出的慵懒与柔软："贺女郎，也该起来了。"

明熙很是大方地松开了手，坐了起来，轻声道："皇甫策，你为何不敢看我呢？"

皇甫策侧了侧脸，躲开了附在耳侧的人，催促道："贺女郎该回去洗漱了，本宫也才好起身，换掉这一身衣袍。"

皇甫策的脸色有些苍白，明熙用手背在他额头上试了试，蹙眉道："你已许久不曾饮酒，才醒定觉得头疼，待会儿我让裴达送些醒酒汤，你躺一会儿再起来。"

那只微凉的手，放在额头上，有种说不出的柔软与舒适，似乎头疼也减轻了不少，可越是如此，越使人心惊不安。

皇甫策下意识地躲开了明熙的手，冷声道："贺女郎自重。"

明熙见皇甫策垂着眼眸脸色惨白，说话时尾音都带着颤意，顿觉心疼，轻声哄道："好，那我回去换身衣裙，你再躺一会儿，若是冷，地龙就烧得旺一些，让人给你加些炭盆。"

皇甫策错开了眼眸，似有些不耐烦："不劳费心。"

明熙心情很好，倒也不生气，爽利地起身："好，那我不招你就是了。"

明熙离开床榻的瞬间，皇甫策整个人松懈了下来，无声地长舒了一口气，抬眸见明熙头也不回地出了门，不知为何，心中突然升起了几分说不出的怅然若失与气闷。

如今只剩下独自一人，皇甫策越发觉得头疼得厉害，倒也不着急起床了，慢慢闭上眼眸，整理着凌乱的思绪。

两人待在一起太久的缘故，此时整个幔帐里，还都是贺明熙身上的香甜味。这本该反感的味道，可不知是何缘故，却觉得清淡而香甜，十分好闻，甚至连头疼也好了不少，也让心中的失落逐渐平复了。皇甫策再次皱起眉头，下意识又觉得这种情绪莫名危险。

柳南在外守了一夜，见门终于打开了，无声地松了一口气，忙给明熙行了礼，匆忙地进了内里。

当年明熙住进临华宫，柳南是谢贵妃给的人，两年里服侍明熙也是尽心尽力，从不曾有过外心。自临华宫大火后，谢贵妃身死，三人从火海里救出了皇甫策后，柳南便一心一意追随皇甫策，万事以他的意思作准。

柳南对一无所有的皇甫策，很是尽心尽力。明熙虽嘴上不说，心中倒起了敬意，平日里也能听进去柳南的劝说。因为明熙这一份敬重在，柳南在阑珊居的地位，与裴达一致。

自然，这些年来，皇甫策虽从不曾出过阑珊居，但也不曾在仆役那里受过丝毫的慢待与苛刻，裴达对柳南也颇为照顾。

柳南走到床边，见皇甫策闭着眼似乎还在睡，便轻手轻脚地放下了床帐。

皇甫策睁开了眼眸，见来人是柳南，目光黯了黯："什么时辰了？"

柳南把放了一半的床帐，再次收了起来，端起了茶盏，恭敬地递了过去："奴婢已备好了温水与醒酒汤，殿下喝一些再睡。"

皇甫策闭目倚在床上，不经意道："昨夜，本宫是如何回来的？"

柳南沉默了片刻："您与娘子都睡着了，裴总管与奴婢分不开您和娘子，唯有将你们安置在花庭里。后半夜，您觉得冷，要回寝宫……便将娘子一起抱了回来。"

皇甫策怔了怔："本宫亲自抱的吗？本宫昨晚手脚疼得紧，有心无力才是。"

柳南咳了咳："您是手脚疼……抱起来很是吃力，可娘子睡着时，没撒开您，您根本不许奴婢与裴总管靠近，跌跌撞撞地将人抱回了屋。

皇甫策脑海中仿佛有些影像飘过，但也记不太清了，柳南也不会在这种小事上撒谎，一时间心乱如麻，觉得十分难堪又自厌："醉了，行事难免荒唐了些。"

柳南自是明白皇甫策的尴尬，虽想帮着圆场，但因外面还坐着个人，不得不硬着头皮开口道："高将军一早等在外面，许是有事找殿下。"

皇甫策突然觉得方才还不是最糟糕的，眼前才是最糟糕的情形："那贺明熙出去时，可曾碰见高铖？"

柳南虽有不忍，但还是如实回道："高将军自早上，便一直坐在花庭里，娘子一出门就能碰上了。"

皇甫策顿时更加地烦躁了，轻叹了口气，慢慢闭上了眼眸……

灿烂的阳光落在身上，有种暖融融的惬意。出了东厢，正对上花庭内坐着的人，明熙单手遮住阳光，望向那处，对上一双深蓝色的眼眸。

阳光下，高铖身着绛红色翻领胡服，窄袖束着金线护手，衣长至膝，腰束和田玉钩，紧窄的长裤。腰间缀着十分精致的金镶玉的挞尾，脚踏长筒革靴。如此装扮，当真是猿臂蜂腰，英姿勃勃，丰神俊逸，让看惯了高铖一身戎装的明熙眼前发亮，她眼底的笑容更甚，快步朝花庭走来。

裴达站在高铖身侧，见明熙走来，躬身轻声道："昨夜娘子在此饮酒，本以为殿下不会回来，奴婢不曾过问。谁知殿下回来了，两人饮了些酒，都有些醉了，殿下握着娘子的手，奴婢见分不开二人，就和柳南一起将人抬了进去，倒是一觉睡到现在……"

高钺垂了垂眼眸，面上看不出情绪：“哦？”

裴达小声道：“娘子月余不曾与殿下见面了，昨夜娘子本就醉了……”

高钺垂眸道：“阿熙醉了，便不能送回房吗？还是裴总管想左右逢源罢了。”

裴达噎住，轻声道：“将军说哪里的话。不过现如今，娘子与殿下关系好一些，总也不会错。”

明熙笑盈盈地坐到了高钺对面：“高将军最近真是悠闲。”

裴达见明熙过来，松了一口气：“醒酒汤早就备好，奴婢着人送过来。”

明熙叫住了欲离开的裴达，又道：“殿下房里也送一些。”

高钺垂眸饮茶，但放在桌下的那只手下意识地握成了拳，面上喜怒不显：“总也悠闲不过你。”

明熙眯着眼，侧目望向高钺，忍不住笑了起来：“大清早就着急找他？短短几日，你们俩倒是好得不分彼此了。”

高钺略有不耐烦地瞥了眼明熙：“如今所有人都对太子殿下大献殷勤，我如此殷勤，也无甚可笑的。”

明熙道：“你们朝政上的事，我又不懂。不过……人靠衣装佛靠金装，诚不欺人。”

高钺冷哼：“肤浅。”

明熙抿了口茶水：“子曰，食色性也。我自小便极爱美人，本以为你早该知道的。”

高钺放下茶盏，漫不经心道：“一个小娘子说什么食色性也？人心不足，大多无甚好结果。”

明熙的笑容僵了僵：“不知你素日里是如何与别人相处的，每每和我说起话来，句句戳心，不知道的人会以为你多厌恶我！”

高钺不冷不热道：“你以为呢？”

裴达端着醒酒汤走进来，见两人冷场，凑到明熙身旁，解释道：“高校尉一早就到了，等殿下至此时。”

明熙阴阳怪气道：“人家可不是什么校尉，如今已是正四品的安远将军，正儿八经的高将军呢！”

裴达忙道：“奴婢给大将军贺喜了。”

高钺放下手中的茶盏，不冷不热道：“既是无话可说，自去洗漱穿戴吧。”

明熙摸了摸散乱的发髻：“管得倒挺多，那你大清早的来此做甚？”

高钺侧目看向东厢的门口：“自是有事。”

明熙道：“以前你们朝夕相伴，也不见有多好，现在倒是越发地焦不离孟了。你昨天可是同他说了些什么？他为何会心情那么好？”

高钺微皱起眉头，已有些不耐烦：“与你无关。”

明熙自来看不得高钺一本正经，又微微不耐烦的模样，站起身来：“天天板着脸，本就长得丑，再皱着眉头，怪不得这满帝京的娘子，没有愿意嫁你的。”

高钺似微微一怔，侧目冷冷地看了明熙一眼：“不劳费心。”

片刻之间，空气似乎都冷凝了下来。

明熙自觉说得有些过分了，有些尴尬地僵在了原地：“虽是如此，可你的年岁已然不小了……”

高钺如今已二十有二，比皇甫策还大了三岁，大雍虽不像南梁严格规定了婚嫁的年岁，但一般来说，娘子会在十四五岁定好亲事，待到及笄后出嫁。郎君虽不会如此苛刻，但大多也都会在十五六岁定好亲事，若家中无长辈或至亲突然去世，最晚也会在十八九便成亲。

先帝还在世时，实然已与谢贵妃一起物色太子妃。若非三年前的变故，如今只怕皇甫策也早已成了亲。以高钺之年岁，不管在南梁还是大雍，都已算是十分大了。这般年纪，定亲都不曾的人，真是少之又少，但高钺亲事艰难，倒也不是本身的问题。

高家本是寒门，高钺的祖父高长泰，自太祖微弱时追随左右，可谓为大雍朝立下了汗马功劳。因当年士庶不通婚规矩严苛，未起事之前，高氏虽也算是一方豪富，但也是实打实的寒门，那时莫说士族的嫡女，就是最低贱婢妾所出的庶女，也是轮不到寒门来娶的，最后高长泰无奈，娶了一个寒门的妻子。

到了高钺的父亲高林娶妻时，其祖父看中了士族陈家的嫡女。当初高祖父乃手握一方兵权的新贵，比起日渐微弱的士族陈氏，不知好了多少倍。即便如此，高长泰依然被陈家族长狠狠羞辱了一顿，声称即便将嫡女送入家庙，也不会让她嫁给一个兵家子。

高长泰气得够呛，但士庶不通婚，自来已有惯例，数百年来众家恪守此道。当初先帝有心维护，也确实做不到强迫世家的女儿嫁给谁。何况严格说来，皇族也是寒门，在太祖时期，皇族子嗣想娶个世家嫡女，难若登天，何况是高家。最后高钺的父亲高林，娶了高钺的母亲——庶族嫡女。

高钺的父亲高林因被世家鄙视，更是耿耿于怀，化作执念。如今士庶不通婚的惯例，已不像几十年前那般严苛，高林一心让原配嫡子，娶个世家嫡女。但不管如何没落，士族依然是士族。何况，高林相中的人选，都是不曾没落的一等一的世家嫡女。不管高家如何风光，也不过是寒门新贵罢了，真正的大世家，只怕连庶女都不屑嫁给高家，何况嫡女。

这些年，高家也相看了不少人家，双方都满意的却没有。如此，高钺的婚事，也被耽误了下来。

明熙见高钺的眉头越蹙越紧，难得有些愧疚：“成亲之事，本不必拘泥士庶，你若碰见喜欢的娘子，同你父亲说去就是。如今的你也非昔日阿蒙，你父亲也不好强迫你。”

高钺蹙眉，有些不耐烦地开口道：“高家内务，还轮不上贺娘子指手画脚。”

明熙顿时噎住，嗤笑了一声：“呵！我何时指手画脚了？不过就事论事罢了。既然将你我分得如此清楚，那我与皇甫策的事，你也休要多管。”

高钺冷哼道：“太子殿下，一人之下万人之上，又是谢氏嫡女所出外子，那太子妃之位不知多少人惦记。你与他，会有何事？怕只怕，很多人事不过是有些人痴心妄想。”

明熙拂过有些散乱的发髻，眯眼笑道：“你自来城府极深，心思叵测，又婚事艰难，难免有些愤世嫉俗。如今满心的羡慕妒忌，我也不会同你计较。”

明熙见高钺沉默不语，不禁笑道：“你我虽有自小的情谊，我也有心帮你，可帝京士族中的未婚女郎与我要好的，一个也没有。何况，你人凶、擅武、嘴拙，竟一无是处，当真让人爱莫能助呢。”

高钺垂眸抿唇，咬肌动了动，再次抬眸，面无表情，可那双深蓝色的眼眸有些泛红：“既无话可说，那贺女郎自便。”

空气有片刻的冷凝，高钺虽无甚表情，可明熙能感觉到从他身上散发出的被压抑的蓬勃怒意。明熙有些后悔将话说得重了。皇甫策的态度有所转变，想必与高钺的转圜也有些关系。两人自小到大，不管出了何事，高钺虽不见得总会救助，但也从不曾落井下石。

明熙自觉几次说错话，有意修好，干笑了两声：“你我自小相识，我早看惯了你素日里的模样，自觉高将军很是英武俊美，近看远观都是威风堂堂……可帝京里的世家娘子，大多都是北迁的南人，偏爱的都是些弱不禁风的文士郎君，只恨不得小郎君都如南梁陈氏檀郎肤白病弱，一步三倒，对此，我当真是爱莫能助。”

明熙这些话，倒也全是实言。自前朝开始，世家郎君罗粉敷面，以白为美，文华动人。高钺祖上许是有胡人血统，五官立体，身材魁梧，肤呈蜜色，并不符合当下人的审美。何况，大雍虽不如南梁般重文抑武，但对寒门出身的武将，当真算不上多宽容。

高钺当年出宫后，就在安定城当差，从兵卒开始，屡屡征战沙场，先不说出身如何，光是近十年的军旅生涯，他整个人已带着一种杀戮之气，又不苟言笑，当真不符合如今人的审美。

大雍也好，南梁也罢，也不光世家选婿会以貌取人，即便朝廷招贤纳士，若是貌丑也是万万选不上的。若想为官，也不光要有才华和举荐，相貌还要十分地好，才会被甄选。

自小受鲜卑族出身的惠宣皇后影响，明熙历来不喜一步三倒的文弱男子，反而习惯跟在高钺身后骑马射箭，本心也自然当真觉得高钺长相俊美，但一般的小娘子对高钺这样高大魁梧的郎君，大多都退避三舍，若要嫁给其人，有点家世的都是十分不愿。

高钺道：“你不必作违心之论，可不管如何，我总也是个男子，婚事待到而立也是不愁的，可你不管如何努力，还能嫁给皇甫策不成？”

皇甫策若做个见不得光的人，明熙想嫁给他不易，贺氏宗族不会眼睁睁地看着嫡支的嫡长女嫁于一个身份不明的人。可假若皇甫策恢复了身份，明熙想嫁给他，更是不易，皇甫策登上至尊之位，皇后也必然是众家博弈后的人选。贺家虽看起来不弱，但比起王谢陈刘四家，也是差了不少。

假若贺家真有一搏后位的机会，也不见得这种事能轮到明熙。贺家还有个如珠如宝，只比明熙小两岁，正是适龄的嫡次女。族长贺东青也会愿意将这个机会留给较为亲近的女儿，更何况毫无血缘关系的李氏。

当然，皇甫策虽看似温文尔雅，可不懦弱，他更可能会选择心仪的女郎。不管是博弈的人选，还是皇甫策心仪的人选，都没有贺明熙什么事，谈何嫁娶？

明熙醒来后的沾沾自喜，霎时间烟消云散：“你觉得，他不会娶我吗？”

高钺与明熙对视片刻：“你还真有此妄想？你可想过，有一日太阳会从西边升起吗？”

明熙怒然起身，虽早知高钺心直口毒，但这话说出来，当真是半分情面都不留了：“你也别那么笃定，以后的事，谁知道呢？”

高钺面无表情道：“这话也有些道理，若想为后，难若登天，若为妃妾，若他可怜你的遭遇，也许你尚有一席之地。”

明熙咬牙：“呵，说得好像看到了一般！不管为后还是为妃，你总也……总也……”

高钺轻蔑地瞥了明熙一眼：“总也如何？难道你自己还不了解自己的性子，善妒霸道，如何能为妃为妾，俯首称奴。”

高钺嗤笑了一声，又道：“听闻太子殿下当初在宫中时都对那王二娘子呵护备至，爱若珍宝，以他对你的了解，又怎会让你入那东宫的门？”

明熙慢慢坐回原处，沉思片刻：“你曾答应你我的母亲，以后都会照顾我。想当初，我在宫中，无须你照顾。我出宫，也不须你照顾。现在你明知我心中有所求，你为何不愿帮我？”

高钺怒极反笑：“帮什么？帮着你朝火坑里跳吗？！他对你半分男女情意都没有，你又何必自甘堕落！这种事又能让我如何帮你！你若有心，当初为何不与他握手言和？你若害怕，当初为何不听我的，一了百了！”

明熙紧紧地抿了抿唇，硬声道：“你说得轻巧！若人能不为感情左右，那与顽石有何不同？你不曾体会我的心情，自然能张嘴就打打杀杀，若此事换成你的心仪之人，你安能说忘就忘，说杀就杀？”

高钺攥成拳的手，抑不住地发着抖，许久，沉声道：“我是答应了母亲照顾你，可你若喜欢金银财帛、良田庄园，只管开口。太子妃之位，兹事体大，莫说是我，即便我父亲与你父亲一起联手，也不见得能做到。

“何况，如果要娶之人是你的话，他肯定不会愿意。你休要痴心妄想了，他不日便会回宫，如今你能与他好好相处几日，已属不易，莫要再有别的奢望！”

明熙霍然抬眸，怒道：“以往我与他日日争吵，自然不会奢望，可他昨夜明明对我不是无情……我为何还要放弃？我既心仪他，自然想得到他整个人，如何管得了那么多？！”

高钺斩钉截铁道：“若为正妃，你有何一拼之力？若为妃妾，是自甘下贱！”

明熙整颗心不由自主地震了震，突然失去了与高钺对视的勇气，慢慢垂下了眼眸：“他并非对我全然无情，我从不知道他若愿对人好时，竟会如此地温和。以前我什么都不知道，放弃便放弃，离开也随他，可当昨夜我……他真的很好很好，好得我不甘心不甘愿就此放手，好得我愿意放弃一切，拼上一场……”

“迂腐！你怎知他的转变，没有别的缘故？他现在虽是胜券在握，可也还是要拉拢所有人！你知道他昨日与我……”高钺看着明熙的双眼，着实有些不忍，顿了顿又正色道，“妃妾，奴婢也，招之则来挥之即去。”

明熙怒道：“你怎么知道，我就只能做妃妾！我管不了那么多！我心悦他，想得到他！有什么错！若不能嫁给他，即便现在出嫁，做谁家的主母，我都不会开心！”

高钺冷然道：“不管朝堂上的利害关系，也不将他想得那般心有城府！你心悦他，觉得他一切都好，这些无可厚非。可你将所有的希望寄托在未知的将来上，寄托在一个对你可能没有半分男女之情的人身上，不害怕吗？”

明熙抿唇：“可如果不试一试，也许将来每每想起此事来，我都会后悔！”

高钺沉声道：“为了不可知的将来，你甘心一辈子看元妃的脸色吗？他值得你如此吗？贺明熙，你别太天真了，若不能做人主母，不如你自立门户，我自会看顾你！”

明熙咬牙：“你说的那些固然好，可那些都不是现在我想要的。他要拉拢人心又如何？你们这些人宦海浮沉，有几个真正干净？当初他落魄时，尚不曾对陛下屈服，如今要恢复身份，即便是有所转变，也是理所当然！”

高钺骤然起身，伸手拽住了明熙的胳膊，一直将她拉到花庭外：“冥顽不灵！”

明熙用力挣扎，终是挣不开那双铁箍般的大掌，勃然大怒：“高钺！你放手！”

高钺指着远处候在门廊上的仆役：“看到他们了吗？你自小到大随心所欲，不知看人脸色的日子多么难熬。到时和你一起长大的娘子，都成了别家的主母，呼奴唤婢，你却成了奴婢。即便是皇家的奴婢，又有何不同，到时你自己都会受不了身份上的卑贱。”

明熙好不容易挣脱了高钺的钳制，双眸冒火，冷哼道：“你才是心若顽石！一窍不通！你根本什么都不懂！”

高钺怒极反笑：“至少我知道自尊自爱，能站着做人，绝不会跪着为奴！”

明熙哆嗦着唇，双眸通红，半仰着头，许久，开口道：“我但求一心，即便结果可能是一败涂地，至少我努力过了，也争取过了！我贺明熙这一生，绝不会为了任何人为奴为婢！”虽极力压抑，但话语之中已有哽咽之意。

高钺瞥了眼远去的明熙落荒而逃的背影，缓步回了花庭，抬手将自己对面空置的茶盏斟满，侧目望向院角已长出骨朵的傲雪寒梅，不知神思何处……

春心莫共花争发

7

虽是寒冬，午后时分并不冷。

花庭外，各色寒梅绽放于冰雪间，朵朵晶莹剔透，娇艳欲滴，美不胜收。阳光灿烂，仿若又给这美景镀上一层浅金色的光晕，让人沉醉其中。

一袭广袖长袍，腰束金玉带钩，琳琅环佩，叮当作响。这人从花间小径中，踱步而来，宛若一张流动的画卷，给这般的美景，又添了几笔浓艳。

高钺眯眼看了片刻来人，缓缓垂眸，站起身来，正欲行礼，被皇甫策快步上前，挡住了身形。

皇甫策轻咳了咳："阿钺久等了，本宫昨夜饮了几杯酒，这才耽误到此时。"

高钺垂眸，给皇甫策斟满了茶水："殿下身体尚未大好，更深露重，不好在外饮酒。"

皇甫策眉宇间露出一抹窘迫："昨日同阿钺跑了一圈，心情大好，也没在意那么多。"

高钺不置可否："今晨末将进了宫，陛下让殿下少安毋躁，过些时日寻到合适的契机，定会让殿下回去得理所当然些。"

皇甫策垂眸，不动声色道："皇叔可还有别的交代？"

高钺沉默了片刻："陛下待贺明熙犹如亲女，殿下虽不喜她，但最后这段时日，还是不要多生事端，不然到时陛下总会为难。"

皇甫策面上似有些惊讶，半晌后，轻声道："昨日不过是个意外，本宫心中有数。不知阿钺答应的事，办得如何了？"

高钺道："世家门阀倨傲，这嫁娶大事，陛下很难插手。但王家若当真愿意将嫡女嫁给殿下，陛下也愿意做那锦上添花之人。"

皇甫策双眼一亮，抿唇笑道："劳阿钺费心了，还请转告皇叔，此事本宫已有成算。不管结局如何，还要多谢阿钺……唯有高家与阿钺，才能得皇叔如此信重。"

高钺摇头道："陛下早有恢复殿下身份之意，只是谁都不提，时机不到，陛下反而不好明说了。如今太子殿下之意，正是陛下之意，与末将无关。"

皇甫策抿了抿唇，思考了片刻道："皇叔可有别的疑虑？"

高钺道："殿下乃陛下最亲的人，所有的打算与疑虑，不过都是为了殿下。"

皇甫策思索了片刻，慢慢舒展了眉心："阿钺放心便是，不管如何，本宫都不会忘了你与高氏的功劳。"

高钺再次开口道："原本就是陛下的本意，末将不敢居功。殿下既早知会离开此地，昨夜便不该放任自己与阿熙一起饮酒。"

高钺见皇甫策面上似有尴尬，语调顿了顿："阿熙脾性强势执拗，殿下态度软化，不见得是好事。阿熙若认准了一件事，说不定会为了些身外之物，或是不该肖想之位，与殿下纠缠，到时候难免会令殿下头疼……"

皇甫策不动声色看了高钺一眼，低声道："贺明熙今日很是反常，脾气也比以前要平和许多，倒也不算难相处。"

高钺不动声色，抿唇道："殿下该回去想想，她是从何时开始转变和退让的？此时对太子殿下来说，正是最关键的时候，殿下万不可有半分掉以轻心。王氏若有半分捕风捉影，只怕到时候也够殿下苦恼的了。"

皇甫策沉思了片刻，极轻声地开口道："说起来倒也有些，两个半月前，贺明熙入宫回来后，已对本宫有了讨好之意……"

高钺低声道："殿下与陛下虽是亲叔侄，到底是隔了一层。阿熙深得帝宠，陛下的每句话都能入了心，如此这般的反常，殿下难道就不曾起疑心吗？既是已经快要走了，总不好多生波澜。"

皇甫策沉默了半晌，眉宇间俱是冷色，低声道："如此说来，贺明熙的刻意为之，乃为皇叔指示，或是皇叔的意思？"

高钺点头："殿下所思，何尝不是末将所虑。殿下对王氏有许婚之意，陛下看似同意，可太子妃之位，乃是将来的后位，对朝局的影响甚大。殿下与王氏青梅竹马，感情颇笃，将来帝后难免举案齐眉，可此事定会让陛下有所思忖。"

皇甫策紧紧地抿着唇，冷笑连连："怪不得本宫总也想不明白，一夕之间为何竟觉得贺明熙十分得心，若是有意为之，那倒也说得过去了。皇叔为本宫如此周旋，虽是不说，但本宫心中甚为感念，不承想竟还留了后招。"

高钺低声道："阿熙心中所求，殿下该是清楚。若陛下稍有许诺，她必然言听计从，在陛下看来，一个陌生且家世强横的王氏，哪里有与熟悉又无依靠的阿熙好用，两位娘子对陛下的态度也有所不同……"

皇甫策面上虽是不显，但心中已掀起轩然大波，紧紧握着手中的空杯子，许久许久，才轻声道："可我们看得明白又能如何？不知阿钺可有破解之法？"

高钺蹙眉道："末将如今虽得陛下信重，但从不曾忘记先帝的提拔之恩，末将为人寡合，但儿时同殿下一起长大的情分，时刻不敢忘记。我母亲与顾女郎乃手帕之交，母亲临终有言，让末将照顾阿熙，末将也不愿见明熙做了谁人的棋子。"

高钺见皇甫策沉默，不禁又道："若殿下当真洁身自好，即便陛下与贺明熙有许诺，又能如何？这般的事，若殿下不愿配合，任是陛下计算得再好，也是难成的。"

皇甫策低笑了一声："若光是置之不理，又何尝够，若皇叔一计不成再生一计，到时候本宫还不是防不胜防？既然贺明熙这里的事，咱们已是明白，自然要兵来将挡水来土掩，省得回宫之前再出纰漏。阿钺以为如何？”

皇甫策见高钺依旧眉头紧蹙，安抚道：“阿钺所说，本宫心中有数，昨夜是多饮了几杯，行事虽有荒唐，可也不曾乱了分寸。贺明熙虽是从内寝走了出去，但绝非阿钺想的那般，本宫昨夜醉酒后睡到方才，这里的奴婢个个惧怕贺明熙……才不曾将她送回去。”

高钺虽知道皇甫策既然如此想了，那么对付明熙必然还有别的招数，但此时若再多说，只怕方才说的也会被疑：“末将亦愿相信殿下心中再无其他，阿熙固执，又有陛下的怂恿做依靠，殿下若不想一生都如此纠缠，以后还需更加疾言厉色才是……”

皇甫策颔首一笑，轻声道：“虽阿钺所言极是，但只怕光是疾言厉色是不够的，不过别的事，本宫心中自有主张，阿钺放心。”

午后时分，碎碎浅浅的阳光，透过轻纱映照在花庭内，让冬日的院落，别样温暖。

皇甫策坐在亭内，不知神思何处。此时此刻，再忆起昨夜的种种，已无半分心动与欣喜，只有被欺骗后的恼怒与懊恼，胸口冰冷一片。昨夜越是温情，越是让他有种难以言语的压抑与不堪。

柳南躬身道：“此处乃风口，殿下若有不适，咱们先回去如何？”

皇甫策回过神来，眯眼道：“方才高钺所说，你都听见了，你觉得话中有几分真假？”

柳南道：“此事端看殿下是否信任高将军。若殿下全心全意信任将军，自然是十分的真；若殿下对将军心存疑虑，那便作不得数。高将军自小陪伴在殿下左右，他的性子您最清楚，是真是假，您心里已有定论。”

皇甫策侧了侧眼眸，长叹道：“高钺此番或有讨好之意，却无欺骗的动机……本宫最近反复思索，此番一切事宜，为何会如此顺利？原来皇叔早留下了后招，若非是高钺提醒，本宫也想不到贺明熙会有如此心机。”

柳南思索了片刻，轻声道：“奴婢倒觉得娘子，不见得知道陛下在想什么，说不定只是想要挽留殿下，或是被谁怂恿了……”

皇甫策抿着唇，冷声道：“你与贺明熙朝夕相处数年，连你都觉得贺明熙绝无此心机，才是让人最害怕的地方。若非是本宫身临其境，谁能想到当年与陛下一同做戏，将本宫秘密带出来软禁的会是那么张扬的贺明熙？

“若非咱们想尽办法传消息出去，甚至连高钺都不知道本宫在阑珊居内。贺明熙轻而易举，瞒得过满朝文武，如今想来尚且让人胆战心惊……”

柳南低声道：“那怎么一样，当初殿下危在旦夕，娘子为了殿下也不会泄出半个字啊！若娘子当真有此心计，有意讨好殿下，也不用等到此时了。”

皇甫策沉吟了片刻：“是啊，为何偏偏就是此时呢？”

柳南眼神为之一黯，轻声劝道：“殿下莫要想岔了，临华宫大火，奴婢在场。当时娘子的样子，绝不像是知情的。娘娘和殿下的心腹都在主殿中，偏殿宫人见火势凶猛，都袖手旁观，只有娘子不顾一切冲进了主殿……”

虽已近三年的时间，但皇甫策清醒没多久，得知谢贵妃被埋在了主殿里，近半个月不声不响，即便是后来，也不曾追问其中细节。柳南怕勾起皇甫策的心事，自然不会主动说起来。如今说到这里，柳南才敢将当日的情形说出来。

皇甫策怔了怔：“是吗？”

柳南忙道：“若陛下和娘子串通的，娘子何必冒这样大的风险？当时情形很是危急，若非贵妃娘娘执意让娘子先带着殿下出去，说不定娘子也会同娘娘一般埋在主殿里了。这些年奴婢一直不曾说，是怕殿下以为受人恩惠又寄人篱下，自觉低上一等。”

柳南见皇甫策一直沉默不语，不禁再次小声道：“今日殿下将话说到这里，奴婢也要为贺娘子说句公道话。虽不知陛下是如何与娘子说的，也不知高将军为何会以为是陛下与娘子沆瀣一气，但中宫养大的世家嫡女何其矜贵，谁会拿着性命来耍弄这些莫须有的阴谋诡计？”

皇甫策轻声道：“如此说来，今日这事，你也觉得高钺冤枉了贺明熙吗？可你也该知道贺明熙与高钺自小情谊颇笃，又无嫁娶之意，为何偏偏提出此事来？”

柳南噎住，轻声道：“这里面的事，奴婢肯定不知情。但这些时日娘子却是变了不少，也有讨好殿下之意。”

皇甫策抿了抿唇，眼中有片刻的动容，但随即不知想到了什么，轻声道：“可最后母妃还不是惨死在主殿里？本宫被救出来又能怎样，还不是手脚俱废？若非动手的人不知这些，会让她进去救下本宫吗？

“当初这场不知是谁所主导的大火，当真好深的算计。也许，在皇叔看来，贺明熙对本宫有了救命之恩。那时本宫无依无靠又失去了一切，说不定本宫会对贺明熙感激涕零，或是……有了男女之情。如此，本宫一辈子都逃脱不了那人的手掌心了。可惜那贺明熙烂泥糊不上墙。”

柳南眼看着皇甫策心中已给贺明熙与陛下定了罪，虽为皇甫策的心腹，但也不好继续分辩，不然说不定，当真便要为此与主人起了隔阂。

柳南沉默了片刻，低声道：“殿下以为该如何呢？不然，奴婢吩咐下去，以后不许娘子再入东苑一步？”

皇甫策冷笑一声：“既然他们各有各的算计，我们也是防不胜防，不如顺着应下，将计就计，以彼之道还施彼身。自古以来，男女之事，郎君总也无恙。”

柳南轻声道：“那殿下以为高将军的话就那么可信？”

皇甫策道：“高钺何等骄傲，还不至于特意为此小事欺瞒本宫，想来说这些，是为了提前在本宫这里卖个好，实然也有为贺明熙开脱之意。皇叔自传出病重之事来，各有各的心思，高家也不是铁板一块。”

柳南道：“韩大人还说，王大人有意先让殿下搬出阑珊居，若殿下感觉娘子这里不安稳，不若回宫前的这段时日先搬出去。”

皇甫策抿唇一笑：“王轶也不见得就是好心一片，阑珊居本宫住了这么久，最是安全无恙，为何要离开？贺明熙与皇叔有念想，别人就那么全心全意吗？既然大家的计策都使得如此用心，本宫若不遂其所愿，说不定后面还有什么看不到的等着本宫。”

柳南道：“这一切不过都是猜测，殿下实然不必如此……”

皇甫策微微眯眼，侧目看向柳南：“贺明熙的心思，本宫又怎会捉摸不透？她不是肖想太子妃之位已久？本宫给她希望，抓不抓得到，端看她如何做。”

柳南一怔，低声道：“殿下所言极是。”

寒梅初绽，雪压枝头，一夜之间，帝京仿若粉妆玉砌，华美至极。腊月初祭神，因泰宁帝病重，本该是一年最热闹的年祭，因无人主持而变得萧瑟起来。

自醉酒那夜后，皇甫策有意修好，明熙自然投桃报李，收敛锋芒。明熙每日早早必至东苑，直至寝前离开。如今两人相处起来，虽不如那夜亲近，却也相安无事。大多的时间里，各自做着不同的事，说起话来极有默契，不约而同地避开两人都不愿深谈的事。近半月的时日，两人消磨一处，竟不曾起过一次争执。

闲暇时光，煮茶饮酒，踏雪寻梅，散步月下，颇有岁月安然，瑟弄琴调之意。

今日天未亮，天空飘起了雪花，中午时鹅毛大雪已下至半尺厚。自手脚受伤后的三年里，虽已用尽心思地保养，但每每阴天雨雪，皇甫策的旧伤，总也酸痛难忍。因半夜的风雪，这日一早，皇甫策旧伤复发，呼吸间都牵扯着痛，脸色苍白得厉害，几乎不愿站起身来。

不想辰时后，宫中内侍冒着风雪，送来了太子祭天所用的衮服与赏赐。这些东西，虽看起来不算什么，陛下的旨意里也无实质内容，但太子在阑珊居的事，就这般毫无征兆，又无比简单地大白于天下。

送走内侍，不到一个时辰，消息灵通的那些人已蜂拥而至。短短一个时辰里，阑珊居东苑已是人来人往，几乎快被人踏破了门槛。

太子派的保皇党，毫无忌惮地围了过来，那些本还有些顾忌的大臣，见泰宁帝这般的态度，少了许多顾虑，不甘落后地靠了过来。如此一来，阑珊居从早上待客至傍晚时分，直到明熙责令关闭正门，不管谁来都不再开门，才算消停。

从早到晚，见了不少人，虽不见得全部都很重要，但是陛下的诚意，已让皇甫策提起的心，放下了不少。一整日的应酬，虽有些疲惫，但不知为何精神却比早上还好些。桌上堆成小山的锦盒，皇甫策不见得都喜欢，但心中的愉悦与畅快，即便是当初被立为太子时，也不曾有过。

先武帝大婚四年无子，二十一岁，得长子皇甫策。虽不是嫡子，但其生母乃谢氏嫡女，位分贵妃，论起出身来，庶长子的身份万分贵重。

于情于理，皇甫策都该颇受宠爱，可事实并非如此。不知为何，先帝不喜长子，虽对余下的几个孩子，也不冷不热的，但相比起来，剩余几位皇子所受之待遇，比皇甫策好太多了。先帝对长子的厌恶，也未表现在明面上，宫中之人大多不知。

谢阀出身的贵妃，该比惠宣皇后还尊贵几分。她是帝后大婚四年后，第一个先帝亲自提亲以纳后之礼迎入宫，直接封了贵妃的世家嫡女。当然，谢贵妃能得此殊荣，也是因为当时皇甫策的外祖乃谢氏族长，在当时谢阀几乎能左右半个朝政。

这纳后之礼迎回家的妾，甚为轰动，先帝甚至特意腾出了整座西六宫，仿造着揽胜宫的规格建了临华宫。在谢贵妃未进宫时，谁不说这会是比皇后还要尊贵的贵妃。在先帝与谢贵妃新婚的前半年里，谢贵妃不负众望地受尽宠爱，甚至早早地怀上了身孕，那时惠宣皇后一个月也见不到先帝一次。

可这宠爱也不过就是半年，不知为何，贵妃突然失宠，连诞下的皇长子也不得先帝青眼，直至惠宣皇后过世之前，先帝一年也入不了临华宫两次，每每见到皇甫策母子，总不由自主地皱起眉头，甚至无缘无故地出声呵斥。

少时的皇甫策不管做什么都是错，功课做得比兄弟都好，学东西最是认真，却都入不了先帝的眼。稍懂事些，皇甫策不愿去中宫请安，不是不想讨好帝后，是根本讨不好。偶尔去请安，惠宣皇后连眼皮都不抬，皇甫策若不自己起来，也不会让他起身。

若有幸碰见先帝，不但得不到半分怜惜，甚至还会不由分说，被训斥一顿。这世上再也没有人比皇甫策这个当事人更清楚先帝后对谢氏母子的厌恶了。

身为皇长子，谢氏族长的外孙，皇甫策自小从不曾有过众星捧月的优越感，反而学会了看人眼色，低调无争，在兄弟中的人缘最好，却是最受冷遇的一个。这番际遇，被立为太子后才稍稍有所改变。

可惜东宫没热闹两日，惠宣皇后骤然暴毙冷宫。此后，先帝有一段时日，再看皇甫策母子，可谓厌恶至极。皇甫策在当时虽已贵为太子，可当时还有活着的兄弟，先帝随时可改变主意，直至后来发生了意外，除了皇甫策外，先帝再无别的皇子，皇甫策这才稍微有些安心。

傍晚时分，东苑依然灯火通明。

暖若春日的堂屋里，皇甫策半倚在正座上，舒展的眉宇已有疲惫之色，但轻扬唇角，意态闲适，神情愉悦。

宫侍离开后，明熙不好在东苑露面，但近半个月的相伴，颇有一日不见如隔三秋的失落。阑珊居关闭正门后，明熙端着准备了一日的贺礼，迫不及待地去了东苑。

橘色的光线，让一切都显得柔和，闭目躺在长榻上的人，因那安适的神色，整个人宛若流动着浅浅淡淡的辉光，不耀眼，但很夺目。

进门所见，让明熙不禁神思恍惚，屏住了呼吸。徐徐朝前走，可每一步都好像走在了棉花上，如此不真实，又有些莫名的胆战心惊。相隔一日光景，再见这人，仿佛回到多年前，花树之下，少年抿唇含笑，斑驳的阳光下，那人显得风姿绰约、俊美无俦、神情豁达，自带一份天成的矜贵与耀眼。

很多很多年前，不知从何时起，不知所为何事，每见这人，内心深处总是不自觉地带上几分盛气凌人和隐隐的不安。表现越是傲气凛然，不可一世，内心越是没有底气。想讨好，不会温软；想靠近，瞻前顾后；想得到全部，最后反目成仇。直至今日，明知已行至末路，才有了破釜沉舟的胆量与不顾一切的勇气。

细微的声响，让皇甫策从沉思中醒来，侧目见端着托盘的明熙，愣怔当场。

南梁与大雍的世家虽有些差距，但都最讲究风骨仪态，文雅清贵。郎君若从文，自然百般好，文武双全也可，但是习武带兵，那当真算不上值得称道的事。

世家的郎君们，自幼锦衣玉食，奴仆成群，即使为官，也讲究清贵，不务实务最佳。也大多都是肩不能挑手不能提，莫说洗漱穿衣这等日常琐事，毫不夸张地说，即便走上几步路都要侍从左右搀扶。

自然，从南梁到大雍也不讲究女子洗手做羹汤，也没有许多的行为规范。在此时，门阀世家也好，寒门庶族也罢，女子的地位也不输郎君多少。自然，小娘子们，不管受宠与否，个个尊贵至极，不做琐事才是常态。

谢氏可谓当世大家。谢贵妃身为世家嫡女，却不许儿子有这等习惯。皇甫策五岁启蒙，文武兼并。七岁洗漱束发，穿衣用膳，都已不再依赖宫侍。

明熙端着托盘，站在原地许久，对上那双有些愕然的清湛目光，好不容易压下去的羞怯窘迫，再次蜂拥而出。

“你……醒了？”明熙脸颊绯红一片，恨不得扔下手中的东西，转身逃出去。

“你手里拿的是？”皇甫策从愣怔中醒来，见明熙窘迫，心下有些好笑，面上丝毫不显，可声音中已不自觉地带上了些许安抚。

不怪皇甫策有此一问，自儿时到现在，所有记忆里的贺明熙都是高高在上，矜贵奢傲的，从不曾做过任何日常琐事。

在中宫长到十三岁，不算宦官，光伺候明熙穿衣洗漱的宫女就有六人，束发用膳的宫女六人。皇甫策那时也不过只有四个伺候的宫女罢了，直至被封为太子，才翻了一番，但即便如此，也是与在中宫时的贺明熙无法相比的。

明熙虽力持镇静，但还是有些心虚地垂下眼眸。她将托盘放在桌上，似是漫不经心地开口道：“血燕、莲子、红枣，最是益气补血，你尝尝，可好？”

皇甫策低声笑了起来：“如此慎重，莫非你亲手做的？”虽觉这盅粥，十有八九出自明熙之手，但皇甫策不知为何，总想亲耳听见答案。

明熙蹙眉：“是又如何，不是又如何？你还怕有毒不成？”

皇甫策再次不由自主地抿唇笑了起来，清湛的眼眸越显柔和。这般地看了明熙好一会儿，直将她看得不由自主地微垂下头。

皇甫策起身，盛了碗粥，抿了一口微眯起了眼：“新换了厨娘？比前几日的粥都要软绵入味，可见是用了心。”

明熙也忍不住想笑，可面上还是带了几分骄矜地抿着唇："如此，你劳累了一日，该多喝些。"

皇甫策听着这般言不由衷的话，心中泛起了陌生的甜蜜。一整日迎来送往，多是攀附谄媚之人，收到的贵重之物不知凡几，虽有得偿所愿的畅快，但多了还是有些厌烦。可这一盅不知熬了多久的粥，虽不贵重，但独得青睐，皇甫策深有被取悦之意。想必，也是因为这其中用心的缘故。

往日里，多少次针锋相对后，皇甫策都想，若有翻身之日，必然会给贺明熙好看。可到了此时此刻，这人明明还是如昔娇蛮，可不知为何，看来看去总带上了几分可怜可爱。

两人相对而坐，皇甫策喝完后，又盛了一碗。明熙眉宇间彻底舒展开来，眼底尽是愉悦。许是感染了这份喜悦，皇甫策抬眸，宛若掉入了那双灿若星辰满含笑意的眸中。从不知，这人眼中有笑的模样，竟是闪闪发亮，耀人目眩。

明熙见皇甫策停住了动作，不禁疑惑道："怎么不喝了？"

"呃……咳，没什么，挺好喝的，你尝尝吗？"皇甫策佯装无事地垂下眼眸，只觉得耳根烧得厉害，心跳也莫名地快了不少。

明熙不曾察觉异常，心满意足地盯着对面的人："你喝吧，我用过了。"

这些时日，皇甫策脾气越发地温和了。两人在一起，即便不做什么，明熙也觉得亲近。偶尔四目相对，仿佛都带着微醺的甜醉，让人沉醉。那种内心深处的恋慕与喜悦，难以遮掩，也不想遮掩了。明熙深以为，只要能这般地相处下去，似乎每一天都是最好的。

可惜圣旨来得太快了，从今日起，皇甫策恢复了往昔身份。明熙虽为他高兴，可心底更多的是不安与失落，只怕短短时日的和平相处，在不久之后，便成奢望。

即使如此，因有了这些时日的朝夕相伴，明熙也少了许多暴躁苦闷。不管如何，在这样的日子里，都该为对方庆贺一番。

自小到大，也不曾学会如何讨好别人。虽有裴达给出了主意，但这一整日，明熙都在厨房消磨了。燕窝粥看似简单，但从泡到煮也有十几道工艺，不知煮了多少盅，直至傍晚时分，才出了这盅卖相味道俱佳的燕窝粥。为此，明熙很是沾沾自喜，颇觉厨艺女红不是难事。

明熙笑道："吃饱了吗？若还饿，厨娘准备了些点心。"

还是往日的声音，还是往日的人，可这普通简单的一句话，为何竟能听出温柔缱绻之意。皇甫策压下心中的悸动，漱了漱口，若无其事地擦了擦唇角，轻声道："一盅粥都见底了，若再吃，怕夜里积食。"

明熙了然地点头："昨夜大雪，这样阴冷潮湿的天气，还是在屋里好些。"

皇甫策自然看见了明熙眼底的眷恋不舍，不禁开口道："不然，我们手谈一局？"

这句话不经思索地说出，皇甫策虽有片刻的后悔，但抬眸间，对上明熙突然发亮的眼眸，那一丝悔意也烟消云散了。

明熙棋艺不佳，棋品更是出了名地差，当初在宫中，可是人尽皆知的事。这三年，皇甫策宁愿左右手对弈，也不曾起过与明熙手谈的心思。

明熙踌躇不前，有些为难道：“可以是可以，但是……你让我三……五……不，七个子……如何？”

“善。”若非对上那双满怀期待与小心翼翼的眼眸，皇甫策定会不客气地笑出声来，此时说完话垂下眼眸，遮盖了笑意。

“那还等什么！”明熙听到此话，来了精神，生怕对方反悔，毫不犹豫地坐到了棋盘边上。

屋内虽只多了一个人，但空气中都多了几分暖暖的微甜，有种说不出的放松与惬意。每落一子，皇甫策都不经意地抬眸看明熙一眼。

一炷香的工夫，明熙已将五个指甲咬了一遍，眉头紧蹙，每次落子，呼吸都放得很轻很轻，还要小心翼翼偷瞄对面一眼。

本一盏茶便可结束的棋局，硬生生被皇甫策故意放水拖了半个时辰，直至最后一个子落下，皇甫策才长舒了一口气，坐正了身形。

明熙懊恼地叹了口气，开始数输了的棋子：“输了三子，刚才要是能放在这里，再走这里，应该就不会输了。”

皇甫策垂眸，抿了一口茶水：“嗯，也对。”

明熙似是觉得输得有些难堪，不禁又道：“方才你肯让十子，我许是就不会输了……可以平局了，我再这样走，放在这里，可能还会赢。”

皇甫策垂眸好半晌：“嗯，也是。”

“不然，我们再来一局？你让我十子，可好？”

皇甫策噙着笑，侧目望向窗口的方向：“时辰不早了，不如改日如何？”

明熙失望道：“可你最近几日肯定都很忙……不知会改到哪日去。”

皇甫策终是忍不住轻笑出声：“怎么也要等到你十个指甲长出来，才有的咬不是？”

明熙立即将双手藏在身后，回过神顿时窘迫交加，红了耳根，朝外看了一眼：“哎？！天色已经那么晚了，你忙累了一日，我先回去了！”

皇甫策微微抬眸，轻声笑道：“不再留一会儿了吗？这里还有些上好的瓜片……”

“不了不了，西苑……西苑还有一些事！”明熙头也不敢抬地朝外走，其间差点撞翻了百宝阁，直至快跑出院门，冷风吹过发热的脸颊，这才稍稍回过神。

春心莫共花争发

8

皇甫策望着明熙跌跌撞撞的身形，不禁失笑，当脚步渐行渐远，直至消失。屋里似乎在瞬间，便冷清了许多。这半个多月里，不到皇甫策就寝，明熙绝不离去的，可这样头也不回地跑了，倒是让皇甫策平白生出莫名的失落。

柳南凑到皇甫策耳边轻声道：“傍晚时，殿下说手脚疼得厉害，这会儿可好些了？”

皇甫策闭目摇头，疲惫道：“忍忍就过去了。”

明熙反转回来，正好听到了这句话，霎时在门口定住了身形，脸上的笑意也散去了，在原地站了片刻，才推门走进去。

皇甫策听到声响，侧目看到门口，见明熙回头，有片刻愕然：“怎么？还有别的事吗？”

明熙走到了皇甫策身旁，沉默了片刻道：“柳南去请个大夫。”

皇甫策道：“都是旧伤，找大夫不过是白忙一场，无甚大用。”

不过是片刻而已，不知是否是错觉。明熙觉得此时的皇甫策比方才苍白虚弱得多，那露出的手腕上，整齐的伤疤，刺得人不敢直视。

当初救出皇甫策时，裴达找的是帝京的名医，到底不比宫中御医。那大夫也曾建议最好能请宫中御医治伤，但明熙那时也生怕宫中大火乃陛下授意，不敢冒丝毫风险。以至于，皇甫策的手脚都留有很大的病痛。虽然太医后来也说，即便他们在此也不过如此，可明熙只当是安慰的话，依旧很是内疚，几年如一日地精心养护，依然不见起色。

柳南道：“奴婢已让人准备药汤，让殿下稍泡一会儿。”

明熙紧蹙着眉头：“昨日才泡过，不是说这止痛的药汤，最短也要五日一次，泡多了不太好吗？”

皇甫策半垂着眼眸，倚在长榻上，安抚道：“无妨的，不然疼得难以入睡，明日肯定还会有不少人……”

柳南低声道：“虽有地龙，可冬日天阴潮湿，殿下一宿一宿地睡不着，稍泡一会儿，总好过挨着疼。娘子先照顾殿下片刻，奴婢去准备药汤。”

柳南离开后，屋内是一阵让人窒息的沉默。手谈时的轻松，全然不复见，明熙感觉该说些什么，可几次张嘴总也发不出声音来。每每得知皇甫策的旧伤复发，明熙面上不显，心里却是极不好受的，即便争吵也会带上几分心虚和不由自主的让步。

在不久前，得知救下皇甫策乃陛下默许时，明熙更是后悔得无以复加，深恨自己当初的胆怯懦弱，没有破釜沉舟地请太医给皇甫策治伤。

皇甫策舒了一口气，柔声安抚道："本宫都已习惯了，并非不能忍。"

明熙心中大痛，咬着唇："你……你当初可有看到行凶之人？"

皇甫策睁开清湛的眼眸，看了明熙片刻，不喜不悲道："大雍深宫，戒备如何森严？虽是夜半，可谁的人能在宫中放火伤人后，安然无恙地离开呢？"

明熙低声道："……你还在怀疑是陛下？"

皇甫策轻笑了一声，不置可否："你为何不想想，夜半时分，本宫和母妃为何都在主殿里？"

明熙恍然顿悟，当时半夜时分，母子两人为何会在主殿当中："不光是你和谢贵妃在主殿里，还有平日里伺候你们的宫侍……都在其中。"

皇甫策冷笑一声："当日天黑不久，宫外递来了舅父谢楠的手书。母妃在天晚后，才敢将本宫叫去，商议对策。"

明熙道："你怀疑你舅父的手书，也是放火人的手笔吗？"

皇甫策道："本宫与母妃被软禁月余，已收不到外面的只言片语，那手书在当时宛若救命的稻草，可如今回想起来，还不够可疑吗？"

明熙道："虽有火油助势，也不可能瞬间就起那么大的火，你们那么多人，不可能没有机会逃走。"

皇甫策笑了一声："昏过去的人，如何逃？"

明熙心虚道："大夫说，你手脚上的伤，手法极为刁钻精狠，接手筋用了将近两天的时间……耽搁了不少时间，才留下了这许多的病痛。"

皇甫策瞥了明熙一眼，轻声道："他不曾要本宫的命，还将本宫送到此处养伤，已算是手下留情了。"

明熙深觉真相不会如此，急声道："陛下若要杀你，根本不必如此大费周章，有多少个理由可以直接动手。若无陛下暗中帮忙，我也不可能那么顺利地将你带出来。若当真如你所说，陛下大可不必救你，当时……你身受重伤，根本不用再动手，只要阻止旁人给你治伤……"

皇甫策看了明熙片刻，冷笑一声，若有所指道："你倒是相信他得紧，如今你家陛下又让你来做说客，或是陛下又交代了你些什么？"

明熙皱眉道："与陛下无关，这是我自己想的，陛下根本没有理由杀你。"

皇甫策骤然坐起身来，愠怒道："你倒是一心维护他！可这世上除了他，任何人都没有理由杀本宫！乱臣贼子，坐上至尊之位，端的是心虚！不为身前事，为了身后不背骂名，他也不敢明目张胆地杀本宫与母妃！本宫只要还在宫中一日，他内心便不得安宁！最后使出了这般魑魅魍魉的鬼祟手段！"

明熙明明觉得自己很有理由，深知泰宁帝的无辜，可终究心有负疚，不敢抬眸。

那话语中的深恶痛绝与狰狞恨意，却能清楚地辨明。两人离得如此近，近到明熙能清楚感受到皇甫策身上的冰冷与抗拒，能感受到他心底所有的痛苦与隐忍不发的耻辱感。

这一刻，明熙竟忘记了争辩和心中所想，似乎心都跟着那些话震颤着，情不自禁握住他的手。温热的手，触及那冰凉的肌肤时，明熙却感到酸涩难忍，霎时红了眼眶……

皇甫策只觉冰冷的手，被那双温暖的手紧紧攥住时肌肤传来的温度，让人舒服得想叹息，似乎方才心中的一切冰冷、黑暗，都消散了。侧目间，撞上了那双含着水泽微红的眼眸，一颗心仿佛被撞了一下，不疼，却有种发自心底的颤动。

皇甫策心有不忍，叹息了一声："罢了，早过去了。伤也不疼了，我也不怪皇叔了，最难的时候你和本宫一起熬过去了，现在也没什么可哭的了。"这声音十分和缓温柔，宛若轻羽般的叹息。

如此温柔至极的声音，与这一字字的谅解之言，宛若最锋利的刀子抹了鸩毒，一下下地刺着明熙的心尖，那些埋起来的内疚自责瞬间蜂拥而出，让她有种求死不能的无地自容，忍不住落下泪来。

皇甫策抬起手，在半空中顿了顿，拂过了明熙脸颊，擦去了那有些温热的眼泪。明熙因这轻柔的触碰宛若羽毛擦过心间，突然有种莫名的脆弱，情不自禁俯下身来，抱住了皇甫策腰腹，将整张脸埋在了他的衣襟间，无声地啜泣。

皇甫策有片刻的僵硬，可依偎过来的温度，是如此地温暖，让一年四季冰凉的心生出眷恋。手掌放在了明熙的肩膀上，虽极力克制，可还是忍不住细细地抚过明熙的长发，将她的脸更压近自己，轻轻地抚过她的后背，安抚着她的悲伤、不安、内疚。

皇甫策轻声道："虽我们总是吵架，但也不光是一个人的错……不管如何，本宫从未真正怪过你。莫哭了，不然一会儿该眼疼了。"

蜡烛燃尽，屋内突然黑暗了下来，两个人已看不见彼此，这样的黑暗中，让人不自觉地更靠近，也生出了许多勇气。微颤的手，明熙小心翼翼地抚摸着皇甫策手腕上狰狞的伤痕，当碰触到那凹凸不平的肌肤时，只觉心如刀绞。

明熙啜泣道："我以前不该那么对你，我总自以为是，你……"

皇甫策低声道："往事莫要再提了，不管出了何事，责任都不该在一个人身上。"

明熙触碰伤痕的细微动作，显得小心翼翼而不安，那些颤抖与瑟缩，让皇甫策感到了许多莫名的情感与珍惜，反手握住了手腕上的手，将人扶了起来。

明熙站起身来，有些无措地退后了一步："我……"

明熙离开怀中的瞬间，让皇甫策有种说不出的失落空虚，几乎用了全部心神才阻止再次将人拥入怀中的冲动，情不自禁地抬手，拂过她脸颊、眼角的水泽。

暖软的触感，让皇甫策忘记了素日里的一切与心中的筹算，脑海中只有肌肤上的触觉，以及方才那温热的眼泪。无比陌生的情感与满足，如同清水跌入了炙热的油锅里，让他的内心澎湃着说不清的情愫与不舍。这瞬间，恨不得倾尽一切将自己交付予对方。

交握的双手，仿佛给了人无尽的勇气与希望。

明熙将脸依在了皇甫策的肩头，嗅着熟悉的气息，被这人接受，毫无芥蒂地靠在一起，似乎在梦中都不敢奢望。本已止住的泪水，忍不住再次落了下来。

皇甫策抱住怀中的人，轻轻喟叹一声，脑海中似乎闪过种种，又仿佛空白一片，只想拥住眼前的人，将人紧紧地嵌在怀中，让她不再发抖与哭泣。他想告诉她，自己会给予她想要的一切，算计也好，陷阱也罢，都认下，即便倾尽一切，都愿意给予，她想要的那些都拿去，也无所谓了，只要怀中人不再畏惧与哭泣。

皇甫策闭了闭眼眸，柔声道："过去了，都过去了，以后只会更好……"

明熙感受着温柔至极的拥抱，听着这宛若叹息的声音，抬眸想看清眼前的人，可这人却将自己拥得更紧，只能看到侧脸的轮廓。

两人靠得如此近，似乎听到彼此的心跳声，这人的气息一如往日平和温软。明熙缓缓地更加地靠近他，嘴唇轻轻擦过他的耳垂与侧脸，直至触碰到唇。明熙清楚地感觉到他的紧张，却没有丝毫抗拒，仿佛还带着几分期待。

一颗心宛若被什么触了一下，唇间的酥麻感直传入了心尖，让皇甫策的心随之颤了颤，他不假思索将对方抱得更紧，狠狠地压住了她的唇。伸出舌尖，触碰着、侵略着，直恨不得将怀中的人揉入骨血里，一次次地触碰软绵的唇舌，如此地渴望着对方的回应，充满了眷恋与不舍。

面对宛若掠夺般的亲吻，明熙愣怔了片刻，才搂住了对方的腰身，唇舌轻柔试探般地回应着，只是轻轻地触碰，却换来了对方狂风暴雨般的侵略与索求。

得到了回应，皇甫策的喘息越发粗重了，他的手摸索着解着明熙脖颈间的盘扣，微凉的唇轻轻触碰着她的眉眼、额心、脸颊，直至脖颈。

明熙头脑有些发蒙，虽知似乎有什么不对，可这一刻她一点都不想拒绝他，甚至心中有说不出的窃喜，也伸手去解他脖颈的盘扣，当那温热的手触碰到微凉的脖颈时，皇甫策的动作迟缓了片刻，也只有片刻的犹豫，便昂着下巴，给那只手腾出更多的空间。

两人慢慢地倒在床榻上，皇甫策撑着一侧，亲吻着明熙的耳垂，舌尖一下下地逗弄着那敏感的耳后，感受她的脉搏。

明熙因那酥麻感，忍不住轻吟了一声。皇甫策似乎感受到明熙的畏惧，一遍遍地触碰着她的敏感，乐而不疲。

"咳咳！"柳南端着一盏灯，似乎知道里面有些不妥，站在屏风外咳嗽了两声。

皇甫策与明熙如遭雷击般，瞬时放开了彼此。外面的光线传入床榻上，皇甫策见明熙衣襟散乱，脖颈间的盘扣都已开了，不由自主地挪开了眼眸。

柳南等了片刻，听到里面没有了动静，才开口道："药汤已备好，奴婢着人抬进去吗？"

皇甫策见明熙抖着手，扣不上盘扣般，急声道："等等！"

皇甫策顾不上许多，忙坐到明熙身侧，将她脖颈上的扣子扣好。微弱的灯光下，明熙抬眸便能看见皇甫策垂着眼眸极为认真的模样，心中的失落少了，甜蜜又多了几分。

明熙见皇甫策的衣襟散乱，抬手帮他扣上脖颈上的盘扣。皇甫策身体僵了僵，片刻才放松了下来。两人整理好衣襟后，皇甫策长长出了口气，才让柳南进来。

站在屏风外的柳南无声地舒了口气，端着灯盏走了进去，将屋内的灯盏全部点燃了。几人抬着装满药汤的木桶走了进来，屋内瞬时拥挤了。

明熙坐立不安又说不出地心虚："我先回去了，明日……再来看你。"

皇甫策抬手拂过明熙鬓角的乱发："嗯，早些歇息。"

柳南忙道："奴婢送娘子回去，娘子明日可要早些来。"

明熙本失落的心情，因这句话变得愉悦："罢了，你伺候殿下吧。"

柳南见皇甫策并无表示，忙点头道："那娘子慢走，奴婢着人给娘子引路。"

一场大雪后，整座帝京被冰雪笼罩其中，厚重的积雪压弯了枝头。

太极殿内的正寝里，燃着不少炭盆。屋内点了灯火，更显烟雾缭绕，空气有些不畅。殿内许久不见阳光的缘故，弥漫着一种沉沉的暮气。

明熙将离床榻最远的窗户开了一条不大的缝隙，片刻工夫，整座寝殿的空气好了不少。

明熙的到访，让久病在床的泰宁帝心情好了不少，他脸色也比一个月前好了不少，一直紧皱的眉头也微微放松了。

泰宁帝喝下了一盏参汤："阑珊居自昨日，该是很忙，今日你怎舍得进宫了？"

明熙将剥好的橘子，放在了托盘上："太医说，这段时日陛下的身体已是大好，想来让皇甫策回宫的事，该是不急于一时。"

泰宁帝却也不恼，笑道："昨日下了圣旨，今日你便入宫。朕就知道又是为了他，他什么时候回来，是朝堂上的事。不管何事，朕自是不能应你的。"

明熙将剥好的橘子端到了泰宁帝的手边，讨好道："那你为我与他指婚如何？"

泰宁帝怔了怔，敲了敲明熙的头，佯怒道："若是皇家的旁人自然可以，若是他……呵，恐怕朕做不了主。"

明熙失落地长出了一口气："陛下，为何会觉得不可行呢？"

泰宁帝道："你为何又要想不开，非他不可呢？若是招婿，自有朕给你做主便是，何必非要巴巴地入到这深宫里？"

明熙不敢争辩，嗫嚅道："陛下少年时又不是没有喜欢的人，定然知道我现在的心意。若没有遇见也就罢了，可遇见了，只要他不讨厌我，不拒绝我，还有半分可能，我也想试一试啊。"

明熙见泰宁帝沉默不语，不禁又道："我知道，如此会让陛下为难了，可我也没有别的办法了。我只求陛下这一次，好不好？"

泰宁帝抿着唇，轻声道："朕若可保你一世安泰，又怎会不愿成全你？可朕还能活上几年，你将来在宫中若无依靠，可知这是一条怎样荆棘密布的路？"

泰宁帝拍了拍明熙的手，轻声道："你定是想着，他一定会心仪你，与你两情相悦，可假若一辈子都不能呢？你入了这里，想出去难若登天，还谈什么以后。"

明熙咬牙道："你们总和我说以后，可我管不了那么多以后！我很想和他在一起，哪怕他不喜我、厌我，我也不想就此放弃。还没有试过，怎会知道结果一定会失败呢？万一我心想事成了呢？"

明熙的脸上，虽溢满了焦急，依然明艳动人，也怪不得有这样的自信。这种执拗与焦急，又让眼前的人与当年的那人重叠了。

泰宁帝缓缓垂眸："那么多人那么多双眼睛，不比你一双眼看得更明白吗？你还小，路那么长，入了宫不能心想事成，想过退路吗？"

明熙愣怔了片刻，咬牙道："陛下休要小看了我，你怎么知道我办不到？如果我全心全意地待他，怎么会感化不了他？

"他本就是那么好那么和善的人，陛下许是觉得我冥顽不灵……可试过不成的话，只当自作自受。若不试一试，即使将来能过自由自在的日子，挑个你们都觉得很好的郎君，可是我依然会追悔莫及……这一辈子都会在后悔中度过。陛下忍心见我如此吗？"

泰宁帝与明熙对视了许久，叹息道："在这宫中，有什么情意可讲呢？自太祖到朕，这些年下来，你可见过谁会独宠一人？谁又当真笑到了最后？

"大雍宫这几十年来，都不曾见证过任何人的美满。朕活了这些年，见的最多的便是进宫时个个满怀憧憬，可最后却孤老深宫。"

明熙道："既做了决定，怎能瞻前顾后？因爱生怖，亦我所求。若人生再无可怖，岂不索然无味？那些安逸和顺遂的以后，都不是我所祈求的。我只想要他，求陛下成全我。"

泰宁帝垂眸道："你既如此笃定，为何还来求朕？若他愿意与你相伴一生，朕自不会阻止。若他不愿意，朕定也不会为你强求。"

泰宁帝沉默了片刻，又道："太子的婚事，绝非朕一人能左右。朕对他有芥蒂，可他对朕的芥蒂恐怕更深，朕若执意为你赐婚，只会引起他对你的反感，说不定他会以为你拿朕去逼迫他。"

明熙思索了片刻："可我……可我当初……"

"三年，你们在阑珊居里朝夕相处，依然连朋友都做不成，此时你又哪儿来的自信？"泰宁帝半垂着眼眸，"你来求婚，朕自是不允，但他若愿意来为你求下太子妃之位，朕必将为你排除万难。"

明熙抿唇："陛下这是强人所难，以他的性格，怎会为我求太子妃之位？"

泰宁帝笑了一声："那他知道你心仪他吗？或是，你对他说过，你心仪他吗？"

明熙沉默了片刻，轻声道："我虽不曾明说过，可想必他很早便知道此事……只是我不说，他可能会故作不知，或是真的不知道吧。他对我绝非无情，甚至应该和我差不多的心情。”

泰宁帝道：“那他可曾对你说过，他心仪你，或是对你有所承诺？”

明熙道：“自然不曾，他若有所承诺或表示，我又何必来求陛下。”

泰宁帝瞥了眼明熙，淡淡道：“既如此，所有的事，也只是贺女郎的一厢情愿罢了。”

明熙气结：“陛下不愿帮忙，又何必落井下石，我走了！”

“慢着。”泰宁帝冷哼一声，“这是贺女郎求人的态度吗？”

明熙顿住了身形，硬邦邦地开口道：“陛下觉得我应该怎么求您，才算好态度。”

泰宁帝笑了笑：“裴达和六福说你昨日学会了熬煮燕窝粥，今日晚食咱们便喝燕窝粥。”

明熙挑眉道：“那陛下是答应我帮忙了？”

泰宁帝侧了侧眼眸，看向一边道：“那要看这粥，熬得好不好了。”

明熙笑道：“阑珊居今日定然比昨日还忙碌，让裴达先回去，我一个人陪陛下用晚食，好不好？”

泰宁帝知道明熙让裴达回去，是为了给皇甫策送信帮忙，也不为难：“让裴达去吧，晚上朕让六福送你回去。”

明熙抿唇一笑：“那我先去小厨房看看。”

泰宁帝点了点头，躺了回去，慢慢闭上了眼眸。

长长的宫道上，六福与裴达两人并排而行，越走越偏僻了。

裴达有些心虚，率先开口道：“非是我不劝娘子，只是……所有的话都说尽了，娘子不肯听我的。”

六福道：“你说的这些，我知道。娘子自幼一条路走到黑的性子，这时候这种事谁劝都没用的，可娘子上次还不曾这般执拗太子之事。陛下只是想知道，是不是太子那边给了娘子暗示？”

裴达谨慎道：“师父您是知道的。娘子那样心大的人，太子有所暗示，也不会察觉的，不过最近两日倒是相处得很好。”

六福点了点头：“那你可有听到过什么？”

裴达恭敬道：“我倒是不曾亲耳听见太子说过什么，但娘子的态度，几乎在醉酒那夜之后有所转变，只怕昨晚该是也发生了我不知道的事。”

六福挑眉道：“哦？昨晚娘子去送燕窝粥后，在东苑待了多久？”

裴达思索了片刻：“昨日阑珊居，人来人往了一日，娘子傍晚时闭门谢客后去了东苑，前后不过半个时辰。”

六福道：“如此？半个时辰……给些暗示也够了。”

裴达想了想又道：“这段时日，太子曾多次对娘子示好，两个人朝夕相伴都已不再争吵。

想来，不光是昨晚的事，只怕这些都让娘子误会太子对她有意。”

六福冷笑一声：“那你可要注意了，恐怕太子已将心思用在娘子身上了！”

裴达道：“娘子无权无势，如今的太子也不必如此大费周章……”

六福用拂尘敲了敲裴达：“当年娘子受娘娘宠爱时，多少人等着巴结娘子，贺府那位继夫人，哪次见了娘子不说尽好话？如今娘子备受陛下宠爱，你说太子有何图谋？这些人，只怕专等陛下有个三长两短，到时好顺利接收……可陛下若是无事，还可以骗骗娘子，以安陛下之心！”

裴达倒吸一口冷气：“陛下三月不朝，莫不是真如外界传言那般？师父可是有了打算，娘子自幼跟随皇后娘娘，到时肯定会求太子，将您接出宫去，您也不必为此忧心……”

六福附在裴达耳边道：“你放心好了，太医说陛下已是大好。陛下之所以如此，是想多看看多想想，你没事便提点提点娘子。即便恢复了往昔，可太子不过只是太子，历朝历代有多少个太子，笑到了最后？”

裴达连连点头：“师父放心好了，我定会照顾好娘子。”

太极殿内，泰宁帝闭目躺在床上，听到轻微的脚步声后，缓缓睁开了眼眸。

六福俯身轻声道：“太子似乎不曾对娘子有所暗示，想来这件事只怕是娘子这一头热，太子与那王家的事，已成定局……”

泰宁帝抬手，制止了六福的话：“这种事本就无须暗示，阿熙心仪了他多年，朕可不相信他不知道。”

六福道：“那陛下的意思？”

泰宁帝：“他定也知道阿熙最喜欢他哪一点，只要稍加示意便成了。不用猜测了，这太子妃之位，肯定是他抛出来引诱阿熙与朕的。”

六福思索了片刻，轻声道：“那今日陛下留下娘子，是为了……”

泰宁帝笑了笑：“少年慕艾，该是相互吸引才是，你觉得阿熙不值得人喜欢吗？长相、性格，哪一点不好呢？他皇甫策正是这个年纪，多年来身边只有阿熙，一点都不动心吗？”

六福叹了口气：“谁说不是呢？要老奴说，娘子可是一等一的人了。放眼整个大雍，哪里找娘子这样好的，太子当真是身在福中不知福。如此费尽心机，不知图些什么……若万一将娘子的情意磨完了，将来不知道怎么后悔呢。”

泰宁帝冷笑了一声：“只怕他还在自作聪明，觉得身边有个傻瓜可以一用。”

六福笑道：“便是如此，陛下才会这般宠爱娘子。这大雍宫里，有几个如此实心又让人安心的人？”

听闻此言，泰宁帝望向窗外，一双眼眸仿佛闪起了些许光亮，又仿佛布满了雾霭，许久许久，轻轻叹息了一声。

“那些自作聪明的人，总是对别人的好视而不见，或故意曲解。这世上，得不到才是最好的，真真在一起了，说不定也不会珍惜了。阿熙这样的性格，不知到底随了谁……”

六福怔了怔，好半晌才道：“娘子是皇后娘娘一手带大的，自然像娘娘多一些。”

夜已深，皇甫策泡完了药汤，躺在床榻上翻来覆去地睡不着。

这一日比昨天还要忙累，可闭上眼眸，脑海里全是那人，昨晚的一切一遍遍地重放着。他明明不喜她的，可为何会有如此多的情不自禁。两次亲近，如今想来该是懊恼后悔的，可每每回忆都只剩下满足与窃喜。

每一次触碰，都是看不到彼此的夜里，可不知为何能清晰地感觉到对方所有细微的动作，甚至能想到这人所有的表情，一切的一切历历在目。那些触碰，宛若心与心的试探和抚慰，让本来觉得冰冷的人都热了起来。

所有的思维，都是清晰的。明明白白地知道，拥抱着她时，心中有种拥有了全天下般的满足与舒适。那种触碰与亲近，能影响所有的思维与情绪，仿佛要将整个人献祭给她，无怨无悔。

想至此，皇甫策骤然坐起身来，哑声道：“点灯。”

柳南自脚踏上坐了起来，轻声道：“殿下，可是不舒服？”

皇甫策坐了好半晌，才道：“贺明熙回来了吗？”

柳南道：“戌时就回来了。裴达来时，殿下已歇下了，娘子这才没过来。”

皇甫策抿了抿唇：“为何不禀了本宫？”

柳南怔了怔，小声道：“殿下忙累了一日，只怕娘子扰了你。素日里，您歇了，是不许人打扰的。”

往日里，明熙有事没事都要来东苑转转，即便皇甫策午休时，也赖着不走。一次皇甫策大发雷霆后，东苑上下规定，只要内寝熄灯，不许任何人进东苑。

皇甫策沉了口气：“将今日王大人送的那对累丝白玉凤簪找出来。”

柳南松了一口气，笑道：“早知道殿下要看了，那对凤簪白璧无瑕又做工精细，金丝层层缠绕其中。说不定是王二娘子托父亲送来的，一早就给殿下放在床头的桌上了。”

皇甫策回眸看了眼那锦盒：“给贺明熙送过去。”

柳南微怔了怔，忍不住道：“这凤簪用了一整块的和田玉雕砌而成，镶嵌在金丝之中，有颗颗宝石点缀，可谓巧夺天工，在宫中也是极难得一见的珍品。王大人特意送来一对，想必也是有……”

皇甫策蹙眉道：“本宫让你给贺明熙送去。”

柳南轻声劝道：“夜已深，说不得娘子已洗漱了，不若明日……”

皇甫策道：“本宫使不动你了吗？”

柳南忙道：“奴婢这就给娘子送过去。”

春心莫共花争发

9

夜已深，西苑的厢房仍亮着灯。

虽然今日说到底，泰宁帝依然不曾松口，可明熙心情很是不错。洗漱后也睡不着，让裴达将几套新做的衣袍与首饰，依次试穿。

此时，明熙身着绯色百褶裙，含笑端坐在梳妆镜前。裴达细致地为她拆着发髻，铜镜中的人散着长发，不施粉黛，肤如凝脂，螓首蛾眉，巧笑倩兮。

“奴婢许久不见娘子如此欢欣了，以后天天这般也好。”裴达忍不住露出了浅笑，连往日紧蹙的眉头，都舒展开来。

明熙玩着鬓角的长发，笑道：“我穿哪一套，最好看呢？”

裴达道：“娘子若心情好了，自然穿什么都好看。”

明熙佯怒瞪了眼裴达：“不许敷衍，总得有最好的吧？”

裴达笑道：“娘子肤白，最配艳色，那玫红正红，做得都是极好的，正好配上那套新打的东珠头饰。”

明熙得了满意答复，又忍不住抿唇一笑：“我也是那么觉得！不过……皇甫策似乎没什么鲜艳的衣袍，我们要不要再给他做几件喜庆的？他以后要常常宴客……”

裴达轻声道：“自然是要做的，但殿下为人素淡，娘子若送人东西，必然要投其所好，哪能自己喜欢什么送什么？”

明熙若有所思，颔首道：“也是，当初我若能听你一句，也不会拗了那么多年。”

敲门声打断了两人的对话。

裴达放下了牛角梳，蹙起眉头，轻喝道：“如此晚了，何事惊扰娘子？”

门外的侍女，低声应道：“柳管事来了，有事求见娘子。”

明熙嘴角的笑意更甚：“让他进来吧。”

柳南双手捧着锦盒，躬身进门，垂首站在了屏风外：“娘子可是歇下了？”

明熙拿着牛角梳，缓声道：“如此晚了，什么事还要你特地跑一趟。”

柳南道：“殿下让奴婢将这送来，顺道谢过娘子昨晚的燕窝粥。”

裴达绕到屏风外，接过柳南举起来的锦盒：“殿下可还有别的交代？”

柳南垂眸道：“不曾，殿下也是怕娘子明日有事，再错过了。”

裴达眉头皱得越发紧了：“我替娘子谢过殿下，你也快些回去伺候吧。”

明熙不等柳南回答，急忙道：“今日你家殿下可有不适？可曾好好用膳？”

柳南忙道：“今儿天气还不错，殿下手脚好了不少。这一天人来人往，殿下没有什么胃口，晚上也不曾好好吃，不过这会儿人已睡下了。”

明熙沉默了半晌，才道：“桌上的芙蓉酥，端去给殿下吧。”

“谢娘子。”柳南眼眉之中露出了欢喜之色，抿唇一笑，躬身接过裴达递来的果盘，慢慢地退了出去。

锦盒里的羊脂白玉的凤簪，在橘色的光线下越显温润精致。

明熙很是欣喜，拿起来看了又看，整根发簪不见半个斑点，金丝花纹极为精致。虽拆了发髻，明熙还是忍不住将发簪在发间比来比去。

“你可知道，繁钦有一首《定情诗》？”明熙侧目望向裴达，“‘何以结相于？金薄画搔头。’这个时辰，他让柳南送来一对发簪，可有深意？”

“许是殿下感念娘子往日的照顾，有意修好，不曾想到繁钦还有那么一首诗……”裴达的笑容越发地僵硬了，可不管怎样说，夜半时分，着心腹送来如此贵重的一对凤簪，都会让人心生误会的。

何以致拳拳，绾臂双金环。
何以道殷勤，约指一双银。
何以致区区，耳中双明珠。
何以致叩叩，香囊系肘后。
何以致契阔，绕腕双跳脱。
何以结恩情，美玉缀罗缨。
何以结中心，素缕连双针。
何以结相于，金薄画搔头。
何以慰别离，耳后玳瑁钗。
何以答欢忻，纨素三条裙。
何以结愁悲，白绢双中衣。

明熙攥着凤簪，沉吟了片刻，低声道：“也是，他非拐弯抹角的人，若当真心悦的话也不会只是暗示……不过，此事也不见得不好，怎么说也比以前好多了，他还是第一次送我东西呢。”

裴达道：“奴婢给娘子梳个简单的发髻，试戴一下。”

明熙喜不自禁，连连颔首：“如此甚好！可惜今年的新衣全是艳色，只怕不好相配。”

裴达忙道：“陛下生病，娘子特地做了几件素净的衣裙，如今正好可配这对发簪。若娘子嫌少，明日便让兰桂坊的女匠来拿料子，再做上几身素净的衣裙。”

“自然要的，皇甫策要常常见人，给他再添一些素净的新袍，找些珍珠翠玉出来镶嵌袖口领口，日后也好搭配……”明熙说着说着，慢慢收敛了笑意。

裴达听到一半，没了声音，不禁抬眸望向铜镜：“娘子怎么了？”

明熙细细把玩着凤簪，蹙眉道：“我与父亲本不亲近，陛下虽承认了他的身份，对他却也不见得有多喜欢……

“他若还是以前，我们总能日日相见。他恢复了身份，太子妃之位，不知有多少人盯着。贺家真要抢夺，不知要耗费多少代价，父亲定不愿为我冒险。若我想和皇甫策在一起，难若登天。”

裴达细致地将一缕长发拉起来，轻声劝道：“这些年，士庶不再如当年般泾渭分明，却也不可小觑。先帝性格已算强势，但宫中也唯有皇后与谢贵妃乃为士族。若真论起来，真正的士族也只有谢贵妃一人，赫连家的族谱，只有皇家承认罢了。”

明熙道：“我自是知道这其中艰难，可我舍不下这人……不说别的，论起家世和他心中所悦，都该是王雅懿……”

“宫中的妃妾大多都是庶族之女，可不管多受宠又能如何？哪个能在皇后面前抬起头来？即便谢贵妃如此家世，也不是照样俯首称妾。”裴达顿了顿，“这些时日，娘子虽与殿下关系不错，但在此事上，殿下不会依照娘子心意，太子妃之位早有定断。”

明熙虽知道裴达说的是事实，可也不愿承认：“也不见得，殿下历来就是内秀之人，与我关系再好，也不会说出来的，你们怎么都那么笃定，我做不了太子妃？”

裴达道：“太子妃之位非殿下一人能决定的，在这件事上殿下的意思，不一定有陛下的意思来得重要。”

裴达轻声劝道：“娘子得中宫教养，自是什么都做得，可当真做了太子妃又能如何？您跟在惠宣皇后身边多年，娘娘开心与否，您心里最是明白。高将军说得也对，如今您在贺家的境遇，以及您与殿下的关系，太子妃之位对您来说，当真不易。”

明熙若有所思：“做不了正妻，不做便是。妃妾也没什么不好，先帝也好，陛下也好，最宠爱的从来都不是自己的正妻……”

裴达委婉道：“如今的陛下虽有原配，但并未立后，奴婢不敢妄言。但先帝在时，虽不见得最宠爱皇后，却极为敬重皇后的。得宠的妃嫔，哪个不是昙花一现，越是招摇，没落得越是快。那些诞下皇子的娘娘，哪个不是有些根基，可哪个不是韬光养晦，在皇后面前缩着脑袋做人，娘娘面前庶出的皇子们又能好过多少？”

明熙抚摸着羊脂发簪，争辩道：“你不必如此，方才的话我也不过是随口说说。将来的事谁又能知道，如今太子妃之位悬空，总还能争抢，若真有一日定下了位分，我也不会自取其辱就是。好了好了，别苦着脸了，莫不是我贺明熙连个太子妃之位都得不到吗？”

裴达虽知明熙已有不悦，还是忍不住道：“娘子是明白人，怎么翻来覆去总也想不通？做了太子妃如何？做了皇后又能如何？还不是日日地都要和那些个出身低贱的妃嫔，抢夺郎君？”

明熙不禁有些恼怒：“这不行，那不行！那到底要我怎么样？事已至此，你们却都不愿帮我了！”

裴达轻声安抚道：“从前朝到如今，最自由自在的莫过于各朝各代的公主。她们的郎主大多自己选，只要郎主家世非王谢这般的嫡支嫡子，便永远不敢纳妾。娘子大可求陛下，认您做义女，如此也能名正言顺招个喜欢的驸马廷尉，岂不美哉？”

明熙虽知道裴达好意，也是满心的不悦：“陛下想认我做义女，已不是一次两次的了，可知我为何不愿吗？”

裴达轻声道：“娘子自有考量。”

明熙望向模糊的铜镜，低声道：“以往我也没甚可打算的，但只要我不是陛下义女，没有公主的身份，总想着有一日能常伴他左右。”

裴达极轻声道：“娘子如今有了别的打算吗？”

明熙笑道：“如今我们已能好好相处了，他不但不厌我，还有一些喜欢我，虽他不说，我也是知道的。”

裴达越发地不安：“娘子莫要会错意了，殿下非轻浮之人。上次你们都醉了，可能有些逾越，但也是因醉酒，娘子万莫要以此为然。”

明熙有心争辩，可想了想不禁道：“总之，不管如何，他值得我倾心相对。这么多年，他还能一如当初温柔和善……这才是更让人难以放下。”

裴达道：“娘子说得极是，既然都行不通，不如想想别的办法。假若您做了陛下的义女，也是殿下名义上的妹妹，为堵住悠悠之口，今后他也会善待您，您也能时时见到他。”

明熙皱眉：“我知道你平日里的规劝，都是为了我好。可过去和现在不一样了，好与好也是不一样的！”

裴达将凤簪给明熙戴好：“过去的事，娘子不必耿耿于怀，人这一生要多朝前看，不该总追悔过去。娘子以后过得好，才是真的好。如今娘子早已过了及笄之年，贺氏迟迟不曾给娘子说亲，娘子才该多想想。”

明熙扶着凤簪：“谁说父亲没有给我说亲？可那些人……如何看得上？”

裴达忙道：“能让贺家有意的人家，该不会差到哪里去。您乃贺氏嫡长女，若您低嫁，后面的那些又如何说亲？前些时日，娘子不是一心放殿下离开吗？为何突然又变了主意？或是殿下给了娘子什么暗示吗？”

明熙有些不悦地抿起了唇：“你别总是胡乱猜测！”

裴达紧紧抿着唇，肃声道：“若无人挑唆和劝说，娘子为何生出这般不该有的执念！娘子莫要妄信了他人！殿下若真有暗示，不知存了什么样的心思，他现在的太子之位还不稳妥……”

“够了！”明熙愤然转身，“他不曾对我暗示什么！我的心意我以为你知道，可你……

可你怎么能如此猜测，他骗我又能得到什么好处？！”

裴达见明熙真的发怒，委婉道：“奴婢并非有何居心，只是担忧娘子所想不妥，怕是有人故意诱导娘子走了歪路。

“娘子自幼通透，怎会不知正妻与妃妾的不同？你可知道，将来若你真以妃妾的身份进宫，今日你所享有的一切，这正红的头饰与衣裳甚至自由，都会成为奢望。这内里的变化，便是你父亲、高将军，甚至陛下也爱莫能助！何况，陛下身体不好……到时娘子在深宫无依无靠，会是怎样的光景，你能想到吗？”

明熙咬着嘴唇道：“你不必再劝我，我所思所想，绝非你想的那样！给我准备一身素净的衣袍，明日我还要进宫。”

柳南轻声道：“娘子有没有想过，即便娘子缠得陛下答应了，若殿下并未心仪你……娘子所做一切对殿下来说，也不过是另一种逼迫罢了。”

裴达见明熙不语，轻声道：“娘子若当真胸有成竹，为何还要频繁入宫去求陛下？实然，娘子在此事上，也是全然无底。也不自信殿下对您好只是突然改了心意，更是分不清真心还是假意……”

明熙猛然将牛角梳摔在桌上：“休要胡乱揣测！你去准备，明日我要进宫！”

裴达张了张嘴，满目的失望：“陛下缠绵病榻许久，娘子有事相求，不要开门见山地说，你也知道陛下对殿下芥蒂很深。”

“知道了。”明熙见裴达眉头紧蹙，满脸的担忧，心里也极不好受。她有心安慰裴达几句，可在皇甫策的事上，却不愿退让半分，一时间又不知该如何开口，也不愿说一些违心的话，唯有沉默以对。

东苑内，正寝内。

柳南将从西苑端来的芙蓉酥放在床榻前时，皇甫策那双墨玉般的眼眸明显亮了亮。

皇甫策抿唇，才压住嘴角的笑意：“她还没睡吗？”

柳南轻声道：“娘子在试穿新裳，奴婢去时，娘子极开心，让裴总管将发簪放在了梳妆台上，想是不好当着奴婢的面试戴。”

皇甫策嘴角勾了勾，拿起了一块芙蓉酥：“她还说什么？”

柳南眼眸微动，笑道：“娘子询问殿下今日的膳食，奴婢说殿下晚上有些不适，不曾用。娘子当时便急了，非要来东苑探望殿下，被裴总管劝了下来。这才着奴婢端回一些吃食，好让殿下垫补垫补。”

皇甫策终是忍不住笑了起来，咬了块芙蓉酥，慢慢咀嚼，吃了两块后，再次开口道：“她还说旁的了吗？”

柳南怔了怔，轻声道：“娘子在试新裳，奴婢哪能戳着不走。”

皇甫策侧了侧眼眸：“是吗？”

柳南忙道："娘子既知道殿下身体不适，明日一早定会前来看望的，殿下还是早早歇息，不然明日娘子来得早，殿下还没有起。一整日里不知多少大人前来看望殿下，娘子不好在东苑里久等。"

皇甫策轻笑了笑："言之有理。"

夜深沉，太极殿正寝还亮着灯。

泰宁帝将书简放在床榻上，捏了捏眉间，疲惫地闭上了眼眸。

六福吹熄了灯，拿起了书简，轻声道："陛下又在看赫连家的族谱？其实陛下已算待赫连不薄了，若非陛下坚持，这番重定品级，只怕赫连氏连中下都保不住。"

不知过了多久，泰宁帝笑了一声："上品无寒门，下品无士族。中下这样尴尬的位置，怎么说得上好？想赫连氏当年倾尽家财，跟随太祖争这天下，直至先帝时仍然苦守边疆，放眼整个大雍，有赫连氏这般忠心的又有几家？"

六福点头道："可太祖待赫连氏也不薄，当年重定九品中正制，赫连氏的族谱却是做不得数，若非太祖执意，那中上品也轮不到他家。"

泰宁帝不以为然，嗤笑道："论起家风德行来，赫连家又哪里比不过那些豪族世家？赫连将军一生深爱其妻，莫说纳妾，通房丫鬟也没有一个。赫连夫人体弱，一生只得诚岚一个女儿，赫连将军也毫无怨言，将诚岚当眼珠子般爱护着。"

六福轻声道："陛下所言极是，可娶妻纳妾莫说在世家大族不算什么，在寒门庶族也是常事……世人论家风德行也不会那么论，九品中正制也不会参考这些来定。"

泰宁帝闭目道："朕也知道，可许多事到底不甘心啊！诚岚亲自将明熙教养长大，二人自小到大的际遇也有些相似，都是少年太过有福的人。朕虽心有不忍……可不甘心又能如何？"

六福低声道："虽然老奴是在娘娘入宫后，才跟在娘娘身边的。但这些年下来，老奴看娘娘少年时也是极为顺遂的。"

"福气太过了，仿佛便会早早地用尽一般。"泰宁帝缓缓睁开眼眸，哑声道，"当年父皇让诚岚入宫，许以太子妃之位。赫连夫人不愿女儿入宫，甚至赫连将军为此愿意放弃兵权，做个富贵闲人。"

六福微怔："还有此等前事？既是如此，为何娘娘又会入宫……"

泰宁帝答非所问，轻笑道："朕当年为迎娶诚岚，曾在赫连夫人面前立誓：一生只做闲散王爷，一生只娶诚岚一人，绝不会纳妾抬房。"

六福讶然："此事奴婢倒不曾听说过……若真如此，为何娘娘会与陛下分开？"

泰宁帝苦笑："诚岚自小心仪皇兄。她有些脾气，皇兄性格强势，赫连夫人觉得皇兄并非良配，不同意他们的婚事。可不管赫连夫人如何规劝，赫连将军如何生气，诚岚为了皇兄执意入宫。

"甚至诚岚以为朕从中作梗，几次三番对朕恶言相向。后来，她亲自到父皇处求下与皇兄的婚事，一个娘子当着众人求亲，在当时也成了大雍的笑谈。赫连将军与夫人拗不过她，只有让她得偿所愿……"

六福垂眸，遮盖了眼中的惊讶："谁能料想到将来，先帝的嫔妃虽不多，但娘娘是眼里容不得沙子的人，除了开始的三年，后半生都与先帝相敬如宾，何尝不是……太过失望。"

泰宁帝的眼眸中溢满了深沉的雾霭，低声道："这些年来，朕也想不通，皇兄既不爱她，当初又何必执意娶她，既已让她失望至极，又何必害她性命？皇兄对她的怀疑毫无道理，朕若真和她有什么，何必自求离开帝京，以至于那么多年，都不曾回来一次？"

六福沉默了半晌，深吸了一口气，低声道："事实非陛下所想……娘娘去世的前一年，曾有孕，先帝欣喜若狂，可三月未到，落了胎。"

泰宁帝蹙眉："诚岚有孕？为何朕从未听说？"

六福轻声道："时日尚短，陛下远在千里之外，宫中的龌龊，如何能知道得那么清楚。"

泰宁帝疑惑道："皇兄自与诚岚大婚，一直祈盼早日得个嫡子。若诚岚有孕，皇兄必然珍视万分，怎会三个月便落了胎？皇兄的后宫，也不如表面上看起来太平。"

六福压低声音道："历朝历代的后宫，哪有所谓的太平？当时先帝极为震怒，怀疑乃宫中嫔妃所致，严令刑事司与禁军彻查此事。几番顺藤摸瓜，查出了十几年前的旧事。

"陛下该知道，当年娘娘与先帝婚后三年，曾有过身孕，是先帝的嫡长子，五个月时娘娘不慎摔了一跤，动了胎气，生生落下了成形的男婴。"

泰宁帝道："此事朕知道，说是诚岚不精心才没了孩子，皇兄虽是气闷，却也是毫无办法。"

六福摇头道："然事实并非如此，当年娘娘为了落胎，自己饮了藏红花，甚至在堕胎后，娘娘喝下了绝子汤，以至于十几年不曾再有子嗣。六年前有孕，也因时过经年，娘娘的身体被调理得非常精心。"

六福叹息一声："先帝满心祈盼，可谓欣喜若狂，可谁想娘娘故技重施，又一次喝下了藏红花，堕掉了这个孩子。可此番出了纰漏，被刑事司顺藤摸瓜查了出来，牵出了十多年的旧事。先帝得知一切真相，大发雷霆。当夜将娘娘打入了冷宫，次日立大皇子为太子。"

泰宁帝瞪着眼眸，太阳穴突突地跳着，紧紧攥住被褥："是以，皇兄才毒杀诚岚！为他的嫡子报仇吗？！"

六福轻声道："陛下少安毋躁，先帝虽恼恨娘娘，但娘娘的死与先帝无关。"

泰宁帝骤然抓住了六福的手："告诉朕，诚岚到底是怎么死的！明明是鸩杀的！太医们岂敢骗朕！"

六福轻声道："娘娘服了鸠毒，自尽而亡。奴婢当初也以为娘娘畏罪自尽，从不曾和任何人说起此事。冷宫中皇后畏罪自尽，不知会被传成什么样子。想来……娘娘不曾做过的事，他们也会安在娘娘身上。"

泰宁帝抓住六福的那只手，不住地抖着：“皇兄定是做梦都想不到，诚岚会如此刚烈！宁为玉碎不为瓦全！”

六福抿唇道：“谁也不会想到，娘娘那样强势的人，会自己服毒了断。老奴追随娘娘多年，当初被打入冷宫，也不曾见娘娘惊慌半分……”

泰宁帝冷笑一声：“皇兄觉得诚岚对不起他，大婚三年无子，最重要的嫡长子……这样不明不白折在了亲生母亲的手里。中年有望得一嫡子，可又这样没了，皇兄得知真相，怎不生恨，废后自然要废，还要打入冷宫慢慢折磨！”

六福斟酌道：“先帝也许开始时，是有此意……只是后来的事，只怕如何也想不到。”

泰宁帝哑声道：“三年无子，早该填充后宫，可惜皇兄曾对赫连将军夫妇立下誓言，如何毁诺？”

六福低声道：“老奴不知还有誓言，但先帝在大婚后三年，迎娶了贵妃谢氏，当年谢氏有孕只比皇后晚了一个多月……”

泰宁帝道：“赫连将军战死沙场，赫连夫人殉情而去。赫连族本是新贵，少了赫连将军这支柱，虽是还有诚岚的伯父苦苦支撑，可还是一夜间没落。皇兄还有何惧？若赫连将军活着，皇兄岂能有恃无恐广纳后宫，又岂能说废后就废后，说打入冷宫就打入冷宫！

“自小顺遂又骄傲的赫连诚岚，即便死，绝不能受这般的屈辱！她不觉得有错，那肯定对皇兄满心怨恨，觉得是被皇兄辜负了。她宁愿自尽，也不愿屈服！”

六福沉默了许久，才开口道：“入冷宫的那晚，娘娘对奴婢说过，日子清静了，可次日的冷宫却是门庭若市。娘娘想将人赶出去，支使不动人了，平白听了不少奚落。”

六福见泰宁帝闭目不语，顿了顿又道：“次日夜里，娘娘曾对奴婢说‘若父母泉下有知，不知该多伤心，也怪我当初执意不肯听他们的话，嫁给了这人，才有了今日……’因这算是娘娘的临终之言，奴婢记得特别清楚。”

泰宁帝红了眼，咬牙道：“皇兄是个极要强的人，何时吃过那么大的闷亏，他心里不好过，自然要让人去羞辱诚岚！

“诚岚若心中无他，怎会不顾一切地入宫。皇兄怎不想想，诚岚为何不愿要他的孩子，那也是诚岚等了三年的孩子！当年他娶诚岚时，曾答应赫连夫人，只要诚岚十年内生下男孩，从此不纳妃妾！

“可是……皇兄登基的第三年，手握大雍一大半兵权、权倾朝野的赫连将军突然就战死沙场了！皇兄不但收回了所有兵权，还用诚岚无子一事为借口，广纳后宫！诚岚才失了父母，就要眼睁睁看着皇兄广纳后宫！”

六福恍然大悟：“对！娘娘有孕的那个月，正是先帝纳谢贵妃之时，谢贵妃是先帝第一个妃子，因是大士族谢家，位分和宫殿的规格都十分高。先帝与谢贵妃新婚燕尔，次月便传来喜讯，先帝大喜过望，日日不离临华宫。

“那时娘娘怀孕不到三个月，不敢确定，才不曾一早告诉先帝。因谢贵妃先传出有孕，娘娘也没少受先帝冷落，直到太医将娘娘有孕的消息禀告先帝……先帝才开始顾忌娘娘的感受。”

泰宁帝眼眸通红，冷笑连连：“报应！当初立下誓言的是他，人死立刻毁诺的也是他！机缘巧合相差一个多月，皇兄若非是等赫连将军夫妇一死，就广纳后宫，何止有这一个月的误差！哪怕等上三个月，也不至于！冥冥之中，因果循环，自有天定！赫连将军夫妇的英魂定是看着，怎会让他坐享其成！”

六福看向此时状若癫狂的泰宁帝，不禁轻声安抚道：“陛下莫要想那么多了，还是早日养好病才是。”

泰宁帝又是一声冷笑：“怪不得诚岚会对明熙说，不是与心爱之人的孩子，不要也罢。在皇兄广纳后宫的时候，诚岚肯定后悔了，也心冷了……才会如此，才致如此。”

六福颔首道：“老奴不止一次，听见娘娘如此教导娘子。”

泰宁帝慢慢闭上了通红的眼眸，许久，轻声道：“皇兄正值壮年，文韬武略，身体并无隐疾？怎么会在诚岚死后没多久，就病了呢？又怎么缠绵病榻两年后暴毙？”

六福哑声道：“老奴当时跟在娘子身边，具体事宜奴婢不清楚。娘娘百日祭时，老奴也是最后一次见先帝……

“先帝在娘娘去世的亭内，天很黑，若非是先帝的龙袍，奴婢也不能肯定就是他。那时先帝似是得了病，已经瘦到脱形了，具体得了什么病，只有太医知道些了。宫变那日，林太医自戳……”

泰宁帝抿着唇：“那是个忠的。”

六福斟酌了片刻，又道：“先帝得病的两年，从不许娘子去探望。想来……也是不愿再见与娘娘太过相似的娘子。娘娘性烈如火，本就不适合宫中，娘子的性子与娘娘如出一辙，万不能再步娘娘后尘。陛下不愿答应娘子所求，也是应该。娘子自来聪慧，总会想明白的。”

泰宁帝长叹一口气，久到六福都以为他快要睡了：“明熙是不撞南墙不回头的性子，朕只怕她会像诚岚那般，到死才能明白。人这一生，能过得安稳些，得有多大的福气……她们怎么就不明白呢？”

六福道：“陛下说得是。”

泰宁帝嗤笑了两声：“可朕有什么资格说她们？朕若是明白些，也不该蹚这浑水，也不会有今日的进退两难……”

六福道：“娘子对陛下自来孝顺，想来也不会在这事上，再让陛下为难……如今陛下还是养好身体才是。”

泰宁帝躺在床榻上，眉宇间溢满了疲惫与颓色，轻声道：“虽知道了一切，可朕还是恨，恨这些人！若没有他们，诚岚又怎会被逼死……一想到她怀孕时，却只能看着皇兄纳新妇，朕便难受得喘不过气来……

“她心里要有多少怨恨，才连祈盼已久的子嗣都不要了，甚至喝下绝子汤。皇兄得了朕做梦都想迎娶的人，怎就不满足，怎不善待她？朕当真是……当真是恨透了这些人……”

月如钩，阑珊居东苑花庭，依然亮着灯火。

窗外的各色梅花已结出花苞，在月光的辉映下，越显得晶莹剔透。又忙碌了一日的东苑，安静了下来，许是夜深的缘故，偌大的院子显得很是空寂。

皇甫策站在花庭的窗口处，望向东苑院门的方向，手指无意识地一下下拂过冰凉的梅枝。不知过了多久，回眸看向柳南：“贺明熙还不曾回来吗？”

柳南关上了花庭的窗户，轻声道：“殿下先用膳食，娘子若回来了，小路子定会将娘子请过来的。”

皇甫策蹙眉，再次推开了窗户，坐到贵妃榻上，若有所思道：“贺明熙早上进宫所为何事……皇叔为何又留下贺明熙一整日？”

柳南轻声道：“娘子自来受陛下宠爱……”

皇甫策低声道：“昨日已是去过了的，往日里也不曾连着两日入宫，昨夜你送去时，她不是说今日一早便来东苑吗？”

柳南当时说来，不过是顺着皇甫策心意，平日里西苑那位若没事，只会早早地来此，生怕少见一眼般，谁知竟会连着两日入宫：“想是娘子……娘子找陛下有事？”

皇甫策道：“何事需要一整日？”

柳南低声道：“奴婢不敢妄猜……想必是陛下有事。”

皇甫策嗤笑道：“呵，皇叔找贺明熙能有何事，还不是询问本宫的日常琐事？”

柳南道：“殿下与娘子相识多年，娘子的性情您最是知道，哪里会是多嘴多舌之人。”

皇甫策一下下地拨弄篚中的棋子：“那要看对谁，她那种藏不住心思的人，皇叔想知道什么都不难。”

柳南起身，一边关窗一边开口道：“殿下莫如此想，这些年娘子一心向着您。陛下再好，哪有你们这些年朝夕相处的情意来得深重。”

皇甫策制止了柳南关窗，轻声道：“本宫想吹吹风，屋里太过闷热了。”

柳南低声道：“殿下身体不好，若吹了风……”

皇甫策垂眸道：“朝夕相处？哪次不是不欢而散？她脾气不好，也就本宫能容她一容。放在皇叔那里，这般脾气，只怕每次进宫都会被叉出去。”

柳南见皇甫策脸色阴沉，倒也不敢再关窗，有心想为明熙分辩两句，掀了掀眼皮偷瞄了眼皇甫策不善的脸色，选择噤声。

以前在宫中时，殿下与娘子倒还真算不上谁容了谁，纵有贺娘子敌视在先，但当时两人年纪尚小，倒也不曾做出什么过分的事来，瞪上两眼也不会少两块肉。

明熙住进临华宫后，谢贵妃给送去伺候的人，其中就有柳南。当初众人都听了宫中关于贺娘子跋扈的传言，本以为不会得到善待，不想却从未被刁难过，甚至和中宫出来的奴婢一样的际遇。

在阑珊居近三年里，纵然娘子脾气不好，但两人争吵，几乎每一次都是自家的殿下刁难在先。莫说是脾气大的娘子，有时自己听见殿下那些刻薄的话，都觉得受不了。若非亲眼看到，很难想象自家貌似不食烟火般的殿下，能说出那般难听的话来。

如此腹诽自家殿下虽是不好，但许多事当真怪不得娘子半分，泥人还有几分脾气，哪能架得住整日里没事找事的人。唯有娘子那不记仇的性格，才受得了这般刻薄又无理的脾气。若说起殿下刻薄，倒也不尽然，自始至终除了娘子外，殿下对谁都较为宽容，没甚脾气，矜持有礼。娘子对殿下也算得上脾气极好了，天天吵天天朝这儿跑，冷脸热脸浑不在意，换了旁人，只怕吵一次，再也没有以后了。

柳南低声道："不若殿下自己手谈一局，奴婢去前院看看。"

皇甫策瞥了眼柳南，淡淡道："不是说西苑留了人吗？何必再去？"

柳南眼见窗户一直开着，确实也不放心："殿下若是等娘子，也不必开窗，奴婢让人守在门口，娘子进门，必让殿下第一个知道。"

皇甫策冷哼："谁说本宫在等她？火墙烧得太旺，屋里又闷又热。"

柳南不敢拆穿："奴婢让人烧小些？"

皇甫策瞥了眼柳南："滴水成冰的天气，下面的人多有不易，本宫岂会如此不体恤人。"

柳南颔首称是，过了一会儿，凑到皇甫策身旁，轻声道："这一年里，娘子即使年节回家，不过就一日半的光景，守夜后必然便回来了。除了殿下忙乱，娘子不曾露面的两个月，殿下这还是第一次，除了年节，守了一整日都不曾见到人，怕是很不习惯吧。"

皇甫策似是不以为意："休要妄自猜测。前段时日近三个月不见她人，本宫可有什么不习惯？你觉得本宫有何不习惯的？"

柳南忍不住撇嘴："说是三个月不见，那是娘子不曾见到您。说起来，您可是每日一大早就去东阁楼，哪日不得看会儿西苑里的娘子……奴婢也就是随口说说，绝非那么以为。"

皇甫策眯眼望向柳南，虽是不言不语，可柳南又怎不知皇甫策已是恼羞成怒了，声音越来越低不说，最后甚至不得不违心说出了最后一句话。

皇甫策挑眉："最近这几日，你看本宫可有什么不妥？"

阴恻恻的声音，让柳南哪里敢说实话，急忙笑道："殿下哪有什么不妥，殿下和娘子关系近些是好事，娘子这些年没少在殿下身上用心。殿下能多在乎一些娘子，无可厚非。"

皇甫策侧开了眼眸，望向窗外，不明所以地轻笑了一声："连你都觉得本殿想见她、在乎她？那贺明熙聪明着呢……说不得就和你一样会错了意……你说，贺明熙用了很多心思在本宫身上呢？可她到底在图什么呢？"

柳南听出了皇甫策话语里的不善，小心翼翼地开口道："这几年在阑珊居里，殿下锦衣玉食又肆意自在的，咱们住在主院里，娘子住在客院……那时殿下会如何，谁也不知道……当真说不上能图什么。”

皇甫策深吸了一口气：“是吗？这世上真有不求回报的人吗？”

柳南道：“夜深寒气重了，殿下的身体不可一直吹风，不若先关上窗户如何？”

皇甫策拨弄着棋子，将白子放在了最中间：“有些事该在清醒时想。”

柳南不敢深劝，唯有站在靠近窗口的地方，尽力挡住窗外的寒风。不知何时，窗外飘起了细细的雪花，棋盘上残棋已到难分难解的局面，垂着眼眸的皇甫策被一阵冷风吹得打了个寒战，抬眸望向窗外。

“什么时辰了？”

柳南冻得哆嗦，凑近皇甫策轻声道：“亥时了，殿下在风口坐了这半天，手脚也受不住，不如您先睡，若娘子回来了，奴婢叫醒您。”

皇甫策手脚已没了知觉，朝窗外看了眼，许久，笑了一声：“贺明熙今日只怕是歇在宫中了。”

柳南小声道：“怕是有事耽搁了。”

皇甫策瞥了眼言不由衷的柳南，极缓慢地站起身来，因一直坐在窗口处，保持一个姿势时间太长了，全身冻得有些僵硬，身体一趔趄，被柳南眼疾手快地扶住了。

皇甫策倚在柳南的肩膀上，舒了一口气，好半晌才站正了身形，抬起如千万只蚂蚁在啃噬的双脚，一步一顿地朝寝房的方向走去。

一夜的小雪，清晨时分，天地仿佛被镀了层白霜。

阑珊居的这个早晨，焦躁又忙乱。小路子在西苑守了一夜，天亮回去东苑，不承想刚回去又跑了回来。皇甫策不知为何起了高烧，已不省人事了。裴达得知后，不敢耽误半分，让人去宫中请了太医。

辰时后，又有许多人送来了拜帖，前来探望太子殿下。裴达不得不闭门谢客，亲自站在门口给人解释太子生病的事。已是中午时分，虽有太医为皇甫策行针，可直至此时人依然昏迷不醒。

太医杨博走出门长出了一口气：“熏蒸的药汤，准备得如何？”

杨博乃太医院五品医丞，最擅伤风伤寒之症，五十多岁了。隆冬的时节，从屋里走出来的杨博满头大汗，可见方才行针着实耗费心神。

裴达忙迎了过去：“杨太医放心，都已弄好了，现在殿下如何了？”

杨博忍不住叹息一声：“殿下本就坏了底子。这几年虽是将养得不错，但若高烧不退，熬成风寒的话，当真一点抵抗也无。如今又郁结在心，休说伤寒，即使小小的伤风也是万分凶险的。”

裴达肃然一惊，看向悄无声息地走出门的柳南，急声道：“昨日殿下还好好的，怎一夜的工夫竟如此凶险！娘子又不在，这可如何是好？！”

柳南垂眸瞥了眼杨太医，低声道："昨夜殿下在窗口坐了将两个时辰，奴婢怎么劝都不肯听。"

裴达骤然想起，等在西苑一夜的小路子，一时间也不知说什么了，唯有看向杨博："杨太医您看殿下这般凶险，娘子又在宫中……"

杨博道："你们且安心，陛下的口谕，让臣守在此处，直至殿下大好为止。"

裴达、柳南同时松了一口气。

春心莫共花争发

10

一夜的小雪，白日里晴空万里。

太极殿内温暖如春，离床榻最远的窗户开了半扇，屋内几盏灯又不曾熄灭，整座寝殿通风又明亮，似乎连心情也跟着轻松了几分。一老一少面对面，坐在床榻上的小茶几前，剥石榴。

泰宁帝剥完了整颗石榴，又挑了个更大的，掀了掀眼皮，盘子里依然空空如也，那双滴溜溜满是垂涎的眼睛，还紧紧盯着空了的盘子。

泰宁帝忍不住笑了一声：“几个几个地吃，有什么味道？”

明熙敛目坐好：“只怕存得多了，陛下又不舍得给我吃了。”

“小人之心。”泰宁帝瞟了眼明熙还红肿的手背，“手还疼吗？”

“宫中的药膏还挺好，倒是不觉得疼了。”明熙倚在软垫上，长叹一声，“我也算因祸得福了，偷得浮生半日闲，竟是好像连心都是悠游自在的。”

“让你煮碗粥，好端端的能烫着手，朕看你以后还是莫要进膳房了。”泰宁帝抿唇一笑，“这话说得好像素日里多忙累一般，阑珊居就你一个主人，既不用日日请安，又不用应付兄弟姊妹，你还有什么不自在的？”

明熙自是不会在泰宁帝面前，抱怨家里那个难伺候，又让自己心累万分的人：“烫了手又不是什么大事，陛下何必大惊小怪的。这番发作下来，以后膳房我能进去才怪。”

泰宁帝见明熙不接后面的话，倒也不太在意，专心致志地剥石榴：“若非他们不经心，岂能让你烫伤。年祭才过，不宜见血，朕又岂会如此轻易地放过他们。”

“一人二十大板，也算不上轻易放过了……”明熙嘀咕了一声，见泰宁帝抬眸，忙赔笑道，“陛下最仁慈和善不过了，可就手上这点伤，陛下何必把我留在宫中。”

泰宁帝抬眸道：“怎么？如此归心似箭，莫不是还有朕不知道的事？”

“哪有什么陛下不知道的。”明熙心虚地垂下了眼眸，“您也知道，我在宫中住下也不好，荣贵妃每次看见我，鼻子不是鼻子，眼不是眼的，也不知道怎么就独独讨厌我一个。”

泰宁帝笑了一声：“她和诚岚、谢贵妃这些人天生八字不合，自小一见面就跟乌鸡眼般，吵个不停，你又是长在中宫……”

明熙若有所思地点点头：“陛下，你说荣贵妃会不会自小就心仪你呢？”

泰宁帝失笑：“小小年纪总也胡思乱想，哪会有这样的事，婚事是父皇定下的，在那之前，朕与她几乎不曾见过。”

明熙却道：“荣贵妃家世显赫，那时你家才得了天下几天，太祖想定人家女儿，也要人家同意才成，这婚事必然是荣贵妃自己愿意的。

“皇后娘娘性格爽利，那些闺阁里的小娘子，哪有不喜欢亲近的。一个人极讨厌另一个人，一定会有理由。比如我对谁都还好，就是看不上那王雅懿，为人虚伪不说，还矫揉造作的，一副迎风就倒、不染尘埃的天仙样，看着就替她难受！又不是驴，还笑不露齿的！”

泰宁帝好半晌才反应过来明熙话中的意思，笑得几乎拿不住石榴了：“哈哈！你这什么话……怎能在背后如此编派人家。”

明熙见泰宁帝笑个不停，恼羞成怒道：“陛下孤陋寡闻了吧！裴达说的，驴才笑不露齿呢！让我想笑就笑！”

泰宁帝几乎要笑趴桌上，见明熙脸颊通红，眼睛瞪得老大，这才止住了笑：“你也是个蠢的，裴达哄你开心呢！闺阁的娘子，哪个不是抿唇而笑，说不得是你嫉恨人家，被裴达看在眼里，才说出这番违心的话。”

明熙冷哼：“知道陛下也喜欢笑不露齿的！我们也没有可聊的了！我回去了！”

泰宁帝忍着笑：“朕还说不得实话了吗？回去做甚，朕这两日精神好，你今日也不要回去了。”

申时未过，没了阳光。天空阴沉沉的黑压压的，短短半个时辰，仿佛又冷了许多。

阑珊居东苑众人忙忙碌碌又悄无声息的，空气中飘荡着草药味，有种说不出的凝重。东苑内的正寝里，烧着火墙，又放了几个火盆，屋内的温度非常高。

裴达与柳南站在一旁，额头全是细碎的汗水。依然昏迷不行的皇甫策，赤裸着上半身趴在床上。柳南满脸的担忧，时不时望向正在为皇甫策推背的杨博。裴达眼中也已有了担忧之色。一炷香后，杨博停了下来，柳南给皇甫策擦拭着全身，再次将床铺整理好。

裴达小声道：“杨太医，您看殿下一直不醒……”

“殿下！您醒了？！”柳南惊喜的喊声，打断了裴达的话。

皇甫策迷迷糊糊地睁开了眼眸，似乎看不清身边的人，干裂的唇张了张。

杨博摸着皇甫策的手腕：“让殿下喝些水。”

皇甫策半梦半醒，眯着眼，看了一圈：“贺明熙呢？”

柳南的耳朵附在皇甫策的唇边，也未听清楚皇甫策在说些什么，虽见他眼睛似乎开了一条缝隙，但也看不出他到底醒没醒：“殿下，先喝些水吧？”

皇甫策眼神微动，目光停在了裴达身上，再次道：“贺明熙呢？”

裴达怔了怔，躬身轻声道：“宫中传来话，娘子怕是今日不回来了。”

柳南将水凑到皇甫策唇边，却见他缓缓地闭上了眼眸，不过片刻的工夫，呼吸再次粗重了起来：“杨太医，殿下这算醒了吗？”

“殿下有所惦念，想必是郁结所在。”杨大人将皇甫策的手放入了被中，“烧虽是退了些，也并非转好了，若如此昏迷下去，只怕烧坏了脑子，将来好了，也会留下些许不妥。”

柳南急声道：“这可如何是好！要不要再给殿下行次针？”

杨博摇头：“殿下体质如何，你是知道的。行针不过是激发身体的潜在力量，以殿下的底子，一日最多不过一次，本以为中午可醒来，可竟是此时才转醒……殿下似乎一直在找贺娘子？”话毕，柳南与杨博同时看向裴达。

裴达无奈地开口道：“娘子在宫中烫伤了手，陛下将人留了下来，娘子只怕还不知道殿下生病的事……”

“杨太医从宫中来的，娘子怎会不知道……”柳南说至此，才想起来天不亮，便着人进宫请太医，那时明熙应该还没有起来，“裴总管派人去说说，陛下与殿下是亲叔侄，若知道殿下找娘子，定不会为难的。”

“杨太医以为呢？”裴达不好说，一早上派了两个人入宫求见明熙，都被陛下挡下来了，摆明了陛下不想让人回来。

“殿下一直高烧不退，有些不太好。我先准备药浴，若明早前不退烧，只怕会更加不好，说不得将来也会留下病痛。以殿下现在的身体，当真不好说。”杨博见裴达眉头紧蹙，想了想又道，“裴总管为难的话，不若我写个条子，你递到宫中将殿下的病情说一说。”

裴达大喜过望：“如此甚好！如此甚好！陛下若知道殿下病重，定会让娘子回来的！全仰仗杨太医了！”

傍晚时分，太极殿正寝的床边摆着个四方桌。

整整一日，泰宁帝的心情很不错，两人甚至手谈了几局。泰宁帝拿出个金镶玉的带钩，做了赌注。明熙极为喜欢，谁承想几局下来，不但金镶玉的带钩没有赢回来，明熙甚至输掉了头上所有的发饰，只剩下一对东珠耳铛和一个发簪。

若非泰宁帝手下留情，只怕明熙只得用银箸束发了。但输红眼的明熙显然并不领情，差点将自己押上去，不想已到了晚膳的时间。

许久不曾下床的泰宁帝今日也起了身，坐在桌前，与明熙一起用膳。

殿内暖意融融，两人用膳的桌子也不大，太极殿看起来都比平日热闹了许多。明熙若觉得哪盘菜好吃，也会夹一些放在对面的盘子里。泰宁帝来者不拒，但凡明熙夹过来的，都会吃上几口。六福有心提醒明熙用公用的银箸，但见泰宁帝无声地摇头，没敢多嘴。

泰宁帝轻笑道：“莫狼吞虎咽的，将桌上的东西都吃了，也是吃不回本钱的。”

明熙瞪了一眼泰宁帝，阴沉沉地开口道：“陛下不是说不善棋艺吗？我也是自小就学过的，怎么会一局都赢不了？”

泰宁帝忍不住扑哧笑出声来：“着实不善棋艺，但对付你这半桶水，该绰绰有余。”

“陛下开始可不是那么说的！”明熙心中大怒，两人开始要下赌注时，泰宁帝十分为难地说自己不善棋艺，不愿下注。

明熙几年来，从不曾见泰宁帝与人对弈，自然信以为真，当下大喜过望，说什么都要开赌局。哪承想泰宁帝老谋深算又棋艺精湛，便宜没捞到，反而赔了个精光。

泰宁帝道："当初在封地里，除了练兵与经营商事，终日无事可做，闲暇时总要和人手谈几局。"

六福抿唇笑道："程大人当年是陛下的幕僚，素日里常与陛下对弈。"

明熙顿时黑了脸："呵！好个不善棋艺，那程大人可算得上国手。食不言寝不语，陛下莫要炫耀了。"

泰宁帝深觉不能一次将人欺负得太过了："朕可从未赢过那程沐阳。"

外面传来了响动，六福凑在泰宁帝耳边低语几句。泰宁帝点了点头。六福走到屏风外，小声地和外面的人说了几句话。片刻后，六福回到了室内，又给泰宁帝耳语了几句。泰宁帝垂了垂眼眸，继续用膳。

当泰宁帝再次躺回了床榻上，便开口道："六福已准备好了车驾，趁着天色还早，你快些回去吧。"

明熙一怔："陛下不是让我留下来吗？"

泰宁帝闭目道："早上裴达着人请了太医，说策儿有些伤风，朕将杨太医遣了过去，以为无甚大事。方才阑珊居又来了人说，策儿高烧不退，阑珊居连个主事的人都没有。朕虽有心留你，可到底担心策儿的身体，他底子本就不好，小小伤风对别人许是问题不大，可他却是不成的。"

明熙紧蹙眉头："前晚人还好好的，想来是昨日不小心着风了吧。"

泰宁帝安抚道："你回去虽不能做些什么，但也可替朕好好地看着点他。那孩子本就心事重，如今刚恢复了身份，心里怕是会胡思乱想……如今朕能信得过的人也就只有你了。"

明熙起身道："陛下不必如此担心，前日好好的人，今日有些不适，也不会怎样。若您真不放心，我回去看看也好。"

天已黑透，阑珊居东苑内的灯笼都点着了。整座院落恍若白昼，廊下放着一排小火炉煎着药。走进院中，入眼的便是那廊下的一排药炉，鼻间是满园挥散不去的草药味。

这一刹那，让明熙有种回到两年多前，才给皇甫策治伤时的光景。那记忆中的一切，几乎算是明熙的噩梦，这相似的画面让明熙本就不好看的脸色，变得更难看。

裴达见到明熙，几乎要喜极而泣了："娘子可是回来了！"

明熙看向杨博，极尊敬地开口道："全赖杨太医了，不知皇甫策现在如何了？"

杨博不承想竟得明熙如此礼遇，常在宫中行走，也自然知道明熙有多得圣宠，不敢有丝毫怠慢，拱手道："贺女郎不必客气，此乃老夫分内之事。"

裴达将明熙眉宇间的不耐烦与焦急看了个分明，赶忙替杨博回道："殿下虽醒了一会儿，但情况不太好，杨太医已用大缸煎药，晚一会儿给殿下药浴。”

杨博道：“殿下泡了药浴，若能彻底退烧，想来便没甚大碍了。贺女郎大可不必忧心。”

“有劳杨太医了。”明熙点了点头，朝正寝走，蹙眉问跟过来的裴达道，“前晚不是还好好的吗？一日不见，如何病成了这样？”

裴达忙撇清关系，轻声道：“奴婢昨日跟娘子去了宫中，回来时殿下还好好的，怎知今日一早就起了高烧。”

内寝的温度很高，明熙方一入内，额头就冒了汗，脱下身上的狐裘。拔步床上的人，似乎是睡着了，只是呼吸急促粗重。平日里，温润如羊脂白玉般的肌肤，已红得像玛瑙一般，羽扇般的睫毛轻轻地颤动着，似乎昏迷着也是极难受的。

明熙乍见这般情形，只觉心揪揪地疼：“不说是伤风吗？怎么烧得这般厉害！昨日他都做了些什么？”

柳南忙躬身道：“白日里和前日一般，见了些人，傍晚时裴总管也闭门谢客了。”

明熙紧蹙眉头：“这才一日，竟病得如此重？！”

柳南踌躇片刻：“昨晚闭门谢客后，殿下本等着娘子回来用晚膳，娘子不曾回来。殿下也用得不多，后来就坐在花庭敞开的侧窗下……想事。亥时后，殿下才躺下，天未亮，殿下就起了烧。”

明熙不禁冷了脸：“这般冷的天气，好好的人坐在窗口两三个时辰，也会大病一场！你为何不劝着点？”

柳南哭丧着脸，低声道：“奴婢劝了！嘴皮子都说破了，殿下不肯听，奴婢是一点办法都没有！”

整个阑珊居里，皇甫策最信任的就是柳南，明熙虽心中焦急，也不好拿柳南出气：“罢了，你去帮杨太医煎药吧。”

裴达轻声道：“娘子莫要担忧，殿下比早上好了许多，方才还醒了一次，不会有事的。”

明熙气道：“为何那么晚才派人入宫？”

裴达斟酌道：“当时只以为是伤风，让人请了太医，该是没事的。殿下也不曾要娘子回来，奴婢自作主张了。下午时，杨太医才说殿下病得十分凶险，这才派人入宫……”

裴达觉得很冤，得知皇甫策病后，几乎是第一时间，让人去宫里请了太医，顺便通知明熙。上午连续派去两个人送信，可看这样子明熙一无所知，明知定是陛下的手笔，又不能明说。

明熙坐到床边，抚了抚皇甫策滚烫的额头，轻声道：“罢了，你去换盆温水来。”

夜已深，太极殿内，依然还亮着灯。

六福见泰宁帝毫无睡意，笑道：“陛下，今日心情可真不错。”

泰宁帝低声地笑了起来：“呵，朕何时心情不好过？”

六福道："可不是！如今陛下身体已是大好，这以后肯定会越来越好。"

泰宁帝又笑了一声："虽有些关联，却不是全部。朕这辈子没养过孩子，若当初……有阿熙那么个女儿，想来也是极不错的。"

六福忙道："那是自然，娘娘将娘子当成亲生女儿般教养，这宫中上下娘子可是一等一尊贵的人儿了。"

泰宁帝侧了侧眼眸："你说，一夜之间，好好的人，怎就病重了？"

今日阑珊居的人，来了一次又一次，都被六福有意挡下来，最后一次竟让杨博写了陈条，六福自然知道泰宁帝指的是谁，因琢磨不出泰宁帝的想法，唯有斟酌道："老话说，病来如山倒。殿下本就坏了底子，病起来该是比别人都快些厉害些。"

泰宁帝闭目颔首，轻笑道："朕知道他坏了底子，可明熙将他养得十分仔细，几年来几乎不曾有什么伤风劳累。若非是杨博手书，朕可不信他会一夜之间病那么重。"

六福道："殿下是平日里不生病，全积在了一时，陛下莫要太过担忧了。"

泰宁帝冷笑："朕那侄儿心思多重，别人不知道，朕却是一清二楚的。这才恢复了太子之位，说不得又胡思乱想了些什么，才将自己吓病了。他病就病了，为何三番五次地来人要明熙回去？"

六福无声地舒了一口气："阑珊居没有主事的人，殿下身份贵重，奴婢们如何敢担那么大的事。不过，说来也是奇怪，杨博说殿下在昏迷中多次问到娘子的去向，该是惦记娘子的。人这一病啊，就想看见亲近的人。"

泰宁帝若有所思："当初朕也是莫名地信任明熙，如此简单的人，心思一眼就能看到，倒真让人防备不起来。朕那侄儿自来多疑心重，对明熙历来不假辞色，又是什么心思呢……当真有意思得紧。"

六福虽不知泰宁帝话中的意思，但也习惯了随着他话中的心意，继续道："殿下久居阑珊居，娘子又是个实心眼，待殿下极好。这一病自然有娘子在，才能安心。"

泰宁帝挑了挑眉，低低地笑出声来："细细一想，确也如此。六福比朕看得明白，有些人有些事，当真是不能看表面，得细细地看，细细地想。"

六福怔了怔，虽不知泰宁帝心思如何，但见他的笑意不似作伪，虽觉得有些不妥，也跟着笑了起来："这些人的小心思，自以为隐藏多深，哪里能逃过陛下的眼。"

泰宁帝闻言心情大好，拍着六福的手，放声大笑："说得对，哪能逃过朕的眼。"

阑珊居的主院是东苑，占据了阑珊居的三分之二。皇甫策出宫后，被裴达安排在东苑里养伤。不久，明熙出宫，住进了格局较小的客院西苑。

次年仲夏，东苑重新砌了火墙，又扩大了地窖，便于藏冰之用。当时皇甫策的遭遇，虽与明熙无关，但让她莫名地心虚内疚。两人虽不能避免地时有争执，但在物质上不曾生出半分苛责之心。

东苑花圃内，一年四季开着应季的花。各种滋补的药材，在宫中也不过如此了，厨房内的时令果蔬，全部按照皇甫策的口味来。换季时，衣袍布履与东苑的一切会在第一时间换成崭新的。

实然，有时看到皇甫策的冷脸，明熙都觉得很委屈，恨不得将他狠狠地抽上一顿才解气。每每不欢而散，明熙都想明日定不要再来这儿受气了，一觉醒来，昨日的那些狠话和誓言，就会被忘得一干二净。

皇甫策明明脾气温润，待人宽和，可与明熙争执起来极刻薄。但好在，今日吵得狠了，次日绝不会揭短，更不会提昨日的事，这也纵容了明熙好了伤疤忘了疼的性子。

明熙将皇甫策额头上的帕子换了下来，犹豫了片刻，才将手背放在了那滚烫的脸颊上，温度依然烫得厉害，脸颊却如想象中般细滑，让人恋恋不舍又爱不释手。

皇甫策蹙着眉，眼睛睁开了一条缝，因动作很小，还在神游的明熙并未察觉到。她的手指一遍遍地拂过他脸颊的轮廓，眷恋不舍又温柔缱绻，她的眼神专注，仿佛天地间唯有眼前一人。

皇甫策从未像这一刻般，笃定贺明熙的在乎与心思，清晰地明白了那些平日里不愿深想的感情。实然，贺明熙在自己面前，从来都是坦诚的，除了不曾将这份感情宣之于口外，整个人都是明明白白毫无遮拦的，甚至犹如祭品般直白。

可越是如此付出不求回报，才越使得皇甫策害怕，若真相是如此简单，那宫中的人又何必费心费力地将她埋在自己身边这些年。这般的天之骄女，在这里受了如此多的委屈，怎么还能继续周旋相处。若当真有这份委曲求全与心机，每每想起来都会让人不寒而栗。

这些年，皇甫策一直忘不了，惠宣皇后才去世时，明熙对整座临华宫的敌意，虽不知母妃到了最后不曾被立为皇后，是否有明熙的手笔在里面。但当初明熙看似失宠，可暗地里也是极得父皇在乎的，只怕不立皇后，也有她极不喜母妃的缘故。

人都说，先帝在惠宣皇后去世的两年里，对贺明熙避而不见，但皇甫策却知道，父皇每个月去临华宫时，都会在路过她住的小院落外站上片刻。想来母妃也是知道的，这才不曾将贺明熙挪到靠里的院落，更是不敢对她有半分为难。

这个对临华宫仇视多年的人，为何会在一夕间变了态度与情感，周围的人都说贺明熙待自己极好，有时候某件事上，甚至连自己都深信不疑。但回头想想，这得多深的心思与手段，瞒住所有人，连自己都在恍惚与矛盾，怀疑是不是开始便想错了。

这世上再没有人比身为当事人的皇甫策明白，贺明熙对临华宫的心结，当初那双藏在角落的眼眸中，充满了愤怒。皇甫策才被救出来时，无数个深夜里望向明熙那双掩藏不住的内疚眼眸，都会无数次怀疑母妃的死因。

可这世上也再没有人比身为当事人的皇甫策明白，近三年来，当自己失去一切时，所有人都在同自己背道而驰，只有这个人与自己并肩站在一起，同进同退，甚至竭尽所能将所有能给予的一切都给予了自己。

一日日，一月月，一年又一年，越是相处，皇甫策已许久不曾深想这些事了。到后来，每每看见贺明熙，甚至有心对她好一些，忍让一些。每每如此了，心里又是矛盾又是恐慌与惧怕，那些对母妃的愧疚和自责，唯有找些缘由和她吵个不停，才能让自己记起该记起的一切。

无数个深夜里，每一次动摇的时候，皇甫策都一遍遍地告诫自己，贺明熙从开始便不曾与自己站在一起，不能交心。不管她怎样好，都该是与自己无关的，都是受人指使的。这个人绝不能信任，是皇叔的眼线，可即便清清楚楚地知道一切，还是忍不住习惯了这个人，还是忍不住想靠近，想要从这人身上得到更多那些莫名的东西。

一个人寂寞得太久，也就再也受不住一丝一毫的诱惑。

皇甫策昏昏沉沉地凝视着明熙专注的侧脸，心底也有种说不出的疲累和无奈，还有放弃挣扎的轻松。也许病中的人，更是脆弱，皇甫策此时对这个人，对这眼神，还有那深不可见底比罂粟更可怖的情感，不想有一丝一毫的挣扎，只想沉沦下去，陷落个彻底，不得救赎。

明熙的手被滚烫的手紧紧地握住，让她骤然回神，对上了皇甫策雾气氤氲的眼眸，不禁露出了惊喜之色。

这一刻，皇甫策眼前的人，是如此专注鲜活，那双眼眸中流露的情感如此真实，不曾有一丝一毫作伪，彻底击毁了皇甫策心中最后的一丝冰霜。

皇甫策抿唇一笑，那双子夜般的凤眸，荡漾着层层波澜，宛若璀璨的焰火骤然绽放，细细碎碎的光芒，萦绕其中。许久，他哑声道：“贺明熙。”

声音有些沙哑，但这语调里的温柔缱绻，是从未有过的。恍惚间，明熙以为方才不过是幻觉。即使如此，还是轻轻应了一声。

皇甫策紧握着那微凉的手，脸上的笑意越发地深了：“你何时回来的？”

虽知皇甫策性情温和，可两个人哪次说话不是生硬的，最近相处得好些，也不过是普通的相处，何曾有过这般耐心询问。

明熙突然紧张了起来，抿了抿唇，慎重道：“因……因有些事在宫里耽搁了，不知你病了……”

“罢了。”这般相处的感觉太好了，太让人不舍了，不愿深想其他，皇甫策轻声道，“昨晚，我等了你许久。”许是病重，这言语之间，竟是带着从未有过的委屈。

明熙心跳不由自主地加快，斟酌了半晌，都不知该如何回话。以往的皇甫策，莫说不曾等过，等了也绝不会承认。她想摸摸他的额头，看他是不是真的烧糊涂了，但是又不愿打碎这梦寐以求的场景。

皇甫策握住了明熙欲缩回的手指，紧紧地攥在手里：“回来就好。”明熙愣怔了片刻，努力不去感觉手上的触觉以及内心抑制不住的狂喜：“若是有事，为何不让人入宫找我？”

皇甫策幽幽地望向明熙，哑声道："无事不能想见你了吗？"

"你烧得可真厉害。"那微哑声音落入耳中，犹如天籁般好听极了，明熙情不自禁地伸出另一只手，摸了摸皇甫策滚烫的额头。

皇甫策浅浅一笑："放心，不会有事的。"

明熙不知为何才走了一天，皇甫策宛若换了一个人般，虽努力镇定，可还是忍不住地好奇："心情那么好，所为何事？"

皇甫策答非所问："今日你为何频频发怔，一副心不在焉的样子？"

皇甫策笑得如此温柔，让明熙内心顿时有种说不出的窘迫，往日不曾有过的羞涩感，莫名地冒了出来："你病成了这般，心情还那么好，一定是烧糊涂了。"

皇甫策漆黑如墨的眼眸，望向明熙，很是专注："若本宫烧傻了，你可还会这样陪着本宫？"

明熙又惊又疑，竟也分不出话中有几分真意。微微抬眸间，对上那双犹如子夜的眼眸，竟察觉到他的紧张不安。明熙垂眸，握住了他的手："放心，无论你变成什么模样，太子也好，庶人也罢，你不走，我都不会赶你走。"

皇甫策的眼底似乎有什么在涌动着，勾起了唇角，手指轻轻地划过明熙的手心，故作镇定道："呵，还以为你早想赶本宫走了。"

"虽今时不同往日，但我对你是好是坏，日后你总能知道。"这太子之位恢复得太过容易，换成谁都会有些不安。皇甫策的反常，让明熙有种说不出地心疼，"我知道你一直不喜阑珊居，但不管怎样，我总是……不曾藏有别的心思。"

皇甫策眼神黯了黯，小声道："以后……你可愿随本宫入宫？"

明熙沉默了片刻："我该以什么身份跟着你？如今你正病着，说出的话作不得数的，我可不想乘人之危。"

皇甫策的眼中溢满了失落，凝视了明熙片刻："你不愿吗？虽许不了你地位，可……可与本宫分开，真的是你想要的吗？"声音又轻又柔，带着几分期待与少许委屈。

"娘子，温水打来了，药也煎好了。"裴达站在屏风外面许久，听到这句话，终是忍不住打断了皇甫策的话，端着盆走了进来。柳南紧随其后，端着药碗跟了进来。

明熙缩了缩手，皇甫策不但不松手，反而攥得更紧了。明熙唯有试图镇定地坐在床边。众人都没有说话，屋里的气氛却说不上有多好。裴达垂着眼，不停地看着皇甫策紧握着明熙的手，眉头越蹙越紧。

"苦……"皇甫策还起不了身，喝一口药，眼巴巴地看明熙一眼，黝黑的眼神中仿佛有种说不出的委屈。

裴达歪着身子，挡住了皇甫策的视线，凑到明熙耳边，轻声道："娘子，杨太医有事要同您说。"

皇甫策不等明熙开口："若有事，让他进来说。"

裴达道：“殿下莫急，只怕还是药材上的事，让娘子开内库房，挑选一二。”

皇甫策不冷不热地轻笑了一声：“若本宫记得不错的话，内库房一直是裴总管掌握，何时这般小事，还需劳驾贺明熙？”

柳南却开口道：“这用药之事，总该和主事的人商量，裴总管和奴婢哪能做得了那么大的主。”

皇甫策不好继续坚持，只是多少有些生气，不动声色地瞥了眼柳南，又不舍般攥了攥明熙的手，这才极缓慢地松开：“你早去早回。”

明熙主仆二人离开后，柳南关好了门，凑到了皇甫策旁边，小声道：“白日里韩大人来探望殿下，被裴总管挡在了门外。”

皇甫策闭了闭眼，只觉头疼欲裂，长出了一口气：“本宫很累，琐事今夜就不要说了。”

皇甫策经历了这一天一夜凶险无比的高烧，身心定是疲累不堪。平日里，柳南又岂是那没有眼色的人，只是眼看着皇甫策即将进宫，竟是对贺娘子变了态度，不管出于什么样的心思，这对两个人来说都不算是好事。

柳南虽忠于皇甫策，知道他的那些心思和筹谋。但从临华宫到阑珊居，与明熙相处也有五年之久，虽知这二人乃一个愿打一个愿挨，但临走前，也不忍明熙再被谁算计，这才和裴达一起分开二人。

朱颜那有年年好

1

天已黑透，月色初生，很是朦胧。

虽有裴达提灯引路，但出了东苑，整座庭院有种说不出的萧瑟感。在如此黑暗的小路上，所有的热意与慌乱，都冷静下来了。如此一来，方才的情景和话语，在脑海里一遍遍地回放，两人的相处显得更清晰了。

皇甫策说话间的神情，没有丝毫虚假伪装，那些话语里的未尽之意，似乎也在隐喻着一些不曾说出口的东西。想至此，明熙忍不住有所期待。冬日深夜，寒意颇重，可明熙的一颗心反而涌起了阵阵热意与甘甜，自顾自地笑了起来。

裴达候在屏风后，两人大部分的话语，都入了耳朵，自然知道明熙为何发笑。七岁入宫，至今已有二十多个年头，那时六福还是掖庭处的小管事，裴达被分到了六福处跑腿，十岁时，被六福认作义子带在身边调教。

次年，六福调到中宫，伺候惠宣皇后晨起洗漱，裴达年纪尚小，只得在中宫洒扫小花园，两年后六福得了惠宣皇后的青眼，升为中宫的副总管。

明熙入宫，六福因贴身伺候的便利，给惠宣皇后举荐了裴达。自此，裴达成了明熙身边的小管事。从不到一岁到如今的豆蔻年华，明熙自小到大的点点滴滴，长在身侧，裴达自然怎么看明熙怎么好。

明熙在宫中很是得宠，难免有些脾气，可内心善良，待人真诚也热情，没有那么多歪心思，与宫女内侍相处得也好，从不会因心情的缘故迁怒伺候的人。放眼整个宫廷，那些在宫中常来常往的贵族小娘子，当真没有一个比得了的。不说当初小小年纪鞭杀了宫人的慕容芙，即便名声在外的王雅懿，只怕也是善于经营名声罢了。

裴达随六福从底层走至如今的位置，那宫内宫外私下的腌臜事，如何会不知道。宫中的娘娘们，与外面宛若一个模子刻出来的世家女，哪个不是面上温柔敦厚端庄贤良，骨子里不知是如何心狠手毒的魑魅魍魉，后宫每年莫名死去的宫人，哪个与主家没有关系？

药库在东苑的西北角，因需防火防潮的缘故，灯盏不多，很是阴冷。

裴达凑在举起的琉璃灯旁，明熙比照开出的单子，仔细地挑选着要用的药材。透着微弱的光线，明熙含笑的嘴角，让裴达憋闷得厉害，心里莫名地伤感。宫中沉浮半生，又怎看不出那人的别有心思，两人自来不睦，又怎会在一朝一夕间改了态度。

这些年了，裴达看来，皇甫策与明熙没生出半点情分来，又怎会突然莫名地动了心。可明知道他不怀好意，明知道临了临了，还要被这人利用个彻底，甚至要将一生都赔进去！裴达又怎么不气恼。可不管如何，这样好的娘子，都不该再次跳入那终其一生都逃脱不开的火坑里。

明熙的一往情深，又是如此地直白明了。哪怕多年如一日地倾心相对，换来的也只不过是冷言冷语，可依然执迷不悟着。也许她比自己更明白，今日这态度虽转变得突兀，但依然会选择相信那人。只是短短的几句话，她已缓和了态度，甚至如此喜悦。

明熙挑好了所有药材，抬眸间却对上一双满是担忧的眼眸："裴大总管，在看什么？"

裴达垂眸收拾着药材，不经意地开口道："奴婢一直站在屏风的外面，娘子觉得殿下这是……"

明熙挑眉："你觉得皇甫策的话不可信？担心我上当受骗？"

裴达点头："奴婢不曾看到殿下说话的神情，但其中深意也能明白。娘子年岁尚小，不知有些人骗别人前，定会将自己先骗了，如此才看起来不像在说谎。"

明熙抓起了药材，抿唇一笑："这些东西那么苦，我们为何还要喝药？"

裴达低声道："良药苦口利于病，自是为了治病。"

明熙笑道："你说他骗我，可他为何要骗我呢？"

裴达沉吟了片刻："殿下恢复了身份，看似风光无限，但到底无甚根基。如今朝中的一切，尚在陛下掌控之中，娘子深受陛下宠爱信任，自是娘子对他……极有用处。"

明熙丢了药材，笑道："那不成了？虽我也已分辨不出真假了……但至少我一直得用，他就不得不对我好，哄我，骗我。能哄骗一生最好了。"

裴达当下蹙起了眉头："如今陛下健在，一切好说。若有一日，陛下……宫中是怎样的地方，好不容易出来了，怎能再巴巴地回去。"

裴达见明熙不为所动，再次轻声道："莫说娘子不知他存了什么样的心思，可他真心喜爱娘子又能如何？他以后要娶太子妃、侧妃、良娣、良媛、承徽，将来有一日，若坐上那至尊之位，不知还会有多少年轻家世更好的娘子……"

明熙抬眸望向裴达："你说的这些，我何尝不知道？我心仪了他许久，以往不曾有所回应时，我尚且收不回心来。如今总算好了一些，却要因畏惧将来的事，不敢多走一步……如此瞻前顾后，你就不怕我将来会后悔一生吗？"

裴达低声道："娘子为何非要执着于这虚无缥缈的，或根本就是虚假的情意上……"

明熙抿唇轻笑："有些东西，你觉得是真的就是真的，谁也改不了。即便是假的，也要尽力将它变成真的。若有一日，他正面拒绝了我，或是说出拒绝的话来，我也不会再纠缠下去了。"

灯盏下那双熠熠闪亮的眼眸里充满了期待，让裴达几乎不敢与其对视，可依旧道："明知是刀山火海，还是要走下去……"

明熙眼眸中的光泽逐渐转暗，片刻后，抿唇一笑，“无惧，我又怎会不知道这也许只是陷阱，也许只是昙花一现，可我等了许多年，才等到了今日。即便是镜花水月，为何不能跟着做一场梦呢？若有一日，梦醒了，虽会难过伤心，可至少也不会再有遗憾。你若不愿跟我冒险……也无甚关系，京郊外的那几处庄园，你挑一处养老也不错。”

裴达摇头，莞尔一笑：“是奴婢魔怔了，娘子自小到大没有做不成的事。娘子说要为奴婢养老，哪有将奴婢一个人留在庄子里的道理？”

明熙笑得更是开心：“你既如此说，我还有什么可畏惧的？不管是什么样的路，我们总该搏一搏。也许你说得对，这是阴谋诡计，可也许没有你想的那么复杂。即使对他没有信心，对我也该有信心才是。”

裴达笑道：“极是，娘子这样的女郎，打着灯笼也难找，殿下又怎舍得……说不得便是如娘子所说……”

夜半时分，月明星稀，光秃秃的枝丫，在寒风中摇曳着。墙梁上的积雪，在月光下反射出柔和的辉光，给这样寒意深重的夜里，平添几分冷艳。

东苑寝房内，暖如春日，还亮着微弱的光。屋内雾气氤氲，虽是点了熏香，依然遮不住浓浓的药味。

皇甫策泡了近半个时辰的药汤，已疲惫不堪。因需艾灸足三里的缘故，还不能躺下，唯有闭眸，浑身无力地倚靠在床榻边。此时，他身着薄薄衣衫，赤裸着双腿放在了熏桶里，眉宇间溢满了虚弱与痛苦。

明熙忍不住心疼，吹了吹汤匙中的参汤，轻声哄道：“许是还要一会儿，你先喝点汤。”

皇甫策哑声道：“本宫不想喝，放下吧。”

明熙将汤匙凑到了皇甫策的唇边，轻声哄道：“不用自己喝，张张嘴就好，不多的。”

光线很暗，屋内因熏蒸艾草溢满了雾气。皇甫策的胸口憋闷得厉害，整个人连喘息都有些累，完全没有胃口。可这声音太过小心翼翼和温柔，心中为此生出了许多莫名的怜惜与不忍。

片刻，皇甫策睫毛轻颤了颤，睁开了眼眸，看到参汤，忍不住侧开了脸，恰好对上明熙满是期待的眼眸。朦胧的光线下，那眼眸中溢满了心疼，让沉寂许久的心，被什么轻轻地撞了一下，不疼，酥酥麻麻的。

皇甫策叹息了一声，有些无奈又有些不忍：“今日不喝这些了，可好？”

明熙眼中露出些许失落：“杨太医说你高烧了一天一夜，伤了原先调养好的根本，若不及时进补，将来恐有隐患。你也知道这些年，阑珊居里请了多少大夫为你调养身……”

“好。”皇甫策轻声打断了明熙的话，闭着眼叼住了汤匙，一饮而尽。

“我就知道太子殿下最是坚强了。”明熙柔声说完，抿了抿唇，依然忍不住勾起了嘴角，一小勺一小勺地喂了起来。

“呵。”皇甫策虽不曾睁眼，却轻笑了一声，紧蹙的眉头平复了不少，极为配合地喝着碗中的参汤。一碗参汤见底，两人的心情，都好了不少，只那艾灸许是还要等上一会儿，皇甫策不得不继续坐着。

橘黄色的光晕中，皇甫策静坐在烟雾中，瀑布般的长发垂落脸侧，更衬得肌肤白得透明，越显得唇色殷红，宛若谪仙。他的呼吸很轻很轻，宛若蝶翼般的睫毛轻颤着，整个人看起来虚弱极了，可又挠人心尖地俊美。

单单看着这个人，明熙的烦忧不安，就全不见了，宛若又回到了醉酒晨起的那日，心底抑制不住地泛起了甜蜜与柔软。

虽闭着眼眸，皇甫策还是能感受到那撩人的目光。那颗心仿佛能感受实质一般，随着这样的注视，跳得一下快过了一下。片刻，他不得不睁开眼，侧目望向明熙，虽是极力忍耐，还是忍不住无声勾起了嘴角：“贺明熙。”

“嗯？”明熙怔怔地回了一声，显然还没有回过神来。

皇甫策见明熙还端着空碗，忍不住轻笑了一声，心间有几分甜，又有几分得意，哑声道：“你在看什么？”

明熙顺着皇甫策目光看去，惊觉空碗还端在手里，手忙脚乱放到桌子上，听到皇甫策得意的笑声。明熙又气又恼，挑眉对视，轻哼一声：“自然是看你了。”

皇甫策凤眸微眯，眼波中荡漾出细细碎碎的光芒，掩唇道：“本宫有什么可看之处？”

明熙歪头笑：“自然处处都好看。”

皇甫策听闻此言，终是有些不自在，侧开了眼眸，轻咳了一声正色道：“本宫一介男子，岂是用来看的。”

“殿下不是用来看的，那是用来做甚的？”明熙听出了皇甫策的窘迫，抬眸见他的耳垂殷红到娇艳欲滴，不禁玩心大起，反问道，“殿下您为何脸红？”

皇甫策不甘落到下风，回眸瞪了一眼：“油腔滑调。”

橘色的光晕下，那双凤眸水波流转，宛若荡漾着层层辉光的涟漪，竟有种说不出的风流婉约。这一眼竟让明熙忘了言语，许久许久，她拽了拽皇甫策的衣袖：“殿下再瞪我一眼，方才那眼神真真好看。”

皇甫策见明熙愣怔了半晌，已有些不解，听到这话，顿时满心窘迫，一时间竟也不知这句话到底是真是假。即使如此，皇甫策依然不曾甩开明熙拉扯衣袖的手，只觉胸口的那颗心越跳越快，仿佛要从胸口跳出来了。

不知过了多久，皇甫策不禁轻声斥道：“胡闹，都什么时辰了，还不回你的西苑去。”

明熙从方才那一幕中醒了过来，哼道：“方才让我留下的是你，如今要赶我走的也是你。莫不是在殿下眼中，我便是招之则来挥之即去的人吗？”

皇甫策无心的一句话，竟得到了这般的回复，心下讶然。侧目望向明熙，她半垂着眼眸，光线朦胧的缘故，并不能看清楚她的表情，但方才那些话语中分明带着浓浓的失落，让皇甫策也泛起了不舍和心疼，又不知从何安慰。

沉默了片刻，皇甫策开口道："跑了一日可是累了？"声音又轻又柔，还带着些许讨好。

明熙垂着眼眸，努力抿唇，才不让自己笑出声来："自是累了，这都什么时辰了，若非你不让我走，此刻我早躺下了。"

皇甫策知明熙所说为实，几次张嘴，却怎么也说不出让她离开的话。从昨日到今夜，已是两天两夜了，焦心等了许久的人，好不容易见上了，才片刻工夫，如何愿意让她离开。

皇甫策不知自己怎么了，自分开近三月后的再次相见，只要一日不见明熙，便觉得这一日难熬得紧，心里空落落的。

醉酒那夜后，更是如此了。皇甫策虽嘴上不说，心里也是极惦记这人的，若因琐事耽搁一时不见，心里忍不住暴躁，只想放下一切，早早又时时地让她伴在左右。

皇甫策有些心虚："艾条还要熏上片刻，你若累了，先在榻上躺上一会儿，可好？"

明熙终忍不住扑哧笑了一声，抬眸间眼中竟是得意："殿下已是如此舍不得我了吗？"

皇甫策被说中了心事，顿觉脸颊仿佛被火烧着了，不自在地垂下了眼眸。可两人到底已习惯平日的相处模式，皇甫策不愿示弱，沉默了半晌，才为难道："天寒地冻的，裴达又不在，柳南也去睡了，你一个人回去总归……若你实在想回去，本宫送你回去。"

明熙眼眸含笑，食指挑起了皇甫策的下巴："殿下这番话说得好不委屈，是真心真意的吗？"

皇甫策被迫与明熙对视，终是看清了明熙眼中戏谑的笑意，不禁恼怒道："贺明熙。"

"嗯？"明熙眼眸微眯，嘴角轻扬，轻应了一声。

明明该是生气，但这一瞬，眼眸中盛满了眼前的人，耳畔传来这似是而非的轻应，皇甫策心中还未升起的怒气已霎时烟消云散，唯剩满心的不舍与眷恋："若真累了，本宫送你回去。"

明熙笑道："殿下站都站不稳，如何送我？"

"那……那让裴达来接你吧。"皇甫策听到这般的回应，当真以为她要回去了，顿时失落与不舍占据了心间，缓缓垂下了眼眸，长长的睫毛遮住所有的思绪。

明熙自然察觉了皇甫策情绪上的变化，忍不住低低笑出声来："不走不走，待殿下艾灸完了，睡着了，我再走如何？"

皇甫策骤然抬眸，望向那笑吟吟的脸庞，一时间又是安心又是恼怒，紧紧抿着唇："好玩吗？"

"好玩呀！殿下生气的样子，也好看得紧，不信我去给你拿铜镜。"明熙笑着笑着，见皇甫策将脸别开，看向了一边，似乎当真生气了，不得不忍住笑意，拽了拽皇甫策的衣角，"生气了？"

皇甫策干脆从明熙手中拽走了袖角："怎敢生贺女郎的气。"

明熙打蛇随棍上："没生气，那给贺女郎笑一个呗。"

明熙拽了几次，没将人拽回来，见皇甫策越发地挺直了腰杆与脊背。明熙玩心大起，伸出手放在了他的腰间挠了挠，皇甫策几乎是整个人弹跳了起来，而后猛地摔在了床上，虽极力忍着不笑，可浑身却颤抖得厉害。

明熙见皇甫策竟如此敏感，再接再厉地挠了起来，皇甫策终是忍不住低低地笑出声来，整个身子蜷缩成虾子。明熙哪肯放过他，跪在床侧，伸出一只手作怪。皇甫策笑得有些喘不过气来了，见明熙没完没了起来，自然要反击了，伸手拽住了明熙作怪的手，将人拽倒在床上，遏制不住明熙的双手，直接将人压在身下，钳制在怀中，不许她再动。

好半晌，皇甫策才歇过来，长长地舒了一口气，平复了呼吸。直至此时，才惊觉怀中的人竟动也不动，似乎呼吸都轻了，以为闷坏了她，皇甫策急忙将人从怀中拉了出来，正对上了那双灿若星辰的眼眸。

一眼望去,皇甫策的胸口仿佛被轻轻地扯了下,又酥又麻,心跳不由自主地加快了不少，下意识地屏住了呼吸。

往日里那双灵动而凌厉的眼眸，此时水水润润的、浅浅柔柔的，独独映着自己一个人，如此全心全意地注视，溢满了情感与信赖。皇甫策犹如被摄取了魂魄，浸泡在温软的、满是甜意的泉水中，让他情不自禁地深陷其中，不愿自拔。

一点点地如坠迷雾，眼中心中再看不到眼前人之外的一切。那脸颊、那眼眉、那荡漾着甜笑的唇角，以及璀璨又全是依赖的眼眸，一切的一切是如此地美好，让人眷恋，让人只想就此沉溺下去，直至永远。

皇甫策极轻缓地靠了过去，仿佛生怕惊醒了眼前的人般，眉宇间溢满了小心翼翼的虔诚，微凉的唇轻柔地碰触着明熙温热的唇，宛若试探般地触碰，待尝到梦寐以求的甘甜，让他再也不舍离开半分，将人圈得更紧。

明熙讶然，下意识地躲了躲，不想这般细微的动作，似乎惹恼了皇甫策。他毫不温柔地将人紧紧地钳制在怀中，呼吸变得粗重了起来，温凉的唇迫不及待地压了上去。这般将人牢牢地拥在怀中，似乎让皇甫策的心满足了起来。心跳越来越快，心中迫切地需要眼前这个人的认可，小心翼翼又温柔至极地舔舐着、啃噬着，唇间传来的酥麻感，直入心尖，让皇甫策舒服得想喟叹。

原来，这个人只是柔顺着、接受着，竟会让自己如此地舒适和满足，宛若整片天地都散发着一股怡人心扉的甘甜，让人在她的气息中情不自禁地沉陷下去，不愿自拔。皇甫策眉宇间溢满了虔诚，整个人看起来柔然又迷醉，宛若捧着这世间最迷人易碎的珍宝，一遍遍地临摹那唇的轮廓，一遍遍地描绘着罂粟的甜美。

明熙脑海空白一片，下意识地想推开这个人，可越是推拒越是被钳制，直至两个人犹如粘在了一起，再也没有半分缝隙，这才不得不放弃挣扎。唇间笼罩在熟悉的气息下，肌肤传来微凉的触碰。在这瞬间，明熙从没有像这一刻般，确认到皇甫策对自己的眷恋与珍惜，以及那浓到化不开的情感。明熙从不知两人倾心彼此，竟会有这种心意相通的舒适感，让她不再抗拒，甚至不得不被吸引着，迫不及待又小心翼翼地回应着。

皇甫策感觉到明熙对自己的依顺，呼吸骤然粗重了起来，浑身都热了起来，面对这般蜻蜓点水的回应，丝毫不觉得满足，反而更是凶狠地索取着，啃噬着，似乎要将这个人吞入腹。他的手在明熙的脊背上摩擦着，紧紧地搂着她的腰身，只恨不得将这个人嵌入自己的胸口血脉心尖上，似乎怎样都不够般地索取着。

直至两人都快窒息，皇甫策才恋恋不舍地移开了唇，一眼不眨地凝视着软在怀中喘息的人。他的指腹滑过那长长的睫毛、水润润的眼眸、殷红的脸颊、肿胀的唇，一遍遍地描摹，满心的眷恋不舍。

呼吸逐渐地平复了，可指腹传来肌肤的温度，以及怀中人的依顺与回应，仿佛阵阵甘泉洒在了干涸的心田里，甜美至极。皇甫策眉宇疏朗，墨玉般的眼眸潋滟着层层叠叠的光润，又仿佛弥漫着重重水雾，神情极为专注，眉宇间溢满了珍惜。

此时，那神情间说不出地心满意足。仿佛整个天下，都不及怀中的这人，心间的缺口与不安都被她填得满满当当的，犹如拥着万物难敌的至宝般，如此甜蜜幸福。他的手一下下地安抚轻拍着怀中的人，似乎要将所有的温柔，都用在这个人的身上。

“贺明熙。”皇甫策的声音沙哑得厉害，却透着温柔至极的眷恋，许久未等到明熙的回答，他却丝毫不在意，轻吻了吻她的额头，“真好。”

虽是过了好一会儿，明熙依然觉得心快要跳出胸口了，被这般熟悉的气息笼罩着，似乎能清晰地感觉到皇甫策手上的温度，肌肤与肌肤简单地触碰，可整个人又如坠入了天地间最美好的风景里，一颗心都被填满了，忘记了周遭的一切，不愿分开片刻。

这一刻，明熙从皇甫策身上清晰地感受到了从未感觉到的情感，如此地强烈浓重和直白。似乎他露出所有的情绪，都在表达着在意和喜爱，一点都不比明熙给予的少，一切的一切，宛若这世间最美好的风景、最美妙的梦境一般，让人愿意一生一世地沉睡其中。

明熙忍不住勾起了唇角，慢慢地抬起眼眸，面前的人眉目如画，神情专注，矜贵的凤眸半眯着，整个人散发着一股慵懒的气息，着实让人移不开眼眸。

皇甫策自然感受到了明熙的目光与愣怔，这让他本就愉悦的心情更好了，他点了点明熙的鼻尖，亲昵地以额头触碰着她的额头，将她拥到脖颈间，低低地笑出声：“真是个傻瓜，可让我怎么办才好？”

明熙逐渐回过神来，软软地靠在他的肩窝，仿佛能听到他脉搏的跳动，却不敢深想这句话的含义，也不知该如何回答这句话：“将来……你也会对我好吗？”

“不对你好，对谁好呢？”语调里溢满了化不开的柔情蜜意，满满的亲昵与不舍。皇甫策的心被眼前这人的依恋与依赖，被这莫名的情感填得满满当当的，整个人说不出地舒畅和满足。此时此刻，恨不得倾尽所有给予她一切，不管如何都不放开。

明熙凝视着皇甫策，郑重道：“我也会对你好，很好很好，比任何人都好。”

“傻瓜。”皇甫策忍不住低声笑了起来，语调里尽是说不出的缠绵悱恻，他的手一下下地拂过她柔顺的长发，神情温柔至极，这瞬间便是天长地久。

明熙听到这宛若呢喃的话语，已无法思考，再也问不出半句不自信的话来。这般的气氛、这般温柔的人，让她想彻底沉醉下去，不想有一丝一毫的分辩、一丝一毫的假设。哪怕只是欺骗，也要骗上一生才好。

她慢慢地抬起手来，可又悬在了半空，虽是鼓足了勇气，却怕打碎这般美好的景象，太多的不舍与畏惧，不得不强迫自己放下抬起的手。

皇甫策早早看见明熙抬起的手，等了许久，却见她竟是要将手放下，情不自禁地握住了欲收回的手，含笑将那只手放在自己的脸颊下，轻轻地啃噬。

指尖传来了丝绸般的触感，以及肌肤的温度，明熙忍不住想笑，可眼泪却先涌了出来。两人短短的触碰，已让明熙在心中想了千遍万遍。往日怒目相对时，相互攻击时，多少次了，明熙多少次想伸出手去，碰一碰梦中都在朝思暮想的人，抚平他紧蹙的眉头，却不敢。

不敢让那双矜贵的凤眸中，露出一丝一毫的厌恶与嘲笑，不敢让自己仅剩的骄傲变得一败涂地。可以承受他的仇视，却不敢迈出一小步，不敢期待这人有片刻温柔。明熙从不怕付出，却怕自己深埋在心底的感情，到头来，成了一厢情愿被践踏在地的耻辱。

眼泪无声地滑落，一滴滴仿佛要倾尽许久的委屈与不安，以及这段时日的不舍与辗转反侧。那一切难以言说的情感，以及从来不敢宣之于口的喜爱。眼前的皇甫策让明熙心中忍不住升起了无尽的期待，忍不住幻想着两人的将来。

眼泪落在皇甫策的肌肤上，宛若一滴滴的岩浆，滚烫烧灼着肌肤，那剧痛直至心尖最软的地方。皱着眉头，整颗心仿佛被什么揪住了，一下下地钝痛着，皇甫策轻轻地拭去那越来越多的泪水，忍不住吻住了不停落泪的双眼。

皇甫策对这无声的眼泪，毫无招架之力：“好端端的为何哭了？”

明熙抬起蒙眬的泪眸，凝望眼前的人，想露出一个笑脸，却哽咽到说不出话来。明明知道这不是一场梦，可却来得太突然、太美好、太像一场梦了。任何索取与要求，都不该出现在这般美好的梦境里，如此便好，便如此也罢。

明熙紧紧搂住了皇甫策的腰身，整张脸埋入了他的怀中，哽咽道：“我们……我们再不要分开了，好不好？”

“不分开，为何要分开，你这样的娘子当真让本宫毫无办法……”拂过明熙的长发，一下下地拂过她的脊背，想要安抚她所有的不安与恐惧，可明熙依然蜷缩在皇甫策的怀中颤抖着啜泣着，一时间，皇甫策只觉更加地心慌意乱，再顾不上思考，只余下满心怜惜不舍。

月夜朦胧，仿佛温暖了这个冰冷至极的冬夜……

朱颜那有年年好

2

阑珊居的东苑后院，有一大片梅林。

不知何时，层层叠叠的梅枝上已攀了花苞，虽未盛开，细细碎碎各色的花苞，在消融的冰雪间，晶莹剔透，煞是惹眼。

皇甫策养了五六日，身体尚未全好，因拜帖越积越多，不得不开门待客。杨博担忧他的身体，并未离开。明熙虽想要避嫌，但皇甫策不愿一整日见不到明熙，即便待客也让她伴在身旁。紧凑的三日过去后，该见的人也见得差不多了，这一日终是清闲了下来。

后院的八角亭，三面都罩上厚厚的棉帘，余一侧笼上了青纱，正对着梅林。地面是架空的木头，木头上铺满了狐裘毯子，五个炭盆放在了木头下面，当真一点都觉不出寒冷来。八角亭也是明熙为皇甫策量身定制的赏景处，最适合体寒之人。

亭中间的茶几上，红泥小炉烧得正旺。皇甫策坐在亭内煎茶，空闲间时不时侧目看上一眼在小桌前摆弄棋子的明熙，若正好碰到明熙抬眸，四目相对时，皇甫策便忍不住勾起唇角，眼中的笑意藏都藏不住。

明熙心不在焉地坐在桌前，几次想起身去中间陪着皇甫策，又怕皇甫策询问茶艺，这才不得不装模作样地下棋，时不时偷看那人一眼。

皇甫策等了许久也不见明熙纠缠过来，不禁将茶盛了出来，小心翼翼地端了过去，送到了明熙的唇边：“尝尝。”

明熙不喜也不懂品茶，对上皇甫策眼中满满的期待，不得不端起来尝了一口，除了咸和涩，依然喝不出丝毫特点来，不得不抿唇一笑，违心道：“你是咱们当中茶道学得最好的，如今虽是多年未煮，却也宝刀未老。”

皇甫策抿了抿唇，看似矜持，弯弯的眼眉却暴露了好心情。他甩袖坐了回去，神情专注地端起了茶盏，抿了一口，微微侧目，正好碰上明熙偷看过来的眼眸，心情顿时更好了，低声地笑了出来：“莫以为本宫不知道，你与高家的都是木头，根本不会品茗。”

明熙拨弄棋子的手指僵了僵，怒目道：“擅武有什么不好，总比你天天和阿耀那个狐狸在一起的好……你分明是故意戏弄我！”

皇甫策挑眉一笑，不置可否，温声道：“以为你会说茶，本等着拆台，不想你现在竟是如此狡猾，说起谎话来，脸都不红。”

明熙怒道：“谁还没有弱点，我是不喜茶道，可你也没甚了不起，骑射课你们一群人，不照样让高钺打得一个个四处逃窜。”

皇甫策凤眸黯了黯，笑意凝固嘴角，轻声道：“也是。”

自知说错了话，明熙恨不得咬断舌头，忙凑到了皇甫策的身边：“我不是那个意思……”

皇甫策瞥了眼明熙，淡淡道：“贺娘子是什么意思呢？”

明熙赔着笑脸：“君子六艺，有几个样样精通的，你在我们这群人中当是佼佼者了，何必计较一门的强弱。殿下将来是要做大事的，骑射这样冲锋陷阵的活计，自然就交给我们这样的莽夫……”

皇甫策侧目，不明所以地笑一声：“真真看不出贺女郎还是个莽夫。”

“我才不是莽夫，总归也还算有些文采……”明熙涨红了脸，一时间也不知该说些什么，讷讷不能语。

皇甫策见明熙如此窘迫，又是得意又是满足，凑到了她的面前，轻声道：“娘子平日不是伶牙俐齿吗？今日为何谦虚起来，倒是让人好生不习惯。”

“我素来……”明熙眼前突然被这俊美无俦的脸庞占满了，脑海中一片空白，竟忘了要说些什么。

皇甫策眉眼弯弯，墨玉般的眼眸波光潋滟，抿唇一笑。这般模样，竟是将这满园的花色都比了下去，让明熙忘却了一切，只呆呆地望着眼前的人。

几日养病，杨太医时时不离，待客又整整三日，往往一日忙完后，明熙为怕耽误皇甫策休息，便会立即离开东苑。

自那晚后，两人竟是不曾再亲近过，当真有些让人哀怨。

此时，人就在眼前，单单看着，便忍不住心情愉悦地翘起嘴角，又听闻这般的言语，皇甫策如何不想将人拥入怀中。

明熙感觉到皇甫策的靠近，让她莫名地紧张，下意识地朝后靠了靠，当对上那双荡漾波光的眼眸，霎时间忘记了动作，只能怔怔地凝视眼前的人。

皇甫策眼中满是浅浅笑意，轻柔地将人搂在了怀中，抬起另一只手，滑过明熙的眼眸，盖住了那双满是惊艳的杏眸，轻轻地吻上温软的朝思暮想的唇瓣。

当真正将人拥入怀中时，皇甫策的身心都暖了起来，空荡荡的胸口，再次被这温软的人填满了，唇与唇的触碰，连心尖都是战栗酥麻的。

“嗯……”明熙轻呼了一声。

这轻吟，仿佛给了皇甫策无尽的勇气与鼓励，他紧紧地钳住她的腰身，呼吸变得越发粗重，凶狠地吸吮着，搅动着，轻咬着她的嘴唇，不放过每一处，恨不得将她整个人嵌入怀中，那双手在她的全身游移着，一步步地侵入，只恨不得将整个人吞入腹中。

皇甫策仿佛怎样都不够一般，拉扯着明熙的衣襟与长裙。片刻间，两人的呼吸粗重又凌乱，衣襟被扯得七零八落。

“殿下……”柳南站在帘子外，喊出了这一声，头都不敢抬。

两人宛若雷击，瞬时清醒了过来，明熙狠狠瞪了皇甫策一眼，将人推开，哆嗦着手拉着松开的颈扣，神情间说不出地慌乱。

皇甫策不紧不慢地坐正了身形，将人再次拉入怀中，抚了抚明熙的后背，无声地安抚她，慢慢地平复着彼此的呼吸。这才慢条斯理地给明熙整理衣襟，细致地扣上了散开的盘扣，拉正了腰间束带。

明熙平复了呼吸，本还想挣开，却因两人身体紧紧贴着的缘故，感受到了皇甫策身体上的变化，不禁狠狠地斜了眼他，却依顺地被他搂抱着，不敢再动。

皇甫策被明熙含嗔带羞地瞪了一眼，一颗心不禁又快跳了两下，整个人仿佛能够再次烧起来，只恨不得不管不顾地将人狠狠按在身下，可到底也知轻重，又不舍得苛责怀中不安分的人，唯有一下下地抚过她的脊背，不知是安抚怀中的人，还是安抚自己。

不知过了多久，皇甫策身体不再僵硬，深吸了口气，并未放开怀中的人，阴恻恻地望向青纱帐外："何事？"

柳南仿佛能感受到这有了实质的目光，急忙道："韩大人好似有急事，求见殿下，不顾裴总管的阻拦，只怕这会儿已到了东苑门外。"

皇甫策眉蹙得更紧，想也不想开口道："让阿耀改日再来吧。"

韩耀从梅花树丛蜿蜒的小道上，踱步而来，直至走入了花亭外，才躬身道："殿下为何不见臣下？"

韩耀的话，让皇甫策有一瞬的窘迫，掩唇轻咳，坐正身形这才将明熙挡在身后，责怪地瞪向韩耀："何事让阿耀如此鲁莽？"

韩耀剑眉星眸，面若冠玉，唇若点樱，本就英俊，今日又身披纯白色狐裘大氅，侧身站在一树繁花下，浑身自有一股子矜贵清冷的气质，当真说得上俊美无俦，公子无双。

他不紧不慢踱步到花亭前，褪去革履，将狐裘大氅扔给了柳南。露出了里面的一袭纯白色广袖长袍，这才走入花亭内，极为优雅地跪坐在了皇甫策的面前。一套动作下来，可谓行云流水，让人颇为赏心悦目。

明熙从皇甫策身后露出了半个脑袋，注视着韩耀的一举一动，眼中的诧异惊艳之色毫不遮拦，上上下下将来人打量个来回，龇牙一笑："耀娘子可真是大稀客呀！"

韩耀冷瞥了眼明熙："贺娘子的眼疾，又重了！"

明熙感受到韩耀犹如凌迟的目光，撇了撇嘴："一把年纪了，心眼还那么小呀！"

韩耀抿唇，无视了明熙，看向皇甫策："殿下，臣有要事要禀，还请不相干的人离开。"

明熙和韩耀自入宫，也着实好过几日，可后来不知为何两人就成了这般光景，每次见面便因琐事争吵不休。素日里一起读书，难免也要碰到，都免不了一番唇枪舌战。

韩耀从不会因明熙有先帝和惠宣皇后宠爱，或是娘子的身份，忍让半分。所有人当中，韩耀的功课是最好的，即使骑射因天分所限，也只比高钺低上一筹，但战胜除高钺外的所有人，却是不在话下的。

韩耀的策论，自然也是众人当中最好的。明熙从来不是对手，可又咽不下去这口气，但凡吃亏，唯有回去告状。惠宣皇后护短到没有原则，虽不能拿韩耀如何，但也会将韩张氏叫入宫中饮茶。韩耀其父韩奕，乃先帝的心腹之臣，因此先帝也备受惠宣皇后迁怒，好几次入不了中宫，先帝自然哀怨，难免跟韩奕抱怨几次。

韩奕虽走的是文臣路子，但因出身低微，自然不会真做到君子动口不动手的地步，故而每次韩耀休沐回家，都会被亲爹“亲切”地胖揍一顿。久而久之，韩耀更厌恶明熙了，甚至每次远远看见其身影都要绕道而行，万不得已一起，也装作不认识这人。

明熙自从有人撑腰，特别热衷于和韩耀说话，远远看见都会贴上来，说上几句话故意惹了他，不等吵起来，转身就走。久而久之，宫中的人都知道此事，这番趣事还曾被先帝拿来打趣明熙和韩耀的婚事。

以往，皇甫策自不会去管明熙和韩耀的事，但此时这两个都是自己极亲近的人，皇甫策不愿两个人继续如此，伸手将明熙拉到身后，遮挡了韩耀的视线，安抚道：“明熙又不是外人，阿耀但说无妨。”

明熙再次露头道：“虽说你成亲没有给我下帖，但我还是大人大量地没跟你计较，着人给你送份大礼了。我都没把你当外人，你又何必赶我走？”

韩耀听闻此言，瞪向明熙的目光，差点冒出火，声音几乎是从牙缝里蹦出来：“殿下，臣有要事要禀，还请贺女郎先行离开！”

明熙不愿皇甫策为难，不禁从皇甫策的身后走了出来，气道：“心胸狭窄！你不愿说，我还不愿听呢！”

韩耀冷笑一声，不看明熙：“求之不得。”

明熙走到纱帐前，穿上鞋子，想想又不甘心，回头道：“既如此不屑！怎不见我送的贺礼退回来！”

韩耀不喜明熙，成亲时自然不会给她下帖，谁承想明熙人虽识趣没来，却将翠微山腰那座庄园地契，当作贺礼送去了韩家。那座庄园本是当年太祖赐给赵王的冠礼，赵王幼年极为受宠，得的封地当是几个兄弟当中最富饶的，在皇室里也当算得上极富的。

庄园地理位置特别好，不但紧邻着翠微山行宫，占地也是极为广阔的，又被修建得极为奢华。三王之乱后，庄园被当今陛下赐给了贺明熙，当时不知有多少人眼红，可谁承想这样的烫手山芋，居然被贺明熙扔给了韩家。

御赐之物，贺明熙拿来送礼，本就极为不妥。但若韩家将此物退回去，那不光只是韩耀和贺明熙的事了，这相当于对陛下御赐之物不满。韩奕拿着这地契差点一夜白了头，亲自捧着这御赐之物带着韩耀入了宫，询问陛下之意。

陛下得知明熙将此物送给了韩耀，很是吃惊，却不曾发怒反而大笑了起来，让韩家将庄园物尽其用。戏言道：若非韩耀已是大婚，这庄园说不得是贺明熙提前送去韩家的嫁妆了。

此时此刻，韩耀听到明熙的话，脸色变得铁青一片，几乎咬碎了满嘴牙：“若贺娘子想要收回所送之物，耀愿双手奉还！”

明熙见韩耀气得脸色都变了，也知当初自己所作所为极为不妥，心虚道：“送你的就是你的了！哪还有要回来之说，我可不是那么小气的人！”话毕，头也不回地朝外走去。

皇甫策见明熙如此，哑然失笑，看向柳南：“将披肩给娘子送过去。”

柳南垂眸应了声，看了看天色道：“殿下和韩大人一起用膳吗？”

韩耀面无表情道：“不用，我一会儿便走。”

皇甫策侧了侧眼眸，讶然道：“何事如此着急？”

韩耀抿唇不语，直至目送柳南离去，这才回眸望向大病初愈的皇甫策。只见他脸色虽比前段时日苍白些，但常年紧蹙的眉头却已松开了，面上一派疏朗，看起来再无往日的阴郁，整个人仿佛一夕之间恢复了精气神，当真有种说不出的光风霁月。

韩耀行云流水般给皇甫策斟了杯茶，垂眸道：“殿下好不惬意，虽是大病初愈，精神却也是极好的。”

皇甫策笑道：“方才她还说咱们几个的茶艺，本宫学得最好，阿耀这一套走下来，当真让本宫自惭形秽。”

韩耀道：“殿下是要做大事之人，本就不必将时间浪费在此处。臣虽做得好，但也不见得是真的喜欢。”

皇甫策的笑意敛了敛，温声劝道：“阿耀不必想那么多，如今韩家到了你这一代也算新贵，不会这些，谁也不会小看了你。”

韩耀轻笑了一声：“殿下也说，算是新贵了。现在虽看起来不错，也不过是外强中干罢了，唯有依仗殿下，韩家才能再说以后。”

“你与本宫又何必说依仗，不管如何，总也不能亏待了你们。”皇甫策温声道，“半年前，阿耀成亲，本宫出不去，等过些时日，会将贺礼补给你。”

“臣先谢过殿下厚爱。”韩耀却不看皇甫策，侧目看向梅林，“此处景色极好，处处迎合殿下心思，建此园的人为了殿下，煞费苦心可见一斑。”

“她自小好奢侈，又有母后的纵容，自不会委屈自己。”皇甫策见韩耀岔开话题，以为他在羞怯，继续打趣道，“早听闻慕容家出美人，皇婶的样貌也是当年帝京数一数二的，想来阿耀的新妇，也不会差到哪里去。”

韩耀缓缓垂眸，细细煮茶：“娶妻当娶贤，慕容家的美人再多，若不贤不善，也不过红粉骷髅。”

慕容家武将出身，百年来历经几家皇朝，一直手掌兵权，到如今经过先帝的刻意压制，看似不如当初鼎盛，但因慕容家子嗣颇丰，又有姻亲无数，在朝廷上却也不可小觑。慕容绮当年嫁给身为诚王的陛下，却一直未曾开枝散叶，当算得上慕容家一大憾事。

泰宁帝与慕容绮婚后两年，因无子，不得不连纳了几房侧妃妾室，虽有几个怀孕，但孩子竟没有一个活着生下来的，直至泰宁帝中年，膝下竟未曾有个一儿半女。如今泰宁帝的后宫虽不曾再进新人，但也着实住着不少年轻貌美的美人。登基近三年的时间里，竟也没有一人生下子嗣，想来泰宁帝不曾将原配封后，也有这般的缘故。

皇甫策轻声道：“我们虽看似势弱，但好歹还等得起。阿耀当初不该如此委屈，娶妻虽有门户之见，但还是要娶自己心仪的。那时本宫若知阿耀是为此娶妻，无论如何都不会同意。”

韩耀轻笑了一声：“从小到大，臣不喜的事特别多，但哪一样没有做到最好？同样的，臣喜欢的也有，可有些也不得不忍痛放弃。殿下也说当初，婚事是一年多前定下的，成婚也已有半年了。殿下可还记得一年多前，咱们是什么光景？半年前，又好了多少？”

陛下虽无子嗣，但正值盛年，那些筹谋着的大事，每走一步是何其艰难，每次谋划起来，只敢说两年后，或五年后。谁承想过泰宁帝会得一场急病，竟是三个多月不能早朝。最后为稳住朝廷，从而改变了态度，再次恢复了皇甫策的太子之位。

若知天都在帮忙，当初韩耀也不必早早定下了慕容芙，这女孩自幼与王雅懿交好，其性情皇甫策也知道些许。

慕容芙家世出众，有美貌才名，兄弟众多，又是慕容家嫡支的嫡长女，上面有五个嫡兄，还有一个嫡妹。她自幼极为得宠，被荣贵妃接到封地教养多年，在慕容家可谓是众星捧月。直至十九依然云英未嫁，自然也是因为脾气和品性在帝京有名地差。

慕容氏虽为新贵，但此时慕容绮身为贵妃，手掌整个后宫。慕容芙的五位兄长，虽品级不高，但也可谓身居要职，门当户对的人家，娶妻都愿娶个贤惠柔顺，若无所求，这般的脾性又这般硬的靠山，和娶个祖宗回去供奉着有何区别。何况，韩家寒门晋身，莫说底蕴了，此时也不过是看起来富贵罢了。

当初这场婚姻，在帝京中引起不少的震动，虽说士庶通婚已不像前几十年那般少见，但像两家这般大的差距做姻亲，当真是开天辟地第一次。虽说慕容家多有为难韩家，根本不愿同意亲事，但架不住慕容芙喜欢，最后不得不妥协。

皇甫策近日心态也平和了许多，愣怔了片刻，轻声道：“当初是本宫魔怔了，不该急功近利。阿耀更不该为了本宫的事，委屈自己……这一生的大事，将来若是你过得不好，本宫的心里也不会好过。”

韩耀眉宇间划过一抹情绪，闭了闭眼笑了笑，片刻后，睁开眼眸：“殿下不要多想了，娶慕容芙非是为了殿下。我韩家如何的境遇，殿下心里最是清楚，慕容芙所带来的一切，是我迫切需要的。”

韩耀虽比皇甫策还大上一些，却自幼矮小，长得像个娘子，但所学一切，是所有人当中最优秀的，也是所有人当中最刻苦的一个，他自幼就知道自己想要什么。

皇甫策听闻此言，勉强露出一抹笑意：“怎么不说臣下了？方才不是还气呼呼地称臣下吗？”

韩耀不置可否，看了眼皇甫策：“殿下美人在侧，想来近日的心情不错。”

皇甫策轻笑道："莫要胡乱猜测。"

"我方才说了，有些人看起来好看，不过是红粉骷髅。贺明熙的底细，殿下不是不知道，怎可如此亲近。"韩耀见皇甫策垂眸，不禁气道，"家父深受先帝隆恩，自知殿下遇难后，日夜寝食难安，后得柳南传信，可谓欣喜若狂。这些年扎在朝堂上，用尽了心思，才占得微末之席。"

皇甫策垂眸道："阿耀放心，你与韩大人的功劳，本宫自是不会忘。"

韩耀道："我今日并非为表功而来。"

皇甫策道："你与本宫之间有何不可说的，若阿耀也拐弯抹角，以后本宫还可信谁？"

韩耀抿了抿唇，正色道："殿下这几日见客，为何要让贺明熙置身左右？"

皇甫策愣怔了片刻："阿耀怎知此事？"

韩耀道："我如何知道？现在整个帝京谁人不知，殿下与贺明熙整日焦不离孟！那些大人又不是死人！"

这些时日的喜悦，着实让皇甫策冲昏了头脑，早已忘了这些琐事，与其说忘记，倒不如说根本不曾在意过，只觉得算不得多大的事。

皇甫策若有所思道："外面怎么说？"

"说什么的都有，殿下也不想想贺明熙那样张扬的性格，本就惹眼……不说自小到大多少事，单说当初出宫自立门户之事……"韩耀见皇甫策变了脸色，到底不好再说，"王大人昨日'偶遇'了家父，追问传言的前因后果，深感不安。殿下先不必管那些流言蜚语，总该先给王家一个交代。"

皇甫策的唇紧紧抿着，许久，轻声道："你觉得本宫该如何给王家交代，你们如何给王家解释？"

韩耀低声道："众口铄金，积毁销骨，哪有什么可解释的？"

皇甫策有些茫然："那你说本宫又该如何安抚？"

韩耀见皇甫策满脸的不舍："殿下已经想到了，不是吗？"

皇甫策恍惚了片刻，回眸望向韩耀，轻声道："你容本宫再想想。"

韩耀道："殿下心中的成算，我能明白几分，但王家与贺明熙孰重孰轻，还请殿下仔细斟酌。贺明熙再受宠又能如何，莫不成她一个人，还能左右陛下的心思不成？"

皇甫策辩驳道："这些年了，皇叔待明熙极为不同……"

"太子妃之位只有一个！殿下只能给一个人！"韩耀坐正了身形，肃声道，"若无当初的三王之乱，殿下想要谁做正妻，尚不能随心所欲，何况此时此景！不说这些，单说王二娘子是殿下母家，贵妃娘娘的姻亲，她的脾性如何，殿下最清楚不过了。"

韩耀见皇甫策沉默不语，不禁又道："王二娘子如今到了这般岁数，为何还不肯对人许婚？殿下须知，王家之女百家求，这般的好娘子，等了殿下这些年，又是为何？"

皇甫策缩在袖中的手，下意识地握成了拳："明熙自有明熙的好处，虽说如今的境遇看起来不错，可这一切都是皇叔给的。明熙深得皇叔心意，若就此交恶，只怕弊大于利。”

韩耀神色松快了不少，眼中闪过一丝光亮：“父亲非说殿下被色相所迷，我说殿下胸中另有成算，如此对待贺明熙，必然是有了筹谋。听殿下如是说，我也就放心了。王家才是重中之重，殿下想一箭双雕，也不为过错，但现在是关键之时，万不能因小失大。”

皇甫策半垂下眼眸：“你以为当今之计，咱们又该如何？”

韩耀抿唇一笑：“许婚。”

皇甫策模棱两可地笑了笑：“许婚不是张张嘴的事，本宫许了，王家也得相信。”

韩耀端起茶盏抿了一口，胸有成竹地笑道：“这些殿下不必担忧，自有我们替殿下安排好。”

皇甫策半垂着眼眸，遮掩了全部的心思：“本宫许婚，不用自己出面吗？”

韩耀瞥了眼皇甫策的腰间：“信物还是要给的。”

皇甫策道：“这几日本宫收到不少财物，你可亲去库房自行挑选。”

韩耀道：“用别人给殿下的贺礼做信物，到底算不上体面。若殿下舍得腰间的玉佩……最好不过了。”

皇甫策骤然抬眸，皱眉道：“这是本宫出生时父皇赐下的，从小戴到大的物件，岂能说给就给！”

韩耀正色道：“正是如此，才让殿下拿出来。如今外面流言蜚语，王二娘子惶恐不安，这物件众人都知是殿下自小戴到今日的，最有诚意不过了，方能安王氏之心。”

皇甫策侧开了眼眸：“不可，这玉佩是父皇亲自挂在本宫身上的，母妃尚在时，都从不许取下一日。”

韩耀蹙眉道：“成大事者不拘小节，殿下从不是执拗之人，此事干系有多大，殿下不比我明白吗？”

皇甫策却不肯与韩耀对视：“换一样。”

韩耀抿了抿唇，极轻声道：“当年那场大火，殿下除了自己，还剩下什么？”

“阿耀非要如此逼迫本宫？”皇甫策骤然抬眸，一双凤眸宛如箭矢般射向韩耀。

两人对视许久，韩耀轻声道：“殿下！不是臣迫你，是形势逼人。若殿下当真不愿，臣……臣可另寻他物。但王二娘子待殿下一片赤诚……太极殿传来消息，陛下的身体已一日好过一日……”

一阵窒息的沉默。

皇甫策在袖中的双手几次握紧松开，不知过了多久，他闭目拽下了腰间的玉佩，扔到了韩耀的怀中：“你又何必如此，拿去便是。”

韩耀接了玉佩，脸上并未露出半分喜色，极为珍重地放在怀中：“殿下之意，我能明白几分，一箭双雕固然好，但时机不对，贺明熙的性格，绝非是能被您左右的。如今陛下那里不知是个什么状况，他既宠爱贺明熙，自不会喜欢你的利用。”

皇甫策轻点了点头："本宫知道了。"

韩耀轻声劝道："殿下不必沮丧，父亲与诸位大人，定会好好筹谋殿下的婚事。耀还请殿下顾全大局，最近这段时日远离贺明熙才好。失了王家，也会失了大多数人对殿下的信心。"

皇甫策不明所以地笑了一声，长出了一口气："想是如此。"

韩耀见皇甫策笑得比哭还难看，到底有从小到大的情谊在，极不忍心："这段时日虽不能轻举妄动，可也是一时。贺家虽不如王家，贺明熙却还有贺明熙的价值，殿下虽无太子妃之位给予，但只要贺明熙本人愿意的话，侧妃之位，也不算委屈贺家。"

皇甫策闭了闭眼眸："本宫乏了，不留你了。"

韩耀见皇甫策神色颇为抗拒，不禁正色道："若无意外，五日后，殿下要代替陛下去翠微山行宫冬猎，到时殿下这处，当真不能再出半分差池。"

皇甫策睁开眼眸，幽幽道："此事当真？"

韩耀慎重地点了点头："八九不离十了，非我等逼迫殿下，实在是……实在是许多事已失了掌控，我们只有走一步看一步。"

皇甫策紧紧地蹙起了眉头："皇叔又是何意？"

韩耀道："父亲、王大人、诸位大人揣测许久，都没有半点头绪。此番前来，父亲特地嘱咐我，一定要让殿下收敛言行，想必你与贺明熙焦不离孟的事，太极殿定知之甚清。"

贺明熙将皇甫策带到此处养伤，宫中本就知道，又怎会不留下探子。当初围住东苑的那些暗探与暗卫虽是撤掉了，但暗线是绝对不会撤去的，那这几日的一切，太极殿又怎会一点都不知……

皇甫策如遭雷击："皇叔若知此事，可为何迟迟不曾表态……"

韩耀轻声道："父亲乃先帝心腹之臣，今上虽用了父亲，也不见得有多信任。具体事宜，父亲并不能知之甚详，许多事都是王大人告诉父亲的。前日王大人收到了这消息，昨日告知了父亲，今日我前来此地，都瞒不过陛下。"

直至此时，皇甫策终是明白韩耀为何如此急迫，这般秘事也只有王家能早一步得知。韩耀说得对，王家不能丢，若是丢了王家，那么跟随身侧的那些人，也会对这个手无半分兵权的太子丧失全部的信心。

皇甫策闭上了眼眸，许久许久，轻点了点头："本宫知道了，不多留你了。"

"那我便先行一步。"韩耀见此，知道皇甫策想明白了轻重，也达到了那些话的目的，不便多待。韩耀转身出了青纱帐，接过柳南递过来的大氅。

柳南侧目看去，只见皇甫策整个人宛若疲惫至极，单手扶额趴在了小桌上："殿下……"

皇甫策蹙眉闭目道："将郎君送走后，去西苑告诉娘子，今日便不一起用膳了。"

这浅浅的话语中，仿佛带着无尽的寂寥。

朱颜那有年年好

3

阑珊居在帝京的西城地段，位置不错，宅院不大。

西苑比东苑小了一倍，虽有个小花园，因明熙不喜花花草草，一样的花匠，西苑与东苑的环境，却也相差甚远。

韩耀踱步而来，站在院中片刻，斜着眼眸，将院落打量个来回，嘴角溢出一抹讽刺的浅笑。

正堂当中，乱七八糟地摆放着几个箱笼。

明熙听到有脚步声，不禁满含喜悦地抬眸望去。当看到是韩耀时，面上不禁露出了失望之色。

韩耀双手拉着大氅站在门口，居高临下道："在等殿下吗？"

宫中的四个皇子，年岁相当，皇甫策与二皇子相差半年，三皇子、四皇子比皇甫策小上一岁多，三皇子、四皇子差了两个月，年幼时四皇子最为受宠，光他一个人就有四个伴读，其他两位皇子有三个，唯有大皇子皇甫策只有两个伴读。

在宫中，奴婢历来看人下菜，何况伴读们。韩耀比明熙大了三岁，但个头比明熙高不了多少，长相秀气，又是众人中家世最差的一个，自然备受欺凌。

韩耀极为自负又睚眦必报，读书识字也好，君子六艺也好，所有的课业都是头一份，自然也得了除皇甫策外，所有人的孤立。韩耀得不到别人的善意，自然也不会善待别人，因个头矮小，早早学会了声势夺人，养成了用下巴看人的毛病。

明熙习惯了韩耀的德行，早不觉得刺眼了："怎么？你要留下用膳吗？"

韩耀嗤笑了一声："笑得可真难看，何事值得你那么开心？"

明熙倒也不好继续查看箱笼，冷瞥了眼韩耀，皮笑肉不笑道："耀娘子自小柔弱，如今外面那么冷，不进来说话吗？"

韩耀挑眉道："一别经年，贺女郎的眼疾已无药可医了！"

明熙不想和爱记仇又小心眼的韩耀一般见识，但这样的性格，当真让人善待不得。虽说此时韩耀的身形修长，仪表堂堂。可这么多年过去了，明熙记忆中依然是那个矮矮小小、瘦瘦弱弱像个团子般的小郎君。

幼年的韩耀长得极可爱，长如羽扇般的睫毛、圆溜溜的大眼、殷红的樱唇，胸口还缀着一个很大的红玉金项圈，远看近看都是个可爱至极的小娘子。

明熙在御花园里，瞅了一圈，挤到了韩耀的身边，一时手贱，摸了摸他的脸，问了一声：“你是谁家的小娘子？”

——自此，被他记恨多年。

两人虽因明熙的退让着实好了几日，可惜明熙在不自知时将人得罪个彻底。不管后来明熙如何示好，到了韩耀眼里都是赤裸裸的恶意与炫耀，再不肯多理明熙。

若换成别人，明熙早就一鞭子抽过去了，但韩耀就是长得好，根本不像个郎君，明熙几次拿起鞭子，对着那张圆圆的脸颊，怎么也下不去手，最多咬牙切齿地撂句狠话，转身跑了。不跑也没办法，吵架辩论什么的，谁会是一个牙尖嘴利的辩才的对手。

明熙见韩耀仰着下巴站在门口，还是那副唯我独尊的臭德行，再也忍不下去了：“虽知您近期颇得陛下青眼，可也不过是个入不了朝堂的从五品，说起来还不如高钺呢。”

韩耀脸色铁青，怒视着明熙：“贺明熙！凭你也妄想太子妃之位！”

明熙很是不以为意：“我就想了，怎么的？”

韩耀冷笑了一声：“贺女郎自小集万千宠爱于一身，如今想问鼎太子妃之位，也不是什么奇怪的事。”

明熙不明所以地笑了一声：“干卿何事？莫不是你也肖想太子妃之位？虽说皇甫策自小与你关系最好，但我好歹还有几分机会，你——”明熙将韩耀从头到尾打量了几个来回，“可是一点机会都没有。”

韩耀不怒反笑：“有几分机会？你以为自己有几分机会？殿下自幼心仪王二娘子，乃人尽皆知之事，你这是要夺人所爱吗？”

明熙大怒：“什么叫夺人所爱！我不能心仪他，喜欢他了吗？”

韩耀缓缓垂眸，嗤笑了一声：“你心仪谁？当初这一宫的郎君，谁入过贺女郎的眼？贺女郎是心仪太子妃之位，还是心仪权势呢？”

明熙瞥了眼韩耀，冷哼：“我和你总也无话可说。”

韩耀抚着腰间的禁步，低声道：“我也不是特地找你叙旧，你也该知道，太子妃的人选，从来不是殿下一个人说了算的，你若有此肖想，我第一个就不答应。”

明熙看了韩耀许久，撇嘴道：“大门在东边，你可以走了，以后若有事，直接去东苑，我也不想再看见你了。”

韩耀抬眸深深地看了眼明熙，嗤之以鼻道：“过几日殿下就会离开，谁还会来此！”

韩耀话毕踱步离开，明熙只觉得一口气憋在胸口，不上不下的，重重拍了一下箱笼却毫无办法。

不知过了多久，明熙垂着眼眸，深吸了一口气：“殿下用膳了吗？”

裴达轻声道：“柳南方才来说，殿下累了，要休息一会儿。娘子的这几箱东西还要送到东苑去吗？”

明熙有气无力道：“让柳南给收入东苑的库房吧，这几日总免不了打赏。”

明熙坐了片刻后，越发地生气了，咬牙切齿道："不知道那韩耀又给皇甫策出什么主意了！他俩只要凑在一起，准没好事！韩耀自来心思叵测诡计多端！早知道当年一鞭子抽死他算了！"

裴达安抚道："娘子又不是真的怪了阿耀郎君，又何必这样说他？阿耀郎君是个极不容易的孩子，出身受限，这两年也没少为殿下奔波。"

明熙怒道："他历来就最不知好歹！他不容易，在宫中谁又容易，我要不是惜他不易，做甚每次都要让着他，他今日实在是太过分了！自己娇妻在怀，还不想让别人好过！皇甫策娶谁，与他何干，平白无故地跑来，说了一堆废话！"

裴达想了想才道："当初先帝有意给陛下做脸，对慕容家的几个孩子宠爱得紧。慕容芙七岁时入宫觐见惠宣皇后，因一件琐事，将个小宫女鞭挞致死，至今让宫中的老人记忆犹新，阿耀郎君娶了慕容芙，如何算得上娇妻在怀。"

明熙心中恻然，口是心非道："恶人自有恶人磨，活该！"

裴达笑道："娘子虽是抱怨着，可到底与阿耀郎君自小的情谊，哪次知道他遇见难事，不是巴巴地又去掏心掏肺了。单说此番阿耀郎君娶妻，韩奕大人求到你这里……"

明熙大怒："好了好了，过去就过去了，以后总也不会就是了。现在他如此讨厌，我怎会贴上去！小时候长得能骗得了人，现在那副别人欠他几万两的样子，还能骗得了谁！那时，若不是我看那么多人老欺负他，才不会帮他呢！"

裴达垂眸道："虽是如此，娘子也别这样施舍的态度，阿耀郎君也不见得多喜欢娘子帮忙。"

明熙骤然抬眸："我怎么了？从小到大谁有我对他好，那么多人欺负他，我哪次不曾呵斥制止，当初二皇子三皇子带着伴读几次将他堵在太液池，哪次不是我给他解围！但凡我有个什么好东西，哪次没给他送去一份？"

裴达道："阿耀郎君因家世被人排挤在外，除了对太子殿下马首是瞻，可从来不正眼看任何人，即便被人欺负，也不会作声。他与太子殿下焦不离孟，可曾向太子求助过诉说过？在阿耀郎君眼里该是娘子怜悯他，或是娘子在炫耀罢了。"

明熙看了裴达许久，回过神来："你早知道他会如此想吗？"

裴达轻声道："往日里娘子年岁小，人心复杂，奴婢也不好劝着。娘子自小没有交好的小娘子，见阿耀郎君长得温软，想亲近一些，奴婢又怎能拦着？奴婢也知道，娘子是真心对耀郎君好的，但用错了办法。"

明熙愣怔了片刻，轻声道："你那时就应该告诉我啊！"

裴达笑道："阿耀郎君虽是与那些伴读一起挑出来，但也比别人早入宫两年，娘子那时才几岁？如何能知道人心的叵测。娘子本是好意，奴婢又为何要将这些说给娘子听？皇后娘娘也不想娘子烦恼，不是也不曾与你说起阿耀郎君吗？"

"可是，若我早些知道……"明熙讷讷许久，愣怔许久，终还是说不出反驳的话来。

韩家身份低微，是满朝都知道的事，韩耀的父亲韩奕，当年是翠微山下某乡绅的佃户。先帝还是皇子时，翠微山狩猎遇险，十三岁的韩奕舍命相救。自此先帝将韩奕带在了身边，从皇子身边的小管事，到今日的正三品，固然有先帝的青眼相加，但也和韩奕的勤学不辍与忠心血性有关。

韩奕出身低微，好弄小巧，也有谄媚先帝之说，但却最恨豪强贪婪成性，为官清正廉明，最是公正。韩家虽有先帝赏赐的庄园与田产，但是当初一家三十口人只靠韩奕生活，想要维持新贵的体面也是不能够的，毕竟韩氏比不得乡绅出身的寒门庶族，更无法与世家豪族相比。

韩耀早慧，得入先帝青眼，以皇子伴读入宫，虽是一起甄选伴读，但他比别人早入宫一年多。那时他个头极为矮小，别的皇子都不喜他，唯有皇甫策脾性温和，愿意接纳他，自此做了皇甫策的伴读。韩耀能入宫伴读，也是当年先帝特地给韩奕的恩典。

韩耀身为韩家嫡长子，有三个一母同胞的嫡亲弟弟以及一个妹妹，还有庶弟四人、庶出的妹妹五个，韩家在韩耀这一代可谓人口众多。韩耀的三个嫡亲弟弟在先帝在世时，便定了不错的人家，这三人虽没有韩耀这般出息，但也都在为朝廷效力。

可寒门到底是寒门，虽大雍不如南梁士庶等级严苛，但像韩家这般的人家，说是庶族寒门都是给了他们面子，按照当初他们的出身，甚至还不如得了体面的奴婢。当年韩耀比谁都努力地自尊自傲着，将礼仪学得比所有人都好，又何尝不是极致的自卑导致的。

冬日的阳光，虽抵御不了寒冷，晒上片刻，也会让人从心底觉得暖意融融的。

东苑的花庭内，皇甫策跪坐在长榻上，垂眸看着桌上的书籍，看似很是专注，只许久都不见翻动一下。片刻后，院中传来急促的脚步声，皇甫策骤然抬眸，见又是裴达带着人搬着几个箱笼去了后院，不禁有些不悦地皱了皱眉头。

柳南躬身，轻声解释道：“娘子还在整理库房。”

皇甫策垂眸：“往年也不见她如此勤快。”

柳南道：“往年殿下养伤，自是用不着这些，如今娘子将殿下要用的东西，全整理出来，送到东苑库房里，省得奴婢们到时两头跑。”

皇甫策抿了抿唇：“自昨日到此时，多少东西还搬不完？”

柳南偷笑，却丝毫不敢显露：“已经十几个箱笼了，想来也用不了多久。”

“莫不是这些东西，比……”皇甫策话说一半住了口，他坐的位置，是花庭窗口，正对着东苑的院门处，见院门处闪过一道身影，当即若无其事地垂下眼眸。

明熙领着几个人，施施然入了花庭，遣退了人，才挤到皇甫策的身边，笑眯眯地开口道：“长生。”

皇甫策有意不理她，可对上明熙凑过来的笑脸，还是忍不住微微地勾起唇角：“如何？”

明熙见皇甫策有些面色不悦，不禁撇嘴：“名字取来便是为了给人叫的，我叫你长生，你若感觉不妥的话，我又该叫你什么呢？若叫你皇甫策，显得很是生疏。阿策倒也好听，可我怕你不喜欢我这样叫。若叫殿下，显得见外。我倒觉得元晟最好听，可这是你的字，也不知道你让不让叫。”

皇甫策抿着唇角，垂眸道：“巧言令色，你来此，只为了说这些话吗？”

明熙忙挤到皇甫策身侧，抿唇笑了起来：“当然不是，前些时候给你定了些衣袍，今日都做好了，特地拿来给你看看。”

长榻上一字排开的托盘上，放的都是崭新的锦袍与佩饰。

皇甫策忍不住头疼：“冬日前才添了新裳，为何又要定制新袍？”

明熙道：“长生以后要常常见人，几件衣裳怎么够？自然越多越好，再添一些佩饰才不会被人看轻呀。”

皇甫策笑了一声：“你以为，谁会看轻我？”

明熙撇嘴：“太子有甚了不得的，士族眼里的皇甫家是寒门晋身的兵家子，面上恭敬，心里也不见得有多尊敬！好了，别瞪了，我不说就是了。”

大雍朝的士庶等级之所以没有南梁分割的严格，皆因南梁的皇族，自身是正统的前朝后裔，对门第十分看重。大雍前百年的动乱，你方唱罢我登场，皇族大多出自手里有些兵权的寒门，且长久不了，说是兵家子一点都不为过。

太祖虽给皇甫家找了个没落士族的祖宗，但那样的族谱没有几分可信，不过是面上好看罢了。在真正的世家眼里，皇甫家依然还是寒门子弟，这也是为何在先帝时，太祖的儿子想娶个世家女都是极为不易的。皇甫家到了如今也不过三代，只能算站稳了脚跟。

皇甫策道：“本是事实，没甚不能说的。你看重外表，别人却不见得。”

明熙撇嘴：“这世间有几个人不看重外表的，若你长得……莫说我，王雅懿也定看不上你的。”

皇甫策微微一怔，侧目望向明熙，许久也看不出半分端倪：“好好的，为何提起这些？”

明熙自然不能说，昨日和韩耀吵架后，想了一夜：“昨日见到韩耀，突然想起来了呗。”

皇甫策当初就待王雅懿极为不同，王谢世代通婚，谢贵妃算是王雅懿的表姑，幼年时王雅懿虽不像明熙这样日日住在宫中，但也是三天两头过来，有时被留下后，又与皇甫策同住在临华宫，自然亲近得很。

皇甫策性格温润，从不曾和弟弟们起争执。一次王雅懿入宫，被三皇子截住，和护在其身边的皇甫策起了争执，三皇子失足坠入湖中。当日明熙下学，看见在中宫院落，跪得直挺挺拒不认错的皇甫策。

那时明熙大概八九岁，见先帝脸色铁青也在中宫，未敢上前询问。待晚上才从裴达口中得知是因为王雅懿，明熙本就与王雅懿无甚交集，也因许多莫名的缘故不喜她，当然不会为他求情。

皇甫策真的在中宫跪了一天一夜，待到三皇子退了烧，才一瘸一拐地回了临华宫。三个皇子，包括八岁去世时的四皇子，当初对明熙都是极为讨好的，到了皇甫策这里就不温不火，不讨好也不讨厌。明熙幼年极喜欢和高钺在一起，偶尔逗一逗韩耀，几乎没刻意与皇甫策有所交集，当然争执肯定也是有的。

皇甫策放下手上书卷，沉默了片刻，温声道："阿雅与你不同。"

明熙斜了眼对面的人："这世上每个人都不同，双生子也不见得一样。"

皇甫策白皙的手指拂过窗台上的绿叶："她和你们都不一样，说了你也不会懂。"

明熙忍不住冷笑一声："呵呵，你不说，我更不懂了。"

皇甫策轻声道："你自小得父皇母后宠爱，我们兄弟几个见了你，也要赔上几分笑脸，但凡你开口要的，母后找不到也会让父皇想办法。你如此顺遂，如何能明白别人儿时的苦楚与不易？"

明熙冷笑连连："别人是没少给我笑脸，可你何曾给过我笑脸！我不明白别人的苦楚，她便明白吗？王谢乃大雍朝最根深蒂固的大世家，先帝在时谢氏自然是风光无限，可陛下登基后王氏更胜谢氏一筹，她乃王氏的嫡支嫡女，身份贵重的世家女，肯定是自幼深受宠爱，能有什么不易？"

皇甫策低声道："王大人夫妇自她还在襁褓之中，便出外任职，别的兄弟姊妹都带去了任上，只将她留给了祖母。"

明熙真想大笑三声，不以为然地撇嘴道："若这是不易，那些自幼失恃的人又当如何？她的祖母好歹还是她嫡亲的祖母，难道还会亏待了她不成？都说隔辈亲，难道她王氏就与别人不同吗？"

皇甫策蹙眉道："她那庶出的兄弟乃她父亲最宠爱的贵妾所出，那贵妾正是她祖母的本家侄女，其中差异可想而知。嫡女的地位尚不如庶出的兄弟，在家中的地位何其尴尬？况且她若是得生母喜欢，又怎会独独将她一人留在帝京？"

明熙抿着唇，冷哼："我和你知道的为何不一样？她母亲因当年将她放在帝京之事耿耿于怀，几乎已是言听计从！谁不知王二娘子在家中的地位比嫡长姊只高不低？"

皇甫策低声道："这都是后来的事了，王氏夫妇真正回到帝京时，阿雅已十多岁了，不喜言笑，郁郁寡欢，早已养成了。"

阳光下的那人肌肤宛若透明，这两日舒展的眉头，此时紧紧蹙在一起，那羽扇般的睫毛在眼光下轻轻颤动，遮挡了眼眸和全部的思虑，紧绷的嘴角和紧蹙的眉头，已说明皇甫策不但在极力维护那人，甚至因明熙的质疑，已是十分不悦。

多年前，明熙就知皇甫策待王雅懿是不同的，可如今看来何止是不同，简直成了逆鳞，提不得碰不得。

明熙沉默了片刻，依旧开口道："即便她母亲待她不好，好歹还是生母。不苟言笑，难道不是原本性格的问题吗？许多人甚至不如她，也不曾日日垂泪，郁郁寡欢，又阴阴沉沉的。"

皇甫策紧紧地抿着唇，沉吟道："她虽是不善言辞，但心地极为良善，母妃常接她入宫，如此也不过为了让她祖母对她好一些。若她当真像你说的那般性子，母妃又怎会有意将她许配给本宫？"

明熙挑眉颔首，低声道："那你呢？谢贵妃想将王雅懿许配给你，你没有反对是吗？因为你也喜欢她，是吗？"

那时皇甫策虽是占着长子的位置，但不见得有多受宠，谢氏虽是世家，但剩下的三位皇子也不见得没有靠山，谢贵妃想拉拢王家，实属在所难免。

皇甫策的手缓缓缩到衣袖里，侧开了眼眸，低声道："你不也总好奇，阿雅风评颇佳人品贵重，比你还大上两岁，为何至今未出嫁吗？十二岁那年，我曾当着母妃的面，亲口对阿雅许了婚，想来她这些年都等着我。"

虽早想到是这样的结果，但明熙依然感觉心口有些疼。她凝视着皇甫策冷漠的侧脸，许久许久，目光里溢满了难以置信与难过，可那人始终坐在窗下不言不语，犹如一座雕像般，好似已感觉不到周围的一切。

若在平时，明熙根本不由分说，早已愤怒地离去，可此时明熙恍然悟到了这段时日皇甫策突兀的改变。这里面夹杂了太多外因，朝廷、陛下以及后宫，每一样都看似与明熙无关，可实然都与明熙有些关系。

可她太眷恋这些时日的平和宁静了，以及每日那快要溢出来的甜蜜，即便此时，明明觉得心都快要碎了，明明知道这一切其实就是一场镜花水月，可当皇甫策没有喊停的时候，她依然强迫自己忍着，或努力笑出来。

明熙几次张开嘴想说几句缓和的话，可到底违背不了本心的疲惫。原本那些虚假的甜蜜与美好，都能将心中的勇往直前消磨殆尽了，独留了恐惧不安与畏首畏尾。

如此愤怒，如此难过，可思维依然清晰地知道这不过是一场拙劣的欺骗，或是连欺骗都不算的虚与委蛇。与前几日相同，如此甜蜜美好，可明熙却不敢彻底沉醉下去，因为清楚地知道，梦醒了，一切就没了。

正如裴达所说：若无目的，谁又会一朝一夕喜欢上一个人呢。

明熙如何不知裴达说的是对的，万般皆是命，半点不由人，不舍拆穿他，也不舍拆穿自己。哪怕只有一日两日，也要对他好一些，更好一些。

这些年想要和他在一起的愿望，如此地强烈，不得不藏在心底。那些温柔以待，已在心中演示了千万遍，好不容易得了机会，明知道是欺骗，明知道是陷阱，却也忍不住心甘情愿地跳下去，粉身碎骨甘之如饴，又怎舍得对他有半分的苛责与迁怒。

不知过了多久，明熙的呼吸变得很轻很轻，抿唇浅笑："那殿下如今，算……算得上守得云开见月明了。"

皇甫策骤然抬眸，望向明熙的笑脸，那双凤眸犹如一汪清泉，清澈见底，又似有种种情绪划过，缩在衣袖中的手紧握成拳。

明熙怎样的脾气和自尊，再没有人比皇甫策了解了，他方才虽安静地坐着不动，实然已屏住呼吸，等待着明熙暴怒而起，拂袖而去，甚至想着她若是气极了，哪怕打上几下，出出气也好，可不想等来浑不在意又轻描淡写的一句话。只因如此，更让皇甫策有种说不出的压抑气闷，甚至还有莫名的不甘。

皇甫策的唇紧紧地抿成了一条线，沉吟道："那是自然。"

明熙微微敛下眼眸，拂过一排托盘，低声道："这些都是我特意为你挑选的，不如现在就试一试。"

皇甫策瞥了明熙一眼，冷笑道："你不必如此，柳南自会打理。"

明熙想笑一笑，努力了许久，终是强迫不了自己，温声道："柳南固然贴心，总也有想不到地方。我愿意为你先想好，可见对你也是十分上心。"

皇甫策丝毫不为所动，淡淡道："放着吧，今日本宫有些不适。"

明熙沉默了片刻，起身低声道："我说让杨博多住两日，你不许，这才几日又不舒服？你且等等，我先回去，一会儿便让人请御医来。"

皇甫策见明熙欲离开，眉宇间不见喜色，反而更是冷了："无须如此，昨夜睡得不好，才有些不适。"

明熙道："还是让杨博来看看。"

皇甫策面露不悦，冷声道："圣旨才下了几日，连请两次太医，你是想让所有人都知道，本宫身体不好吗？贺明熙！你到底是何居心！"

明熙深吸口气："我绝无此意。"

皇甫策见明熙既不追问王雅懿的事，也不计较自己说话难听，甚至因驱赶不得不离开，这放在以往该是件大快人心的事。可不知为何，皇甫策的心里不但高兴不起来，甚至越来越不安烦躁，可不管如何都想不出个所以然来，越发地不愿面对明熙。

明熙以为皇甫策还在生气，开口道："已快中午了，我早上没吃东西，不如现在摆膳？"

皇甫策将书册重重地放到一旁，紧抿唇道："本宫不饿。"

明熙轻声道："那你陪我吃些。"

皇甫策抿唇一笑，眼眸中俱是冷意："你要在本宫这里用膳不成？"

明熙被这句话噎得难受，咬着唇，沉吟了半晌："我知道你现在不想见我，可你一个人用膳有什么意思？我今日也不曾惹你……"

皇甫策瞥了眼明熙，越是见她好声好气地讨好，心中越是说不出地憋气，烦躁到无以复加："贺娘子和本宫一般，断了腿筋，连这点路都走不了吗？"

明熙本也忍不下去了，可听他说到身上的伤，再大的怒气也发不出来，一时间憋得不上不下，胸口疼。昨日还好好的，今日便成了以前那阴阳怪气的模样。明熙心烦意乱又莫名地恐惧，他今日这般的态度，仿佛是一种预警，有些不能掌控的事已经发生了。

明熙小心翼翼地又坐到一侧："那再等等，你何时想吃了，我陪你一起。"

皇甫策不看明熙，冷然道："你不必等本宫了。"

明熙不想表现出难过，可再次开口也带着失落："不如我去给你煮些粥，清粥养脾胃，说不定喝点粥便有胃口了。"

皇甫策漆黑似墨的眼眸说不出地深沉："从昨日到今日，你都在忙些什么？"

明熙道："库房有不少金银、古董摆设、玉佩，还有一些不错的裘皮。这些东西，将来你总是要用到的，我提前点了出来。"

皇甫策挑眉轻声道："在贺女郎的眼中，是不是所有人都该仰仗你的鼻息？若离了你给予的，便该一无所有？"

明熙忙解释道："你刚恢复了身份，宫中赐下的东西，多不过是摆设。别人给的贺礼看似贵重，也换不了银钱。你将来住在宫中，陛下虽是你的叔父，你也不好张嘴要东西，金银用物自是要准备齐全才好。"

"是以，本宫合该让你施舍吗？"皇甫策冷笑连连，极轻声道，"贺女郎好大的口气，好大的气派。可别忘了，你能拿出来的东西都是谁给你的，你幼年入宫，贺东青可没给过你一文钱，甚至连个奴婢都没给你。"

明熙愣怔当场，好半晌讷讷道："是吗？我还真不记得这些了。"

皇甫策未曾回眸，虽听出了她话语中的失落，还是继续道："你母亲留给你的嫁妆该是还在贺氏手中，如今你所有的一切，除了这阑珊居，哪一样不是我父皇赐予的？当年你在宫中众星捧月如鱼得水，读书玩耍，所有人都忍让你、讨好你，靠的又是谁的宠爱？是你贺家吗？呵，你贺明熙看似风光，矜持孤傲，实际上落魄到比孤女好不了多少！

"你的金银财帛、良田庄园，你的任性、骄纵、傲气，一切的一切都是皇甫家的，你有什么资格拿着本宫家中的东西，行施舍的嘴脸？"

明熙硬声道："若你觉得这一切都是你家的，那么这还算什么施舍，只当我物归原主。"

皇甫策挑眉冷笑："即如此，你又何必拿这些献宝，是为了让本宫欠下你的，或是内疚吗？"

明熙垂眸道："你怎能如此想我！我想对你好点，也是错吗？我若存了什么心思，又何必等到今日！"

皇甫策缓缓回眸，不明所以地笑了一声："为何不用等到今日？以前你待本宫如何，你不记得了，本宫还记得。"

皇甫策见明熙再次沉默了下来，不禁又道："若不是存了见不得人的心思，又何必等到本宫恢复太子位后，一夜间变了态度？今时今事，若放在以前，你早拂袖而去，或直接刀剑相向了。"

明熙胸口仿佛有团火在烧，整颗心都被放在上面烤，那种疼痛让人难以忍受。明熙早知道他言语间的力量，可往日里那些冷嘲热讽，伤心却也能忍，那时早已习惯了他的对待。

由俭入奢易，由奢入俭难。

往日不觉如何，此时再看这人冷漠至极的侧脸，才明白往日里那些算不上什么，最多让人难过一下。这些时日的朝夕不离与心意相许，再听这些话，当真是字字剜心句句割肉，犹如淬了毒的利箭，疼痛到无以复加。

可皇甫策如此，何尝不是因为惧怕？自己不放心皇甫策的一夕改变，他也不放心自己的一夕改变。他以为自己对他有所图谋。

明熙想开口解释，可想了想也没有什么好解释的。两个人都是如此猜忌又忌惮着彼此，说着心意相许，相亲相爱，只不过都是逢场作戏。

短短的些许时日，让人宛若置身梦境般的美好，以为实现了所有的愿望。可假的便是假的，不管两个人装得多认真，也是假的。

明熙站起身来，好半晌，开口道：“你若是心情不好，不想见我……”

皇甫策冷声道：“既知道本宫不想看见你，怎还赖着不走？”

皇甫策压抑着情绪，不抬眸看明熙，虽是话语冷硬，可当真受不了她要哭不哭，还要强笑的样子，那模样让他心里特别难受，难以思考，甚至想什么都不要了，什么都不管了，只想她开心就好。

明熙抿了抿唇，极轻声道：“虽是知道你厌烦，可我还是想和你多待一会儿，总感觉像是真的要分开了。”

皇甫策心口骤然紧缩，双手紧紧地抓住了长椅扶手，冷笑了一声：“贺娘子这些年，早习惯了有个任打任骂随意欺辱的人。如今知道这人真的能离开，心里难免有些失落。”

明熙骤然红了眼眶，眯眼望向皇甫策，低声道：“你总知道如何让我难过。既……既然你实在不想看见我……我走便是。也过不几日了，你大可不必为了我生气……我总……我总是依着你的。”

皇甫策的指甲深深地嵌入手心，才抑制住心底的挽留与不舍，骤然起身，却背对着明熙。许久许久，直至明熙走出了东苑的院落，才宛若站立不稳般，身形晃了晃，扶着身边的长桌才站稳了身形，急促的呼吸许久不曾平复。

朱颜那有年年好

4

傍晚再次飘起了细碎的雪花，西苑的花草并不繁盛，虽种满了一簇簇的万年青倒也不显冷清。可不知为何，一场小雪让整座院落显得萧条了。

明熙双眸无神地坐在窗口处，众人抬进了一个箱笼，虽知里面是什么，却丝毫提不起兴致查看，但想到是皇甫策要用的东西，又让人打开了。

整整一箱笼各种各样的鞋履、木屐、马靴，布履做工极为精致，厚厚的千层底，彩线与金银线交错的绣花，看起来无比精致。

木屐打磨得十分光洁，款式都是当今帝京最为流行的。靴子便更多了，北人善骑，男子着靴较多，厚靴、单靴、棉靴、云头靴，都做了不少。

裴达见明熙魂不守舍，猜到肯定又和东苑的那位闹了不愉快，轻声哄道："娘子看看还有什么不满意的，兰桂坊的管事，还等着回话。"

明熙漫不经心地放下手中的布履："挺好，不输宫中手艺，重酬。"

裴达轻应了一声："自然不输宫中的手艺，兰桂坊祖上可是专门供奉南梁皇家的，不管是做工还是用料，王、谢、陈、刘四家也不过如此了。"

明熙兴致缺缺地坐了回去："你给他送去吧。"

裴达愣了愣："娘子不亲自去吗？今日中午的那些衣衫和这些鞋履，有许多都是娘子亲自画的样儿，您若不去，殿下也不会知道。"

明熙嗤笑了一声："他若知道是我画的样子，只怕不肯穿。"

裴达低声道："娘子和殿下又……娘子不是说，左右不过这几日，不会再惹殿下了吗？"

明熙有气无力道："他左右看我不顺眼，不想和他吵，才不去看他。"

裴达想不出昨日还好好的两个人，一时怎又成了这般："殿下在这里待不了几日，若是娘子实在难受，去庄子上住些时日，待到殿下离开，娘子再回来。"

明熙叹了口气："左右不过几日，我也不计较了。阿耀要是不来就好了。"

裴达劝解道："阿耀郎君自小便与殿下亲近，殿下落难时，也不曾离弃。如今殿下好不容易恢复了身份，又病了，他来看看殿下，是人之常情。"

明熙笑了一声："自小的感情，当然不一般。他又是个心软的人，韩耀岂是我这个外人比得了的。"

裴达虽是极赞同明熙所说，也不能表现出来："娘子一天不曾用膳，要用吗？"

明熙摆了摆手："我要睡了，你送了箱笼回来，也去休歇吧。"

窗外虽还在飘雪，但天色却没有黑透。

裴达轻声道："时辰尚早，娘子不若起来走一走……"

明熙侧目道："西苑就那么大，走去哪里？万一去了东苑，莫不是还要继续让他羞辱不成？"

裴达微微一怔，多少对皇甫策有些不满。这些时日两人相处，裴达可是看在眼里，绝非明熙一头热，明明昨日两个人还好得跟一个人似的，怎么说变就能变了。

天已黑透，风雪虽未加大，气温却降下了不少。

东苑院落内，假山小桥流水，各种绿植覆盖，虽是隆冬的天气，却也说不出地热闹。

正寝内，温暖如春，皇甫策自明熙离开后回了寝房，后半日都不曾出来。午膳和晚膳都在寝房用的。柳南匆匆进门，跺了跺脚，在外间站了一会儿，待身上回暖才走了进来。

皇甫策抬眸见是柳南，下意识皱了皱眉头，心中升起一股气恼："贺明熙又来了吗？"

柳南奇怪道："殿下不是说娘子若来，只说您已休歇了吗？"

皇甫策不置可否："嗯，她走了吗？"

柳南笑道："裴总管送了些东西过来，说是娘子给殿下准备了许久的。"

皇甫策听到明熙没来，更是气恼，当听到裴达送来东西时，多少好受了一些："都是些什么？"

柳南如数家珍："一箱笼的鞋履，各种各样的，看着就舒服，想来是为了搭配中午送来的新衫。"

皇甫策不以为意："贺明熙还有这等手艺？"

柳南看了皇甫策一眼，轻描淡写道："娘子哪会做女红，兰桂坊定制的。"

皇甫策微微一愣，恍然想起从未见明熙拿过针线："女红礼仪样样不会，倒是学着一掷千金来讨好人，当真是中宫养出的人。"

柳南不好接下面的话，讷讷道："殿下若是不喜，奴婢着人送回去？"

皇甫策冷声道："自是要送回去，本宫何须她的施舍。"

柳南小声道："殿下何必生气，若知道你不喜欢，娘子是决计不会送来的。裴总管方才还说娘子一日都不曾用膳，早早地歇下了，想来……想来也是怕自己惹了殿下，才不敢亲自送来。"

皇甫策眉头蹙得更紧："罢了，这里也不需要伺候了，你去歇着吧。"

柳南有意再给明熙说上几句好话，可那日韩耀所说，也不无道理。柳南也知道殿下会在王家和贺家之间如何选择，柳南虽受过明熙的恩惠，但比起对皇甫策的忠心和将来，这些恩惠不足为道，报答是要报答，绝不能在大事上糊涂。

跟了明熙四五年，柳南比谁都知道明熙在贺家的地位，当初惠宣皇后去世，先帝有意冷落贺娘子，贺家竟是没有丝毫将其接回家的打算，不然明熙也不会不尴不尬地被留在临华宫两年多。如今明熙看似有陛下依靠，但陛下身体不好，不可能让她依靠一生。

在贺家看来，明熙自立门户之事，已经重重地打了贺氏全族的脸面，她又是自小便离开贺家的人，定然对贺家也没有半分的亲近和归属感。莫说身为族长的贺东青无意偏袒嫡长女，就是有意偏袒，家族别的人也不见得会愿意让明熙依仗。明熙最受皇家宠爱时，不曾给家族带来丝毫的好处，若是落魄，必不会管她。

皇甫策见柳南站在原地出神，不禁道："想些什么？"

柳南骤然回神："昨日韩大人说起王二娘子来，奴婢也是觉得有些难受。"

皇甫策此时，最不愿想起来的便是王雅懿，见柳南主动提起，随口道："何事？"

柳南道："听外面传言说，二娘子得知殿下遇险，三日三夜不曾进食，在家中的佛堂里日日祈求，曾许愿若殿下能脱险，一年不食荤腥。次年得知殿下脱险，为还愿，又茹素了一年。说是今年几次昏倒，在太医的多番嘱咐下，才开始正常进食。"

经历了这许多，皇甫策已不像那些年容易被打动了，可当听到这段话，心也不禁震动了几下。眼前浮起了王雅懿说话时垂眸的模样，一时间心中宛若打翻了五味瓶，不知到底是何种滋味。不讲少年时的情谊，当年遇险之后，还有几个人会惦记可能已死在火中的人，谁又愿意为了一个死人茹素。

许久许久，皇甫策从震撼中回过神来，哑声道："阿耀为何从不跟本宫说？"

柳南忙道："这些都是坊间的传闻，韩大人只怕是道听途说。想来韩大人许是不想殿下难受，才没提起。奴婢听了，心里也极不好受，想着若是假的必然也传不出来，若是真的该让殿下知道。"

柳南见皇甫策沉默不语，不禁又道："二娘子明知殿下遇险，依然相信殿下好好的，为了殿下拒了那么多人家的提亲，已是这般年纪，还不曾定下婚事，不说茹素之事，单说这番诚心，许多人也比不了。"

皇甫策抿了抿唇，许久许久，慢慢地闭上了眼眸："罢了，以后一切都会好起来，她……她的好，本宫怎么都会记在心里，总归不会负了她。"

院内小雪依然下着，薄薄的一层冰霜，让人看不甚清地面原本的模样……

大雍宫内太极殿正寝里，青烟缭绕，淡淡的龙涎香压住了草药味。

泰宁帝喝完了汤药，看向六福："昨夜可曾起大雪？"

六福笑道："哪有什么大雪，地面没盖着风雪就散了。"

泰宁帝心情甚好："散了是好事。"

六福道："陛下摆膳吗？"

泰宁帝沉吟了片刻："今儿是什么日子了？"

六福笑道："腊月初十了，眼看这一年又过去了。"

泰宁帝若有所思："明熙有些时日没进宫了，不知今日可来？"

六福道："若陛下想娘子，老奴这便遣人请娘子入宫。"

泰宁帝笑道："太子和她两个人正闹着，若朕将明熙叫入宫中，太子不知又该胡思乱想些什么了。"

六福忙道："陛下想得周到，殿下就是心思太重了。娘子又是直肠子，哪能想到他在想什么，不过是平白被欺负罢了。"

泰宁帝抿唇一笑："有些人天生蠢，该多疑时不疑，不该时又觉得自己聪明得紧。朕还记得，临华宫大火没多久，王家有意为二娘子定下谢氏嫡子谢七郎，谁知文定才过了一半，谢七郎骑马摔断了腿。"

六福不明所以，思索了片刻："确有此事，谢七郎当初伤得很重，太医去了好几拨，说是即便将来治好了，腿也废了。王家得了太医院的消息后，就有意隐瞒定亲之事，更有悔婚之意。谢家自是不肯，那谢氏七郎，可是谢家的嫡幺子，在家中最是受宠，要星星不给月亮，如何能受这般的委屈。"

泰宁帝笑了起来，轻声道："王家自然要悔婚，庶女尚好说，世家嫡女何等矜贵，每一个都有大用处，又怎能嫁一个断了腿的废物。谢氏不依也是必然，眼看六礼都走到请期了，岂能说悔婚就悔婚？"

六福小声道："世家最讲究君子一诺，王大人当初也不想将谢氏得罪死了，可到底是家中的夫人和二娘子闹腾得厉害，可这事只有依照家中的意思……王家后来也确实做得不够地道，两家结亲不成，这不都结了仇。"

泰宁帝嘴角笑意越发地深了："换成有些情义或是讲究些的人家，断不会如此，腿断了就断了，谢氏还能亏待了肯嫁过来的娘子不成。"

六福忙道："谢氏如今在大雍虽不如王氏如日中天，可自南梁伊始，谢氏也是和王家齐名的大世家。两家世代通婚，谢氏也不是那么好拿捏的。那王氏眼见悔婚不成，只说二娘子幼年颇受表姑母谢贵妃的照顾，要为惨死临华宫的表姑母守孝茹素三年。"

泰宁帝扑哧一笑："知道知道，当时朕和整个帝京都惊呆了，连朕……朕都觉得王氏当算得急智先锋了，为了这嫡女煞费苦心，连脸面都不顾了，也算是可怜天下父母心。"

大世家都是数代通婚，那惨死临华宫的姑母正是谢贵妃，正是谢氏族长谢楠嫡亲的妹妹，王家这理由端的是找得够不要脸的，当时整座帝京哗然一片。

六福轻声道："可不是，官司打成这样，谁心里不明白是怎么回事。谢七郎年轻气盛，在家中极为受宠，先帝还活着的时候，也曾数次夸赞过，年纪轻轻已被钦点秘书郎。端的是清贵儒雅，前途不可限量的玉面郎君啊！"

泰宁帝叹息了一声："摔断腿本就绝了仕途，被人退了一桩亲事不说，面上还被削成这般，想他谢阀当初比王氏丝毫不差，这几年朕有意冷落谢氏，才让谢氏……如此自负傲气又一帆风顺的少年郎，如何受得了这个，换成谁只怕也不好过。"

六福轻声道：“陛下说得是啊！王家传出王二娘子要守孝，谢七郎当夜就暴毙了！听说是吐血身亡的，谢家为此还打上了王家的门，可也没讨到什么便宜。谢贵妃已死，太子当时生死不明，陛下又有意冷着谢家，这天大的亏，也只能咬牙咽下了。可那以后，王二娘子也坏了名声，帝京里都传王二娘子是煞星坐命刑夫克子，丧门星转世。”

泰宁帝冷哼：“朕看那娘子也不是个好的！王氏行事，哪里有半分世家的做派，简直还不如市井小民。”

泰宁帝这话也有迁怒王二娘子的意思，打压谢氏实然乃他一力主张，也是为了遏制太子党。若放在先帝时，谢氏吃了这天大的亏，如何也不会息事宁人，何况谢氏本就是少有的还握有兵权的大士族。可王氏行事着实让人更是齿冷，泰宁帝虽不曾为谢氏讨些公道，但也甚为厌恶王氏。

六福轻声道：“老奴私下倒是觉得，王二娘子确实邪门。当初先帝谢贵妃其实私下定了王二娘子为太子妃的，只待及笄便赐婚。这事也给王家通了气的，可没多久先帝壮年驾崩，谢贵妃意外而亡，太子殿下又身受重伤。后来与谢氏七郎，文定过了大半，又遇见这事。”

泰宁帝侧目道：“噢？先帝与谢贵妃私下定了这事，朕为何不知？”

六福小声道：“都说是私下里定好，怎会拿到台面上来说？不过人家传刑夫克子也不见得做不得准，不然王二娘子为何会至今待字闺中。王家何等的人家，但凡差不多的人家提亲，也不会让二九年华的嫡出娘子继续待在家中，王二娘子不嫁，不说庶女，下面还有嫡出堂妹也要嫁了，如今倒好，王家女竟是无人问询。”

泰宁帝低声道：“姻亲姻亲，结个两姓之好，不说王二娘子是不是如传言那般煞星坐命，单单说王家的不仗义，别家也要想一想。”

泰宁帝停顿了片刻，似笑非笑道：“女红礼仪不会又能怎样，性格真的好才成，一辈子那么长，若得不了个一心一意的人，当真难熬得紧。不过太子喜欢温柔贤惠的娘子，王二娘子的女红女德妇容也是出了名地好，朕看他们倒是般配。”

六福面上不显，心里极为震撼，听这话语，陛下摆明了是不知何时听了太子殿下与娘子的私话。当初为表诚意和面上好看，陛下不得不撤走了阑珊居的侍卫和暗卫，但不管出于什么考虑，一定留下了不少好手和暗探。

虽一早知宫中有探子在阑珊居，且每夜都会送些消息回来，但是没想到连这些细节，都是如此清楚，想想也是让人心惊胆战。

六福轻声道：“娘子虽不会这些，六艺却是极好的，策论做得也不错。”

泰宁帝沉默了半晌，笑了起来：“不是朕看轻你家娘子，那策论只怕都是别人捉的刀。真要过一辈子，两个人性格不融总也不欢而散，倒不如早早分开的好，他心系王家二娘子，朕成全他就是了。”

六福心下一惊：“陛下三思，王阀在朝中影响，非同小可，若殿下与王二娘子当真成了亲事……对陛下不见得是好事啊。”

泰宁帝轻声道："皇甫家如今拢共没剩几个人，直系唯他一个，宗正都是快出五服的人。他若真有能力将朕扳倒，朕给他一切又能如何？"

六福低声道："陛下春秋鼎盛，万万不该有如此想法。"

泰宁帝笑了笑："太子与王氏的婚事，即便不走在明面上，也是会成的。王氏还有一群女儿等着嫁人，可谓骑虎难下，好不容易有了这等机会，怎能放过。既然他们存了相互利用的心思，朕便做做好人，成全他们，这不皆大欢喜吗？"

六福叹了一口气："可惜了，娘子对殿下的一片心意。"

泰宁帝冷笑："他也配！不管谁是太子，都不会是阿熙的良配，你的心思朕总也明白，放心好了，为了诚岚，朕自不会亏待她的。"

离帝京三十里处，翠微山皇家行苑，三面环山，紧挨着一片辽阔的森林，山中更有极好的汤泉池。当年太祖极喜欢这两处汤泉，圈下了此处，修建了皇家别苑。太祖建朝之初，每年腊月，每代帝君都会领群臣在此冬猎几日。

太祖与先帝，都喜欢翠微山的风景，年年冬夏都要来住上一段不短的时日，朝中众臣，但凡有些资产，都会在翠微山脉置下庄园与汤泉。久而久之，翠微山布满了大小庄园，每年冬夏，繁嚣堪比帝京。

今年冬日，泰宁帝缠绵病榻数月，众人以为冬猎会像年祭般取消，宫中也不曾做任何准备。没承想，年节尚未到来，泰宁帝颁布圣旨，着太子代为冬猎，与臣同乐。一时间，宫中与众臣急忙准备行囊与车辇，朝翠微山出发，阑珊居自然也不例外。

明熙今日身着青色暗纹小袄，衬着浅白色的马面裙，腰间挂着一串金铃压襟。头顶简单精致的堕马髻，纯银的牡丹华盛，点缀着一对极品羊脂白玉的凤簪。淡淡的妆容，看起来十分清爽，眉宇间银色梅花状的花钿，让艳丽的脸庞，比往日柔和清雅了不少。

裴达点着首饰匣子："娘子不是一早惦记着翠微山冬猎吗？怎么现在看起来不太高兴。"

明熙不置可否："我们早去迟去，又无甚关系，东苑不是还没动身吗？"

裴达将众多裘皮披肩与大氅装进木箱里："往年娘子与陛下同去，自是不着急，但今年殿下代行，娘子得等贺家人一起走。"

明熙愣怔当场："我为何不能与阿策同去？"

裴达沉默了片刻，才轻声道："今晨六福公公传旨后，特地吩咐奴婢的。先帝和陛下都是您的长辈，又带着嫔妃，自然可同行。太子殿下至今未娶，你也尚未定亲。众人虽知殿下在阑珊居养伤，但面上还是要避嫌的。"

明熙霍然起身："何时的事？"

裴达见明熙面色不好，轻声道："殿下用皇家车辇去行苑，您与贺家人一起走，且今年您不能住在皇家行苑内，得住在贺家庄园。陛下怕人非议娘子，才做出这些安排。"

明熙道："六福何时同你说的，我怎么不知道？"

裴达轻声道："娘子莫急，公公避着您，也是怕您心里不痛快。"

明熙沉吟了片刻："东苑知道吗？"

裴达轻声道："娘子虽不在，公公却没有特意避着殿下。殿下去了行苑，也不会再回来了，娘子现在该去送送才是。"

这两日在东苑遭的冷遇多了，明熙有些麻木，听到这些，感觉不到多难过了，只是依然有些慌乱，心里说不出地惧怕。

前日不欢而散，昨日一天未见，明熙本想再等两日，等皇甫策彻底消气了再去东苑，又怎能想到不过是短短一日，就要分开了，这场梦只怕只能做到今日。

明熙深吸了一口气："先别收拾了，我去看看他！"

裴达忙道："娘子快去快回，说不定一会儿贺家的人就来了。"

今晨的圣旨来得突兀，当初恳求陛下赐婚，虽未得同意，但也不曾拒绝，明熙内心深处对太极殿本还抱着希望。明熙一直想着，陛下性情宽和仁慈，即使不同意自己的要求，也不会让皇甫策很快搬出阑珊居。

直至接到圣旨时，明熙还未曾想过会和皇甫策分开，但既然六福特意安排此事，想来也是陛下的意思。这样的分离，来得如此突兀，毫无准备，让人只觉不安。明熙最难以接受的是，皇甫策从拿到圣旨后便知此事，却不曾来西苑，也不曾让人叫自己去东苑。

明熙匆匆地走到东苑，脚如生根般扎在入门的地方。因为知道，进去后会有个结果，不管是怎样的结果，都得接受，且没有反悔的资格。也许这个结果会是明熙最不想要的，最恐惧的。

东苑的仆役丫鬟来去匆匆地将皇甫策收的贺礼装入箱笼中。明熙送来的那些箱笼，放在院落的长廊上，排成一排，一箱都不少。

皇甫策正站在花亭里仰望天空，不知神思何处。

明熙无声地走近，当走到离花庭还有些距离时，再次站定了脚步。

今日的皇甫策，一改素日的内敛，身着带暗纹的淡金色的广袖长袍，头戴细碎珍珠镶嵌的金冠，一对珊瑚充耳在脸侧熠熠生辉。晨光下，这人玉立在似锦繁花中，越显得芝兰玉树，俊美无俦。

霞光浅浅，轻风拂过，带着几分寒梅的冷香，这本该是个美好到微醺的早晨。可不知为何，他整个人在亭内看起来雾雾霭霭的，让人看不甚清了。

明熙站在原地，凝望着他的侧脸，许久许久，眼睛也酸涩了起来，抑制不住地难过不舍，似乎每次呼吸都会扯痛胸口，心仿佛被一只手紧紧地攥住了。

那人明明还是原本的模样，可一日不见，又似乎好看了许多。依旧是波光潋滟的眼眸，眉宇间疏朗温润，神色安然，再无半分颓色与躁郁。

——原来生离，竟如在心上，生生地剜了一块血肉般。

不知在原地站了多久，明熙小心翼翼走了过去："长生……"

皇甫策侧目，正撞上了这一抹青色，那浓到化不开的眸色，似乎划过一抹光亮，转眼即逝：“以后不可如此称呼本宫。”

明熙沉默了下来，垂着眼眸，莫名地为后面将要发生的对话恐惧与难受。

皇甫策见明熙久久不语，率先垂下眼眸，沉声道：“你还有何事？”

明熙轻声道：“此去行苑，你我同行，可否？”

“不可。”皇甫策没有半分的犹豫，虽听这小心翼翼的言语，心被什么轻轻地撕扯了一下，可声音还是一样冷硬。

皇甫策话毕，侧目看向远处白雪中的一簇寒梅。

明熙得到料想到的答案，也说不出是失望，还是不失望，她慢慢地垂下头，轻声道：“如此……我以后可进宫看你吗？”

皇甫策微怔了片刻，回眸望向垂着头的明熙，许久，轻声道：“贺女郎，以后你和本宫不该再有交集。”

明熙骤然抬眸，宛若掉入了那双墨玉般的眼眸中，那里面再没了往日的柔软与温存，宛若炼狱般的寒冬冰冷彻骨，这敲碎了明熙内心深处仅存不多的希望。

明熙凝视着他冷漠的侧脸，许久许久，红了眼眶，虽努力压住了眼中的泪意，可那种从心底泛起的酸涩委屈，如何也压抑不住。

明熙轻声道：“为何不能有交集？东苑的东西，你都可带走，都是你用惯的……你若觉得宫中住得不舒服，随时可回来，这处还给你留着。”

这般讨好又带着几分软弱的话语，将皇甫策的一颗心撕扯得七零八落。可此时此刻，皇甫策比谁都知道，不能再有半分心软。若有半分妥协，不光她还留有希望，自己也会留下念想。

皇甫策闭了闭眼眸，再睁眼时眸色冷若磐石：“贺明熙，你与本宫关系如何，无须本宫再帮你回忆。这段时日，本宫同你……只因别离，不愿交恶，不愿因你的心思，横生变故。如今，走到这一步，本宫将来不会清算任何事，你也不必如此作态纠缠。”

明熙早想到了前些时候该是皇甫策的虚与委蛇，听到他开口如此说，倒也说不上多难过了。可不管如何，总也不甘心：“这些时日，你与我相处的……”

“本宫同你到底有没有真的交心，你心里不明白吗？若非本宫同你交好，又岂能那么顺利地离开此处？”皇甫策不待明熙将话说完，抢先答道，声音急促而坚定，但不知为何总带着几分说不出的狼狈。

明熙想从皇甫策的表情上，找些心虚与慌乱，可没有。他那双熠熠生辉的眼眸里，是如此地坚定，眉宇如此地坦荡。明熙不明白，他为何能将欺骗的话，说得如此冠冕堂皇。

明熙低声道：“当初既选择了骗我，为何不继续骗下去？我还有很多很多的用处，你不知道吗？陛下对我最是信任……”

皇甫策沉了口气，冷声道：“阿雅极不喜你，若在她不伤心和利用你当中来选的话，本宫最不愿见的是她伤心难过。”

皇甫策见明熙的眼眸还紧紧盯着自己，霎时间说不出地心浮气躁，只恨自己还不够狠，只觉这些话都还不够决绝，不够让她死心，不够让她知难而退。

“这段时日，一想终要离开此处，本宫的心情也轻松了许多，不想与你怒目相对，日日争吵。高钺说得对，即便你有无数个错，至少当初只有你肯、你能救下本宫。

“哪怕你心怀恶念，哪怕你动机不纯，哪怕苟且偷生，非本宫所欲！但不管如何，没有你的一念之仁，也无本宫的今日。是以，本宫做到不怪怨、不仇恨你，已然是很不容易，你还想要什么？”

明熙轻声道：“我心存恶念？我动机不纯？”

皇甫策眸中的冷光，生硬的话语，宛若一道道利箭，刺穿了毫无防备的心。明熙觉得胸口被什么扎碎了，四分五裂，撕心裂肺，痛入骨髓，让人忍不住尖叫，忍不住求饶，可仅剩的自尊，却又不许再继续讨好，继续让自己跪在最卑微的尘埃处。

明熙的脸惨白惨白，抖着唇，隐忍的泪水，犹如断线珍珠般滑落，摔碎在地面。她凝望着皇甫策冷漠的侧脸，许久许久，久到以为这已是永远，可那人冰冷的气息，与空气中刺骨的寒意，残忍到不许她沉迷下去。

明熙那双本该清亮的眼眸，黯淡了，即便如此，里面依然溢满了希望与期盼，哑声道：“你心悦王雅懿，一直都很讨厌我，对吗？”

皇甫策咬牙道：“是。从此以后，不管何时何事，本宫都不想再见你。救命之恩，本宫自会赏赐你。”

皇甫策回眸间，一颗心都要被这眼神刺痛了，明明不敢与其对视，却不愿亦不能率先移开眼眸，似乎若先结束这次对视，是再一次的认输与妥协。皇甫策在贺明熙面前已经妥协了无数次，绝不能再后退一步。

明熙率先垂下了眼眸，轻点了点头，虽极力忍耐，眼泪却落个不停，无声无息地深吸了一口气：“你骗我时，半分真心都没用过吗？”

皇甫策莫名地不安与焦躁，这人一袭青衣，站在这冰天雪地里，明明该是脆弱的存在。可那气息与存在感，却让皇甫策一如往昔地觉得强烈到震撼，不容忽视。

“你会对自己的仇人动心吗？”皇甫策深觉若不反击，真要被明熙的气势压得窒息了，毅然冷声道。

“仇人吗？你须知覆水难收……有些话说出以后，就再也收不回来了。”明熙多想抬眸再看眼这人，却不敢，唯有垂着眼眸，模糊了泪眼，紧紧盯着他的脚，普通的革履，可他穿起来还是如此好看，仿佛怎么看都看不够一般。

“肺腑之言。”皇甫策话毕，转身背对着明熙，虽说了无比绝情的话，不知为何，却一点都不想听到明熙的还击。

两个人走到这一步，不能再后退，唯有站在原地，挥剑斩断这不该有的孽缘，逼走眼前这人。在皇甫策眼中心中，这人自小都是一抹浓重的剪影，从不曾有过一般娘子的脆弱。

两人虽时常争执，可不管明熙何时走进东苑，皇甫策都能迅速地捕捉到这道强烈至极、让一切都失了色彩的光影，这样一个让人难以忽视的存在，如何能掉以轻心。

“皇甫策。”不知过了多久，明熙垂着头，极轻地喊了这一声。

这轻轻的三个字，几乎要压碎皇甫策心里所有的坚持与坚硬，让他忍不住想要让步和妥协，可越是如此越是不许自己心软。

“还有何事？”皇甫策虽是背对着明熙，可声音中已溢满了不耐烦。

明熙垂着头，小心翼翼地走了一步，伸出微颤的手，虚虚地抓住了皇甫策的衣摆：“皇甫策，我甚悦你……你可知？”

皇甫策骤然睁大了眼眸，心跳不由自主地加速着，酸酸涩涩的，仿佛还夹杂着莫名的悲意，说不出全部的滋味，可没有一丝一毫的排斥，甚至暗暗窃喜着。他缩在衣袖的双手，几次握拳展开，终是压抑不住心悸。

“你……”明熙看不到皇甫策的表情，越发地忐忑不安。

“呵！”久久的沉寂，等来了一声满是讽刺的笑声。

“贺明熙，别那么虚伪，好吗？你心悦的是皇甫策，还是当朝的太子殿下？你喜欢的是人，还是至高无上的权势？本宫一无所有的时候，你是如何的态度！怎么不见你半分的心悦？！

“贺明熙，你当真让人失望极了，本宫以为即便你爱慕虚荣，可至少还会有些骨气与自尊，可你竟是如此不自爱……如此豁得出，连脸面都不顾了！”

明熙虽期待着回应，可听到这些话，似乎一点都不意外，有些痛到了极致，反而麻木了，有些失望到了最后，反而成了死心。长长地出了口气，明熙虽依旧垂着眼眸，虚抓着皇甫策衣摆的手，紧了紧，然后放开了。

明熙想笑一下，收回表白的话，收起那愚蠢的行为，可……显然这么做也无甚意义了。不知又过了多久，明熙鼓起勇气抬眸，望向皇甫策的侧影，哑声道：“我懂了。”

“既懂了，为何还留在此处！”皇甫策骤然回眸，冷瞥了眼明熙，只见那双本该璀璨闪亮的眼眸沉寂一片，片刻之间没有了祈盼与希望，就连那微弱的光，也黯淡了下去。似乎就在上一刻，最后一句话后，真的放弃了，或是真的死心了。

皇甫策心脏骤然紧缩，只觉心如刀绞又说不出地恐慌，几次抬手想拽住明熙的手腕，可是最后却还是化作了拳，紧紧握着。

“既如此，你还不走？”皇甫策咬着牙，再次开口道。

明熙对这般的言语，已觉得麻木，放开手后，只余疲惫。很久很久以前，明熙以为，假若一天，听到皇甫策正式的拒绝，会恼羞成怒、暴跳如雷，甚至拿出鞭子来，狠狠将这人抽上一顿。

可，此时此刻，明熙终是明白，原来伤心至极，竟会失去所有的力气，失去所有的不甘与勇气。

原来，所有人都知道，皇甫策厌恶贺明熙，以前现在和将来。

明熙站在原地，眼睛一眨不眨地凝视着皇甫策铁青的脸，还是觉得很好看，仿佛怎么看都不够般。若能看上一生一世，原该是这世间最美好的事吧。

皇甫策咬牙："贺明熙！你怎还是如此地不知羞……"

"再看一眼，就走了。"明熙不想再听后面那些话，不得不开口，轻声说道。

一段有缘无分的情，你若无情我便休，散就散了，又何必恶言相向。

"你……"浅浅淡淡的一句话，让皇甫策呼吸都难受了，铜墙铁壁保护着的心，被轻轻的话语敲碎了外围，五脏六腑仿佛都震动了。他此时倒是宁愿明熙大吵大闹，大打出手，早已做好让她将自己抽个遍体鳞伤的准备，让她出出气也好。

贺明熙该是不能吃亏的性子，可为何不生气了，只不停地落泪，竟像是无悔无恨。皇甫策心里难受得厉害，闷闷钝钝地抽痛。原来一个人的眼泪对另一个人，竟有这种力量，只恨不得倾尽所有给予她想要的一切。

"贺女郎许是不知，本宫这些年无数次地想，何时才能彻底地不见你。"不知为何，这般陌生的贺明熙，这般陌生的感觉，让皇甫策升起了无尽的怒气和恼恨，这句话出口几乎咬碎了牙。

"今日之后，殿下必将心想事成。"明熙垂着脸哧哧笑了起来，泪如雨下，无声无息。这人性格温润，若不是万分不耐烦和不喜，不会咬着牙说出这样决绝的话。

一直以为只要听不到他亲口否认，就有机会和他在一起，甚至愿意为此放下所有身段，祈求陛下的恩典。短短几日光阴，仿佛真的倾心相许，真的相互爱慕着，仿佛从没有发生过龌龊的相依相伴。

可做梦的时候，就知道这是一场梦，可惜不想醒来的，只有贺明熙一个人罢了。

那美好的犹如梦境般的几日里，甚至一度让明熙以为过去的折磨才是一场梦，可在这一刻，真正醒来的这一刻，才知原来最美好最甜蜜的那个，永远是梦，只是梦。真正的生活留下的，剩下的，只是曾经的相互折磨、敌对的生活。

皇甫策看不到明熙的表情，可还是觉得这句话刺心极了，不明所以地笑了一声恶意道："怎么，贺明熙是悔悟往日，想以死明志吗？"

简单的一句话，仿佛叫醒了明熙所有的执迷不悟和沉迷。

皇甫策自小心软良善，爱恨喜好，都小心翼翼地隐藏在内里，即使讨厌至极，也不会彻底地撕破脸皮，也许……也许当初心仪的那个皇甫策，也是他伪装过后的吧。

有些事实，在触手可及的地方，即便想装作不见，或宁愿做瞎子，一辈子过着这样欺骗、虚以委蛇的日子，都不能……

明熙抬眸，望向皇甫策，轻声道："若我死了，你会觉得开心，或是大仇得报了吗？可我们又有什么仇呢？我为何从来不曾仇视过你。"

皇甫策被那双水洗的眸子，刺痛了眼，慌不择路地垂下眼睑，蝶翼般的睫毛遮盖了所有思绪："本宫让你走，聋了吗？竟如此恬不知耻，真真连村姑愚妇都不如！"

从未像这一刻，这般明白，那一日不见如隔三秋的思念，全是一厢情愿的错觉。有心说些敞亮决绝的狠话，可开口后才知根本做不到。

明熙深吸了一口气，沉声道："得这结果，我不悔。不管如何，我都不会再寻回了。贺明熙祝殿下心想事成，一世长安。"

话毕，明熙想洒脱地笑笑，可不管如何努力，终是勾不起唇角来，唯有缓慢地转过身，一步一顿地朝东苑门走去。

皇甫策说不出地气闷与恼恨，两人无数次争吵，只要每一次自己不耐烦或发怒。她都会争夺到底，甚至为了辩驳一些小事暴跳如雷。此时，皇甫策如以往般，备下许多话来，只等将其反驳到底。可皇甫策又想，若她当真再说一遍心悦自己，哪怕再强调一次，她是真心的。那么……那么所有的以往，便如此吧。

阿雅也好，王家也好，阿耀也好，都不去管了。只要她，不要一切，又能如何？两个人若能如前段时日，不问世事地相伴一生，也不错。可执拗地站在原地的明熙，竟是一声不吭，转身离开了。

皇甫策犹如被什么戳破了，站在原地，竟有片刻的不知所措，不由自主地上前一步，可脸色一沉，又站在了原地。

皇甫策不知是否错觉，晨光下，这人明明是来时的模样，可一眼望去，那背影却犹如失了所有光彩亮丽般孤寂萧瑟，宛若失去了所有的活力，说不出地颓唐。

皇甫策凝望着这背影，许久许久，心口发闷，钝钝地疼，还有种说不出的压抑和难过。他突然感觉应该将人挽留住，不然似乎会后悔……可几次张嘴却发不出声音，当明熙快走出门口时，他的心莫名地慌乱一片。

明熙站在原地，定了定身形，背对皇甫策，许久许久后，快步走出了东苑，消失在转角处……

中午时分，阳光被遮盖在云层里。寒雪压枝头，天地间仿佛被镀了一层银光。这个寒冬，犹如常年不融的雪山，冰冷孤寂，看不到尽头。

站在阑珊居最高的阁楼上，一条街都尽在眼前。

明熙望向逐渐远去的车辇，整个人整颗心一无所觉。原来，一切到了极致，没了痛苦，只余万念俱灰的覆灭与绝望。当车队，逐渐消失在天际尽头，明熙却忆起了初来乍到时的心情。

将皇甫策藏在阑珊居，兴奋与不可自持的开心。可那些内心的愉悦欢喜之情，并非是将他藏在了阑珊居里，只是庆幸在火海里没有放弃寻找的希望，庆幸能救下他的性命，原来，那么早那么早，就已喜欢他了呢……

可惜，本该是世间最美好的事，却没有珍惜。也许，在最开始，彼此便没有给彼此相互珍惜的机会。还记得那时，他眼中死寂一片，沉默绝食，因谢贵妃的惨死，生无可恋。

所有的善待，都让他觉得是被可怜、施舍。让失去了一切的他，觉得卑微到不如一死的地步。原来，裴达那日并非只是说韩耀，也是暗指皇甫策罢了。可惜许久不曾悟透的一切，竟是在这一瞬间，想个通透。

明熙从不伪装对他的喜欢和占有，虽只得到了皇甫策更多的反感和轻视，可直至此时依然不曾后悔那些所作所为。两人在一起的契机，可能也注定了他不会喜欢贺明熙这个人的结果。就如他所说，不恨便已是能做到的极致，还要奢求什么？

一开始就走岔了路，又怎会有好的结果。

人说：相互爱慕，该是天时地利人和的遇见。

朱颜那有年年好

5

今年的冬日比往年都冷了一些，最近几日的天气不算太好，夜里飘了会儿小雪，看似不曾有何影响，但为安全起见，整个队伍也慢了不少。六福颁布圣旨后，留下从宫中带出来的上百侍卫，以便护送皇甫策一行人。

未时，车队走到城外十里亭时，远远地看去，不算围了一圈的兵丁与奴仆，亭下与周围竟站了一二十个衣着光鲜的郎君。

柳南见此，心下讶然，当看清最前面的人是韩耀时，轻舒了一口气。

皇甫策感觉车突然停了下来，不禁开口道："出了何事？"

柳南隔着窗帘，小声解释道："韩大人和诸位郎君的车马，都候在十里亭。"

虽是走了一段路，皇甫策却尚未从和明熙分离时的思绪中走出来，如今听到有人等候，不禁怔了怔。待停稳了车，深吸了口气，这才掀开车帘，踱步下了车辇。

禁军统领顾泽中偕同韩耀，率众多郎君快步迎了出来。许是要避嫌的缘故，十里亭没有朝中重臣，大多是些官位不显的武将子弟，及一些尚未入仕的世家子，但十多人的身后也占了小半个朝廷。

顾泽中已过而立之年，在众人当中是年纪最长、官职最高的一个，乃正三品中领军统领皇城禁卫军。他上前两步，拱手恭顺道："末将率五百禁军，奉命前来护送殿下前往翠微山。"

皇甫策抿唇一笑，谦逊道："顾将军不必多礼，众位辛苦了。"

"殿下误会了，臣虽有意等待殿下同行，但众郎君却不约而至。"韩耀与众郎君站直了身形，上前一步道。

皇甫策侧了侧目，望向众人："天气苦寒，大家本不必在此枯等，你为何不劝着些，跟着众郎君胡闹。"

王安知站在众人中，朗声笑道："殿下不必见外，臣等均是自愿等在此处，当真与韩大人无关。"

王安知刚至加冠，乃是王氏嫡出的四郎君，也是王雅懿最小的兄长，虽只是七品中书舍人却属天子近臣，也是极为清贵的差事。他能站此处，已表明王家的态度，想来站在此处的人，有近半以王家马首是瞻。谢氏虽也是不逊王氏的大族，但因是谢贵妃母族，需避嫌的缘故，来的人倒是比王家少了些，如此对比，倒是落了下乘。

皇甫策将人虚扶了起来，笑道："安知还是这般多礼。"

皇甫策话毕，望向顾泽中："顾将军来此，荣贵妃的行驾又该如何？"

顾泽中回道："贵妃娘娘由郑林率四百人护送，明日一早出城。"

郑林是中护军，虽也是三品武将，实然要比中领军低一些的，虽也能统领禁军，但大多数都是中领军副手般的存在。

大雍的制度虽不如南梁严格，但贵妃乃仅次于皇后的一等宫妃，护送规格本该和东宫相等，如今却少了一百人，低了一等。虽不知这是否是陛下刻意为之，也确是给东宫做足了脸面。

韩耀见皇甫策望着顾泽中出神，轻声提醒道："天气不好，时辰也不早了，殿下若无其他，是不是现在便启程？"

"启程吧，你随本宫一同。"皇甫策已两年不曾出门，面上不显，但一时面对几十个熟悉和不熟的人，心里多少有些不适，韩耀所言正中下怀。

韩耀紧跟皇甫策身后，一同上了车辇。片刻间，二十来人纷纷登上了停在附近的车辇，极有秩序地跟在皇甫策车辇之后。

腊月时节，天黑得本就有些早，又遇上了阴天，未到酉时，天已快要黑透了。

明熙自皇甫策离开后，一直站在阁楼上，眺望城门。她的思绪越发清晰了，人也越发清醒。当天色彻底黑下来，寒风吹得眼眸胀痛时，明熙抬起僵硬的手，遮住有些疼痛的眼眸。

裴达见明熙动了，无声地从角落走了出来："娘子，天都黑透了，吃点东西吧。"

明熙转动了僵硬的脖颈，望向街道的方向："贺家的马车，不曾过来吗？"

裴达目光微闪，轻声道："奴婢问过了，贺府人一早出了城。想来……想来是以为娘子，与往年一般……往年都不曾与他们一起，今年没有想起来接您吧。"

明熙嗤笑了一声："不接也没甚，我本就没有打算去。"

裴达忙道："若娘子想去，咱们自己准备马车，不必与别人凑合。"

明熙缓步下了阁楼："咱们自己自然能去，可我在翠微山无庭院，又能住哪里？如今大家都挤到翠微山，到处是人，咱们不如在帝京过几天清静日子。"

裴达跟在明熙身后，笑道："娘子能想开最好了，近日家中歌姬排了新曲，正等着娘子品鉴呢。"

明熙停在了楼梯转角处："歌舞就先不看了，明日我要入宫看看陛下。"

裴达一愣，轻声劝道："陛下身体虽好了不少，可娘子还是不要太过打扰了。如今殿下算过了正名，但陛下又怎会对殿下一点隔阂都没有……"

明熙知道裴达担忧自己再去求陛下赐婚，不禁轻声道："你放心，如今我想明白了，断不会再让陛下为难。以后，皇甫策从翠微行苑回来后，咱们想自由地入宫，只怕不易。趁这段时日，我自该多陪陪陛下。若非是陛下的真心看顾，我哪里能如此自在。"

裴达舒了口气：“娘子能这般想，陛下定也十分高兴。”

明熙笑了一声，笑意未达眼底：“瞧你诚惶诚恐的，哪里还像昔日雷厉风行的裴大管家。他若真心待我，倾尽所有，也要争抢。君既无心，还能巴巴地让人践踏不成？”

裴达见明熙好似恢复了往日的神采，欣慰道：“奴婢知道娘子不是自苦的性格，自然也没有多担心，没想到娘子一下能想开。这样多好，咱们虽说不上有多好，这些年也不算亏待了太子殿下，以后娘子也不必惧怕任何人。”

明熙笑着点头，目光扫过空荡荡的院落：“自然，明日我便进宫去，贺家人现在就想拿捏我，也不看看自己的斤两！”

裴达望着明熙满是自信的侧脸，终是露出了一抹笑容：“奴婢自是相信娘子的。”

明熙再次停住了脚步道：“给皇甫策准备的那些箱笼……”

裴达笑了起来：“殿下虽说不要，但柳南知道以后他们单过日子，都瞒着殿下着人拉走了。太子如今不过是空有位置和头衔，怎能少了这些。”

明熙垂眸：“本是他皇甫家的东西，只当还给他就是了。”

裴达笑道：“说得对，娘子有夫人留下的嫁妆，还有娘娘留下的嫁妆，没有皇家的东西，也足够了。”

明熙道：“走，咱们一起看看厨房都备下了什么，今夜我要宴请奔忙操劳的裴大管家。”

裴达轻笑连连：“娘子自小想哄谁，一哄一个准。”

明熙瞥了裴达一眼：“也不是谁都有资格让本娘子用心去哄的。”

裴达伏低做小，抚着胸口道：“奴婢当真受宠若惊……”

明熙扑哧笑了出来，眼中有些光亮：“你又来哄我，我自小就知道，你才是最会哄人的那个！”

阑珊居虽少了一个人，但整座宅院仿佛早早入了春。亭台楼阁、花草树木好像又被重新注入了魂魄般，竟是显得比往日明亮了许多……

留政院是翠微山行宫别苑最大的一座院落，依照大雍宫太极殿的规格所建，是历代帝王在别苑的寝院。

院内的花圃，虽也被细致地修剪过，但山中寒重，花草颜色比外面都来得晚些。阑珊居的梅花盛开数日，留政院的小花园内，除了一簇簇的万年青，也只有枯树秃枝。

皇甫策与韩耀各执一子相对而坐，聚精会神地盯着棋盘。皇甫策落下最后一子，两人都长舒了一口气。小花园内的赏景厅，因有两面火墙又接入山中热泉的缘故，虽是门窗大开也没有半分寒意。

“殿下棋艺大长，堪比国手。”韩耀抿唇一笑，将黑子扔回了棋子盒里。

皇甫策抿唇一笑：“阿耀这话说得好酸，当初你十战十胜，本宫可是什么话都没说过。”

韩耀端起了茶盏：“怪不得臣一进门，殿下便迫不及待地支起棋盘，原是还记得那些事呢。”

皇甫策从容道：“怎会？许久如一日地左右对弈，总想找个人试试棋艺。”

韩耀眼中的笑意瞬时消失了，放下茶盏：“殿下安心，以后再不会如此。”

皇甫策收拾着棋盘，雍容一笑：“本宫自是信你，不然当初也不会第一个传讯给你了。”

韩耀抿唇一笑，端的是斯文：“人都说栖园的景色最美，我却不以为然，若说景色宜人，自然是依水靠山的留政院景色最好。当年咱们住在含元殿时，我多少次都想着，要是能进来看看就好了。”

韩耀长出了一口气，笑道：“如今托殿下的福气，在此处能随进随出，当真有几分梦想成真的欢悦。”

皇甫策轻声道：“本宫倒觉得含元殿也不错，差不多的院落，住惯哪里，便觉哪里好。”

昨日一干人等，傍晚到达行宫后，被安置在留政院内，皇甫策推辞不下，唯有住了下来。

韩耀在此事上，从小不能与皇甫策同步，故而也从不反驳：“殿下觉得好便好。”

两人一起长大，韩耀的心结，皇甫策多少也明白了几分：“你自来最有主意，虽是那么说，心里还是不以为然。”

“殿下生来有了，自可不争，我却不同。”韩耀将个精巧的锦盒，推了过去，“殿下的玉佩，王家已收下了，他们将此物转交给殿下。”

锦盒中是个古玉所制的笄，正是王雅懿及笄时所佩戴之物。

皇甫策看了一眼，将锦盒递给了柳南，轻声道：“虽是互送了信物，可总觉此事有些不对，王家是何等的人家，皇叔又怎会轻易答应。”

韩耀道：“贵妃娘娘此番前来行苑，乃是奉了陛下旨意，为殿下甄选太子妃。娘娘知道殿下心意，又怎会刻意为难？”

皇甫策轻叹：“许是一切太过顺利，总也惴惴难安。荣贵妃跟随皇叔二十多年，也不知她到底会如何？”

韩耀抄着手，侧目抿唇一笑：“殿下只管放心，贵妃娘娘如何心疼陛下，心中总也是有母家的。娘娘一生无子，殿下又已复位，将来娘娘不倚靠殿下，只能依靠慕容家。如今连慕容家都站在了殿下身后，她又怎会不为殿下打算。”

皇甫策沉默了片刻：“若说是甄选，想来也不止王家，剩下是哪几家？”

韩耀不以为意道：“还能有哪几家？总不过王、谢、陈、刘四家。别的人家虽也送来了人选，可怎么配得上甄选，东宫总要有些良娣、宝林之位，送出去安抚就是。”

皇甫策若有所思：“皇叔虽病了些时日，却是春秋鼎盛，阿耀不该这般胸有成竹，若有万一，总该留些后路。”

韩耀闻言挑眉，清湛的眼眸中露出一抹亮光，转眼即逝：“殿下只管放心，我今日能如此笃定，必然有万全的准备。”

皇甫策讶然道：“你看到过皇叔的脉案？”

韩耀轻笑道："陛下的脉案岂是那么轻易能看到的？殿下不必忧心，只管再等些时日。"

翠微山狩猎走了不少人，大雍宫内显得十分冷清。

正是午后时分，太极殿正寝处，依然有六七个火盆燃着。床榻最远的窗户，开了一扇，寝殿内空气清新了不少，屋内点了不少烛火，少了许多沉闷，倒给人焕然一新的感觉。

泰宁帝看似比以往又消瘦了些，整个人看起来却精神了不少，可见身体已是大好。他倚在床榻上喝完参汤，瞟了眼屏风外专注看竹简的高钺，不知为何，笑出声来。

高钺长相本就俊美英武，五官犹如雕刻。许是正当值，此时身着银色盔甲，坐在阳光处，宛若被镀上了一层淡淡的银辉，微微抬眸间，自有一番玉树临风的俊朗，眉目间又有种说不出的孤傲。

泰宁帝戏谑道："洛阳府君送来的简章，都看了近一炷香了，还没有看完吗？"

泰宁帝拭了拭嘴角，继续道："有资格去翠微山的都去了，没资格的还硬生生地凑去了。你倒好，躲清闲躲到了朕的寝宫里。"

高钺合上了手中的简章，正色道："这案宗看起来颇有些门道，末将看起来不算清闲。翠微山固然不错，但总该有人护卫京畿。"

泰宁帝笑道："朕倒是不曾听人说过，护卫京畿需安远将军，朕的京兆尹与中领军、禁军做甚？"

高钺抿了抿唇，思索了片刻："陛下身在京畿，末将以为京畿更为重要，这才与郑大人换了差事。"

泰宁帝不以为然道："你不必为那些人找借口，如今什么风向，朕比你清楚，就你才会觉得京畿重要。"

泰宁帝见高钺沉默不语，挑眉一笑："朕可是听人说了，此番你父亲与继母，在翠微山有意给你相看几家女郎，不知可有此事？"

高钺眼眸微眯了眯，脸色仿佛又冷了几分："陛下颁旨，着众家未定亲的女郎，前去翠微山行苑给荣贵妃请安，不是为了给殿下相看吗？"

泰宁帝点头道："朕有此意，你父亲才趁了朕的东风，求朕许你继母与贵妃做伴，朕却是未允，你不该感谢朕吗？"

高钺沉默了片刻，低声道："那是陛下与父亲的事，与末将无关。父亲虽有意，也不见得是为了末将，二弟三弟也都已到了定亲的年纪，家中也该有此考量。"

泰宁帝轻声道："你乃嫡长子，尚未定亲，他们如何越过你去？若你父亲当真偏心到不顾礼法，那真要好好说道说道了。"

"父亲自有考量。"许是涉及私事的缘故，高钺似乎有意避开，只得接了一句似是而非的话。

泰宁帝眯眼看了一会儿面无表情的高钺，颇有些无奈："你自身的条件可谓佼佼，可惜家里的人多又乱，又是继母，又是嫡出庶出的兄弟姊妹。朕眼中，你可算不上什么女婿的好人选，你父亲竟还挑剔得紧，真不知他哪里来的底气，固然你如何优秀，莫不是那些家累，就不算了吗？”

高钺不明所以：“陛下无须担忧，末将暂无成家的打算。”

泰宁帝笑了起来：“朕虽是觉得你父亲太过挑剔，但你的年纪不小了，着实该成家了。你若不愿家中替你相看，那朕替你相看了一个，你定能瞧得上。”

高钺眉头紧蹙，眼微微眯了起来：“陛下这些时日，虽精神好了不少，却也不该过于劳神。末将的私事，不麻烦陛下了。”

泰宁帝挑眉道：“朕还没说是谁，你怎么就知道不是你喜欢的？”

高钺端起茶盏抿了一口，才徐徐开口道：“陛下以为末将心仪了谁？”

泰宁帝笑道：“贺氏嫡长女如何？”

高钺轻轻放下了茶盏，不甚热衷道：“陛下该安心养病。”

泰宁帝嘴角的笑意微敛：“你直至此时不曾成亲，莫非不是为了她吗？如今她虽看起来心不在你这儿，好在年纪小，现在的固执，不见得真心喜欢。这些年，你待她如何，朕全看在了眼里。你在朕面前，不必羞涩，虽是有些不易，但此事朕还是能给你做主。”

高钺垂眸将手放在一侧，低声道：“陛下误会了，末将亲事艰难，非是为了等谁。”

高钺沉默了片刻，不紧不慢道：“末将虽对明熙照顾，也非自身的缘故。当年家母与明熙的母亲，一同从南梁嫁入了大雍，陛下也是知道的。”

泰宁帝抿唇一笑，似乎对高钺的拒绝也不以为意：“略有耳闻，二人在世时，也曾戏言要做亲家。”

高钺道：“陛下也说戏言。顾女郎乃南梁大士族嫡女，家母虽出身大族，却非士族。两人自幼相识，看似差不多的环境，实然身份云泥之别。一前一后嫁入大雍，母亲因寒门的身份，不得祖父喜欢，也被父亲冷落许久。在大雍又无娘家可依，直至生下末将后，日子依然过得不是很好。

“顾女郎嫁予了贺氏，心疼母亲的际遇，多次说若得了女儿，将她许配给我。顾氏乃南梁一等士族，贺氏当时在大雍虽略逊些，却也是上等的门楣。祖父初听此言，欣喜万分，着实对母亲客气了一段时间。贺顾氏诞下明熙后，祖父在明熙满月时给贺家送了信物，本是试探之意，但贺氏那边不但收了信物，还还了一个玉佩。”

泰宁帝蹙起了眉头：“如此一说，你与阿熙算有婚约，朕却从未听说过此事？你不愿，莫非是听了那些荒唐的传言，真以为阿熙与策儿当真有……怕明熙辱没了你？！”

高钺抬眸，正色道：“陛下慎言，末将绝无此意。

“祖父与贺氏定了亲事，心情大悦，觉得这上等的亲事，乃母亲的功劳。自此母亲总算有了主母的地位，几年后父亲争得族长之位，也和这门亲事不无关系。

“外祖去世后，舅父举家搬来大雍，置地置业，又给母亲在京郊置了四百顷田庄、坞堡与上千部曲添在了嫁妆里，从此后，母亲在家中的地位越发地好了。”

泰宁帝点头：“你舅家祖上也曾位列三公，这百年来虽庶族位微，但在南梁当得上一方豪富，这番大手笔，朕当年入京也曾有所耳闻。”

高钺道：“贺顾氏与祖父相继去世后，父亲虽还惦记着与贺家的亲事，但母亲却执意不肯再提，更是砸了贺家送来的玉佩。”

泰宁帝惊奇道：“这又是为何？”

高钺沉默了片刻，才开口道：“父亲至今也不知到底为何。”

泰宁帝道：“这中间另有隐情？”

高钺平静无波道：“这婚事本是顾女郎为了帮我母亲私下而为，贺家人不知情。母亲不能拆穿这些，唯有佯装不喜明熙被送入宫中教养，不许父亲再提此事。那时，父亲已得族长之位，又得先帝重用，有母亲财帛上的刻意帮衬，越发觉得门楣荣耀。

“士族与庶族不通婚的规矩，越发地松散，贺家虽是士族，却不算一等。在父亲看来，论起亲事来，自然是一等士族来得更体面，此事也就不了了之。”

泰宁帝沉默了片刻，舒了口气：“你父亲哪里都好，就是太过贪心，少了些忠义之心。当初安定城的兵马俱在他手中，若一心站在太子……万不会有朕的今日。”

高钺听见泰宁帝评价自己的父亲，无法接话，只道：“母亲去世前的一段时间，曾对末将说起与早逝的贺顾氏自小的情谊，又将此事前因后果，告诉了末将。”

泰宁帝低声道：“若你有心，想必你母亲也不会太过苛责。此时不比当年，朕可出面给你们做媒……”

高钺却摇头：“母亲说，这世上的女子，比男子有太多的不易，若无人帮衬，日子将会十分艰难。当初她无娘家可依仗，若无贺顾氏的看顾，当真要看父亲将平妻娶进门了。

“母亲说，高氏这样的人家，即便末将想善待妻子，也要看看父亲与家中众人肯不肯，这后宅里的龌龊，让人防不胜防的。”

高钺见泰宁帝一直沉默不语，不禁再次道：“明熙幼年失恃，在宫中无依无靠，将来回到没了母亲的贺家，日子不会好过。如此一来，嫁入高家，因没有母家作为依靠，也不会得了善待。母亲让末将立下誓言，将阿熙当作妹妹般，一生照顾她，帮扶她。”

泰宁帝听罢，沉默了许久，叹息道：“顾女郎与你母亲，虽都是女子，心有七窍又如此重情重义，让多少男儿汗颜。那些自诩君子的儿郎，只怕也只能做到这般了。”

高钺不置可否：“母亲去世不久，先帝再次为几位皇子甄选伴读，末将求了父亲，得了进宫的机会，如此才能遵循母亲的意思，继续照顾阿熙。”

泰宁帝眼神复杂地看向高钺，沉声道：“如此说来，你自来对明熙与众人不同，只因母亲的缘故，没有其他吗？”

高钺侧目道：“陛下以为如何？”

泰宁帝目光微闪：“这么多年，你全心全意地对待阿熙，就当真一点都没有别的吗？”

高钺慢慢地垂下眼眸，思索了片刻，轻声道：“若心仪与欢喜，是阿熙对殿下那般的感情，末将心中并无此感。”

午后的阳光，从那扇半开的窗户打照进来，越显屋内静寂沉闷。烟雾缭绕的檀香味，越发地让人思绪混浊。

许久的沉寂，泰宁帝凝望着屏风内的方向，叹息道：“朕自认不会看错，怎承想还有这些隐情，当真造化弄人。”

屏风已被拉开，自高钺离开后，一直发怔的明熙终是回过神来：“她还活着的时候，每年入宫探望皇后，都会送我一整套的头面和四季裙袄。”

泰宁帝一时不知接些什么话，唯有笑道：“高夫人也是个有心人。”

明熙摇头苦笑：“那些料子都是南梁的，在宫中也是极珍贵的，我常常为此得意。她每次和我说话都极和善，日常琐事问得很仔细。只可惜那时我太过年幼，着急拿她的东西去炫耀，每次回答都很敷衍。听不懂她的呵护之心，哪里想到这些……转眼，她都去了十多年了。”

泰宁帝轻声安抚道：“高夫人如何，朕是不知。可高钺对你很是照顾，处处为你着想，朕原本以为他定是有心于你。本打算让你听听高将军的心意，好让你斟酌一番，不承想却听到了这段往事，倒是弄巧成拙了……”

明熙侧目看向泰宁帝，不悦道：“陛下做此事前，为何不打声招呼。如今皇甫策才离开几日，你如此迫不及待，不知高钺会作何想，我虽然也是方才知道，可如今说出去又有谁信？”

泰宁帝苦笑道：“自翠微山的那些人走后，你日日消极以对，不眠不休地折腾自己……也是朕心急了些。”

明熙怔了怔：“哪里的事？翠微山那些人走后，我不也日日过来吗？当时本就怕陛下担忧，谁知裴达乱说……”

泰宁帝说漏了些话，补救道：“休怪裴达，此事还是六福说的，他总是看着你长大的，又怎会一点都不管不顾的。”

明熙不欲继续说此事，半垂着眼眸道：“不怪陛下会误会，这些年来，我也不明白，高钺为何待我不错，无缘无故又无怨无悔的。

“他是最后一次甄选伴读才入宫的，比我们都大，性格冷，话少不讨喜，除了读书习武，和皇甫策也不亲近，与那些围着皇子们打转的伴读一点都不一样。”

泰宁帝浅浅笑道：“好歹比你大五六岁，难道还同你一起玩泥巴不成。”

明熙笑道：“虽不会陪我玩泥巴，可高钺那时待我也是极好的，但凡得了出宫门打猎或是游玩的机会，都会求皇后娘娘的恩典，带我一同前去。那时我闹着习武，娘娘觉得不妥，只有他偷偷教我。

“每次休沐回来，都拿些宫外的新奇玩物送给娘娘和我。娘娘也是极喜欢他的，因此他才入了先帝的眼，小小年纪就得了不错的职位。”

泰宁帝目光微闪，挑眉道：“据朕所知，你每次见他都跟乌眼鸡一样，只恨不得去咬他一口。”

明熙笑了一声：“我自然知道他对我好，不然为何每次一有人欺负我，我第一个能想到给我出气的人也是他。”

明熙侧目想了片刻，又道：“可他有了差事以后很少进宫，我以为他对我好，只是为了讨好娘娘。那会儿多少人都笑话我有眼无珠……他又每次见我都是皱着眉头发脾气，皱起眉头，百般嫌弃。老说若非答应母亲照顾我，根本不会理我！”

泰宁帝大笑了起来：“高钺哪有那么多弯弯肠子，他要是知道你为何生气，也就不是高钺了！不过，以你的心思，也想不到他会利用你接近中宫吧。”

明熙咬牙道：“韩耀时常骂我是个有眼无珠的蠢货！”

泰宁帝道：“傻呀，别人说什么你就信什么。”

明熙轻哼：“韩耀说高钺是咬人的狗不会叫，我还将他狠狠抽了一顿。可他一个人那么说也就算了，周围好多人都那么说，他不但不解释，每次都只会凶我，彼此逐渐疏远。久而久之，我自然要信……”

泰宁帝眼神越发柔和：“怎么，看你这会儿心情又好了？前日来看我，脸拉那么长，不知道的还以为朕欠了你多少金呢。”

明熙一点都不觉得好笑：“我几日前被人拒绝了，又被贺家人摆了一道，今天因陛下的擅作主张，又被人拒绝了一次！放谁身上心情会好？都怪陛下！我以后如何见人？！”

泰宁帝忙道：“知道这事的人也不多，朕总也是为了你好。”

泰宁帝沉默了片刻又道：“你这样的性子，哪里适合去什么翠微山。只要沾上这宫内宫外的那群人，都算不得什么好事。太子之位，帝王之尊，总也是金玉其外，算不上好出路。”

“陛下做了暗度陈仓的事，自然要那么说。若非高钺说，我还不知道陛下已为皇甫策物色太子妃了。当初我可还是求了陛下的，陛下不答应便算了，又暗中做了这么多落井下石的事。”

泰宁帝多少有些心虚：“你这小娘子不识好歹，再好的脾性再和善的人，将来登上了高位，还不是双敝屣？那些人要抢，就随他们抢，能抽身，是好事。”

明熙道：“陛下怎么知道我不想抢？还不是陛下有心阻了我的去路，若他是敝屣，那陛下又算什么……”

泰宁帝轻咳了一声，正色道：“朕自登基后，后宫再未进新人。”

明熙颔首挑眉道：“以前王府里的旧人都还新着，宫中婢女无数……陛下又何愁没有新人。”

今日之事，实不该先斩后奏，高钺虽不知明熙在此，但说到底算是又堵了一条路。泰宁帝深觉太过心急，不管高钺出于真心假意，或是别的缘故如是说，定然也有当着自己不能说的缘故，才将婚事撇得如此清楚。若当初与明熙好好商量一番，让高钺与明熙两人单独说说，到时再保媒，也许不会出现这般断然拒绝的场面了。

泰宁帝轻声道："若太子对你有心，朕也无意做那棒打鸳鸯的人。你该明白，若他顾及你半分，也不会走得如此干脆。但凡他肯到这里，为你求一道旨意，朕不看你的面子，也要给这如日中天的太子几分薄面。"

泰宁帝沉默了片刻，又道："太子选妃之事，他一早知情，并未质疑和不喜。"

明熙半垂着眼眸，淡淡地开口道："该是如此。"

泰宁帝轻声道："朕这里还有其他的人选，近日会斟酌一番，自不会亏待你的。"

明熙沉默了好半晌，抿唇道："这种事也没有强求的，陛下还在养病，不可如此劳心。"

泰宁帝道："你乃贺家人，婚事本该由父母做主，但此番翠微山之行前，朕已让人捎了口信，让贺家人带你同去翠微山，谁知他们竟会独独撇下了你。"

泰宁帝长出了一口气，虽有不忍，还是继续开口道："甄选太子妃之事，虽不曾刻意通知你，但有适龄娘子的人家，都是提前打了招呼的，贺家带去了你两个年龄适当的妹妹，想必，也是有了考量。"

明熙如何听不出话中的意思，可这几天发生的事，早已引不起心绪上多大的起伏。

这世上各人有各人的计算，总没有那么多全心全意。再者，泰宁帝所说，是明熙早就预料到的事了，当真说不上生气。

明熙笑了笑："姻缘天定，若是有缘，怎么都会在一起，若是无缘，凑到一起，将来也要分开。不说此时太子正是风光无限，以我往日的名声与所作所为。陛下手中的名单，想必也是您一厢情愿为多。"

泰宁帝怔了怔："只因如此朕才心急，如今朕还活着，那些人即便多想，总要顾忌些朕的面子，若有一日太子掌权，怕你的亲事……会更艰难。"

明熙抬眸："陛下身体大好，根本不必如此忧心。再者，也非只有嫁人一条路可走……陛下这一着急，倒显得我嫁不出一般，多少娘子双十年华，照样不愁找人家的。"

泰宁帝蹙眉道："话虽如此，但再过几年，若想……"

明熙很是不以为意："最近我打算去安定城住上几日，若无意外，明日便动身了。"

明熙见泰宁帝露出吃惊的表情，轻声道："安定城外有座庄园，是当年生辰时娘娘送的，听闻打理得不错。眼看着陛下身体已是大好，我也放心了许多。帝京的风景看来看去，不过那几处，趁着还自由，总该出去走走。"

安定城离京城百里，山水环绕，因是帝京的门户，有重兵把守，最是安全不过了。城外几处山脉，处处风景如画，百驼岭景色当得上魁首，山上的桃花寺始建于前朝大同年间，已好几百年了，颇为灵验。

四月左右，山寺后面有大片的花海时，整个驼岭光各色花类就有上百种，四月到五月繁盛至极，当真让人忘忧。每年此时，也有许多帝京显贵的家眷，前去住上月余或是干脆过了夏日再回帝京。

泰宁帝思索了片刻：“安定城离帝京也不远，你可以多住些时日，散散心也好。”

明熙脸上终是露出几分真实的笑容：“陛下春秋鼎盛，以后的日子还长着，总该先养好身体。”

泰宁帝轻舒了一口气：“怕也只有你会那么想……”

朱颜那有年年好

6

山中的冬夜，比帝京城内要冷了许多。夜半时分，留政院花园内的小书房灯火通明。

几日前，荣贵妃一干人等到了行苑，冷清的行苑热闹了起来。翠微山建在山中，虽占地广阔，但与大雍宫相比，实然小了不少。

从太祖到先帝，每次到翠微山行苑，只会带上皇后与三两个嫔妃，不承想荣贵妃此次出行，竟是将大半个后宫带了出来。虽只有四百个禁军护送，但光嫔妃便来了二十多人。一时间，别苑内住得满满当当的，连本该空置的含元殿，也住上了嫔妃。

太极殿的掌印宦官也来了，带着积压了四个月的邸报与奏折，及太子监国的口谕。

皇甫策从未想到，能如此快速地接手朝中之事。因近三年不曾接触外界，翻开邸报与奏折时，总有些无所适从感。自昨日起，韩耀也留在了留政院，两人一同整理奏折与邸报。

整整一日的忙碌，夜半山中再次飘起雪来。坐在桌前半宿的两人，终是忍不住披上了大氅，到院中活动活动。在没有明月星辰的夜里，身后虽跟着许多人，小花园内虽挂满了灯盏，不知为何总也有种说不出的寂寥。

八角亭里，皇甫策将藏在袖中的檀木盒递给了韩耀："看看，可喜欢。"

盒内是一对晶莹剔透的和田玉佩，韩耀似是很喜欢，把玩了半晌："今日既非我生辰，又非年节，殿下何须送出如此贵重的物件？"

皇甫策抿唇一笑："你大婚时，本宫无暇多顾，尚未送去贺礼。如今新婚燕尔，又将你留在行苑。不顾你的感受，也要顾及你那夫人的心情。"

韩耀笑了一声，意兴阑珊地将玉佩放入了盒中："殿下总那么有心，那我就替内子收下了。"

皇甫策道："闻你为求娶慕容氏费了不少心思，着实让人吃惊。"

韩耀不以为意道："殿下往日里可不会打听这些事。"

皇甫策道："你与慕容氏的婚事，闹得满城风雨。贺明熙好几次，在本宫面前唠叨你们清明偶遇，巧拾锦帕的事。"

皇甫策说至此，看向韩耀，抿唇笑道："你自小一心埋头苦读，除了光耀门楣万事不上心，得知你有了心仪之人，本宫也替你高兴。"

韩耀嗤之以鼻："殿下少听那些胡言乱语，这都是没有的事，贺明熙自小就是个蠢货，别人说猪能爬树，她都能惊奇上好几日。"

皇甫策笑了一声："说来也怪，你们当初也算亲近，后来你突然就变了……却不知为何总也和她有所争执。"

韩耀笑眯眯道："这就冤枉大了，小可自来以殿下马首是瞻，对殿下最是亲近了。"

皇甫策却不曾笑："以往总也不懂你为何如此努力，也不明白你为何对人如此戒备。经历了这许多也知道了你的固执与不易。你当初要成亲时，我心甚慰，为你找到相守一生的人欣喜。"

韩耀嗤笑道："殿下经历了许多，还能保有当初的良善和纯挚，当真让人自惭形秽。"

皇甫策微怔了怔："你与慕容氏的事，真是谣传不成？"

韩耀笑了一声："殿下幼年与王二娘子相识，两人相互钦慕直至今日。经历了许多的波折，也能得圆满的结果，这才是让人羡慕的事。"

皇甫策侧目，微微蹙眉："为何说起这些？"

韩耀笑道："王氏累世的门阀，在先帝或太祖时，殿下想要迎娶王家嫡女，尚不大可能。可今时今日，王家不但愿意站在殿下身后，更愿意将嫡女嫁到宫中。这世间有几人，像殿下这般幸运。相识相恋，能占尽天时地利人和。"

韩耀侧目望向皇甫策，轻声道："殿下将来要娶的人，是心仪之人，也是对自己有用之人，这才最让人羡慕。"

皇甫策蹙眉道："慕容氏竟不是你心悦……韩家虽门楣有限，也不用你如此委屈自己。"

皇甫策想起慕容芙骄纵狠毒的风评，竟不知该说些什么了，沉默了片刻，才又道："你为何非要如此？若无心仪的人尚好说，假若一日，你遇见了可心之人，慕容芙那般的性情，如何容得下？"

韩耀淡淡笑道："有得必有失，又不是让殿下来做这些，您何必如此难受？人生在世哪能都是一帆风顺，总该有些选择和牺牲。大雍虽不像南梁那般注重出身，但朝中寒门谁家不是乡绅大族，最不济也是富家翁。哪个也不像我家这种，当真南梁北朝的独一份，跻身朝廷尚且如此艰难，若想让子孙后代彻底站稳脚跟，再没有比姻亲更重要的了。"

皇甫策低声道："韩家时至今日还不算站稳吗？那是要伴你一生的人，今时今日你虽有耐心继续哄自己和她，不过是还有所图。可若有一日，你再无所图，又当如何？"

韩耀逐渐收敛了笑意："殿下，我方才说过了，世上的事总也公平，想得到就得先失去。殿下也说我现在对慕容家有所图，才谦让至此。若有一日，我用不到慕容家了，又有何惧？现在说后悔许是有点早，可至少我至今不曾后悔。"

皇甫策沉吟了片刻，又道："你心中当真没有心仪之人吗？若非真心，对一个人如此忍让，难道当真就不委屈……"

"殿下！"韩耀霍然打断了皇甫策的话，"殿下的性情还是这般纯挚温和，这对周围的人虽是好事，但也不算是好事。殿下若一直如此，今后大家的路，都不会太好走，成大事者当不拘小节。"

皇甫策蹙眉道："当初本宫若知道，你是……"

韩耀轻笑了一声："殿下自身难保时知道这些，又能做些什么呢？莫说今时今日是我做出这般的选择，就算殿下此时心仪之人不是王二娘子，可还有别的选择？殿下想要一意孤行，那些站在殿下身后的人，那些竭尽全力帮殿下走出困境的人，可会同意殿下舍弃王二娘子？

"殿下身份尊贵，可和臣也没有什么不同。面前只有一条路，无可选择，要么登顶，要么粉身碎骨。是以，臣才说殿下是个幸运的人。"

皇甫策愣怔原地，许久许久："你说得对，本宫和你都是没有选择的人。"

韩耀正色道："我虽不知殿下是如何想的，但是不管怎么想，都没用。当初既选择从阑珊居里走出去，无论如何，也要一直走下去，不能回头，不许有半分悔意。"

一连数日的大雪，整座帝京已是银装素裹，白茫茫地望不到尽头。

清晨时分，一匹白马疾驰而来，停在阑珊居的门外，高钺身着银色铠甲从马上跳了下来，正在门口过着行礼车的裴达，匆匆迎了过去。两人一路无语，快步朝后院走去。

晨光正好，西苑的梅花覆盖在银白中，在阳光下散发着莹莹的光泽，满园的冬色似乎也要消融在景色里了。

高钺走到院门口停住，好半晌解开了身上披风，递给了裴达："为何行程如此匆忙？"

裴达一路追着高钺过来，话都来不及开口，此时还在喘息："也不算匆忙，上个月娘子就想着出去了，不过是翠微山之行急了些，先送走了殿下，这才又张罗起来的，只是禀告陛下晚了些。"

高钺紧绷着嘴唇："怎不见有人对我说一声？"

裴达的笑意僵硬了片刻："高将军贵人事忙，这点小事怎好专门麻烦将军一场。"

自泰宁帝登基，明熙出宫后虽是隐瞒了太子的行踪，但若有些许解决不了的事，贺家不管，裴达会将事给高钺说上一说。尤其是近来，高钺得知太子在东苑后，阑珊居但凡有点风吹草动，裴达都会将些许消息送给高钺。此时，说出这句话来，显得十分刺耳。

高钺微微挑眉："裴总管是为何故？"

前日裴达虽不曾入宫，但高钺断然拒婚的事，六福几乎是一字不漏地告诉了裴达。高钺不光是泰宁帝为明熙想到的退路，何尝不是裴达能想到的希望。说起来，这些年高钺着实对明熙不错，裴达将一切都看在眼中，深觉这样的夫婿打着灯笼也难寻。

高钺这个年纪尚未成亲，一心想让明熙离开太子，谁知到了最后，第一个断然拒绝的人也是高钺。虽不知明熙听到这话的滋味，但裴达听到的时候，心里是说不出地难受，甚至有种遭遇了背叛的错觉，只觉往日里有眼无珠，差点又误了自家娘子的前途。

裴达笑了一声："高将军现在知道也不晚，娘子要出去，谁又拦得住？"

高钺微眯了眼眸："你可是……"

便在此时，几个人抬着几个箱笼，从正房走了出来，最后的红衣，尤是惹眼。

晨光微红，明熙头梳望仙髻，金银线缠绕在黑发之间，身着绯色锦衣，腰束金边绣带，嫣红色的百裥裙上挂着琳琅白玉。

整个人比前些时日消瘦了些，眉宇间可见几分愁色，明明该是耀眼的装扮，因这一抹轻愁，让她看起来羸弱了不少，也多了几分脱尘之意。

高钺与明熙自幼相识，早看惯了这容貌。可骤然看到这模样，微一怔，心下一紧，宛若被什么晃了心神。

自从众人去了翠微山，高钺镇守帝京，自是知道明熙不曾去。多日来，高钺虽在帝京内巡逻，多次路过阑珊居，却不曾下马。

明熙见高钺站在院中，也微怔了怔，勉强露出几分笑意："你怎么来了？"

高钺站在此处，莫名地喉头发紧，纵有千言万语，却又不知该从何说起，静默了片刻，才艰难地开口道："习武之人，耳聪目明，那日我一进门便知屋内有几个人了，想必是你坐在屏风后。"

明熙露出几分尴尬，轻描淡写道："想来也是，你虽刻薄，断不会如此地不留余地。"

高钺看着明熙道："那番话绝非说给你听，也非让你知难而退……"

高钺嘴角露出了一抹苦笑，再次轻声道："我何尝、何尝对你刻薄过，不过总有些不得已。"

明熙笑了一声："人生在世，哪有那么多顺遂事。高将军的顾虑，我也明白，能断了陛下的妄念，何尝不是好事？"

明熙侧目看向高钺："高将军今日来，可是有事？"

这般风轻云淡的语气，没有丝毫责怪，如此客气，也不曾有脾气，倒让高钺心中越发地不好受了。

高钺低声道："说什么妄念，你年纪还小，不懂这些人的心思……也是好事，若要怪我，我无话可说，但你不必妄自菲薄。"

明熙倒是毫无心结道："我为何要怪你？休说陛下当时所说我事前本就不知，若是事前知道了，根本不会赞同。陛下一意孤行，我又怎会怪将军的拒绝。你能那么说，对你对我，都是最好的事。"

高钺急声道："婚姻之事，非你想的那般简单，以后你总会明白……"

高钺极少有情绪外露之时，此时深蓝色的眼眸中明明溢满了焦急之色。可两人站在这院落中，周围又有不少奴仆，到底许多话不能说出口。

明熙道："以后如何，我已有了章程，将军不必忧心。"

明熙见高钺蹙眉，不禁抿唇笑了笑，轻声道："这些年，多亏将军明里暗里的照顾，我甚是感念。高家与贺家也非世交，以后总要顾忌一二。将军以后若有事找我，可让人送来拜帖。"

高钺深蓝色的眼眸中，似有什么凝固了，唇角动了动，上前一步，不想裴达却快步走到了明熙面前，侧身挡在高钺身侧，笑了起来："时间不早了，娘子还得远行，不送将军了。"

裴达跟在明熙身边数年，对高钺敬重有加，何尝这般抢白过。虽知缘故起因，可高钺到底心高气傲："本将军行事，你敢质疑？！"

明熙挑眉："我已将阑珊居收拾妥当了，这本是父亲的园子，地契不在我手中，将来从安定城回来，也不会回此处了。"

高钺抿唇道："阑珊居地方本就不大，也算不上多好，你不喜的话，不住也罢。我在帝京里也有两处院落，一处为陛下赏赐，一处为我母亲陪嫁……"声音之中，似乎带了几分急切与讨好之意，也是往日里从不曾有过的。

明熙指着门外的几个箱笼："这几个箱笼都是当初将军所赠之物，彼时咱们年幼，不管如何，怎么都说得过去。

"如今惠宣皇后不在了，你我的母亲也都不在了，这些东西我早不该留在身侧，只是一直感念高夫人与将军的照顾之情，不好贸然送回去。如今要搬去安定城，这东西留在何处都显不好。我本打算让人送去高府，如今将军来了，可自行安置。"

高钺的心沉到谷底，沉到最暗无天日的地方，整个人似乎要在这刺骨寒风中冻碎了。许久，才找回了声音："只因我在陛下面前说了那些话，你便不顾咱们多年情谊，绝情至此吗？"

明熙不曾看向高钺："不是，将军多年的照顾，贺明熙时刻感念于心。可你我之间虽有幼年之谊，也是出于你母亲的托付。这些都是外力，不是能依靠的力量，是我不该生起的依赖之心。

"人都是要长大的，总有以后，不能一辈子依靠别人的给予活着。再者，你我男女有别，如此下去，哪里是长久之计？"

明熙见高钺一直沉默不语，不禁放轻了声音道："这些年我从你身上得到的恩惠，足够你母亲还给我母亲的情谊了。将军待人赤诚，将来你要娶妻，我要嫁人，不敢让将军难做。这些东西此时送还尚且算好，若待到来日，再忆起来这段，到时将军的新妇，必然会有所误会。"

高钺闭了闭眼眸，挺拔的身形，仿佛站立不稳一般，在阳光下轻晃了晃。

两人这些年的情谊，高钺又怎会不了解明熙的性格。往日里不管如何生气，她肯刁难、发怒，甚至口出恶言，只因还将人当作是自己人。如今这般客气，又浅淡，何尝不是说明了她的态度。那番话说出来，高钺不仅会断了陛下的念想，也会让明熙知道自己现在的意思。他以为没有了这一层，两人必然还会一如从前。

明熙心系皇甫策，根本不会对自己有男女之情。他以为他当时的开口拒绝，最多会让明熙觉得自己在婚事上遵从了母亲的意思，即便知道了这些明熙最多也是发发脾气。明明这些年都是如此过来的，怎想到不过是一场拒婚，成了这般难收拾的光景。

前所未有的绝望感，将高钺整个人整颗心覆盖了起来。可他说不出辩解的话来，甚至自暴自弃地想，这样何尝不是自己本该得到的结果。如此一来，那些暴虐、那些杀戮、那些罪恶，世间一切与自己有关的因果，再也无法沾染上这个人了。

即便已是心若死灰，可高钺依然微有不甘，十年如一日的一切对待，都经不过三言两语的几句话，经不过这尘世间的一个墨守成规的规则，那些真心即便拿去喂……高钺明明以为自己恨到了极限，依然不忍心苛责眼前的人。

“贺明熙！你何至如此狠心？”高钺骤然上前两步，将挡在前面的裴达拨开，哑声道，“你可不是胆怯之人，为何说这些话时，不敢看着我？”

明熙回眸，望向高钺：“将军这些年征战在外，我总也不懂担忧。只望今后，将军能好好保重自己，一生喜乐安康。”

高钺咬着牙，许久许久，才发出声音来：“好！本将军承情！”

翠微山行宫别苑，栖园算是这个时节翠微山内最漂亮的院落。几百株的梅树与桃树在院内错落着，红黄绿色在雪白的山间煞是惹眼。

正是寒冬，山内极冷，树木尚未发芽，也只有紧挨汤泉的栖园才能见这片春色。午后，正是一日最暖和的时候，此时，园内三三两两的适龄小娘子东一处西一处，倒是给栖园平添了几抹艳色。

荣贵妃坐在花庭里，同坐的还有五六个夫人，众人时不时地说上几句话，不觉冷场倒显得其乐融融。片刻后，一个宫婢走了过来附在荣贵妃耳边低语。

荣贵妃抿唇一笑，点头回道：“陛下这段时日，身体虽有起色，可你们也不可怠慢了。”

那宫女又在荣贵妃耳边低声说了几句话。

荣贵妃听后敛了笑意，冷声道：“贺娘子执意看望陛下，让她去就是，你们还能拦着她不成？她不在意自己的名声，难道本宫还要替她遮掩不成？”

此话一出，一位身穿绛紫色袄裙，头戴宝石钗环的贵妇，不禁绷紧了面皮，脸色变得十分难看。

荣贵妃挥退了宫女，笑盈盈地望向那脸色难看的夫人：“李家虽日渐式微，门楣不显，百年前好歹也是鼎盛一时的大族。贺夫人虽不是李家嫡出的娘子，想来做娘子时，也是受了不少祖训。怎么做了人家的母亲，反而不知怎么教导女儿？也是，原配留下的娘子，哪里算自己的女儿。”

贺李氏听闻此言，脸色已是和身上的衣服差不多的颜色，想赔个笑脸，确实笑不出来了：“娘娘也是知道的，明熙自小养在宫中，不常回家，惠宣皇后是出了名的随意洒脱。两年多前出宫后，得陛下恩典自成一府，即便出了宫，平日里想见一面，也是极难的。”

荣贵妃冷哼一声：“贺夫人的意思，是皇家没有给你教好娘子了？”

贺李氏忙道：“臣妇不敢，可臣妇到底不是大娘子的生母，郎君也护得紧……”

荣贵妃不耐烦地挥了挥手："罢了，本宫可不管贺大娘子如何，但今日来的两位贺家小娘子，本宫可要好好看看。万一宫中再出个如贺大娘子般的女郎，说不定殿下要责怪本宫了！"

荣贵妃此话一出，有位年纪尚轻的夫人扑哧笑出了声，随即掩了过去。

贺李氏的脸已是青紫一片，若非是身体平日里保养得极好，只怕早昏厥了过去。

笑出声的夫人是院子当中的妇人中年岁最小的，水灵灵的模样，一看便是才嫁人的新妇。她的容貌极为美艳，肤色赛雪，一双杏眸宛若会说话般，灵动又透着几分犀利。身上绛红的夹袄配着乳白色马面裙，乃是南梁的鎏金蚕丝所制。头束流云髻，满头的钗环做工极为精致，所镶嵌的宝石虽比不上荣贵妃，但在众位夫人中算是最出色的。

她掩唇一笑："整座行苑里，只这栖园内的景致最好。韩郎说，陛下将栖园留给殿下处理朝政的，殿下却将此地特意留给娘娘，亲自着人将炭火和事物安置好。殿下这份孝心，让我等望尘莫及。"

荣贵妃脸色缓和了下来，佯怒道："数你这张嘴最会说，与那韩耀倒是般配。你母亲可是个有眼光的，挑中了韩耀这样的女婿。"

慕容芙与韩耀成婚前的事，已到了人尽皆知的地步，但婚姻大事唯有父母之命，荣贵妃如此说来，不过是为了面上好看罢了。

慕容芙美眸流转，抿唇一笑，眉宇间说不出地娇艳："娘娘得陛下与殿下信重，眼光必然比我母亲更好。"

荣贵妃再次笑起来："方才还和王二娘子在一处，怎么舍得来陪我们这些无趣的人。"

慕容芙道："阿雅见瓶内的梅花有些蔫儿，要去找几株新梅换上，我畏寒便没跟去。姑母与众位夫人都是我平时所仰慕之人，怎会是无趣的人。"

荣贵妃神色越发地满意了，望向对面的王夫人道："本宫看王二娘子性情温和，行事大方，很是不错。"

王夫人敛目道："阿雅自小喜欢摆弄些花花草草，这才比别人稍细致些。"

荣贵妃对王夫人点点头，缓缓侧目滑过众人，正欲说话，却见门口匆匆进来几个人，打头的赫然是一身明黄的皇甫策。

荣贵妃笑了起来："正要说太子，没承想他倒是来了。"

皇甫策骤然见满园的姹紫嫣红，有片刻的愣怔，急忙垂眸疾步地朝花庭走来。荣贵妃与众夫人见皇甫策如此窘迫，相视而笑，待皇甫策进门，赶忙起身去行礼。

皇甫策走进纱帐内，迎面撞上五个起身行礼的夫人，惊讶之余，力持镇定地站在了原地，只那宛若白玉的脸上，露出一抹嫣红色，好半晌勉强镇定下来，温文尔雅地让众位夫人免礼。

众位夫人虽看似目不斜视，但都在暗中打量这已近三年不出来的太子殿下。今日的他身着浅黄色的广袖长袍，整个人站在花庭中间，说不出地芝兰玉树，俊美无俦。

皇甫策感受到了众多打量的目光，垂眸蹙眉，轻声道："不知皇婶找侄儿何事？"

荣贵妃听到皇甫策的称呼，眉宇间的喜色更重。荣贵妃虽是泰宁帝的原配，但因并未封后，严格说来只能算是贵妾，如今得太子一声皇婶，皇甫策的敬重可见一斑。

荣贵妃笑道：“太子在宫外养伤许久，众位夫人已是多年不曾见过，这才将殿下叫来，见上一见。大家本都是不远的亲戚，太子不必拘束。”

王、谢、陈、刘与贺家，都是百年的世家，自来有通婚。

皇甫家得了天下后，宫中嫔妃总有几个地位高的出自这几家，皇室旁支也曾求娶过这几家的女儿，虽然那时几家人只舍得将庶女嫁给皇室，可这亲戚一说，实然也不算是错。

皇甫策通透，怎会不明白荣贵妃的未尽之意：“各位夫人有礼了。”

荣贵妃道：“王、谢、陈、刘、贺五位夫人，殿下自小肯定见过了。阿芙是韩耀的新妇，想必殿下还未曾见过……”

皇甫策点头称是，却丝毫不曾抬眸。

王、谢、陈、刘四家，本在皇甫策的意料之中，整个大雍能登上后位的女郎，怕只能出自这四家，不承想荣贵妃的邀请之中，居然还有贺家。想来定是贺明熙求了陛下的，不然以贺家的门第，是万万不会坐到这花庭之中的。

满园的小娘子少说也有二十多人，但能让母亲一起进栖园的也就这五家。韩耀的新妇是荣贵妃的娘家侄女，自然不在此列。

荣贵妃似乎很喜欢见皇甫策垂眸恭敬的模样，掩唇笑了起来：“过几日冬猎，本宫打算邀请这几家的娘子同行，到时殿下还须早早地将侍卫安排妥当才是。”

皇甫策道：“皇婶放心便是。”

荣贵妃见皇甫策几乎不曾抬眸，虽觉有趣，但也不好太过了：“罢了，见都见过了，太子自去忙吧。”

皇甫策长舒了一口气，躬身说道：“侄儿告退。”

众夫人与荣贵妃在亭内，见太子犹如被豺狼追赶般，朝拱门处疾步走去，相视而笑，慕容芙更是笑出了声音。众家夫人早听闻，太子在宫变那日被大火烧得不轻，光养伤都用了两年多，来时虽听了夫君的交代，但心中到底怕太子当初被烧得太过厉害。

近三年的时间，见过太子的人少之又少，如今一见毫无损伤的皇甫策，众夫人吊起的心，已全部落下。

一时间，花庭内的气氛也比方才热络了几分……

十几辆马车从北城阑珊居内缓缓而出，队伍后还跟着三十多个带刀部曲，但一骑白马银甲在车队旁跟着，显得异常惹眼又格格不入。

直至走到了十里亭，一队五十人的部曲挡住了前路，马队不得不停了下来。

高钺跳下马来，敲了敲身旁的车窗：“贺家人不知你去安定城，陛下也不好调人护送你，这几个人是我临时调来的，路上总有些照应。”

在阑珊居时，几次送高钺离开，他都执意不走，最后唯有让他继续跟着。明熙没想到这么短的时间里，他竟召集了五十个部曲。

高钺自小从军，坐到如今的位置，私兵肯定是有的。部曲却又不同，高家并未分家，部曲是家族中十分重要的财产，除非家主给予，否则个人是很难背着家族养部曲，即便是将来分家，也是要作为财产分配的。

撩开了厚重的窗帘，逆着光，一阵长久的沉默。

明熙看不见高钺的表情，空旷的城外，温度低得厉害，似乎呼出的气转眼就冻成了冰，车里虽有个小火盆，手中抱着火炉，可依然觉得冷得厉害。

明熙沉默了片刻："我已带了三十多人，路途不远也就够了，将军心意，我心领了。"

高钺深吸了口气："再过些时日也正旦了，今年你怕是要在安定城里守岁了……如今年景不好，每每年底总要乱上几日。我常年在外，比你知道，那三十几个人，护不住这十多辆车，裴达跟着你这些年也没享过福，何必再让他一路担惊受怕。"

明熙不以为意："在哪里过正旦，也没有什么不同，今年说不定更逍遥些。"

高钺俯下身，轻声道："陛下虽准了你去安定城，但我若现在扣住你，单说路上有贼寇出没，到时陛下必然会收回成命。"

明熙微微一怔，虽不想因这些事，耽搁在这十里亭处，也不愿接受这五十人，但高钺说的也不见得不对。往日里那些帝京去安定的人，动辄就是上百部曲，三十多个部曲十辆车确实有些少了。可第一次被高钺威胁，心里多少还是有些不适应，但也不至于有何种情绪。

高钺见明熙沉默不语，心中的难过又加重了几分，夹杂着懊恼与后悔："你……若不想离开，我可与陛下说说。"

高钺声音中露出的情绪，让明熙觉得十分新奇，自小到大，常常相处，但很少能从高钺那里听到有情绪的话。

明熙想了想开口道："不必如此，将军说得对，我虽执拗，但也不至于分不出好歹，那我在此先谢过将军的部曲，待到回到安定城，必然让他们尽早赶回来。"

高钺的手却扶住了车窗，轻声道："阿熙。"

明熙眯着眼想看清高钺的表情，可眼前只是一片阴影："嗯？将军还有何事交代？"

高钺沉默了许久，终是开口道："你无须妄自菲薄，我和他都不过是个世俗人，想要这自认的世间最好的一切，也属在所难免。高家如何，皇家如何，不过是看起来繁闹……那些至清无垢淡薄尘世的背面，不见得是你想看见的。和我分开，和他分开，不见得是坏事。想一想宫中几位早逝的皇子……"

高钺性格内敛，不管何人何事，从不曾将话说得如此直白过。高钺虽对皇甫策与自己的事，有所不满，但也不曾在明熙面前说过他一句不是，像今日这般的交代，尚属第一次。

高钺道："你看到的那些表象，超脱或是良善，都是假象。他也好，我也好，均如是。"话说到最后，声音却是越来越轻。

高钺见明熙一直沉默不语，不禁再次开口道："你所放弃的一切，都不见得是错。他如此，我亦然，以及内宫的一切。我们这些人，都已过了只知读书习武的年纪了……总有些事，要做出选择，你不会也不必明白。"

明熙有些讶然地望向眼前说话的人："将军一番教诲，我会铭记于心。"

高钺深吸了一口气："安定城乃帝京门户，是高家的起家地，近些年来我一直在那儿练兵，兵将皆可信任。虽不如帝京来得繁华，但兵力丝毫不逊帝京，该是能保你无恙的。"

高钺话毕，依旧紧紧地攥住了车窗不肯撒手："安定城景色宜人，百驼岭当得上魁首，每每四五月份，悬空于山顶的草原，上百种鲜花齐齐盛开争相斗艳，是个难得的好去处。山腰的桃花寺始建于前朝大同年间，已好几百年了，颇为灵验。四五月时，山寺后面有大片的花海，繁盛至极，当令你忘忧。"

"我给出的部曲中有个叫连云的，最是熟悉安定附近地形，若想去何处，到时候可让他为你解说一二。"高钺深吸了一口气，"虽不知你想要什么，但来这世间，总也不该拘在后院，不该为谁倾尽全部，不能将情绪全给了一个人，谁也不值得你如此……这世上任何人都不值得如此，你可懂？"

高钺常年在外练兵、剿匪，时不时还要与南梁有些摩擦，有时甚至一年半载不见人，很是正常。十多年来，高钺与明熙说过的话，加在一起只怕也没有今晨多。明熙心中隐约有些知道。若说送还箱笼里的东西，是自己对高钺的告别，可高钺的这番话，何尝不是对自己的告别。

明熙心中不是不难过，可这都是早就想到的事，如今再来伤心又有何用。不管对这人，或是这人对自己有多少不舍，但两个人都知道，即便现在不会分开，将来总有一日会分开。不然那一日，高钺也不会明知道自己在屏风后面，还非要将话说得如此地不留余地了。

明熙自小虽与高钺亲近，但从未想过有一日会嫁给他。只怕高钺也是如此，不管对明熙有多照顾，也从不曾想过要迎娶明熙。不然，以他性格中的强势与果断，绝不会放任明熙将皇甫策放在阑珊居里。

这样的分开，也是必然的，即便不是现在，也会是不久的将来。

一个嫁入后宅的女子，怎能再与一个不相干的外男亲近。一个娶了妻，将要继承家业的嫡长子，朝廷里前途无量的安远将军，又怎可与别人家的妇人亲近。

年少时，多美好的境遇，到了后来，终归都是一场要清醒的梦。

明熙勾了勾唇角："将军多保重。"

高钺在这个早晨，终于听到了明熙话语中的温软，顿时只觉得浓浓的酸涩涌上心头，本该在寒风中冰冷的眼眸，涌上一股热意。

高钺强忍着胸口喘不过气的沉重，低笑道："你又何出此言，总归谁都该爱惜自己。"

明熙道："嗯，将军说得是。"

高钺扶住车窗，从腰间摘下一个赤金牌递了进去："穆郡守与刘郡尉，均是可信之人，若有急事可拿此物，前去求助。”

明熙不愿接受，轻声道：“不过是住上几日，用不着如此。”

高钺难得地温声道：“不怕一万就怕万一，这东西不算人情，也不算礼物，只当……只当让我安心。”

明熙想了想，还是接过了赤金牌：“如此，天色不早了，将军若无交代，我该上路了。”

高钺莫名不喜这句话，可还是轻点了点头，紧紧攥住车窗的手，一点点极缓慢地松开了，将厚重的窗帘一点点展平。

高钺仰着脸望向天空片刻，这才高声道：“启程吧。”

随着这一声落下，马车缓缓动了起来，高钺带来的人马井然有序地跟在了车队后面。

不知何时，乌云遮盖了天空，天阴沉沉地黑，没有风也没有了阳光。明熙悄悄将车窗撩开了一道缝隙，望着黑暗中那一处光影，不知为何，本还坚硬的心，莫名软了下来，心中抑制不住地难过了起来。

高钺许是感觉到了明熙的目光，抬手挥了挥，毫不犹豫地勒马掉头，轻斥一声，绝尘而去……

酷热的仲夏，蝉鸣阵阵。如此天气，莫说习武，就是坐在阴凉的地方，也会满身大汗，让人说不出地心浮气躁。

七八岁的女童端着托盘，颤巍巍地放在了石桌上。在两个相同的碗之间，选了半晌，才端起来其中一个，小心翼翼地朝在太阳下扎马步的高钺走去。

高钺十二了，长得像个少年，侧过脸去，不肯喝，严肃道：“夫子看见会罚。”

明熙踮脚端着碗，送到了他的嘴边：“快喝快喝，陛下和娘娘都来了，他可没空看你。”

高钺见明熙双手举着碗，已有些发颤，心中不忍，“咕嘟咕嘟”便把那碗绿豆汤一口气喝完了。

明熙端着空碗，笑了起来：“好喝吗？天气太热，你一直晒着，就没敢给你放冰。我可是专门问了御医的，他说太寒伤元气，你又在太阳底下，不好喝冰的。”

高钺见不得明熙得意，闷声道：“不甜。”

明熙皱起了眉头：“怎么会不甜！我专门给你多放了两大勺蜜呢！”

高钺感觉谎言被拆穿了，有些窘迫地侧开眼眸，本就有些发黑的面皮，顿时更紫红了：“你快走！”

明熙尝了尝另一碗绿豆汤，皱眉继续道：“怎会不甜，我明明就没有端错！”

高钺恼怒道：“别捣乱。”

明熙想了想，眯眼道：“噢！你又骗我！真虚伪！喜欢喝甜的又不会怎样！我又不会笑话你！你干吗这样遮掩！”

高钺窘迫得很：“你真是一点都不讨喜！快走了！”

明熙却也不生气，抿唇一笑，端着空碗蹦跶着离开。一碗绿豆甜汤下肚，高钺也觉得天气似乎不如方才来得热了。

夏蝉在枝头喧闹不休，似有凉风阵阵拂过茂盛的林叶，又有什么直入心脾，让人说不出地清爽。

谁念西风独自凉，萧萧黄叶闭疏窗，沉思往事立残阳。被酒莫惊春睡重，赌书消得泼茶香，当时只道是寻常。

朱颜那有年年好

7

翠微山别苑，阳光正好，小径幽深，新出的绿枝与各色梅枝交错延伸。远处直入云间的雪山，只觉山脉辽阔，无边无际，让人说不出地心旷神怡。

栖园的小路上，皇甫策抚上路旁含苞欲放的梅枝。一墙之隔的栖园，时不时传来言笑晏晏，方才虽惊鸿一瞥，也察觉明熙并不在其中。皇甫策自认最了解明熙，本笃定她定会来此相见，是以方才在栖园内不见时，总有些莫名地失落。

明熙自小自信骄傲，又有皇叔的宠爱，定以为所争的一切，俱是囊中之物。离开时又同自己说了决绝不见的话，不承想这次打错了算盘，面上过不去，也不好一下出现在此。

这些年来都是如此，每次争执都说再也不见的傻话，可最多不过一夜，又会再次若无其事地出现在东苑。翠微山之行，想必她也会十分恼怒，不说王、谢、陈、刘四家都比贺家更上一层，单说阿雅……这太子妃之位，无论如何也不会轮到她的身上。

不知是否人一旦顺遂了，得到想要的一切，连性情都变得宽容起来。往日里觉得阑珊居的那些恼怒与愤恨，似乎跟着什么烟消云散了。此时此刻回想起来，就连贺明熙也只不过是有些女儿家的坏脾气与骄纵。

虽不知阿耀为何如此担忧与王家的婚事，但皇甫策从没有改变初衷，不说王氏的门楣与支持，也不说已交换过的信物。当年父皇有意定亲时，也是将一干小娘子叫入宫中相看了的。那些人中，母妃最钟意的也还是阿雅。实然，在多年前，阿雅已是自己心中内定的太子妃人选，这是绝不会改变的事。

贺明熙自幼长在宫中，可选妃一事，父皇、皇后、母妃都不曾考虑到她。她虽有皇叔做主，但如太子选妃这般的事，臣子们也不会让皇叔全权决定了，否则也不会有荣贵妃今日的行苑赏花。

可不管何事，以贺明熙的性格，又怎会让自己落空。虽太子妃定了下来，但以贺家今时今日的地位，以及皇叔对贺明熙的宠爱，想来一个侧妃还是跑不了的。她那般傲气的性子，抢不到太子妃位，不知该如何气急败坏。

东苑的花草树木定然会再遭殃一次，好在东苑的花草大多来源于宫中暖房，可将花匠赐给她两个，随她怎么折腾。

想至此，皇甫策不由自主地笑出声音来，侧目间便看到了一抹粉色。

路过此地的粉装佳人，听到了皇甫策的笑声，宛若受惊般回眸，当目光触及到皇甫策的脸庞时，竟是愣怔当场，忘了回避。

皇甫策走至转角见到那人，嘴角的笑意凝固了，有片刻的愣怔和恍惚，好半晌，才温声道："二娘子，何故独自在此？"

王雅懿水汪汪的杏眸乍现惊喜之色，上前两步，俯身柔声道："阿雅见过太子殿下。"

阳光微醺，眼前的人披着白色狐裘披风，身着浅粉色的夹袄，下衬浅白色的留仙裙，裙间缀着香囊压襟。束着精致的飞仙髻，细碎的珠玉点缀发间，鬓角那朵均匀圆润的珠花，越发将人衬得肌肤赛雪。鹅蛋脸上镶嵌着黑白分明的杏眸，浅粉色的唇露出浅浅笑意，顾盼之间是说不出的温柔妩媚。

皇甫策落落大方地虚扶起脸颊绯红的王雅懿，抿唇一笑："二娘子不是旁人，不必在意这些虚礼。"

今日皇甫策头戴盘龙冠，身着杏色广袖长袍，腰束和田白玉扣，一对东珠充耳点缀脸侧。如此的装扮，让本就俊美无俦的人平添了几分雍容矜贵，那双含笑的眼眸溢满了暖色，勾起的嘴角说不出地魅惑。阳光照在身上，整个人仿佛被镀上了浅光，飘逸如仙。

王雅懿垂着眼，红了耳根，柔声道："殿下近日可好？"

皇甫策浅浅笑道："阿耀难道不曾将本宫的消息，带给二娘子吗？"

王雅懿微微抬眸："虽时常能收到殿下的消息，可一直不见，总也放心不下。"

皇甫策闻言，心中一暖，眼中的笑意更深了，谐戏道："二娘子亲眼所见，可算是彻底放下心来了？"

王雅懿微微抬眸，对上那双满含笑意的墨玉般的眼眸，慌乱地垂下了眼眸，红了耳根："殿下怎能……怎能拿阿雅的心意取笑。"

皇甫策柔声安抚道："实不该拿二娘子对本宫的担忧调笑，还望二娘子大人大量，宽恕则个。二娘子独自一人，这是要去哪儿？"

王雅懿听见这般的柔声讨好，脸颊更红了，柔声道："听闻栖园东侧的梅花开得最好，寻了许久，也不见那丛梅花。"

皇甫策低笑出声："二娘子也说东侧了，此处已是栖园西门处了，任是怎么寻，也是寻不到的。"

"啊？！"王雅懿脸颊已成了胭脂色，抬眸瞟了眼皇甫策，窘迫地站在原地，"我……我明明是找人问了路的……"

皇甫策笑道："左右无事，本宫带二娘子走这一趟，如何？"

王雅懿垂首道："那……那只有麻烦殿下了。"

"乐意之至。"皇甫策伸手将梅枝拨开，让王雅懿先行半步。

"听闻东侧的梅花紧挨着热泉，满园的花树，只有那一处开得最早最艳。"此时，那张俏脸已是绯红一片，长长的睫毛如受惊的蝶翼般，轻轻颤动着，却还是故作镇静地说着话。

皇甫策眼中的笑意越发深了，不忍拆穿她的紧张，声音越发柔和："虽山下的梅花都开了，但山中寒气太重，花也要等上些许时日，方才盛开。当年太祖特意将梅树种在汤泉附近，为的便是让花开得比别处早些。"

王雅懿点头道："祖父曾说因当年太祖皇后名讳有个梅字，在建栖园时，特地将此处种满了各色梅树，若是往年梅花盛开之时，各色梅花交错，端的是绚烂夺目。"

皇甫策笑了笑："父皇也如是说，那些桃、梨、杏树都是后来补种的。"

王雅懿连连颔首，浅浅笑道："这满园的果树，是因惠宣皇后不喜单一的树种，后来补种上去的。每年翠微山秋猎，先帝便会亲手为惠宣皇后采摘第一批成熟的果实。惠宣皇后会将剩下的果实，送给翠微山下的农家与各个庄园……我、我是不是说错话了？"

王雅懿如受惊小鹿般的眼神，让皇甫策生出无限怜惜，柔声安抚："这本就是事实。"

王雅懿怔怔地望向皇甫策，轻声道："殿下不生气吗？"

皇甫策微微一笑，摇了摇头，极为细致地将树枝撩开，替王雅懿开路："本宫怎会生二娘子的气？此事乃大雍百姓间的美谈，拿来说说，无甚。皇后娘娘当年对我们兄弟也是极为和气的。"

王雅懿情真意切道："殿下宽和仁善，实为我大雍之福，百姓之幸。"

皇甫策轻笑了一声："既得二娘子如此期许，本宫日后自当竭尽全力。"

王雅懿听闻此言，心中的甜蜜几乎要满溢出来，柔声道："殿下不必自谦，父亲常常在家中盛赞殿下仁慧，日后作为不可限量。"

皇甫策嘴角的笑意凝了凝，停住了脚步，指向一侧，轻声道："这是二娘子要寻的地方吗？"

王雅懿抬眸望去，只见红、黄、绿、粉、白，色彩交织，在冰天雪地里开得极为热闹绚丽，一双杏眸中露出了惊喜欢欣之色："可真美啊！"

皇甫策凝望着展露笑颜的王雅懿，情不自禁地笑道："你若喜欢，待本宫去皇婶那里要了腰牌，日后可常来此处。"

王雅懿满目惊喜地望向皇甫策："殿下不会觉得麻烦吗？"

皇甫策见她如此开怀，忍不住柔声道："二娘子天天来都不麻烦，一会儿本宫会让阿耀将腰牌给你母亲送去。"

王雅懿微微俯身："我在此先谢过殿下了。"

不远处传来急匆匆的脚步声，皇甫策怕人误会了王雅懿，侧目轻声道："有人来寻二娘子了，本宫不打扰了。"

王雅懿垂着眼眸，浅笑点头，福了福身："殿下慢走。"

"不必如此。"皇甫策虚扶起王雅懿，转身朝外围走去。

王雅懿站在原处，望着逐渐远去的背影，许久许久，回不过神来。直至皇甫策消失在转角处，这才怅然若失地垂下了眼眸，不想却在此时，被人轻轻地推了一下。

王雅懿恍然回神，转身看见来人，拍着胸口，佯怒道：“呀！吓死我了！”

慕容芙撞了撞王雅懿，抿唇一笑，揶揄道：“二娘子这是在看什么？神魂都要出窍了！”

王雅懿攥着手绢拍打韩慕容芙：“你就会欺负我，都嫁人了，还这般地不稳重，也不怕被你家郎君看到！”

慕容芙哼了一声：“韩郎心仪我这样的，再说了谁能欺负你？谁敢欺负你呀？看你这脸红的，莫不是你见到太子殿下了？”

王雅懿的脸色更是绯红了：“不过……凑巧碰见了。”

慕容芙笑道：“怎样？你的殿下待你，是不是还一如从前深情厚谊……”

王雅懿跺脚：“胡说什么！殿下乃谦谦君子，自不会说些不该说的！”

慕容芙道：“谁不知道策殿下谦谦君子，又对你珍爱得紧，自然不会对你说出什么来。可你也该看看人家的用心，我家郎君可说了，殿下能出了阑珊居后的第一件事，就是派人给你父亲送去了自小戴到大的玉佩作为信物，想来你应该也……”

王雅懿道：“你浑说些什么！这样的事，父亲母亲怎会同我说！”

慕容芙正色道：“这可没有什么可害臊的，回去你母亲定会和你好好地说。如今不比当初，今日在姑母那里，那几家夫人眼珠子都黏在殿下身上，摆明为了相看而来！谢、陈、刘三家尚说得过去，可笑的那贺夫人却也敢凑过来！”

王雅懿侧目沉思：“太子选妃兹事体大，即便太子有意，也不见得能成。陛下极为疼爱那贺明熙的……”

慕容芙不以为意：“你也说太子选妃兹事体大，陛下如何喜欢贺明熙，也是不能够的。我慕容家、韩家、你家，以及殿下的那些部众，自然都站在太子身边。只要殿下钟意的是你，谁又能越过你去？”

王雅懿抿唇一笑，轻声道：“八字还没有一撇呢，莫要胡乱猜测。”

慕容芙道：“怎叫胡乱猜测，阿耀对我说了，这些年殿下不知多思念你，只是身不由己。养伤的地方日夜有暗卫把守，除那贺明熙，别人便是想递消息都难若登天。殿下好不容易递出消息来，第一件事便是询问你的消息。”

王雅懿咬着唇，轻声道：“你说这贺明熙与殿下，可会有些……”

慕容芙轻斥道：“莫听信了有心人的谗言。阿耀私下对我说，殿下深恶贺明熙，两人数次刀剑相向。殿下那样的好脾气，能向人举剑，可见已是如何地深恶痛绝。”

慕容芙叹息一声：“陛下宠爱贺明熙，当年殿下被关在阑珊居，虽是陛下授意，可多少都有贺明熙的手笔在里面，对一个囚禁自己的人，能有什么？”

王雅懿沉思片刻，慢慢地点头道：“怪不得今年翠微山贺明熙来都不敢来。历年来，她可从不曾宿在贺府，都是跟随惠宣皇后住在栖园的。”

慕容芙不屑道：“你也说是以前了，以后她再也没什么机会住栖园了。不说殿下，我姑母也是极厌她的。”

王雅懿低声道：“贵妃娘娘还在担忧陛下的身体吗？”

慕容芙道：“谁说不是呢？自陛下病了后，只许几个朝臣与贺明熙探望，连我姑母都被拒之门外……罢了，不说这些了，你总该告诉我，殿下除了给你家送去了玉佩，可还有别的什么？”

王雅懿瞪了慕容芙一眼：“如今尚未有人前来提亲，我父亲怎会将东西给我？以往殿下在阑珊居时，还能送来些小玩意儿。如今出来了，父亲对我倒是越发管得严了，殿下也不似当年亲近了。”

慕容芙笑道：“二娘子可是失落了？殿下就是对你太用心了，才会如此。若是单独对你亲近或是谈婚论嫁，那成什么了？私相授受，还不是辱没了你，莫不是学那贩夫走卒般不成体统？你父亲若知道殿下私下对你许婚，定要拿剑砍了殿下……”

王雅懿捶打着慕容芙，娇嗔道：“让你浑说！让你浑说！”

慕容芙边躲边跑，笑道：“我说的哪点不对，二娘子就会对我凶……”

两道身影很快消失在梅林中，片刻之后，两个十四五岁的清秀小娘子，从不远处的梅林丛中探出头来，张望了片刻，才敢走出来。

贺蓉眯眼看向王雅懿离开的地方，许久，轻声道：“想必父亲还不知道太子殿下许婚之事。”

贺菱哼了一声：“王氏、慕容氏、韩氏又有什么了不起！居然如此编派我家！回去我定要告诉父亲！还以为贺明熙有多厉害！将人圈在自己的院子里那么久，却让人厌成如此地步！”

贺蓉轻声道：“阿菱不可胡说，咱们快些回去，免得被人撞见了。”

贺菱点点头，心有不甘道：“阿姊就是脾气太好了，看父亲知道了这些，还会不会如此偏宠贺明熙！”

贺蓉无奈地看了贺菱一眼，拉着她的手，选了另一条路，快速地离开原地……

翠微山行苑正门外摆上了香案，荣贵妃身着贵妃制服率众嫔妃，王、谢、陈、刘、贺、慕容氏，但凡此番被邀请翠微山之行的女眷，几乎都站在了正门前的台阶内，只不过王、谢、陈、刘以及慕容氏被拥簇着站在了中间。

女眷们站的地方虽是个风口，因有帷帐的缘故，被挡在最里面也不觉得多冷，人人脸上都有些遮不住的喜色。帷帐之隔，也摆上了香案，皇甫策身着明黄色正装，携行苑内的文武官员，等在了外面。

不知过了多久，一队人马缓缓地停在行苑正门外。六福率众人跳下马，给站在前面的皇甫策行个礼，随即拿出了圣旨宣读。

圣旨是规格最高的玉轴，陛下本就有让太子监国之意，这道圣旨让皇甫策如今的地位与权力变得更加地名正言顺，似有托付全部国事之意。第二道是给王家的赐婚圣旨，这圣旨一下，婚期虽还未定下，但王雅懿太子妃的位置，再也无法撼动了。

天空湛蓝湛蓝，阳光和煦，每每大事之前，钦天监提前一个月看好日子。

这一日自然是这个月里最好最吉的天气。皇甫策接了两道圣旨，明明该是心想事成的喜悦，可不知为何突然有些茫然不安，胸口变得空落落的。许是一切来得太快了，太轻而易举了，犹如梦境般，但又让人忍不住怀疑这当真是场梦。

接着还有两道圣旨，是侧妃人选的圣旨，第一道似乎无甚意外，给了陈氏。还有最后一道，当六福念到贺氏时，皇甫策的心，莫名地轻快了几分，舒了口气，忍不住抬眸望向六福。侧目寻找贺东青的方向，又回眸望向帷帐的方向。虽知道她该是不在此处，却也不失望，毕竟她自小便与贺家人不亲近。

“……贺氏次女蓉娘，秀外慧中，恭顺贤淑，德言容功无不俱足，特册封为太子侧妃，赐‘德’字。”

耳边一声炸雷，皇甫策身形晃了晃，一阵阵耳鸣，眼前发黑。几次睁眼都看不清周围的一切。当六福最后一句话落音，众人高声谢恩，纷纷站起身来，道贺声不绝于耳。

柳南扶起了面无表情的皇甫策，将他手中的赐婚圣旨接了过去，放在了身后的托盘上。皇甫策紧紧地攥住了柳南的手，许久，哑声道：“贺氏蓉娘？”

“殿下未听错。”柳南附在皇甫策耳边极小声地说完，这才大声道，“殿下昨夜吹了风，这会儿还难受吗？”

皇甫策闭了闭眼眸，想摇头或笑一笑，却做不到。此时此刻，只觉心如刀绞，痛不欲生，仿佛整个胸口都被绞碎了，空落落又茫茫然的。

不知过了多久，人潮终于散去，皇甫策望向六福，直至此时才看到高钺赫然在其身后。两人身后的一列马车里，装满了箱笼，可没有一个马车是载人的。

韩耀走到了皇甫策身边，皱眉道：“殿下，高将军与六福公公都在等您回话，你为何魂不守舍？”

皇甫策茫然四顾，眉宇间有种说不出的苍白脆弱，与方才的意气风发，判若两人：“贺明熙呢？她不在翠微山吗？”

韩耀侧目望向六福的方向：“殿下，此处非说话的地方，若是有事，咱们回去再说？”

皇甫策恍然回过神来，看向韩耀：“你前番说，此番赐婚定有贺氏……”

韩耀抬眸轻声道：“殿下，此番也有贺氏，有事咱们回去说吧。”

栖园内，荣贵妃送走了各家女眷，转身间面色沉了下去，快步走回正厅，冷眼看向依旧站在下首的六福。

荣贵妃前番上书，夸赞了四位娘子，其中三位是今日的太子妃、陈氏、刘氏。但贺氏蓉娘，却是个意外。蓉娘的位置，本该是慕容芙的嫡妹慕容婵。虽说慕容婵才金钗之年，但侧妃入东宫，必须要在太子大婚一年后，不管太子的婚期定在何时，侧妃进东宫都要一年多以后了。到时慕容婵也有十三了，虽说稍微有点早，也算到了可以嫁人的年纪了。

太子妃是内定，自然轮不到慕容家，可惜的是侧妃的位置，陛下同意了二人，独独遗漏了慕容家。可能有年龄的考量，但一定不是全部，若这位置被谢氏或是贺明熙所占，荣贵妃也会心服口服。先不说贺家一个二流的家族，不但得了侧妃之位，更是独一份地被赐下“德”字，这让荣贵妃不得不多想。

当初，荣贵妃不是未曾考量过贺家，却从不曾是那名不见经传的贺蓉，陛下偏疼贺明熙，太子被困在阑珊居两年多，与贺明熙的关系早已说不清了。这帝京除了皇家，还有谁敢对贺明熙许婚，且她已是这般的年岁，早已难嫁了。王氏这般的人家，得殿下亲自许婚，又已暗中交换了信物，太子妃之位陛下也很难撼动，但贺明熙想从陛下手中得到仅次于正妃的侧妃之位，还是不难的。

太极殿虽极力隐瞒消息，但从种种迹象看来，也许陛下的身体已一日不如一日。大雍朝唯一名正言顺的继承人只有皇甫策，荣贵妃自然不会在这个当口，将人得罪了。虽然贺明熙不曾来行苑，但荣贵妃第一次给皇甫策送去的名单里，王雅懿之下第一个就是贺明熙。

留政院里返回的名单里，所有的名字都保留了下来，唯贺明熙的名字被画掉了，如此一来，荣贵妃正好添上了慕容婵的名字。可不承想，贺家还是得了侧妃第一人的位置，却不是贺明熙的。

贵、淑、德、贤，四妃都是有位分的，光一个德字，已是能奠定太子登基后的嫔妃位置，除了太子妃，德侧妃将是最有位分的第一人。贵妃是西宫之首，大雍朝从太祖到先武帝，因有皇后主持大局，贵妃大多都是可有可无。值得一提的是太祖的生母为本家的妾室，当初被人称为德夫人，虽是被史官用了春秋笔法，却也不能抹杀太祖乃庶子的事实。

陛下登基主政，设了贵妃位，也给了荣贵妃后宫的处置权，却被荣贵妃本人所恶。荣贵妃乃陛下结发之妻，夫君登基，本理所应当地母仪天下。可陪伴了他二十多年，只得了个贵妃之位，便是赐了“荣”字又能如何，说到底也不过是旁门左道的妃子，哪里比得上后位。

荣贵妃每每想至此，恨得牙根发痒。但这也是无可奈何的事，当初不立皇后的缘故，非泰宁帝皇甫泽一人之意，也有荣贵妃二十年无所出的缘故。

慕容家为立后之事，在朝臣间使了大力气，天家无私事，立后与否，绝不是泰宁帝一人说了算的。大臣们虽对荣贵妃无所出，表示出极大的宽容，却不能忍受陛下为王爷时，每每有孕的侧妃或美人，总是落胎，直至陛下不惑之年仍膝下虚空。

慕容家虽有势力，可这件事总是洗不清诟病。天下是男子的天下，所谓不孝有三无后为大。大臣们可以不管荣贵妃生不出嫡子来，但善妒心毒，暗害夫君子嗣这个罪名，如何也是跑不掉的。当初大臣们对不立后一致沉默，未曾有言官蹦出来骂一声“毒妇”，已是相当客气了。

荣贵妃自认手里不干净，却不是个斩尽杀绝的愚妇。年纪越长，生不出嫡子，荣贵妃打过去母留子的主意，虽不会专门去保护那些妃妾，但也心生过期待。王府后院美人众多，先帝知陛下好美人，每年都要赐下几个来。如此一来，相互之间的倾轧在所难免，此事若怪，当真怪不得荣贵妃一人。没有子嗣，不光是今上的遗憾，也是荣贵妃最遗憾的地方。若有一子，哪怕是庶子，也能抱到主母的名下，如今这天下，还有皇甫策什么事！

荣贵妃眯眼看了六福许久，冷笑道："陛下对本宫送去的人选，不满意？"

六福恭敬道："陛下对贵妃娘娘信任有加，此番所选贵人，均是娘娘建议人选。"

荣贵妃冷笑："既是如此，贺家蓉娘是哪里冒出来的？皇上如何会知道贺家还有这么个人？"

六福急声辩解道："哎哟喂！贵妃娘娘，这事可不怪陛下，贺二娘子的婚事可是贺大人亲自去求的。陛下本是不同意的，但贺大人说贺明熙伺候太子殿下近三年，没有功劳也有苦劳。太子已让贺家的大娘子坏了名声，皇家怎么也得给贺家一个交代！"

荣贵妃沉声道："即使交代，哪里轮得到那贺二娘子！贺明熙本人呢？她会不愿入东宫？"

六福为难道："唉，谁不知道殿下极不喜贺明熙，当初两个人在阑珊居里数次拔剑相向。娘娘来信又说，送去的名单里本有贺明熙，但被殿下亲自划了去。"

"好了！事已至此，你怎么说都成！偏偏只有陈、贺，我与陛下夫妻二十多载，慕容氏向来对陛下忠心耿耿，竟还是入不了陛下的眼，好好的嫡女竟是连侧妃之位都坐不成！"

六福小声道："娘娘少安毋躁，陛下怎会不顾夫妻情意，侧妃之位本该有四个，如今只封了二人，因慕容小娘子年岁还小，待到殿下大婚之后，细细打算便是。贵妃娘娘哪里用得着和这些人凑热闹？"

"当真？"荣贵妃挑眉，"陛下当真如此说？"

六福小声道："这些话，老奴哪里敢凭空乱说？陛下还给娘娘带来了三个箱笼，都是亲自从内库里精挑细选出来的物件，娘娘不先看看吗？"

荣贵妃瞥了六福一眼，也不知相信了几分，淡淡道："抬上来看看吧。"

朱颜那有年年好

8

贺氏别苑，位于翠微山半腰靠下的地方，离皇家别苑有些距离。当年贺明熙初得陛下赏赐的赵王别苑时，贺东青也曾旁敲侧击地问过，但因明熙不接话，又是御赐之物，最后不了了之。贺氏这两年越发地没落了，当初即便住到别苑附近，也难免被一等门阀世家轻视，但今日这道圣旨一下，贺氏重回昔日已指日可待。

主院内欢声笑语，花团锦簇。贺蓉被贺李氏拉着看了又看，眉宇之间全是欣慰之色，贺东青虽是坐在上首品茗，嘴角也是难得一见含着笑意。

贺蓉正是豆蔻年华，依据大雍制，太子大婚后一年方可纳妃妾，此番圣旨虽是一起下，但待到贺蓉与陈氏两个侧妃进门，最少尚需一年之久，故而待到明年三月便可及笄的贺蓉，日子却是刚刚好。

贺菱拉住贺蓉的手，笑得十分甜蜜："阿姊总该放下心来，看这次贺明熙还拿什么和你比！虽不是正妃，但也因为王氏的门楣高人一等。阿姊可是唯一被陛下赐了字的侧妃，身份自是与那两人不一般。"

贺菱比贺蓉小了半年，也是明年及笄，但因太子选妃之事，当初虽是看好了人家，在贺东青的阻拦下，未能定亲。与贺蓉不同，她的生母乃李氏陪嫁心腹，因得李氏青眼被放在李氏名下，虽是庶女但在家中十分有体面。贺菱自小乖觉，以贺蓉马首是瞻，最得嫡母李氏心意。

贺东青听闻此言，侧目道："怎可直呼长姊姓名？平日你母亲便是如此教你的？"

贺李氏的笑容敛了敛："夫君此话差矣，她在宫中时不回府中，尚说得过去，但出宫后自成一府，摆明了仗着陛下宠爱无视宗族，说什么长姊？若不是她，那日我也不会在众人面前被荣贵妃如此奚落！"

贺蓉轻声道："母亲说得极是，我贺家娘子，用的都是族谱上的排序，得翠华葳蕤之意，唯有她一人得日月昭昭之意，此番既自出了门户，也说不上贺氏嫡长女。"

若放在以往，心里有诸多抱怨，贺蓉是万万说不出这番话的，但今时不比往日，圣旨一下，贺蓉在家中的地位自然不同。

贺东青又怎不知这母女俩的意思，若真将明熙除去族谱，那么贺氏嫡长女的位置非贺蓉莫属。不说贺明熙会如何，早逝的贺顾氏的正室之位也有待商榷。顾氏虽在南梁颇有势力，但在大雍是不值一提的，若族谱不承认了贺明熙的嫡长女之位，那么贺顾氏的正室之位，也是可有可无的。

贺东青长叹一声，软声道：“蓉姊的侧妃之位是陛下的旨意，明熙出府而居也是陛下的旨意。今日这个德字，虽是给蓉姊的，但何尝不是陛下对明熙与贺氏的恩宠？”

贺菱抿了抿唇：“父亲自是不知，如今陛下颇宠爱殿下，王二娘子的正妃之位是殿下自己定下的，想必侧妃的人选，也有殿下的手笔。”

贺东青微微眯起了眼眸，眼中划过一丝异样：“如此说来……明熙这是不得殿下的心意了？”

贺蓉轻笑出声：“听闻太子妃与侧妃人选，都是贵妃娘娘与太子殿下一起拟定的，陛下又对殿下百般依顺，若她得殿下心意，哪里会有女儿什么事？”

贺东青目光闪烁，笑道：“小娘子家的，知道的倒是挺多，不过能看清形势，才是我贺家的好女儿。若放在以前，谁舍得将家中嫡女嫁到皇家去，可今时不同往日了。我贺氏自南北分了家，也……总之，你也比明熙适合宫中。”

贺李氏笑道：“女儿自幼得我亲自教养，自然不会差到哪里去，总比那些没教养的……”

“夫人慎言！不管如何，都是宫中长大的娘子，绝非你能随意编派的！”贺东青的脸色越发地不好看了。

贺蓉看贺李氏脸色铁青，忙道：“母亲还是不要说的好，省得父亲又说我们无事生非。”

“阿姊说得是，往日里父亲总是夸赞她，光明正大，性情磊落。那日我们可是亲耳听见太子殿下对王二娘子说，贺明熙当初对他很是厌恶，素日里恶言相向，好几次拔刀相向！可见父亲说得对呢……”贺菱抿了抿唇，不屑一顾道。

贺东青倒吸了一口气，虽知贺菱说得不尽属实，但按照以往的推断，也该当真有此事，虽说贺蓉为侧妃一事是贺东青一手促成的，但当初即便有心去求，也并未抱多大的希望，毕竟若是明熙自己愿意为妃妾，陛下也不见得会阻拦，何况她与太子在阑珊居相处近三年，只怕两人多少还是有些情意的。

贺东青一直不曾提起私自求了陛下的事，就是因为贺蓉为侧妃这事，那时陛下不曾松口。当初只当贺蓉这条路已经走不通了，但好歹还有明熙那条路，这才没有专门去阑珊居接明熙。若能跟着太子銮驾前来，贺家这侧妃之位，也是跑不了的。但怎承想，太子殿下竟也独自来了翠微山，甚至将明熙独自撇在阑珊居里。

贺东青见此，本以为与皇室的姻亲，将也无望了，怎承想到后来竟是得此殊荣。一个“德”字，可不光是表面上的意思了。

“罢了，闲话休说，既已是下旨赐婚，你们也该适可而止！”

贺李氏脸色稍霁，对贺蓉道：“蓉姊莫要胡思乱想了，是谁的总该是谁的，这段时日母亲会好好给你调理调理，定让你将那些人都比下去。”

贺蓉羞怯道：“母亲……”

夜半时分，留政园寝院还亮着灯。

自午后接过圣旨，留政园可谓门庭若市，人来了一拨又一拨，直至傍晚时分，众人见太子很是疲惫，不欲留宴，这才散去。

在这之前，皇甫策已收到了许多拜帖，但大多都是闲职或没有职位的世家子，态度暧昧，更多的是权衡。今日这道圣旨下后，来的却是真正手掌朝政的大臣，众人的态度与那日十里亭的拥簇也有不同。

一整日的喧闹，总算平静了下来，亭内的地龙烧得很旺，但因四周没有遮拦的缘故，亭内没有多暖和，皇甫策倚着长栏，望着漆黑的夜空，面上茫然，眉宇间疲态尽显，温润的眼眸望着远处，可没有任何东西映照在眼中，似乎整个人都空洞洞的，毫无生气。

韩耀垂着眼眸，轻吹着茶盏："今日算是得偿所愿了一半，殿下为何郁郁不乐？"

"人说，花无百日红，却也是。这青梅才开几日，竟谢了。"皇甫策闭了闭眼眸，哑声道，"贺明熙从始至终都不曾来翠微山，从始至终不曾参与群芳宴，或是根本不知道还有此事。"

"殿下不喜，谁会自讨没趣带她来？"韩耀放下茶盏，侧目望向皇甫策，"怎么，区区小事何至于如此耿耿于怀？"

"阿耀，你还是那么了解我，总也知道哪里最软，总也知道我的放不下。你为何不容贺明熙？她阻了你的路吗？"

"殿下莫想岔了，这世上的事，大多无从选择，不朝上走就万劫不复，只要她不站到上面，哪会阻谁的路？"

皇甫策望向韩耀，一字一句道："荣贵妃送来的名单，你为何不让我过目？"

韩耀抿唇一笑："今日圣旨里的人选，除了贺蓉，每一个都是荣贵妃所选，对殿下都很是有用的。"

"当初荣贵妃送来的单子里有贺明熙！你为何擅作主张划掉了她？"皇甫策骤然起身，望向韩耀，咬牙道，"你要的一切，本宫都会给你，哪怕十倍百倍！可有些事，未必会妨碍你！你为何要插手？"

韩耀抿唇："自幼与殿下相识！什么事该做，什么事不该做，我自然明白。若贺明熙无碍殿下，我为何要画掉她？再者，殿下不止一次地诟病贺明熙的往昔，殿下的不喜几乎人尽皆知！按道理说这本不是什么大事，殿下何至如此？"

"妨碍？即便她有一万个不是！但当初救本宫性命的人是她！本宫在阑珊居内近三年！此番选妃若是没有她！你可想过她以后在帝京如何立足，会被人如何耻笑？！会有谁愿意将她迎娶进门？"皇甫策紧紧地抿着唇，瞪着眼前的人，双眸通红，仿佛有水光闪烁。

韩耀不以为意地放下手中的茶盏："殿下这是怎么了？现在说这些又有何用？这些和你有什么关系呢？贺明熙颇受陛下宠爱，又有不菲的嫁妆傍身，若想嫁人，也没多难，只不过人选的好坏罢了。但是，同样的，谁都可以娶她，唯独殿下不可以。

"贺明熙对你有救命之恩，相处三年之久，这是人尽皆知的事。贺家不管如何没落，也是世代簪缨。贺氏嫡长女得中宫教养长大，深受陛下宠爱，又与殿下有患难的情谊。从身份地位到与殿下的情谊，谁人能比？即便是王二娘子也难出其右，这才是王家所担忧的。”

皇甫策闭了闭眼眸，深吸口气：“不对，事情不该那么算。你当初是怎么给我保证的？你说我若执意，那些人只会对阑珊居不利！若能名正言顺，万事妥当！”

“殿下，名正言顺了又能如何？贺明熙有什么值得陛下的宠爱？这世上最虚无缥缈的就是帝王的恩宠了！再者，贺家虽日落西山，但却一直都在侧妃的考量中，可那是贺家！不是贺明熙！

“若贺东青如你所想，对贺明熙的前途有半分顾及，都不会将此机会留给贺二娘子！这名额是他亲自去陛下那里为贺二娘子求来的！用的便是贺明熙对你的救命和收养之恩！你说陛下是应还是不应！且王家以为贺二娘子比贺明熙能接受！一个贺明熙换来那么多！殿下不亏！”

“你根本不知道本宫要的是什么……或你知道，也要装作不知道，你的选择一直都不外乎那些功名利禄……”

韩耀丝毫不惧地与皇甫策对视，冷笑道：“呵，阿策，你没有资格指责我，也没有资格那么说我。你若不能出阑珊居，你想要什么又有什么重要的？谁会在乎？若你不想回去，回到东宫，回到那至尊的位置上，你便可以一直在阑珊居，一直和贺明熙在一起。

“最开始选择的是你，最开始放弃的也是你。若非你执意要回去，我又是为了什么殚精竭虑地步步为营？我是有私心，可我至少知道，这世上从来就没有两全其美的事！所有的一切，不外乎鱼和熊掌！”

“本宫……我若说后悔了呢？”许久许久，皇甫策极轻声地开口道。

“后悔？你没有资格后悔。当初我就告诉你，迈出这一步，就不能回头了。我曾问过你，心中的人是谁，你说是王二娘子。若因这恩情，或是心中有所愧疚，只要殿下走上顶端，将来可百倍千倍地还她，如今说后悔尚且有些早。殿下不是一直都很明白吗？为何现在说后悔？”

皇甫策慢慢地坐了回去，许久许久，笑了一声，那笑声夹杂着无尽的苦涩：“阿耀，你知道吗？今天之前，本宫很享受扶摇直上的滋味，一步步地走出阑珊居，再走回去，拿回失去的一切，是本宫做梦都想的事。可今天听完圣旨，我觉得心里很空，似乎有什么丢失了，又似乎想明白了。”

韩耀深吸了一口气，轻声道：“殿下能说说，都想明白了什么吗？”

“你说本宫没有资格后悔，可本宫不信，只要未成定局之前，本宫就有资格后悔！你说得对，最开始选择的是本宫，最开始放弃的也是本宫！若本宫执意只要贺明熙！你们谁也不能阻挡，皇叔不行，你不行！王家不行！”

“殿下！你可以不考量陛下，不考量我和王家，可你能不考量王二娘子的感受？你就只亏欠了贺明熙一个吗？王二娘子呢？她为你所做的一切，就不算了吗？以她对你的感情，会容得了你对贺明熙的重视与感情吗？你若执意如此，定然是谁都不能阻挡！但是，王二娘子就合该为殿下伤心伤身吗？

“贺明熙选择救你，有多少感情在里面，尚未可知。可王二娘子明知无望，以为你已经丧生在大火中，毅然选择继续守候着一个死去的人，你要让这般的王二娘子成为整个帝京的笑话吗？你……你真的要亲自逼死王二娘子，才肯善罢甘休吗？”

皇甫策紧紧抿着唇，牙关咬得紧紧的：“她现在已是太子妃了！”

“呵，殿下可知道何谓欢喜？女子也是有独占心的，二娘子能容忍一切你不喜的女子，却一定不能容忍你心中特殊的女子。她等了三年，难道是为了等太子妃的头衔吗？殿下，莫要错以为那些不能偿还的恩情就是感情。也莫要因为那些微末的得不到，便视而不见已经得到的一切，上天不会眷顾不知珍惜的人！”

暖炉上的炭火逐渐地熄灭了，两人对视许久许久，皇甫策缓缓地闭上了眼眸，绷直的腰背，一点点地松懈了下来，整个人仿佛失去了所有的精气神，无力地倚在了长椅上。

明月清风，都掩盖在漆黑的月夜里……

千金纵买相如赋

1

甘凉边塞与柔然交界处，空气中弥漫着浓重的血腥味，大片的鲜血染红了牧草。

“保护将军！靠过来！”话音刚落，一声鸣镝，箭矢飞出，一声惨叫，柔然兵的包围被生生破了个口子。护军撕开了人墙，逐渐朝最中间的谢放与贺熙靠拢！

谢放手持已辨不出颜色的长枪，与贺熙一步步地朝前挪动。手中的长枪鬼神莫测，枪枪见血！银色的盔甲上已溅满了鲜血，脸上的血污遮住了样貌！他谨慎又无惧地一步步与众人靠拢，侧目瞟了身后一眼：“贺熙！右下！”

与谢放背靠背的贺熙，头也不回架起了胳膊上的弩，反手一箭，又一个柔然兵惨叫着倒下！就在此时，在一群手持长矛的柔然兵中，有三个弓箭手站到前面，从一侧瞄准了谢放！贺熙余光见此，大惊失色，不及警告已见三箭齐发！

贺熙想也不想，快速地移动了脚步，咬着唇拉起了弓弩，抬手一箭射向弓箭手，脚随手动，身形一转，将谢放拽到一侧！生生躲开了一箭，迅速地扬起匕首，挡住了另一支箭，只可惜最后一支箭还是无暇多顾，生生地扎入了大腿！

贺熙没有发出丝毫的声音，屏住呼吸，架起弩箭，连放两箭，例无虚发！直至三个弓箭手全部倒地，贺熙的脚步才虚晃了晃，有些脱力地靠在了谢放的后背上，但依然不曾放松警惕。

谢放心有所感，来不及回头：“贺熙！如何？”

“没事！”贺熙咬着牙用匕首折断了腿上羽箭，再次抬起手上的弩箭，警惕地望着四周。浑身的血污越发衬着那双眼眸晶晶发亮，有些稚嫩的脸上越发地坚毅。

长枪已染成绯红色，一滴滴的血珠从枪头滴落。谢放每一次抬手，抖枪疾刺，遭遇者非死即伤，若有遗漏，便有弩箭极为迅速地补过去，靠拢的人越来越多！

柔然兵已死伤过半，但左右护军不过九十八人，已被冲散了一次又一次。谢放几次被围在中间，都因手中长枪，身后弩箭，而有机会再次与众人靠拢！

当左右护军再次靠在一起，贺熙长出了一口气，摸了摸为数不多的弩箭，没有吭声。谢放蹙眉看了一眼周围，心里计算着还活着的人：“坚持住！援兵片刻便至！”

“是！”贺熙与众人一起应了声，再次奋力厮杀起来！

短短的时间内，柔然兵再次合拢，贺熙连发数箭，再次摸向箭囊时，摸了个空！贺熙不动声色：“将军！借佩剑一用！”

虽贺熙不曾说原因，谢放也知为何，单手将佩剑递了过去：“你挪到中间去！”

贺熙接过长剑不曾说话，与人一起挤在了外围，手中的长剑格挡在面前，似乎给予了无尽的勇气，明知援军不至，不过死路一条。一生之中从未像这一刻明白死亡的意思，但不知为何，竟是毫无畏惧。

一声声的惨叫，一次次飞溅过来的鲜血，让人逐渐变得麻木，身侧的人一个个地倒下，只能机械般地抬手格挡刺出，身上的伤口疼到了麻木，当柔然兵再次围拢过来时，当左右护军还剩下为数不多能站立的人时，所有人的心中仿佛升起了无尽的绝望与勇气！

“儿郎们！心可有惧？！”谢放抖动长枪，怒喝一声！

“保我疆土！卫我大雍！无畏无惧！”众人高声回道，撕心裂肺！

明熙从小到大，从来没有一刻像这一刻般明白，何谓疆土，何谓大雍！在帝京，大雍不过是所有人口头上没有实质的一切，大雍只是那些权力与荣耀、富贵，一切锦上添花的摆设！

可当站在茫茫无际的漠北，当站在那一片黄沙与空旷的草原上，才知道帝京的一切竟是如此地虚幻，如此地缥缈！甚至宛若一场醉生梦死的迷茫。

人生在世，当如是！背水一战！又何惧一死！

“儿郎们！随我杀出去！”谢放高喝一声，率先冲了出去。

一时间杀声震天，众人咬着牙根，跟随着谢放的脚步，倒下一个补上一个！即便血肉之躯挡在最外围，也没有人有半分的迟疑与退缩。这般悍不畏死，在人数悬殊之下，将柔然兵逼得一步步地退后！

当众人抱着必死的决心时，“嗒！嗒嗒！嗒嗒嗒！”由远而近疾驰的马蹄声，让众人心中再次升起了无数的希望，精神抖擞了起来！

“援军已至！”谢放抿着唇，再次刺出了长枪。

“杀！杀！杀杀杀！”已精疲力竭的众人，仿佛再次被注入了活力！攥住兵器的手，又充满了无穷尽的力量！

甘凉城谢氏，是帝京谢氏的嫡支。自太祖时，谢氏一直手握北军，经营着燕山边界，谢氏谢放乃此时族长谢楠之四子，也是甘凉城五万漠北军的统帅。

谢楠此时虽为谢氏族长，但当初打算继承家业的绝非谢楠，而是谢楠的长兄谢桥。十二年前，四十四岁的谢桥在狩猎中意外摔下马，当夜暴毙帝京别苑中。谢楠之父一夜白发，病倒床榻，不得不将唯一的嫡子谢楠从漠北召回京中。谢楠十四岁被送到了漠北，直至三十九岁已是整个漠北的实际掌权者，急匆匆地被召回京城，嫡长子肯定是要带走的，但嫡幺子乃中年得子，又是最小的孩儿，不过八岁，自然也不能留下。

二十万北军乃谢氏根基所在，又岂能放在旁支手中，唯有将不到二十的嫡次子留下继续镇守漠北。甘凉城与柔然交界，为大雍的门户，虽只有五万边军，统帅一职也是重中之重，手下虽有良将，但将大军放在谁的手中谢楠也不放心。

谢放生母，虽为匈奴奴婢出身的卑妾，但身受主母谢陈氏的救命之恩，十多年如一日对主母忠心耿耿，深得谢陈氏信任，这才有机会生下了两个儿子，谢放、谢燃。

谢放自小读书平平，但极有习武带兵的天赋，十五岁已在军中做到前锋校尉之职，且自小对两位嫡兄恭敬有加，对最年幼的嫡弟更是疼爱得很，自然深得谢陈氏青眼。

正在谢楠左右为难，想将庶出三子留在漠北时，得谢陈氏进言，最后换成了当时只有十六岁的庶出四子谢放与十二岁的庶出六子谢燃，镇守甘凉城。

半年多前，明熙一干人等拿着早已做好的文书通牒，在除夕前到了安定城。当晚送走了高钺的五十个部曲，不停歇地一路向北，快马走了一个月到了甘凉城。

入甘凉城前夜，错过了宿头，不得不在野外扎营。漠北的初春滴水成冰，众人刚搭好了帐篷，山上就是一片通红的火光。明熙带部曲前去查看，机缘巧合，救下了被悍匪围堵的谢燃。

谢燃身为前锋营校尉却栽在一伙悍匪手里，也算阴沟里翻船。明熙等人救下了谢燃后，很容易就在甘凉城安定了下来。

明熙手中户籍通牒虽为伪造，但也是实打实的东西。在甘凉城安顿好后，在谢燃的怂恿与推崇下，明熙报了边军，自普通的兵勇开始，半年来也参与了几次小股的战斗。虽是体力不行，但好在系出名师，箭法奇准，手中制作精良的弩箭，也是土制的弓箭无法比拟的，还算有些运气的缘故，斩杀了几个柔然人，从骑射营一路高升直至统帅的左右护军。

年初至今，漠北少雪少雨，春后至七月，整座甘凉城只下了几场小雨。虽是盛夏但因缺水之故草木枯黄。七月初三，雷电交加的夜里，柔然水源附近骤然起了大火，巡边军甚至闻见了焦煳的味道。

巡边军两日后将消息传来，谢放发现柔然军有所异动，甚至有几股军队已集结边界。八月是甘凉城的秋收，此时若有异动，只怕不会是小打小闹，谢放为弄清水源大火之事的真伪，以及柔然军队的异动，带领左右护军九十八人深夜出发朝边界赶去，不想半路竟遭遇了埋伏！

明月高悬，夜风微凉。漠北的夏夜，有种南方少见的凉爽。这夜的营地注定不太平静，自傍晚后灯火通明，军中大夫在几个帐篷里来来往往，血水端出去一盆又一盆。

临时搭建起来的主帐，弥漫着浓重的血腥味，明熙因伤了腿，不得不躺在长榻上。副将林城，伤在臂膀上，坐在了一侧。谢放因被所有人护在中间，反而是受伤最轻的一个人。

三人都已十分疲惫了，可当主事医官进门时，三人还是打起了精神，侧目望向低声回话的人。谢放挥退了医官，脸色更沉了，棕色的眼眸弥漫着沉沉的雾霭。

这一战，左右护军九十八人，可谓精英中的精英，也都是极得主帅信任的兵勇将领。

战后，尸身有三分之一，还有重伤的那些，只怕这九十八人至少折损了一半左右，还有些即便救回来只怕以后也再难披上战袍。明熙虽早已心中有数，但看了谢放的脸色，也知道只怕比自己估算得更严重些。

烛火炸开了火花，打断了这沉重的平静。

谢放长叹一声："贺熙即日升为百夫长，林城暂代护军都统之责。"

明熙侧了侧眼眸："此番出营查看，事先并无他人知晓，但那些伏击的人，摆明了知道具体事宜，大将军对此事，有何看法？"

谢放手指轻动，看了眼明熙："这几年偶有小打小闹，确实不曾出过再大的战事，也是时候该再次整顿整顿军务了。"

林城攥着拳头："漠北十五万大军，整顿起来谈何容易，柔然已有异动，只怕到时整顿不成，军心涣散……"

明熙正色道："林都统此言差矣，十五万大军是没错，但能接触到这次主帅出营的人，只怕不超过二十人。连我九十八位护军，也是当夜收到命令，即刻出发的。"

谢放侧目看了明熙一眼，挑眉道："哦？你有什么好主意？"

明熙心照不宣地回眸道："大将军心中已有筹谋，不是吗？"

谢放垂眸抿唇，嘴角微弯，轻声道："你们回去后只管好好养伤，待到柔然再有异动，好同本将再迎战杀敌。"

"得令！"两人异口同声道。

夕阳西下，粗壮的百年槐树下，明熙闭目躺在鸡翅木的长榻上，余晖透过稀落的旁枝洒照了过来，让人颇有种岁月静好的舒适。

这座三进三出的庭院，坐落在甘凉城以东，此处大多是驻扎在甘凉城的官眷，当初能买到这么好位置和品貌的院落，多亏谢燃牵线。

庭院虽是不大，但建造者很是用心，南北之分在这小小的庭院不再泾渭分明。百年的大槐树，蜿蜒的青石板有着漠北的粗犷，对侧的小桥凉亭，牡丹花枝，假山流水，颇有南方的精致雅味。

明熙最重的伤，是大腿上的箭伤，经过十多日的静养，早已好得七七八八了。因院落不大，能住的人不多，此处只住了裴达与几个奴婢，外院里的马夫与护院六人，都是当初从帝京带来的部曲。因要掩人耳目的缘故，保护明熙来漠北的三十个部曲，被安排在这隔壁街的另一个大院子里。

远处的房屋还在翻修施工，匠人们来来往往井然有序，似乎打扰不到静养中的明熙。裴达在小院中跑来跑去，时不时还要看上花庭处的明熙一眼，忙而不乱。

谢燃急匆匆地走进来，看到这忙中有静的景象："你倒是会享受！这几天我们都快被大将军操练死了！"

明熙见谢燃进门，眉宇间露出几分欢喜来："我躺得骨头都快酥了，连个说话的人都没有，哪有什么可享受的？你若愿意，我倒宁愿和你换。"

谢燃轻车熟路地捞起了井中的香瓜，抽出匕首切成了几瓣："你不知道，如今营里哀鸿遍野，我看大将军的那股狠劲，要是等不到柔然来犯，就主动找柔然算账去了。"

"你这匕首不知道杀过多少人，我可不吃！"明熙叹了口气，"也是必然，左右护卫军死伤那么多，都是大将军一手带出来的人，如今不知如何心疼。我倒是庆幸进护军的时日短，该认识的不该认识的，都还不认识，不然这会儿只怕也和那些人一样不肯在家中养伤了。"

"你别那么想不开，打仗哪能不死人？别看我和大将军都年纪轻轻的，比你想的可经受得多了！你也是娇惯出来的毛病多，这有什么？当初我和兄长被人围在戈壁滩上，连生马肉都吃过！你还以为自己是在帝京呢！"谢燃已有二十二了，因长着一张娃娃脸的缘故，看起来像个十六七的少年。因自小长在漠北，皮肤呈麦色，五官很是精致，也越显棕色的眼眸晶莹剔透。许是混血的缘故，他个头很高，身材修长而挺拔，看起来倒是一点都不女气。

明熙长叹："算了，我可没有大将军那份隐忍和筹谋，和你一样做个有勇无谋的马前卒就很不错了！"

谢燃瓜也不啃了，瞪向明熙："小爷乃前锋校尉！校尉！你懂什么是校尉吗？正六品呢！小爷熬了十年，立下军功无数，才有了今日！说什么马前卒那么难听！有勇无谋是哪里学来的！这词是那么用的吗？没有前锋你们打什么仗？"

"噢，也是，谢大人勇猛盖世，智谋无双，若非如此也不能眼睛都不眨地冲入乌合之众的包围圈里，这正六品的校尉确实得来不易啊！"

"啊！怎么老是哪壶不开提哪壶？那什么！我还没有吃饭呢！"谢燃左看右看，就是不看明熙。

"今天不该你休沐，为何跑到我这里讨饭吃？"明熙总算坐起身来，今日的她身着白色的广袖长袍，头束白色儒巾，虽为男装，但依然遮不住姝丽的容貌，举手投足间自带一股矜贵傲气。

当今世上，不管南梁还是大雍，男子都以面若敷粉，唇红齿白为美。这般亦男亦女的装扮，倒是符合当今人的审美。且明熙自小习武，眉宇间自有一股英气，端起弓弩来雷厉风行，杀伐果决，倒也不会让人怀疑性别。

谢燃苦着脸："大将军这几天问我好几次了，你的伤势如何，我寻摸着他这是想让我来看看你。今日仲兄悄无声息地来巡边，这会儿正在家中，别说我，你家大将军都回去了。"

"这几日就要秋收了，郡守巡边乃人之常情，听说你仲兄人还不错，何至如此？"

"我也没说他不好，可帝京这两年越发着急我与兄长的亲事，我一想着那一打打的卷轴就心里发怵！兄长都没有成家，着急我做甚？"

明熙抿唇一笑："你家母亲也是操碎心了，像你俩这般身份的庶子，要笼络又不能太过。手握重兵，但还不能让你们生出妄念来。选亲事要面上好看，又让你们觉得满意。且必须选个家世好的，身份相当的，但也不能家世太好了，不然又给你们在帝京平添了助力，长相还得能过去，你们的妻子还得和她一条心，脾气性子也要好拿捏。”

“你那么一说，合适的人选也没几个，可怎么每次卷轴就那么多？”

“你家兄长都年近而立了，好家世的身份贵重的嫡女是不大可能了，但庶出的女儿确实一抓一大把，你们兄弟虽看起来劣势，但在许多庶女眼中，还是条件不错的。”

谢燃得意地一笑：“那是，我们好歹是谢氏子弟，即便庶出，又能差到哪里去？”

“你真是太想当然了，也就是在漠北没有那么多规矩，你才能这般地逍遥自在。帝京里的庶出和嫡出，可是天壤之别，大世家的庶女能看上你们，也是因为你们兄弟有自己的优势，嫁到这甘凉城来上无主母下无小姑，进了门就能当家做主，管理后宅。

“你们兄弟不但手握兵权，又是正经的官身，还是本地最大的官身，走到哪里都不必再低人一等，这些都是那些帝京的庶子所没有的。当然能看出你们兄弟俩好的小娘子，想必也是极有眼光与主见的，差不到哪里去。”

“真是麻烦啊！说得跟真的一样！那些人怎么想的，谁能知道！早知道当初就该跟着父亲回帝京去！从兄长加冠后，帝京一天到晚这些破事就没断过。”

明熙抿唇一笑：“若你们兄弟当年随着谢大人回了帝京，可当真是高不成低不就了。你也不想想，谢氏即便门第再高，可家中庶子也不少，分支中的兄弟更多，到时候能有个差事就不错了，赋闲在家靠着祖荫的子弟更多。帝京重文轻武，你和你兄长，熬到何时才能出头？

“你们能有今日，当真要感谢你们的姨娘，出身……一般，虽有美貌焉能长久？若非她看得远，多年如一日地对大妇尊敬恭顺，哪有你们兄弟的今日。”

谢燃怔了怔：“我何尝不知道姨娘的好？可又有何用？我兄弟即便做得再好，也不可能将姨娘接到甘凉城来。兄长一直不愿成亲，虽不知是不是还有别的缘故，但即便有了子嗣，只怕还要送回帝京去……”

明熙端起茶盏，轻声道：“你也别想岔了，只要你们手握兵权一日，你们的母亲必然不敢亏待她半分，甚至你们的父亲为了笼络你们，也会对她关怀备至。她虽是为你们筹谋，但她在家中的地位也与你们兄弟分不开。大将军足智多谋，颇有心计，想必在亲事上已有筹算，对你的婚事定也有了章程。”

“你这么一说，好像也对！天塌了还有个子高的顶着，我就知道，不管什么事到了你和兄长那里都会变成没事！裴叔！我今儿个就不走了，你上次不是说还有些鲜牛肉在冰窖里吗？”

裴达满头大汗地走了过来，笑道：“有的有的，早知道公子好这口，托人买了回来一直放在冰窖里，都给公子留着呢。”

谢燃也不托大，笑嘻嘻地给裴达递上切好的香瓜：“说了多少遍，裴叔叫我七郎便是，这么热的天，这一院子人折腾什么呢？”

裴达接过香瓜，咬了一口：“这不是想搭个暖房，娘……郎君说，甘凉城冬日苦长，大家伙初来乍到怕不习惯，让这三进三出的院子每间屋子都砌上火墙。”

“呵！这财大气粗！我家也只有几处主院才有，你倒是舍得！这一年光柴要烧多少？”

明熙笑道：“你住的可是谢府在甘凉城的老宅，光地方就占了这东城的三分之一，且你们兄弟满打满算才占了两个院子，烧那么多火墙做甚？今年入夏，我早让裴叔给附近的山脉补种了上千棵树苗，断不会让你甘凉城亏本才是。”

谢燃好似明白又好似不明白：“你总是做这些神神道道的事！贺氏也不算大族，怎么到了你就那么讲究。”

明熙的笑意凝固嘴角：“阿燃谨言，不是每个姓贺的都是贺氏族人。”

“你还想骗谁？我兄长都认定你乃贺氏族人了，再者你是自帝京那边来的，在营地里训练倒是看不出多娇气，但若非大族哪有人那么讲究？即便我长在漠北的仲兄，身为谢氏嫡子，也不过如此！这里又没有外人，你给我说说你是贺氏哪一支的子弟呗，说不定我还知道呢！”

明熙丝毫不惧，瞥了谢燃一眼：“你生于漠北长于漠北，只怕三年五载也回不去帝京一次，你能知道什么？你让我说什么呢？说帝京有多少云英未嫁的娘子吗？这个我还真知道，其中最美貌的几个，我都见过！”

“你看看！我就说，你家世肯定很好吧！那你说说呗！听说当今未来的太子妃贤良淑德，姝丽无双，你可有见过？”

明熙愣怔了片刻，垂了垂眼眸道：“嘘，这些话在我这里说说就算了，莫要在你兄长那里乱说，若当真像你说的家世那么好，我为何又要长驻甘凉城？”

谢燃想了想，谨慎地点头：“嗯！你不说，我不问就是了，我谢燃可是出了名地道义！那你快说说，帝京的娘子们真如卷轴里那么好看吗？瞪什么瞪，窈窕淑女君子好逑，这甘凉城里哪有可看的小娘子，我看兄长不成亲，也是怕帝京里的不靠谱，甘凉城里的又太难看了！”

明熙笑眯眯地开口道：“你附耳过来。”

谢燃喜滋滋地伸了耳朵过去，只听一声惨叫：“啊啊啊！轻点！耳朵揪掉了！”

虽是盛夏，但甘凉城的夜晚，却一点都不热。

谢府内的花庭，因主人不喜的缘故，变得单调起来，一簇簇的熏蚊草，错落地长在花亭附近，虽不美观，倒也实用。

“仲兄所虑极是，陛下病体反复，王氏虽是反复无常，但也不至于……莫不是还有意外？”谢放二十有七，肤呈蜜色，剑眉入鬓，五官犹如雕刻，紧紧抿着的唇自带一股薄情冷厉。烛火下，那双本是棕色的瞳仁越显深邃，虽与谢燃有五六分的相似，但少了稚嫩，眉宇之间有股煞气与威严。

“去岁腊月赐婚，王家与陛下商议后，将婚期定在了明年春日。这一年多的时间里，什么变故都有可能，让人如何安心？”谢逸说起王氏时，不由自主地皱起了眉头，眼中毫不遮拦厌恶和憎恶。

谢逸乃谢楠嫡次子，为燕平府君，手握整个燕北的军政。虽也是生于漠北长于漠北，但因自来养尊处优的缘故，虽比谢放大了两三岁，但显得十分年轻。整个人看起来温文尔雅，很有一股文士的风骨。

谢放长出了一口气道：“王氏的这口气咱们早晚要出！七弟不能白白地让人这样害死了！只不过现在太子身单力薄，咱们也不好彻底与王氏撕破脸。关于太子之事，仲兄也不用太多虑了，你我身在漠北，这些事自有父亲与大兄操心。我们只要站在父亲与大兄的身后，太子无论如何都该无恙的。如今陛下看起来大好，在朝上打压太子，但……养了这么久的病，只怕底子也好不到哪里。太子该掌握的，必已万无一失。”

谢逸看了谢放一眼，长出一口气：“这是自然，但说什么万无一失，世间最难掌控的便是人心。此时太子看似强大，不过都是建立在帝京里的那些人心上。当年太子也是占尽了天时地利人和，可最后那些人还不是纷纷倒戈，让诚王得了……”

谢放轻声道：“仲兄莫要太多忧心，时政虽瞬息万变，但陛下已是暮年，殿下如日中天，该是没有那么多意外了。”

“你有所不知，慕容氏、王氏，甚至寒门高家、韩家，此时看起来是太子的后盾。但慕容氏有荣贵妃，她与陛下夫妻二十多载，女人心最是善变，不到最后，谁知道她会不会变卦？高家和韩家历来左右逢源，若有万一，谁敢保证，他们不会故技重施。

“王家人面兽心，满腹黑水，在太子之事上更是反复无常！王二娘子婚事上的肮脏事，谁不知道有多龌龊！唯独太子被蒙在鼓中！还如珠如宝地将人捧在手心里！那么个爱慕荣华又无情无义不知廉耻的娘子，怎么值得太子以未来的后位以待？！”

谢放正色道：“仲兄莫要生气，各取所需的事谁与谁有情义可讲？虽说王氏的确可恶，但这样的事，不光大家瞒着太子，我谢家吃了天大的亏，不也是不肯给太子多说一句吗？王家为了未来的后位，送出了名誉有污，但身份矜贵的嫡女。我们这群人，何尝不是用未来的后位笼络住王家，才将此事对太子隐瞒个彻底？”

谢逸将杯中的酒饮尽，愤愤道：“那一家贱人，七弟这条命早晚要找回来！你总还好，三年述职才进宫拜见姑母一次，与太子并无过深的交集，心里只当他是太子。我自幼年年回帝京，姑母对我从来都是极好的。也只有姑母那样与世无争的性子，才能养出这般好性格的太子。

“你与太子只是几面之缘，自然不知他品性纯良又有些……哪里适合那至尊之位，那样的毒妇又怎么配得上……若不是姑母只有这一个儿子。我倒是宁愿他像我们这样，做一个闲散人，驻守一处，过安安生生的日子。”

谢放冷厉的眼眸，透着些许柔软：“仲兄胡说什么，许多事许多人都是生来注定的，虽说我们自觉比许多人幸运，可仲兄又怎知太子不喜欢那些？咱们是自由散漫惯了，过不惯那些钩心斗角的日子。但太子自幼活在其中，只怕心中所想所念，均是那个位置了。那样的人，那般矜贵，哪用得着仲兄可怜？”

谢逸笑了一声：“是我魔障了。太子那里，咱们按父亲和大兄说的办就是了。只是母亲的交代，却不是那么好糊弄了，若非真的着急，也不会让我专门跑上一趟了。”

“这些画像能看出什么来？一个名字，不过代表身后一门人罢了。”谢放给二人斟了酒，“帝京的娘子，又是软绵绵的性子，哪里适合这里？不管怎样的心劲，她们的出身摆在那里，漠北和帝京比起来，何止是天壤之别。到时候真嫁到甘凉城，背井离乡不说，冬日想吃口青菜都没有。那些世家娘子，如何受得了？”

“素日里看你冷心冷肺的，想得倒是深远，你说的我何尝不知？自你二嫂生下阿良与阿谦，回了帝京。这些年，也从不过问漠北的后宅，竟是一点都不担心。可侍妾也只是侍妾……罢了，不说这些了，婚姻大事自是媒妁之言，像我这般，也没甚不好。”

“仲兄说什么酸话？二嫂与母亲同样出身帝京陈氏，家世一等一地好，还能怕那些侍妾翻出花来？两个侄儿，总不好随我们在漠北长大，舍得舍得，有舍才有得。”

“我怎会不知道他们在帝京比在这里好，可……你二嫂若愿意带着他们留下，我又怎会不用心教导自己的孩子？庶子……你们的日子如何艰难，这些年仲兄都看在眼里，如何敢要侍婢所生之子？母亲虽是为了你好，但你若在这燕平或是甘凉城有了心仪之人，也未尝不可。你若不好说，仲兄替你做主便是！”

谢放大笑：“仲兄先将此事回了母亲，就是帮了我的大忙了，若真有心仪之人，必定第一个告诉仲兄，否则我还真找不到做主的人。”

“呵，谁能想到甘凉城的冷面将军，在兄长这儿尽做些没脸没皮的事？你自己说说，这些年我帮你回了多少次了？罢了，最后一次！下次母亲再问此事，我定撒手不管。”谢逸浅浅一笑，再次蹙起眉头，“前些日子，你说柔然有所异动，最近可有查明？”

“这几日，颇是平静，可眼看着秋收不过还有月余的光景，越是平静我越是惴惴不安。若这一次真有异动，只怕不会是小打小闹。五年前的那次大旱，至今仍让人记忆犹新，这次甘凉城以北，旱情有过之而无不及。仲兄选完备军，还是早些离开为好。”

谢逸道：“虽要防范柔然，但父亲的嘱咐，更是重中之重。漠北虽是根基所在，但与帝京也有莫大的关联。无论如何都要先谨防帝京有变，柔然的小打小闹也先放一放，且到时领兵校尉以及兵勇，一定得是我们谢家军出身才好。”

谢放郑重地点了点头：“仲兄放心，我晓得轻重，所有委以重任者，必先让仲兄过目。”

谢逸看了眼月色，长叹一声：“如此最好。阿燃那小子，是打定主意不回来了，这是要让我派人去军营里将人抓回来吗？这股怕娶亲的劲儿，不知像了谁！也不想想，这些年我连你都如此放任，何况是他。不过说起来，咱们的侄儿都要定亲了，只怕母亲也不会容你们多久了。”

谢放眸中闪过一抹异色，放下酒盅，正色道：“噢？阿玦也定下亲事了？谁家的姑娘？日子定在了何时？”

谢逸不以为意：“说是正在相看，左右不过帝京那几家的嫡女，还有别的选择不成？既然母亲已说快要定了，只怕人选早已定。这亲事还有父亲的意思，到时咱们只要准备好贺礼，一起捎回去就是了。”

“日子过得可真快啊，当初还是个小豆丁，转眼也开始议亲了。他那样的脾气，必要找个温顺的，以前母亲有意为他迎娶贺氏嫡长女……不知如今可有改了主意？”

谢逸冷笑一声，不屑道：“呵！说什么贺氏嫡长女，那样的娘子怎么配进我谢家门！如今陛下尚在，怎么都好说，若是太子登基，谁知道会有何等的下场！”

谢放不由自主地皱起眉头：“仲兄此话从何说起？”

谢逸捏了捏眉心：“不过是些宫闱中的龌龊，素日里你从不屑这些事，今日倒是奇了，怎么会主动问了起来？”

谢放抿了口酒水，漫不经心道：“阿玦脾气倔强，亲事若得他喜欢，自然万般都好，若是不喜欢，只怕家里又该鸡飞狗跳不得安宁了。”

“四弟想岔了，生在咱们这样的家里，素日里小打小闹地折腾，倒也无伤大雅，但若是婚姻大事还要折腾不休，只怕父亲母亲都不容他。这样的家，看似风光无限，荣华富贵甚至不输帝王家，可该承担的也更多。

“有时候我甚羡慕你……你比大兄仲兄都自由，领兵从武也是你喜欢的事。大兄性格爽利，又何尝喜欢帝京的那些钩心斗角？他与大嫂这些年……总之，罢了。”

“燕绥能有今日，多亏了大兄仲兄的照料。这些年，若没有仲兄的处处维护，也没有燕绥的今日！”谢放端起酒盅，恭敬地说完，仰头饮尽。

谢逸双眸透着笑意：“你我亲兄弟，何须如此？我不护你，又能护谁？罢了，你明日派人将阿燃也找回来，许久不见了，甚想得慌。”

千金纵买相如赋

2

月辉如水，风轻云淡。

精致的花圃中，花香浮动，虫鸣阵阵，颇有岁月悠悠、宁静致远的安然。

裴达悄无声息地进了花亭，拿起了桌上的酒壶，揣在了怀中：“娘子劳累了一日，还不去睡？”

明熙把玩着手中的酒盅，笑了起来：“我是躺了一日，你才是劳累了一日，裴叔怎么不去睡？”

裴达责怪道：“我睡了一觉，听见院中还有声响，娘子的伤势未曾大好，怎能饮酒？”

“这点伤早好了，要不是你不许我下地走路，我都能绕着甘凉城跑一圈了。自来了甘凉城，我何曾饮过酒？偶尔喝一口米酒，你还要念叨，日子不好过啊！”

“倒也是，自打来了甘凉城后，娘子总算将酗酒的毛病改掉了，人也快活了不少。如今咱们自由自在，又不缺吃喝，在家过安生的日子不好吗？非要去边营做些打打杀杀的活计，若被人知道了，以后回了帝京还怎么好找人家？”

明熙低笑出声来：“说得好像现在好找人家一样，也不瞧瞧你家娘子都声名狼藉成什么样子了，又这个岁数了，不管在哪里都不好找人家了。你也别一心一意地只想着把我嫁出去，既然觉得现在的日子好，那咱们就这样过一辈子岂不是更好？不用算计筹谋，不用惦记打算，无拘无束，优哉游哉。”

裴达忧心忡忡地开口道：“娘子未至双十，正是好年华，怎么能有这般的想法。当初说好来漠北散心的，住个一年半载回去。可娘子竟连招呼都不打地应征入伍，军营哪里是娘子住的地方？我当时想劝，可看着娘子在军营竟比在家里还开心，只当让娘子舒心几日。漠北离帝京千里之遥，总也不会有人知道此事。但是，此番遇袭竟是要真刀真枪地去打仗，这哪里是娘子能做的事？”

“那我该做什么？做个雍容华贵、品茗赏花、无忧无虑的世家女？在帝京时都做不到，况且此时此地？若心不平静，这世上哪有真正的乐土？现在所做的都是我喜欢的，这天下虽是儿郎的，可我被大雍锦衣玉食供养数年，为何不能给百姓出一份力呢？”

“这个自然，咱们以前也不知甘凉城竟是穷困至此。这一路所见，奴婢心有戚戚，娘子匿名铺路造桥，初一十五舍粥舍粮，奴婢乐见其成。虽说大部分的钱财地契还都留在了帝京，但我们带出来的这些也足够了……

“可从军当兵却不一样，也是奴婢愚钝无知，只知道咱们大雍和南梁偶有摩擦，不曾想过柔然交界竟也会有战事。若娘子和谢七郎不好明说，那咱们就连夜离开，去别处，当初做好的路引还有两份，娘子再选个地方就是。”

“裴叔，咱们可是说好了，出了帝京就没有什么奴婢和贺娘子了，你是我的管家不错，但也是我的叔父。若你心疼那些留在帝京的地契钱财，等以后有了机会，再派人拿回来就是了。若你当真心疼我，就不该劝我离开，迎战沙场，如何逍遥快活，也就第一箭有些艰难，如今我可一点都不怕。”

“打打杀杀能有什么好？娘子又是何必？若您心里还惦记着殿下，我们回去就是了！不管是争还是抢，总能在殿下身边争得一席之地。若你当真喜欢军营，喜欢甘凉城，也可以做些文职，又何必非要做身先士卒的事？”

明熙放下手中的酒盅，低声地笑了起来，眼中却毫无笑意：“呵！裴叔莫要看轻了我，若想在他身边得一席之地，乃轻而易举的事。他心里到底有没有我，难道我会一点都感觉不出来吗？可我不屑！如果不能得到全部，全部的人，全部的感情，我宁愿一点都不要！

“他需要依附姻亲才能一步步地走回去，他心中也还有放不下的人，我们便永远不可能在一起。我不会与别的娘子分享夫君，也不允许他因为外在的因素同我在一起。既然已经不能一生一代一双人，不如相忘江湖，一世再也不见。如施舍般的感情与给予，只会让我觉得自己很低贱。”

裴达轻叹：“女子本就不像男儿那般刚强坚韧，这世间对待女子也没有那么宽容，休说殿下……即便是普通的郎君，谁又能做到这些？世家的娘子，自小学的都是主持中馈，管理后宅，侍奉公婆夫君，女红厨艺还是其次，但大妇的风范却也不能丢，嫁人……也非是只嫁给了这个人，结的是两姓之好，必牢不可破。”

明熙侧目，笑了起来：“东晋琅琊王氏可谓权势滔天，甚至有‘不以王为皇后，必以王为宰相’的说法，且沿袭至今。当初王氏七子迎娶表妹郗氏，可谓天作之合。因为那时郗氏在朝中也是如日中天，丝毫不逊王氏，可不过短短十多年，郗氏父兄相继壮年去世，郗氏家道中落。王氏七子没多久便与郗氏和离，迎娶当朝公主。”

裴达道：“娘子不要想岔了，王氏那样没道义的人家毕竟是少数，这般欺凌孤儿寡母早晚会得报应的，咱们嫁人不图高门大户，只要郎君人品好，哪怕门第低一些，也是没甚关系的，娘子有嫁妆，不舒心了就出来单过……”

“裴叔不要想岔了才是，如今虽是改朝换代，但王氏有了这份审时度势，亦能站在巅峰之上，俯视众生。你看如今大雍的丞相是谁？未来的皇后又是谁？这些东西，都是世家数代的积累，岂是一朝一夕能支离破碎的？高门大户也好，寒门庶族也好，一心向上爬，又能好到哪里去？且我这般的名声，若论嫁娶，哪个会是一心一意地奔着我这个人来的？”

裴达蹙眉：“娘子无须这般悲观，不是没有好郎君，只是咱们还不曾遇见罢了。”

“裴叔不必再劝，姻缘天定。我在营地，开始也不曾认真，可这几番的战事打下来，逐渐让我明白了许多，忘记了本身的优越与矜持，也忘了许多的烦恼忧愁，桎梏整颗心的人和事。”明熙抿唇一笑，娓娓道，“此番那些倒在我身侧的同袍，许多我都不认识，也叫不上名字来，是他们让我明白这世上，除了生死情爱，还有许多许多更有意义的付出与不悔。我们在帝京里的理所当然，锦衣玉食荣华富贵，都是这些曾经连看都不会看一眼的人，拿命换来的。”

裴达蹙眉望向明熙，轻声道：“人人生而不同，他们有他们的活法，娘子有娘子的路走。我知道娘子自小就一副古道热肠，可上了战场，刀剑无眼，即便不求富贵荣华，总该过安安生生的日子……”

“裴叔！我觉得现在的日子很好，比帝京的十几年里都要好！不管将来结果如何，都是我想要的，心甘情愿的！你可明白？”明熙骤然起身，侧目望向裴达。

裴达与明熙对视了片刻，那双有些疲惫的眼眸，闪过些许忧郁，许久许久，抿了抿唇，勉强笑了笑：“懂，我都懂，娘子若觉得好，怎样都好。”

温温和和的一句话和有些虚弱的笑容，戳破了明熙满心的壮志豪情。那鬓角的银丝在不明亮的光线下，竟说不出地刺眼。转眼就是十几年了，仿佛不久之前，还是如此年轻的人，一时间竟苍老成如此的模样了。

明熙心中突然有种说不出的难过，慢慢地红了眼，许久，才压住了泪意，温声道：“裴叔莫要担忧，当初我还是个小卒子尚不曾冲锋陷阵，如今好歹还是个百夫长，又与谢燃有些交情，那些危险的事，怎么也轮不到我的。”

帝京的七月下旬，虽有些凉意，白日里依然闷热，蝉鸣阵阵，扰人清梦。

卯时，太极殿忙碌了起来。荣贵妃得了恩旨，特许今日回府探亲，内宫中早早忙碌了起来，这番大的阵势，自然也影响到了太极殿。

正是休沐，不用上朝，奏章与简报自去岁腊月交予太子批复后，再不曾收回来，如今泰宁帝能看到的，大多都是太子批复过后的折子。过了年节后，身体一日好过一日，生活仿佛又回到了从前，可泰宁帝明白，想要回到从前，何其艰难。

如今也只有在太极殿里，没有掣肘，后宫之中仍有荣贵妃作威作福，朝堂上太子党已成了众人攀附的大势，唯那些当初从王府带出来的老臣，因参与了当初的夺位，不得不战战兢兢地坚持着原本的立场。这样的日子，没有半刻能喘息放松的地方，前朝也好后宫也罢，需时时谨慎地防备那些心怀叵测的人。

六福躬身小声道：“陛下是在院中小亭用膳，还是殿中？”

泰宁帝半仰着头，闭了闭眼眸，长出了一口气，轻声道：“最近可有消息？”

六福笑意僵硬嘴边：“几路人马都未曾传来什么有用的消息，再朝南走就是南梁了，想必娘子该不会真的渡江。”

泰宁帝紧抿着唇：“安定城的郡守真真愚不可及！好好的大活人交到他手里，都能给朕看丢了！外面世道又乱，太子那边的情况复杂得很。若当真去了南梁，她的身份要是被有心人知道，只怕……免不了一场祸事！”

六福深知实情，泰宁帝不曾将明熙交到安定城郡守手中，明熙更是不曾进安定城，转道西南了，当初那些追踪的人都跟丢了，也有的跟错了人，可见明熙兵分好几路，开始就计划好去安定只是个幌子。但不管如何，即便去了南梁也有贺氏本家在，贺氏本家在南梁可不像在大雍这般弱势，若是贺氏族长愿意相保，只怕娘子过得比在大雍还要逍遥，不过这些话不能拿到明面上来说。

“陛下所言极是，娘子还是年纪小，一心贪玩不知道轻重，等她回来，您可要好好地管教管教。”

“朕如今哪有这份心力，人能回来就不错了。”泰宁帝又何尝不知道这是迁怒，那时明熙告别时，实然已有些不妥的感觉，但当时考量着为太子赐婚的事情做得太过，不想让她过于伤心失望，安定城又不算太远，这才点了头，“可惜朕给她想好的人家，大半年过去了，朕也不能一直压着不让人家定亲。”

“儿孙自有儿孙福，两个人能不能成亲，单看有没有缘分，都是强求不来的事。您看太子那里，也不见得好过多少，两位侧妃谁不埋怨王家将婚期定的时间过长，可架不住太子殿下眼中只有王二娘子，如今都还没嫁进来，已是明争暗斗……”

皇甫氏占下这半壁江山后，从太祖开始就对亲兄弟毫不留情，动辄便是一家一户，子侄都不肯放过，最后只剩下最小的弟弟怀王，虽是逍遥自在地活了一辈子，但竟是一个子嗣都不曾诞下。先帝时，虽对几个兄弟多有防备，但不及动手就病逝了。三年前的一场内乱，当今陛下几乎将兄弟子侄一网打尽，太子能侥幸活下来，只怕也有陛下尚无子嗣的缘故。

去岁陛下病重不得不给太子正名，为了以防万一也得一心一意地为太子铺路。几道圣旨后，太子在天下人面前正名，给太子指定王氏这门姻亲，可是为了防备王氏一家独大，这才又选中家门不错的侧妃。这本该是一步接一步的棋，当时陛下病得太过凶险和迅猛，不得不一步下完。如今的太子不但名正言顺，更是平白得了王、谢、陈、贺四家的助力，如虎添翼，势不可挡。

谁承想，大半年过去了，陛下的病体已然大安，又正值盛年。太子越坐越大，几乎算是掌握了大半个朝廷。陛下如今对太子是打不得杀不得，放眼整个大雍，除了太子，皇甫氏竟是半个继承人都找不到了，近亲里竟连个名正言顺的掣肘都没有，想必这才是陛下最忧心之处。

许久许久，泰宁帝挑眉道：“是呀，都是世家嫡女谁也不比谁差到哪里去，谁又能真的做到力压群芳？以后宫中的日子只怕就光剩这些了，好在皇甫策也是个聪明人，知道王家与正妃不可轻视，该是出不了什么大事。”

六福点头：“可不是，太子殿下心里明镜似的，不管外面怎么闹腾，一心一意地对王二娘子一个人好，这不陛下昨日赐给太子南靖的几块翠玉，殿下一股脑地都给王二娘子送去了，两位准侧妃那里什么都没有。”

泰宁帝阴沉着脸：“哼！什么好东西！还如珠如宝捧着！有眼无珠。”

这句话不知是在说那翠玉，还是说被捧在手心里的人，六福不好接话，垂着眼眸赔着笑道：“进贡的东西，自然是陛下这里的更好一些。”

泰宁帝冷笑连连：“那是自然！这天下到底还是朕的天下，他想要最好的一切，都得等朕死了！”

六福站在原地，半垂着眼眸，打算沉默到底，却听到内门外的喧哗声。瞥了眼脸色更是不悦的泰宁帝后，忙朝小门跑去，对小黄门道：“何人在此喧哗！”

泰宁帝倚坐在椅上，眉头紧蹙，缓缓地闭上了眼。大病初愈的人，看起来并没有多好的气色，脸色依然如病时般毫无血色，眼窝有些青紫，紧蹙的眉宇，有种说不出的疲惫与无力。看起来竟是比一年前大病时，还虚弱一些，可见这半年的养病，没有什么成果。

一炷香后，六福气喘吁吁地跑了回来，附在泰宁帝耳边道：“陛下陛下！”刻意压低的声音里有种说不出的兴奋。

泰宁帝未睁开眼眸，眉宇间很是不耐烦：“因何事喧哗？”

六福踌躇了半晌，有些窃喜又有些急迫地开口道：“太极殿外院伺候的大宫女敏兰求见陛下。”

泰宁帝缓缓睁开眼眸，漫不经心道：“外院的宫女？朕是谁想见都可以见的吗？太极殿的内廷是谁都可以进得来的吗？”

六福咬了咬牙道：“敏兰姑姑看似已有五六个月的身孕了……”

泰宁帝嗤笑一声：“还不拖出去打死？这事还来问朕吗？”

“老奴本来也是这个意思，但是她说二月里，陛下在花宴后宿在了外院的小书房里……当时她去送水……被陛下留下来伺候了。”

泰宁帝紧蹙眉头，哑声道：“何时的事？”

六福将声音压低，附在泰宁帝耳边，娓娓道：“二月时陛下身体大安，昭告太庙后，太子主持了一场花宴。陛下多饮了几杯，宿在了外院。老奴奉旨去了安定城，当时是祁平深夜迎回的陛下。方才老奴问过祁平了，说是那夜在外殿书房里，陛下衣衫除尽，身上有些痕迹，确如敏兰姑姑所说。当时陛下身旁也只有敏兰姑姑一个人伺候，只是……”

泰宁帝眯了眯眼，轻笑了一声，拖长了声调道：“二月花宴啊……”

六福摸不准泰宁帝的喜怒，斟酌道：“陛下可有印象？若无此事，老奴这就让人将敏兰这等……拖下去！”

泰宁帝笑了起来，笑意直达眼底：“朕大病初愈，饮了些酒。她又在一侧，身上的桂花香确实好闻得紧，人也乖巧懂事。朕以为这事都记录在案了，怎么？竟是疏忽了吗？”

“哎哟喂！哪里是什么疏忽，敏兰姑姑胆小怕事，怕惹了贵妃娘娘的忌讳。这后宫之中，除了太极内殿，哪里不是贵妃娘娘的人啊！陛下病了这许久，后宫空旷，第一个侍寝的竟是个外院的宫女。

“贵妃娘娘满心满意地惦念着陛下，若知道了这事，只会觉得陛下龙体未安，敏兰姑姑定是使了什么手段引了陛下的注意，如何能轻饶了敏兰姑姑。当初只怕也是不得已才隐瞒了下来，如今这龙胎都快六个月了，素日里敏兰姑姑连门都不敢出，一直称病在屋里，两三个月不敢见人，还好有个好姊妹帮着隐瞒……”

泰宁帝挑眉：“她倒是好心思，贵妃这样伶俐的耳目都能瞒过去……”

“可不是！但眼看着都这个月份了，如何还能继续瞒下去？今日贵妃娘娘不在宫中，这才跟着好姊妹出来禀告陛下……敏兰姑姑也是不易，人瘦得厉害，光显肚子了，方才把老奴吓了一跳，这会儿已让人在外阁等着了。”

“哈哈哈！还等什么？还不快宣孙太医……不！将孙、曹、吕、张四位太医都宣进来！从今日起，敏……敏什么？”

六福忙接道：“回陛下，是敏兰姑姑，老奴这就派人去请各位太医。”

泰宁帝想了想又道：“即日起敏兰升为敏妃，将太极偏殿收拾出来，一应起居事宜全部放在太极内殿里，膳食也跟着朕的内厨房，伺候的宫女与侍人，你给朕睁大眼，逐一甄选，所有一切都由你亲自打理！”

六福为难道：“别的都好说，可这……从大宫女直接升为敏妃，只怕不合适，宫中的人不知会怎么说……”

“朕知道你的为难，放心好了，此番所有交代，朕会重新下旨。”泰宁帝忍不住又笑了一声，“传那宫女……敏妃进来，朕要好好看看才是。”

六福大喜过望，毫不迟疑道：“是是是，老奴马上亲自去请敏妃娘娘。”

帝京东街，路南的这一侧，几乎被王谢两家的宅院全部占了去。

王氏庭院与当初的谢氏园林相连，几百年来两家都有通婚，上一代王氏嫡支的当家老夫人乃谢氏旁支之女，自然更是亲近。感情最好的时候，两家的花会宴请也会一起办，紧邻的两家专门在花园角落开过一处拱门，只为让人一睹王谢园林的风采。

自王老夫人去世后，谢贵妃母子宫中失利，两家的地位越来越有悬殊，这一处拱门多年前被堵上后，就再也没有打开过。

与王氏宅邸相连的小花园，就在王雅懿所居闺阁望月楼的前面，与谢氏的鹤鸣楼比邻而居，当初这充满南梁味道的整体木雕楼，曾被大雍士族惊叹，堪称楼中双绝。

盛夏的傍晚，屋内多少有些闷热，小花园内繁花锦绣，八角亭里的冰盆驱赶着暑期。一张纸从远处悠悠荡荡地飘了下来，引起了托腮坐在花庭中王雅懿的侧目。

冉荷走了过去，将纸张捡了起来，看了看，走回来轻声道：“二娘子，是一幅画，好像还没有画完。”

王雅懿好奇地凑到琉璃灯盏下，正是一幅尚未完成的牡丹图，虽还没有画完，但这幅画无论是轮廓，还是色彩看上去都有些眼熟：“咦？”

冉荷轻笑了一声，指了指不远处，已快凋谢了的牡丹：“二娘子不记得了，五月的时候，咱家牡丹开得正好，似乎就是这个样子。”

王雅懿抿唇一笑，轻声道：“没画完，怎么从天上掉了下来？”

冉荷望向远处：“该不是隔壁的吧？”

王雅懿当下冷了脸：“谢氏祖宅早搬空了，怎会有人？”

冉荷笑道：“二娘子有所不知，自三四月就有人在隔壁来来去去的，说是看宅子。谢氏似乎有意出售老宅，不过价格不菲，帝京的几家权贵都来看了，还是没能买下来。”

“这谢氏宅邸堪比小半个皇宫了，岂是张张嘴就能买下的，卖不出去才是理所当然的。”王雅懿嗤笑了一声，不以为意道，“谢氏若当真没落到要卖祖宅度日，怎么不来求求父亲，放眼帝京除了咱们家，谁能买下谢氏老宅？”

冉荷道：“二娘子说得对，大人也曾有这个意思，可谢氏抵死不从啊，说将老宅烂掉也不肯卖给我们。四郎君说过，从中劝了大人许久，这才让大人打消了这念头。”

谢氏当初搬离祖宅，全因谢七郎死后，谢楠不忍夫人触景伤情。风华正茂的郎君，又是家中的嫡幺儿，说没就没了，这宅院即便是谢楠自己住起来，想必也不会有多舒心。

谢七郎的去世，虽看似是意外引起的，可伤了腿也不见得伤命，救治时虽说会落下残疾，却不危及性命，谢氏虽为谢七郎的断腿而难受忧心，但怎么说人也是好好的，这足以让谢楠夫妇欣慰。谢氏嫡支旁支为官者众多，将来谢七郎不能入仕途，但依谢氏的门第出一个名士，也是大雅之事。

可伤腿尚且不曾养好，就一场高烧丢了性命。其中不见得全部都是王氏的错，但这场高烧却偏偏来得蹊跷，谢七郎生前，已开始担忧这门亲事是否会出意外了。谢楠一再保证王氏不会如此，才让谢七郎安下心来养伤，可谁想到谢楠的保证还没过三日，王氏就送回了庚帖。

当夜谢七郎就起了高烧，几日后就去了。如此，谢氏也难免要想，若无王氏的落井下石迅速退亲，谢七郎肯定能熬过去，哪怕王氏能等上一等也好。一条人命就这样去了，充满了巧合，但谢氏无人可怨，只有将所有的怒气都撒在了王氏的退亲上，两家也是因此结下了仇怨。若王氏再买了人家的老宅，积怨只会越来越深。

王雅懿缓缓垂眸，手指拂过那牡丹图，轻叹了一声：“那样的事，谁也不想的，一个文士不在家中好好待着，学人家去打猎，若非如此，怎会出了这般的意外……”

冉荷不无可惜地开口道：“是啊，谢七郎本就文弱……那样的天气也不知怎么就去打猎了。”

冉荷自小伺候王雅懿身侧，对谢七郎充满了好感。王雅懿自小被留在家中，长于祖母之手，日子很不好过，谢七郎那时就住在一墙之隔的鹤鸣楼。老夫人还活着时，两个人年纪都还小，角门偶尔也会打开，很小的时候常常在一起玩耍，稍微长大以后，谢七郎逐渐知道王雅懿的境遇与郁郁不安，时常趴在墙头与差不多年纪的王雅懿说话。

谢贵妃是谢七郎的嫡亲姑母，他时常能入宫去，一来二去就在谢贵妃面前提起了王雅懿，如此引起了谢贵妃的注意，这才时常将王雅懿招入宫去闲话家常，王老夫人见此，素日里对王雅懿也和善了不少，在家中的日子也好过不少。来往间，王雅懿越发地长大，谢贵妃对她也越发地满意了。

可以说，当年王雅懿能与大皇子时常接触，全因谢七郎。自有了谢贵妃母子做依靠，王雅懿也逐渐长大了，要学的更多，有些空也要讨谢贵妃母子开心，逐渐没有多少余暇再与谢七郎玩耍。开始时，王雅懿还能与谢七郎一起入宫，但十二岁以后，即便通家之好，也已有了男女大防。谢七郎一个人入宫了几次，越发地不喜欢入宫了，似乎也很不喜欢大皇子。

大皇子选伴读时，谢贵妃最中意的还是自家的人，谢七郎虽是比大皇子小了一岁多，说起来年纪正是相当，但不知道为何谢七郎却执意不肯，甚至王雅懿亲自去劝，都不曾让谢七郎改变心意，而且在那以后对大皇子也越来越冷淡了。后来，两人的年纪越来越大，与谢七郎见面的时间就更少了。

大皇子被封为太子时，王雅懿兴高采烈地专门去告诉谢七郎，那时他都表现得不屑一顾，直至此时冉荷都记得本还温和浅笑的谢七郎听闻此事时，当即冷了脸，冷笑了几声，甩袖而去。

那时王雅懿虽才十五岁，但众人心知肚明她与太子的亲事，已成了定局。谢七郎似乎趴在了墙头等了好几日，终于等来了王雅懿，当日冉荷就站在王雅懿的身后，这些年将两人的事看在眼中，冉荷以为谢七郎会说些什么。可谢七郎什么话都没有，只扔下来一个锦盒，说是贺礼，冷着脸就走了。没多久，冉荷就得知谢七郎去游学了。那锦盒里放着一支金玉珊瑚步摇，极为精致漂亮，自然也是价格不菲。王雅懿自小生活在王氏这般的簪缨世族，什么样的好东西没见过，这东西虽是用心，但也不见得多珍贵，她看都不曾多看一眼，随手就给冉荷放起来，更不曾戴一次。

一夜之间，先帝驾崩，三王之乱，诚王入京登基，谢贵妃母子被圈禁宫中。又过不久，临华宫大火，谢贵妃香消玉殒，太子不知所终。一切尘埃落定时，王雅懿虽叹息了几声，倒也没有多伤心。那时王雅懿年岁尚小，对太子虽有些情意，但不见得有多少男女之情。太子与王雅懿的婚事，虽是皇室先抛的橄榄枝，但那时家中大人也是极愿意的，所谓的门当户对，不过如此。两个人终究未定亲，这事除了谢氏与王氏、先帝，也没有多少人知道，王雅懿自然也说不上多伤心难过。

身为士族嫡女，王雅懿身份尊贵不输公主，不可能为一个不知所终的人守一辈子，何况与那人甚至连定亲都不曾。太子失踪后，家中虽当下不曾给王雅懿说亲，因隔壁就是什么内情都知道的谢氏，太子才不知所终就说亲，到底有些不近人情，且那时王雅懿年岁也小，倒也不着急，何况不管陛下与太子闹得多厉害，他们都是嫡亲的叔侄，王氏面上不能做得太过不好，只有缓一缓。

次年，谢七郎游学回来，王夫人与王雅懿上香途中，再次碰见近两三年不见的谢七郎，不知为何母女二人一眼就相中谢七郎。冉荷多年来跟在王雅懿身边，自然明白，谢七郎本就比王雅懿还小上半年，郎君们远没有娘子长得快，十三四岁时谢七郎看起来还是个孩子，可王雅懿已长成亭亭玉立的小娘子，眼中自然看不上比自己矮了半头的谢七郎，怕心里只觉他是个还没有长大的小孩儿。

可近三年不曾见，恍若一夜之间，这个熟悉的小孩儿，就长成了一个芝兰玉树的翩翩郎君，饱读诗书不说，小小年纪也已是官身。谢氏的门第，自是无须多说，当初陛下也对谢七郎褒奖得很，提起来满口交赞。这也是为何夫人看中人后，家中大人一听是谢氏七郎，想也不想就同意了这婚事。当初与太子的婚约毕竟一步都没有走，虽有知情人，也不算什么。

谢氏不说门第，但却是进可攻退可守的姻亲，不管是陛下也好，将来太子能回来也罢，与谢氏做亲，总比别家能说得过去。但一如方才所说，一个文士不该在寒冬里去狩猎，这一场踏马巡游没了一条腿，也失了婚事。

说来说去都是时运不济，也许两个人本就缘分不够。

千金纵买相如赋

3

一声巨响，王雅懿与冉荷纷纷从画中回过神来，侧目望向远处墙下。

冉荷想了想，提着八宝灯走了过去，王雅懿也跟了过去，主仆二人看见一个很年轻的人，趴在地上呻吟。那个人看见灯光，急急忙忙地站起身来。抬眸望向二人，许是没想到是个年轻的娘子，愣在当场，好半晌回过神来，手忙脚乱地拍打锦袍上的尘土。

冉荷当下冷了脸："何方宵小！竟敢来我王府撒野！"

"这位……这位……莫要着急……我……我……我方才在楼中作画……"那人手忙脚乱地摆手，又指了指一墙之隔的鹤鸣楼，颇为窘迫，"一阵风吹过来，我的画……我的画就不见了，我本以为……以为掉在这边，找了半晌，没找到……以为这边没人，就进来找找，不想唐突了女郎们……"

王雅懿侧目一笑，柔声道："画？什么画？"

这时墙头上露出了一颗脑袋，见这郎君被人逮住，缩了缩头，想了想还是开口道："小郎君您没……没事吧？"

那人回头瞪了墙头上的人一眼，回眸望向王雅懿脸更红了："是一幅牡丹图，五月登鹤鸣楼时，无意中看见贵府牡丹开得正好，情不自禁……"

冉荷半边身子挡住了王雅懿，怒声喝道："隔壁早已搬空了，你是哪里来的！"

墙头上的人笑了一声："搬空了也是上一家，就不兴我家买下来吗？"

王雅懿打量着那人，轻声道："谢氏宅院是你们家买下来了吗？"

那人点头道："五月时我与人一起前来看宅院，如今这宅院，我卫氏已经买下了……"

王雅懿愣了愣："买下了？卫氏？又是谁家？看你年纪不大，我为何从未见过你？"

冉荷冷笑："二娘子别听他们的！这个年岁的世家郎君，我们岂能没见过！一定是个小贼！"

墙头上的人十分得意："安邑卫氏听说过没有！"

"清影！住口！"那人回头怒斥了墙头上的人，这才回头与王雅懿轻声道，"我们本不是帝京人氏……家中要搬来，这才提前买了宅院。"

清影趴在墙头上，撇嘴委屈道："住口就住口咯。"

冉荷轻笑了一声："好大的口气，这谢氏老宅哪里是张嘴就能买的？安邑卫氏？又是哪一家人？若是说不上来，可要将你送去官办了！"

王雅懿笑了笑："冉荷休要胡说，安邑卫氏买下谢宅，倒也说得过去。"

那人舒了一口气："我乃安邑卫氏廷之，家父年后要入京，这才遣我与仲兄入京先购买安置庭院。"

冉荷举起灯笼，放在那人的脸边："安邑卫氏廷之？二娘子听说过？"

灯光下，卫廷之的脸上有些灰尘，长发很随意地用一支白玉簪束了起来。剑眉入鬓，星眸璀璨，宛若一泓浅水，波光潋滟。他虽然俊美，可不像时下帝京那些常见的极精致的文弱少年，眉宇之间说不出地英姿勃勃与洒脱不羁，但也许是眉眼天然带笑的缘故，举手投足之间自有一股风流婉约。

王雅懿打量了对面的人片刻，抿唇一笑，柔声道："卫廷之？我怎么知道你是真是假？卫氏可是从先帝时，拒不辟命，怎么毫无消息地突然入京了？"

卫廷之在身上摸来摸去，忍痛摘下了腰间的玉佩："这是我自小戴到大的玉佩，女郎可……拿去隔壁门房一问便知真伪。"

王雅懿不以为意地接过玉佩，凑在灯下看了看："玉郎？"

卫廷之霎时红了脸："正是小字。"

王雅懿侧目将人打量个来回："听闻卫氏幺子，人称卫玉郎，颇有先祖遗风。"

卫廷之垂眸了好半晌，这才看向亭中桌上的纸张，轻声道："女郎可否将那牡丹夜宴图还给在下？"

这般的举动惹得王雅懿与冉荷连连失笑，王雅懿轻声道："卫郎君言重了，不过是幅没有画完的画，你又何必那么紧张？"

卫廷之连连作揖，急声道："女郎有所不知，晚上本是要画完的，谁知道一转眼就不见了……作画本就讲究心境，即便重新画起来，也不再是这一幅了，自然要爱惜万分。"

王雅懿为难道："可我对那色彩布局，也很是喜欢呢……还想着自己填了，裱起来呢。"

冉荷笑道："二娘子想要如此，自然可以，这画落在咱们园子里，就是咱们的！"

清影冷笑一声："那我家郎君掉进你们园子里就成了你家的人吗？！"

冉荷气结："你胡说什么！东西自己掉进来，又不是我们偷的！自然是我们的！"

卫廷之有些不好意思地开口道："眼看就要画好了……作了一半的画哪有送人的道理，若给女郎，我只怕会难受些许时日……不过，不过……"

王雅懿把玩着手中的玉佩，含笑道："不过什么？"

冉荷道："掉到我家园子中就是我们的，你不过什么？我们就不还，你待如何？"

"不敢不敢！"卫廷之不敢与王雅懿对视，俊脸涨红，有些忐忑地开口道，"女郎当真喜欢，我去画完……裱好了，再给女郎送来，可好？"

王雅懿想了想，轻声道："画你拿走了，你给不给我，已不在我，让我如何信你？"

卫廷之似乎松了一口气，沉默了片刻，开口道："我将这玉佩押在女郎手中，明日下午让人从前面给女郎送来，到时女郎再让人归还我玉佩，可好？"

冉荷忙道："不好不好，大人与几位郎君都是爱画之人不说，且这般交换，被人知道总也对我家二娘子不好……不若明天你还从那边扔过来好了，玉佩我们也给你装了盒子扔过去。"

卫廷之抿了抿唇，沉默了片刻："虽装在锦盒，但裱好的画禁不住这般抛扔的……这玉佩是祖父所赐，我自小戴到大的，若万一……若实在不行，我明日亲自前来拜访王大人，到时候女郎可出来……"

冉荷轻笑一声："你要对我家大人怎么说？来专门送画给二娘子吗？还是专门找二娘子要玉佩呢？"

卫廷之支支吾吾有些为难地望向王雅懿："那女郎以为，该怎么办？"

王雅懿轻笑了一声："明日还是这个时辰，你可将锦盒从墙角角落送过来，我自会还你玉佩。"

冉荷道："我家娘子若是有事来不了，我可以替她来拿！"

清影哼哼："你怎么替得了？你可知道那玉佩乃我家小郎君贴身之物，极贵重的！素日里我们都不能碰！小郎君到底在想什么，押个别的物件也成！怎么能将玉佩给她们啊！万一她们不认了……"

"清影！"卫廷之回眸呵斥了一声墙上的人，这才回眸看向王雅懿轻声道，"就依女郎的意思，现在能将画先给在下吗？"

王雅懿接过冉荷递过来的那张未完成的画作，十分仔细地将四角抻平，这才小心翼翼地递给了卫廷之。卫廷之接过那画以后，抬眸看了王雅懿一眼，这才转身走回了墙角。

清影为难地说："小郎君你要怎么上来啊？"

卫廷之轻咳了一声："把梯子递下来。"

清影恍然大悟，人下去了，片刻后又一点点朝下面顺了一个小巧的梯子："小郎君把画先给我，我给你拿着！"

卫廷之似是不愿，就单手拿着画，一只手扶着朝上爬，只听咣当一声，整个人摔了下来。王雅懿忍不住笑了起来，冉荷大声地笑了起来，卫廷之回眸，似是有些不好意思地拱拱手，唯有手忙脚乱地将画递了过去，这才扶着梯子爬了回去。

直至卫廷之消失在墙头上，王雅懿才收回眼眸，只是眼底与嘴角的笑意怎么也遮掩不住。冉荷笑道："这可真是呆子！哪有人那么爱画的，还是一幅没有画完的画。"

王雅懿笑道："这你就不懂了。"

冉荷轻笑了一声："婢子不懂也无甚，只要二娘子喜欢就好。那位郎君如此爱惜这玉佩，我帮二娘子放起来吧？"

王雅懿攥住玉佩轻声道："罢了，不过是一日的时间，我拿着就是了。"

漠北的八月，天气虽还是燥热，可一早一晚也已有几分凉意。

军营的校场边上有片青烟湖，湖水清澈见底，偶尔还能看见有鱼游过，一整日的劳累，众人都是满身大汗，恨不得整个人扎入湖水中。

明熙站在湖边不远处，把玩着弩箭，不看从湖里爬出来正在穿衣的谢燃："今日你还不回城吗？"

谢燃皱着眉头："仲兄这会儿还在大帐，方才派人来说，让我等一会儿和他们一起走。"

明熙抿着唇，才忍着笑意："瞧瞧你那如丧考妣的样子，知道的是你仲兄来了，不知道的还以为你让雷劈了呢。"

"可惜雷雨季已经过去了，哪有那么凑巧的雷。素日里我那仲兄养尊处优惜命着呢，这次我兄长几次三番暗示将有战事，他竟是也不着急回燕平。"

明熙哈哈大笑："不就是来说说你的亲事吗？你这样子似是连弑兄的心都有了。"

谢燃长出一口气："在那样的家里，除了一母同胞的兄弟，哪里还有真的亲兄弟。你说得也对，庶子和嫡子何等的差距，有时候我都觉得自己，不过是嫡兄的下人，况且此番兄长从第一日就让林城来暗示，不让我回家……想必也是碰上了解决不了的难事。"

明熙垂了垂眼眸，眼中的笑意逐渐散去："不管如何，你总还有个一母同胞的兄长护着你。既然躲不掉，不如不要躲了，娶亲而已，你一个郎君还怕这个？"

谢燃难得地皱起眉头："若真只是亲事，兄长也不必专门让副将来说。仲兄这些时日等不到我，今日竟是亲自来了营里……"

明熙把玩着弓弩："别想这些根本解决不了的事了，咱们有些时日不曾比试过，今日来上一场，如何？"

谢燃翻着白眼："你的弩弓比我的精良得多，占尽了便宜！"

明熙挑眉，收起了弓弩："若是怕输，我不会勉强你的。"

谢燃瞪着眼，怒道："这样比有什么意思，我这里有块才从兄长那里得来的南靖翠玉，你那里还有几坛十年的梨花白，敢拿来作赌吗？"

不远处，都是耳聪目明的武人，听到了十年梨花白哪里有放过的道理，忙都凑了过来，七嘴八舌地说了起来。

"要比要比！谁怕谁啊！谢大人我们都买你赢啊！"

"我们百夫长可是百发百中的神射手，还能怕你们不成！"

明熙笑道："一块翠玉就想换我几坛十年陈酿的梨花白？"

谢燃道："你要是怕输，可以不比。"

"比箭法，我们百夫长岂有怕字！上次若不是有我们百夫长的弩箭，我还不知道在哪里呢！比！和他比！"

"百夫长要是能赢了少将军，那些梨花白正好拿来庆祝庆祝，弟兄们也跟着尝尝鲜才是！"

"呵！我们少将军从军十多年，从步兵做到正六品的校尉，你当真以为我们少将军是吃素的！还能怕了你们！”

“将军，这可是十年的梨花白，还好几坛呢！你可得给兄弟们弄过来尝尝！”

谢燃大笑道：“好！且等着！阿熙到底来不来！”

明熙侧了侧眼眸：“说得好像你赢了一样，怕你不成？”

傍晚的大营，显得有些嘈杂，主帅营帐里谢逸、谢放坐在一侧。

谢逸翻看着竹简上的名册，眉头越蹙越紧，许久，放下竹简，长舒了一口气：“七月的遇刺，竟是如此凶险，死伤如此惨重吗？”

谢放垂了垂眼眸：“怪我疏忽大意，好在带的都是亲兵，杀出了一条血路。”

谢逸放在桌上的手指轻轻敲动着：“可若五千人都凑不够，怎么给父亲交代？那些不知底细的人，还有不够忠心的人，带回帝京又有何用？”

“仲兄不必多虑，此事极为保密的，五千人即便都是部曲，也不能保证人人都没有异心。不管如何精挑细选，这些人也不可能明目张胆地直接带回帝京去，只要领兵的人都是自己人，该是出不了乱子。”

“话虽如此，父亲要这些人也是为了以防万一，若是连这点事都办不好，到时候如何交代？左右这会儿也是无事，四弟陪我四处走走看看，也好想想父亲那里怎么交代。”谢逸话毕，站起身来便朝外走。

谢放不好阻止，跟在其身后：“仲兄不必多虑，林副将跟随我多年，忠心毋庸置疑……”

谢逸蹙眉朝校场走，许久，才开口道：“毕竟是个外人，帝京无小事，连一点点万一都不能有，你的安排许是在漠北看着不错，但父亲怎敢信任一个不认识的副将，莫说他还要在帝京中统领漠北的五千人，我谢氏一族的身家性命都押在此人身上了。”

谢逸等了许久，等不到回话，轻叹道：“七弟也在漠北十年了，我和你好歹还能回去述职，和母亲见上一面。七弟奉命守在漠北，十年间甚至有家不能回，母亲还好，多少还能给你和七弟写写信，可怜夏姨娘竟也不识字，想捎来只言片语都不能够……这些年年纪逐渐大了，夏姨娘时常和母亲叨念你们小时候的事。”

谢放抿唇不语，单单跟着谢逸的脚步，两人一前一后朝校场走，不知过了多久，才长叹一声道：“那依兄长看，此番让阿燃亲自领兵如何？”

谢逸顿住了脚步，侧目看向谢放，舒展了眉心：“那是再好不过的事了，五千人有大部分的人都是阿燃的亲兵，该是做到万无一失。父亲最信任的也是咱们这些儿子了，对这安排肯定会万分满意的。”

谢放紧紧抿着唇：“阿燃虽从军十年，却从不曾单独领兵，怕只怕会坏了父亲与大兄的筹谋……”

“这些人也只是为了以防万一，并不直接回帝京去，该是会停留在安定城外的坞堡里。你且放心好了，帝京即便再危急，和这漠北比起来，能有多大的危险？父亲不会舍得让阿燃冒险的，有些事交给谁都不如交给自家人来得放心。”谢逸不等谢放回话，再次迈开了步伐，“父亲让你选些功夫好的兵勇，可都选好了吗？”

谢放点头道：“仲兄放心好了，这二十个人保准父亲都会满意。宫中与朝中如此安稳，父亲为何会专门从漠北调人？若说只是人马再驻坞堡还好说，可这二十个人又是为何？莫不是帝京已有了什么苗头不成？”

谢逸显然心情很好，笑意直至眼底：“这些年了，帝京从来都是看似安稳罢了，虽不知父亲的用意，但他特意交代的事，想必很是重要。帝京都是些知根知底脸熟的人，有些事还是需要生面孔更为便利。”

谢放道：“仲兄现在也是无事，我将那二十人叫出来，让仲兄过过眼如何？”

谢逸抬手制止了谢放的令官，望向不远处嘈杂呼喊的人群，直至明熙射完了手中的三支箭，这才开口道：“和阿燃在一起的是谁？看身法和箭法竟是比阿燃还要高上许多。”

谢放眼神微动：“是个才入伍不到一年的人，不过运气好了些，立了些军功，如今是个百夫长。阿燃与他有几分情谊，也难免谦让了一些。”

谢逸回眸，瞥了谢放一眼：“你这话说得我都不信，阿燃和我乃亲兄弟，但凡武事何时谦让过我半分？那人的身法与箭法分明就是承了大家教习，这人可在那二十人之中？”

“这人也就箭法能看，若说武艺还是太过不堪，兄长看他身形单薄便能窥得一二。哪里能和我给兄长选中的二十人相比，何况这人原本就是帝京人氏，年初才举家来到漠北，只怕真正进了京，反而坏了父亲的事。”

“他走的是机巧之路，若真身材魁梧只怕没有如此灵敏了。帝京那么大，哪有那么巧的事？且你也说举家都在漠北了，这般的箭法，你仲兄拢共也没见过几个，父亲特地说到找几个箭法好的人，我不也告诉你了吗？”

谢放紧蹙眉头：“兄长也说，这二十人最好是部曲，他好歹也是个百夫长，只怕帝京路途遥远，家眷又都在漠北……”

“入了这军营，哪有自由身？军令如山，岂是他说不去就不去的？四弟如此推脱，莫不是还有什么我不知道的事不成？”

“前次遇险多亏他相助，我才能顺利脱身，说他救过我的性命也不为过。这样的人，我自然想放在身边……仲兄也知道，战场上刀剑无眼，带着信得过的人，总也多一层保障。”

谢逸回眸，拍了拍谢放的肩膀，安抚道：“你的顾虑，仲兄明白，人只是到时候借走用用而已，父亲也说过长则半年，短则三五个月，人还是你的人，兵还是你的兵。到时他若真立了功劳，也好让你再给他升些品级。若非为了光耀门楣，谁愿意做这些拿命来搏的差事？”

“仲兄有所不知，他家境殷实，颇有些资产，且家中只有他一个男子，若非阿燃鼓动，他也不会来此搏命……”

“你不必再说，我意已决。你定下的二十人也不必再改，你既如此看重此人，到回去的时候，让他直接跟在阿燃身边就是，我会在信中给父亲提一提。”

“仲兄不可！这人脾气执拗，很是不服管教，只怕……”

谢逸皱眉看向谢放，不悦道：“不过一个小小的百夫长，四弟何至于如此失态？”

谢放已看出谢逸动了真怒，也知不能再改：“兄长说得是，去了帝京说不定机会更多，方才是我想岔了。”

“赢了！赢了！我们百夫长赢了！”远处震耳欲聋的呼喊声，打断了谢氏兄弟的对话。

谢逸侧目望向远处，抿唇而笑：“咱们也去凑凑热闹去！”

晚夏的黑夜，十分漫长。

天亮得很早，启明星挂在东方，在还有些暗淡的天空中闪闪烁烁，景阳宫的众人已走在了上朝的路上。

今年春日，陛下得知太子手脚旧疾难愈，将伴其一生。特地颁下恩旨，着东宫内廷行走可乘宫辇，是以，每每东宫上朝总是拥簇数十人。

如今的朝堂，御座在上，阶梯之下，朝臣之上，摆着太子的座椅。也是当初陛下不上朝时，特地给的恩旨，如今一并被保留了下来。

今日的朝堂与往日里大同小异，依然还是些干旱减税救灾的琐事。攸关百姓生计的大事，在朝堂上反而不算什么，不管多紧急的折子，总要议上几日才有章程。太子回朝后，很是礼贤下士，做出的决策也以平衡为主，当然对民生大计还是十分在意的。

只是，今日不知为何，自早朝开始皇甫策面上便有遮掩不住的不耐烦，抿着唇一言不发，眼神半垂着，不知神思何处。不管下面的人吵成怎样，连眼神都不曾多给一个，就连陛下几次问询，都好半晌才缓过神来。

熬过了早朝，皇甫策连朝食都不曾用，一直枯坐在花园角落，那双清润的眼眸毫无焦距，眉头紧蹙，很是烦忧。清晨的阳光正好，不热也不燥，打照在身上，有种懒懒的微醺，让人昏昏欲睡。

柳南将软毯搭在了半眯着眼眸的皇甫策身上，小声道：“殿下进去睡吗？”

“什么时辰了？”皇甫策迷迷糊糊地开口道。

柳南轻声道：“巳时了，御花园东林桂花开得正好，今日贵妃娘娘邀了王二娘子与贺、陈、刘几位娘子到宫中赏花，中午还有赏花宴。”

“谁让你来说的？”话语中显出了兴致缺缺的慵懒。

今天的皇甫策身着纯白色的隐纹广袖长袍，侧脸在晨光里晶莹剔透的，细细的绒毛都仿佛带着光泽。轻笑之间，微勾起的唇角，有种说不出的魅惑与干净。整个人似乎笼罩着浅浅淡淡的光泽，温润如暖玉。那隐在阴影中的容貌若隐若现，俊美无俦，宛若天人。如此美好的人，即使笑着也紧蹙着眉头，有种浅淡的忧郁，不但不影响这人的容貌，反而又在无形中多了几分勾魂夺魄的清魅。

柳南笑道：“贵妃娘娘派人来说的，正月的几次宫宴，到四月陛下的万寿宴，几家娘子都只远远地见了殿下一眼。殿下的生辰就在下个月了，怕是娘子们也是想见殿下了，贵妃娘娘趁此机会，单请了几家姻亲……前日奴婢去王府送翠玉，王二娘子还问了殿下的饮食起居，想必心中是极惦记的。”

皇甫策侧了侧眼眸，望向花圃的一侧：“绕了那么一个圈子，这是要说什么？”

柳南眼神微动：“殿下最近神思不属，也可去东林走走，桂花香味有宁神静心的功效，权当散散心。”

“韩耀何在？”皇甫策抿了抿唇，“外书房都还有谁在？”

“几位大人还在商议赈灾之事，韩大人也几次问起殿下，奴婢见殿下精神不济，没有通禀。”

皇甫策缓缓地闭上了眼眸：“让韩耀过来。”

柳南点头称是，挥手让一侧的宫侍去通禀了：“殿下要用些膳食吗？昨晚也没有吃什么东西，今晨又滴水未进……”

“阑珊居那里可有消息？”皇甫策停顿了片刻又道，“贺府可有消息传出来？皇叔那里呢？安定城派出的人，都还没有回来吗？”

柳南笑意微僵了僵：“贺大人能有什么消息？几次旁敲侧击，说来说去总是说贺家二娘子的事。安定城的人手，是韩大人的部曲，想必总该有些消息。陛下的太极内殿跟铁桶一样，不管如何，只要是陛下不愿意告诉您的，贵妃娘娘也探听不到……”

“是吗？前几日皇叔召去的太医都怎么说？”皇甫策眯了眯眼，看不出半分的喜怒来。

如今的殿下，再没有了阑珊居的阴郁不安，动辄大怒，看起来明朗和悦。又因一直将养得当的缘故，面色也越发地好了，大部分时间看起来懒洋洋十分无害，发起火来也不温不火的，和善得紧。

这大半年的时间，东宫之位越发地稳固，柳南越发摸不清皇甫策的脾气了，那种风轻云淡温润如玉之下，隐逸着说不出的阴霾与暴戾，让人一日比一日地心惊胆战。谁都没有朝夕相伴的柳南知道，如今眼前的人，经历了这许多阴暗与磨难，心中半分的温情与软弱都没有了。

经历了死里逃生，从谷底艰难地爬上来，再次手握权势后，竟只剩下了冰冷绝情，谈笑风生间取人性命，罔顾了旧日的人情世故。前日不过是个宫女弄脏了一个扇套，当日当值的一宫人，竟全部杖毙。可最让人惧怕的并非是杖杀宫人的命令，而是下那道旨意时，那冰冷唇角显现的绝情与冰封在眼底的无情，让人不寒而栗。

“太医们都被陛下圈在太极殿外殿，连家都回不去，且都是宫中擅长妇人病的。太极殿的外殿那个原本与敏妃关系好的宫女，也被擢升为太极殿内殿的五品女官。刚晋升的敏妃竟是谁都不曾得见，贵妃娘娘几次召见，被陛下亲自回了。下旨说，以后没有陛下的特许，谁也不许召见敏妃。”

“最多不过是那宫女有了龙嗣，看皇叔如此在意，若是个皇子还好，将来若是个皇女，岂不是会更加地失望？”皇甫策浑不在意地垂眸低笑。

柳南点头附和道：“想来是如此，只是不知敏妃有孕多久了，竟是半点风声都没露出来。陛下当真好手腕，在贵妃娘娘眼皮子底下竟……想那敏妃从个外殿的宫女晋升，这般的手段真真不可小觑。贵妃娘娘自嫁给陛下，从王府就是独一份，风光至今，这也是踢到铁板了。”

皇甫策半垂着眼眸：“世上的事，变幻莫测，谁又能真正地笑上一生？莫说以后，谁又能猜出来明日的事？”

柳南侧目看向站在台阶下的韩耀，小声道：“殿下，韩大人来了。”

皇甫策并未抬眸：“让他进来，你去将前日进贡的那套茶具拿来，让人摆上茶炉。”

柳南颔首称是，与韩耀擦身之间，使了使眼色。韩耀挑了挑眉头，随即垂下了眼眸，走了上去，却站在了下侧，躬身道：“臣韩耀拜见殿下。”

皇甫策未抬眸，好半晌才漫不经心地开口道：“听闻你这些时日与贺东青走得很近，怎么？有了什么本宫不知道的事吗？”

韩耀躬身道：“贺大人有意同臣拉近些关系，怕也是为了在殿下这里好说话。”

皇甫策低声地笑了起来：“哦？他有什么话，不能自己对本宫说？还要经过你来说？”

韩耀躬着身，额头已溢出了细碎的汗水，从衣袖中掏出一张地契来：“贺大人听闻殿下几次提起阑珊居，让臣将地契献给殿下。”

“阿耀怎不起身？同本宫越发地生分了。”皇甫策抬起眼眸来，眯眼望向韩耀手中的地契，温声道，“阑珊居的地契为何不是在贺明熙的手中？”

韩耀半垂着眼眸，双手恭敬地将地契递给了皇甫策，这才起身：“阑珊居一直都是贺氏的产业，当初贺大娘子出宫，本打算住自己的宅院的。陛下觉得不妥，贺东青怕惹恼了陛下，只将闲置的阑珊居给了贺大娘子居住，但地契还一直在贺家。”

皇甫策将地契看了几个来回：“他给你地契的时候，都说了什么？”

韩耀微抬眼眸，瞄了眼皇甫策的侧脸，看不出喜怒来，斟酌了片刻，轻声道：“贺大人说，殿下住了那么久，想必有些割舍不下。本也是打算放在贺二娘子的嫁妆中带去东宫的，但离婚期还有一年半之久，怕下人们乱动了殿下的东西和摆设，现在就给殿下送来。”

皇甫策冷笑道：“呵，贺东青倒是乖觉。可这话却说得不对了，本宫会贪他家女儿的嫁妆吗？柳南找找看，东宫产业可有地段差不多比阑珊居大些的宅院，赐给贺二娘子添妆。”

柳南忙将煮茶的一套茶具安置好：“有是有，但只给贺氏一人添妆，怕是……不患寡而患不均。”

皇甫策懒洋洋的笑意消失了，紧抿着的唇角，整个人有种难以描述的冰冷薄情：“莫不是本宫还要一人送去一套宅院给那些不相干的人添妆吗？”

柳南道：“其他人自然不用殿下费心，奴婢这是怕王二娘子会胡思乱想，误会了殿下的心意……”

韩耀道：“殿下送出宅院虽事出有因，但回礼到底重了些，太子妃又不知其中内情，即便不问，只怕也会自伤许久。”

皇甫策闭了闭眼眸，紧蹙的眉宇间露出了浓重的疲惫，轻声道：“悄悄地给贺大人送去，不要声张了。”

韩耀坐到了茶具前垂眸道：“今日殿下似神思不属，早朝时几次走神，不知所虑何事？”

皇甫策不明所以地轻笑了一声：“你不是自诩最了解本宫吗？何不猜一猜呢？”

韩耀轻车熟路地煮着茶，沉默了片刻才道：“前几日太极殿里连召几位御医，甚至从宫外找了几个稳婆养在太极殿的外殿里，敏妃有孕十有八九是真的。”

“即便有孕，与东宫何干？先不说那孩子生不生得下来，即便生下来，皇叔已这个岁数，那孩子能不能从贵妃娘娘手中长成还是个事。”

“说到底也是陛下子嗣，殿下不可小觑。若是皇女自然怎么都好，是个皇子的话，若贵妃娘娘能想开，将这孩子抱养膝下，日久天长，那些人难免会生出异心来，只怕……”

皇甫策笑了一声：“那些人何时没有过异心？不过都是些墙头草罢了。”

韩耀垂眸，轻声道：“权势熏心，时事弄人，汲汲营营这一生，都不过为了一条更好的出路。不管什么心，都是殿下现在最需要的。万不能坐视此事发展下去，若是个皇子，年岁虽小，但小有小的好处……那些人依从殿下身边，何尝不是为了将来分一杯羹？”

皇甫策沉默了片刻，蹙眉许久，才开口道：“你派出安定城的人手，可有消息？大半年都过去了，她为何迟迟不回帝京？”

韩耀微微抬眸，望向皇甫策，片刻后道：“殿下不必担忧，她自来就是个有主张的人，如今这帝京中变幻莫测，不甚安稳，倒不如让她住在安定城里逍遥自在。”

皇甫策眯着眼望向韩耀，紧紧抿着唇似乎极力隐忍着什么，沉了一口气：“话虽如此，你派去的部曲何在？让他自己来回答本宫。”

韩耀惊讶地抬眸，片刻后，笑道：“都是乡野粗人，怕污了殿下的眼。”

皇甫策轻点了点头：“如今日日面对一群居心叵测的豺狼，本宫尚且不怕，会怕乡野粗人污了眼？当初本宫在阑珊居时，在有些人眼中，怕是连乡野村夫都不如。”

“臣不知殿下要见他，前日打发他去城郊的庄子，若是殿下要见，可等到明日，臣将人领来。”

“呵？是交代好怎么回话，才领过来吗？”

韩耀端起煮好的茶递了过去，温声笑道：“殿下想到哪里去了，入宫的规矩是要教的，但是回话自然不必了，他说自己看到的听到的就够了。”

“你还要骗本宫多久！”挥开了韩耀捧着的茶盅，滚烫的茶水洒了韩耀满手，即便如此，皇甫策都不曾解气，那双本该温润似水的眼眸中，溢满了暴怒与火焰，“一次又一次，本宫都选择相信你，不管别人如何质疑，都视而不见，可这般的小事，你为何要一直欺瞒于本宫！安定城里真有贺明熙吗？你真的知道贺明熙在何处吗？！”

“殿下？！”韩耀来不及查看手上的伤势，蹙眉道，“臣早知殿下知道后，必然会大发雷霆，与其大海捞针地让殿下日日烦忧，倒不如……可殿下是如何知道这些的？”

皇甫策冷笑：“如何知道？莫不是这天下只有你韩耀一个人得用吗？多少次了？自出了阑珊居，你多少次自作主张肆意妄为，本宫何尝同你计较过？可你一次又一次地将本宫当作童稚幼儿哄骗戏耍！莫不是当真以为，本宫念着旧情，不会对你如何！”

柳南忙道：“殿下有话好好说，怕是韩大人也有迫不得已的地方……”

“住口！你与韩耀乃一丘之貉！只怕此事你也早已知情！那日高钺说话时，你可是一点都不惊讶！你是不承想，本宫这几日都不许你出外院，来不及通知韩耀！到底他是你的主子，还是本宫是你的主子！若非是你与本宫患难走过来，你以为本宫会轻饶了你吗！”

“殿下！奴婢对殿下忠心，苍天可鉴！”柳南跪下，伏在地上，“当时奴婢虽是知道消息了，可正是春末，殿下又是三天两头地生病，奴婢是怕殿下得了消息，太过焦急再有不好……这才让韩大人先瞒着殿下。”

皇甫策冷眼看向柳南：“呵，看不出来主意还是你出的，好好，你还有这个胆子！这么说来，所有一切都是你的主意了？”

韩耀跪下身来：“并非如此，当初殿下病得厉害，是臣让柳南先瞒着殿下。本打算待到殿下大好，也该找到贺明熙的行踪了，到时候再一并禀告殿下。谁知道她竟是如此聪明……不但躲开了臣的追查，只怕高将军和陛下也不曾有她的行迹。只因一直找不到，也怕殿下知道了更是心焦，这才不得不一直欺瞒至今。”

皇甫策侧目看向韩耀，许久许久，笑了一声：“说起来，你们都是好心，识破了这些，倒是本宫不知好歹了。”

韩耀道：“臣与韩家对殿下的忠心毋庸置疑，所做所想均是一心为了殿下打算。如今太子妃尚未入宫，明年开春直至此时尚有半年之久，莫说半年，即便只有月余、三五日，都会出现变数。殿下又是心直无毒的性子，那些人到时候再看出些许端倪，且陛下对贺明熙的事十分关注，只怕也会注意到殿下异常……”

皇甫策深吸了一口气，许久许久，起身扶起韩耀来，有些无奈又有些不甘地开口道：“不管如何，你都不该欺瞒于本宫，不管何种目的，不管多小的事，一次又一次，总有一日会将本宫的耐心与信任磨尽。”

韩耀垂眸颔首：“臣惶恐……非常时期行非常之事，东宫的一举一动万众瞩目，王大人何等精明，若当真他对殿下的心思察觉半分端倪，只怕许多事又会千回百转。如今我们看似强势，已是十拿九稳，可王氏势力不可小觑，事有万一……”

皇甫策闭了闭眼眸，眉宇间尽是疲惫之色：“柳南去拿些伤药来，给阿耀带走。”

韩耀轻声道：“殿下不必忧心，高将军也派出去不少人，臣也在私下寻找，若有消息，定会第一时间禀告殿下的。”

“韩耀。”皇甫策沉默了片刻，极轻声地开口道，“莫要再辜负本宫对你的信任了，你不会想看到本宫对你失去信任的样子，本宫也不愿你见到……”

千金纵买相如赋

4

漠北的夏夜，宁静安逸。

自古以来边境之地便没有夜市，甘凉城家家户户早早地熄了灯，一片漆黑的城楼上，漫天的星斗越发地明亮悠然，即便只站在阁楼的平台上，也有种手可摘星辰的飘逸。

一场酒宴，傍晚时分喝到此时，院中的人都已醉得东倒西歪，明熙一人站在这阁楼边缘，望着宛若隔了一层纱的明月，心中有种说不出的放松安然。

甘凉城明明是苦寒的地方，时不时还要苦战一场，可不知为何自来了此地后，明熙整个人都松懈了下来，内心的疲累与困惑，仿佛也随着漠北的野风逝去了。

“怎么？想跳下去吗？要帮忙吗？”谢放拎着酒壶，把玩着酒盅缓缓地走上楼。

明熙回眸，抿唇一笑：“敬谢不敏。大将军千杯不醉不成，他们一个个的可是铆着劲儿要灌醉你！”

谢放沉声笑了起来，感叹道：“手下败将，何足挂齿。这般的誓言，逢年过节，每每聚会本将军都要听上一遍，哪次不是相同的结果？”

“大将军不要把话说得太满，以前那是因为我还尚未入伍，如今我可还好好地站在此处，你若不介意，咱们把酒言欢，再醉上一场。”明熙眨了眨眼，眉宇间有种说不出的柔和。

皎洁的月光，仿佛给人晕了层浅而朦胧的银辉，那本来就俊美标致的容貌，更添了几分说不出的神秘与矜贵。唇角隐敛笑意略显俏皮，宛若星辰的眼眸，让人有种光芒四溢的错觉。

“呵，若今日把寿星公喝倒了，只怕要被你家管家扫地出门了。”谢放缓缓垂下眼眸，把玩着白瓷酒盅，不经意道，“贺氏乃南梁数一数二的大族，一支族人渡江后，在大雍虽不复当初兴盛，但依然不可小觑，不知贺熙出自帝京贺氏哪一支？”

“贺氏这般的门第，在帝京还能有几支？”明熙嘴角的笑意僵了僵，不答反问。

谢放将酒水饮尽：“若记得没错，帝京如今的族长乃贺甯之子贺东青。虽然贺甯北渡之初还带着几个庶出的兄弟，庶出的几支虽不显山露水，倒有几个子弟都还不错的。”

明熙低低地笑出声来：“说得好像你真认识谁一样，大将军三五年也不回一趟帝京，那里的事能知道多少？”

谢放长叹：“三五年不回一次帝京的是阿燃，身为驻守甘凉城的将领，若是三五年不回去述职一次，只怕陛下会派人将我捉拿回去吧。”

"述不述职还不一样，这漠北军总还是你谢家的，走个过场罢了。"明熙端起石桌上的酒盏，"如今你能在甘凉城做个统帅，不知多少人羡慕你这份自得，朝堂上乌七八糟的，哪有甘凉城里快意恩仇来得痛快。"

"哈哈！这话甚合我意，本将军还没有给寿星公说贺词，来来，想听什么，是要高官厚禄还是要青春永驻？"谢放笑起来十分豪迈，不显粗鲁。许是有外族血统的缘故，五官犹如雕刻，十分立体，很是英俊。那双浅棕色的眼眸，波光水漾又熠熠生辉，粗犷之中夹杂着温情，从武数十年，看起来反而像个饱读诗书的狂生。

"谢将军眼中，我的追求就如此肤浅吗？"明熙想了想，笑道，"说些空话也没甚意思，今日大将军不请自来，已是意外之喜了，何况将军又不是空着手来的。"

"人生在世，不是建功立业，便是荣华富贵，不然但求长生青春，不管求哪样都不算是肤浅。有时活得太没有追求了，反而不算好事。"谢放侧了侧眼眸，"你若出自帝京贺氏，素日里家宴可曾见过你们的那些姊妹？"

明熙骤然回眸，看了谢放片刻，方才笑道："大将军可不像个打听人家后宅的人？莫不是还有什么隐情不成？如此想来，当初大将军见我的路引，多看了两眼却不曾质疑。谢燃问你可有什么不妥，大将军可是说了'既进了甘凉城，便是此处的人，往事不用再提'！"

"本将军岂是出尔反尔之人？前几日仲兄同我说起帝京的事来，特意说了未来的太子妃与两个侧妃家人。其中有赐了字的侧妃，乃你贺氏娘子，只是我总不好细细打听罢了。仲兄还特意提起，以后这几家人也是我们谢氏着重交好的几家，不过既然你们贺氏已有了这般的好门路，为何你还会……你来甘凉城可是有什么难处？"

明熙嘴角的笑意僵了僵，轻声道："哦？大将军也知道，我来甘凉城一段时间了，倒当真不知道京城的这些事。可即便我在京城，只怕这些事也最多只是听说而已，莫说贺氏主家的几位娘子，即便是旁支的娘子我又何幸能见。大将军也不想想，一个被放逐在外的庶子，在家里的地位，只怕还不如有些体面的奴婢。"

谢放见明熙眼中的惊讶不似作伪，轻声道："是我想岔了，本想和你随便说说话，不承想一说全是这种烦心的事。说到底不管身在何处，总也逃不开那些人的掌控。"

明熙半垂着眼眸，将酒一饮而尽，抿唇道："今日好歹是我的生辰，大将军莫将这些我听不懂的事拿出来说了，若当真来祝寿，不如拿出些诚意来。"

谢放大笑道："好好，是本将军的不是，先自罚三杯！"

明熙见谢放连饮三杯，挑眉道："牛嚼牡丹！可惜了我这些陈酿的梨花白，都是些珍藏不说，当初从帝京千里迢迢运来时，不知被我扔了多少行李，都不舍得将它舍下一瓶。"

"再好的酒，没人喝才叫暴殄天物！好了好了，本将军都自罚三杯了，总该够了。今日给你的贺礼也是本将军精挑细选的，对阿燃也没有如此用心过，你休要得理不饶人了。"

明熙道："那不好说，敢问将军可会琴瑟或是横笛？"

谢放沉默了片刻："不会。"

明熙抿唇一笑："那将军可会吟唱？"

谢放又沉默了片刻："行军打仗，哪里用得着这些？说得跟你什么都会一样。"

明熙侧了侧眼眸，见谢放左右而视，就是不肯看向自己，低声地笑了起来。明熙起身踱到了琴台边上，拨弄了一把琴弦，抬眸望向半空中越发皎洁明亮的月亮："当初我在帝京也曾师从大家，多年不曾摸过这东西，也不知生疏与否。"

谢放抱臂一笑："师从大家，说得这帝京的大家好似满大街一样，好歹我们这群粗人也听不出个子丑寅卯来，不会笑话你的。"

"听不出个子丑寅卯才好。"这些话虽不中听，可到底不曾绵里藏针，也没甚恶意，明熙莞尔一笑，浑不在意。

一双已不算白皙的手，轻轻地抚在琴身，许久许久，手指骤然抬起，快速地翻飞。拢、捻、抹、挑，琴音乍起，宛若秋叶入湖，荡漾出层层的涟漪。

当初用心学了的东西，似乎已烙在了骨髓里，再次拿出来时，没有半分的生疏与惶恐。在阑珊居里心有恐惧，执意不肯碰触，怕只怕知音不是心中期待的那个人。可如今身在千里之外，仿佛每个不经意间，都能想起那个不会再有交集的人。

这般美好的月夜，因听闻了这些不相干的消息，让人不由自主地变得暴躁起来。明熙本以为放下的那些东西，仿佛蛰伏已久的怪兽，扑面而来凶狠至极地一口咬在了心上，这疼痛猝不及防，却让人忍不住发狂。那些以为开阔了的心怀，被放下的感情，突然赤裸裸地摆在了眼前，让一颗心尝尽了人间冷暖。

自小到大，贺氏对明熙来说，只是一个代号一个出处。这姓氏所赋予的一切，不过只是镜花水月般的虚无。贺氏里，已没有了至亲的母亲，生身父亲多年来不闻不问，许多失望放在一起，明熙以为自己释怀了。

这些年来，明熙以为自己再不会对贺氏有一丝一毫的期待。可此时此刻听闻了这个消息，明熙才明白，原来内心深处一直对贺东青这个父亲还有所期待，原来骨血里还保留着亲情的地方。有些伤疤，即使养上一生，却不能触碰，每每揭开，都会鲜血淋漓。

"贺熙！何须在那些执着里耗费精神？如今你身在甘凉城里，策马长枪，快意恩仇，生死由天，岂不快哉！"

长剑执手，银光闪过双眸，划破了月辉的沉闷与压抑。剑身引流光，忽快忽慢，每一次的刺挑，挽起凌厉又炫目的剑花来。万里星空，云破日出，星辉闪烁，给凉爽的夜平添了几分妩媚与豪迈。矛盾又和谐！

琴音一声快过一声，嘈嘈如急雨！

边陲风雪，尘烟缥缈，千山万壑，一世峥嵘成败，不过镜花水月梦一场。看了这世间一幕幕的风景，春花秋月，朝生暮死，才恍悟那些执着有多可悲可笑，见过了那些鲜血伤口，生死一线，才懂得那些小情小爱的渺小。人生而立，无愧于天地良知，无愧于生命可贵，待到来年春风起，与君煮酒论华年。

琴音急转而下，曲终收拨。银光引流辉，立定收势。

月夜依旧，仿佛方才峥嵘的琴音、舞剑的人，都是梦中的事。四目相对，有种难言的默契与相见恨晚的错觉，许久许久，院内都悄无声息的，直至谢放朗声笑了起来，明熙从琴边站起身来，也忍不住抿唇一笑。

这一对视与稀松平常的一笑，宛若打破了某种魔咒，将两人从如梦似幻的月色下拉扯了出来，不约而同地叹息一声，美梦易醒。

谢放望向明熙，将长剑随意地放在了石桌上，再次提起了酒壶，仰头饮尽！

"当初教习师父曾说，琴音好仿，知音难求。有些人倾尽一生也不见得听懂另一个人的心声，不然伯牙也不会在子期的墓前将琴摔个粉碎，终其一生不再抚琴。"

谢放大笑："如此一说，本将军当真是受宠若惊。但这知音之人却是不敢当，大丈夫顶天立地，总该建功立业。但谁人心中没有一些放不下的执念？哪家少年不慕嫪，不为富贵荣华，不为高官厚禄，单为一个人披荆斩棘地不悔。

"我们总要傻上一段时光，才能长成如今的铁石心肠吧。可那些放不下的人，执着于心的情意，终会成了一生的魔咒。每每清醒，痛不欲生，在现实中才会更明白……有些人，有些事，对有些人来说，终其一生只会是一场遥不可及又不能触碰的美梦。醒了碎了，也就没剩下什么了……"

明熙将谢放来来回回地打量个遍，笑了一声："我说大将军怎么听得懂，原来竟是这般有感触。不过，这番感叹可不像是从死人堆里爬出来的人还能有的，大将军能有此心此情，当真让我刮目相看……只是以将军今时今日，还有什么遥不可及的人？"

谢放与明熙对视许久，侧目一笑："你想知道？"

明熙想了想："你若想说，听听也无妨。"

谢放开怀大笑："想套本将军的话，你还嫩了点！"

暗沉沉的夜色，朦胧的月牙儿在乌云里若隐若现，帝京初一十五才有夜市，这般伸手不见五指的黑夜走在无人的长街中，马蹄声嗒嗒地回荡在耳边，有种说不出的落寞寂寥。绕开了气派的朱红色的正门，从侧门入府，一盏昏暗的灯，有人已在角门恭候多时了。

高钺抬眸看了一眼那人，不禁皱了皱眉头："如此深夜，父亲还没有睡吗？"

那人垂眸，恭敬地回道："大人自宫中回来，一直等着将军，让奴婢等在此处，不管几时回来，都请将军去书房议事。"

在这寸土寸金的帝京里，高氏门庭占地极为广阔，甚至能与王谢大族比肩。高氏虽为寒门，可当初未入仕时，已是一方豪富。高长泰是个极有运气的人，当年慧眼看中了太祖，倾尽一切支持，鞍前马后，这般的赌注果然换来了满门的富贵。高林虽没有其父的手段，但因自来手握兵权，又是个左右逢源极为钻营的人，不管风云如何变幻，总算是守住了家业。如今到了高钺这一代，能文能武且极善领兵作战，高氏一门，历经三代盛宠不绝。

高林虽没有父亲的运筹帷幄，也没有高钺的领兵天分，但不得不说也是个极有运道的人，当初娶的嫡妻，本名不见经传，可架不住舅家有钱，尤其是岳丈一家自南梁投奔而来，光补添给高氏的嫁妆就令人咋舌，且还不算明里暗里支持高氏的财帛。

积累三代，高氏在大雍不但有权有势，单单富贵这一项，即使在世家望族当中也算数得着的。

这座院落位于高氏府邸的最中间，占地极为广阔，内院里有一座很大的人造湖，高氏的书房建在人造湖的最中间，三间房屋，都还亮着灯，灯火通明的，在漆黑的湖水中央，显得有些刺眼。

八月的荷叶错落有致，景致独好。可在这般乌漆漆的深夜里，荷叶随风而动，有种说不出的颓败与凄凉。一条蜿蜒的水上栈道，直接通往书房，除此之外再无别的路。这座院落周围也无高木低树遮拦，让人站在书房中，一眼能将院中的一切看个明白。

高林已四十有五，虽为武将，但因常年在帝京镇守，疏于锻炼的缘故，微微有些发福。他的皮肤很白皙，因保养得当的缘故，看起来最多不过不惑之年，同浅棕色肤色的高钺站在一起，倒有些不像是父子。

高林见高钺大步进门，唇角含笑，眼眸一直盯着高钺的一举一动，眉目之间俱是满意之色，似乎还有几分遮掩不住的引以为傲。

高钺见高林一直不语，眼眸垂了垂，有些疲惫道："如此深夜，父亲有何要紧的事？"

高林心情很好，即便看出高钺饮了不少酒，也不曾像往日那般发怒："家里什么美酒没有，何必在外饮酒至深夜，若是被有心人知道了你的行迹，万一再起了歹心，你让为父和这一门人如何是好？"

高钺避而不答，抿唇道："父亲今日被宣入宫，可是遇了什么好事？"

高林闻言，嘴角的笑意逐渐放大了许多："上个月月底，太极殿外殿的一个宫女被擢升为妃，赐敏字，你可知道？"

高钺皱眉："这般的事，已是人尽皆知，但后宫有后宫的规矩，这些时日我一直忙于加强太极殿防备之事。城外营中练兵也是一日都不能耽误，若父亲单单说这般的宫闱事，可否等改日我忙完了再说？"

高林啧啧道："父亲一说这些你便不耐烦，忙军务固然重要。但天家无私事，宫闱里面有许多事，都与咱们高氏一门的前途息息相关哪！那宫女因怀有身孕这才被晋升为敏妃，想来不久便会诞下麟儿，若是皇女自不必说，但若是皇子，这其中便有许多事能做。"

高钺不以为然："月底才查出来，怀胎十月，这期间什么万一都会发生，父亲莫要一头热，有了别的念想，此时一动不如一静，安心做好分内的事，不管是男是女，所有的事都该生下来再做打算。"

高林抿唇一笑："为父就知道，你四处奔忙，一定只知其然，不知其所以然。这孩子如何会生不下来？如今敏妃腹中孩儿已快七个月了，再等上月余，即使去母留子也是能养活孩子的，只是单看此子是男是女了。”

高钺骤然抬眸，深蓝色的眼眸中遮掩不住讶然：“虽因敏妃有孕接到陛下加强护卫的旨意，但怀胎七月的事，想来还没有几个人知道。以荣贵妃的手段，岂容这样的事在眼皮底下发生？”

“怎会没几人知道？时至今日，该知道的不该知道的，有些渠道的人都已知道。荣贵妃历来头发长见识短，她自然是对此事不容，慕容家的人已入宫好几拨了，想必已有人劝动了荣贵妃，不然内宫之中不会如此平静。今日我见韩氏的马车停在宫外，只怕慕容家也已有了自己的打算了。”

高林抿唇一笑，娓娓道：“陛下让你加强宫中戒备，主要还为了防备东宫，可这风声传出去之后，东宫倒是丝毫没有什么不妥，反而是慕容氏沉不住气了。”

高钺道：“父亲此言差矣，此子虽是陛下名正言顺的骨血，可又能如何？生下来是男是女且不说，能不能长成还是另一说。太子已被正名，祭过天地了，在朝堂颇有威望，相较于陛下尚不遑多让，还会怕一个未出世的婴孩？”

高林冷笑一声：“看起来有威望，不过是看起来罢了，当初大家都没选择，多少人都是不得已才选太子。这满朝的人，多是支持陛下才得来的荣华权势，可陛下的皇位是怎么来的，大家心知肚明！且不说为父我这样有些实权的人，尚且对太子将来登基没有底气。当初一心支持陛下的人，甚至从王府跟着陛下出来的人，又怎能眼睁睁地看着太子一日日地坐大？”

高钺抿唇，正色道：“父亲此言差矣，荣贵妃与东宫交好，未来的太子妃乃王氏嫡女，两位侧妃出自名门望族，太子的姻亲几乎网罗了半个帝京的权贵，岂是随便能撼动的。且父亲最近不是一直交代我要与太子交好吗？怎么到了今日，还不曾有个什么苗头，就又变了心意？”

“不是为父变了，是风向变了。以前陛下没有选择，不管怎么折腾，总要将这基业交予太子之手，臣子们也没有选择，不支持太子唯有造反一途，这好好的太平天下，谁愿意做那乱臣贼子？今时不比往日了……

“陛下病体痊愈，身体大好，又正值盛年，不管这一胎是皇子还是皇女，在陛下的庇护下，这孩子必然会平安地长大。且若按陛下的岁数来看，只要没有荣贵妃这样的毒妇祸害后宫，敏妃这个孩子绝不会是唯一的孩子。太子所依仗的都是陛下给予的，看起来枝繁叶茂，不过镜花水月一场。陛下能给予太子一切，也必然能收回来，你可懂？”

高钺蹙眉，沉默了片刻，才道：“荣贵妃的性子必然不容这个孩子，怕是会继续与东宫站在一处。陛下的恩旨虽是好收回，但姻亲一事，岂是陛下说收回就收回的？不说剩下几家，那王家岂是好相与的？若东宫危急，王氏又岂会袖手旁观？”

高林嗤笑一声，讽刺道：“王轶才是个不折不扣的墙头草！老狐狸！你当他为何会将婚期定得那般晚？他比谁都知道，太子是陛下扶起来的。陛下只要活在这世上一日，就会出变故，陛下有能力将太子扶起来，也能将太子再次打入深渊！”

“世家门阀，讲究的是传承与积累，绝不会因为一个人，哪怕是至亲之人，耗费家族全部力量，况且东宫与王二娘子不是尚未成亲吗？王轶眼见陛下的病由危转安，故意将婚期定那么远。当初怕是想着，这一年半载的能熬死陛下固然好，若熬不死陛下，也能趁此时机好好看一看，陛下是不是真心扶植太子。”

高钺沉了口气：“若当真是这般浅显的心思，父亲都能看出来，太子会愚钝至此，半点都看不出来吗？王氏也是算计太过，不过是个嫡女，不管太子如何，先嫁过去总不会错。即使陛下再次当权，这婚事是陛下指的，陛下还能对王家有意见不成？”

高林冷笑连连：“呵，世家的嫡子嫡女何其稀少，又何其珍贵？这样的娘子本留着和那些所谓的世家大族联姻的。可这个娘子太过晦气，还没进门，便活活克死了人家一个嫡子，王氏也是个没道义的……不管如何，如今王家只剩下这么个矜贵的嫡女，不管名声如何败坏，也别无选择，庶女庶子说好听的是郎君娘子，说难听的不过是体面些的奴婢罢了。你何时见过为父在你那些庶弟庶妹身上费过心？”

高钺抿着唇，似乎有些不悦：“父亲若是不喜他们，又何必生下他们？不管如何都是家中的人，该给体面，还是要给的，也省得出了这门，让那些士族说嘴……”

高林难免有些心虚，忙道：“好好好，咱们不说这些。单说王氏，在陛下心意不明，或者是没有十成的把握下，王氏怎会将唯一的嫡女送入宫。和离后的娘子，可是不值钱了，况且陛下后位悬空，慕容氏再能耐，那荣贵妃不是也登不上后位吗？

“若陛下有一日心血来潮，想要立后呢？自古以来，哪有妾室扶正的事？王氏又何来一个能匹配得上的嫡女？‘不以王为皇后，必以王为宰相’，王轶这是摆明了既要相位，又要后位，端的是贪心不足啊！”

高钺沉默了好半晌，才压住心底的震惊：“陛下已这个岁数了，王氏竟还会做此打算，世卿世禄私下里竟这般龌龊……但禁军统领顾泽中乃荣贵妃的妹夫，慕容家的女婿。不管如何，慕容家掌有两万禁军，只要荣贵妃依然与东宫交好，想必太子之位总归是稳妥的，那后位王氏也不用想了。”

高林高深莫测地笑了笑：“一个家族能在几百年的乱世中屹立顶端，必然要有几分手段的，这点小事又算得了什么？你能想到的，王氏如何会想不到，当初不也是接受了未来的太子妃之位，可荣贵妃哪里会是个好臂膀，这世间最善变的便是女人心。若不管是皇子还是皇女，陛下都会将这孩子寄在荣贵妃名下，你说若是皇长子的话，荣贵妃会向着东宫，还是这尚未出生的孩子？”

高钺缓缓垂下了眼眸，不冷不热道：“父亲何必那么高兴，这一切的前提都在这个孩子必须是个皇子，若是皇女呢？”

高林不以为意：“你说得对，因为不知是男是女，为父和众位大人这才按兵不动，今日陛下将父亲叫过去，给了旨意，你看看吧。”

高钺接过圣旨，看了一眼，怔了怔，面上却没有显出喜怒来：“恭贺父亲高升。当初父亲一心拥戴陛下，虽有从龙之功，但今日陛下给予的这份信重，也当得起父亲的鞠躬尽瘁了。自太祖时，太尉一职，形同虚设，如今父亲得了金印紫绶，更该尽心尽力才是。”

高林开怀大笑，拍了拍高钺的肩膀：“说起从龙之功，父亲如何比得过那些从王府跟出来的幕僚与将领，可惜他们忠心是忠心，但在朝中根基尚浅，不足以堪当大任，也不足以服众。如今那王氏包藏祸心，摇摆不定，不足为谋。谢氏自谢贵妃身死后，偏居一隅，不敢露头。剩下的几家，哪一个不和太子或是谢家有些姻亲，唯有我高氏做了孤臣。

“说起来，还是你给为父长脸，陛下每每提起你来赞不绝口，总夸你忠勇可嘉，是个实心实意的臣子，只可惜宫中没有合适的公主，不然定让你尚主。”

高钺不为所动，盯着圣旨蹙眉：“父亲的意思我晓得，但这般的大事，为何朝中没有消息传来？如今所有的折子必然要过东宫……这般平静，倒是让人有些不放心。”

高林笑道：“折子要过东宫，圣旨自有一套流程却是不必，为父也是下午接到的圣旨，有消息也是明日的事，若不是怕你太过吃惊，埋怨为父对你有所隐瞒，为父何至于等你至深夜？”高钺抿了抿唇，极轻声道：“那父亲有何打算？或是父亲要我如何？”

高林笑得十分真心，拍了拍高钺道：“你也知道历经两朝，太尉一职形同虚设了，这兵符自然不会落到为父手上，可光是能在帝京里调遣三千私兵已是意外之喜了。如今虽有苗头，但形式尚不明朗，我们父子如今还是和平日一样就好。明日以后只怕家中要热闹几日，到时你不可再躲军营里去。”

高钺点头：“家中招待之事一向有二弟主持，且这几日我得了个新奇的阵法……将来不知会有怎样的变动，军营里的事，不可怠慢一日。”

“你呀你呀，这一丝不苟的性子不知像了谁，不过你说得也对。明日早朝后陛下让你进宫去，怕是有事交代。”高林想了想，轻声道，“不管陛下如何交代，你先应下，太子那里最近不要去了。反正不管如何，有了当初为父的从龙之功，也有了当初太子求救时，你置之不理这些事。不管今后我们父子如何讨好东宫也是讨不好了，不如先这样吧。呵，当真是天不灭我高家，出了这一线转机。”

高钺点头：“儿子知道了。”

高林不放心，又开口道：“太子那里若有宣，你还是要过去的，还没有到了真正闹僵的时候。如你所说……这一切的前提，都在这孩子到底是不是皇长子。”

高钺无声地轻叹：“父亲已接下了圣旨与金印紫绶，不管这孩子是皇子还是皇女，只怕我们父子在太子那里都讨不了好了。”

高林看向高钺摇头道：“你这样实打实的性子，哪里适合朝中的倾轧。万事留一线，日后好见面，若当真是个皇女，父亲接这个圣旨又有什么不对？食君之禄，忠君之事，何惧哉？”

高钺蹙眉：“不管如何，就这样吧。总比父亲日日催着我讨好太子来得好。”

“愚笨！当初若不让你转向太子，如何能等到今日，只怕太子稍得权势，第一个清算的便是临阵倒戈的为父。”

高林眉宇间颇有不甘：“本以为帮了陛下，不管如何也能换来十年的权势滔天与高枕无忧，怎知陛下也是个不知感恩的，当政三年虽说不曾亏待为父，但也不见得有多重用，这也就算了，可不过三年光景便出了这等变故！

“若当真给为父十年经营，我高氏还会怕个无权无势的太子不成？到那个时候一切……罢了罢了，现在想这些也没甚用处，你若当真不愿去东宫，不去就是。如今那位的脾气越发地古怪了，喜怒无常又心狠手辣。陛下说前几日，东宫就因一个宫女动了东宫的扇套，竟是杖毙了当值的所有人，这样的主君如何一起谋事？”

高钺冷笑：“陛下告诉父亲只怕也有敲打之意，若只是动了扇套，只怕还不至于打杀那么多人。宫中防卫如今大部分都是儿子在办，东宫也去过几次。当真到处都是耳目探子，说上几句话，人影憧憧的，又无遮无拦的，可都是有底气的奴婢，想必那些能将手伸进东宫的人，都伸手了。

“往日里我去东宫，太子这些时日的心情如何，父亲都了如指掌，父亲这样的外臣，尚且如此，何况那些比父亲更近便的人了。呵，也亏得太子能在一群豺狼虎豹里住得如此安心。”

“安心？”高林抿唇笑了起来，“他若能住得心安理得，何必将匕首置于枕下，甚至不许人在屋中守夜，只怕自回朝后，东宫连一夜安稳觉都没有睡过。”

高钺轻声道：“东宫的一举一动都在众人的耳目之下，只怕许多人都和父亲一般……”

高林侧目一笑，打断了高钺的话，轻声道：“好在不是咱们父子的事，这些也不是你能够操心的了，时候不早了，你快去歇着吧，明日一早还要上朝。”

千金纵买相如赋

5

八月正是桂树花开花落的时节，空气中浓烈的香味，满地的残花，似乎都昭示着繁极必衰的挣扎。

一壶茶，一盘棋，黑白分明的棋子，在棋盘上起起落落的手指，看起来是如此地惨白脆弱，仿若主人已落下病痛的身体，经不起丝毫的风吹雨打。

当走至死路时，手指微微弯曲，停在一个地方。皇甫策抬起眼眸，望向一直躬身站在侧旁的韩耀，轻笑了一声，慢条斯理地开口道："本宫若不让阿耀起身，阿耀都不知起身了吗？"

柳南赔着笑脸道："可不是，韩大人这都等了好一会儿了。"

皇甫策侧目瞟了眼柳南："本宫和你说话了吗？"

柳南的笑容僵硬了片刻，小声道："是奴婢多嘴了。"

皇甫策扔了手中的黑子，漫不经心地开口道："大好的午后，行色匆匆的，阿耀有什么急事？"

韩耀沉声道："殿下可知道，自月初，弹劾殿下的折子，已有几十封……有什么事不可私下处理，今晨又在宫中大肆杖杀宫人！"

皇甫策挑眉："本宫杀个把人，韩大人何至如此？"

韩耀紧蹙着眉头："若是素日里怎么都好说，可殿下直至此时……怎还能如此任性？不知何时，坊间都在传太子残暴，那些折子里许多都是拿您对宫人不恩不慈做文章。臣知道殿下的难处，那些宫人不怀好意，可此一时彼一时，殿下该忍还是要忍的。"

阳光正好，韩耀肌肤犹如和田玉般白皙，剑眉入鬓，鼻梁挺拔，唇红齿白的，那双眼眸仿佛一汪深潭，波光粼粼却深不见底。今日的他身着浅青色广袖长袍，腰束浅白色银线白玉束带，与头上的金镶玉小箍，相互辉映，端的是芝兰玉树，俊美无俦。

皇甫策上上下下将人打量个来回，抿唇轻笑："听闻韩夫人已在荣贵妃那里住了好几日了，怎么，你们吵架了吗？"

韩耀蹙眉："殿下，臣在和你说正事。"

皇甫策了然地点头："你不愿说，本宫不问就是了。那些人要弹劾本宫，本宫又能怎么办呢？跑去同那些人争辩不成？"

韩耀轻声道："殿下可不理会那些人，东宫里虽有些不怀好意的宫人，但为今之计能忍则忍，若非必要的东西和消息，他们要传出去也无甚。素日里殿下也不曾如此计较，为何非要在这个时候，多生事端。”

“书房的东西他们动过，本宫的床榻他们动过，一干用物哪个没有过那些人的眼。可本宫几次三番说过不许动的东西，他们为何还要动本宫的？若这点琐事，本宫都要一直忍下去，做这个太子还有什么意思？”皇甫策笑了笑，“知道阿耀是为了本宫好，可天气这般好的午后，当真不该如此焦躁。”

韩耀蹙眉：“殿下，臣不是和你说笑！宫中守卫看似没变，实然外松内紧，如今陛下……陛下那里总还好，但朝臣们人心惶惶，殿下只要像往日那般和善一些，软和一些，总比在这个关头又在大庭广众之下杖杀宫人要好。”

皇甫策缓缓闭上了眼，似乎很享受这样的阳光，许久许久，开口道：“阿耀，煮些茶喝吧，这大半日的奔忙，不累吗？”

韩耀怔了怔，虽是欲言又止，但还是缓慢地坐到了茶桌前，点上了红泥小炉，不紧不慢地展开了茶具，煮上了清水，慢条斯理又十分规矩地将茶具烫了个来回。从几个罐子中挑出了置放山泉的那个，一丝不苟地倒入了壶。一套行云流水又熟稔的步骤，走下来，韩耀整个人似乎也投入进去，方才面上那些不安与焦躁，似乎也随着动作散去了，只余下往日里的风雅与矜贵。

皇甫策闻见了炭火味，缓缓地睁开了眼，侧目看了会儿韩耀，轻笑了起来：“这般看起来，这人还有些当年玉面郎君的味道，方才那慌慌张张的模样，着实有些不像你了。”

韩耀手上未停，抬眸瞥了眼皇甫策，轻出了一口气：“殿下眼底青黑，怕是也许久睡不好了吧。”

皇甫策笑了笑，轻声道：“这样的地方，这样多的人心，如何安睡？一个人竟是要背负那么多，家族、期待、荣耀、权势，以及内心永不会满足的欲望，在这尘世里浮浮沉沉挣扎不休，仿佛永远没有尽头，也没有一刻安宁。阿耀，你累吗？”

韩耀紧紧抿着唇：“臣天生劳碌命，若当真没什么值得用心的事，反而不快活了。人生在世，十有八九没的选，即便尊贵如殿下，不走这一条路，可还能从头开始？”

皇甫策面上的笑意丝毫不减：“你说得对。是以，本宫才觉得累了，最近本宫一直问自己，为何那么难还要走下去？当年父皇对本宫没甚期待，这太子之位本也轮不到本宫。皇叔更是不必说了，若还有选择，只怕本宫都不一定能活到现在。

“本宫战战兢兢走了一条孤孤单单的路，到底为了什么？若为了自己，为何本宫越来越不开心呢？若说为了朝廷和百姓……即使没有本宫，朝廷还是原本的朝廷，百姓过的还是原本的日子，也许本宫会做得比皇叔好一些，但也不见得会好多少。”

韩耀将一盏茶双手捧着奉到了皇甫策面前：“殿下既然心怀天下，不管前路如何艰难，总能否极泰来。莫不是殿下心中没有自己想拥有的东西吗？不管是什么，轻的重的，罕见的，常见的，一件绝世珍宝，或是站在顶端的尊荣，或是与那些人争夺厮杀的快意，都没有吗？”

"想拥有的？有啊，本宫自小觉得父皇过得很好，要什么有什么，不要什么也都能拥有。本宫想着有一日，能登上那至尊之位，也能像父皇那般，将喜欢的一切都抓在手中，将讨厌的一切踩在脚下。可本宫长大了，人最怕的就是长大，越是长大越是明白，越是明白也越发地难受。皇位不如本宫想得那么好，这是多么令人失望的发现。父皇过得不如本宫想得好，皇叔更是可悲……"皇甫策低声地笑起来，极轻声地开口道，"说起来都是世间的可怜人，真真是相煎何太急，不管怎样的因果，轮回还转，苍天又曾真正地放过谁呢？"

韩耀抬起的手已微微发抖，可皇甫策不接茶水也就不能放下："殿下为何会那么想？"

皇甫策垂眸看了会儿已有些颤抖的茶水，不紧不慢地接了过去，轻声道："睡不着时，总忍不住想这些。"

韩耀垂首，端起另一盏茶水，抿了一口："殿下再忍忍，一两个月后，便能尘埃落定，不管如何，总会有对策的。"

皇甫策挑眉，望向韩耀，似是而非地笑道："一两个月啊？本宫此时已如坐针毡，日夜难安了。若敏妃腹中是个郎君，阿耀又当如何呢？"

韩耀与皇甫策对视了片刻，不卑不亢道："殿下想让臣如何？"

皇甫策低声地笑了起来："本宫不想让你如何，可别人不见得不会左右你。你看看，才几日的光景，你与夫人已起了争执，如今韩夫人已在宫中住了几日了，阿耀有空在本宫这里枯坐，不如去贵妃那里求见，将夫人接回家中。"

韩耀放下手中的茶盏，郑重道："殿下尚未娶亲，难免有所不知，夫妻间犹如唇齿，不管素日里如何蜜里调油，也难免有些磕碰，我们虽有些争执，但无关政事。"

皇甫策笑道："本宫知道你的心，可不知道你周围那些人心，假若一日……你身侧的那些人都站到了本宫的对面，你又当如何？会继续披荆斩棘和本宫一起走下去？或是……与本宫离心呢？"

韩耀正色道："一个尚未出世的婴孩，能翻出多大的浪来，何至于让殿下生出这般荒谬的想法？前朝宁王共有十四子，最后长大的却只有四个，且长大的这些人当中，有一个死在了加冠之前，还有一人而立而逝，真正活到老的也就两个。

"莫说前朝，单说先皇前前后后共有六个皇子三个皇女，如今只有尚不足八岁的长公主随生母居在太妃处，六个皇子也只剩下殿下一人罢了。殿下莫要胡思乱想，我们不会走到那一步，即便最坏的打算，也不会到那一步的。"

皇甫策淡淡地笑道："本宫这样从火海里出来的人，不怕这些……甚至还有些期待，最多不过是如当年一般就是了。"

韩耀道："殿下此言差矣！如今这般的局面，若还要走到当年的境地，那是我们这些做臣子的无能了。当年……确实情况不明，且陛下的雷霆手腕，让人不敢多走一步，虽是如此，但当初尚且有许多臣子力保殿下，何况今时今日？

"如今哪怕添一个皇子，以陛下往日行事看，断不会让殿下走到往昔的绝境里，虽然临华宫的那场火，尚且不曾查清原因，但该是与陛下无关才是。殿下大可放心，臣也绝不会让临华宫大火有机会烧第二次！”

“阿耀以为本宫怕吗？没有，突然成了今日这般，本宫竟是一点都不害怕，甚至不曾像阿耀这般焦躁、患得患失。本宫没觉得东宫的日子与往日有何不同，甚至看着那些翻手为云覆手为雨的人居然有种畅快。任凭风起云涌，与本宫有何干呢？只要本宫在乎的，还在乎本宫的，不离弃，不背弃，本宫也许永远不会害怕。生死这东西，本宫已看透了……”

“殿下也大可放心，不管如何，不管会不会走到那般境地里！韩耀总会站在殿下这边，哪怕与全天下对立，臣也绝不会畏惧半分！”

皇甫策凝视着韩耀，许久许久，轻轻地笑了起来，不以为意道：“这些表忠心的话，本宫听许多人说过。话说得再好听，若做不到又有何用？本宫对阿耀也没甚别的要求，若当真有一日，到了生与死的地步，即便阿耀抛下本宫，本宫也不会对你有半分怨怼，只是……以后阿耀还是少拿为了本宫好的幌子，自作主张地瞒着本宫行事才好。”

韩耀蹙眉：“殿下又不是真的冷心冷肺，何必将话说得这般绝情难听。许多事……臣以为殿下不该知道，不管如何都不会说的。”

皇甫策笑道：“呵，事到如今了，你居然还有不能说的事，可真是执拗啊！也难怪本宫一日日地对你没有耐心了……”

韩耀沉着脸：“不管殿下对臣如何，只要臣觉得会危害殿下的事或是话，臣是不会说的。若殿下想知道什么，可从别处入手，旁敲侧击或是别的都可以免了。”

皇甫策看向柳南：“还没有到未时，今日的点心为何要等这么久？”

柳南身影僵硬了片刻，面有难色地上前两步，轻声道：“今日似乎没有东西送来……奴婢已安排人去膳房做了，只怕殿下还要等上一会儿。”

皇甫策微怔了片刻：“莫非本宫记错了日子？”

柳南笑道：“哪能啊！日子是不差的，怕是有事耽搁了吧。高门大户里门禁森严，难免有一两次意外。”

皇甫策沉默了片刻：“自翠微山回来，每五日从不间断，这意外当真来得巧。”

柳南忙道：“殿下莫要胡思乱想，想来意外也不见得来自王家，王二娘子肯定是给殿下备下了，宫中此时看起来没变，戒备却越发森严了。莫说从宫外递吃食，即便想递一张纸条只怕也困难重重。高将军那样的犟脾气您还不知道，就算是王大人亲自送来的点心，也不见得能过了高将军的检查。”

“是呀，阿雅断不会如此的，想来是宫中开始为难了……呵。”皇甫策沉默了片刻，轻声道，“云绢可还有？”

韩耀抬眸看了皇甫策一眼，随即沉下了眼眸，掩盖了眼底的异色。柳南见韩耀没有帮忙说话的意思，忙道：“有的有的，都还没有动过。”

皇甫策垂眸抿了口茶水：“你着人都给二娘子。”

柳南连连点头："哎？都送吗？"

皇甫策点头："都送去吧。王氏那样的人家，想必也不会在乎东西多少。只是如你所说，宫中这般行事，阿雅亲手做下的点心，若因此送不进来，只怕心里也会不好受。"

柳南几次看向韩耀，却不见韩耀抬头，只有赔着笑脸，为难地开口道："殿下，也不用全部都送去……库中积存了不少，若都拿出来，实在太多了。"

皇甫策侧目蹙眉道："自翠微山回宫，皇叔赏下的东西都是有数的，素日里本宫的亵衣亵裤都是用云绢做的，如今还能剩下那么多？"

柳南脸上的笑容已有些僵硬了："陛下是赏得不多，但当初从阑珊居出来的时候，娘子给备下的那些箱笼，殿下可还记得？衣履束带、发冠佩饰、亵衣亵裤、一年四季的外袍，甚至光裘皮大氅都有一个箱笼……殿下自来只穿云绢所做的亵衣，当初娘子备下了不少成衣和布匹，如今成衣殿下都还没有穿完……"

皇甫策看着柳南已笑不出来的有些僵硬的脸，目光变得幽深冰冷，紧紧地抿着唇，许久许久，极轻声地开口道："还有说漏的吗？继续说，还有什么本宫不知道的？若让本宫知道你还有半分隐瞒，本宫会让你以后再也开不了口。"

柳南扑通一声，跪了下来，急声道："殿下！奴婢那时是猪油蒙了心……这才……这才让人抬走了东西，着实也是娘子已装好了车，即便奴婢不要，那马车一直跟在咱们的车后面，当时裴总管也……"

皇甫策缓缓地垂下了眼眸，藏在衣袖中的双手，紧紧地握成了拳，轻声道："本宫还记得，当初曾交代过你，阑珊居的一针一线，都不许拿！"

柳南眼中闪过惶恐之色，急声道："奴婢本来也是不想要的！可裴总管几次三番地说，送到东苑的那些箱笼里的鞋履冠带，都是娘子亲自画的样，着人专门为殿下定制的。有些外袍，虽不是娘子亲做的，但边沿与纽扣都是娘子亲手缀上的。若被娘子知道，殿下弃如敝屣，定会十分难过。奴婢虽跟在娘子身边时间不长，但多少还有些情意的，见裴总管说得可怜，就有些不忍。虽是如此，奴婢本也不敢擅作主张，只是……殿下这些年早已穿惯了娘子定做的衣衫，一时半会儿找人去做，也不见得做得合适，也就没有拒绝。"

皇甫策不置可否，冷冰冰地开口道："嗯，看不出来，你与贺明熙倒是主仆情深……"

柳南跪着朝前挪了两步，急声道："殿下殿下！奴婢这些年一心都是为了殿下着想，素日里在阑珊居里第一个能想到的也是殿下！哪里敢对娘子……敢对贺大娘子有什么主仆情谊，后来那几十个箱笼，都是阑珊居的人押运到翠微山，娘子……贺大娘子指明要给殿下的。"

皇甫策冷笑："还有几十个箱笼呢？不知道里面都是些什么稀世珍宝？让柳管事隐瞒至今？"

"倒是没有什么稀世珍宝，有几箱金银、布匹裘皮，还有些珍贵摆设、田庄商铺的地契、一些银票，剩下的箱笼里都是极好的药材与补品……奴婢本也不想收的，让那些人拉走，可那些人二话不说，给了奴婢单子，转身就走。奴婢本打算告诉殿下的，但那几日正值殿下与王二娘子再次遇见，几日里都心情大好，奴婢怕说出来败了殿下的兴致，就想着先瞒下来，等回了宫，就着人给阑珊居送回去。怎承想……怎承想等咱们回了帝京，阑珊居已人去楼空了。”柳南话毕，悄悄地抬头，偷瞄了皇甫策铁青的脸色。一时间心中又惊又惧，突然有种说不出的绝望。自翠微山回宫，即便是杖杀宫人，皇甫策也是不轻不重地开口，已是许久未露出这般难看的脸色。

“你倒是真敢，这般多的东西，这么大的事，竟是瞒到此时。若非今日你自己说漏了嘴，你还打算瞒到何时？”皇甫策的声音很轻很轻，没露出半分的喜怒来。

柳南不敢争辩：“奴婢将箱笼都造册归了库，还有娘子那里给的底单都保存着。这大半年的光景，咱们东宫虽面上荣耀风光，但内里实然……自翠微山回宫后，殿下不再收众大人的孝敬。陛下历来节约，几乎从不赏赐物件与金银，殿下的私库当年被烧得干干净净。自陛下身体大好后，宫中分配下的东西，也一日不如一日。日常支出，虽还有些殿下的俸禄，但不管如何节省，也是入不敷出。

“东宫可以不要里子面子，可总要维持必要的生活开支。奴婢们怎样都好，但殿下自小锦衣玉食，当年大火后又落下了病根，需要日日汤药滋补，宫中送来的都是陈年的药材，不发霉都已算好了，怎能入口。想殿下即便在阑珊居里，也没有受过委屈，那些东西本就是娘子给殿下准备的，即便殿下不要，放在娘子那里也没甚用处……”

“呵，你的理由可真多啊，说来说去竟都是本宫的不是了。”皇甫策把玩着手指，那声音说不出地阴沉。

“那些准备一看就是用了心，娘子虽是脾气不太好，但对殿……对咱们也没有过坏心……奴婢也是可怜娘子的一片真心……”

“好一个一片真心！她贺明熙的真心，用得着你一个奴婢可怜！你私自做下这等不堪之事，竟还是振振有词！你……噗！”皇甫策猝不及防地喷出一口鲜血来，摇摇欲坠地朝后倒去。

韩耀急忙起身，扶住了皇甫策，急声道：“殿下息怒！这般的小事，何至于……怒极伤肝，万不可因此再伤及根本。”

皇甫策几次闭眼，才熬过那一阵阵的眩晕，颤着手指，咬牙道：“若本宫不用这些，可会饿死、冻死、病死？”

柳南急声道：“殿下！奴婢怎敢可怜娘子！奴婢是一心为了殿下，所有支出，库中都有记录，殿下如今不比往日，端的是要用心养护……当年阑珊居内的一切，看似不经意，其实都是用了心的，即便是这景阳宫里，也不见得……殿下殿下！奴婢不敢了！奴婢再不敢了！待娘子回来，肯定将没用的原封不动地给她送回去。”

“还不快去请御医！”柳南一番话未说完，只见皇甫策又吐了两口血，莫说皇甫策了，听了这番话，连韩耀都想踹死柳南了，这一句句看似无甚，但皇甫策这般的性格，只怕都捅在了心尖上。

柳南连连称是，慌忙朝宫门处跑去。

皇甫策似是疲惫至极，连睁眼的力气都没有了。那面色惨白，更显得胸口的鲜血惊心夺目，他几次想抬起手来，可用尽全力也只是手指动了动，急促的呼吸也逐渐变慢了。

韩耀大惊，急声道：“殿下！殿下！何至如此！只要……这些东西可以千百倍地还回去……殿下，万不可如此自伤！”

不知过了多久，皇甫策这才稍微缓过神来，半合着眼眸，看向韩耀，哑声道：“阿耀……告诉本宫，当真……当真再没有消息了吗？”

韩耀微微摇头：“当真。”

秋日时分，桂花开得正好，晨光下，露水点缀着花蕊，越发显得花朵娇艳，晶莹剔透了，好不惹眼。

慕容芙将娇艳欲滴的花朵，别在了荣贵妃的鬓角，抿唇一笑：“姑母这几日的气色真好，和我走在一起，不知道的人，只怕会以为姑母是我的阿姊呢。”

“胡说八道。”荣贵妃娇嗔地瞪了慕容芙一眼，“你这丫头越来越没规矩了，也不知道韩家素日里都是怎么教导你的。”

慕容芙掩唇而笑道：“他们哪里敢教导我？素日里就差把我供起来了，不管是在夫君面前，还是韩家里，我可都是说一不二的，也没见谁真的反驳过我。”

荣贵妃点了点慕容芙的额头：“虽是有家里给你撑着，但你也不能太过了，对夫君该有的敬重，还是要有的，且孝顺公婆也属理所当然，万不可处处忤逆。”

慕容芙不以为意：“韩家处处仰仗咱们，我有什么可怕的？慕容氏能给他们韩家撑腰，这不是我最孝顺的地方吗？现在帝京里提起韩家来，谁不说是慕容氏的姻亲？

“姑母现在总是说阿耀处处好，也不过是看起来有风骨罢了！如今的他可是一心向着他的主子，简直就是被皇甫策养熟了！上次我不过说皇甫策看起来是东宫之主，不过是如坐针毡的傀儡罢了。他竟是对我大发雷霆……凶得不行！”

“你胡说些什么？！哪有这般编派自己郎君的！”荣贵妃怒声斥责道，“主君便是主君，什么是奴什么是主？如市井妇人般，胡乱嚼舌根！韩家虽为寒门，但韩耀除了出身差一点，哪一点比世家公子差？当初这人也是你自己选的，我本是看不上的，可嫁了就是嫁了，好在此时看来此子非池中物，为人极正派的。”

慕容芙有些不高兴地哼了一声：“姑母总也有理！”

荣贵妃拍了拍慕容芙的手，安抚道：“韩耀当初乃东宫伴读，如今也是朝廷重臣。太祖曾云，愿与士大夫共治天下。如今天下庶族涌起，并非只有世家才有士大夫。虽说君不敬，则臣不忠。但君不悔臣，为人臣子者，自当肝脑涂地！当初你在家学里都在做什么？竟是半点城府都没有！”

慕容芙噘嘴撒娇道："士大夫虽不是只有世家，但十有八九都出自世家。姑母何必如此生气，我与韩耀本是夫妻，往日里有些脾气又能如何，我也就在你面前才如此说他，素日里在外面可是极为维护他的！还不是他在东宫的时间比在家的时候还多，我不过埋怨了他两句，他就大发雷霆，说我妇人之见，短视什么的……若不是他骂得太难听，把我气得狠了，我也不会说他是皇甫策的狗了。"

荣贵妃恨道："你啊你！真是什么话都敢说！君为臣纲，父为子纲，夫为妻纲！你也嫁了近一年了，如何还能如此跋扈？都是往日家里惯的你！不管心里怎么想的，这话都不该说！"

慕容芙垂首，小声道："说都说了，又能如何？他也因此好几日都不搭理我了呢！"

荣贵妃叹气："你嫁给了韩耀，寒门庶族虽是事实，但也不能将这些挂在嘴边，平白伤了你二人的感情，更不要自恃慕容家长女的身份，给自家的郎君摆谱！夫妻情意本是互敬互爱，你如此磋磨，不出两年还能剩下些什么！"

"姑母如此说我，自己还不是做不到！您与陛下现在连互敬互爱都算不上，每次见面都好像斗鸡一样……"慕容芙见荣贵妃彻底变了脸色，忙道，"我又不曾说耀郎什么，每次和太子在一起，他就一点主见都……"

"闭嘴！休提政事！只当你自己！你以为我不曾后悔吗！若非当初我太过刚强，又非要压夫君一头……"荣贵妃顿了顿道，"总之，我又怎会害你，慕容家有了今日，韩耀自是对你忍让有加。可夫妻间的尊重却是相互的，惧怕容易，想得夫君真心爱护，岂是那么容易。不管如何，韩耀待你着实不错，你自该珍惜这个人。你们成亲一年，你尚未传出喜讯来，也没见他家抬举房中人。若你当初真嫁了个门户相当的子弟，只怕如今……"

"好姑母，不要生气嘛。这些道理，我自是懂的。"慕容芙拽着荣贵妃的手摇了摇，"姑母还是少在我这里使劲了，你看看陛下宫里还藏了一个，那狐媚子端的是好手段，竟是在姑母眼皮子底下做出了这等的事，姑母这次也奇怪，竟是一点都不生气。"

荣贵妃怔了怔，许久轻叹一声："怎会不生气？当初我恨不得杀入太极殿里，将那贱妇活活打死才好！这几日你母亲与嫂嫂连番入宫，为的什么？若非你父亲与几位兄长的交代……陛下病体方有起色，一直进补尚且补不过来，那小贱妇不知使出了什么下作手段，竟是引得清心寡欲的陛下行事……这哪是一次能成的事！"

慕容芙也黑着脸道："姑母说得极是！这样有手段的娼妇留在太极殿里，只怕是个祸害！如今那腹中的孽障已七个月了，若让她生个皇子，这宫中再无姑母的立足之地了！若姑母不好出手，不如找人冲入太极殿里，二话不说先将人打死再说！"

荣贵妃拿起玉梳，梳理着散在鬓角的长发，冷笑道："也不知你母亲是如何教导你的，这般没有城府，有勇无谋。"

慕容芙有些生气道："姑母总是这样说我，我还不是为了姑母与夫君，你们都是一心向着东宫，这贱妇生个女儿还好说，若是生了皇长子，这位分可不会止步于此了。世间的事，不是东风压西风，就是西风压东风，我们为何不先下手为强？”

“若生个皇女，要来何用，不用本宫动手，只怕这后宫多是见不得孩子长大的人。若是个皇长子……”荣贵妃抿唇一笑，“当初翠微山那几道圣旨下来，陛下已有交付国事之意，又赐下了那几家的婚事，单看哪一家都不可小觑。这些不但给东宫吃了定心丸，也给众臣树了风向标，可即便众臣心中有所不愿，又有什么办法呢？除了皇甫策，这皇甫家还能找出第二个继承人不成？”

慕容芙蹙眉道：“平日里看姑母似乎也极喜欢皇甫策的，难道这其中还有变故不成？”

荣贵妃不以为意道：“这世上，没有利益的牵扯，谁会无缘无故地喜欢谁呢？他再好也不是我生养的，咱们家阿婵也没有定给他，东宫当真与我慕容氏没有半点干系，他若心胸狭窄一些，每次看见我，只会想起他叔父抢了他的皇位才是。”

慕容芙不解道：“姑母到底是何意？我家阿耀可都是听姑母的，一心跟着东宫呢。”

荣贵妃安抚地拍了拍慕容芙的手笑道：“少安毋躁，让阿耀跟着东宫有何不好？总归不会落空罢了。现在还不是时候，等到了时候，你自会知道。”

慕容芙在原地想了半晌：“姑母留下太极殿的娼妇，莫不是那孩子会是个男孩不成？”

荣贵妃抿唇一笑：“不到最后谁知道呢？”

慕容芙沉默了好半晌，突然瞪大了双眼，震惊道：“姑母的意思是扶幼主上位？可不管如何那敏妃都是皇子的生母，陛下一直忌惮我家，又怎会肯……”

“我与陛下夫妻二三十载，陛下那里我自有办法，敏妃啊……到时也自有她的去处，莫不是你姑母经营那么多年，这点手段还没有？”

荣贵妃低声地笑起来：“说起来太子也真是薄命啊！临华宫大火，虽逃出生天，但手脚俱废，已是伤了根基，只怕如今也是外强中干。当初本想着将咱们家的阿婵许配给他，不管如何，总有条后路才是，谁知陛下竟是不许。如今太子妃尚未进门，待到再娶侧妃，不知道要等到什么时候。我们慕容家的女儿都娇贵着呢，万不会因为等个机会，错过嫁人的好年纪。”

慕容芙蹙眉道：“姑母与我慕容家费尽心机，才将太子推上此位，时至今日又为何出此下策？若太子有个三长两短，姑母与父亲还不是白费心机。”

荣贵妃浅笑盈盈：“东宫后宅位置那么多，可无慕容家一席之地，如今我慕容家根深叶茂，自是不怕。但太子尚未加冠，未来的二十年三十年，慕容家又是如何光景，光凭你与韩耀的亲事，任凭韩耀如何得东宫信重，将来会如何还不好说。”

慕容芙迟疑道：“可阿耀与皇甫策一起长大，幼年颇得照顾，对东宫却是忠心得很。姑母不要小看自小一起长大的情谊，当初皇甫策能送出信时，第一个想到的人就是阿耀，其中信任之心可见一斑。”

荣贵妃笑得更开怀：“你说的这些姑母都知道，可惜你公爹却是个小门小户出身，汲汲营营之辈！他这样可共事却不能交心的小人，也不知怎么能养出韩耀那样正派的君子。

但能从一个奴婢都不如的寒门，爬到今日这般的位置，又怎会没有审时度势的能力与狠辣的心计。自己心思阴暗，一心认为这天下没有君子，他从来都信不过韩耀与东宫那些虚无缥缈的情谊。”

慕容芙蹙眉道：“可姑母若是改了主意，弃太子于不顾，耀郎若知道了……只怕会怪怨于我。”

“敏妃若当真生的是个男孩，许多人都会迫不及待地落井下石，东宫很快就会成为过去式，一个空有名头，或是连名头都没有的摆设。韩耀到时候知道一切又能如何？怪怨又能如何？他韩家有你公爹参与，可也不算干净！说来说去，不过是个毫无根基的寒门，只要慕容家不倒，他便必须对你千依百顺！”荣贵妃顿了顿，抿唇一笑，“又不会即刻让东宫去死，怎么也要拖个三五年，即便是皇长子也要一点点地长大，才可为我慕容家所用。”

慕容芙骤然瞪大了双眼：“原来姑母竟当真是要……可……可为何如此突然？”

荣贵妃拍了拍慕容芙苍白的脸颊，浅笑道：“一个什么都不懂任凭你教养的稚童，和一个羽翼丰满且心怀仇恨的东宫，你会如何选择？”

千金纵买相如赋

6

阳光灿烂的中午，繁花似锦，枝丫随风摇曳，几只鸟儿栖息窗前，叽叽喳喳吵闹不休。除了这些声响，整座宫殿都静寂得厉害。空气中散发着浓重的草药味，宫侍们来去匆匆，无声无息的，有种说不出的压抑。

皇甫策缓缓地睁开眼，入眼的是泰宁帝似笑非笑、气色红润的脸庞。本还有些不清醒的头脑，生生被灌入了一股冷意，瞬间清醒了过来。

泰宁帝笑了笑："醒了？朕以为你不打算醒了呢。"

皇甫策手指动了动，起不来身，哑声道："都是些老毛病了，怎劳驾皇叔过来了？"

泰宁帝把玩着手中的佛珠："朕这也是没办法，若太子病重朕都不露面，如何堵得住悠悠之口。以前都不知道太子何时落下的心疾？瞧瞧，太医院都忙成什么样了，太子还不知保重自己，在这时候给朕添乱。"

皇甫策垂了垂眼："让皇叔费心，是侄儿的不是。"

"你知道就好，不过若真有奴婢不长眼说错了话，你不好出面，可要对皇叔说。不管怎样，皇叔总会给你出气，看看，也不知是什么样的事，生生把咱们大雍朝的太子气吐了血。"泰宁帝瞥了眼柳南，见皇甫策沉默不语，不禁浅笑，"要朕说，太子长于后宫妇人之手，是少了些心胸，朝中风平浪静的，哪有什么事值得动怒的？"

皇甫策紧紧地抿着唇，呼吸都变得很轻很轻："皇叔想岔了，侄儿只是一时出岔了气，这才会气血紊乱，非是动怒。"

泰宁帝笑道："如此说来，又是那一帮子御医胡说八道！且等朕得了闲，非要将太医院整治一番。你也知道朕太极殿这段时日比较忙乱，一大帮子人来来去去的，妇人的事多，要注意这儿又要注意那儿，难免顾不上你。"

皇甫策轻声道："侄儿会自己保重的。"

泰宁帝放声大笑："那就好那就好，朕还真怕你会想不开呢。说来说去，自你回朝，咱们叔侄二人还不曾好好地聚过，待你大好了，皇叔一定抽空和你好好说说话。"

皇甫策垂眸道："皇叔说哪里的话，侄儿也想给皇叔请安。太极殿自年后殿门紧闭，除了上下朝，皇叔竟是谁也不见，侄儿也没甚机会见到皇叔。"

泰宁帝侧了侧眼眸，瞥了眼皇甫策："说来倒是朕的不是了，太子想要给朕请安，本是人之常情，以前是朕想岔了，以为太子不想见朕呢。既然太子如此有心，以后晨昏之奉照旧就是。”

皇甫策敛目，抿了抿唇：“侄儿遵旨。”

泰宁帝将手中佛珠，放在了皇甫策的床榻前：“这是大安寺里开了光的佛珠，安溪大师亲自加持的，最是定睛凝神。若有什么糟心事，或是要做什么亏心事，拿着这佛珠念上几遍《金刚经》，再做这些事的时候，定会心安理得。”

皇甫策的嘴唇毫无血色，紧抿成了一条线，硬声道：“侄儿用不到这些，本就是安溪大师给皇叔的，想必是皇叔比侄儿用得上！此时不知多少双眼睛盯着太极殿，皇叔只怕睡都睡不安稳！

“说来也是，咱们皇甫家，自太祖起家，行杀戮事，极少行善积德，不然何至于子嗣稀薄至此？皇叔还是将东西拿回去，每日念上几遍《大悲咒》，即便不为自己祈福，也要替那未出世的孩子积德，顺便替先祖与父皇，还一还这杀戮的罪孽。”

泰宁帝眯着眼凝视皇甫策许久，怒极反笑：“你现在还能有恃无恐地编派先祖，可见病得不重，那些太医最是大惊小怪，一点点的小病痛，说得要死要活的。”

“侄儿的身体，自己还是知道的，不管是死是活，总该能熬得过皇叔。”皇甫策慢慢地合上了眼眸，轻声道，“侄儿累了，就不送皇叔了。”

泰宁帝冷笑连连：“你也别得意得太早，照太医的说法，谁先熬死谁还真说不定！多看看这窗外的秋色吧，朕真怕你看不到下个春秋。”

皇甫策眯眼笑道：“谢皇叔担忧，侄儿从来不觉得自己是命薄福浅之人。”

“你若无事自然最好，可也别忘了晨昏之奉！”泰宁帝话毕又是一声冷笑，转身离去。

直至听不到脚步声，柳南才敢靠近，轻声道：“殿下昏睡了六日，勉强用了些药粥，此时才醒，怕是闻不得那些，不若先用些清粥。”

窗外的一切仿若昨日般，秋花凉风，阳光温煦不刺眼。皇甫策出神地望着窗外，这几日迷迷糊糊有些印象却不是全部，只觉得每次醒来，只能勉强吃些药粥，没多久就失了意识。

柳南轻声道：“殿下放心，您那日虽看似凶险，却是不打紧的。杨太医说堵不如疏，瘀血吐出来反而是好事。自咱们回宫，殿下都不曾整夜安睡，身子亏空得厉害。这才在药膳里加了些安神的药，只为了能让殿下借此机会，好好睡上一睡。这两日殿下的脉搏日渐平缓，杨太医才停了药。”

皇甫策沉默了许久：“现在是什么时辰了？”

“巳时。殿下睡的时日有些久了，当时奴婢和杨太医用药时不及多想，不想自两三日前，外面疯传殿下不太好，这才惊动了陛下……”柳南扶皇甫策起来，喝了些水，“陛下也是才来一会儿，问了几位太医，都说殿下无碍，也不知怎么赶巧了，殿下竟是醒了。”

皇甫策躺了些时日，浑身乏力，抬手的力气都没有：“韩耀何在？”

柳南忙道：“在在在，韩大人每日下朝必至东宫，此时该是还在外殿……议事，奴婢这就让人去通传。”

“议事……呵。”皇甫策冷笑一声，看向柳南，“本宫睡了六日，除了韩耀，还有哪个大人来议事了？”

柳南微愣了愣，忙道：“大家都不知底细，以为殿下病重，怕是不敢打扰殿下养病，这才怠慢了几日。”

皇甫策半合着眼眸：“可有什么吃的？”

“有有，早备好了清粥小菜，殿下随便吃些。”柳南一边说，一边让人去拿，“好吃的东西多着呢，但杨太医说殿下躺了几日胃肠弱，得好好地吃上几天的素食。”

皇甫策蹙眉：“昨日的点心呢？”

“点心啊？”柳南拉长了声音，想了片刻，才明白皇甫策在问什么，“您看看，这几日奴婢把这么重要的事都忙忘了，昨日竟是没有遣人去问问。殿下是不知道，如今外面传言可凶了，怎么说的都有，想必王二娘子心里对殿下很是担忧，不见得有心情做这些。不过昨日里，咱们也备下了不少芙蓉酥饼，虽不如王二娘子亲做的，但……想必该是能入口。”

皇甫策听柳南絮絮叨叨说了那么多，不觉得被安抚，只觉讽刺：“你倒是有心得很，什么事都能想到，这几日王氏可有给荣贵妃递帖子入宫？”

“这些时日奴婢一直在东宫，哪里能知道这些……”柳南正不知该如何回答来得好时，见宫侍端着粥走过来，忙道：“殿下先用膳，等恢复些力气，待韩大人来了，可慢慢说这些。”

景阳宫自太祖以来，被定为东宫所在。当年皇甫策被立为太子后，一直居住于此，泰宁帝登基后，将谢贵妃的临华宫从后宫划了出来，专为太子养病。转眼三载，景阳宫直至去岁腊月才迎回了主人。

大半年的光阴，内殿被柳南尽心尽力收拾得有些可观可赏之处。但外殿虽是重刷了油彩，添置了摆设，却是没有多尽心的，院中除了苍柏就无甚装点，往日里人来人往倒还好，这几日冷冷清清的，越显荒凉。

慕容芙带着一群宫人进了议政殿，闲庭信步，左右打量，好半晌才掩唇轻笑：“还以为夫君素日里有多忙，怎承想这东宫的议政殿，竟只有夫君一个人……倒也是我错怪夫君了，一个人议政，可不是忙吗？”

“你来做甚？”韩耀端着茶盏，垂眸坐在一侧，就连声音也无甚起伏。

众多宫侍将拎在手中的食盒放在桌上，一样样地摆开。慕容芙侧目一笑：“夫君下朝总也不回府，东宫也没甚细心的人，想是这会儿还没用早膳，我这不是掐着时辰，给夫君送来了吗？”

桌上摆满了精心备下的膳食，韩耀眼中的冰冷稍退：“在宫中也住了段时日了，你何时回府？”

慕容芙半趴在桌前，双手托着下巴，笑道：“夫君若是求我回去的话，我又怎舍得不回去？”

韩耀瞥了眼慕容芙，面无表情道："你想让我如何求你？"

慕容芙笑道："东宫如今都没有人在了，从今以后咱们也少来几趟东宫。若你觉得在太子那儿磨不开脸，不好开口，我让姑母和陛下说说，左右最近朝中也无甚大事，我们去庄子里住上十天半个月……"

"你如何知道朝中无甚大事？燕北干旱四个月之久，有的地方因缺水，秋粮颗粒无收，哀鸿遍野，大批百姓不得不抛家弃业南下逃荒，几路快马已连发数十道奏折！陛下虽已让各大府衙开仓放粮，但也只能解一时之危！

"大雍才安稳了几年，国库里根本拿不出那么多赈灾的银两。不说一江之隔有南梁，甘凉城以北有柔然！如今又有了这十年不遇的大旱！燕北府君乃谢氏次子，想谢氏一族经营漠北几十载，漠北本就缺水少雨，谢氏豢养能工巧匠无数，但倾尽全力尚且难以应对此番大旱。那甘凉城以北旱情更加严重的柔然又当如何？柔然无粮，又会有怎样的后果！你可知道！外族彪悍，不思经营，以南下掠夺为生！这些都不算重要的事吗？"

慕容芙愣怔了片刻，不以为意地哼了一声："柔然抢到了粮食自然会走，说什么外族彪悍？我们大雍原本也是马背上得的天下，太祖母族虽是汉族，皇甫氏几代与南梁门阀通婚，此时虽以大汉子民称谓，不过掩耳盗铃罢了，但谁不知我们出自鲜卑？说来我们和柔然才是出自一处，那些百姓才是真正的汉人，我们为何要管他们？"

韩耀长出了一口气，侧目看了一会儿慕容芙，笑了笑："也是。既然如此，我们还有什么可说的？你乃鲜卑贵女，自然可以不管这些，可我韩氏一门乃是汉人。"

慕容芙深觉得说错了话，忙笑道："夫君别生气，我一个深宅娘子哪里懂这些，既是有饥荒，不是已经开仓放粮了吗？等熬过去这阵儿，难道地里还能一直不长东西？大旱很快就会过去的。"

韩耀长叹："罢了，咱们不说这些了。你若是无事就早些回去吧，一直住在宫中总不是长久的事，父亲也问了你几次了。"

慕容芙点头道："那咱们何时去庄子？今日我回府，住上一日，咱们后日一早就出发如何？"

韩耀侧目看了慕容芙一会儿，轻声道："我方才说了那么多，你可明白？"

慕容芙抿唇，有些不耐烦："明白明白，这些事也不是夫君一个人能做完的，你看你来东宫议事，可这议政殿里竟只有你一个人。那些人都比夫君精明，知道躲着太子了，也就夫君是个实心眼，这个时候还巴巴地凑过去。"

韩耀冷笑一声："精明？不过是一群反复无常的小人罢了！越是这个时候，我才越不能走。"

慕容芙蹙眉："这叫识时务者为俊杰，夫君又不是不知道太子病重，如此凶险熬不熬得过去还一说，此时还议什么政？好在夫君娶了我，不管怎样，总不会被牵连。"

韩耀看了慕容芙好半晌，面无表情："是谁让你来的？荣贵妃吗？"

慕容芙面上闪过一丝恼怒："是不是姑母还不是一样？若敏妃腹中是个男孩，太子的日子可想而知！姑母即便手再长，还能伸进太极殿里面不成，如今宫中戒备重重，你以为陛下在防什么？还不是要防着太子与姑母！"

韩耀了然地点了点头，端起茶盏来："知道了。"

慕容芙怒道："你知道什么了？太子这里……东宫此时风雨飘摇，今日不知明日事，但凡有点明白的人，都已经避开东宫了，你就是榆木疙瘩！太子病重，就连姑母都不曾去探望！王氏一族甚至连个递牌子入宫的人都没有！还有两位侧妃，哪个不比你韩氏与太子的牵扯多，但是有一个人入宫探望吗？也就是你！一连数日下朝就来东宫，家都不回了！从早到黑的，莫不是整个朝廷就你韩耀忠心吗！

"陛下只要在一日，这天下都不是太子的天下，哪里需要你来此表忠心？！你平时看着多精明，怎么一到了关键的时候就要如此？若非是我嫁了你，确实没有办法，不然你以为我会来管你不成！"

韩耀沉默了片刻，冷着脸笑了一声："不过才出了些波折，那些人就把东宫当作洪水猛兽，避之不及。何况当年陛下入宫之时，如此强势，绝情血腥……你也可以不管我，即便我将来出事，以你慕容家的权势，也牵扯不到你的，不是吗？"

慕容芙骤然起身，手掌重重地拍在桌上，怒声喝道："韩耀！别给脸不要脸！不过是个寒门子弟，我好心好意来劝，你有什么可拿乔的！你韩氏说好听点是新贵，说难听点不过是个穷鬼破落户！此时我若说你是我的夫君，你就是我的夫君，我若说你不是我夫君，你以为你还能做几日慕容家的贵婿。"

韩耀不紧不慢地端起茶盏，抿了一口茶水："我这个破落的寒门子可当不起贵婿二字，既然你有自己的路可走，也不用来管我的死活。三年前太子有难，我韩氏一门式微，为求自保，不得不避开东宫。如今东宫不过出了些波折，众人已是故技重施，即便今时今日我韩氏一族可以避开，但我韩耀也不会避开！你大可放心，若当真出事，你也不会被我牵连。"

慕容芙冷笑："呵，你自然牵连不到我，可我好心好意来提醒你，本是为了帮你，为了帮韩家。狗咬吕洞宾！你这样的人，就活该被牵扯死！"

韩耀看向慕容芙，轻声道："你当初嫁于我，就是想要一个畏首畏尾贪生怕死、不顾情意道义的夫君吗？你是要一个为了荣华权势可以出卖一切的夫君吗？你们都可以走，你们都可以避，但我不会也不能避。

"先皇对我韩氏有知遇之恩，对韩耀也有教养之恩。不说我与东宫自小一同长大情同手足，单说谢贵妃当年对我韩氏一家的资助，我也不能在墙倒众人推的时候，做一个推墙的人！哪怕真有一日，太子一败涂地，我为此身死，也甘之如饴！"

慕容芙怒极反笑，讥讽道："呵，说这些虚伪的空话有什么用？富贵权势有什么不好？若没有富贵权势，你韩氏还是帝京郊外种地的贱奴，哪里有今时今日！你若不是此时的韩耀，我慕容芙能看上你？若说知遇之恩，陛下对你韩氏一门难道不够好吗？当初明明知道你是太子的心腹，不但不曾苛责你，甚至还重用于你！如今你能到这个位置上，不是因为太子！是陛下与我慕容氏的恩赐！”

韩耀缓缓垂下了眼眸：“我懂了。”

慕容芙喝道：“你懂什么了！你什么都不懂！若你真的懂了，就该立刻和我一起离开东宫！”

韩耀不明所以地笑了一声：“荣贵妃与慕容氏的意思，我都懂了，你们这是要做那推墙人。”

慕容芙冷笑连连：“别那么自以为是，好似全天下就你一个有情有义的人！有情有义能当饭吃不成？明知道是死路还要走下去，真真愚蠢至极！”

韩耀缓缓端起茶盏，嘴角露出一抹讥讽之色，轻声叹息：“慕容芙，你真可怜……”

午后的时光，云卷云舒，安逸舒适，阳光炽烈却没了夏日的燥热，放松地躺在花庭里，空气中都泛着暖逸的香甜。

不知过了多久，皇甫策微微侧目，半合着眼眸望向韩耀：“怎么此时才来？政务积压得过多了吗？”

韩耀跪坐一侧，一遍遍地冲泡着茶水，只是那紧蹙的眉头，始终没有松开半分，好似没有听到皇甫策的问话。直至得了柳南的提醒，这才骤然醒过神来：“无甚，府衙该是都放粮了，帝京以南的余粮也调度了出来，谢氏总不好看着燕北的百姓全跑了。”

皇甫策点头：“听闻谢氏带着燕北的大户开仓放粮，本该受灾最重的甘凉城，因匀水灌溉的缘故，竟是受灾最轻的地方。”

韩耀打起精神来：“臣仔细看过卷宗，谢放虽为谢氏庶子，但确有大才。甘凉城驻军十五万，十年前粮草均为朝廷与谢氏供应。自谢放掌握实权后，善用谢氏豢养的能工巧匠，开荒造田，引水造渠。甘凉城采取军屯制，十五万兵丁分好区域与责任守城屯种，半月交替一次，如此一来所有兵丁既不曾荒废操练，又极大地解决了漠北军的粮草。

“漠北之地自古荒凉苦寒，虽是太祖的发迹之地，但也没有南梁的望族世家盘踞，极方便谢氏管理。十五万大军不但能自给自足，还能应付一部分赋税，臣听闻这十年来，甘凉城家家户户有分发的良田，税收只占五分之一，若肯开采荒田荒山，官府会免税五年。”

“阿耀素日里总看不上那些名门望族，如今你可看到这些门阀的厉害之处？若他们肯造福一方，可不是比朝廷更有办法，谢氏用尽心力地将漠北经营得如铁桶一般，何尝不是因为帝京谢氏日益式微，东宫朝不保夕呢？”皇甫策眯眼想了一会儿，再次开口道，“谢氏是这两年才开始如此的吗？”

韩耀看了眼折子，沉思了片刻：“肯定不是，不过今年燕地大旱，殿下前不久曾私下问过谢楠漠北粮草的事，这折子是递给东宫的秘折，除了臣再没有过别人的手。”

皇甫策长出一口气：“舅父这些年也不容易，深得陛下忌惮，说什么都是错，做什么也是错，不敢将此事露出半分端倪，也是无可奈何的事。”

韩耀挑眉：“若谢放当真掌兵权十年之久，只怕漠北的粮草已相当惊人。当然，前提是谢家没有动这粮草的话……莫说此番大旱，即便明年也颗粒无收，想来燕平与甘凉城也能轻松应对。”

皇甫策点了点头：“话虽如此，但这些粮食还不能动。燕地以北，可不只燕平与甘凉城的，柔然啊……那是养不熟喂不饱的豺狼，一旦有些风吹草动就露出尖牙来。漠北的粮草虽是不用担心，但整个北地不光是燕平以北，帝京也只是比那些地方好一些罢了。”

韩耀沉默了片刻，轻叹：“是啊，若非有柔然虎视眈眈，哪能让南梁苟且偷安这些年！”

皇甫策抿唇一笑：“如今东宫都朝不保夕的，难得你惦记着拿下南梁的事。前几日那几道圣谕发下去，不管如何百姓总能熬过荒年。可是只怕有些人，都在想东宫熬不过这个年呢。”

韩耀怔了怔：“殿下何出此言？”

皇甫策似笑非笑地看向韩耀：“明知故问了是不？方才你在议政殿里，当着众多宫侍将夫人赶了出去，只怕这等趣闻，一会儿就要传遍前朝后宫了。”

柳南道：“可不是嘛！人说床头吵架床尾和，韩大人也太不该了，当着那么多人，总要给夫人留些颜面。若当时都是咱们东宫的人，不用大人说，奴婢自会约束，可韩夫人带去的都是贵妃娘娘的人，您不看僧面也要看佛面哪！”

韩耀敛目正身，俯身朝皇甫策行了一个大礼，这才不紧不慢地坐正身形：“殿下深知韩氏家境，当年殿下身陷囹圄，家父辗转奔波，但求助不得门路，当时韩耀年幼力薄，即便我韩氏想倾力相救，也是以卵击石，唯有蛰伏下来，以待来日。”

皇甫策抿了抿唇，轻声道：“你家的为难，本宫知道。”

“但今时不同往日，那时蛰伏是因为我知道殿下还活着！”韩耀顿了顿，对上皇甫策疑问的目光，轻声道，“得知临华宫深夜大火，无一生还，臣欲死谏，正遇上给陛下辞行的贺明熙。她似乎看出了臣的想法，把殿下还在世上的事告诉了臣……那时臣也向贺明熙保证，此事绝不会有第三个人知道。故而臣隐瞒至今，甚至在殿下递出消息前，都不曾将这消息告诉家父。”

皇甫策垂了垂眼眸，轻声道：“既是当初不说，现在为何又要说出来？”

韩耀敛目：“臣迎娶了慕容芙，殿下如今不肯再全心全意地相信臣了，不是吗？”

皇甫策轻笑，眼中毫无笑意：“本宫信不信你，同你迎娶谁，没有丝毫关系。本宫的疑虑，你当真不知道是为什么吗？”

“有些事，臣是对殿下有所隐瞒，但所有的出发点都是为了殿下，是以，不管何时何地，在这件事上臣并不觉得自己错了。”韩耀敛目道，“臣出身寒门，自幼得庭训天恩，从未因身份或门楣自卑自弃，更是不曾想过迎娶高门贵女，人生不如意事十之八九，可与言者无二三，臣一生所求，不过是举案齐眉的红颜知己。”

皇甫策低声地笑了起来："想得倒挺美，可惜你也说了人生不如意十有八九，这样的好事哪能轮到你……"

韩耀却没有半分恼怒，轻声道："殿下回朝，如今得见谢氏生存不易，但殿下可有想过，谢阀这般延绵上百年的望族，在陛下手下尚且如此……何况我韩氏呢？

"也许此时在殿下眼里，臣也是个蝇营狗苟之辈，不择手段地一心攀爬，只为权势门楣。臣也不否认，这权势这富贵，这些年确实让臣着急，为之用了不少手段。可不管如何地不择手段，但臣心中始终有一道线，荣华富贵，权势滔天，也不能越过这道线。"

皇甫策与韩耀对视，许久许久，花庭内是一阵窒息的沉默……

柳南见此，轻声劝道："殿下在阑珊居里养伤，对外面的事一无所知，这三年韩家过得实然比谁都艰难。当初奴婢曾听裴总管提过，韩老大人因是先帝心腹，不受陛下重用，韩家又因家底不丰，一度陷入困窘之中。韩三娘子甚至因拿不出嫁妆来，被退了亲事……

"当初韩大人的亲事，慕容氏本就不情愿的，有心给韩家难堪，要将韩家踩在脚下，就比照皇家娶亲的规则，给韩夫人准备了整整七十二抬的嫁妆，良田庄园商铺。韩老大人得知此事，几乎一夜白头，奔走无门，不得不找了与韩大人还有些交情的娘子求助。

"娘子听了韩老大人的诉说，大骂慕容氏狗仗人势，后来娘子私下借给了韩大人三大箱金锭，这才解了韩老大人的燃眉之急，后来许还气不过，在韩大人成亲之日，娘子又将翠微山的别苑当作贺礼送到了韩家。这件事被贺府的人知道了，专门将娘子叫回去敲打了一番……"

柳南说着说着，突然发现四周除了自己的说话声，再也没有别的，安静到了诡异，抬眸间却见两双眼睛紧紧地盯着自己。柳南惊觉又说了什么不该说的事，忙道："这些都是裴总管的一面之词，做不得真的！"

韩耀缓缓收回眼中的探究，抿唇许久，哑声道："臣从未听家父提过此事。"

"说得也是，贺明熙可不是施恩不图报的性子，即便当初对本宫也是……"皇甫策目光闪烁道，"据本宫所知，阿耀与贺明熙自来水火不容，她又怎会如此示好……"

韩耀心头猝然一惊："本该如此！但贺明熙如此作为，臣当真半点不知！"

皇甫策轻笑了一声，似是而非道："若有机会，本宫会帮你问清楚的。"

柳南讷讷："不见得是真的……奴婢也是……也是道听途说的。"

韩耀沉了口气，想了想开口道："这些时日，殿下与王二娘子如何了？"

皇甫策伸手端茶盏的动作，微微僵硬了片刻，转眼即逝："能如何？宫规森严，素日里想见一面都很难，想问感情如何的话，还待大婚以后。"

韩耀垂下眼眸："此番这般的冷待，殿下以为王氏会如何？"

皇甫策骤然抬眸，望向韩耀，缓缓沉声道："本宫同阿雅青梅竹马两小无猜，我二人的婚约本是母妃的一句戏言，谁也不曾当真。但本宫生死不明时，阿雅青春正好，竟不管不顾地依约非要等着本宫，甚至为此祈福茹素三年之久。本宫除了选择王氏，还能如何？

“本宫若死了，肯定只能辜负了这情深义重，但本宫如今还活着，即便王氏只愿锦上添花，选择自保，本宫都不该也不能责怪。此时此刻，本宫也不求王氏能雪中送炭，只要一直保持张望，本宫也不会有半分怨言……毕竟这般干净不染尘埃的情意，本宫今生都不能辜负。”

韩耀目瞪口呆，侧目望向脸色不明的柳南，好半晌，才讷讷道：“竟是如此吗？”

皇甫策笑了一声：“当初你借着柳南的口告诉本宫这些，不就是为了让本宫选择吗？”

韩耀轻声道：“可……内子与王二娘子自幼交好，这番话在臣面前说起来，自然是说给殿下听的。当初臣也只做闲聊告诉了柳管事，未曾辨别真伪……”

皇甫策轻笑了两声：“当初一心想让本宫和阿雅在一起的是你们，如今见王氏对本宫避之不及，为求自保不肯出力，又来说未曾辨别真伪，你们当真也是够现实了……后宅私事是很难辨别，但阿雅大好的家世，直至去岁尚未许配人家，还能是假的吗？”

韩耀心中泛起涟漪，不置可否：“如今臣……臣已娶妻，虽对当初的选择不悔，但如今也算明白了，一生如此长，不管沧海桑田，总要娶对心中的人。是以，臣虽现实，但也不会再为此劝殿下。若是殿下喜欢，不管娶谁都未尝不可。”

皇甫策笑了笑，若有所指道：“阿耀也一样，当初未娶时，你怎么挑剔都无不可，但阿耀既然已将人娶进门了，慕容芙都已成了你的责任。不管如何，该谦让还是要谦让的。”

韩耀沉默了许久，敛目轻声道：“殿下……殿下心慕之人是王二娘子吗？”

皇甫策沉默了片刻：“方才本宫说了，未娶未嫁怎么都好，但既已选择了，定下了，不管如何这人都是你的责任，酸甜苦辣，都该甘之如饴。”

韩耀侧了侧眼眸，看了眼皇甫策紧蹙的眉头，缓缓笑道：“那就好。”

千金纵买相如赋

7

太极殿内的小花园，草木旺盛。秋花开得正好的时节，往年即便再不喜，也会在院中摆上各色秋菊，以应时节。因今年情况特殊的缘故，不管如何艳丽的花卉，都进不了太极殿内殿外殿。不但是花卉，甚至太极殿内的小厨房内，所有的食材都要经过五六层筛选，直至六福总管过目点头才可以用。

昨夜下了场小雨，此时阳光正好，不冷不热。满是翠色的花园内，连空气都带着怡人的湿润。许是有喜事的缘故，泰宁帝今日的气色看起来也十分好，白里透红的，自来紧绷的嘴角弯成了微笑的弧度，常年紧蹙的眉头，也平坦了。整个人从里到外都少了往日的凌厉，多了几分温润可亲。

自进了太极殿已有小半个时辰了，高钺一直陪坐在花园亭内，泰宁帝今日似乎只是单纯将高钺叫过来品茗，几次开口，说来说去都是家常事。天气与这几日的饭食，大部分都与敏妃以及腹中的胎儿有关，几次胎动，反反复复地说了好几遍。

直至敏妃被搀扶在花园中漫步，远远地对泰宁帝行礼后，泰宁帝这才不再说话，那双眼眸似乎黏在了敏妃身上，时时刻刻地不放松。此时此刻泰宁帝浑身上下的气息比方才更柔和了，那双凤眸也温温润润的，无害极了。

高钺本不是多话的人，见泰宁帝如此，只当他又是心血来潮，将自己叫来打发时间。自明熙离开后，这样无所事事的召见多了起来。

泰宁帝始终觉得自己非正统继位，故而虽是嘴上不说，但总也是心虚的，自登基后心防一日重过一日。自与发妻荣贵妃因后位交恶，便对后宫也敬而远之。

当初明熙在时，总还有说话的人。明熙自幼在宫中长大，不涉前朝，也不与后宫交往，这让泰宁帝极为放心。当初对明熙的那份宠爱，固然有已逝的惠宣皇后之故，但最多的只怕是明熙使得泰宁帝安心，说话时不用设防。

去岁明熙远走他乡，下落不明，泰宁帝虽深居简出，但对高钺越发信重，有事没事总是将人召进宫来，哪怕不说话，两人手谈一局，或只是单纯地饮茶，也能消磨半日时光。泰宁帝遇见有趣的折子或大臣们禀告的乡间趣闻，也会拿出来与高钺谈论一番。若是心情好些，即便面对高钺这样一个不苟言笑的人，自己也能笑上好半天。

高钺性格沉闷刻板，多数时候甚至连赔笑都笑不出来，但即便如此也不曾惹恼过泰宁帝，反因这份孤直，泰宁帝越发地喜欢他。

去岁，泰宁帝病重，众臣铆着劲奉承东宫，如今敏妃有孕，才传出去几日的光景，太极殿外殿已一扫往日的冷清，热闹了起来。说来也是，当初陛下虽交付了许多朝政予太子，但仍将兵权牢牢地握在手中，那时大家都以为泰宁帝如此作为，怕是病危到救不回来了，众臣才会顾头不顾尾地奉承太子，如今这变故一来，只怕许多朝臣已回过味来了。

兵权只要握在陛下手中一日，不管太子殿下看起来多风光，甚至有众多得力的岳家众家的支持，所有一切都是无根基的水中浮萍，镜花水月。兵权就是底气，是以不管东宫如何擅权，或如何把持朝政，泰宁帝始终闲庭信步。

不知过了多久，泰宁帝终是舍得将眼睛从敏妃身上撕了下来，回眸看向垂眸品茗的高钺，真心地笑了起来："朕若是不回头，你就一直干坐着啊？"

高钺放下茶盏："陛下总要回头的。"

泰宁帝笑得更大声了："是啊！不管多久，人都要回头啊！你也不要太刻板了，这太极殿被朕规整得跟铁桶一样，不管怎样都不会传出去半点风声。朕的大将军一直绷着，朕都替你累得慌。"

高钺沉默了片刻，轻声道："末将历来如此……方才进门时，看见太子候在殿外，不知是何缘故？"

"太子自己要尽孝，朕还能阻挡不成？既然要尽孝，自然不能只做面上的功夫，让他跪着抄写经书以示心诚，到时要送去寺庙，供奉起来，给先祖及先皇祈福。"泰宁帝不以为意道，"说起来这般的事，被人知道了总也不好，太子在朕面前是小辈，但在朕之外，他还是万人之上的太子。不过朕也放心，如今后宫防卫交给了你，这不该传出去的定然传不出去。"

高钺抬眸正色道："陛下放心，太极殿内外守卫已加了三班，都是身家清白的人。夜间也有倒换，不会有所松懈。外宫更是守卫重重，莫说是人，连一只飞鸟都不会飞进来，总归不会让陛下与敏妃娘娘担忧受惊。"

泰宁帝抿了一口茶水："看看这草木皆兵的谨慎模样，当真是比朕还尽心尽力。朕知道，你是个务实的，像你这样一心办事的臣子，如今也不多了。朕大病了一场后，这朝中人心一直不稳，昨日朕特意将你父亲叫来，为示荣宠与信重将太尉之职给了高氏，你可知道？"

高钺点头："知道，昨夜父亲在家中等至深夜，特地与臣说了此事。"

泰宁帝抿了抿唇，侧目道："哦？除此之外，你父亲可还有别的交代？"

高钺抬眸望向泰宁帝，许久许久，点了点头："父亲让我最近少往东宫跑，专心给陛下办事。"

"呵，当真是个见风使舵的好手，前不久不是还让你多去东宫，如今什么苗头都没有就又换了主意。你父亲什么都好，可惜少了份忠勇耿直，只怕这也是在你祖父去世后，皇兄不曾重用他的缘故。"

高钺不好议论自己的父亲，垂眸道："祖父去世时，只嘱咐父亲守好家业，不要冒进，倒是也不曾苛求父亲建功立业。”

“还是你祖父了解自己的儿子，看得长远，可惜你父亲总也不明白，不过若无他孤注一掷地临阵倒戈，恐怕也没有朕的今日。说起来朕还欠着你家一份天大的人情，如今给了他太尉之职，虽不能掌兵，但该有的荣耀一点都不少，也算是光耀了你高氏门楣，只当欠了你家的还给你家罢了。”

高钺蹙眉：“食君之禄，担君之忧，君臣之间哪有谁欠谁的事？既是父亲当初选择了陛下，我高家自然也不会再有其他选择，只要陛下在位一日，末将定保这帝京安稳无恙！”

“哈哈哈！朕果然没有看错人，如今帝京里多是蝇营狗苟之辈，你这般不通俗务的木头也算怪人……”泰宁帝虽如此说，但望向高钺的目光，越发满意了，“你知道那些人慌慌忙忙地跟没头苍蝇一样朝朕这里撞，都是为了什么吗？”

高钺紧紧抿着唇，沉默了片刻，才开口道：“想是与东宫有关，近几日已有朝臣陆陆续续弹劾东宫擅权，不尊礼法。”

泰宁帝点头：“自然与东宫有关，可如今的弹劾只是个试探，他们都在等朕的态度，给朕铺好台阶，好让朕一步步地走过去，给东宫一个措手不及。你猜猜，敏妃腹中孩儿，是男是女？”

高钺正色道：“这般的事如何能靠猜测？陛下大可不必为此忧心，是男是女，本是天定，都是陛下的骨肉至亲。”

“是啊，骨肉至亲，原本朕在这世上仅剩的骨肉至亲，也只有太子一个，如今苍天垂怜又多了一个。虽说手心手背都是肉，可到底也有个亲疏远近。太子本就对朕有心结，谢贵妃之死虽与朕无关，只怕太子不会那么想，如今朕还掌着兵权，万事都好说，若有一日……朕与敏妃的孩子又当如何？太子会不会想到骨肉至亲这四个字呢？”

高钺沉默了片刻：“罪不及稚儿，太子不是个没有心胸的人，陛下当初的仁慈，太子不会不感念，万不会如此对待一个稚儿。至于谢贵妃一事，臣相信与陛下无关，那时所有人的性命都掌握在陛下手中，若是陛下想要谢贵妃与太子的性命，在那时许多人都会拍手称庆，万不用如此麻烦的，专门去放火。”

“好个罪不及稚儿，可岭、楚、赵三王满门，哪一家没有稚儿，哪一个不是朕的血亲？可有时候这些东西，在皇位权势面前，薄弱得还不如一张纸。那时朕仿佛被眯了眼，不管谁来劝说，竟是连一个都不肯放过。

“我与几位皇兄，幼年一同在宫中长大，他们虽待我算不上多好，也不见得有多坏。朕在那之前，从没想过有一日会取他们的性命，甚至连襁褓中的稚子都不肯留下。直至朕杀入京城，坐在那至尊之位上，年少的太子那惶恐不安的眼眸，才让朕大梦初醒，自己都出了一身冷汗……可见权势皇位都能迷人心智。”

高钺轻声安抚道：“往事不可追，与其想那些已发生过的事，不如多想想以后，陛下正值盛年，这些时日的将养，已是大好。不管如何，这总是好事！”

泰宁帝站起身来，拍了拍高钺肩膀，轻声道：“朕要听实话，若给你机会选择，你希望敏妃的这个孩子，是女还是男呢？”

高钺沉默了许久许久，缓声道：“末将希望是个公主。”

泰宁帝怔了怔，看了高钺片刻，大笑了起来：“好好好！可真是好胆量啊！时至今日，只怕也只有你敢在朕面前说这般的话了……”

亭内是一片沉默，不知过了多久。

泰宁帝叹息一声，开口道：“朕也想是个娘子，若如此，朝中一切暗流都不会浮到台面上来。不管怎样阳奉阴违，至少能像今日这般平静。朕也必将她捧在手心里，养得骄纵跋扈耀眼夺目，最好如明熙一般。

“可他若是个男孩，朕也该倾尽全力地保他护他，朕已活到了这个年纪，能得到的都得到了，该有的不该有的都抢了回来。若苍天肯垂怜……当真让朕有了血脉子嗣，谁又不愿拿一切去换呢？”

高钺垂首：“末将虽尚未成家，但陛下的心情，多少也能明白几分。末将说希望是个公主，并非是针对陛下……只是觉得如若是公主的话，她今后的路会平顺许多。若是皇子，即便有陛下护佑，这一生必将披荆斩棘，经历种种难以想象的事吧……”

泰宁帝安抚地拍了拍高钺的肩膀，将一枚令牌塞在高钺的手中：“不用多说，朕明白你的心意，造化弄人，谁又会真的预料今后呢？这个你好好地收着，从今以后，朕将这大雍宫、这帝京都交付于你了。”

高钺注视着手中的令牌，竟是禁军统领的兵符：“陛下！顾统领兢兢业业，何故……”

泰宁帝冷笑了一声，抬手打断了高钺的话：“朕知道他是个尽忠职守的好臣子，当初翠微山之行，顾统领可是特意同你换了几日的班，跑去给太子殿下请安问好。他有这份忠心，朕又岂能不成全他？放心好了，顾统领如今也算是高升，不会对你有什么怨气。”

高钺敛目道：“陛下有命，自不敢辞，末将也不怕顾统领有怨气，只是这样平白架空了顾统领，只怕贵妃娘娘那里不会善罢甘休，如今陛下在宫中看似有恃无恐，但后宫之中，贵妃娘娘经营多年……末将已掌了城门护军，也兼顾了禁军副统领一职，实然有没有这个兵符，只要陛下有令，末将必不会有负皇命……”

“话虽如此，可许多事都要名正言顺，不是你的事，是朕对顾泽中有了嫌隙。往日里朕孤身一人在这宫中，无甚可怕的，贵妃所要的一切，只有和朕在一起，她才会得到得更加名正言顺。是以，不管荣贵妃如何折腾，如何笼络太子也不过是为了一条后路，朕可以不计较。

“但今时今日，朕已有所牵挂，也有了顾忌，无论如何都不敢将身家性命再交付于慕容氏。可放眼整个朝廷，朕又能真的相信谁呢？”

高钺正色道：“陛下不必如此不安，放眼整个朝廷，大多都还是忠于陛下的臣子。”

泰宁帝侧了侧眼眸，看向高钺片刻，垂眸冷笑：“呵呵，如今还说什么忠心？只要是忠于皇甫家，不管忠于谁都能称个‘忠’字。你父亲当初助朕良多，可若太子此时能付出更高的筹码来，说不定也能故技重施的。王氏这样的士族门阀是最不可靠的了，若你永远高坐皇位，也许他们永远翻不出大浪来，不过是为了宗族利益有所隐瞒罢了，但若是皇位有所闪失，朕能稳住尚好，若不能稳住，只怕第一个落井下石的就是王氏！

“慕容氏自不必提，皇长子也好，皇长女也罢，只怕到了荣贵妃手里，都得不了好去。敏妃温顺胆小，荣贵妃自来心狠手辣，即便放过了皇子皇女，也不会放过敏妃。陈氏如今已出了未来的太子侧妃……这世上，最可怕的是人心善变，陈氏若再有些权势，即便是太子妃之位，也可搏一搏的。

“谢氏乃太子的母家，又有谢贵妃的一条人命在，无论如何都要被雪藏了，若一朝得势，即便是太子愿意放过朕与那孩子，谢氏都不见得愿意给朕一条路走。还有那些武将，朕从王府带出来的，哪个都是资历不够。算来算去，也只有你。高氏一族历经三代，你年纪轻轻军功累累，且为人正派，朕信得过你。”

高钺能从泰宁帝平静无波的话语中，听出许多恐惧以及失望来，可几次张嘴却不知道如何开口安慰。许久许久，高钺沉了一口气：“陛下放心，不管怎样，末将都不会让这帝京乱起来，誓死保护陛下与……敏妃腹中孩儿！”

泰宁帝轻笑了笑，似乎一次说了太多的话，眉宇间已有些疲惫，脸上也露出了倦色。他背着手站在凉亭边缘的位置，一阵秋风吹来，树随风动，将泰宁帝一丝不苟的发髻，吹得有些散乱了。

“子烈，你也来看看。”泰宁帝的声音之中，有种难喻的萧瑟落寞。

高钺上前几步，站在了泰宁帝身后半步，望向一排排的树丛：“看什么？”

泰宁帝站在原地许久许久，久到高钺以为他不会回答了，却听到他极轻地喟叹：“起风了，也不知是那树在动，还是风在动……”

八月上旬，甘凉城的百姓已把庄稼抢收入库，一村一堡都加固了防卫与巡防，每一村堡加派驻兵两百人，要塞上加驻了千人，不管是村堡还是要塞，兵丁的粮草均是军中自给自足。未到八月底，柔然已有马队入边抢劫秋粮，但因所有村落都提前收了粮食，又有了万全的防备，兵丁与庄户有坞堡作为防御，对付这些流匪，绰绰有余。

甘凉城本为了守卫燕平而建，选择了进入燕北腹地最关键的要塞处，剩下还有三处能进入燕北的关卡，不曾选择建城，自然是易守难攻之地。甘凉城几百年来位处边界，为保身家性命，各村的坞堡建造得犹若城池般坚固，即便有重兵来攻，一时半会儿也很难攻克，只要有了这个间隙，烽火一起，援兵很快就会赶来。

若柔然当真想要攻打大雍，必先过甘凉城这一关。谢放自小在燕北长大，十年领军对敌经验丰富，早料定了这一战，自然让打算掠夺过冬的柔然部落踢了个大铁板，眼看冬日将近，掠夺不成又无计可施之下，柔然只有选择重兵攻打甘凉城。

九月的漠北，白日里已有凉意，子夜时分更是有种说不出的冷意。整座甘凉城灯火通明，几日的守城，众人都有些精疲力竭。自前日傍晚打退了柔然进攻，已有近十二个时辰的平静，大家虽有换班休息，但为怕夜晚袭城，这一夜所有人都打起精神来了。

黑暗中，谢放站在城墙上，望向远处城外漆黑一片的营地：“怕吗？”

明熙把玩着弓弩，并未抬眸：“怕什么？”

谢放侧目望向明熙，将一个水囊扔了过去：“弓弩手都要守在城墙上，你就一点都不害怕？”

明熙伸手接住水囊，喝了一大口，抱怨道：“漠北什么都好，就是气候太干燥了，虽然帝京也隶属北地，可和漠北一比，当真是暖风细雨醉人心呢。”

谢放大笑了一声：“读过书的人就是不一样，不过是抱怨抱怨天气，还这般文绉绉的。你若想回帝京，大可直说，本将军又不是不近人情的人，还会阻你不成。”

明熙将水囊挂在腰间，未抬头地擦拭着弓弩：“这城墙，总得有人守着，不是我也会是别人。那些人都不害怕，将军为何独独觉得我想回帝京去？如今我好歹也是个百夫长，那些人可都在看着我。大战将至，将军如此蛊惑人心，若我做了统帅，定然第一个把将军拖出去，重重打个几十大板，以儆效尤。”

谢放道：“本将军不过说了你一句，你这就翻手为云覆手为雨的，要把军法用在本将军的身上了。”

明熙捏了捏眉心：“也不知这一场仗，要打到什么时候，重阳节是过不上了。”

谢放侧了侧眼眸，轻声道：“放心好了，最多再守月余，若再攻不下，柔然必会来议和。”

明熙打个哈欠：“那就好，再这样下去，怪熬人的。白天总还好，大半夜的不让睡觉，实在太难受了。”

谢放听到这般的抱怨，紧蹙的眉头却松开了：“本将军说月余，你就相信，难道你没什么疑问吗？”

明熙闭目靠在一侧城墙上：“大将军神机妙算，前番肃清奸细的手段，我已见识过了。且七月底大将军已说将有大战，连日期都说得不差，能预料出结局，可是一点都不奇怪！”

谢放看着明熙，眼底溢出一抹笑意来，娓娓道：“兵马未动，粮草先行，柔然是抢粮不成这才想拿下甘凉城。柔然行军历来以战养战，所带粮草必然不多，可这般的打法，在我甘凉城与附近是行不通的。漠北冷得早，即便柔然兵勇不需粮食棉衣过冬，但老弱妇孺也挨不住漠北的苦寒，需要棉衣与粮食。”谢放长叹道，“若大军将柔然仅剩的粮食都吃完了，柔然剩下的那些老弱妇孺又当如何？”

明熙闭着眼，揉了揉胳膊：“可不是冷得早吗？九月的帝京，穿上两层衣衫总也够了，但这里却已经有了寒意。柔然更是靠北，只怕比咱们冷得还早，老弱妇孺没有粮食与棉衣，如何熬得过去这样的寒冬。”

谢放凝视着明熙，许久许久，轻声道：“非我族类其心必异，那些老弱妇孺养壮实了，将来还不是要来侵犯我大雍？”

明熙叹了口气：“也是，可一想到那些人要冻死饿死在帐篷里，心里也不舒服。古人云，老吾老以及人之老，幼吾幼以及人之幼，但只要还有一日的大雍与柔然之分，只怕都很难做到这一点吧。”

谢放缓缓侧目，望向远处的军营：“虽说这世道是弱肉强食，柔然也狼子野心，但古人何尝说得不对呢？可这些都不是咱们要想的，本将军只知道守在甘凉城一日，必然不会让柔然踏进大雍一步。你且耐下心来，再等上些时日，柔然必然要来求和借粮……”

“即便求和借粮，将军也不好做吧。”明熙缓缓睁开眼眸，望向谢放，“此番大战，咱们又不是没有伤亡。我们弓弩队守在城墙上的弟兄也死了好些，更何况那些有心护着弓弩队的兵勇……柔然若是一开始就来借粮，也比现在强些。”

谢放忍不住再次看向明熙，目光下不知遮掩了什么，许久许久，轻声道：“探子虽是将甘凉城有粮的事传了出去，但柔然却不知道，甘凉城到底有多少粮食。整个大雍都大旱，甘凉城处在此处，柔然肯定以为甘凉城的旱情也不轻，试问谁会把救命的粮食借出去？再者依照柔然的习性，也不会先礼后兵，必然是要来抢的。”

明熙骤然抬眸，望向谢放：“既然大将军早知此事，大可避免此战，为何不先找使者……毕竟……你本来就打算借粮给柔然不是吗？”

谢放冷声道：“找使者去柔然做甚？告诉柔然人我甘凉城有粮食，可以借给他们吗？若你是柔然人会不会相信，一个整日里与你厮杀不休的人，主动地给你粮食过冬？不说柔然人的心思会有多叵测，再者我们主动借粮，那要借出去多少才够呢？”

明熙愣了愣，开口道：“是啊，借多了他们以为咱们还有更多，借少了只怕还会落下个怨恨……”

谢放有些冷漠地望向远处的营地，缓缓开口道：“这一仗不管如何，都要打的。既然有了这一场饥荒，咱们又有了万全的准备，让他们来攻就是了，如此虽不能让柔然元气大伤，但必然能消耗一部分战力！

“借粮是要借的，但打服了，借多借少却是咱们说了算，不饿死那些人就好了，莫不是还要养肥他们，以待来年吗？这一场饥荒，再来一波不算大不算小的征战，柔然必然也能平静个两三年。”

明熙轻叹：“咱们也有不少死伤……如今我都不敢想那些兵勇的家眷，来时还是好好的一个人，一场仗打完了，只剩下了一具冰冷的尸身。以己度人，若换成我自己的至亲……我也会很难过很难过的。”

谢放看向明熙，轻声道：“打仗哪有不死人的？用极少的伤亡，换三年太平清明，怎么不划算？甘凉城的安宁繁荣，以及这里的一切，都是那些前赴后继的热血守卫的将士拿命换的！如何也不能亏待了这番牺牲，本将军治军十年，从不曾抛弃一个战死英魂的家眷，只要有漠北军一日，必不会辜负那些死去的人！”

这番话，让明熙心中涌动着说不出的感动与豪情，似乎连逐渐冷却的血液都热了起来，那是一种难以言表却从未有过的凌云壮志，有些陌生但又如此鼓舞人心。明熙的目光缓缓滑过城墙上的人，可当对上那有些麻木的目光，以及还有些稚嫩的脸庞时，那些热血却逐渐地冷却了下来，似乎连心中刚涌起的热气都化作了冰冷。

许久许久，明熙开口道："今时今日，躺在城墙根的尸身，若换成大将军的家人与至亲，大将军还能这么说吗？"

谢放不怒反笑，逐字逐句道："自在这位置上的第一日，本将军早已将生死置之度外。身为一方将领，护一方疆土，本就是不可推卸的责任！莫说是家人至亲，即便有一日换成了是本将军身死又当如何？莫不是因为惧怕生死，就抛去一切不成？

"你可有想过，若是后退，若是惧死，身后的一城百姓又当如何？柔然骑兵如狼似虎，行军打仗从不备粮草，所过之处哀鸿遍野，甚至以杀百姓取乐！你可想过，在这个位置上，只要有一个不慎，这一城活生生的人，都会变成一具具冰冷的尸体！别人能死！本将军也能死！"

明熙嘴唇抿成了一条线，缓缓侧目望向远处漆黑一片的兵营："将军所言，我都懂，真到了那个时候，即便是死，我也不会后退一步。只是到底……到底不明白，为何非要有这纷争，为何非要分出汉人、柔然、鲜卑来？各安天命，又有什么不好？

"人生在世，犹如白驹过隙，朝生暮死，追求来的一切又有何用？百年后，那些爱过的、恨过的一切，终将撒手……最后也就剩下独自一个人孤零零地躺在黑沉沉的地下，到时再想那些虚无缥缈的权势与富贵，不择手段的伤害与争夺，多傻……"

谢放缓缓收回眼眸，瞥了眼明熙："呵呵……"

明熙怔然望向谢放："大将军笑什么？"

"笑你天真，笑你蠢。"谢放俯身站在城墙上，"你站在城墙上，可俯视城下的一切，那些性命，那些熙熙攘攘的柔然兵，在你的弓弩之下，又算得了什么？当你身着千金狐裘，骑着高头大马穿过街道人群，感受到那些羡慕的目光时，心里是不是也很得意？你自来了甘凉城虽也入了营地，但吃住在家，你为何能与别人不同？还不是你救了谢燃，本将军给你的特权。

"你想对别人好，能私下里造桥铺路，接济穷困。你能将家中房屋都起了火墙，荒山上造林。明明在这贫瘠苦寒之地，你依然能过得雍容华贵锦衣玉食，都是因为什么？当你拥有一切时，自然不用再去追求，可许多人若是按照你的心思活法，不争不抢安生度日，不是穷困潦倒，就得餐风饮露了。"

明熙半合着眼眸："大将军知道，我并非这个意思……"

"不是此意，又是何意？你能轻松地得到一切，自然感觉可有可无，不必珍惜。"谢放上前两步，凝视着明熙的脸，轻声道，"可本将军与你这种贵公子不同，与帝京的那些人都不同。

“今时今日，本将军能站在此处，掌握一城人的生死，俯视着你，都不是不争不抢平白得来的！为了今日的这一切，从小到大，我的生母隐忍了多少委屈？我又多少次对兄长阿谀奉承马首是瞻？若如你说各安天命。生下来是什么人，就是什么命。这人生，该少了多少期盼与希望？”

明熙蹙眉：“人生在世，谁没有欲望？大将军又何必那么愤世嫉俗？至少你得到了，走出来了，不是吗？”

谢放冷笑了一声：“本将军只是看不惯这些站着说话不腰疼的人！呵，各安天命！若当真听天由命，只怕本将军此时只能窝在帝京里，挂个闲职，甚至连闲职都不一定挂得上，日日在谢氏后宅里，巴结嫡母嫡兄……不过，今日即便和你说，你也不见得明白。”

明熙恼羞成怒道：“大将军也别太妄自菲薄了，您有这一份心智，不管是在帝京，还是在漠北，都会轻易地熬出头的。当初见你对燕平府君俯首称弟，如今想一想，他来此也不过走个过场，你让他看到了他想看的一切，实际上所有一切还是遂了你的意，十五万大军依然实打实地握在你的手中，甚至不如说他对你言听计从才是。”

谢放挑眉，眼中闪过莫名的光芒：“怎么？你这是威胁本将军吗？”

明熙瞥了眼谢放，嗤笑道：“如今我是在大将军手下讨生活，你觉得我能威胁到大将军吗？”

谢放仿佛很是慎重地思考了片刻，缓缓道：“这可真不好说啊，你知道本将军第一次见你是什么感觉吗？”

“什么感觉？”明熙面色有些僵硬，想了想，“那时我该是没有什么不妥，又帮大将军救下了谢燃。”

“害怕。”谢放说完这两个字，自己先笑了起来，“诚如你所说，你当时没有任何不妥，但是却莫名地让本将军害怕，甚至有些恐惧。直至今日，本将军依然不明白，你这样一个弱不禁风的人，为何会让人有这种感觉？”

明熙垂下眼眸：“大将军何出此言？”

谢放摇头失笑：“本将军若知道是何原因，早将你抓起来扔大牢里了，还能让你继续悠游自在地做一个百夫长？”

千金纵买相如赋

8

九月初九，重阳节。这一日，帝京城的百姓，几乎都要前去峰仙山登高参拜，顺便折些松柏回来燃烧。九月九烤烤百灵火，来年平安和泰，百病不生。

帝京内权贵自然也不例外，却不一定非要去挤人山人海的峰仙山。帝京外景色非凡的山头也有不少，除了皇室的几处产业，剩下的几乎都是有底蕴的世家私产，但凡在帝京中说得上名号的士族，谁会没有一两座景致极好的山头。

望云山在帝京外二十里处，高山巍峨入云，紧邻着的山峰与高山有一座天然的石桥横空而过。山中景色极美，每每九月半个山头的红叶，煞是惹眼，与一条巨大瀑布相隔，却又浓翠极致的阔叶林，绿娇红冶。

望云山山脚下是一座占地颇广的庄园，小桥流水雕梁画栋，庄园的花园与山中景色紧紧相连，山石瀑布与人造园林的衔接，无一处不巧夺天工。望云山是一处极负盛名的赏景地，但非任何人都可以赏景之处。

这般豪阔的园林，放在帝京也堪称数一数二，乃琅琊王氏的产业。每年重阳，朝廷休沐，王轶都会带上家眷前来望云山别苑住上几日，既应了节气，又让家人好好地散散心。

午后时光，悠闲安适，姹紫嫣红的小花园里，一群丫鬟在花亭内忙碌着。亭内焚着荷香，一套小巧的家具，几只花瓶摆在了檀木桌上，许多知名不知名的秋花，整齐地摆放一侧，一旁还摆放着坐垫与煮茶的器具。

片刻后，一群人拥簇着王家的两位女郎施施然地走了进来。一时间，亭内衣香鬓影，暗香浮动。两位女郎在众人的拥簇下，净了手，不紧不慢地坐到了花亭中，一枝枝挑拣着鲜花，朝挑选出的花瓶里插枝。

王大娘子君懿已二十有三，十七岁嫁于代郡沈氏嫡长子沈铭，如今已育有两个小郎一个娘子。虽已出嫁多年，但因望云山景色绝伦，每年九月都会与夫君一同回庄园小住几日。代郡沈氏原本是南梁望族，因获罪前朝圣上隐退乡野。南梁迁都离开时，沈氏留了下来。太祖两顾代郡，才请出了当时沈氏的当家人沈茂公重新入朝。在如今的天下，沈氏名声虽不如王氏，但在大雍的经营，实际上比王谢更胜一筹，如今大雍的大司徒正是沈王氏的公爹沈继。

王君懿的容貌端庄，虽也貌美，但与艳丽的王雅懿相比逊色不少，不过世人讲究的福气与雍容，也在王君懿身上体现，她肌肤白皙似雪，面若银盘，一双水漾的杏眸透出了几分上位者的傲气。

王雅懿抽出一串桂花，侧了侧眼眸：“自阿姊有了珊儿，已许久不曾这般悠闲了。”

王君懿微微抬眸，抿唇一笑：“哪里光是珊儿的事，你以为后宅的事，都是面上那般简单吗？如你这般悠闲，家中不知乱成什么样子？还是跟着父亲母亲省心，你此时也要好好珍惜。”

王雅懿撇了撇嘴，撒娇道：“阿姊是站着说话不腰疼，谁不知你那婆母最是和善，姊夫性格温和，历来对你千依百顺的，没有大郎二郎之前，一房妾室都不曾有过。你既是宗妇，又是进门就掌管后宅，还有什么不顺心的，即便跟着父亲母亲也没有这般随心所欲了。”

王君懿似是不愿提起这事，眼眸垂了垂：“我们这样的人家，谁的日子在外人看来不是繁花锦绣呢？”

王雅懿不以为意地笑一声：“阿姊就是矫情！你自小到大顺风顺水的，哪里知道我的苦？当年父亲母亲赴任将年幼的我独自一个人扔给祖母，任凭两个贱种欺负十多年！好不容易过了两年好日子，又在婚事上一波三折，如今也不知道父亲是个什么意思！”

王君懿轻声安抚道：“父亲能有什么意思？还不是为了你好？”

王雅懿插花的动作缓了缓，哼了一声：“怎么是为了我好？自敏妃有孕的消息传来，父亲也不许我问，让我往日如何现在就如何，素日里母亲不管怎样都依着我的心意，如今倒是听父亲的了！”

王君懿笑了笑，劝解道：“父亲母亲肯定是为了你好，但我听说，你让人将每日送去东宫的点心停了，这又是为何？”

王雅懿垂眸，沉默了片刻：“敏妃有孕，入口的吃食何其敏感？送去东宫后，万一中间出了岔子，或被有心人利用了，沾上了宫中的事，到时候还不是父亲母亲的麻烦？”

王君懿愣怔了片刻：“此事你可有问过父亲母亲？太子不知道你的顾虑，只怕难免要误会……”

王雅懿蹙着眉头，恼怒道：“这般的小事，为何还要特意回了父亲母亲？！他们历来偏心，若是今日换成你的婚事有变，我可不信他们还会如此安稳！我都这般的岁数了，父亲母亲一点都不着急。”

王君懿好声好气地劝道：“你是母亲最小的女儿，不管他们心里如何打算，必然是为了你的今后与前途，太子那边出了些许小事，如何能埋怨到父亲母亲身上？”

王雅懿瞪了王君懿一眼：“家中就没有一个人真心为我着急的！”

王君懿安抚地拍了拍王雅懿温声道：“瞧瞧这气生得莫名其妙。我也是十七才成的亲，咱们家的娘子都矜贵着呢，可没有早嫁的。母亲偏谁，别人不知道，你心里不知道吗？”

王雅懿气苦：“阿姊十七成亲还算正好，可有想过我如今……过了这个冬日都要双十了，父亲本就将婚期定得晚，如今敏妃有孕，若再有变故，那真是！敏妃有了孩子，同太子有何关系，如今兄长和父亲说句话都要避开我……”

“你与太子不过是定亲，即便出了变故，对你又有什么妨碍呢？没了太子，咱们家的女儿还能愁嫁不成？父亲也是在等，太子能立起来，自然是我王家的贵婿，若太子立不起来，还算什么太子？”王君懿想了想，开口道，“自我十三岁，父亲母亲就给我挑选人家了，即便在十五岁定下你姊夫，也是缓了缓，才让我出嫁。可太子与你姊夫不同，你姊夫身上的一切，我们家都能看清楚，如今太子手中的一切筹码，可都还是陛下给的。”

王雅懿若有所思道：“外面风言风语的，我只是怕再生变故，哪里是为太子抱不平？可阿姊这话里面，到底还有什么意思呢？”

王君懿柔声道：“变故这事也不好说，但太子与你的婚事，咱们家还会再等等，再看看的。”

王雅懿大惊：“还要等？还要看？这真是……难道就不能顺顺利利的吗？”

王君懿沉默了片刻，长叹一口气：“父兄的事，咱们问不了。可不管你将来嫁给谁，都是一样的。女儿这一嫁人，是云是泥，虽与娘家息息相关，可不管身份多高贵，若所嫁非人，有些罪还是要受的。母亲是世家的嫡女，当初在家中如何尊贵，可跟了父亲以后，未熬出来又是如何艰难的？你虽是年纪小，许多事都不知道也不记得了，我可是亲眼看着祖母磋磨母亲。”

王雅懿紧蹙着眉头：“我不过是随便说说，阿姊为何又提起这些事来？”

王君懿苦笑一声：“只是感叹罢了，当初没嫁时，也没有这般深的体会，如今……才知道母亲当年有多不易。”

王雅懿冷笑了一声：“青姨娘当初多猖狂又有何用，如今不照样青灯古佛，两个跛扈的贱种都是短命鬼，早早地把自己作死了！不然……哼！”

当年王老夫人乃谢氏旁支之女，但嫁给王雅懿的祖父没多久，娘家的父亲就去世了。本就是不显眼的旁支，家很快就败落了。王老夫人将嫡亲的内侄女，接到了王家。谢青枝与王轶自小一起长大，自然是颇有情意。王老夫人自然乐见其成，但因青姨娘的身份太低，且王氏全族也不可能让嫡长子娶这样的娘子入门，最后与陈氏敲定了亲事。

王轶婚后半年，谢青枝就抬了姨娘，嫡长子虽是王夫人所出，但二子与三子都乃青姨娘所出，王老夫人偏心偏颇，家中三个郎君，两个出自谢氏姨娘，且王轶与青姨娘颇有些情意，那时王夫人可谓步步艰难，竟是要与一个姨娘共同持家，琐事都要礼让她三分。

当年家中安排王轶出外任职，本是要大妇持家的，出外赴任只能带姨娘前去。老夫人执意让王轶带上青姨娘，王轶虽宠爱青姨娘，但宠妻灭妾乃士族与为官的大忌，且王夫人的娘家也不容此事发生，老夫人虽是糊涂，但王老大人还没有糊涂，力排众议让王夫人陪同王轶一同赴任。王老夫人闹了又闹，无奈之下，王老大人只有答应让青姨娘帮忙持家，且将尚在襁褓中的王雅懿留在家中，代替王夫人承欢膝下，王夫人与王轶这才顺利成行。

王老大人不让王轶带姨娘前去自然有自己的心思，但不承想，这一走就是十多年，三任官职做下来，河洛算是彻底成了王家的根基，王老大人的年纪也越发大了，这才准许王轶携妻儿回京任职。

十多年的时间，足够一个襁褓中的婴孩长成亭亭玉立的少女了，但因阳奉阴违的日子过多了，王雅懿就形成了表里不一的性子，善于察言观色，又自卑自尊到了极致，在人前要保持士族娘子的矜贵与高傲，在人后要对祖母唯唯诺诺，不管对错，不敢辩解半分。

王夫人见到这般的王雅懿，又是心疼又是内疚，可一切终是不能挽回了，只能尽力补偿，在那时的环境下，便是再选择一次，王夫人只怕还是会做出相同的选择。

王君懿侧了侧眼眸，亭内的丫鬟无声无息退了下去："那时大兄与四郎可是嫡子，在祖母面前尚不如那两个庶子体面，母亲日日受青姨娘的挤对，日子可想而知。"

王雅懿抿了抿唇，眼底闪过一丝不满："你们都有自己的不易，难道就我没有吗？！母亲这些年总说自己的难处，好似我多不体谅一般，可你们谁替我想过？我一个人在这家里，活得还不如个奴婢，多说一句话都是错，做了是错，不做也是错！当初那两个奴婢生的贱种，是如何作践我的？祖母偏心，嫡庶不分！可有人给我做主？！"

王君懿小声道："别说这些置气的话了，咱们家的娘子若真论起矜贵来，我如何能和你相比？"

王雅懿翘了翘唇角，哼了一声："阿姊和我说这些做甚？还怕我重蹈母亲的覆辙不成？太子的生身父母可都不在人世了，谁还能拿我怎样？"

王君懿垂眸挑选花枝，轻声道："太子虽是没有了生母，但陛下还活着，男子该是不会用后宅的手段，可陛下若是想要磋磨太子，身为太子妃的你，哪里能过什么好日子？太子虽祭过天地拜了祖庙，说来说去，还只是太子而已。

"两个有名分的侧妃，哪一家是好惹的？当初父亲也没想到陛下还有这一手，不然肯定不会同意这一桩婚事。如今想想，太子也算不上什么良人，我们家何必冒那么大的风险去帮扶？"

王雅懿沉默了片刻，叹息了一声："谁想到还有侧妃，好在陛下虽不喜欢太子，但也不能将他怎样了。那侧妃算得了什么？不管在外面尊贵，在我面前不也是个妾室？男人三妻四妾本属平常，即便是父亲与兄长、姊夫哪个不是如此的？"

王君懿怅然道："话虽如此，对女子来说，谁愿意自己的夫君三妻四妾呢？"

王雅懿叹息："我倒不在意这些，也不是非要嫁给太子不可，但父亲在我的亲事上，总也游移不定，考虑我的时候少，考虑事的时候多，母亲又都听父亲的。如此一来，在亲事上又有几分真心？眼看着我都这个岁数了……哪还能耗得起？"

王君懿看了王雅懿片刻，叹息道："父亲当然要考虑，你嫁给太子可不光是你的婚事，更是家中大事。这历朝历代的太子如此之多，可真正登上皇位的又有几个呢？单说前朝就有好几个庚太子……"

王雅懿骤然抬眸，有些不确定地开口道："阿姊的意思，如今的东宫……也有可能会被废？"

九月的帝京，晨起的阳光，已化不开空气中的寒意，秋风吹落了满树的黄叶，不知何时，一树树繁闹的枝叶，转眼只剩下了枝丫。景阳宫，因疏于打理，一地的黄叶与枯枝，看起来十分荒凉。

皇甫策自小身体羸弱，三年前又落下了病根，阑珊居内百般用心细细调养，平日里也显不出这身体多好来，但也不会太糟糕。自回宫后，皇甫策每日天不亮就上朝，下朝还要理政，有时甚至要议政到午夜，柳南虽用尽心思，日日给予滋补，但身体的底子多少有些亏损。初秋吐血后，病了一场，才养了不到十天，就被泰宁帝以政务堆积如山为由，将人再次抓回去上朝听政，处理琐事。

自皇甫策上朝之日，泰宁帝又亲自定下了晨昏之奉。每日下朝后，皇甫策不能用膳，必须先去太极殿内问安，泰宁帝以为太祖先帝祈福为由，将人留下抄写经书。为表心诚，这经书要跪着抄，膝下不能有软垫，其间连茶水都不能喝上一口，一抄就是大半日。午后回到景阳宫方能用早膳，傍晚之前要将这一日的政务整理妥当，黄昏时再去太极殿内伺候泰宁帝用了晚膳，才能回宫用膳。

这般的磋磨，换作普通人尚且吃不消，何况皇甫策这般的半病体质，如此未坚持一个月，皇甫策再次病倒，风寒来势汹汹，高烧不退，昏昏沉沉地睡了三日，才算勉强熬过高烧。泰宁帝许是怕太过苛责，传出去名声到底不好，在皇甫策养病期间，这才消停了下来。

虽才是秋末，景阳宫的正寝里，一早一晚已燃上了火盆。正是晨后，阴天的缘故，今日的天气比往日里更冷了一些，许是伤了元气，这些时日皇甫策都感觉浑身乏力，动都不想动一下，也正好应了太医院的嘱咐卧床休息。

今日的皇甫策身着月白色广袖衫，长发如海藻般散在腰侧，病中的肌肤犹若冷玉，白皙透明少了几分血色，入鬓的双眉宛若墨画，本该温润的凤眸如今清湛湛不露半分的喜怒。斜斜地躺在贵妃榻上，手持书卷，半合着眼，整个人似乎又比一个月前消瘦了不少，这一身随意的装扮，仿佛洗去了世间的风尘，也褪去了往日的雍容华贵，反而多了几分不食人间烟火的飘逸，宛若误落凡世的谪仙。

忙了近一个月，养病期间，也算难得有了余暇，无所事事时倒也不觉，如今方知道能倚在榻上看会儿野书，竟是如此地难能可贵。似乎觉得有些冷了，皇甫策拉了斜搭在身上的毯子，侧目看了一眼角落的火盆。

宫侍余光看见了皇甫策的动作，小心翼翼地给火盆里添了些炭火，随即一股青烟冒了出来。皇甫策被呛得咳嗽了起来，柳南上前无声地狠狠踹了宫侍一脚，宫侍急急忙忙将炭盆端了出去，屋内的青烟好半晌才散了去。

柳南端起茶水，送到皇甫策面前，轻声道："殿下好些了吗？"

皇甫策接过，抿了口茶，舒了口气，好脾气道："受潮的炭就不要用了。"

柳南忙道："哪里能用受潮的炭火，只是殿下有所不知，普通的乌炭都是如此的，自然比不得咱们往年里用的银霜炭。"

“哦？”皇甫策挑眉，“为何要用普通的炭？东宫还用不起好些的炭不成？若宫中不发，你派人出去采买就是了。”

柳南轻声道：“说起来也差不了多少钱，可如今宫中守卫森严，除了宫廷特定的采买人，其他宫人若想出宫，都要陛下与高统领两重亲批。咱们东宫也去问了好几次，直接就被高统领驳回了……”

皇甫策面上倒是没显出半分情绪来：“那就去内务府要一些，本宫用的东西，他们也敢克扣不成？”

柳南赔着笑脸：“殿下的东西，他们自是不敢克扣的，但如今还未进冬日，内务那里还没有备好过冬的炭火，去年剩下的银霜炭都先紧着敏妃送去了，这才顾不上别处。”

皇甫策俊美无俦的脸上说不出地冰霜冷峭，缓缓放下手中的书卷：“皇叔让本宫跪了大半个多月都还不解气，竟是连这种后宫的妇人手段都用上了。”

柳南不敢接皇甫策的话，小声道：“殿下，该上药了。”

皇甫策看了眼柳南手中的药瓶，眼底露出几分厌恶来：“放着，晚上再说。”

柳南忙道：“这药是从……箱笼中找出来，虽也是活血化瘀，但该是没有那么疼。虽知道殿下不想再用箱笼里的东西，可如今咱们不是也没有更好的办法吗？杨太医开再好的药，领来的药也不一定是杨太医开出的那种……”

皇甫策缓缓敛下眼眸，不明所以地笑了一声：“那些箱笼又不是一点都不曾动，如今又来清高什么？”

柳南眼中闪过一丝欣喜：“可不是！娘子给咱们备下就是给咱们用的，当初咱们回宫，娘子是这也不放心，那也不放心，储备的东西极为琐碎，大到裘皮金银配饰，小到跌打损伤的药膏与药材，可谓样样齐全，且不管什么都够用上一年半载的了，裴总管还说，娘子怕太子殿下在宫中被人亏待了。当时奴婢就想那几箱子金银可能还有些用处，但这些乱七八糟的东西，宫里还能缺了不成？殿下可是接了圣旨才回宫的，怎么会缺东西。虽觉得娘子是多此一举，奴婢想着她也是好意，这才替殿下收了……”

皇甫策半合着眼，似是在听又似是没有在听，好半晌，冷笑连连：“瞧你高兴的，本宫被她料对了要用箱笼，就值得你那么高兴？”

“哪能啊！奴婢……奴婢这是为殿下能少受点罪开心。”柳南面上讪讪的，偷看了皇甫策好半晌，见他着实没有发脾气的意思，这才跪下身来蹭了过去，将皇甫策的裤腿卷了上去，当目光触及膝盖上惊心的青紫，虽看了许多次，还是忍不住皱了皱眉头。

当柳南的手覆在膝盖上，皇甫策还是忍不住瑟缩了下，等了片刻，素日里难以忍受的钻心疼痛却迟迟未至，从膝盖的伤处传来一股清凉舒适又有些热乎乎的感觉，极大地缓解了膝盖上的冰冷与疼痛，这舒适感让皇甫策叹息出声。

虽都是化瘀活血膏，当真差距就有那么大，那乌炭与那燃烧时还会散发淡淡怡人香味的银霜炭，也是云泥之别。说起来，自小虽长在宫中，谢贵妃也不受宠爱，但到底是一品贵妃，谢氏一族乃百年的世家大族，不管如何，都不会让谢贵妃母子在吃穿用度上受委屈。

小时，皇甫策也曾从谢贵妃口中知道一些后宫的妇人手段，当时只觉魑魅魍魉不屑一顾，可如今看来，不管什么样上不了台面的手段，只要用对了，都能将人折磨得生不如死。如此这般的折磨，只怕还是皇叔不敢妄断敏妃腹中是男是女，已算是手下留情，若当真狠下心来，只怕结果都不是生不如死了。如今想想，自小到大这大雍宫添了多少新面孔，而那些旧人都是无声无息地就销声匿迹了。

可贺明熙送这些东西去翠微山时又在想什么呢？她自小入宫，长于中宫之手，可谓受尽荣宠，自来嚣张跋扈不可一世，最是不该体会明白这些才是。她既是要离开帝京，为何不甩手离开，还要让人将这些琐碎的东西特意整理出来，专门送去翠微山行苑呢？当时是接了圣旨才复位的，那些箱笼里的东西，宫中又怎么会缺，也许会永远都用不上，她送这些时，又在想些什么呢？

一股冰凉的感觉自膝盖出来，皇甫策舒展了眉头，缓缓地闭上了眼眸，长出了一口气：“贺明熙送来的箱笼里都有些什么？”

柳南听着皇甫策的语气并无生气恼怒之意，想了想小声道：“吃穿用度什么都有，除了银霜炭和素日里的吃食，但凡常用的药材，燕窝人参灵芝，殿下的衣履带帽一年四季的常服外袍，即使内务府什么都不给，至少够锦衣玉食过上一两年了，还有些贵重的摆设，但是金银尤其多！奴婢可一直听别人说娘子豪富，当初不眨眼地就能给出去三箱金锭，没承想竟富成了这般……”

皇甫策闭着眼眸，轻笑了一声，娓娓道：“阑珊居的饮食精细，一干用物不打眼但极为精致，有些东西甚至在宫中尚属供奉之物。柳副总管自跟了贺明熙后，该是锦衣玉食的，何曾受过如今的境遇。当初想着东宫是个高枝，谁知竟是一穷二白得连个娘子都比不了，说来是本宫委屈了柳大管事了。”

“殿下！殿下！奴婢冤枉啊！奴婢可没有那个意思啊！奴婢的命是贵妃娘娘给的，自幼在娘娘宫中长大，得喜公公教养，心里只有贵妃娘娘和殿下啊！当初去伺候娘子也是娘娘亲自指定的！自三年前奴婢跟着殿下去阑珊居就一心一意地跟着殿下，从不曾有过二心！豪富也是奴婢道听途说，哪里敢与东宫攀比！更不敢有什么念想！殿下是奴婢的殿下！不管殿下怎样，奴婢都不会离开一步的！”

皇甫策缓缓睁开眼眸，看了会儿俯身跪在一侧的柳南，重重地叹了口气：“本宫也不是光说你……起来吧，哭成这般像什么样子，本宫还没有死呢。”

柳南噎了一下，这才跪直了身形，停了哭泣：“殿下，奴婢胆小，以后殿下可别这样吓唬奴婢了……”

皇甫策哼了一声：“你还胆小，瞒着本宫那么多的事，你这叫胆小？”

“呃……”柳南垂着眼偷看了眼皇甫策，极小声地分辩道，“当时翠微山行苑里到底都是孝敬送礼的人，奴婢每日收礼单收到麻木，看见那么多箱笼，当真也没当什么事……

不是有意瞒着殿下的。”

皇甫策蹙眉：“行了，本宫不必你来说此时的落魄。”

柳南又噎了一声：“奴婢哪里敢！”

皇甫策凝了凝眼眸：“最近怎么一直不见阿耀进宫？”

柳南抬眸，小声道：“奴婢早想告诉殿下了，只是殿下昨日才好了些，奴婢怕殿下生气就一直没说。韩大人在殿下病时，每日都过来……可能是来得太勤了，陛下说韩大人打扰殿下养病，还说漠北灾情严重，着韩大人去押粮了……”

皇甫策的手指动了动，垂眸道：“除了阿耀，最近这些时日，可有人入宫？”

柳南停顿了好一会儿，摇头道：“殿下高烧几日，整个东宫都焦头烂额的，哪里有空接待别人。”

皇甫策道：“荣贵妃还是不曾露面吗？”

柳南想了想，极小声道：“陛下呵斥韩大人打扰殿下养病的那日，是与贵妃娘娘一同来的，奴婢听着将韩大人派去押粮，就是贵妃娘娘的提议。”

皇甫策珠玉般清冷的脸上，没有半分的情绪，清湛的凤眸中弥漫着黑沉沉的雾霭，许久许久，笑了一声：“本宫竟是一点都不意外，王氏、陈氏、贺氏可曾派人来过？”

柳南垂了垂眼眸：“宫禁森严，高统领最是严格一丝不苟，只怕女眷要进宫多有不易，且殿下高烧这几日，似乎外面又传殿下病重，不知能不能救回来……”

皇甫策抬眸，似笑非笑地看向柳南，可眼中却无半分的笑意，好半晌，才极轻声地开口道：“高钺自领了宫禁的差事，可算是把你给得罪了，如今有事没事都朝他身上推，都快被你戳成筛子了，躺在地上还得被你踩上两脚。你就直说，外面都传本宫要死了，没人愿意浪费时间递牌子入宫，大多都等着本宫是熬过去，还是死过去，看看情况再说。如今又到了这个境地，还把话说得那么漂亮，又有何用？”

柳南讷讷：“奴婢哪里敢，这不是让人去买银霜炭的事吗？奴婢可是亲自去找高统领说的，好话说了一箩筐，各种难处都说了，莫说条子了，他正脸都不给奴婢一个，扭身走了！瞧瞧那嘴脸！真是有奶就是娘！”

“呵！”皇甫策笑了一声，眼中的浓雾化去了不少，极轻声地开口道，“要本宫说如今落井下石的人又不是高钺一个，按照高钺的性格原也不该是最可恨的一个，怎么就让你恨上了，原来还有这回事！”

柳南叹了口气：“世家的公卿说起来都不该是目光短浅的人，怎么都是如此行事的！当真是一个递牌子的都没有，可也不想想，万一那敏妃生了女儿，看他们怎么下台！”

皇甫策侧了侧眼眸：“本宫觉得这些人这样做，才是理所当然。”

柳南惊讶道：“殿下怎能这样悲观，人和人之间难道就没有情义了吗？你看韩大人不就是……虽然是去押粮了，可是心里还是想着殿下的。”

皇甫策沉默了片刻，缓缓闭上了眼眸：“阿耀那样的毕竟是少数，世卿世禄，数百年的累积，都是利益换来的，没有了共同的利益，那些人有什么台需要下的？若当真是皇女，姻亲自然还是姻亲，他们依然是皇亲国戚。若是皇子，婚事最早的还要大半年的光景，本宫要能在皇叔手下熬过去才成。”

柳南愣了愣：“可那怎么一样？殿下若是过了这一段，心里总会落下了疙瘩……”

“大雍皇甫氏做多少个族谱，也洗刷不掉鲜卑族的血统，我皇甫氏想要成为正统，想要得到天下人的认同，每一代都与南梁士族联姻，除了这些人家，太子还能娶谁？大雍的新贵也有不少，可为了那所谓的清名与正统，大雍的新贵也出了皇后。”

柳南叹了口气：“好歹还没有生，若当真生出皇子来，咱们的日子只怕会更难过了。”

皇甫策闭目一笑：“这次算是说对了，若是皇子的话，皇叔只怕会更得意，也会让本宫再尝一尝那些说不出的手段。可也是人之常情，这世上有谁会放着儿子不管，将家产都给了侄子？”

“殿下的意思，要是皇子，那些人不但会不管咱们，还会悔婚不成？可不管陛下有了皇子还是皇女，他们已是殿下的姻亲了，若出尔反尔的话只怕不会落什么好名声……”柳南停顿了片刻，又嘟囔道，“若真如此，当真是一点情义都没有了，本来还指望那些人能在陛下那里拉太子一把，可这些人倒好，还没有出事就全都跑了，这般无情无义的人都要来做甚！”

皇甫策不以为意：“说什么无情无义，当初本宫回宫时又何尝多看那些人一眼？本宫与人家做姻亲时，也不是为了什么情义，是为了利益。他们如今这么做情有可原，本宫也不能怪怨。”

“陈氏倒也算了，反正也不认识……贺氏二娘子，咱们也没怎么见过，贺东青不指望也罢！可殿下与王二娘子情投意合的，又交换了信物，只除了没成亲了……怎么就叫没有情义了呢？”

柳南蹙着眉继续道：“这婚事也是王家自己先提出来的，既然将筹码押在了咱们身上，就一押到底又能如何？如今还不曾出事，他们也是不见了人影。若王氏有些表示，那陈氏与贺氏无论如何也不敢如此，侧妃到底是侧妃，不管如何行事都会看看太子妃才敢行事。”

皇甫策侧目望向柳南，慢慢地蹙起了眉头，轻声斥道：“如何叫不见人影？此时情况不明，若换成本宫也会按兵不动的！本宫同王氏早交换了信物，他们也许会有些别的念想，倒还不至于背信弃义，想来是在观望本宫还能拿出什么筹码……”

柳南瞪大了眼眸：“未来的后位都给他们了，他们还要殿下拿出什么？！王氏那般的士族还能缺什么？”

皇甫策冷冷一笑：“人心怎会满足呢？本宫心系阿雅，如今又到了这个地步，若不愿放弃阿雅，不愿王家舍弃本宫，必然要对他们忍让退步甚至予取予求……”

柳南忙道：“王二娘子一心恋慕殿下，该是不会如此，不然也不会在殿下生死不明时都不嫁了……”

皇甫策侧目望向花瓶里的花枝，水漾般的凤眸，氤氲了一层雾气，许久许久，喟叹了一声："在家从父，一个娘子如何能自己做主……"这轻飘飘的一句话，不知是要说服自己，还是在说服柳南。

柳南似是也想到了这些，忙笑呵呵道："殿下快别想这些了，咱们都先养好身体，眼看就要到九月二十九了，今年是双十的生辰，可算是大生辰，又是加冠之年。陛下虽说不着急给殿下加冠，但也说了好几次要给殿下大肆操办，到时候怎样也能见一见二娘子了。"

皇甫策有些疲惫地捏了捏眉心说道："皇叔肯定又打了什么主意，本宫可是一点都不期待……"

千金纵买相如赋

9

满园的秋色，遮不住亭内的凝重。

王君懿安抚地拍了拍呆愣在一侧的王雅懿，极小声地开口道："陛下虽不问朝政，但一直握有兵权，若陛下执意废太子，想必是谁也没有办法阻止的事。"

王雅懿面上没有太大的异色，沉默了片刻又道："陛下只有太子一个子侄，怎会轻易废太子呢？"

王君懿见王雅懿问得天真，不禁轻笑一声："虽然只有一个子侄，若敏妃诞下皇子呢？换作是你，这天下是留给子侄，还是给自己的儿子？"

王雅懿愣了愣，分析道："敏妃也有可能诞下个皇女啊！"

王君懿道："那是自然，都是五五的概率。敏妃生个皇女，自然皆大欢喜了，若是皇子，那就是太子命不好。最近太子一直在养病，但自打他病了以后，你见谁曾去东宫探望了？你姊夫说，太子病重时，荣贵妃都不曾去探望，阿芙为此还和夫君吵了一架。"

王雅懿眼中不见担忧，但思绪有些乱，沉默了好半晌又道："可是现在远着他，真待敏妃生了公主，咱们再去嘘寒问暖，太子不会寒心吗？"

王君懿点了点王雅懿的额头，轻笑道："呵，傻丫头，若他那么想不开，还做什么东宫之主？太子若能熬过此关，自然还是我王氏的贵婿，若熬不过去……我王氏与他又不是骨肉血脉。两相结合，一心图利，若能做到相辅相成，自然千好万好，但若要咱们倾尽全力伤筋动骨地帮一个不相干的人，也是不能够的。"

王雅懿终于有些着急了："可他与我已是定亲了，如何能眼睁睁地看着陛下废太子呢？若当真如此，这亲事肯定会有变故的……父亲当初不是说过会帮他吗？如今为何就要变卦了呢？"

王君懿安抚道："当初定亲前，陛下可没有说过，会让太子娶那么多身份尊贵的侧妃！父亲当初接了圣旨，才知道这些事，犹如吞了苍蝇般！母亲都哭了好几场，只是怕给你添堵，才没有告诉你罢了！总之这样的婚事对我王家来说，本来就是鸡肋！"

王雅懿愣了愣，顿时涨红了脸："太子风光时，父亲和母亲说起这婚事来都是千好万好，说我将来定然母仪天下，如今怎么又是鸡肋了？太子这事先不说，这婚事若再有变动，难道要我一辈子待在家中不嫁人吗？！"

"好妹妹，且听我给你说完。"王君懿自小对妹妹谦让惯了，忙轻声安抚道，"当初陛下为你和太子赐婚后，钦天监算出了三个好日子，离婚期最近的日子是今年开春。父亲斟酌再三，不敢妄下结论，后来还是你姊夫想方设法地从太医那里问来了陛下的脉案。不承想，去岁冬日翠微山赐婚之前，陛下已是转危为安，身体大好，隐瞒不发，恐怕也有看看太子与众臣的意思。

“陛下手握兵权，又正值壮年，当初的病虽来得凶险，但只要熬过去，必然不会短寿。父亲与咱们几个兄弟还有你姊夫商量后，这才将婚期定在最晚的好日子里，徐徐图之。当时父亲就想到了，以陛下这个岁数，后宫有孕也属难免，除此之外，只要太子一日不登基，这其中隐藏了各种凶险，绝非是我王氏能一力承当的。”

王雅懿脸色更难看了，怒气冲冲地开口道：“父亲百般算计，可有想过我的感受？！”

王君懿蹙眉道：“若非是为了你，父亲何至于想那么多？当年图南关一役，皇甫氏的兄弟子侄，在陛下手下可谓寸草不生。如今太子已这个岁数，若自己不在陛下手中立起来，那能否在陛下手中熬过十年二十年，你若嫁过去后，不管我王氏如何权势，即使倾族相帮，也是徒然！”

王雅懿怒道：“太子立不立起来我是不管的！可父亲和母亲给我定亲的时候，为何从不说这些，既然已经是想到可能有变故的事，为何还要草率地定亲！当初你们可都说了，将来我定然能母仪天下的！短短的些许时日，为何又会出了变故！这亲事一波三折，外人会如何看我？又会如何说我？如今你们都袖手旁观着，即便是太子想立事，一无人脉，二无钱财，如何能成？”

王君懿道：“太子姻亲可不只我们王家！若太子给不出相应的筹码，我王家为何要为他费尽心力？”

王雅懿急声道：“你方才都那样说了，如今太子手里能有什么筹码？！”

“太子手里自然还握着筹码，只看他给还是不给！”王君懿抬眸，凝视着王雅懿片刻，敛目端起了茶盏，“阿雅，你同阿姊说，你是不是喜欢太子？”

王雅懿负气道：“喜欢能如何？不喜欢又能如何？父亲母亲何时在乎过我喜欢谁不喜欢谁？阿姊没走过我这一步，又怎么知道我的心情！这与太子无关，如今我这个岁数……帝京除了我之外，还有谁像我这般年纪不曾出嫁的！我只想早些安定下来，又有什么错。”

王君懿重重地将茶盏放在桌上，气道：“当初谢七郎也是你自己瞧上的！求着母亲给你定下了亲事，谁知道后来出了那般的意外。父亲也是饱学之士，立身最正，不愿为此得罪了谢氏，于情于理你都该嫁给谢氏七郎。可你不愿嫁一个残废，日日在家哭闹不休，父亲不得已这才出尔反尔，毁了婚事。为了此事，我王家的名声一落千丈，更是和谢阀结了仇，父亲母亲可曾埋怨过你一句？”

王雅懿狠狠地瞪向王君懿，怒道：“姊夫的人品相貌都是一等一的，又是家中的嫡长子，阿姊进门就做了宗妇，自然可以那么说！我不过是比阿姊晚生了几年，却不曾赶上这样好的事。”

“高不成低不就的不说，帝京之中能匹配我王氏的本就没有几家，莫说宗妇了，即便嫡子也都是些歪瓜裂枣！那谢氏七郎，我已是将就了，谁让他摔断了腿！若是能治好，怎么都成！但若是治不好，我跟着他这一辈子，不是什么都完了！”

王君懿见王雅懿委屈得红了眼，也觉得自己话说得有些重了，不禁安抚道：“父亲母亲对你最是愧疚，你不愿意，父亲拼着王氏的声名不要，也给你退了亲事。可太子不是谢氏七郎，若太子愿意拿出来诚意，我们也必然会帮太子，但若太子拿不出诚意来……我们为何要做那吃力不讨好的事？”

王雅懿顿了顿：“难道太子妃之位还不是好的筹码？你们本就是打算让我嫁，为何还要瞻前顾后的？”

王君懿道：“太子妃之位，未来的后位，本是我王氏该得的，如何算得上筹码？他不是太子，难道你还做不了太子妃，还不能母仪天下了吗？不管是南梁还是大雍，我王氏出了多少皇后，多少宰相，他娶你本就是百利而无一害的事！天大的便宜都占了，还想让我们出手相帮，那就该拿出诚意来了！”

王雅懿疑惑道：“阿姊这话是什么意思？”

王君懿抿唇一笑：“太子将来登基了，就是陛下。这大雍若想后继有人，必然还要有太子，可这太子是谁所出就不一样了。两个侧妃，凭什么能白得一切？若太子执意只娶你一个，或是以后的太子只能是我王氏所出，这些都是筹码。”

王雅懿道：“可侧妃是陛下帮太子选定的，这婚约只怕不好毁……就算没这两个侧妃，待到将来太子登基，还会有别人的……”

王君懿笑着拍了拍王雅懿：“孺子可教也，太子这筹码也不好拿啊！这要看太子怎么让父亲相信自己的诚意了，可谁相信人心呢？即使他说将来只让你的孩子做太子，谁知道他会不会守诺？”

“阿姊的意思是他答应不答应，我们都不帮他吗？”王雅懿顿时白了脸，想了想又道，“……可敏妃的孩子还没有生出来，一切都还是未知，父亲怎会如此短视？你如此吓唬我，小心让父亲知道了不饶你！”

王君懿道：“你当是我愿意说这些？父亲让我专门说给你听的，虽然一切还是未知数，但最晚不过下个月。好在不到最后，这一切选择都还在我们手上。”

王雅懿抿了抿唇：“敏妃生了皇子，对我们又有什么好处呢？”

王君懿笑了笑：“敏妃生的皇子与太子，对我们来说是相同的。还是那句话，他不是太子，我们王氏还能出不了太子妃？父亲的意思，我们也不一定全部明白，但是你要明白，若你执意嫁给太子，可能父亲和母亲拗不过你，但是这一搏，有可能是母仪天下，但有可能一无所有。父亲和母亲是不愿你冒这般大的风险，才会如此瞻前顾后。”

王雅懿咬着唇，犹豫道：“如今放眼整个帝京，对我来说，哪里还有比太子更合适的人选？”

王君懿道："虽然上面的话，都是父亲让我对你说的，可阿姊自己也要同你说些体己话。咱们先不管父亲和家里的意思，皇位之争这都是一半一半的事，若你心里当真喜欢太子，哪怕做个庶民也甘之如饴的话，你根本不用顾忌那么多，只管给父亲和母亲说，不管结果如何，你都要嫁给太子就是了。"

王雅懿骤然抬眸，游移不定地看向王君懿："此话何意？"

王君懿轻声道："父亲母亲当年将你放在家中十多年，对你最是愧疚，若你不管不顾非要嫁给太子的话，哪怕将来夺位失败，父亲和家中兄弟也不会放任你们不管的。但是，你心里也要明白，若失败了，莫说母仪天下，只怕你连现在的日子都没了……你们夫妻能做个闲王有块封地是最好的，若……那必将要隐姓埋名，远遁他乡，做一个普通的庶民。"

王雅懿思索了片刻，抿唇道："如阿姊所说，太子本身还定下了侧妃，若他一无所有，我又何必去容忍那些个人……"

王君懿笑道："你们若只是普通夫妻，你也自然不用忍受那些人了！那些人不会傻到嫁给一个庶人为妾室。"

"若如此，那就只有我一个人傻了，她们都还能等上两年，一切尘埃落定了，做甚让我先嫁过去？"王雅懿噘着嘴，"这些事，我是不管的，让我吃亏就是不成！"

王君懿本也有试探之意，若当真王雅懿心有所许，王氏自然会慎重考虑帮扶太子之事，但王雅懿如此一说，可见对太子也不见得有几分真心。王君懿心中虽感可惜，但有些话，也可不必再说了。

王君懿垂了垂眼眸："你也别想那么多，只要你听话，父亲母亲也不会不管你的。九月二十九，乃东宫的生辰，因是陛下主持，你还是要去露露脸的，生辰礼物可有准备好？"

王雅懿道："素日里家中都有备好的贺礼，如今我哪里还有心情准备这些！"

王君懿抚了抚鬓角："你知道这些就好，面上可不要带出来。家里疏远是一回事，你自己疏远又是另一回事了，若让太子察觉了，总是不好。"

王雅懿点了点头："阿姊说的我都懂，放心好了，我还没有那么愚笨，到底心里不舒服罢了……这样的事，若换成阿姊，又会怎么办呢？"

王君懿看了王雅懿一会儿，好半晌才开口道："你方才说你姊夫是一等一的样貌家世，说我嫁得好，可你想过没有，当初父亲和母亲，从未问过我是不是喜欢他。作为嫡长女，我根本没有可选择的机会，你可懂？"

王雅懿惊讶地看向王君懿，不满道："放眼整个大雍，论起相貌、家世、人品、才华，有几人能和姊夫相提并论的？姊夫那样的你都不喜欢吗？"

王君懿笑了一声，似是而非地开口道："是啊！这么多耀眼的外在，谁又不喜欢啊！可若非这些，我王氏女又为何要嫁？是以，你也一样，不管将来如何选择，你都要想开一些，别自己跟自己过不去……"

一场大风席卷甘凉城后，漠北的初雪，在九月下旬就悄无声息地来了。好在半月前甘凉城与柔然一战中大捷，柔然递了降书，用一部分的牛羊和马匹换取过冬的粮食。这些琐事，自然有燕平的文官与帝京来的人一并处理，用不着军中兵将操心。

每过三两年，柔然都要大闹上一场，莫说甘凉城内的百姓不以为意，折子递到京中也不会被特别重视，不过短短半个月，除了那些守城战死的兵勇，大家仿佛已不记得当时的惨烈。如此的喜事遇见了这般的初雪，众人也都有了赏景的心情。

九月二十八傍晚，谢放包下了甘凉城最豪阔的吉祥楼宴请所有将领，明熙身为百夫长，此番又立下了不大不小的军功，被谢放特意点名邀请了。

虽有风雪，但明熙也不能悠游自在地围着炭炉待在家中，不管谢放平日里如何平易近人，但大将军既是点名宴请，在众将领看来即便下刀子也该过去。吉祥酒楼离小院只有两条街，明熙不愿家中的马车与部曲跟随，裴达也觉得甘凉城小，只要没有征战，倒也不会有何意外，也就没有坚持派人去送。

稀稀落落的小雪，落在脸上化成了细细碎碎的水滴，有种沁人心脾的凉意，不冷还很是舒适。明熙身披纯黑色裘皮大氅，脚踏鹿皮小靴，提着一盏琉璃灯。每踏出一步，便在薄薄的一层积雪上印下个脚印。缓缓回眸，借着手中灯盏里残碎的灯光，会以为天地间只剩下了这一条孤独的印记。

漠北的冬日天黑得比较早，何况雪天，虽是还未到酉时，天已黑透了。冬日苦寒漫长，一旦入冬，百姓们当真将日落而息贯彻到底，富裕些的人家会在下午就烧上了暖炕，只等晚上一家人挤在一起热热闹闹地用了晚饭，之后早早歇下。

街上的店面在平时还开着门，但今日黑得早，竟也都已关了门。街上半个人影都看不见，若非远远地望过去吉祥楼的三楼还亮着灯，明熙当真有种夜半时分的错觉，可即便如此，独自一人手提着灯笼走在无人的街道上，莫名的孤独感在心中滋生起来。

算一算，自去岁腊月离京到此时，已有多日了。如今的日子忙而充实，似乎很少想起帝京的一切来，住了十多年的中宫，贺氏的府邸，甚至连阑珊居，仿佛都有些模糊了。每每躺在小院中的槐树下，那种安逸舒适，让明熙都以为自己真能这样地过上一生。可夜里醒来，或是不得入睡时，黑暗里都会显出那个人的模样，一举一动一笑一怒，还是如此清晰，该记得的还记得，可该忘记的一点都不曾忘掉。

“既已选择，有些人已是有缘无分，注定分离。情之一字，让人痛苦，让人执着于心。在岁月的长河里，当遭遇世间种种不平与磨难时，再次回忆那些感情给予的美好，依然觉得难能可贵。在当下时，一切都是真挚的。

“错失后，人仿佛会对特定的那人，越发地宽容，明知不可追，可思来念去的都是旧人的好。那些伤，那些痛，那些决绝，在漫长的一生里，反而显得不是那么重要了。”

直至此时，明熙再次忆起少年时听到的惠宣皇后的话与写在游记后的诗，才能更是明白这其中的滋味，只是不知这是惠宣皇后入宫多少年后的感悟，三年、五年，抑或是更久，也不知道这位果断决绝的鲜卑贵女，所追忆的旧人又是谁。

嗒嗒的马蹄声从街道的对面传来，本就放得很慢的脚步，缓缓地停了下来，街道上没有灯，漆黑一片，虽能听到街道尽头的马蹄声，可什么也看不见。明熙唯有垂眸站在路旁，静待这匹马过去。

“本将军主持的庆功宴，贺郎君似乎都不肯赏脸呢，本将军这不正打算亲自再去请你一趟！”谢放勒住了马，停在明熙的前面，坐在马背上，居高临下地开口道。

在同柔然的最后一战中，柔然溃败，谢放领兵追击，也是一时大意，中了埋伏。柔然人调虎离山，甚至拉走了谢放周围的护军，将谢放一人引到了柔然的包围中。好在谢放为人谨慎，即便追击也只在城墙不远处，当时明熙在城墙上看到谢放周围的人越来越少，便起了疑心，当看到远处增多的柔然骑兵，当机立断带上了二十个弓箭手厮杀了过去，这才将腹背受敌险些丧命的谢放救了出来。

此时回忆起来风轻云淡，但当时情势极为凶险危急，柔然人已是颓败，最后一战想必也是孤注一掷，将所有的筹码都押在了击杀谢放上，若是群龙无首，甘凉城必然城破。这也是为何谢放宴请众将，点名要请明熙的缘故。

明熙恍然醒过神来，抬起眼眸来：“噢？大将军这不是还没去吗？”

谢放翻身下马，忍不住笑了起来：“申时的酒宴，如今都快酉时了，本将军都被人灌了一轮了，你说本将军去没去？”

明熙一愣：“申时吗？阿燃不是说酉时吗？难道是我听错了？”

“呵，自然是你听错了，那小子可是未时就急忙跑出了门，真是奇怪，你们素日里好得很，这次居然没有叫你一起。”谢放本不是爱笑之人，但也不知为何，每每和这人在一起说话时，总也是心情松快，忍不住未语先笑。

明熙想了想：“怕是来了，但未时我还在睡觉，裴叔不愿叫醒我，就让阿燃先去了。”

谢放喝了不少酒，如今冷风一吹，小雪落在脸颊上，不觉冰冷，反而感觉很是舒适，又忍不住深吸了一口。他跳下马背，一手拉着缰绳，另一手将明熙的琉璃灯拿了过来，上下看了看，啧啧道：“四面水晶磨成的琉璃灯，本将军在燕平的谢府也才见过三五盏，贺小郎豪富啊！”

明熙见到熟人，心情也好了不少，不禁挑眉笑道：“如今是休沐，大将军就不能将本将军这个自称换了吗？”

谢放又忍不住笑了一声：“那你想怎么称呼本将军？你既与阿燃交好，也可随着他叫我一声兄长，或是燕绥。”

明熙怔了怔，好半晌扑哧一笑：“我只是让大将军将自称换了，与我如何称呼将军有何关系？”

“好歹你也算救过我两次，怎么也该与别人不同，我只是提议，你愿叫就叫，不愿也就作罢。”谢放想了想，“方才你站在这里出神，想什么呢？如今冰雪封路，这里到帝京一来一回都要三个月，若想回帝京过年的话，这长假可不好批啊！不过好在……这甘凉的地界，本……我还能做些主，你若来求，我怎么也要给你些面子。”

明熙见谢放得意的样子，不禁道：“非也，方才我在想，以后啊，不管怎样都要在这甘凉城生根发芽，必须得找个人一同了却残生才好，正打算今生再也不回帝京去了呢。”

谢放皱眉道：“帝京也不是什么好地方，不回去就不回去，可小小年纪说什么了却残生，如今你可有十六？”

明熙瞥了谢放一眼：“我记得贺熙的路引与户籍上写得很清楚，过了年都要十九了。”

琉璃灯盏的光线不太亮，这人身着黛色的裘皮大氅，头上点缀着一支简单的白玉簪，侧脸在朦胧的光线中若隐若现，下巴弧度有种说不出的美感。有些人便是如此，即便是最单一的颜色和装扮，可看起来还是那么地好看。那通身的气质与雍容，是自小多少锦衣玉食浇灌出来的，即便是想模仿也模仿不来。

谢放将明熙上上下下地打量个来回，缓缓收回了目光，轻笑道：“你那路引和户籍有几分可信度？说来也是，若真的十九了，是到了成家的年纪了。”

明熙扑哧笑了一声：“大将军快莫说属下了，如今您老都快三十了，放在帝京里，成亲早的话，儿子都要成亲了。”

谢放微微一怔，脸上的笑意也淡了不少，他侧目看了眼明熙，疑惑道：“我看起来就那么老吗？”

明熙侧目，将谢放上上下下地打量个来回：“今日看起来很是精神，你还是穿着那一身银甲更好看一些。”

谢放道：“若单单为了好看，我还要穿着盔甲过日子不成？”

明熙挑眉：“陈郡谢氏也出过好几个玉面郎君，大将军的底子不会差到哪里去，可平素在军营里不苟言笑，看起来老成持重，这才给人一种沉稳的成熟感。”

谢放低笑了一声，不置可否：“好话可都让你说尽了，还让我说什么？这甘凉城你也没多熟，既是想成亲了，可想过找个什么样的娘子？”

明熙笑了笑：“怎么？大将军想给我找个什么样的？”

谢放怔了怔，轻声道：“你还当真了，怎么好好的想起要成亲了？”

明熙耸了耸肩，长出了一口气，一步步地朝前走，好半晌，才开口道：“许是一个人走路太寂寞了，忍不住想有个并肩之人。许是这甘凉城的雪太早了些，一个人总还是不习惯。裴叔说，若想在一个地方生根，必然要融入进去，相互扶持，日子才会越过越安稳……我随着阿燃入营，何尝没有这个心思呢？可几场大仗打下来，越发地觉得人生无常。”

谢放道：“是啊！这世道谁不想过安稳日子？何况又是从帝京那个富贵窝里出来的小郎，你裴叔说得对，若想生根必然先融入进去……可你自小在帝京见惯了那些精细的人，这甘凉城的人又如何看得上？”

明熙侧了侧眼眸：“我也不是非要什么精细的人，只是……只是还没有想明白罢了，在军营那么久了，明明那么喜欢，可静下来想想，还是感觉这不是我想过的日子。”

谢放道：“你想过的日子和想要的人，只怕也都在帝京吧？”

明熙一愣：“大将军的‘也’字用得十分耐人寻味啊，怎么？大将军至今未婚，也是为了等着帝京的人吗？”

“说什么等着？若当真等我熬到能般配得上那人，只怕那人也早该成了……或是说不定她现在已定好人家了，那人也不知我是谁。莫说无情，即便有情，这世上有谁会一直等着谁？我一直不成亲，倒也不是有什么妄想，只是到底不愿为了不喜欢的人破釜沉舟地接受一切，一直一个人又有何不好。”这一番说下来，谢放虽觉得心情不如方才轻松，可说了这话，还是忍不住地发笑。

明熙掰着手指算了好半晌，惊讶道：“大将军如今都这个岁数了，看中的娘子只怕……年岁也不小了，我至今还不知道帝京有哪家的闺秀，年过双十都不出嫁的……大将军可是记错地方了？”

谢放闻言忍不住大笑了起来：“哈哈！难道我就只能喜欢老成持重的闺秀，就不能喜欢个小娘子吗？”

“话虽如此，但帝京的小娘子少有眼光，不见得能欣赏得了大将军的……”明熙瞥了眼谢放的脸色，话说了一半改口道，“若当真有喜欢的就去求了，如今大将军也是一方将领，帝京的权贵世家，大多想和手握兵权的人拉近关系……你没求过，怎么知道求不来呢？”

谢放蹙起了眉头：“若那么简单就好了，大雍虽不如南梁那般注重嫡庶，但在不曾南渡的世家里，嫡庶之分乃天壤之别。如今我看似手握兵权，但那也是谢氏的兵权，父亲将我留下是没有办法的办法。如今嫡兄们的嫡子长成了，再过两年年纪稍大一些，就该来漠北历练，这兵权我早晚要交出去的。”

明熙道：“两年里面会有多少变故，都还是个未知数，如今趁着筹码在手，何不去求一求呢？即便是被拒绝了，至少将来不落后悔，莫不是真要等到一无所有，连求的资格都没有时再去后悔？”

谢放缓缓地停下脚步：“即便她家中同意了，对她本人来说，我还不是一样恃强凌弱？莫说帝京自小受宠的嫡女，即便帝京普通的百姓谁愿意自家的小娘子嫁到漠北来？”

明熙沉默了片刻：“可只要你肯一心一意对她好，不纳妾也不抬房，这一生都像此时般为她着想，即便开始是强求，想必以后她也不会后悔。”

谢放嗤笑了一声：“你又不是娘子，如何知道她们怎么想的？甘凉城再好，也戴不上鎏芳阁的金钗，穿不上兰桂坊的衣裙，又有何用？”

明熙挑眉：“若她当真如此肤浅，你又为何要心仪她呢？”

谢放似乎不欲多谈，笑了起来：“女子本该娇宠，即便喜爱这些，同我们喜欢弓弩兵器又有何区别？我的事我自有主张，你呢？若不回帝京，打算要个什么样的娘子？”

明熙想了想，斩钉截铁道：“喜欢我，对我好就成！”

谢放大笑："那就太好找了！咱们甘凉城谁不知墨家街上搬来了个极为尊贵的玉面小郎！将军府的幕僚，但凡有待嫁女儿的，都来打听过好几次了！"

明熙嘴角的笑容凝了凝，干笑了一声："大将军不是叫我去喝酒吗？这会儿怎么又说起这不相干的事了？"

谢放本就喝了不少酒的头更是发蒙了："是我先说的吗？"

明熙斩钉截铁："自然是！"

谢放朗声大笑："哈哈！闲话莫说！今夜不醉不归！"

千金纵买相如赋

10

傍晚，帝京突然起了大风，天黑后云团密布，不见半颗星星，眼见着明日定会是阴天。

王府位于帝京东侧，前后有一条街的面积。望月楼位于王府北侧，虽是后宅，但极靠近主院。新盖的阁楼，处处雕梁画栋，美轮美奂。阁楼建成之后，但凡见者无不夸赞，精致奢华处，甚至比大雍宫的揽胜殿都要胜上一筹。王氏这样的百年世家，本就养有一群极为高超的匠人，自然不必像皇甫氏那样需要请来南梁的能工巧匠，才能做出这般的阁楼与园林。

天色渐晚，堂屋廊下悬挂了一排琉璃灯盏，将整座院落照得犹如白昼。王雅懿重重地将青瓷瓶摔了出去，仍不解气，又狠狠地将铜镜扔到了院中，差点砸在了步履匆忙的王夫人身上。

王夫人年近五十，许是一生曾育下六个子女的缘故，看起来不比实际年龄年轻，单看轮廓与五官年轻时该是个美人儿。只不过，如今的她有些消瘦，颧骨高耸，双眼凌厉，虽也雍容，但更多的是当家主母的气势。

王夫人匆匆进门，看都不看一眼地上的残片，只拉着王雅懿的手轻声哄道："我的儿，这又是闹什么？若被你父亲知道了，只怕又会不高兴了。"

王雅懿红着眼道："母亲就光顾着父亲不高兴了，可有想过我的心情？"

王夫人忙道："母亲一心一意为你打算，又怎会不想着你呢？"

王雅懿哭道："两个月皇甫策已病重两次了，若他再有个三长两短，我们还有着婚约，外面的人不知道又会怎么编派女儿！当初谢七的死，那些人尚且算到我头上，如今我们才定亲多久，他又这般……父亲说是为我好，皇甫策看起来也好好的，可如今这是怎么了？"

王夫人猜是太子前几日高烧的事，在这里没有瞒住："莫听那些不相干的人嚼舌头，哪里会当真病重两次，都知道陛下不喜东宫，以讹传讹罢了。"

王雅懿道："宫中怎么不传别的，偏偏传出病重的话来？他若没病，陛下再不喜欢，谁敢诅咒东宫？"

王夫人道："后宫那地方，端的是些魑魅魍魉，什么话说不出来，什么事做不来？"

王雅懿哭道："明明知道是个是非地，父亲还一心把我朝里面送，如今大家都说太子活不长久了！不是病死，也早晚会被陛下害死……"

"噤言！平日里就是我太惯着你了！没轻没重的！什么话都敢朝外说了！陛下与太子

如何，岂能是你一个后宅娘子知道的！这样的事，别没头没脑地听人说！只要你父兄不说，就是没有的事！”王夫人难得对王雅懿虎着脸说教。

王雅懿也不惧：“家中兄弟姊妹谁的婚事，不是顺顺当当的，到了我这里就那么多的波折！前几日我去阿姊家的花宴，那些人一直对着我说阴阳怪气的话！贺蓉更是跋扈，竟是当众下了我脸子！尚未入宫就如此待我，若将来我们一同在东宫里，女儿不知会被如何欺负……”

王夫人才聚起的威严，因这短短的一句话就散了：“贺氏又算得了什么？她如今有多不知天高地厚，以后就会栽多大的跟头，那些都是酸话，你别朝心里去，将来若是母仪天下了，那些个娘子谁还敢在你面前放肆？”

王雅懿道：“可我现在一点都不想去东宫！父亲不是一直让我等等吗？如今为何又非让我参加东宫的生辰礼……二十岁了，陛下都不给他加冠，这哪里会有好事！母亲，你和父亲说一说，明日我不去了成吗？”

王夫人蹙眉，想了片刻：“阿芙同你说什么了？”

王雅懿垂了垂眼眸道：“也不曾说什么，我本就不认识什么人，现在也不愿参加什么宴席，如今连阿芙都不去东宫，我也就不想去了。”

王夫人轻声哄道：“韩耀被陛下打发走了，她总不好一直跟着荣贵妃在宫中，不去也是理所当然。你不一样，若太子生辰，你这个准太子妃都不去，别人会怎么想？母亲记得，你小时候还挺喜欢太子，为何现在……”

王雅懿抿着唇：“母亲还说！谁小时候喜欢太子了！那时候母亲将我丢在家中无依无靠，两个贱种和贱人一直欺负我！祖母从来不管，每次一闹起来把事都怪在我身上，一点嫡女的体面都不给我！若不是为了让谢贵妃看顾我几分，我何至于费尽心思地要讨好他们母子，又时不时地去临华宫！”

王氏这样的世家虽不用买皇室的账，谢贵妃在宫中也一直不受宠，但好歹是谢氏嫡女，当年老夫人是陈郡谢氏旁支嫡女，王雅懿才有了谢贵妃这个拐弯抹角的表姑母。虽说高门嫁女，皇甫氏本就是庶族寒门出身，前些年若有一等士族，将嫡女嫁入兵家子出身的皇甫氏，不但不会被人羡慕，还会被人耻笑鄙视。

谢贵妃身份高贵，莫说老夫人本就是以陈郡谢氏为荣的旁支嫡女，便是不曾与谢氏沾亲带故的世家妇，也会对谢贵妃母子高看两眼。王雅懿孤身在帝京，想找个靠山也属难免。

在老夫人的年代，士庶不通婚的规矩，可是极为严格的。老夫人虽不会打着主意将嫡孙女嫁到皇室去，可该给谢贵妃的面子总要给的，王雅懿在家中的日子定然会好过许多。

王夫人想到这一点，对王雅懿更是心疼，再也不忍斥责半句，小声哄道：“母亲当真是以为你们一同长大两小无猜，说起来时见你同意这亲事，这才对你父亲点了头！若你不愿意，不管那太子妃的头衔多尊贵，母亲也是看不上的！”

王雅懿抿着唇：“此一时彼一时，如今的东宫算什么好亲事！出了谢七的事后，我本就是没得选……”

“怎么没得选？谢七的事，本就怪不得你，都是那些人胡说八道！但凡你喜欢，这帝京的世家，哪有你配不上的！且听母亲的，当初既答应了东宫的婚事，明日还是要去的，你若不喜就晚一些出门，然后早早地回来就是了！”

王雅懿为难：“可万一太子若有个三长两短……”

王夫人蹙眉：“咱们家万不会让事走到那一步，前日听你兄长的意思，你父亲已有了万全之策。你再不喜欢，还是要虚与委蛇几日！”

王雅懿眼睛一亮：“那还好，我可真怕母亲父亲和兄长又对我撒手不管了呢！”

王夫人拂过王雅懿鬓角的长发，见她问也不曾问一句这办法可对太子有益，知道自己的女儿当真心里没有这人，不禁轻叹道：“当初你若不同意，谁又真的舍得勉强你，如今母亲回来，不管什么事，必不会勉强你的，总会给你挑一个最好的。”

王雅懿侧了侧眼眸，埋怨道：“谁知道太子竟是如此没用！”

冉荷抱着一瓶翠菊兴冲冲地跑了过来，当看见王夫人也在的时候，愣怔了片刻，才道：“夫人。”

王夫人拍着埋在自己肩窝的王雅懿，看了眼冉荷道：“这翠菊开得可真好，哪里来的？”

冉荷垂了垂眼眸：“楼前面的花园……放着的，也不知道是谁放的。”

王夫人笑道：“这瓶子也精致得紧，配着翠菊既不会太艳，也不会太素，想必是六郎从外面弄来的吧。”

王雅懿皱了皱眉头，给冉荷使了个眼色：“不知道谁的东西还敢拿进来！还不赶快拿出去！”

冉荷忙道：“婢子这就拿出去！”

王夫人道：“前面园子里放着的，怕是六郎弄来的，你喜欢就留着，他定然也不缺这一瓶花。”

王雅懿瞪了冉荷一眼，小声道：“既然母亲说留下来，你把它放到寝房里去吧。”

王夫人对冉荷点点头，这才侧目看向王雅懿：“花花朵朵的就不该摆在寝房里，最近老见你屋内插着花枝，若当真喜欢就摆在这里，岂不是更好？”

王雅懿蹙眉：“不是说我喜欢就好吗？这般的小事母亲都要管！”

王夫人忙笑了起来：“好好好，母亲不管就是了，你喜欢摆在哪里就摆在哪里。”

甘凉城的雪越下越大，子夜后，吉祥楼的庆功宴终于散去了。因去晚了，明熙自然被认识的人挨个灌酒，这般的宴席自然不能扫兴，明熙对敬酒者，来之不拒。

明熙初到营地时，看起来就是出身好年纪小不能吃亏的人，又得了谢放的特许可以不住营地，当初可是没少受人腹诽和排挤，若非谢燃有心看顾，还不知会被怎么欺负，但几场仗打下来也是颇得人的敬佩，在甘凉城这般饮酒才能更好地融入其中，谢燃和谢放见此情形，非但不阻止，更是和众人起哄。

在帝京时明熙常常酗酒，虽没甚酒瘾，但还算有些酒量，一圈喝下来面色不改，一直坚持到散场，已有些步履蹒跚。

琉璃灯还提在手中，车驾跟在身后，走在茫茫大雪中，有种走入梦境的感觉。明熙抬手接住了落雪，不等查看，雪花已化在手心中。

裴达几次想接过明熙手中摇摇晃晃的琉璃灯，但都被拒绝了。不知这样走了多久，明熙站在原地，望向半空："过子夜了吗？"

裴达忙点头："过了过了，方才就已经过了，娘子可要上车回去？"

明熙轻应了一声，却没有上车，落雪已淹没了脚背，走上去咯吱咯吱作响，听了这句话明熙似乎有些清醒了："那就是二十九了。"

"可不是！这还未进十月，就下那么大的雪，这冬天里得多冷啊！"

"我们现在回帝京，还能赶上他的生辰吗？"

裴达愣了好一会儿，才回过神来："娘子醉了。"

"也是。"明熙笑了一声，"他如今是太子啊……一人之下万人之上的东宫，哪里需要我们去凑热闹，也不少这一份礼……今年我们备了什么啊？"

裴达垂了垂眼眸："知道娘子会惦记这事，可咱们这礼不好送啊！东宫岂会随随便便收人不相干的礼，再者……也不是谁的礼都能送去东宫的。"

"对，我都忘了，又不是在阑珊居里，咱们送不送，又有什么关系。"明熙又笑了一声，"你说我是不是该为他高兴？去年生辰还凄凄惨惨的，就我们两个人，如今该是众星捧月……可我为何半点不开心呢？"

裴达蹙眉："娘子，有些人终究要过去的，你再惦念喜欢也无用，不过是平白让自己难受罢了。你需知道，若殿下心中想着你半分，当初就不会走得那么干脆和决绝。我一直以为娘子看明白了，想开了……"

过了许久，明熙回眸，看向裴达，认真地开口道："你不知道，我知道他心里也是喜欢我的，只是他自己都不知道罢了……"

裴达听见这般相互矛盾的话，只当明熙又喝醉了。自离开帝京后，只有在路上酒楼里听闻了太子定亲的消息时，明熙曾有片刻的失态，后来这大半年的时间里，不管何时何地，明熙都从未表现出对皇甫策的留恋和思念来。仿佛一夕之间，当真忘记了这个人，日子照常过。营地里忙忙碌碌的，回家后不是练字就是抚琴，将庭院来来回回地修改了好几处，似乎一直很努力地想要融入当下的生活，做一个踏踏实实的普通人。

裴达突然明白了，也许明熙一刻都不曾忘记那人。裴达慢了几步，蹙眉道："娘子，你们分开，不是你先走的，不管当初如何，是不是真的喜欢，那时你尚且抓不住，何况此时？……如今那个已经是你不能想的人，即便回去，你们的身份也已是天壤之别，又何必还惦记着？"

“今天他该行加冠之礼了，一辈子就那么一次，我当初说要送他一份大礼的，如今怕是要食言了，这礼不管送多大，他都不会稀罕吧。”

裴达虽不忍心，但还是开口道：“不管怎样，那都和娘子没有什么关系，与其将心思浪费在那人身上，不如好好地过现在的日子，我以为娘子已经很明白了。”

明熙缓缓道：“我怎会不明白呢？可是即便明白了，也还是管不住自己啊……现在也挺好的，不是吗？我们没在一起，我还能偶尔念着他少有的好，若当真还在一起，说不定现在心里肯定会像以前那般又怨又恨，满是不甘，一心想着要争要夺……如今想想，当初我，哪里又有半分的可爱之处呢？”

裴达忙道：“娘子不用妄自菲薄，真心喜欢，这才想占为己有，谁不愿意让心爱之人只有自己呢？若不心生嫉妒，也算不上真心喜欢了。”

明熙漫不经心地应了一句，许久许久，开口道：“待到春暖花开，我们离开甘凉城吧。”

裴达愣怔当场，有些跟不上明熙的思维：“甘凉城虽不算个好地界，此处院落不值什么，但庭院、火墙、后院的暖房可都是娘子亲自设计的……为何突然又不喜欢了？且帝京如今连一处像样的院子都没有，就算回去，也不见得有现在住得舒服。”

“哪里会不喜欢呢？就是太喜欢了，才要离开。”明熙不经意地瞥了裴达一眼，“我们不回帝京，趁着尚未落地生根走一走，将来只会更舍不得。趁着你还走得动，我还有心气，咱们要去大江南北，去更北的地方，或是更南的地方。人说南梁钟灵毓秀，景色最是怡人，怎么也要去看一看才不枉此生。”

裴达只当明熙醉酒的戏言，忙点头应道：“哦，娘子说得是……可现在时辰不早了，娘子不如先上车？”

“甘凉城实然也不错。”明熙将琉璃灯给了裴达，跌跌撞撞地爬上了车，可坐在边缘又不动了。

裴达忙道：“外面冷，娘子还是进去吧。”

明熙看了裴达好半晌，突然道：“谢燃今年多大了？”

裴达想也不想答道：“二十三。”

明熙笑着朝车里钻，放下帘幕之前道：“就知道你打着这种心思！谢燃可不适合我！”

裴达一愣，嘟囔道：“说来也是，人虽不错，但出身太差了，母亲还是个贱妾，要不是在甘凉城找不到更好的，如何也不能将就。”

明熙挑开了帘幕，似笑非笑道：“你想太多了！在甘凉城里咱们算什么？谢燃可是正儿八经的士族子弟，人家生母哪里不好了，有这般的心思与绸缪，可谓巾帼不让须眉了。好歹我们还要共事，你不要有这种念想，让我不好见人！瞧瞧，你年纪不大，都迂腐成什么样子了！”

裴达道：“怎么就不好见人了，男大当婚女大当嫁！他不娶你也要娶个不相干的人，一个庶子，又不如他兄长有建树，只有咱们挑剔他的份，哪有他拿乔……”

明熙笑道：“那你怎么不考虑考虑有建树的那个？”

“年纪也太大了，到了这个岁数都不成亲，谁知道是不是有什么隐疾？咱们现在可不讲究盲婚哑嫁，得在能挑选的范围里，选一个最好的。再者，娘子也不见得喜欢那样的长相，看起来也不是那么和善，还是阿燃小郎君好，开朗又随和，将来指定是个听话的。”

明熙看了眼絮絮叨叨说个不停的裴达，放下了帘幕：“我可不会嫁给不喜欢的人。”

裴达道：“平日里看你们相处得挺好，现在也不见得不喜欢，有些人是见一眼就喜欢，有些人是相处久了就更喜欢了。娘子这样的脾气就得找个阿燃郎君那样脾气好的，以后万事都是你做主，出身不好也有出身不好的好处，那样的出身娶了娘子，怎么也不好意思纳妾了……”

明熙有些不耐烦，骤然掀开车窗，皮笑肉不笑道：“好啊！你说得对，嫁给谢燃也不错，我们志趣相投，又能自由自在，说不定还能继续从军呢！不如明天你问阿燃娶我吗？”

裴达越听脸上的笑意越发地大了，随即道：“明天吗？是不是仓促了点？咱们还一直瞒着娘子的身份呢……不过这事也不能瞒一辈子，娘子既是那么说了，我就亲自问问……可是直接问也显得掉价了些，好似咱们看上他了一样。万一他不愿……也不会有什么万一，但是也不能让他太自得才是……不然先旁敲侧击一番呢？”

明熙不明所以地笑了一声，迅速地放下了车帘：“呵，这样的事，我哪里知道，自己想去吧，想的时候不要再说出来。”

晨曦初露，浮云自开。

前些时候降下圣旨，陛下为太子摆生辰宴。这日天不亮，众宫侍洒扫收拾，短短两个时辰整座景阳宫一扫前段时间的颓势倦怠，殿内殿外已焕然一新。

辰时已过，内殿里仍不见动静，柳南不得不拉开了床帏，见皇甫策睁眼躺在床榻上，不禁舒了口气，笑道：“殿下何时醒的，竟是不叫人？”

柳南挽好了床帐，还不见皇甫策起身，不禁轻声道：“殿下？时辰不早了，不如让他们进来伺候洗漱？”

“本宫梦到下雪了。”许久许久，皇甫策的凤眸缓缓地有了焦距，轻声开口道。

柳南笑道：“日有所思，夜有所梦，殿下往日里最喜欢下雪天。前几年冬日每每下雪，殿下坐在花亭里饮茶，一坐就是两三个时辰，好在那亭子是娘子特意改造的，地下和柱子里都能走火龙，不但不冷还很暖和，即便宫中也没有如此便宜的赏景处……”

柳南自觉又说错了话，忙顿住了声音：“殿下现在洗漱吗？”

“本宫梦见贺明熙了。”皇甫策的面上毫无波动，极轻声地开口道。

柳南面上的笑容更是僵硬了：“这还不到十月，哪里会下雪，殿下若要赏雪，怎么也要再等上月余。”

“她一个人提着灯在冰天雪地走着，本宫叫她，她也不回头。前面有一匹马还有一个人，等着她。本宫绕到前面，挡住了她的去路，她好似看不见本宫一样，就擦身错过去了，同那个人有说有笑，很是开心。她过得很好，那个人也很喜欢她……"

柳南忙道："殿下快别胡思乱想了，您也说是做梦了，老人都说梦是相反的。"

皇甫策侧了侧凤眸，哑声道："既如此，她若当真在外面过得不好，为何总也不回来？"

"回来也不见得多好啊，贺大人历来不管娘子，家中还有一个继室，兄弟姊妹也没个一母同胞的……且，娘子在帝京也名声不好，即便想嫁人也不见得有合适的。"柳南感觉静得厉害，侧目看向皇甫策，只见他半合着眼眸，似乎连呼吸都没了声音。柳南忙改口道："也不见得是因为这些，许是娘子自由惯了，既是出去了，哪能不玩够了才回来。"

"你说得都对，她还回来做甚呢？她现在过得很好，怕是要成亲了，也许真的不会回来了。"皇甫策将胳膊搭在了脸上，许久许久，"贺明熙、贺明熙，比起心狠来，本宫当真……"嘶哑的声音中有种说不出的悲意。

柳南强笑道："殿下是在做梦，可别当真。当初殿下虽不喜娘子，但朝夕相处快三年了，即便是养个阿猫阿狗也养出感情了，只是在一起时不觉，分开了才越发地想得慌……"

皇甫策嘴角溢出了一抹苦涩，轻笑道："分开以后想得慌？说不定本宫在贺明熙眼中还不如阿猫阿狗。"

柳南急忙道："哪能啊！娘子最重情意，不外乎殿下这样想，男大当婚女大当嫁，娘子的岁数也不小了，嫁人也是理所当然。殿下也有婚约，既然不能在一起，分开也是必然的，谁也不真的是阿猫阿狗……不过，也许不是殿下想的那样，这帝京里还有娘子的家，即便嫁人哪能不回来和家人说一声啊？"

"和谁说？谁是她的家人？贺东青吗？也对，即便再不喜欢，至少她还是贺氏的族人，若想成亲，不管如何都要回来的。可你这么一说，本宫为何又一点都不期待了……"皇甫策闭了闭眼眸，"她若当真要嫁人，本宫宁愿她不要回来……"

柳南小声道："殿下大病初愈，莫要伤神了，这些说不定都是莫须有的事，此时想来又有何意？"

皇甫策轻声道："本宫从临华宫那场火里出来后，曾觉得这世上一切的事都不过如此，再没有什么可怕的，可本宫现在居然怕了……你可知道？"

柳南对上皇甫策清湛又有些冷意的眼眸，点头道："知道知道，可陛下不见得一直这样对待殿下，再者不管如何殿下如今依然还是太子，最坏也坏不到当初，如今还没有到那个地步，敏妃若生个皇女，一切就皆大欢喜了。"

皇甫策看了柳南许久许久，不明所以地笑了一声："你说日有所思夜有所梦，本宫如今哪里有时间想贺明熙呢？即便有时间，也还是不能想的，又怎么会梦见？"

柳南愣住："梦之一事最不好说了……也许是娘子想您了呢？"

皇甫策闻言轻笑了起来："这笑话可真冷。"

九月二十九，太子生辰。这日一早，还有些阳光，辰时后彻底阴了天，巳时众多嫔妃娘子已聚在了御花园内。因是二十整生，又是陛下亲自主持，这一日宫中广邀众人，但凡有些身份地位的臣子都会携家眷前往。

巳时，皇甫策亲自去太极殿里给泰宁帝请安，因太子生辰，朝廷也休沐一日。泰宁帝的心情很好，听闻皇甫策前来，倒是不像平日那样让他等了又等，携着敏妃走了出来。

敏妃有孕已快九个月了，看起来气色红润，很是丰韵，肚子看起来有些过于大了，可见太医院当真是万分用心在养这一胎。

敏妃正欲给皇甫策行礼，却被泰宁帝笑着亲手扶了起来，温声道："阿策是子侄，哪有你给他行礼的道理。"

皇甫策垂着眼眸，看不出喜怒来："皇叔是这会儿起驾，还是再等一等？"

泰宁帝侧目看了一眼敏妃："你坐步辇先去，朕和太子走一走。"

敏妃含笑点了点头："妾先告辞一步。"

巳时该是一日阳光正好的时间，但今日天气阴沉沉的，一副乌云压顶风雨欲来的架势，泰宁帝与皇甫策目送了敏妃，这才不紧不慢地走出了太极殿。叔侄两人一前一后走在长长的宫道上，伺候的奴婢都被支得有些远，唯有六福一人有幸跟在泰宁帝左右。

走了一会儿后，泰宁帝突然站住了脚步，抬眸望向黑压压的天空，缓缓侧目望向皇甫策，笑道："这身衮服穿在你身上，倒也挺般配。"

今日的皇甫策身着黛色朱红边镶嵌金线的衮服，阔袖对襟，朱色的镶玉束带，将人的身形拉得更是修长。平素里皇甫策都以浅色衣袍为主，今日穿上了这般深重的颜色，不但不显突兀，反而更显芝兰玉树，俊美无俦，微侧目间有种高不可攀的清冷凌厉之势。

皇甫策沉默了片刻，轻声道："衮服如何，无甚重要，只要有手段穿得上，般配不般配，又有什么重要的？皇叔说是不是？"

泰宁帝不明所以地笑了一声："是吗？依你的意思，没有手段的人，就不配穿这衮服了吗？"

皇甫策抿唇一笑："侄儿在说什么，皇叔心里清楚。"

泰宁帝微挑了挑眉，唇抿成了一条线，许久许久，冷笑连连："朕走到如今这一步，是拿多少东西换来的？夺了就夺了，抢了就抢了，朕从不后悔！可是还是不甘心！到了最后竟还是让你轻而易举地拿走了！"

皇甫策拉了拉阔袖笑道："谁拿了谁的，皇叔不知道吗？"

泰宁帝笑了一声："你以为朕拿了你的吗？怎么不说是你们欠朕的？"

皇甫策嗤之以鼻："如今皇叔穿着这身龙袍，自然怎么说怎么是，侄儿也不会反驳你，但真相是什么，皇叔能掩埋得了吗？满朝文武还没有死绝，悠悠之口皇叔也堵不住。"

泰宁帝抿唇一笑："朕活着，不是谁都不敢上前说一句吗？朕死后，哪有空管这悠悠之口？即便你将朕挫骨扬灰了，那也是你的本事，就好像朕对你父皇般，成王败寇，如何能怨？”

皇甫策道：“既是不怨，皇叔得到了一切，为何还是怨气不平呢？”

泰宁帝微微侧了侧眼眸，似笑非笑道：“你如今身为太子，朕也没见你开心多少啊。”

皇甫策抿了抿唇：“皇叔少给侄儿找一些麻烦，侄儿自然会开心许多。”

泰宁帝笑道：“朕许是对不起许多人，可从来不曾亏待你，你说皇位是朕抢的，可若是没有朕，你还能好好地站在此处吗？三王的大军谁替你挡下的，你以为朕抄了三王的满门只是为了自己吗？若三王入京，不管结果如何，第一个要死的人，必然是你！你不感谢朕的救命之恩，便也罢了，如今倒是怨到朕的身上了，你有什么理由怨朕呢？”

皇甫策抿了抿唇：“那么说来，皇叔抢了侄儿的皇位，将我们母子圈禁在临华宫中，半夜纵火，意图赶尽杀绝，侄儿非但不能有怨，还要感谢皇叔了吗？”

“将你们圈禁在临华宫！意欲何为，你当真半分不知吗？朕当时若是想杀你们母子！何至于要放火！那临华宫也是朕的，若是想要你们母子的性命，何必赔上那座宫殿！”泰宁帝怒声道，“朕可不信，自小聪慧过人的太子殿下，一直以为是朕要杀你们母子。”

皇甫策抬眸看向泰宁帝：“如今说这些又有何用？即便火不是你放的，莫不是始作俑者也与你无关吗？你以为将侄儿放在阑珊居里不见天日，便真当侄儿会感激你一辈子吗？”

“呵！朕把你放在阑珊居……”泰宁帝侧开了眼眸，又轻笑了一声，“呵，是朕又怎样，你有什么损失？这三年来，若非你人在阑珊居里不见天日，那么重的伤，在宫中你能安稳地活下来吗？”

皇甫策双手缩在阔袖中紧紧地握成了拳：“侄儿好好地活下来，倒是让皇叔失望了。”

“不失望，不失望，放在任何人手里你都不见得能活，明熙是个实诚的孩子，朕知道你必然会得救的，怎么会失望呢？”泰宁帝看了皇甫策好一会儿，得意地笑道，“太子此时又为何愤愤不平呢？说来也怪，如今你回朝那么久了，当真是过着手握权柄风光无限的好日子，可朕怎么就觉得你的怨气越来越大呢？

“朕按照你的意思给了你这大雍朝最好的婚事，朕让你包揽了所有的朝政，即便此时，太子也是想让朕知道什么朝政，朕才知道。朕也同意了太子提拔的那些人，从不干涉东宫议政，甚至太子病了，朕都会在百忙之中去看上一看。可太子为何总是愤愤不平呢？”

辛苦梅花候海棠

1

虽已是秋末，暖房里各色花卉依旧开得璀璨。这一日的御花园摆满各色秋花，琳琅满目，端的是热闹，只是天公不作美，如此阴冷的天气中，不管开得如何艳丽绚烂的花儿，看起来都病恹恹的，少了些许精神。

长廊的尽头，花亭一侧，几个小娘子围着一朵墨菊啧啧称奇，花亭外还坐着几个盛装的娘子三两一堆，唯有王雅懿独自坐在花亭里，显得与周围的一切格格不入。

王雅懿的岁数有些大了，若和一群十三四的小娘子在一起，只怕更显鹤立鸡群，因尚未成亲的缘故，也不能与各家夫人同坐，此时身在这御花园里，不管身份多高贵，都有些尴尬。王雅懿本就是一等一的家世，自视甚高，不愿与人虚与委蛇，这般的宴席，当真没有几个能说话的人。她虽自小与慕容芙相合，多多少少都有慕容芙自来曲意奉承的缘故，今日慕容芙不曾前来，这才更显得形单影只。

片刻后，许是走累了，贺菱拥着贺蓉一起走了进来。

贺蓉进入亭内，就见王雅懿孤孤单单地坐在角落里，格格不入又显得好不落寞。王雅懿遭受这般的境遇，让贺蓉说不出的得意与畅快，脸上本只有三分笑意，一下成了七分。

“低贱之人，有甚好得意的。”如今王雅懿虽不见得对太子有多重视，但也看不得贺蓉脸上略显讽刺与得意的笑，忍不住冷言道。

贺蓉的笑意随即僵在唇边，侧目望向王雅懿，面上说不出地委屈：“王二娘子这是怎么了？”

贺菱瞪着眼喝道：“你说什么！”

王雅懿坐正了身形，十分傲慢地抿唇笑道：“我说，莫说现在还未嫁，便是嫁了，也不过是个下贱的卑妾，你有甚可得意的？”

贺蓉顿时冷了脸，紧紧地抿着唇：“这话是怎么说的？不知是谁得罪了王二娘子，让王二娘子拿我们姊妹撒气。”

贺菱冷声道：“阿姊何须和她废话！她摆明了就是特意找事！”

王雅懿连看都不曾看贺菱，嗤笑了一声：“阿姊？哟，我怎么不知道贺明熙在此？贺家的阿姊到底是谁啊？什么时候换的人啊？”

贺菱道：“父亲已将贺明熙逐出族了，我贺氏嫡长女自然不再是贺明熙！莫不是我家要做什么，还要提前给王二娘子打声招呼不成！”

王雅懿自小看不惯贺明熙，当年惠宣皇后活着，贺明熙最得意的时候，正是王雅懿在府中日日被欺负的时候。贺明熙即便不喜谁，也肯定不会专门去找麻烦，那时的王雅懿也得罪不起贺明熙，两个人在面上没有丝毫的冲突。

但王雅懿心里是极为不喜贺明熙的，作为王氏嫡女，本该不输公主的尊贵，但当时的处境与贺明熙相比起来简直是云泥之别，那些妆饰步摇，华贵裙裳，每走一处众人拥簇呼奴唤婢，都是当时的王雅懿可望不可及的。王雅懿每每进宫遇见神采飞扬的贺明熙，都会忍不住难受和憋屈，回家后，便会将自己关在屋中大发脾气。

如今贺明熙被逐出族去，既没了世家女的身份，也没了一丝一毫的依靠，终是成了明日黄花，这让王雅懿说不出地解气。可贺氏的人当真是割了一茬又来一茬，阴魂不散。若婚约不生变故的话，这东宫的第一侧妃，又是贺氏嫡长女了，当真让人犹若吞了苍蝇般。

“呵，你们贺氏真真好风骨，有事钟无艳，无事夏迎春。当初贺明熙养在中宫，为的是谁？如今贺明熙生母已逝，自己又被中宫所弃，你们就过河拆桥，直接将人逐出了族谱。继室占了原配的位置，继室女占了嫡长女的位置，真真是腌臜到骨子里了。

“你们贺氏虽是一日比一日没落，下一次定品，说不定会得下几品呢。可如今好歹也算一等的世家，做出这般的事来，当真给我们士族抹黑啊，也不怕人嗤笑无耻无德无情无义！贺明熙即便再落魄，可你们就不怕陛下过问此事吗？”

贺蓉再好的脾气，也不禁生气了：“我贺氏的家事，与你何干？”

王雅懿微微一笑：“自然与我无关，可我们都是明白人。陛下御赐一个‘德’字，又是钦定的侧妃，这本该是谁的？谁不是心知肚明的事？总有些无耻之徒鸠占鹊巢，将本该得到一切的人从赐婚中挤了出去，如此还不甘心，又恶毒到将人从族谱上逐了出去，小小年纪心若毒蛇，端的是好手段。”

贺蓉涨红着脸，忍不住气得哆嗦，怒声道：“王二娘子休要口出恶言！你血口喷人！贺明熙去岁腊月离开前，与父亲争执了一番后，自出族谱与我何干！”

王雅懿笑道：“贺明熙又不在，如今还不是红口白牙，怎么说都成。”

贺菱高声喝道：“怎么叫随意说的！年祭开族谱时，父亲曾将贺明熙手书传阅给族老与族人，这才征得帝京内族老的同意，画去了贺顾氏与贺明熙的名字！此事我贺家众人都能做证！岂是你可以随意诬陷的！”

王雅懿把玩着指甲，浅笑道：“庶出的贱婢，就是缺少教养，什么场合，什么地点，大吼大叫的，真真是上不来台面的东西。”

贺菱犹若当众被狠狠打了几个耳光，掐住了嗓子，整张脸红得快烧起来了。虽是如此，但这话确实不好反驳，因贺菱的生母就是贺李氏身边的丫鬟，即便为妾也是贱妾。贺菱虽看似与贺蓉是姊妹，但平日里相处却如上等的奴婢，事事以贺蓉马首是瞻，为此才得了贺李氏的青眼，有了如今的体面。

贺蓉上前一步，咬牙道：“好好地说着话，王二娘子为何总是出口伤人？”

王雅懿嗤笑了一声："我何时出口伤人，哪里说得不对？妾就是妾，即便活得再体面，也是上不来台面的东西。如今能来此赏花的娘子们，可都是正室所出，将来也必然会成为别家的大妇或宗妇，谁会下作地去做个牛马不如的妾室。"

"你！"贺蓉怒喝一声，沉了口气，"平日人都言王二娘子温厚贤淑风雅有度，堪称帝京第一名媛，如若太子殿下得见此时此刻的王二娘子，不知会有怎样的感想？若王二娘子对陛下的圣旨有意见，可对陛下说去，如今对着我说这些话，说来说去也不过是羡慕妒忌罢了。"

"呵，我是什么身份，会羡慕妒忌一个妾室？贺二娘子也端的是一副伶牙俐齿！可见平日里的温柔婉约，也没有几分真的。不过你来说说，我堂堂一等世家王氏嫡女，为何要羡慕个每况愈下的贺氏女？"

贺蓉掩唇一笑，轻声道："听闻阿姊已是快至双十年华，只比殿下小了两个月，这般的年纪这婚事当真是艰难得很，也不知那谢……"

王雅懿尖声喝道："贺蓉！别那么有恃无恐！什么话你都敢拿出来说，真当我王氏无人了不成，莫说是你，你整个贺氏又算是什么东西！今日同我逞口舌之利，你会有什么好下场！"

隔着一条走廊，泰宁帝与皇甫策站在转角处，不知已有多久了。

当听到此处时，泰宁帝微微侧目，挑眉望向似面无表情的皇甫策，目光在他那苍白到毫无血色的嘴唇上停留了片刻，这才忍不住微微一笑，轻声道："年轻就是好啊！这精力好似怎么都用不完一样，当真是让朕羡慕啊！"不知是自言自语，还是说给皇甫策听。

"陛下驾到！太子殿下驾到！"随着这一声尖声高喝，三位娘子急忙起身行礼。

泰宁帝显得十分和蔼，缓缓垂眸看向三个人，笑道："咱们大雍没有那么多规矩，自家人不必拘礼，都起来吧。相请不如偶遇，你们几个正好碰见了，时辰尚早，可在此好好地说说话。"

"谢陛下。"三女同时谢道，而后退到了一侧。贺蓉有些忐忑地偷瞄了皇甫策一眼，随即垂下了头。贺菱的脸上比方才还要红，虽是极力忍住不抬头看，最终还是忍不住悄悄地斜了一眼皇甫策。唯有王雅懿倒是波澜不惊，嘴角含笑，十分大方地看着皇甫策。

泰宁帝的笑容越发真心，侧目望向皇甫策，满是慈爱地开口道："已是许久不得见了，太子不必着急过去，应酬之事朕自会做个妥当，这附近的人，朕会让贵妃给你们支走的。"

皇甫策垂了垂眼眸，面无表情道："谢皇叔。"

泰宁帝见此更是开怀，将皇甫策打量了个来回，忍不住大笑一声："傻孩子，跟朕还客气！"话毕带着众人施施然地离去。

花亭附近的景色十分怡然，不但有成盆成盆的花枝菊树，还有几株果实累累的海棠树。这花树在北方并不常见，在花匠的精心养护下，整座御花园也就成活四五株，端的是可贵。

皇甫策缓步走到花亭一侧，抚过海棠树伸进亭内的枝丫，凝视着那上面的红果，久久不语。站在阴影之间，那一身黛色与朱红相间的衮服，更显得人肌肤赛雪，侧脸的弧度有些忧郁，衬着那本就苍白的唇色，更让人心颤。

“殿下虽是大好，但气色看起来还差了些，该是好好地养护。”王雅懿自小同皇甫策一同长大，看多了这般神色，虽此时看来依然赏心悦目，却少了几分震动，何况她从不曾在皇甫策处受过半分冷落，总是被软言细语地抚慰，方才虽是与贺蓉姊妹有所争执，倒也半分不心虚。

皇甫策仿佛骤然回神，缓缓回眸，凤眸有片刻的愣怔，望向王雅懿，温声道：“你最近可好？”

王雅懿很是得意，不动声色地睨了贺蓉姊妹一眼，抿唇一笑：“我自然无甚，只是前些时日听闻殿下生病很是忧心，本要入宫探望的，可女眷不好入东宫，我们此时也不好多见面，且宫禁突然严了起来，几次递帖子，到了高统领那里便没了音讯。”

“高钺一向如此，你不必同他计较。”皇甫策缓缓坐到了一侧的软垫上，轻声道，“别拘礼，都坐下说话吧。”

王雅懿浅浅一笑，坐到皇甫策的一侧：“殿下虽是病好，但平日里也不可大意，要好好调养细细养护，少些劳心费神。”

皇甫策缓缓地点头：“本宫省得，你最近可是有事忙了起来？”

王雅懿笑道：“我还好，家中的事不必操心，每日绣绣花写写字，和往日差不多，倒也无甚可忙的。”

皇甫策微侧了侧脸，抿唇一笑，有些亲昵地说道：“本宫时常想你做的芙蓉酥饼，等了好些时候也等不到，只当你太过忙了，以至于忘记了呢。”

王雅懿脸上的笑容僵了僵，温声道：“自然未曾忘，只是自敏妃有孕，宫中对入宫的吃食尤其严格，家中生怕我送来的东西，给殿下惹了麻烦，这才不许我再做了。”

皇甫策点了点头，许久，笑了一声，温声道：“若你肯做给本宫吃，即便有麻烦，本宫又怎会怕呢？”

“殿下若喜欢吃芙蓉酥饼，阿姊与我都会做，何必让那些怕沾染麻烦的人给你做！”贺菱年纪尚小，声音有种童稚的尖细，如此插话，显得十分突兀。

皇甫策似乎才忆起来对面还坐着人，有些疑惑道：“你是？”

贺蓉扯了贺菱一把，睫毛轻颤，羞怯地开口道：“我二妹年少不知事，望殿下见谅。”

皇甫策沉默了片刻，有些疑惑地开口道：“二妹啊？本宫记得你才是贺氏二娘子，这称呼可是有什么不对？”

王雅懿掩唇一笑，轻声道：“方才我正想问个清楚，正巧殿下来了。”

皇甫策想了想，侧目凝视着贺蓉，轻声问道：“莫不是本宫记错了？”

王雅懿侧了侧眼眸，看了皇甫策一眼，嗔道：“殿下这话说的，莫不是我们大家都记错了不成？”

贺蓉涨红了脸，垂着头，好半晌才极轻声道：“殿下不曾记错，只是家中的事，自有父亲做主，其中内情有些难以启齿……”

皇甫策轻笑了一声：“再过不久，都是一家人了，对本宫还有何难以启齿的。”

“这……”贺蓉左右为难，好半晌说不出一句话来。

“我阿姊最是和善，哪里能说出这些来。去岁贺明熙不愿待在家中，与父亲要了路引户籍，自请除族的。”贺菱见皇甫策的目光转了过来，只觉得那双凤眸清湛夺目，熠熠生辉，下意识地垂下了头，声音也放轻了不少，“腊月年节将至，父亲想让她从阑珊居回家过节，她非但不愿，还说再无家人，与父亲大吵了一架，为求自由身，自愿放弃了贺氏嫡长女的身份。”

皇甫策抿唇一笑，轻声安抚道：“该是贺明熙的做派，贺大人这父亲也是难做。”

贺菱连连点头：“可不是，大腊月的让父亲三日将户籍路引给她办好，竟是一刻都不能等了，父亲为此又气又怒又伤心，百般无奈才不得不放任此事……”

皇甫策轻叹：“可不是，正是年节哪里来的路引户籍，这般行事伤心最大的莫过于父母了。中宫将她养得如此任性，倒是苦了你们一家了。”

贺菱忙道：“户籍路引当然不好办，这般的事很是难以启齿，父亲办起来还遮遮掩掩的……好在父亲为官多年，还有些人脉，总算是隐瞒着众人将路引办了下来。”

王雅懿冷笑，若有所指道：“可不是，当真一刻都不耽误！”

皇甫策轻声道：“阿雅，贺大人也是难做……”

贺菱看也不看王雅懿，看着皇甫策道：“这番的变故，也是事后父亲同母亲说了，阿姊与我才知道。是以，殿下千万莫要错怪了阿姊，她素日里脾气最好，人也过于温和，说不出分辩的话来，只望殿下不要误会才是。”

皇甫策低低地笑出声来，侧目望向远处的花枝，轻声道：“贺二娘子眼中，本宫是如此不通情理，不明事理吗？”

“自然不是……”贺菱听了这般浅笑低回，轻声细语，心跳不由自主地加快了，感觉耳朵又酥又麻，红个透彻，虽是如此，还是忍不住地抬眸偷瞄对面的人。又恰恰好对上了那双水漾的凤眸，突然有种莫名的晕眩感，整个人宛若掉入了温温润润的温泉中，说不出地暖人心脾又惹人心醉。

王雅懿将贺菱的神态看个分明，又见贺蓉垂眸含羞万事不知的样子，嘴角不由自主地溢出一抹冷笑来，随即消失不见，侧目望向皇甫策，柔声道：“今日乃殿下的生辰，前面不知有多少大人等着，我们莫要在此耽误时间才是。”

“殿下！殿下！”守在一侧的柳南与个小宦官耳语了片刻，慌忙地从亭外跑了进来。

皇甫策微微敛目，不紧不慢道：“何事慌张？”

柳南看了一眼三人，极小声地开口道：“是敏妃……”

皇甫策蹙起眉头：“敏妃如何了？都不是外人，不必吞吞吐吐的。”

柳南道：“敏妃不知为何在花园里摔了一跤，似乎还挺重，似是要发动了。”

皇甫策骤然起身，一边朝外走，一边开口道：“不是还要月余吗？皇叔呢？”

柳南忙道：“说是就在下个月，可如今都二十九了……这可不是随时的事吗？已派人知会陛下去了。”

皇甫策急声道：“传御医了吗？敏妃何在？皇叔快来了吗？”

柳南道：“陛下还在外园附近与众臣同游，只怕这会儿还没有收到消息呢！即便知道了，想必一时半刻也赶不回来。荣贵妃已派人传了御医，只是太医院路途更是……估计还要等上一会儿呢！这会儿敏妃还在前面的长亭中，稳婆也不曾赶到，谁也不敢动她啊！”

皇甫策随即怒道，“你还不快带路！”

柳南为难道：“殿下此时过去不太合适，这事本与咱们没有关系，如何摔倒肯定还要查个明白，到时候万一沾染上了殿下，咱们可是百口莫辩，且妇人产子，多有不吉……”

“闭嘴！带路！”皇甫策怒声道。

柳南不死心道：“陛下对殿下本就有些心结，若再万一咱们被有心人反咬一口，只怕到时候即便与殿下无关，也难免被迁怒……”

皇甫策勃然大怒：“住口！本宫与皇叔的事，与尚未出生的稚子何干！不管如何，那是我皇甫氏的子嗣！若再耽搁，当真有个好歹！本宫定然饶不了你！”

柳南不敢多说，疾步朝前走：“殿下随奴婢来！”

皇甫策停了停，侧目道：“事情紧急，此处不甚安生，本宫一时半会儿只怕顾你们不上，你们各自回自己的母亲那里去吧。”

王雅懿率先开口道：“殿下快去吧，莫要担忧我等。”

“着人将几位娘子送回去。”皇甫策话毕，疾步朝御花园中心赶去。

贺菱望着皇甫策远去的身影，侧目看向贺蓉：“阿姊，咱们也去看看吧？”

贺蓉站在原地犹豫了片刻：“如此，咱们站远一些。”

贺菱忍不住地笑了起来：“那快点吧。”

王雅懿见两人远去，抿了抿唇，站在原地等了一会儿，也朝那个方向走去。

御花园内靠近太液池前的长廊上，敏妃脸色惨白，靠坐在一侧长椅处，身旁只有一个宫女，还时不时给敏妃擦拭着额头上的汗水。此时，莫说宫嫔宫女，便是尊贵如荣贵妃都站得有些距离，不敢靠近。

这一胎对陛下有多重要，所有人都心知肚明，此时出了这等的事，不求无功但求无过，御医来之前谁也不敢搬动这人，生怕担上半分责任。

皇甫策急匆匆地赶来，便见这般的画面，急声道：“人呢！伺候的人呢？”

荣贵妃匆忙走了过来，急声道：“太子来得正好，皇婶不曾经历过这些，正不知如何是好呢！”

皇甫策看都懒得看荣贵妃那张半真半假的脸：“来人！快将步辇抬过来！将敏妃抬回太极殿去！派人通知太医，直接去太极殿！”

自外宫太医院到御花园太液池，要绕大半个大雍宫，御医即便是跑着过来，也要小半个时辰。此时回太极殿，两相碰头一起朝太极殿赶，最多只需两三刻钟。

“啊！敏妃娘娘流血了！！快来人啊！！殿下殿下！您快救救我家娘娘吧！”敏妃身旁的宫女姑姑哭喊了起来。

皇甫策方才的一声令下，虽有通知太医的人，但也只有两个跟在柳南身后的小宦官一溜烟地抬步辇去了，留下的宫侍们踌躇着不敢围过去。皇甫策见此，不禁勃然大怒：“都站着做甚！步辇来了！还不快将敏妃抬起来放上去！”

荣贵妃慌忙道：“太子啊！兹事体大，若是一尸两命，只怕陛下震怒，到时候株连众人啊……”

皇甫策看也不看荣贵妃一眼，高声喝道：“一切后果有本宫承担！快将人抬上步辇！本宫一步不离地跟着你们！若有万一，本宫绝不牵连你们任何一个！”

这一声令下，几个宫女忙围了过去，将疼得已脸色煞白，依然咬着唇的敏妃抬上了步辇，留下了一摊血迹。待到敏上了步辇，众人快速又稳当地朝太极殿移动，皇甫策紧跟在步辇之后。

荣贵妃站在原地想了片刻，这才给左右使了个眼色，众人拥着忧心忡忡的荣贵妃也快步跟了上前。众多嫔妃见荣贵妃如此，急忙紧跟其后，各个心事重重十分担忧的样子。

贺蓉站在远处，踮着脚直到看不到皇甫策的背影，脸上才露出一抹得意的浅笑来：“殿下如此担当，乃我大雍之福。”

贺菱怔怔地回神，脸上有片刻的恍惚：“阿姊说得对，这般的人，当真无可挑剔。阿姊自小就是个有福气的人，太子如此重情重义，即便为妾，也无甚不可？”

贺蓉抿唇一笑，娓娓道：“你以前不曾见过太子，自然不知道。当初太子还是大皇子时，我与母亲一起进宫，曾有幸见过两次。殿下自小得谢贵妃教养，性格温和，谦谦如玉，待人接物极为和悦，对待长辈更是彬彬有礼。”

贺菱一愣，缓缓垂下了眼眸，轻声道：“怎么，我以往从未听阿姊说过？”

贺蓉咬着唇，又忍不住笑了一声：“这样的事，如何启齿？太子身份贵重，不光是皇室之人，又算半个谢氏子弟，在当时即便我这样的身份，或是贺明熙的身份，哪怕只是皇子妃的位置，谢贵妃也只会考量王氏、陈氏或是沈氏。

“那时如此，此时何尝不是。太子妃的位置咱们轮不上，太子侧妃说起来好听，也不过是个妾室。父亲虽心焦咱们家的境遇，可也不愿自己的嫡女做妾，前番贺明熙才露出一些苗头，就被父亲狠狠地斥责了一顿。我们这样的家世，即便是给太子做了侧妃，也是面上无光的事。”

“可父亲为何最后会改变主意？”贺菱当初虽是嘴上说贺蓉这侧妃之位是得了陛下和殿下的青眼，实然早就知道此事是贺东青一手促成的。

贺蓉道：“哪有那么容易，当初父亲以为各家该是和原本一样，送去的侧妃人选都是庶女，那时母亲本给你看好了人家，后来父亲不许母亲早早给你定下，我们贺氏本打算将你送去也能凑个名额，谁知除了王氏嫡女之外，陈、刘、沈、慕容氏送去相看的都是嫡女。”

贺菱垂眸轻叹道：“父亲历来脾气执拗，不管别家如何，他都感觉我们贺氏不该如此，最后能改主意，也属难得。可阿姊这般好的性情，即便是为太子妃也属应该，最后只做了一个侧妃，虽说赐了字，到底还是委屈啊……”

贺蓉拉起贺菱的手，浅浅一笑，轻声安抚道：“这可是我自己求来的，哪里会委屈了？若我不同意，父亲哪敢将主意打到我身上。我们家的嫡女，说来说去不过就我一个，没有那些嫡女多的世家般不值钱，即便是父亲如何想牵上太子这条线，也不敢瞒着母亲，轻易将我许出去做侧妃的。”

贺菱恍然大悟：“原来竟是阿姊去求的父亲啊！”

贺蓉笑着点了点贺菱的额头，轻笑道：“傻丫头，这样的事情，哪里需要我亲自去求父亲？自然是给母亲露出一些口风，顺道说说为太子侧妃的好处，自然就有母亲出面去了。你也是知道的，母亲历来最宠我，自然对我言听计从。”

贺菱侧目看了贺蓉一眼，轻声道：“我还要再恭喜阿姊心想事成呢！”

贺蓉面上的笑意遮都遮不住：“你且放心，我定让母亲给你找个比上次还好的人家。你的出身，虽是做不来宗妇，也不见得能嫁给一等的世家嫡子，但一等世家的庶子或是小士族的嫡子也是可以的，虽说起来没有多风光，但好歹也算是你能配上的最好的人家了。”

贺菱垂着眼眸，似是有些害羞道：“我自小仰仗母亲与阿姊，不管何事都听阿姊的！”

贺蓉拍了拍贺菱的手，开怀道：“虽然你生母卑微，但母亲对你的教养自来用心，与我并无二致，若非你出身太低……不过，二妹放心，你如此听话，我和母亲又怎么会亏待于你？”

辛苦梅花候海棠

2

未到正午，已阴云密布，风雨欲来。

太极宫内殿，西厢房，早已备好多时的产房。敏妃被抬进去时，下身的衣裙已被血染透了，那大宫女寸步都不敢离开，跟了进去，一桶又一桶的冒着白烟的热水急匆匆地抬了进去。

皇甫策正欲转身离去，屋内突然传来一声凄厉的惨叫。皇甫策有些猝不及防，身形一个趔趄，幸好柳南眼疾手快，将人扶住了。

皇甫策双手下意识地攥住了柳南的手腕，目光紧紧地盯着紧闭的房门，许久许久，长出了一口气，轻声道："去搬张椅子来。"

椅子送了过来，放在了紧闭房门的对面，皇甫策缓缓地坐下来，只是那目光紧紧地盯着房门，双手不由自主地紧紧攥住扶手。荣贵妃见皇甫策如此，也不好离开，也让人搬了把椅子，坐到了另一边，身后还站着众多宫嫔。整座院落的气氛很是凝重，只有一声声的呻吟与时不时的惨叫声，从产房里传出来，众人仿佛连呼吸都放得很轻很轻。直至泰宁帝急匆匆地赶回来，众人这才纷纷迎了上去。

泰宁帝越过了行礼的众人，蹙着眉望向紧闭的房门，站了片刻，听到里面只是呻吟声，似乎微微有些放心，这才看向皇甫策："出了何事？"

皇甫策看见泰宁帝前来，紧绷的全身终于放松了下来，摇头道："侄儿去的时候，已是出事后了。"

荣贵妃忙道："大家都在赏花，不知怎么，敏妃妹妹就摔倒了，那时她附近似乎也没什么人，只有她的宫女……后来，臣妾知道的就和太子一样多了。"

泰宁帝正欲说话，被屋内的尖叫声打断了，他骤然侧目望向紧闭的房门，似乎有些愣神，好半晌才看向皇甫策："太医都来了吗？怎么叫成这样？"

皇甫策也从未经历过这般的事，方才那一摊血又是如此触目惊心，一进去时那凄厉的叫喊比现在都过犹不及。方才虽然面上一直很镇定，但皇甫策第一次经历这般的事，心里一点底都没有，唯有再次摇头："太医还在赶来的路上，皇叔莫要心焦，这么多人守着，又是足月，该是没事的。"这话说得毫无底气，若非泰宁帝过来，皇甫策只感觉头脑都是紧绷的，那一声声的惨叫，简直是一次次地击进一个人的心里，好好的人叫成这样，到底该多疼！

荣贵妃安慰道："太子说得对，陛下莫要心焦，这妇人产子，又是头胎，向来如此。"

泰宁帝瞥了荣贵妃一眼："你见过？"

荣贵妃被噎了下，僵着脸道："即便没亲眼见过，但也曾听说……"

"罢了罢了！你带着那些人该回哪儿回哪儿去！"泰宁帝不等荣贵妃说完，挥挥手极为不耐烦地开口道。

荣贵妃挑眉道："各家夫人臣妾自能料理，可前朝那边……陛下与殿下总该去一个。"

皇甫策侧目看了眼泰宁帝的脸，沉默了片刻，轻声道："取消宴席，让各家都出宫吧。这宴席即便是吃，也吃不安心。"

荣贵妃看了皇甫策一会儿，也分辨不出皇甫策说的是正话还是反话："这可是太子双十的生辰，若如此草率，总归对陛下也不太好……"

泰宁帝听闻此言，回眸，微微挑眉看向皇甫策，开口道："按太子说的办吧。"

荣贵妃的目光缓缓地划过看似很镇定又十分有默契的叔侄两个，轻哼了一声："臣妾告退。"

众人匆匆散去，偌大的庭院中央一下就空寂了下来，只剩下了泰宁帝与皇甫策两个人。泰宁帝坐在了方才皇甫策所坐的地方，皇甫策就站在椅子后面的半步处。

突然又一声凄厉的尖叫从屋内传出来，泰宁帝猝不及防，整个人微微一震，脊背紧绷了起来，本就有些疲惫的脸色，显得更难看了。

皇甫策已听了一会儿，自然比刚回来的泰宁帝承受力强了许多。他似乎是思索了片刻，手放在了泰宁帝肩膀上："皇叔不必过于担忧，我们两个都在此，敏妃和孩子肯定不会有事的。"

秋末的天气，衮服有些厚重，但不知为何，肩膀处却能清晰地感受到从那只手上传来的温度，本来紧绷的脊背，莫名地缓缓放松了。泰宁帝慢慢地倚到椅背上，舒了一口气，扬声道："给太子搬一张椅子。"

泰宁帝话说完后，停顿了片刻，许是感觉自己方才所做有些示弱，不禁轻哼道："怎么，你怕了吗？生辰宴都顾不上了，非要在此等个结果出来。"

皇甫策神色坦然地坐在另一侧比泰宁帝退后半步的地方，哂笑道："皇叔明明是自己怕了，偏偏要这般说别人。区区稚子，有甚可怕的？侄儿是怕您害怕，才会在此陪着你。"

泰宁帝微微侧目，看向皇甫策的脸，好半晌，开口道："朕也没有你想的那么在乎，不过能让你难受，朕自然乐见其成。"

皇甫策不以为意："不管在乎不在乎，皇叔有甚好得意的？为何不睁眼看看我皇甫氏已凋落到何种程度？家中嫡支有子嗣降生，这般的大事，可最后只有咱们叔侄两个守在此处。莫说世家，在兴旺一些的家族，产房外也该人影憧憧。"

泰宁帝缓缓垂下了眼眸，靠在椅背上的低笑了一声："你真会说笑，方才这里可是站了一院子的人，怎么会没人？可妇人也有自己的心思，除了真正生产的那个，谁会真心真意地希望自己的夫君有别人的孩子。”

皇甫策未曾看向泰宁帝，轻声道：“侄儿说的是妯娌、姊妹，若侄儿有个姑姑或是母妃还在，不管陛下有多少孩子，她们都会真心祝福吧。”

“呵呵。”泰宁帝又笑了一声，很是不屑，“朕有时候觉得你敏慧过人，有时候觉得你蠢钝如猪。兄弟之间，尚会为家产抢得你死我活，何况妯娌？你母妃若活着，知道朕将有子嗣，只怕会日日不安。”

皇甫策笑了一声，轻声道：“皇叔莫要看轻了我母妃，她性格安逸，素来与世无争。若她要争要夺，以谢氏的家世，即便不一定能成功赢得父皇，但一定可以让惠宣皇后过得不舒心。当年惠宣皇后去世后，父皇最常去的也是母妃处了，该是相处得很舒服吧。”

泰宁帝哂笑：“如今说这些，又有几人相信？你被立为太子后，你的兄弟相继去世，即便你和你的母妃是干净的，谢氏却不见得干净。那时，你父皇心里该也是明白，可他自己尚且要如此，又怎会真的阻拦这些。你父皇有大才，对前朝还是后宫，都颇有手腕，所以你们兄弟当初都算有福之人，在宫中长大，即便有些挫折，最多不过是相看生厌，兄弟间的推推搡搡……”

泰宁帝沉默了许久许久，才轻声道：“你们兄弟的争抢，看在你父皇眼里，一如养蛊般，太子虽是选定了，可真正活下来的那个，才是真的有资格继承皇位的人选。也不怪那些世家看不起我们，从太祖杀兄诛弟伊始，我们皇甫氏就坏了根，每一代每一代这般地循环，不知何时才是尽头……”

皇甫策不以为意：“皇叔这是给侄儿的警告吗，还是皇叔希望侄儿善待这个孩子呢？”

泰宁帝冷笑：“莫要太高估自己，如今你的东宫之位风雨飘摇，你身边的那些人围上去得快，跑得也快，如人饮水冷暖自知，近日太子该是体会得最深。且你哪里来的底气，以为朕会放过你？你父皇也非对兄弟手下留情了，是尚未来得及出手……慧极必伤，情深不寿，你父皇也是个蠢的，一辈子都不知道最想要的是什么！”

皇甫策正欲说话，六福带着四位太医匆匆跑了进来，气喘吁吁地依次给泰宁帝与皇甫策行礼。泰宁帝有了方才的缓冲，整个人也彻底镇定了下来，逐一看过孙、曹、吕、张四位太医，目光在孙太医身上停留了片刻：“孙涛进去吧，剩下的候在廊下，若有事再说。”

“臣定不辜负陛下托付。”孙太医匆匆地行个礼，快速地进了产房。

皇甫策挑眉看泰宁帝的安排，讽刺道：“皇叔也真是小心啊！众位太医可是整整被圈禁在太极外殿月余，排查又排查，如今竟是只肯相信一个人。”

泰宁帝瞥了眼皇甫策，冷笑：“若非是朕心软放他们回了太医院，何至于现在才到？你觉得朕小心？呵，你在宫中长大，自觉有所经历，实然你何尝明白人心到底能黑到何种程度？有些耻辱可以隐忍数年或是数十年，一朝得了翻身的机会，那种疯狂，等到冷静下来，连自己都会心惊……你也不会懂。”

皇甫策道：“皇叔这是说自己吗？莫不是父皇对你做了什么？”

泰宁帝不置可否，抿唇一笑：“来来来，今日朕和你都有时间，咱们说件朕小时候的事。”

皇甫策也笑了一声：“宫中往事，尔虞我诈，大多如此，有甚可说的？”

泰宁帝不管不顾地说了起来：“当年你父皇养在太后名下，太后没有儿子，育有嫡长公主。月华公主也就是朕的长姊，自小到大在宫中地位超然，是最尊贵不过的人了。太后与父皇，以及朕的兄弟们，包括你父皇在内，不管是真心还是假意的那些人，都对她宠溺有加。就连她的婚事都是自己亲自挑的，这样的人几乎享尽了这世间一切的好。”

皇甫策有些奇怪地侧目，轻声道：“陆、陈、张、徐乃南方四大士族，几百年传承底蕴，其中陆氏为四大士族之首，姻亲遍布南梁大雍，可谓根深叶茂，月华姑姑嫁于陆氏嫡子，当真是个不错的选择。”

“呵，谁说不是？我们皇甫氏以兵起家，最缺的就是底蕴，太祖立朝后，最是善待文士世家，不然为何皇甫氏历经几代，皇子与公主的结亲都选大士族。因为我们出身微寒，即便坐在这最高位置上，心里还是没有底气。你如今一说结亲，众家都趋之若鹜，那是因为我皇甫氏占了天下已经几十年，算是牢牢地坐稳了这位置。但三十多年前，你月华姑姑小时候，却非如此。”泰宁帝笑了一声，“南梁被权臣把持多年，每每想要改制，杀鸡儆猴，不敢拿任何士族开刀，倒霉的都是南梁那积弱已久的皇室。那些皇子皇孙本来活得好好的，天降横祸就被大士族当了病鸡宰杀或株连。”

皇甫策怔了怔，轻声道：“皇叔也说是南梁了，我大雍皇室即便子嗣再稀薄，如何也走不到那种地步！这与月华姑姑有何关系？月华姑姑因难产而死，又不曾牵连这些。”

泰宁帝低低地笑了一声：“朕是兄弟姊妹当中最小的，那时也不过七八岁，当年的事甚至连朕都不知内情，后来还是你父皇告诉朕的。说什么难产？妇人的手段！那陆氏虽在重重压力之下，面上屈服，不得不让嫡幼子尚了公主，但实在不甘，心有怨恨！

“那时士庶不通婚的规矩，是极严格的，士族把持天下已久，最是傲气。陆氏娶了你月华姑姑，是被天下士族取笑的事。陆氏几百年的世卿世禄，皇甫氏才得天下几年？得天下之前也是寒门，兵家子，他们根本看不上你月华姑姑，甚至以与我们皇甫氏结亲为耻！”

皇甫策面上不显，可心里却是极为震动，虽然知道当年皇室艰难，但也是知道而已。先皇是个极有手段的人，惠宣皇后的赫连氏也是鲜卑血统的大雍新贵，唯有谢贵妃才是世家女。

泰宁帝所说的这般情形，皇甫策从小到大，耳闻过只言片语，且不以为意。谢贵妃乃谢氏嫡支嫡女，是以皇甫氏的寒门身份在皇甫策身上的痕迹已经很浅很浅了。皇室虽讲究母以子贵，但因谢贵妃超然的身份，以谢阀在士族的威望，身为皇长子的皇甫策在士族里也算是子以母贵。

许久许久，皇甫策轻声道：“陆氏即使不满又能如何？尚主以后另开府邸，后来又有父皇登基，月华姑姑也有依靠，也该是过得很好才是。”

泰宁帝嗤笑了一声：“可陆辰本身就不喜月华，觉得她脾气火爆性格粗蛮，没有南人的贤良淑德，甚以有此妇为辱。可若陆辰当初极力不娶，太祖虽是对待士族没你父皇那么温和，但立朝后对士族最是尊重，莫不是太祖还能逼死他不成？可他胆小怯懦，畏惧强权，将心里的一干怨恨，都算在了你姑姑的身上。

“我们皇甫氏出身寒微，是马背上得的天下，可男子本该顶天立地，即便心中如何不喜，既娶了也该善待些许……何至于娶了后，还要拿来折磨？”泰宁帝许是想起了荣贵妃，神色十分黯然，双眸也无甚光泽。

诚如泰宁帝所说，不喜又能如何，既然娶了也该善待，虽说泰宁帝不曾立荣贵妃为后，但不管是当初的王府还是如今的后宫，该给的尊重与体面，一样都不曾少过，但不喜就是不喜，如何努力也做不到举案齐眉吧。

想到此处，皇甫策不禁忆起御花园的那一幕，突然能体会到泰宁帝眉宇间的疲惫了。自小一起长大，也以为知根知底，可也非朝夕相处，她若对你了解透彻了，自然知道你最想要的是怎样的人。

若是有心攀附，也能一直伪装成你喜欢的样子，过上一生又能如何？可前提她是需要你的，用得到你时，才会装成你喜欢的那样的人。若有一日无心，或是失了原本的初心，伪装起来也会很累，觉得不值。

所谓举案齐眉，恩爱不移。首先得很喜欢很喜欢，喜欢得愿意为一个人磨平棱角，即使备受求不得的折磨也不愿放弃，如此也才能容忍对方的一切，甚至不计较那些与自己不同或是不能理解的脾气与任性。

皇甫策不禁摇头，嘴角溢出一抹苦笑：“世间安得双全法……”

泰宁帝低声一笑：“嗯？竟是说出佛偈来了，可见这段时日的佛经抄来也有些用处的。可佛家的慈悲，你用不着了，我们皇甫氏不兴那个，你若做了佛陀，那这世上多的是屠刀等着你。你月华姑姑就死在天真上，你别重蹈那个覆辙。”

皇甫策轻声道：“偏见，也是仁者见仁智者见智的事。皇叔当初也可以选择小士族的女子成亲，可后来还是选择了朝中新贵慕容氏，可见您对南梁女子也不见得公允。”

泰宁帝轻声道：“朕自小也受过世家的轻慢与高傲，如何还能找个这般的女子共度一生？可那陆辰不光是因对皇甫氏的偏见，而是心系自家一同长大的姨表妹，也是他原本就定下的妾室。

“驸马都尉如何还能有妾室？陆氏主母心疼嫡幼子，心里也向着娘家，既然娶不了门当户对的娘子，让外甥女去做个妾室也成。可你月华姑姑是什么人？莫说一个和夫君自小就有了感情的娘子，即便是个陌生的娘子，也是不能容忍的。”

皇甫策抿了抿唇：“尚主还想纳妾，即便月华姑姑允了，太祖也不见得允。”

泰宁帝冷笑：“那时正好传出你月华姑姑身怀有孕的消息，陆家再也不提此事，表现得欢天喜地，送去了四个稳婆，还有专门照顾起居的人，给你月华姑姑调养身体。日日多食不让动，说是怕动了胎气，没多久窈窕的长公主就胖成了另外一个人。可我们皇甫氏未成事之前，说好听点是新贵，难听点就是土财主，根本没人想明白这里面的弯弯道道。

“月华长公主生产时，惨叫了三天三夜，最后一尸两命，照顾的人是他陆家的，稳婆是他陆家的，我们家的长公主没了。太祖暴怒，着人彻查真相，查来查去，哪里都没有问题，又何来的真相？即使后来你父皇也是娶了你母妃后，才明白了其中的缘故，可没有什么证据，对陆氏也只能打压而已，如何问罪？”

皇甫策怔了许久，冷声道：“陆氏，怪不得父皇自来从不给他们出头的机会，皇叔也是如此……这般龌龊无耻！还自称什么世家名门！”

泰宁帝道：“这就生气了？可这不是让人最生气的。你与王雅懿自小情投意合，该知道些王家的事，当年王轶出外赴任，将王雅懿留在了家中，由祖母教养。可知是何缘故？”

皇甫策好半晌跟不上泰宁帝的思路，侧了侧眼眸：“阿雅不得她母亲的喜欢，这才在父亲出外赴任后，将尚在襁褓中的她留给了祖母教养。可家中庶出兄弟肆意妄为，因父母不在的缘故，随意欺凌年幼的阿雅……”

泰宁帝低声地笑了起来，指了指皇甫策：“看看，素日里疑心那么大，怎么这般漏洞百出的话，就能轻易相信呢？父母不在，祖母不在吗？谁家的嫡子嫡女，会被庶出的子女欺负？嫡女年幼，就会被庶子欺凌？”

皇甫策骤然侧目，眯眼看向泰宁帝，许久，开口道：“皇叔绕那么大的圈子，原来竟是想说这些。此时，皇叔的意思是母妃和阿雅一起骗了侄儿？”

泰宁帝笑道：“大雍朝的东宫，本该光风霁月，胸怀天下，恩泽苍生。你如此这般，还让皇叔怎么好好地同你说事？”

皇甫策嗤笑了一声：“可惜皇叔说的那些，侄儿身上都不见得有，但皇叔心里对侄儿的恶意，侄儿可是看得很清楚，虽不知皇叔为何那么憎恨侄儿，但只要侄儿舒服一点，皇叔心里就不舒服得很。”

泰宁帝听闻此言，不但不怒，反而很是开怀，低声地笑了起来：“孺子可教，孺子可教。可朕当真不是要针对谁，你母妃和王二娘子，她们也没有骗你。你方才所说的那些也许都是事实，可事实的背后又是什么？那欺负未来太子妃的庶子之母，正是王轶青梅竹马情意相投的表妹。

“王轶虽是娶了世家女，对表妹也是情深义重，又有母亲欣然做主，自然而然地将表妹纳入房中，做了贵妾，两全其美。王徐氏出身士族，该懂的弯弯道道都明白，且同样是世家，即便婆母拿捏，王徐氏虽看着落了下风，又岂是那么好欺负的？王轶想要偏帮，徐氏一门也不是那么好惹的。”

皇甫策微微一怔：“世家这般的事，竟是如此多见吗？”

泰宁帝笑道：“士庶历来不通婚，世家之间世代联姻，盘根错节。许多人有了上一代，下一代不见得有合适的人选，或是有合适的人选，还要维系别家的关系。嫡女是没有了，但家中的庶女众多又不值什么，送出一个做个贵妾，若受宠了还能继续维持一门姻亲许多年，家中主母自然更亲近自己的娘家人继续掌管这个家，不管如何都是极好的事。”

皇甫策道：“如此说来，倒也是屡见不鲜……”

“不管结果如何，也各有不同。当初王徐氏随王轶赴任后，又产下了两个小郎君，育有六子，其中五人长成。再次回到帝京，面对那个夫君极喜欢的表妹，还有什么可怕的？那仗着祖母疼宠，欺负你家阿雅的两个庶子，在王夫人回府前，一前一后都出了意外，不治身亡了。王氏祖母心疼自己带大的庶孙，一下就病倒了，那姨娘知道孩子的死与王徐氏的族人脱不了关系，又能怎样？王轶也知道，可那又怎样？王徐两家是为了结亲，不是为了结仇。”

皇甫策缓缓垂眸，轻声道：“相同的际遇，一个士族之女尚且能全身而退，漂亮地翻身。皇甫氏乃大雍之主，却折戟而回，甚至赔上了最得宠的长公主，且有苦难言……”

泰宁帝轻声道：“对，这才是朕要同你说的。我们虽与士族交好结亲，但也仅限于此。你父皇一生面上仰仗士族，实然最是擅长平衡之术，春雨无声地打压士族提拔寒门，竭尽全力才让大雍和皇甫氏有了这般的局面，这其中是何等地不易！”

皇甫策道：“皇叔绕了那么大的圈子，真的要说这些吗？平日里皇叔的所作所为，可没有半分敬佩父皇的意思。皇叔又特意提了阿雅的家事，侄儿竟不知道，皇叔对别家的私事知道得如此清楚。”

泰宁帝垂眸而笑：“朕不过和你闲聊，你又何必想那么多？你与王氏的姻亲，乃是朕亲自下的旨意，自然要了解一番。你且放心，不管将来如何，这圣旨朕永远都不会反悔。”

一阵风吹过，天空飘起了细雨，两人同时望向天空。

皇甫策闭了闭眼眸，缓缓伸手：“皇叔自去岁大病后，对侄儿极为和颜悦色，有求必应，可不知为何，侄儿却深觉皇叔不怀好意。”

泰宁帝不以为意：“是又如何？你能说出朕哪里不对来吗？”

六福小跑了过来：“陛下、殿下，秋雨寒重，太医说敏妃是头胎，没有那么快，陛下与殿下不如先去偏房坐着等。”

自上一场大雪后，漠北已正式进入了凛冽的寒冬了。甘凉城的冬日虽说苦寒而漫长，因有火墙热炕的缘故，但凡殷实一点的人家都不会受罪。冬日里的营地，也还是一如往昔日日晨练，但已不如天暖时繁重，午后的大半日，几乎整座甘凉城都是无所事事的。

小院被打扫得很干净，一点积雪都不见，枯枝和屋檐上挂着长长的冰柱，在阳光下显得十分耀眼好看。东侧的书房内，温暖如春，明熙正把玩着从过路商人那儿淘来的玉石乐器，试了几次音，都显得极为破碎，不尽如意。

谢放进门时，听到了那刺耳的声音，抬眸看了眼，忍不住笑道：“埙可不是那么吹的。”

明熙有些尴尬地放下了埙：“大将军怎么有空来了？”

谢放笑着拿起了埙，看了看：“一整块和田暖玉所制的埙，可当真不多见。”

明熙道：“也是看卖相好，这才买了回来，谁知道竟也不好学。”

谢放大笑：“平日里看你文武双全，诗词歌赋手到擒来，如今倒是拿这些乡野的东西没有办法了，此地百姓几乎都会，他们可买不起和田暖玉的，大多都是陶埙或是石埙。”

裴达端着热汤走了进来，乐呵呵地走进来：“大将军今日怎么有闲暇？快来尝尝才熬出来的山参鸡汤。”

谢放接过碗，喝了一口，见裴达依然拿着托盘，动也不动笑眯眯地看着自己，不禁疑惑道：“裴管事还有事？”

裴达忙道：“无事无事，只是这一日不见阿燃小郎君了，有些想得慌。”

谢放微微一怔，放下碗笑道：“裴管事端的是喜爱阿燃，这才一日不见就问了起来。他今日一早就去了燕平，怕是有些时日才能回来。”

裴达随即蹙起了眉头：“这大风大雪的怎么还出远门？有些时日是何时？过年都不回来吗？怎么好端端的说走就走了呢？你是他嫡亲的兄长，有什么事不能让别人去？”

“裴叔！”明熙的声音有些大了，惊得裴达谢放一同看了过来，“咳咳，那个阿燃有公务在身，大将军自有考量，且燕平的谢府也是阿燃的家，你可别想、岔、了。”

裴达见明熙将最后三个字咬得特别重，有些不情愿地点头：“哦哦，娘……郎君说得对，是我想岔了，那个大将军，阿燃小郎君什么时候回来？哦哦，他去燕平是军务吧？不会有什么私事吧？比如亲事什么的……”

明熙忍不住翻了个白眼：“裴叔！你昨天不是说有一块很好的貂皮，要找出来做个大氅吗？”

裴达恍然大悟道：“哦哦！说得对！说得对！这大风大雪的还要去燕平，是得有个好大氅，我现在就去找！现在就去找！”

谢放有些不明所以，眼眸中露出些许疑惑：“呃？是不是有什么我不知道的事？”

明熙干笑了两声：“哪有什么将军不知道的事，裴叔年纪大了，总是这样……且自来甘凉城与阿燃十分亲近，这个一日不见，固然要问上一问。”

谢放扑哧笑了一下：“四十岁就年纪大了吗？”

明熙一本正经道：“事情想得多，人自然就显老。大将军也是，少想一些事情，不要整日绷着脸，自然也不会像现在一副三十好几的样子。”

谢放莫名地有些郁郁，不知为何又有些尴尬，想一想好似从来没有对这人绷着脸过，怎么就得了这么个名声。他已许久不曾像此时这般不知所措了，垂眸把玩了玉埙片刻，放到了唇边，轻轻地吹奏了起来……

“大将军！”明熙快步上前，一把将玉埙夺了回去，对愣在原地的谢放讪讪一笑，“这个……这个我方才吹过了，不干净，你若是喜欢，属下用烈酒给您泡泡再擦擦，再给你送过去……”

谢放挑眉：“甘凉城又不是帝京，哪里来那么多的规矩？素日里行军大战，众人无炊具可用，吃肉都用一把刀朝嘴里放，谁也没空嫌弃谁，我又怎会在乎这些。”

“知道知道，大将军自来不拘小节，我这不是嫌弃自己，唯恐玷污了大将军……呃，哦哦，是唯恐大将军事后想起来觉得我不够尊重您……哦哦，我这不是也一时改不了这习惯……”明熙话说了一半，总感觉怎么解释都不对，将玉埙放入了一侧的抽屉里，这才抬眸又道，“大将军一早过来，可是有事？”

谢放听了这些解释，似乎越发地不悦：“无事不能来看看吗？阿燃天天来此，也不见你问上一句。”

明熙抿唇一笑：“大将军与阿燃怎么一样，大将军日理万机，若无事哪能特意登门？”

谢放侧目对上明熙含笑的眼眸，那股郁气来得快去得也快：“三日后你同我去燕平。”

明熙有些讶然：“大雪封路，怎么找这个时候去，莫不是燕平出事了吗？”

谢放轻声道：“帝京的巡察使快要到了，押送着借给柔然和救灾的粮食，到时候要给燕北所有地界分发。咱们甘凉城虽是不缺粮，但若帝京筹算了咱们的，柔然借的粮，这些也不能白白都舍了。”

明熙了然地点头：“大将军说得对，借给柔然的粮食本该朝廷出，且柔然历来不讲究，万一肉包子打狗了，咱们当真是白白垫上了那么多。”

谢放忍不住笑道：“话虽如此，但到时候对待巡察使还是要客气些，给多少算多少就是了。咱们也未到山穷水尽的地步，别的地方百姓也要过冬，若咱们要得太多，只怕别处的百姓就要挨饿受苦了，漠北冬日苦长，不好熬啊。”

明熙挑眉：“咱们用不到，可以自己散给四处的百姓，比让那些不知道的人给，来得清楚，谁知道那些人会昧下多少。甘凉城虽能熬过荒年，但谁家又会有余粮，明年开春还要青黄不接好几个月，都是陛下的百姓，不能厚此薄彼了。”

谢放忍不住笑道：“蠢，整片燕北几乎都是谢氏的人，他们若敢贪墨，本将军又怎会坐视不管？朝廷这次愿意出粮，自然怎么都好，即便朝廷拿不出粮食来，咱们手中有粮，能给柔然人过冬，就不能给自己的百姓过冬吗？”

明熙听闻此言，忍不住心情好了起来：“将军说得也对，反正只要百姓不挨饿，不管多荒的年都是好年景，我还是喜欢大将军这样，身无长物，两袖清风。”

谢放心中微微一动，侧目望向明熙亮晶晶的眼眸，心情莫名地更好了，不禁大笑道：“蠢！士族子弟为官多为清贵声名，像我这般务实的都会被说成俗不可耐，但凡家中有些地位的嫡子，怎会愿意与财帛打交道。”

明熙不以为意：“知道知道，我虽从未做官，但那些人做的蠢事我都知道，不务实如何做事，光讲究清贵，怪不得短短的些许年就被寒门庶族挤成了这般。”

谢放不知为何，听见这人说话，就莫名开心，忍不住想笑。他抬了抬手，抿了口参汤：“也不怪士族清高，都是几百年的大族，家中底蕴财帛都不缺的。先不说务实还是清贵，若哪个士族子弟当真贪墨，即便不被朝廷发现，也会被同族所弃。若传扬出去，定会被别家嗤笑，各个家族几乎都是专门管理族产的，每人有俸禄又有家中供养，根本不必盯着这仨瓜俩枣。”

明熙连连点头：“嗯，裴叔说过，手里有钱财，心里才有底气！”

谢放笑道：“各家分工不同罢了，寒门做官不讲究清贵声名，不管为官还是为吏，都以务实为主。但因从底层晋身，到那些位置多有不易，可能也会耗费不少钱财才能得到职位，必须要补填亏空。或是本就窘迫，同僚之间的交往，人情世故，或是还想再朝上走，总要想想办法，难免会为财帛田产动心。那些心志不坚或是本就身无恒产的人，会忍不住贪墨，或是剥削暗夺。”

明熙挑眉：“将军说得对，各有各的好，分工不同罢了。也不见得所有的寒门都会贪墨，可有那豪富一方的庶族，若让那些十指不沾阳春水的世家子弟去做俗务，怕也理不清啊。”

谢放轻笑：“休说别人，若不是裴管事，你自己能理清私产吗？”

“将来找个能理清楚财帛的人就成了，我以后也不会朝士族那里凑，其实庶族有庶族的好，平平淡淡才是真嘛。”明熙歪头一笑，调侃道，“大将军将兵勇分那么多类型，又将耕种与沟渠做得那么合理，不是一直在说知人善用吗！若我能兼顾一切，即便不累死，也要落下埋怨，这得抢了多少人的饭碗。”

谢放只觉那双笑眼有种说不出的熟悉与亲切，忍不住与其对视，嘴角抑不住上扬：“我若心情不好，来和你说说话马上就能雨过天晴了。虽然你看起来也不是那么能解人心宽的人，怎么就能句句都说得那么熨帖。”

明熙不以为意：“那是因为大将军在高位已久，已经许久没有感受这种平辈相交的乐趣了。”

谢放放声大笑：“哈哈，说得对，说得对！若非你当真是十九岁，本将军差点以为你二十九了，每每总是能不谋而合，当真有种莫逆的快意。”

明熙笑道：“想我正青葱年少，大将军若寻莫逆的话，还是换个人吧！”

辛苦梅花候海棠

3

帝京这日着实难过，先是阴了半日，午后的小雨淅淅沥沥又下个不停。秋末的细雨，已寒意深重，禁军所里因没什么人气，显得更加冷清了，偶尔有人匆匆经过，除了盔甲的摩擦声，没有半点暖意。

高林已喝到第三杯茶水了，几次站起身来，想着人去催促一下，又忍住坐了下去，端起了茶盏遮住了焦躁。

直至一阵盔甲摩擦声传来，高钺顶着细雨，带着左右副手快步走了进来，高林这才双眼一亮，骤然站起身来，可看了眼他身后的两个人，又坐了回去。

高钺将手中的佩剑给了身后的人，蹙眉道："父亲怎么过来了？"

高林笑了笑："太子的生辰宴取消了，为父绕了一圈，特地来看看你，说起来你已快一个月不曾回家了。"

高钺垂了垂眼眸，正色道："宫禁事务十分繁重，且自得知敏妃有孕，袁副将也已两个月不曾着家了。近日里敏妃快要生产，陛下睡得不安稳，时常召见，有时甚至是半夜时分……"

"知道知道。"高林笑着打断了高钺的话，"为父不曾怪你，只是今日既是入了宫，宴席又取消了，回去那么早也无事，正好也有些家中的事和你商议商议。"

高钺侧了侧眼眸，左右副手缓步退下，直至两人消失在院门处，高林才再次开口："方才朝臣们都在传，敏妃在御花园内跌了一跤即将生产，此时可有消息了？"

高钺摇了摇头："我也是才从太极殿那边过来，太医说头胎还没有那么快，可能还要等上许久。"

高林挑眉，沉默了半晌点头道："陛下和太子都在那里吗？宫中近日可有什么不同？"

高钺蹙眉："陛下与太子两看生厌，满朝皆知，哪里会有什么不同？听闻敏妃跌倒是太子着人送去太极殿的，陛下不曾回来，太子不敢离开。"

高林点了点头："如此说来，倒是巧合了？你说……敏妃跌跤会不会与太子有关？"

高钺摇了摇头："袁副将已在调查此事，我虽不曾深问，但该是与太子无关的，当时嫔妃所在之处离太子甚远，且太子若当真想要动手，万不会等到孩子足月，又在众目睽睽之下。"

高林垂眸沉思片刻："自敏妃有孕以后，太极殿乃至整个宫中都被你把控得严严实实，以前便是想动手也无甚机会。今日陛下好不容易将敏妃带了出来，虽是风险巨大，可也不能放过这唯一的机会……若只是跌倒，只怕还达不到目的，你说太子亲自将敏妃送去了太极殿，你认为那些稳婆和几位太医可靠与否？”

高钺侧目道：“父亲多虑了，太医被陛下圈禁了月余，后来也是谁都不敢见。那些稳婆本就是可靠的人，且她们的家人如今都在陛下手中，该不会有意外的。以我对太子的了解，他虽是有些……也不会对个尚未出世的孩子下手，不说如今，想必以后也不会。”

高林不明所以地笑了一声：“你别把太子想得那么干净了！自太祖伊始，我高氏追随皇甫氏左右。皇甫氏子嗣凋零到这般程度，是为何故？阿钺可不要小看了皇甫氏，他们对别人狠，对自己人更狠。”

高钺沉默片刻点了点头：“父亲放心，如今宫中一切尽在掌握，太子若想从宫中下手，该是翻不出风浪来。”

“呵呵，这是自然，你自小就让为父十分放心，但凡交给你的事，何时做不成过。”高林端起茶盏，看了高钺片刻，叹息道，“阿钺啊，你过了年就二十四了，眼看着年岁也不小了，近日你母亲给你相看了几户人家，其中有一两家为父也很满意。你有空也回去看看画轴，若无意外，咱们开春先将婚事定下。”

高钺缓缓垂眸：“谢父亲帮我挂心，只是来年春天怕正是混乱之时，父亲何必如此着急我的婚事？”

高林不以为然道：“怎么不着急？你年岁大了不说，下面几个弟弟年岁也不小了，即便你不着急娶亲，他们也要定亲！多子多福，我高家别的事小，承嗣才是头等大事，朝中之事永远忙不完，你推了一年又一年，到底何故？”

高钺蹙眉，不以为意地开口道：“我高氏又不是名门望族，何须墨守成规，父亲若是着急，让弟弟们先定下亲事就是。”

高林重重地将茶盏放在了桌上：“什么不是名门望族就不用墨守成规？嫡长子不成亲，哪有后面人的事！每每一说此事，你便百般推诿，你母亲甚至和你说不上话！若你心中有了人选，直说就是了，莫不是为父与你母亲是那不通情理之人！会逼迫你娶不喜欢的人不成！”

高钺深吸了一口，缓缓地坐到了高林的对面，沉默了片刻：“父亲既如此说了，我也就不隐瞒。”

高林挑眉，看了高钺一会儿，轻声道：“既是自己看中了，早该和你母亲说。你若不愿和她说，也可以给为父说，莫不是父亲还会阻止你娶喜欢的人不成？”

高钺道：“她非士族，也非什么庶族新贵，乃一介孤女，身无恒产，只是帝京里普通的百姓人家。父亲若是愿意，我也愿意即刻成亲，不会推诿半分。”

高林一怔，轻声道：“结亲结亲，结门当户对两姓之好。父亲倒也不会对这娘子有什么意见，只是这般家世的娘子即便是你心仪之人，将来嫁到我家来，她自己也不见得能抬起头来，你又何必勉强？”

高钺不惊讶，也不生气：“是以我不会勉强，只是心有牵挂，才不愿早早成亲。”

“二十有四，不早了。不过你既然喜欢她，也不是没有办法。”高林沉默了片刻，轻声劝道，“顾氏有女，年约二八，容貌姝丽，性情温和。你若娶了她，将来若要纳妾，以顾氏的脾气，你心仪之人也不会受什么委屈。”

高钺倒也不恼，正色道：“父亲心中已有人选，又何必来问我？可你相中了顾氏，但顾氏也不见得相中咱们。三个月前，这禁军统领之职还是顾泽中，如今换成了我，只怕顾家不会那么喜欢。”

高林微微一笑：“阿钺，你还是年纪太小了，不懂这里面的弯弯道道。正因为这禁军统领换成了你，你又有陛下面前独一份的信任，你母亲刚放出你要相看人家的消息，已是有好几家士族趋之若鹜，这顾氏、李氏都是一等的士族，最得为父的满意。”

高钺抿着唇：“如今我所能依仗的只有陛下的信任，可父亲就不怕我选了这两家人，会失了这份信任吗？”

高林有些不悦：“此话怎讲，婚事讲究父母之命媒妁之言，莫不是陛下还想左右你的婚事不成？”

高钺摇头：“陛下并无此意，可顾氏乃荣贵妃之姻亲，这些年顾泽中一直以荣贵妃马首是瞻。李氏就更不能了，李氏与贺氏有姻亲，太子侧妃贺二娘子之生母出身李氏嫡支。我与顾李无关，陛下必然百分百地信任我，敢将整座大雍宫的护卫交于我。可若我与顾李任何一家结亲，只怕陛下心中不会毫无芥蒂。”

高林缓缓垂眸，沉默了片刻：“你说的这些为父如何想不到？可世家的姻亲，历来盘根错节，陛下当真是信任你，想必你娶了谁，不会那么重要。”

高钺道：“父亲还是不明白，高氏深受先帝隆恩，我当年又是太子伴读，父亲也有从龙之恩，这些年陛下虽不曾亏待我高氏，但不算特别重用。可父亲想过没有，为何偏偏会在太子回朝后，陛下反而对我越发地重用了呢？”

高林眯眼思索了片刻：“这也是为父有些想不通的地方，按道理说陛下该是觉得你和太子更亲近才是。”

高钺道：“我虽是太子伴读，但自小独来独往，对谁都不甚亲近，想必陛下也有些了解。最重要的是，我高氏寒门庶族的出身，与世家没有多深的牵扯，几位姑姑不曾嫁到士族里去，姊妹尚小还不曾敲定人家。我母亲不是世家女，如今的高夫人也不是世家女，放眼整个朝廷，看起来与世家无甚关系，又位高权重的似乎只有我高氏。”

高林侧目眯眼看向高钺，许久许久，点点头：“虽有些道理，但慕容氏与世家也牵扯颇深，陛下与荣贵妃乃发妻，又何必如此防备士族。”

高钺道：“慕容氏和士族牵扯得再深，可慕容氏依然只是跟着大雍朝起家的新贵，三代或是五代都不会成为士族。陛下当年结亲，当真就没有士族可以选择了吗？父亲也是从太祖时，就跟在祖父身边，历经三朝。从太祖到先帝再到如今的陛下，看似尊重士族，可又有哪位陛下真正地重用依仗过士族？”

高林半垂着眼眸，沉默了片刻，骤然睁大了眼眸，轻声道：“阿钺说得对！李氏与顾氏这姻亲都有些不合适，至少现在不合适。”

高钺点头道：“父亲明白就好。”

高林茅塞顿开，笑了一声：“依阿钺所言，开春后，说不定会乱上一乱，既已等了那么久了，再等上一等也无妨的。”

高钺点头称是：“父亲可还有其他的事？”

高林看了高钺一会儿，试探地开口道：“可你方才说的心仪之人，为父以前怎么一点都不知道……你整日不是在营地就是在禁军所里，这人是如何遇见的？”

高钺道：“机缘巧合罢了。父亲放心，我明白轻重，一如你所说，不管喜欢与否，待娶亲之后再纳为妾室也无妨。”

高林闻言十分满意，颔首道：“我高氏也没有那么多规矩，若阿钺当真喜欢的话，不必委屈自己，外面买一处宅院先放进去就是了。你已这个岁数，莫不是为父还会苛求你不近女色不成？”

高钺道：“我会处理好的，不会让父亲与夫人难做。”

高林满意地大笑：“自然自然，你自小懂事，从不曾让为父费心过，若你几个弟弟如你这般，父亲也就知足了！”

刚至申时，天仿佛要黑透了。雨越下越大了，短短半个时辰的工夫，早上还繁花锦绣的御花园已是残花断枝凋零了一地。

因要一直观望产房等消息的缘故，太极殿偏殿没有放下遮挡的门帘，寒意深重的秋风夹杂着雨水，一阵阵地吹进来。

柳南跑了几趟，这才给屋内燃上了炭火。泰宁帝虽不冷，但太医几次的诊断都曾呈上御前，断不会在此事上过于苛责皇甫策，反而让皇甫策坐到了靠里的地方。

许是已过了最紧张的时候，也许是离产房有些远了，听不见屋内的呻吟与惨叫了，此时叔侄两个面上都显得很是平静。皇甫策虽穿着厚重的衮服，烤着火又裹上披风，可唇色依然苍白得厉害，脸上也没有什么血色。

泰宁帝虽不苛责，但也不会心疼，优哉游哉地抿了几口热茶，继续闭目养神。自来到这偏殿，不知是因为方才在院中最后对话的不友善，还是两人都累了，近两个时辰里，叔侄两个没有一句话的交流。

六福端着托盘走了进来：“陛下，小厨房里熬了些枸杞参汤，您与太子殿下多少用一些吧。”

泰宁帝蹙了蹙眉头，长出了一口气：“先放着，朕没甚胃口。”

六福为难道："自辰时到此时，陛下粒米未沾，如此下去怎么成？方才老奴去问过了，这妇人产子有快有慢，一天一夜也属正常。陛下吃些东西，才会更有精神不是？"

泰宁帝正欲说话，却见皇甫策裹着披风起身，从托盘上端了一盅参汤："无甚，皇叔若没有胃口，侄儿有，这一盅鸡汤，侄儿替皇叔喝了就是。"

泰宁帝挑眉气道："朕何时说给你喝了，也不怕毒死你！"

皇甫策嗤笑了一声："什么时候毒都不晚，你此时又不敢毒，万一皇叔命不好生个女儿，把侄儿毒死了，只怕皇叔自己得先痛哭一场，死都不敢死，生怕见了太祖和先皇没法交代。"

"好好！你最好祈求是个女儿，否则你可没有机会坐在此处同朕贫嘴了……"泰宁帝见皇甫策都不抬眼眸，话说了一半反而没什么意思，可又出不了这口恶气，唯有看向六福，怒道，"汤不是给朕的吗？！"

六福忙道："有有有！还有还有！老奴这就去端！"

皇甫策将盛出来的那碗汤，放在泰宁帝面前的桌上，又径自地端起了盅，慢条斯理地开口道："皇叔想喝直说，何须如此？"

泰宁帝看着那碗汤，喝也不是，不喝也不是，可片刻后不知想到何事，不禁又笑起来："人若太聪慧了，不见得是好事，慧极必伤还是其次，怕就怕聪明反被聪明误。你越是有恃无恐，跌下去时，想明白时，才会越是恨自己……"

"生了！生了！"这高亢的喊叫，打断了泰宁帝的话，对面一直紧闭的房门打开了，孙太医快速地走了出来，站在长廊上高声喝道，"恭喜陛下！贺喜陛下！喜得皇长子！"

泰宁帝顿时满脸喜色，再顾不上其他，骤然站起身来，不顾大雨地朝对面跑去。六福拿起雨伞就追了上去。皇甫策拿汤匙的手微微一顿，随即若无其事地继续喝着盅里的汤。

泰宁帝直至跑到廊下才回过神来，看向站在门外的孙太医："可是母子平安？"

孙太医垂了垂眼眸，轻声道："自是平安，陛下若不放心，可亲自看一看。"

六福忙道："陛下，产房乃大凶之地，最是血腥……"

"朕乃真龙，还怕这些？"泰宁帝打断了六福的话，快步走了进来。

孙太医快速跟了进去，将房门牢牢地关上。

一直观望着对面的柳南忙道："殿下，陛下进去了。"

皇甫策垂着眼眸，喝完了汤，才慢条斯理地开口道："这是皇叔的长子，自然很重视。母妃曾说过，当年本宫出生后，父皇也是第一时间就进去看望我们母子的……生分也是后来的事。"

柳南叹息："说来也是，先帝大婚四年无子尚且如此，何况陛下都这个岁数了，想一想陛下也是可怜……古人说得对，娶妻娶贤，当初也不知是怎么娶了贵妃娘娘那样的，他们哪里是夫妻，简直是冤家，来讨债的。"

皇甫策抿唇一笑，点头赞同道："这话说得极对，若无相欠，如何遇见？皇叔上辈子定然欠了荣贵妃许多许多的财帛，这一生才荣华富贵地供养她还她。”

柳南点头道：“殿下最近抄了些佛经，这说起话来，总带着那么几分禅理。若是如此说起来，那你和王二娘子一定欠了彼此不少，兜兜转转那么多年，最后还是你们两个走在了一起。”

“哦？本宫与她的亲事，不是水到渠成吗？将来必然不会像皇叔与荣贵妃那般的，这又如何说得上谁欠了谁呢？”皇甫策侧了侧眼眸，喜怒不显地开口道，“本宫可还记得，在阑珊居时，你极力劝本宫与阿雅在一起，如今说这话又有什么讲究？”

柳南笑道：“哪能有什么讲究啊！奴婢就是感叹殿下与王二娘子缘分深重啊！想想您与王二娘子从小遇见，断了三年，且能再续前缘，这固然有殿下和王二娘子之间的情意，可也得占尽天时地利人和啊！殿下与王二娘子当初分开时，不曾有任何名分，咱们在阑珊居近三年不见天日，又怎敢想王氏嫡女那般的年纪还不曾出嫁？”

“又是茹素，又是痴等，她待殿下如此深情厚谊，世间少有。殿下也不曾负了这份痴情，未复位就许下亲事。这般的波折，又这般的纠缠，才走到了这皆大欢喜的地步，想一想当真让人感叹，不是殿下欠她的，就是她欠了殿下的，不是说相欠才能纠缠吗？”

皇甫策缓缓垂眸，抿唇道：“你觉得阿雅很心仪本宫吗？”

柳南忙道：“这是自然啊！殿下这般的人品，这般的身份，与王二娘子实乃天造地设的一对啊！若非心仪殿下，哪能等个杳无音讯的人那么多年啊！娘子们的好年岁可全在那三年里了。

“想一想，这世间只怕很少有人能做到这般地步了，还好殿下好好的，若再过几年殿下还无消息，不知王二娘子会如何想不开呢！奴婢可听说了，南梁那边还有什么冥婚，就是不管生死，都要将两人绑在一起，只怕下辈子遇不见呢……呃！呸呸！瞧奴婢这臭嘴！”

皇甫策侧了侧眼眸，似乎很不以为意，嗤笑了一声：“你可是越来越谄媚了。”

柳南有些委屈地开口道：“哪能啊！奴婢虽是不会说话，可这句句都是肺腑之言啊！人说，有缘千里来相会，无缘对面不相识，这话实然都应在殿下身上了啊！”

皇甫策望向门外的大雨，无喜无怒道：“你这还叫不会说话？这话应在本宫身上，又是怎么一说？”

柳南道：“殿下在阑珊居里，与娘子朝夕相处，是两人最好的三年。论起家世与相貌来，娘子不输王二娘子多少，虽是脾气坏了些，暴躁了一些，但也对殿下毫不遮拦地真心真意，也可谓煞费苦心地讨好了。要奴婢看呢，有时候娘子做的那些事，虽看似蛮横，实然也……即便铁石心肠也该融化了。可惜那般的手段，那般的磨缠，那般的抢夺，最后竟是让殿下越发厌恶，可见缘分这东西当真奇怪得紧。”

皇甫策仿佛听见了柳南的话，又仿佛不曾听见：“世事哪能尽如人意，总得有人失望。”

柳南叹了口气：“在阑珊居时，奴婢与裴达虽是嘴上不说，但我俩心里一直都觉得你和娘子得纠缠一辈子呢！门当户对，又无甚阻碍，娘子若一心一意地不肯放手，单殿下的这份良善和不忍，你们可不是得一辈子在一起啊！阑珊居也好，殿下出来也好，娘子那样的性格，哪里会忍让退缩半分，肯定将殿下霸占得死死的。这人生能有几个那般的三年，可惜谁也没想到，最后你们两个竟是干干脆脆地分开了。”

皇甫策垂眸，苍白的侧脸显得整个人都十分单薄。他仿佛毫不在意这番话般，许久许久，不明所以地笑了一声：“说来，倒是本宫让你们失望了？”

柳南忙道：“哪能啊！这事和殿下一点关系都没有。认真地说，若非是听韩大人说，王二娘子为了殿下不肯定亲嫁人，又是茹素又是拜佛，奴婢也觉得殿下和娘子这般也挺好，可听说王二娘子如此为殿下，奴婢当真是眼泪都流出来了。殿下自小又喜欢王二娘子，根本不能辜负那么好的人！”

皇甫策愣怔了片刻，轻声道：“是啊……这般作为，又如何能辜负？”

“那时奴婢嘴上虽是劝殿下和王二娘子在一起，可心里也是为难了好久。王二娘子温柔大度、心地善良，又不会争抢。娘子虽说心地也不错，可那般的性格，即便是争不过正妃之位，侧妃之位肯定有的。可娘子自来强势，若是挣不到正妃之位，只怕心有不甘呢！”

皇甫策哂笑：“贺明熙一向如此。”

柳南叹息道：“要真是如此，殿下的后宅，可就得鸡飞狗跳了，娘子那样的脾气，得见天地掐王二娘子！王二娘子又是那样的脾气，到时不知又要为殿下受多少委屈。在阑珊居就殿下和娘子两个人的时候，尚且如此强势，更何况她若觉得王二娘子抢了殿下，怎么可能善罢甘休。”

皇甫策轻声道：“当真是难为你了，想那么深远。”

柳南忙推辞道：“殿下可别这般说，奴婢一点都不难为，只是后来的事想不明白罢了。娘子那样的性子，三年来发了多少次脾气，甚至对殿下出手，拔刀相向，可说来说去雷声大雨点小，不过是为了多和殿下待上一会儿。若殿下心情好，肯给娘子一个笑脸，那娘子当真什么脾气都没有了，千依百顺的！所以老话才说，一物降一物啊！

“这般脾性，这般执着，三年来当真是一刻都不愿和殿下分开，除夕都不肯留在贺府守岁，只为了和殿下日日想见，可谁知临了临了，当轻而易举能得侧妃之位时，竟是转身走了，这干脆得连一点消息都不留……”

皇甫策望着雨幕，哑声道：“这难道不是贺明熙的脾气吗？”

柳南道：“娘子虽是爱耍性子，可这次肯定不是，奴婢敢打赌，娘子肯定不会回来了。”

皇甫策骤然抬眸，看向柳南，极轻声地开口道：“何以见得呢？”

柳南笑道：“殿下今日起晚了，自晨起一直忙到现在，只怕还不知道。今早咱们东宫也收了些贺礼，可比起当初在翠微山时，虽是双十的生辰，这里面也没什么重礼。可偏有人送来了十箱笼金锭，一匣子地契，当真是比咱们回来后，收的所有的礼加在一起都要重了。”

皇甫策垂了垂眼眸，蝶翼般的睫毛遮盖了全部心思。他修长而苍白的手指，微动了动，缓缓抬手端起了桌上的茶盏，许久许久，轻声道："哦？是谁送来的？所为何事？"

柳南觍着脸笑道："奴婢开始也是那么以为的！送了那么多的财帛，必然有很大的事相求啊！后来一想不对啊！不说如今咱们东宫别人都是避着走，光那十大箱笼的金锭！好家伙！一般的臣子，所有的家产都卖了，也不见得能拿出来啊！士族倒能拿出来，可哪个能拿出来这些东西的士族会有事求到殿下……奴婢的意思是能拿出来那么多财帛，还有什么事办不成……"

皇甫策垂着眼眸，抿了口茶水，极轻声地开口道："不用解释了，只说谁接的这些东西，又是谁送来的就成了。"

柳南讪讪笑道："那么多东西，咱们东宫哪个敢接，是奴婢亲自去接的礼单，那人看打扮最多也就是个管事，拿着陛下亲赐的牌子入的宫。"

皇甫策放下茶盏，靠在了椅背上，缓缓地闭上了眼眸，许久许久，轻声道："嗯。"

柳南轻声道："奴婢问了那人是谁送来的，那人只说主家离开前，只让他这一日拿着牌子来给殿下贺寿，别的不曾说什么……殿下累了吗？"

皇甫策未睁眼："本宫不累，你继续说。"

柳南愣了愣："还说什么？哦哦！奴婢见金锭肯定是认不出来，后来回来打开匣子看了看，里面的地契、商铺、庄子、良田、别苑，都眼熟得紧。当年奴婢也帮裴总管整理过娘子的东西，这些东西加上翠微山当初送来的那些，如果奴婢估算得没错的话，该是娘子在帝京所有的产业了。

"若这产业还在，娘子即便走上一年半载，哪怕是三年五载，怎么也要回来处理的。今天送来的那人说是主家离开前，让他这一日拿着牌子找高统领进宫，给殿下贺寿的。可见娘子当初离开时，已处理好一切了，这是不打算要帝京的东西，以后也都没想着回头了。"

皇甫策似乎有些冷，闭目裹上了披风，一只手轻轻放在了胸前，蹙着眉似乎有些难受："贺明熙在富贵乡里长大，从不知金银财帛动人，不会有这种想法……"话说一半，似乎气力不继，按住胸口的手莫名地加重了，轻轻喘息了一下。

"哪能不知道啊！殿下是不知道！娘子这些东西可都不是轻易到手的，裴总管可是精明的人，他没事就喜欢在娘子跟前算账，整日里给娘子说，别让贺家把这些都算计了去。当初贺顾氏去世后，嫁妆一直在贺氏库房放着不清不楚的，贺顾氏就娘子这一个孩子，合该这些东西都是娘子的，可贺府连嫁妆清单都不曾给娘子送来过。

"后来裴总管和六福公公一起鼓动惠宣皇后亲自去要的，那么一大笔财帛，本来差点归了贺府，贺东青肯定不愿意吐出来，这事最后闹到了殿前。是先帝拉下脸亲自开了口，这才要回来。那时惠宣皇后才看清楚娘子的处境，指望不上宗族与贺氏，以后只能依仗自己的宠爱。惠宣皇后也是真心疼爱娘子，有一日就对先帝说了，她若过世了，自己的嫁妆一点都不会留给宫中的孩子，全部要给贺娘子！"

皇甫策冷笑："赫连氏虽也曾有权势遮天之时，但说来说去也是没甚底蕴的新贵，莫不是谁会稀罕她的东西。”

话虽如此说，但当初赫连大将军乃先帝麾下第一猛将，先帝打天下时，可是抢劫了不少士族富户，动辄屠尽一村一族，那些跟随先帝征战的将军，可是没少捞人家几辈子积攒的东西。若非当初先帝对待士族太过粗暴，激起了全天下士族同气连枝的奋力抵抗，只怕现在也没有什么南梁了，更没有后来皇甫氏为了笼络士族之心，几十年如一日又有些低声下气的联姻了。何况如今，这赫连氏的嫁妆虽是给了明熙，可此时此刻都算是尽在东宫之手了，说不稀罕，实然有些打脸了。

柳南自然不会反驳皇甫策的话，但这个话题也不好接，唯有笑道：“奴婢说来说去，就是说这两个人若是没有缘分，不管怎么挣怎么抢怎么等，都是无用的！”

皇甫策睫毛轻颤，轻轻地舒了一口气：“你最近也抄佛经了？”

柳南似乎看出皇甫策的精神不济，轻声道：“奴婢哪会抄佛经，这还是殿下方才所说的话啊！娘子肯定也是当初欠了您的，可想是欠得不多，三年如一日千依百顺，还有这一笔的金银财帛，估计是还够了。娘子帝京的一切交代得如此清楚，肯定不会回来了，这以后不用遇见，殿下当真是少了许多烦恼。”

皇甫策闭着眼眸轻轻出了一口气，极轻声地开口道：“何以见得？”

柳南忙道：“怎么不见得，殿下前几日还说佛偈。佛家说这债要是还完了，别说今生了，来世啊！生生世世啊！人才会永永远远地清净了！还清了，就没甚牵扯瓜葛了，多好！

“这么多年来，殿下看见娘子就生厌，为此生了多少气啊！心情本来好好的，娘子一来就不笑了，一言不合两个人就争执不休，殿下历来待人极有风度，何时如此失态过，可以前咱们是人在屋檐下不得不低头啊。”

皇甫策缓缓睁开了眼，望向雨幕：“你在阑珊居也要低头过活吗？”

柳南忙道：“哪能啊！娘子心里全是殿下，自然爱屋及乌，对奴婢好着呢。下面都是见风使舵的人，但凡咱们东苑要东西，必然是第一时间送过去啊！不过这些都架不住殿下不喜欢，如今咱们在东宫不管什么境遇，殿下的脾气当真算是温和了许多，比以前，虽然古怪了些……但当真不像以前动辄就是大发雷霆了。”

皇甫策侧目看向柳南，极轻声地开口道：“爱屋及乌？呵，你是本宫的哪个乌？你说本宫不用再见她了，是吗？”

柳南有些讪讪：“奴婢就打个比方……不用见了，以后都不用再见了，奴婢想着，就这般，莫说今生，就是来世也不会来麻烦您了呢！”

“好一张利嘴……”皇甫策话说一半，喘息了一声，重重地按住了胸口，闭目好半晌，骤然起身，唇色都是惨白的。

柳南赶忙扶住了皇甫策，急声道：“殿下！殿下！您哪里不舒服？！这是怎么了，方才还好端端的！”

皇甫策极为粗暴地推开了柳南的拉扯：“你知道多少！就敢这般信口开河！什么欠不

欠的！这些何尝是你说了算的！满口胡言乱语！妖言惑众！”

柳南跪在地上不敢起身，急声道：“殿下莫要气坏了自己！方才都是奴婢胡言乱语！是奴婢的错！奴婢只是不曾见过那么多金锭，一时猪油蒙了心，这才口不择言啊！”

“当初本宫就说过！不许你私下自作主张！前番如此，如今又是如此……你！”皇甫策似乎痛极，他的一只拳紧紧地压在心口上，惨白的唇角溢出一抹血色来。

辛苦梅花候海棠

4

太极殿西侧间里，空气中泛着浓浓的血腥味，一道屏风将内间与外间隔开了，外间还算干净整齐，只有两桶热水还冒着白烟。稳婆已拿了赏钱，被送了出去，唯有六福与抱着襁褓的孙太医还站在一侧，泰宁帝在屏风外站了许久，深吸了一口气，才走进了内室。

敏妃躺在已清理干净的床榻上，虽是头发凌乱，脸色苍白，但精神很好，双眸有种说不出的水润光泽，唇角溢出一抹浅笑来，有些虚弱地开口道："陛下。"

泰宁帝站在原地，没有半分动容，侧目划过伺候在一侧的几个宫人，斜瞥了敏妃一眼，似乎有些受不了屋内浓重的血腥味，慢慢地蹙起了眉头："敏妃血崩不治，殒。"

"陛下！陛下！何故如此待臣妾！！！"敏妃大惊失色，挣扎着要起身，却被几个膀大腰圆的姑姑紧紧地按在了床上，恶狠狠地捂住了嘴。敏妃瞪大了双眼，双腿不停地蹬踹，却发不出半点声音。

泰宁帝瞥了眼挣扎不休的敏妃："朕要保这孩子，敏妃不懂吗？"

敏妃的贴身大宫女匍匐在地上，可被两个姑姑挡在了前面，唯有急声道："陛下！娘娘没有功劳也有苦劳……"

泰宁帝侧了侧眼眸，眼神说不出地锐利如刀，那宫女宛若被人狠狠地卡住了脖子："你当真不知是为什么吗？"

敏妃的大宫女对上泰宁帝的目光，瞬时瘫倒地上，面若死灰："陛下既然要……又……"

泰宁帝缓缓背过身去："你殉主吧。"

不知过了多久，当身后的一切都平静了下来。

泰宁帝长长地出了一口气，缓步走到了外间，站在了孙太医面前目光划过襁褓中安安静静的孩子，对六福开口道："传朕口谕，太子失德，即日起幽闭东宫，责令交还所有朝中印信，东宫不许任何人进出！另，大皇子出世，朕心甚慰，普天同庆，休沐三日。"

六福站在原地点了点头，片刻后又为难地道："陛下才得了皇子，方才还同殿下有说有笑，这旨意要不要再缓一缓？"

泰宁帝笑了一声，一步步地走到门边拉开了房门，目光在对面围着众人的房间停了停："对面何故如此吵闹？"

六福忙道："太子许是着了寒气，方才昏了过去。"

泰宁帝脸上的笑意更真心了："呵，就只是着了寒气吗？难道不是因为得了皇弟欢喜的吗？”

六福答也不是，不答也不是：“方才候在廊下的太医都过去了，想是……有些厉害，陛下才有了大皇子，便下这般旨意给东宫，只怕大臣们会有微词……”

泰宁帝眯眼看了一会儿对面慌忙的人群，笑道：“你想太多了，如今朕有了大皇子，不管朕怎么对待东宫，都不会有人有微词的。东宫身体羸弱，也是该静静心，养养病了。”

十月下旬，燕平又一次被暴雪覆盖，下了两个日夜，积雪达到了成年男子膝盖的高度，才有了晴天。这般的天气，莫说远行，若不扫雪，进出门都不方便。

雪后五日，街道才算彻底清理干净了。许是这一场暴雪覆盖的地域比较广的缘故，本该在上旬到达燕平的巡察使，直至十月下旬，依然不见踪影。因没有确切的日子，天气不好，众人不能返回甘凉城，唯有干等在燕平。别人尚好，隆冬季节总有个清闲，只苦了谢放，因是甘凉城统帅的缘故，不得不在这般的天气两头跑，好在这一场暴雪后，甘凉城地界滴水成冰，柔然防御自然不用再担忧。

明熙跟谢放来燕平执行军务，没有住在燕平的营地。谢放早知明熙很是讲究，当初便应下了此事，如今也不会特意勉强。不过，因自己要出外住宿的缘故，其中地方和花费还是需要自己亲自打理。

此番出门，明熙以为只需三五日，在燕平住不长久的缘故，不曾带上裴达，也没有特意租借房屋，只在迎风酒馆所经营的驿站里，挑选了一个环境清幽的院落。

迎风酒馆乃燕平中颇有名气的风雅地，所谓的驿站之地，绝非一般的客栈。是占地不小的庄园别墅，内里依照南梁的建筑与设计，花庭长廊，山石流水，奇花异树，可谓一处一景，各种不同。

庄园内除了一个大花园之外，共有十多处景致不同的精巧院落组成，可居住，也可宴请。大雍虽不如南梁风雅，但携妓同游，依然是件赏心的风雅事。漠北之地极少有这般奢华又清幽之地，虽是一日租金不菲，但不管是宴请，还是小住，依然门庭若市。

今年漠北的隆冬来得过早，大雪之后，更是寒冷，众人均是无所事事。这般季节，对迎风酒馆来说可谓旺季，除了常住的那些人，别的小舍与雅间，每日迎来送往，人声鼎沸，靡靡之音响至天亮。

在最靠近庄园东侧，有四个院落，梅兰竹菊。明熙当初包下了梅院，院落进门处，就有十多株有些年份的蜡梅。十月下旬，天气虽冷，可还不到梅花盛开的季节，花树虽有含苞欲放之意，着实没有半分绿意，好在一丛丛的万年青还绿着，可点缀一番。小桥流水虽有，但因天气的缘故，也都结上了一层厚厚的冰。

屋内烧了两面火墙，开着门窗，盘腿坐在屋内，也没多冷。一连几日四处闲逛，今日的明熙难得有心情，从屋内找了一卷不知名的书简，读了起来。

傍晚时光，悠然惬意，茗茶书卷，本该极清雅的事，可有些人自小就没有读书的天分和耐心，虽看似能文能武，也不过是骗骗漠北的这些粗人罢了。此时，明熙虽是手拿书卷，好端端地坐在桌前，实然双眼有些发直，过个三五刻钟，就时不时望一眼逐渐落山的夕阳，心里盘算着晚膳该点些什么。

片刻之后，谢燃从门口小跑了进来，在小桥处顿了顿脚步，转身从厚厚的冰层上，顺溜地滑了过来。明熙看见谢燃进门，发直的双眼顿时精神了不少，坐直了身形，一本正经地看起书来。

谢燃见明熙看书，顿觉无趣，皱眉道："我说这两天怎么不见你，书有什么好看的，还不如随我上山打猎呢！"

"怎么？这么大的雪，你要上山打猎吗？"明熙双眼一亮，毫不犹豫地放下了书卷，"我又不像你们住在营里，没事可以结伴出去溜达溜达，这般大的风雪，逛了两日的店面，也没甚可去的地方。"

"我哪有机会住在营地里？早让仲兄揪回府邸了，每日还让读书！我都多大了，还读书！我是要领兵打仗的，读那么多书，有什么用处！"谢燃随意找了地方坐了下来，摸了摸有些冷的茶盏，"一天一金的地方，怎么连个伺候的人都没有？"

"伺候的人有好几个呢，看着碍眼，被我打发出去了。好不容易清净几日，还是想自己一个人多待一会儿。"明熙看向丝毫不拘地喝着冷茶的谢燃，又是一笑，"你们谢氏百年来出了多少文臣雅士，也怪不得你仲兄看不上你，喜欢打仗也是多读点书好，兵法诡道可都是书中来的。

谢燃抱着头道："别再说念书的事了，我也是好不容易得了机会才出来的！你就饶了我吧！"

明熙忍不住扑哧一笑："说得也是！对有些人来说读书就是受罪，对有些人来说，可以一整日什么都不干，只想看书。"

谢燃起身跪坐到了明熙的桌前，将书卷拽到面前："你在看什么？《大忏悔经》？咦，你看这个做甚？莫不是做了亏心事？"

明熙放松地倚到靠背上："当初以为只住个两三日，哪里会带什么书来，雅舍书架上随手抽的。"

谢燃点头道："有书架啊？那这一天一金也还划算。"

此时书卷都是要手抄，是极为奢侈的东西，一般的百姓几乎一辈子也不一定有过一卷藏书，识字的机会少之又少。所谓的世家底蕴，有时也体现在藏书的数量与质量上，若在这种雅舍精舍之地，还有专门的书架，是一件极难得又风雅的事，可见此处主人也算是煞费苦心。

明熙不以为意，侧目道："你方才不是说去打猎吗？何时去？"

谢燃闻言双眼放光："过两日积雪化了，兄长说带我去打猎，到时候咱们一起去啊！"

明熙说不出地失望："你兄长前几日就回甘凉城了，如今大雪封路，不知什么时候才能回来。雪还那么厚实，何时才能化掉？按照你兄长的谨慎性子，隆冬之际肯定不会带我们打猎的，我看你还是跟着你仲兄好好读书吧。”

谢燃蹙眉，沉思了片刻，深觉明熙说得甚有道理：“那巡察使也是个磨叽的，五千多人都在漠北等了多久了！这般不紧不慢，兄长还要两头奔波。大雪才过，路上积雪定然还很厚实，好在一路官道，兄长也不至于多吃苦。

“若咱们还在甘凉城，都用不着兄长，我都能带你去打猎！那里的山地我都熟，就是路途颇远，一来一回需要十多日，好在我家在那处还有别苑。若时间不紧，定能尽兴而归。”

明熙怔了怔：“咦？不过是分发粮食，需要五千人那么多吗？”

“咱们手谈一局？”谢燃从桌下拿出了两盒棋子，又道，“当然用不到，不过好似还有别的事，反正也不会同我说，兄长和仲兄嘀嘀咕咕好长时间了，该是和帝京脱不了关系。”

明熙卷起了书卷，腾出了桌子：“帝京的禁军好几万，还有安定城的驻军，能有什么事，需要漠北的人马？”

谢燃摆好棋盘：“谁知道呢？区区五千人，能叫什么人马？最多也就是押送东西的事！每年兄长与仲兄朝家中送年节礼还要上百人呢！”

明熙拿起了白子，放在了中间：“若当真那么简单，为何让我们都候在此地？你兄长以前冬日常常离开甘凉城来此吗？”

谢燃拿起了黑子，蹙眉望向棋盘：“兄长哪有这时间，不过今年太子还朝，仲兄给太子挑选寿礼，还有明年的大婚之礼，有些拿不定主意，估计让兄长一起参量参量。”

明熙缓缓垂眸，盯着棋盘道：“太子有喜，你们谢氏不是送一份礼就可以了吗？你仲兄又不曾分府另过，为何还要专门送礼。”

“你也知道，谢贵妃乃我们嫡亲的姑姑，大兄、仲兄与太子自小就感情很好。大兄因大了太子许多，还玩不到一起去。仲兄虽然也大了太子好几岁，可两人自小投缘，虽是很少回去，但每次回去，都要邀请太子去家中住上几日。自仲兄掌了漠北以后，但凡谢贵妃与太子生辰，都会单独送一份礼，家中也是知道的。”

谢燃长叹一声：“明年太子大婚，仲兄很是重视，从七月就开始备礼了。虽然太子娶的是那王氏女，仲兄甚为憎恶，可为了太子的以后，仲兄当真是一句话都没说。可为了那王氏女挑选起礼物来，心里也不见得好受，这才叫上兄长一起的吧，有时想想仲兄也怪可怜的。”

明熙盯着棋盘，不知神思何处，许久点头道：“嗯，说得也是，太子与你仲兄自来交好，单独送上一份贺礼也不当什么，你仲兄我也见过几次，倒是个面善的人。”

谢燃抬眸，疑惑道：“你什么时候见过我仲兄，我怎么不知道？”

明熙恍然回神，手指颤了颤：“哦？上次他不是来甘凉城了吗？”

谢燃蹙眉思索道：“你见到了吗？”

明熙垂眸：“远远地看了一眼，不是很清楚了……”

谢燃哼哼："那你怎么知道是很面善的人！没看清楚，就不要乱说，我感觉兄长更为面善……"

明熙无语了片刻，谢放那样的面善，着实让普通人欣赏不了："你方才说你仲兄不喜王氏女？这又是何故？你们谢氏与王氏世代姻亲。百年前，说起士族来，谁人不言王谢。虽说王氏在名气上更大一些，但你们谢氏文臣武将也是不缺的，比起王氏来更是务实。你们两族多年来很是相互扶持。"

谢燃挠着头，盯着棋盘，踌躇了半晌，才放下了黑子："以前是以前，现在不一样了。出了七郎的事，我家人都恨着他们了！那王氏仗着如今正得陛下信任，做事不讲信义，不守承诺，着实不要脸皮。仲兄对太子大婚是最难受的一个，在他看来，王氏女给太子提鞋都不配。时也命也，即便我们再不满意，但在许多事上，太子依然要用王家，这个时期也只有捏着鼻子认了。"

明熙放下白子，沉默了片刻："我还记得谢七郎在帝京公子中颇有些名气，风流雅俊，芝兰玉树，很是得帝京娘子的青眼。"

谢燃拿着棋子，许久才开口道："我谢氏这一代中，大多都在朝为官，如今不比当初，士族也不能光讲清贵。大兄仲兄与兄长都以务实为主，没什么清名可言。父亲以此为憾，一心想让家中再出个名士，将所有的希望都寄托在七郎身上。他可谓家中第一清贵的人了，七郎与那王氏女的亲事，本为锦上添花，谁知竟是出了那等的变故。"

明熙一怔："亲事？"

谢燃不知听见没听见，继续道："七郎身为家中嫡幼子，最是受宠，心高气傲，入朝又从清贵的职位开始，十七岁之前可谓顺风顺水的，怎知摊上了那种事，又摊上了那般负义的女子！"

明熙望着棋盘，垂眸了片刻："王氏的庶女，如何能般配上谢七郎？可王氏的嫡女，除了太子妃外，哪里还有与谢七郎年龄相当的人选？莫不是旁支的？"

谢燃有些不好受："可不是太子妃嘛！若非如此仲兄何至于如此难受！不过人都没了，如今还说什么匹配？幸好我自小在漠北，七郎又年纪小，几乎没怎么见过，不然我得更难受。有时虽觉得仲兄甚是自以为是，看不起人，但想想这事，还挺可怜他的。毕竟七郎与仲兄才是一母同胞的兄弟。"

明熙骤然一惊："我为何不知此事？！"

"七郎不曾加冠，不曾成亲，算不得长大成人。当初太子生死不明，我家甚得陛下忌惮，父亲除了上下朝，已是不和任何人应酬了，就差日日闭门谢客了。这事在当时闹得很厉害，可陛下竟是不曾过问一句，甚至在当时，还用别的事情给王氏赏赐。"

谢燃愤愤道："虽说王氏这太子妃之位是太子在不知情的时候敲定的，但身为太子的亲叔叔，亲自下旨的人，岂会半分不知这其中的龌龊。可陛下竟乐见其成，何尝没有挑拨谢氏与太子之意。如今这时局，即便父亲与众位兄长恨死了王氏，依然不曾在太子面前说过一句。当初七郎的葬礼，也办得悄无声息的，除了相好的几家人，谁都没通知。我和兄长还好，仲兄按道理说该回去的，但父亲都不让他回去。”

明熙听了这番话，想起谢七郎这个人来，也是极难受的。一如谢燃所说，没怎么见过反倒好些，但谢七郎与明熙年纪相当。以谢氏嫡子的身份，明熙自然在宫中常常见到。若用风流俊雅、芝兰玉树形容谢七郎，当真是毫无夸张之意。当年他的书法更是一等一地好，宫中的夫子时常拿韩耀与之相比，在众人面前夸赞过。

谢贵妃虽是谢七郎的嫡亲姑姑，但谢七郎自小不喜太子，再长大一些，便很少入宫了。在明熙的记忆里，谢七郎是个极和善的人，很是知礼。虽因惠宣皇后与谢贵妃有龃龉，两个人交集不多，但每每相遇，谢七郎的世家礼仪风姿一点都不缺，害得明熙每每回礼都怕做错了步骤，给中宫丢脸。这般美好的人，还鲜明地活在记忆中，不过是短短几年的时间，竟已是天人永隔了。

十七岁，明熙出宫没多久。虽从话语中，已得知谢七郎去世肯定与王雅懿有关，但不知何故，明熙反而一点都不想知道是为什么了。不知是谁曾说过，若两个人不能在一起，因各种缘故而错过了，或失去了，不要懊恼，不要在任何一方身上找缘故。全部的原因，不过是没有缘分。

有些时候，有些东西，有些人，都是冥冥之中注定好的，半分不能强求。

寒冬的气候，昼短夜长，片刻的工夫，天已经黑透了。

明熙长出了一口气，缓缓收回眼眸，看向棋盘，片刻后有些疑惑：“你是不是动了我的棋子？”

谢燃垂着眼眸：“哪有？我是那种人吗？”

明熙又看了一会儿棋盘，斩钉截铁道：“把你的‘吗’字去掉，再说一遍。”

谢燃如踩着尾巴般，高声反问道：“我是那种人？”

明熙郑重地点头：“下棋不悔真君子！你篡改棋盘！还改得那么拙劣，当真是愚蠢！你这算什么君子！”

明熙说着就去拿棋子填补，谢燃自然不依，忙抓住明熙的手腕，急声道：“我哪有改！你看见了吗！你抓住了吗！你有何证据！你这样才是耍赖！血口喷人！”

明熙使劲拽回手腕无果，干脆换了一只手放白子：“谁耍赖谁知道！我没有证据，难道还看不出来啊！下棋而已，输赢又有什么重要的，竟还使出这般魑魅魍魉的手段！”

“谁说的！既然输赢没什么重要的，你还这般争抢！你要是拿不出证据，就是血口喷人！”谢燃忙攥住了明熙的另一只手，发现棋盘还是能挪动，干脆整个人半压在了明熙身上，“你又没有亲眼看见！就不能算我悔棋！你这般污蔑上峰，小心我治罪于你！”

明熙气得要吐血：“呵！真没见过那么不要脸皮的上峰！你给我起来！快起来！”

“不起来就不起来！起来你就挪我棋盘！你这人忒不仗义了，也忒不厚道了！下个棋而已！你还当真把人朝死路上逼！平时也看不出你这般阴险狡诈来！还设下圈套！我算是看出来了！会读书的没有一个好东西！”

明熙涨红着脸，大怒：“下棋不把你朝死路上逼！难道你就不把我朝死路上逼！技不如人还要耍赖！不学无术还振振有词，你看看你那无赖的嘴脸，你们谢氏一门的脸，都快被你丢尽了……”

“谢燃！你在做甚！！”谢放勃然大怒的声音，在两人身后响起来！

谢燃身体一僵，快速放开了那双手腕，慌忙从明熙身上爬了起来，坐直了身形，望向谢放，目光对上那双极为愤怒的眼眸，不由自主地垂下了头：“呃……兄长，我们……我们只是在切磋棋艺……呃，对弈……”

谢放的目光缓缓划过棋盘，停留在脸色通红的明熙身上：“嗯？只是在对弈吗？我看到的可不是这个样子！”

裴达抱着个大包袱，笑眯眯地从谢放身后出来：“对弈好啊！对弈好啊！没事就该多在一起！下下棋、看看书、喝喝茶，培……嗯这样感情就会更好啦！”

谢放侧目看向很是兴奋的裴达，感觉这话十分地刺耳：“两个人都快打起来了，有什么好的？阿燃，我何时教过你恃强凌弱！他是弓弩手！如何有你这等的力气！你当真是好意思！”

谢燃垂着眼眸，委屈地噘着嘴：“不过下个棋，兄长连恃强凌弱都用上了，这到底要多偏心……他步步紧逼，我也是没有什么好办法，莫不是非要等他逼死我吗？”

谢放大怒：“逼死你又怎样！输不起，你下什么棋！”

谢燃默默地抬眸，娓娓道：“兄长何故如此偏心？到底我是你弟弟，还是他是你弟弟？”

谢放怒道：“这和谁是我的弟弟有关系吗？若我不来，你莫不是还要打他不成！”

谢燃噘嘴：“怎么会……我们一直都是好兄弟啊！谁知道下个棋而已，他上来就下死手，还一环一环地扣我，平日里仲兄好歹还让我几手呢！兄长也要小心，他只是看起来温和，下起棋来真真是心狠手辣……”

明熙得意地瞥了谢燃一眼，好不容易坐了起来，就对上裴达有些暧昧的眼神，也顾不上得意了，小声道：“你怎么来了！”

裴达抱着个大包袱，走了过来，跪坐到明熙的一侧：“你走了二十多天，我不来能放心吗？你也是，怎么也得给家里送个信，要不是我去找大将军，这会儿还在家里干等着呢！”

明熙偷看了一眼还在瞪谢燃的大将军，虽不知为何心虚，但还是莫名地心虚，拉了拉裴达的衣角，极小声地开口道：“你跟着大将军来的？”

裴达掩唇而笑：“自然自然，我一说要来，大将军二话没说就同意了。他说你这样的……在外无人照顾也不好生活，大将军可是一等一的好兄长，当真是难得的好人家！”

明熙对上裴达有些奇怪的笑脸，总有种莫名其妙的不安：“说的什么话！这一路你没有和大将军乱说话吧？”

裴达忙道："哪能啊！我是坐车的，大将军是骑马的！哪有什么时间乱说话？"

明熙长舒了一口气，望向已坐到一侧的谢放，没话找话道："大将军何时到的？"

谢放又狠狠地瞪了谢燃一眼，回眸轻声道："巡察使昨夜已至，我也是连夜赶来的，阿燃不是通知你去参加宴席的吗？怎么下起棋来了？"

明熙挑眉，侧目看向谢燃，轻声道："阿燃，是吗？"

谢燃使劲地给明熙眨眼，当感觉谢放看向自己时，忙坐正了身形，小声解释道："我来的时候，时辰尚早，反正就在竹院宴请就……就没着急。对弈说起别的来，就忘记说了……兄长也知道，仲兄一直把我关在家里，都快一个月了，营地也不让我去，晨练只能在家中，我好不容易出来了……好长时间没有见阿熙了嘛……"

谢放呵斥道："玩物丧志！你还委屈！合该把你关在家中一辈子！"

裴达忙道："这哪能算玩物丧志，对弈饮茶都乃风雅之事，阿燃郎君又是跳脱的性子，如何能一直关在家中啊！如此这般挺好，挺好。"

明熙侧目瞪向裴达，皮笑肉不笑道："裴叔，这是别人的家事，你就不要插嘴了。"

谢燃忙道："什么人家的家事！裴叔就是自己人啊！裴叔上次托人给我送来的大氅。我今日还穿着，特别合适，我仲兄说一看就是压箱底的好东西！让我要好好谢谢你呢！正好裴叔来了，明日我要是无事，就带你四处转转。"

裴达笑得更开心了："东西不用也是放着，给小郎君自然是最好的！大氅也是我家郎君让我给你做的，这不是见小郎君大雪天的老是四处奔波，身上的大氅穿来穿去就那么一件，看起来有些旧了，怪心疼人的。"

谢放挑眉道："是吗？我家的大氅，都是入冬前一起做的，尚没有多少时日，阿燃的就已经旧到让人心疼了吗？"

谢燃得意地哼了一声："裴叔别管兄长，明日我带你出去玩。"

裴达不顾明熙私下拽着的衣角，笑道："不用不用，小郎君若是无事，明日一早就过来，裴叔给你做好吃的！我这次带来好多食材，还专门着人宰杀了一只羊，小郎君若是喜欢，咱们就在院中烤整羊！"

明熙瞪着裴达，假笑道："裴叔你开什么玩笑，梅兰竹菊四大院落，其中梅院为首，最是清雅不过的地方，别处管弦落晖，吟诗作乐，你在院中烤全羊，如此这般不好吧？"

裴达从明熙手中拽回自己的衣角，豁达道："这有什么！咱们又不是白住的，只要小郎君喜欢，咱们把梅树全铲平了烤全羊又当如何？赔他们就是了。"

明熙假笑道："为博一笑，一掷千金，裴叔好气派啊！"

谢燃得意地看向明熙："呵，什么事都讲究缘分，裴叔自来和我关系最好了，这可是有些人多少年都比不了的！"

明熙拉着笑脸，看向谢燃："是啊是啊！小心他盘算着怎么烤着你吃！到时候骨头渣都不剩啊！"

谢燃不以为意："呵呵！尽情挑拨吧！反正我是一句都不信！"

谢放越听心里越是不舒服："够了！都什么时辰了，还不快换上衣袍去吃酒！"

明熙蹙眉，有些不安道："为何我也要去？"

谢放轻声道："你自帝京来，不管认识不认识，总显得亲近几分。这次本来就是我们要粮食，怎么也不能让人感觉怠慢了，也不光是巡察使一人。他带了官吏幕僚，你与府中的几个幕僚随便应酬一番就是。"

谢燃道："他们昨夜谢绝了仲兄的邀请，住进了竹院，一墙之隔而已。若是无趣，咱们早些出来，一起回来吃裴叔做的饭就是。"

"好好好！正事要紧，你们都去都去。"裴达闻言笑得更开心，"我马上就去炖汤，小郎君散了宴席，一定过来喝上一碗。"

谢燃双眼一亮："好好好，裴叔的手艺最好了。"

谢放目光划过裴达与谢燃，最后落在了明熙的脸上："时辰不早了，咱们过去吧。"

明熙虽有些不愿，但这般的宴请，也甚是合理。明熙自小在宫中长大，出宫后又深居简出，不相信自己的运气差到能碰到熟人。明熙蹙眉思索了片刻，随即释然，点了点头道："将军稍等，待我换掉常服。"

辛苦梅花候海棠
5

竹院与梅园一墙之隔，稍有不同的是，梅园以典雅精致为主，院中山石流水，树木多为梅树。竹园则占地广阔，紧挨一侧山坳，院中四角都有成片的竹林，一侧有个不大不小的池塘，池塘中间有座八角亭，水上有一条小路通向中间八角亭。

虽是隆冬季节，梅园里浅浅的流水，都已结成了厚厚的冰层，但这处池塘许是接着地泉的缘故，隆冬的季节非但不曾结冰，水面上竟还有些冒着白烟，还有不曾枯萎的荷叶，如此的季节当真是不可多见，极是风雅。

竹院中房舍较多，虽占地很大，有山有水，可住的人多的话，反而不够清幽，若人少的话，也住不了那么大的地方。租金都是相同的，但各院该有各院的特色。竹院正堂与偏厅可用来宴请，后院除主要的起居室，两侧还有十二间房屋之多。

因寝房与偏房都挨得很近，对明熙这样讲究惯了的人来说，住起来不是很方便，且如今的屋子隔音也不是甚好，若只住巡察使一人还好，但若带着心腹幕僚同住的话，想必晚上有人说梦话，都能听得一清二楚。

一进竹园，五步一盏灯，整个院落犹若白昼，一切看得分明。可明熙忐忑的心，反而安定了下来，能和心腹混住在一起的巡察使，定然不会是帝京士族子弟。这般的格局，只是行事方便，住起来弊端很大，但凡讲究些的世家子，宁愿多包几处院落，也不会混居。寒门爬上来的人，固然很让人敬佩，可也没甚机会见过明熙的。

谢放的脚步停在了正堂门口，有些不放心地看着明熙，轻声道："若有人敬酒，能喝就喝，喝不下，则不必勉强。"

明熙侧目一笑，轻声道："大将军何时变得如此啰唆了？我又不指望做多大的官，自然不会依着他们的心思。"

谢放还是不放心："可也不能任性，若有委屈，先忍下来，待下来同我说就是。"

"放心放心，我最是安分守己了，断不会给大将军惹事的。"明熙歪着头，低声地笑了起来。

虽在漠北地界，裴达已不像在帝京那般讲究了，但明熙出来饮宴，对裴达来说，这是极为重要的事，且还和谢燃一起。

此时的明熙一身纯白色大氅，直至脚踝，里衬着牙白色的广袖长袍，腰束银丝八宝带，还挂着一组镂空的和田玉饰。头戴白玉冠，双侧垂下嫣红色的珊瑚充耳，明熙容貌本就出色，侧目之间，有种说不出的风流俊雅，动人心弦。

这一笑，仿佛被这夜色染上几分柔和与魅惑，虽明知眼前是个郎君，可还是让人忍不住迷惑与心动。谢放感觉心跳莫名快了两下，忘了要说的话，只觉得头脑有些空白。

谢燃拽着身上的大氅，看了明熙好半晌，期期艾艾地开口道："咱们的大氅用一样的皮毛吗？"

明熙侧目看向谢燃同款的大氅，笑道："当然不是了，一件大氅要好多皮毛才能拼凑出来，听说你用的料子更好。那本是裴叔留着给我陪……压箱底的，可惜甘凉城的做工不比帝京。"

谢燃恍然大悟："原来如此，怪不得，我总感觉你穿上比我好看，竟然是做工的问题。"

明熙侧目瞪向谢燃，不屑道："男子汉大丈夫还来攀比这个？"

谢放回过神来，移开眼眸，轻咳了一声："你们两个怎么那么啰唆，快进去吧！宴席都已开始了。"

谢燃抿唇哼哼："兄长是不是厌倦我了，怎么这一日，就光训斥我？"

明熙低声地笑了起来："对啊对啊！我看就是厌倦你了！你看看你那张怨妇脸，真是难看极了。"

"闭嘴，都说的什么话！"谢放心里莫名地恼怒，再不理私下打闹的两个人，率先进了门。谢放脱去身上的黑色大氅，扔给伺候的小厮，沉了一口气，高声笑道："我有事来迟，劳韩大人久候了！"

谢燃与明熙也停了打闹，一本正经地脱去了大氅，跟在了谢放的身后。谢逸抬眸看见三人，笑得更是开怀："快快，你们来得正好！韩大人正同我说帝京的趣事，你们两个久不回去，也来听听。"

谢放快步走上前，跪坐在谢逸左侧的第一个桌前，抬眸望向对面的桌子道："往日里常听仲兄提及大人，今日方得一见，韩大人果然如传闻般清俊不俗。"

韩耀抬眸看向谢放，嘴角的笑容，恰到好处，朗声道："不敢不敢，久闻谢将军大名，今日得见，深觉名不虚传。"

谢燃听见两个人相互吹捧，不耐烦地皱眉，拉着明熙轻声道："下面没你的位置了，你和我同坐一桌。"

明熙垂着眼，偷瞄了眼谢放下手的座位，正斜对着韩耀，只恨不得捂住脸，钻到地里去，呻吟道："我去和……林城怎么没来？"

谢燃道："兄长不是和你说了吗？林城不在啊！我和兄长都来燕平了，他必然要留守甘凉城。这里你也不认识别人，与我同坐也好让我仲兄认识认识你。"

明熙恨不得能转身就走，但若再拉扯下去，只会更显眼，唯有垂着头，走在谢燃身侧，挡住了半边身体。两人坐到桌前，明熙却靠后坐了半步，只怪谢燃身形单薄，遮挡不住全部的自己。

韩耀含笑望向谢燃："这位想必就是谢校尉了吧？"

谢燃拱手，豪爽一笑："见过韩大人！"

韩耀的目光停留在谢燃的身侧，好半晌，挑眉道："这位是……"

谢燃见明熙恨不能将脸埋在自己胸前，又垂眸不语，忙道："这是我弓弩营的百夫长贺熙，也是我的好兄弟！"

韩耀狭长的眼眸，微微眯了起来，恍然大悟，哂笑道："哦，原来是贺百夫长啊，久仰久仰。"

明熙本就懊恼自己疏忽，算了所有的人，竟忘了韩耀这人历来俭吝，与属下混居的事，他是肯定能做出来的。又听韩耀阴阳怪气的声音，分明就是认出了自己，有意如此，不禁更是恼怒。明熙历来也不是个忍气吞声的脾气，哼了一声："属下人微位卑，当不得韩大人的久仰。"

谢燃看看明熙又看了眼韩耀："韩大人认识贺熙？"

"何止认识……呵！"韩耀拱手笑道，"本官可不敢高攀贺氏，免得人又说本官攀附权贵，她认识我，我就认识她，她若说不认识我，我自然也不敢认识她。"

韩耀身居四品，又是身份特殊的巡察使，不管寒门，还是士族，都代表了陛下的脸面，如今对一个连品级都没有的百夫长说出这番话来，其中有说不出的轻蔑和嘲弄。

明熙顿时涨红了脸，怒道："呵！一个寒门子！谁会认识他！"

韩耀脸上的笑意僵了僵，侧目望向谢逸："年轻就是好，什么话都敢说。"

明熙不屑，一句不让："韩大人七老八十了吗？"

谢逸见明熙如此放肆无状，脸色顿时沉了下来，愠怒道："韩大人不辞辛劳地来此，如何能这般说话？"

谢放轻声道："仲兄莫怒，素日在营地，他这般同我说话惯了，冲撞了韩大人，当是弟弟管教不严。"

韩耀听着谢放维护明熙的话，说不出地刺耳，微微一笑："本官还不知贺氏子弟，何时轮到谢将军管教了？哦对，她如今是个没有品级的百夫长，不知是花了多少金银财帛，才在漠北军里混到这个位置！"

谢燃本不是个好脾气，听到这话，顿时怒道："韩人大说的什么话！你们在帝京风花雪月，我们替你们镇守甘凉城，功劳苦劳，尚且不论，可都是真刀真枪地玩命！在韩大人眼里，别人拿命搏杀来的位置，空口白牙就没了吗？没有品级，是很丢脸的事吗？"

谢逸蹙眉，怒斥道："阿燃！注意你的措辞！"

韩耀不怒反笑道："谢校尉莫恼。若本官记得不错，这位百夫长该是年初去甘凉城的才是。从一个普通的兵丁，晋升到百夫长，短短十个月，靠的是军功吗？"

谢放放下了酒盏，正色道："虽不知韩大人与阿熙有何误会，但贺熙自入漠北军，到如今百夫长的位置，虽看似时间不长，着实也经历了两场苦战。七月同我一起巡边，遭遇伏击，三人去一，能活下来实属侥幸。若非有贺熙拼命相护，只怕此时韩大人也见不到本将了，贺熙也因此身受重伤。

“九月柔然来袭，贺熙同将士共守甘凉城，数个日夜，不曾下过城墙，最后一役若非是他识破了柔然诡计，甘凉城也不会胜得如此轻易。武将战沙场，虽是天经地义之事，但战事艰苦绝非韩大人这般的文士能明白的。

“韩大人轻描淡写的一句话，抹杀了别人用命换来的功勋，这对我们从武之人来说，断不能接受。且以贺熙的功劳，也绝非只能做百夫长，只是弓弩队人数不够，否则千夫长也是做得的。”

明熙很是得意，挑眉望向韩耀，轻轻地哼了一声：“呵！怎么？现在心服口服了吗？虽说韩大人历来污蔑抹黑，信手拈来，但我历来都是大人有大量的，也不会真的同韩大人计较的。”

“住口！怎能如此和韩大人说话！”谢逸见韩耀似是极为愤怒，脸色也黑得滴水，忙小声安抚道，“韩大人莫要恼怒，我这两个弟弟在漠北已久，历来心直口快，这个百夫长我也曾在校场见过几次，确实有些本事，绝非韩大人所想的那般。”

韩耀连个眼神都不曾给谢氏兄弟，单看明熙一人，本俊美无俦的脸上，有种山雨欲来之势，隐在桌下的双手紧紧地握成了拳，许久许久，冷笑连连，咬牙道：“贺百夫长当真好本事！真真是值得炫耀！”

明熙见此，极为不屑道：“本是特意为韩大人置办的接风宴，莫要因我一人扫了众位的雅兴，就不奉陪了。”

韩耀抿着唇，抬着下巴，冷冷地看向明熙：“怎么？你也有怕我的时候吗？还以为你什么都不怕呢。方才听闻贺百夫长，征战沙场尚临危不惧，本还有些佩服！如今这就要临阵脱逃了吗？贺百夫长也不怕丢了你大士族的脸面，呵呵！没事，怕了也没甚，你历来胆小不知礼，谁又当真和你计较，想走就走吧！”

明熙咬着牙瞪向韩耀，可离开的动作慢了下来，端正地坐了回去：“寒门就是寒门，即便看似根深叶茂，也不过是看似罢了。有些人披上彩翼，也脱不开鸦雀的本质，牙尖嘴利，有甚可怕？！”

谢逸咳嗽了一声，瞪向谢放：“四弟啊，这个咳……”

谢放不得不回眸，瞪了明熙一眼，轻声斥责道：“你给我消停一会儿！”

谢燃私下给明熙竖起了拇指，端起酒盏来对韩耀道：“如今又不是在帝京，不管韩大人与阿熙以前有什么龃龉，今日一笑泯恩仇了！”

韩耀绷着脸不语，但还是端起酒盏一饮而尽：“校尉大人客气。”

谢燃一饮而尽，放下酒盏后，附在明熙耳边轻声道：“怎样？这词用得如何？”

明熙含笑侧了眼眸，漫不经心地小声道：“韩耀在帝京是出了名的才子，当时我们一个夫子，除了对众皇……在夫子眼里，我就是个木头，他就是一块美玉。你一会儿少说些不擅长的话，只管喝酒就是了。”

谢燃的笑意顿时僵硬在唇边：“我如此帮你，你还要埋汰我！忘恩负义！”

谢逸见韩耀的脸色似乎好了不少，也端起酒盏来：“来来，都是旧识，也是好事，正好说说帝京的风物，今夜难得放松，众人都要不醉不归才是！”

韩耀心里气得快要吐血了，可还是不得不端起酒盏，应酬起谢逸：“谢府君说得极是，帝京如今颇有变化，待到府君来年回京，韩某定然与府君一同走走。”

明熙端起酒盏，正对上韩耀那双黑沉沉、阴云密布的眼眸。以明熙对韩耀的了解，此时他已然是气极了，恨不得暴跳如雷，掀了桌子。可脸上还不得不露出得体的笑意，温声细语地应酬谢逸，这番强颜欢笑，把酒言欢，放在明熙眼里，当真有几分卖笑的意味。

想至此，明熙心中那股闷气也出了，心情顿时好了起来，双手端起酒盏对韩耀扬了扬，放在唇边，遮住了笑意，一饮而尽。

韩耀被明熙的笑脸，刺得双眼都有些红了，但众人之前却无计可施，唯有端起酒盏跟着明熙的示意喝了一杯。韩耀的态度有所改变，众人顿时都放松了下来，下座的人自然要上前轮番敬酒，准备已久的歌姬与乐师也纷纷入了内，光线端的是暗了一半。

谢燃看了眼韩耀，对明熙咬耳朵：“你方才说的那些也挺狠，如今看来，他也是够大度的，要是换成我，别说和你喝酒，直接就将酒泼你脸上了。”

明熙假笑道：“他没把酒泼我脸上，我得谢谢吗？你真是蠢，文士哪能像你这样没脑子，没听过君子报仇十年不晚，小人报仇从早到晚吗？他肚里黑着呢！且不知在哪儿等着我呢！”

谢燃又想起了自己下棋的遭遇：“呵，我算是看出来了，你俩半斤对八两，都不是什么好东西！”

明熙侧目一笑，真心道：“我谢谢啊！韩耀才名，大雍谁人不知，你这话放在所有人耳朵里都是夸我啊！”

韩耀眯着眼望向一直咬耳朵的谢燃和明熙，虽是听不见，但也知道他俩在议论自己。一时间，更是气怒。粗俗愚蠢之人端的是不可理喻，即便是要议论，也要等酒宴散了，可这般不管不顾不给脸面，当真是上不了台面。

这瞬间，韩耀突然有种酒也不喝了，谢氏得罪就得罪了，非要将明熙斥责一顿，出了这口气的想法。然而，这想法也只能想想罢了，近二十年里，韩耀的人生里从没有“任性”二字的。韩耀自小就明白，这两个字只能是如贺明熙这般受尽宠爱的世家贵族才有的特权。

酒过三巡，众人都有些醉意，下座已有些乱了，除了上首的韩耀与谢氏兄弟，下面的人身旁都坐了一个歌姬。谢燃与明熙同坐的缘故，伺候的歌姬，被谢放遣退了。谢燃虽官位不高，但地位超然，除了需要偶尔应付下坐得很近的谢放，别人都不用特别在意。谢逸在主位上也没空搭理谢燃。

明熙虽是小小的百夫长，但因方才与韩耀的一番对话，众人都听在耳中，深感此人惹不起。不管是燕平，还是帝京的众人，除了韩耀与谢氏兄弟，都与明熙不甚相熟，一时间谢燃与明熙这一桌，倒成了最冷清的地方。好在明熙与谢燃两人，都不是那么在意周围的人，你一盏我一盏，十分自得其乐。

韩耀正坐在明熙对面，酒宴期间，目光始终不曾离开过明熙，几次见谢燃搂住明熙的肩膀，都忍不住蹙眉，甚至欲开口斥责，可对上明熙含着嘲弄的目光，始终无法开口。这顿酒宴，本是特地为韩耀办的接风宴，可若说第一憋屈的人，非韩耀莫属了。

当燕平首屈一指的歌姬浣娘走进来时，众人不约而同地眼前一亮。这女子身上有种大雍少有的婉约娇媚，举手投足，一颦一笑，有种说不出的挠人心尖之感。

南梁也好大雍也好，歌姬做伴，非什么龌龊之事，若当真有一定的名气，反而会成为津津乐道的风雅事。几十年前谢安拒绝朝廷辟命，隐居东山，与王羲之等名士纵情诗酒山水，出游必携歌妓同行，被传颂至今，为极风雅的事。

浣娘横抱琵琶，声音清脆，尾音带着几分南梁的软意，虽是极为普通的南方小调，却有种甜蜜酥软入骨之感，许在帝京也算不上什么绝技，但在漠北之地确实难得一见，且那长相与眉眼之间的柔媚，更是动人心弦。即便是身为女子的明熙，也不得不赞一声绝色。

谢燃撞了撞明熙，笑嘻嘻地开口道："怎么？喜欢吗？"

明熙挑眉，轻声道："怎么？你不喜欢吗？"

"我喜欢也无用，没见咱们这桌伺候的歌姬，都被兄长赶走了吗？他说我年纪尚小，娶亲之前不可如此。"谢燃笑得更暧昧了，眨眼道，"可你喜欢也没用，至少这几日都没甚机会，等这个韩大人走了后，倒是可以买下来，前提是韩大人不会将人带走才能想。"

"若我记得不错，你都二十有二了，你兄长还如此管束你，当真是……啧啧……你未来的夫人当真是有福气，裴叔说得是，这样当真算得上好人家。"明熙端着酒盏，挡住了嘴，"不过，你若喜欢，等韩耀走了，我给你买下来就是了，放心好了，韩耀娶了高门女，那娘子他可是惹不起，无论多喜欢也不敢将这歌姬带回家去！"

谢燃看向已坐到韩耀身边的浣娘，十分艳羡道："你买下也无用，如今我谢氏可没有祖上的风气，即便有也不能在我身上有。若我当真如此，仲兄知道许是哂笑一声，兄长知道得揭了我的皮！"

明熙扑哧笑了一声："无事无事，银钱我给你出，你若没地方，我给你租个或买个别苑，若被你兄长发现，只管朝我身上推就是了。"

谢燃双眼一亮："当真？你怎么突然对我那么好？"

明熙含糊道："如此一来，裴叔知道了，你也就不是什么好人选和好人家了……"

谢燃不明所以，感觉明熙嘟嘟囔囔说了一大堆："你说什么？"

明熙望着对面一直躲开浣娘的韩耀，笑得更开怀："对你好，需要什么理由？我何时对你不好过？"

谢燃歪头想了半晌："傍晚对弈时……别的倒还真没有！"

明熙咬牙："对弈！对弈！你也说对弈了！你打我还不许我还手了！那能叫我对你不好吗？你要是输不起！以后都不要玩了！"

谢燃因可能得到的好处，此时深觉得明熙说得有道理，端起酒盏眯眼笑道："好了好了，我错了我错了。他们说你们是旧识，我怎么觉得你和韩大人有仇呢？我们认识那么久了，可从不见你将士族庶族挂在嘴上，虽说他也不客气，但也不曾见你这般刻薄过别人。"

明熙笑了一声："有眼睛的都能看出来我们两个肯定有仇了好吗？我刻薄？刚才不是告诉你了吗，他也不是个好东西！文人以笔杀人，他连笔都不用，张嘴就能杀人。"

谢燃肃然一惊："他有那么厉害？"

明熙道："你也不想想，他才多大就正四品了。你兄长征战沙场数十年，也就只是个四品征北将军。你谢氏什么家世，韩氏当真是庶族中的寒门了。若没有真材实料，即便再会迎合媚上，怎么能做到如今的位置？

"若他只是个四品官，以你仲兄的心高气傲，能如此迎合？他可还是太子的心腹，如今又领了陛下给的差事，这份长袖善舞的本事，你可有？"

韩耀总感觉明熙一刻不停的笑容，充满了恶意，尤其是浣娘坐到自己身边后。官场应酬，莫说在漠北，即便在帝京也司空见惯的，身旁坐个把歌姬，根本不算什么事。可每每对上那饱含笑意的目光，不知为何总显得那般心虚，仿佛被奚落和嘲弄着，就连美人的投怀送抱也显得索然无味。

这般的感觉又不能宣之于口，好在下面的人时不时前来敬酒，谢逸也是个极圆滑的性子。韩耀虽内心极尴尬，但也没多少表露在面上，很是有觥筹交错、宾主尽欢的意思。

夜已深，宴席散去。众人大醉，明熙历来好饮，看似清醒，但也有些步伐不稳。谢燃自小被兄长管制，平日里就不善饮，如今早已醉趴在桌上。

明熙摇晃了几次，却被谢燃甩开了，想着一会儿肯定有仆役来接，明熙就没有再叫他，摇摇晃晃地拿起大氅，起身朝门外走去。

夜凉如水，雪后的月夜，有种说不出的静谧美感。

这院落本就空旷，此时满园的宫灯，都熄灭了。月辉洒照院落，伴着风吹竹林的沙沙声，让人的心情也随之放松了下来。

黑暗中，月光下的池塘，宛若会发光般，因有地泉的缘故，银辉下冒着缕缕缥缈至极的白烟，衬着水面上的那几朵睡莲，宛若精雕细琢的和田碧玉。

明熙双眼有些迷蒙，走到池塘边，怔怔地望着池中央，突然有种良宵美景少一人的孤寂感。刺骨的冷风，让人忍不住瑟缩了一下，冰冷至极的空气，与眼前看似温暖的池塘，一冷一暖交织其中，都让人生出了许多错觉。记忆深处的东西，宛若洪水一般，争先恐后地灌入脑海。

年份太久了，一点点地长大，两人逐渐走向两个相反的方向，渐行渐远。久到了明熙以为韩耀不过是记忆中可有可无的一部分。如今在这客居之地，遇见了那记忆角落的人，却有种骤见故人的错觉，许多你以为已深埋的东西与已忘记的人，实则一刻都不曾忘记过，只是刻意地不去想罢了。

此时，忆起童年有这人作陪的时光，才恍悟，原来幼年的经历与生活，也曾带着被世间祝福的美好与快乐。可越是回忆，才越是不甘。

到底为何走到了这个地步，一路行来，竟是将陪伴过的所有人都丢弃了，一路走，不停追，回首望去，这一路竟只独剩下了自己一人。回想这一切时，望向那熟悉又陌生的脸时，为何只剩下满心的凄惶与不甘。

那些以为掩藏在舍弃之下的不舍，掩藏在坚强之下的恐惧，掩藏在洒脱下的孤注一掷，犹如开了闸的洪水，将明熙整个人都淹没了。原来根本从来没有不在乎过，只是逼迫自己不想罢了，因为想起一切来，竟是如此地伤心难过……

“贺明熙！你要做甚！”韩耀双脚无根一般，跌跌撞撞地跑过来，可却停在了五步之外，他整个人似乎都在发抖，声音都是颤抖的，压抑着恐惧，极轻柔地开口道，“贺明熙你来，我有话要对你说……”

明熙骤然回神，疑惑地回眸，望向已有些站不稳身形的韩耀：“什么？”

韩耀稳住了心神，轻声道：“贺明熙你来，到我这边，慢慢地走过来，我有话对你说。”

“呵！我们没有那么好，我去你身边干吗？”明熙好半晌，不能从这又轻又柔的声音里回过神来，敛下眼眸，再次望向前面。

“阿熙！阿熙！你听我说！我有许多话要对你说……”韩耀有种心神俱裂的恐惧，急促的声音中夹杂着无尽的慌乱。

明熙抬眸望向夜空：“我以为我们无话可说。”

“你先过来，难道你就没有事，同我说吗？你知道的，不管何事，我总也有办法……你知道的我最有办法了……”韩耀又上前了一步，声音越发地轻柔了。

明熙不习惯如此的韩耀，这让本就不安的情绪，更是暴躁了，侧过眼眸，呵斥道：“我和你可没有那么好！你也别过来了！”

韩耀立即站定了身形，连声道：“好好好，我不过去，你站着也别动，我们就这样说说话也好。”

按照之前无数次的经验，每次和韩耀说话的结果都是，本来特别好的心情一下就没了，本来不好的心情就会更不好了。明熙冷笑：“我们自来相看生厌，如今更是形同陌路，已是无话可说。”

韩耀一点都不生气，有些步伐不稳，但不动声色地一点点地朝前挪，轻声道：“怎会相看生厌呢……又怎会形同陌路呢？你若遇到难事，我不会袖手旁观的。阿熙，阿熙……你到我身边来，我有许多许多话和你说……”

明熙闻言不禁有些好笑："别将自己说得那么好，你不落井下石，我就谢天谢地了。"

韩耀依然不动声色地挪着步子，沉默了片刻，柔声道："你一点都不想知道东宫的近况吗？我知道很多，你来，我同你说。"

明熙冷笑："该知道的，我都知道了。不该知道的，我也不想知道。如今我能在此，也就说明帝京的一切都与我无关了！且以我们的关系，即便我想知道任何事，也不用非要从你那里知道。

"你历来最善诡道，若给我说事，定然是早已下好了套，说一句留半句。没有误解，也会心生误解，若有误解，定然更深，事情一定会朝你策划好的方向走。为了让东宫登上大宝，你会利用能利用的一切。"

这些话如寒夜里的冰锥，无意中一根根地刺入了心中最痛的地方，又木又钝地疼，本以为早已习惯了，可此时此刻，韩耀恨不得疼得死去罢了。即便如此，可依然满心的不舍，甚至连句委屈都不能说，因为这些话中的指责，都是对的，那些伤害也是有心的。可若说这世上韩耀希望谁会过得好，希望谁不要陷入那肮脏的沼泽里，也只有眼前这个人罢了。

"阿熙，怎样都好，怎样都好了……"韩耀那双微挑的、很少显露半分情绪的眼眸，隐瞒了慌乱不安，以及各种情绪，"你若喜欢，怎样都好……"

明熙回眸，疑惑地望向韩耀，冷笑道："你历来不喜我，最怕我与他在一起，如今已是如你所愿了，你还有何话要说，或是你还有什么可挑拨的，还是我还有何处，能被你利用的？

"你许是还不知道，我离开帝京时，已自出宗族，不再是贺氏嫡长女了，也不是什么士族贵女了。我母亲与惠宣皇后所留下的金银财帛已被我散尽了……如今我孑然一身，当真没有你或你家主君能用到的地方了！自然，我也绝不会再心生妄念了！"

这一刻，韩耀终于明白何谓欲死不能，心好似已碎到拼不起来了，那双星眸似乎有茫然失措，片刻后被黑雾遮盖，宛若失去了所有的光芒："何至如此？你何至如此……贺氏不认就算了，金银财帛都是身外之物，无甚无甚……都没有关系的，那些都不重要，你懂吗？你不懂吗？"

明熙笑了一声："这话从你嘴里说出来，当真是虚伪至极，不重要？你自小汲汲营营，所有的珍惜与努力，所图何事？不都是这些吗？身份家世，功名利禄，对别人许是不重要，对你当真不重要吗？你许是不记得了，我可还记得。你曾说过，以后要做大雍的贤相，南梁大雍几百年，也唯你韩耀一个庶族敢这般口出狂言。

"呵！可笑的是，那个时候我听闻此言，深觉你端方正直不可多得……竟还在一旁奉承你，为你开心拍手……"

韩耀不知想到了何事，那双眼眸宛若失了焦距，仿佛无意识般地望着明熙，一只手朝前伸了伸，片刻后，又放了下来，呢喃道："阿熙阿熙……你是要逼死我吗？是不是我立时死在此处，你才肯善罢甘休，我恨不得立时就死了……"

月色下，韩耀那双好看的眼眸，仿佛在一息之间，失去了所有的光泽与情绪，空洞得让人心惊。冷风吹过，明熙只觉头疼欲裂，似有什么重要的事被忽略了，突然也没了与韩耀争吵与对视的力气，她缓缓地收回视线，望向池塘中的碧色荷叶："罢了！我没有这个意思，如今也没有什么我们可言……好不好，都是我自己的事，你的事也与我无关。我不想知道你主君的事，更没甚可问的。韩大人若是无事，在下就……呃！好痛！"

韩耀从后面扑了过来，紧紧钳住了明熙的腰身，用尽全力地朝池塘外围跑去，可走了两步就失了全身的力气，两人一起摔倒，那钳住明熙的手，却一点都没有放松，即便是摔倒仿佛也刻意转换了角度，自己垫在了下面。

"韩耀！你做甚！好痛！快放开我！"明熙奋力挣了挣，可并没有挣开钳制。

韩耀似乎整个人都在发抖，嘴唇苍白："不痛不痛，没事了没事了……别怕，有我，还有我……即便没有一切，又能怎样。你还是你，你还是你！……他只是个世俗人，不值如此……没有就没有了，我没有自己想的那么在乎那些……也没有你想的那么不在乎……"

明熙根本听不明白韩耀在说什么，怒道："即便你知道我在此地又能怎样！去告密吗？如今陛下还在！太子对我尚且做不了什么！何况我不曾亏欠他！我可是一点都不怕！"

"在你眼里，我是不是没有半分的可信？你若不愿意，我会告诉别人不成？陛下如何……太子如何，不重要……没有你想的那么重要，别这样别这样……我怕了，我怕你了贺明熙。"韩耀一介文士根本按不住明熙，唯有整个人压在了她的身上，那双微挑的眼眸中藏不住凄惶与悲伤，可一切的情绪，似乎只能永远地隐藏在了黑暗里。

太难受了，胸口很疼，那种疼痛，像是要将人撕裂一般。韩耀忍不住呜咽了一声，极轻的声音，宛若受伤都要隐藏在黑暗里的动物，仿佛在很久很久以前，就失去了拥有阳光的权利。

韩耀在黑暗中，双手颤抖地拂过明熙的发髻，极轻声地哄道："他再好，又能如何？东宫之地，是非之所，离开就离开了。你若不愿，我不会说的，不会告诉任何人，你本就该自由的……当初我……只是不想让你陷进去罢了。再好的人，又能如何，宫中那地方根本不适合你，没人保护怎么成……"

明熙头脑发涨，有些分不清眼前的人说了些什么，何况这话本身就说得七零八落。可那又轻又柔的声音带着颤抖，也带着无尽的卑微，哭泣般的哽咽。明熙累了，逐渐地不想分辩，也不再挣扎："我头疼得很，你也醉了……先放开我。"

韩耀不敢撒手，另一只冰冷的手，一下下地拂过明熙的额头，颤声哄道："跟我回去，我给你看看，你若心情不好……我陪你再饮一场就是。"

不知为何，明熙迷迷糊糊地感觉此时的韩耀很是可怜，自小到大，这人何其地高傲，可方才的声音里，分明带着无尽的卑微与祈求。明熙也分辨不清心里的感觉，却率先开口说道："好。"

韩耀抿唇一笑，抬起眼眸来，在黑暗中摸索着拽住了明熙的手："慢些，跟着我起来，咱们离开此处……”

“我自己能起来。”明熙不愿示弱，甩开手坐起身来，可能是坐得有些急了，只觉头晕目眩，重重地摔了下去，忍不住又闷哼了一声。

“疼不疼？如何了？”韩耀借着月光看不太清晰，方才有些放松的手，立即紧紧地攥住了明熙的手腕。

明明方才还好好的，这一摔，似乎到处都是伤，头后面鼓了个大包，脚腕也疼。因疼痛，眼中涌出泪意，明熙虽有些迷糊，但也不愿示弱于人，咬牙道：“你别管我了！我躺一会儿……一会儿肯定会有人来寻我的。”

韩耀虽是看不清什么，可也知道明熙肯定又受伤了，不再追问，轻声道：“别动。”然后起身打横抱起了明熙，步伐凌乱地朝后院走去。

这般天气，若当真躺在地上，等人找到，即便不冻死，必然会脱一层皮。明熙哪里会跟自己过不去，心安理得地靠在了韩耀的肩膀，昏昏欲睡。

韩耀将人抱在怀中，依然抑不住地颤抖，甚至不敢回想方才的画面，内心不安至极，只能下意识地紧紧地抱住怀中的人，仿佛要将人永远禁锢。韩耀的步伐很慢，每一步都稳当，感觉到怀中的人越发依顺，心神才缓慢地安稳下来。

明熙迷迷糊糊地感觉有些不对：“韩耀，你怎么了？”

韩耀许久不语，长出一口气后，才轻声道：“若很难受，我着人去请大夫。”

明熙昏昏欲睡：“别折腾了……”

辛苦梅花候海棠

6

后院的寝房，是个内外的套间，同样的火墙还有炭盆，屋内温暖如春。因靠着一片竹林，多少有些隔音，虽能听见前面些许声音，但也没有想的那么嘈杂。

从冷风中回到屋中，明熙感觉已经冻木的脸，终于恢复了知觉，只是身上四处更疼了，尤其是脚腕钻心地疼，酒都醒了不少：“什么时辰了？”

韩耀半合眼眸，苍白的脸上，没有露出半分情绪来：“子时已过了，你自己出门的吗？怎么连个人都没带？”

明熙又累又疼，扶着额头，呻吟了一声：“夜深了吗？一会儿裴叔说不定会来找我。”

韩耀看到明熙手掌下面有很长的擦伤，眼中闪过一丝懊恼，边起身边道：“若来接你，你自可离去。”

“我住梅园，一墙之隔，根本不必让人来接。你若有事，就说给我听着，你若无事，我就回去。”明熙见韩耀离开，摇摇晃晃地站起身来，脚腕一阵剧痛，闷哼了一声跌倒在地。

“怎么如此不当心！”韩耀有心斥责几句，见明熙似乎疼得眼泪都要出来，根本再说不出责备的话来，忙将大氅铺在地上，将人安置了上去。

细细地查看，手掌胳膊上都有擦伤，脚踝也肿胀得厉害，且明熙似乎不愿躺下，侧趴在了一侧。韩耀微微一怔，抬手放在了她的脑后，一个鸡蛋大小的包，想来都是扑倒那一下摔的。

韩耀的眼中溢满了心疼，几乎说不出话来：“这里还有些药酒，我……”

“我真的很累，你若是有事，就快点说，药酒就不用了。”明熙在疼痛之下，自然脾气也好不到哪里去，“当初拽你一下头发，你差点就要以死殉节了，如今你也是有家室的人了，我可不敢用你的药酒！”

屋内本就灯光黑暗，韩耀的头半垂着，不能看清表情，轻声道：“除非裴达来了，不然你今日哪里都不能去。不管你怎么说，今日只能睡在此处，有火墙与炭火，万不会让你冻着的。”

明熙如此难受，也没非要争出个所以然来，不知为何，却感觉好笑：“没想到，你还有如此豁达的一日。”

韩耀缓缓地垂着眼眸，长长的睫毛遮盖了全部的情绪，许久许久，轻声道：“放心好了，我不会让任何人知道此事，困了就睡吧。我会守在此处的。”

“我没有你那么在乎名节，你守好自己的名节就成了。我了无牵挂的，还怕别人说闲话不成，反倒是你……”许是烛光昏暗的缘故，许是饮酒太多的缘故，明熙总感觉韩耀今日特别反常，声音里面有种莫名的情绪，又有种说不出的温和与善意。可不知为何，这一切看起来又显得特别可怜，一时间刻薄的话，也说不出口来了。

这世上谁愿意天天与人掐个不停，何况两人小时候关系也没有那么糟糕。甚至有段时间，两人几乎从早到晚腻在一起。虽然都是明熙缠着韩耀，韩耀虽没有好脸色，但也从不曾说过一句伤人的话，更不曾驱赶过明熙。

时光荏苒，转眼多年，明熙如今也记不得，两人是何时何事，变成这般模样的了，一言不合都要吵起来，每次都找对方最痛的地方下手，仿佛有什么深仇大恨般。

想至此，明熙的心里突然有种莫名的难过：“这般的季节，押粮来漠北，可不算什么好差事，你家太子怎么舍得你如此奔波？”

韩耀紧紧地抿着唇，许久许久，柔声哄道：“你不用心疼我，我没有那么多委屈，这差事也是我自己求来的。水已温好了，你喝些再睡吧。若裴达来了，我再叫醒你。”

明熙有心辩驳几句，自己没有心疼，可听他的话中也无甚恶意，头疼欲裂不愿多想，就着韩耀的手，喝了一杯水，疼痛似乎都缓解了不少。

韩耀见明熙如此乖顺，心里一片柔软，轻声道：“若是醒来，有什么想知道的，我再说给你听。”

明熙有些厌烦，又有些不知所措，可一切都已抵不住疲累，只觉得这轻轻柔柔的声音中似乎还带着催眠，慢慢地合上了眼眸：“嗯，我先睡会儿……”

屋内只有一盏灯，韩耀起身将灯盏拨得昏暗，这才回过身去坐到了桌前。大氅上的人似乎已是睡着了，他起身从内室里，拿出一床薄被搭在了明熙的身上，这才再次坐回了地板上。

不知坐了多久，韩耀缓缓望着明熙，抬起手来伸了出去，似乎要确定什么，可不知为何手却停在了半空中，好半晌，有些不确定地开口道：“阿熙？”

韩耀等了半晌见无人回应，不禁再次开口道：“阿熙？”

明熙侧了侧身动了动，正碰到了脑后的伤，一下就疼得呻吟了起来，睁开了眼，迷迷糊糊地开口道：“裴叔来了吗？”

韩耀木着脸，摇摇头：“这样睡不舒服，不如去榻上睡吧。”

“嘘，别吵……有事明天说。”明熙将脸扭开，含糊道，“瓷枕呢？”

韩耀看了明熙片刻，心神终于从惊魂不定中醒了过来，端坐在原地的身形放松了下来，轻舒了一口气，内心一派平静。他垂下眼眸，看向已睡着的人，她似是睡得很不舒服，眉心还皱着，似乎还有些委屈的样子。

韩耀伸手拂了拂有些散乱的发髻，紧蹙的眉心逐渐平展了。他修长白皙的手指，轻轻滑过那无比熟悉的轮廓，眉宇间不见欣喜，却缓缓地红了眼眸，许久许久，沉了一口气，极轻极轻地将人揽在怀中，俊美的脸上，有种说不出的虔诚与珍惜。

本以为将人揽在怀中，只会满足，可不知为何，一颗心却越发痛了。忆起池塘边上这人那样的神情与那些话，胸口宛若破了一个洞，刺骨的冷风，蜂拥般地灌了进去，那么地疼。

缓缓闭上眼，眼泪落下。人生无悔，四个字，才该是这一生最大的笑话。若能回到十年前，或是更早……韩耀会将这人永远嵌在自己的血肉里，即便经历枪林箭雨，挡下世间一切风霜雨雪，也甘之如饴。

韩耀想用尽全力地拥抱，可手上的动作却如此地轻柔："为何，为何，为何会有了那样的神情？"这一声不知追问谁，声音哽咽隐忍，话语间有种深重而莫名的伤痛。

"韩耀……"明熙未睁眼，蹙眉叫了一声。

"嗯？怎么了？还不舒服吗？"韩耀等了半晌，不见回应。修长的手指撩起遮在眼前的长发，发现怀中的人再次睡熟了。

韩耀的心情莫名地好了些，微勾起了唇角，忍不住轻笑了一声，可片刻，笑容逐渐地淡了，直至消失不见了，只剩下满眸的雾霭与黑暗。

"阿熙，我们多久不曾好好说过话了？八年、十年，或更久了？我以为我忘了我们也曾有十分要好的日子了，可……这会儿，咱们心平气和地说说话，可好？

"你可还记得，我们第一次见，你说我个头矮，长得小。当时在我看来，你才是个头矮小的那个。好好的汉家娘子，常常穿着胡服，满头的小辫子，说起话来让人哭笑不得，没有半分的温婉谦虚可言。我从没见过那么爱笑的人，也明白了何谓未语先笑。明明不是最出色的，也不是最好看的，可笑起来像换了个人，会发光一般。

"那之前，我从不知道，这世间还有这般的小娘子，明明占了便宜，还要恶人先告状，皱着眉头装委屈。缠人又会撒娇，任性又坏脾气，还是个小骗子。可为何，放在我的眼中，怎么那么好呢？怎么看都好，让人割舍不下……这世间最好的一切，合该都给这个人的，这人也合该得尽天下人的宠爱，一辈子都要那么笑。

"人家说，辜负过太多深情的人，这一生都不会过得开心，再也得不到恩爱不移、举案齐眉、心中所念所想的人了……我本是不信的，一直都不信的。

"是不是我们相识得太早了，还是都太小了？是不是因为我性格不够好，心中的欲望太多了，太过自以为是，合该得了后来的一切。不是最好的时间，不是最好的我，在我不懂或是还没有学会珍惜的时候，遇见了这世上最好的珍宝？哪里能匹配得上这样好的人呢？我总以为自己活得最清醒，知道该放弃什么，知道自己想要什么……

"这些年，我体会最深的竟是命运的恶意，该是尝尽了你当初的失落，明白被辜负的滋味。你喜欢我笑，我对所有人都能应酬，都能笑，对你偏偏绷着脸，甚至因你的纠缠，怕人言是非，一次又一次地恶言相向，将你驱赶离身侧……可你还是对我那样好，那样好。那时，似乎这世间都不在了，你眼里只有我一人。

"我总是用最恶意的一面待你，可你为何没有真的对我生气？为何不曾真的怪过我？

即便你对我恶言相向，甚至拳脚相加，我都能受，也受得住……

“为何非要在背地里维护我，帮扶我？你对我坏一些，狠狠地将我踩在脚下，大骂几句寒门子也好，庶族贱民也罢，我都不会如此难受。当我知道父亲因婚事曾求助于你的时候，真恨不得给自己几刀，死在你面前。你可真狠，不战而屈人之兵……与你比起来，我哪里算是善诡道。

“我知道你喜欢他，比你知道的都早。可他不适合你，他不会成为谁的独一无二，他也不配得到独一无二。我们都是不知珍惜的人，合该在这世间挣扎煎熬，去争去抢。可你不一样，你该好好的，得到个特别会珍惜的人，去许多许多的地方，看尽这世间的美景，吃许多没有吃过的东西，没有谁值得你回头。

“你既放弃了一切，离开了。有那么多的选择，为何要来此，为何入漠北军？你这是要疼死我吗？你若不杀了我，便不能善罢甘休吗？你可知道，我听见谢放那些话时，恨不得杀了那些人，也恨不得杀了自己……为何，该享尽世间繁华锦绣的人，非要如此对待自己？你这是在折磨自己吗？不是，你是在报复！报复所有你曾真心对待过的每一个人。

“阿熙……我已在深渊，这里漆黑冰冷，步履维艰。可我不需要你救，也不用你伸手，所有的一切均是我当年所求，我能受，都能受得……

“可你必须好好的，自由的，像儿时那般……”

暮春时节，百花齐放。

这日，御花园的太液池边上站了群童子，几位皇子也在其中，远远看来，十分热闹。

惠宣皇后领着众人，在明熙的拉扯下，走了过来。众人一一见礼，明熙站在先武帝身边的高台上，目光缓缓巡视过众人，片刻后，不知看到了什么有趣的东西，撒开了惠宣皇后的手，跑到了众人中间，站在了看似最小的一个童子面前，围着转了两圈。

宫中的四位皇子都比明熙大上两三岁左右，皇子彼此间年岁相当，差不多都是七八岁的年纪。皇甫策与二皇子相差半年，三皇子、四皇子比皇甫策小上一岁，三皇子、四皇子差了两个月。这些人都比明熙高上许多，只有那小童看着与明熙个头相当。

小童身着白色儒生袍，头戴白色的儒巾，脖颈还戴着个金项圈，璎珞金锁看起来比那张脸都大。他的五官极为精致，半垂的睫毛如羽毛般又细密又长，大眼睛又黑又亮，嘴巴像樱桃般。许是有些紧张，小嘴巴紧紧地抿着，一本正经又很是严肃，看在明熙的眼中只觉越发可爱。

明熙围着人转了好几圈，将脸凑到童子眼前，猝不及防地摸了摸，眯眼笑了起来：“你是谁家的娘子，长得可真好看呢。”

童子礼仪教养十分好，虽不情愿，但还是开口道：“我叫韩耀，不是谁家的娘子。”

“陛下，你们在做甚？”明熙不知听还是没有听见，骤然转头，满头的小辫子都打在了那韩耀的脸上。

韩耀皱了皱眉头，有些委屈地撇撇嘴，不动声色地退了半步。

先武帝笑着走过来，将明熙抱了起来：“都是你皇兄们的伴读，这是韩侍郎家的大郎，比你大几岁，你可莫要欺负人。”

明熙恍然大悟，又有些不甘心地开口道：“大几岁吗？可我看他还没有我高！伴读有我的吗？”

先武帝大声笑道：“有的有的，你若想跟着皇兄们一起读书，自然也有。”

明熙顿时皱起了眉头，撒娇道：“不读书，能给我一个吗？”

先武帝挑眉：“不读书，要伴读做甚？”

明熙撇嘴，从先武帝怀中挣扎了下来，抱住了惠宣皇后的大腿：“娘，我要伴读！”

惠宣皇后笑着点了点明熙的额头：“陛下不是说了吗？你若愿意读书，自然也有伴读。”

明熙哼哼，又跑回了韩耀面前，拽住了他的手，轻轻地摇晃：“阿耀阿耀，你给我做伴读可以吗？”

皇甫策瞥了明熙一眼，嘴角露出不耐烦与嘲弄，侧目望向先武帝：“父皇，韩耀这里已是说好了。”

皇甫策此时也不过八岁，却是众人当中个头最高的一个。虽是年少，但已有几分长大后的风采，皮肤凝白如暖玉，五官极为出色，那双凤眸微微挑起，带出了几分轻蔑。他这番模样，自然也被站在上位的惠宣皇后看在了眼中。

惠宣皇后不等先武帝回答，笑了一声，轻声道：“阿熙，这是你大皇兄挑中的人选，你换个人吧。”

先武帝侧了侧眼眸，对惠宣皇后轻声道：“梓童，都是重臣之子，几乎都是士族子弟，无甚挑选一说。世家之人规矩颇重，即便来给皇儿们做伴读，尚且是有些不……何况明熙年纪小，又是个娘子。”

惠宣皇后脸上的笑意淡去，挑眉道：“怎么？娘子就不可以读书知礼了吗？若陛下不愿意，方才为何又那么说？哄骗阿熙年幼无知，还是哄骗咱们读书少？”

先武帝有些无奈，轻声求饶：“梓童，你看这话是如何说的……”

明熙不顾韩耀的挣扎，用力地拽住了他的手：“娘，我就喜欢他！就要他！让大皇兄换一个！”

惠宣皇后侧目看向明熙，笑着哄道：“算了，陛下又不是真的愿意让你读书，咱们只当没这事好了。你大皇兄已选中的人，你再去争抢，显得不好。”

“我不我不！我就喜欢他一个，我不要换！”明熙怎么也不撒手，“我就要他！大皇兄能要，我为何不能要？大皇兄比我大，不该让着我吗？大皇兄怎能如此霸道无礼！”

皇甫策斜瞥了眼明熙，冷笑一声：“呵，一语中的，当真是霸道无礼。”

明熙攥住韩耀的手，瞪向皇甫策，涨红着脸：“什么什么地！说什么！阴阳怪气的！尽说人家听不懂的！人是我看中的！你做甚抢我的人！什么大皇兄！不让着我，凭什么让我喊你大皇兄！”

皇甫策看都懒得看明熙一眼，转过头去，轻声道：“你还真当自己是公主了，呵！”

别人许是听不到皇甫策说什么，明熙却是听得一清二楚，涨红了脸怒道：“我怎么不能是公主了！我是我娘的孩子！我就是我娘的公主！你又不是我娘的孩子！凭什么做我兄长！什么大皇兄！庶子！庶子！歪门邪道的庶子！”

这一声喊完，剩下的三位皇子面上都有片刻苍白，不约而同地看向先武帝。惠宣皇后一派轻松悠闲，甚至没有阻止明熙说话的意思，仿佛在她看来，明熙说的并没有什么错。

先武帝虽是不愿得罪皇后，此时也不得不蹙眉道：“阿熙！”

明熙看也不看先武帝，望着惠宣皇后撇嘴：“娘，陛下方才不还说给我一个伴读嘛！”

惠宣皇后含笑走到明熙面前，抚了抚她的头，柔声哄道：“出尔反尔，历来都是有些人的特权，莫要为了这个难过，待会儿领你去掖庭处，选个你喜欢的奴婢。”

先武帝很是无奈：“梓童，你怎么可以这般教导孩子？”

惠宣皇后挑眉望向先武帝：“哦？那陛下以为我该怎么教孩子？阿熙说的哪里错了？我不是你的臣，也不是你的妾，我是陛下的发妻，不是我所出的，怎么是阿熙的兄长？叫一声大皇兄是客气，不叫大皇兄也挑不出理来。陛下是在怪我，没有给您生个真正的公主出来吗？”

先武帝狠狠地瞪了眼垂着头的皇甫策，示弱道：“好了，你又不是不知道，平日里我对阿熙的心和你一样，什么公主不公主，咱们的阿熙可比公主还尊贵，若非是梓童执意不肯让她喊朕爹爹……”

“贺氏虽去世了，贺大人还好好活着呢，陛下可不要什么都想要！”惠宣皇后话毕，蹲下身来，柔声哄道，“娘带你去掖庭处，挑几个好看的小奴婢，你喜欢什么样的都有。”

明熙跺脚，抱着韩耀的腰大哭道：“我不要！大皇兄比我大那么多！抢我的人，还欺负我！他有什么了不起！凭什么抢我的人！我就要他！只要他一个人！我就是喜欢他！做伴读做奴婢就要这一个！呜呜！陛下还向着那个庶子！跟着欺负我们！我就要他，就是喜欢他！”

惠宣皇后轻声道：“好好好，一会儿娘去和韩夫人说说，咱们就要……”

“梓童！胡闹！都是重臣之子！什么伴读奴婢！这话你们也说出口来！你看看你快把她娇惯成什么样子了！这般不知事不知礼，将来若是出了这宫门！如何……”

“呵！”惠宣皇后骤然站起身来，怒瞪着先武帝，“陛下这是连我的阿熙都厌了吗？我阿熙为何要出宫？好好！你的皇儿个个矜贵，只我阿熙什么都不能有！本宫懂陛下的意思！六福！带上阿熙！咱们回宫！”

“梓童，你知道朕没有这意思，娘子长大了难免要……”先武帝有些无奈，不管心中如何想的，可众目睽睽下如何能这般纵容中宫，不禁狠狠瞪了明熙一眼。

明熙边哭边偷看先武帝的脸色，见他瞪自己，哭得更大声，却也不情不愿地撒了手：

"娘！娘！嘤嘤！阿熙好可怜,陛下他不给我喜欢的人！他还瞪我！还瞪我！嘤嘤嘤……"

六月的天气，正是炎热。

明熙领着群宫侍，大摇大摆地走进了御书间。众人抬眸见是明熙，习以为常又不约而同地垂眸看起书来。明熙也不理众人，在屋内搜索了一圈，目光停在了西侧角落，趾高气扬地走了过去。

二皇子凑了凑挡住明熙的路，小声道："阿熙妹妹，带了什么好吃的？"

明熙脆生生道："有的有的，只要不欺负我耀郎，大家都有好吃的。"

宫侍忙将托盘里的点心拿了出来："二殿下，今日做了芙蓉酥饼、绿豆糕、山楂冻。您看您吃什么？"

明熙走过皇甫策身边时，重重地哼了一声："好狗不挡道！挡道非好狗！"

皇甫策正坐在韩耀的外侧，闻言深吸了一口气，冷笑："谁家的狗跑出来了？"

明熙极为不屑，也不和皇甫策争辩，只看向坐在韩耀前桌的三皇子，笑眯眯地开口道："三皇兄，要我说请，你才离开吗？"

"阿熙妹妹，不必客气。"三皇子拉长了声音，有些无奈地翻了个白眼，站起身后，拽了拽了身侧的伴读，挪到了较远的地方。

明熙站在了韩耀的前面，侧目间方才的气焰全不见了，眯眼一笑，说不出地谄媚，娇声道："耀郎啊，你怎么又换位置了？这位置还那么靠后，你渴不渴？饿不饿？我带了你最喜欢的芙蓉酥饼，还有绿豆汤！你吃一点，歇一会儿，再温书好不好？"

韩耀绷着唇，眼神都懒得给一个："起开。"

明熙挑了挑眉头，反倒趴在桌子上凑到韩耀脸边，撒娇道："耀郎，你生气也好看！你再瞪我一眼嘛！"

韩耀半垂着眼眸，看似与平日一般，却突兀地红了耳根："夫子马上就来，你快走！"

明熙不紧不慢地笑道："来不了来不了，娘正和夫子说我读书的事呢，没那么快。"

韩耀缓缓抬眸，紧紧地蹙眉："你也要来读书吗？"

明熙小鸡啄米般地点头，凑到韩耀脸前，轻轻地亲了一口，这才笑眯眯地开口道："要的要的，我以后要天天和你在一起，一刻都不离！我不来也不放心，听说你昨天在校场晕倒，我都好难过好心疼，太医说你体虚，以后要多吃糖啊！我和你一起，才能好好照顾你，日后天天给你送最甜的芙蓉酥饼。看我对你那么好的分儿上，我和你坐在一起，好吗？"

皇甫策下意识地皱了皱眉头，垂着眼眸瞥了眼明熙："呵！"

韩耀听见了皇甫策的冷笑，顿时闹了个大红脸，瞪着明熙："不好！说了多少次！不许碰我的脸！"

明熙笑嘻嘻地道："亲亲你，是因为喜欢你呀！你凶我，我也喜欢你！你瞪我，我也觉得好看！"

皇甫策缓缓吐出了三个字："不知羞。"

明熙挑眉，掉转头绷住了脸，颇有几分横眉冷对的意思："丑八怪！我和我耀郎说话，你插什么嘴！我愿意怎样就怎样！我喜欢他是我的事！你管得着吗！长那么丑，让我亲亲，我还不呢！哼哼！"

皇甫策顿时沉下脸，冷笑连连："如此无耻无德，还这般理直气壮，当真是中宫的好教养！"

明熙不怒反笑，趾高气扬地仰着下巴道："咸吃萝卜淡操心！管得着吗你？你也知道我是中宫教养！你知道什么是中宫吗？"

韩耀重重地将书卷拍在了桌上，怒道："住口！"

明熙掉转了脸，顿时笑嘻嘻地开口："住口就住口了。耀郎，你别生气嘛，他先找事的，我若不还口，他还真当自己有道理呢！娘说了，我们在宫里要横着走，这样才没人欺负呀！"

韩耀深吸了一口气："能安静会儿吗？"

明熙忙连连点头："能的能的！耀郎说什么，我都听呀！我和你说，娘常说喜欢我，要把我捧在手心里。我昨天还不明白，后来听说你在校场晕倒，我心里就好难受，就有些明白了！娘说，我难受是因为我真的喜欢你呀！"

皇甫策微微侧目："阿耀，你想吐吗？"

韩耀的脸色涨红一片，瞥了眼明熙，咬牙道："我在温书！"

明熙宛若没听见两人说话，自顾自地开口道："耀郎，我也喜欢你，和娘喜欢我一样喜欢！以后我也要天天把你捧在手心里，这样你就不会受伤，也不会晕倒了。想吃什么，想喝什么，喜欢什么，我都给你，你同我坐，好不好？"

韩耀蹙眉："我已和大殿下同桌了！"

明熙很是不屑地瞥了眼脸色已黑成墨色的皇甫策，重重地哼了一声："什么大殿下，他算得了什么？莫要在意无关紧要的人。我说和你坐，只要你愿意就好了。他还敢和我抢不成？我喜欢你，你就得是我的！娘说了，只要我想要的，定能如愿的，我叫他一声大皇兄，他还真当自己是我兄长了呢！妾室庶子！"

物伤其类，一句话在座的皇子谁也择不出了。二皇子咬了一口的山楂冻，拿在手里，吃也不是，不吃也不是。除了明熙之外，众人都快十岁了，该知道的都知道，一时间面面相觑，心中气闷，又无法反驳。

宫内人皆知先武帝的偏颇，即便最受宠的四皇子也不愿意招惹中宫的人，唯有不约而同地看了明熙一眼。

明熙虽知道自己说错话了，依然理直气壮道："看什么哪！我就说皇甫策一个！有你们什么事！该干吗干吗！"

皇甫策凤眸微挑，冷笑一声："粗俗无知愚蠢！"

明熙仿佛没听到皇甫策的话，笑眯眯地望着韩耀："耀郎，你喜欢什么颜色？娘正在做新衣裳，我也给你做一身，咱们一人做一套天空的颜色，好不好？”

韩耀垂着眼眸：“不好。”

明熙不以为意：“你总也穿白色，都没有穿过别的颜色。虽然你穿白色比谁都好看，可是穿天空的颜色，肯定最好看了！”

惠宣皇后笑盈盈地走进门，众皇子与伴读，起身行礼。

惠宣皇后脸上的神态，与明熙方才进门时，如出一辙，看也不看众人一眼。目光巡视一圈，毫无意外地在韩耀身边，找到快将脸凑到人家脸上的明熙：“阿熙，来，先随娘回去，明日一早，让裴达送你过来。”

明熙抬眸看向惠宣皇后，笑眯眯地开口道：“娘！我现在就要读书！”

惠宣皇后轻声哄道：“不急于一时，你不是要给阿耀做一身长袍吗？我们回去裁剪。”

明熙噘嘴，委屈道：“可是我现在就想读书啊！不然大皇兄以后肯定还会说我粗俗无知愚蠢，没有教养了！”

惠宣皇后骤然侧目，眯眼看向垂首行礼的皇甫策，冷笑道：“谢氏外子端的是好教养！你与本宫谈教养是吗？本宫一会儿让陛下给你说说何为教养！阿熙，咱们回去，这些个人，可不值得咱们费心，陛下自会教他们母子规矩的。”

明熙万分得意地瞥了眼垂首的皇甫策，见他气得浑身发抖，脸上的笑容更大了，脆生生地答应了惠宣皇后一声，从韩耀身边站起来。想想似乎有些不甘心，又凑了回去，在韩耀脸上亲了一口：“耀郎明日等我哦！”

辛苦梅花候海棠
7

隆冬季节，滴水成冰。

大雍宫的宫殿里几乎都起了火墙，先武帝唯恐皇室子弟，读书的环境太过温暖，反而不好，于是御书间只有四个角落有火盆。四个火盆，如今其中一个理所当然地放在了明熙的脚下。

明熙裹得像个粽子，吃力地将手炉揣在怀中，碰了碰在习字的韩耀的手背："耀郎你歇一会儿好吗？你的手好冷，我给你暖暖？"

"你要是坐不住，回去好了，莫再说话了。"韩耀过了年就十一了，明熙过了年节也就八岁了。众人大了一岁后，韩耀也开始顾及明熙的脸面，逐渐不像以前那么疾言厉色了，虽还是驱赶，但方法温和了许多。

明熙以往的疾言厉色都不惧，何况此时："知道耀郎心疼我，我也心疼耀郎啊！我不走，我陪着你，我若走了，你不会照顾自己，连个火盆都烤不上。"

韩耀蹙眉，侧目看向安静的众人，轻声斥责道："你别再说话了！"

明熙拽住了韩耀拿笔的手，一双手将那冰凉的手握在了手心，笑道："好，我不说话，我给耀郎暖暖手，我的手特别热。"

皇甫策瞥了眼两人交叉在一起的手，轻声道："阿耀，安静些。"

明熙立即变了脸，低声斥道："嫌吵就别坐这儿碍眼！不知道人烦，还以为自己了不起呢。"

皇甫策连个眼神都不给明熙，淡淡地开口道："阿耀，磨墨。"

"大殿下昨日烫了手，伤得还挺厉害，我给他磨些墨。我们读书的时候，陛下是不许人伺候的，你别嚷嚷。"韩耀将手从明熙的手心里挣了挣，挣不开，又轻声哄道，"你乖乖的，我的手不冷。"

"劳烦阿耀了。"皇甫策不知有意还是无意，将烫得满是水泡的手侧放在桌上明熙一抬眼就能看见的地方。

明熙瞥了眼那伤手，不以为意又不情愿地开口道："烫伤就烫伤了，又不是你烫的他，也没有多厉害！又不是手断了！干吗那么娇气！"

皇甫策侧目咬牙道："手没断，真是让你失望了！"

韩耀无奈地瞪着明熙，轻声斥责："我认识的阿熙可不是那么冷漠的人，素日里我手上有个小口子你都要哭一哭，以己度人，别人受伤你不同情也就罢了，如何还能出口伤人？”

“他那个样子！哪里是需要同情的人……”明熙见韩耀的眼神更凌厉了，挣扎道，“你的手哪有不冷，都快冻成冰坨了！本来就是！烫伤了又不是残废了！凭什么伺候他！让他去死！不给他磨！”

韩耀黑黝黝的眼眸直视着明熙，也不开口斥责，轻声道：“阿熙，你将方才说的，再说一遍。”

明熙虽一点都不心虚，可还是缓缓垂下眼眸，撇撇嘴哼道：“我没有说什么，好了好了，你别生气就是了，我什么都听你的。我有手炉，我给他磨！”

皇甫策微微挑眉，咏叹道：“可是不敢劳驾贺娘子。”

韩耀不愿明熙做这些，叹息一声：“阿熙，莫要如此，给大殿下做事，我不委屈，这些都是我素日里做惯了的，你平日用的都是磨好的，也不见得会……”

“为了耀郎，给他做事我也不委屈，没做过，我可以学，只要耀郎高兴，怎么样都好！”明熙委委屈屈地说完，这才松开了韩耀的手，站起身来，恶狠狠地瞪了皇甫策一眼，“我可不是为了你！你也别那么得意！”

皇甫策坐直了身形，挑眉冷笑，极为不屑：“你以为我稀罕？你自己上赶着做事！瞪我做甚？”

明熙懒得和皇甫策说话，不声不响地朝磨盘里兑上水，瞪着皇甫策却发狠地磨墨。皇甫策瞥了眼明熙的动作，叹息：“啧啧，阿耀，有些人不管面上多光鲜也是一无用处的，绣花枕头到底是绣花枕头。”

“殿下……”韩耀无奈地叫了一声皇甫策，侧目望向明熙，几次想站起身来，却被皇甫策私下拽住了衣角。韩耀知道皇甫策是有心整治明熙，虽是不语，可看向明熙的眼眸，也越发地心疼了。

明熙额头上已渗出细碎的汗珠了，本来简单的活计，做起来却并没有那么简单，几次费力磨出的墨汁都渗进了袖口里。衣袖黑了大一块不说，砚上是一点墨汁都没有。好半晌后，明熙才知道拽起来袖口，不然磨出再多的墨来，都会被袖口吸个干净。第一次学着做事，明熙很是费力才磨出一小层墨汁来，看起来也不太均匀。

“差强人意。”皇甫策有心再挑剔两句，可对上明熙满是黑墨的脸，只能绷着脸忍着笑，没有说别的话。

明熙擦了半天，也没有擦干净手上的墨汁，委委屈屈地坐到了韩耀的身边，伸出了手：“耀郎，我……我还能给你暖手吗？”

一句话将韩耀说得心疼得不行，可皇甫策终于忍住不住冷笑了一声：“磨墨而已，磨成这样，装那么委屈做甚？”

明熙根本只当皇甫策为空气，将手擦了又擦，这才又攥住了韩耀的一只手：“耀郎，你明日下了学，要回府吗？”

韩耀垂眸看了眼明熙满是墨汁的手，轻声道："你明日别来了。"

明熙委屈地噘嘴："为何不让我来了，我打扰到你了吗？夫子上课的时候，我可一句话都没有说。我不来，别人欺负你，可怎么办？"

韩耀侧了侧眼眸，抿了抿唇，小声道："谁会欺负我！今日还在下雪，明日这里更冷，中宫有火墙，你又不是多喜欢读书，不来少吃些苦头。"

"和耀郎在一起，我可不怕吃苦头。怎么没人欺负你？前天我还看见皇甫策吃完了我送你的芙蓉酥饼！别以为我不知道，你老是给他吃我给你的东西！前几日皇甫简还笑话你的笔墨不好！"明熙话毕从一侧拿个包袱来，小声道，"这里的笔墨纸砚都是宫中的独一份，娘说那些个庶子都不配用好东西，只给我们两个用！"

"呵！"皇甫策虽还是垂着头，可另一只手却紧握成拳，深吸了一口气，到底不曾开口刻薄。韩耀坐在两人中间，自然能感受到皇甫策的怒气，忙扯了扯明熙，轻斥道："说了多少遍了！不许说那两个字！"

明熙不服气地哼了一声，不以为意道："本就是事实，为何说不得？"

韩耀轻声道："别人说我寒门，这也是事实，你为何要生气？"

明熙仰着下巴，哼道："那怎么一样！耀郎是我最喜欢的人，是我的珍宝！我都舍不得说一句，自然谁也不能说！谁说了你，就是打我的脸！娘对陛下说了，打我的脸就是打她的脸！我看看谁敢！耀郎这只手热了，给我另一只手，我给你暖暖！"

韩耀微微一怔，虽才十一岁，可听了这些话，也莫名地觉得羞耻，不肯伸另一只手来，轻声斥责道："够了，别闹了，我还要习字。"

明熙丝毫不惧，笑眯眯地去摸韩耀另一只手，捧在了双手中，哈了口气："我给你暖热了，再习字也不晚啊。"

韩耀轻挣了挣，挣不开，唯有听之任之，好半晌才压住了心中那股羞耻，轻声道："你最近不要煮甜汤了。"

明熙歪着头靠在韩耀的肩膀，比了比："耀郎现在能长那么快，那么高，全是因为经常喝汤啊，看看，都要比我高一头了！"

韩耀闻言，忍不住一笑："笨蛋，有人长得早，有人长得晚，我比你大了好几岁，开春都要十二了，焉能不长个子。"

明熙侧目，着迷地看着韩耀的笑脸："可耀郎突然长那么高，我没有功劳也有苦劳啊！汤还是要喝的！但是耀郎也不要长太快了，要等等我嘛。"

韩耀侧了侧眼眸，轻声细语道："每次带那么多种，你不嫌麻烦，下面的人都嫌麻烦了，若是带，就带一种，只要是咸的就好了。"

明熙歪头一笑："下面的人也不会觉得麻烦啊！若是我没有事让他们做，他们才会麻烦吧？不过我最听话了，耀郎那么说了，就按耀郎的意思办啦，我们明天喝什么汤？"

韩耀忍不住笑了一声："明日你别来了，太冷了，也太麻烦了。"

明熙笑道："不麻烦不麻烦，我一点都不冷。"

韩耀侧目看向一旁，轻声道："我嫌你麻烦。"

皇甫策冷哼："只你自己觉得自己不麻烦！"

明熙看都不看皇甫策一眼，对韩耀撇嘴："为什么？我最近都很老实啊！你不喜欢，我都没有亲亲你了！你说什么我都听的，你为何还要嫌我？我那么喜欢你，你要是讨厌我，我得多伤心？"

韩耀蹙眉，轻声哄道："傻瓜，哪里是因为此事？好了好了，不要撇嘴了，你想来就来，随你喜欢就是了！明日还要再多穿一些，不要去学子所等我了，自己坐暖轿直接过来，路上太冷了，你往年冬日没走过那么多路，如今……你若不听话，明日我不会理你。"

明熙将韩耀的手放在脸上，笑眯眯地开口："知道你最心疼我啦！耀郎说什么我都听，明天我坐暖轿，不过你要等我去接你呀，我们一起坐暖轿来，不然那么远那么冷，我也会心疼耀郎啊！我宁愿自己冻着，也不愿意我耀郎受苦啊。"

韩耀侧了侧眼眸，虽红了耳根，却没有挣脱自己的手，嘴角忍不住地轻轻勾了起来："你这个傻瓜，当真是……"

皇甫策侧目，打断了韩耀的话，强硬道："阿耀，今夜同我回临华宫，秉烛夜谈。"

初春的时节，帝京的积雪尚未融化干净。

韩氏的内宅里，韩耀身着单薄的亵衣跪在了院中央，此时他发髻散乱，面色惨白惨白的，嘴唇冻裂了，渗出鲜红的血丝。

韩奕踱步入院，瞥了眼韩耀，轻声道："你可知道自己错在哪里？"

韩耀紧紧抿着唇："儿子自来听从父亲交代，克己慎言，一心读书，与皇长子相处和睦，儿子不知错在哪里！"

韩夫人站在韩奕身后掉着眼泪："都一个多时辰了！夫君的气也出够了，不如让阿耀穿上暖袍，回屋去问。"

韩奕勃然大怒："你住口！慈母多败儿，若非你私下里纵容，他安敢如此放肆！你倒是长本事了！皇后找你去议亲，你都敢去！你也不想想皇后算什么！婚姻大事乃父母之命！她凭甚给贺氏女做主议亲？"

韩夫人哭道："可皇后和贺氏女很喜欢咱们耀儿，耀儿自己也喜欢，这本就是咱们高攀的亲事，又有何不可？皇后为人极和善的，一直对耀儿赞不绝口……"

"住口！住口！无知妇人！一会儿再同你算账！"韩奕拿起放在桌上的藤条，狠狠地打在了韩耀的身上，"为父让你去读书识礼！让你进宫伴读！谁让你和个小娘子纠缠不清！她贺氏算什么！说是一等的士族，那不过是当初罢了！如今贺东青不过是个从四品，这辈子都不一定能升到三品去！"

韩耀抿着唇，不肯喊痛："父亲总是算计来算计去，就不累吗？"

韩奕怒极反笑，又狠狠地抽打了韩耀几下：“好好好！还敢顶嘴了！从一个寒门中的寒门，到今日的锦衣玉食，奴婢成群！哪样不是为父步步筹谋得来的！你享了为父算计换来的一切，还有脸摆出这般清高的样子！若为父不争不抢，安分守己地度日！你今日绝不是和皇长子一起读书，而是在翠微山下做个目不识丁的农夫！”

韩耀抿唇不语，眉宇间全是倔强，看向韩奕的目光满是桀骜！

这般的目光，放在韩奕眼里，无异于火上浇油，他挥动着手中的藤条，发狠地抽打着韩耀的后背，一下下，直至那亵衣上渗出血丝来：“你还敢不服气！你有什么资格不服气！你以为自己是个什么东西！你当真以为你能匹配上贺氏女吗？那贺氏如今再不济，也是几百年的大士族！若非皇后那无知妇人唯恐天下不乱！贺氏即便如何没落，焉能看上你？！”

韩耀骤然抬眸，丝毫不惧地与韩奕对视：“儿子问心无愧，从不曾奢望不该得的，也不曾有辱韩氏门楣！”

韩奕冷笑连连：“什么是你该得的？什么是你不该得的！贺氏女是你该得的吗？！你当真以为那贺氏女喜欢你吗？！呵！愚蠢！四个皇子，十多个伴读，哪个不是身份贵重的名门公子？只有你是个末流的寒门子！她贺氏女为何不去逗弄别人，偏偏就围着你打转！

“因为你最稀奇，她在宫中长大，从来没见过寒门庶族！你以为她把你当人看吗？说不定在她眼里，你就是阿猫阿狗！图个稀奇！没有脾气又好逗弄，新鲜着呢！”

“不是！阿熙不是那样的人！儿子能分清楚谁是真心，谁是假意！”韩耀双眸通红地瞪着韩奕，咬牙道，“我是父亲的亲子，父亲何故如此辱我？说出这般的话，父亲脸上就有光了吗？她喜欢我，不是因为父亲母亲将我教养得好吗？儿子自认为在各方面不输任何人！为何父亲总也不满意！”

韩夫人哭道：“夫君何必如此说耀儿，皇后分明对耀儿夸赞得很，那贺氏女我也见了，乖巧懂事，这本是天大的好事，怎么放在夫君的眼里，就是这般不堪！”

韩奕勃然大怒：“住口！无知妇人！你差点害了我们韩氏一门！韩耀开春才十二，那贺氏女才八岁！知道什么是喜欢！早早定亲，对谁有好处！莫说韩耀如今对此事尚一知半解！那贺氏女知道什么是定亲！

“皇后一意孤行，端的是用心歹毒，你却还当作好事！这哪里是好事，这是泼天的祸事！你回来竟是一句都不肯对我说！难道你要定下亲事才对我说吗？天地君亲师，只要我没死！这事谁也做不了主！”

韩夫人大哭：“皇后话语间是有这个意思，可未说现在就定下此事。没有苗头的事，我怎敢对夫君言明，若皇后直说要定亲，我焉敢不与夫君商议？我也觉得两个孩子年纪尚小，想再等上两年，等耀儿十四岁再议此事也不迟，我以为这不是什么大事……哪知道夫君会如此……”

韩奕怒声吼道：“你想！你想得倒美！马不知脸长，就这心思还敢出去应酬皇后！这种事如何会明说！等到明说的时候，那就是定下了！到时候再想改都不可能了！你以为我们韩氏在皇后眼里算什么！开口说一声，已算是给尽了颜面了！难道还会和你商量几次不成！你真敢啊！你也不瞧瞧自己！也不瞧瞧自己养出的好儿子！凭什么娶贺氏女！”

韩夫人哭道：“妾身虽不知夫君是从哪里知道了此事，但是此番去宫里，绝非是夫君想的那般！”

韩奕喝道：“还敢狡辩！哪里知道？哪里知道！大皇子特意截下了我，亲口说的，还能冤枉了你不成！呵！大皇子都知道的事，宫中只怕传遍了，幸好陛下还不曾过问，不然你让我如何回绝！愚妇！最近你哪里都不许去！看好你养的好儿子！”

韩耀通红的眼眸瞪向韩奕：“父亲何故辱及母亲，这里面的弯弯道道，母亲怎会清楚？且母亲看自己的孩子定然是好的，哪里会想那么多……阿熙待人真心真意，素日里也听说听道的……”

“住口！不许你再提她！你也觉得自己很好是吧？你哪里好了？！她喜欢你？你真有脸说！她才多大！她又算什么东西！凭什么说喜欢你？凭借日落西山不得圣心的贺氏，还是看似风光的皇后？呵，她能从你身上得到的，比你想的都多！你是大皇子的伴读，总有一日会是他的肱骨之臣，谢氏是几百年的一等士族，别的皇子有什么资格和大皇子争？！”

韩耀大声辩驳：“父亲说的这些我懂，这两年我从不曾忤逆大皇子半分，且大皇子为人正派，最是端方，我是真心奉他为主君的，不管如何，都不会改变！”

韩奕冷笑连连：“你同为父表忠心又有何用？！你既然什么都明白，也该知道谢贵妃与皇后不睦已久，若非谢贵妃不争，已经没了母家做依靠的皇后，还能坐在后位上？即便有陛下的宠爱！她如今也不过是在后位上风雨飘摇不安度日！否则为何拉着贺氏女这个挡箭牌日日和皇子们争宠？贺氏女又算什么身份？中宫所出的公主吗？！”

韩耀哑声道：“父亲可以骂我，可你不能那么说她！她对儿臣没有坏心！她年纪那么小，婚姻一事，定也不知情，该是皇后私下决定的！父亲若不同意，儿子无话可说，可父亲不该一次次地辱没她，更不该如此编派皇后。儿子在宫中，陛下对皇后当真是情深义重，很是敬重忍让，更无失宠不安一说。”

韩奕被如此顶撞，恼羞成怒，下了死手地抽打韩耀：“你那么懂为臣之道！为何还要心存妄念！你与贺明熙的婚事坐实了，大皇子还会信任你吗！呵！莫说那时，你看看你此时，你将路走到哪里去了！大皇子近三年来，只有你一个伴读，可今日陛下为何宣高林之子入宫？赏花吗？那是给大皇子做伴读去了！”

韩耀抿着唇，脊背挺得很直，一动不动地回道：“高钺入宫乃自己所求！众位皇子身边，唯有大皇子只有儿子一个，才被陛下安排在大皇子身边！绝非是父亲所想那般！”

韩奕冷笑连连：“执迷不悟！若大皇子当真心无芥蒂，为何要特意截下为父，将中宫有意为你和贺氏女的婚事做主之事，悉数告知！为父为官数载，从来没有见过两面讨好的臣子！你如此朝秦暮楚，到最后只会被两边放弃！你以为皇后是好心好意地给你说亲吗？呵！她这是摆明了挑拨我韩氏与大皇子的关系！”

韩耀沉声道：“父亲莫要将所有人都想得那么势利，大皇子许是心有忌惮，但皇后娘娘是真心宠爱阿熙的，并无所图！”

一句又一句顶撞，直顶得韩奕气炸了肺，只恨不得将韩耀打死：“天真愚蠢！”

韩夫人拽住韩奕拿藤条的手，哭道：“夫君莫要再打了！出出气就算了，你要将我儿打死了！他才十二岁，如何能明白这其中的利害！耀儿入宫这几年，让夫君何其省心，除了这亲事，哪里给你惹过事？陛下不是一直都在夸奖耀儿吗？自耀儿入宫后，但凡能说得上话的，谁不说你养出个好儿子！这般孩子，莫怪皇后娘娘与贺氏女喜欢啊！”

韩奕累得气喘吁吁，瞪着韩耀，许久许久，一把扔了手中的藤条，沉声道：“你觉得你有理，你没有错，是吗？如今你也接触了外面的事，那你好好想想，我韩氏从一个佃农，走到今日的地步历经了多少艰辛？

“一样在朝为官，为何每每宴请，他们总将父亲摈弃在外！因为他们看不起我韩氏！在他们眼中，韩氏甚至连庶族寒门这四个字都不配！你身为韩氏嫡长子！父亲对你期望多高，你可知道！”

韩耀沉默了片刻，轻声道：“儿子从不敢辜负父亲的期望，不敢在学业上有半分松懈，且事事以大皇子马首是瞻。”

韩奕深吸了一口气，坐在了地上，与韩耀平视，沉吟道：“如今韩氏在外面看起来花团锦簇，全因十多年的圣心不衰。一朝天子一朝臣，我韩氏，若想真正跻身士族，或做个真正的新贵，至少还要三代的努力，且要三代圣心不衰！若父亲老了，韩氏就没落了！那么你和你的子孙后代，将什么都不是！”

韩耀抿唇，许久许久，轻声道：“儿子将来定会让韩氏跻身士族，绝不会将韩氏带入没落！”

韩奕侧了侧眼眸：“为父相信你！那你可知道，谁能给你最好的出路？”

韩耀沉默了片刻，轻声道：“大殿下性格中正，君子端方，身份贵重。陛下无嫡子，大殿下为贵妃所出的长子，又有外家谢氏帮扶，将来必能一飞冲天……”

韩奕长舒了一口气，打断了韩耀的话，娓娓道：“好，还算没有彻底糊涂，你既然知道大皇子是你唯一的出路，若失了大皇子的信任，你今后还有什么可仰仗的？为了一个全无用处的贺氏女，丢了大皇子，你觉得划算吗？若你生在谢氏、王氏、陈氏，甚至贺氏，你都有任性的资格，可你生在我韩家，做了父亲的儿子，就不能有一丝一毫的任性与私心！”

韩耀缓缓垂下了眼眸，低声道：“阿熙只是个娘子，如何会让大皇子忌惮？若此事真成了，也是阿熙比较吃亏，不管父亲如何地看不上，她都是士族的娘子。如今士庶不通婚的规矩，虽不像以前严格，可我韩氏若是能娶个士族，不是锦上添花的事？父亲为何如此排斥阿熙？”

韩奕笑了一声：“我韩氏将来必然要娶大士族之女，可也不见得非得是士族，如今的出身不像几十年前那般占据了全部，只要是手握权柄的朝臣之女，无可无不可。可这人必然不能是贺氏女。为父已和你说过了原因了，陛下为人偏颇，对中宫言听计从，谢贵妃母子因此在宫中吃尽了苦头，谢氏几次施压，因陛下性格执拗的缘故，都适得其反！

“在此事上，大皇子远没有你想的那么豁达！你信也好，不信也好，谢贵妃母子都不会喜欢你娶贺氏女，让你与中宫越走越近！你平日里与大皇子形影不离，莫不是一点都没发现大皇子对贺氏女极为不喜或甚为厌恶吗？”

韩耀脑海里闪过许多画面，呼吸变得很轻，许久许久，哑声道：“可大殿下胸襟开阔，豁达疏朗，虽有些矛盾，但也不至于与个小娘子一般见识……”

韩奕挑眉，娓娓道：“瞧瞧你说这些话时，自己先失了底气。大皇子若当真不计较的话，绝不是胸襟的问题，是头脑的问题了。谢贵妃身份何等矜贵？因不得陛下宠爱，在宫中被赫连皇后压得抬不起头来。大皇子身为谢氏所出的长子，是皇子当中最没有脾气和架子的一个，这个自然和天生的性格有关系，但何尝不是因为在宫中际遇不好，才不得不平易近人？即便大皇子当真如你所说的那般光风霁月，不计较自己的得失，难道他就不从心疼生母吗？”

韩耀愣怔了片刻：“可是父亲，我……”

韩奕拍了拍韩耀的肩膀，轻声道：“放在十多年前，若赫连皇后愿意为你做主亲事，不管是谁，父亲都会真心为你欢喜。赫连将军夫妇殉难后，陛下看似宠爱中宫，却收回了赫连氏的兵权。赫连族中凋零，如今连面上的风光都没了，全依仗赫连皇后一人支撑度日。她现在是中宫，再得宠又能如何？一时的风光罢了！大皇子母子如今在宫中，虽看似度日艰难，风雨飘摇，实然也不过是看似罢了！你不趁落难时雪中送炭，难道要等谢贵妃母子手掌大权时，再去锦上添花吗？”

韩耀缓缓垂下了眼眸，极轻声地开口道：“难道就一点办法都没有吗？”

韩奕虽是不忍，还是摇了摇头：“四位皇子各有母族，且都有相应的势力。皇后至今一无所出，以后也不会有任何倚仗，但凡她有个皇子，父亲也不是不能考虑此事。陛下的偏心，父亲也是亲眼所见，那贺氏女也确实颇受陛下宠爱，甚至看似超过了几位皇子。皇位这事，我们说再多也是无用，最后还得看陛下的意思，中宫盛宠数十年……”

韩耀头脑一片空白：“只因她将来可能一无所有，父亲便看不上了吗……”

韩奕移开了眼眸，不忍道：“若这婚事放在你二弟三弟身上，父亲也不会如何反感。若不是大皇子专门截住了为父特意来说此事……为父说不定也会和你一样，心存侥幸。可你是我韩氏寄予厚望的嫡长子，许多事，不能有半分的冒险。

“别人有资格说不、说要，你没有。你也不能一事无成！否则，我们韩氏将重回泥地，说不定世世代代，再也没有翻身的机会了！你必须去抢去夺！不择手段地向上爬！到时，你才能说，你想要，你可以要。到时，你的子孙，才能如王谢子弟那般任性！”

韩耀怔怔地抬眸望向韩奕，许久许久，不知要说什么，可不知为何，心里茫茫然地难受着：“父亲，阿熙人很好，对儿子也好。以后儿子会很努力……不！会更努力，比所有人都努力，一步步地朝上走，若皇后当真提起来，父亲不要一口回绝此事，可好？

“阿熙，真的是个特别好特别好的娘子，我从没有见过这样好的娘子，从没有人像她这般待儿子，如珠如宝……父亲，没有好的姻亲，阿熙什么都没有，我也能走到万人之上……父亲，儿子求您了，若有半分机会，就允了这婚事吧。”

韩奕闭了闭眼，再次睁开时，眼眸中已无半分的不忍：“你这个岁数，如何知道什么是最好？你以后还会遇见各种各样的人，走很长很长的路。她只是路途刚开始的一片风景，因为你从没有见过这样的风景，才会被吸引。她绝不是最好的，也不会是这一生待你最好的人，前面还有许多人、许多路，更多更美的风景等着你。待你真正的好，是对你、对我韩氏有帮助的娘子或是姻亲，你可懂？”

韩耀努力地睁开眼，仰着脸，不让眼泪滑落：“父亲，这也许不是最好的，但我知道，这肯定是我最想要的……父亲就没有过想要的人或是东西吗？”

韩奕沉吟道：“有又如何？没有又如何？我韩氏子弟，没有资格任性！你自小聪慧，最是玲珑。如今，你为何要哭？真的是因为父亲不允你吗？你哭，是因为你明白，只要你与贺氏女的婚事敲定，那么你将永远失去大皇子的信任！

“你与大皇子朝夕相处，心中最是明白他对中宫、对贺氏女的忌惮与厌恶！你知道这婚事没有希望，若是选择了，你将没有任何前路可言。因此，你无助，你凄惶，你哭！你心里明白一切！为何还要来逼迫你的父亲？或是，为何还要父亲来逼迫你选择？莫不是如此，心里就能好受一些吗？”

韩耀的手慢慢地松开了韩奕的衣襟，似乎转瞬之间，那双眼眸犹如失去了一切光泽般，空空洞洞怔怔然地望着前方，泪水无声无息地滑落，在地上晕染开来。

风吹过泪湿的眼眸，那一树的繁花，纷纷扬扬飘飘洒洒地荡在半空中，仿佛整个天空整片云、整个院落都是花色，美妙得宛若梦境一般……

风停歇了，半空中的繁花锦绣也逐渐沉寂，打着旋落了下来，片刻间，零落成泥……

辛苦梅花候海棠

8

暮春的季节，皇室校场。

明熙一路小跑，身后一如往日那般跟着一群人：“耀郎！耀郎！”

皇甫策连头都不曾回，皱起了眉头，看一眼身侧的韩耀，稍有不耐烦地开口道：“我去阿钺那边，你把她打发了再过来。”

韩耀身形微微一僵，站在了原地，深吸了一口气：“是。”

明熙跑到了韩耀身旁时，率先挡住了皇甫策的去路，不客气地开口道：“大皇兄！”

皇甫策脚步微微一顿，蹙起的眉头，缓缓展开，瞥了明熙一眼，淡淡地开口：“何事？”

明熙重重地哼了一声：“我耀郎大病初愈，你为何就让他上骑射课？他是你的伴读，将来可是你的帮手！你怎么一点都不会心疼人？”

皇甫策再次皱起了眉头，重重地哼了一声：“你怎么知道是我让他来的？”

明熙甩了甩手绢，哼道：“你当我不知道，他历来最听你的话了！我耀郎病了那么长时间，也不见你问上一句，送点东西！枉我耀郎天天在娘和我面前说你的好话！阴险狡诈！假仁假义！人面兽心！”

皇甫策怒极反笑：“贺明熙！你这个粗俗无知的蠢货！”

明熙甩了甩手绢：“呵，骂人只会这一句，也不知道谁是蠢货！看见你就烦，快走快走，做人一点眼色都没有，耽误我和我耀郎说话！”

“你！”皇甫策气得脸色铁青，却站定脚步，不肯离开了，“阿耀，随我去挑选马匹。”

明熙闻言，眉头挑了起来，再次挡住了皇甫策的路：“你走你的！叫我耀郎做甚！挑什么马匹！我耀郎的早挑好了，你没手没脚吗？你母妃没告诉过你，自己的事情需要自己做吗？”

韩耀沉了口气：“贺明熙！不得对大殿下无礼！”

明熙忙转过头来，趾高气扬的神色立即转变成笑眯眯好脾气的样子：“耀郎，你的病真的好了吗？好好的，为何突然病得那么重？我要去看你，韩夫人说你得了时疫，怕我招上，不让我过去。

“可我根本就不怕，我身体好着呢！娘担心我，我怕惹她伤心，这才不得不等在宫中。不过我给你送去的药和东西，你都用了吗？还有那些点心，我可是每日看着他们做的，天天都有送呀！以前你每次都把芙蓉酥饼吃完，我看你喜欢吃，也动手做了一两次，可是我做得太难吃了，就没有给你送去。”

韩耀错开了眼神，淡淡地开口道：“若是无事，我就先过去了。”

“不着急不着急，我们说说话呗。你生病时，可有想我？这段时间，我可想你了，天天想，想得书都读不下去了，你看我瘦了呢！”明熙笑眯眯地将圆圆的脸凑到了韩耀的眼前，让他看。

韩耀退了一步，沉吟道：“贺娘子自重！”

明熙拿起手绢给韩耀擦了擦额头上的汗珠：“你是不是穿得太多了，娘给你做了好几件春衫，也不见你去拿。你来了，也不知让人知会我一声，若非是裴达听人说了，我还不知道你来了呢！我都来不及给你做好吃的，只带了两三样，你先凑合着吃。一会儿下了学，你随我回去，娘也好久没见你了呢，可想得慌了！”

韩耀后退了一步，垂眸道：“贺娘子，你若只是闲聊，便先走吧，我还有事。”

明熙似乎一点没有看出韩耀的冷淡，笑道：“怕什么，我又不会耽误你的事儿！你不用去选马匹了，我都给你备好了！年初时，柔然进贡了三匹汗血宝马，两大一小，好多人都想要那匹小马驹，可谁能争过我！一会儿你去看看那匹小马驹！纯白色的！特别好看！”

韩耀抿着唇，侧目间看见皇甫策铁青的脸，进贡的马驹好多人想要，不外乎几位皇子，但敢去争抢的，怕也只有大皇子和四皇子。

明熙似是也注意到韩耀的目光，转回身去看向还杵在原地的皇甫策，不耐烦地皱起眉头：“你瞪我耀郎做甚？不服气也没用！给我了就是我的！我愿意给谁就给谁！抢不到就这副输不起的嘴脸！你要是想要，怎么不去和陛下说去？！

“哼！说了也没用了！现在一匹都没有了！小马驹在我这儿！大的在娘那里，还有一匹在陛下那里！你临华宫马尾巴都摸不到！还瞪我耀郎！让你走，你还杵着！你的礼仪课都上到狗肚子里去了！不知道非礼勿听吗！”

皇甫策如今才十一，再好的涵养，也都没了，深吸了一口气，咬牙道：“贺明熙，你知道猪都是怎么死的吗？”

明熙嗤笑了一声，用手绢扇风，很是不屑道：“你杀的呗，怎么？威胁我吗？粗俗无礼愚蠢！跑边儿去，别打扰我和我耀郎说话！”

“贺明熙。”韩耀淡淡地开口道。

明熙忙转过身来，谄媚地笑道：“耀郎，你大病初愈，不如不要去骑射了？我们回去，我让他们给你炖药膳补一补！”

韩耀移开了眼眸，逐字逐句道：“你可知廉耻二字？”

“知道啊！我都会写了！去年就学会了……”明熙说到一半，笑容僵硬在脸上，好半晌，才讷讷道，“耀郎，你在骂我吗？”

韩耀抿唇，沉了口气：“真难得，你还能听出来。”

明熙绞着手娟，委屈地噘着嘴：“耀郎，我又没有做错事，你为何要骂我？”

韩耀冷笑一声：“耀郎是你能叫的吗？我叫韩耀，你不知道吗？”

明熙小声地辩解道：“可是……可是，你以前也没有说不能叫啊！”

韩耀冷哼：“你知道我生平最讨厌的是什么吗？”

明熙宛若做错了事一般，垂着头偷看了韩耀一眼，小声道：“什么？”

韩耀淡淡地开口道：“我最讨厌的，就是那些自以为是，对别人指手画脚的娘子！每日地喋喋不休，没有半分娘子该有的矜持，着实让人厌烦至极！我病了一场，想明白了许多事，好人家的娘子不该是你这样的！既不懂礼义廉耻，也不明白何为贤良淑德！”

明熙慢慢地红了眼：“好好的，为何要骂我？以前也是这样的，你还很喜欢，我又没有做错什么……”

韩耀冷笑连连：“我喜欢？你以为我想应酬你吗！你觉得你没有做错！那是因为你所作所为皆是错！你的自以为是和扬扬自得，给别人带来了无尽的麻烦与羞耻！在这宫中谁见你不是绕道就走！你以为我韩氏一介寒门惹不了你，才如此有恃无恐是吗！你当真以为，我韩氏会怕你不成！”

明熙吧嗒吧嗒地掉眼泪：“好好的，怎么说起寒门了，我没有说过这些话，你不喜欢听，我就不会说，你喜欢听什么，我就说什么。我那么喜欢你，怎么会让你伤心，我也舍不得……”

韩耀疾言厉色，怒声喝道：“住口！不说不代表心里没有！你既什么都不懂！便别出来丢人现眼了！哭什么哭，真真让人厌烦！以后休要再来我眼前！在中宫将规矩与礼仪学个清楚！省得出去以后，人家会说，我大雍教养出来的贵女，是个不知廉耻、无德无容的粗野丫头！”

“呜呜！我招你惹你了！为何要这样骂我！耀郎，你这是怎么了，本来还好好的……”明熙泪如雨下，红肿的眼睛，怯怯地望着韩耀。

“住口！以后不许再叫我耀郎！若让我听见一次，定然不饶你！我还有事忙！贺娘子自便！”韩耀话说完，转身朝皇甫策走去，半途却站住了，“从今以后，你若无事，少在我面前出现！我一点都不想看见你！”

明熙也不敢真的去拦韩耀，委屈地站在原地，嗷嗷大哭：“呜呜……我怎么你了？我怎么你了？耀郎，好好的，方才还好好的，你总要告诉我，你为何生气……”

皇甫策侧目瞥了眼站在原地大哭不止的明熙，从她身旁缓步走了过去。他面上虽无表示，但微微翘起的唇角，表示着好心情。好半晌，皇甫策回眸看了眼跟在身后的韩耀，轻声道：“早该如此，整日叽叽喳喳的，我都替你烦得慌。”

韩耀脸色十分难看，沉了口气，好半晌才开口道：“殿下也知我家中境况，我在宫中本着多一事不如少一事，每日应酬起来，早已十分疲累……中宫骄横，我韩氏本不想得罪，也怕给殿下招惹不必要的麻烦。可我们一日大过一日，出仕之人最在乎声名，故……若因此事给殿下惹了麻烦，还望殿下莫怪。”

皇甫策闲庭信步，抿唇一笑，安抚道：“你就是顾虑太多了，若当真不喜，我还让你为了我应酬贺明熙不成？这几年也是难为你了，不过即便当真不愿理会那人，也不必怕得罪她！你既是我的伴读，自然也是我的责任，我哪里会在意这些麻烦？中宫如何骄横，还能对我如何？”

韩耀缓缓垂下眼眸，轻声道：“殿下说得极是，以往是我顾虑太多，固步自封。殿下放心，从此以后，断不会让贺明熙再靠近咱们半步。”

皇甫策低声一笑：“呵呵，难得你想得明白，我也能清净些了……”

屋内的火墙还烧着，门窗关得很是严实。

明熙是被渴醒的，浑身都疼，太阳穴疼得最厉害。翻了个身，好半晌也不愿睁开眼，已是许久不曾尝过宿醉的滋味了，越发觉得难受了。

“呜，水……”明熙不愿睁眼，“我头好疼！再睡一会儿，阿燃来了，也别叫我。”

轻柔地被扶了起来，茶盅凑到了唇边，明熙一口气喝完了一杯温水，又被放了回去。一双微凉的手放在了明熙的额头上，又摸了摸她的后脑勺，明熙呼痛，那双手似乎是顿了顿，放在了太阳穴上，轻轻地按压了起来。

片刻间，头疼似乎缓解了不少，明熙闭着眼长舒一口气：“屋里好热，还是想喝水。”

再次被扶了起来，又喂了一杯水。明熙喝完这杯水后，才感觉总算是活了过来，但耳边也过于清净了，有些不适应。往日的宿醉，可从来没有过这一份安逸，不睁眼总要先被唠叨上一阵子。

明熙的思绪逐渐地回拢，睁眼对上了韩耀放大的脸，好半晌不曾回过神来：“咦？”

韩耀半垂着眼眸，长长的睫毛遮盖了全部的心思，俊美的脸上没有半分的表情，可嘴唇有些起皮，眼底有些青黑，眉宇间满是疲惫。

明熙挑眉，有片刻的心虚：“咳……那个，韩耀？”

韩耀侧目，见明熙睁开了眼，没有同她对视，缓缓地松了手，坐到了对面：“何事？”

明熙见韩耀一直绷着脸，声音沙哑，更是心虚：“我昨夜喝醉了吗？”

韩耀眼眸盯着桌上的茶盏，许久，轻声道：“是。”

明熙很是尴尬，四处看了看，连应了两声，又道：“我给你找麻烦了吗？”

韩耀面无表情，轻声道：“你说呢？”

明熙连连点头，轻声道：“哦哦，那什么……我酒品一直不好，我知道我知道，那个……其实你可以把我交给谢燃或谢放的……哦，不然直接把我扔在原地也成！我醒了，自己会回去的！”

韩耀垂着眼眸，冷笑了一声：“谢放跟着谢逸早走了，谢燃醉到人事不省，外面天寒地冻的，若将你扔在原地，当真有个好歹，以你的脾性，难免要怪怨牵连无辜的人。”

“好吧好吧，无辜的人。我如今不过是个百夫长，牵连什么无辜的人，这怨气，呵，都可以炼个妖怪出来了。”明熙歪着头看了一会儿无辜的人，有心讽刺几句难听的，可不知道为何脑海里有些分不清的画面，话一说出口就温和了许多。后脑突突地跳着疼，她抬手摸了摸后脑，立即痛哼了一声。

韩耀来不及说话，几乎是弹坐起来，极快速地拿住明熙的手，侧目间对上明熙有些疑惑的目光，不自在地垂下了眼眸："昨夜撞到了，一会儿回去找大夫看看。"

"哦。我说怎么那么疼。"明熙盯着韩耀，疑惑道，"我怎么觉得你今天那么奇怪呢？你是不是做了什么对不起我的事？你要给帝京传消息吗？"

韩耀十分自然地放开了手，笔直地跪坐在桌前："你想让我传吗？"

"当然不想了！我好不容易才出来，若非是我肯自出宗族，贺李氏劝父亲给我弄了几张路引户籍，我哪里能出来？"明熙立即坐正了身形，却感觉脚下传来一阵剧痛，她看了眼赤裸脚踝上的那个大包，又疑惑地看向韩耀。

韩耀掩唇轻咳："你昨夜喝得有些多，甚是不安……"

"啊！哦哦，好了好了，不用说那么仔细，谁会想知道自己是怎么发酒疯的……"明熙打断了韩耀的话，只感十分尴尬，万分丢脸，好半晌憋出一句话来，"裴达还在梅园，你派人把他叫来。"

韩耀侧了侧眼眸，望向明熙散乱的长发："你想这样回去？"

明熙倒也不以为意："没事，一会儿罩在大氅里，谁也看不到的。"

韩耀挑眉："此事不急，你先同我说说，你为何要自出宗族，你为何要离开帝京？你为何又要入漠北军？"

明熙愣了愣："我何时说的我自出宗族了？哦，方才那是口误！不过，不管我做什么或是想做什么，我觉得以我们的关系，你管不着，韩大人觉得呢？"

韩耀抬眸对上明熙满带嘲弄的眼神，满心的凄凉，化作了满腹的怒气："我是管不着！可总有能管着的人！太子你自然不惧，陛下你就不惧了吗？他一片慈心，允你出来散心，可不是为了让你来漠北镇守边界，真刀真枪地挣军功的！"

明熙冷笑一声："我为何不能凭自己的本事镇守边界，争夺军功？！我已这个岁数了，已经知道自己想要什么，不想要什么了！你走你自己的路，我也有我自己的路要走！我从不曾对你的选择指手画脚，你凭什么来对我指手画脚？难不成，我这一辈子就只能在帝京做个别人面上尊敬心里鄙夷的贺氏嫡长女吗？"

韩耀脸色涨红，怒声喝道："你这个岁数？你以为你多大了？你今年才十八！正是最好的年华！你为何不能在帝京做你的嫡长女，即便贺氏有诸多不满，只要陛下还活着！他们不敢对你指责半分！谁敢鄙夷你！你要什么没有！为何要来这苦寒之地！受这般的苦楚！你是在报复谁！"

明熙怒极反笑："韩大人！我入漠北军，能报复得了谁！你觉得谁会真的在乎？！我没有打算让任何人知道此事！还是那句话，不管多大，我都有我自己的选择！今日是你碰见了我，知道了此事。若你碰不见我，不知道此事，即便我战死沙场，也不需要你韩耀为我收尸！甚至也不会有人特意地去告诉你我的死活！

“韩大人也宿醉未醒吗？你当真记得自己的身份吗？你以什么身份对我来说这些话？你也好，你的主君也好，都没有资格管我！”

韩耀脸上满是难堪，长长地呼了口气：“好好好，贺明熙你可真是……战死沙场，呵，战死沙场！我是管不了你，可只要我与谢逸说一句，这漠北就再无你的立足之地！你说我管得着还是管不着！你可以不回帝京！我也可以不告诉任何人见过你！你甚至可以做别的事！但你是个娘子！如何能从军！如何能守卫边陲！你瞒得了一时，你还瞒得住一世吗！”

明熙挑眉，缓缓地靠在了椅背上：“道不同不相为谋，我不想和你争辩这些，你着人去叫裴达。”

韩耀深吸了一口气，缓缓压住心中的怒焰：“好一个道不同不相为谋，可你想清楚了，若被裴达看见你如此模样从我屋中出去，是你能得了好，还是我能得了好？”

明熙咧了咧嘴，立即觉得头又疼了，想到裴达的样子，立即忘了吵架：“还不快着人进来，给我梳洗，万一他一会儿找来，可不光是我自己的麻烦了！”

辰时已过，阳光正好。梅园这一早就人来人往，因有了裴达的操持，院内被打扫得一尘不染，厨房里早早地冒起了白烟。

谢燃跌跌撞撞、头重脚轻地走了进门，坐在桌前连喝了两杯热水，才感觉清醒了些，抬眸看裴达笑盈盈地走了进来：“裴叔……有醒酒汤吗？”

裴达忙道：“有的有的，昨夜等小郎君到子时，我一看隔壁还没有散场，就想着你们要通宵达旦呢！一早就给你们准备好了。”

谢燃咧咧嘴：“什么通宵达旦，我在桌前睡了一宿，阿熙这个没义气的，明知道兄长要护送仲兄，还将我一个人留在厅中，还好火墙烧得旺，不然还不冻死。”

裴达的笑容僵了僵：“那什么？阿燃郎君没有和我家郎君在一起吗？”

谢燃愣了愣，与裴达对视了片刻：“阿熙没有回来吗？”

裴达道：“没有啊！我还说和阿燃郎君在一起，肯定不用担心，这才不曾派人去接啊！阿燃郎君没有看见我家小郎君吗？那会不会是谢将军……也不能啊！谢将军怎么也得给我家郎君送回来啊。”

谢燃道：“我仲兄醉倒了，兄长护送仲兄回府了……哪有空理我和阿熙？我还说，连个伺候的人都不曾留下，定然以为我要歇在此处呢……”

裴达回过身来，忍不住尖声道：“那我家小郎君会去哪里！这可如何是好！”

谢放大踏步地走进来，听到了最后一句话，蹙眉扫视过两人：“出了何事？”

竹园正房内，气氛比方才温和了许多。

明熙从铜镜里打量着垂眸为自己束发的韩耀，好半晌开口道：“我昨天是不是对你做什么奇怪的事了？”

韩耀眼眸未抬，一丝一缕仔仔细细地将那头发梳理顺畅：“不曾。”

明熙了然地挑了挑眉：“可我为何觉得今日的你那么奇怪？”

韩耀将所有的长发固定在手里，好半晌才开口道：“啰唆。”

明熙皱着眉：“按道理说，我们能这般相处该是好事，可你说我怎么那么不习惯呢？这种伺候人的事，你怎么做得就那么自然呢？仿佛做过很多遍一样，按理说不该啊！你自小也是个十指不沾阳春水的人……咳，哦哦，对对，举案齐眉嘛，有了娘子的人自然和我们不一样。”

韩耀抬了抬眼眸：“你若不满意，我让小厮来伺候。”

明熙不以为意地撇嘴：“说话就好好说话，做甚威胁我，我也用不到小厮，不就是束个发髻吗？哪里那么讲究，我们前番抵抗柔然时，我连着三四天都不曾梳洗，也没见有人笑话我发髻散乱。”

韩耀停了所有的动作，抬眸望向铜镜之中：“很值得炫耀吗？”

明熙骤然想起方才因何争吵，因宿醉到底还是累，干笑道：“随便绾个发髻就成了，一会儿我回去，裴达还要重新收拾的！”

韩耀道：“你绾了半天，也不见绾个发髻出来。”

明熙道：“平日里我头上可没有伤！我这不是一碰就疼吗？还说呢！你既看见了我，怎么还让我摔成这样！我都不曾埋怨，你还来编派我！堂堂四品大员，出门在外连个丫鬟都没有，小厮哪能伺候人？我早就听说慕容芙上面有五个兄长，端的是骄纵，这个醋缸竟是连……咳咳……”

韩耀似乎懒得搭理明熙，将所有的长发都轻轻地握在了手中卷了起来：“怎么？没气了吗？”

明熙话说了一半，深觉当着人家的面，如此编派人家的娘子，不太道义，这才住了嘴，嘟囔道：“好好，吃醋是因为在乎，自家的夫君，自然自己心疼，丫鬟什么都是……”话不曾说完，明熙又觉得牙酸，实在说不出违心奉承的话来，“呃，算了算了，意会意会吧！她自来与那王雅懿拉帮结派，在宫中时，就没少掐我！与你相比，有过之而无不及，别指望我能说出什么好话来！不过，在这一点上，你们两个倒也般配！”

韩耀将白玉冠固定好后，抬眸看了眼铜镜，缓缓地松了手：“没话找话，是想知道帝京的事？”

明熙立即道：“谁说的！我可什么都没说，也没打听！”

韩耀侧了侧眼眸，不再看明熙：“好，那我去让人送你回去。”

明熙忙道：“你昨夜是不是说，有事情给我说？”

韩耀背对明熙站定，片刻，轻声道：“无事。”

明熙歪着头想了一会儿：“可我为什么记得，你说了很多遍有话对我说呢？”

韩耀走到门口站定，背对着明熙冷笑一声："我现在不想说了，你又奈我何？"

明熙哼了一声："出尔反尔！"

韩耀不语，骤然打开了房门，却见裴达、谢放、谢燃正好驻步门前，抬手欲敲门。韩耀挑眉，目光缓缓划过众人："谢将军、谢校尉，来得这般早，可是有事？"

谢放拱手道："阿熙彻夜未归，裴管事着实担忧，不得不一早前来打扰韩大人。"

裴达看见韩耀时骤然一惊，脸色变了变，好半晌才干笑了两声："原来是阿耀郎君来了，奴……我说是谁呢？阿耀郎君，可曾看见我家郎君？"

韩耀瞥了眼裴达，冷笑了一声："你家郎君我是没见，但你家娘……"

"裴叔！裴叔！我在这里！"明熙急声打断了韩耀的话，"阿燃快来，我脚扭到了。"

裴达也没心思应酬韩耀了，呼天抢地地朝里面跑："怎么好端端扭到脚了！我说让你和阿燃郎君一起，怎么竟是一个人在此啊！可让人以后怎么放心让你出来……"

谢燃拱了拱手，没有说话也挤了进去，一时间，门口处只剩下了谢放与韩耀两个人，面面相觑，相对无言。

谢放为裴达、谢燃的失礼，有些尴尬，拱手道："韩大人休要见怪。"

韩耀瞥了谢放一眼，随意地拱手道："不怪，我与他们相识比你早了许多，何须大将军来赔罪？"

谢放眸中露出些许讶然来，挑了挑眉："他可是何时得罪了韩大人？"

辛苦梅花候海棠

9

十月底，帝京迎来了今年的第一场雪。

自九月二十九那日，陛下下旨勒令太子闭宫思过。景阳宫的光景一日比一日冷清，往日里走来走去忙个不停的宫侍，一夜之间都不见了踪影。地上堆满了枯枝残叶，因无人洒扫的缘故，一日日地腐朽，透着阴森破落之意，整座宫殿看起来比冷宫还幽静破败一些。

正是傍晚时分，一日火墙烧得最暖和的时候，虽如此，因皇甫策十分惧冷的缘故，屋内的四角，都还放着火盆，一侧的红泥暖炉上，冒着水汽。

外面看起来早已败落的景阳宫，在皇甫策所居的正寝半分不显，一干摆设所用，都是宫中供奉最好的。窗外虽是大雪纷飞，屋内温暖如春，因不用上朝理事，皇甫策颇能享受这段悠闲时光，顺便安安心心地调养了身体。

这个月柳南极为用心地为皇甫策调养，但到底体质不好，二十九那日晕厥在太极殿里，刚一入冬受了风寒，这些时日精神看起来不错，人却消瘦了不少。

此时，皇甫策身着米色阔袖长衫，眉宇舒展地倚在贵妃榻上，漆黑柔顺的长发随意披散着，一双凤眸微微挑起，白皙的下巴与嘴唇，在散落的长发间若隐若现。他的目光落在了棋盘上，莹白如玉的手指，无意识地拨弄着桌上一株开得极为可怜的兰花，

柳南看了一会儿，甚觉心疼，期期艾艾地开口道："殿下，咱们就两株兰花。那一株殿下浇水太多淹死了，这一株奴婢养得精细，好不容易开了花。奴婢估摸着放在屋里，多少有些水汽，又是火墙又是火盆，太过燥得慌。殿下万一再摸死了，当真是一株都没有了。"

皇甫策并未抬眸，不以为意："死了，再去搬几株就是了。"

"哪那么容易啊！这两株也不是白给啊！贵着呢！如今谁将咱们当回事，个个都是见钱眼开的东西，拿捏尚且来不及，哪里会白白给咱们东西。外宫的宫侍都跑没了，也没一个人过问。如今这屋里的摆设，都是咱自己的。这火墙和炭火，哪样不是买来的……"柳南话说到一半，狠狠地打了自己一个嘴巴，"这不是陛下还在生殿下的气嘛，大家不敢朝殿下这里凑，一下冷清了许多。"

皇甫策眼眸都未抬，仿佛一点都不在意："你第一日入宫吗？这般的事，不该早就想到了吗？"

柳南见皇甫策不甚在意，轻舒了一口气："还真是第一次经历，以前跟在娘子身边，虽也遭受些冷落，可她那脾气，您又不是不知道，即便再没落，也不是谁都敢拿捏的……"

皇甫策抬起眼眸，一双凤眸黑黝黝的，没有半分情绪地看向柳南：“柳总管的意思，本宫连个娘子都不如了。”

“哪能啊！这怎么一样啊！贵妃娘娘和殿下都是极和善的人啊！哪里会真的和一个娘子计较啊！陛下看似宽容，实则对殿下心有芥蒂，皇长子这就满月了，陛下拟旨大赦天下，对谁都是宽容得紧。偏偏对您严苛，这一个月不到，斥责您的旨意连下了三道。宫中又都是些见风使舵的小人！”柳南磕磕巴巴地终于将宽心的话说完了，到底心里还是没有底气，不住地偷看皇甫策。

皇甫策也没有真的生气，垂了垂眼眸：“外面可有什么消息？”

柳南垂下眼眸，轻声道：“能有什么消息，宫禁森严，谁能给咱们递消息。”

皇甫策侧了侧眼眸，抿唇一笑：“是吗？王家就没有传一点消息进来吗？别家呢？如今柳管事也算豪富一方了，宫中缺银钱的人还不够多吗？”

柳南偷看了皇甫策一眼：“呵，谁都知道奴婢是殿下的人，要紧的事，拿钱也买不来的，那些个鸡毛蒜皮的小事，殿下也不见得有心思听。”

皇甫策动了动棋盘：“如今正得清闲，说来听听，只当消遣。”

柳南吭哧了半晌，开口道：“奴婢也想打听打听王二娘子的消息，可王氏确实没有半分消息传进来！”

皇甫策面上没有半分起伏，但捏着棋子的手指微微一顿，转眼即逝，开口道：“是吗？”声音也没有半分起伏，仿佛当真一点都不在意一般。

柳南垂着眼眸，自然也没看见皇甫策这细微的动作：“听说王二娘子自幼得教于祖母，祖母乃谢氏旁支，正经的南人。我们大雍虽不拘这些闺门之礼，但南梁最讲究这些，王二娘子比别人矜持一些，也属难免的。”

皇甫策轻声道：“生辰那日，王氏送了些什么贺礼？你去找出来，拿给我看看。”

柳南掩唇轻咳：“独山玉雕有些太大了，一会儿让陆全找人搬来可好？不过，搬来瞧瞧还要放回库房去，娘子曾说，古籍有云，玉乃至阴之物，太大的玉石玉枕，不宜放在寝房，尤其是殿下这种一年四季手脚冰凉的人，屋内最不适合放这些。往日咱们在阑珊居里，屋里一件玉石摆设都没有。”

皇甫策微点了点头：“王氏就送了这一份礼吗？”

柳南笑道：“这是自然，王氏又没有分府别过的人，怎还会有几份贺礼！殿下真是……呵呵呵呵，哦哦，最近陈氏的四娘子感染了痘症，听说十分厉害，似乎伤了头脸，已经一两个月不曾出门了。”

皇甫策怔了怔：“陈氏？”

柳南掩唇笑了起来：“殿下真是贵人多忘事，陈氏四娘子正是咱们未来的侧妃娘娘呢！当初赐婚时，就站在殿下不远处啊！”

皇甫策顿了半晌：“何时传出的消息。”

柳南道："有一段时间了，陈大人几次上折子，求陛下恩准陈四娘子回祖籍养病，都被陛下压下了。"

皇甫策扔下手中的棋子，缓缓地靠回了长榻上，许久，抿唇一笑："本宫竟是一点都不奇怪。贺氏最近可有消息传来？"

柳南忙道："贺氏一族自先帝起为人就十分低调，往日里也没有什么消息，何况今时今日。"

皇甫策笑道："你可别小看了贺氏，虽是如今不显，但几十年前虽比不上王谢，但也不输沈袁。父皇不喜贺东青，这才有意压制，到了皇叔这里，贺东青本就是可有可无的人，用不着为难，也没什么可重要的地方。"

柳南笑道："奴婢进宫多少年了，也就娘子在宫中时，还能隐约听些贺氏的消息，若娘子不在宫中，说是一等的士族，谁知道贺氏是谁啊！"

皇甫策侧了侧眼眸，轻声道："如今大雍贺家门楣虽是不显，但南梁的贺家历经数朝屹立不倒，自然有所凭仗。当初南梁贺妃毒杀太子未遂，后南梁太子登基，贺家该有灭顶之灾，最后虽是元气大伤，但多少保住了性命和大部分家业，世家底蕴可见一斑。

"贺东青之父贺甯，乃南梁贺氏家主惶恐之下，从嫡支中摘出一房人投奔大雍。可贺氏家主估计没想到自己能保全贺氏，于是这般的保命之举，放在南梁和大雍就是有两头讨好的意思，试想谁敢重用这般的人家？若是放在三十年前，整个南梁谁家和贺家没有些许姻亲？"

柳南想了想，小声道："听闻娘子养在中宫，也是因为当初贺甯说是将嫡长女放入宫中以安陛下之心……"

皇甫策嗤笑一声："无稽之谈！什么贺甯的意思，父皇没打算重用贺氏，要他家人质做甚？再者，虽是嫡长女，可一个娘子如何能做人质？若要人质，哪里有嫡长子贵重？惠宣皇后不知在何处，见了未满周岁的贺明熙，投了眼缘，吵着闹着要养在中宫的。臣子又不是奴婢，这事本也是极为难的，可贺东青为求出头不择手段，贺明熙的母亲，那时已身染重病，缠绵病榻了。"

柳南若有所思地点点头："如此说来，倒是比传言合理得多，先皇那时已有四个皇子，中宫无所出，心里该是极不好受的。若是四位皇子，但凡有身份卑下的生母，好歹还能抱入宫中教养，可殿下的兄弟……不能抱养也是好事，不然中宫养出的皇子，即便不是嫡子，只怕也比别的皇子尊贵……咳！自然，不管百姓还是皇室，长子尊贵不输嫡子。"

皇甫策笑了一声，不接柳南的话："贺东青也非一点用处都没有，父皇用不着，是父皇还没有打算一统天下就……皇叔用不到，是皇叔的性格就少了魄力。可不管父皇还是皇叔都知道，只要我皇甫氏再出一个明君，贺氏必然用得上！贺东青与南梁贺氏，尚未出三代，打断骨头连着筋，将来一统天下，整个贺氏能为我大雍所用，当可省下许多力气。"

柳南恍然大悟："陛下给殿下赐婚时没有选择那些人，专门点了贺氏二娘子还赐了字，怪不得啊怪不得！当初奴婢就觉得贺东青哪里来的那么大的面子，给个侧妃已算是补偿了，如何还赐了那么特殊的字……”

皇甫策缓缓闭上了眼眸，许久许久，轻声道：“贺氏这门姻亲，在父皇和皇叔看来，都是必然的。父皇……当初不敢将主意打在贺明熙身上，自然压下不提。皇叔这里考虑得更多，贺明熙说是贺家的女儿，生母早逝，自己被养在宫中，出宫后自成一府，与贺家离心离德。这般尴尬的存在，哪里有贺东青与继妻亲自养大的嫡女贵重。”

柳南轻声应道：“这个是自然，人说生恩不如养恩重。”

“贺东青还是个没有骨气的，特意跑去皇叔那里，为嫡女求个侧妃的位置，正瞌睡有人送去了枕头，皇叔焉有不答应的道理？皇叔赐婚又赐字，也有笼络拉拢之意，反正送出去买好的人也是本宫，他可是半分不心疼……否则光凭贺东青的几句话，他们贺氏就能落个分量如此重的侧妃吗？”

“德”之一字，在大雍一直都是极为特殊的。太祖生母就是德妃，先帝的生母也是德妃。

柳南忙道：“这对殿下也是好事啊！听闻贺二娘子自小温柔端正，最是和气不过了，颇有王二娘子几分风仪，既然殿下不喜娘子那样的性格，那贺二娘子与王二娘子的性格极为相近，自然也能得殿下心意。”

皇甫策侧目，许久许久，轻声道：“生辰那日在花亭，你虽站得远了一些，可当真什么都没听到吗？”

柳南沉思了片刻：“殿下不必朝心里去，都是娘子斗气说的。不管如何，还不是为了殿下。小娘子们一旦生了占有之心，个顶个地护食……虽然殿下也不是吃食，但就是那意思，恼羞成怒或是争宠时所说的话，有时候也做不得数的……”

皇甫策不明所以地笑了一声：“那些性情就半分做不得真吗……”

柳南忙道：“哪能当真啊！都是一时争执的口不择言，殿下真不必耿耿于怀。”

皇甫策抿了抿唇，眼中闪过一丝光芒，极轻声地开口道：“可本宫当时真想杀了她们啊……可笑的是转过脸去，本宫还不是要笑着吗？翻云覆雨等闲间，呵，本宫尚且如此，她们又会比本宫好多少呢？

“这世间有几个人像贺明熙那般，喜怒和爱憎都明明白白地放在你的眼前呢？大家都是一样的性情，可本宫为何每每想起，都觉得那一幕当然让人厌恶至极啊！”

柳南愣了愣：“哪至于如此啊！殿下最是知道了，娘子们都这样啊！有些人识大体，气到心里，面上不显。可有些人性子烈，不会忍气吞声，实然大家都是一样的啊！当初殿下找个歌姬听会儿曲，娘子都喊打喊杀的，有一次甚至还抽了殿下一鞭子呢……若每个娘子都是如此地不能忍，将来这后宫之中，殿下才是最受苦的那个啊！现在奴婢回想起来，都心疼得慌。”

皇甫策侧了侧眼眸：“贺明熙是不是也得罪你了？为了让柳管事省心，人家可是倾尽了家财，最近也不见你念她一个好来。”

柳南大呼道："奴婢可真冤枉啊！哪里是为了让奴婢省心，是娘子心疼殿下啊！不是奴婢不念人好，这不是怕说多了，殿下心里难受吗？每每提起来，殿下哪次不是……这还不是为了给殿下解心宽吗？"

皇甫策骤然睁开眼眸，望向柳南，冷笑了一声："你当真是越来越会揣测本宫的心意了，可你怎么知道你就揣测对了呢？"

柳南苦着脸："奴婢好歹跟了您好几年了呢！可您要奴婢怎么说？如今都这个时候了，奴婢说一万次，娘子喜欢殿下，心里都是殿下，也于事无补啊！当年是殿下不要娘子的呀！那话说得那个绝……您如今正妃侧妃好几个，娘子那样的性格，能回头，也不会回头的。娘子一走了之时，倾尽家财也要给两个人买个了断，只怕早已将殿下弃之不顾，哪里还会回头。"

"买个了断？当本宫是什么！"皇甫策骤然抬眸，怒声道，"柳南！你当真是什么话都敢说！"

柳南忙跪下身来，委委屈屈地不敢抬头："是殿下非让奴婢说啊！奴婢也不想说那么直白啊！奴婢也就心里琢磨的！殿下非逼着奴婢说实话，又喊打喊杀的……可殿下到底要听什么呢？真话假话都不让说，这可不是让人作难吗……"

皇甫策深吸了一口气，缓缓垂眸，轻声道："本宫看这地板脏得紧，你擦干净些。"

柳南看了眼一尘不染的地面，轻声道："都是早上才擦的……哦哦，奴婢这就叫人再擦一遍。"

皇甫策抬眸，看向柳南："本宫信不过别人，你自己擦吧。"

柳南愣了好半晌："呃……"

皇甫策缓缓地躺了下去："本宫睡会儿，你不要发出声响，若是吵醒了本宫，你知道后果……"

揽胜宫，中宫所在，才入六月，天气已经十分炎热了。

屋内隐隐有哭泣声，惠宣皇后气急败坏地从屋内走了出来，看向一侧满头大汗的裴达："人呢！还没有来吗！岂有此理！岂有此理！"

皇甫策入门便听到惠宣皇后怒气冲冲的声音，忍不住扬起了唇角，敛了敛眼眉，踱步到长廊下，很是规矩地行了个大礼："儿臣给母后请安。"

惠宣皇后望了眼皇甫策身后，冷笑连连："你来做甚！本宫找的是韩耀！"

皇甫策显得十分恭敬，轻声回道："母后少安毋躁，韩耀去了校场，一时半会儿回不来，儿臣先来看看，母后到底有何急事。"

惠宣皇后眯了眯眼，冷笑了一声："这大热的天，你怎么巴巴地凑了上来，竟是来看笑话的！呵呵！当真是有恃无恐了！韩耀如此，到底是为了什么？你当真以为本宫拿你们母子没有办法吗！你给本宫跪下！"

皇甫策闻言抬眸，剑眉微挑，不动声色地跪在了廊下，轻声细语道：“母后何故发那么大的脾气，儿臣确实半分不知。”

“嘤嘤嘤！”明熙哭着从屋里跑了出来，指着皇甫策大叫道，“什么不知道！娘！就是他！就是他！肯定是他！不然耀郎也不会那么对我！这都多久了！还天天骂我！我都不还口还骂我！今天他还在边上煽风点火！如今耀郎见我就讨厌！不许我跟着他！以前都好好的！肯定是他！”

惠宣皇后忙抚过明熙的额头道：“阿熙快别哭了，不然一会儿又烧起来了！娘什么都知道，放心好了，既然他自己撞进来，娘也不会轻易饶了他！”

“对！就要狠狠地教训他！”明熙一边哭一边点头，转身跑进了屋子里。

惠宣皇后不曾回头，侧目看向皇甫策，冷声道：“别用那么纯良无辜的眼神看本宫，陛下又不在此地，你装给谁看呢？”

皇甫策缓缓垂眸，轻声道：“儿臣年岁尚小，不明白母后在说什么。”

惠宣皇后挑眉笑了一声：“阴险狡诈的人装惯了，总也以为自己很贤良。快十二，也不小了，本宫近来听闻你母妃常召王二娘子入宫？怎么，你们母子这是又看中了王氏女，要亲上加亲吗？”

皇甫策仿佛丝毫不在意惠宣皇后的话，抿唇一笑，恭顺地答道：“母后说哪里的话，婚姻之事，父母之命媒妁之言，这般事，母妃如何会和儿臣商量。母后私下里，给阿熙妹妹与韩氏做主的亲事，不是也没和人商量过吗？”

惠宣皇后眼神微闪，凌厉地瞪向皇甫策：“好好好！果然是你！本宫说此事尚不曾有苗头，怎么满宫皆知了！可你也别太得意了！本宫为难不了韩氏，还为难不了你吗？父母之命媒妁之言。别忘了，陛下是你父亲，本宫才是你的母亲，你那为妾为妃的娘亲，即便将王二娘子召来一万次，也是无用的！”

皇甫策面上波澜不惊，温声道：“母后能特意过问儿臣的婚事，儿臣自然心存感激。可如今揽胜宫中乱成这样，只怕母后没有这个闲心。阿雅虽与儿臣门当户对，也常常过来，但也不一定就是做亲的。儿臣年岁尚小，不曾考虑此事。自然，儿臣也知道母后的难处，没有养好的女儿，如何外嫁？母后当真愿意做主，不管是谁，儿臣都欣然接受。”

惠宣皇后顿时沉着脸，冷声说道：“皇甫策！你也不照照镜子！凭你也敢打我阿熙的主意！”

皇甫策不以为意地笑了一声，轻声细语地开口道：“儿臣哪里敢，贺氏嫡长女听起来唬人，可若无母后做依仗，在外看来，就是个无人理会的野丫头。儿臣身为父皇的嫡长子，即便做亲，这样的人家、这样的人，儿臣当真看不上半分的。”

惠宣皇后怒极反笑：“做亲？你做梦吧！你还真拿自己当个东西！你以为本宫看不出来吗？你和你那母后一个德行，外在恭顺贤良，内心阴险狡诈！你也配！你这样的人，合该烂臭在臭水沟里，给本宫的阿熙提鞋都不配！”

皇甫策倒也不恼，微微一笑，娓娓道："母后此话差矣，做亲说的都是大妇。贺明熙刁蛮任性，乃宫中人尽皆知之事。这般的人，莫说是咱们这样的皇室，即便放在普通人家，如何能做人大妇？

"臣子家好好的女儿，被咱们养成这样，放了出去许配给谁，都是祸害一家。韩氏耕读之家，最是本分，母后又何必欺负那些没有靠山的人？儿臣愿为母后分担分担，到时候贵妾或是贵嫔，不管如何都留她一个位分。"

惠宣皇后歇斯底里地尖叫道："皇甫策！你这阴毒狡猾之辈！你真以为自己有多尊贵？皇长子！你可真有脸说！本宫若真计较，你算什么皇长子！你这蝇营狗苟之辈，巴着你母妃抢别人的夫君，巴着抢来的皇长子之位，自鸣得意个什么！！你这样的人，合该一辈子活在不见天日的阴谋诡计里，永世不得翻身！"

皇甫策冷笑了一声，轻声道："母后何必如此？不管我是怎么得来的一切，但现在一切都是我的。皇长子之位也好，母妃的贵妃之位也好，都是父皇给的。母后若是不满，大可找父皇说去，如此不成体统地与我喊叫，又有何用？"

惠宣皇后沉默了片刻，脸上的怒色缓缓散去，突兀地笑了两声，蹲下身来，轻声道："你父皇也不会好过的。总有一日，你父皇会更后悔。你以为他只是远着你们母子就算了吗？不是的，总有一日，你父皇会恨自己，也会恨你们，恨不得没有你们，恨不得掐死你们！"

皇甫策似乎一点都不惊讶惠宣皇后的恶毒，挑眉道："但愿母后能等到那一日。"

惠宣皇后不怒反笑，轻声道："本宫说呢，韩耀与阿熙在一起，也不曾碍着你，你为何巴巴地作梗，原来竟是有了这种心思。呵，小小年纪端的是异想天开啊！莫说是为妃为妾，即便你有意迎娶正室，我阿熙也不会嫁给你这种卑鄙小人！这一辈子都不会多看你一眼的！"

皇甫策骤然抬眸，冷笑道："母后可别想岔了，韩耀如何，与儿臣有何关系？儿臣为何要从中作梗？贺明熙性格如何，母后心里最明白了，儿臣能打什么主意？正室……呵，母后当真异想天开啊！"

"住口！本宫可没有你这样的儿臣！"惠宣皇后骤然站起身来，"你和本宫有什么可装的？你说本宫异想天开，本宫也不反驳你，放心好了，本宫定不会给你坐实这异想天开的机会！你想同我的阿熙在一起，只要本宫还活着，都不可能！这一辈子不可能，下辈子也不可能！"

皇甫策紧紧地抿着唇，眼底翻涌着浓重的雾气，许久许久，冷笑道："母后莫要将话说绝了，万一自打了嘴巴，到时候谁面上都不好看！"

"娘！娘！"明熙一阵小跑从屋里跑了出来，将一个小马鞭递给了惠宣皇后，哭着打嗝，"娘！给你！打他！狠狠打！"

惠宣皇后脸上的冷笑，化作了温和的笑意，轻声道："傻孩子，虽说是你大皇兄，可他却不是娘亲生的。妾室的庶子，娘如何能打，万一打了被陛下知道，想必心里不好受吧。"

明熙跺着脚："可也不能就这样算了呀！呜呜……我多可怜，我耀郎都不理我了，也没人和我玩，我去上课那些人都躲着我！呜呜……大皇兄这样欺负我，娘都不管吗？"

惠宣皇后叹了口气："傻孩子，你和娘不一样。你与你大皇兄是兄妹，自己的事还是要自己处理，你和他的事情，要娘如何管？"

明熙忘了哭，肿着眼，想了好半晌，似乎明白了一些："那我自己能打吗？"

惠宣皇后轻声道："娘总是向着你的，陛下不知道，谁能责怪你不成？"

明熙恍然大悟地转过身去，瞪着皇甫策："什么大皇兄！陛下都不在！他才不是我大皇兄呢！"说着话，就狠狠地抽了皇甫策一鞭子！

明熙虽是年纪小，但气力却不小，且这马鞭又是正合她用，这用尽全身力气的一鞭子下去，当真不算轻。

皇甫策冷不丁地挨了一下，不禁闷哼了一声，深吸了一口气，怒声道："贺明熙！你敢如此待我！"

明熙哪里会怕，接连又是两鞭子："吓唬我！我会怕你不成！若非你这小人从中作梗！我耀郎会不理我！"

"贺明熙！你有何证据，说我从中作梗！阿耀要如何，难道会真的问我不成！"皇甫策伸手拽住了鞭子，有心说两句狠话，可对上明熙那双哭肿的泪眼，一时改了心意，不禁开口争辩了几句。

身为皇长子，即便际遇不好，但从小到大也从没有挨过一次打。三鞭子抽下来，当真是从皮肉疼到了骨头里，何况夏袍薄，鞭子过后只剩下火辣辣的疼。

惠宣皇后轻轻一笑："阿熙好好想想，娘教了你多少好话，做了多少事，才让阿耀对你另眼相待，为何会架不住这挑唆的人的一句话，可见那从中作梗的人，在韩耀眼里是极为重要的！不是你大皇兄，又会是谁呢？看看，阿熙要好好看看这人的嘴脸，免得以后上当受骗，都不自知呢。"

明熙骤然睁开了眼眸，使劲抽回了鞭子，又狠狠地甩在了皇甫策的身上："都怪你！若非……"

"贺明熙！你在做甚！"韩耀急匆匆地跑进来，看见了这一幕，一时间连大礼都忘记了行，几乎是横冲直撞地跑了过来，抢走了明熙手中的鞭子！

明熙愣怔在原地，小声道："耀郎……"

惠宣皇后当下冷了脸："韩耀！你好大的胆子！本宫管教皇子，与你何干！"

韩耀眼中闪过一丝懊恼，拿着鞭子躬身行礼："韩耀见过皇后娘娘。"

明熙侧目看向韩耀，嗫嚅地开口道："耀郎，你肯理我了？"

韩耀抿了抿唇："贺娘子自重，韩耀以为一个好人家的娘子，不会对人执鞭相向的！"

明熙忙将手背在身后："我只是在为我们出气啊！若非是他，耀郎又怎会不理我？！"

韩耀怒然抬眸，瞪向明熙："都云贺娘子任性妄为，韩耀当初尚不以为然，今日一见，才知这世上没有空穴来风之事。韩耀与贺娘子一刀两断，当真是正确至极！”

明熙大哭：“嘤嘤！耀郎为何要说这样的话！我是因为舍不得你，才生气啊！”

韩耀怒道：“你难过就要抽别人出气吗？我认识的贺明熙可不是个刁蛮任性的娘子！你怎么下得去手！当真……当真歹毒！”

明熙忘记了要哭，睁大了眼睛，吧嗒吧嗒地落泪：“耀郎你怎么能这样说我，他……他方才还在编派我，我都听到了啊……”

韩耀抿唇，冷声道：“别人说你一句，你便将人朝死里打？不是任性歹毒又是什么？”

明熙怔怔然地望向韩耀，许久许久，仿佛忘记呼吸了一般，眼泪吧嗒吧嗒地朝下掉。不知过了多久，她轻声道：“你一直都那么想吗？”

韩耀侧开眼眸，咬牙道：“往日里慑于中宫威严，韩耀不敢反驳反抗罢了！生怕一日，贺娘子反复无常伤及无辜，没承想今日韩耀亲眼所见，贺娘子竟如此不堪。”

“韩耀！”惠宣皇后骤然瞪大了眼眸，怒声喝道，“将韩耀给本宫拖出去！没有本宫的召见，以后不得入揽胜宫半步！”

雪后的清晨，空气冷冽清新。

大雍宫银装素裹，比往日少了几分浓艳的烟火气，多了几分安逸祥和。

泰宁帝亲手推开了景阳宫外宫的大门，新雪压不住的枯枝残藤，一股浓浓的腐朽味扑面而至。站在原地好半晌，也不见一人走过。不由自主地，泰宁帝的嘴唇勾了勾，踱步朝内殿走去。

内殿的院落，虽干净整洁了许多，但也不见一丝人影，该是早起人来人往喧闹的时刻，可景阳宫从内到外，不见半分的声响。东宫这般遭遇，当真让泰宁帝的心情更是好了几分。

六福推开了正寝的门，泰宁帝踱步进门，一股暖意，扑面而来。泰宁帝在门口站了一会儿，褪去身上的大氅，眉头不禁挑了挑。

屋内明窗几净，博古架上摆满了精致的器物，空气里散发出淡淡的龙涎香味，一株兰花在窗台上开得招摇。柳南拿着抹布，趴在光可鉴人的地板上呼呼大睡。目光划过四周，泰宁帝忍不住冷哼了一声，悄无声息地走进了内间。

床帐里还是漆黑一片，皇甫策听到动静，缓缓地睁开了眼眸。整个人虽是醒了，可还宛若身在梦境一般，梦中的情景，历历在目，宛若发生在眼前一般。

泰宁帝猛地拉开了床帐，明亮的光线，让皇甫策不禁用手背挡住了眼睛。泰宁帝站在原地，冷笑了一声：“呵，太子殿下好享受，什么时辰了，还没起呢？我大雍的太子，已堕落成这般模样了吗？”

皇甫策眯了眯眼，才看清面前的泰宁帝，脸上波澜不惊的：“皇叔好雅兴，这般礼仪，当是我大雍陛下的作风？”

泰宁帝甩手扔了床帐，拍了拍手上不存在的灰尘：“还不快起身！”

柳南满脸压痕地从外间跑了进来，行礼道：“奴婢拜见陛下！”

泰宁帝侧了侧眼眸：“柳管事在地上睡得轻车熟路，可见东宫这日子不太好过啊，朕见了也着实不忍啊！”

柳南偷看了一下泰宁帝，也摸不准是真话假话，忙笑道：“奴婢想着心事，不小心睡着了。”

泰宁帝冷冷地瞥了眼柳南：“呵，这心事重得！这宫殿中，所用所享均是御前一等，可不是得让柳管事费尽心思嘛。”

皇甫策坐起身来：“柳南，还不快过来伺候本宫穿衣洗漱，你想让皇叔等多久？”

柳南正不知该如何作答，听见这句话，忙偷看了一眼泰宁帝，小声道：“陛下……”

“莫非还要等着朕去伺候太子吗？”泰宁帝挥了挥手，转身出了内间，坐到了长榻上。

柳南如释重负，走到了皇甫策身边：“殿下……”

皇甫策摇了摇头：“不必多说，伺候穿衣吧。”

一阵窸窸窣窣的穿衣声与水声，在内间里响了起来。

泰宁帝缓缓放下了书卷，侧了侧眼眸望向内间的方向：“找件常服给你家殿下穿上，身上莫要佩戴过于贵重的东西。”

柳南侧了侧眼眸，才回想起方才的陛下也是一身白色常服，装束都是极为普通的物件。柳南虽有些疑问也不敢发问，唯有到橱柜里找那些许久不穿的衣袍，不过因当初在阑珊居里准备的东西，如今几乎都在东宫，所需常服佩饰也是一应俱全。

片刻之后，柳南缓步走了出来，对泰宁帝轻声道：“陛下的早膳用了吗？”

泰宁帝缓缓放下书卷：“怎么？东宫不管饭吗？六福你去看看，有什么吃的？若是东宫没有，你去单独给朕弄一些过来。”

皇甫策走出来，挑了挑眉头：“皇叔好雅兴，也不怕东宫之物久放不洁，吃坏了自己。”

泰宁帝冷笑一声，目光缓缓划过四周：“人都在传，太子在东宫朝不保夕，惶恐度日，病寒交加，熬不过几日了。朕本是不信的，若当真如此，那必然不是我大雍的太子了。朕走在前殿时，满目疮痍，以为传言不假，走到后殿，觉得东宫打肿脸还在穷讲究，可入了这正寝，才知道东宫不愧为东宫，这一份将众人玩弄在股掌之中的手段，当真是得了先帝真传。”

皇甫策微微一笑，抿唇轻声道：“侄儿当不得皇叔这般的夸奖。”

泰宁帝抿了抿唇：“你别那么谦虚，好在朕将兵权牢牢地握住，否则论起阴谋诡计来，朕只怕也不是你的对手。瞧瞧这屋里的一切，这份穷奢极欲，朕也甘拜下风。呵，寒病交加！也不知是谁放出去的风声，所图为何了。”

皇甫策抿了一口温热的茶水：“皇叔何必愤愤不平？您将侄儿关在这东宫里，一个月不到，连下了三道斥责的旨意，侄儿安生度日，不曾有半分怨言。”

泰宁帝冷笑连连：“只怕将你关在东宫，才如了你的心愿！这番折腾，不知又起了什么坏心肠！呵呵！何必将自己装得那么可怜？从小到大，这副笑面虎的样子，骗了别人也骗了自己，一点都不累吗？如今啊，朕真有些怀疑，当初你在阑珊居里快三年啊，当真是没有办法出去，还是自己不愿意出来呢？！”

皇甫策放下茶盏，抿唇一笑，娓娓道：“那时侄儿一身伤病，落下了病根，决计是装不出来的。阑珊居里，会聚了整座帝京的名医，库内药品充足，补药大多比进贡的都好，侄儿不好好养病养伤，出来做甚？

“再者，整座帝京只怕再也没有面上宽松、私底下戒备森严的阑珊居更有保障了，侄儿在阑珊居里，可是一点消息都不敢传出去，不然如何分辨谁忠谁奸？”

泰宁帝端着茶盏，恨不得将一盏茶都泼到皇甫策的脸上，可到底是帝王的涵养，虽是忍住了手上的动作到底是心有不甘：“如今你分清楚了吗？”

皇甫策微微勾唇，轻声笑道：“皇叔说笑了，这世间哪有那么多的忠奸可分辨？不过是各取所需罢了。”

泰宁帝抿了一口茶水，舒了一口气，嗤笑了一声：“真是个聪明人啊！可这世间最不缺的就是自以为聪明的人啊！”

皇甫策的笑容僵硬了片刻：“皇叔指的是什么？”

泰宁帝老神在在，侧了侧眼眸：“朕没指什么，有些人机关算尽，又能如何？有些人为了夺回不会失去的东西，不择手段用尽心思，甚至赔上自己。可有些东西没了就是一辈子，却被自己连根斩断，弃如敝屣。不过，怎么选择，什么最重要，端看个人，朕说的不见得对。

“不过，朕过了大半辈子，许不是最聪明的，也不是最有手段的，可也算是看得清楚。偶尔想想，当真觉得这是一件大快人心的事啊！该！就该这样！所有的好运都眷顾在一个满心阴暗的人身上！只会让人觉得世道不平！当然了，世道不平的时候，朕就要踩上两脚，非得让他痛上一生！”

皇甫策微微侧目，冷笑了一声：“这大雍宫哪里都好，就是怨气太重了，宫中娘娘为争宠如此也罢了，好好的真龙天子，也成了这样，可叹可笑。”

泰宁帝不以为意地笑了一声：“你又好到哪里去？”

辛苦梅花候海棠
10

冬日的大雪，似乎对帝京的影响不是很大。未至中午，洒扫干净的街道，已是熙熙攘攘。

皇甫策幼年虽能常常出宫，但自被先帝立为太子后，再没有什么机会出宫了。在阑珊居时自不必提，从阑珊居出来一年多的光景十分忙碌，也不曾有机会出来走走。

十月底，不年不节的一日，不知为何街上出奇地热闹，皇甫策与泰宁帝身着常服坐在顺河楼二层临街的厢房内，窗户开了条很小的缝隙，只要不是站在缝隙前，就不会觉得冷。

泰宁帝侧目，时不时地朝外张望一眼。厢房内无声无息的，只有茶盖拨水的声音，虽不知泰宁帝的用意，但皇甫策半分都不担忧，毫无芥蒂地品着茶水。如今在东宫也是悠闲度日，不管出于何种原因，能出宫走走散散心，皇甫策是十分乐意的。

不知又过了多久，街道上的人群爆发出了呼喊声。

"呀！快看快看！那就是卫小郎！"隔壁厢房发出了小娘子的惊呼声。

"可真好看呢！不枉我们一早守在此处！二娘子，阿芙阿姊！你们也快来看呢！"又是一个小娘子惊喜的喊叫声。

"你们看看就成，我与阿雅早已有主，就不凑这个热闹了。"熟悉的声音从隔壁传来。

泰宁帝听到隔壁厢房的声音，不以为意，抿唇一笑，对皇甫策轻声道："你也来看看？"

一队庞大的车队，在拥挤的人群里缓慢行驶，看似与进京的士族人家没有什么不同，只是前排马上有三四个郎君略显狼狈。虽然冬日的瓜果不多，但从四处扔过去的仍然不少，玉佩荷包也就算了，可那些水果砸在身上，虽是穿得厚实，但皇甫策看着都有些疼。

泰宁帝见皇甫策缓缓收回了眼眸，笑道："看清楚了？"

皇甫策漫不经心地开口道："河东安邑卫氏子弟？"

泰宁帝十分得意地扬了扬眉头："正是。"

皇甫策缓缓坐回了原处："当年卫玠为躲避战乱迁移南方，从豫章郡到京城后被人山人海堵了去路，不想当夜猝死，这才有了'看杀卫玠'的典故。如今看帝京这架势，卫氏郎君风采不减当年。"

此时，窗外又传来一阵阵的呼喊声，隔壁厢房再次传来几个小娘子的尖叫与叽叽喳喳的声音。

泰宁帝微皱了皱眉头，还是笑道："这话说得可真酸呢！说先祖之事做甚？朕记得当年先帝几次征辟卫氏都被拒了，十分抱憾。如今卫氏举家入京，可知为何？"

皇甫策了然地挑了挑眉："皇叔征辟卫氏入朝了。"

泰宁帝抿唇一笑："自然，卫氏家学渊源，如今族中人才济济不输王、陈、沈、刘，以朕看来，帝京看来看去就这几家人，着实寡淡了些。该征辟还是要征辟，也显得朕礼贤下士不是？"

皇甫策笑道："皇叔特意让侄儿来看你比父皇得人心之处吗？"

泰宁帝挑眉笑道："哪里哪里，不过说起来还真是，你父皇在位时，为何卫氏都不入朝呢？想必是害怕做了你父皇手里的刀，噢不，还不是怕了你父皇手里的刀？朕与你父皇最大的不同就是不嗜杀，也不会将个人恩怨带入朝堂上来。"

皇甫策嘴角的笑意淡去了不少："皇叔若这般说，侄儿认同。不管我们如何，自皇叔入城后，当真不曾枉杀过大臣，也与父皇的脾性截然不同。虽然皇叔与父皇比起来也无甚建树，但这也是皇叔比父皇得人心处。"

泰宁帝似乎没听出皇甫策的讽刺来，抿了抿唇，望向远处的城墙："只是可惜程老太傅了……"

皇甫策愣怔了片刻，轻声道："他是侄儿的恩师，也曾教导过皇叔，只怕是爱之深责之切的缘故，心里极矛盾。在大臣们看来，抢来抢去都是我们皇甫氏的天下，也无甚乱臣贼子一说，可太傅对皇叔救驾寄予厚望，见皇叔拥兵自重，心里的巨大落差，使他一时想不开。"

泰宁帝听到乱臣贼子四个字时，眼皮动了动，斜了眼皇甫策："你这是在夸朕吧？怎么朕听着就那么不对味呢？"

皇甫策抿了抿唇："以己度人，皇叔若不爱听，可当作侄儿没说……"

"二阿姊！二阿姊！你看到卫小郎了吗？！听我父亲说，陛下此番征辟卫氏，太子洗马一职就是专门为卫小郎准备的！"

"是啊是啊！职位端的是清贵，这般的起步，将来的仕途必比别人好上许多，当年的谢七郎也是太子洗马入的朝……咳！"

"阿雅莫听这些小丫头胡说，个个说话不过脑子的……卫小郎真有几分传闻中的俊美，听说前番他与几位兄长入城安置，被众多娘子堵住了去路，扔得满身果浆，不得不丢下几位兄长慌不择路地翻墙逃了！"说这话的人声音十分耳熟，听起来似乎比方才那些小娘子都大了几岁。

"嗯，这事也被我兄长当作笑话，说给我听了。"极为温和又熟悉的声音，带着几分往日的从容安逸，单听这声音，能猜到是何种清雅如兰的娘子。

皇甫策微眯起了眼眸，端起茶盏的手顿了顿，目光微动看向泰宁帝，不以为意地嗤笑了一声："皇叔下得一手好棋。"

泰宁帝也有片刻的愣怔，眯眼望向隔壁的房间，一扇紧闭的窗户，隔开了两个厢房，一个屏风挡在其中，虽看似严实，但声音稍微大一些都犹如在一个大屋内说话。

泰宁帝道："这些个娘子端的是有闲情雅致，这么冷的天气还结伴出游。"

六福从门口悄无声息地进门，轻声道："回陛下，隔壁的房间是慕容氏包下了，听闻王二娘子与韩夫人领着两家的几个同族的姊妹在此歇息。"

泰宁帝微微蹙起眉头："这两间你不是都包下了吗？"

六福有些为难："是都包下了！可咱们用的是什么身份！一介富商，那韩夫人、王二娘子是何等身份，没让咱们把这间也腾出来，在店家看来众位娘子已十分知礼了。"

"岂有此理！"泰宁帝压低了声音，怒斥了一声，又十分谨慎地看向那侧窗户。

六福忙小声道："陛下放心，这侧的窗户从两面都能拴住，她们是打不开的。陛下与殿下说话声音一直不大，奴婢站在房门口尚且听不到，何况窗户离你们很远，娘子们说话清楚，是因为她们的茶间正在窗户下面，靠近街面的窗户，也靠近咱们这边，才显得十分吵闹。"

泰宁帝道："你当初就该将一层楼都定下来！"

六福偷瞄了眼皇甫策小声道："那怎么能成！陛下想要微服，若那么大的动静，到时候只怕全帝京都心知肚明了！陛下许是不知道，自这卫小郎在帝京上了几次街，帝京的娘子们都是闻风而动，有些人脉的才能在这顺河楼包个厢房，岂不知楼下和街上的小娘子们更多！"

大雍与南梁一般，皆是以貌取人，不管男女老少对美好事物的追求从不避讳，当官之人必须要容貌过关，且不得有隐疾或是残疾，掷果盈车也乃雅事。

泰宁帝摇头一笑："都云这卫小郎有先祖卫玠之风仪，朕还当作夸赞，不想竟是真事。"

皇甫策嗤笑了一声："皇叔别装了，又没有这等的天分，何必演得这般累心？若你当真不知道，这太子洗马的位置岂能是说给就给？"

泰宁帝挑眉："这些传闻，大多都是笼络人心而已，说出卫小郎有先祖之风这种话的人，大多都与卫氏相知，能有几分当真？卫氏虽是不曾入朝，但不可能永远不打算入朝，该有的名望还是需要经营的，不过都是为了有一日入朝罢了。"

皇甫策笑了一声："若皇叔说是意外，那就权当意外吧。这对侄儿来说，并没有什么损失。"

泰宁帝感觉十分憋屈，冷笑连连，口不择言道："你这才叫以己度人！朕何须这些妇人手段！若依朕的心思，你与那王二娘子成亲之前都不要接触了才好！"

皇甫策挑眉："原来这才是皇叔的打算啊，可惜时不待我，天不假年……"

泰宁帝皱眉："朕怎么听着这词，用得那么怪？"

"阿雅，听闻卫宅买了谢氏闲置下的祖宅，如今与你们府邸一墙之隔呢！"慕容芙的声音再次从隔壁响了起来。她一开口，众多娘子都没了声响，似乎都在等王雅懿回答。

"三四月份就有人在隔壁看宅子了，后来听兄长们略提了一句，那处宅院本就合适卫氏这样人口众多的家族居住，占地适宜位置也不错，每日上下朝也方便。"

一个陌生的娘子笑道："卫氏能买到这般省心的院落着实运气，须知道谢氏原本就是南人，最注重亭台楼阁，山水相协。谢氏光这祖宅，陆陆续续建了多少年，才有了当初的光景，前番惠宣皇后去世后，谢贵妃与太子几乎要将半条街都赐了谢氏……谁知谢氏竟如此地想不开！"

慕容芙斥责道："好好地提太子做甚！阿雅莫要往心里去，太子殿下吉人自有天相……陛下与殿下乃嫡亲的叔侄，即便有些误会，想必也……对了！听闻过几日你们家要宴请卫氏，那卫氏收了许多帖子都是石沉大海，只应了你家的邀约啊！可见这帝京之中说来说去，还是你们家最有脸面了。"

皇甫策缓缓地闭上了眼眸，不去看泰宁帝脸上揶揄的笑意，许久许久，开口道："皇叔好手段！"

泰宁帝挑眉，低声道："莫要高看朕了，虽说卫氏是朕征召的，但买哪一处房屋，或是有哪些娘子来看卫小郎，当真不是朕能左右的。"

皇甫策沉默了许久，笑了一声："谢氏宅院前前后后建了几十年，用了多少能工巧匠，帝京出了名的赏景地便是谢氏园林，即便是谢氏不想住了，怎会无缘无故地变卖祖宅？"

"啧啧，跟朕发那么大的脾气做甚？朕连你都没动，何必去动谢氏？虽然朕是不喜欢你，但只要朕还留着你这个太子一日，就不会动谢氏一分一毫，当然也不会重用他们一分一毫，他们要做什么，自然也不会给朕报备。"泰宁帝话毕拿起放在一侧的大氅，穿上后，侧目看向皇甫策，"走吧，小娘子说些家长里短的，有什么可听的！"

"侄儿再坐一会儿，回宫的路，侄儿知道。"皇甫策掀了掀眼皮，侧了侧身，倚在了长椅上，闭目有一下没一下地轻轻拨着茶水。

泰宁帝等了半晌，见皇甫策一动不动，走过去压低声音道："君子有所为有所不为！非礼勿视！非礼勿听！"

皇甫策未睁眼，轻声道："若不听，侄儿怎么知道你们有意瞒着什么？皇叔要听就留下，要走只管走。"

泰宁帝气结："什么能瞒过你！当真是……岂有此理！"

皇甫策修长的食指放在了唇上，温声道："皇叔若将人招来，怕不好收场。"

"朕堂堂天子！你乃东宫之主、一朝太子，居然窝在此处，做些偷鸡摸狗的宵小……"泰宁帝话说一半见皇甫策连眼都没睁，唯有扔掉了身上的大氅，坐到了另一处。

六福无法，唯有悄无声息地捡起了大氅，又吩咐外面送些茶点。

一窗之隔，小娘子们还在七嘴八舌地说着卫小郎的样貌与家世。

慕容芙坐在王雅懿的身侧，笑道："阿雅，初一我们去启山寺上香如何？"

"阿姊们上香要跑那么远吗？大安寺就在城外，也近一些啊！"一侧的小娘子不等王雅懿开口便又道。

“笨蛋！启山寺乃是当初卫氏的家庙，后来卫氏回乡，经了几次战乱后，成了众人的礼佛之地。这月初一，卫氏老夫人领着卫氏的几位夫人要去启山寺上香呢！卫小郎肯定要去护送的，好多小娘子都去呢！”

“嗯嗯，我也听说了，卫小郎加冠之年尚未定亲，卫氏老夫人似乎有意在帝京为卫小郎寻一门好亲事呢。”

“哦……卫氏虽是久不入朝，那也还是一等的世家，卫小郎本是嫡子，又已是官身，放眼整个帝京。能匹配的人选也不多，哪里轮得到我们！二位阿姊若非一个嫁人一个定了亲，倒很是匹配……”

“怪不得！前几日我见陈夫人带着陈五娘子去兰桂坊里裁定衣装，本来谁家一年四季没有专做衣衫的绣娘，她们偏偏出来做了那么多！当时陈五娘子还给人炫耀呢！原来如此啊！哼！有什么了不起的，若不是陈四娘子定给了太子做侧妃，哪里轮得到她啊！”

“现在还说什么太子侧妃，多风光的事？陈四娘子生了痘症，说是要回祖籍养病去呢！这都一两个月的事了，我父亲说陈氏的折子都上了好几次了，说陈四乃无福之人，怕冲撞了太子殿下，摆明就是要悔婚！看这样子，不管太子能不能翻身陈氏都不愿陪着了……”

“当初太子选妃，自己巴巴地凑上去！如今还没有出事呢！就想着先抽身！端的是无情无义，这样的娘子娶回去又能如何！所谓大难临头各自飞……”

“我父亲说了，陈四娘子本是冲着太子妃的位置去的！好歹也是陈氏的嫡女，不是太子正妃也罢了！毕竟是输给了二阿姊，可拢共三个人，做个侧妃还是最末等的！那贺氏算什么，居然还能得个字！不然，陈四娘子连太子生辰宴都没去呢！只怕是丢不起那人呀！谁会像贺氏那般，做了妾室，还那么趾高气扬的！”

“什么痘症！就你们相信！这棵树要倒了，陈氏不想赔进去个嫡女才是！若陛下松口了，陈四娘子回祖籍待上一年半载，到时候回来照样嫁个好人家！哪里需要为太子赔进去！”

“是啊是啊！我父亲也说过，陈氏那样的世家，多少代的底蕴，哪能甘心做个侧妃！好好的一个嫡女，白白地赔了进去，连个响声都没有！谁不知太子自小就中意二阿姊，一心想要求娶二阿姊呢！”

“太子钟情如今看来也不是什么好事！此时，太子不在乎陈氏贺氏，她二人也都好脱身，可太子一心挂念二阿姊，早几日传言东宫病重，一日日地苦熬，若不是……二阿姊想要脱身，只怕不容易啊！”

“太子端的是自私！若当真钟爱二娘子，自己已是走投无路了！无论如何都不该将二娘子牵连其中！这般境况了，即便是死也该退了婚再死！不然又白白地牵连了二娘子的名声！陛下如今有了皇长子，万般疼宠，只差立为太子了！我父亲说，太子的境遇一日差过一日，如今就是熬日子了，陛下若不是顾忌名声，只怕早就……”

“对对对，我兄长和父亲也是那么说的！若非是陛下顾忌本就不好的名声，哪里会让太子闭宫养病，只怕早就……可不管是早是晚，太子这病肯定是养不好的！但看拖多久了，养到皇长子三岁也有可能！反正东宫又无实权，说好听的是东宫，不好听的就是可有可无的摆设，陛下还真不怕太子翻出天去，不然当初也不会有恃无恐地一口气给太子定下三门亲事了……”

“好了好了！这些事有什么好说的！”慕容芙一声轻斥，众多小娘子一下噤了声。

慕容芙又开口道：“阿雅可莫要为了这些烦心，那些朝堂上的事，咱们管不着。陈氏想要悔婚，对你来说也是好事！光贺氏一门，不管赐什么字，你都不要放在心上！”

王雅懿倒是与慕容芙一般，一直坐在屋里没动，方才也没凑到窗口看个究竟。

“怎能不放在心上？婚姻之事对我们来说，可是一辈子最大的事了啊！陛下一个月斥责了太子三次！阿蜜说得对，东宫就是熬日子，最好熬到皇长子三岁，算是长成了，到时候太子是死是活，谁还在乎？”

“可怜了我二阿姊，过了年就要和个病秧子成亲了！陛下肯定是不会留下太子的……不然咱们也退婚算了！太子再好，如今也穷途末路了！为何要我二阿姊白白为个无缘无故的人赔进去一生！”

“太子现在就病死，也不见得是好事啊！太子病死前还不曾退婚，咱们二阿姊的名声，当真就坏了，当初就是……明明不关二阿姊的事，众人还要把所有的错，都推到我二阿姊身上，说来说去还不是死者为大吗！若谢氏当真有理，他们为何心虚地将祖宅都卖了！那些个老夫人，哪个不信这些流言蜚语？到时候再想寻一门好亲事怎么容易！”

“阿敏娘子当真不会说话！谢氏如何，与二娘子何干！太子这事是最难办了，死也不是，不死也不是！现在想退亲，恐怕更是不易了，不管他们在宫中如何闹，陛下与太子都是亲叔侄！陛下若非是要脸面，何必让太子养病呢！本是关乎二娘子终生的事，只怕陛下看来也没有多重要吧。”

“胡说！我们王氏还怕皇室不成！大家是臣子，又不是奴婢！他自己想杀侄子，还要人家的娘子赔上一生，哪有那么好的事！我大伯与众位兄长肯定会想办法的！”

“阿珊！这话岂是能随意说的！”王雅懿虽声音严厉，但当中并无怒色与反感。

那阿珊似乎一点都不惧怕，嗔怒道：“二阿姊，人家是替你委屈！我们王氏虽是他皇甫氏的臣子，可又不是奴婢！他们凭什么能全部做主！我们若不愿意，他们也不能强迫我们！”

慕容芙幽幽叹息一声：“陛下这次想必是动真格的了，姑母虽在宫中，可竟是连东宫半点消息都得不到，如今景阳宫外殿就是半个人影都找不到，到处都枯枝败叶的，听说比冷宫还要冷清几分，当真令人唏嘘……”

王雅懿道：“阿芙不必说了，我心中有数，这些事父亲与兄长自会定断的。”

慕容芙不忿道：“若非太子又是信物又是书信，对你纠缠不休，当初你也不会应了这婚事！如今又将你逼到了这两难的境地！谁承想东宫竟是如此没用！那么多人帮扶，竟是立不起来！可见以后也是个不成事的！这婚事没了，阿雅也不要太过伤心了！”

许久许久，王雅懿似乎是叹息了一声："我当初就不该心软，他自小就待我极好，有求必应，我本想着不管如何总该还了这份情意……我总也看不得人家伤心难过，他的倾慕自是真心的，我当真是不忍心，这才……"

"二阿姊快别难受了！太子根本不值得你如此！他若是真心为你着想，早该自己出面与你解除婚约了！若陛下知道他愿意主动与王氏解除婚约只怕会拍手称庆！如今他无声无息地龟缩在东宫里，只等二阿姊为难，怕他本心就是想拖死二阿姊！说什么倾慕阿姊，当初也不见得是真的！我王氏是什么样的家族，王氏嫡女即便不嫁于皇族，也是要做大世家的宗妇的，哪里需要做什么太子妃！"

"阿敏阿姊说得对，皇甫氏本就是草莽出身的兵家子，几十年前还一文不名，如今能占这天下，不过凭着杀戮手段与侥幸罢了！想我王氏乃几百年的大族，天下人说起士族来，舍我王氏其谁！可笑的是太祖编纂族谱多年，一会儿说皇甫氏是这个的旁支那个的旁支，谁相信啊！人家不过是惧怕太祖淫威，只有捏着鼻子认了！"

"对！不说皇族士族，单我看太子那样的人就配不上二娘子！先帝可是有四个皇子呢！若非那个时候就算计了二阿姊，这才有了我们王氏帮衬，他凭什么做了先帝的太子！十几岁就如此筹谋人心，婚事都在算计里，哪里是什么真心倾慕！若他喜欢你，如今已走到末路为何还不撒手！这是让二娘子给他陪葬啊！他若死了，没有王氏的姻亲，陛下不知会如何追封！可有了王氏的姻亲，陛下也要顾忌顾忌士族的心思！"

"这般的卑鄙小人！哪里配得上二阿姊啊！二阿姊快别掉眼泪了！为这样的人哪里值得！伯父与兄长们不会让二阿姊一生都赔上去，想必太子还在惦记来年的亲事呢！让他白日做梦去吧！一个只等姻亲帮扶的人，有什么值得二阿姊落泪的！"

"我也觉得阿珊娘子说得对，若太子对二娘子真心真意，定然是舍不得连累二娘子，可他现在如此……明摆着就是圈禁终生也好，病死深宫也罢，都要拉上二娘子的一生陪葬！什么情深义重，二娘子快回去求求你父亲和兄长吧，万不能将一生都赔在这个心思阴暗又扶不起来的草包太子身上！"

慕容芙轻声道："阿雅快别哭了，眼泪掉得我都心疼了，你就是太傻了……这事如今也不是咱们能左右的，你回去求求你母亲，不管如何，宫中那样的泥潭若陷了进去，你这样的性格，只怕要被吞得骨头都不剩了。"

王雅懿啜泣了两声："我只当他待我情深义重，哪里想过还有这些，若他当真只是为了我的身份，哪里还值得我如此……可他即便当真如此，如今我竟还是可怜他……"

慕容芙轻声道："傻瓜！你现在还怎么可怜他？若你和他一起赔进去，只怕到时候你比谁都可怜！我们自出生就是有身份的人，只怕真如她们所说，当初还是大皇子时，对你就不怀好意了，且他三年杳无音讯，都传贺明熙与他不清不楚，可这事得看两面，太子也不见得就多干净！你就是太善良了！"

王雅懿哭出了声响："若当真如此，我……我……这婚事不要也罢！"

厢房内缭绕着浅浅的檀香味，红泥暖炉上冒着袅袅水雾。

泰宁帝闭目，斜躺在长榻之上，听到此处不禁笑了一声："世家的娘子端的是有见识，朝中之事，竟也知道得一清二楚。古人云唯女子与小人难养也，呵，为了自己退婚好看些，连太祖都编派起来了，一块遮羞布都不给我们皇甫氏留着，真真刻薄啊！"

六福见皇甫策闭目不接泰宁帝的话，忙笑道："世家的娘子哪能是面上看来的那么简单啊！各个都是从小得了家族教养，不能说六艺俱全，但也饱读诗书，不但要管好中馈，还要帮扶夫君，各个都是伶俐心思，颇有手腕。教养教养，自然是有教有养，但凡那些率性而为的，大多都是娇惯出来的。"

泰宁帝笑了一声："可不是，那句是臣子又不是奴婢，朕也做不了她们的主。朕听着竟有些哑口无言啊！她们知道的可真多呀！"

如今的大雍与南梁，皇室除了自家的儿女与奴仆，确实也不能在任何招呼都不打的情况下，给别家的儿女婚事做主。大雍朝太祖登基时，正是世家最强盛之时，当初曾言与士大夫共治天下，说这话不过面上好看罢了，与皇室共治天下的必然是各大世家而已。

皇家赐婚虽也可以，但双方的婚姻，必须经过各家父母点头同意。若是两家无意，皇室强迫两家姻亲，先不说强迫成功的可能性基本上没有，当真成了，也算是辱及臣子。

为人君而侮其臣者，智者不为谋，辩者不为使，勇者不为斗。智者不为谋，则社稷危；辩者不为使，则使不通；勇者不为斗，则边境侵。

皇甫策是皇家的人，婚事自该有皇室做主，且皇甫策的长辈只余陛下一人，说起赐婚，理所当然。各家有意的话，当初也是要在荣贵妃处报备后，皇室才能做出选择，若无报备，皇室只能托人说媒，万不可说赐婚就赐婚，即便是太子妃之位也是如此的。

这也是当初明熙是中宫养大的，但因是贺氏女的缘故，惠宣皇后在婚事上，也能说上两句，但全权做主的话，还是要问过贺东青。是以，当初惠宣皇后与先帝为皇甫策选妃，惠宣皇后无意，贺东青不提，自然没有明熙的份儿。

泰宁帝抬眸看了眼仿佛无知无觉的皇甫策："六福你在宫中多年，那些小娘子说的有几分真假？"

六福愣怔了片刻，偷瞄了皇甫策一眼，斟酌道："朝事奴婢是不懂的，剩下的都是娘子间的隐秘之事，当初太子殿下与中宫不睦人尽皆知，众皇子没事就朝中宫凑，大皇子除了几日一次的请安，几乎不愿与中宫的人照面，这样的事，奴婢哪会清楚啊！"

泰宁帝低低地笑出来声来："狡猾！后宫就那么大，若真有事，能瞒得住谁？朕虽是不怎么回京，当初也是知道皇长子极为倾慕王二娘子，想要求娶人家王氏女呢！那时他们才多大？十三还是十四呢！"

六福干笑了两声："这倒是真的！这婚事是传了有那么两年，听闻贵妃娘娘在殿下十六岁时，好似有意定下的，谁知道先帝爷……但倾慕这事吧，奴婢是当真半分不知道，从未见殿下说过，当初皇后娘娘也是对王氏与殿下婚事乐见其成的！"

泰宁帝嘴角的笑意缓缓淡去了："诚岚历来能与朕想到一处去啊。"

皇甫策听闻此言，缓缓睁开了眼眸，冷笑了一声："皇叔，那是侄儿的母后，您的皇嫂。"

泰宁帝倒也不怒，抿唇笑了一声："朕与诚岚，也同你与王二娘子一般青梅竹马，这么说也无甚冒犯之意，你又何必多想呢？"

皇甫策冷哼："是侄儿多想，还是皇叔想得多！呵！皇叔的幸灾乐祸，毫无遮掩呢！"

"啧啧，这是听了人家让你早点死的话，心里难受了，拿朕撒气呢！又不是朕让你去死，你和朕急眼做甚？也不见你那青梅竹马的未婚妻护你半分，当真是活得神憎鬼厌的啊！"

六福呵呵笑了两声，见皇甫策的脸色几乎黑得快滴出水来，一时间笑也不是，不笑也收不回来了："咳咳，小娘子们面皮薄，有心相护也不会在面上表现出来！呵呵呵呵，太子妃自小就是个温和腼腆性子，历来不会争抢，哪里说得出抢白的话来，想必心里极在意殿下的。"

泰宁帝侧目看向皇甫策，玩味地笑道："是腼腆，听这意思若非是有些人死皮赖脸的，人家还看不上这太子妃之位，答应也不过是磨不开脸，还有些人自小到大痴情不悔！朕以为太子与贵妃联合上书，人家王氏必然对这太子妃之位，很欣然，可如今听她们那么说来，显然不是那么回事啊！

"可惜啊！有些人气死了又能怎样……这名分大意都在，她王氏想悔婚，朕第一个不答应！当初有些人，也不见得就报着本分的心思，急功近利啊！那个时候某人心里还惦记朕的位置呢，若无王氏相帮，不见得不成，但路走起来还是难了许多啊！"

"可惜让皇叔失望了，侄儿竟没有一丝一毫意外。"皇甫策骤然站起身来，黑黝黝的眼眸盯着泰宁帝许久许久，极轻声地开口道，"可侄儿不得不说，皇叔端的是好手段。"

泰宁帝挑眉，缓缓起身，丝毫不惧地与皇甫策对视，笑道："这话说的，路是你自己选的，走错路，还要怪朕？呵呵，朕当初可没有拿刀逼你选啊！"

皇甫策抿着唇，许久，轻声开口："皇叔为何如此恨侄儿，或是皇叔为何那么恨父皇？以侄儿看来，皇叔那么多兄弟，父皇最看重最善待的就是皇叔了！"

泰宁帝穿上大氅，侧了侧眼眸，白皙的脸上再不见半分的笑意，冷声道："朕没有杀你，你得感激涕零才是！"

皇甫策微微侧目，一双凤眸望向再次传来笑闹声的窗口，轻声道："皇叔费尽心思，不也是为了让侄儿活得难受吗？"

泰宁帝双手拉着大氅，微微侧目，冷笑一声："如今，觉得心如刀割了吗？生不如死吗？这才哪儿到哪儿？一辈子那么长，呵，朕的许多手段，你还都没有尝到呢。"

第一册完

一朝锦绣

（全二册）第一册

ZUI Book
CAST

作者　张瑞

出 品 人 / 郭敬明
项目总监 / 痕痕
监　　制 / 与其　刘霁
特约策划 / 卡卡　董鑫
特约编辑 / 小河　张明慧　邱培娟

装帧设计 / ZUI Factor（zui@zuifactor.com）
设 计 师 / 曹欣

出品 / 上海最世文化发展有限公司
官方网站 / www.zuibook.com
平台支持 / 最小说 ZUI Factor

最世文化
Shanghai ZUI co.,Ltd

张瑞·著

（全二册）第二册

湖南文艺出版社
HUNAN LITERATURE AND ART PUBLISHING HOUSE
博集天卷
CS-BOOKY

目录

宁负虚名身莫负

1

燕北干旱了一年，入冬后大雪就一场接一场地下。这日一早，天气阴沉沉的，又酝酿着一场更大的风雪。为了抢在大雪前将粮食都分配完毕，明熙与谢燃已在粮仓处忙碌了三日，可粮食也只分发了一大半。

午时才过，已是乌云压城，明熙身披纯白色的大氅，站在衙门院中，望着从屋内走出来的谢燃："如何了？"

谢燃垂头丧气地摇摇头："仲兄说，会从驻军处调来人马，这五千人动不得。"

明熙微愣了愣："可拖上一日，再来一场大雪，只怕粮车会堵在路上，大雪后还要几日路才能通畅，前两次大雪有些地方的积雪到了一定程度了……"

谢燃拍了拍明熙的肩膀，安抚道："阿熙，咱们带来的人另有所用，衙门里能动的人都动了，实在是没有人手了！"

明熙抿着唇："巡察使晚走两日又当如何？这场大雪后，也许这批粮食会耽误十天半个月，前番来报有些村庄已断粮了！难道一直指望那些富户放粮吗？那是不可能的！"

谢燃叹了口气："谁不知道没用！这次仲兄已是让步了许多，搭棚舍粥，都比往年做得更多更好了！谁会知道今年风雪这么大……帝京似乎也有事，只怕耽搁不了。"

"帝京能有什么紧急的事！不过都是争权夺利！我们只用五百人都不成吗！"明熙快步朝前走，被谢燃压住了肩膀，"阿熙！这事不像你想的那么简单！帝京确实出事了！五百人在咱们看来是不多，可是五千人在帝京那边看来尚且不够！"

明熙深吸了一口气："韩耀何时动身回帝京？"

谢燃轻声道："快了，仲兄正在整合人手，会尽量多带一些人。"

明熙蹙眉道："他们当各地州府的人都是死的吗？五千人带去帝京，能瞒住谁？！"

谢燃道："分批走，巡察使来之前，已经走了两千多人了，这样的事连我们都隐瞒着，突然出了那么大的动静，可见帝京确实已是不太好了！我们唯有派出令兵，让各村的大户先出粮食，到时候衙门给他们补齐。"

明熙蹙着眉头："怕就怕大户以为衙门这里会反悔……到时候不肯呢！"

谢燃道："阿熙放心，此番不光是衙门出文书，仲兄说我们谢氏也会出担保文书的，那些大户不会那么不长眼的。"

明熙思索了片刻，有些无奈，叹息道："为今之计也只有如此了。"

谢燃轻声道："你回去吧，给裴叔说一声，我就不过去了。"

明熙扭头："怎么这么着急，裴叔专门给你煲了汤……"

"兄长说让我也去帝京，今夜就要动身，如今……你等我回来就是了。"谢燃轻笑了笑，"到时我肯定带你上山行猎的！"

明熙点了点头："帝京的事情……很危险吗？"

谢燃抿了抿唇，许久，摇头道："如你所说，帝京能有什么事，不过是争权夺利罢了，且我谢氏一族几乎都在帝京，能有什么危险？"

明熙看了谢燃一会儿，笑道："好！分粮这事，你也不必担忧了，只管将帝京的事做好，我等你回来就是了。"

谢燃自小不曾离开过燕北，本就有些离愁，听见明熙似乎没有半分的不舍，回答得如此干脆，心里反倒有些说不出的滋味："你是不是还有姊妹？"

"嗯？"明熙愣了好半晌，"为何突然这么问？"

谢燃抬眸笑道："裴叔在来燕平的路上，一直在追问兄长我平日的事，几次打听我的亲事和八字，兄长那样的人都听出了不对来，方才还问我，你是不是还有姊妹，说裴叔若是为你姊妹的婚事，让我回京正好去见一见。"

明熙翻了翻白眼，干笑了两声："帝京的姊妹啊……自然是有，我虽……贺氏那么大的家族，怎么会没有姊妹。呵！我估计裴叔也是为族中姊妹相中了你，不过这些都是不作数的……如今我在甘凉城，只怕不会再回京去，裴叔想想的事，只怕没有那么简单了。"

谢燃长舒了一口气："还好还好，不能成事最好了！我这就要回帝京了，你不知道当我知道裴叔打听我的婚事，又听兄长让我去见一见，吓得直冒冷汗！你是贺氏的郎君，也知道自家姊妹的境遇，那贺氏的娘子岂是那么好娶的！别人如何，我是不知道，当初中宫教养出的贺氏嫡长女，可是出了名的骄纵跋扈。

"当年仲兄愤慨地说，太子殿下见了她都绕道走呢！那贺氏嫡长女极得陛下宠爱，如今都快二十了，还没有许配人家……竟还由着她，胆子那么大，自立门户，还敢圈禁太子殿下！这般人家的女儿谁敢妄想，裴叔即便要害人，也该找个门当户对的来害！我这样的，该说不能入了眼才是！"

"呵！"明熙冷笑了一声，上下将谢燃打量了个来回，"你也知道自己不能入眼！人家才十八你都嫌，你都二十二了，到现在都不曾定亲，还以为自己有多体面呢！裴叔随便问问，你还当真了！"

谢燃疑惑道："我实话实说，你干吗生气！本来若不是贺氏嫡长女，为了你的面子，我也是会去见一见的！可看韩耀那意思，你分明不是旁支的郎君啊！如今你贺氏与我年纪相当的还能有谁！我的身份我自己知道，若非那人有问题，我哪里能匹配贺氏嫡女，怕只有那个嫁不出的贺氏嫡长女了……

"我方才听了兄长的暗示，才想通了这里面的事，当即吓得出了一身冷汗啊！你是不知道啊！我虽然不想娶个娇里娇气的娘子，可也不想娶个夜叉回来啊！这以后总还要过日子啊……唉，不过你说得对，不管她怎样，那都是贺氏嫡女，该也是看不上我，可是帝京的世家娘子哪个没有几分骄纵，裴叔不管是为了谁，都不该这样害我啊……”

“闭嘴！大白天的，你就别做梦了好吗！你这样的条件，放在帝京肖想什么世家娘子！人家能看上你了再说！”明熙瞥了眼谢燃，“好了好了，你放心地走吧！裴叔的念想，我肯定会替你打消的！尚未成亲都要蓄养歌姬，真以为自己是什么好人！”

谢燃睁大了双眼，小声道：“咱们好好地说事，你为何突然对我这么刻薄？那歌姬还不是你说要养的吗？我哪儿敢啊？”

明熙冷哼：“呵！你若是无心，我会做这吃力不讨好的事！”

“嘘嘘！你小声点，我兄长和仲兄都在里面呢！那不是喝醉了胡说的吗？你不愿意就当我没说了，你现在说出来，这不是出卖兄弟吗？我又没说什么你不爱听的，怎么突然就这么针对我？你素日里也不是这么小气的人啊……”

“哼！”明熙将谢燃的手从肩膀上甩开，冷哼，“别套近乎了，以后我和你都没有那么熟了！我走了，你一路顺风！”

“喂！我怎么你了呀！这脸翻得莫名其妙的……”谢燃小声地嘟囔着，又被明熙狠狠地瞪了一眼，“好好好，别生气了，等我从帝京回来给你带礼物……”

“贺……百夫长，若是无事，可否借一步说话。”韩耀身披黑色大氅，不知在廊下站了多久了，唇角含笑，一双星眸中包含揶揄，可见方才的对话已全部听去了。

明熙欲离开的脚步，硬生生地收了回来，想到方才韩耀不知听进去多少，脸上有几分不自在：“韩大人有何吩咐？”

韩耀踱步过来：“我来燕平好几日了，还不曾四处走走，若百夫长有空，可愿尽地主之谊？”

明熙斜眼看向谢燃，咳了两声道：“不巧的是，我同家中说好了，要回去的，若韩大人想四处走走，不若让谢校尉陪同。”

“我没空啊！兄长让我去营里，调配人手……啊！”谢燃被掐得尖叫了一声，随即急声道，“我真没空呀！不然我就和你一起回去喝汤了呀！”

韩耀笑了笑：“我今夜就要回帝京了，此去不知何时再见，百夫长只当陪故人一游。”

明熙沉默了片刻，率先道：“韩大人请。”

韩耀嘴角的笑意更深了：“一起走吧。”

谢燃忙道：“阿熙！你回去一定要同裴叔说清楚啊！别我人没回帝京，家里已得了信啊！我本来就不想回去，若当真裴叔再搅和……不管多大的事，我可真不去了！到时候违了军令，兄长要打要杀的，你都得扛着啊！”

明熙翻了翻白眼，不耐烦道：“知道了知道了！放心好了！裴叔的手还没有那么长，既伸不出贺氏去，也伸不进你谢氏去……总之，你去办事，自己小心一些！”

冬日午后，阳光很好。

叔侄两人一前一后，走在街道上，汹涌的人群，早已散去。离开了回皇城的主干道，一路朝北，街道越走越偏僻，融化的冰雪，带着泥水沾染在鹿皮靴上。

当转过街面的一道弯，入眼的是一片低矮的房屋，羊肠小道上堆放着杂七杂八的东西，独轮车、木桶，好一点的房子好歹有个小院子，有些人只有一间屋子，炉火与烟筒干脆都砌在了街旁，地上满是泥水，看起来极为肮脏，如此冷的天气里，空气中还泛着一股臭味。明明只是一个转角，这条街似乎已不在帝京里了。

“我们进去走走。”泰宁帝站在原地好半晌，深吸了一口气，缓步走了进去。皇甫策目光微动，将周围的一切打量了个来回，无甚抵触地跟在了泰宁帝后面。

阳光很好，有些老人靠在门槛上晒太阳，七八岁的童子在街边劈柴，身上穿着满是补丁的衣袍，脚趾甚至都露在了外面。羊肠小道宛若蛛网一般四通八达，房屋越发低矮，甚至有些屋子被前些时日的大雪压垮了半间，摇摇欲坠的半间房，还住着人。可越朝里面走，腥臭味越是浓烈，大半个时辰后，两个人才走出这一片房区，不约而同地长舒了一口气。

六福轻声道：“陛下，车马等在路口，您与殿下走了半日，坐车回去吧。”

皇甫策脸色不是太好，因手脚有旧伤，走这一路已十分地勉强，方才一路看来，心中震撼尚不觉如何，此时听到六福的话，已感觉手脚隐隐作痛了。

泰宁帝的脸色也不是很好，站在原地：“去叫车吧。”

六福点了点头，一路小跑着朝街口走。周围看似没有侍卫，但从一开始，皇甫策便知道，此处的过路人、匠人，来来回回的有二十多人，恐怕都是暗卫。片刻的工夫，一辆没有印记十分宽敞的马车驶了过来，叔侄两个一前一后上了马车。

泰宁帝撩开窗帘，望向那低矮的房屋，许久许久，才放下窗帘，轻声道：“以前这条街和前面那条街，住的都是这些人，如今只剩这么一块，可见赤贫之人少了许多。”

皇甫策抿了抿唇：“这世道虽不比太祖时处处隐户流年，想必还是有许多百姓为生计所迫不得不隐在大户里，有些田地的百姓尚算好，可这些人在帝京中营生，又大多年幼或老弱，只怕连生计都很困难。”

泰宁帝轻声道：“当年你父皇曾带朕来此，我们两个一步步地走了三条街，一个上午才将整片城北走下来，都是老弱病残，无人照管……如今虽少了许多，但看来比那时强不到哪里去。”

皇甫策微微别转目光，轻声道：“那些人以为皇叔因来路不正，不得不施仁政，实则本宫知道皇叔本就与父皇不同。但此事看似简单，实然牵扯了许多，皇叔不必自责，这绝非一朝一夕就能办好的事。”

泰宁帝笑了笑：“不容易，难得听你奉承了朕一句。可惜，朕不会因一句好话，就同你们父子和解了！”

皇甫策笑了一声，缓声道：“本宫也有此意。”

“皇甫氏以武乱禁，以兵起家，奉行的是杀戮之道，对别人与自己都是一样狠心。可朕登基以来，偶尔想起前事，深觉人生在世不该有所亏欠。这几十年来，从太祖到你父皇都是壮年而逝，我们皇甫一族子嗣凋零，甚至不如一般人口简单的百姓家。朕时常感叹世事无常，造化弄人，唯有日夜诵念佛典，以赎己过……”

皇甫策微微垂眸，轻声道：“皇叔为何突然说起这些来？”

泰宁帝沉默了片刻：“不知道，突然想起来，就想找个人说说。这些百姓都是我皇甫氏的百姓，那些士族争权夺利，只为宗族打算，不会为朝廷谋利，反正没了你皇甫氏还有别的氏……几百年来，士族所作所为都是与国争利。”

皇甫策轻声道：“本宫知道。”

泰宁帝抿唇一笑：“你可知道穆朝之前的皇族罗氏吗？”

皇甫策嗤笑了一声：“荒蛮小族，如何长久？”

泰宁帝轻声叹息：“是啊，那时候谁能想到，他们有幸能得了天下呢？时也命也，多少个巧合才能造就那么个皇朝？”

皇甫策望向泰宁帝：“已经是几百年前的事了，皇叔为何突然说起来？”

泰宁帝娓娓道：“罗太祖妻妾成群，可一生一心追逐一个女子，那女子乃小国之公主，名曰莺歌。她自小与他有婚约，但罗太祖因争权之故杀了莺歌的父亲。莺歌立誓，不管是谁，若是能斩罗太祖于刀下，必将委身与之。莺歌三次许配别人，都被太祖搅黄了。最后一次，因当时的大国相帮，莺歌得嫁部落之王族，不想一年后郁郁而终。

“罗太祖盛怒之下，灭了莺歌夫君全族，灭了莺歌全族。莺歌之兄，临死发下毒誓，但凡那族还剩一个女子，必将灭罗太祖之天下！罗太祖与大国宣战时，发出诏书，其中最恨之事，竟是大国偏颇，害得自己与莺歌失之交臂，乃为夺妻之恨。不久，罗太祖战死沙场。”

皇甫策道：“是有此事。”

泰宁帝又道：“罗太祖之四子——太宗更为可笑。为了个改嫁的兰妃神魂颠倒，放着一群长大成人的皇子不立，欲立兰妃所出的一个百天小儿为太子，那小儿压不住福气，没几日死了。兰妃哀伤至极，罗氏太宗恨不得将哀恸万分的兰妃日日捧在手心里，只可惜不得不再次出征，不久后那兰妃病死后宫。

“先不说那兰妃的死因，史书记载，罗太宗当即扔下众多将士，策马回朝，连夜赶回来抚棺大哭，不许下葬。后数月间，几次前往兰妃墓地，抚墓碑哭到啼血，半年后，罗太宗无疾猝死宫中。”

泰宁帝斜了斜眼眸，笑道：“太宗之九子罗世祖的童妃，本与罗世祖之弟有婚约，因被罗世祖看中强行纳入宫中，其弟早丧，死得不明不白。罗世祖为示对童妃之宠，于封妃时，大赦天下，这在前朝历代都是绝无仅有的。童妃十八岁入宫，一个月便从嫔妃晋升为贵妃，其后四年，三千宠爱集于一身。所出皇四子，被罗世祖喻为‘朕之第一子’。

“皇四子降生后，罗世祖大赦天下不说，甚至欲封太子，不想那孩子也是个承受不了福气的，数月后夭折了。罗世祖几次有意废后，立童妃为后，不过是童妃自己不愿罢了。皇四子去世没多久，童妃病逝，芳龄二十二，罗世祖次年三月病逝，年仅二十四岁。罗氏皇朝不足三百年，说是亡于动乱，实然也算亡于莺歌族中女子之手。”

皇甫策见泰宁帝久久地沉默，轻声道：“皇叔因何说起这些？”

泰宁帝笑道：“朕少时读书，曾拿此事耻笑前朝，代代皆情种，每每不得衷。后来想一想，所谓恶因之树，难结善果。这些悲剧，只怕并非那一代代帝王的情憾，许是开始就定下的劫难。历朝历代谁不是以兵起家，却很少有像罗氏那般嗜杀，商州十日，南定三屠，累累尸骨几十万，这样的朝廷从开朝就坏了根，怎会有好下场？”

皇甫策轻声道：“罗氏皇族后三代都无所出，都是旁支继承来的。”

泰宁帝轻声道：“是啊！一个皇族走到了末路，什么事干不出来？宫侍都敢毒杀自己的皇帝。末帝时期，后宫有主却似无主，宫中淫乱不堪，为让八九岁的小皇帝彻底熟睡不吵不闹，宫女竟是自行与皇帝行人伦之事。”

皇甫策轻咳了一声，轻声道：“皇叔看的是野史吧？”

泰宁帝嗤笑道：“你又不是真的面皮薄，给朕装什么纯真？朕现在和你说的并非玩笑话，实乃心有余悸罢了。太祖钟爱德妃，德妃因产子早丧，你父皇被养在皇后名下，从不得太祖喜欢。当年朕心仪赫连氏独女，一心迎娶，你父皇为登皇位，横刀夺爱，曾立下毒誓定会善待赫连氏。

“朕当时心甘情愿请命驻外，发誓一生镇守图南关。可你父皇太过算计，终究是害了她，不过你父皇于情之一事迟钝……罢了，朕半生郁郁都乃拜你父皇所赐，至今心中所想所念均为一人，如今日日念佛，回想尚会痛彻心扉。”

皇甫策沉默了许久，轻声道：“皇叔这样优柔寡断的一个人，竟会为了个女子，置天下苍生于不顾……”

“呵！”泰宁帝冷笑了一声，“愚蠢！朕是自己不愤不甘，心生贪欲，与她有何关系，所有的一切，都不能作为借口！朕就是想夺你父皇的一切，朕甚至想将他的一切，甚至是你都踩在脚下！朕看不起他，朕也不愿意善待你……呵，说了你也不懂！”

皇甫策不以为意地笑了笑，轻声道：“父债子偿吗？”

泰宁帝看了皇甫策一眼，冷声道：“你看似为人谦和与世无争，实然骨子里与你父皇如出一辙，自私自利，为达目的不择手段！朕看见你就讨厌。有时候朕也想不管不顾，给自己出出气，可前史为镜，咱们皇甫氏不能让自己走进穷途末路里！”

皇甫策挑眉：“本宫都替皇叔心累，皇叔从早上折腾到此时，所图为何？”

泰宁帝缓缓地闭上了眼眸，许久许久，轻声道：“为帝者，体上天之仁爱，念开朝之艰险，正身清心，立天下之正位，行天下之正道。”

午后的天空，越发地阴沉，大片大片的雪花毫无征兆地落了下来。

人烟稀少的街道上，一白一黑并肩而行，明明是两个人，不知为何，那身影看起来，越发显得落寞孤寂。不知走了多久，两人停在一处新盖的大屋前。

韩耀抿唇一笑："听闻这是你私下里盖的济世堂，专为收留雪后无家可归之人？"

明熙愣了愣："非我一人的功劳，谢燃也有出钱出力。"

韩耀凝视着明熙，许久许久，轻声道："你是何时变成这般的？"

明熙笑道："这般是哪般？我以前不是这样的吗？"

韩耀轻声道："以前你对人也很好，可哪里会考虑这么多……不过，以前你也没甚不好的，不过是不懂人情世故罢了。如今看来，不懂人情世故也没有那么重要，只要你觉得开心，怎样都好，不为任何人考虑，也无甚。"

明熙斜眼望向韩耀，轻声道："你自来了漠北，老说一些奇奇怪怪的话，以前……以前我们老是吵架，你可从来没说过我好。自然，我们虽老有争执，可我总也忍不住让着你，按理说我们井水不犯河水，我也不该让你厌弃成那样，可你竟是对谁都礼让三分，唯有对我恶言恶语。"

韩耀垂了垂眼眸："想不出来原因吗？"

明熙笑了笑："以前想不出来，为此烦忧了很久。可后来陛下生病，老让我给他读佛经，我就想明白了。"

韩耀道："想明白什么了？"

明熙抿唇一笑，咏叹道："万般皆业障。"

韩耀目光微动，斜眼望向远处，轻声道："你才读了几页佛经，竟是有了这种感悟？业障，何为业障？枉你跟着夫子读了那么久的圣贤书，最后竟相信这些莫须有的东西。"

"一个人若无缘无故地讨厌另一个人，也不光是今生的缘故，许是有前世的因果。大概是我上辈子抱着你跳井了，你这辈子是来找我寻仇的。我讨好你，对你好，让你骂一骂，你这仇算是报了，来世我们各走各路，谁也不欠谁了。若我继续抱你跳井，只怕来世，我更是得讨好你，你也会对我更狠！"

韩耀低低地笑出声来，许久许久，轻声道："这都是谁告诉你的？"

明熙笑道："陛下说了一些，我从经书上看到一些，还有一些是我自己琢磨的。"

韩耀斜眼道："你当真相信今生来世吗？"

明熙点了点头："相信啊，许多东西都很玄妙，你找不到原因，唯有相信缘分。可缘分又是什么呢？佛家说，缘分是前世因后事果，一饮一啄皆为定数，如此我们才会无怨无悔地倾心一人，因为那是我们欠下的。"

韩耀缓缓垂下眼眸，长长的睫毛遮盖了全部的心思："这一年，你都在读佛经吗？"

明熙仰头望向天空，有些感叹地开口道："是啊，去年我帮陛下念经书，尚且忍不住抱怨，可我如何能想到，不过短短一年，我当真会用心熟读经书，还能顺口胡诌上两句。"

韩耀站在原地，双手缩在大氅里，紧紧握成了拳头，许久许久，轻声道："这一年，你过得很不好吗？”

明熙摇了摇头，轻声道：“这一年我过得很好，读佛经也非是际遇不好，只不过是有许多事想不通罢了。虽然我今年才十八，但不知为何，我感觉自己活了很久很久了，经历了许多人、许多事，似乎看明白了许多，似乎又不是很明白，也许是一颗心觉得漂泊，佛经里就会有归途。”

韩耀抿唇，轻声道：“荒谬！你小小年纪在佛经里找什么归途？！莫不是你想一辈子诵经念佛，还是一辈子在漠北军拼死拼活地混个一官半职？可这些又都算什么？你就没有想要的东西了吗？实然，你可以有很多选择！既然你有镇守边关的志气、有杀敌的勇气，为何不敢要自己想要的东西？不管如何，只要你还想要，我……我也可以帮你。”

“七月，我随谢放巡边，遭遇了埋伏。这一场遭遇战打下来，左右护军三去其二，入眼的到处都是尸身。我很后怕，可也不光是害怕，我手上身上沾满了鲜血，许多人尸身上还有我的弩箭……我虽不后悔，在那时，不是他们死就是我们死，唯有奋力一战，明明知道一切都是应该的，可我回到甘凉城后，依然彻夜做噩梦，唯有抄经忏悔，方能安睡。

“现如今，我能做到心平气和，何尝不是想透了呢？若你真的是我的朋友，该为我高兴庆幸。这人世来就来了，不该对任何人任何东西有执念，既然得不到，那么说明这东西或是这人，本就不该是自己的，为何非要去强求？”

韩耀仰着脸，直至感觉眼中的热意散去，才敢开口：“边境不安，甘凉城不算什么好地方，不若跟我回帝京吧。”

明熙长长地出了一口气，浅浅笑道：“帝京那地方，我不想也不会再回去了。如今我见了那么多的生死，似乎也明白了世事无常。这一生，总会有得到和失去，不管结果如何，都该坦然面对。或许你以为我还惦念着以前，锦衣玉食，士族身份。可这些对我来说，都不是那么重要了。你信也好，不信也好，我现在感觉很好，前所未有地好。”

韩耀轻声道：“甘凉城也好，哪里都好，只要你肯照顾好自己，不回帝京，我不会勉强。可你在甘凉城的日子不该这么过，战场不是个好地方，更不是你该待的地方！”

明熙不以为然地看了韩耀一眼，笑道：“那韩大人以为我该待在何处，过什么样的日子呢？”

一时间，韩耀的脑海中划过种种，又似乎什么都没有，翻涌的内心，却不管如何都平静不下来。许久许久，他自嘲地一笑：“我总以为我不在乎，或许我是个拿得起放得下的人，可如今与你一比，当真是……许是你不信，见到此时的你，我竟一点都不开心，淡漠宽容、谦卑恭顺，为人处世也有了几分圆滑，这该是变好了，可我竟觉得一点都不该如此。

“若一个人过得好，该是一如既往，只有遭遇了生活和世事的磨砺，才会变得谦卑谨慎。你哪里该过这样的日子？你为何要匍匐在别人脚下？高高在上唯我独尊才是贺明熙啊！”

明熙笑了一声：“以前？不说那个时候年少不知事，实则我倒是觉得，如今的我才是真正的我。以前的贺明熙看似跋扈，何尝不是因为心虚不安，才不得不虚张声势呢？被贺氏所弃，在宫中身份尴尬，唯有倚靠赫连皇后的宠爱，自然要对皇后娘娘言听计从，甚至不得不做出皇后娘娘喜欢的样子……

“我觉得我现在很好，前所未有地好，不必为人所累，不必为人所想，在一个地方，凭借自己的努力生活，不再和权势沾染，不再步步为营，不必争抢。我觉得如此一生平顺安和，无甚不好。”

明熙的侧脸带着浅浅淡淡的笑意，可明明是笑着，为何看起来是如此空白，似乎当真已做到淡漠如尘。韩耀莫名升起了恐惧之意，轻声道：“那以后呢？你总不能一直女扮男装在漠北军里，你知道那不是长久之计！”

明熙笑道：“自然不能，待到明年春暖花开，我也会离开甘凉城。”

韩耀道：“去哪里呢？回帝京吗？”

明熙抿唇一笑：“帝京那地方啊，我待够了，至少我现在想着，以后不会再回去了。天下之大，哪里都能去，南梁也好，大雍也好，到处都是山明水秀繁华锦绣之地，我想都走走看看。等到走不动了，就找一处小寺，出家好了，终生侍奉佛祖，以赎满身的杀戮。”

韩耀骤然抬眸，望向明熙，逐字逐句道：“贺明熙，你当真对任何人任何事都不留恋了吗？”

明熙浅浅一笑，拱手道：“韩大人今夜离开，只怕后会无期，往日是我不懂事，对大人多有得罪，望大人不计前嫌，不要记恨我。明熙在此，祝大人一路顺风，此生顺遂。”

“贺明熙！”韩耀双眸赤红，有水光闪烁，许久许久，才压抑住情绪，咬牙道，“对你来说，这世上当真没有什么重要的人或事了吗？你竟是要走得毫不留恋！贺明熙！你才是这世间最狠心、最无情的人！

“呵！我早该想到，早该明白！你每每抽身都是如此地干净利落！甚至你能转眼间前尘忘尽！所有的一切……在你心里，当真没有留下过痕迹吗？”

明熙微微斜视，挑眉道：“韩大人何来这么大的怨气？知道的是我们在告别，不知道还以为我对韩大人负心薄性了呢。”

“呵！我倒宁愿你曾对我负心薄性，好让你内疚难受一辈子。”韩耀咬牙道，“贺明熙，你的心到底是什么做的，铜铸铁打的吗？你怎么能这般不留痕迹？呵呵！如今我倒是可怜起他来了。你从来都是个看似深情，实然无情的人！你的心里谁都没有，只有你自己！只要你觉得不值得了，或是你累了，你毫不留恋，转身就走！根本不会管别人的死活！”

明熙眼中露出些许恼怒来：“这得多大的怨气，才能让大人说出这番话来？我自问不曾愧对过韩大人，韩大人何至如此？若是为你家主君，更是不必如此，我与他的事，孰是孰非，我已不想再说了。如今是我遁走他乡，你家主君安坐东宫之位。我可问心无愧得很！”

韩耀冷笑道：“好，好个问心无愧。既然你觉得不重要，我也不怕告诉你，太子前番病重，群臣四散，唯我一人去东宫问候，为此惹了陛下的眼，这才将我打发出来押送粮草来漠北。”

明熙沉默了片刻，轻声安抚道：“放心好了，陛下虽不会善待太子，但也不会有心害你家主君的性命。”

韩耀冷声道：“贺百夫长许是不知道，九月二十九殿下生辰那日，敏妃为陛下诞下了皇长子。当日太子殿下被陛下软禁东宫，天寒地冻，病无所医，如今已是命在旦夕，这对贺百夫长来说，也不重要了吗？”

明熙怔了怔，许久，轻声道：“你们筹谋了这许久，不就是为了回去救他吗？”

“谢氏筹谋许久，但是当初所图，绝非为了营救太子。可如今这番筹谋，反而只为救出太子殿下，其中凶险，自不必说。太子殿下的身体你最知道，即便是要去救，也必须熬到众人前去的时候。大雪封路，我十日前才收到这消息，如今情势该是比那时更糟糕。”

韩耀见明熙垂眸不语，缓缓地出了口气，轻声道：“本来你也在这五千人当中，且因弓弩使得好，是被谢逸亲自点了要回帝京的。我知道你不想再沾染帝京的事，私下为你求情，以你为贺氏子弟不好指派为借口，才将你留下，可没承想你居然是要……好个万花丛中过，片叶不沾身啊！可……此事此时，是留是走，全看你的心意，谁也不会勉强你的！”

雪下得越发地大了，大片大片的雪花掉落在明熙的脸上与脖颈间，转眼化作了水珠，明熙站在原地许久许久，轻声道：“我不信陛下会害他的性命，最多不再是东宫罢了。”

韩耀冷笑：“殿下外柔内刚，若当真失了太子之位，只怕不用陛下动手，也定然……殿下当年身受重伤，多少大夫都说熬不过去了，是为何才能熬过来，没有人比你更知道！”

宁负虚名身莫负

2

六月的日头很是毒辣，蝉声此起彼伏。皇甫策跪在廊上，晒得一阵阵地发晕，耳边是贺明熙与蝉鸣交织的哭泣声。

且不说皇甫策才被贺明熙抽了三鞭，单单此时此景此声，都该让人心生厌烦。贺明熙才开始哭时，皇甫策甚觉解气，只当她自作自受。可眼睁睁看她坐在台阶上哭了小半个时辰，惠宣皇后怎么也哄不好，皇甫策心中那股怨气，也就莫名其妙地烟消云散了。

如今偷眼望去，皇甫策只想着不管如何都别哭了才好。甚至为此一遍遍回忆韩耀的话，虽当时听着很是解气，可如今见贺明熙哭得撕心裂肺，也忍不住怪韩耀不懂事，和个小娘子有什么好计较的。

皇甫策望着贺明熙有些瘦弱的肩膀，莫名其妙地心软又有些难受。他忍不住一点点挪着膝盖，不动声色地动了好半晌，挪到比较靠近明熙的地方。

这点距离，也没人能看出什么来，可皇甫策跪在此处，仿佛能感觉贺明熙身上的热气一般，莫名地，心里舒服了不少。实然，若真想舒服一些的话，皇甫策完全可以挪到阴凉的地方。惠宣皇后焦头烂额的，根本顾不上这些，那些宫侍早就练就八面玲珑的心思，不管如何，也不会特意得罪身份尊贵的大皇子，可皇甫策不知为何，却鬼使神差地挪到了明熙身后。

惠宣皇后一下下地抚过明熙的后背，柔声哄道："你连着几日高烧，好了一些，娘才答应你去看看韩耀，若知道是这般的结果，娘也不会放你出去找韩耀了。"

明熙许是哭累了，斜眼望向惠宣皇后，啜泣道："我对他那么好，他为何不喜欢我？如今每每见我都嫌弃得很，连正眼都不给一个。"

惠宣皇后轻声安抚道："他本就配不上你！如今也算是有自知之明，与我阿熙无关。"

明熙沉默了片刻，哭道："若是他配不上我，怎么还能对我这样……是不是因为我太讨厌了，他才不许我靠近的。可我一直按照娘教的对他好，也不要什么回报……反正也没人理我，他总还是搭理我的，他为何突然就变了呢？"

惠宣皇后擦拭着明熙脸上的泪水，轻声道："这本与你无关，是娘不该想着给你们定亲，让他们生了别的心思。想来他们家不愿意与咱们结亲，又怕我们继续误会，这才不许你再靠近了。"

明熙停了哭泣："娘为何要给我们定亲？定亲是要成亲吗？像兰姑姑那样出宫去吗？"

惠宣皇后道："成亲是为了让两个相互喜欢的人，长长久久地在一起。你兰姑姑虽是嫁人，但不见得就是嫁给喜欢的人。你不是喜欢韩耀吗？你们成了亲，这样就不用分开了，一辈子都能在一起了。"

明熙想了片刻："我喜欢娘，但是没有和娘成亲，不是也会一直在一起吗？"

惠宣皇后怔了怔："傻孩子，那怎么一样呢？他是郎君，你是娘子，若是想要一直在一起，就要成亲……"

明熙道："不是因为没有人和我玩，娘才教我怎么对别人好，让别人喜欢我吗？他不喜欢我，还让我处处讨好他，一时还行，可是这样一直讨好一个人，那不是很累吗？我们要成亲吗？如果我出宫去了他家，没有了娘，他会对我更不好吧？

"那样我不是更伤心了吗？也会天天哭的。娘不是说，喜欢就是对人好吗？可他没有对我好过，他不喜欢我，我还赖在他家中，只怕他会对我更坏吧？那我一定会更伤心更伤心的。"

惠宣皇后见明熙说出这般的话，不禁长舒了一口气，忍不住笑了笑："做亲这事，是娘想岔了，差点害了我阿熙。既然咱们不愿意天天对着他，以后就不去找他了！韩氏算什么，娘本来就看不上的人家，以后你遇见了喜欢的，娘再给你做主。"

皇甫策听至此处，不知为何，轻轻地舒了一口气，嘴角不由自主地勾了一个弧度。

明熙又哭道："娘说得简单！娘都看不上的一个人，不照样没办法？宫中就那么几个人，别人见我都是低头走路，哪里还有搭理我的人！遇见喜欢的再不喜欢我怎么办？娘教的办法一点用都没有，我现在还是好伤心！我对他那么好，他为何要对我那么坏！"

惠宣皇后忙道："有啊，高氏嫡长子才进宫！你没见过的，你母亲与他母亲还是手帕交呢，他肯定愿意和你玩！"

明熙哭得更伤心了："上次娘也是那么说，说韩耀一定会和我玩的，他不敢不和我玩！现在弄成这样，韩耀长得那么好看，哪里还有那么好看的人和我玩，娘怎么能这样……总是骗我，总也骗我……呜呜……"

惠宣皇后忙道："娘想岔了，让他们误会了，不敢和阿熙玩了，不关阿熙的事。"

明熙哭道："可是我还是很伤心很伤心啊！我真的特别用心特别用心了，他对我不好也没事，可是他为何要骂得那么难听！他对谁都有礼，难道别人就好，合该我就要挨骂……呜呜呜，娘说得对，那些人都不是好人！他们都坏心，你对他们再好，都没用！都没用！呜……"

"阿熙！"惠宣皇后见明熙哭着哭着突然没声了，愣在当场，皇甫策从身后接住了软倒的明熙。惠宣皇后方才回过神来，抖着手抚了抚明熙的额头，烫手得紧。

惠宣皇后六神无主地一下下抚着明熙的额头："阿熙阿熙，别吓娘！"

皇甫策接住了明熙，瞬间感觉一股热浪扑面而来，如此炎热的天气，这般的哭闹竟是一点汗都不曾出，浑身烫人。皇甫策心里"咯噔"一下，忙开口道："母后，太医！快请太医！"

惠宣皇后恍然回过神来，尖叫道："太医！太医！六福快去传太医！裴达快来抱娘子回房！"

裴达快步走到皇甫策身边："大殿下，您抱不动的，将娘子给奴婢吧。"

皇甫策虽感觉膝盖之下都麻了，可还是紧紧地抱着明熙，摇摇晃晃地站了起来，快步朝屋里走，对裴达道："还不快将屋内的冰盆都撤了！"

惠宣皇后不及多想，忙道："对对，快将冰盆都撤了！请陛下！快请陛下过来！"

皇甫策将明熙放在床上，轻声道："母后少安毋躁，近日朝中有事，父皇一早就去了安定城，只怕一时半会儿回不来。"

惠宣皇后一遍遍地抚着明熙的额头，整个人都在发抖，满眼的惶恐之色，六神无主道："那可怎么办？可怎么办？若无陛下在，太医们不尽心该如何？宫中的人，个个都信不过，阳奉阴违！若我阿熙有个三长两短……不会、不会，阿熙不会有事的。阿熙阿熙，你快睁开眼看看娘哪！"

皇甫策沉默了片刻，轻声道："母后莫怕，父皇虽不在，儿臣会守在此处，定不敢有人在此时阳奉阴违，慢待了母后与阿熙妹妹。"

惠宣皇后抬眸看了皇甫策一眼，目光微动，冷笑一声："这不是理所当然的吗？若非是你和韩耀，我阿熙怎会如此！若治不好阿熙，本宫定不会饶过你们的！一定不会放过你们的！"

夜已深，窗外飘起了细细碎碎的小雪。

景阳宫正寝内悄无声息，橘黄色的灯盏，在黑暗中摇摇晃晃的，似乎在下一刻就熄灭了一般。

恍然一梦，没承想，那些以为已忘了的往事，竟还记得这般清楚。那时的情景，那时的一切，连惠宣皇后的神情，都能记得这般清晰，一如昨日。

皇甫策躺在床榻上，回想梦中的一切，又不由自主地想起了那日众家娘子的话。当时虽生气，可竟是没有半分伤心，如此诛心之论，听在耳中，竟一点都不觉震撼或是意外。

在这般的位置上，遭遇了那么多事，哪里还会如年少时那般心底澄澈？或者说，在这样的地方，经历了那么多黑暗，又怎会相信这世上当真还有心思纯净的人呢？若当年王雅懿确实为色相迷惑，喜欢的是那个干净且彬彬有礼的大皇子……

那贺明熙呢？喜欢的又是什么样的皇甫策呢？心思澄澈的，还是谦恭礼让的呢？

贺明熙……一个名字而已，可为何每每提起来，都能触动心底？明明她才是被放弃的那个，可为何时至今日，总有那么个瞬间，让自己以为，皇甫策才是被抛弃的可怜人呢？

那日阁楼上离别的话，那时的每一个动作和瞬间，到了如今，都已成了不能触碰的记忆，当时皇甫策哪里来的那么大的自信呢？哪里来的踌躇满志呢？以为她会跟上去，跟在身后，不管怎样的对话和伤害，她都一如三年来不以为意，转眼即忘。

那些反常、那些依依不舍、那些眼泪，竟是没察觉半分。往日的敏锐，往日的从容，都被即将得到的一切与即将得到的自由权势掩盖，半分都没有察觉她的分手之意。

太得意了，得意地以为一切都还在掌握中，可忘了这世间，长不过执念，短不过的是人心善变……

如今又是一年了，她的心也许当真已……

皇甫策慢慢地闭上了凤眸，有些不敢想了，不知为何，突然有什么重叠交织着，可似乎又想不出来，一颗心堵得厉害……

柳南听见了动静，从脚踏上坐起身来，撩起床帐，轻声道："殿下可是要喝水？"

皇甫策缓缓睁开眼眸，望向那极为微弱的火光，许久许久，轻声道："最近可有消息？"

柳南霎时间清醒过来："呵呵，哪儿有什么消息？殿下不是与陛下出去散心了吗？怎么又突然问起消息来了？"

皇甫策斜了斜眼眸："本宫问的不是王氏，你知道本宫说的是谁。"

柳南垂了垂眼眸："哦哦，贺东青那户籍和路引虽做了三个，但是至去年为止，只有贺熙一个用过。看那路程，若奴婢估算得没错的话，娘子如今该是在燕平或是甘凉城。"

皇甫策蹙眉，慢慢地支起身子来："为何不能确定？"

柳南沉默了片刻："路引已过了燕平，但甘凉城的户籍与名录都在谢将军那里，衙门也有名录，但因甘凉城隶属边界，对此类文书保管得极为严格，如今殿下能动用的人脉很少，这些还都是花了银钱遣人追查的，很不容易。"

皇甫策愣怔了片刻："阿耀不是去了燕平吗？你派人送信，让他查一查。"

柳南轻声道："韩大人只怕已在回来的路上，如今咱们这般的境遇，韩大人若是得了消息，哪里会在燕北耽搁？"

皇甫策抿了抿唇："你再派些人去甘凉城打听，本宫要知道确切的消息，不是推测。"

柳南皱着眉头："殿下这又是何必？知道确切的消息，又能如何？若娘子不愿意回来，您还能绑她回来不成？要奴婢说，强扭的瓜不甜。娘子若愿意回来，自己就会回来……"

皇甫策轻声道："你这是觉得她不会回来吗？"

柳南偷瞄了皇甫策一眼，轻轻地摇了摇头："殿下知道，娘子历来是个干净利落的人。"

皇甫策又道："他们不是都说，本宫在熬日子，快死了吗？"

柳南赔着笑脸："殿下说哪里的话，都是外面人瞎传的啊！咱们如今再好不过了！"

许久许久，皇甫策蹙起的眉头，缓缓地松开了，长舒了一口气，勾起了唇角，哑声道："柳南你入宫多久了？"

柳南见皇甫策不再提这事了，自然乐意得很："快二十年了。"

皇甫策道："你一直都在母妃宫中吗？"

柳南抹了一把脸，笑道："奴婢运气好，入宫就被田管事看中，一直带在身边亲自教导，当初娘娘曾说若是殿下成家立事后，让奴婢去伺候殿下。"

皇甫策笑道："本宫被立为太子，你却跟了贺明熙。"

柳南忙道："那都不算的，殿下若是成婚的话，奴婢必然要给殿下管事的。奴婢可是田管事亲自教导的人，必然是给殿下准备的。"

皇甫策轻声道："十年前，本宫被惠宣皇后留在中宫两天两夜的事，你还记得吗？"

柳南想也不想，忙道："记得记得！这么大的事怎么能忘？当初贵妃娘娘带人闯揽胜宫不成，当场就哭了！可惜皇后娘娘的侍卫，都是陛下特意配的，只认陛下与皇后。那时大家不知道揽胜宫到底出了什么事，谢大人顾不上规矩，为此入宫了。可中宫就是不开门，所有的太医都被关在中宫，若非宫禁有御林军守卫，只怕谢大人都要带兵杀进宫了。"

"父皇从安定回来，还以为动乱了呢。"皇甫策沉默了许久回了一句话，可这句话说完，脸上露出了几分恍惚。

那次贺明熙昏迷了两天两夜，皇甫策整整守了两天两夜，明知道外面乱成了一团，母妃肯定会担心，可根本顾不上这许多了。贺明熙高烧惊厥，浑身抽搐，口吐白沫，眼看就不成了。当时太医已断言，即便救回性命来，只怕已是烧坏了头脑，将来定然不复以前聪慧了。当时皇甫策曾在心中许了多少愿，发了多少誓，都是为了让她熬过去。

直至此时，皇甫策还清晰地记得，听了那些话，一时间竟什么办法都没有了，脑海一片空白，虽是不停地安慰惠宣皇后，甚至说自己乃真龙之子，肯定能镇住魑魅魍魉，实然心里一点底气都没有。才十二岁，不管如何强装镇定，还是忍不住偷偷地落泪。

在最后期限的夜里，当太医说束手无策的时候，皇甫策为求治愈贺明熙，与惠宣皇后一起跪在月下祈祷了一夜。那时许了什么样的誓言，都已不记得了，可不管如何，只求她平安无事就成。如今想起这一切来，皇甫策突然特别难过，原来……原来竟是……

两天两夜，贺明熙醒了，前尘尽忘，突然不恨自己了，也不怎么热情。在她看来，皇甫策只是其中一个皇子，性情孤僻。她再也不缠韩耀了，韩耀不知道这里面的事，可皇甫策不知出于什么心思，竟是不肯将这事告诉韩耀。是以，韩耀为驱赶贺明熙，依然恶言恶语。

贺明熙虽觉得莫名其妙，只当他与大皇子一心，对中宫同仇敌忾，偶尔也会逗弄逗弄，但总也不曾当真，也不曾记仇。后来她与高钺越走越近，一起玩耍习字习武，两人同进同出，虽没有对韩耀那么好，但也是不差的。

惠宣皇后将皇甫策与她一起祈祷救助明熙的事，忘得一干二净，从不曾告诉贺明熙一句前尘旧事。惠宣皇后自然也从救治当中，明白了皇甫策当时还十分懵懂，甚至自己都完全不明白的心思。

惠宣皇后说："贺明熙永远不会喜欢那些看似光鲜亮丽，实然内心是住在阴暗里的老鼠。"她用自己刻意遮盖的心思，毫不留情又充满恶意地羞辱践踏着那时皇甫策还年幼的心。她只是紧紧抓住这一点，就将皇甫策踩在了尘埃中。直至此时，皇甫策仿佛还记得那冰冷的声音与嘲笑的声音，以及惠宣皇后满载胜利、狰狞而充满恶意的笑容。

十二岁的少年，对待一切都是懵懂的，哪里会是惠宣皇后的对手，甚至何种心思自己都尚且弄不明白的时候，为了和惠宣皇后赌气，或是为了和什么都不知道的贺明熙赌气，与中宫渐行渐远，为此心中充满了深重的怨怼。只因被惠宣皇后看破了心思，从而表现得更加地不在乎贺明熙，十天半个月，不去中宫一次。且与刻意迎合的王雅懿越走越近，一次次地告诉自己，本就该喜欢这样温柔暖和风轻云淡的娘子。

日久天长，皇甫策逐渐忘记了那股不服输的心思，忘记了怨怼的原因。每每看见贺明熙，都抬着下巴，漠视过去。贺明熙从不曾认为自己需要讨好谁，也不会刻意与大皇子多说一句话，依旧我行我素，目无宫规。

有一次皇甫策将二皇子推下水中，被父皇罚跪在揽胜宫的主院里。当时皇甫策只觉羞愤与不堪，生怕贺明熙看自己的笑话。可贺明熙从外面走进来，甚至看都不曾看一眼跪在院落中央的他，宛若根本没有这个人一般。两个人一个表现得漠视，一个是真正的漠视，这才越发地形同陌路了。

十六岁皇甫策选妃时，甚至连想都没想过贺明熙这个人。因为惠宣皇后曾当着众多皇子的面，让先皇许下诺言，只要贺明熙喜欢，贩夫走卒还是寒门庶子，都要欣然做主。但唯独不愿让她嫁给宫中的人，这地方她自己待了一辈子， 不想让明熙走她的路。这般的要求，先帝自然无不应允。

“殿下！殿下！”柳南晃了晃皇甫策的胳膊。

皇甫策骤然回过神来：“嗯？”

柳南为难地看向皇甫策，轻声道：“殿下可是哪里不舒服？”

皇甫策怔了怔，缓缓地闭上了凤眸，摸了摸湿润的脸颊，哑声道：“无事，风迷了眼。”

“哦。”柳南看了眼关闭好的门窗与微弱的灯盏，轻轻地应了一声。

十一月中旬已是隆冬，天气虽是寒冷，但太极殿里依然繁花锦绣。

内殿院中的蜡梅，已是含苞欲放。小花园里特制的八角亭内温暖如春，紧挨着亭子的空地上，放置着各种各样即将盛开的花树。

泰宁帝倚坐在地板上，望向阴暗的天空许久，长舒了口气，斜眼望向坐在对面一身戎装的人。银色的铠甲仿佛天生就该穿在这人身上，俊美英武，轮廓分明，五官深邃煞是惹眼，那双深蓝色的眼眸仿佛弥漫着无尽的雾霭，让人看不清里面的一切，也给英朗的容颜平添了几分柔软，眉宇间俱是正气与几分孤傲。

若非如今大雍与南梁，不管郎君还是娘子，都以白皙柔弱为美，这般的人只怕会成为更多家主母首选的乘龙快婿。

高钺坐得笔直，缓缓放下手中的茶盏：“陛下有事吩咐？”

泰宁帝一边烤火，一边优哉游哉地开口道：“无事吩咐，就不能叫高统领来说说话吗？”

高钺垂眸道：“陛下只管说，末将定将知无不言。”

泰宁帝笑出声来："闲话家常而已，阿钺何须如此谨慎？"

高钺斜了斜眼眸："已经快半个时辰了，陛下一直不曾开口，末将以为此事，是否让陛下为难了？"

泰宁帝脸上的笑意更深了："不是朕为难，是朕怕你为难了。朕虽是久居宫中，可也听到了不少风声，说高统领如今可是许多人心中的乘龙快婿。高林只怕光为你选一门得用的岳家，已是忙得焦头烂额了。"

高钺道："陛下多想了，末将不曾想过此事，家父何来为难一说？"

泰宁帝闻言挑了挑眉头："哦？过了正旦，你已二十有四了，你父亲一点都不着急吗？"

高钺沉默了片刻，轻声道："陛下一直都对末将的婚事很是关注，不知到底为何？"

泰宁帝不置可否地笑了笑："明熙如今身在何处呢？"

高钺愣怔了片刻："末将也是上个月才收到消息，如今该是在甘凉城里。"

泰宁帝嘴角的笑意逐渐散去了，慢慢地蹙起了眉头："甘凉城？八月甘凉城似乎才打了一场仗？"

高钺正色道："陛下不必担忧，不过是攻城战。谢将军镇守甘凉城十多年，这般的征战几乎每一两年都要经历一次，着实不算什么。除了围城的几日，不会对百姓造成多大的影响。"

泰宁帝思索了片刻："边关百姓彪悍，不惧征战。可明熙自小在帝京长大，十几年安逸，哪里见过那般的阵势，只怕当时吓得不轻。"

高钺忍不住勾起了唇角，轻声道："陛下莫要小瞧了她，她自小与我们一起习文习武，最善骑射，也不会怕这些的。"

泰宁帝眯眼看了会儿高钺嘴角的浅笑："难得见你夸赞别人，这话朕相信，可甘凉城到底不是好地方，娘子大了总要嫁人的，甘凉城哪里能有匹配的人选？放眼看去，甘凉城身份最高的谢放，也不过是个庶子。

"如今没有别人，朕也和你说句掏心窝的话。放眼整个帝京，着实没有几家郎君能入眼。朕虽对你信重，可你也非朕眼中的乘龙快婿。你生母已逝，家境复杂，一群庶出的兄弟姊妹，最大的庶弟才比你小了几个月。你父亲的继室如今又有三个嫡子，这般的家境，哪里有什么优势？"

高钺嘴角的笑意散去了，抿唇道："陛下为何又说起这些了？"

泰宁帝端起了茶盏，笑了笑："虽说如今朝中愿意与你家做亲的人很多，但几乎都是冲着你父亲的官位与你能看得见的前途去的，这些优势在朕的眼中，显然不算什么。你也别在意，嫌货才是买货人，朕对你不满，可看来看去最中意的还是你的品性。"

高钺垂了垂眼眸："末将从无高攀士族之意，陛下所说，末将不明白。"

泰宁帝笑了笑："你虽是武将，可也饱读诗书，朕说什么，你心里明白的。当然，你以前就说对明熙只有兄妹之情，可以前是以前，现在是现在。你都这个岁数了，一直不成家，想必也是没有心上人。依朕看，不如你们两个凑合凑合，如何？”

高钺抬眸望向泰宁帝，轻声道：“婚姻大事乃父母之命，明熙已自出宗族，若是做亲的话，只怕我父亲不会愿意。”

泰宁帝笑道：“自然是父母之命，朕对你可是不曾强求，两次都是从中说合说合，若当真能强求，一道圣旨下去就是了。若你愿意，高林那里你不必管，到时候朕有法子让你们自立门户，分府出去。”

高钺沉默了片刻，轻声道：“陛下是当真的吗？”

泰宁帝挑眉：“什么是当真的？朕和你说了两次，难道都是逗你玩吗？”

高钺望向泰宁帝轻声道：“陛下说自立门户，可是当真？”

泰宁帝轻笑了一声，胸有成竹道：“宗族之事，朕肯定管不了。可是让你们两个分出去，自己过自己的日子，还是有些办法的。高林最看重的是什么，朕可是心知肚明。”

高钺抿了抿唇：“也是，宗族之事又岂是陛下能插手的。虽不知陛下为何看重了末将，但若单单是因为末将至今未娶的话，只怕陛下看错人了。高钺之所以至今尚未娶妻，乃是因为京中已有外室，不过因她身份卑微不好入门，才不得不拖延至今。”

泰宁帝愕怔了片刻：“外室？！呵……谁家郎君年少时没有几段韵事？你也说是身份卑微的外室，到时候朕替你遮掩了，你只管将人打发了就是。”

高钺摇头道：“末将已二十有四，家中又怎会不着急婚事，不说那些庶出的兄弟，夫人所出之子，也已快到了议亲的年纪。末将一次次地推诿婚事，也只因这个外室。”

“呵呵！”泰宁帝冷笑了两声，缓缓地放下茶盏，“何为外室？一个蓄养在外没名没分的东西罢了！你如今连大妇都没有，难道想将个身份低微的外室迎进门做妾不成？！莫说单单一个外室，即便生下庶长子，都有混淆血脉之嫌，何至于让你拿出来和朕谈条件！”

“末将不敢和陛下说条件，也并非是拿此搪塞陛下。”高钺缓缓站起身来，拱手道，“一个外室，在陛下眼中不算什么，但末将曾与她彼此心许，若不能将她迎娶进门，末将愿意终身不娶！”

泰宁帝抬眸望向高钺，许久许久，冷笑一声：“当真？”

高钺垂眸轻声道：“当真！”

许久许久，泰宁帝沉了一口气，微微点了点头：“高钺，你拒绝了两次。”

高钺抿唇轻声道：“末将辜负了陛下一番心意，只是姻缘之事，着实……不能强求。”

泰宁帝嗤笑道：“有两次机会摆在你面前，你很轻易地就选择了否。你说得对，缘分是不能强求的，可你当真如此讨厌明熙吗？”

高钺垂眸，轻声道：“末将……不敢。”

泰宁帝长出了一口气：“是不敢，不是不讨厌。虽不知明熙为何惹了你的厌，也不知你那外室是如何虏获你的心，可朕被你断然拒绝了两次，心里也挺难过的。你高氏不是士族，说是新贵，实乃戎马出身。如今所有的一切，均是我皇甫氏所赐。”

高钺忙道："末将明白！陛下万万不必因此烦心，不管这亲事成或不成，都是我高氏高攀了贺氏。"

泰宁帝轻声道："呵，朕不烦心，也不和你说高氏与贺氏。咱们说说为何如此。明熙自出宗族，算不上贺氏的娘子，但你若要身份，朕还是能给她更尊贵的。可如今，显然你看重的也不是身份，可一个外室子能如何，即便再好，哪里能与明熙相比？"

高钺沉默了片刻："陛下，两个不同的人，如何相比？且……"

泰宁帝摆了摆手，制止了高钺后面的话："你二人青梅竹马的情意，门当户对，虽不曾两情相悦，但婚后该是能做到举案齐眉。你也不必多想，明熙那样的性格，若不嫁就算了，若当真选择了嫁给谁，肯定会一心一意地过日子。

"你心里明白，明熙也不曾心仪你。可朕也能明白地告诉你，第一次给你提此事时，若非你一口拒绝，明熙肯定会答应。你所能看到的风光霁月的贺明熙都是假的，那时她实然早已走投无路，贺氏回不去，她与太子已走到了你若无情我便休的地步。"

高钺喉头轻动，许久许久，轻声道："事情过去了那么久，陛下何必旧事重提？"

"因为事情过去了，朕不愿强求，才要说出来，朕也好图个心里痛快。虽然你不见得想听，但朕心里不舒服了，为何让你好过？"泰宁帝笑了笑，"朕是君，你是臣，朕强迫不了你的婚事，但朕说的，你就必须听。"

高钺薄薄的唇，抿成了一条线："陛下也知道她心仪太子殿下已久，那时提亲与逼迫又有什么不同？"

泰宁帝斜视笑道："当然不是逼迫，她那么聪明，怎么不知道想要留在帝京，必然只有嫁人一条路。实然在她眼里，你一直都是成亲最好的人选，甚至她周围的人眼中，你都是极不错的，不然朕也不会看中你。若说无情，谁会多年如一日地照顾另一个人，也不曾图什么回报。"

高钺轻声道："家母临终所托，不敢怠慢半分。"

"你不必重复自己的理由，能说服自己就成，不用和朕解释。"泰宁帝笑了笑，可眼中毫无笑意，娓娓道，"你知道她在屏风后面，她也知道你知道她在听。你毫不犹豫地拒绝，斩断了她最后一条后路，让她无法面对自己，面对众口铄金。一个人爱慕一个人，根本不必表白，从眼神举动里都能看出来的，她心里明白你的感情，若你愿意，她那时也会选择回报……但无心利用你，可她估计没有想到，连你都对她弃如敝屣。"

高钺骤然坐起身来，正色道："末将从不曾有这般的想法！"

泰宁帝道："你是没想，可你直接做了。她也没想到连你都嫌弃，你走后，她面对朕时虽表现得毫不在意，但心里实在难堪。你让她明白了，在这帝京，即便她与太子多清白，她都不是干净的人。何况她心悦太子，从不觉得自己是清白的，甚至她虽从不以此为耻，可你的断然拒绝让她明白，也许在众人眼中，她就是一个让人感到耻辱的人。"

"我绝无此意！我怎么可能会如此想她！这般的事……只是……只是那时，一心想断了念想！”高钺骤然抬眸望向泰宁帝，说完这半句话，可……竟是不知还要说些什么，愣怔了片刻，只觉胸口如压了一块巨石，难受得紧，甚至连呼吸都有种说不出的疲累。

泰宁帝笑了笑：“朕不管你想断谁的念想，总之这缘分也是你斩断的，所谓挥剑斩情丝，不过如此。

“她毫不犹豫又急促地离开，是你一手促成的。你那时肯定心中不愤，以为她从不曾重视过你，也不曾爱慕过你，你为何还要为她着想？可是即便你想得到这些，可曾想过，自己是否给过你们两个机会？或是给过她机会？若你们那时，当真成了亲，才会有许多许多的以后，朕从不相信那些虚无缥缈的爱慕与心仪，一个长长久久陪伴在身边的人，才是最重要的。”

高钺紧紧地抿着唇，沉声道：“陛下为何非要说这些？”

泰宁帝笑道：“解气啊。朕意已决，自然要把话说完，好给自己出出气！莫不是朕用不到你了，还要让你舒心，宽解你不成？朕也不怕告诉你，贺明熙此番回朝，朕会给予她公主之尊，将来不管如何，朕绝对不会将她许配给你！”

“陛下……何至说出这般的话来？”高钺双手紧紧握成了拳头，坐在原地，腰背笔直，仿佛一张蓄势待发的长弓。

泰宁帝优哉游哉地端起了茶盏，笑了一声：“贺明熙是什么样的娘子，朕心里明白，朕也明白你与贺明熙有缘无分，不管你心里是怎么想的。你信也好，不信也好，今生今世，你们两个，绝对不会有以后了……”

“陛下何必如此诛心！末将又不曾做错什么！”高钺骤然抬眸，一双深蓝色的眼眸布满了雾霭，甚至闪过一丝杀意。

泰宁帝丝毫不惧，抿唇一笑：“诛心？你对明熙无心，朕如何诛心。朕所说句句属实，莫不是，你还等着朕给你第三次机会不成？呵，天真啊！你都有了用情至深的外室子了，在朕眼里你绝不是女婿的好人选了。”

高钺站起身来，沉声道：“末将自问对陛下忠心……”

“朕知道你是个好臣子。”泰宁帝放下茶盏，叹息道，“许多时候，想要和一个人相守一生，不光需要感情，还需要无数个天时地利人和以及运气……你显然是个有运气的人，既然那么喜欢外室子，就好好珍惜吧。”

“陛下！”高钺骤然上前一步，又生生地停住了脚步，深吸了一口气，“若陛下无事，末将就先告退了。”

泰宁帝不以为意地点了点头：“别和朕生气，你该和自己生气才是。虽然朕不知道你到底是为了什么生气。”

高钺垂眸道：“末将不敢。”

泰宁帝了然地笑了笑：“嗯，明熙在甘凉城的事，你就不要插手了，朕虽想让她回来，可也不想让她再欠你一分一毫。”

高钺狠狠地咬着唇，拱手沉声道：“末将遵旨。”

六福眼看着高钺离开，将才续的热茶端给了泰宁帝，轻声道：“陛下何必把话说成这样，到时候想再回头都难了。”

泰宁帝冷笑一声：“不知是谁回头难，朕好心好意的，即便他答应了，朕还要想办法让明熙答应。他竟还说不要，你说他所图为何？”

六福忙道：“年轻人的事，老奴哪里能想明白啊！以前老奴看高统领挺好的，可如今再看看，许是人心多变啊……娘子到底和太子殿下在一起近三年啊。不管陛下说他们怎么清白，人家能不多想吗？高将军又是这般执拗的性格……”

泰宁帝长舒了一口气：“按道理说高钺不该如此，朕怎么看着这事，就不那么简单呢？”

六福道：“依老奴看来，这也是人之常情啊！娘子虽是千般好，万般好，可这名声到底是被连累了。外人也看不到里面，太子殿下当初正是风光……那时娘子嫁到谁家，谁不掂量掂量，日子都不好过。早知道两个人不能在一起，当初就不该让他们一起在阑珊居三年啊。”

泰宁帝冷笑：“名声？呵，那些人哪里真的在乎名声？王二的名声就好了？做了那么不要脸面又尽人皆知的事，可如今走到哪里还不是被人捧着！见风使舵罢了！”

宁负虚名身莫负

3

贺府位于帝京东街，因离皇城最近，可谓寸土寸金。

贺氏与同街的人家相比，占地不算多广，又因这些年不停地添丁，庶子庶女都是两个人一个小院落，唯有嫡子嫡女还保留些士族的体面，都有单独的院落。

燕徊居乃如今的贺氏嫡长女，未来的太子侧妃贺蓉所居的院落。贺蓉是贺李氏唯一的女儿，自出生就比嫡子受宠，自小所住的院落，自然也是整座贺府当中最好的。

贺东青坐在燕徊居的小客厅里，虽是半垂着眼眸，可那难看的脸色却是无法遮掩。片刻后，里面传来了阵阵啜泣声，虽极力压抑，可其中悲痛也难以掩盖。

贺东青起身走到了屏风后面，贺李氏从里面掩面跑了出来，贺东青忙道："如何了？"

贺李氏还不到四十岁，该是十分年轻的妇人，此时看来双眸红肿，眼下青黑，鬓角的白发隐隐可见："夫君！我可要活不下去了！"

贺东青不及安慰李氏，看向紧跟着走出来的家医："童大夫……"

童大夫脸上露出了难堪之色，拱手道："老夫已是尽力了，这般崩漏不绝，就算是妇科圣手，只怕也难回天。若早些时候得治，许还能挽回……大娘子今后只怕很难再……还是要细细调养。"

贺东青面色变得十分难看，开口道："麻烦童大夫了，青雉送大夫回去。"

贺李氏见童大夫离开，忍不住掩面大哭："夫君！一定要逮住那人呀！我苦命的女儿啊！如此……如今可如何是好啊！"

"住口！若非你平日太过放任，又怎会出了这等的意外！"贺东青整张脸都是苍白的，嘴唇哆嗦，"此时再来说这些又有何用！出了这等的事……我还要入宫去请罪！本来好好的！都好好的！这般的殊荣只等嫁过去！不让她在家里绣嫁妆，你偏偏要带她出门！"

贺李氏缩了缩肩膀："去大安寺祈福哪里算什么出门！我还不是为了夫君看中的亲事！本来人都好好的！怎么偏偏是我的蓉儿出了事！哪里能想到啊！我哪里能想到啊！"

贺东青怒道："人是你带出去的！现在你说想不到！难道我就能想到了吗！"

"阿菱！滚出来！"贺李氏尖叫一声，"快拿家法来！"

贺菱慢吞吞地从内间里走了出来，脸色惨白惨白的："母亲……我我，我当真不知为何会变成这样，大阿姊是去更衣……"

"住口！跪下！"贺李氏歇斯底里地尖叫，"你们两个结伴出游，怎么偏偏就你阿姊出事了！你什么你！你今日要好好地给我说清楚！否则今日别想活着走出去！”

贺菱泪如雨下：“母亲！我也不希望大阿姊出事啊！当时大阿姊只是去更衣，我看人不见了就去找……可大阿姊根本没什么都没说呀！”

贺李氏瞪大了双眼：“还敢狡辩！将燕徊居给我封了！把翠红、芝兰给我押过来！”

贺东青缓缓地坐到了长桌前，抚着额头，许久许久，长长地出了一口气：“如今不是发怒的时候，你们将那日的事，再重新同我说一遍。”

贺菱在太子选妃之前，已与正三品大理寺卿的嫡次子章和议婚了。按道理这般的身份与人家，如何也轮不到贺菱这样的庶女身上。章氏虽是朝中重臣，却是不折不扣的寒门出身，那章和不知在哪里见了贺菱，一见倾心，回家求了母亲，上门议亲。

贺氏此时虽是不显，但好歹也是一等的士族。庶出的女儿，又自小养在主母身边，比一般的庶女身份要高。大雍虽不像南梁那般，士庶分明，但姻亲之事也是颇为讲究，放在三十年前，不管是贺氏的庶女还是嫡女，像章氏这般的人家想求娶贺氏，那都是高攀的。

那时贺东青见章氏为嫡子求婚庶女，自然欢喜，无不应允。不巧的是，又传出了太子择妃的事。正妃之位贺氏肯定是没有指望的，但若是适龄的女儿做个侧妃，也是件很不错的事。这适龄的女儿看来看去，最合适的也是贺菱。贺东青虽是心中不舍，但章氏的亲事也只有作罢了。章和见此，自然不依，竟是闹上门来，后来被闻讯赶来的长兄押走了。

没多久，章和就定了另一个小士族的嫡女，至今已成亲大半年了。贺菱这边毁了婚事，侧妃的人选也出了变故，最后敲定的人选竟是贺蓉。贺菱只比贺蓉小了不到半年，没选中就必须要快些议亲，可因有章和这般好人选的前车之鉴，又有贺蓉被赐了德字的侧妃之位，贺东青挑选人家的眼光也高了不少，贺李氏几次送去的人选，都不合意。

直至今日，这个岁数都不曾定下亲事，自然要着急了。以贺菱的身份与岁数，又有当初差点悔婚之事，若想嫁嫡子自然是在寒门里选一些官位低的，若是想要嫁到大户或是小士族里去，必然是要嫁给庶子的。想再寻一户章和那般的好人家，当真不可能了。贺东青一时春风得意，忘了许多，挑来选去，均不满意，待到太子被禁闭在景阳宫里，才恍然大悟，可惜又平白地耽误了贺菱一年。

此番贺李氏又看中了一户人家，是安定城穆郡守的庶出四郎，郡守虽只是正五品，但好歹也是镇守一方。安定城可不比别处，那是帝京的门户。穆郡守的夫人乃贺李氏的姑表亲，郎君虽是庶出，但自小长在军中，如今也是个从七品的校尉，这样的亲事对如今的贺菱来说，自然再好不过了。

穆夫人回帝京省亲，恰好是四郎来送，这般的机会总也难得，两位夫人约好了一起去大安寺上香。十月初十，贺李氏领着贺蓉与贺菱出了门，说是上香，何尝不是为了相看穆氏四郎。行程是早就安排好的，部曲奴仆都如往日般，路途上也不曾有任何的意外。

早晨出发，未至午时便到了地方。众人上了香以后，贺李氏与穆夫人闲聊了片刻，言语当中对贺菱很是满意，贺李氏要见穆四郎的时候，便将两姊妹打发出去逛园子了。贺蓉与贺菱虽是家中最受宠的娘子，但自从贺蓉被赐婚后，就再也没有什么机会出来了，且贺菱因一直都在相看亲事，也只有老实地待在家中。

十月的山寺，已有些冷意，花红早落，只有些将谢不谢的菊花还能看上几眼，但两个人早在家中看腻歪了，便带着两个丫鬟，一路去了山溪处，那一处有地泉，听说与翠微山的地泉同脉，梅花开得比别处都早，十月虽还不曾开，想必也是含苞欲放。

大安寺乃帝京最大的寺庙，是达官贵人和皇族来上香的地方，地方自然安全得很。两位娘子走得累了，在溪边的小亭内歇息，贺蓉想要更衣，领着丫鬟走了。

一炷香之后，贺蓉不曾回来。贺菱就有些着急，带着丫鬟找人，可贺蓉带走的丫鬟也在四处找人，说方才还在，自己得了吩咐去拿东西，回来人就不见了。三个人四处寻找，可哪里还有贺蓉的人影，贺菱当下不敢隐瞒，随即通知了贺李氏。

贺李氏大惊失色，忙加派人手四处寻找。快两个时辰后，贺蓉自己回来了，只说贪看风景走到偏僻处迷了路，后来遇见个小沙弥问了路才找了回来。贺蓉的脸色虽是不好，但贺李氏只当她受了惊吓，不及多想就打道回府了。

这一个多月里忙于贺菱与穆四郎的婚事，总算将所有的一切都定好了，只待明日互换庚帖。哪里想到，今日一早燕徊居竟是出了这等的事。贺蓉突然晕倒，竟是小产，且还是自己吃的药！这药还不知是从哪里弄来的虎狼之药，竟是出了血崩之兆！

贺李氏咬着牙，又将那日的事说了一遍，一时间心中不知该恨谁。如今贺蓉未醒，到底事实如何，谁也不知道！想来想去都是为了贺菱的亲事，才带着贺蓉出门，若非有此事，怎么会去那大安寺？贺李氏瞪着贺菱，目光犹如淬了毒的刀子。

贺菱跪在原地打着哆嗦，脸色惨白惨白："父亲！女儿当真是不知道……若知道一时不见，大阿姊能出这般的意外，宁愿以身代之！"

贺东青的眼中闪过一丝动容，许久许久，叹息一声："如今还说这些又有何用……蓉儿这事，不管什么原因，都是……若让我知道是谁，定将他碎尸万段！"

"夫人，大娘子醒了！"贺李氏的贴身丫鬟匆匆地跑了出来。

贺李氏忙看向贺东青："夫君先问，我去看看！"

贺东青微微叹息了一声："你也别忙着逼问蓉儿，已是如此，养好身体，慢慢查也不迟。"

贺李氏听到此话，不管如何不愿意承认，也明白贺蓉出了这种事，早查晚查或是查清楚，也没有多大的意思了，想嫁入东宫已是痴人说梦。只有两条路可走，一是建个家庙，青灯古佛孤独终老；另一条就是查出行凶之人，到时候再做打算。

大安寺那般的寺庙，能在后山游走的多是达官贵人，可这般不清不白地失了身，又绝了子嗣，即便是达官贵人，嫁过去也不过做妾，一辈子熬不出头来了……想至此，贺李氏只觉六神无主，不禁再次落下泪来，连连称是，掩面而去。

贺菱跪在原地，抬着泪眼望向里间："平白无故地吃了这般大的亏，咱们一定不能善罢甘休，父亲一定要为大阿姊做主啊！"

贺东青深吸了一口气：“做主是要做的，可如今这个地步，又能怎么做主？将来将那人千刀万剐了，也难解心头之恨！蓉儿这辈子算是……太子被陛下幽禁东宫尚且好说，可……陛下那里如何交代？”

贺菱垂着眼，吧嗒吧嗒地落泪：“家中出了这般的事，知道的是咱们不得已退了亲事，可不知道的人，定会误会父亲的为人出了问题。太子才被陛下训斥了几次，禁足东宫，我们就去退亲……”

贺东青闭目叹息：“为父何尝不知道这些？”

贺菱哭道：“父亲一直都看得明白，那大皇子何等尊贵，也不过是个不到百天的婴孩，这家中子嗣十人，能长成三五个都不错了，且当时敏妃还摔了一跤，大皇子不足月出世……哪里能与太子殿下相比。

“陛下与殿下到底是亲叔侄，自己怎么磋磨都是自己的事，总也不会害了殿下！万一……将来太子殿下翻了身，谁还会相信咱们的清白，到时候只怕父亲会更不得太子的心意了！我们贺氏从祖父那时来到大雍，往日里谁不说父亲才华不可多得，可硬生生被先皇与陛下压下不得重用，如今好不容易才得了这般的机会，不承想……”

“难得你有这般的见识，你兄长尚且想不到的事，你都想明白了，可惜是个娘子，若你是个郎君，我贺氏何愁不兴，可惜如今再说这些又有何用？”贺东青目光微动，叹息了一声，“不知道是谁要这样害我贺氏，待蓉儿养好身体，我必将此事追查到底，怎么也要给太子殿下一个交代！”

贺菱哭道：“父亲的难处，女儿自是明白，可若殿下不肯信又如何？父亲前番还说陈氏目光短浅要行退婚之事，如今满朝文武，谁不知陈四娘是装病，来日太子掌权，必然不会让陈氏好过，这才几日的光景，咱们又出了这样的事！女儿实在是心疼父亲啊！”

贺东青不禁泄了气：“是啊，这世上多是锦上添花，哪里有雪中送炭？如今咱们家好不容易与太子有了同舟共济之谊，竟是被如此白白地毁去！真不知到底是哪里的问题，我贺氏难道当真是要从我这里沉沦到底了不成……唉，万般不由人！”

贺菱想了想，安慰道：“父亲莫要如此想，总会有办法的！太子殿下为人和善，对谁都是淡淡的，当初选中我们贺氏，必然也是因为看中父亲的缘故。陛下那么多家都不选，偏偏选中我家，必然也是因为父亲的缘故，大阿姊的事，只要隐瞒得好……想必……”

“糊涂！”贺东青轻斥了一声，“这般的事如何能隐瞒！根本就掩不住的事！不说那日的事和今日的事会被多少人知道，单说新婚之夜就瞒不住！到时候东窗事发可就不是三句两句的事了！若是太子不愤不但会害了大家，甚至会害了我贺氏满门！”

贺菱涨红着脸，啜泣道：“女儿没有想那么多，只是觉得有这门婚事全因父亲的缘故，即便是大阿姊有些什么，那些人也会看在父亲的面上，不会追究的。”

贺东青见贺菱吓得哆嗦，不禁叹了口气：“你到底年纪太小了，又是娘子，一心向着你大阿姊，不懂这里面的事。纵然父亲有些面子，可还没有大成这般。这往小里说是家事，往大里说赐了字的侧妃，将来说不得就是四妃之首的位置，那可就是国事，一个欺君之罪总也跑不了。且莫说是皇室，即便是一般的人家，谁受得了这般的屈辱！”

贺萎抬眸，啜泣道：“怪只怪那贼人可恶！阿姊又何其无辜！如今家里境遇如此，父亲好不容易等到了这个机会……兄弟尚小，帮不了父亲多少，女儿又一介女流，不能为父亲分担半分。那时女儿若知道会有此事，定会寸步不离！此时回想，恨不得以身代之啊！呜呜……”

贺东青听了刺耳，眉头微动抬眸望向贺萎，面色稍霁，许久许久，叹息一声：“罢了罢了，你去看看你大阿姊吧，剩下的事，自有为父。”

猗兰殿是整座后宫当中，除了揽胜宫外最大的宫殿了。虽是远离太极殿，但荣贵妃历来是执掌后宫的人，吃穿用度自然是后宫的头一份。

十一月底的天气，猗兰殿内温暖如春，屋内还摆放着各色的花枝与绿植。小花园内的花圃中竟是三步五步地埋着粗大的铜管，每天都添炭火，热气熏得附近的蜡梅早早开了花。

慕容芙踮起脚，摘下了一枝满是花骨朵的玫红色梅花，回眸看向身后的瓶子：“环环，够了吗？”

环环乃荣贵妃贴身宫女，笑道：“够了够了，莫说三个花瓶，就是五个也够了。”

荣贵妃坐在八角亭里，抿了口茶水，斜眼看向走进来的慕容芙：“一早进宫，可是有事？”

一入亭子，慕容芙只觉一股热气扑面而来，喟叹了一声：“还是姑母这里好，大冬天坐在外面赏花都不觉得冷。”

荣贵妃似是心情很好，抿唇一笑：“瞧瞧你说的，我慕容氏还能比这儿差到哪里去？”

慕容芙撇嘴：“咱们家自然不缺这般的地方，可韩家却没有！我如今可是韩家妇，一大家子挤在一个四进四出的院落里。花园那么小，除了松柏就是万年青这般好活的东西，若非怕太过丢人，估计那韩周氏都要在院子里种菜了！”

荣贵妃扑哧一笑，随即绷着脸：“哪儿有你这般编派婆母的？说起来，韩氏虽是门楣低了些，但从韩奕对周氏不离不弃来看，可见也是个重情义的。”

韩奕十三岁就遇见了先皇，虽只是山脚下的佃农，但家境殷实，也是早早地订了一门亲事。韩奕救下先皇的性命后，就跟随其左右，很受重视。显然原本定下的农户之女，也就显得不匹配了，也大可赔些银钱田地，不娶周氏。先皇也有意做媒，迎娶一小官之女，不想被韩奕婉拒了，竟是一心娶了农妇般的周氏，当时谁人听说此事都觉唏嘘。

慕容芙不以为然：“公爹再精明不过的人了，若当真抛了这门婚事，选择了先皇做媒的那家人，官职不大不说，反而显得公爹急功近利，也不见得能得先皇如此重用。若当真那么深情，后来又何必纳了那么多妾室，生了一串的庶子庶女？”

荣贵妃不置可否：“韩耀光嫡亲的兄弟都有三个，庶出的兄弟也有三五个，将来都要娶妻生子。女儿们出嫁需要准备的嫁妆，虽只有一个嫡女，但是还有四五个庶出的女儿。

一大家子人，四进四出的院落，可不是挤得慌吗？”

慕容芙长出了一口气：“家产说是嫡长子的，家里也没有什么。韩耀的俸禄都要交到公中去，一个月才给我们两个五两的开支！往日咱们家里，但凡有些体面的仆从，哪个月没有三五两的赏钱！”

荣贵妃斜眼望向慕容芙，虽还是如往日那般珠光宝气的，可是这头上手上戴的都是见过的当初家中的陪嫁，即便有些添补，只怕还是自己添置的：“当初姑母就将此中利害和你说了，你那时是怎么说的？”

“我那时不是年纪小不知事吗？家中的嫁妆丰厚，又想着母亲与兄长们不会让我吃苦，只以为自己有钱就够了，可那样的窟窿怎么填得满！”慕容芙撇嘴，满怀怨气地开口道，“本以为韩耀是个知趣的人，谁知道竟是如此木讷！莫说什么好话，素日里连话都说得少！白白长了一副好皮囊，中看不中用！我至今没有子嗣，只是我一个人的错吗！”

荣贵妃挑眉，轻声道：“这不才成亲一年多吗？你婆母敢因此怪你不成？哪里会是你的错！前番不是才让御医给你看过吗？”

慕容芙哼哼：“婆母和我说话都要看几分颜色，哪里敢问！不过母亲一直催问，嫂嫂们也来说，可是这样的事，哪里是我一个人作得了数的……真后悔当初没听姑母的，如今一起玩的娘子，哪个嫁得都比我好，今日酥心斋的点心，明日兰桂坊的衣裙，首饰头面也是天天添置……”

荣贵妃轻叹：“你若喜欢，只管遣人来和姑母说，还能短了你不成？”

慕容芙咬牙道：“这些本就是韩家该给我的！凭甚让我朝娘家伸手！当初我也是拿了咱们家一百零八嫁妆出的门子，谁知道他家竟是连放都放不下！想想都寒碜！我那时肯定是被猪油蒙了心了！”

荣贵妃挑眉，安抚道：“不行的话，你们就出府去住。”

慕容芙深吸了一口气，怒道：“我怎么没说过，韩耀想都不想就拒绝了！说什么嫡长子没有分府别过的事，家中父母弟妹都是他的责任，让我住不惯，回家去住！”

荣贵妃眯了眯眼：“他还敢这般说你！你为何不来同本宫说？小小韩氏，本就高攀，如今还敢给你脸子看不成？”

慕容芙笑道：“姑母不必担心，他能那么说我，我岂有不还的道理？家中给了我三十个部曲陪嫁，岂是摆着好看的，我当场就让人擒了他，当着他母亲的面，就给了他一顿打！”

荣贵妃微微一怔，好半晌，喘了一口气：“你……何时的事，为何不见你来说？”

慕容芙得意地笑道：“我若吃亏，自然要说，可这样的事，没什么可炫耀的。那次我打了韩耀，他除了不肯理我，不也没有别的脾气吗？他母亲照样天天给我说好听的，只说他不懂事，让我不要和他计较。”

“韩耀快回来了吗？”荣贵妃虽知此事万万不妥，但如今东宫被幽闭不出，韩耀一心跟着太子，早惹了陛下的厌烦。韩奕虽得先帝青眼，但一直不得陛下重用，韩氏这门姻亲对慕容氏来说，已是可有可无的鸡肋，即使和离，慕容氏也不会吃亏，慕容芙如此闹，也是无伤大雅的。

慕容芙道："前日听公爹说，谢氏兄弟也要回来，正好与他同路，耽搁了几日。大雪阻路道路难行，走了好几日，也才出了燕平地界，即便回来，怎么也要腊月中旬了。"

荣贵妃挑了挑眉头："谢氏兄弟？谢逸今年要回京述职吗？"

慕容芙愣了愣："我也不知道，听说好像不是谢逸，说是领兵的？"

荣贵妃手指微动："领兵的？！谢放不镇守甘凉城，这个时节回来做甚？"

慕容芙道："若姑母想知道，我再回去问问？"

荣贵妃点了点头："问是要问的，前番教给你的事，可办妥当了？"

慕容芙连连点头："自然！我与王二自小相识，她什么性格我最知道。若太子一如从前，不管我说什么都是没用，可如今太子都快病死了，不用我说，她该是早和家里闹起来了。"

荣贵妃嗔怒道："你以为别人家的小娘子都跟你一样没有脑子，女子嫁人就是第二次投胎，日后过得好不好，全看这一次了，自然要慎重。"

慕容芙不以为意地撇嘴："别人成亲怎么也要顾及一下人品什么的，可没见过王二这样势利的！我选了韩耀虽后悔，但不选韩耀，也不会像她那么功利！在外表现得与世无争不温不火的，心里比谁都计较，从小到大就想着压在别人的头上，可惜却是个没命的，选来选去，最后都是个坑！"

荣贵妃抿唇一笑："瞧瞧这话说的，当初谁也没让你非要和她玩，你巴巴地贴上去，姑母还以为你们真的很好，哪里来的这么大的怨气。"

慕容芙翻了翻白眼："往日里我是慕容氏的女儿，王二虽觉得我们慕容氏是新贵，端的是俗气不堪，但言语之间多少还有些顾忌。如今我是韩家妇，一起玩的那些人都还好，骨子里最轻视我的人就是她了！她又是个自作聪明的性子，以为我看不出来！"

荣贵妃轻叹一声："你今日才知道她的性子？当初我就同你说过了，那时王二对谁都谦和，也不是骨子里就如此，那是被家中祖母与庶兄磋磨得走投无路了！一心对谢贵妃母子迎合，也是无奈之举。"

慕容芙轻哼道："她们王氏号称什么天下第一士族，可家中最是龌龊，不说宠妾灭妻那些破事，一个正经的嫡女没有半分的贵气涵养，表面一套背地里一套的阴沉性子，又自私成这样……这段时日太子被禁足东宫还好，前些时候太子风光时，她和我说话都鼻子不是鼻子，眼不是眼的。"

荣贵妃拍了拍慕容芙的手，轻声安抚道："你们好歹多年相交，王家的底细你知道的。她这样也说不上自私，不过小时候际遇不好，少了些从容。当初家中只剩下年幼的她，她的祖母心里只有那两个庶出的子弟，她不为自己打算，必然没人为她打算的。若换成你……你可没有她那样的隐忍和手段。"

慕容芙蹙眉："若非知道她有苦衷，我能忍得了她这么多年！她看不起我嫁了韩氏，可她自己不见得如我，若非算计太过，哪至于如此！那谢七郎说是猝死，还不是被她活生生气死的！不过是断了一条腿，何至于……”

荣贵妃轻声道：“姑母知道你是个好的，若换成你的话，当真喜欢肯定不会如此的，只不过你没有吃过苦，哪里懂得这里面的差别？当初姑母劝你不要嫁给韩耀，你也不肯听，如今遭受了这些，你也该知道，她虽是势利自私，可想的和做的，也没有什么不对。”

慕容芙撇嘴道：“我现在就明白了，若非我是慕容家的女儿，我在韩家也过不了那么舒心的日子。可在他家过得再逍遥又如何，花宴游玩，那些自视甚高的人也不肯带上我了……”

荣贵妃轻声道：“当初我接你去封地，亲自教养了好几年，也是对你抱有期望。若非二皇子母家有意于你，我也不会放你回京，谁知二皇子也是个短命的……别人如何我是不管的，你是我一手拉扯大的，我自是期望你得到得更多更好，又怎会害你。”

慕容芙轻声道：“姑母的话我都相信，怪我年幼执拗不肯听你的。现在回想姑母的话，可不是那么回事吗？皮囊再好又有什么用，顶不了吃也顶不了喝，连个子嗣都生不出来！”

荣贵妃闻言挑眉：“好了好了，别说这些不开心的，如今太子病重，只怕陛下会将太子的婚期赶一赶了，你有空再给王二透透口风。”

慕容芙抿唇一笑：“姑母别担心了，口风也不用透了，王二肯定比咱们着急多了！”

荣贵妃长出了一口气：“一会儿你随姑母去太极殿探望探望大皇子。”

慕容芙双眼一亮，嬉笑道：“陛下现在允许姑母去看大皇子了吗？”

荣贵妃浅浅一笑：“如今大皇子还在太极宫中，陛下带一时还好，总不可能带一辈子，大皇子早晚是要放在后宫的。”

慕容芙道：“对，这后宫之中除了姑母，谁有资格养育大皇子！陛下不放大皇子出来，只怕也是对这后宫不放心，但交给谁又能比交给姑母放心呢？”

荣贵妃挑眉一笑：“敏妃已逝，陛下看都没看一眼。一个没有了母妃的皇子，陛下为何要放在太极殿里亲自教养，自然不是为了防备本宫和后宫了。太子殿下被禁足东宫，已传来病讯，只要传出……陛下也就会彻底放心的。”

慕容芙不无欢欣道：“有了大皇子，姑母也算得偿所愿了！不管是谁生的，只要将来……我们慕容氏就会出一个太后了！让那些瞧不上咱们家的人都看看！什么谢氏王氏不过都是过眼云烟，大雍三代可是一个王谢的太后都没有！”

“一会儿去了太极殿可不要如此口无遮掩的！什么太后，让陛下听了去，还以为我们要做什么呢！”荣贵妃瞪了慕容芙一眼，随即轻声道，“你是个明白孩子，当初姑母就怕你嫁人后和家里离了心，多少个娘子嫁出去后一心向着婆家了。那些都是傻得拎不清，没有母家即便嫁得再好，能有什么好日子？陛下历来对本宫谦让，难道只因为本宫嫁给了他不成？还不是因为慕容家几代人都立了起来！”

慕容芙心有感悟，连连点头：“姑母说得对，那些一心让夫婿觅封侯的，也不想想自己没有强大的母家，哪里能守得住夫婿！若无父亲兄弟支持，夫婿一旦翻了身，还不上了天！哪里会有什么舒心的好日子！”

宁负虚名身莫负
4

年底将至，各处请安与奏事的折子，一时间都涌入帝京。自上次重病以后，泰宁帝就有些精神不济，这一年有太子理政，他过得悠闲而懒散，骤然开始处理政务，又赶上年底忙乱的时节，着实让泰宁帝不习惯也有些力不从心。虽才从太子那里将折子拿回来两个月，但奏折如今已堆满了案头。

泰宁帝捏了捏眉心，抿了一口茶水，抬眸看向站在下首的王轶，虽两个人还不曾说话，但泰宁帝对王轶欲说之事已有了预感，他慢悠悠地放下茶盏，轻叹了一声。

当年太祖起家时，曾得王氏倾家资助。太祖曾许诺，若得天下皇王共享，厮杀这半壁江山后，王氏食邑与亲王同。太祖也曾为武帝求娶王氏嫡女，只因皇甫氏门楣过低，王氏以娘子年幼婉拒。虽是如此，大雍朝三代帝王，因得太祖遗训，于王氏一族很是宽待。

谢氏这样曾与王氏齐肩的士族，在王氏历经大雍三代帝王的宠信下，也不得不暂避锋芒，韬光养晦。虽还是名声在外，但也逐渐地不能再出其右。

王轶见泰宁帝抬眸，忙轻声道："陛下可是累了？"

泰宁帝睁开了半眯着的眼眸，轻声道："爱卿怎么还站着，有事坐下慢慢说。"

"谢陛下。"王轶不紧不慢地坐到了下首，抬眸笑道，"这时节陛下正是忙乱，本也不该特地打扰，只是兹事体大，不敢耽误。"

泰宁帝深吸了口气，叹息道："大皇子年岁尚小，日日需要朕的看顾，年底朝中又那么多事，朕当真是又忙又乱哪。"

王轶嘴角的笑意僵了僵："这年底啊，家家都是如此，这些时日内子一直追问太子殿下的事，臣这才不得不特地来问问。"

泰宁帝掀了掀眼皮，笑了一声："太子啊？养病而已，有什么好问的？尊夫人只管放心，太子如今最好不过了。"

王轶垂了垂眼眸，有些为难地开口道："太子殿下有陛下看顾，自然好过。只是近日家中不平，从远处请来了一云游方士，看了家中大小，又看了看小女与太子殿下的八字，直说不妥。"

泰宁帝端起了茶盏，不紧不慢地抿了一口，笑道："爱卿说笑了，钦天监合好的八字，怎么云游方士还能说出不妥来？"

"臣本也是不信的，可那人说的家中大小事，桩桩件件竟是都对得上，臣这才不得不上心了，又说起了家族大运来。太子殿下乃国之根本，不想太子与小女两人竟是生肖相克，生辰相冲！”王轶轻声道，“臣左思右想，自太子还朝，可不是大病小病不断，这才不得不闭宫专心养病啊！”

泰宁帝不以为意地笑了一声：“爱卿饱读诗书，当真信这些？”

王轶轻声道：“臣起初也是不信，可左思右想，当初定亲时间仓促，钦天监合八字时，都已是陛下指婚后了，两人八字有什么不妥，钦天监也不会说出来。方士合八字时，内子也没说这是谁的八字，他不知道那是太子殿下与小女的八字，这才敢直言吧！”

泰宁帝挑了挑眉，放下茶盏：“似乎也有些道理。”

王轶叹息一声：“虽看起来只是内子的担忧，实然兹事体大，太子殿下几番病重，如今怕正是养病治病的关键时候，这样的事宁可信其有不可信其无，可不能因此耽误了太子殿下养病治病。”

泰宁帝笑了笑：“如今离婚期尚且还有近五个月，哪里会耽误太子养病，待到明年花开，什么病都该好了。”

王轶垂眸沉默了片刻，轻声道：“可不是！臣也是那么说的！可内子笃信这些，最是虔诚，三番五次地催促臣来与陛下说说。”

泰宁帝挑眉：“爱卿的意思，是要拖延婚期吗？不过，也无不妥，若四月赶得着急，不如定在五月六月，还不太热的时候。”

王轶忙道：“日子都是钦天监看好的，也不好随意改动……臣也觉得不该让一门亲事，耽误了太子殿下，否则臣可就成了大雍的罪人哪！”

泰宁帝笑了两声：“爱卿言重了，太子身体不济，怎能怪到你身上。人不是说生死有命富贵在天吗？这来到人世该享几日福，都是定好的，哪里会牵扯到别人。”

王轶面有难色，叹息道：“可这事对臣来说如鲠在喉，每日辗转反侧，若没有这事，臣也联想不到自家身上，如今有了这么一说，自然也是不想因为小女……牵连任何人。”

泰宁帝斜眼看，点了点头：“爱卿说得极是，但不知爱卿到底有何打算呢？”

王轶轻声道：“不若先让小女与太子殿下解除婚约，待到太子殿下真正病愈，可再议此事。”

泰宁帝重重地将茶盏放在桌上，冷笑一声：“爱卿当你女儿与太子殿下的婚约是什么？以物易物吗？这都要讨价还价？如今病重解除婚约，病愈后再续前缘！好事都让你们占了，这世间哪里有这般便宜的事！”

王轶忙站起身来，急声道：“陛下息怒！这本就是八字相冲的事，臣只是怕耽搁了太子殿下养病！臣出身琅琊王氏，绝非贪图富贵之人，实然那方士说，最好的办法就是让两个人退了亲事，各自婚嫁，今后都不要再做纠缠，臣……臣也是怕陛下误会，才不得不说出这般的话！若太子殿下病愈后再有良配，臣绝无怨言。”

泰宁帝抿唇，冷声道：“再有良配，绝无怨言？此事莫不是爱卿自作主张？尊夫人与王二娘子不见得知道啊！婚姻大事，虽说是父母之命媒妁之言，但退婚这样的事，怎么也该是一家人商量着来，爱卿一个人如何能做得了主？”

王轶忙道：“这般的事，臣怎么敢自作主张啊！是与内子商量了许久。小女自从听到方士说的话，也是日日垂泪，虽心有不舍，但到底是不忍自己害了太子殿下。臣与内子日日劝说，小女才不得不应了退婚的事啊！陛下也知道，过了年小女都已双十了，本来有顶好的亲事，又到了这般的岁数，如何愿意退亲哪！可到底还是心疼太子殿下身体啊！”

泰宁帝垂眸，叹息一声：“听闻王二娘子与太子自幼相伴，颇有几分情意，如今这事当真是让朕为难得紧，爱卿说得再好听，又有何用？这和棒打鸳鸯有什么分别啊！朕也不忍心哪！”

王轶似乎哽了哽，轻声道：“陛下说哪里的话！小女自幼得家母教导，最是守规矩不过，这般不舍太子殿下，全因订了亲的缘故。小时候两人的那些，不过都是孩子们的打闹，哪里能作数啊！”

泰宁帝轻叹了一声：“虽知道爱卿一家的良苦用心，可这事朕委实做不了主。也许王二娘子是因订了亲的情意，但太子却是当真对王二娘子有些情意。一年多前，太子殿下养伤出来，第一件事竟是求娶你王氏女，就连朕给的印绶都放在了一边……这般的情意，朕贸然说各自嫁娶，太子殿下到时得怨恨朕一辈子啊！”

“自然自然，这事还需陛下和太子殿下好好商量商量，可不管太子殿下意下如何，陛下该明白，我王氏是真心要退亲的啊！”王轶叹息了一声，为难道，“这般行事，臣心里也不好过。自太祖起，我王氏就跟随左右，几十年来见太祖起家，先帝励精图治，陛下兢兢业业，这才有了今天这般的局面。太子殿下自小早慧，乃天纵之才，实为我大雍的根基所在，王氏几代忠臣，哪里能因为儿女情长的小事，就罔顾大局啊！”

窗台的方向，一枝含苞欲放的梅花，插在青釉瓶里，显得十分孤寂。

泰宁帝虽面无表情，可嘴角极轻微地动了动，好半晌才转过脸来，再次看向王轶，轻声道：“罢了，爱卿的忠心，朕心里明白。不过这事，朕还是要先同太子说说，若太子同意，朕自然不会为难你们，若太子执意不愿，朕也没有办法。”

王轶忙道：“陛下若开了口，太子殿下又怎会不同意呢？那陈氏……的婚约，也是陛下解除的，太子殿下那边似乎半分意见都没有。”

泰宁帝挑眉：“陈四娘子算得了什么？一介侧妃不说，她若站在众人之中，太子认都认不出来，如何能与王二娘子相比？在太子心中，两个侧妃加在一起，只怕也没有你家女儿一个手指头重要啊！这事啊……得慢慢来，不是能心急的事。”

王轶垂眸，轻声道：“臣倒是不着急，就是内子催得急。妇人们不懂这其中的门道，一心觉得人命关天，又牵扯太子殿下的大事。小女能得太子殿下如此错爱，本该三生有幸，可臣倒是觉得能让殿下用心至此，臣一家就更不能自私了。这亲事不管如何，都是要退的……还是请陛下多费心吧。”

泰宁帝似乎有些不耐烦，蹙眉道："罢了，爱卿的意思，朕已经十分明白了，等朕有空，自会与太子说清楚，若是无事爱卿且退吧。"

"陛下费心了，臣先告退。"王轶拱手躬身退了几步，转身走了出去。

不知过了多久，泰宁帝优哉游哉地端起茶盏，慢条斯理地喝了一口，可"扑哧"又吐了出来，终是忍不住大笑了起来："哈哈哈！六福……朕以为自己已算荣辱不惊了，可这事怎么就那么可乐呢？王氏啊王氏！几百年的擎天大族啊！底蕴啊！风度啊！哈哈哈！"

六福忙给泰宁帝擦拭着，叹息了一声："奴婢方才都听不下去了，当真是当真是……"

"表里不一，道貌岸然呢！这就是擎天士族的风骨啊！"泰宁帝好不容易停了笑，可嘴角的笑意还隐隐可见，"看看太子的眼光啊！死鱼眼当珍珠捧着，珍珠倒是弃如敝屣，你说这明明该是件多么悲伤的事，朕怎么那么开心呢？"

"呵呵。"六福赔笑了两声，垂了垂眼眸，没敢接话。亲叔叔对侄子这般落井下石，也是古今少见了。

泰宁帝见六福不敢接话，自得其乐了一会儿，拿起折子想看两眼，转脸看一眼窗外，阳光灿烂，鸟语花香哪！哪里是看折子的日子。泰宁帝抬手将折子扔回桌子上，笑道："天气这么好，咱们也去看看太子殿下。"

六福连连称是："眼看就要到午膳的点，陛下吃了饭再去如何？"

泰宁帝笑道："朕如今哪里有胃口，到时候看着你家太子殿下的脸色下饭，还能多吃两碗呢！"

六福抿了抿唇："好好好，那奴婢把饭食摆到景阳宫了。"

泰宁帝莞尔一笑，走了两步又道："把王安知传来，解除两家婚约这般的大事，总该让王氏多一个见证人哪！"

王安知乃王雅懿的嫡亲兄长，乃是从六品的符玺郎中。六福想了片刻，才连连点头："奴婢这就派人去请。"

泰宁帝笑道："到时不必让他入内殿，只要等在东宫殿外就成。"

王氏府邸，中院书房一侧的小客厅内，虽是中门大开，屋内也是极暖和的。

王雅懿愁眉不展地坐在王夫人身侧，母女两人同时望向刚从宫中出来的王轶。最近一段时间，母女两人早想与王轶询问退亲一事如何了，可王轶不知忙些什么，每日早出晚归，有时在书房里与幕僚议事，每每至深夜。

眼看年底将至，母女两人如何都等不了了，才得了王轶下朝的消息，干脆将人堵在了书房外的客厅里。

王轶优哉游哉地将茶盏放回了长桌上，笑吟吟地开口道："夫人交代的事，我怎敢不办？事情办好了，自然会说，你们又何必专门来问。"

东宫禁足前，两次病重，王夫人已开始嫌弃太子体弱，恐命不长久，言谈之中已有些不太愿意这婚事了。但敏妃尚未生产，太子身体羸弱，对将来的姻亲王家来说，只能说是好事！太子精神不济，到时候朝政上只怕会更依赖姻亲。

若王雅懿早早地为太子产下嫡子，那么太子都是可有可无的。可惜，天不遂愿，敏妃产下大皇子，打乱了王轶所有的筹谋。自敏妃有孕后，虽早有两手准备，但面对这般境遇，王轶多少还是有些失望的。不过，家中的折腾更让人难以忍受。自从太子禁闭后，王夫人就一次次地提起悔婚一事，那时王轶还要揣测陛下的意思，得看看是否真的没有转机，当然不能立即就答应了。

如今眼看两个月过去了，陛下对大皇子荣宠备至，就差一个太子之位了。太子被关在东宫，几乎失了所有的消息，连谢氏都有袖手旁观的意思了，当初围在东宫的人，早被陛下打得四散而去了，太子大势已去。

今晨，陛下再次下旨斥责太子，虽都是鸡毛蒜皮的小事，但两个月不到，已经第四次斥责了，陛下对太子当真是……厌烦至极了！

王夫人沉默了片刻，恼怒道："夫君快来说说，事情如何了？陛下答应了吗？"

王轶笑了一声："夫人不用如此着急。"

王夫人蹙眉："陈四娘子与贺娘子都传出了病讯，可不都是为了退亲。咱们家的人老实，一直巴巴地等着太子的音讯，这事若再迟了，只怕再生变故啊！"

王轶笑道："今日下朝前，我已将解除婚约的事，与陛下私下说了。陛下虽很是体谅，可没有当场答应，说要与太子商议，才能给出回复。"

这样的事，即使有心，也不能一口答应了。譬如朝臣们都知道陛下肯定会废太子，或是太子此番的禁闭，只怕会以去世告终，但绝对不会有人说破。史书上要记一笔的事，不能也不会做得太过明显，虽然太子与王氏解除婚约，说不定最开心的人就是陛下了。

陈氏上了五次折子，只说让陈四娘子回乡养病，绝口不提亲事。前日陛下才准了养病的折子，陈氏就趁机说陈四娘子配不上太子，养病绝非一朝一夕的事，不敢耽误了太子亲事，求陛下做主解除婚约。陛下当时面色难看，但还是准了。如此这般，才叫皆大欢喜的做法，既不是你无情，也不是我无义。

今日王轶提起八字不合的事，当时陛下的脸色虽是不好，可没有半分发怒的意思，甚至有几次王轶抬眸间都看得见泰宁帝来不及遮盖的笑意。但君臣两人都知道，高兴也不能放在明面上，太子与太子妃解除婚约这般的事，往小里说是家事，但帝王无家事，其实就是国之大事，这总要给群臣与天下一个交代。如今太子病重幽闭东宫，三家人已有两家都有退亲的意思，无论如何，陛下就是压也要压下。

王夫人虽听到王轶这般说，脸上也不见笑容，抚着王雅懿的头发，叹息道："我儿命苦，好好的两家亲事，到最后都成了这般！如今……再想找匹配的人家谈何容易！"

王轶见王雅懿不声不响地红了脸，笑了笑开口道："王氏的娘子还能嫁不出去不成！我们不但要嫁，还要嫁得更好！"

王雅懿垂着眼眸，轻声道："父亲说得简单，等了一年又一年，女儿都这般岁数了。放眼大雍，哪里还有合适的人选。婚事这般不顺，不知哪里出了问题，女儿……女儿不如绞了头发做姑子好了！"

"胡说！"王轶轻斥了一声，随即沉了一口气，轻声道，"王氏嫡女何其尊贵，哪里会没有合适的人家？"

王轶性子谨慎，浸淫官场多年，当初谁都看太子风光，可王轶心里知道太子只是一个空架子。陛下病重，若是不好，太子登基，顺理成章，迎娶太子妃就成了迎娶皇后。若陛下大好，有两年缓冲的时间，也能看出陛下到底对太子继位，是真心还是假意。若陛下是真心，王氏出个太子妃，未来的皇后，自然也是好事。若是假意，只要将亲事定得久一些，进可攻，退可守。

王轶几乎算到了全部，可忘记了计算王雅懿的岁数，双十年华的娘子，哪儿有还不曾成亲的，生生地又蹉跎了近两年，再找良配确实有点艰难，好在王氏这样的人家，女婿人选也是不缺的，但面对女儿的怪怨，王轶多少还是有些内疚的，态度就越发地和气了。

王夫人忙道："当初多亏夫君有先见之明，那时若依着我的意思，恨不得就把婚事办了，待到今日可不是进退维谷。可阿雅说得也对，咱们这样的人家，哪里有那么多合适的人选，又是这般的岁数，在婚事上吃了几番苦头，这将来……咱们的阿雅就是命苦！"

王轶抿唇一笑："夫人不必忧心，阿雅的婚事，我早已想好了，还是要等陛下那边的事定下来，再做打算。"

王夫人心里知道，这事没有说的那么简单。这般的门楣，若想找个门当户对，又年纪相当的优秀郎君十分难，除非在寒门或是小士族里找了。可寒门和士族的郎君如何优秀，王夫人也看不上的，自然不愿意。

王夫人叹息一声，轻声道："当初太祖替先帝求娶小姑，夫君和公爹可是都不愿与寒门结亲，连皇室都拒了。陛下的脾气温和，没有太祖与先帝的果断，我们立即悔婚又能如何？夫君何必继续等着，过了正旦年节，阿雅可是又大一岁了，虽只是短短两个月，也是一点都耽误不得。"

王轶如何不知王夫人话中若有所指，虽有些不耐烦，还是轻声安抚道："那时太祖看似成事，根基不牢，又是个兵家子，几十年前士族与庶族若有通婚，王氏是会被耻笑的。当时尚有几个弟弟不曾结亲，若真将大妹嫁给了先帝，后面的弟弟如何结亲。

"当初也只有日落西山的谢氏，一心想要比肩我王氏，才不择手段地将嫡女送进宫去做了贵妃，百般筹谋，还是无用。谢贵妃前半生在宫中不温不火，生下了皇长子，还是备受冷落，让谢氏丢尽了颜面！"

王夫人唏嘘道："可不是，谢氏嫡女何其矜贵，白白送去宫中做个贵妃，不受宠也就罢了，谁承想好不容易熬到先皇驾崩，马上就是三王之乱，又让陛下……正值盛年惨死宫中，大皇子被立为太子又能如何，如今还不是被幽闭东宫，慢慢等死！说起来啊，谢氏一家都晦气！幸好当初咱们不曾将女儿嫁给他们……”

王轶叹息一声：“大雍历经了三代，到了太子这一代已算四代，皇甫氏已坐稳了这半壁江山。南梁几次动乱，数次迁移，以致士族凋零，如今虽还有士庶之分，但已不像那些年那样泾渭分明。眼看着大雍再过些年，有一举拿下南梁之力，不管多急功近利也不能失了圣心。”

王夫人听到此话，皱眉思索了片刻，已知王轶心中的人选，想必已不是门当户对的士族了。王夫人面上半分不显，也不点破，轻声道：“太子幽闭东宫生死不知，我们就是想早些退亲，也妨碍不了陛下，若……太子一死，是一了百了，平白地又带累了阿雅的名声啊，这是十万火急的事啊！夫君看好的人家，我心里还是没有底。”

王雅懿眼眸含泪望向王轶：“父亲是做大事的人，许是姻亲小事不放在眼中，可女儿一个娘子，将来若是有了克夫这样的名声，还怎么做人……”

王轶有些无奈地看向垂泪不停的母女两个，轻声安抚道：“姻亲本就是维系族群的命脉，又怎会是小事呢？婚事肯定是要退的，这不已经和陛下说了吗？”

王夫人转了转眼眸，轻声道：“退亲夫君定会做主，可阿雅过了年双十了……不瞒夫君，前些时候，我也四处打听了几家人，哪一家的郎君不是十五六就定好了亲事，若是让阿雅做人继室，那是万万不可的！”

王轶挑眉，冷哼道：“继室？我王氏嫡女断没有做人继室的可能！夫人真的打听清楚了吗？当真就没有合适的人选了吗？”

王夫人蹙眉道：“即使还有漏下的，都是岁数太小了，虽说阿雅比人家大个两三岁，在咱们看来无甚，可那些人有多讲究，夫君也是知道的，就怕到时候阿雅受了委屈，也无处去说啊！”

王轶轻笑了一声：“高氏的嫡长子过了正旦二十有四，如今不是尚未婚配吗？为何夫人不考虑考虑？”

“高氏？！”王夫人的眉头蹙得更紧了，不愤道，“高氏那样的人家，哪算是良配啊？”

王雅懿蹙眉，委屈道：“高氏起于兵祸，一家行伍！什么新贵，他们才是最正经不过的兵家子了！女儿见过高钺不少次，长相不堪入目，人又木讷得很！”

王轶转了转眼眸，轻声道：“大雍三朝不置太尉，如今的高太尉正是风光。高钺手掌整个禁军，安定城乃帝京之门户，十万驻军可是高氏起家的根源。我王氏虽是姻亲满朝，掌兵权的却寥寥无几，当初一心想和谢氏……咳咳，高氏这后起之秀不可小觑啊！”

王夫人眉头轻动，小声道：“前些时日高家也放出话来，给高钺定亲，后来不知为何不了了之。高氏那样的人家，本不在我的考虑当中。莫说是嫡女，就是庶女也不想嫁给他家。夫君不知道，高家乱着呢！庶子得有好几十个，下面继室所出的嫡子也都长成了，那高钺……着实算不上多好的人选。”

王轶斜眼望向咬着嘴唇的王雅懿，轻斥道：“夫人怎么那么糊涂！高家乱和高钺有什么关系？高林已是许多年不管事了，高钺虽是职位不高，但是安定城的所有事都是他在打理，庶弟再多又有何用？那继室所出的嫡子也都才十几岁，以后会怎样还难说。”

王雅懿抿唇，高声道：“可他到底是兵家子，书都没有读过几本！那样的人看着都那么凶，如何相处？”

宁负虚名身莫负 5

风雪交加的午后，一队人马走在空旷无人的官路上。

众人虽都裹得厚重，依然挡不住风雪从脖颈里倒灌了进来。明熙骑在马上，夜以继日地赶路，腿上虽是裹着厚厚的皮毛，但如今大腿内侧也已磨得生疼了。人在冰雪中，似乎浑身都麻木了，可惜风雪来得不早也不晚，这般的午后，前不着村后不着店，天黑之前想要到下个宿头，只怕不可能了。

作为此时的领队，明熙面上不显，心里却极为焦躁。虽然还不知帝京的情况如何，但从燕平出来，才走了十多天，几百人的队伍，遭遇两次冲击了，当初走在最前面的谢燃与韩耀都已受了些皮肉伤。

谢燃从马车里伸出头来，对着明熙的方向喊道："阿熙！外面风雪越来越大了，你也进来坐一会儿吧！"

明熙拉着马过去，皱了皱眉头："缩回去！别闹了，万一天黑赶不到驿站，可就不好了……"

谢燃撇嘴："这点皮肉伤，哪里算什么事！我都在马车里憋了两天了！"

明熙长出了一口气："不是还有韩耀陪着你吗？"

谢燃睁大眼，压低声音道："他垂着眼整整看了两天的书简！几乎一句话没说就算了，连个正眼都没有给我啊！要不是他还喝水吃东西，我还以为他睡着了呢！"

明熙轻笑了一声："他一直都是个安静的人，你若寂寞就找他说说话，他虽不会主动，但也不会驳你的面子。"

谢燃为难地蹙起眉头："可是我想骑马呀！马车这东西是给妇人们坐的！我坐里面像什么啊！"

明熙扭头看向后面的马车："那你和裴叔说去，当初不让你带着他，你非要带！若不是他跟着，你这马车哪里来的？你还敢抱怨！我都和他说好了不让他去，你倒是好，还敢偷偷地夹带个人！"

谢燃垂着头，有些气弱道："你说得轻松，裴叔对我那么好，若不是没法还能求到我那里去？你也不瞧瞧他年纪那么大了，将他一个人扔在燕平，你能放心吗？"

明熙深吸了一口气："年纪多大了！他才四十！你就是蠢！就是蠢！现在给我把头缩回去！要加快行程了！"

“哼！那你可要快点了，这雪肯定还会下得更大的！”谢燃撇嘴，又不好说裴达求自己的时候看起来又老又可怜，虽现在回味过来，是上当了，但是说出来，岂不是更没面子？

“知道了。”明熙快速朝队伍后面驱马，找各自领队的百夫长。

韩耀仿佛根本没注意谢燃和明熙的对话，还是垂眸看着书简。谢燃着实有些寂寞了，想了想开口道：“天色不好，油灯下看书伤眼。”

韩耀舒了口气，缓缓地合上了书卷，抬手将窗户，掀开了一条缝隙朝外看了一会儿：“到哪里了？”

谢燃有些气馁，叹气道：“昨日才出了燕平地界，今儿个只怕连青县都走不到了。”

韩耀挑眉道：“燕北也没有看起来那么太平，这一路只怕还会有波折。”

谢燃沉默了片刻：“不过是三五十个流民冲散了咱们，多大点事！若非为了护着你，我一准不会受伤，流民土匪哪个朝代没有，燕北已算是安稳。”

韩耀闭目思索了片刻：“一次两次都是差不多的人数，那些人看起来，可不像是什么都不懂的流民，不劫财竟只杀人，仿佛能认出来咱们一样。若非几十个人一下涌到咱们面前，凭谢校尉的机敏，哪里会受伤。”

“那是！若非你就在我身侧，我肯定要躲开的！”谢燃话说得沾沾自喜，可片刻之后又道，“按理说那些人见咱们几百个人，该是不敢打主意啊！”

韩耀微微睁开了眼眸：“谢校尉能想到这些，已是不错了，即日起不许任何人朝燕平与帝京传递消息，谢校尉也是。”

谢燃一愣：“兄长只怕会担心……仲兄那里总要报备一声的……”

韩耀摇头道：“两次遇袭已派人告诉了你兄长，至于你仲兄只怕今日也要动身回帝京了，他知道不知道行程，倒也无关紧要了。”

谢燃蹙眉：“父亲也催得急，几乎每两天都要问一问行程，这也不说吗？”

韩耀轻声道：“我们不过五百人，在燕北地界都能遭遇三五十个流民，出了燕北地界只会更糟糕。”

明熙隔着窗户听了一会儿，掀开窗户道：“即便现在谁也不说，那些人也已经能算出行程！前前后后走了那么多队人马，路上都没有事，偏偏就我们这队带着韩大人的，频频出事……只怕那些人有心不让韩大人回京。”

韩耀斜眼望向明熙冻得绯红的脸，轻声道：“你进来，我有事交代。”

“一会儿到了驿站，再议事也不迟吧？”明熙有些为难，马车狭小，坐两个人还稍微宽松一些，坐三个人着实太拥挤了，又是桌子又是暖炉，只怕动一动都难。

韩耀拿出了地图，见明熙还在发愣，不禁轻声道：“不可，这样的风雪，那些人肯定知道我们歇在哪个驿站里，只怕已有人等在那里了，我们现在要改道了。”

谢燃主动围到了地图边上：“你一直在看这卷地图，可是找到了捷径？”

明熙掀开厚重的幕帘，就感觉一股暖意扑面而来，当真是说不出地舒服。这马车本是裴达为明熙准备的，虽是轻便狭小，但是里面的东西却是一点都不少，否则两个还要赶路的伤患要受大苦了。

谢燃让出了一些空隙来，指着地图道：“咱们正在此处。”

明熙坐在原地，动也不动，外面太冷了，乍然接受这般的温暖与舒适，舒服得都想叹息了，随即闭上了眼眸。

韩耀抬眸看了明熙一眼，轻声道：“谢校尉认为咱们走这一条路如何？”

谢燃看了一会儿，有些为难：“要绕三百里啊！非要绕开此处，这个只有八十里的为何不选？这段都不叫路，村庄稀少，连驿站都没有，若非这地图兄长给得比较详细，别处连这一条都看不到。”

韩耀闻言挑眉一笑：“如此更好了。谢校尉图近，那些人必然能想到，如今这是三条路，咱们选的是最不好走的，那些人的地图上，都不曾标示，不是更好？”

谢燃道：“漠北自入冬以来，大雪不断，说不定此处已被风雪阻断，且这一路连驿站都没有，岂不是要几百人露宿雪中？”

韩耀抿唇：“谢校尉所说，韩耀明白，不曾出燕北已遇两次袭击，虽只有几十人，但能在谢家的眼皮子底下，弄出三五十个亡命之徒来，可见这股力量的强大。那些人看似毫无章法，实然分明是认识我和谢校尉的，若不是措手不及，咱们也不会受伤。

“这条路看似有驿站和城池，但是对我们来说不如没有。那些劫杀的人既然知道了咱们的路线，躲在马车里也没用，整个队伍也不过三辆马车罢了。出了燕北地界，那些官绅的心思已不能考量，咱们也没有时间分出忠奸。我们在明，那些人在暗，要防备的可不光是路上的截杀，只怕驿站和城内，处处都是陷阱！”

谢燃抿着唇：“当初已敲定好的路线，兄长与仲兄都已知道，我们临时改了路线，只怕仲兄与兄长不明所以，到时候平白担忧……”

明熙闭着眼，轻声道：“阿燃，听韩耀的，这般的事，他不会出错的。”

韩耀闻言，手指微微一颤，不禁扭头望向明熙。她闭着眼眸靠着车沿，眼底已是青黑一片，若非睫毛轻颤，似乎当真已经睡着了。韩耀张张嘴想说句话，却也不知道要说什么好，她分明是疲累至极了，又连日地担惊受怕，一时间韩耀竟是有些后悔自己当初逼她回帝京之举了。

谢燃想了片刻：“改路线可以，但我们突然消失，兄长肯定会担忧的，还是要派人去通知兄长一声。”

韩耀思考了片刻，点了点头：“你派出的人，必须是心腹，最好把装扮换一换，绕路回燕平去。”

明熙骤然睁开了双眼：“好！我现在就去安排！”

谢燃蹙眉摇头道：“你不行！我家的部曲只认我和兄长，改变路线这般的大事，必然要我亲自出面。你先休息一会儿，我下去看看。”

明熙蹙眉："你的胳膊上还有伤，我与你一起去吧。"

谢燃抿唇一笑，轻声安抚道："哪里用得到你，不过是箭矢的擦伤，早好得差不多了，又裹得那么厚，不碍事的。"

明熙点了点头，望着谢燃的背影，目光有些许担忧。这一幕落在了韩耀的眼中，他垂着眼眸朝暖炉里添了些炭火，轻声道："你不必担忧，后面的路，该是会顺畅许多。"

明熙长出了一口气，缓缓地闭上了眼眸："我自是相信你的判断，只是没想到短短几个月，外面已乱成了这般模样。"

韩耀轻叹："因为咱们在外面才会如此，真正的帝京，面上可是半分都不显的。"

明熙挑眉："帝京又有消息了吗？"

韩耀微微侧目："你想知道什么？"

明熙笑了一声："你说什么，我就听什么。"

韩耀轻轻一笑，调侃道："我看着谢校尉人还不错，性格虽有些跳脱，却不失一颗赤子之心。你们相处得这般好，也曾多次同进退，不知……"

"我们说帝京，你扯阿燃做甚？"明熙望向桌上的地图，笑了一声，"莫不是你后悔以太子做饵，诱我回京了？即便如此，你也不要害阿燃。我与你家主君当初是真正地势同水火，后来握手言和，只怕也多是他为脱身才虚与委蛇。

"阿燃被谢放保护得很好，性格单纯，不懂帝京的那些曲折。他乃谢氏之子，自己又肯上进，将来必然有大好的前途。不说他本就与我有生死之交的情谊，若将主意打在他身上，不是恩将仇报吗？"

韩耀蹙眉："不过是随口一说，怎么连恩将仇报都用上了？外面以讹传讹罢了，你性格……可没有你说的那么不堪。"

明熙扑哧一笑："我没有说自己不好，我觉得我挺好的。陛下在位自然什么都好，若有一日你家主君上了位，若阿燃跟了我，只怕再难出头。"

韩耀有些不赞同地开口道："太子殿下虚怀若谷，心怀天下，绝对没有这般阴暗狭窄的心思，你也不要多想。如今太子病重，王氏直至此时，还在坚持婚约，想必王氏与殿下的婚事定然不会再出变故的。我让你回京，绝非全是为了殿下，你孤身一人在甘凉城，到底不是长久之计……"

"我可没有多想，更没有什么非分之想，不过是就事论事罢了。"想起韩耀将虚怀若谷用在了皇甫策身上，明熙不禁又是"扑哧"一笑，"是是是，你家主君虚怀若谷胸襟宽广，怎么可能是个心思狭窄的人！是我小肚鸡肠，以小人之心度君子之腹！"

韩耀正色道："虽不知你为何会有此想法，但你该是有所误解，殿下似乎没有那么在乎与你的过往。在我看来，殿下对王氏颇是有心，几次病中所想之人，均是王二娘子，吃不下东西时，依然惦念着王氏送去的点心……虽然他从未说起，但从细节之处也是看得出来的。”

明熙眼角的笑意逐渐散去了，忍不住冷笑连连：“当初让我去帝京的是你，如今让我收起心思的还是你，当真是不知道你为何如此反复无常。不过，你不必给我敲警钟，我回去也非全是为了他。不管结果如何，我根本无意破坏他与王氏的婚事，更没有与皇甫策和解的意思！”

韩耀有些懊恼将话说得有些重了，忙道：“我没有别的意思，你自然是好的，可是殿下的心里已住了人。殿下心思细腻，最是喜欢脾气温和的人。他与王二娘子青梅竹马的情意，几番波折好不容易有了相守的机会……即便有些误会，总之……我绝对没有贬低你的意思。”

明熙笑了一声：“我知道韩大人的意思，我有自知之明，明白他对我没有什么情意。当然，我之所以说你家主君心胸狭窄，绝非是因心中不平。

“我们朝夕相处三年，对他也有些了解。也许如你所说，他会放过许多害他的人，但却不见得会放过我。我们两个如何相处的，我怎么对他的，我心里最是知道，他的胸怀对我可是一直不怎么宽广。”

韩耀沉默了片刻，抿了抿唇，轻声道:“只管放心好了，殿下的心思，我还是明白几分的，只要他与王氏的婚约不毁，该是不会再对你有什么恨意了。到时候即便殿下有意为难你，我也会从中调和的。可你也该知道，虽然有谢七郎的事横在当中，可殿下与王氏的婚约牢不可破。这般的婚事莫说是你我，就算陛下想要悔婚，只要王氏和太子不愿，都不会成事的。”

明熙莞尔一笑：“他危病危难之时，王二都肯不离不弃，也可见其真心了。不管当初有多少传言，若皇甫策不知道，根本不必作数的。你放心好了，我历来拿得起放得下，必然不会让自己陷入不仁不义的境地。他若能熬过此次，将来他二人成婚，我必然也是……”

明熙想说几句敞亮话，可若说祝福他们，心里当真是半点不会，不管两个人多情深义重或是相互扶持，在明熙看来都不算什么好事，虽是没有想要找回这人的意思，但也绝对不会心胸宽阔到祝福他们!

韩耀抿了抿唇，将目光移开了。实然王氏会如何打算，韩耀心里也没有丝毫的底气，有当初谢氏七郎的前车之鉴，那件事王氏一心为己，将事情做得那么绝，谁敢保证他们不会反水第二次。

自然，若王氏此番能不顾一切救助太子，或是即便不肯出力，只将立场和婚约坚持到最后，这般的情意与付出，加之王氏一族那般的权势，太子妃之位必然没人能撼动半分。且直至此时，帝京都没有王氏异变的半分消息，韩耀知道王氏定然已是选择了太子，当初与明熙说的那些话，以及不曾开口的回报，只怕都要落空了。

两个月无人收拾，景阳宫外殿已没有了下脚的地方，半个月前下了场雪，如今角落边缘的积雪随处可见，枯枝残叶更是不必提，隆冬的天气还散发着浓浓的腐朽味。

内殿的院落虽是打扫得干净，可惜整座宫殿悄无声息的，加上院中的松柏与万年青因无人打理的原因，有些树根竟是被下面堆满的积雪给活活冻枯萎了，松柏上似乎蒙了一层厚重的灰尘，院落虽是打理得很干净，但看起来更是破败不堪了。

王安知候在了内院门口廊下，泰宁帝步履轻快地走进院落中，柳南端着两菜一汤，迎头碰见了泰宁帝，随即俯身行礼。泰宁帝看了眼托盘上略显寡淡的饭食，不禁皱了皱眉头，抬脚进了正寝殿。

阳光正好，内殿里半开着窗户，皇甫策搭着厚重的皮毛长毯，倚在阳光下的长榻上垂眸看着桌上的书卷。

泰宁帝见状，挑了挑眉头，忍不住笑了一声："太子好悠闲。"

皇甫策掀了掀眼帘，见是泰宁帝，随即放下书卷，却不曾站起身来："这个时节前来，皇叔可是有事？"

泰宁帝不客气地坐到了厅内正中的座位上，烤了烤火，有些怨怪道："太子这段时间太过惫懒，竟是连行礼都不会了。"

皇甫策抿唇一笑，不紧不慢地开口道："皇叔来此，该不是为了让侄儿专门给您行礼的吧，皇叔一直都不是迂腐之人。"

泰宁帝忍不住又笑了一声："太子敏慧啊！"

皇甫策回道："不及皇叔万一。"

泰宁帝开怀大笑："朕有一个好消息，还有一个坏消息，太子想听哪个？"

皇甫策垂了垂眼眸，手指下意识地抚了抚书卷："皇叔想说哪个，侄儿就听哪个。"

泰宁帝抿唇一笑："好消息呢，陈氏的折子朕准了，陈四娘子与你的婚约已是解除了。"

皇甫策挑眉，轻声道："对侄儿来说算不得什么好消息，乃预料之中的事。陈氏而已，本宫还不曾放在眼里。"

泰宁帝很是开心，抿唇一笑道："自然，当初荣贵妃报上来，也就陈氏最不显眼，朕可不想刘沈再出一个育有皇嗣的妃子，更不想慕容氏的娘子再入后宫，这才选了不温不火的陈氏。没承想小小陈氏竟是看不上太子侧妃的分位，太子正风光时，尚有退亲之意，何况此时此境。"

皇甫策轻应了一声，似乎丝毫都不感兴趣一般，再次打开了书卷："这算不得什么好消息。皇叔若是无事，就回去用膳吧。"

泰宁帝纹丝不动，抿唇一笑："太子幽闭东宫多时，可是寂寞了？"

皇甫策挑眉，侧了侧眼眸："皇叔打算放侄儿出去？"

泰宁帝笑道："听闻太子想念王二娘子得紧，要不要朕宣旨，让她入宫与太子一见呢？"

皇甫策冷冷一笑："若皇叔还有什么心思，就不必朝这里使了，侄儿与阿雅的事，不用皇叔插手。"

泰宁帝挑眉，笑了一声：“太子殿下这是翻脸了吗？看看，这如珠如宝多矜贵的心上人啊，朕连提都提不得了呢。”

皇甫策有些不耐烦地闭了闭眼：“年底将至，四面八方的折子该是已将皇叔埋进去了才是，真不知皇叔哪里来的闲心，竟是无所事事，家长里短，道人是非了。”

泰宁帝端起六福捧来的茶盏，慢条斯理地抿了一口：“哦？这是怪朕多事吗？既然你不愿意见那王二娘子，朕就直接下旨了。”

皇甫策手指轻动，半垂着眼眸，轻声道：“距离婚期还有四个多月，皇叔就那么着急吗？这不像皇叔的风格。王氏对侄儿来说，有多大的助力，皇叔不会不知道吧。”

“哦……”泰宁帝缓缓放下了茶盏，轻笑了一声，“太子还在想成亲的事啊？若想早一些成亲，这日子可不好改啊！那本是钦天监算了又算的大吉日啊。不过今儿个下朝，王轶特别留下来跟朕谈你和王二娘子的婚事呢。”

皇甫策并未抬眸，轻声道：“是吗？”

泰宁帝抿唇一笑：“朕何时骗过你？你当真不想见见王二娘子吗？说不定这见面都是最后一次了，机会难得啊！”

皇甫策骤然蹙眉，然后抬起眼眸来冷冷一笑，沉声道：“皇叔有话直说就是！侄儿与阿雅乃钦定的婚事，如何会是最后一次！皇叔虽翻手为云覆手为雨，可真想要撼动这婚事，王氏若不答应，只怕也是力有不逮！”

泰宁帝微微斜眼，轻笑道：“太子同朕发什么脾气，朕说过，这婚约虽是你求的，可朕当真是真心真意指婚的。不管何时何地，朕也不愿让你解除婚约哪，可今日王轶亲自来说退亲之事，说什么云游方士算过，你与王雅懿生肖相冲，八字相克，若是结亲竟是要不死不休啊！”

皇甫策缓缓坐起身来，正视着泰宁帝，冷笑：“皇叔说什么笑话？钦天监合过的八字，云游的方士算什么东西！轮得到他来合八字！”

泰宁帝挑眉，好脾气地安抚道：“朕也不信呢！可怎奈太子殿下的泰山岳丈与全家都深信不疑，急不可耐地来和朕谈退亲与各自婚嫁的事啊！竟说即便太子痊愈也不愿再高攀了啊！”

“皇叔是如何回的？”皇甫策斜眼望向窗外，院子门口有一道穿着绿色官服的人影，虽是看不太清楚，但那人侧着身子，分明是在倾听。

泰宁帝叹息了一声，为难道：“朕哪里敢回啊？此事如何做，给谁做主都是错。朕若是不愿吧，王轶虽是面上不显，可心里定然会说，明知八字相冲却不肯解除婚约，陛下要害死太子啊！可朕要是欢欢喜喜地给你们解除婚约吧，朝中众臣只怕会说，陛下心思叵测，是要将太子的姻亲斩尽呢！这里外不是人的事，朕可是做不了主，这不才急匆匆地过来和太子商议吗？”

皇甫策侧目，冷笑连连：“哦？倒是让皇叔为难了。皇叔有什么打算，不妨说出来，侄儿听上一听，也好给皇叔参谋参谋。”

泰宁帝无奈地指了指皇甫策，叹道：“就知道太子会生气啊，看看，眉毛不是眉毛，眼不是眼的，哪里是要帮朕拿主意的样子啊！”

皇甫策抿着唇，冷声道：“皇叔要毁侄儿的亲事，还要让侄儿跪下谢恩不成！”

泰宁帝叹息了一声，颇是为难地开口道：“太子不该如此执拗才是啊，那日在酒楼里，太子听了那么多话，其中一些也颇有道理。若当真如众人所说，你心疼或心慕人家王二娘子，就不该让人家为了你为难啊。听听那日王二娘子哭得多委屈，朕听着都心酸呢！太子心里只怕也不好受吧？”

皇甫策眉头挑了起来，唇已抿成了一条线，沉声道：“皇叔若是来说此事，就请回吧！婚约之事，孰是孰非，侄儿心里有数，阿雅即便有心……只怕也是被你们逼的！”

泰宁帝连连点头，缓声附和道：“可不是吗？朕也觉得王二娘子不至于如此，那王轶口口声声说是全家商量好的，虽然王四郎还在外面等消息，可朕一点都不相信王轶所言。放心放心，只要太子不愿，朕肯定不会解除东宫与王氏的婚约。”

泰宁帝见皇甫策垂眸沉着脸一言不发，嘴角的笑意不禁又深了一分，叹息道：“王二娘子想必也是为难啊！那日你也听见了，她虽对你无心，可也不肯辜负你的一片痴心啊！可惜你端的是死缠烂打的执拗脾气，怎么也不肯撒手啊！人家委屈得没办法啊！你这般的人性，也就是朕嫡亲的侄儿，否则朕都要骂你一句自私薄凉！只怕王二娘子心生怨恨，也无处诉说。那些人都等着太子死呢，可王二娘子却不是啊，就怕太子死了，再连累了自己的名声啊！”

皇甫策咬牙：“皇叔这般唱作俱佳，不累吗？”

泰宁帝欢喜道：“不累啊！一点都不累！朕以己度人，想着太子若不是朕的亲侄儿，可不是可恶可恨吗！临死还要拉上别人，人家可是士族嫡女，多矜贵啊！大好的年华，就要葬送在幽闭东宫扶不起的太子身上，你若有半分男儿的担当，就不该让人家陪着，这是何等狭窄的心胸！自私又可恨啊！”

皇甫策瞥了眼泰宁帝，冷哼道：“皇叔休要再说，不管你怎么说，侄儿都不会相信这是阿雅的意思！”

泰宁帝道：“好好好，那你就当朕骗你好了，反正王氏想要退亲，肯定不止求这一次啊！等下一次王轶上了折子，朕再拿给你看就是了！”

皇甫策深吸了一口气：“王轶历来反复无常，但侄儿不相信阿雅会如此！这事定然是你们逼迫她的！不管你们怎么说，侄儿不会退亲，信物与庚帖都在侄儿的手中，只要侄儿不放手，你们说什么都是无用的！”

泰宁帝颔首道：“太子说得对，这事朕和太子站在一起，王氏若想退亲，朕第一个不同意啊！”

皇甫策不明所以地笑了一声：“皇叔也别来诓骗侄儿，信物庚帖侄儿是肯定不会拿出来的！”

泰宁帝点点头：“那如此，咱们就用膳吧？”

皇甫策一哽，侧目望向泰宁帝：“皇叔不是说让侄儿见阿雅吗？”

泰宁帝浅笑了一声：“你不是说不见吗？”

皇甫策侧目道：“侄儿又改主意了。”

泰宁帝轻笑了一声，缓声道：“太子痴情一片，朕甚为感念，虽如此，可咱们皇甫氏的脸面也是要顾及的。王轶退亲之事，绝非他自作主张，乃是与王夫人、王二娘子商议后的结果。你若不死心，只管去问王二娘子。退亲这事，朕虽不会给你做主或是出主意，但你此时尚为大雍太子，也休要为了儿女情长，堕了皇甫氏的脸面。”

皇甫策嘴角露出一抹讥笑，冷声道：“皇叔以为人人都如你一般？为了个莫须有的念想就昏了头？我皇甫氏可不比罗氏，没有那么多痴情种子。若当真是如此，侄儿也绝对不会强求！”

泰宁帝面色僵了僵，轻哼了一声：“呵，拿谁作比不好，和罗氏那样不堪的皇族比什么？那皇朝的末路，可不能是我大雍的结果，朕还不至于那么昏庸，以后也不许我皇甫氏有那么昏庸的子弟！”

皇甫策轻声道：“自己谋朝篡位不说，还想让子孙正直清明，皇叔活得可真纠结啊！”

泰宁帝眯眼看了皇甫策一会儿，耷拉着眼帘对六福冷声道：“你去告诉门口的王安知，太子不相信王氏主动退亲，以为朕从中作梗，逼迫王氏与太子解除婚约，同朕大吵大闹，不肯妥协。

“太子扬言，庚帖信物都在他的手中，若当真是王氏要退亲，王轶与王夫人说了也不算，让王二娘子拿着信物亲至宫中，见上一面，自己与太子将首尾说清楚！”

六福站在原地半晌，有些为难地开口道：“陛下是要奴婢直说吗？”

泰宁帝哼道：“王氏退亲尚不曾拐弯抹角，我皇甫氏做事，自然理直气壮。你不但要直说，还要一字不漏地复述，让王氏自己商量去！”

皇甫策冷冷地瞥了泰宁帝一眼，嗤笑一声：“大吵大闹？扬言？皇叔可是不会放过一丝一毫的机会诋毁侄儿啊！”

泰宁帝端起茶盏，冷笑了一声：“没说歇斯底里，朕已给你留了情面！一个王氏女而已，呵呵，如珠如宝啊，端的是矜贵！还值你发个脾气！那双眼长得挺好，朕看就是用来出气的！有眼无珠的德行！还给朕发脾气。”

皇甫策冷哼：“皇叔倒是眼光好，欢天喜地地娶荣贵妃进门，几十年端的是幸福美满。”

泰宁帝当即冷了脸，将茶盏重重地摔在了地上，怒道：“欢天喜地？呵！当年这亲事是为了什么，到底是怎么来的！你怎么不去问问你的好父皇？为了慕容氏的势力，你父皇几乎是将朕便宜地卖出去！你如今有脸拿出来说……若非是你的好父皇一手促成的！朕何至于……你们父子欠朕的！就该还给朕！你和你父皇一样可恶可恨！罪不可恕！”

王安知正听着六福的复述，骤然听见一声响亮的碎瓷声，冷不丁地斜眼望向内殿的窗户，只见太子冷冷地站在窗前，与谁对视着，虽是看不清晰，但即便站在此处，都仿佛能感到那股让人窒息的剑拔弩张。

宁负虚名身莫负
6

王氏府邸正院，书房一侧的小客厅内，温暖的房内弥漫着压抑的空气。

王轶的脸色很是难看，瞪着垂泪不停的王雅懿：“好了好了！别哭了！若非因你的亲事总出波折，怕你太过担忧，我与你母亲商议这事，是绝对不会让你听的！”

王夫人忙道：“阿雅年纪小不懂事，莫说她想不通，夫君相中高氏，连我都想不明白。这样的人家，放在几年前，咱们可是看都不会多看一眼的！”

王轶颇有些不耐烦地开口道：“如今高氏所有的兵权，几乎都在高钺的掌握之中，单说禁军统领一职，实打实的心腹之臣，相同的品级，谁能与天子近臣相比？也就那些食古不化的世家还讲究清贵，殊不知大雍皇室务实，最看重的是能力。谢氏早就看明白了这一点，在帝京悄无声息，但兵权却是半分不撒手。”

王夫人轻声道：“说到底还不是个带兵的……”

王轶道：“那怎么一样！高林就是个好高骛远的草包，不知烧了哪处的高香，得了这么个好儿子！我年轻时也不敢说能如高钺这般游刃有余。陛下看中的人物，若非皇室没有适龄的公主，只怕这般的好人选，早被陛下收入囊中了。高钺与阿雅年纪相当，高氏起于微末，最看重门楣，若是娶了阿雅，那可算是高攀了，到时候还敢怠慢了不成？”

王雅懿骤然站起身来：“父亲看中的人，父亲嫁过去就是了！高钺长得凶神恶煞的，书都读不进去！莫说煮茶品茗，就连对弈都……总之！高钺就是不行，他这个岁数都不议亲，说不得身上有什么毛病！那么个兵家子！亏父亲说得出口！我宁愿绞了头发，也不嫁给高钺！”

“哪里轮得到你挑三拣四的！”王轶也动了怒气，高声喝道，“这般的事，不光是咱们挑选人家，人家还不知道愿不愿意！你也不看看你都多大了……你要是实在不愿意，太子这亲也别退了！若非你和你母亲一直闹着退亲，太子这里我本还要再等上一等的！如今好不容易给你挑了个打着灯笼都难找的人选，你竟是不愿！”

王雅懿大哭了起来：“父亲何必如此说女儿！太子也好，谢氏也好，都是父亲同意的，后来出了那么多事，难道是女儿愿意的吗？如今已到了这个地步……你让女儿怎么办！”

王夫人垂泪道：“夫君怎么能同阿雅说出这般的话来！本都是好好的人家，谁知道会出这等的变故，出了事又怎么能怪到阿雅身上去……好好的，谁想弄到不可收拾的地步！”

“你给我住口！”王轶手掌重重地拍在桌子上，“慈母多败儿！同谢氏的婚事，可是你们母女看中的！后来见人家断了腿，当即退婚！你以为我好做吗？若按照我原本的意思，无论断腿还是瞎眼，她都是要嫁的！人家的女儿望门寡都守得，我王氏虽不至如此，可那谢七郎只是断腿，你们怎么就知道人家好不了！”

王夫人哭道：“大夫说了！可不光是断了腿，马儿将踝骨都踩碎了，养好了也是跛子！”

王轶怒道：“跛子就不能嫁了？他即使不能入朝为官，凭借谢氏之能，他做个名士也绰绰有余。谢氏不缺为官的子弟，这些年他们在谢七郎身上用的心铺的路，何尝不是为了再让谢氏出个名士！

“你们母女目光短浅！我怎么说都不成！你们竟是私自将东西退回去！你可知道我王氏与谢氏几百年的交情就完了！这还不算，如今已是结了死仇！”

王雅懿哭道：“父亲怎可将这事怪到我与母亲身上！当初退亲，父亲虽是没有同意，但是也没有说不行，怎么现在又来说这般的话？”

王轶怒火顿时泄了一半，高声道：“我是让你们退亲了！但也没有让你们气死人家！那……罢了罢了，也怪他不济，病伤交加，熬不过去也属难免。”

王轶也曾无数次后悔，当初不该立即就去退亲，好歹等他养养伤病，可眼看着就要立即交换庚帖……也是等不得。可即使谢七郎的死与王氏无关，当时王氏那般落井下石，还羞辱了人家，这事都会成仇的。

王夫人轻声道：“现在说谢氏还有何用，高氏嫡子我也是见过的，那长相……就不说了，为人不苟言笑，待人也十分苛责，不像是个宽厚的人……”

王轶掀了掀眼皮，试探道：“哦？夫人看不上高氏，莫不是已经有看上的人家了？说出来，咱们也可以一同斟酌斟酌。”

王夫人与王雅懿对视了一眼，沉默了片刻，轻声道：“隔壁谢氏的宅院，不是被卫氏买去了吗？卫小郎生得芝兰玉树，年近双十，未曾许下亲事。卫老夫人有意在帝京，给卫小郎选一户门当户对的娘子。

“卫小郎也是官身，卫大人不是与夫君也有些交情吗？虽然卫氏也是一等一的大士族，但他们卫氏才来帝京，仰仗夫君的地方肯定也不少，这门亲事端的是门当户对，阿雅也不会委屈，我看着就挺好。”

王轶挑眉，轻声道：“原来夫人心中已有打算了，那为何一直不说？”

王夫人小心翼翼地开口道：“这哪里是打算好了，不是还要和夫君商量着来吗？那高氏我着实是看不上的，卫氏虽是多年不在帝京了，但好歹也是大士族，如今陛下有重用卫氏的意思……”

王轶拍案而起，怒声喝道：“住口！卫氏算什么！他们连脚跟都没站稳！你一个妇道人家，也敢说卫氏得陛下重用？一个光禄大夫连买带送的，光是清贵有什么用！

“你也知道我与卫氏相交多年，卫氏不过就剩个空架子！不然何至于还要出仕！若再不出仕，只怕不出两代人，卫氏再无人识！你们也就是听那些传言！长得好看又有何用！

还能当饭吃不成！”

王雅懿愣了愣，当下恼怒道：“卫氏能买下谢氏宅院，想来也没有父亲说的那么不堪，父亲觉得高氏好，也不必如此贬低卫氏。”

“你……”

“父亲！”王安知从外面急匆匆地走了进来，打断了王轶的话。

王轶皱了皱眉头，深吸了一口气，这才看向王安知：“出了何事，如此慌乱？”

王安知斜眼望向王夫人，拘礼道：“母亲、二妹妹。”

王夫人忙擦去脸上的泪痕，轻声道：“安儿回来了，这几日在忙些什么，母亲都没有看到你了。”

王轶不耐烦地开口道：“你们母子有话，一会儿再说，四郎如此匆忙，可是出了什么急事？”

王安知斜眼瞟了眼王雅懿，轻声道：“方才……陛下去了景阳宫，让我等在外殿。陛下出来后，让我带话给父亲，说太子得知王氏退亲，言语十分激烈，大吵大闹。将此事怪在陛下身上，说是陛下逼迫王氏，才致使王氏不得不退婚……”

王安知乃王轶嫡四子，也是王雅懿最小的兄长，自小最受王轶宠爱，也深得陛下青眼，如今已是从六品的符玺郎中，也是最让王轶得意的儿子。

王夫人冷笑：“什么陛下逼迫的！太子自己不想退亲，拿这话做由头！这事陛下能逼得了！太子端的是……端的是软弱，临死还要拉上我阿雅给他垫背！”

王轶看都不看王夫人一眼，对王安知轻声道：“今日你去了景阳宫？”

王安知轻轻地点点头：“是，儿子一直等在内殿院中。”

王轶挑眉：“东宫里真如传闻那般吗？”

王安知面有难色，缓缓垂下眼眸，轻声道：“比传闻更甚，孩儿等了半个时辰，竟是连一个宫侍都不曾见过。院中腐朽的味道很是难闻，议事殿里灰尘那么厚，只怕东宫没有宫侍，绝非是一时之事。隆冬的天气，那屋内看似滴水成冰，想必太子真的已到了绝地……”

王轶轻轻颔首：“唉，还以为陛下当真是胸怀宽广，与先帝截然不同，如今看来到底是亲兄弟……这般的手法，还不如直接要命来得痛快。”

王安知偷看了王雅懿一眼，轻声道：“如今太子也不见得没救，若咱们不退亲，联合众臣，给陛下施压，请太子出来议事，想必陛下也不好继续压制太子。父亲若肯一心辅佐太子，太子就还有翻身的机会，最少不会像这般如此……”

王雅懿上前一步就要开口斥责，却被王夫人紧紧地拉住胳膊，狠狠地瞪了一眼。

王轶不怒反笑，轻轻地拍了拍王安知：“为父知道四郎是个重情重义的，可如今兵权有几分在太子手中？”

王安知轻摇了摇头：“太子并无兵权。”

王轶轻声安抚道：“若无大皇子，太子没有兵权，父亲也会一心辅佐太子。可大皇子乃陛下之亲子。我们若想扶太子上位，要付出多大的代价，安儿可有想过？成了自然是从龙之功，可我们王氏已是到了这个地步，不需要什么从龙之功做点缀了，但若是败了呢？轻一些说二十年或是三十年都很难出头了，重一些说不得就要倾家败族。安儿觉得这样划算吗？”

王安知叹息了一声：“太子说若当真是王氏执意退亲，必须让阿雅亲自去一趟，当面与他将话说清楚。若当真是阿雅心意已决，太子必然会同意，否则陛下和咱们说什么都是无用的。”

王夫人蹙眉道：“退亲之事，哪里轮得到太子说话！陛下只要答应就成了！哪能让阿雅亲去……这不合礼数啊！”

王安知轻声道：“母亲，这本就是我家理亏的事，还说什么礼数。太子殿下只怕当真觉得咱们是被逼迫的，他对二妹妹的心意，母亲又不是不知道。如今要见上一面，是理所当然的事，这事咱们也不该做那么绝……罢了！我是不管了，随你们的意思吧！要我说，太子对二妹妹也算情深义重，不管如何，都不该退亲才是！”

王雅懿恼怒道：“嫁出去受苦的不是你！你自然会这么说！”

王安知蹙眉，看都不看王雅懿一眼，冷笑道：“就因为不是我！我才不曾多说什么！你以为我不知道吗？东宫才有些苗头的时候，你就闹着要母亲退亲了！难道我王氏女就只能共富贵，不能同患难吗？你这般……若你执意不肯退亲，谁还会勉强你不成！父亲母亲也不会难做成这般了！亏你读了不少书，当真……不知所谓！”

王雅懿当即大哭了起来：“你怎么能这么说我！太子遭受这般的境遇，难道是因为我的缘故吗？你也看见东宫都成什么样了！难道还要将我送进去一同受罪不成！我想退婚又有什么错！”

王夫人忙道：“安儿怎能这般说，太子已是这般，即便阿雅不说，我和你父亲也会退亲！”

王安知纯孝，自然不会与王夫人争执，只是这事的前因后果，确实是王雅懿又一次背信弃义。这般的娘子是自己的亲妹妹才不好说，若是别家的娘子，早不知被王安知耻笑多少次了，可即便是一家人，这事也着实觉得面上无光，当即看也不看王雅懿一眼。

“母亲总也依着二妹妹，也不想想这些事若还有翻转，你们当如何！罢了，父亲已着手退亲之事了，你还来哭什么！太子也是瞎了眼，若我是太子……哼！”

王雅懿见王安知甩袖而去，不禁大哭道：“母亲！你看看四阿兄，他怎能这样说我！竟是帮着外人。”

王轶让王雅懿哭得头疼：“安儿饱读诗书，最是耿直，不然……唉，罢了罢了，太子已将话撂了下来，何时去，你们母女看着办吧！”

腊月的天气，滴水成冰，东宫殿里处处都是积雪与枯枝落叶。外殿的议事殿，似乎刚被匆匆忙忙打扫出来。

地上虽用水冲得很干净，但因没有火墙的缘故，屋中许多角落已结成了冰。桌上虽临时擦了擦，但干活的人，显然不尽心也不肯出力，一道道的灰尘印记还在桌上，更显得肮脏不堪，衬着白瓷的茶盏都有种陈旧之感。桌上的点心不知放了多久，都已经有些裂开了，让人看都不愿多看一眼。

皇甫策整个人裹在厚重的大氅里，灰色的皮毛更显脸色苍白消瘦，长长的睫毛半垂着，遮盖了全部的心思，那唇色很是清浅，整个人都少了些精神。虽然脚下还放着个炭盆，但这般大的屋子放个小小的炭火，着实感觉不到半分的暖意。

王雅懿身着纯白色的大氅，进屋前本是要脱掉大氅的，可踏进门后发现，屋中竟是和外面一个温度。她拉了拉身上的大氅，好半晌都不愿意坐下来，还是柳南有眼色，用袖子将椅子擦了又擦，王雅懿才面有难色地坐了下来。

虽是隆冬，但王雅懿来之前该是精心装扮过的，双鬟髻上面缠绕着颗颗圆润的珍珠，纯金华胜斜斜地插在额侧，金色的流苏尾梢缀着嫣红的珊瑚珠，举手投足之间在额侧摇曳晃动，贵气又华美。这般珠光宝气，更是衬得她的精神饱满，气色红润光鲜。那纯白色的大氅一点杂色都没有，映照得肌肤莹白如玉，让她本就十分出色的容貌更精致了几分。

皇甫策与王雅懿坐在这滴水成冰的议政殿里，相对无言。桌上冒着热气的茶盏，不过片刻间就冷了下来，柳南虽是将椅子擦了几遍，可是王雅懿坐在这地方只感不适，生怕那满是灰尘的房梁上掉下一只不知名的虫子来。

皇甫策垂着眼眸，将王雅懿的神态与细微的动作都收入眼中，精神饱满，气色红润，眼底清湛，当真是没有半分担忧憔悴。未婚夫被幽闭东宫两个月，几次传来病重的消息，这人尚如此气定神闲。当初在阑珊居养伤近三年来，两个还尚未婚配，那些人都说这人对自己用情至深，为了自己这个杳无音讯的人，茹素偿愿，拜佛求神，痴心不嫁，还有几分可信？不嫁倒是真的，只怕这不嫁的缘故，必然不会是因为等待杳无音讯的皇甫策了。

想至此，皇甫策竟是想笑，可却不知该如何开口，实然根本不用开口，昨日午膳前才说，若要悔婚就让王二娘子来亲自见上一面，竟是今日下午就入了宫，当真是一日都不愿多等……

婚约一事，许久前，皇甫策心中早有感应，也已料到今日的结果。自然说不上来多生气，更没有什么伤心的感觉。那日酒楼里听来的一切，该是比退亲让人更生气更伤心。

一直以来，以为自己在乎的人，和在乎自己的人，突然说出那番话来，该是极让人绝望的。可当她真的说了那些话，皇甫策也只想冷笑，直至那时才恍悟，自己没有那么在乎这个人，这人也同样并不在乎自己。喜欢或不喜欢，当真伪装不出来，之所以早有感应，也是因为心里明白，那些传闻半分都不可信……

世间的事，就是如此可笑，大多都是听说的是一个样子，亲见的又是另一个样子。王氏那般的士族，若不想家中消息被人知道，不管王二娘子在家里做什么，都是不会有人知道的。

如今想想，那些一戳就破的谎言，为何会让自己深信不疑呢？自己的那些所作所为又何尝不可笑？虽是存了几分王氏可用的心思，但皇甫氏子嗣凋零，只要皇叔生不出子嗣了，回宫和继位都会是顺理成章的事。王氏对当朝唯一的皇子和太子来说，也没有那么可用。众人都说王二的痴心，也还是其次。实然，自十四岁，母妃曾说她为自己钦定的正妃，乃王氏二娘子，虽是后来横生了枝节与变故，一直未曾成事，但自己心中的正妻之位，除了她就再未做过别想。

自第一次生病，距今三四个月了，除了九月二十九生辰那日，未来的太子妃不得不露面，她竟是一次都不曾来过。

宫禁森严，不过都是说给外人听的，未来的太子妃若想进宫，凭王氏的能力，即便禁足的旨意是陛下亲下的，也没有拦住她脚步的道理。第一次病重就停了送来的点心，当真是连面子活都懒得做了……

经过了这些，又有酒楼里听来的那些话，才明白，两个人一直都在不同的世界里。虽不知道酒楼的事，是不是提前安排好的计谋，可不管是真心还是假意，只要对一个人有心，那些话决计是说不出口的，试问谁会为了自己的名声，诋毁与践踏心爱之人的心意，除非那心意，在她眼中原本就不算什么。

王雅懿见皇甫策一直垂眸不语，不禁有些不耐烦，蹙眉道："殿下？"

皇甫策骤然回神，抚摸着手中的檀木盒，轻声道："你最近过得可好？"

王雅懿抬了抬眼眸，轻声道："尚且还好，家中琐事总还有母亲，只是难免惦念殿下。"

皇甫策缓缓坐起身来，抬眸望向王雅懿，抿唇一笑，柔声道："本宫这里也没有什么好惦念的，虽是不能出门，但在东宫里安心养病也是不错。闲暇之余，将往日里没空看的野史游记都看了一遍，还在屋中养了一盆兰花，前不久也都开了，你要看看吗？"

王雅懿掀了掀眼皮，不接皇甫策的话，只缓声道："殿下近日身体如何？"

皇甫策轻咳了一声，笑意凝固在唇角，垂眸端起茶盏来抿了一口，好半晌才缓声道："太医只说以后要好好调养，虽……不过，近日好了许多，已经可以下了床榻和你在此说话了。你莫要太过担心，明年四月大婚之前，该是没事的。"

泰宁帝脚下垫了一张椅子，趴在屋后窗外看了一会儿，小声对扶着自己的六福道："他病得那么重吗？朕怎么一点都不知道？"

六福极小声地开口道："奴婢也不知啊！"

殿内，王雅懿斜视："殿下手里拿的是什么？"

皇甫策半垂着眼眸，抿唇一笑："知道你要来，在东宫库房找了一对玉镯，成色虽不是极好的，但……尚能入眼，看看你可喜欢？"

柳南将东西打开呈在王雅懿面前，一对奶白的和田玉镯露了出来，乍一看还不错，但当王雅懿伸出手时，皓腕露出了一对莹白的和田玉镯来，对比之下，越显檀木盒里的那双镯子发黄发黑，不堪入目。

王雅懿仿佛并未看出这镯子有什么不好来，只抚了抚镯子，缓声道："东西虽好，我却不能收了。这东西太子殿下将来可以送给更重要的那个人。"

皇甫策也看到了两对手镯的差距，凤眸中露出了几分黯然："罢了，本宫以为这已是不错，忘记了你出身王氏……不过，本宫除了你，哪里还有更重要的人？陈氏的婚约已解，贺氏又算得了什么，阿雅该知道，对本宫来说，你一直都是极重要的。"

殿外屋后，泰宁帝小声对六福道："要什么好东西朕那里没有吗？拿那么一对镯子出来寒碜人！丢我皇甫氏的脸面！这话说得，朕都牙酸了。"

六福有心赔两声笑，又怕前面的人听见，唯有哼哼两下，以示回应。您牙酸，还在这冻得人半死的屋后听壁角……

殿内，王雅懿骤然抬眸，蹙眉道："殿下何必再说这样的话，今日我来此，是为了什么，殿下该是知道的。"

皇甫策垂眸，轻叹了一声："你根本不必在意那些人的说法，生肖相克，八字相冲，本宫是半分都不信的。已是如此，本宫也不要别的，但是阿雅……你与别人不同，只要本宫同皇叔说说，不管如何，我们都是能在一起的。"

王雅懿轻声道："我开始也是不信，可是那方士说的也不见得不对，自殿下与我订婚后，就事事不顺，且身体总是微恙，如今甚至到了被禁足的地步。我思来想去，不能因我害了殿下的以后，再连累殿下得此际遇。"

皇甫策抿唇一笑："只要你和本宫都有心，这些都不算什么，何况你和本宫之间，哪里来的连累一说？"

王雅懿面有难色，半垂着眼眸，好半晌，才开口道："殿下说哪里的话，今日我来绝非是……实在是家中父母听信了那些话，只当殿下如此乃我所累……今日得见殿下际遇，才知道也许那方士说得极对。翠微山时殿下如何光风霁月，可自我们定下亲事后，就事事不顺……我甚是难安。"

皇甫策舒了一口气，轻咳了两声，抿唇笑道："原来你还是在担心本宫啊，人生在世哪里有长长久久的顺遂？一时的病痛与不顺，根本不算什么。这样的事更怪不到你身上，不管现在或是将来如何，只要我们在一起，本宫都是不惧的。"

王雅懿似乎有些吃惊，骤然抬眸对上了皇甫策那双清湛漆黑的眼眸，一时间竟不知该说些什么了，好半晌，轻声道："若当真是我害了殿下，日久天长，如何能面对？"

"咳咳咳……"皇甫策正欲说话，随即就是一连串撕心裂肺的咳嗽，好半晌，才平复过来，可王雅懿听到这般声响，却一直都不曾抬眼。皇甫策抿唇一笑，很是温和，柔声道："本宫说了，这些事，本宫都不在意。不合也好，连累也罢，即便是本宫为了你，当真一无所有，只要我们能长长久久地相守，本宫也不在意。"

王雅懿咬着唇，轻声道："殿下已病成了这般模样，得安安心心养病，否则还说什么长长久久？”

皇甫策用手帕擦拭了唇角，轻笑道：“倾心相对，不能长久又如何呢？你的心意，本宫明白，但本宫这些年……不管还有多少时日，本宫总是想与你在一起的。”

王雅懿眉宇之间露出了几分焦急：“我会害了殿下的性命啊！如此……如此怎么还能在一起！”

皇甫策抿唇一笑，轻声安抚道：“莫要再说那些话了，本宫是不信的。即使是真的，又能如何？本宫若当真被你害了性命，也甘之如饴……”

王雅懿恼怒道：“那殿下将我置于何地？！杀人凶手，还是刽子手？！殿下怎能如此自私！”

皇甫策清湛的目光望向王雅懿，缓缓地蹙起了眉头：“阿雅今日不是来看本宫的吗？皇叔好不容易宣你入宫，你为何总说这些扫兴的话？自九月二十九，本宫与你都没有机会相见，虽知道王大人有意悔婚，可因此能找到机会见阿雅一面，本宫也是高兴的。”

王雅懿蹙眉道：“不是我父亲有意悔婚，是我家不敢耽误殿下的性命。”

皇甫策温声道：“这病治了这些年总也不见起色，怎能怪到你们头上，若是皇叔说了什么……本宫定然不依。那些想让我们解除婚约的人都包藏祸心，不过不管多少人那么说，只要你不肯，本宫也是绝对不会答应的。”

王雅懿骤然站起身来：“殿下怎能如此冥顽不灵！既然那么多人都让我们解除婚约，殿下还在坚持什么？这本就是对你对我都好的事，殿下为何死死抓住婚约不肯放手！莫不是真以为我王氏会倾尽全部救助于你！”

皇甫策骤然睁大了眼眸，有些不可思议地望着王雅懿，轻声道：“阿雅怎能说出这般的话来？本宫虽落到这般的境地，可心中从不曾愤恨，也不曾想过要向谁求救，只因本宫知道你与本宫的心意一样……只要能与你相守，便是永远被禁闭宫中又能怎样？”

“相守？”王雅懿冷笑了一声，“殿下如今站都站不稳，还如何能与人相守？”

皇甫策黯然地垂下眼眸，轻声道：“身上的伤病，都是那时落下的病根，虽是有碍……可不管三年也好一年也罢，甚至半年也好，只要能与阿雅相守，本宫都是不怨的……”

王雅懿冷声道：“殿下心中不怨，那何曾问过我怨还是不怨！你如今已是这般的境地，还来说长久与相守，殿下可曾为我考虑过半分？”

皇甫策缓声道：“本宫又怎会不为你考虑？虽说本宫时日……但皇叔的性情，本宫也知道的。我们大婚以后，不管本宫能活多久，这太子妃之位都不会是别人的！便是将来大皇子做了太子，也定会追封于本宫的……将来没了本宫，你即使做不了太后，但太妃之尊还是有的。”

王雅懿深吸了一口气，冷笑连连：“原来殿下打的是这般主意！竟是死也不肯放过我！未亡人的将来都能想得明白了，可殿下既然如此豁达，为何不肯干脆地解除婚约，让你我二人都重获自由？！”

皇甫策垂了垂眼眸："此事虽是本宫自私，可到底是因为本宫舍不得你……不管是生是死，本宫都不想与你分开！"

王雅懿怒道："嗬！殿下好歹还有些自知之明，可这般的行为，何止是自私？殿下私下决定了我们的事，可曾问过我愿还是不愿？怎么就那么笃定我愿意同你生死与共！"

皇甫策轻声道："本宫以为阿雅该是与本宫……一条心的。这些年了，我们自小到大，不管本宫如何做事，阿雅都说甚好，从不曾有过别的……"

王雅懿沉着脸，一双眼眸中全是怒火，随即拿出一只握在手中的锦盒，重重地拍在了桌上："往日里是年少不知事，殿下休要再提！可今日殿下是不是误会了什么？我来此，只是为了解除与殿下的婚约，并非再续前缘！"

柳南将锦盒双手捧起来，送到了皇甫策手中，锦盒里放着一块玉佩与皇甫策的庚帖。那玉佩正是皇甫策自小从不离身，被韩耀生生拿去的那块。

窗户下面，泰宁帝冻得直哆嗦，抄着手，冷哼了一声，对六福道："朕还没死呢！他就想什么太后太妃！其心可诛！"

六福连连点头："太子殿下这话说得是有些过分……唉，可如今看来，太子殿下也是个可怜人呢。"

殿内，皇甫策端详玉佩许久，缓声道："阿雅莫要动怒，婚姻大事可不能草率，今日……许是本宫说错话了，惹得你如此，这东西你还是拿回去，一时生气所做的决定，只怕来日后悔了呢。"

王雅懿侧目，沉声道："殿下为何以为我会后悔？"

皇甫策抿了抿唇："当日临华宫大火后，本宫养伤三年，你为本宫茹素念佛，祈求平顺，立誓不嫁，莫不是也是假的吗？"

王雅懿冷笑："殿下哪里来的道听途说！这般的事，我怎么不知道半分！我当初不嫁自有我不嫁的缘故，哪里会有殿下的缘故！若按照殿下所说，殿下一日不回，莫不是我终身不嫁不成？"

皇甫策半垂下了眼眸，蝶翼般的睫毛遮盖了全部心思，紧紧握住手中的玉佩，极轻声地开口道："阿雅今日说得如此决绝，当真不怕来日后悔吗？"

王雅懿笑了一声："殿下已病入膏肓，还有哪一处，值得我来日后悔的呢？"

皇甫策攥住玉佩，缓缓地闭上了眼眸，许久许久，哑声道："柳南，将东西悉数给了王女郎。"

王雅懿接过柳南急匆匆端出来的锦盒，打开看了看，正是一对白玉簪与自己的庚帖，做不得假。至此，王雅懿才露出了一个真心的笑容，拿起了锦盒，轻声道："如此，我就不耽误殿下养病了。"

皇甫策并未睁眼，许久许久，冷笑了一声："王女郎好走不送。"

王雅懿斜眼看向皇甫策，然后不明所以地笑了一声，柔声道："殿下要保重身体才是。"

柳南翻着白眼，哼了一声，阴阳怪气道："王女郎还耽搁什么，快请吧！不然回去就赶不上用膳了。"

王雅懿狠狠地瞪了柳南一眼，仰着下巴，怒道："狗奴才！"

宁负虚名身莫负

7

两人渐行渐远，整座大殿瞬时安静了下来，冰冷的空气里，只有木炭燃烧的声音，噼啪作响，可也好不寂寞。

皇甫策脸色苍白地闭着眼眸，似是浑身无力地靠在了圈背上，手指一下下地拂过握在手心的玉佩。

虽知道娘子们的性格不一样，对待心中珍惜之人的方式也就不同。可如今回忆那人的一举一动，遥想起这些年来自己的一厢情愿，着实让人有种说不出的难堪。

四年多前的皇甫策可不算多好的一个人，连番的骤变，母妃遭遇不测，性情暴躁不说，心中阴暗，整日疑神疑鬼，看谁都像纵火的元凶，但凡贺明熙对自己好一些，都觉得她是因为自己是元凶，心怀内疚。所以苛责诛心的话张嘴就来，恨不得字字如箭，直接将人万箭穿心。一次次地打翻药碗，变着法地挑衅，让她变脸，撕破所有的耐心和温存。

可她明明也是个暴躁的脾气，偏偏却又记不了仇。如有吵闹，今日还气得要与自己同归于尽，第二日依然浅笑吟吟地黏在一侧，不管你有多少不耐烦，都仿佛看不见一般，自说自话还能有说有笑，只要自己肯给个好脸色，就能开心得像喝了蜜水一般。那些全心全意，似乎只要睁开眼就能看得见。

此时回想，不用对比，都知何为真心，何为假意。小时候总也看不惯她与韩耀相处，如今经历了这番世事，再去回想，自己何尝不是因为羡慕嫉妒韩耀能被一个人如此呵护与对待呢？那时也曾不止一次地想，贺明熙若是如此待自己，即使会被人耻笑，自己肯定也是愿意的。可不管多少次，她的目光总是从自己身上掠过去，甚至恶言相向，只对韩耀一人温声细语，呵护温存。

很久很久的后来，当自己忘了儿时的妄念，阑珊居的近三年里，竟也得偿所愿，被她全心全意地倾心呵护过。如此，才更能明白爱若珍宝与假情假意的差别，若贺明熙知道自己今时今日的际遇，莫说一个月两个月，只怕时时刻刻都要想尽办法伴随左右，一时一刻都不愿稍离半分。

王雅懿说，翠微山时，太子殿下光风霁月。可太子殿下光风霁月地出了阑珊居，一个未婚的娘子将一个与自己年纪相当的郎君，藏在宅中三年，一朝大白于天下，尽人皆知，她又该如何自处呢？

那时该是她最落魄、最难堪的时候，可光风霁月的太子殿下又是怎样驱赶她的呢？何尝想过她也才十几岁，何尝想过她能将被追杀得满身是伤的太子藏了起来，要治病又要治伤，还要将行迹隐藏，这其中，花了多少心思，想了多少办法，过得如何的战战兢兢，又是怎样地担惊受怕？何况，两个人中间，还横着惠宣皇后的死因，她心里得有多少矛盾与挣扎？

可在阑珊居的日子，不管外面有多少狂风骤雨，她对自己始终都是温声细语，甚至低声下气地讨好一个厌她的人。两人之间，所有的争执，都是自己有心挑起来的。

此时，再去回想那些挑衅、那些恶意、那些对待、那时的冷言冷语与句句诛心，如今对自己的心何尝不是一种折磨。可她到底是狠心呢，三年的朝夕相处，在知道皇甫策即将还朝时，只是一次的争执与驱赶，她都能生生地两个月不照面。只是，那时的自己对她实然已是相思入骨，几次驱步想去西苑，可到底顾及脸面与自尊，不肯承认，也不甚明白这其中的东西，听歌抚琴……也是因为心里太想太想见到她了，才不得不使出的手段。

直至今日，都还记得，她见到自己与歌姬时的表情与怒火，那一举一动与反应，说是突兀粗鲁，可自己心里又何尝不是欢喜的？那时，什么都不懂，可已经懂得拿她的真心逼迫她了。可说来说去，到底她才是最狠心的那个，复位之前两人虽是不曾挑明，可何尝不是已经如胶似漆了呢？可复位以后，才说一次分开，不许她跟随，不过是赌气和任性的话，只等着她像以前无数次那般纠缠和追过去，可她怎么就那么听话呢！

那时坐在离开阑珊居的马车上，又怎会看不见阁楼上那抹红色的身影，虽是看不甚清晰，但始终能感受到她追随的目光。当时自己还在沾沾自喜，想着念着她不出一日定会追到翠微山去，可那一日她始终没来，次日也没有出现，一日又一日，直至荣贵妃相看各家娘子也不见她的踪迹，最后赐婚的人选里，都不再有她。那时自己才有些恍悟，可也只是恍悟，不甚明白。

皇甫策被她纵容了三年，不管多任性都被呵护在她的手心里，习惯了她始终一步步地上前，也习惯了等待她上前与毫不费力地得到，即便定下亲事，尚且以为两个人还有转机，于是迫不及待地回帝京，可等到的不是她又一次的上前，而是人去楼空与销声匿迹。

才得知这些消息时，自己还是赌气的，甚至心中怪怨她的任性与狠心。直至那时，自己还在筹谋与算计，还在有恃无恐地笃定她没有别的路。阑珊居的三年，她与皇甫策朝夕相处，已是无名有实，放眼整个帝京，这般的娘子谁家敢娶？不管她愿不愿意，为侧妃也好为嫔妾也罢，也只有皇甫策这一条路可以走，她不可能再有别的出路。

这世上，最不该算计的就是真心，最不能算计的也是真心，因为你不知在什么时候，就会被真心狠狠地耍弄了，得到深重的报应。三年的朝夕相处，自己一次次地驱赶，天天不许她去东苑，她还不是每次都去？自己天天说尽诛心的话，甚至逼得她举着鞭子相对，即便挨上一次，也有故意的心思，只因她打完后会更后悔、更小心翼翼。可不管两个人闹成什么样子，第二天还不是什么事都没有，她还不是一直觍着脸去讨好！

是啊，算计筹谋了所有，却是忽略了自尊。皇甫策孤身在阑珊居时，所有的傲骨与愤怒，不过是自尊作祟。可贺明熙往日里，何尝不是自尊自傲之人？

在阑珊居东苑里，所有的一切都是贺明熙的，所有的掌控都在她的手中，生气也好，发怒也好，甚至谩骂也好，她都能不在意，因为她知道皇甫策即便厌恶至极还是走不出去，只能依靠她的给予。可当皇甫策做回了太子，不再需要她的给予时，两人的地位就不再对等了，太子对她的苛责和恶意就变得不能忍受，也不那么理所当然了。

不管落魄到何种境地，她依然是骄傲的贺明熙，即使没有跋扈的资本，即便失去一切，她也绝对不会对一个高高在上的人乞求。她要的不是富贵，也不是太子妃之位，她要的是一颗平等对待的心，与相等的感情。

在阑珊居时，这些她都可以竭尽全力地为自己争取，但当她自认为没有争取资格的时候，或是当自己争取之人，有践踏她真心的能力与权力时，会毫不留恋，转身就走。她可以面对皇甫策任何不公平的对待与肆意妄为，因为皇甫策遭遇了太多的骤变，也失去了一切，只剩下满身的病伤。她可以做那个施舍的人，但是绝对不可以做那个被施舍的人。

是以，她不能对太子卑躬屈膝，更不会对太子亦步亦趋，爱若珍宝。当地位发生变化的时候，她心中的爱意，就会失去所有怜悯与忍让。她原本对待皇甫策的一心一意与所有的感情，都会成为对太子的卑贱索取，她不会对太子低声下气，也不会对太子温存小意，那样会让她感觉耻辱，当她认为感情是不平等的时候，她不会再争取。

最后，她在自己的心中给皇甫策与太子都下了相同的判决书，不外乎……你若无心我便休。

所以，她才是最狠心最精明的那个人，三年的朝夕不离，将一个人养得任性骄纵不懂失去。当那个人习以为常，以为自己永远有任性骄纵的权利，也永远不会失去的时候，她不由分说就抽身离去，甚至连一丝一毫回头的机会，都不肯再给那个她曾如珠如宝捧在手心三年的人。相同地，当年那人被她捧得有多高，如今就能摔得有多痛，即便是粉身碎骨死在当场，只怕她都不会回来再看一眼。

泰宁帝站在闭着眼眸的皇甫策身侧，啧啧道："哎哟，怎么就哭了？还哭得这么伤心？瞧瞧这满脸的泪，朕还没死呢，你用得着那么伤心吗？哦，是朕没死，你才那么伤心吗？"

六福面有难色地开口道："陛下……太子殿下正伤心难过，您就别……"落井下石了。

泰宁帝冷哼一声："嗬！他选中那么个人，朕都不曾说过什么！他还有脸哭！还哭成这样！"

六福垂着眼："陛下，殿下与王二娘子多年的情意，本一心等着……又……突然这样，换谁也受不了啊！"

泰宁帝斜眼，白了六福一眼："这不是好事吗？若非他这般际遇，将来与这般的女子共度一生，那时候再哭可就没有眼泪了！"

六福点头："理是这么个理，话是这么说的，可换成谁，也不是能一下子就想通的啊！"

皇甫策缓缓睁开眼眸，接过柳南递来的手绢，擦拭了下脸与眼角，深吸了一口气："风大迷了眼，皇叔看错了。”

泰宁帝伸出手摆了摆，用余光看向纹丝不动的枯枝：“是啊，好大的妖风，把太子的庚帖与信物都吹跑了啊。”

皇甫策斜了斜眼眸，哑声道：“皇叔为何在此？”

泰宁帝哽了哽，用余光看向六福：“你去传太医。”

六福道：“太子殿下只是……一时接受不了，用不着传太医吧？”

泰宁帝轻哼道：“传太医来给他好好治治眼，对这么个无情无义的人还那么情深义重依依不舍的，大雍的太子这般有眼无珠，传出去都让人笑话。”

六福支支吾吾地开口道：“陛下这不好吧，太子殿下的脸面……这样的事，没人知道就算了，太医也是外人呢。”

泰宁帝笑了一声：“怎么没人知道？你想瞒着，那王氏也得帮你瞒着才成！这退亲之事，只怕不出一日，就要尽人皆知了。”

六福咳了两声：“陛下这不是还没下旨吗？那王氏不会那么大胆吧？”

泰宁帝抿唇道：“王氏若是没有那么大的胆子，就敢这般羞辱太子，就敢这样明目张胆地退亲？这是根本没拿我们皇室当回事！”

皇甫策道：“东宫今日有些忙乱，就不留皇叔了。”

泰宁帝蹙眉道：“怎么？你这是赶朕走吗？”

皇甫策瞥了眼泰宁帝，不言不语地慢慢起身，踱步缓缓走出了议政殿。柳南面有难色地给泰宁帝行了礼，快步跟了上去。

泰宁帝挑眉，对六福道：“这是又拿朕撒气呢。”

六福垂着头道：“陛下听就听了，何必还要跑出来笑话殿下，这本就不是什么体面的事，太子殿下好好的郎君，遭遇这些，哪里想让别人知道啊……陛下一点都不顾及殿下的脸面，也怪不得人家生气啊。”

泰宁帝冷哼：“合该如此！当初好好的人在眼前，自己作死……呵，难道现在你还指望朕可怜他不成？！”

六福道：“话虽如此，可太子殿下也是不易，心中的人翻脸无情，他也算受了打击……你看他方才哭得满脸都是泪，又无声无息地落……当初皇后娘娘待太子殿下也很是苛……那时的殿下小小年纪，倔强着呢，可是宁折不弯，老奴还真从来没见过殿下如此放下身段恳求……后来竟还是换来了人家的……”

泰宁帝瞪着六福道：“你没见过，朕还没见过呢！朕都不曾说他那低声下气的样子丢尽了我皇甫氏的颜面！他还敢拿朕撒气！想想那王氏的险恶嘴脸！当真不愧是父女！可惜女儿还没练到火候！这还未到最后，怎么也该留些情面，日后好相见，她倒是好，直接就翻脸了！”

六福小声道：“如今还说什么日后好相见，奴婢看着太子精神不济咳个不停的样子，都觉得没什么日后了……”

泰宁帝蹙了蹙眉：“对啊！是呀！他今天怎么那么没精神？平时也不是这样的……似乎有什么不对呢？六福你说，是不是有什么事，朕没想到呢？”

贺氏宅院，燕徊居正寝内。

火墙自天冷就不曾停过，因这几日贺蓉畏寒的缘故，屋内还摆着几个炭盆，人一进屋就有股燥热之气扑面而来。如此的温度，贺蓉依然被裹在厚厚的被中，连双手都不敢露出来。

小小的一碗药，喝了两刻钟，贺蓉才终于将最后一口药汁咽下去，虽是如此缓慢，还是因此出了一身的虚汗。她脸色苍白，嫣红的嘴唇干裂脱皮。贺李氏亲自抚着她瘦弱的肩膀，缓缓放回床榻中。

贺蓉躺下休息了片刻，才有气无力地开口道：“母亲，不用陪着我，自去忙吧。今日我感觉好多了。”

贺李氏擦拭着她额头上细碎的汗滴，轻声细语道：“大夫说了，你还要好好再养些时候，这样的事，没有三五天就能好的。”

贺蓉年少不知事，不知道轻重，直至此时还懵懵懂懂。可这般的事，养了那么多天都不见起色，大夫换了好几种方子也止不住血。虽现在不一定会要人命，但要是长此以往地消耗，谁也吃不住啊。贺李氏心里明白，不管外面如何，此时对贺蓉来说，都没有养命要紧。

贺李氏有心查明这事，但一问到那日之事，贺蓉什么都说不清楚，连那人长相都描述不清楚，只哭个不停。贺李氏不敢逼问贺蓉，也只能从大安寺那里查起。可这样的事，一无所知查起来何其艰难，不能报官不说，还要瞒着众人，就连贺东青都不想节外生枝，要帮着捂严实了，一心想息事宁人。

贺蓉发生了这般的事，之所以要连自己一起隐瞒，必然是为了不想失了太子的婚约。若是没有怀孕，贺李氏也不觉得贺蓉所做有何不妥。就算在当时贺李氏知道了，必然和贺蓉做的一样，瞒着贺东青与家中众人。

直到贺蓉发现怀孕，宁愿私下里让人去买那虎狼之药，将自己折腾成这样，也不肯告诉自己的母亲，这让贺李氏心里也不好受。若贺李氏知道，就算是要打胎，必然也不会弄成这样。事到如今，虽是懊恼，但也不舍得再去责怪贺蓉了。

可直至今日，贺蓉依然还想着嫁入东宫，若只是失身，贺李氏总还能想些办法，将此事压下去，也有信心劝服贺东青。这些天来，来来回回换了好几个大夫，虽说得婉转，可贺蓉以后只怕真的不能再有子嗣。这般的事，换成贺李氏都不敢说能糊弄东宫，按照贺东青的谨慎性子，贺蓉绝无嫁入东宫的可能了。贺李氏暗暗垂泪许久，可也不敢说一个不字。只盼着贺蓉能止了血，平平顺顺地将身体养好，再徐徐图之。

贺蓉努力地勾了勾唇角：“母亲不必如此，我会慢慢养好自己的，如今也没什么着急的事，太子大婚尚要到明年四月，待到迎娶侧妃最少还要一年。时间这般长久，女儿哪里会养不好。”

贺李氏闻言，手上的动作僵了僵：“可不是嘛！哪儿有那么快！听说太子也病得挺厉害呢！在东宫养病，连人都见不着，前几天王氏找人又合了八字，说是太子与王氏的八字不合，这才又有了变故！”

贺蓉眼眸中露出些许光芒来：“是吗？合八字？这事不得过问陛下吗？陛下如何说？”

贺李氏道：“陛下哪里能说什么？钦天监合好的八字，出了这等变故，谁脸上都不好看！那方士说太子之所以病重，就是因为与王二娘子八字相克，太子体弱压不住姻亲，这才频生变故。”

贺蓉抿唇一笑：“此番找到了缘故与病因，想必太子殿下很快就能痊愈了。”

贺李氏见贺蓉有了精神，忙道：“相生相克，都是张张嘴的事，谁知道是真是假，总之王家退婚的心意已决，已将皇室的订婚礼都退了回去。陛下的旨意，昨日也下了，王二娘子与太子已是各自婚嫁，互不相干。如今太子可是孤单得很……你快些养好病，不管有什么念想，总要养好身体。”

绿屏缓步走了进来：“夫人，二娘子来看大娘子。”

“不见！”贺李氏闻言冷哼一声，想也不想便回道。

贺蓉斜眼望向贺李氏，轻声道：“自我病后，还不曾看见阿菱，母亲将我扶起来，我和二妹妹说说话。”

贺李氏抿着唇有些不愿，一对上贺蓉失了光彩的双眼，就说不出拒绝的话来：“你何必起来，就这样见她也无甚。”

贺蓉抿唇一笑：“不好让二妹妹看见我如此落魄。”

贺李氏闻言，叹息一声，将贺蓉扶了起来，倚靠在床榻上，对绿屏冷声道：“让她进来吧。”

“大阿姊。”贺菱缓步走了进来，未见人已先听了急切的声音。

贺蓉看向急匆匆进来的贺菱，抿唇一笑：“二妹妹来，你坐在母亲这里，咱们说说话。”

贺菱怯怯地站在原地，给贺李氏行了礼：“母亲。”

贺李氏脸上露出了几分厌弃，看都不看贺菱一眼：“你不和你姨娘在屋里好好地绣嫁妆，到处乱跑什么？”

“女儿不敢乱跑，只是心中担忧大阿姊的病，这才想来看一看。母亲放心，女儿不会耽误大阿姊休息的。”今日的贺菱一身湖绿色短襟小袄，领口袖口缀着纯白色狐皮，白底的百褶裙，可谓步步生花。虽只梳了简单的云髻，斜插一支珍珠流苏步摇，可一步一晃，让她整个人看起来娇俏中带着几分妩媚。

贺蓉斜眼看了一会儿贺菱，垂眼轻声道：“你有此心，母亲怎会怪你呢？不过母亲说得也对，你也该用用心，那穆四郎虽是庶子，好歹也是官身。母亲给你千挑万选出来的好亲事，你若不精心的话，如何对得起母亲待你的一番苦心。”

“阿菱心中自是感念万分。母亲与大阿姊多年的教诲，阿菱时时不敢忘。”贺菱缓缓垂下头去，用余光偷看了贺蓉一眼。只见她发髻整齐，身上的亵衣也极干净，只是人比几日前瘦了一大圈，脸上竟是没有半分的血色，嘴唇干裂到脱皮。

贺李氏斜眼瞪着贺菱，不耐烦地开口道：“看也看过了，无事你就退下吧！没事就不要出来了！无端端地被人看见，还以为咱们家连这点规矩都没有呢！”

贺蓉抿唇一笑：“母亲心疼二妹妹，何必把话说得这般严厉呢？”

贺李氏嘴唇轻动，许久，轻声道：“这不是怕那些人扰了你休息吗？”

贺蓉斜眼瞥了眼贺菱，笑道：“二妹妹再坐一会儿也无妨，我这会儿正有精神。前些时日咱们不是都接了陈五娘子的生辰帖子，生辰宴我又没去成，那日可发生了什么趣事？二妹妹和我细细地说一说？”

贺李氏轻咳了一声，斜眼看向贺菱：“既然你大阿姊想听，你就坐下好好讲讲。”

贺菱这才敢半坐在床尾，不安地看了贺李氏一眼，轻声道：“那日也没有什么特别的事，无非就是赏花品茗，极普通的宴席。因陈四娘子将要返乡养病，很是匆忙，陈氏的花宴也就少了几分精心。”

贺蓉双眼一亮，轻声道：“陈四娘子要返乡了？可是陛下准了？”

贺菱看了眼面无表情的贺李氏，小声道：“陛下不但准了陈四娘子返乡的事，就连陈氏的退亲折子也一并准了。”

“退亲？陈四娘子不是只回乡养病，何时说要退亲了？”贺蓉嘴角微动，“殿下如今还病着，连着两场亲事都作罢了，只怕心里不好受。”

“可不是嘛！陈氏说陈四娘子病重，不知何时能养好，不敢耽误太子亲事，这才退的亲，大家说得好听，谁不知道如今太子际遇不好，这才着手退亲的！”贺李氏抢在贺菱之前开口道，“太子在东宫还病着，这番的打击，只怕心里不好受。我儿得好好养病，等好了，让你父亲去求陛下，怎么也让你见上太子一面，好好安慰安慰才是。”

贺蓉瞥了贺菱一眼，垂眸轻声道：“太子殿下……往日里看那些人都是顶好的，没承想一旦出事，竟个个落井下石。”

贺李氏忙道：“是这个理，如今就剩咱们一家，你父亲等了这许多年，好不容易才得了这个机会，绝对不会像那般。如今就专等你养好病了，到时……”

“夫人，前面出事了！”绿屏急匆匆地跑了进来，打断了贺李氏的话。

贺李氏斜了斜眼眸：“天大的事也不至如此慌张，李管事呢？让他去看看。”

绿屏满眼的焦急，看了贺蓉一眼，俯身在贺李氏耳边说了两句话。贺李氏当下站起身，看向贺菱：“让你大阿姊休息吧，你随我出去看看。”

贺菱愕然地望向贺李氏，轻声道：“家中的事，哪里有需要女儿出面的地方？”

贺李氏侧身瞪向贺菱，不轻不重地开口道：“你总要嫁人的，现在学着管家都晚了！天天跟着你那做妾的姨娘，能学到什么有用的东西？！”

贺蓉轻声道：“既然是急事，母亲就快去吧，我也想和二妹妹继续说话，若是累了，我自然会睡的。”

“既然如此，你就在此好好地和你大阿姊说说话！”贺李氏在贺蓉看不见的角度恶狠狠地瞪了贺菱一眼，而后又道，“绿屏，让欣姨娘去前面与我一起见见那家人。”

贺菱垂眸轻声道：“母亲，姨娘昨日得了父亲的吩咐，今早出门去了。”

贺李氏见欣姨娘出门都敢不给自己报备了，心中不禁勃然大怒，但这般的事绝对不能在贺蓉面前说一句。贺李氏又是恶狠狠地瞪了贺菱一眼，深吸了一口气，轻声对贺蓉道：“你少说一会儿，多养养精神，别耽误了你二妹妹绣嫁妆。”

贺蓉温顺地点了点头：“母亲放心。”

帝京北侧有清河县，清河县边缘，离帝京五十多里的幽静山坳里，有一处依着山险而建，宛若村庄大小的坞堡。

此处依着险峻的高山，三侧环以高墙深沟，内部房屋毗连，四隅与中央另建塔台高楼用于瞭望，因占地十分广阔，庭院、田圃、池塘、校场一样都不少。

所谓坞堡，不光是防御与建筑，里面还住着上百户的人家，工匠佃农、粮油布匹作坊一应俱全，不但能做到自给自足，甚至还有富余，送往帝京本家去。这里的住户几代人都是谢氏部曲与豢养的工匠，士族百年底蕴，由此可见。

冬日的清晨，校场还在晨练。厅堂内虽烧了火墙，因门户大开的缘故，算不上多暖和，倒也不冷。谢放、韩耀，以及三个幕僚围在地图前，轻声细语地说着路线。明熙因对路途与地图这些都是外行，就没有围上去，只坐在另一个桌上饮茶。

不知过了多久，厅堂内安静了下来，只剩下了韩耀、谢放与明熙三人。

韩耀看向闭目养神的明熙，轻声道：“昨夜没有睡好吗？”

“怎么会？此处幽静，空气也好。”明熙深吸了口气，睁开了眼，笑道，“这坞堡占地极好，又建设得如此坚固，不知建了多少年了。往日哪曾想过，谢氏竟是在离帝京那么近的地方，还藏着这般的好东西。几百年的谢氏，看着不温不火的，果然不能小窥半分。”

谢放挑眉一笑：“若你都知道了，还说什么百年谢氏。方圆几千顷的田地，自太祖时就被太祖父买了下来。三十年来前前后后地建，不断地加固，才有了今日这般的规模。世家之中谁家没有成千上万的部曲。当初太祖父也是怕大雍不能长久，有这样一处地方也好退守，还能绕开安定城直接入京，哪儿曾想到今日就用上了。”

谢放因接到谢燃的传讯，得知队伍在漠北境内两次遇袭，临时改变了计划，留下林城与谢逸镇守燕北与甘凉城，亲自带人半路赶上明熙等人的队伍，将谢燃换了下来。

虽不知道调兵的内情，也不知道谢燃的去处，但校场之上，明熙看到了谢放带出来的绝非只有五千人，可既然韩耀与谢放都对帝京的事三缄其口，明熙也不好过深探问。

这般机密，基本上轮不到一个百夫长过问。只是不知为何，此番谢放来了以后，竟也不曾让明熙到校场晨练。这一路风尘，明熙腿上有些磨伤，疼了好些时日，也不会巴巴地赶去校场，自然乐得清闲。

韩耀看了明熙好半晌，才缓缓垂下眼眸，轻声道："我今日就回去了，你……你是和谢将军一起，还是同我一起回帝京看看？"

明熙端着茶盏的手僵了僵，抿唇一笑："我回去有什么可看的？"

韩耀顾忌谢放在此，不好说得太直白，轻声道："总也要回家看看。"

谢放抿唇一笑："韩大人说得对，你离家也有一年了，总该回去看看。"

明熙笑道："若和家中关系和睦，我还去什么甘凉城？韩大人自走自的，我该回去的时候就回去了。如今离帝京不过五十里，路途平坦，半日即到，韩大人还有什么可担心的？"

韩耀思索了片刻，轻声道："你……不若和我们两个出去走走？"

不及明熙开口，谢放抬手阻止道："山中风凉，有话只管在这儿说。阿熙的路引户籍，还是本将军帮着上册的……莫不是这其中，还有什么隐瞒不成？"

韩耀忙道："哪里会有所隐瞒，不过是想叙叙旧罢了。"

谢放大笑："那就一起叙了，三个人都在，没有撇下本将军的道理。"

韩耀脸上的笑容僵了僵："太子殿下已是许久不曾传来消息，谢将军那里就没有邸报要看吗？"

谢放道："韩大人只管放心，宫中自有父亲安插的人手，虽说太子殿下肯定会受些委屈，可也绝非像传言中那般凄惨。"

韩耀挑眉："以将军的意思，须到何种程度，才为凄惨呢？"

明熙笑了一声，帮着谢放道："韩大人端的是贪心，当初都说太子病重幽闭东宫，如今知道太子不算病重，难道不是幸事吗？"

韩耀见小厮已候在门外，对明熙道："你不送送我吗？"

谢放皱眉道："素日里韩大人也算为人爽利，今日怎么如此絮叨？虽是要分开，可再过不久我们自然会在帝京相见，阿熙还能跑了不成？"

明熙本欲起身，听见谢放如此说，不禁抿唇一笑："谢将军说得没错，总要在京城里再见的，如今哪，又何必弄得像生离死别一般。"

韩耀蹙眉："话虽如此，可你们入京，路途总不是那么平坦……总之，你自己小心。谢将军也该知道阿熙不比别人，此番回京绝非平常游玩，过于危险的事就不要再让……"

"韩大人！天色不早了，韩大人还是快些回去吧。"明熙皱着眉头打断了韩耀的话。

谢放笑了一声："阿熙与我数次生死与共，本将军何尝是那铁石心肠，如今已知道阿熙身份矜贵，韩大人不开口，本将军心中也已有数。"

韩耀与明熙虽听着这话有些怪异，但细品之下，又没有什么可挑剔的。韩耀虽有千言万语，可也没有说话的时机，叹了口气，拱手道："如此，韩某就不耽搁了，在此预祝谢将军马到成功！"

谢放斜视道："韩大人此番回去，尽量安太子殿下之心，余下的就不多说了。"

韩耀点了点头："太子殿下对谢氏信重有加，自然不会担忧。"

明熙站起身来，长出了一口气，轻声道："虽只有几十里的路程，百十人的护卫也不算多，韩大人路上不能掉以轻心，毕竟……"

韩耀一双星眸望着明熙，许久许久，抿唇一笑，轻声道："放心好了，我会绕道安定城，从那里回京去，路上不会有事的。帝京的门户前，哪里有那么多乱党。反倒是你，少去些危险的地方，我也就放心了。"

谢放看了两人一眼，挑眉道："素日还看不出来，韩大人是这般儿女情长之人……"

韩耀缓缓收回了眼眸，拱了拱手："韩某就先告辞了，来日我们帝京再见。"

谢放看着韩耀远去的背影，在明熙的眼前晃了晃手，阴阳怪气道："人都走远了，再看也不会回来。"

明熙闻言，挑眉道："大将军平日里也不曾这样，今日怎有些奇怪？"

谢放指了指对面的长桌："来，贺百夫长坐，咱们说说话。"

明熙以为谢放要说回帝京之事，盘腿坐在了地图前面："这些东西，我也看不明白，大将军有话直说就是了。"

谢放倚着靠背，笑了一声："你方才为何不跟韩耀一起回去？跟着我回帝京，可没有跟着韩耀回京这般便宜。"

明熙笑了一声："看方才大将军的言语，也没有让我与韩耀回京的意思。再者，我乃大将军麾下的兵士，哪里有随文臣左右的道理。"

谢放挑了挑眉头："前几日我接到家中邸报，正好得知了一些贺氏主家的事，不知你想听还是不想听？"

明熙垂了垂眼眸，慢条斯理地开口道："大将军愿意说，我听听也无妨，若大将军不愿说，我不听也无妨。"

谢放笑了一声："你倒是狠心，家中众人的死活都不关心了，也不知贺氏怎么你了。"

明熙抿唇一笑："大将军何必说笑，我的户籍与路引，你是见过的，帝京贺氏与我无关。"

谢放抬眸望向明熙，许久许久，不曾收回眼眸，叹息了一声："实然也不是特意打听你贺氏的事，不过是探子调查安定城郡守穆长白时，无意中知道的。"

明熙垂眸思索了片刻："贺氏与穆氏素无瓜葛，如何会有牵连？"

谢放抿了一口茶水："穆氏庶出的四子，与你贺氏庶出的三娘子有意议亲，十月初十曾在大安寺见了一面。"

明熙道："穆郡守虽是庶族，职位也不高，但好歹握有实权。父……贺氏虽是士族，贺东青也只是个从四品，多年不得重用。穆氏虽门楣差了一些，但如今又不是以前，这亲事也算门当户对，如何能惹了那些探子的眼目？"

"你且听我慢慢说来。"谢放放下茶盏，轻声道，"穆氏一介寒门，家中规矩不重，穆长白有五个郎君，四个都是庶出，唯一一个嫡出的郎君也不是长子。穆四郎的生母秋姨娘育有庶长子、四子以及五子。庶长子早早成了亲，娶了安定城刘郡尉的嫡长女，可算是娶得不错，就连那嫡出的二子，亲事尚不曾有长子这般的体面。”

大雍与南梁一般，嫡庶之分比士庶之分都要严格几分，一个庶子能娶得门当户对的人家的嫡长女可谓是极难得的亲事。

明熙轻声道：“五个郎君，三个都是一人所出，还育有庶长子，这姨娘当真是受宠。若如此看，贺氏嫁庶女给穆四郎，也没有什么委屈的。”

谢放道：“话虽如此，可穆四郎可不是好人选，虽身负校尉一职，只因有个好兄长与姨娘的缘故，本人不但不学无术，还整日里混迹赌坊，未至加冠竟是将伶人赎回家中。整一个浑不吝……除了有些长相，余下不堪入目。在安定城说起穆四郎谁人不知，自然也没什么好人家愿意将娘子嫁过去，这才将主意打到帝京里去。”

明熙怔了怔：“贺氏主母虽有些心思，还不至于如此歹毒，怎会给庶女相看一个这般的人？”

谢放看了明熙一眼，轻声道：“这般的事虽是安定城里人尽皆知，但穆四郎又不是什么大人物，哪里会传到帝京去。若非咱们有这般的动作，要查探仔细了，也不见得会注意这样的小事，不过这都不算什么。

“贺氏庶女嫁给穆四郎已算是低嫁，可惜人心不古，秋姨娘还不满足，竟是动了歪心思，将主意打到了贺氏嫡女的身上！这事能成，也是因为贺氏家中有内应出谋划策，否则也不会那么简单。”

明熙骤然抬眸，讶然道：“贺蓉可是钦定的太子侧妃，怎么还敢有人打她的主意！”

谢放冷笑一声：“说什么钦定的太子侧妃，自太子殿下幽闭东宫，众人都云太子殿下沉疴在身，已是病入膏肓，谁会将太子放在眼中！小小的五品府君家中的姨娘，都敢起这样的心思，可见帝京之中，太子殿下已被逼到如何的境地了！”

明熙沉思了片刻：“姻亲之事，乃父母之命媒妁之言，秋姨娘即便有心，怎么可能简单成事！帝京虽有传出王氏、陈氏与太子婚约已毁，贺氏可不会如此短视，父……与陈氏王氏的风光不同，贺东青沉寂多年不得重用，只要太子不死，这赐了字的侧妃，非比寻常，这是贺东青能抓住的唯一的机会，绝对不会擅自悔婚的！”

“事已至此，你着急也是无用。”谢放轻声安抚道，“十月初十，大安寺内两家相看，穆四郎护送着穆长白的夫人去的，贺氏带着嫡次女与庶女一同去的。相看之后，趁着两位夫人上香之际，穆四郎劫下了独身逛园的贺氏嫡次女强行……成了好事，生米煮成了熟饭，贺氏想不答应都不成了！”

明熙骤然瞪大了双眸，震惊道：“贺夫人如何粗心也不可能让嫡女一个人逛大安寺的园子！大安寺那样的地方不可能如此……这事处处都透着蹊跷。再说出了这样的事，谁不是藏着掖着，为何竟能被探子查出来！难道穆氏竟是无耻大胆到了这个地步，还敢自己放出风声去！”

谢放道："穆氏自然敢放出风声，否则如何能逼婚贺氏？秋姨娘是胆大，可也要佩服贺氏家中的内应，这般的心计筹谋与手段，当真令人心惊。可回头想一想，大宅院中的龌龊之事比比皆是，这都不算什么。"

"贺氏之中谁会那么做呢？这样不但会毁了贺蓉，说不定还会毁了整个贺氏！"明熙蹙眉道，"十月初十至今都两个多月了，父……贺东青那样的性子，如何敢隐瞒这样的大事。可陈氏与王氏都有悔婚的消息传出来，但贺氏与太子的婚约并无变故，这事……会不会是探听错了。"

谢放轻声道："这消息乃我十日前所得，思来想去不敢贸然告诉你，后来特意让大兄查探了一番。贺氏之所以将消息瞒得死死的，只怕想偷梁换柱。当初一起上香的庶女，可是毫发无损，与嫡女年纪相当。你该知道，有时候……得利者即为策划者，这事放在哪里都不会变的，只怕贺氏的庶女和其姨娘也不是省油的灯。"

"贺菱？！怎么可能！"明熙虽很少回贺府，也从未见过贺菱的姨娘，但自小到大也见过贺菱贺蓉不少次，那贺菱衣着不显，为人很是规矩，常年低着头，如应声虫一般跟在贺蓉身后，对贺李氏言听计从。这样一个连存在感都没有的人，如何敢策划出这般的大事！

宁负虚名身莫负
8

帝京贺府，燕徊居内。

屋内因贺蓉病重，换了不少摆设与东西。贺菱坐在床尾，细细地打量屋内新添的东西，目光划过一个赛雪的白玉香炉时顿了顿，虽是脸上并未有什么表情，但贺蓉与贺菱自小一起长大，这般细微的动作，也能看出不同来。

贺蓉笑道：“二妹妹就是眼尖，一下就能看中好东西。这香炉乃母亲的陪嫁，说是一整块暖玉分出来的，两个工匠雕刻了一年制成的。母亲给我，说是将来能留着传家。”

贺菱扭头一笑，看向贺蓉，如往日那般奉承道：“母亲自小最疼大阿姊的，这娘子嫁了人，将来可不是要留些传家的东西。”

贺蓉轻轻笑了笑：“就你嘴贫，什么事都拿来说嘴。现在你也不用光看着我了，只要等我一出门子，只怕很快就轮到你了，那穆氏上个月催了两三次，心急得很呢！”

贺菱垂着眼眸，轻声道：“我如今……不管嫁多好，将来和大阿姊都是没法比的。”

贺蓉蹙眉，冷声道：“你怎么能存这样的心思，我们自小就是不同的，你和我有什么可比的！家里那么多庶出的姊妹，父亲和母亲最看重的也是你了。穆氏虽是门楣不显，穆四郎又是庶子，可现在也不单看这些。你自小听话，母亲对你虽有些严厉，但到底心疼你，这样的人家，已是打着灯笼都没处找了，莫不是你还不满意？”

“我哪里敢，就是想想以前，想想今后，这些时日总有些不适应。”贺菱笑了一声，“大阿姊以前告诉我，父亲为太子殿下选中的侧妃本来是我，不过大阿姊心慕太子殿下，这才求了母亲改了主意啊……”

贺蓉蹙眉，冷冷地打断贺菱的话：“莫说现在事已至此，若是以前只要我想要的，哪里轮得到你！再想这些也没用了！你与穆氏已换了庚帖，就算不曾交换庚帖，也没有一门两个女儿都嫁入东宫的道理！”

贺菱抿唇一笑：“知道知道，当日大阿姊和我说过了。虽是毁了我前番的好婚事，但我的出身肯定做不了宗妇，也嫁不到世家嫡子，但士族庶子或是小士族的嫡子也是可以的。如今这穆四郎不是士族又不是嫡子，若我们当真定了亲事，阿姊也可算食言了。”

贺蓉见贺菱竟敢和自己讨价还价，当下脸色铁青，冷笑道：“姻缘是天定的事！又岂能是我与母亲能完全左右的！你若感觉委屈，没事就常来我这儿坐坐，万一母亲再给添置东西，我可以匀给你一两样，到时候出了门子，可就没有这样的好事了。”

贺菱轻声道："大阿姊可不要误会了，这样的事我可是一点都不委屈。大阿姊的东西，可都要自己留着了，万一以后……父亲最近也给我添置了不少东西。昨日给姨娘一斛东珠，最小的也有拇指那么大，说是祖父当初从南梁带来的，让姨娘去错金坊给我打一套赤金镶珠的头面首饰。"

贺蓉一愣，冷笑了一声："东珠头面啊，我这儿有好几套，你想要为何不早些说，不然我就能匀出来一套给你。"

贺菱轻声道："知道大阿姊的东西都是好的，我可是不敢要，万一大阿姊将来……总还要多留个黄白之物防身。"

贺蓉顿时涨红了脸，呵斥道："你这是存了什么心思！怎能说出这样的话来！"

贺菱握着贺蓉的手拍了拍，轻声细语道："我随口说说，大阿姊可不要生气。姨娘自小就告诉我，父亲孩子很多，若想过得好一些，将来想嫁得好，就要跟好嫡姊，伺候好嫡母。我自小就听姨娘的话，从不会对大阿姊说个'不'字，老实地跟着大阿姊，大阿姊怎么开心，我就怎么来。"

贺蓉挑眉冷哼："你姨娘历来是个懂事的，这些年跟着母亲也算老实，若非如此，你怎么能比父亲的那些庶子庶女，过得好那么多？！"

贺菱乖巧地连连点头，笑道："是是，自小大阿姊说什么，我都奉承着，不管大阿姊怎么踩我、奚落我，我都要装作听不出来。大阿姊吃的用的所有的一切，都是顶好，不管我多想要，都不会开口。可只要我眼中稍微露出些艳羡来，大阿姊必然更得意，会毫不留情地奚落我、嫌弃我，如打发乞丐般施舍我，只为看我露出欢天喜地的傻样子。

"如今回想，我都不知道自己怎么那么好的脾气，可不好又能怎么样呢？我一天天大了，那么多年的委屈都受了，只要再坚持坚持，我就能嫁出去了。到时候再不用受这样的窝囊气，只要我嫁得好，将来还不是要什么有什么？再也不用看大阿姊和母亲的脸色过日子了呢。"

贺蓉不禁有些发怒："这都是你自愿的！没有人让你这样！更没有人逼你！"

贺菱抿唇一笑："对对对，本来就是我自愿的，往日里我心里也没有怪母亲和大阿姊。那时母亲欲给我定下章和时，大阿姊可知道我多开心，想着这些年的气，算是没有白受，心里甚为感念大阿姊和母亲，谁知这婚事竟被父亲压下了。父亲的打算我虽不知道，但在那时，我也不怪大阿姊和母亲。

"虽然多少有些埋怨父亲，可也说不上多难受，章和虽然条件不错，我也不是非他不可。何况父亲对这事很是内疚，连着一段时间去了姨娘那里，私下给我不少好东西，还对姨娘说，我的亲事，他会多留心的，等我将来出嫁，将城西郊的农庄给我做陪嫁呢。"

贺蓉道："既然如此，你还有什么不满足的！西郊的农园在家中也算值钱的了！"

贺菱轻声道："我没有不满足啊。我虽是没有了那亲事，见父亲如此，也是开心的啊。那时大阿姊可能会给太子殿下做侧妃，可我也不羡慕啊！我姨娘就是人家的妾，不管嫁给怎样的人家，我都不要再做人家的妾室，将来再生出庶子庶女来，和我过一样的日子，想想都难受得慌。”

贺蓉挑眉道：“既然如此，你还来说什么？那穆四郎虽是庶子，可你嫁过去也是正室！”

贺菱叹了口气：“可也许我就是这样的命，人怎么能不信命呢？大阿姊当年对太子殿下一见倾心，可谁又不是呢？太子殿下那样的人啊，不见就不见了，见了才明白，原来这世间竟是有如此美好的人呢。大阿姊可还记得，在翠微山花园里，太子殿下对王雅懿的一句一笑，整个人是那么温柔，明明我们就站在不远的树下，可殿下眼里心里似乎只有她一个呢。”

贺蓉冷笑连连：“你小时候就是这样贪心！什么好东西都想要！什么都羡慕！可就像你说的，人就得认命啊！你就是个上不了台面的庶女，太子殿下再好，和你又有什么关系？做妾也是轮不上你的！”

贺菱一点都不生气，浅浅笑道：“大阿姊还记得太子殿下寿辰那日吗？他站在亭子里，望着远处的红梅，目光也是那么专注……他还问我是谁呢，你知道吗？他看一个人的时候目光特别和善，声音又轻又温和，那双眼眸宛若一汪清泉一般，让人‘扑通’就掉了进去，再也不上来了。

“那天他看了我好几眼呢，每一次都不一样，那双眼眸好似会说话一般，带着疑问和困惑。那般的矜贵，那般的气度，那般的人，又有那样的担当。我从小到大都不曾见过这样好的郎君。这样的人，怎么会和我没有缘分呢？”

贺蓉倚在床榻上，瞥了眼贺菱，充满恶意地开口道：“呵，别白日做梦了，他这辈子都和你无关了！”

贺菱蹙着娥眉，有些困惑道：“是啊，我当时就是这样想的，不管他多好，都和我无关了呢。可是大阿姊为何要告诉我那么多呢？哦，因为大阿姊觉得我一辈子都翻不出你和母亲的手掌心，才会有恃无恐地都告诉我。得意地抢走了我的姻缘、我的郎君，还是那么高高在上理所当然啊！好似父亲合该毁了我的婚事，好似大阿姊合该让父亲改了主意，好似所有的好东西都合该是大阿姊的。”

贺蓉似乎也不气了，坐得笔直，笑了起来：“你能怪谁呢？要怪就怪你命不好，从奴婢肚子里爬出来，天生就低人一等。不过，你今日能说出来，我也很开心，否则我还不知道自己身侧就盘着一条毒蛇！”

贺菱歪着头，嗔怒道：“大阿姊真是跋扈，张嘴就骂人。可是大阿姊不知道吧，那日你笑得多甜，我的心就多痛！就因为我是姨娘肚子里爬出来的，我不能争不能抢，连羡慕的资格都没有。因为我是庶女啊，一切都成了理所当然，我被抢走了一切，还要对抢走我所有的人卑躬屈膝，笑着拍手说抢得好。

“这些年来我就像大阿姊养的狗，不，比狗都听话啊，最后得到了什么呢？什么都没有得到啊！就连可能得到的幸福，都在不知情的时候，被大阿姊轻而易举地拿走了。”

贺蓉深吸了一口气："嫁给穆四郎有什么不好！你何至于如此？"

贺菱斜眼看，不以为然道："若母亲肯好好给我找个人家，我自然也不会如此。我姨娘一家都在安定城里讨生活，那穆四郎是安定城里出了名的纨绔，吃喝嫖赌样样俱全，有什么好的？校尉说得好听是官身，实然不过就是个挂职的，恐怕那穆四郎连军营大门面朝哪里都不知道，若非有个当郡守的爹和受宠的姨娘，这样的人渣，打死路边都不会被人多看一眼！亏母亲说得出口！"

贺蓉咬牙："既然你知道这底细，为何不告诉母亲！不管如何……母亲还不至于专门给你找一个这样的人！"

贺菱道："大阿姊真是，不是这样的人，我也不愿意嫁啊。我前段时日一直在想大阿姊既然能抢走我的亲事，我为何不能把我的郎君抢回来呢？我受了这些年的气，给大阿姊当了这么多年的牛马，我姨娘也伺候了母亲这么多年，难道就为了让大阿姊抢走我的如意郎君吗？当然不是了！人本该是我的！我一定要抢回来！大阿姊也不照照镜子，那么好的郎君，大阿姊怎么配得上！"

贺蓉瞪大了双眼，尖声道："我不配？难道你这个卑贱的婢生子就配了吗？你怎么不照照镜子，看看自己是什么东西！贱人！"

贺菱斜眼看向贺蓉，笑道："我就是喜欢大阿姊这一点，不管落到怎样的境地里，都是这般自信从容。"

贺蓉冷笑，咬牙切齿道："怎样的境地？！我是病了，可还没有死呢！即便是我死了，这事也轮不到你！"

贺菱望着贺蓉通红的脸，浅浅一笑，轻声细语道："对呀，我也不想大阿姊死了，生不如死多好，人家说早早得了好死的人，那是命好啊。我可真佩服大阿姊的天真不知事啊，做出这样无耻无德之事，还肖想嫁到东宫去吗？嗬！大阿姊当那东宫是什么？掖庭狱吗？什么脏的臭的都收？！见过不要脸面的人，没见过这么不要脸面的人，失了身不说，还坏了身子，如今还在肖想殿下！"

贺蓉抖着手指着贺菱，如要断气般开口道："你、你说什么……"

贺菱又是一笑，掩住了口："是我疏忽了，大阿姊这一辈子都不能有孕的事，母亲是不许我告诉大阿姊的呀！我竟是连母亲的嘱咐都忘了呢，可真是该死。大阿姊别往心里去，这都不算什么。如今你已是这样，父亲那样要面子的人，肯定不会将大阿姊放出去丢人现眼的。到时候啊，说不得大阿姊就要在家里过一生了，也不知道这对大阿姊来说，算不算生不如死？"

贺蓉宛若被人掐住脖子一般，瞪大了双眼："你胡说！"

贺菱轻声安抚道："自然自然，都是我胡说的，大阿姊虽说失了身，可好歹是贺氏嫡女，总有那不嫌弃阿姊脏了身子的人，愿意娶大阿姊进门。你看那穆氏天天过来求婚，上次交换庚帖，还扬言要拿大阿姊的庚帖呢！他们可真是马不知脸长！"

“你你……你……”贺蓉不可思议地望着贺菱，咬牙道，“这不可能！”

贺菱轻笑道：“大阿姊也不想想，你病成这样，母亲为何不许我来看你呢？因为父亲在大阿姊生病的第二日就上了折子，说贺氏嫡女蓉娘身染恶疾……但父亲不愿像陈王两家那样退婚。私下里禀了陛下，说我同阿姊年纪相当，尚未婚配，可代阿姊嫁入东宫，侧妃也好，嫔妃也好，只当我贺氏给太子赔罪，陛下当下就同意了呢！

“我本还想着，恐怕父亲会偷龙转凤呢，让我顶着大阿姊的名字嫁给太子殿下，可谁知父亲性情如此光明磊落，没有隐瞒半分，让我光明正大地替代了大阿姊呢。大阿姊不知道，这几日我可忙了，不光要忙着绣嫁妆，还要打首饰、添置东西，还要给未来的夫君绣可用的东西。实然我对大阿姊也是真心真意的，自从得知这事，一刻钟都不愿意等，只想告诉大阿姊呢。”

“你！”贺蓉如被掐着脖子一般，死死地瞪着贺菱，抖着手指，好半晌说不出话来。

贺菱挪到了贺蓉的身侧，甜甜一笑：“大阿姊这就是生气了？这就受不了吗？这才多大点事？就气成这样？我当初受的气、受的委屈比这多多了，可我就得不声不响的，连个眼神都不能露出来。虽然可能和大阿姊将来做正室的比不了，但是做妾也没有什么不好，皇室的妾自不比别家，即便将来大阿姊做了一品宗妇，还不是要给我行大礼？

“可惜啊，大阿姊连给我行礼的机会都没有了。竟是如此不检点，在寺庙那种地方，婚前与人苟合，脏了身子，还辱没了佛家静地，当真无耻啊！想想就恶心！这样的娘子还怎么可能做人宗妇？嫁到士族？嫁给嫡子？痴人说梦！”

贺蓉已是神情恍惚，好半晌似是终于回过神来，发疯般尖叫了一声：“这不可能！不可能！父亲怎么会这样做……啊！母亲呢！来人！”

贺菱仿佛被吓了一大跳：“大阿姊，你这是怎么了，好端端的为何要找母亲？”

贺蓉几次起身未果，如疯了一般，使劲拍着床榻：“父亲呢？父亲怎么能这样做呢！母亲！让我母亲过来！！”

几个丫鬟鱼贯而入，绿屏忙道：“大娘子这是怎么了！刚才还好好的。”

贺菱忙站起身来，惊慌失措道：“大阿姊！大阿姊！我也不知道，好端端的说着话，非要见母亲！母亲……母亲还没有回来吗？”

贺蓉双眸赤红，瞪大了双眼，呼哧呼哧地喘着粗气：“绿屏！父亲呢！父亲！我要见父亲！怎么可能！这都是不可能的……她是个什么东西！一个下贱的婢生子！连给我提鞋都不配！父亲凭什么擅作主张！！父亲凭什么如此！”

贺氏正堂上，空气中说不出地剑拔弩张。

贺氏与穆氏之间的婚事，自十月初十大安寺到贺蓉出事前，已谈得差不多。但因当时贺蓉与太子的婚期还要许久，年前也忙碌，两家就都没有那么着急定下来，只待春天再说定亲一事。这番突生变故，贺氏当下就告知了穆氏婚事作罢了。穆氏虽是不着急婚期，但眼见煮熟了的鸭子要飞，自然不愿意。贺东青也让贺李氏尽量安抚，穆夫人本是个好说话的人，来了两次，见不可能成了，不曾说什么。

谁承想，今日穆四郎竟是带着自己的姨娘找上门来，自古做亲之事，成与不成，都是双方父母的事，一个郎君还带着姨娘来和人家谈亲事，算得了什么。贺氏不许他们进门也属正常，谁承想那穆四郎直接在贺府门口闹了起来，说出口的话信誓旦旦，也不堪入耳。

李管事是家中老人，其中的底细也是知道的，听见这些话也不敢赶人了，忙将母子二人请了进去，让人十万火急地禀了贺东青与贺李氏。

贺东青刚回到家中，就听闻穆氏的人来闹。虽说贺蓉与太子的婚约，换人的事，已禀明了陛下，但这里面许多内情，还是被隐瞒了下来。贺蓉那不堪的事自然不能说，前不久给贺菱相看亲事的事，自然也不能让人知道。可听李管事学了穆四郎在家门口大嚷大叫的话，贺东青即便不愿放下身段，可也不能不亲自出面见一见这母子了。

贺东青板着脸，端坐在正座的桌前，双手缩在袖中握成了拳："本就不曾交换庚帖和信物，这亲事也没有谈成，四郎君说的这些，我就不明白了，小女的东西怎么在你的手中。"

贺李氏面色苍白，眼睛却盯着穆志成把玩的那支做工精湛镶嵌着珊瑚与珍珠的珠钗，干笑了两声道："亲事是两家之好，哪有你一个郎君，带着姨娘找上门来，要换庚帖的。"

"我家夫人面薄，几次前来，都被你们挡在门外啊！我们母子不亲自找上门来，若是贺氏想要悔婚，可怎么办呢？"秋姨娘该是有些年纪，保养得很好，脸上的皱纹也很浅显，比穆夫人要年轻许多，一看就是常年养尊处优，举手投足之间更是有种说不出的娇媚。

贺东青怒道："我贺氏与穆氏亲事都未谈成，何来悔婚一说！岂有此理！你们还有没有规矩！"

秋姨娘笑道："我家大人出身寒门，家里也没有那么大的规矩，将来你们家大娘子跟着我们穆氏过的日子也不会拘束，如此也算好事！"

贺李氏骤然尖声道："怎么是大娘子！"

秋姨娘掩唇一笑，指了指那珠钗："夫人啊，妾说大娘子自然是大娘子，你心里不明白怎么是大娘子吗？"

贺李氏骤然起身，指着秋姨娘喝道："你们到底做了什么！口口声声地说是我家大娘子！你那珠钗是哪里来的？"

穆四郎见贺李氏对秋姨娘发怒，不悦道："夫人那么着急做甚？自家的女儿不检点，在大安寺里做了什么？这能怪到别人身上吗？好在我家里的人仁义，否则对这样的淫奔娘子，哪里还有迎娶的道理，一台小轿就从偏门抬进来了。"

秋姨娘打了穆四郎一下："瞧你说的什么话！人家再有不对，也是你未来的岳父岳母，我们大人说话，哪有你插嘴的份！"

听到此时贺氏夫妇还能有什么不明白，那大安寺的事与穆志成脱不了干系，但是出了这种事，不管起因到底是为何，对郎君来说不过是哂然一笑的小事，可对一个好人家的娘子来说，若处理不好，不但这一生都完了，甚至连性命都保不住。

虽知道这其中必然有蹊跷，但若想息事宁人，也不能闹起来，还要按着穆氏的要求走，遮掩得好，穆氏愿意将人迎娶进门，总也还好。但若是当真传出去，贺氏出了这样的事，全族的小娘子都要跟着蒙羞不说，到时候贺蓉为证清白，不连累别的娘子的亲事，只有两条路走，好一些就是建个家庙青灯古佛；若严苛一点，只有死路一条，以示忠贞与清白。

贺东青脸色铁青，但到底还算镇定："岂有此理！你说什么我们贺氏就都要认不成！笑话！真想谈亲事，可不是这么谈的！穆长白竟然敢纵容庶子小妾逼迫我贺氏！"

秋姨娘柔媚地一笑："瞧瞧这话是怎么说的？这和我家大人有什么关系？都是你情我愿的事，否则这样的事哪里能成。你们要是好好说话，咱们就好好说话，你们若不愿好好说话，那咱们就去顺天府好好说道说道。这悔婚的事啊，到底是谁对谁错，咱们不明白，那顺天府府尹自然能断明白。"

贺李氏私下里拽住了正欲起身的贺东青，低声哀求道："夫君，这事可不能闹起来，不然我们家阿姊儿可就真的完了……且听听他们的意思。"

贺东青勃然大怒："这就是你相中的人家！看看这都是什么人！什么事！害人害己！你既然不许我说话，那你自己去说吧！我不管就是了！"话毕起身，看也不看穆志成母子一眼，转身离去。

贺李氏见贺东青离开，不但不着急，反而松了一口气，斜眼打量着穆志成，气定神闲道："你们既然敢来，咱们也就明人不说暗话，若真想与我家做亲，你们也拿出点诚意来，大安寺那日到底发生了什么……你们最少也要让我们知道问题出在哪里。"

秋姨娘掩唇一笑："哪里能有什么事？不过是你家娘子碰见我家四郎，两个人一见……"

"夫人夫人……大娘子、大娘子让您过去呢！"绿屏急匆匆地跑了过来，急声道。

贺李氏蹙眉道："怎么那么着急？先告诉大娘子，我这里还有事，等办完了事……"

绿屏急忙附在贺李氏耳边道："大娘子突然闹了起来，下了床要来找夫人……亵衣上都是血……夫人还是赶快过去吧！"

贺李氏骤然站起身来，斜眼看向秋姨娘母子："今日家中有事，就先到这里，若是秋姨娘不着急，不如改日再来？"

秋姨娘笑了一声："不着急，夫人都不着急，妾有什么着急的？"

贺李氏道："李管事帮我好好送一送秋姨娘与穆四郎。"

秋姨娘站起身来，挑眉道："呵，夫人别那么客气，快去后院看看吧，十万火急的，说不定是着火了呢。"

贺李氏给李管事使了使眼色，看都不曾看秋姨娘母子一眼，转身朝后院走去。

穆志成看都不看李管事一眼，不耐烦道："娘亲为何对她如此客气！事已至此，她家的嫡女又跑不了，愿意嫁就嫁，不愿意咱们也不吃亏，何必费这个心。"

秋姨娘嗔怒地点了点穆志成的额头，毫不避讳道："我这还不是为了你！像贺氏这样的姻亲，将来得省你多少事？士族的嫡女，你以为是谁都能娶到手的！”

穆志成赔着笑脸：“知道娘亲是为我好，不过娶谁都一样，只要她知道孝顺娘亲就好。”

秋姨娘闻言，笑着拍了拍穆志成的手：“娘知道你最孝顺了，所以你这亲事啊，娘可是费尽心思了。”

宁负虚名身莫负

9

离帝京五十多里的幽静山坳，谢氏坞堡某处庭院。

厅内的红泥小暖炉上，沸腾的水咕噜噜地冒着白烟，两人相对而坐，屋内静悄悄的。

今日，谢放未着银甲，宛若帝京士族郎君一般，身着镶金线的黛青广袖长袍，发束紫金珍珠冠。肤呈麦色，剑眉入鬓，眉宇之间颇有几分倨傲凛然，那双浅棕色的眼眸神采奕奕，鼻梁挺拔，薄唇微微勾起。他身材本就修长挺拔，如今这一身阔袖长袍端坐桌前，颇有种帝京士族郎君少有的俊美英姿。

谢放利落地将茶水冲泡好，双手捧起，一丝不苟地放在了明熙的面前。明熙目光里露出些许讶然，有些拘礼地接过那茶水。谢放注视着明熙的一举一动，抿唇一笑，轻声道："别想了，许多事不是咱们面上看到的那般简单。"

明熙半倚着桌子："此事也犯不着我忧心，不过是没想到贺府后宅竟也乱成了这样，本以为父……贺东青那般谨慎的人，该是把所有的事都收拾得井井有条。可见妻妾成群、嫡子庶子，都是乱家的根本。"

谢放似是心有戚戚然，点头道："你知道的才凤毛麟角，士族后宅类似这般的事比比皆是，家大自然事就多。庶子在家中的日子我也深有体会，你大可放心，将来我必不会纳妾的。"

明熙点头点到一半，愣了愣，才反应过来，端起茶盏，不由自主地坐正了身形，掩唇轻咳，干笑了两声："大将军别用这么严肃的脸说笑，你纳妾与否，不必给属下报备。"

谢放挑眉，双手撑着下巴，趴在了明熙对面，低声道："怎么？贺东青不是你父亲吗？"

明熙眯了眯眼，当下冷了脸："大将军调查我？"

谢放也坐正了身形，将桌上的茶点推了过去，有些无赖地开口道："你方才自己说漏嘴了啊。"

明熙将盘中的点心又推了回去，冷笑了一声："呵，那大将军错以为我是谁呢？"

谢放那双浅棕色的眼眸，溢满了水漾的笑意："你是谁有什么重要？本将军只知道，我要娶的就是你这样的人。"

明熙面色更冷了："大将军若想在我身上得到什么，可就打错了算盘。如今我孑然一身，是个一无所有的人。"

谢放却放松了身形，趴在了明熙对面，眯眼笑道："既然知道自己是个一无所有的人，还那么紧张做甚？你说你们多懒，换个路引，都不愿再想个名字，贺明熙、贺熙，都不用刻意调查，既然穆氏要和贺氏做亲，贺氏的几个娘子的近况，我也必然会知道。”

当初离开时，明熙一心想着远走高飞，莫说甘凉城路途遥远，不会那么巧有人知道，即便没有那么远，若要大隐隐于市，士族皇族都离普通百姓太远了，即便用了本名，只怕也没人知道谁是贺明熙。

哪承想，一路向北，直至走到雍柔边界，还会与帝京的士族中人有所交集，虽是一早就知道谢氏兄弟乃谢氏子弟，但两个在漠北土生土长的士族庶子，多少年都不回帝京一次的人，可谓是士族中的边缘人物了。在明熙眼中也就是一对漠北的土包子，着实让人防备不起来。

韩耀来后，不知是有意还是无意，虽不曾明说，可几次当众明示暗示明熙的身份。因对谢氏本没有什么可防备的，又要一起回帝京，谢放、谢燃只怕很快就会知道自己的身份，也就更没有什么好防备的，只是明熙没想到是因贺蓉与贺菱的事将身份牵扯出来。

明熙沉默了片刻，不以为意地挑眉道：“知道就知道，又能如何？”

谢放浅棕色的眼眸，一眨不眨地注视着明熙，许久许久，轻笑道：“是啊，又能怎么样呢？这本就是没有什么好隐瞒的，不过既然我已知道了，你看今后咱们就搭伙过日子怎么样？”

明熙欲端起茶盏的手抖了抖，斜眼将谢放打量了个来回，平日看惯了他身着甲胄的样子，今日这般的打扮着实让人眼前一亮，可这般的英俊却不曾让明熙有心动的感觉。

这一年来，两人虽有数次生死与共，可不知为何私交着实说不上多好。谢放身为一方主帅，又十分爱笑，明熙自小到大，见过许多郎君，没有一个像谢放这样爱笑的，人前还好，似乎表现得很是不苟言笑，但每次两人私下说话，他总是未语先笑。

那笑意从来不是刻意的，也不带恶意，但不知为何明熙总感觉不舒服，似乎人前人后的反差，也让人有些接受不了。谢放也有一副好皮囊，即便爱笑也是十分好看的。可这样的模样放在明熙眼中，总少了几分吸引与稳重。

明熙似乎有些明白谢放的盘算，有些痞气地笑了笑：“哦？谢大将军打算怎么搭伙过日子呢？”

谢放见明熙玩笑，反倒收起了玩世不恭的笑意，正色道：“我虽不曾特意打听过你的过往，可贺明熙在帝京当真如雷贯耳，探子即便不刻意探听，事无巨细竟也知道，我哪有不肯听的道理。”

明熙点点头，笑道：“大将军不必解释，有什么心思，大可直说。”

谢放手指下意识地动了动，垂着眼眸，沉默了半晌才道：“甘凉城一年，我的一切，你也知道不少。阿燃定然也将我被家中逼婚一事，说与你听了。你呢，家世、身份、教养、读书做学问，还有箭法，样样都比我强。”

明熙嗤笑了一声：“你别将我捧得那么高，一会儿摔疼了，我可是会翻脸的。大将军也不用那么妄自菲薄，你我之间说什么家世、身份，纵观大雍与南梁，能与你谢氏比肩的唯有王氏一家。贺氏女的身份看起来贵重，也是无法与你相提并论的，更何况我现在还不是贺氏族人。”

谢放忙道：“即使此时你一无所有，可在我心里，你比我还是强上十倍百倍。你出身大雍贺氏嫡支，乃贺氏嫡长女，自小得中宫亲自教养长大。当初与皇子们一个夫子，六艺自不必说，琴棋书画样样拿得出手，许是你不知道，那日我听你抚琴竟是心有……”

“行行行……”明熙深觉自己脸皮够厚，若换成旁人听见这些不知是夸奖还是数落的话，只怕早已落荒而逃了，“大将军的这些高帽子还是收一收，有话直说就是了。”

谢放挑眉道：“阿熙别冤枉我，这哪里是高帽子，我是个粗人，心里是这么想的，就这么说了。”

明熙忍不住笑道：“兵者，诡道也。利而诱之，乱而取之，实而备之，强而避之，怒而挠之，卑而骄之，佚而劳之，亲而离之。攻其无备，出其不意。此兵家之胜，不可先传也。

“大将军数次迎敌制敌，出奇制胜，我都参与其中，将兵法运用得出神入化，可不会是什么粗人。今日你这番话有张有弛，可见也是有预谋与目的，大将军也不必跟我绕圈子，直说就是了。”

谢放看着明熙得意的样子，嘴角露出了温柔的笑意，轻声道：“过了年我二十有五了，婚事不能再耽搁推托了，过了年你真实的年纪该有十九，作为娘子，年岁也不小了。如你所说，你自出了宗族，也算一无所有。可我也好不到哪里去，谢氏子弟众多，作为其中不显眼的庶子，家中能给我的也不多。如此，我们也算门当户对了。”

明熙长长的睫毛颤了颤，忍不住扑哧一笑：“哦？我今日才知道，门当户对竟是这个意思。”

谢放端坐了起来，将明熙的茶盏续满了水，正色道：“别笑，这番话我说得很认真，你也要好好思量。在甘凉城一年里，你似乎住得很习惯。与我成亲，虽再也过不上你以前帝京的日子，但是我能保证，你的后半生都会和这一年一样自由自在。

“我若有幸娶了你，可保证终其一生绝不纳妾，更不会有什么房中人。你若不信，我可以在交换婚书时，事先给你立好字据，婚后所有一切田产地契、库房钥匙、俸禄部曲都交与你手。若我做不到，到时候你大可直接将我赶出门去。”

谢放注视着明熙的表情，顿了顿又道：“当然，营地与战场，你是不能去了。保家卫国不该是娘子做的，你若喜欢，以后可继续在甘凉城里舍粥建桥，甚至做任何你想做的事。

“我为庶子，虽出身谢氏，但能从家中得到的不多。好在我有四品官职在身，每月俸禄不多，不用交与公中，这些年积攒下来也算不少。甘凉城里还有些私产，到时候都交与你手，你愿意怎么用就怎么用，即便用光了，都没甚关系，只要我在一日，绝不会在财帛上委屈你。”

明熙握着茶盏，垂眸了片刻，挑眉道：“你说这些怎么听着，就那么像个骗子呢？难道你对我就没有任何要求吗？”

“这句句都是肺腑之言，怎么就像骗子了呢？”谢放注视着明熙漆黑的眼眸，许久许久，抿唇一笑，“你让我要求你什么呢？我自小一心要娶的就该是你这样性格的娘子，与家世嫁妆都无关，后半生只要能与你相伴，对你别无所求。”

明熙缓缓垂下眼眸，不再与谢放对视，好半晌，才道：“若当真只是搭伙过日子，又怎么会对我没有要求？

“你常年在甘凉城，帝京的事想必知道得不是那么清楚。我可没有传闻中那么风光，当初去甘凉城，也是因在帝京走投无路。当然，自出宗族之事，乃我一意孤行，贺氏不曾亏待我，也无人敢强迫我。”

谢放轻声安抚道：“这些我都略有耳闻，不管何时，只要你不愿说，我现在不会问，以后也不会问。”

明熙坐正了身形，深吸了一口气：“你方才说起我父亲时，语气可不是那么友善。虽然如传闻所说，这些年父亲没有管过我，可也算不上对不起我。当年我声名狼藉，除了陛下还会为我的事发愁外，父亲也还愿意费心让李夫人给我相看亲事。虽是几个郎君自身条件不好，被我嗤之以鼻，实然如今回头想，那些人家和郎君，已是贺氏在我有那般的名声之下，能找到的最好的几家人了。”

谢放点点头，轻笑了笑：“原来还有这样一说，那陛下给你相看的郎君该是条件不错，你为何也不满意呢？”

明熙不卑不亢道：“陛下眼光那么高，他看中的郎君，人家自然看不中我。陛下甚至为了我从中说合，但被当事人断然拒绝。当年我与太子在阑珊居内三年，朝夕相处，帝京群臣无人不知无人不晓，什么难听的话都有，那些郎君不管怎么拒绝，倒也在情理之中。

“在甘凉城一年，我才能将此事的前后想明白些，忍不住庆幸我在宫中长大，贺氏一族受我连累不深，不然贺氏嫡支旁支的那些娘子，只怕都会怪我误她们终身了。可即便如此，提起贺氏娘子来，别人还是会第一个想到我，以我的名声若继续在族中，贺氏一族的娘子若想嫁人，总会被人说嘴，除族之事，乃我执意所为。”

“这般做事倒是你的性格，不过都是以前的事了，你说不说都可。若你愿意的话，我们多的是以后，那些以前我根本不在意。”谢放想了想，望着明熙的双眸，轻声道，“你在甘凉城一年多，对世道之艰难也该深有体会，自出了宗族的人，莫说娘子，即使是郎君也犹如水中浮萍，无着无落。

“往后一个娘子在外行走，身侧有十个八个的部曲，又有何用？如今时日尚短还好，以后时候长了，那些部曲奴婢知根知底，见你孤身一人，无宗族也无依靠，难免也会起别的心思……一个人过一辈子，这世道对个郎君来说尚属苛刻，何况一个娘子。”

虽说谢放心有所图，但这番话说得十分中正，没有半分夸大其词。大雍风气与习俗虽比南梁要开放些，但是宗族对一个人来说，都是同样重要。佃农与奴婢尚且需要依靠主家的庇护，但凡有些财帛的人自然也要依靠族群的保护，若无族群也须挂靠在权贵名下，只有如此才能护住自己的身家性命与手中的财帛田产。

可以上这些做法仅限于郎君，孤身在外的娘子，身携金山银山，不但保护不了自己，甚至金银财帛都会成为催命符，时间久了被人知道了底细，不但难在这世道上生存，甚至可能沦落到最底层，到时候只怕更是求生不得求死不能。

明熙沉默了许久，抿唇一笑："大将军豁达，将话说得这般有诚意，我亦有些动心，自然也要诚意以待。可想一想，搭伙过日子说得简单，但婚姻大事乃父母之命媒妁之言，我们两个说得再好，还是没用。"

听闻此言，谢放缓缓松开了桌下一直紧握成拳的手，紧绷的嘴角微勾起："甘凉城历来都是我说了算，这亲事呢，我想娶谁，家里还插不上手的。虽说我出身谢氏，但以后你与族中之人打交道的机会也不会多。阿燃是自家兄弟，不在此列，不过我看你们相处得十分融洽，自然也不会为难。此事你若肯答应，不管还有什么条件，我们都可以有商有量，待到回甘凉城后再着手婚事也不迟！"

明熙斜眼望向谢放，虽是笑得柔和，可那双眸中饱含喜悦与真挚，竟有些耀眼。却因如此，明熙心中反而又多了几分迟疑："若成亲的事不用过问父母的话，难道不该求个两情相悦吗？我对大将军虽有敬佩之情，但却无男女之……"

"哎哎哎！"谢放连忙打断了明熙的话，急声道，"说这些就没意思了！我乃带兵之人，没那么多儿女情长。那时还不知道你的身份，我就对你另眼相待，看见你就忍不住……没事就想和你说说话。当时你可还是个郎君，但许多事也不是一下就能说清楚想明白的，既然我都看顺眼了，也不必求什么两情相悦，只要我愿意就成啊！"

明熙笑了一声："大将军倒是任性，事关终身，一时冲动不计后果，若将来后悔了，事情可就难办了。"

谢放轻笑了一声："我是不会后悔，将来也尽量不让你后悔。我们不必说男女之情，你也不必现在就喜欢我，我待你好，我愿意娶你，我想把什么都给你，不纳妾不要房中人，都是我一厢情愿的事。你所要求的，我都可以承诺，但我不会强求……最少你不真心接纳我的时候，我都不会对你有所要求。"

明熙沉默了片刻，低声地笑了起来："大将军还说自己是个粗人，这番话在我这里可比那些甜言蜜语好用得多了。在这之前，我深觉自己在什么样的诱惑中，都能心如止水了，可抛开一切利弊不说，听了大将军所说，居然当真有些心动。可是呢，有时候人和人总要讲究些缘分，我与大将军只怕……"

"哎哎哎！"谢放再次打断了明熙的话，"无用的甜言蜜语我也会说，但现在我和你说的每一条，都是认真的，都可以写在婚书里。你愿意或不愿意，也都不用着急现在回答。

"如今我们要去帝京，此去多少都会有些危险，待帝京事毕，我们回甘凉城之前，你也该考虑得差不多了。到时候愿意与否，给我一句话。哪怕当真不愿，我也认了，绝不会有半句怨言。"

明熙与谢放对视了片刻，抿唇一笑："若我回到甘凉城，又将大将军拒了，只怕甘凉城也待不下去了。"

谢放忙道："自然不会！莫说我们私下商议此事，即便被你当众拒绝，本将军也不会对一个娘子恼羞成怒。此事不管结果如何，甘凉城你都可继续住着，帝京已经待不下去了，可天下之大你跑去哪里，都不是那么安全，倒不如一直留在甘凉城里。我不好照应你，阿燃也会照应你的，但不管答应不答应，此番回去，军营那里你都不能再去了。"

明熙拱手一笑："大将军所说，我会慎重考虑。军中之事，回甘凉城后，我自然听从大将军之言从行伍中退出。但此番帝京之困，无论如何，我都要参与其中。陛下待我恩重如山，虽知太子处境艰难，但有些东西也不好……"

谢放点了点头："你只管放心，帝京之事，我也没有打算撇开你，但如韩耀所说，危险的地方还轮不到你去。"

腊月的天气，天黑得早，帝京东街王氏宅院，望月楼的小书房内温暖如春，花瓶内的几枝黄梅开得正好。

桌上是一幅栩栩如生的鱼戏荷图，王雅懿托着下巴注视着桌上的图，见冉荷抱着个花瓶进了门，眼底露出几分真切的笑意来，嘴上却忍不住抱怨道："怎么又是梅花？"

冉荷笑道："这季节蜡梅最是应景的，接连几日虽都是蜡梅，可每日的颜色都不一样，又是走之前摘出来，好好地养起来的，可见那人对二娘子也是极用心的。"

王雅懿不知想到了什么，轻叹了一声："既是舍得用心，为何还不来提亲？"

冉荷正打算将那几枝黄梅换下，听闻此言，动作顿了顿："大人才将太子这边的婚约理清，娘子的婚事，怎么也要缓一缓。如若小郎君现在遣人提亲，只怕大人也要顾忌几分。"

王雅懿仿若不曾听见冉荷的话，又叹息了一声："黄梅开得正好，就别换了，瓶子都是现成的，这一瓶放在书桌上。"

冉荷按照王雅懿的吩咐，将青梅放在了书桌上："看看这些瓶子，可都是成套定制来的。自八月至今，莫说这些应季的花枝，光这些瓶子，咱们都攒了好几套了。听说这些都是外面买不到的，上次小郎君还说是特意从汝窑定制来的。"

王雅懿扬了扬唇角："他还没有回来吗？"

冉荷笑道："前日小郎君不是说要走上五天吗？卫氏家庙离得远，这一来一去光路上都要两日。"

王雅懿若有所思地拂过那花枝，轻声道："你说……他家老夫人会不会不同意我们的婚事？"

冉荷惊讶道："二娘子怎能这般想？与我王氏做亲，放在谁家不是天大的幸事，卫氏即便再鼎盛，莫不是还能与皇室、谢氏比拟？"

王雅懿道："话虽这么说，可咱们到底退过两次亲，外面的传言又……那么难听。卫老夫人年纪大了，若信了流言蜚语，难免有别的想法，到时候玉郎左右为难……”

冉荷抿唇一笑：“小郎君是家中的嫡幺儿，卫老夫人最疼的就是他了。若您对夫人说您非小郎君不嫁，夫人还能左右了您的心思？同样的道理，卫老夫人对小郎君千依百顺的，咱们两家门当户对，二娘子已算低嫁，哪里有他们不愿意的道理。”

王雅懿似乎没有这般的乐观：“不知为何，不曾退亲时，只一心想着退亲，可退亲后，我心里反而越发地不安稳了，总也放心不下。虽知道现在不是好时机，可总想把所有的事都早早地定下来，中途莫再有变故了，不然怎么也不放心的。”

冉荷轻声道：“二娘子会如此慌张也是难免，两场婚事开始都是欢欢喜喜的，可最后都是中途坎坷，又都是……差不多的收场。二娘子的年纪耽误不起了，这事放在谁身上，都想早早定下，才能彻底安心。”

王雅懿道：“哪里光是定下就可以，希望这次父亲将婚期定得近一些，玉郎那边我自会去说，可是不到最后，我总难以安心，生怕再出了难以避免的事。那日我见太子神色，只怕已是在熬日子了，若太子薨，国丧又要耽误些时日……”

冉荷挑眉道：“那也难怪二娘子自东宫回来后如此不安了，想必也是看了太子的遭遇，心中难过得紧。”

王雅懿叹息道：“父亲与四郎在入宫前曾交代我数次，不管太子境遇如何，都要说些依依不舍的话，只管将悔婚之事推到父亲与兄长身上，只让说自己不得已。这事本就是咱们的不是……该要好聚好散。

“可我与皇甫策自小熟识，看到他已处在如此的境地里，又怎能不着急？话赶话的，就说了一些十分不好的话。如今回想，深觉不该，心里越发地过意不去，当初着实不该将话说得如此决绝。可见太子如此，我心里本就是难受，他又说出那般的话，我又怎么能不动怒……”

这些话冉荷听在耳中，面上忧虑，可心中半分不信。冉荷是家生子，比王雅懿还大上两岁，自小跟在王雅懿身侧，对她的性情知之甚清。自小在苛责的环境里长大，多是刀枪棍棒暗箭难防，也就造就了王雅懿唯利是图的性子，善于察言观色，说谎伪装。

若是能用到的人，自然有耐心虚与委蛇，百般攀附，若觉得用不着，或是忌惮之人坠入深渊，当初的那些虚与委蛇与妥协都会成为她心里的怨气与耻辱，不落井下石已算是大发慈悲，怎么可能去宽慰与心疼。

大人与四郎君让她去宽慰太子，本就大错特错，即便是二娘子有当初谢贵妃的帮扶，可也不见得有多感激，只怕因要依附与讨好，反而起了逆反与耻辱的心理，故而每每谢贵妃稍有一些偏颇别人，二娘子回到家中都会大发雷霆。

说势利也好，说短视也好，可王雅懿自小与双亲离开，至亲姊妹兄弟都不在身旁，真真是在没有善意的环境中长大，也没有被至亲的老夫人真心疼爱过，心中哪里会真正埋下善良和爱意，不管出了什么事，即便是别人的良善，她也会从最恶毒的起点着想。因为这样的内心，自小就不曾照进去半分阳光，哪里又真的会有阳光。

人说，没有被真心疼爱过的人，不会珍惜别人的好与爱，更学不会真心爱别人，当是如此。

冉荷轻声劝慰道："两人已走到退婚的地步，哪里还有好聚好散一说。大人与四郎想得太简单，也不了解太子的性子，他出身尊贵，虽是走到绝路不见得自知，只怕当时所说之话没少让二娘子难过。"

王雅懿忙道："可不是吗？他哪里想过我们会退亲，只想着生死与共。莫说成亲尚且有和离一说，我们只是定亲，又不曾有过什么山盟海誓，我哪能不顾父亲与家中，与他生死与共？何况我与玉郎已是有了情意与盟约，如何割舍……我好言好语，他执迷不悟，一心只想拉着我去死……我自然生气，盛怒之下口不择言，如今想来也有些不该……"

冉荷叹息道："二娘子良善，盛怒之下说了不好的话，心里内疚和不安起来，又有卫郎君这里尚未定下，难免要心乱。事情都是一步步做的，话既然已说出去了，也不必再想了，若当真太子还有半分能挽回，大人也不会干脆利落地退亲了，二娘子如今想这些，不过是徒增烦恼罢了。"

王雅懿轻声道："话虽如此，一想到他走到绝路上，我到底不好过。"

冉荷自然了解王雅懿真正的担忧，太子只要一日不死，都有可能起死回生，当年一场大火都不曾烧死，失踪三年都能回来，何况如今才关了几个月，但绝情的话已说出去，已是覆水难收，自然想太子早死早超生，以安己心。冉荷不接王雅懿的话茬，只笑道："娘子哪里还有空胡思乱想，卫家不来提亲也就罢了，若来提亲只怕婚事来得也快，如今娘子该准备的，还得提早准备。"

王雅懿轻叹道："与卫氏的婚事，哪里有你想的那么简单……"

冉荷不解地看向王雅懿，轻声道："前几日小郎君不是还和你保证过吗？你与他都定下了盟约……婚事还有什么不简单的，总归男婚女嫁，他卫氏若敢始乱终弃，到时候大人和夫人肯定会给你做主。"

冉荷不知内情，自然觉得婚事简单，可王雅懿前些时日才知道王轶已看中高钺，以王轶要掌控一切的性格，与卫氏的婚约只怕得艰难万分才是，这才会越发地不安与烦躁。虽然卫氏也是极好的人家，可在王轶眼中给如今的高氏提鞋都不配。先不说高氏那乱成一锅粥的后宅，就高钺那样的脾气与长相，王雅懿也是宁死都不愿的。

王雅懿叹了口气："玉郎说何时过来了吗？"

冉荷见王雅懿的面色越发地不好，也不敢乱说话了："小郎君虽是没说，但该是回来后的当晚就会过来……若娘子不放心，就让小郎君年前遣人来说媒好了。"

王雅懿又是一声轻叹："说得容易，如今卫氏在帝京还没有站稳脚跟，这般匆忙行事，父亲不愿还是其次，只怕会得罪皇室。"

冉荷不以为然："太子都快死了，还怕得罪他不成！"

王雅懿摇头道：“太子再不济也是陛下的亲侄子，私下里做得再不堪，该留的脸面还是要留的，不然父亲早就……前几日父亲还交代母亲，年前就不要忙我的亲事了，等过了年，将咱们与太子解除婚约的事冷一冷。”

冉荷了然地点点头：“大人想的也没有错，陛下心里再厌恶太子，面上也要过得去，咱们家和太子的事才了，就迫不及待地说亲，是有些惹眼了。”

王雅懿骤然站起来，忍不住抱怨道：“父亲也不想想我的年纪！过了年我都二十了！人家结婚早的，子嗣都满地跑了！这般的年纪还不曾出嫁，将来即便嫁得再好，也难免被人说嘴！”

冉荷轻声道：“二娘子万莫胡思乱想，事已至此，船到桥头自然直。人都说苦尽甘来，二娘子在婚事上如此艰难，将来进了门子，小郎君定然会对二娘子千依百顺的，不说以后，现如今小郎君对娘子还不是捧在手心里？”

王雅懿冷笑一声：“他对我好难道不实属应该吗？后宅的事，哪里有那么简单，父亲可曾做过后宅的主？当初祖母活着的时候，祖父那般强势，何尝插手过后宅之事！”

冉荷忙道：“二娘子乃咱们府里的嫡女，最是受宠了。嫁到卫氏这般的簪缨世家，二娘子的家世也是数一数二的，又有小郎君这般宠着，后宅再势利也要看娘家是谁，王氏最受宠的嫡女，身份、地位、嫁妆，肯定高所有人一筹，谁还能给您委屈受不成？”

王雅懿轻叹一声：“你是不懂，阿姊曾说过母亲也是陈氏的嫡女，后来也……不过，母亲遇见这样的事也是运气不好，谁家还能像我们家养着表妹做妾。”

这话虽是说得含糊不解，但冉荷是家生子，自然知道王雅懿说的是什么，忙笑道：“二娘子快别胡思乱想了，没有的事都要想出来了，等明日去拿花，婢子会问问清影，小郎君到底何时回来，好让小郎君好好地给二娘子安安心。”

王雅懿不知想到了什么，满腹的心事都散去了，忍不住轻笑了一声，作势要打冉荷，嗔怒道：“小丫头！别的没学会，倒是学会打趣你家娘子了！看我不好好收拾你！”

“好娘子饶了婢子吧，婢子还要去给二娘子端汤呢……”冉荷连连讨饶，笑着跑了出去。

王雅懿见冉荷跑了出去，垂头含笑望着桌上的鱼戏荷，片刻后，脸上的浅笑淡去了，无声地叹息。从半开的窗户望向隔壁漆黑一片的鹤鸣楼。不知看了多久，王雅懿又是一声轻叹，才缓步走回了书桌前，手指一下下地拂过那冷冽又带着几分妖娆的青梅枝……

宁负虚名身莫负
10

午后时分，窗外寒风凛冽，火墙烧得很旺。

东宫寝殿有些燥热，不得不开一扇窗户通风透气。

皇甫策倚坐在东侧的贵妃榻上，眼眸所触，一枝黄梅含苞欲放地伸展在窗口。黄梅上面覆盖着薄薄的一层冰雪，阳光下越显晶莹剔透。许久许久，他回眸看向煮茶不语的韩耀，不动声色地将人打量了个来回，再次垂下了眼眸。

今日的韩耀身着浅蓝色圆领广袖长袍，衣服镶嵌着简单的银边，腰间扣着一块温润的白玉，腰缀碧色团鱼玉雕。长眉入鬓，狭长的眼眸微微挑着，抿着的红唇微微翘了起来，眉宇间一派温悦疏朗，俊美之中比往日多了一分柔和。

皇甫策缓声道：“漠北之行风餐露宿，不见你消瘦，反而眉宇疏阔，人更精神了。”

韩耀浅笑道：“一直在帝京，难得有空出去走走，外面的景色虽不见得能与帝京相比，但景色分地域各有不同，自然别有一番滋味。送粮本是个好差事，不管到了何处，府衙都热忱以待，粮车又走不快，走驿站不曾吃苦，哪里会消瘦。”

皇甫策挑眉，端着茶盏优哉游哉地躺了回去：“你前日说下朝便来，怎么迟了那么久？”

韩耀笑道：“早朝之前，阿芙说今日要来看望贵妃娘娘，让我回去一同入宫。”

皇甫策瞥了眼笑若春风的韩耀，心情莫名地更不好了，轻声道：“下朝至今多久了？接个人，晚了好几个时辰，你也觉得冷宫悠闲，本宫等上几个时辰都没事吗？”

韩耀又忍不住笑了一声：“殿下说哪里的话，路上遇见了一件趣事，阿芙专门去看了看，顺便打听了前因后果，这才耽误了与殿下会面的时辰。”

皇甫策挑眉，不以为然：“什么妇人家爱听的事，引得你如此？”

韩耀道：“贺氏的事，难道殿下就不想听一些吗？“

皇甫策虽还是垂着眼眸，但手指不由自主地微动了动：“多年来，贺氏缩着头做人，能有什么新鲜事？”

韩耀抿唇一笑：“听闻乃是一女许了二夫。”

皇甫策笑了一声：“若是别家，本宫或许还信，贺东青那样小心翼翼，怎会做出这事？空穴来风，栽赃陷害罢了。若当真有事，也会捂着，哪能让人专门看笑话。”

韩耀道：“安定城穆长白的小妾带着家中部曲，在贺氏大门前闹了起来。吵吵嚷嚷地说贺氏悔婚不算，还杀了她的孙儿，不仅要让贺氏嫁女，还要偿命。”

皇甫策愣怔了好半晌，看向韩耀："孙儿？方才还说的是一女许两家，怎么又有了孙儿的事？"

韩耀笑道："是啊。贺蓉明明是皇室钦定的侧妃，怎么成了穆氏妇？穆家的小妾口口声声说贺氏买通了大夫，将贺蓉快要坐实的胎儿打了去，只为遮掩贺蓉与她儿子有了首尾之事，还想将已打了胎的贺蓉嫁与东宫。贺氏虽不济，但好歹也是住在东街的，那会儿正是下朝，只怕不知被多少人听了去。"

皇甫策想了片刻："片面之词，说不得有人陷害，穆长白是高氏的人，以贺东青的胆量与筹谋，不曾有与皇室退亲的打算，万不敢做出这般的事来。"

韩耀道："穆长白也算有头有脸的人家，若只是陷害，也不敢陷害得这般拙劣。"

皇甫策沉默了片刻，笑了一声："婚事是皇叔定下的，让皇叔头疼去。"

韩耀道："来时正碰见贺氏入宫的车驾，只怕贺东青正在宫中和陛下解释呢。"

皇甫策似乎对这事的兴趣不大，见韩耀再次冲洗茶碗，不经意地开口道："你此去漠北，可曾四处走走？"

韩耀的动作稍微停滞了片刻："在燕城待了几日，大雪封路倒也不好四处走。"

皇甫策眼睛一眨不眨地望向韩耀，好半晌，轻舒了一口气："这一路都风平浪静的吗？没有值得一说的趣事？"

韩耀眼帘微动，笑了一声："殿下若想知道何事，可直说。"

皇甫策瞥了眼柳南，垂眸抿了一口茶水。柳南很是识趣，干笑了两声，上前一步轻声道："前不久咱们不是放出了几个探子吗？有人无意得了娘子的消息……咳咳，贺大娘子的消息，说正是在燕城。"

"贺大娘子啊……"韩耀拉长了声音看向皇甫策，沉默了半晌，轻声道，"燕城乃漠北第一城，地域广阔不输帝京，碰见一个人何其艰难？贺大娘子，臣是不曾见过的。"

柳南的笑意僵硬在唇角，看了眼垂眸望着茶盏的皇甫策，艰难地开口道："韩大人说的是，帝京这般的地界，若无缘分，三五年也碰不见一个熟人。燕城虽是人少了些，城池又不小，哪里有那么凑巧的事，呵呵呵……"

"若说故人还真碰见一个。"韩耀见柳南越笑越难看，也忍不住轻笑了一声，不紧不慢地再次开口道。

柳南讪讪道："那可不是，韩大人往日在帝京也见过谢二郎君的，可不是故人吗？"

韩耀轻笑了一声："那人正好姓贺，善骑射，春日从军，经历了两场征战，八月护卫甘凉城时又立下了功勋，如今已是谢放护卫营中的百夫长，与谢燃私交甚笃。"

"你说娘子如今效命谢放麾下？战事多危险哪！哪里是一个娘子待的地方！大人看见了怎么也不劝劝？这可真是……可真是……大人这次可有将娘子劝回来？漠北算什么好地方啊！天天都是风沙，缺水少粮的，一个娘子孤身在外，多不容易啊！这不……娘子可有随着韩大人一起回来啊？！"柳南已有些语无伦次。

韩耀瞥了眼皇甫策紧紧握住杯子的手，抿唇一笑："她那样的性子，岂是我能劝回来的？若我能将人带回来，陛下怎么也会嘉奖一番，哪里会像这般爱搭不理的，莫说嘉奖，我递的折子都懒得打开。"

柳南想了想，叹息道："不回来也好，这时节帝京一点都不太平，等缓一缓再说也好……"

"贺百夫长既是效力谢放护卫营，此番谢氏进京述职的换成了谢放，她自然要跟随其左右的。"韩耀将话说完，斜眼看向皇甫策，"殿下的茶水都洒了，不如再添一些？"

柳南回过神来："嗯？谢放？镇守甘凉城的四郎吗？"

韩耀一边给皇甫策添水，一边道："正是谢四郎，柳管事也知道？"

柳南忙道："哪能不知道啊！奴婢乃贵妃娘娘宫中出来的，谢氏这一代人除了三个嫡子，就属庶出的四郎五郎最优秀扎眼，小小年纪就镇守甘凉城，可都是谢氏的好儿郎啊！"

韩耀笑道："可不是优秀吗？如今贺百夫长对谢放言听计从，此番本是让她随我一同入京，不想竟被贺百夫长断然拒绝，非要候在谢放左右不可。"

柳南感觉身侧一道冷气骤然升起，顿时苦着脸："韩大人话可不能这般说，那好歹也是主帅，都说娘子是效命他麾下了，自然要听命行事……"

韩耀看向皇甫策，笑道："殿下的表兄，领军有天赋手腕不说，长相也是一表人才，年纪也不小了，怎么到现在还不曾说亲？"

皇甫策若有所思，瞥了眼韩耀，好半晌，似是不在意地笑了一声："嫡表兄的婚事，本宫尚且不曾过问，谢氏的庶子何其之多，还要本宫一一看顾吗？"

韩耀将茶盏捧到了皇甫策手上，状若无意道："谢放年轻有为，洁身自好，身侧伺候的都是亲兵，竟连个丫鬟都没有。这样的人，在许多人眼中，可都是好女婿的人选，此番他又将人带了回来，述职时只怕会入了陛下的眼。

"她脾气如何，殿下也是知道的，自来桀骜不驯，何曾对谁顺从过，臣也在燕城待了几日，见她与谢放关系极好，对他虽不见得有男女之情，但也已言听计从。"

皇甫策挑眉看向韩耀，冷笑道："阿耀似是话中有话。"

韩耀笑道："谢放出身第一世家谢氏，为甘凉城守将，实打实的四品将军。虽说甘凉城气候不好，但好在甘凉城官职最高的只有谢放，一方主帅的夫人，不必看任何人的脸色不说，谢氏门第，上无主母下无小姑，当真是打着灯笼都难找的好人家。"

皇甫策紧紧抿着唇，冷笑连连："是吗？据本宫所知，皇叔虽有心做媒，可也得讲究你情我愿，她还能看上一个武夫？"

"哪能是个武夫啊！谢四郎少有大才，小小年纪镇守甘凉城，已有十多年了，战功累累自不必提，师从稽览甘先生，有勇有谋，最少也是个儒将！当年谢大人可是左思右想地将十六岁的四郎留在了甘凉城，一城之托，四郎君十几岁就一力扛了下来。贵妃娘娘当初可是对四郎赞赏有加，也有意给四郎做媒，可帝京这地方，多是咳咳咳……"柳南在皇甫策的目光下，声音越来越低，最后没了声音，垂下眼眸再也不敢吱声。

皇甫策将手中茶盏随意地扔在桌上：“柳管事最近很清闲吗？”

柳南笑道：“哪能啊！现在咱们能用的人少，奴婢忙前忙后地来回跑，到处都是事。”

皇甫策轻笑了一声：“怪不得，地都脏成了这般。”

韩耀与柳南一起看向光可鉴人的地面，韩耀笑道：“臣看着倒很干净。”

皇甫策瞥了眼柳南，面无表情：“你看呢？”

柳南垂死挣扎：“奴婢这就叫人来擦……”

皇甫策轻声道：“别人，本宫信不过，你自己来。”

韩耀挑眉道：“殿下心里不痛快，直说就是，何必拿柳管事出气。”

皇甫策看了韩耀一眼：“韩卿如此仗义，那本宫就拿你出气，你和他一起。”

韩耀轻咳了一声，正色道：“坐而论道，谓之王公；作而行之，谓之士大夫。殿下！士可杀不可辱！殿下如此待臣，就不怕天下人寒心吗？”

皇甫策挑眉，不明所以地笑了一声：“你们携手一同算计本宫的时候，可曾想过本宫也会寒心？如今东宫禁闭，连只鸟都飞不出去，你不说，谁会知道还有此事？没人知道，还说什么天下人寒心？

“自然，士可杀不可辱，你若感觉受辱，擦完了回去自缢。到时本宫会专门为你下个罪己书，只说你为本宫擦地受辱而死，将你风光大葬了，你觉得如何呢？”

韩耀愣了好半晌，喃喃道：“殿下何至于如此……”

柳南忍不住轻笑出声，见两人的目光转过来，大义凛然道：“殿下不必再说！擦地乃奴婢分内之事，奴婢不觉受辱！”

太极殿正书房内，气氛十分凝重，泰宁帝端坐在龙椅上，脸色很是难看。

“砰！”一个茶盏重重地砸在贺东青的脚下，整座书房似乎连空气都凝固了，只余下泰宁帝重重的呼吸声。

贺东青噤若寒蝉，缩了缩脚，垂首望着碎瓷，好半晌才敢抬起眼眸来：“陛下！臣绝无欺瞒之意，否则也不会拿庶女换下嫡女。臣知道这事时也晚了，小女一心隐瞒，甚至她母亲都是……都是后来才知道的，不然何至于闹到如今的地步……”

泰宁帝怒声道：“你现在还说不知道！若不是有意隐瞒，当初为何不一并说清楚！素日里看你是个老实人，可竟也是胆大包天欺君罔上的无耻之徒。谁说大女儿病重的！好一个病重！短短一个时辰，皇室和你贺氏一起成了帝京最大的笑柄！”

贺东青小声辩解道：“臣与那些人的心思都不一样，那些人见太子际遇不好，一心想要退亲，然臣却是尽力保全这门亲事。这等的事，臣怎么有脸和陛下说，再者这其中的内情太过匪夷所思，莫说陛下会吃惊，当初臣心里何尝不震撼？

“……这般的事，放在谁家里，不是掖着藏着！谁承想穆氏竟是如此没脸没皮，竟在臣门前闹了起来！臣也是没想到竟会有……”

泰宁帝不等贺东青说完，怒声道："够了！快住口吧！你还有脸和朕说保全婚事！你隐瞒下来自然能保全婚事！万一婚后东窗事发，到时候朕的脸朝哪儿放！如何还能择得干净！为了你家与东宫的婚事，到时候天下人会如何想朕！你还真敢说！如今想到你那点小心思想拿庶女换下嫡女的举动，朕就满心憋气！

"你贺氏，好歹也是延绵了几百年的一等士族，竟被个寒门小妾与庶子带几个部曲欺负成这样！家里出了丑事，都还不能好好地捂住！你也别说那么多内情！朕也不想知道什么内情！还想保住与东宫的亲事？异想天开！朕可没你贺氏脸皮厚，丢不起这个人！"

贺东青急声道："陛下容禀！若是其他事还好说，这事谁家愿意大张旗鼓说出来。当初小女明知道吃了亏，不敢说出来，何尝不是为了与太子殿下的亲事，如今小女不知内情还卧病在床，只怕这番打击……臣也是打算悄无声息地换人，何尝不是为了皇室的脸面！"

泰宁帝冷笑了两声："我皇甫氏若与你贺氏无关，自然不用丢这个脸！大士族教养出的嫡女，做出这般的事，不思解决之法，还想隐瞒下来保住亲事！可见也是个没自尊的！你贺氏养出的女儿，朕可是一个都不敢要了！"

贺东青道："陛下的处理也太过偏颇，我家明明是遭了穆氏的算计，您怎能一力怪罪于我一家，那穆长白敢如此算计，何尝不是因为觉得太子殿下势弱，有恃无恐！"

泰宁帝冷着脸看了贺东青好半晌："少拿太子当借口！你女儿与太子尚未成亲，你对太子就如此忠心了，若是成了亲，朕这个皇帝在你眼里，只怕也算不得什么了。

"朕心里固然气恼穆长白，如今也不是算账的时候，待你们与穆氏算清了这糊涂账，该怎么做，那是朕的事。可现如今，皇家丢不起这个脸，与你家的亲事就此作罢！你家的庶女你也好好留着吧！"

"陛下！臣一时情急口不择言……"贺东青上前一步，"家中女儿已知换人的事，早已开始准备，婚姻大事怎能一句作罢就能了事了！"

泰宁帝道："亏你还是一家之主！一个在后宅被保护得好好的小娘子，怎么能在大安寺里出了这等的事。固然可能是巧合，也许本身就是个计！说不得就是针对太子的，你家内宅里也肯定脱不了干系！可真相如何，朕不想知道，更不会过问！

"平日里见你也是好好的，虽是平庸可贵在谨慎自持！可家中出了这种丑事，还不知道找缘由，一心只想保住这亲事，可见你后宅之中魑魅魍魉层出不穷，莫说朝中之事，连治家都有问题。"

贺东青忙道："绝非如陛下所想，当日内子要给庶女相看穆氏四郎才去了大安寺，只怕巧合与误会居多，这才有了龌龊……我贺氏哪里敢针对陛下与太子！"

泰宁帝挑眉，沉默了半响，冷笑道："原来你的庶女也在相看人家？那时来与朕说换人，只怕也是权宜之计……呵！看你胆子不大，敢做的倒是挺多。

"修身齐家治国平天下，你连小小的几口人都管不好，还说什么别的！朕看你还是别上衙了，先在家中理理事！等什么时候把这事理清了，什么时候再复职！"

贺东青怔了怔，好半晌反应不过来："陛下！这般的事怎么能只问臣一家之罪，那穆长白纵子行凶，莫不是就算了吗？"

"穆氏与你家中的纠缠，和朕有什么关系？！难道这般的家务事，还要朕给你们理清吗？顺天府是做甚的？你要是豁得出去女儿，就去顺天府说理！可你贺氏与皇家已经不再有一丝一毫的关系！"泰宁帝冷笑了一声，"来人，将贺氏的信物与庚帖给贺大人送回去，顺道将宫中的旨意与信物都拿回来。"

"可是……"贺东青脸色越发难看了，望着泰宁帝冰冷的侧脸好半晌，才轻叹一声，"臣告退。"

午后时分，阳光正好，窗户开了半扇，寒梅开得正好。

泰宁帝自贺东青离去后，蹙眉望着窗口，久久不曾回神。六福回来见此，端着热茶走了过去，小声道："陛下有事想不通吗？"

泰宁帝接过茶盏，好半晌才道："你说……此事会不会与太子有关？"

六福忙道："哪能啊！太子日日在东宫，连后殿都没有出过，柳南用的那几个人，哪个不在咱们掌握之中？贺氏的后宅再松散，那些人也没有这般的手段与能力。不过，这事一看就是计，至于针对的是谁，倒也不好说了。"

泰宁帝沉默了片刻："朕精挑细选的三家婚事，竟是一个个地都退了婚，难得太子一声不吭，好似没有这些婚事一般。赐婚时，他可是期待万分……说不得这退亲，就是他的本意。你可不要小看了他，阑珊居三年，他明着做局，朕自以为周全，还不是被他利用个彻底？"

六福道："贺氏这事蹊跷，但绝非外人能插手的，只怕事故之因还是在内宅。当年这后宫哪一天安分过，陛下不要小看了妇人的心思和手段。太子侧室在嫡女看来许是不算什么，可放在庶女身上，就是一步登天。贺氏出了这般的事，贺东青不思解决，反而直接入宫说换人之事，若无人怂恿，或没人提醒，以贺东青的心思，如何能第一时间想到这偷梁换柱之计？"

泰宁帝思索了片刻："贺东青虽是愚钝，好歹也是光明磊落之人，即便是偷梁换柱还是和朕说明白了。当时朕觉得贺氏见太子际遇不好，想将嫡女换下，此乃人之常情，哪里会想到贺氏会出了这倒霉事。"

六福忙道："可不是吗？那穆长白的庶子也是个没规矩的！好好地相看人家的庶女，竟是把主意打到嫡女身上，可不是吃着碗里的瞧着锅里的吗？"

泰宁帝笑了一声："你方才还说此事不简单，怎么又迷了向？大族中的嫡女，要是那么好算计，这不是乱了套吗？若不是后宅动手——只怕太子那里也动了心思，但这样的事，太子再有手段估计也是插不上手的，可能是个熟知内情的。"

六福道："出了这等变故，太子殿下脸上必不光彩，老奴看太子殿下倒还不至于将个娘子算计成这样，这对他可没有一丝一毫的好处啊！”

泰宁帝若有所思道：“谁知道他的心思呢？王氏与陈氏都退了亲，说不定在他眼里，贺氏本就可有可无，虽不见得是他做的圈套，但落井下石或是推波助澜少不了他的。”

六福道：“陛下怎么把太子殿下想成这般了，老奴倒是感觉此事，太子殿下不知情。若太子殿下自己想与贺氏退亲，根本不用兜那么大的圈子，两家重要的亲事都没有了，只要他与陛下说执意不娶，陛下还能勉强他不成？”

泰宁帝瞥了眼六福，不明所以地笑了一声：“你最近倒是对太子好得很呢。也别装得那么无辜，当真以为朕不知道，顺河楼上的事，难道真是个巧合不成？”

六福干笑了两声：“老奴知道这事瞒不了陛下，可哪里算是个局啊。韩家的管事订房时，奴婢真以为是韩大人家的，好心匀出了半个侧间，嘱咐人将咱们这里锁好。谁知道来了那么些个娘子，说出那些毫无遮拦的话来，好歹是外面，又是酒楼……哪能想到她们竟是一点顾忌都没有啊！”

泰宁帝沉默了片刻：“大臣们尚觉得太子大势已去，她们自然更不会顾忌了。可惜被太子知道了王二娘子的性情，否则王氏想要退亲，以太子的手段与心思，多的是手段挽留，岂能这般轻易。这宫中见不到一对怨偶，朕以后的日子得少多少乐趣。

“前面就是个大坑，只要再等些时日，太子就会心甘情愿地跳下去，一辈子都爬不上来了，这本是多喜闻乐见的事，可有些人就是被眷顾的，眼看着就要进去了，最后竟然绕开了啊！那么多的巧合，让朕猝不及防，若说没有好运气，朕是不相信的。”

六福抄着手道：“可不是吗？若是现在看不清，真成亲了，到时候想跳出去可就难了，太子正妃，那是未来的皇后啊！王氏势大，一旦坐实，想要废……”感受到泰宁帝扔过来的眼刀，六福掩唇干笑了起来，改口道，“呵呵，这就是命啊！合该两个人没有缘分，只是太子如此轻易地答应了退亲，一点都不留恋王氏的好处，莫不是自己还有别的想法不成？”

泰宁帝沉默了片刻，斜眼看向一旁的折子：“韩耀回来了，还不曾去东宫吗？”

六福道：“这会儿就在东宫，他二人自小焦不离孟的，哪能不去啊！”

泰宁帝冷笑：“什么焦不离孟，那叫狼狈为奸。明熙的消息只怕瞒不住了……你去传旨，让谢放明日入京来见。”

六福怔了怔：“述职怎么也是正旦后的事，他不过是个四品武将，又是谢氏子弟，陛下特意单独召见不好吧？”

泰宁帝叹气：“明熙在他麾下，难道朕特意召见一个亲兵不成？”

六福想了想开口道：“那万一他要是不曾带上娘子呢？”

泰宁帝瞪着眼道：“传旨的是死的吗？朕想见谁也不会暗示清楚吗？”

六福叹气：“那……若是如此，只怕太子殿下很快就知道了，到时候难免会有想法。谢氏四子，虽看似不起眼，可也是手握实权啊……”

泰宁帝想了想："他知道了又能如何，朕是将人圈禁在东宫，不是养在东宫。从今天开始再加五十个……不，再加上一百个护卫，将东宫给朕团团围住，一只鸟都不能飞出来！"

六福连连点头："一百个护卫是不是动静太大了。"

泰宁帝道："你就是加十个二十个的，能瞒住谁？朕和明熙都不想看见他，这几日就让他老老实实待在宫中，等明熙的婚事定下再说！朕总感觉他……别有心思，不得不防。"

"订婚？！"六福惊讶道，"陛下何时看好的人家？老奴一点都不知道。"

泰宁帝道："朕还要考虑考虑，不管如何，都得等见到人再说。"

六福道："是哪一家的郎君？奴婢也好相看相看……咳！帮陛下一起看看。"

"相看什么，朕都还没有定下来，没相看好，你有什么着急的？"泰宁帝看了六福一眼，"明熙是你看着长大的，担心这些也是无可厚非的。放心好了，朕自有打算，断不会害了她一生的。"

六福讪笑："老奴跟了陛下这些年，陛下对娘子的疼爱都看在眼中了，哪能担心陛下会害了娘子，只是好奇哪里还有合适的郎君，老奴怎么没注意到。"

泰宁帝想了想："这次的人，朕也没有真的看上，这才说打算，一切都等见到人再说。朕如今担心的就是太子，这婚事退得……怎么都那么蹊跷呢？虽都是朕下的旨，可冥冥之中自有一股力量在推动，太子居心叵测啊！朕又看不出他的打算来，也只能先防备着。"

六福劝诫道："陛下莫要担忧太子，左右都是被禁闭在东宫，若有异动，咱们肯定第一个知道。"

泰宁帝想了想，又不放心道："谢氏传旨的事不急于一时，你亲自去，让人将东宫给朕围结实了。太子耳目众多，朕心甚是不安啊。"

一寸还成千万缕

1

猗兰殿内殿，香气缭绕温暖若春，几株兰花长得很是旺盛，一株牡丹含苞待放，煞是惹眼。

慕容芙围着那牡丹看了又看，爱不释手道："芙蓉之色一日三变，说不得这牡丹盛开之后，就会如此。"

荣贵妃回眸一笑："书里记载的奇花异草，有谁当真见过？"

慕容芙满是艳羡地开口道："不说这些品种各异的兰花，单单这株牡丹，只怕整个大雍宫也只育出了这一棵。陛下着人专门给姑母送来，其中心意可见一斑。若正好开在正旦，那才真是锦上添花。"

荣贵妃瞥了眼牡丹，不以为意道："韩耀送你入宫时，可有说些什么？"

慕容芙理所当然道："他自回来，总沉默寡言，问来问去都是无趣的回话。我也无甚话要和他说，当初总是有说不完的话，可如今什么话也不想说了。来的路上，看了贺氏一场好戏，可也不见他多言一句。"

荣贵妃沉默了片刻："不管贺氏如何，那都是太子的婚事，他与太子交好，自然不愿提起，可别的事呢？这些天，就没有提起半分来吗？"

慕容芙想了片刻："他今日是回来后第一次去见太子，只怕知道的还没有我多，哪里会同我说这些！太子也是可怜，三个钦定的妃子，两家退了亲，唯剩贺氏一家，还出了这般丢脸的事……"

荣贵妃不以为意道："墙倒众人推罢了，没有了权势，谁与谁还真能生死与共不成？"

慕容芙不知想到了什么，叹息了一声："这话套在别人身上，未尝不是，可韩耀与太子只怕……他自小奉太子为主君，如今太子身边一个人都没有，只有他巴巴地使劲朝上贴。前番回来，公爹因此对他也很是不满，父子在书房里大吵了一架，韩耀今日还不是入宫见太子来了。"

荣贵妃道："愚忠比愚孝更蠢，明知道是死路还要走，落不到好的。你没事也要劝一劝，将来大皇子总要养在我名下，韩耀虽是愚钝，但品性不坏，也算博学多才，到时候大皇子由他教导也未尝不可。"

慕容芙骤然睁大双眸，惊喜道："姑母觉得可行自然是可行的，我回去和韩耀说一说，也好让他对太子的心收一收。"

荣贵妃道："你也不必如此着急，若此时连韩耀都离了太子，太子当真成孤家寡人了。到时候若有内情，我们都会被蒙在鼓中……总之，这话你且记住，事成之后，姑母定然不会亏待你与韩耀。"

慕容芙叹息道："想翠微山行宫时，太子是何等风光，短短几个月的时间就……当初捧得多高，如今就摔得多狠。贺氏真想与太子退亲，也不用如此，如今也说不上来贺氏与太子谁最丢脸了。"

"贺氏与王陈大不相同，只怕宁愿熬死了太子，也不会轻易退婚。如今闹出这般的事情来，不知是着了谁的套。"荣贵妃想了想，又道，"士族养出的女儿，哪个不是金尊玉贵的，贺氏也是十多年的沉寂，无路可走的缘故，若非到了万不得已，又怎会舍得嫡女……若当初咱们家的阿婵也钦定了侧妃，这亲事也是要退的。"

慕容芙看向荣贵妃，轻声道："人都说三家着急退亲，乃是太子几次传出重病，只怕熬不过正旦了……前番阿雅回去，说太子消瘦无比，人也少了精气神，已是时日无多了。"

荣贵妃笑了一声："连续两次急病，好身体尚且需要慢慢调养，何况太子那般的体质？王二娘子也是个心狠的，定亲之前你侬我侬，悔婚后竟是半分情意也不顾地落井下石。太子病得再重，岂能与陛下当初相比？

"众臣都传太子活不过正旦，不过还是因着陛下的心思。陛下也有自己的打算，正旦本就是欢欢喜喜的年节，哪能让这等晦气的事给沾染了，万事都该等到正旦以后啊。"

慕容芙怔了怔，叹息了一声："太子薨也是国丧，大皇子年岁尚小，要太子腾位置，也不急于一时。若太子在这个当口死了，这年节谁也过不好了。韩氏一门将赌注都押在了太子身上，到时候只怕哭得最惨。"

荣贵妃不以为然地笑道："哪能将鸡都放在一个筐子里，当初韩氏迎娶你的时候，可不是分开放了吗？韩奕是只老狐狸，他想的比韩耀多得多，否则也不会托你的口对我投诚了。如此一来，只要你不与韩耀和离，不管太子在不在，韩氏都不会有太大损伤。"

慕容芙冷笑道："公爹的算盘虽是打得好，可韩耀对太子忠心不二，只怕到时候有退路也不会退。"

荣贵妃斜眼看向慕容芙，虽是冷笑，可眼底的落寞也是藏不住的："成大事当不拘小节，不管韩耀如何，我慕容氏都不会让你受委屈。他不退，最多也就跟着死……可你是我慕容氏的娘子，哪里能陪着他们。"

慕容芙骤然抬眸望向荣贵妃，轻声道："以前姑母不是劝我要与他互敬互爱，似是对韩耀很满意，为何现在又……总归不是姑母的郎君，自然不用心烦，可我们成亲一年多，虽常有争执，可也还未到你死我活的地步。"

荣贵妃笑了一声："前番那是太子如日中天，如今太子日落西山，如何能相提并论？也不是姑母单对你一个狠心，我们家的娘子和郎君的亲家，谁不一样？一荣俱荣，能锦上添花固然好，若不能，也只有咬牙舍了。"

慕容芙知道荣贵妃说的都是实情，心里还是难免不好受：“话虽如此，可这事到底没摊到姑母身上，若是姑母也要做个两难的选择，尝到那切肤之痛，到时候只怕也会舍不得的，陛下这些年还不是胡作非为得很……姑母最后还是要养着大皇子。”

荣贵妃拉住慕容芙的手，拍了拍，轻声道：“那怎么一样？我养着大皇子，正是因为对陛下有所防备。娘子嫁人后，再没有父兄挡在前面了，当然也不能如在家那般天真了。我们自小都说要嫁个好夫婿，可到底什么样的是好夫婿呢？是权势滔天，还是一心一意？

“实然……我们根本没的选，即便心中一万个不喜欢，只要家中定下了，还不是要嫁。我们唯一能选的，就是怎么让自己过得更好。可这个更好，必然会让我们舍弃更多，一步步地走下来，让自己的心变得越来越硬，也就没有什么不能割舍，没什么值得我们心疼了。”

当年荣贵妃独自远嫁，虽说为正室，在王府后宅一人独大，可这其中吃过多少苦头，有过多少次失望，谁又知道呢？泰宁帝年轻时，最好美色，后宅之中美人数都数不过来，不说封地时不时进贡上来的，当初先帝对泰宁帝宠爱得很，每年都要赐下无数珠宝与美人，泰宁帝历来来者不拒，当时作为诚王正妻，荣贵妃心中又如何不怨呢？

慕容芙攥住了荣贵妃的手，轻声道：“姑母不用再想以往，如今不是都熬过来了吗？陛下亏待您的，总有一日，我们家都会帮您抢回来！后宫之主，皇后之尊，我们都要拿回来！再也不让姑母在贵妃这尴尬的位置上，受人耻笑了！”

荣贵妃有感慕容芙的真心，当下红了眼眶，目光越发慈爱了。她轻拂过慕容芙的手背，轻声道：“若非你祖父太过专制，姑母何须远嫁？在诚王府里，我心里也曾多少次怪过你祖父，可不管怎样，姑母总算是熬了过来。如今每每回想，都暗中庆幸自己乃慕容氏的女儿，若非有你父兄做后盾，不说当年诚王府后宅会如何，只怕陛下登基之后，我这个原配之妻，连贵妃之位都得不到。

“在诚王封地上，说是后宅的大妇，可所有的事都逃不开他的耳目，那些世仆与幕僚个个都是他的人……你是你父亲的女儿，才能嫁给自己喜欢的人，当年姑母何尝没有心慕之人，可你祖父明明知道，还不是棒打鸳鸯，明明不是非嫁不可的人，可含着眼泪也还是不能违抗。

“如今看你嫁给中意的人，日子却过成这样，姑母虽是心疼你，可反倒想开了，当初姑母即便能嫁心慕之人，若无你祖父与你父亲的支撑……日子也不会好过到哪里去。这世间的一切都是假的，只有将权势富贵牢牢地攥在自己手中，一切才会成为真的。”

慕容芙虽不知荣贵妃有心慕之人，可荣贵妃嫁得委屈，慕容氏全族谁人不知谁人不晓。当年荣贵妃不愿远嫁异乡，也看不上比自己还小上一岁的诚王，在家中哭闹不休，不肯嫁，甚至以死相逼，结果还是拗不过祖父的执拗，最后含泪远嫁他乡，十多年不能够回帝京一次。

诚王登基后，自然是今时不同往日，可当初的诚王，一直都是太祖时最不受重视又年幼到毫无建树的皇子了。若非先帝登基后，有心照顾幼弟，只怕诚王再无出头之日。亲王历来都是要离开帝京去封地的。图南关靠近燕北，四处环山土地贫瘠，当真算不上什么好去处，若不是陛下骤然驾崩，荣贵妃这一辈子都会是个偏远之地的亲王妃，即便诚王再受宠又能如何？她在后宅那样暗无天日的地方，还不是日日都要泡在眼泪里，家中再有能力，又能帮得上她多少。

当然，正因为当初的诚王深受先帝宠爱，慕容氏嫁嫡女于诚王，算是给先帝伸出的橄榄枝，这些都是有所回报的。先帝登基后，对慕容氏很是补偿了一番，父亲与嫡出的叔伯都被特意提了一级。这也是姻亲与一个嫡女换来的，祖父很是满意这般的交换，父亲与几位叔伯对姑母的际遇，也越发内疚，不然当初也不会将年幼的慕容芙送去陪伴荣贵妃数年。

慕容芙叹息一声："当初是我不懂事，不肯听姑母和父亲的话，如今还来说这些也晚了。我跟着韩耀沾不上多少光，自然帮衬不了姑母多少，如今只能倚靠娘家。有时候我看着韩家那么一大家子挤在一起，也想着和离，但娘子再嫁何尝容易，若和离以后要在娘家待上一辈子，我又哪里来的体面？"

荣贵妃柔声哄道："韩氏好好的，你自然还是韩氏妇，你们还是要互敬互爱，但韩氏若就此没落……你自然是你，他还是他，只要有姑母在，家中还能对你置之不理不成？到时候好人家多的是，只有你挑别人的份，没有别人挑你的道理。"

慕容芙怔了怔："我自是知道姑母对我的疼爱，只是想到他的今后，心里多少有些不忍。可这般的大事，也不是我一个人能左右的。我厌烦了一大家子挤在一起的日子，逛个园子都能与家中所有的人碰个遍。韩耀此番回来也不见得多贴心，连个手信都没有，他的用心似乎在我们相遇时都用完了。

"有时我就在想，当初他是不是真心的，还是因为我乃慕容氏的娘子才会有几次三番的巧遇。朝夕相处后，一个人是否真的在意，我又何尝不能感觉到呢？只因为心里太清楚了，我才时常后悔当初的有眼无珠，感叹姑母的话都是对的……可恨的是，心里想着他还能回头就好……"

"这世上多是孤注一掷，哪有什么幡然回首？姑母当年在诚王府后院，以泪洗面，还不是日日盼着陛下回头，或是哪一天的幡然醒悟。可惜姑母等了二十多年，莫说回头或是幡然醒悟，若非我有所凭仗，只怕会在他登上那至尊之位时，被扔进万丈深渊里。"荣贵妃轻叹了一口气，"他若喜欢你，自然不会轻易变心，可若开始就是一场利用，娶进门后，又何必和你虚与委蛇？如今看来，韩耀当初，只怕是狼子野心，绝非对你有所钟情。"

一年的相处，一个人心中有没有自己，再也没有当事人明白，虽说韩耀也算顾家，也算有责任感，可那些都是一个丈夫该做的，却不是慕容芙想要的。虽说成亲一年，不曾有子嗣，韩耀不曾有房中人，也不曾提纳妾收房的事，可这何尝不是因为慕容氏势大，韩氏不可比拟的缘故。

虽然一切都知道，可慕容芙还是忍不住难过。当初两家着实算不上门当户对，能成就亲事何尝不是家中拗不过慕容芙的一心一意，可嫁入韩氏以后，在这样窘迫的家中，又无夫君的关怀，苦日子何其难熬。

两人小时生活环境不同，想法也就不同，也就没有心有灵犀举案齐眉一说了。这虽不是嫁给韩耀的第一个冬夜，可孤枕难眠的寒冷与委屈，慕容芙也已深有体会，即便是他从漠北回来，却还是宿在书房之中，慕容芙自然不会将闺房之事拿回家中哭诉，可韩氏家中竟是不敢过问半分。

慕容芙眼中的浓雾逐渐散去了，垂着眼眸，点头轻声道："姑母说的我都省得，交代的事我也会一一照办的。"

荣贵妃笑道："你能想开最好，你是我照看长大的，不管外面如何，我还是想你过得好，眼看着……我们必然不能功亏一篑！"

慕容芙想了想又道："姑母的意思，我都明白了，可若与……无异于与虎谋皮，若万一……到时候咱们也是吃力不讨好。"

荣贵妃道："今日将你叫来也不光这些事，你回去让你父亲留意阿婵的亲事，娘子大了总该嫁人的。"

慕容芙挑眉道："阿婵的婚事，姑母何不与母亲商量，与我说……姑母是要我回去和父亲说吗？"

荣贵妃道："你也不必说，一会儿我予你一封信，你出了宫交给你父亲，左右都和你父亲商量好了。你这些时日也可以同韩耀打听打听高钺的脾气秉性，回家与阿婵好好说道说道。"

慕容芙蹙眉道："高钺？！怎么会是高钺？父亲与姑母不是一心想为阿婵找个士族子弟吗？高氏寒门出身，又是行伍之人，最是粗鲁，如何能是良配？"

荣贵妃抿唇一笑："高氏三代为官，如今高林身居太尉一职，放眼整个朝廷，现如今谁有高氏的权势与风光？"

慕容芙不屑道："高林也不过是生了个好儿子赶巧罢了，当初他家也是巴巴地求娶过姑母的，祖父还不是咬着牙不同意，宁愿将姑母嫁给当时毫不受宠的诚王，也不愿让姑母进了高氏的门。

"祖父虽说手腕刚硬，但在此事上颇有先见之明。看看如今高家都乱成什么样子了，庶子庶女多到只怕高林自己都认不清了，最大的才比高钺小一个月还是两个月，最小的庶子还不到一岁。天大的风光又能如何，谁家的女儿愿意嫁到这般的人家里去。"

荣贵妃唇角笑意僵了僵："人家的后宅之事，你倒是知道得清楚，当初你祖父自有不选高氏的道理，如今我与你父亲也有非高氏不可的考量。高氏早已今非昔比，其中内情，岂是你能明白的？"

慕容芙冷哼道："高林的后宅，虽是道听途说，可我与韩耀成婚一年多，每每提起高钺来都不是什么好话。同样是伴读，多年的相处，若高钺当真那么好，为何韩耀每次提起来都冷笑不屑。不说高氏后宅本就是藏污纳垢之地，看看高钺都多大年纪了，不成亲也就罢了，连房里人都没有一个！说不定就是隐疾在身！姑母怎么能将阿婵交给这样的人！"

荣贵妃骤然起身，怒道："阿婵乃我慕容氏的娘子，莫说高钺尚算年纪相当一表人才，若当真是家中需要，即便是嫁给陛下这般的年纪，也不该有半分犹豫。家族荣耀乃所有人维系的结果，姻亲乃家族的重中之重，岂能由你们任着性子挑选！"

慕容芙在此事上最是理亏，沉默了半晌，不服道："你问我，我就随口一说，姑母哪里用发这么大的脾气！高林那样的人能生出什么好儿子来！"

荣贵妃抿着唇，面上露出了几分怒意："此事我与你父亲已经定下，再无悔改余地，你回去，愿意劝就劝劝阿婵，不愿也不能乱说话。你既是不喜此事，这信我遣别人送去也一样，但与高氏的婚事，再无更改的可能！"

傍晚时分，高氏宅邸。

高钺身着甲胄，腰佩长刀，疾步走进了正堂。

隆冬的天气，虽然正堂内燃着火龙，但因门户大开的缘故，丝毫感觉不到暖意。高林倚坐在长桌前的靠背上，面前放着一张不大的白纸。

高钺跪坐一侧，看向闭目的高林道："父亲着急让我回来一趟，不知出了何事？"

高林久久不曾回应，许久，幽幽地吐了口气："谢氏那边还没有消息吗？"

高钺面无表情："不曾，谢氏虽是一早接了召见，但谢氏述职之人这一日始终没有回城。"

高林捏了捏眉心："他不敢今日入宫，在我的预料之中，陛下召见谢氏，又加强了东宫的守卫，谢氏心中畏惧也属难免。可直至今日，谢氏回来述职的是谁，陛下的旨意没有提，都还不能确定下来吗？安定城里的哨岗与谢氏埋进去的钉子，都是摆设吗？什么消息都没有，他们就悄无声息地回来了。"

高钺道："父亲不必如此，不管谢氏是谁入京，或是走哪条路入京，都不该是父亲最忧心的事，出了这般的事，只怕陛下心中的忌惮会更深。"

高林挑眉："哦？最近陛下有单独与你说过什么吗？"

高钺垂眸道："前番陛下有意做媒，被我断然拒绝后，再不曾召见过了。"

高林闻言笑了一声："陛下还有意做媒？他皇甫氏又没有合适的娘子，不知看中的是哪家娘子？还别说，谁都说为父生了个好儿子，咱们高氏这门婚事，不知被多少人惦记了。父亲虽是依了你的意思，婚事延后再议，但私下里还是给你订了人选，你可莫要随意应了他人。"

高钺微怔，轻声道："婚姻大事都是父母之命，父亲只管放心就是，直至今日，在此事上我并无主张。"

高林看向高钺，轻声道："你似乎对为父定下哪家，一点都不好奇？"

高钺不以为意道："父亲心中不过是那几家，所选之人，定是让我高氏最得利的一家，无甚忧心的。"

高林看了面无表情的高钺片刻，大笑道："好好好，父亲年轻时若有你这般透彻，何至于因为……而抑郁多年。父亲也不是要劝你，但这些年下来，还是你祖父说得对，娶谁都一样，喜欢不喜欢也无甚要紧，家中之事才是最重要的。”

高钺垂眸，好半晌才开口道：“高钺明白。”

夜幕降临，帝京东街的王宅小花园内，一个精巧的花瓶摆在了王氏庭院与谢氏园林相连的角门处。身着绿衣的丫鬟轻车熟路地来到窗下，望了那花瓶片刻，见左右无人，抱起那花瓶快步地进了望月楼的庭院。

子时之后，王氏宅邸花园西北角的拱门处，闪出一道身形，轻车熟路地绕过长廊，极快速地消失在假山下。

漆黑的山洞里，借着投入的月光，隐隐露出了王雅懿焦躁不安的侧脸，不知过了多久，一个人影极快速地蹿了进来。当王雅懿借着月色，看清楚朝思暮想的人时，有些委屈有些嗔怒地娇声道：“玉郎！你可是回来了！”

卫廷之字玉郎，他轻笑了一声，将人揽入怀中，轻轻地拂过后背，柔声哄道：“走时就怕娘子着急，将去处与时间给娘子交代个清楚，不过是三五日，怎么让娘子不安成了这般。”

王雅懿紧紧地皱起了眉头，搂住了玉郎的腰身：“你觉得三五日时短，可一日不见如隔三秋，正是腊月，外面天寒地冻的，又路途遥远，你一点消息都没有，我哪能一点都不担心？”

玉郎有些感动，又有些心疼，微凉的手拂过王雅懿的脸庞，拉着人坐在了一侧的石头上，又怕石头太过寒冷，将人抱在了腿上，柔声哄道：“我倒是想给娘子报信，也是怕王大人不喜，到时娘子也不好做……总归咱们日后天长地久，哪里着急于一时？我摸着这两日娘子似是瘦了不少，可是又出了什么事？”

王雅懿依偎在玉郎的怀中，满是不安道：“你走了这些日，帝京贺氏出了件事，闹得尽人皆知。陛下大发雷霆，不但抹了与贺氏的婚约，还停了贺大人的官职。”

玉郎了然道：“我虽说不在帝京，但一回来就听家中人说了，贺氏此番破釜沉舟，为证清白，也是半分脸面都不顾了，舍了嫡女也将事送到顺天府去勘查了。”

王雅懿叹息一声：“玉郎还不知道，顺天府不知得了谁的暗示，对此事没有半分遮拦与留情，没几天就查出了来龙去脉，竟也不避人，就说出了结果，如今那穆氏四郎被关在了顺天府的大牢里。”

玉郎微微一怔：“穆氏当初这般闹起来，不但将贺氏得罪狠了，何尝不是打了陛下与太子的脸。顺天府听命行事，为皇室出口气，也属难免的……难不成这里面还有别的隐情？”

王雅懿道：“我想也是，太子无能，陛下的宽容也是面上的事，穆氏敢如此，陛下还能给一个庶族寒门出身的穆氏做脸不成！没想到全是家中内贼，庶女惦记嫡女的婚事，贺家的姨娘与穆氏姨娘勾结，这才做下此事。

“往日里贺菱像贺蓉养的狗，摇头摆尾言听计从的，贺蓉该是做梦都没想不到，一辈子就栽在这么个不起眼的东西手里。如今真相大白，顺天府虽不好追究贺菱与她姨娘的罪，但只怕她们在贺李氏手里得脱一层皮，可即便如此又能如何呢？贺蓉一辈子都完了。”

玉郎听了王雅懿的话，忍不住皱眉道：“各有各的缘法，那些人作恶的时候如何不想以后，如今得这结局，都不过是自食恶果罢了，哪需要咱们的同情？若贺李氏与贺氏嫡女当真对庶妹真心真意地好，只怕也不会有这样的事了。”

王雅懿道：“我倒是觉得贺蓉可怜，不管她对贺菱如何，都属理所当然之事，姨娘所出的庶子庶女，哪里算得上正经的郎君娘子，也就是比别人多了几分体面。奉承主家本是天经地义之事，不然前人为何要将嫡庶分得如此清楚？

“要我说，贺菱与她姨娘做出这般丧尽天良夺人姻缘之事，既是不忠也是不义，合该被千刀万剐了！不然怎么消贺蓉心头之恨？”

玉郎似是有些不喜，揽住王雅懿的手，微微僵硬了片刻：“大家都是同一个爹爹，那贺氏的庶女心中妒忌嫡姊，或是想嫁得好一些，也无可厚非。虽是手段太过让人不齿，但想一想何尝不是可怜之人，若当真能得嫡母嫡姊几分善待，想必贺氏也不会有此结局。事到如今，两败俱伤也就没有输赢一说。”

王雅懿在黑暗中挑了挑眉，轻咳了一声，柔声道：“玉郎说得也对，贺蓉哪里将贺菱当成过姊妹，我如今回想也是唏嘘，前番还光彩照人的娘子，如今竟是走到了这个地步……除了青灯古佛老死家中，别无他法了。”

玉郎舒了一口气，劝道：“娘子不必如此忧心，贺氏遇人不淑，自然要遭受这些磋磨。可我们两家门当户对，我家自然不必说，王大人与夫人也是真心疼爱你的，万万闹不到这般的程度。”

“我自是信玉郎的，只是听说此事之后，心中越发难安，只想名正言顺地守在玉郎身侧，以免这般用心用情，来日再落得个孤独终老的惨淡。”这话倒是有几分真意，因与卫廷之两情相悦，王雅懿每每想至此，都难免胆战心惊，虽是极不喜欢贺蓉，可也有几分兔死狐悲物伤其类之意。

“娘子心地太过良善，可贺氏到底与咱们不同……”玉郎十分心疼王雅懿的不安，一下下地抚过她的后背，满是安抚之意，一时间整座山洞里，自有一种说不出的柔情蜜意。

贺氏之事，已是尽人皆知。即便将来贺蓉嫁到穆氏去，也讨不到好去。何况，穆氏能做得这般绝，眼看着就是个没有道义的人家，穆氏四郎不过是个声名狼藉的庶子，莫说是做妾，就是做正妻也不值得一嫁。烈性点的娘子只有死路一条，可贺蓉既是受辱时都不曾去死，此时熬了过来，自然也不愿去死。

只是今后，贺蓉在家中的日子也不好过，如今她一个人带累了全族娘子的名声，嫡支自不必说，旁支别家的娘子，想说亲只怕也不易了。贺氏族老若有强硬的，贺蓉不愿去死，只怕为了家中众多娘子，也只有将人勒死了。可贺蓉的母亲乃李氏嫡女，虽是继室，但育嫡子两个，如今的贺氏哪里有能与李氏比肩之人，李氏族人不会眼睁睁地看着贺李氏受这般的委屈，也不会管贺氏的娘子们好不好嫁，只管保住贺蓉的性命就是。

一辈子青灯古佛，被家中人怨恨，只怕还不如死了，也难免让王雅懿心悸。

不知过了多久，见王雅懿一直不说话，玉郎轻声道："你若不安，我明日便着人来提亲，如何？"

黑暗中，王雅懿大喜过望，斜眼望向有些模糊的侧脸："可……可这样对你会不会有所影响？我与太子退婚没多久，父亲也不想那么着急我的亲事，你家刚刚搬来，尚且不曾安稳下来，会不会有些匆忙了？"

玉郎抿唇一笑，亲了亲王雅懿的眼帘，小声道："王大人若当真拒绝，我也不会当真的，等过了正旦，遣人过来再提一次就是。明日提亲只当给王大人与陛下打声招呼，后面的事也就水到渠成了。等定了亲事，咱们就将婚事直接定在春日，一并办了，也省得夜长梦多。"

王雅懿嗔怒道："我家倒是没有什么，可人都说你祖母有意给你相看亲事，如今这家庙去了那么久，难不成就没有让你见见别人？"

玉郎捧着王雅懿的脸，亲了亲，轻笑了一声："傻瓜，我一个郎君，亲事哪儿有那般着急？家中才到新居安置一番，又要准备正旦年节之礼，忙着呢。祖母有心着急，也是想着来年春日，才会再提我的亲事了。"

王雅懿依在玉郎怀中，捶了一下，嗔怒道："你总也有理，我说不过你。可那些人都惦记你卫氏小郎的亲事，我自然要担心，万一在你不知情下，你祖母与你看好了亲事，我该找谁哭去！"

玉郎低声地笑了起来，紧紧地搂住王雅懿的腰身，轻咬着她的耳垂道："放心好了，祖母最是疼我，婚姻之事必然先和我说来，我若不愿，祖母如何能勉强？那些人惦记也是没用的，谁让我当初从墙上掉下来就被你勾去了心魂，此生难了。"

王雅懿怒容转笑："油嘴滑舌，你就是会说话！"

玉郎抚摸着王雅懿的后背，极轻柔地开口道："我哪里只是会说，我对娘子的心意，难道还不够吗？如今娘子只要多看星星一眼，我都恨不得爬上去摘给娘子，你怎么还忍心这般冤枉我？莫不是娘子就半分不心疼我吗？"

自两人相遇之后，七月到八月下旬，几乎每晚见面，八月下旬玉郎回乡接全家入京，如胶似漆的两人这才被迫分开。

十月回家的首日，玉郎就爬上了墙头，抬眼便见闻讯等在廊下的王雅懿，一个多月不见两人都是诉不尽的相思与衷肠，当下确定了彼此的情意，情之所至，水乳交融。

自那以后两人日日相聚至子时，已有了夫妻之实后，玉郎自然想要负责到底。可王雅懿那时有婚约在身，为此玉郎没少拈酸吃醋。此时终于解了婚约，已到了互许终身的地步，两人又是四五日不见，虽有心事在，但正是年少气盛，哪里舍得放过这片刻的机会。

“你……”王雅懿本还要说话，可感觉到玉郎的急不可耐，当下软了腿脚，浑身无力地倚在他的怀中喘息，任其动作。

王雅懿虽是自恃身份，可男欢女爱之事有一就有二。第一次之后，也就顺理成章了，如今王雅懿心中正是不安，反而希望与玉郎再亲近一些，已是这个地步，早已没什么顾忌了，哪怕是珠胎暗结，对如今的王雅懿来说，反而是一种保障。

王氏若出了贺氏这般的事，王铁自然不会再惦记高氏的事，即便如何不喜卫氏只怕也要捏着鼻子认了，这是王雅懿对父亲的了解，也是王氏绝对没有破罐破摔的资本。

当初贺氏出事，王雅懿何尝没有朝自己身上套过，可算来算去，总是不一样，家中环境也不相同，卫氏与穆氏也是天壤之别，王卫的婚事必然是水到渠成的。

虽是黑暗一片，玉郎轻车熟路地解开了王雅懿大氅下的衣襟，手入其中。他感觉到王雅懿的依顺，不禁轻笑了一声：“方才说了那么多，都不能安娘子之心，莫不是娘子太过想念在下了？”

王雅懿哪里还有心思辩解，又羞又恼，捶打了几下玉郎的后背，可惜那点力气，根本没什么疼痛之感，反而别有一番情趣。玉郎的呼吸越发粗重，将人禁锢怀中，几乎算是粗暴地撕开了衣裙，那只手不知碰到了哪里，王雅懿当下失了力气，任他作为……

一寸还成千万缕

2

半个时辰后，雨歇云收。

玉郎将人揽在怀中温存，两人都有些倦怠，山洞内静寂一片，但冰冷漆黑的冬夜里，自有一股柔情蜜意在其中。

“啊！四郎君！您……您您怎么来了！”一声饱含恐惧的喊话声，打破了两人之间的旖旎。

“半夜三更！你守在小花园内做甚！”王敛知的声音饱含怒意。

王雅懿身形一僵，紧张道：“是大兄！还有冉荷！可怎么办！她该是守在花园门口啊！”

玉郎似乎十分震惊，好半晌没有动静，一会儿才轻声道：“娘子莫慌！先穿好衣裙。”

冉荷跪在山洞之外，瑟瑟发抖，拦住了众人的去路：“奴婢不曾做甚，不过想摘两枝梅花……”

“半夜三更的，摘花？来人！将这挡路的婢子绑起来！”王敛知一脚踹开跪在中间的冉荷，大步进了园子。

一阵急促的脚步声响起，众多火把将整座小花园照得犹若白昼，火光映照在山洞的墙壁上。玉郎与王雅懿都来不及反应，大惊失色，急急忙忙地穿戴，不想两人的衣袍纠缠在了一起，摔倒在地，这番响动自然惊动了外面的人。

王敛知望向山洞， 怒声高喝：“谁在里面！滚出来！”

王雅懿脸上血色全无，哆嗦道：“玉郎玉郎……这可如何是好！”

玉郎抖着手穿衣袍，却怎么也系不上束带，强作镇定道：“无事无事，万一不成，我自会与你父亲说咱们的亲事……”

王敛知等了片刻，不见回应，眼神微动，给众多奴仆打了手势，悄无声息地进了洞口。王敛知继续喝道：“何方宵小！敢来我王家撒野！滚出来！”

王安知见山洞里真的有人，对身侧一个极年轻俊美的郎君轻声道：“还好还好，今日随贤弟饮宴，及时发现了这些。此处与舍妹阁楼一座小花园之隔，若让这贼子贸然闯了进去，当真不堪设想……”

那俊美郎君拱手一笑，温声道：“若非王兄选中阁楼处饮酒，咱们哪里会看见这些。我已让家中众人清点财物，一会儿抓住了小贼，你也让女眷们清点清点，看那丫鬟的样子，只怕还是个内应。”

王安知点头，心有余悸道："这小贼确实可恼，难得我们都得了空闲，正淋漓畅快，可惜了这番酒意。"

那郎君抿唇笑了一声，轻声道："寒冬腊月的，我们望月饮酒都冷，这宵小倒是不肯闲，这般轻车熟路，不知踩了多少次点了，也是胆大妄为……"

"啊！"一声女子的尖叫，顿时让王安知脸色大变，那俊美郎君侧耳倾听，当下也没了声音。

王敛知与王安知听到这熟悉的尖叫，再也顾不上什么，大步朝山洞方向走，只见一男一女被众奴仆们从山洞里拖了出来。夜若白昼，两人发髻衣襟散乱，瑟瑟发抖，刚做了什么一目了然。男子自是陌生，女子即便低着头不曾看到正面，王敛知与王安知也不会认错背影。

王敛知当下怒声道："都给我背过身去！"

"洪哲！你怎在此！"那俊美郎君站在王安知身后大惊失色。

玉郎脸色更是难堪，骤然抬眸望向那俊美郎君，急声道："三郎君我我……您一定要救救我！"

王雅懿愣怔当场，惊慌失措道："玉郎，你不就是卫氏三郎，又在叫谁三郎君？！"

王安知终是醒过神来，瞬时明白了其中干系，侧目望向俊美郎君，怒声道："卫廷之！这是何人？！你怎识得他？！今日若是说不清楚，休想离开此地！"

王雅懿望一眼王安知身侧的如玉郎君，又看一眼被奴仆拉出来瘫倒在地的玉郎，更是惊慌失措，不顾一切地拽住王敛知的手，歇斯底里地尖声道："大兄！到底谁……谁是卫廷之？！"

王敛知看都不看玉郎一眼，忙将大氅脱去，裹住了王雅懿，咬牙道："四弟！通知父亲母亲，将这该死的带去正厅，我先将……人送回去。"

卫廷之瞥了眼裹在大氅中发抖的王雅懿，若有所思了片刻，当下对王安知轻声解释道："洪哲乃家中世仆，是我的伴读之一，不过……上个月我母亲已将洪哲一家的卖身契都发还了。他们一家在南城买了宅院，洪哲近日还没有寻到合适的差事，平日里依旧伺候我书画，也还住在我家，但实然已与我卫氏没有关系了。"

王雅懿不肯离去，拽住王敛知的胳膊，急声道："谁是洪哲？！谁是伴读？！到底谁是卫廷之？！大兄，呃……"

王敛知急忙捂住了王雅懿的嘴，将人掩藏在臂弯下，对王安知怒声道："四弟！这等贼子一定不能轻饶了！"

王安知咬牙道："好！大兄快去快回！将此人给我绑起来！拉去前厅！"

玉郎不及开口，便被有眼色的奴仆堵住嘴，五花大绑了起来。

将近子时，王氏宅邸一片忙乱，王轶顾不上详问，急匆匆地起身来了正堂。王夫人听了王安知轻声细语的叙述，脸色惨白惨白，昏厥了过去，被救醒后，号啕一声哭了起来，可没哭几下听了身侧嬷嬷的轻声劝说，又急急忙忙地起身，去了望月楼。

前厅之中，王轶满眸的怒火，抬脚就是一个窝心脚，将跪在地上被捆成粽子的洪哲踹倒在地，怒声吼道：“该死的畜生！”

洪哲闷哼一声，摔倒在地。

王轶犹不解气，连踹十几脚。

洪哲吃不住这般的踢踹，闷声连连，吐出了一口血，朝俊美郎君身侧爬了过去，哑声道：“三郎君……”

王轶抬眸望向那俊美郎君，咬牙道：“卫廷之！到底是怎么回事！”

卫廷之眼看洪哲如此，到底有些不忍，可也不好插手，不禁尴尬地掩唇，好半晌才道：“伯父，此事，我确实不知情……”

王轶吼道：“我可当不起你卫廷之这句伯父！这人是谁，如何敢在我王氏府邸逞凶？！今日你若说不出个四五六来，休想离开！”

“此人以前是我卫氏奴仆，乃伺候我书画的侍奴，名曰丹青。上月母亲念丹青一家这些年劳苦，将他们全家的卖身契都发还了，还给他们置下了田地与养老银。如今丹青改回了本名洪哲，家住南城。”卫廷之说完，面上尴尬之色倒是去了不少，话语之间端的是不卑不亢。

灯光之下，这人一身阔袖白袍，腰挂琳琅美玉，身形修长，面若冠玉，端的是俊美无俦。举手投足间仪态华贵，眉宇间又见清雅，若论长相气质在帝京之中也当数一数二。

王轶咬牙道：“一介奴仆！如何敢混入我王氏宅邸，又胆大包天到此种程度！不是你卫氏纵奴行凶，又是如何！你今日若不给我王氏一个交代，我王氏与你卫氏定然……”

“父亲！”王安知见王轶要说出不计后果的话来，忙道，“这人已不是卫氏的奴仆，且事已至此，再说这些又有何用。廷之也是意外所见，只怕也是被歹人蒙在鼓中。”

王轶见王安知暗示连连，冷哼一声，甩手坐在主座上：“这人敢这番行事，分明就是在卫氏宅邸来去自如，说什么已发还了卖身契。住在南城，如何能从卫氏宅院来到我家！还说什么被蒙在鼓中？！”

卫廷之拱手，轻声细语道：“伯父息怒，因是上月的事，洪哲一家虽在外面置办好了家业，因小侄没有得手的人，这才让他一直住在家中。其中内情，小侄确实半分不知，若是知道了，也早将人处置了，何至于还等到今时今日。”

王安知轻声道：“今日我与廷之饮宴，本是早就约好的，我临时起意换到了阁楼高处，无意中看见一道人影翻墙过来，廷之当下叫了奴仆守在墙下，我与他匆匆回府，没承想就……”

王轶见王敛知进门，蹙眉急声道：“如何了？”

王敛知附在王轶耳边，极轻声地说道：“已是……不可挽，二妹说……乃自愿，当初相交以为对方是卫廷之……受了诓骗，现如今若将人处置……只怕……已不好收场。”

王轶本就铁青的脸色，难看至极，好半晌才喘息过来，怒声喝道：“打！给我狠狠地打！将这畜生给我打死算了！”

王轶身后的部曲闻言，二话不说，快步上前，连踢带踹地将人再次踢到吐血，犹不肯罢手。王敛知忙道：“父亲！母亲让您……三思而后行。”

王安知见王轶皱眉不语，忙道：“九堡住手！”

九堡乃王轶的心腹，虽是听到王安知的声音，但还是回头看了一眼王轶，这才罢了手。

王安知缓步走到洪哲面前，一字一句冷声道：“你且将其中之事与我细细说来，若有半句谎言，今日可就没有活路了。”

卫廷之耳朵轻动了动，斜眼看了眼洪哲，轻声道：“伯父，敛知兄，安知兄，此人以前虽是我卫氏的奴仆，但是做出这种事，我卫氏不敢包庇也不敢再认这人。伯父家中琐事，小侄实在是不好旁听，不如先告辞，今日这事不管有何结果都与我卫氏无关，我卫氏也不会多言一句。”

洪哲满脸是血，听到此话骤然大惊，眼中露出了绝望之色，对卫廷之喊道：“三郎君！我是一时糊涂啊！你可不能就这样一走了之啊！他们会打死我的！这事也非我一个人的错！她也是心甘情愿地与我……”

卫廷之听闻此言，脸色骤然一冷，一脚将人踢开，呵斥道：“住口！谁与你有什么关系！我一点都不知道！亏得你也是自小读书识字，你母亲求了恩典，好不容易全家脱了奴籍，正四处托人打算给你捐个胥吏，就你也配……圣贤书都读到哪里去了！做出这般败坏丧德之事，尚不知悔改！当真是可恶可恨！”

卫廷之一番怒斥，让王氏父子都有些面上无光，可又有口难辩，王安知轻咳了一声，掩住了面上的尴尬，忙道：“我送贤弟出去。”

卫廷之斜眼瞥了洪哲一眼，拱手道：“这人伯父随意处置就是，小侄这就告辞了。”

王轶一甩袖，重重地哼了一声：“不送！”

冬日的午后，阳光温煦，积雪越显晶莹剔透，仿佛给大雍宫镀了一层浅淡的光润。

马车缓缓驶入内城门处，稳稳地停了下来。一双乌皮靴，率先从马车上露了出来，一道身影利落地跳下了马车，深吸了一口气，抬眸望向宫殿的方向。

来人二十四五岁，身着绛纱袍，头戴笼冠，腰束玄色束缀与佩绶，虽是身着正统的官服，但看起来很是精神。

六福将人打量个来回，这才开口道：“谢大将军？”

谢放虽不认识眼前的人，但他能摈弃守门禁军，大模大样地站在此处，身份想必不低。谢放敛目，谨慎地开口道：“劳管事久候了。”

六福无心寒暄，再次看向马车：“大将军一个人入宫啊？”

马车的帘幕被人再次拉开了，露出了熟悉的笑脸：“六福公公。”

六福紧蹙的眉头缓缓地松开了，望了来人好半晌，露出个大大的笑脸：“一年多了……您可算是回来了！”

明熙身着侍卫服，利落地跳下了马车，望着红了眼眶的六福，一路上的忐忑，俱化作了歉意，轻咳了一声，有些气弱地开口道：“我这不是回来了吗？你可不要哭，一会儿哭花了眼，我可怎么给陛下交代啊？”

六福忙用衣角擦拭擦拭泪水，斜眼看向谢放，挑眉道：“将军不必找人了，此处的人都已被提前打发了，陛下已等候谢将军多时，您这边请。”

谢放听到了明熙的话，虽不认识眼前的人，也知道六福公公乃泰宁帝的心腹寺人，自然不敢托大，拱手道：“大总管先请。”

祁平从六福身后走出来，对谢放笑道：“大总管还有事，谢将军随奴婢来。”

谢放挑眉，斜眼看向明熙：“我的侍卫，不和咱们一起吗？”

六福笑道：“谢将军不必担忧，您去述职，她也自有去处。”

祁平宽慰道：“如今都到内宫了，又是六福公公亲自领着，大将军有什么可忧心的？”

谢放沉默了片刻，拂了拂明熙肩膀上的皱褶，轻声道：“你自己多注意一些，少说话少惹事。”

六福见谢放如此作为，顿时失了笑意，冷下了脸子：“陛下已等候多时了，谢将军还是快些的好。”

明熙抿唇一笑：“大将军放心，此处我路熟，不会惹事的，一会儿若要出宫，咱们也在此处会合。”

谢放也不好站在此处不走，唯有开口道：“那我先行一步。”

六福绷着脸，瞥了眼谢放离开的背影，不以为然道：“哼！堂堂一方守将，哪里有半分武将的干脆，娘子……咳，那个咱们走这边。”

明熙轻笑道：“卑职但听公公吩咐。”

六福绷不住扑哧一笑：“您还是快上轿吧！”

大雍宫外宫，禁军所正堂上。

高钺端着茶盏，抬眸望向院落，方才还是阳光灿烂，片刻的工夫，乌云遮盖了天幕，天气阴阴沉沉的。

陛下三日前传谢氏入宫，因圣旨传出的同时，又加重了东宫的守卫，众臣议论纷纷，谢氏那边虽接了旨意，可一整日里都毫无动静。

次日高钺不当值，因怕谢放临时入宫，又在宫中等了一日一夜，如此连着两日的相安无事，高钺才在副将周全的劝说下，回府休息，谁知谢放竟选了今日入宫。

一个时辰前，高钺才得知谢放入皇城的消息，来不及换上甲胄，急匆匆地从府中赶了回来。

周全走进门，看见高钺，不禁笑道：“统领手中的茶盏都要结冰了，怎么还端着？”

高钺沉了一口气：“来人当真是谢放？”

周全道：“虽然六福公公将守卫都驱离了，可远看着那人就是谢放，这会儿已在太极殿了。”

高钺握住杯子的手动了动，沉思了片刻：“他何时入京的？有多少随护？”

周全道：“副将亲卫也不过二十多人，难怪安定城那边不曾传来消息了，就这几个人想要乔装入京，别人哪能想到？”

高钺紧蹙眉头，显然没有周全乐观：“回京述职，乃光明正大的事，他为何要乔装过安定？甘凉城至此何止千里，十几二十个人，如何走过来的？天下当真已太平至此了吗？”

周全沉默了片刻，想了想道：“韩大人一介文臣送粮至漠北，所带兵勇尚不足百人，他一个武将入京，轻车快马，自然无须那么多护卫。”

高钺摇头道：“韩耀每过一府，必然有当地兵勇护送到下个郡县，虽说从帝京出发不过一百多人，但州府护卫与京城护卫加在一处，每次都不少于五百人，回来的时候算是轻车快马，人数看起来这才显得少。”

周全蹙眉道：“谢放乃谢氏庶子，与嫡子谢逸不同，自来不张扬也不讲究排场，镇守甘凉城数十年，回京的次数屈指可数，每次都是轻车快马，来去匆匆，此举也无甚可奇怪的。”

高钺道：“若说太子不曾圈禁东宫，朝中不是如今的局面，谢放如此作为，尚能说得过去。如今朝局不稳，谢氏沉寂多年，几乎所有的希望都寄予太子之身。如今太子已成强弩之末，谢氏又怎会眼睁睁地看着？”

周全道：“太子如何，那是陛下的心思，不看着还能如何？难道谢氏还想造反不成？可今日陛下对谢氏很是礼遇，与对待太子的态度截然相反，颇有拉拢之意？”

高钺道：“谢氏要是那么好拉拢，当初先帝也不必以纳后之礼，迎娶谢贵妃了。”

周全摇头道：“统领有所不知，今日六福公公一早就等在门口了，亲自将谢放迎进宫中，还带着一顶小轿。若无陛下的交代，在六福公公眼中，小小的四品武将又算个什么，封疆大吏，也不值得如此的。”

高钺沉默了片刻，手指微动，眯眼道：“谢放是一人入宫的？”

周全道：“还带着一个亲卫，远远看着十分年轻，最多不过十六七岁。”

高钺放下了手中的茶盏：“谢放此时还在太极殿？”

周全道：“这会儿该是还在太极殿。”

高钺起身朝外走：“我去陛下那里看看。”

周全道：“统领身着常服无诏觐见……不如换上甲胄？”

“不必了。”高钺手指拂过袖口，转身疾步离开。

申时，天空飘起了细细碎碎的雪花，年节将至，今日太极殿书房里却是难得的安逸宁静。

谢放站在书房里已近半个时辰，面上虽是不显，但不知为何，心里越发尴尬与不安了。自入了这里，谢放的问安，泰宁帝连应都不应，只让谢放抬起头来，而后……泰宁帝将人打量了好几个来回，就一心看起了奏折，其间还时不时抬眼打量谢放。谢放虽垂着眼眸，时间越长，整个人越是紧绷了，总感觉被泰宁帝深深地嫌弃了。

隆冬的季节，书房内温暖如春，那些盛开或是将要盛开的花枝，仿佛透着几分春日的朝气与夏日的水雾，当真是说不出地养眼养心。

不知又过了多久，泰宁帝缓缓放下折子，再次看向谢放："什么时辰了？"

谢放道："回陛下，申时将过了，天要黑了。"

泰宁帝笑道："朕差点忘了爱卿还在，时辰不早了，你就回去吧。"

谢放愣怔了片刻，轻咳了一声："那述职之事……"

泰宁帝长出了一口气，略有不耐烦地开口道："述职乃正旦后的事，如今哪里着急？谢将军虽是个武将，但述职也是吏部的事，朕哪里能越俎代庖。"

谢放听着这话，有些不对，莫名其妙地有种上当受骗的感觉。白白站了将近一个时辰，一开口就赶人，虽知道面前的人，在自己身上图不到什么，可总有种被利用的感觉。一阵尴尬的沉默后，谢放再次开口道："随末将一同前来的亲卫，不知此时身在何处……"

"爱卿癔症了，朕只见你一个人进门，哪里有什么亲卫？"泰宁帝眉宇间的不耐烦已能溢出来。

谢放忙道："在内城门下时，末将与亲卫分开，此人跟六福公公一同离开，直至此时不见她人来。"

泰宁帝皱眉道："既是入内城就分开的，你找朕要什么人？朕可不曾见你的亲卫。"

谢放心知泰宁帝这是有心将人扣了下来，心有不甘道："左右无事，末将可再等上片刻，说不定她一会儿就自己寻来了。"

泰宁帝冷笑一声："谢放！你当此处是什么地方？"

一个内侍急匆匆地从外面跑了进来："陛下，高统领有急事求见！"

泰宁帝闻言挑眉，想也不想道："不见！祁平你送谢将军出宫！"

谢放道："陛下！那人年纪小，只怕独自一人到时不好出宫……"

"谢将军这边请。"祁平笑眯眯地打断了谢放的话。

谢放又站了片刻，见泰宁帝一直半垂着眼眸，不理不睬的模样，这才不甘心地拱手告退，随着祁平走出门。

片刻的工夫，细碎的雪花，已化作了鹅毛大雪。

一个人身披黑色大氅站在门外廊下，宫灯忽明忽暗，让人看不甚清模样。

谢放从那人身侧走过，突然感觉一道锐利的目光，让人很是不舒服。谢放皱眉望去，正对上了一双幽蓝的眼眸，在这冰天雪地的傍晚，那双眼眸中的感情似乎也被冻结了，让人有种不寒而栗的冷硬。

谢放丝毫不惧，眯眼与其对视了片刻，心中警钟长鸣，问祁平："那人是谁？"

祁平小声道："正是禁军高统领。"

谢放点了点头："听闻高统领颇得陛下青眼，如今看来也是年少有为。"

祁平笑了笑："朝中的事，奴婢哪里知道那么多。"

天已黑透了，鹅毛大雪很快淹没了空地，太极殿的内殿里，温暖如春。

龙涎香缭绕，呼吸间尽是当初的味道。寒冬腊月，太极殿内殿的各个角落里，皆是枝枝蔓蔓，依旧是熟悉的任性与奢侈。

短短一年，再次回到了熟悉的地方，明熙有种恍如隔世的错觉。

自陛下做了这大雍宫的主人，处处内敛节俭，唯有暖房越建越大，一年四季都供应着各种花枝。寒冬腊月，大雍宫内处处可见绿色，时时有鲜花盛开，陛下病重时，暖房的鲜花供应也不曾断过一日。

明熙梳洗了一番，穿上了六福备好的罗裙。虽只是绾了普通的发髻，但那两支白玉簪将人衬托得越显温润平和。许是又大了一岁，而且又多了些经历的缘故，眉宇间少了往日的高傲与睥睨，整个人都柔和了许多。看似少了几分往日的艳丽，但那种沉淀下的美，更吸引人了。

泰宁帝将人打量够了，含笑将一块芙蓉酥饼放在了明熙面前："膳食都是照你往日的喜好定下来的，可你似乎不怎么爱吃了。"

明熙道："哪里不爱吃，这一年多我可是做梦都想着帝京的膳食。入宫前，与谢将军在顺丰楼吃了一些，这时候还不饿。"

泰宁帝冷哼了一声："那甘凉城长大的土包子，哪里知道哪处的东西好吃，只怕是你告诉他的吧？"

泰宁帝不喜谢放，明熙倒也不奇怪，笑着开口道："好歹是陛下信重的臣子，您怎么能够如此编派人家？"

泰宁帝越发不喜谢放了："他算什么，值得你帮他说话！"

明熙忙改口道："陛下这一年该是过得很好，气色很是不错，看起来又年轻了不少呢！"

泰宁帝绷着脸看向明熙，轻哼了一声："别以为说些好听的，朕就既往不咎了，你当初和朕说去安定城，朕才放人的，怎么转道去了甘凉城？自出贺氏宗族，你和谁打了招呼了？如此自作主张，将朕的脸面置于何处？算起来，桩桩件件都是欺君之罪！"

明熙笑嘻嘻道："陛下最是宽宏大量了，哪里会在意我这些小手段。当初我也是在帝京这边住腻了，想去附近走走，且贺氏那边若不交代清楚，总有掣肘，自出宗族对我与贺氏都是好事。陛下该为我开心才是。"

明熙看泰宁帝的脸色并未好转，忙又讨好道："我在甘凉城安定下来，就开始给您写信了呢！沿途买的土仪可只给陛下呢！我离开帝京时，心里只惦记您一个人，您怎么到现在还怪我呢！”

泰宁帝又哼了一声：“若非裴达提醒，你能想得起来给朕送信？你用的那些人，可都是当年宫中的人！该是觉得瞒不住朕，这才先斩后奏吧！”

明熙假哭：“别人怎么死的，我是不知道，但我肯定是冤死的！陛下好歹也是一代明君，哪能这样地含血……喷人啊！”

泰宁帝终是绷不住，扑哧笑了起来，可很快又绷起了脸，但嘴角的笑意怎么都收不回去，一本正经道：“大腊月的，口无遮拦！什么死不死的！你少给朕耍无赖！你看看你自己做的那些个破事！说是自出宗族，外人可都说你是被宗族所弃，成了无依无靠的人，难不成这样没脸的事，朕还要替你庆祝不成？”

明熙道：“我那时哪儿想那么多了啊！没有宗族又能如何，我不是还有陛下做主，一般人岂能与我相比？那些想欺负我的人，怎么也得掂量掂量。”

泰宁帝白了一眼明熙，恨恨道：“别以为你说这些，朕就不和你计较了！即便要如此，当初也该先和朕商量商量，哪儿容那贺东青来办！到时候有朕在，他贺氏……”

明熙忙道：“陛下明明知道贺氏如此，根本不算欺负了我。反而是我恃宠凌人，他们势弱，唯有听之任之。陛下也不要对我父亲不满了，他虽有心照顾我，可贺氏如今自顾不暇……也是顾不过来。我从小到大不曾回过家不说，后来又出了囚禁太子的事，他也是难做，不能得罪陛下，也不想得罪太子……”

泰宁帝沉默了片刻，轻叹道：“可他若能为你着想半分，也不会任你弃了身份。”

明熙轻声劝道：“他与我说是父女，但我自小到大，见到他的次数屈指可数。当初在宫中尚且能说不得已，但出宫自居，何尝不是坠了他的脸面？他与母亲的感情该也是不深，于他来说，我也不过是个熟悉的陌生人……人与人的缘分，哪里是能强求来的？”

泰宁帝点了点明熙的额头：“你自有辩才，话虽如此，但朕心里始终过不去这个坎。贺氏运气好，如今出了事，日子也不好过，朕虽是生气，但气度还是有的，也不会再对他们做什么了就是。”

大雍虽是力主新政，但宗族出身，在此时对一个人来说，也是重中之重。从古至今只有被宗族所弃之人，何来自出宗族一说。尤其一个小娘子，若无宗族，当真是无路可走。明熙此举，说是惊世骇俗且不为过，也如同明熙自己所说，只因她在宫中长大成人，又有当今陛下撑腰。如今世道到底不比当年，此事才做得如此理所当然。换作一般人，不管郎君还是娘子，只有被宗族所弃，断没有自出宗族的道理。

古人最讲究养恩生恩，明熙在众人眼中，与其说是贺氏女，倒不如说是惠宣皇后的女儿。明熙前面的十几年中，得的都是皇室教养，若出了事，也是皇甫氏的底蕴与教养出了问题，又将贺氏女养得与本家分了心。是以，明熙虽做出了许多惊世骇俗的事，因此被人嗤笑不屑，但也不曾牵连到贺氏宗族中未出嫁的小娘子们。

虽说贺氏现如今式微，但惠宣皇后也早已去世了，明熙出宗族时也算不上贪慕虚荣或是不顾贺氏死活，对贺氏来说，虽是让个娘子自出了宗族，但当真算不上多大的丑事，也是因此，贺氏才能将事做得这般干脆毫无顾忌。

若放在别家士族，一个小娘子出了这等的丑闻，或是做出自出宗族的事，即便父母想要放过，族老们为了整个家族未出嫁的小娘子，断也不会善罢甘休。若是心善一些的人家，只将人软禁到死。心狠的那些，直接将人勒死，总之绝不能让一个娘子坏了一族的名声，郎君也是同理。

明熙咧嘴一笑："贺氏中最大的官员，也不过是我父亲这个四品官，陛下前番都将人停职了，还要怎么样才能出气？"

泰宁帝点了点明熙的额头："嘴上说和朕亲近，心里还不是向着那贺氏！他犯下的事，说是欺君，一点都不为过，不过是停职了，又不是罢了他，你还要来打抱不平。"

明熙忙从一侧拿出个锦盒来："哪能啊！我此番从甘凉城回来，可是带着东西回来的，陛下看看，这是给大皇子的。"

泰宁帝眼帘微动，很是随意地打开了锦盒，是个金镶玉的长命锁，不以为意道："倒是挺有分量的，只是雕工还欠了点，可见准备礼物的人，不见得多用心。"

明熙嘿嘿一笑："哪里是我不用心，甘凉城最好的金匠也只是如此。我虽知道外面有好的，可好歹是大皇子没出生时，我就定下来的，与临时买来的怎么一样？"

泰宁帝挑眉："合着你眼中，只有大皇子，朕就没有礼物可收了？"

明熙忙拿出另一个锦盒来打开，谄媚道："这是特地给陛下寻来的，您快看看喜欢吗？"

泰宁帝慢条斯理地看了过去，是一整块和田玉雕刻的埙，挑眉道："这东西倒是用了点心思，只是与别人比起来，也轻了不少。据朕所知，贺女郎一掷万金，又是家业又是庄园的，不过是为了与人家买个了断。不过，此时还能拿出些许银钱给朕备下重礼，当真是让朕受宠若惊啊。"

明熙嘴角的笑意僵了僵，好半晌笑了一声："我怎么听着陛下的话透着酸味呢？可我觉得这事，我做得还挺好的，太子之尊又能如何？在我眼里与别的郎君无甚不同，感情这回事呢，就是你若无心我便休，既是分开，银货两讫，从此以后互不相欠，各走各路就是了。"

泰宁帝扬了扬唇角，虽是极力忍耐，还是忍不住笑了起来，且越笑越开心："甚是有理，甚是有理啊！你这般一说，朕竟也不心疼那些东西了。

"真解气啊！该当如此，太子之尊又能如何？咱们养就养了，不养就给些银钱打发了，再不相干……"

"陛下陛下！！咳咳咳咳……陛下慎言……可不能这样说！太子殿下不管怎样也是个郎君，传出去以后可怎么……咳咳咳咳……"六福脸色涨红，看了眼周围伺候的人，"甜汤已经煮好了，是不是现在就端来？"

泰宁帝掩唇轻咳，遮住了笑意，但眼底依然溢满了笑意："都下去，让祁平好好地给朕守在外面。"

一寸还成千万缕
3

傍晚时分，窗外飘雪，望月楼外灯火通明，雪压琼枝，美不胜收。望月楼内，愁云惨雾，气氛凝重。

王夫人搂着怀中的王雅懿，轻声抚慰道："你别想不开，这事说大不大，只要咱们将人都封了口，不会有人知道的。"

王雅懿那双灵动的眼眸，似乎在短短几日内干涸了，许久，脸上露出一抹苦笑来："母亲何必还来骗我？若能压住，族中之人为何频频入府？

"我知道母亲是真心想压下此事，可外面已是流言蜚语，哪里还是咱们压得住的？众口铄金，积毁销骨，如今不知多少人都盼着我死了，好清理门户。"

王夫人咬牙道："胡说，谁能盼着你死！家中总归是盼着你好！那卫氏可恶！这般的事竟也能走漏了风声！若非他们推波助澜，何至于成了这般模样！待此事过后，我定让你父兄与他们好好地清算！"

王雅懿低笑了一声，轻声细语道："如今家中谁还真的盼着我好？若父亲与兄长一心想要压下此事，就不该扣下那人，动用了私刑。他一家都已脱了奴籍，人久不归家，自然要去卫府要人。卫府与我家有什么交情，父亲素日里说起卫氏来，满是鄙夷之色，推波助澜落井下石自不敢说，但也不会尽心尽力地替我们隐瞒。"

王夫人道："你这孩子，此事哪里怪得着你父兄？他们若非为了你，也不会将人打成那样！若是我在，肯定还是要朝死里打的！打死倒也省心了！这事说不定就是卫氏与那家人下的套！不然怎么会有如此的巧合，让你吃了这天大的亏……"

"母亲！当时我就已言明了，我与玉……洪哲已有夫妻之实，所有的事都是自愿的，可父兄依然将人打折了胳膊、伤了脏腑。若依了母亲的意思想直接将人打死，那母亲可想过我以后又该如何？"王雅懿绞着帕子，冷笑连连，"母亲不思后事，还在追溯源头，对女儿有什么好处。不管是不是卫氏下的套，都已到了这般的地步，除了那洪哲，女儿还能跟着谁？"

王夫人大惊失色："洪哲算个什么东西！那些流言也不过只是一时的流言，凭咱们家的……谁也动不了你，那人处心积虑将你骗了，这是要毁了你啊，你竟是还要一心跟着他，难道你心中就没有半分怨恨吗？"

王雅懿冷着脸道："他毁不毁我，我是不知道！可父兄若再如此拖下去，才是真正地毁了我！出了这般的事！我怎能不恨不怨？！可除了洪哲这一条路，我还有什么路可走？一步步地走到此处，母亲还想遮掩，还能骗得了谁？两次退婚，顺天府里又闹出了这事，我还有何面目再在家中待下去，我已经是洪哲的人了……哪里还有别的路走？”

王夫人急声道：“那又如何！成亲尚能和离，这人一家出身卑贱，如何配得上你的身份，即便有了夫妻之实又能如何！你一生不嫁，你父亲与我难道还会不管你吗？”

王雅懿咬着牙道：“你和父亲何时管过我？！算计来算计去，还不是鸡飞蛋打了！这个家早晚是兄长与嫂嫂的，他们又能待我多好！嫂嫂出身南梁陆氏，最是清高自持，历来瞧不上我，难道我这一生还要看着她的脸色过日子不成！”

“她敢！”王夫人白着脸，抖着手道，“只要我还在一日，这后宅家中何时轮得到她做主！你哪儿用想那么多，如今这事，你父亲肯定会想办法给你捂住！族中如何说，总归还是要看你父亲的意思，断不会让你委屈！”

话虽是这般说，可王夫人心里也没底，这个家早晚是王敛知夫妇继承的，那王陆氏虽与大女儿王雅岚关系很近，但历来看不上王雅懿这个小姑子，素日里也只是面上的敷衍，话都懒得多说，更别提什么交情了。

王雅懿沉默了片刻，望着插在瓶中那惨败的花枝，轻声道：“虽然此时母亲还护着我，可心里不也照样怨我不自爱？”

王夫人微怔了怔，好半晌才道：“事已至此……这事若当真是那人有意为之，也怪不得你。母亲心中虽有怨气，可冤有头债有主，哪能都推到你身上……总之我与你父亲绝对不会与卫氏，还有那贱奴一家善了！”

王雅懿道：“母亲若当真为我着想，也不能如此。他骗我，作弄我，我心中何尝不怨呢？可骗了就骗了，已走到今日，我若不能嫁他，只怕再无人可嫁了。一辈子留在家中，日子那么长，兄长待我之心，又怎会与父亲一样？人说长嫂如母，母亲觉得她会对我好吗？

“母亲心里比谁都清楚，我若选择听母亲的话，以我王氏的门楣，高不成低不就，今生肯定不能再论嫁娶。这一辈子只能在望月楼这个院落……或是后宅更偏僻的院落，深居简出了度残生。这望月楼父亲母亲当家做主时，我还能住，但长兄长嫂也是有两个嫡女的，年岁也不小了，这般的地方，今后哪里还能轮得到我住？”

王夫人闻言顿时红了眼，哑声道：“可嫁给那样的人又有什么好！奴婢出身，即便你父兄再帮衬，做个七品小官已是极限了！咱们总归要将事情压下去，才能再图以后！你万万莫胡思乱想，你父亲总归还是为你着想的。”

王雅懿笑了一声，轻声道：“母亲一生无忧，活得天真。我如今只敢和你说想嫁给洪哲，哪里能告诉父兄？现在还说什么帮衬？父亲与兄长若是知道，我要嫁给一个奴婢出身的人，只怕他们宁愿将我掐死家中。

“父亲历来最在乎的是族中与朝中之事，我已是如此，父亲哪里还有用我的地方？剩下几个尚未出嫁的庶妹，正是如花似玉的年纪，本来能折算个好价钱，可我出了这般的事，若不快些解决，只怕要连累家中族中的嫡女庶女了。”

王夫人抿唇道：“你说什么傻话，谁会如此待你？！你可是我王氏嫡女！那些庶女算什么东西，哪里能上得了台面，如何能与你相比？！”

王雅懿幽幽道：“是呀，那些都是上不了台面的东西啊……母亲以为我就甘心吗？！可我看似有许多路，其实已走投无路了。让我在家中青灯古佛，是母亲一厢情愿的想法。父亲与兄长不光是我的父亲与兄长，也还是那些庶女的父亲兄长。他们看不上洪哲一家，更怕我嫁过去坠了王氏的名头，只怕我若露出半分这意思，他们都要勒死我了！”

王夫人倒吸了一口冷气：“哪至于如此！不可能的！你父亲与兄长多是为你打算，不过是这些时日朝中有事才耽搁了……不然哪里会……”

王雅懿冷静地陈述道：“阿姊自出事，来问清缘由后，再不曾登过家门。若放在别的事上，或是我还能嫁个与阿姊旗鼓相当的人家，以阿姊那般无利不起早的性子，肯定要陪着母亲与我一起度过。可这件事上，只怕阿姊与父兄一个意思，为了保住王氏的清白名声，不是让我身患恶疾再不见人，就是让我去死。”

王夫人抖着手，面上都是惶恐之色，思前想后这几日家中之人也是十分异常，只怕事情真到了王雅懿所说的那个地步。前些时日顺天府虽是客客气气地来要人，可也是大张旗鼓的，不然此事不会传得这般快。当时家中众人的脸色，现如今还历历在目，眼中分明都有悔恨之意，怕是当时因顾及王雅懿失身，没有下狠手直接打死那个叫洪哲的。

最后洪哲被顺天府的人带走了，短短几日，族中的人就来了一拨又一拨，说来说去总是此事。王夫人也知道，家中能挡一次两次，可族中到底有族中的规矩，正旦年节前事多，也不好处理此事，只怕过了年这个事就肯定就会落实。

一如王雅懿所料想的，最近王氏父子几人，商议此事时，都是背着人的，甚至连王夫人都听不到只字片语。王夫人送信给长女，想要她回家商议此事，总是被推托，以长女那般玲珑的心思与周全的性格，若非事情再无转圜余地，根本不会将自己的二妹得罪成这样。只怕，在王君懿的眼中，王雅懿已是弃子。

那日后，王敛知派人将望月楼团团围住，至今那些奴仆都不曾散去，除了王夫人几乎没人能随意进出了。王雅懿与洪哲之事，坏了王氏与高氏的婚事，筹谋此事已久的王大人心中恼恨自不必说，可出了事后，王敛知与王安知的妻子更是一次都不曾来望月楼探望过，众人的态度，一目了然。

王雅懿望着王夫人越发惨白的脸，冷笑了一声：“怎么，母亲想明白了吗？”

王夫人紧紧地攥住王雅懿的手腕：“这可如何是好？！这可……他们怎能如此狠心，这本就是……本就是卫氏歹人和那……”

王雅懿淡淡地开口道：“成王败寇，我若能嫁个位高权重的，兄弟姊妹也好，父亲也好，还会对我一如从前。可我……如今已成这样，不落井下石已是好事，哪里还有什么父女兄妹之情？如今对王氏来说，我王雅懿就是一个毒疮累赘！”

王夫人道：“哪能如此！肯定不会如此的！你容母亲再想想，那洪哲……身份那么低，你说得对，你父亲是断不会同意这婚事的……可你若离了这个家，该如何过活啊……”

王雅懿笑了笑：“母亲不必着急，父亲与族中即便要处置我，只怕还是会等到正旦之后，母亲还是多的是时间救我。”

王夫人瞪大了眼眸，连连点头：“你容母亲再想想清楚！我一会儿去寻你四阿兄问问，家里总不会不管你的……你可是王氏嫡女啊！”

王雅懿轻笑了笑，拍了拍王夫人的手，轻声细语道：“母亲莫慌，事已至此，我的心反倒是安定了下来，一点都不怕。”

出了事后，王雅懿比谁想得都多，比谁都绝望过，可两天过去后，反倒想开了，总也无路可走，已不能再糟糕了。与太子退婚后的那股急切与焦躁的心情，在这些时日里反倒没了。可讽刺的是，不久前自己还在笑话贺明熙的无依无靠，当今的世道，失了宗族和身份，便是手中有再多的金银财帛又如何能保得住？

可两日的辗转反侧，夜夜思绪到天亮后，又不得不羡慕起贺明熙的际遇了，她在贺氏时，享受贺氏给予的荣耀，她做出丑事后，贺氏一族也不敢管，为了不受宗族桎梏，她可以自出宗族，逍遥而去，贺氏竟也只能睁眼看着。一样的事放在了自己身上，莫说逍遥自由，但凡自己露出半分除族的端倪，只怕也只有被打死的份了。

自小身受王氏教养，被除族也怕娘子做出丑事来，是以名声不好的娘子，是绝对不会被除族的，实然按照一般的规矩来说，只能一辈子被关在家中，或是死路一条。

贺明熙自小处处顺遂，肆无忌惮，骄横跋扈，她凭的都是什么呢？！

说人各有命，同样的事，差不多的命，那贺明熙何德何能才得了这般的好结果！

大雍宫，太极殿内殿。

窗外的风雪越发地大，刚黑没多久，积雪已埋了脚背。

明熙见一干伺候的人鱼贯而出，看了眼沙漏：“时辰尚早，陛下不让我见见大皇子吗？”

泰宁帝抿了口茶水，不以为意道：“见他做甚？”

明熙撇嘴道：“入宫前听人说，陛下对大皇子宝贵得很，素日深居简出，宫中见过大皇子的人屈指可数，连贵妃娘娘想见一见大皇子都要陛下的恩准。当时我还不信，如今陛下连我都要防备，才知传言不虚。”

泰宁帝缓缓放下茶盏，笑了一声：“防你做甚？什么大皇子？朕一生可都没有这个福气了。”

“说什么……陛下，怎么说出这些来？”明熙话说一半，才发现不妥。

六福一愣，忙看向紧闭的门窗：“陛下慎言哪！”

泰宁帝斜眼望向一隅的花花草草，不以为意地轻笑了一声：“朕成婚二十载，少年时美人环绕，可谓环肥燕瘦应有尽有，为何诚王府里连一个孩子都没有？”

明熙起先听这些话，不禁有些尴尬，可听到后半句，再次看向泰宁帝时，他那双眼眸虽一如往日，可不知为何却有种难以言喻的悲伤与温软。明熙不由自主地放轻了声音："满朝均知，贵妃娘娘善妒，不容旁人亲近陛下……才致陛下膝下空虚至今。"

泰宁帝抿唇一笑，拍了拍明熙的手背，语重心长道："傻瓜，别人说什么你都信啊？朕虽是宽容，但杀子之仇，哪至于如此宽容？当初在封地时，也许还需要依仗慕容氏在朝中周旋，可朕登基后，又怎会容她继续在后宫作福作威？"

明熙怔然了片刻："可诚王府内也曾有过孩子，多是尚未……"

泰宁帝笑着拍了拍明熙的手背，眼眸中具是苦涩，轻声道："尚未出世，胎死腹中……荣贵妃乃朕之发妻，她也不傻，一年两年如此，十年八年的她自己有不了，难道就没有打过去母留子的主意吗？为何一直不成呢？

"那些孩子不管如何都成不了，没有任何人的关系，乃朕之过。朕不喜荣贵妃，可以不立她为后，可她为朕背了多年的流言蜚语，没有功劳也有苦劳，朕登基后，也做不到将人扔进冷宫中了度余生。"

明熙缓缓垂眸，沉默了许久，轻声道："当初先皇骤然驾崩，三王作乱，虽大逆不道，但众所周知，先帝待三王着实算不上多好，几乎将太祖赐予的一切能收的都收了回来。若非太祖当年早早地将三王分封出去，只怕他们……但先帝对陛下当真是情深义重，似乎也没有半分设防，可先帝心思深重，这些信任只怕也是陛下投诚换来的，毕竟您与先帝也非同母兄弟，不比三王有多少优势。"

泰宁帝轻笑了一声，满怀欣慰道："还是朕的明熙聪明。十多年前，朕已与先帝开始商议过继子嗣之事，大皇子身份贵重，定然不能，剩下的几位皇子中，先帝允朕挑选，那时朕相中的正是才出世没多久的皇四子。"

明熙恍然道："如此也说得过去，四皇子母家不显，也不见生母多受宠，乃众多皇子当中最不得先帝宠爱的一个。"

泰宁帝仿若回忆一般，轻笑道："若是未来的太子，必然不能如此宠溺，但若为诚王府的继承人，软弱一些不堪一些，又有什么不好？"

明熙望着泰宁帝却笑不出来："先帝当初不许陛下有自己的孩子吗？可陛下登基后……为何也……"

泰宁帝笑道："此事说不上先帝逼迫，朕离开帝京时心灰意冷，为求自保或是求的更多，反倒觉得子嗣可有可无，娶的总也不是心中那人……有没有延续，又有什么重要的？先帝疑心重，虽早早给了朕封地，但总归放心不下，不肯让朕离开帝京，后来朕在先帝的旨意下迎娶了慕容氏……

"你那时想离开帝京的心情，该是与朕年轻时如出一辙。那时候，朕一时一刻都不想在帝京这地方待了，更不想入宫见先帝与……不想和这里的人，有一丝一毫的牵扯，于是就饮下了太医所配置的药饮，禀明先帝自愿绝嗣，一生镇守图南关。"

明熙愣了愣，好半晌，才开口道：“可是一剂药哪会有这般的效用，陛下没找太医诊治过吗？该是……或者可能是别的缘故？”

泰宁帝不以为意地笑了笑：“哪里是一剂药的事？先帝使者每月必至图南关，赏赐也好，分封也好，总有借口，每月一饮，十多年从不曾间断过。”

明熙一时不知该说些什么话好，这事虽是震撼，但想来想去，以先帝的疑心与手段，倒也不是无迹可寻。众多兄弟，都是同父异母的，即便优待其中之一，虽有陛下性格宽厚的缘故，但能这般放心地将二十万大军交与身处腹地的兄弟之手，只怕心里必有万全之策或是肯定放心，才会如此。

当年先帝对惠宣皇后在众人眼中也可谓情深义重，可这份情深义重与千依百顺，放在明熙眼中，也是有待商榷的。谢贵妃以纳后之礼被迎娶入宫，固然有谢氏如日中天的缘故，但先帝当时早已稳坐帝位，之所以笼络谢氏虽与朝政有关，但心中若当真有底线，或是当真情深义重，又怎会在惠宣皇后家破人亡之际，迎娶谢贵妃入宫。

人都说，谢贵妃不得帝宠，可这宫中除了皇后，只有她最体面了。赫连氏败落以后，惠宣皇后唯一能依靠的就是先帝的情深义重与千依百顺了，可皇后无子，无母家依靠，在朝堂之上是个摆设，在后宫之中又有几分真正的尊重呢？

谢氏那时正是如日中天，大皇子乃谢贵妃诞下的，谢贵妃能得到的一点都没少，即便是做做样子，先帝一个月尚要在谢贵妃处待上两三晚。谢贵妃在宫中能被人如此尊重，即便是惠宣皇后也拿捏不了，还不是因为有先帝护持，这又算什么情深义重？

先帝自小得钟先生教导，习的是帝王之道，权衡利弊，虽不想否认先帝与惠宣皇后的感情，在先帝眼中，再重的情意，只怕也抵不过权势滔天与万里江山。当初赫连氏若非手握半个朝廷的重兵，只怕不管如何喜欢惠宣皇后，先帝也不会将后位给予新贵赫连氏的。

泰宁帝见明熙脸色凝重，沉默不语，不禁笑了一声：“你还小，不会遭遇这些，不用胡思乱想。朕和你说这些，不过是将大皇子的身世告诉你罢了。那不是朕的孩子，也不曾入玉牒。他出生后，朕都不曾去看过他第二次，甚至连明旨都不曾下过。”

明熙蹙眉道：“可敏妃哪里来那么大的胆子，这简直是丧心病狂……这般的事，哪里是能瞒得住的，早晚要……她怎么敢！”

泰宁帝笑了一声：“人人都有不该有的心思，一个朝思暮想的幻象，也会使鬼迷心窍的人孤注一掷。何况，那夜朕醉酒后，六福不在，确实是她独自一人伺候在侧，她也当真以为朕醉得不省人事……但这般的手段与筹谋，也不是一个人能做出来的局。朕查来查去，还是断了线……只能说，朕这后宫，对有些人还是来去自如的。”

明熙忙道：“哪里能来去自由，敏妃当初是外宫的宫女……能接触的人，自然比内宫伺候的要多，侍卫也好，大臣也好……可若大皇子不是陛下的，那日子该是对不上的啊。”

泰宁帝轻声道：“那孩子本就早了两个月，之所以没有传出去，是朕将日期给圆了去，敏妃心中比谁都知道，不过是心存侥幸罢了。”

明熙咬着唇："可既然大皇子……那孩子不是陛下的，为何太子这边却要被如此对待？还正好在这孩子出生后，陛下如此也有些说不通……那些人都说太子已沉疴在身，只怕命不长久，我虽不信陛下会如此，但自十月将太子圈禁宫中的事，竟也是真的。"

泰宁帝笑着拍了拍明熙的手背，安抚道："朕正值盛年，莫说圈禁太子一时，便是圈他个十年二十年，又当如何？那些凭空猜测的人，总有沉不住气要露头的啊。"

明熙似乎懂了些，又似乎不明白："可是陛下如此，太子会不会心有芥蒂，到时候只会让你们之间的误会加深。谢贵妃的死还横在你们之间，陛下唯一的继承人只有太子，若他心生不平，只怕对陛下也……"

泰宁帝道："他与朕的关系，本就算不上多好，哪里有和平相处一说，误会这东西要是能弄清楚，就不是误会了。朕同你说这些，不过是不想骗你罢了。"

明熙道："陛下也不必告诉我，这般的大事，少一个人知道，就少些风险。即便骗我也无甚的，不管陛下怎么做，总归先要先为自己打算好。"

泰宁帝心头溢上一抹暖意，轻笑道："自朕入京，看你最为亲近，朕从未骗过你，也不想骗你。有些事总该让你知道，朕虽不喜太子父子，对先帝怨怼颇深，但也没有愚蠢到拿我皇甫氏的江山报复或是玩笑。"

明熙看向泰宁帝，好半晌，轻声道："我相信陛下的人品，可总有些事对不上，陛下是不是还瞒着什么？您……是不是还有别的打算？"

泰宁帝低声笑了起来："当然许多事都没有告诉你了，你一个娘子家知道那么多，不过是平添烦恼罢了。如今朝中正是混乱，朕还要一点点地收拾起来，等收拾完了，再告诉你也不晚。"

明熙沉默了半晌，点头道："陛下放心好了，此事不管是谁，我都不会说的。"

泰宁帝安抚道："别那么紧张，朕若是连你都不信，那可当真没有可相信的人了。谢氏那边只怕还策划着营救太子，正旦之前还要乱上几日，才能过好这个年节……朝中的事，你就别管了。如今你也知道那孩子不是大皇子，朕不管如何，总不会对太子不利，也该放心了。"

"我从未为太子担心过，因为我知道陛下绝不会像传言那般，可是太子就不同……"明熙蹙眉，轻声道，"太子一无所知，又有不知就里的人撺掇，只怕心中已有绸缪，谢氏手中颇有一些筹码，前日韩……陛下总归要小心防备。"

泰宁帝笑着点点头："好，你既然担心朕，就别走了。这些时日住在宫中，若真乱起来，住得近一些，朕也能护住你。"

明熙沉默了片刻，点头道："裴达该是还在外宅之中，陛下可否将他也接入宫中，顺道让人通知谢府一声。"

"自然，你一会儿把住址给六福，明日一早就让祁平去接人，谢府的人就让裴达派人去说了。"泰宁帝轻声安抚道，"你莫要胡思乱想，此番你回来，只有朕与六福知道，住在宫中，也不会有人说嘴的。”

明熙笑着安抚道：“陛下也莫要忧心这些，我如今可不怕人说嘴，贵妃娘娘如今的心思只怕都在那孩子身上，不会找我麻烦的。”

泰宁帝想了想，轻声道：“你与谢放，看着关系还不错？”

明熙挑眉道：“往日里我月月写信，可是告诉了你全部的近况。我虽是很欣赏他，可与谢放只能算是泛泛之交，倒是谢燃人品还不错，与我关系最好。”

泰宁帝蹙眉：“那谢燃也是个庶子不说，年纪也不小了，才是个校尉，这一辈子怕是也只能在祖荫下过活了，朕可是半分都看不上眼。”

明熙笑了起来：“谢燃为人豪爽，最是好相处了，比起他兄长来，可是好太多了，可看陛下的意思，这是看上谢放了吗？”

泰宁帝见明熙眉目含笑，心中微微一动：“朕听的看的都是表面的，若你觉得不错，才是真的不错。”

明熙道：“难得陛下摈弃了门户……嫡庶之见，竟是连谢放都看在眼中了，可见我若想嫁到这帝京里，只怕千难万难了。”

泰宁帝忙道：“哪里的话，若你当真喜欢，这帝京之中不管是谁，朕都给你做主……咳咳，东宫的那个可不算在这其中。你与他相识多年，只怕他的手段，你见识到的没有多少。虽是金玉其外，不过都是面上的纯良，内里只怕都是黑絮，若朕在他那个岁数，咱们两个加在一起，只怕还不够他一盘菜。”

明熙满目惊讶，道：“陛下又在太子手中吃亏了吗？不然怎么突然多了这番见解。”

泰宁帝掩唇轻咳，正色道：“怎么可能，不过越是相处，越是知道他的本性……当初那些娘子，巴巴地去相看太子，在荣贵妃处挂号的有一二十个……咳咳，总之朕觉得此番退亲之事，有太子本人的推波助澜，可原因却没有想出来，可见他心思之深沉。”

明熙不解道：“我一直以为这退亲之事乃陛下主导。因有三家退亲之事，众臣才更不将太子放在眼中，可方才陛下那么一说，似乎又有些不对，若真是太子所主导，他为何要那么做？陈贺两家还好，王氏对太子对大雍来说，都是举足轻重的……”

泰宁帝道：“是啊，这也是朕想不明白的地方。当初太子为了与王氏的婚事，可谓用尽了手段与心思，那份急切和不顾一切，如今朕想起来尚觉得他对王二娘子用情至深……可前番王氏要退婚，只怕就是太子推波助澜的，否则以他之智，若想保住与王氏的婚事，不过是张张嘴的事，可他非但没有，甚至还做出了让王氏误解的事来，王氏的婚事，这才退得干脆！”

当初太子还在阑珊居时，与韩耀第一个筹谋的就是与王氏二娘子的婚事，如今明熙尚且不愿回想当时太子的所作所为，可若不是用情至深，也有些说不过去的，那时的太子急切与不安，似乎只有定下这婚事才能让他心神安定。

实然，陛下自始至终都无逼迫太子之意，那时朝中除太子之外，并无别的继承之人。

太子根本不用那么着急或是用许多手段拉拢王氏，王氏对那时的太子虽有安抚人心的效果，但陛下病重，朝中只余太子这一脉，只须等待就是。

太子在阑珊居相安无事三年，何尝不是因为要躲藏与等待，可那时太子对王氏、对王雅懿的态度，给人的感觉就是所想所念均是一人，除了利用，也只有用情至深才能说得过去，一时之间，似乎要倾尽所有，换取这婚约，似乎要为这人倾尽所有。

一如陛下所说，太子历来心思深沉，与明熙最好的时候，尚且会让明熙以为他对自己全心全意与用情至深，可不过是短短数日，就被弃如敝屣，个中疼痛与不堪，虽已被明熙埋在心底，但不管读多少佛经，经历多少生死，那埋在心底的一切都已不能再去触碰，更无破镜重圆一说，即便是一年后再站在此处，也不想再见这人。

太子之厉害，在于蛊惑人心，他似乎对一切都能掌握，他所表现出来的一切表象，都是你想看到的。在阑珊居的抑郁脆弱、狂乱自傲，那些让人心疼的自卑至极所展露的不安，如今回想起来，又有几分是真的，不过都是为引起明熙内疚与宽待的利器。

这样一个人，即便走到了绝地，依然运筹帷幄，漂亮地翻身不说，甚至让人措手不及地反败为胜。强势也好，脆弱也好，都是这人信手拈来的武器与计谋。如今，再想起这人来，明熙的心中也只有战兢与恐惧。若说这世间，还有什么值得明熙躲避惧怕的，只怕也只有皇甫策这个人了。因为，明熙清楚地知道，只要面对的是这个人，不管他要做什么，或是有什么目的，明熙都只能一败涂地地收场。

明熙沉默了半晌，也想不出个所以然，不禁哂然一笑："我们何必管他？陛下还没有说，到底是不是中意谢放呢？"

泰宁帝似乎知道明熙方才所想，安抚地拍了拍她，轻声道："甘凉城有些太远了，谢氏又是满腹心思，谢放虽有好处，但也不见得全是好处。你若为了躲开他，万万不用去甘凉城那么远的地方，只要朕在一日，不管你嫁给谁，他都翻不出天去。"

明熙笑道："陛下不必多虑，我也不是为躲开太子才看上谢放。相处一年多，我很喜欢甘凉城那个地方，谢放性格豁达，人品也周正，当算是个能托付之人。能嫁给这样一个人，我不觉委屈，甚至还有些向往。"

泰宁帝笑了笑："朕就怕你与朕当年一样，负气而去，到时候再后悔也……不过你若当真是看上谢放这个人了，朕也觉甚好，再过两年，将谢放朝近处提一提，也是可以的。"

明熙挑眉道："陛下心中早有打算，又何必来试探我呢？但是，此番我来帝京之后，谢放也有迎娶之意，我虽是未松口，但也颇为心动。"

泰宁帝笑了起来："朕心中再看好他，也要先看看你的意思。他的条件在朕心中着实算不上多好，但这世道总有各种各样的枷锁，即便是朕也难逃钳制，你与他若当真是两情相悦，在朕心中，这才是件值得欢喜庆幸的事。"

六福蹙眉，忍不住开口道："甘凉城不远千里，缺水缺粮，年年柔然进犯……那谢放说好听一些，是谢氏子弟一方统领，说不好一些，不过是个莽夫……终身大事，陛下与娘子可都要斟酌好啊！”

明熙与泰宁帝相视一笑，忙道：“六福公公所说极是，我也是想了又想，才觉得他各方都还不错呢。”

“好了。”泰宁帝见六福还欲说话，不禁打断道，“你放心，这是一辈子的大事，她糊涂了，朕还不糊涂。甘凉城的守将，也不是非谢放不可，到时候再换人也来得及。”

六福这才舒展了眉头：“陛下所言极是，是老奴想岔了。”

一寸还成千万缕

4

帝京的东城，车来车往最多的时候，是辰时下朝的时间。虽说年底应酬多了起来，但大多都是晚上的事。晨后近晌的时辰，是东城一天当中最冷清的时间段。

王氏宅邸后院西北角最小的偏门，三个娇小的身影，从门内快速地闪了出来，上了一辆停在一侧的极为普通的马车。三人上了车后，那马车半刻都不曾停下，快速地驶向了街道。

王夫人在望月楼正堂上，坐立不安，时不时就要朝门口张望几眼。又过了片刻，王夫人沉不住气了，对身侧的丫鬟道："你去看看，老何家的怎么还没回来。"

秋槐点了点头："夫人少安毋躁，奴婢这就去迎一迎。"

说话之间，一个很是壮硕的妇人，急匆匆地走进了门，来不及喘口气就道："夫人。"

王夫人朝那妇人身后张望了一眼，不再见有人进门，目光露出几分复杂，虽是舒了一口气，可似乎有些失落道："走了？出府可顺利？"

王夫人看了秋槐一眼，秋槐小声道："奴婢去外面守着。"

老妇看秋槐离开，小声地说道："顺利顺利，夫人都安排好了，哪能不顺利，该避开的都避开了，保管没人看见，剩下的我家老何办事，您放心就是。"

王夫人咬着唇，好半晌才道："你都安排好了吗？让老何父子安置好护院，不要着急回来。那宅院在乡间，素日的防卫，可不能大意了，丫鬟仆妇都要安排咱们的人，万不可让家中的人听到半分风声！"

老何家的拍了拍胸脯，保证道："夫人只管放心，老奴回来前，已将院子安置妥当了，只等二娘子住进去了。不过，时间匆忙，护院可能不够，还要等过了正旦慢慢添置。宅院里里外外，用的都是咱们庄子上的人，老实本分，万不会泄露出去。"

王夫人又不放心道："老何父子先别回庄子里，不然到时大人与大郎问起来，老何也不好隐瞒。这事咱们看似做得隐蔽，可大人与大郎何尝不知道，我能用的人就你们这些陪嫁，他们父子万一知道了阿雅的藏身处，只怕到时候还要将人给绑回来！"

老何家的忙道："夫人放心，老奴会让老何和大郎守在外院的。庄子里年前也没事，正月也是闲时，等过了正月再说。"

王夫人长出了一口气，心有余悸道："阿雅从来没出过远门，我又岂能不担心？可如今我不将人藏起来，又有什么办法？前夜他们父子几人背着我商量，过了正旦就要将阿雅送回本家的庙里去！"

老何家的倒吸了一口冷气："这怎么能！这般的事让二娘子在家中闭门思过，还不一样，为何非要送去那么远的地方？二娘子自小在帝京长大，多年不回一次乡里，与那里的人都不相识，大人哪里是将人送回家庙，这和抛下二娘子有何区别！"

王夫人冷然道："可不是如此！他们嫌阿雅碍眼，也不想想，如今我都多大年纪了，阿雅若是回了乡，今生再想回来，也不可能了。肯定是大郎夫妇在大人面前撺掇的，阿雅若是在帝京，怕是谁提起来都要说几句嘴，只有送回本家，人家见不到想不起来，才干净！

"若非听了阿雅的话，我特意留了心，都不知道大郎媳妇已着手此事。啃！阿雅说的怎么不对！若大郎媳妇心中有我这个婆母，或是大郎媳妇有半分心疼阿雅，就不会瞒着我私下里帮他们父子做事！"

老何家的心知王大人父子处理这事也不见得不对，不管王氏，还是王夫人母家徐氏，将败坏了名声的娘子送回乡中家庙，这辈子都不再接回来，是再妥当不过的事。若二娘子一直在帝京家中，人们一时半会儿也忘不了此事，下面的几个娘子，早到了议亲的年纪，虽是庶女，但好歹也是王氏的女儿，且王氏帝京族中的小娘子们更多，哪个不要嫁人？二娘子如此，肯定要耽误下面的娘子们出嫁。

王氏父子对此事的处理，也远没有王夫人说的那般狠心，若当真狠心或是沽名钓誉的话，二娘子的结果肯定不会是被遣返回乡，或是入了家庙，可直接对外宣称人病死或是自缢了，到时只说殉了节，反而能成全王氏的名声。

"夫人消消气，这事……咱们先将娘子藏些时候，大人和大郎君消了气，到时候接回来就是了。今后如何，有您在，肯定要为二娘子慢慢筹算。"老何家的年轻时生得五大三粗，乃当初王夫人的心腹丫鬟，虽没有那几人伶俐，但胜在最忠心老实，后来嫁了陪嫁来的老何，这些年虽不近身伺候了，但王夫人名下最大的庄园，还是老何夫妇管着，可谓深受王夫人的信任。

王夫人虽心疼王雅懿，可也知道老何家的说的这些不现实，如今送走了王雅懿，虽是匆忙决定，可以后王雅懿想回家，只怕也是不能了。即便帝京的人忘记了这事，王雅懿回来也无法自处，一如当初所说，将来这个家肯定是王敛知夫妇做主的，他们不喜这个妹妹，王雅懿能有什么好日子过。

若换成一般人家的娘子，过些年嫁个鳏夫就是了，可王氏是什么门第，这般的事是根本不可能的，若王雅懿露出半分这想法，家里的人也会让她一死了之。他们都是宁愿让王雅懿一辈子守在家中，也不可能让她低嫁或是如此嫁出去的。

如今将人藏在外面，何尝不是没有办法的办法，虽说王雅懿不管在何处，结果无非是一辈子不嫁，可王夫人深信，只要自己在帝京王宅一日，必然不会让这个自小就苦命的女儿受委屈，谁想拿捏她也得过了自己这一关，这也是王夫人不愿意送王雅懿回乡的初衷。

"夫人！大事不好了！"春萍抱着包袱急匆匆地跑了进来，来不及喘气就连声道。

王夫人脸色"唰"一下变得苍白，骤然站起身来："你怎么回来了？！可是大人或是大郎……不，是不是大郎媳妇截住了你们？怎么就你自己，阿雅呢？”

春萍急得眼泪都快出来了：“二娘子……才出了主街，二娘子就让停了车，说是在济江银楼打了一套首饰，自出了事后就没有拿！让冉荷去拿！”

王夫人绞着帕子：“她什么时候打了首饰！我怎么不知道！人呢？阿雅人呢？！”

春萍哭道：“冉荷下去没多久，二娘子要如厕，何管事不敢怠慢，找了个附近的酒楼，奴婢本是跟过去的，可二娘子不让奴婢进去。奴婢等了一会儿，不见人出来，就进去了，哪里还有人啊！奴婢急匆匆地出门，何管事说冉荷也没有回来。何管事不敢耽误，让奴婢回来禀告夫人，他带着何进找人去了。”

“冉荷！这个贱人！”王夫人咬牙切齿道，“当初我就不该听阿雅哭求，一时心软，饶了这贱人的性命！”

春萍从怀中掏出一封信来，哭道：“这是在娘子的细软下面找到的！”

“阿雅！怎么什么都不顾……”王夫人抖着手接了过去，打开了封漆，薄薄的一张纸，上面只写了短短的几句话。王夫人看着看着就红了眼眶，吧嗒吧嗒地落眼泪，好半晌才抖着手将信装了回去，放入了衣襟里。

老何家的也白了脸，轻声道：“夫人，现在找人要紧，可不是哭的时候！”

王夫人骤然醒悟过来：“快！快派人去南城找找洪哲家住何处！”

春萍乃王夫人的心腹丫鬟，自然知道这其中的事，忙道：“奴婢也想到了，方才就让老何去南城打听了！夫人……奴婢总感觉这事不那么简单，细软虽还在，可里面值钱的首饰与银两都已不见了！二娘子绝非临时起意！”

老何家的轻声道：“夫人，这信里都写了什么？”

“阿雅不知着什么迷，说不愿意老死家中，要嫁给那个洪哲！还说家中耽误了她的亲事，才致如此！她这般怪怨……半分都没有顾及这个家，只怕心里还怨着我！说什么不再是王氏女！这……这可怎么是好！说走就走了，若是找不到人，或是被人骗了，可如何是好啊？”王夫人说着说着，顿时泪如雨下，大哭了起来。

老何家的忙道：“夫人快莫哭了，如今找人要紧！现在不是想这些的时候，若二娘子失踪的消息传扬出去，只怕……只怕二娘子可真就是死路一条了啊！大人哪儿容她嫁给那个人！”

王夫人忙擦拭泪眼：“春萍你快去，让老许家的，还有苏嬷嬷都过来！”

老何家的忙道：“夫人哪！可不能闹那么大的动静！咱们派人慢慢找，望月楼也没人过来，以夫人的手段还是能瞒上半日！实在不行，咱们再想想办法，还有几日就要正旦，大郎君与大少奶奶肯定忙乱，也注意不到这些细节，让老何先找着！

“二娘子信中既然说去找那个人了，反倒是好事！那家人就住在南街上，跑得了和尚跑不了庙！一会儿悄无声息地将二娘子带回来，只要大人不知道，一切都是大安！”

王夫人骤然抬眸，忙道：“对对对！你说得对！跑得了和尚跑不了庙，洪哲拐骗人口，等找到了阿雅我一定饶不了他！还有冉荷那小贱人！都给我等着！”

老何家的长舒了一口气：“夫人快擦擦眼睛，千万别让人瞧出端倪来！”

王夫人也是经历了半生的风雨，很快将情绪收拾干净了：“咱们走，都待在此处，反让人疑心，去前面等消息。”

春萍忙道：“奴婢去角门等着，若老何父子回来了，奴婢好告知夫人。”

王夫人瞟了眼春萍怀中的包袱，眉目轻动，挑眉道：“这几件换洗的衣服还放回去，将阿雅放贵重物品的几个匣子拿来。”

片刻工夫，春萍就从里面抱出四个匣子，除了少了几张地契，剩下的贵重首饰几乎都在，少了不多的金银。虽带走了几张地契，也不过是一套帝京的小院落，还有些田地，对一般人家许是笔财产，但在王夫人看来不值什么。

这些东西虽都在王雅懿名下，可都是王夫人当初私下给置办的，也是王夫人的人管着。带走了地契，也不见得有用，不过既然少了这些东西，可见今日这事不知筹划了多久。王夫人恍然大悟，只怕前日王雅懿所说的是故意让自己疑心的话，那时就已经打着离开的主意了。

王夫人心中千思百转，面上半分不显，冷声道：“放回去吧。”

雪后的清晨，空气冷冽了许多。

惠宣皇后虽已逝去多年，但揽胜宫的一花一木，摆设与布局，以及明熙不曾带走的东西，都还摆放在原本的地方，一如从前。正殿偏殿历来一尘不染，一点都不像失去主人快要十年的宫殿。

明熙本不欲住在中宫，但因回宫之事不曾宣扬，独自去外宫居住，又有些太过惹眼，在宫中的时日不会长久，这才在泰宁帝的建议下，回到了幼年常居之处。虽说揽胜宫贸然住进去一个人有些突兀，但到正旦之后离开，这期间时日很短，该也不会有事，明熙这才应了下来。

偏殿的地龙燃得很旺，用过早膳后，因殿内四处积雪未除的缘故，明熙坐在桌前抄起经书来，笔墨纸砚都是现成的，经书也是当年惠宣皇后的旧藏。

明熙幼年也曾陪惠宣皇后念经礼佛，那时不过是为了安慰惠宣皇后，消磨时光罢了。惠宣皇后最后几年的日子，着实算不上过得好，一个月见先帝的次数屈指可数，又不屑于后宫争宠，日子越过越是沉寂。

在明熙十岁时，惠宣皇后仅剩的至亲，伯父家的堂弟病逝后，又因其无嫡子，庶子不可继承爵位家业的缘故，赫连氏族长之位旁落，即便是惠宣皇后身为一朝之后，也因规矩与先帝的为难，不得不听之任之。

自那以后，也许是太过悲伤，也许是思虑过重，惠宣皇后时常一夜一夜地睡不着觉，不是念经，就是抄写经书到天亮。这般的日子，最少有三年，那三年来惠宣皇后虽不见生病，但也憔悴得厉害了，精神越发不好。

她时常拉着明熙说话，似是而非的，说着说着就开始哭。对明熙也越发宠溺了，几乎是要将最好的一切都捧到明熙面前了，可看着明熙又会时哭时笑，仿佛明熙已成了她生活的所有支柱与依靠，只是那时明熙年纪小，不能体会她心中的惶恐与绝望，更不明白那些复杂的东西，只觉惠宣皇后想得太多，越来越让人害怕。

可经过了这些年再回想，明熙也明白了，惠宣皇后最后自缢，非一日之故，也非一时想不开，可能是早已心存死念，不过终究是没有走到最绝望的地方，这才一直留恋人世，或者内心卑微着，等待先帝的回头。

虽至今不知惠宣皇后与先帝之间，最后到底出了何事，但短短三日被废打入冷宫，成了压垮骆驼的最后一根稻草，让惠宣皇后与这个世间彻底决绝了。

实然，谢氏当年虽是如日中天，但族人与谢楠都非招摇之人。谢贵妃母子十多年如一日地不争不抢低调度日，甚至不管惠宣皇后如何挤对，始终不曾还击，自然也说不上有多可恶。可皇甫策与三位皇子的年岁一日大过一日，先帝心里不管如何不喜这些皇子，但朝廷与大雍尚需太子继承，以稳固人心与基业。

先帝那般的人，又哪里会让儿女私情或是个人喜恶，左右朝堂上的判断。在那时，先帝几乎将所有的心思，都放在培养教导继承人与朝堂上，也才显得越发冷落惠宣皇后与后宫，皇子大了以后，几位皇子生母的体面，还是要顾及的，其中皇甫策的才华也越来越入人眼目，先帝反而不像年轻时那般地刻薄对待谢贵妃母子。先帝要照顾的太多，越发顾及不上惠宣皇后的心情与不安，那时明熙不明白，惠宣皇后自然也想不明白。

赫连将军夫妇骤然去世后，赫连族一夜败落，先帝不等惠宣皇后缓过神来，就以纳后之礼迎娶谢贵妃入宫。接二连三的打击，早已让惠宣皇后没了当初的骄傲与冷静，也失了一个贵族女子的气度与依仗。所有的傲骨与矜持，不过是因为始终放不下心中桎梏的强撑罢了。

虽然后来，先帝有补偿之意，但木已成舟，人心哪里能那么容易挽回。如今明熙站在惠宣皇后最亲近的位置上，回想这一切，也逐渐明白，与其说惠宣皇后最恨的是谢贵妃母子，不如说心中最恨最怨的还是先帝的负情薄幸。

若非如此，为何非要选择在冷宫那样的地方，不辩解两人的误会，也没有等到真正的废后诏书，就先自缢在无人的夜里。惠宣皇后知道先帝对自己有情，惠宣皇后对先帝又何尝能做到真正的冷酷，之所以如此决绝，只言片语都不肯留下地离开，始终还是要报复心中在乎自己的人，如此才能让自己的心真正地得到解脱。

泰宁帝进门，看见明熙在发呆，不禁无声地走了过去，见旁边有抄好的几页经书，拿起来看了看，蹙眉道："小小年纪，抄这些做甚？别学那些人想不开，即便是要礼佛，在家中也是一样。"

明熙回过神来，见泰宁帝双眉紧蹙，话又说得十分郑重，忍不住笑道："陛下想到哪里去了，自然是要在家中礼佛，不然我还要出家不成？”

泰宁帝看了明熙一会儿，轻声道：“佛家自然有佛家的好处，朕心有迷惑时，也会抄写一些。但对一个娘子来说，再没有比生与死更大的事了，万不能轻率，今生啊来世啊，都是虚无缥缈的传说，人们的臆想，谁也不曾见过。”

明熙放下手中的毛笔：“陛下所言虽也有道理，可我出去这一年，见了不少值得或是需要拿性命去换、去守的东西。甘凉城时，曾见柔然骑兵抢粮屠村，手段残暴不说，更无老弱妇孺之分。是以，每每柔然进犯，守城兵勇个个都要拿命去挡，若让柔然骑兵入城，这城内的父母亲眷，谁还能护住？生命固然重要，可在那个时候，谁也不会觉得自己的命比这一城人的命还要重要。

“这一年，我逐渐明白，人心总该有些需要坚守的东西，是终其一生都不能逾越半分的底线，比如大义、比如正道、比如良善与心中的信仰。”

泰宁帝看了明熙片刻，放下了手中的宣纸：“是以，朕才说，对一个娘子来说，性命才是最重要的。你所说的都是儿郎们的责任和担当，都是士大夫的操守，与你一个待嫁的娘子又有几分的关系？生命何其可贵，哪能轻言生死，别人如何，朕是不管，但你必须珍惜自己，不管所谓何事，或是为了谁，都不能轻易放弃，生身父母尚不值得你殉命，哪个人值得你如此？”

“陛下放心，我历来贪生怕死，又瞻前顾后的，哪能做出这般的事来。”明熙略有所悟，怕是此时此处又使得泰宁帝想起惠宣皇后，才有了这般的想法。

泰宁帝四处看了一眼，明澈的眼眸逐渐蒙上了一层雾霭：“这宫中久不住人，看起来都没什么人气，你随朕出去走走。”

“陛下今日下朝晚了些，用膳了吗？”明熙看了一眼沙漏，时辰已不早了，这两日都是明熙一早去太极殿等候，今日抄写经书忘记了时辰，才使泰宁帝寻了过来。

泰宁帝斜视：“这不来找你一起吗？你用过了吗？”

明熙道：“也还不曾。”

泰宁帝笑道：“那咱们就去太极殿的小花园里，一边赏梅望雪，一边用膳就是。”

明熙也想到了那处，闻言不禁一笑：“正有此意。”

太极殿后花园的八角亭，与阑珊居东苑的花亭一般，都是由明熙设计打造而成的。八角亭内三面被厚重的棉帘遮盖了，一面留着细薄的青纱。

亭内四处半人高的铜柱，夏天置冰，冬日烧炭，高脚的木板遮盖了整个亭子的地面，悬空的木板下放上六个火盆或是冰盆，上面铺上厚厚的皮毛毯子，是冬暖夏凉的最好去处。

柳南战战兢兢地站在八角亭内的一侧，不知是紧张还是亭内太热的缘故，他额头已冒出细碎的汗珠来，半垂着眼眸，不敢看向泰宁帝，也不敢随意偷瞄明熙，一心想着两个人能快些用膳。

不知过了多久，亭内飘起了茶香味。

柳南想了想，咬着牙心一横，再次抬头赔着笑脸："陛下用罢了吗？"

泰宁帝抿了一口茶水，不悦地皱了皱眉头，斜眼看向柳南："你不在东宫伺候着，一早等到此时，到底所为何事？"

"太子殿下自前日手脚就有些疼，大雪后又加重了许多，昨日后半夜起了低烧。"柳南见明熙头都不抬，眼里露出些许失望来。

泰宁帝恍然大悟道："既是如此，为何不请太医，来朕这里又有何用？前番太子吐血昏迷，也不见你专门来报。"

柳南忙道："那时节陛下才有了大皇子，正是忙乱，奴婢怎好……怎好给陛下添乱？"

泰宁帝挑眉："今日这般小事就来报备，就不是给朕添乱了？"

柳南沉默了片刻，面有难色地开口道："太子……太子殿下这不是病中想见您了吗？"

泰宁帝冷笑三声："这笑话比这天都冷，成了成了，别在朕这儿演了，病了就去寻太医，太子若是真病得要死了，朕肯定过去给他准备后事。"

柳南如丧考妣："陛下快别为难奴婢了，太子殿下前些时候就一直咳个不停，昨夜辗转反侧，喝了汤药泡了药浴还是难受……太医都去了好几次了，若非厉害，这么冷的天，奴婢哪儿敢来请您呢！"

泰宁帝垂眸望着茶盏的水，斜眼看向明熙："不然，你随朕一起去看看？"

明熙不忍再看柳南的装模作样，抿唇一笑："陛下与太子殿下乃至亲，去探病实属理所当然，我与太子殿下如今连泛泛之交都算不上，有什么资格朝前凑？"

柳南急声道："哪能啊！娘子这话说得！您与殿下那都……都是故交好友，又是多时不见，说不定咱家太子看见您一高兴，病就好了一半！"

泰宁帝斜了眼柳南："呵，看你倒是顺杆爬得快，你们主仆闭宫不出，消息倒是灵通得很。"

柳南掩唇轻咳了两声，赔着笑脸："呵呵呵，哪能啊！这不是在陛下处看见了娘子，顺便问上一嘴吗？"

泰宁帝道："你那么多嘴，你家太子知道吗？"

柳南面无表情，干笑了片刻："呵呵呵……"

泰宁帝指着一侧堆积了整个桌面的奏折，对明熙道："你在此将折子给朕分一分，着急的分一处，不急的分一处，朕去去就来。"

柳南眼中露出焦急之色："娘子怎能不去呢？！这都走了一年了，好不容易回来了！太子殿下自入秋以来病了好几次，方才陛下还说那次昏迷凶险得很哪！娘子已是许久……"

泰宁帝起身，站在了柳南面前："那么多话，你还走不走？"

"走走……走是走的，陛下请。"柳南满脸焦急，望着明熙一步三回头地说道。

帝京东街，王氏宅邸的后宅主院里，整座院落都悄无声息的。

王夫人因年轻时受了些磋磨，又生育太多的缘故，本就比同龄人显老。这些时日出了王雅懿的事，虽是脸上不显，但心里饱受折磨。自上午王雅懿不告而别后，几个时辰提心吊胆，茶水未进。如此寒冷的天气，硬生生地出了一身冷汗，坚持到此时已是头晕目眩，但还是强撑着精神等消息。

时间越久，王夫人越是坐立难安，几次走到门前，又顿住了脚步。春萍在角门等了一个时辰，不见有消息，被老何家的换了回来，见王夫人脸色越来越难看，到底有些不忍，劝慰道："夫人先喝些参茶吧。"

王夫人接过茶盏，望着茶水，出神了一会儿，长出了一口气，又放了下来，有气无力地开口道："眼看着都这个时辰了，有没有消息老何家的都该回来禀告一声。"

春萍忙道："有了消息，肯定是要先给夫人送回来的。南街距咱们的府邸，怎么也要半个多时辰，哪儿有这么快。咱们也不知道那家人住在哪里，总要打听清楚。"

王夫人咬牙道："等找回了阿雅，我肯定不能放过这家人！这简直是……无法无天！"

老何家的急匆匆地跑了进来，满脸的焦急，气都来不及喘上一口，压低了声音急声道："夫人夫人！大事不好了！"

王夫人一口气不曾咽下，有些发怔地望着老何家的满是皱纹的脸："如何了？！人找到了没有！带回来了吗？在哪里？望月楼吗？"

老何家的小声道："哪里还有人啊！那姓洪的一家，半个月前就卖了宅院，说是举家回乡了！"

王夫人愣怔了许久，呆呆地望着老何家的："回乡？回哪个乡？阿雅留书说去找那姓洪的！他怎么可能不在帝京！你是不是没有打听清楚！"

老何家的忙道："哪能啊！夫人是知道的，老奴家的那口子最是心细，听了这消息，也不肯信，连问了好几家，都是这般说。有人说，洪哲一家卖了宅子后这半个月，一直住在靠近北城门大路上的新风客栈，老何又去客栈里打听了。"

王夫人急声道："如何！洪哲一家可在那里？老何人呢！"

老何家的急声道："坏就坏在这里！客栈的人说，今日一早洪哲一家退了租住的院子，两辆马车，一辆出了城，一辆朝城里走。当时那跑堂的好奇就多了一嘴，说一家人离开怎么不一起。

"洪哲家的人说是进城接个人，好一起走！大概一个时辰后，晨后客栈清闲，跑堂站在门口，正好看见了洪哲家进城的马车也出了城！核对了时辰，可不就是二娘子丢了没多久，二娘子想必已跟着洪哲一家出了城了！"

王夫人焦黄的脸色，顿时变得煞白煞白的，嘴唇颤了颤，因茶水未进，已是起了皮屑，嘴唇的颜色有些发紫。她瞪了老何家的，仿佛断了气一般，好半晌才喘了口气："那还不快派人去追啊！快快快！晌午出去的，若有快马，还能追上的！快……来人啊！"

春萍忙拽住了王夫人，急声道："夫人现在大张旗鼓地去追，可真瞒不住了！到时候二娘子回来了，只怕也没有好果子吃！"

王夫人愣道："那可如何是好！洪哲回乡，那是何处？可有人知道洪哲的家乡是何处？！快快，找人去卫府问问！"

"北城的岔路好几条，如今还去哪里追！老何也是没有办法了，才回来让夫人拿主意啊！"老何家苦着脸，急声道，"越是这时候，夫人越是不能糊涂啊！怎么去问卫氏啊？现在咱们只要露出一点口风来，二娘子离家的消息片刻都瞒不住了！"

王夫人哆嗦着嘴唇道："人都不见了，这可如何是好啊！"

老何家也着了急："若是被大人知道，咱们瞒着大人做了这些，到时候大人连夫人都要怪罪啊！这和夫人将二娘子藏起来，是不一样的事啊……夫人快想想办法啊！不然，老奴一家只怕要被大人活活打死了啊！"

春萍闻言，顿时白了脸："可、可现在去哪里找人！二娘子这分明是和人私奔了啊！就算是找回来，只怕大人也不会放过她啊！大人念着父女之情，可大郎君最是谨慎端方的，大少奶奶也是厉害的，还育有两个嫡女，只怕他们再也容不得二娘子如此啊！"

王夫人瞪大了眼眸，嘴唇乌紫乌紫的，一下坐到了椅子上，抖着声音道："容我再想想办法，容我再想想……阿雅，阿雅这是去哪儿了？她、她、她这样都不管不顾地走了，哪里哪里为我这个做娘的着想了半分，她这不是离家，她这是要逼死我……"

老何家的急声道："如今洪哲一家已是卷东西走人了，再不能等等看了，不若夫人与大人直说了吧！这事怪不得夫人，分明是二娘子有意的……这事可大可小，大郎君当初就对二娘子退婚有所不满，大人不在乎声名，下面的娘子总要出嫁啊！若等上两日，有了变故，传了出去，只怕到时候夫人再后悔就晚了！前番卫氏被大人好一阵拿捏，若此事露出端倪，卫氏起了坏心，到时候可就真的没办法收场了！"

春萍尖叫道："夫人夫人！夫人您这是怎么了啊？"

王夫人捂住胸口大口大口地喘着气，歪倒在一侧，白沫从嘴里流了出来。她眼睛似睁未睁的，哆嗦着手，几次张嘴，却说不出话来。老何家的一见此情形，再顾不得别的了，急声道："来人哪！快来人！夫人不好了！"

这一声尖叫，守在外面的几个丫鬟都急匆匆地跑了进来。一看这场景，其中一个就尖叫了起来："夫人夫人！这是怎么了？方才还好好的！"

"住口！还不快让人找大夫！请大少奶奶过来！"秋槐不知这其中的变故，是最镇定的一个，高喝了一声，压住了慌乱的众人。

王夫人力气大得不行，紧紧地拽住了春萍的手，哆嗦着要说话，可似乎怎么都说不出来，眉宇间全是焦急之色。

春萍见王夫人如此，忙压低声音道："夫人放心！奴婢一定对大人说清楚二娘子的去向，让大人与大郎君将二娘子寻回来！"

王夫人大大地呻吟了一声，长长地出了一口气，终是厥了过去。虽是昏迷了过去，但身体不停地抽搐，口中的白沫还是越吐越多。

老何家的当下就知道不好，大声道："夫人！您可要挺住哪！二娘子还等着您做主呢！"

王夫人的眼睑动了动，到底也没有再睁开，几人将王夫人朝床榻上抬去。

一时间，小厅内到处都是慌乱的脚步声……

一寸还成千万缕

5

雪后的天空，透若明镜，空气冷冽也干净。

冬日的阳光，不耀眼但十分温暖，透过青纱照在身上，温温和和的，也让刚吃饱的人懒洋洋的。

明熙将有些烫手的茶盏握在手中，嗅着茶香，一颗心也难得清闲。若没有眼前堆积如山的奏折，这该是个极不错的晌午。

倚坐在靠背上，晒了一会儿太阳，明熙望了眼满满一桌比自己还高的奏折，不禁长出了一口气，虽知道半日都不一定能分完，可还是不想动手。

明熙又喝了一盏茶后，感觉已不能再拖下去了，这才不紧不慢拿起最上面的奏折，看向一侧的宫侍："这些奏折积压多久了？"

小内侍不过十四五岁，很是面薄，听见明熙问话，顿时涨红了脸："奴婢素日里跟着平管事跑腿，不曾进内殿伺候过。"

六福方才跟着泰宁帝去了东宫，祁平一早上都不见人影，明熙道："祁平呢？"

小内侍道："在在在，一直在……在外面！！"

明熙道："让祁平过来，我有事问他。"

"哎！奴婢这就去。"小内侍如释重负，慌不择路地朝外跑去。

太极殿外，高钺身着黑色大氅，站在宫门外的冰雪中，还是一贯的面无表情，只是同样的阳光照在身上，却将这人衬得越显冷漠孤绝。

雪后的天气，无遮无拦，冷得厉害。祁平虽是穿得厚实，但架不住在这风口处站了一个多时辰，一双脚冻得发麻，整个人都快失去知觉了。若换成别人，不管陛下如何吩咐，祁平早不耐烦地赶人了。可高钺与旁人不同，身为禁军统领，官职虽不高，但乃正儿八经陛下的心腹之臣，又手掌整座大雍宫，许多抱怨烂在肚子里也是不能说的。

高钺抬眸，看了门口一眼："陛下还未用完吗？"

祁平面有难色，支支吾吾地开口道："高统领，陛下说这几日都不见任何人，和用膳一点关系都没有。"

高钺沉默了许久，道："我方才看见有人进去了？"

祁平哆嗦着开口道："奴婢一直陪着统领，哪里知道谁进去了。等了两天，高统领也该知道都是陛下的旨意，何必为难奴婢？"

高钺蹙眉："你再去通禀一声，就说我有谢氏之事禀告，十万火急。"

祁平道："说了说了，奴婢都说了好几次了，陛下说不着急，让您先回去，等得了空，自会召你觐见的。"

高钺深吸了一口气，脚步轻动了片刻："你让开……"

祁平连忙挡在了高钺面前，眼神飘忽看上看下，就是不看眼前的人："奴婢好歹也陪着统领喝了两天的冷风，高统领可不能就这样不管不顾地闯进去啊！"

高钺脚步一顿，不再上前，但也没有离开的打算，垂眸站在了原地。祁平也不好再催，唯有守在高钺面前，两人相对而立，虽不至生厌却也无言。

小内侍慌慌张张地从里面跑出来，大声道："平管事！娘子让您进去伺候！"

祁平当即皱眉，小声斥道："那么大声做甚！陛下呢？娘子没有跟陛下一起吗？"

小内侍气喘吁吁，小声道："太子殿下又病了，陛下去了东宫有一会儿了，娘子在亭子里分奏折，让您进去伺候！"

祁平来不及再问，只见一道身影从自己身侧擦过，疾步走了进去。祁平惊声道："高统领你也听到了，陛下不在宫中啊！"

高钺置若罔闻，绕开了外殿，快步朝内殿走去。

祁平一边走，对跟过来的小内侍轻声道："你快去东宫告诉陛下，高统领闯宫了！"

小内侍瞪大了双眼："不……不妥吧，这就叫闯宫吗？陛下才走没一会儿，咱们现在去找人，太子殿下那里……也不好交代啊！"

祁平急声道："陛下特意交代过不许高统领靠近太极殿半步啊！两天都跟防贼一样，让你去，你就快些去，不然一会儿陛下发起火来，咱们才不好交代！"

小内侍吓了一跳，连连点头："奴婢这就去！"

放在最上面的折子，都已是半个月前的。

正旦将至，就要封印了，地方上会将许多急奏，赶在正旦前送上来，虽也少不了恭贺的折子，但大多的都是年前要处理的急事，不然等过完正旦开印上衙，只能等到年后才能办了。整个腊月，是朝廷一年最忙的时候，可看一桌子的奏折，只怕紧急的不紧急的，陛下心里可是一点都不着急。

骤然一道冷风，有人掀开了青纱帘，来人背对着阳光，身形高大，轮廓熟悉。

明熙眯眼看了一会儿，挑眉道："高钺？"

高钺站了片刻，无声地褪去了黑色大氅，扔给了疾跑过来的祁平，十分利落地坐到了明熙的对面。明熙唯有放下手中的奏折，坐正了身形，四目相接，颇有些无言以对的尴尬。

不知过了多久，明熙掩唇轻咳了一声，客气道："高统领行色匆匆，不知有何急事？"

高钺率先垂下眼眸，望向一侧的红泥小壶，随手拿了起来，将明熙面前的茶盏与自己面前的茶盏斟满，这才开口道："无事不能来吗？"

祁平将大氅放到一侧，赔着笑脸道：“高统领也看见了，陛下不在此处，若当真有事，高统领不如随奴婢去书房外稍等片刻？”

“在此处歇息，又有何不可。”高钺本就五官硬朗，俊美英武，今日未着官府盔甲，但身上的衣饰很是用心。身着黛青色翻领胡服，窄袖束着银色的护手，腰束银丝嵌珊瑚带，缀着琳琅美玉，脚踏长筒靴。这一身的装扮，当真说不出的洒脱不羁又不失贵气，让看惯了高钺的明熙也眼前一亮。

“许久不见，高统领也越发精神了。”明熙笑了一声，给祁平一个少安毋躁的眼神，抬了抬手中茶盏，“高统领若有急事，可去东宫寻陛下。”

“无妨。”不知为何，高钺的声音里有些冷意。

明熙本就生得明丽动人，往日里喜着艳色，不管何时看起来总也光彩照人。可今日的明熙，身着月白色长裙，简单的发髻上戴着一对镶金的白玉簪，一对明月　点缀脸侧，虽是素雅，可别有一番的冷艳，举手投足间，浅笑嫣然，更是引人眼目。

明熙笑道：“可惜陛下临走有交代，我这里还有许多事没有做，只怕没有时间招待高统领。”

高钺闻言蹙眉，不悦地瞥了眼明熙，冷声道：“安定城有何不好？为何非要甩开我的人，去甘凉城？”

明熙嘴角的笑意僵了僵：“骗你非我之本意，当时我若据实相告，你肯定不会同意。虽然你不同意对我来说无甚作用，但以你的性格，肯定不会替我瞒着陛下。

“我年岁亦不小了，去何处做何事，自己都能决定。高统领虽与我家有旧，但谁也不能照顾谁一辈子，高统领实不必这般兴师问罪。”

高钺紧紧地抿着唇：“即如此，为何要选在此时入京？可是谢氏给你说了些什么？”

明熙抿唇一笑，轻声道：“高统领虽统领整个禁军，可也不能左右所有的事。我想走自然有我要离开的道理，我想回来，定也是有我惦念的事。我不会解释给你听，也不会专门同你商议。”

高钺坐在原地，许久许久，那双深蓝色的眼眸，仿佛一无所有，可似乎又溢满了深重的雾霭。他与明熙对视着，手指轻动，哑声道：“我们非要这般说话吗？”

这句话清浅又普通，依照明熙往日对高钺的理解，这句话里分明有和解甚至求饶之意，虽是知道两人必然有一场对话，可明熙心头也别有一番说不出的难过。

明熙思索了片刻，再次道：“非我要如此说话，可如今我们也无话可说了，不是吗？”

高钺深吸了一口气，低声道：“不若我们手谈一局，如何？”

明熙道：“怕是不成了，陛下走时交代的事，若是继续耽搁下去，只怕这一天也做不完。”

高钺斜眼看了眼奏折：“自太子紧闭东宫，陛下虽是收回了政务，可人也疏懒了许多，若非十万火急，奏折是不会看的。”

明熙不以为意道：“由奢入俭难啊，陛下大半年没管过朝中之事，乍然接手，难免有些力不从心。”

高钺轻声道：“自大皇子出生后，谢氏蠢蠢欲动，陛下看似没有章程，可心中已有万全之策，如今宫中看似安稳，实然一触即发。你……不若你去我城外庄园，住上些时日，正旦以后该是无事了。”

明熙抬眸对上那双深蓝色的眼眸时，脑海中似乎划过许多熟悉的画面，可又似乎什么都没有。她缓缓垂眸，浅浅笑道：“可惜高统领晚了一步，我已答应陛下，在宫中过正旦。”

虽然面前的还是原本的那个人，可一年不见，似乎有什么不一样了。看似温和了，脾气也更温顺了，这人却更难靠近了，更冷淡了。那种不以为意，满不在乎，从不曾让高钺感受到如此强烈的挫败。

这改变或是一年前未离开时已有了，可自从拒绝了陛下提议的亲事后，裴达已是不许高钺再靠近阑珊居了，两个人相处的模式也就变了，明熙再也不曾请求过任何帮助。可那时高钺太忙了，自顾不暇，也没有时间去想这些。

一年的别离，太久了，久到高钺得知这人回来，不顾一切地想要见上一面。未见之时似乎有许多许多话要说，可见了面竟不知该如何开口。因为什么都不能说，也不知道能说什么。可即便这样尴尬地坐着，即便心里知道对面的人不想见到自己，高钺丝毫不想让对面的人再离开视线，至少此时能多看一刻就看一刻。

高钺轻声道：“你住在哪个宫？前几日有宫侍收拾了揽胜宫，可是你住了进去？”

明熙点了点头，若有所思道：“过了正旦，高统领也该二十五了，不知高太尉可有给你定好亲事？”

一个看似不经意的问题，瞬时让高钺整个人紧绷了起来。他轻咳了一声，看着明熙，逐字逐句地斟酌道：“虽是不曾，但父亲心中该是已有了人选。”

明熙颔首一笑：“虽不知你何时办喜事，但那时只怕我已不在帝京了，就先提前恭贺一声。至于贺礼，到时肯定会让人给你送过去。”

高钺眯了眯眼，垂眸了片刻，宛若不经意地开口道：“你正旦后还要离京吗？”

明熙轻声笑道：“我肯定还是要回甘凉城的。”

高钺道：“你既自出了宗族，在甘凉城里也是无依无靠。这帝京再不好，还有我……陛下，不管如何，总不敢有人欺你辱你！”

明熙轻笑了一声：“高统领莫将外面的人想得那么坏，这一年不在帝京时，也无人欺我辱我。娘子总要嫁人的，陛下也不能护我一辈子，夫妻二人关着门过日子，陛下管起来也不会太名正言顺，当然也就没有谁欺负谁一说？”

高钺愣怔了好半晌，极轻声地开口道：“什么夫妻？”

明熙轻声开口道：“我看好了一门亲事，陛下有意为我做主。年后该会提上日程，婚事就不在帝京办了，到时候也不会特意给高统领下帖子了。”

“是谁？”高钺骤然放下了茶盏，抿着唇，“近日未曾见陛下召见哪家郎君……更不曾听说还有此事。”

“高钺。”明熙望着高钺，正色道，“我们少时虽常在一起，但如今你二十有五，过了正旦我也已十九了。男女七岁不同席，你我私下见面已是大不妥了。我虽很感激你多年的照顾，但当初陛下曾有意给咱们做媒，我虽不知你为何拒绝，但拒绝就是拒绝了。你也好，我也好，根本没有回头路可走。”

高钺薄唇抿成了一条线：“当初你母亲与我母亲生前曾有过盟约……想必你也知道。”

明熙颔首一笑：“那日你所说的一切，我都还记得，既然婚约都是戏言，也是当时的权宜之计，你不同意，我不强求。过去的事了，你小时候对我的好，我记你的恩德，也念你的好，同样地，你帮你母亲还的情也够了，我们都不必再耿耿于怀了。”

高钺垂眸看向一侧，许久许久，轻声道：“你可是怪我在陛下面前拒了婚事，我自有我的考虑，有些事非你看到的那么简单，我只是还有一些事，并未处理清楚……”

“高钺！”明熙高喝一声，打断了高钺的话，“人多少都有些自私，那时我肯定一心为了自己打算，你的那番拒绝，我若说从不曾怪你，也是假话。在当时来说，你可能是我唯一能够期望的出路了。

“但是，一别一年多，我在甘凉城里见了些许生死，也就逐渐想开了，反而不那么在意了。如今我虽遗憾你的拒绝，心里却已经不怪你了，更不说不上怨怼。”

高钺怒极反笑：“说了那么多，还不是耿耿于怀当初之事。”

明熙道：“若耿耿于怀，即便当初有，如今也已散了。你很好，人品性格都很好，待人也是全心全意的。可就像你说的，一生的事如何能勉强得来，或是轻率地决定？”

高钺冷笑道：“你记得倒是清楚。”

“是的，别人的好，我都会记得，能还就还，不能还就只能欠了。”明熙感觉到高钺情绪上变化，缓了缓，放轻了声音，“从小到大，你待我的好和用心，我都知道。以前年少，常常以此为傲，不知珍惜你的用心，反而有恃无恐地挥霍。每每不高兴或是不顺遂，总是喜欢拿你发脾气，说是骄纵任性，何尝不是知道能从你身上无条件地索取。”

高钺紧蹙的眉头缓缓地放开了，垂眸抿了一口茶水：“一年不见，倒是越来越会说话了。”

明熙笑了一声：“甘凉城人说，岁月如霜刀，刀刀催人老。我早已过了用年少无知当借口的岁数了，心里也就没有那么多有恃无恐了。如今既然知道两个人注定不能在一起，当然没有资格要求。高钺，天下无不散的宴席，你许是还以为……可我知道，我们之间的宴席，早已在你拒婚的那一刻就散了。”

高钺咬牙道：“可是有人和你说了什么？你该知道我不会在意那些传言，往日里是怎样，如今也不用改，以后更不用改！你与我……这些年，许多事，难道是一两句话就能说清楚的吗？”

明熙轻声道：“我知道你身上有很多优点，可是我既然有选中的人，你父亲也为你选中了人，我们根本就不该再相见，更没有什么话不能说清楚。

“高钺，你该明白，我现在不需要你的优点，也不需要你的好，更不能利用你的心思。我不会让自己看不起我自己，更不能让这世俗看不起自己。”

高钺咬肌微动，轻出了一口气，冷声道：“你到底想说什么？如此说，会让你心里好过一些吗？还是，陛下对你交代了什么！”

明熙肃声道：“你不必气恼，也不必责怪任何人。世俗有世俗的规矩，你我都不可能越过界限去，如果说两个人一次错过是巧合，那么次次错过，定然是有缘无分。

“年少的亲近，不能说明什么，因为最后我们终将各走各路。我已将你放下，可我怕我任何对你的善意，或是不经意的举动，都会使得你放不下。虽不知你到底有何苦衷，但拒绝了就是拒绝了。这些年来你对我的好，我都知道，我很感激，可是……可是这些好，只能到这里了，再不能继续了。”

高钺沉声道：“这是我自己的事！你毋庸置疑！”

明熙抿唇道：“这是你的一厢情愿！我做甚就要接受你自认为的好意？！我尊重你，可你也该尊重我！这般私下的见面，就是你的私心与执拗，你可想过这般对我来说，有欠妥当？”

高钺冷笑一声：“这是怕我耽误了你吗！”

明熙道：“你现在不是耽误我，又是什么呢？有因才有果，我非针对你，而是所有的人都该谨守界限。现如今我信命，也信生死，这一生都不想再亏欠任何人！若是欠下的，我能还，不管欠多少，我都不怕。

“可我既已有了选定之人，所有人对我的好，终其一生都将难还上了。是以，我现在唯一能做的，就是不许任何人靠近我，不许任何人注意我，自然也包括你在内！我们早已无话可说，更不该再见面了。”

高钺道：“陛下又和你说了什么吗？前番陛下虽是又提起了你与我的亲事，但是父亲心中已有了人选，我若应了陛下，只怕父亲会对你不利，才不得不说外面……”

“不是！陛下不曾说过有提亲的事。”明熙挑了挑眉头，恍悟道，“男大当婚女大当嫁，我们不该见面，你不该对我有维护之心，更不该在我身上用半分心思，这是我们对彼此的尊重，也是这世俗的规矩，谁也不能逾越。”

“呵！世俗规矩？你贺明熙自小到大，何尝是个守规矩的人？如今要将这些都套在我身上吗！你拿着钝刀子一点点地割碎所有，否认一切，就是你给我的尊重吗？”高钺声音越发冰冷，“贺明熙！你如此狠心！如此自以为是！以为我真的非你不可吗！”

明熙面上没有半分怒色，不明所以地笑了一声：“我从不曾有过这种想法，该说清楚的我已和你说清楚了。就因为我以前不守规矩，才吃了那么多莫名其妙的苦头，是我的命，我认了，但我的如何，已与你无关，你还不明白吗？”

高钺眼眸的雾霭冻结成冰，冷笑连连：“好一个弃如敝屣！你有看中的亲事，莫不是我就没有了吗？三年前我于帝京已置下外宅！一直不娶，也不过是为了那宅院中的那人，与你贺明熙又有何干？！”

“如此，倒是我误会了，能找到心仪之人总是好事，我先给你道喜了。”明熙虽知道高钺不见得说的全部都是实话，但既是如此说了，以他的性格，想必也是有此事的，这恭喜颇是情真意切。

高钺并不领情，讽刺道：“那你看中的，又是何人？甘凉城那般的荒凉，也能遇见合适的人选吗？以你往日的性情，着实不该如此将就。”

明熙望向高钺，不紧不慢道：“他虽说不上多好，但我也不曾将就，遇见他也曾不由自主地想，两个人要相伴过上一生，就该选这样性格的人。我已禀明了陛下，年后也要筹备婚事了。”

高钺冷笑一声：“是谢放吗？”

明熙眼中露出些许讶然，沉默了片刻，颔首道：“是。”

高钺缩在袖中的手，顿时握成了拳头，许久许久，骤然站起身来，冷笑了一声：“一个庶子你也瞧得上！倒真不挑。”

明熙望向高钺，挑眉道：“我的事，你并无指手画脚的资格。高钺，你该清楚，不管今后如何，我们都不该再见面了，你若执意，对别人何尝公平？”

高钺转身片刻，骤然回眸，深蓝色的眼眸中再没有半分的烟火，极轻声地开口道：“你以为谢放能护你多久？”

明熙倒也不怒，笑了一声，胸有成竹道：“我选中的人，自然有他的优点，谢放不必入任何人的眼，但我相信他能护我一生无忧。”

高钺冷笑连连：“如此！拭目以待！”

明熙丝毫不让，笑道：“若没有这点自信，我如何敢说自己选中了人？这一生那么长，过得好不好，瞒不住任何人的。”

“贺明熙！收起你的自以为是！”高钺话毕，转身离去。

东宫内殿，叔侄相对而坐，却也无言。

泰宁帝倚在长桌前，又喝了一盏茶：“太子若无事，朕就先走了。”

柳南面有难色：“殿下惦念了您许久，陛下这才刚来，再坐一会儿吧。”

泰宁帝瞥了眼倚坐床榻的皇甫策，笑了一声：“你也是修炼成精了，你家殿下黑成锅底的脸，就差写上让朕去死了！”

皇甫策挑眉道：“皇叔好歹是一国之君，怎可把话说得如此粗俗？皇叔随意给东宫加派护卫就成，还不兴侄儿找皇叔诉苦吗？”

泰宁帝轻哼了一声：“哦？朕看你一副兴师问罪的姿态，可没有半分苦主的样子。”

皇甫策与泰宁帝对视片刻，轻声道：“侄儿要做甚，皇叔半点都想不到吗？若心里真不知道，又怎会大冷天的，不辞辛劳地前来呢。”

“太子说哪里话，啧！朕就是来看你笑话了，太子又能如何？”泰宁帝悠闲地开口道，“实话与你说，这满东宫的侍卫，朕就是为了防那些贼心不死的人。不管真惦记，还是想利用，也得能出了这东宫。学人装病，还不是没人心疼！有的人傻了一次，不会再傻第二次了。太子问问柳南，方才他同谁说太子病重，可人家连眼都不曾抬。”

皇甫策未看柳南，不以为意地笑了一声：“那倒未必，侄儿看皇叔就傻了一次又一次，乐此不疲得很呢。”

泰宁帝怒极反笑：“你心思深又如何，此番朕可不管那么多了，只防好你就是！你有什么手段，也得出了东宫，才能作怪！花多少心思，都没用！朕不会再上当了！”

皇甫策轻声道：“皇叔防着侄儿又有何用？皇叔还要多注意她才是，如今侄儿孑然一身，说不得她会再起心思，一心回到侄儿身旁来。”

泰宁帝道：“呵呵呵，想得倒挺好。”

皇甫策却道：“不过，她历来对皇叔最是孝顺，知道皇叔所想，即是心里在意侄儿，只怕也不会表现出来。”

泰宁帝闻言，顿有种甘露入心，醍醐灌顶的清明。他眼眸微转，将皇甫策打量个来回，轻声道：“太子禁闭东宫两个月，还能如此自以为是，朕心甚慰。

“朕今日前来，也有事要与太子殿下商议商议，此番明熙回来。特与朕说了她的亲事。朕觉得三月四月，有几个日子都还不错，当初钦天监给太子大婚看的好日子，太子如今也用不上了，朕正好拿来给明熙用……太子以为哪个日子最好？”

皇甫策垂了垂眼眸，薄唇抿成了一条线：“她与皇叔商议亲事？侄儿不知皇叔此番又相中了谁？”

泰宁帝轻笑了一声，指了指皇甫策，宠溺道：“淘气，你皇叔岂是专制之人？明熙心中喜欢谁，哪里是朕能左右的？她要嫁给谁，只要不是所托非人，朕也会听之任之的，太子以为如何？”

皇甫策看也不看泰宁帝发腻的笑脸，似叹息般道：“皇叔笑得这么假，侄儿心甚累。皇叔要是这么聊，咱们也就没甚可说的了。”

泰宁帝不以为忤，笑眯眯地开口道：“咱们叔侄许久不见了，太子不与朕手谈一局吗？”

皇甫策绷着脸，缓缓闭上眼眸：“侄儿心甚累……”

小内侍急匆匆地跑进了门，站在薄纱屏风外，看向里面的人，急声道：“陛下！陛下！平管事让奴婢来请您回去！”

泰宁帝收起了笑意，坐正了身形，斜了眼六福，不紧不慢道：“你去问问，何事如此慌张？”

小内侍不等六福出来，忙道：“高统领闯入了太极殿，平管事与奴婢拦都拦不住！”

泰宁帝脸色一冷，骤然站起身，怒声道：“一个个不省心的东西！不是说让高钺回去吗！朕才出来这一会儿，就出了这般的事！一点小事你们都做不好！”

六福忙小声道："高统领那般执拗的性子，陛下不在，祁平哪里拦得住啊！娘子如今一个人在太极殿中，陛下还是快些回去吧！"

"一个人在太极殿又如何，高钺还能翻出天去不成！"泰宁帝话虽这么说，但到底也没了和皇甫策说话的心情，起身就朝外走。

皇甫策却在此时，缓缓坐起了身形，穿好了鞋履站了起来。

泰宁帝见太子起身，着实有些不明所以，挑眉道："太子既是病了，就好好养着，不必起身相送。"

皇甫策掩唇轻咳："侄儿许久不曾出门了，正好借此机会送送皇叔，顺道去太极殿里看一眼皇弟。"

泰宁帝想也不想，开口道："难得太子有心，可太子该先养好身体！"

皇甫策听闻此言，倒也不再推辞，坐了回去，漫不经心道："高钺而已，哪里是她的对手，但有些事，皇叔想清楚后，再回去也不晚。"

"哦？太子有话要说。"泰宁帝眼眸微动，思索了片刻，顿住脚步，身形一转，坐到了太子对面。

皇甫策抿唇一笑："皇叔虽是把话说了一半，侄儿也听明白了，她出去一年，回来说有看中之人，只怕非帝京人士。"

泰宁帝看了皇甫策片刻，忍不住笑道："怎么？这与太子有何关系？"

皇甫策凤眸微动，道："皇叔年岁不小了，大皇子尚幼，宫中冷清寂寞，皇叔心里只怕也舍不得亲近的人远行，若说承欢膝下，皇叔是断断看不上侄儿的。"

泰宁帝挑眉，优哉游哉地端起茶盏抿了一口，不紧不慢地开口道："难得太子还有些自知之明，可朕也不是自私之人，儿孙自有儿孙福，哪儿有为了自己将人强留在身边的？"

皇甫策轻声道："皇叔为人最是爽利，咱叔侄明人不说暗话。如今侄儿无婚约在身，皇叔为了她的婚事，考量了帝京许多人家，怎就忘了眼前最合适的人选？"

"明人？你也算是明人？"泰宁帝余光将皇甫策打量个来回，笑了一声，"最合适的人选啊，呵，你自以为的吧。实话同你说，虽说太子是朕的亲侄儿，可这事啊，朕还当真看不上你，更不会考量你。"

皇甫策的表情似乎有片刻的停顿，随即垂了垂眼眸，漫不经心地刮了刮茶沫，有条不紊地开口道："皇叔不喜侄儿，心思难免偏颇，可侄儿以为，再没有比侄儿更合适的人选了。"

泰宁帝皮笑肉不笑地开口道："呵呵呵……"

皇甫策斜视，温声道："皇叔莫任性，侄儿此番求亲之心，可昭日月。"

泰宁帝道："呵呵呵，太子家的日月，朕也是信不过的。"

皇甫策面无表情道："侄儿与皇叔乃皇甫氏子孙，同宗同源，自然同一个日月，皇叔以为如何呢？"

泰宁帝假笑道："任你巧舌如簧，朕也是不会答应的。"

皇甫策不以为意："皇叔任性妄为，一意孤行，也不管她的心情与喜恶吗？当初阑珊居的黑锅，是谁给皇叔背的？皇叔这般过河拆桥，无情无义，倒是有几分皇甫氏的遗风。"

泰宁帝挑眉喝道："竖子无状！若非你有意做套，朕哪至于投鼠忌器……咳！明熙之事，朕心中自有计较，不管嫁与谁，也定然不会亏待了她！任你说破大天去，朕也不会听的！"

皇甫策挑眉，轻声道："怎么？皇叔恼羞成怒了吗？既有意补偿，皇叔又有何理由，不应侄儿的求亲？侄儿自认可比满帝京的郎君。"

泰宁帝冷笑连连："实话同你说，朕会选择帝京所有的人，门第低一些也无甚，独独不会选你！"

皇甫策轻声道："皇叔身为一国之君，竟没有半分公平可言吗？皇叔眼中，你的亲侄儿，这大雍朝的太子，还比不上甘凉城的一个乡野之人吗？"

泰宁帝抿唇："别唬朕，大雍太子又能如何？朕还是大雍皇帝呢！谢氏也堪比皇甫氏，何来乡野一说！何况，那还是你的母家！你有什么优越感！实话告诉你！朕虽也看不上那谢氏庶子，可最看不上的还是你！"

皇甫策了然瞥了眼泰宁帝："皇叔中意的是谢燃？"

泰宁帝嗤笑了一声，想也不想地回道："笑话！谢燃如何能入朕的眼？"

皇甫策垂眸，长长的睫毛遮盖了全部的心思，轻声细语道："谢放吗？"

泰宁帝挑眉一笑，神情颇是自得："自然是谢放，他好歹也算年少有为，有勇有谋，几次与明熙同生共死。两人又难得性情相投，相处得十分的好。谢放虽是庶子，可出身谢氏门楣，自己又是个有本事的，前途不可限量，朕看来看去，虽不是最好的人选，但也不错了。"

皇甫策十分轻蔑地笑了一声："大雍宫将皇叔的所有雄心壮志都磨碎了吗？一个四品将军夫人对皇叔来说，就够了吗？

"谢氏门楣再高，如何比得上皇甫氏？普天之下莫非王土，将来不止这大雍，整个天下必然会被侄儿收入囊中，后宫至尊，皇叔就不想给最亲近的人吗？"

泰宁帝看了皇甫策好半晌，率先移开了眼眸，轻笑了一声："皇后之位啊？太子莫非忘了，朕现在还活着呢？太子这是威胁朕吗？这就胜券在握了吗？"

皇甫策道："皇叔的一切，总会是侄儿的。皇叔若想手掌一切，就得活得比侄儿长。否则，你今天不应的事，侄儿以后有的是办法做成。

"皇甫氏的名声已是如此，也不差强抢臣妻这一桩，说不得这般的事，会比正史流传得更精彩更久远，皇叔以为如何呢？"

"无耻！败类！皇甫氏怎么出了你这么个东西！亏你有脸说出来！那是臣子吗！那谢放好歹是你表兄！你难道一点脸面都不顾了吗！"泰宁帝肃然站起身来，指着太子怒道，"枉你读了二十年的圣贤书！竟有如此想法！这般没羞没臊！与泼皮无赖又有何异？！"

皇甫策不以为意地笑道："皇叔那么生气做甚？你还真以为自己是世家子吗？太祖出

处，满朝文武心照不宣，那些装点门楣的族谱，皇叔想拿去骗谁。”

“你！竖子猖狂！竟连祖宗都敢辱没！放肆！”泰宁帝抖着手，涨红着脸指着皇甫策，“你这么个不肖子，还敢肖想这婚事！朕就明白地告诉你！明熙的婚事，不管是谢放还是谢燃，朕都愿意！但绝不会选你！你给朕趁早死了这一条心！”

皇甫策面上的笑意顿失，冷声道：“皇叔那么生气做甚？侄儿不过是随口说说，愿意就愿意，不愿就算了。”

泰宁帝怒声道：“狼子野心！狼子野心！朕是看不透你，也不知道你到底想要什么！可朕不会把明熙推入火坑里去！你给朕死了这条心，否则朕死之前，你别想出这东宫了！”

皇甫策道：“侄儿心赤诚，换来皇叔的冷漠决然，侄儿又岂是那纠缠之人，如此算了就是。”

泰宁帝却是不信，怒极反笑，冷声道：“不管你纠缠不纠缠！只要人选是你！朕绝对不会同意的！婚姻大事乃父母之命媒妁之言。明熙自出宗族，这婚事贺氏，贺东青，都没有插手的余地。可她特地回来向朕禀明了心意，可见是有心让朕为她做主婚事。那谢放纵然外在没有那么繁华锦绣，但有些缺点在朕眼里反而成了优点。

“朕和你说！四品将军之妻，没甚不好的！只要朕在一日，那谢放就不敢纳妾抬房，即便有一日朕不在了，一道圣旨留下，谢放的后宅也要给朕干干净净的。甘凉城看似偏远，但也天高皇帝远，你的手伸不了那么长。

“谢氏乃簪缨世族，顶级门阀，所出的大将军，不论品级，在那甘凉城都属第一人，所有的文臣武将对谢放来说都是摆设，明熙不用应酬这些人的夫人。后院没有妻妾之争，家中不用伺候婆母小姑，进门就能当家做主。作为嫁出去的娘子，这是再好不过的日子。”

皇甫策点头，轻声道：“一如皇叔所说，天高皇帝远，她过的是什么日子，您又看不到，如今想得再好又有何用？

“后宅之中，夫妻之间，多是不入流的手段，她那样的脾气性格，若是吃亏，只怕也不会告诉皇叔。”

泰宁帝嗤笑一声：“你休要蛊惑朕，明熙的眼光和手段，朕还是信得过的。”

皇甫策看了泰宁帝片刻，轻笑了一声：“皇叔并非是相信贺明熙的眼光和手段，不过是……怕她入宫后，将来再得了母后当初的结局。”

泰宁帝满眸的冰霜，咬牙切齿道：“是又如何？你父亲会如此，你若如此，也不奇怪。当然，即便不是诚岚的结局，到时候后宫住满了莺莺燕燕，那日子能过舒心了？实话与你说，她若不喜欢你，朕倒也不反对她嫁给你，可她若心中有半分在意你，朕就不会让她嫁给你！皇后之尊？至尊之位？这其中的苦楚，到时候谁会知道？谁又能给她做主！

“以她那眼里不揉沙子的性格，日久天长了不是逼死了自己，就是逼死了你！不然就是你们一起死！你在阑珊居中数年，心里还不知道她的执拗吗？她说放下就是放下了，她要是放不下，也早与你鱼死网破了！你们两个的性子，根本不适合在一起！

“阑珊居三年，每日一报，你们如何相处，朕心知肚明！明熙对你的全心全意，对你的忍让心疼，换来的全是利用与心安理得。你性格阴沉偏执，心思叵测，又是锱铢必较，仗着她对你的喜爱，每天变着法地折腾，天天出幺蛾子！她恨不得一颗心都掏给了你，可换来的是什么？毫不留情地弃如敝屣！朕既都知道了，又怎会将人再次交与你？！”

皇甫策眉头轻动，侧目应了声：“皇叔倒是了解侄儿。”

泰宁帝不为所动，冷笑道：“明熙既选择放弃你，朕恨不得额手称庆！她既不愿回头了，你失去了什么，朕心知肚明，也懒得和你计较了。当初着急给你定下三家婚事，就是为了绝了你所有的心思与念头！如此一来，不管你要如何，以明熙的性格，绝不会与婚约在身的人纠缠不清！你们的缘分就会被彻底斩断了！朕好不容易等到了今日的结果，更不会撮合你们在一起！不管是现在或是将来，甚至朕死后，都会防着你，不会让你得逞！”

皇甫策垂眸沉默，许久许久，轻声道：“那侄儿就不耽误皇叔了，柳南送陛下回宫。”

泰宁帝噎住，满眸怀疑地看了眼皇甫策半晌：“你是不是有别的阴谋？”

皇甫策挑眉，轻声道：“侄儿被困东宫，侄儿说什么皇叔又不信，何来阴谋一说？”

泰宁帝重重地点头：“自然不信！肯定不信！你全身上下，有哪点值得朕相信的？！”

皇甫策长出一口气：“养了这么长时间的病，眼看就正旦了，皇叔也该放侄儿出去走走了。”

泰宁帝眼眸微动，怀疑道：“太子可不像耐不住寂寞的人。”

皇甫策道：“这一年来，经过了许多变故，侄儿想明白了。”

泰宁帝沉默了片刻，抿了一口茶水：“太子都想明白了什么？”

皇甫策轻声道：“侄儿在阑珊居三年，承蒙贺明熙照顾，如今听皇叔说起这些来，很是唏嘘。”

泰宁帝瞥了眼皇甫策：“哦？你刚才是求亲，可不是唏嘘。”

皇甫策抬眸，与泰宁帝对视片刻，轻声道：“当初翠微山定亲，侄儿一直不明白，皇叔意欲何为。方才皇叔不打自招，原来竟是为她，专门为侄儿做的局，就怕侄儿……如今想来，皇叔当真是用心良苦了。”

泰宁帝噎住，终于明白方才求亲是假，套话是真，心中有些羞怒又有些懊恼，顿时冷了脸：“啧！太子好一计声东击西！可现如今才想明白，说什么都晚了。太子也别说朕用心良苦，局做得再好，也要太子配合才是。

“朕看着翠微山时，太子可是乐在其中得很，是不是还想着明熙追过去求你？等你给个一席之地？呵呵呵，好歹你们也朝夕相处了近三年，竟还抱着这种幻想，痴人说梦。”

皇甫策轻笑了一声：“侄儿年少无知，还不能一时糊涂吗？皇叔年少时，就不曾糊涂过吗？”

泰宁帝冷着脸：“后悔也晚了！”

皇甫策垂眸，长长的睫毛遮盖了思虑，许久许久，轻声道：“是啊，这一生谁没有一些遗憾？”

泰宁帝看了皇甫策片刻：“太子想明白了就好了。”

皇甫策长出了一口气：“皇叔打算何时为贺明熙定下亲事？”

泰宁帝忙道：“自然是越快越好，待正旦朝廷开印，谢放述职后。”

皇甫策道：“正旦前，侄儿想再见她一面。”

泰宁帝顿时满眼防备，盯着皇甫策那张素来风轻云淡的脸看了又看：“嗬！太子又打什么主意？！”

皇甫策道：“阑珊居三年，侄儿该对她道声谢。”

泰宁帝想也不想道：“朕看就不必了，她愿不愿意见你还两说。”

皇甫策轻声细语道：“她若定下亲事，侄儿再见总也不妥，以后甘凉城山高水长，想再见面也是不能。这一声谢，是侄儿欠下的，皇叔不该阻挡。”

泰宁帝眼中狐疑更甚，讽刺道：“呵，朕可不信你。”

皇甫策深吸了一口气：“如此也罢，此事也不必全依靠皇叔，侄儿再想办法。”

泰宁帝见皇甫策答得那么干脆，反而又迟疑了起来：“你想办法？！你想背着朕干些什么？”

皇甫策闭了闭眼眸，叹息道：“侄儿累了。”

“你又打什么主意！”泰宁帝更是迟疑，一想到皇甫策会在自己看不见的地方见明熙，内心反倒更是不安。

皇甫策紧蹙着眉头，似乎很是疲累，叹息道：“左也不是，右也不是，皇叔的疑心越发重了。”

泰宁帝将皇甫策打量了片刻，试探道：“太子想见她，也不是不可，不过必须有朕在。”

皇甫策斜着看了泰宁帝一眼，轻声道：“如此甚好，皇叔安排就是。”

泰宁帝见皇甫策答得干脆，表情有片刻的空白，瞬时又有些后悔，懊恼得想咬掉舌头，可话既已出，又不能更改。泰宁帝心有不甘地恶狠狠地瞪了皇甫策片刻：“别让朕知道，你又要什么花样！”

一寸还成千万缕

6

天黑后，帝京高氏府邸也乱作一团。

东侧院湖水中央的大书房里，灯火通明，几个幕僚都等在正堂书房，时不时地低语几句，脸色都有些凝重。

高林、高钺、高战父子三人，都在侧面的小书房里。

高战乃高林庶出的次子，被高林亲自教导长大，也是高氏众多子弟当中，唯一在高林身侧长大的儿子，十几岁就跟随高林左右做事，深受其重用。

高夫人从南梁嫁来后，从不得高林眷顾。

高钺性格孤高，儿时被祖父高长泰教养身侧。高夫人去世后，高钺在高长泰的默许下，入宫做了太子伴读，很快就得了先帝青眼。不久，就在安定城入了武职，虽职位很低，但也开始接手高氏经营数年的京畿护卫军的一切。转眼数年，直至前年才调入帝京，也很快升为禁军统领。

高钺有足够的资历与战功，又深受两任帝王的宠爱，自然有让高林骄傲的资本。但父子二人多年来因聚少离多，一直不够亲近的。若说高林最器重的儿子，肯定是嫡子高钺，但最亲近的儿子，还是高氏庶次子高战。

高战在外职位不高，人才不显，也不曾有什么兵权，但高氏家中的事务，门客幕僚，以及许多关系，都是高战在维持。

若说高钺是高氏的门脸与风光，那么高战就是高氏的内里与脉络，兄弟两人一个主内一个主外，倒让高氏一日比一日地风光。

此时，高林的脸色铁青，瞪着跪在书房中央的高钺，目光颇有些不善，许久许久，深吸了一口气，怒声道：“本已计划好的一切，谁准你擅作主张！”

高钺面对高林的斥责，只是垂着眼眸，直挺挺地跪在书房中央，抿唇不语，高战站在高林身后面上也很是为难。

高林与高钺虽不亲近，但从不会在外人面前给高钺脸色。甚至在高钺做上禁军统领后，高林对高钺这个嫡长子可谓极为看重，也多了几分尊重。此番能在离幕僚来往不远的地方，让嫡长子跪在小书房里，可见此事已是十分严重。

高钺虽是跪着，但脊椎挺得笔直，其中固执，可见一斑。

如此情形，让高林越发来气：“你还觉得自己没错？！”

高战轻声劝道："兄长也许是……有自己的理由，父亲莫要如此，让人看了总归不好。"

高林气结，抱怨道："若为小事，为父何至于如此！他竟是悄无声息，提前给安定城送了消息，穆长白早已接了军令，下午才将此事告知为父！

"谢氏那里毫无动静，连虚实都不曾摸清楚！他竟敢如此胆大妄为，自作主张！此举成败关乎我高氏一门上百条人命，他何尝为家里想过！本是计划得好好的！宫中的人还什么都不知道，现如今……"

高战忙道："父亲不是已让人通知宫中了吗？谢氏不管多少人，都是来者不善。比起我们来，谢氏历来被陛下猜疑，此番临时换人入京，只怕最为警惕的人就是陛下了。

"兄长许是怕夜长梦多，既然到现在都不曾探出虚实来，难道过几日就好了吗？这般的对峙，又都蓄势待发，倒不如让他们措手不及。"

"话虽有理，可难道我是死的吗？如此之事，即便要做，也该先同我商量一番！"高林虽知道高战说的有些道理，但高钺历来擅作主张，几乎已不将他这个父亲放在眼中了，这才是使高林最生气的地方。

高钺抬眸道："父亲息怒，成败都是五五的事，箭在弦上，万没有畏首畏尾的道理。"

高战忙附和道："父亲虽是思虑得全面，可同样耽搁了不少时间，瞻前顾后的，反而让追随之人，少了些底气。我以为，兄长所言极是，成大事者不拘小节，那些细枝末节，思索再多又有何用？"

高林瞪了高战一眼，斥责道："不管何时何事，你自来偏帮于你兄长，也不见他承过你的情！剃头担子一头热！"

高战好脾气地抿唇一笑："父亲又不是不知道兄长历来冷清，但待人最是赤诚。难道父亲不希望我们兄弟和睦？况且，我认为兄长言之有理，若是准备得太久，难免让人察觉细微之处，要儿子说，当初就不该等谢氏进京。

"现如今，虽看似万无一失，但漠北那地界，不管如何谢氏总会留下一两个人，我们也不可能一下将谢氏一网打尽。谢氏虽名头大，但除了谢放之外，这些年也无甚名将，如今谢放人都在京城里，漠北那十五万人马，将来对兄长来说，当不在话下。"

高林眯了眯眼，冷笑一声："十五万？呵呵，也就陛下还相信谢氏只有十五万人马！谢王历经三朝不衰，以谢氏的实力与财力，谢氏所拥有之兵力，只怕要在这基数上翻上一番。他们不光有朝廷的给养，又以战养战，用的可是屯田制。"

"你以为柔然与大雍怎么那么大的仇，说是强抢，可不光是柔然抢咱们。谢氏许多年前，奉行的便是前朝巡边制度，旬日或是月余就会派出马队巡边，若遇柔然牧民或部落，抢夺一空，久而久之，自然积怨颇深……"

高钺低声道："怪不得父亲得知谢放入京后，便一直心神不宁，计划推后了一次又一次，原来还有这番顾虑。可父亲也该清楚，此乃京畿重地，谢放再有本事，难道还能带着几千人杀出重围不成？！"

高战见高林沉默不语，不禁也道："父亲心中有所顾虑，下面的人一时半会儿虽不见得能揣测出来，但时间久了，那些幕僚可都是人精一般的人物，只怕也会瞧出端倪来。此事本就该当机立断，不管谢氏是怎样的庞然大物，既然父亲有心大皇子，那必然会对上辅佐太子的谢氏，一拖再拖，反而延误了好时机。"

高林有些不放心道："总不该如此匆忙，最少也要等过了正旦，谢放述职之后，才知道陛下对谢氏到底是怎样的态度。有半个月的时间，去漠北打探的人也该回来了……"

高战轻声道："漠北有多少人马，也是远水救不了近火，到时大皇子名正言顺，谢氏再来勤王，或是再匡扶太子，那可真就是不臣之心了。"

高林瞪向高战："你就是个白眼狼！为父自小疼你，一到与你兄长有所争执，你半点都不向着为父，处处以你兄长马首是瞻！这般擅作主张，难道为父还说不得他了吗？"

高战见高林这般说，便知他已消了气，忙笑道："我自然也以父亲马首是瞻，但此事却是该如兄长所说，当机立断最好，夜长反而梦多。征战之事，瞬息万变，兄长十六岁带兵，即便是我们父子在一起，也不见得如兄长一个人。"

高林道："若非为父要早早地在朝中周旋，以你祖父的手段，为父何尝不会成为一代名将？"

高长泰因家境不好，年少时不曾读过多少书，跟随太祖打下天下后，最尊重文人雅士，自然也最重嫡庶门第。庶子庶孙，在高长泰眼里也不过都是身份高些的下人。嫡长子高林也是亲自带在身边，可带了几年也不得不放弃。

高林虽五岁闻鸡起舞，七岁已熟读兵书，可有些事情端看天分。高林学到最后，最擅长的却是文臣的那套，虚与委蛇，揣测人心，无半分领兵的天分。这对高氏来说也并非不好，只是作为一方统帅的高长泰难免失望。

高长泰当初一心想要为高林迎娶士族嫡女，后来不得已选了同样寒门的高夫人，高长泰虽不喜儿媳，但十分重视嫡长孙，在高钺三岁后，将其抱到自己院中亲自教养。高钺越是长大，高长泰越是明白，这乃是天生的将才，将来可为三军之帅。

高长泰自此也不再遗憾高林不能领兵的事，生前不止一次地对高林说，高氏有高钺才算真正的后继有人。这也是高林虽与高钺不亲近，但自小对嫡长子最为看重栽培的缘故。

高战见高林说出这番话时，已没有多少怒意，不禁笑嘻嘻地开口道："当年汝南剿匪，父亲尚说兄长时机把握不对，可最后兄长却大获全胜。若如父亲当初所说，虽也胜得万全，可却不一定有大兄的收获大。大获全胜，与获胜还是有所区别的，若得了一个空山寨，又哪里有父亲几个府库的东西？"

高林端起茶盏，抿唇而笑，望向高钺的目光顿时和蔼了不少："罢了，起来吧。将小书房的人都叫进来，今夜谁也睡不成了。"

高战见高钺起身，笑道："父亲只管放心，参茶煮了不少，保管一会儿都有精神了。"

高林看向高战，目光满含欣慰，开怀大笑："为父有你们两个好儿子，何愁大事不成！"

帝京东街王氏宅邸，这一夜注定无眠。

帝京的名医几乎来了一遍，人来人往虽无声无息，可每个人脸上都有些凝重。天色虽晚，可王氏还是从宫中将专治心疾的崔太医请了过来。

王氏一生所出六个嫡子，两个嫡女，在外赴任的二郎三郎不在，五郎六郎年纪尚小，一直在中原游学。如今在帝京的王敛知与王安知得到消息后，极快地回府了，与王轶一起等在外间。二郎与三郎的媳妇，也随着郎君赴任在外，家中唯有王敛知与王安知的两位夫人围在床榻一侧，不管心里如何作想，面上总是溢满了焦急。

帝京两位有名的大夫都看了脉后，还不曾离去，等在了外间。崔太医从内室走了出来，三位大夫耳语了片刻，面上越发凝重了。

王敛知站在一侧，眼中满是焦急，轻声道："崔太医，我母亲到底如何了？"

崔太医摆了摆手，轻声道："方才行了针，这病……以后好好养着就是。"

王敛知一惊："连您也没有办法吗？家母今早还好好的！这些时日可能太过劳心，下午才昏了过去……"

崔太医斜着看了眼王氏父子三人，轻声道："王夫人本就有心疾，往日里老夫也曾交代过，要时时注意，好好将养，切勿使其大喜大悲。脉浮而数，可见最近这段时日都不曾休息好，下午怕是府里有了急事，冲撞了王夫人，使气血一冲而上，才有了这般的结果。"

王轶微微皱眉，轻声道："难道没有解救之法？"

崔太医轻声道："若要恢复以往只怕再不能够了，但好好调养，身体也会逐渐恢复些许知觉，于性命无忧。"

王安知急声道："不能动不能言，还说什么于性命无忧！崔太医治疗心疾不是最为拿手吗？方才几位大夫可都是极力推荐您，连您都没有办法吗？！"

崔太医垂眸拱手道："老夫惭愧，这病……只能调养，是好是坏，全看家中人照顾……以后更得细心耐心，万不可让夫人再受刺激或是惊吓。先照方子抓一旬的药，以后老夫每三日会来给夫人行针，调养一段时间，若有好转，咱们再想其他的办法。"

王安知忙道："何谓好转？"

崔太医叹息道："恢复如初虽不可能，但能动动手指也算好事。"

王敛知对崔太医道："劳崔太医费心了，家中的人定然会细心照顾，这……母亲当真不能再恢复以往了吗？"

崔太医道："这般的病，在床上躺一年的也有，十年的也有，但恢复最好的也不过抬抬手或动动脚，再好的当真没有了。夫人的情况比较严重，只怕好好将养也……总之咱们养上一段时日再看以后。"

"可是……"王安知正欲说话，却被一声轻咳打算了。

王轶脸色也不好，轻声道："如此晚了，还劳崔太医特意走了一趟。"

崔太医忙道："不敢不敢，治病救人乃老夫的本分，王大人言重了，再者老夫也不曾帮上什么忙，以后只当尽力。”

王轶颔首道：“内子以后就麻烦崔太医了，大郎你亲自去送崔太医，安置好马车。”

王敛知垂了垂眼眸：“崔太医，您这边请。”

崔太医颔首，对王轶拱了拱手：“老夫告退。”

小厅的空气比方才还凝重一些，王安知偷瞄着王轶的脸色，几次欲言又止，直至王敛知回来。王轶依然黑沉着脸，一言不发地端着茶盏坐在原处。

不知过了多久，王轶缓缓抬眸，目光划过王氏兄弟，深吸了一口气：“说吧，家中出了何事？以至于一时不见，你母亲就成了这般模样？”

王敛知垂了垂眼眸，沉默了片刻，与王安知对视了一眼，好半晌才小声道：“母亲将阿雅送走了。”

王轶似乎也不意外，脸色缓和了下来，轻叹了口气，有些自责道：“莫怪如此，你母亲自来觉得亏欠了她，替她多想一些，也是难免的。这段时日家里的事，外面的事都乱作一团，我忽略了你母亲的心情，早知她会如此，阿雅之事，无论如何都该和她好好商议，也不会弄到今日的地步。”

王安知听闻此言，更是不敢抬眸，小心翼翼地开口道：“阿雅趁机跑了，找洪家的人去了。”

王轶骤然抬眸，冷声道：“岂有此理！那洪家敢收留她不成？！”

王敛知轻声道：“父亲有所不知，那洪家只怕一直与阿雅藕断丝连，趁着母亲送她出府的空当，离开了帝京。”

王轶眯眼道：“跑了和尚跑不了庙，洪家就没有别人了吗？抓起来细细拷问就是！若卫氏敢再暗中捣乱，我必然不会像上次那番轻易饶了他们！”

王安知低声道：“洪哲与洪家早有准备，半个月前已卖了帝京的一切，住在靠近城门的客栈里，今日等到阿雅会合，一起离了城。”

王轶脸色阴沉得厉害，重重地将茶盏摔在了地上，怒声喝道：“今日都是谁去送的阿雅！人呢！让他们来回话！岂有此理！岂有此理！这摆明就是套，也怪不得你母亲会如此！若是能找到人，只怕你母亲也不至于……怪不得怪不得！”

王敛知忙道：“父亲万莫气坏了自己，老何夫妇与春萍等人都关在了柴房。如今大张旗鼓地去提审反倒不好，万一此事泄露了出去，苦的还是家中与族中未出阁的娘子们。”

王安知轻声劝慰道：“母亲得知咱们要将阿雅送回祖宅，只怕心中万分不舍，这才想着先将阿雅藏一段时日，等过了正旦，再慢慢和父亲说……谁知出了这般的意外，听老何家的和春萍说，母亲也是被阿雅骗了，才会气急攻心昏倒在地。”

王敛知见王轶一直不语，轻声道：“如今还是快些找到阿雅才是正事，若是走漏了半分风声，父亲与高氏谈好的婚事只怕也不成了。高战虽为庶子，但自小在高林身边长大，在高氏家中也是能掌权的人。五妹妹姨娘乃为贱妾，嫁给高战已是高嫁，若此事再传出去，只怕这婚事也会有所变故。”

王轶沉思了片刻，冷声道：“大郎一会儿去将你母亲身边的那些知情人处理了。”

王安知一愣：“父亲，那些人对母亲都是忠心耿耿，如今母亲重病缠身，正是需要照顾的时候。此时绝非清算那些人的时候，洪家拖家带口地离开帝京，肯定还跑不了多远，此时派人兵分几路，总还能追上，过了今夜……以后可就不好找了。”

王敛知似乎明白了王轶的深意，缓缓垂眸：“父亲的意思是……”

王轶冷着脸道：“将知情人处理干净后，明日讣告王氏二娘子漏夜暴病而亡。”

王安知大惊失色：“父亲！这……这可当真就断了二妹妹的活路！”

未出阁的娘子与未成亲的郎君，去世后，只需告知亲朋好友，并不会大葬。若父母都在，郎君的尸身暂时也不会入祖坟，要先寄放一个地方，或是埋在别处，等到父亲或是母亲去世以后，这才会被迁入祖坟，算是父母带入祖坟的。此后清明正旦，总有叔伯兄弟的子嗣祭拜。

娘子为外姓，即便一辈子不出嫁，老死娘家，断没有入祖坟一说。一般的百姓家，也不过是为未出阁的小娘子，买上一副薄棺选一块地方，草草埋葬。王氏这般的人家，不管再讲究，也只能挑一块墓地将人葬进去，因不曾成亲，也没有子嗣，以后更没有祭拜一说，以后这块坟地也会逐渐没落成荒坟野地，那死去的人也就成了世人口中的孤魂野鬼。

这也是为何不管南梁还是大雍，娘子家世再好，最终都会选择嫁人。若夫君早逝，只要不改嫁，必然不会回娘家来。虽说夫君早逝，自己没有子嗣，但百年之后也可以跟着夫君葬入夫家的祖坟，将来坟前必然有夫君的子侄叩拜祭奠。若是回到家中，会不会被家中嫌弃先不说，单单是下葬一事，都无法与有夫家的人相提并论。

王轶斜眼看向王安知，冷言道：“断她活路的，不是为父，是她自己。”

王安知急声道：“肯定还有别的办法！这讣告一出，再无回头的余地，若阿雅回来又该如何自处？”

王轶斜眼看向内室的方向，冷笑道：“她有脸回来，王氏也没脸要这样的娘子！她不顾你母亲的死活，为父还要顾及她的死活？

“她不知道你母亲有心疾痛风之病吗？敢这样算计了你母亲又一走了之，这就是生生要了你母亲的命！如此狼心狗肺，将王氏祸害成这般模样，她还想回来做我王氏的二娘子不成？！”

王安知忙道：“阿雅年纪尚小，只怕想不到这里面的轻重，父亲万不可说一时的气话，到时候再后悔就来不及了。”

王敛知抿唇道：“再后悔？母亲都成了这个样子了，还有什么可后悔的？！我认为父亲所言极是，不说家中如何，母亲自来最疼爱娇惯她，若她当时能顾及母亲半分，也不会做出这样陷母亲两难的事来。如此自私自利的娘子，我们王氏不要也罢。”

王安知轻声道："话虽如此，可那到底还是咱们的亲妹子，若这般做了，将来那洪氏反悔，她可就真没有活路了！"

王敛知深吸了一口气："当初若非顾及母亲的身体，我与父亲根本不会等到正旦后才送走她。本就是怕母亲接受不了，想好好地过了正旦，再徐徐图之。既然她自己做好了决定，我们也拦不住，这般的事，若不当机立断，总也遮不住，到时候害的可是我们整个王氏！"

王安知虽知道王敛知所说很是有理，张嘴还欲再劝一劝，便在此时内间传来了众人的啜泣声，一时竟也失了言语。虽说长兄话说得绝情，可王雅懿做出这般的事来，心里也真就不曾顾及家中半分。王氏名声，家中还有众多未出阁的小娘子先不说，母亲有心疾之事，尽人皆知，素日里后宅之事，稍微劳心些都不敢禀告，何况是这般的大事。

明日讣告一出，自此以后，不管王雅懿在外如何，都再也与王氏无关了。王雅懿也再不是王氏二娘子了，一个没有了身份的人，若得不到洪家的善待，或那洪哲并非出自真心，而是为了娶王氏娘子，那王雅懿当真就是叫天天不应叫地地不灵了。

王轶听着这啜泣声，忍着心中莫名的绞痛，闭了闭眼，叹息了一声："不管结果如何，路是她自己选的，就按照我说的，大郎去处理吧。"

片刻的工夫，王轶的精气神也似乎要被抽干了，浓重的疲惫溢满了眉宇间。下午还在与人议事，满心的胸有成竹与意气风发，如今也只剩下了茫然与不知所措。若非出了这般的事，王轶做梦都不曾想到，原来王陈氏对自己来说竟是这般的重要。

三十多年的相依相伴，心里所有的运筹帷幄与踌躇满志，如今再回想，似乎与那个只会说夫君英明的老妻有着千丝万缕的关系。这些年对待老妻的一退再退，得知她有心疾后对王雅懿所有任性的妥协，何尝不是因为心底隐隐恐惧。毕竟这世间，只怕也只有这一个人会对自己不离不弃，全心全意支持了三十多年了。

王轶少年时心慕表妹，做下了不少糊涂混账事，后来偶尔回想，何尝不曾内疚与后悔。迎娶王陈氏短短三个月，就迫不及待地迎娶表妹青姨娘为贵妾。那时正是年少，仿佛有挥霍不尽的一切，颜如玉黄金屋对王氏子弟来说，又算得了什么。

王轶也算恪守士族之道，对自小一起长大的青姨娘，更是重情重义。为保青姨娘贵妾的位置，有了嫡长子后，在一段时间里，就不再去王陈氏的院落。直至青姨娘有孕，因族中与陈氏的双重压力，才不得不给王陈氏保留正室的体面，再次宿在正院。可青姨娘接连所出的两位庶子，一个只比嫡长子小一岁，一个甚至比嫡次子都大半年。

青姨娘有了两个庶子傍身，又有老夫人的偏心，算是彻底地扬眉吐气，开始接触掌家权。王陈氏身为大妇，反倒对后宅的一切不甚在意，将所有的心思都扑在了王轶身上，因这点知情识趣，王陈氏很快就怀上了第三胎，也就是嫡长女。也因这次的有孕，她失去了所有后宅的掌控权，自此以后，整个王氏后宅被青姨娘把持数十年。

这其中门道老夫人与青姨娘做得不算隐秘，老太爷心知肚明，但不知为何却不置一词。陈氏也是当时数一数二的门阀，世家嫡女身上所有的强势与傲气王陈氏丝毫不缺，但面对王轶时却丝毫没有显露。王轶虽得意于王陈氏的小意奉承，但对于后宅的争斗却冷眼旁观，甚至因老太爷的态度，对青姨娘的偏宠偏信更是有恃无恐。

在两个嫡子与两个庶子逐渐长成，嫡长女降生一年后，王氏嫡支的子嗣算是后继有人，王轶出外赴任的路，也被老太爷安排好了。当初王轶一心一意地想带青姨娘前去赴任，可那时青姨娘深受老夫人宠爱，又手掌整个后宅，两个庶子比嫡子都受宠，可谓有恃无恐，自然不愿跟随王轶前去陕地受苦。

王陈氏身为王氏嫡长媳，乃王氏之宗妇，不管在后宅如何，都不必跟随夫君出外赴任，况且当时王陈氏已再次身怀有孕，大可安心养胎。可为了随王轶赴任，她甚至将身孕也悄悄地隐瞒了下来，一心要随王轶赴任。在当时老夫人虽无心阻拦，但也打算留下两位嫡子与嫡女，陕地贫瘠不比帝京。

所有人都感觉王陈氏该将嫡子留在帝京，甚至陈氏本家也是此意，但在此事上王陈氏前所未有地强硬，不肯将自己所出的儿女留下。不知王陈氏是如何说服本家与老太爷，最后的结果就是王陈氏带着所出嫡子嫡女陪王轶赴任。

任职六年后，王轶夫妇才有机会回京述职，顺便过了正旦。那时王陈氏已有四个嫡子，两个嫡女，所出的次女王雅懿未满周岁。青姨娘在王轶此番的态度上，感到了疏离与冷漠，年节后王陈氏打包行李，再想与王轶一起离开时，受到了老夫人前所未有的阻挠。

大雍与南梁一般，最讲究孝道，老夫人要求媳妇守在帝京自己身边，是再合理不过的要求了，当时王轶虽还愿意带走王陈氏，但母命难违，左右为难。王陈氏不知怎么说服了老太爷，后来老太爷亲自发话，王陈氏可陪王轶再次赴任，但必须将年幼的王雅懿留在家中代替王陈氏陪伴祖母。

王轶这一走，又是十多年。在外任职期间，虽也有过几个妾室，但给予了王陈氏足够的体面与尊重，甚至庶子庶女也是在王陈氏的默许下才有的。因在外条件确实不比帝京，好的西席很是难求，许是感念王陈氏的不离不弃，六个嫡子都是王轶亲自教养长大，虽是要求严苛，但父子间感情很是深厚，对嫡长女更是爱若珍宝。

后宅中的庶子庶女，一年也见不到王轶几面。夫妻两人，既做到了相濡以沫，也做到了相敬如宾，虽说不上有多少男女之情，但感情似乎也超越了那些。王陈氏年纪越大，也越发想念被扔在家中的嫡次女，逢年过节总要提上几句。不管是王陈氏也好，还是王轶也好，心里都明白在老夫人与青姨娘掌控的后宅中，王雅懿的日子不会有多好过。为此，王轶也常常深感歉意，越发对王陈氏百依百顺。

后来十几年中，为怕老夫人发难，王轶两次述职都是孤身回家，见了畏首畏尾的王雅懿只觉心疼与难受，也见了逐渐长于后宅之中的两个越发嚣张跋扈又文武不成的庶子，越发心寒与愤怒。直至后来，这些都化作了王陈氏待自己的好。

老太爷重病缠身，王轶才被调回帝京来，就在回到帝京前夕，两个庶子一个醉酒失足跌落后宅湖水中淹死，一个在酒楼中生事斗殴被人伤了要害，救了几日，也没救回来。这其中虽是做得隐秘，但若说没有陈氏的手段，王轶也是不信的。

人死如灯灭，对待两个十好几年见面都屈指可数的孩子，王轶当真没有多心疼了，六个嫡子都是自己亲自教养的，嫡长女更是谦和懂事，后宅还有那么多庶子庶女，哪能都顾得过来。何况这两个庶子，长于妇人之后，祖母与姨娘都是小门小户不说，更将他们养得满身坏习气，没有半分的可取之处。

王轶最不缺的就是儿子，与青姨娘将近二十年的聚少离多，年轻时的那点男欢女爱，哪里比得上近二十年不离不弃共患难的王陈氏。是以，当王轶见到几乎是一夜白发的青姨娘时，心中只剩下厌烦，甚至有种隐秘的痛快与幸灾乐祸。

不管这两个庶子成器也好，不成器也好，甚至被老夫人如何心疼呵护也好，只因青姨娘当初的决定，他们这一生注定得不到王轶的喜爱。当初王轶对青姨娘有多真心，青姨娘因为有两子傍身后，不愿随王轶赴任，王轶的内心就有多失望。

青姨娘有了这两个儿子，以为后半生都有了依靠，变相地抛弃了王轶这个正牌的夫君，对王轶来说这就是背叛与欺骗。世家子，正是年轻气盛的时候，哪个没有十分的傲气与自尊，贵妾又能如何，还不是一个妾室、玩物，值不得什么。母亲喜欢，留着陪伴母亲就是。

何况那两个庶子被养得不知天高地厚，正经的纨绔子，哪里值得让王轶与陈氏清算，可王轶想不到的是，老夫人因受不了两个疼爱了十几年的庶孙前后都没了，也遭受了打击，身体一日糟糕过一日，王轶回来不到一年，也去了。

王轶先没了父亲又没了母亲，可也正好只守了三年的孝，便再次被朝廷起用。因有前面的十几年在外的铺路与积累，王轶越发得先帝重用，一时间似乎事事都顺利起来，可越是与王雅懿相处，王轶却对嫡次女也越发内疚。

一个世家嫡女，满身的市侩习气，面上看起来端庄稳重，豁达大度。实然，最善察言观色、假仁假义、满嘴谎话，奉承违心的话张嘴就来。不管心里高兴与否，面上都是笑吟吟的。素日里，一副绵软心善的作态，私底下阴郁暴躁，阴晴不定，对待周围的人很是苛责。

若当真是王陈氏那种心狠手辣，筹谋算计也就算了，可她偏是小肚鸡肠又手段歹毒，且心里做事，与王君懿相比，简直是天壤之别。

王轶心里对这样的性情又如何能看得上，可为人父母的，孩子成了这样，总不会是天生的，若非将襁褓中的她独自留在帝京，在这种狭窄艰难的环境成长，她也不会成了这番模样。王轶心里虽骄傲几个嫡子嫡女的教养，但历来对嫡长女与嫡子们的要求也很是严苛，但后来回到帝京后，这些要求与苛求从不曾用在嫡次女的身上。

可如今回头想来，那些宠爱与千依百顺，不但不曾将嫡次女从歪路上掰正了，甚至让她利用了自己与她母亲的这种心理任性妄为，予取予求，当初对待谢氏的婚事，何尝不是如此。

若说下狠手，即便为了王陈氏，王轶也是不忍的，如今既然她自己选择离开，对王轶甚至整个王氏来说都如释重负，倒也是好事了。

一寸还成千万缕

7

许久不见烟火的东宫，这日一早就忙碌了起来。

皇甫策一扫数月的疏懒，早早地起身，洗漱了一番，坐在了一侧，不知神思何处。

柳南将橱柜全部打开了，一件件地仔细挑选着今日所穿衣袍。

直至皇甫策梳洗完毕，又坐了许久，也不见柳南选好今日所穿的衣袍，他将艳色和素色对比来去，面上很是纠结。

不知过了多久，皇甫策率先回过神来，蹙眉看向柳南："随意拿一套。"

柳南大惊小怪道："这哪能随意啊！外面的人都传殿下重病在身，今日咱们好不容易得了机会出去走走，自然要怎么精神怎么来。"

皇甫策轻声道："本宫何时在意过传言？"

柳南哼唧了半晌，又道："人都说女为悦己者容，可这事哪有男女之分哪！殿下越是好看，越是能留住人心不是……"

皇甫策挑眉，轻声道："谁说的？"

柳南噎了噎："奴婢自己琢磨的……咳咳，奴婢自小入宫，想的许是不对，可对殿下是忠心耿耿！殿下与娘子这许久都不见了，奴婢也是……也是想着殿下好。"

皇甫策沉思了片刻："东苑时年节，本宫穿什么？"

柳南恍然大悟："可不是！可不是！奴婢就没想到，逢年过节的衣袍最是正式华贵，又是当年穿过的，娘子看起来赏心悦目也亲切，到时候肯定喜欢，还是殿下想得周到！"

皇甫策不置可否："时辰不早了。"

柳南手忙脚乱地翻着橱柜："这就好！这就好！当初所有的东西奴婢都好好地留着呢！殿下不知道，那日陛下不答应您与娘子的亲事，奴婢心里多着急！恨不得抱住陛下的大腿，大哭一场！可面上半分都不敢露出来，就怕坏了殿下的事哪！

"殿下好不容易将婚约料理干净了，还不是为了等娘子回来！陛下不解风情就罢了，还非要棒打鸳鸯！要说起来，陛下和殿下那是亲叔侄，哪能这般狠心啊！殿下用了多少心思，才有了今日啊！"

皇甫策嘴角微微勾起："皇叔若是明白，本宫还能安坐在此？"

柳南抱着衣袍，喜滋滋地开口道："好在陛下历来不是殿下的对手……咳！总归殿下要做什么，陛下想不明白，也拦不住。他有张良计，咱们有过墙梯，始终还是殿下技高一筹。"

皇甫策不以为意道："你倒是明白。"

柳南忙道："哪能啊！奴婢也有不明白的地方，不过就是想着殿下自然有殿下的道理，也就不去想了。"

皇甫策挑眉，难得调侃道："皇叔说你都成精了，难得还有你不明白的。"

柳南将两组用珍珠穿成的玉佩拿了出来，赔着笑脸道："殿下自来足智多谋，奴婢哪能全都想明白。当年在阑珊居时，奴婢本以为您和娘子会顺理成章地在一起，可您后来一心要与王氏议亲，甚至第一次给韩大人送信都是为了此事，很是迫不及待……"

柳南见皇甫策逐渐失了笑意，轻咳了一声："奴婢当初以为殿下心中放不下王二娘子，与王氏议亲乃殿下心中所求。奴婢也不明白那么多，为了早点出阑珊居，一心一意地怂恿殿下与王氏做亲。殿下在奴婢心中那可是顶明白的人了，哪里是奴婢三言两语就能改变主意的，在这之前甚至都以为与王氏议亲，乃殿下之本意。"

皇甫策手指轻触桌面："继续。"

柳南道："如今这事不管缘由何处，只怕都会是娘子心中的疙瘩。奴婢与殿下朝夕相处，尚且以为殿下舍不得王二娘子，翠微山之行，婚约一事，殿下……殿下只怕不好洗干净。今日与娘子见面，只怕会被娘子存心刁难。"

皇甫策蝶翼般的睫毛遮盖了全部的心思："若肯刁难，总也好。"

柳南轻声安慰道："殿下不必忧心，娘子的脾气来得快，去得也快。往日里不管你们吵成什么样子，只要殿下肯用用心，娘子哪次和您真的生过气？"

皇甫策轻笑了一声："若只是争执，本宫何须如此。"

柳南忙道："殿下莫要妄自菲薄，您与娘子哪儿有隔夜仇……人都说吵吵闹闹才能一辈子，奴婢看你们好着呢，当初那肯定是误会，只要殿下肯给娘子说清楚就成了！"

皇甫策道："若不是误会呢？"

柳南愣怔了片刻："不是误会啊……可……咳咳咳，不是误会也没事吧……这世上谁还能不犯错哪？人说，知错就改，善莫大焉！殿下当初也不是故意的，也怕是时势所迫！"

皇甫策道："也非时势所迫。"

柳南无言以对……

桌上的玉梳，浮雕"佳偶天成"。

皇甫策拿了起玉梳，把玩了片刻："世事弄人，有一帆风顺的佳偶天成，也有心生忧怖的阴差阳错，何尝不是心有一人的缘故。"

柳南愣了愣，小声道："殿下这是何意，奴婢听不太懂。"

皇甫策闭目道："临华宫大火与皇叔无关，皇叔无嗣，阑珊居三年，虽看似危在旦夕，实然一切都在掌握。"

柳南忙道："知道知道，殿下不曾瞒着奴婢。不过与王氏之婚约，殿下颇是执念，奴婢就寻思着，殿下虽与娘子朝夕相处，只怕心里惦念的还是王二娘子。”

皇甫策轻笑一声：“三年不见，音讯全无。阑珊居那般的地方，想送出一封信，何其简单。皇叔虽有暗卫布置，贺明熙与裴达何尝防备过你。”

柳南愣了愣：“那……殿下又为何执意于与王氏的婚约？若只是为了王氏的势力，也不太可能，陛下二十多年无嗣，大皇子这事还能提前预测不成？到底还有哪里，奴婢还不曾想到呢？”

皇甫策闭目轻笑：“这世上最难预料的……”

柳南想了片刻，小声道：“奴婢本以为殿下始终放不下王二娘子，后来见殿下这婚事退得干脆，又觉得以前想错了。不管如何，奴婢都觉得这婚事退得好，当初看那王二娘子也是个好的，可哪承想大难未来就单飞了。若说被家中所迫，奴婢可是不信，王二娘子也是出了名的受宠，若当真心疼殿下，执意不退婚，王氏也不敢……

“可殿下在退婚一事上，也颇是推波助澜。若殿下不愿退婚的话，想必王氏再用尽心思，也是不能够的。阑珊居三年，娘子那般的脾气，还不是被殿下磨得没有脾气，若王二娘子和娘子一样地心疼殿下……咳咳咳。”

皇甫策轻声道：“本宫也曾为此自得，关系越融洽，恐惧越深。这般的行路，最惧意外，不能不安，更不能恐惧。母妃已去，这世上哪里还有全心全意的对待……”

柳南挑眉：“娘子待殿下当真算得上全心全意了。”

皇甫策缓缓睁开双眸：“谁见过不求回报的全心全意？本宫能算计，她不会吗？阑珊居的一切，也许是真的，也许是假的，在那时谁能分辨清楚？”

柳南忙道：“殿下哪能这样想，一天假得了，一个月假得了，难道还能假个日久天长？若当真能日久天长，假的也就成了真的了。”

皇甫策沉默了许久许久，轻声道：“母妃不得父皇青眼，可一生安之若素。如今想来，能毫不在意，何尝不是因为所嫁，不是心里的那人？父皇对惠宣皇后，看似宠爱，也算不上情深。

“本宫自小到大都在想，何谓心仪，遇见这人又该有何种感受？是欢喜得一心想要靠近，还是恐惧得忍不住地退缩？”

柳南轻声道：“都是上一代的事了，先皇与娘娘们也都不在了，殿下何必还为此事耿耿于怀？”

“上一代……说起来很久远，可也不过是几年前。贺明熙自小待本宫与旁人不同，讥讽轻视，全无善意，比惠宣皇后过犹不及，本宫少年时常为此愤愤不平，又耿耿于怀。惠宣皇后去世后，贺明熙仇视临华宫，更是让本宫很是不安，时时提防她。”

柳南长叹了一口气：“两位娘娘势同水火，娘子年幼难免被皇后娘娘同化，这般待您也是人之常情。在奴婢看来，惠宣皇后也死得蹊跷，莫怪乎娘子会如此想。”

皇甫策极轻声地开口道：“心有不甘，何尝不是心有惦念。惠宣皇后逼死了自己，父皇的英年早逝何尝不是内疚后悔？许多事，想必父皇这一生，也只在惠宣皇后死去后才明白。”

柳南联想起前因后果来，对先帝与惠宣皇后的事，颇是明白了几分，心有戚戚，又不知该怎么安慰皇甫策，斟酌了半晌才开口道：“娘子是惠宣皇后带大的，这性情与脾气，难免有相似之处，娘子如今还生气，也是因为还在意殿下吧？”

皇甫策道：“本宫永远算不出贺明熙下一步会做什么，时冷时热，时好时坏，本宫也很轻易地被这些左右。”

柳南轻声道：“殿下想岔了不是，这世间多少事，哪能都在掌握，何况又是人心。”

皇甫策笑了一声：“步步为营者，最善掌控人心，一旦失了主导，只余恐惧与不安。与她之间，看似本宫强势，何尝不是……患得患失，害怕期待，她能轻而易举地左右本宫的喜悲。

“越是恐惧，越是防备。越是惶恐，越要反抗，更想安定下来。本宫对一切都能从容以对，可为何独独与她相处不好呢？本宫本来可以让自己过得更好，过得更心安理得，本宫有这样的能力……”

柳南沉默了好半晌，恍然大悟：“如此也难怪了，奴婢就说这事怎么如此突兀！可现在想一想，殿下最想与王氏做亲的时候，可不是与娘子关系最好的时候。那时殿下白日里欢喜，夜里辗转反侧，常常魂不守舍，不知神思何处。娘子有一段时间不去阑珊居时，殿下脾气坏了许多，暴躁又易怒……咳咳咳……奴婢的意思是，殿下那时心事颇重。”

柳南见皇甫策不经意划过的目光，忙改口道：“殿下心思玲珑，不管在什么样的境地里，总是能……能让自己过得很好。阑珊居里，奴婢都跟着殿下沾光，当初那一府的人，谁不尊称奴婢一声柳管事，对裴总管也是只能如此。”

柳南干笑了半晌，不见皇甫策再开口，小心翼翼道：“殿下让他们进来伺候更衣吗？”

皇甫策半垂着眼眸，遮盖了情绪，许久许久，轻声道：“贺明熙呢，一年不见，可忘初衷？”

柳南愣怔当场，纠结了半晌，试探道：“以奴婢对娘子的了解，想必生气归生气，肯定不会忘了殿下的。不然，殿下寿诞，娘子又何必让人千里迢迢地送寿礼？咳咳咳，虽说寿礼看似送得……可若是当真忘了，也大可不理不问，又怎会如此有心？”

皇甫策沉默了半晌，轻笑了一声：“谢放为人如何？”

柳南道：“奴婢当年也听老人说过谢氏的几个子弟，那谢放虽是优秀，但到底是个庶子，哪有机会入宫。这世道，生下来就分好了三六九等，如何努力又怎能与殿下相提并论。殿下此时彷徨，是因为还不曾见到娘子，一会儿见了人，心也就定了。”

柳南等了半晌也不见皇甫策说话，忙又道：“咱们做了那般的事，殿下只管让娘子出气就是了。当初娘子待殿下那是何其的好，又怎么会真的舍得殿下。娘子生气也不见得是坏事，若是不在意了还生什么气啊！那谢放在奴婢看来，也不过是娘子没有办法的选择啊。”

皇甫策缓缓睁开了眼眸，看了一会儿柳南，浅浅笑道：“那些选择，何尝不是贺明熙对世俗的妥协。”

天刚亮，一匹快马，停在安定城楼下。

有人快速地开了角门，将人放了进去，那骑快马直奔穆府而去。

穆府的早上，一如往日地宁静。自入了腊月，穆长白忙于公事，已接连半个月宿在了外书房。秋姨娘在后宅左等右等，等不着做主的人。这日天蒙蒙亮，就端着昨夜煲好的汤，亲自来了外书房。此时，秋姨娘正亲自伺候穆长白穿官服，蹲下身来，仔仔细细地将长袍上极细微的皱褶都拉平。

穆长白已年过四十，脸色微黑，模样很是周正，看起来也有几分为官的气派。余光看秋姨娘憔悴又委屈的模样，着实有几分心疼与无奈。秋姨娘母子闹出了这般大的事，可自始至终，穆长白虽是生气，连句责备的话都不曾说过。

穆长白拉起委委屈屈的秋姨娘，叹了口气，柔声哄道：“好了好了，是我这段时间太忙了，疏忽了你。你该知道，四郎可不光是你的儿子，更是我的儿子，我心里也惦记着呢。可这事正在风口浪尖上，想从顺天府的大牢里出来，可没你想的那么简单。”

秋姨娘顿时泪如雨下：“可那顺天府的大牢是什么地方啊！如今都快一个月了，也不放人，也不给个说法，成儿自小哪里吃过这般的苦楚。那贺氏着实欺人太甚！待到来日，我定不会让那小娼妇好过了！”

穆长白无奈地一笑：“还来日呢？贺氏敢如此，只怕是宁愿让嫡长女老死家中，也不会将她嫁给四郎了。”

秋姨娘满眸讶然：“什么嫡长女！她母亲不过是个继室，那中宫养大的才是正牌的嫡长女！这对母女将真正的嫡长女挤得没有出路，能是什么好货色！她如今已是这般，除了跟着咱们，还能嫁给谁？谁家的女儿，还有老死家中一说！我可怜的成儿，如今还在大牢里……”

“人家的家事也不是你能管的，好了好了，别哭了。我虽品级不高，但好歹还有些情面在，四郎在牢里吃不了苦，能长些教训最好了。平日里也是让你惯得太过无法无天了，那贺氏大娘子好歹也是钦定的太子侧妃，你们母子吃了熊心豹子胆了。”话虽看似说得严厉，声音却温温和和的。

秋姨娘以帕掩脸，哭道：“妾身也是想给成儿娶个好娘子，贺氏好歹是个士族……哪知道会出这样的事，贺氏竟还翻脸无情了！这人选也是夫人给看中的！妾身就说没有那么好的事！谁知道出了这些个事！”

穆长白心里虽知道秋姨娘有意攀扯正妻，可也无心怪罪：“什么妾身不妾身的，竟学那些做派！我何时将你当作妾了？你看中贺氏也没什么错，但是贺氏庶女对成儿来说，已是高攀了，你怎么还敢惦记人家订给太子的嫡女？你也是单纯，即便是有心做这事，为何不提前与我商量商量？如今鸡飞蛋打不说，连四郎都赔了进去。”

秋姨娘哭着嗔怒道："我只是一时贪心，也不曾安什么坏心，若非我与阿欣有旧，哪里会相信她的话。不过事已至此，阿欣母女也没落到什么好，听说她直接被贺夫人打断了双腿，那个庶女也被关了起来！那贺夫人如此厉害，有本事就别让她的女儿嫁过来！不然……哼！"

穆长白忍不住笑了一声，柔声道："都闹顺天府去了，怎么还惦记人家女儿进门呢？你既是那么喜欢这门亲事，当初就不该让成儿在人家府门口闹起来，也不知是谁给你出的主意，你哪儿是去结亲的，分明是去结仇。你以为士族门第，就跟当年的街坊一般？你带着人闹一闹，婚事就成了。"

秋姨娘也为此难受懊恼了许久，忍不住辩驳道："还不是兄长与嫂嫂出的馊主意！我还以为只要知道的人多了，那贺氏骑虎难下，总该顾及几分脸面，坏了名声的女儿不嫁给我们，还能嫁给谁去！谁知道他们竟是……竟是如此狠心！大人说得对，这分明就是舍了女儿，也不给咱们！"

穆长白安抚道："这就是士族啊，宁愿折了腿，也不会坠了门楣。你若还有心那贺大娘子，也不是没有办法，不过还得再等等。"

秋姨娘忙道："贺氏的亲事也不着急，大人先将咱们的成儿弄出来，眼看着就要正旦了，我心里不好过啊！"

穆长白闻言，思索了片刻："如今我这里还要等等再说，总之四郎在牢里也安全，待到事了，我定会将人接出来，到时候那贺氏的婚事，自然不在话下。"

秋姨娘怀疑道："真的吗？大人不会骗我吧？"

穆长白笑着安抚道："你跟着你家大人也二十多年了，你家大人何时骗过你？"

秋姨娘终是破涕而笑，搂住穆长白的腰身道："我知道我的夫君不会骗我，不然当初我也不会执意给你做妾了。这些年来，我从未曾为当初的决定后悔过，你也不曾辜负过我的心意，不管外面的人怎么说，夫君待我是最好的。"

当年穆长白的父亲不过是个一般的兵勇，穆氏也不过是个一般的人家。穆父目不识丁，却也有些见识，穆家生活很是窘迫，还是执意让穆长白去念书识字。穆氏这样一般的百姓人家，供养一个读书的孩子，几乎要倾家荡产了，因此穆氏就比邻里过得困苦。

与穆氏一墙之隔的安家夫妇，育有一子一女，长子安来德与穆长白年纪相当，穆长白比安秋娘大上三岁。安父是个木匠，安来德小小年纪就跟着父亲学手艺，虽也是普通人家，但因父子都有手艺，颇能挣些银钱，比起穆家甚至周围的人家的日子要好过许多。

穆母与安母自小相识，后来又嫁得那么近，自然少不了相互照顾。穆长白幼年常与安氏兄妹在一起。读书以后，家中条件每况愈下，安家但凡做些好吃的，就给穆家送一些，逢年过节做新衣新鞋，更是少不了穆长白的。

安来德待穆长白亲若兄弟不说，秋娘对穆长白自小就好，刚学针线时，第一件长衣就做给了穆长白。两家见小儿女关系那么好，也曾戏言做亲。穆长白十二岁那年，穆父战死了，穆氏母子得了抚慰金，但也不够过活的。

穆长白不得不辍学，得穆父军中兄弟照顾，十三岁就从了军，因识文断字又有些心思，很快就得了上司的青眼。十七岁混到了百夫长的位置，机缘巧合得了当时安定城郡尉刘威的青眼，做主将年近双十的嫡女许配给了穆长白。

实然，那时穆长白已打算迎娶秋娘了，可上司的上司许配女儿，虽是年纪大了些，但若是不应，只怕前途也就此完了。穆长白应了亲事后，才不得不硬着头皮与穆母说了此事，穆母大怒，执意让穆长白找刘威退了亲事。穆长白十三岁入伍，在军中打磨多年，岂能不懂这其中的利害，心里知道这亲事不能退，唯有跪下让穆母打上一顿出气。

这番动静自然引来了一墙之隔的安氏一家，安母与安秋娘得知了前因后果，当下就哭了起来。安来德自然大怒，抓住穆长白就要大打出手，却被听了这事就一直沉默的安父制止了。

安父拉起了跪在地上的穆长白，语重心长地说道：“这世道，咱们这样的人，想出头不容易。你有这机会，叔和婶不能挡你的路，你秋妹子和你也没正式定下婚事，你们的事就此作罢了。”

一句话说完安秋娘当下差点哭断了气，穆长白更是落下眼泪来。没多久，穆长白迎娶了如今的穆夫人刘氏，没多久就有了官身。三年后，刘威病逝，穆长白已是从八品的校尉，可刘氏一直无所出。那三年，不管安家给安秋娘相看了多少人家，安秋娘却是不肯嫁，若是逼急了就要去寻死，一心等着穆长白。

穆母本就看不上刘氏，刘氏又嫁给穆长白三年无所出，穆母看儿子的官越做越大，就一门心思地想迎娶安秋娘入门，可刘威虽是去世了，但穆长白的人脉与属下，大部分都是刘威留下的，让穆长白休妻那也是不可能的，但安秋娘是个执拗性子，不管不顾，宁愿给穆长白做妾。

穆母自然欢喜，穆长白以正妻之礼，迎娶了贵妾安秋娘。刘氏见安秋娘入门后太过猖狂，也曾给穆长白抬了两房妻妾，可都不曾入了穆长白的眼。在穆母的偏颇之下，自安秋娘入府，刘氏更是没有一席之地，后宅琐事几乎都是安秋娘与穆母做主，甚至五年前穆母过世，后宅一切在穆长白的偏颇下，也是安秋娘主事。

穆长白心有所感，抚了抚秋姨娘眼角的皱纹：“当年给不了你正妻之位，是我无能，总之，已是这样了，你想要什么，我尽力就是。”

秋姨娘抿唇一笑，柔声道：“大郎自己有主张，也有夫君操持，不用我操心。可成儿如今成了我最大的心事，他那浑不吝的性子也不知像了谁，若是没有得力的岳家，以后我与大人老了，谁还能照顾他？到时候大郎自己也是一大家子，兄弟好虽是好，但是一个好妻子才更是重要……那贺大娘子，大人就再给我想想办法，可好？”

穆长白笑了笑：“好了好了，不用反反复复地说了，这事我已记在心上了，总归尽力促成就是，但你也不要着急。”

秋姨娘见穆长白这般说来，不禁抿唇一笑：“不着急不着急，我都听夫君的就是。”

“大人！”常安站在门口，轻唤了一声。

穆长白缓缓放开了怀中的秋姨娘，面上肃然，低声道：“何事？”

常安轻声道：“帝京的令史到了，几位大人都在正房等着大人去议事。”

穆长白微微一怔：“不是还有两日？怎么如此突兀？”

常安忙道：“具体的事，小的也不知道，许是帝京有了变动，大人还是快些过去吧。”

穆长白无声地拍了拍秋姨娘，轻声哄道：“你且回去，我这里有些急事，这两日你莫要再来前面了。我答应你的事，肯定不会忘了，你只须好好等上两日。”

秋姨娘不明所以，但见穆长白这般说，也是欢喜：“哎，那我就先回去了，大人如今年岁也不小了，不要像当年那般打熬了，要多注意歇息啊。”

穆长白不禁露出了笑意：“好好，我知道了……这两日我许是要去帝京，你在家中要好好的，可知道？”

秋姨娘知道穆长白这几日该是去帝京朝贺，想必也是要为了穆志成的事奔波去的，更是欢喜：“知道知道，大人放心就是，这后宅我肯定给你照看好！”

一寸还成千万缕

8

午后时分，阳光明媚，太极殿八角亭内燃着龙涎香，桌上的奏折比前两天也少了大半。泰宁帝与明熙相对而坐，一个看奏折，一个抄佛经，倒也惬意。

明熙抄完一张，抬眸望去，泰宁帝拿着奏折，靠着团垫闭上了眼眸，似是睡着了。这两日的相处，泰宁帝明显精力不济，畏寒得厉害，有时候话说着说着就睡着了，这该是大病一直没有养好的缘故。

没一会儿，泰宁帝睁开了眼眸，有些迷糊道："嗯？朕睡着了？"

明熙笑道："陛下困了就去睡，折子看了不少，剩下的也不急于一时。"

"朕年纪大了，坐一会儿就要打瞌睡，哪里是困了，就是疏懒。"泰宁帝放下了折子，起身拿起了明熙抄写的《金刚经》，笑了起来，"在甘凉城时也没少抄吧，这字体工整又干净，比太子抄的好多了。"

明熙眼中露出几分讶然："太子可不像个会抄经的人。"

泰宁帝低声地笑了起来："满心的阴暗戾气，他才是最该抄经的人，治世明君可不光是靠酷刑与律法，该有的慈悲不能少。"

明熙深以为然："陛下英明。"

泰宁帝笑得更开心了："油嘴滑舌！就会哄朕开心。"

明熙道："不管太子如何，陛下总要顾好自己，年后我若离京，您……您也别管那么多了，养好身体，怎么开心就怎么来，没有什么比身体更重要了。"

泰宁帝看了明熙一会儿，颔首道："朕知道。虽然谢放也不错，可一想到你要去甘凉城那么远的地方，朕心里也不舒坦。朕就想不明白，那谢放就那么得你倾心？"

明熙沉默了片刻，轻声道："这时候还说不上什么倾心。谢放入京前，曾诚心向我求亲，所言几条，均是我担忧之事。他为人厚道实在，所给予的条件也诱人。想一想，若这亲事作为一种交换，也没有什么不好的。我们相识不久，现在还说不上情深义重，可以后还有一辈子的时间相处，总该会有情深义重的一天。"

泰宁帝长叹："朕知道你的难处，这世道对小娘子们也苛刻。可你这一走，说不定就是三年五载的回不了帝京一次，朕年纪大了，也不可能去甘凉城看你。

明熙浅浅一笑："陛下的疼爱，我知道。以后成了亲，也不会三五年不回来了，只要无事，我会尽量坚持每年回来探望陛下一次啊。"

泰宁帝笑了笑："天真！你若真嫁给他了，到时候又是郎君又是孩子，哪里还顾得上朕。帝京与甘凉城千里迢迢的，你受得了奔波，孩子们也受不了。什么是嫁人，一个女，一个家，你出了自己的门，成了人家的人了，要住在他家生儿育女操持后院。"

明熙垂眸抿唇，许久许久，才笑道："可是只要我知道陛下过得好就够了，太子虽是……但对陛下也很敬重，贵妃娘娘与陛下夫妻多年，如今都这个岁数了，年轻时的戾气只怕也散了，我看陛下就是有晚福之人，以后会过得很好的。"

"朕还不知道你会看面相了，你这丫头啊。执拗起来，朕也没办法，可听话起来，只会让人心疼。"泰宁帝看了六福一眼，"你去让人都散了，朕有话要对明熙说。"

"陛下放心，老奴亲自看着，不会有人靠近的。"六福走到亭外挥退了众人，自己也站在了外面。

泰宁帝对明熙挥挥手，笑道："来，坐到这边来，朕和你说说体己话。"

明熙挪了过去："陛下要私下给我赏赐吗？"

泰宁帝拍了拍明熙的手，大笑道："赏赐赏赐，你要什么朕都给你，但你得和朕说实话，你心里可还有太子？"

明熙微微愣怔，似是不经意地开口道："陛下问这做甚，有又如何，没有又如何？事到如今，谁还有回头路走不成？好马尚不吃回头草，任凭他天仙下凡，我现在也不会多看一眼。"

泰宁帝连连点头："对！合该如此！这世上哪儿有那么好的事，都该让他占完了！"

明熙哼道："陛下为何突然问起来这些？可是又做了什么亏心事？"

泰宁帝掩唇轻咳，眉宇间颇有几分尴尬："哪……哪能啊，朕这不是怕你心里没有谢放，到时候再想不开啊……太子那样的人，哪里值得别人倾心，朕是怕你再吃亏上当。"

明熙闻言，颔首道："陛下放心，我知道自己的斤两，这次回来也没打算见他，也就没有吃亏上当一说。至于谢放，陛下也不要着急，这世上哪有看一眼就喜欢的？一辈子那么长，总会有看顺眼的时候，不是说相濡以沫嘛。"

"哦哦，没打算见他啊？"泰宁帝对上明熙怀疑的目光，忙掩饰了眉宇间的心虚，低笑了一声，"朕哪能不急啊，光说以后，朕年纪不小了，能有多久的以后？"

明熙看了泰宁帝好一会儿，目光中露出几分怀疑之色："陛下自早上起来就很奇怪，先是对我的衣着指手画脚的，让我来来去去换了好几套，又让人专门为我梳妆……陛下可是有什么事瞒着我？"

泰宁帝垂了垂眼眸，端起茶盏，抿了一口，定了定神，好半晌才开口道："朕哪能有事瞒着你啊？不过是前日将敏妃的孩子送走了，太子……朕也关不了多久，过了正旦后，只怕那些人又该动心思了。"

明熙沉默了片刻，轻声道："陛下正值盛年，这是说哪里的话？"

泰宁帝看了明熙一会儿，越看眼神越是黯淡："是啊，朕正值盛年，那些人怕等不及朕死，这才用尽了魑魅魍魉的手段。朕生平没有愧对之人，但当年让你带走太子，明知道对你今后的影响颇大，可还是要装作不知道，听之任之……都快成了朕的心病。

“那时朕才入京，朝局尚未稳定，后宫乱成一团，根本理不清谁是谁的人。太子在宫中，在朕的眼皮底下竟差点被人害了，朕看似无事，其实心里比谁都震惊后怕。朕为抢这皇位，几乎杀了所有挡路与隐患之人。朕无嗣，坐上这皇位后，冷静下来，才开始后怕。抢祖业是一回事，断送祖业又是一回事，皇甫氏的江山万不能断在朕的手里，太子好歹也罢，都是皇甫氏唯一的承嗣，如何能有事？”

明熙颔首，轻声劝慰道：“陛下不必为此耿耿于怀。陛下不说，我也能想透这其中的缘由，将太子藏起来是我擅作主张，与陛下无关，那都是我心甘情愿做的事，虽是……但直至今日都不曾后悔那么做。”

泰宁帝长出了一口气，攥住明熙的手，安抚地拍了拍，轻声道：“朕知道你是个好孩子，入京后虽与你相处的时间不长，但朕了解诚岚的性子，也相信她养出的孩子。那时满宫的人，朕只愿意相信你一个，才不得不自私了一回，让你将太子带回去藏了起来。朕还必须要装作不知道，因为只要朕露出半分端倪，身边的人都会揣测到。

“那时的太子也是最好动手的时候……当初王府的人，跟着朕来了这帝京，抢下了这皇位，富贵荣华必然不会少，可谁不怕太子上位后的秋后算账。他们虽是对朕忠心耿耿，但对太子却恨不得杀之后快。那些人不会管这江山到底落在谁手里，朕虽做不了皇兄那般果断，可在大事上也不能糊涂。”

明熙道：“陛下所虑乃人之常情，此事当初就曾和我说过几句……不过既然陛下要说，我再听一遍就是了。”

泰宁帝苦笑道：“朕心有愧啊！你也是只知其然，不知其所以然。虽然临华宫大火来得突然，朕不得不让你匆忙带走了太子，可那时也不是没有顾及过你。朕活了大半生，岂能看不出你的心思。

“当初朕也想着，太子既出不了阑珊居，你喜欢，朕为你做主成亲。一年两年三年五载的，朕还年轻，熬到他认命就是，到时你也能心想事成，这本是皆大欢喜的事。”

明熙抿唇，笑了笑：“知道知道，我知道陛下都是好意。可是……喜欢一事，不是张张嘴就来的。若是喜欢，看一眼就拔不出来，若是不喜，相处一生也是徒然。虽然现在才知道陛下的心意，可想必放在以前，我会很感激陛下给我这样的机会，不过是我辜负了陛下的期望……”

泰宁帝轻声道：“朕想得挺好，可总有些事是猝不及防的，比如临华宫大火，比如那些人在朕平时所用的器物上动了手脚。两年之久，朕查出来的时候，已是中毒颇深了。去岁说是一场大病，不过是为掩人耳目，那是毒发，太医不敢断言……朕怕熬不过去，这才不得不将太子匆忙放出来，即便是朕当下就……他也能迅速地稳定人心，主持大局。”

明熙骤然瞪大了眼眸，愣怔了片刻，颤声道：“竟还有此事！”

泰宁帝不以为意地笑了笑："若不是事出突然，朕要放出太子来，怎么也会先与你商量商量。"

明熙思索了片刻："怪不得陛下病得没有半分征兆……似乎一夜之间，就知道了太子的去处，给他正名，交付朝政……莫说太子不敢置信，只怕这满朝的文武也不敢相信。可两年的时间，会是谁要害陛下，这样下毒也要亲近之人才能办到！太子不在宫中……难道是先帝或是太子先前埋下的钉子？若他们有这样的机会，该是不会下慢性毒了。"

泰宁帝笑了一声："是啊，明熙就是聪慧，若是先帝或是太子有这样的机会，只怕一瓶鹤顶红就给朕灌下去了，哪容朕多活两年？"

明熙蹙眉道："我与陛下说正经事！陛下怎么能拿生死来玩笑！"

泰宁帝忙道："好好好，朕和你好好说话，这钉子埋得如此之深，哪有那么容易查到，当初临华宫大火，到了最后不是也找不到真凶吗？"

明熙抿唇道："可只要有人做事，怎会不露半点马脚？这事说不通。能一举算计了陛下叔侄的，岂会是名不见经传的小人物？"

泰宁帝轻轻颔首，轻声道："中毒之事，你心里有数就成了，这事朕连太子都没说，告诉你也是……也是你的婚事压在朕心头许久，一想到你嫁去甘凉城那么远，有一大部分原因是因为朕的缘故，朕心里怎么也不好受。"

明熙忙道："陛下怎能这样想？您是没去过甘凉城，那真是个好去处，不过是外面的人以讹传讹，若真不好，我怎么还愿意回去？"

泰宁帝有心说明熙的不得已，可对上那双明亮的眼眸，怎么也说不出揭穿的话来："总之，什么地方都不如外在看起来那么好。你以后一个人在甘凉城里也要处处小心，那谢放的话你听听就算了，莫要抱着多大的期望，只要你将后宅抓在手中，到时候外面的事，朕自会给你做主，只要朕还在一日，总还能顾上你几分。"

"我说实话，陛下倒是不肯信了，若不放心，陛下跟我回甘凉城就是……"明熙话说一半也知道现在不大可能，想了想又道，"陛下又不喜理政，如今精力也不够了，过了正旦我在帝京多待上时日，您也好好地调养一番。一如您所说，太子总不可能一直关在东宫，他也能监国理政了，等您好些了，我带您回甘凉城看看，如何？"

泰宁帝心头涌起了阵阵暖意，温声道："你怎么知道太子不可能一直被关在东宫？朕和他生着气呢，一时半会儿也不会放他出来，多少人都想着朕要太子怎么死呢。"

明熙笑了笑，理所当然道："那些人不了解陛下，也不知道内情。陛下又不曾瞒我什么，我才能看那么明白。那些谣传说陛下震怒将太子囚禁东宫，在我看来实然是为了保护太子。虽不知道陛下用大皇子的名头要做什么，但陛下做事，必然有自己的道理，将东宫重兵把守了起来，看似是囚禁，何尝不是一种维护与担心？太子出不来，别有用心的人也进不去。"

泰宁帝低声地笑了起来："好！好孩子！朕……你如此聪慧，朕心甚慰。不过，正旦后你走你的，朕既是熬过来，身体也没有那么差，不过是余毒未清，还需慢慢调理。"

明熙道："那咱们去甘凉城，我给陛下调理呀！那地方与帝京景色相异，一年四季，景有不同，冬日我带您到老林里冬猎，春天踏马寻花，夏天可在草原上驰骋，秋日点一簇篝火，有烤羊羔吃啊！到时我天天给您做好吃的！陛下不知道，我那院子建得特别好，冬暖夏凉，陛下住进去也特别宽敞！"

泰宁帝目光有几分怔然，好半晌回过神来，拍着明熙的手："好好，朕知道你是个孝顺孩子。明明是个荒凉地方，让你这么一说，朕竟开始向往了起来。可朕还没有到能颐养天年的时候，还有自己的责任。朕不留恋这皇位，可既然身在其位，就得把该办的事办了，不然等朕死了，怎么有脸见祖宗？"

明熙沉默了片刻，轻声道："那我等陛下把事情办完了，一起走可好？"

泰宁帝忍不住笑了起来："到时候的事，到时候再说，你如今去西侧的小花园给朕摘些红梅，这一大片的黄梅，朕看都看腻了。"

明熙自然对泰宁帝无有不应："光要红梅吗？别的呢？粉色的？"

泰宁帝笑道："多摘些多摘些，后日就正旦了，咱们好应应景。花多了，好兆头就多了，咱爷俩要好好过个正旦，到时朕和你一起守岁。"

"好啊！那我现在就去，陛下也别看折子了，睡个午觉，我就回来了。"明熙虽答应得好听，但知道皇帝过正旦不会那么清闲。满后宫的妃子，还有早上朝贺的臣子，想必会是一日的忙乱。

明熙起身披上大氅，可披了一半，又走了回来，轻声道："陛下的身体，真的没事了吗？"

泰宁帝那双眼眸越发地温情了，柔声道："你放心，这一年，一直在慢慢地拔毒，虽是精神不济，但身体也没有太坏了。那么凶险都熬过来了，以后慢慢养着总不会出事，你说呢？"

明熙垂了垂眼眸，轻声道："卧榻之侧，岂容他人鼾睡？陛下怎么不用心查查那下毒之人……"

泰宁帝笑着拍了拍明熙的手，打断了她的话，轻声道："外面那么冷，别让六福一直站在外面，万一病了，可就不好了。"

"那陛下睡吧，我去去就回。"明熙见六福进门，知道泰宁帝不愿意说此事，唯有作罢。

六福见明熙走远了，凑到泰宁帝身侧道："陛下怎么不跟着过去了？您不是说，您和娘子一起去吗？"

泰宁帝叹了口气："朕怎么有脸去……明熙方才言谈之间，摆明了不想见他。朕又擅作主张答应了，也不知道当时朕在想什么！怎么应下了此事！朕心里也是……到时候碰见了他，只要明熙看朕一眼，朕心里都受不了。这孩子那么好，朕还算计她……朕有愧啊。"

六福忙道："陛下可不要这样想，这哪能是算计啊！两个人本就有误会了，说清就好了，太子殿下心中有愧，娘子心中何尝不曾耿耿于怀。陛下虽是不说，但也不想太子殿下和娘子一生遗憾啊！这人去了甘凉城，以后男婚女嫁的，今生还说什么相见啊！"

泰宁帝颔首，叹息道：“朕虽也觉得这事不见得做错了，可心里还是过意不去。同样是宫中的米养大的人，能养出了太子那么阴险奸狡之辈，也能养出明熙这般阳光良善的性子，可见百朵桃花一树生，一点都不差。”

六福忙道：“陛下哪能这样说，各人有各人的缘法，娘子与郎君本就不同，若太子殿下是娘子这般的性子，只怕陛下才要操碎心了。”

听闻此言，不知为何泰宁帝心中反而有些遗憾起来：“明熙那么好的孩子，太子怎么就没有那个福气呢？留在帝京不走，又能如何？两个人自小在宫中一起长大，明熙又那么喜欢他，你说太子求亲时，朕为何不答应呢？”

六福轻声道：“依老奴看，陛下不答应也是对的。太子殿下求亲，不见得是诚心诚意的，若真有意求亲，哪会只说一句，别人说不成，就能算了？估计太子殿下也就随口一说，顺便看看陛下的态度……陛下让娘子与太子殿下见上一面，那是断了娘子的念想。”

泰宁帝若有所思地点点头：“是啊！不管他是真心假意，朕都看不出来。明熙跟了这样的人，朕也不放心。”

六福道：“可不是吗！老奴觉得陛下说得对，到时候太子殿下这一后宫的莺莺燕燕，依娘子的脾气，只怕不气死自己，也得砍了太子殿下，咳咳咳……两个人哪里会有好日子过啊。当初老奴没想到此事，还觉得娘子能嫁给太子是好事，听陛下那么说，可不是那么回事吗？这事，陛下做得对！”

“你这么一说，朕也就安心了。”泰宁帝微微舒了一口气，想了想又道，“你去让人给祁平说，跟好明熙，一步不离，若是太子与明熙起了争执，只管给朕护住明熙。”

六福愣了愣，忙道：“陛下，这还不至于吧？太子殿下大病初愈，正是羸弱的时候，以娘子的身手……老奴看，还是让奴婢们护着太子殿下为好。”

泰宁帝又舒了一口气，眼中露出些许笑意来：“那就不必了，吵就吵打就打，让人都别管，让明熙帮朕出出气也好！”

六福噎住，又咳了一声：“陛下放心，这太极殿可是陛下的地方，奴婢们只认陛下与娘子，哪里会有人偏帮太子殿下。”

泰宁帝长舒了一口气，神清气爽道：“你去将朕前年埋下的梨花酿挖出两壶，朕要与明熙小酌几杯。”

六福连连点头，想了想又道：“太医说了，陛下只能小酌两杯，不能喝多了。”

泰宁帝心情大好，笑着应道：“知道知道。”

帝京西南五十里处，是一片连接山地的村庄。

蒲山在帝京山脉中，偏僻而贫瘠，乃卫氏祖上的产业。此处虽无卫氏的大型庄园，但半山腰供奉着卫氏当初的家庙，整座村庄的农户，几乎都是卫氏的佃农。

村庄最中间，是一座三进三出的青砖院落，正是卫氏主家避暑冬猎的农庄。主院落的主客厅内，地龙烧得正暖和。

卫廷之身着广袖白袍，正襟危坐，眼眸微挑望着对面的人，似是细细打量，也似沉思。实然，不管如何，这样的目光落在人的身上，都显得很是失礼突兀。

王雅懿跪坐在桌前，虽是不卑不亢，但被这样无礼的目光打量着，眉宇间尽显不悦。虽才几日不见，她的精神看起来不太好，样貌虽还是一如之前美丽，可整个人似乎少了许多灵动，看似镇定，可那双剪水般的眼眸，也有掩藏不住的不安。

卫廷之缓缓垂下眼眸，十分有礼地沏了盏茶，推到了王雅懿的面前，轻声道：“某与女郎这还是第一次正式见面，唐突之处还望见谅。”话虽如此，但言语之间没有半分的歉意。

王雅懿端起冒着热气的茶盏看了一会儿：“三日了，为何还不见洪哲？”

卫廷之沉默了片刻，答非所问道：“女郎过了正旦，该二十有一了。”

王雅懿本就冰冷的面色，变得更是难堪：“此事与你何干？！”

卫廷之抿唇一笑：“女郎许是不知，某今年也已过了加冠之年，但不到十岁就知道王氏二娘子的大名。”

王雅懿紧紧地抿着唇：“卫氏偏安一隅几十年，十几年前已将帝京摸得如此透彻，倒是用心良苦。”

卫廷之笑道：“某还知道，虽然女郎现在与某说话，实然心里对某，或是对整个卫氏都不屑得很。”

王雅懿冷笑：“卫氏郎君，即便不如传言那般君子坦荡，也不该藏头露尾的，有话大可直说。”

卫廷之垂眸，不紧不慢地将自己面前的茶盏斟满：“王谢虽为一等的门阀，可卫氏也不算小门小户，士族世代通婚，往上数三代，说不定我们还是近亲，女郎又何必如此不客气。”

王雅懿冷声道：“是又如何，不是又如何，都与我无关。你将洪哲交出去，我可当此事不曾发生过，若你有意藏匿洪哲，我不能如何你，莫不是我父兄还能饶过你？”

卫廷之不以为意，继续道：“如今的当家的谢夫人乃是我的表姨母。”

王雅懿不以为意地讽刺道：“呵呵，表姨，一表三千里，各大士族历代通婚，往上数来，谁家没有谁家的至亲？若细论起来谢贵妃还是我的姨母呢，王谢几乎已算得上世代联姻，尚不过如此，但与你卫氏联姻的大士族，最早的也只怕在几十年前了。”

卫廷之端起茶盏来，轻笑了一声：“王氏就是王氏，女郎走到今日，依然如此硬气，直至此时，女郎还以为某在和你攀亲呢。”

王雅懿微仰着下巴，斜眼一笑：“你父亲自入京，便对我父马首是瞻，帝京已是尽人皆知的事了，你与我攀亲，我也不意外。”

卫廷之笑了笑道：“谢伯母与我的母亲在闺中便为密友，我与阿珏恰巧又是同年同月同日生，机缘巧合，我也是在燕平谢宅出生的。我们自小被养在一处，四岁在燕平分开。阿珏回了帝京，我回了乡，他六岁时因身体需要调理，还曾被我母亲接去家中一年。”

王雅懿恍惚了许久，终是想起卫廷之口中所言阿珏，乃谢七郎谢珏。因时间太久了，这人在印象里该是有些模糊了，可如今再听卫廷之提起，不知为何这个人骤然变得鲜活起来，从儿时到长大，一点点的，历历在目。

“你卫氏祖籍在南，燕平在北，你与谢七郎一同生在燕平谢宅？真真笑话，卫氏龟缩一处三十年不曾挪动分毫，你们何时去过燕平？”

卫廷之丝毫不恼，抿唇一笑：“女郎一直以为我父以王大人马首是瞻，难免不知道这里面的内情。当初谢伯父为燕平府君，我父亲正是燕平府君的心腹幕僚，不过两个人少时一起求学，又一起迎娶了亲若姊妹的谢夫人与卫夫人。”

王雅懿面上不显，可手指还是不由自主地紧了紧茶盏，冷笑道：“幕僚！呵呵！堂堂卫氏嫡支，去做一个府君的幕僚？那时谢楠不过是个嫡次子，还继承不了谢氏家业……”

卫廷之笑道：“某若与女郎说起父辈的情谊来，想来女郎也是不肯信的。是以，卫氏偏安一隅三十年，如何不想东山再起？当年谢氏正是风光，因谢贵妃诞下皇长子的缘故，王氏也一时难出其右。放在三五年前，想追随谢氏的人也犹如过江之鲤，我父亲与谢二伯既然有这般的情谊，投诚谢氏跟着谁，都是一样的。”

王雅懿似是不以为意地开口道：“这般的不择手段，卫氏不过如此。”

卫廷之道：“若失败，自然是不择手段，若成功，便是卧薪尝胆。燕平那处风沙大，常年缺水，虽是会吃些苦头，不也正说明我卫氏对谢氏的诚意？那时谢老太爷可不管嫡长子还是嫡次子，总归都是他的嫡子，只要是谢氏嫡支，跟着谁都是给谢氏投诚。” 王雅懿面上不显，但已是满心的惊骇：“那卫氏入京便对我父亲投诚，意欲何为！”

卫廷之抿唇一笑：“智伯以国士待我，我故以国士报之。你父亲从心里就看不起我卫氏，我父亲如何不知？”

王雅懿骤然睁大双眸：“你卫氏选在此时回来，又是何故！”

卫廷之抿唇一笑：“我说巧合，女郎定然不信，可如今帝京风云际会，我卫氏沉寂三十载，想分一杯羹也无甚错。”

王雅懿重重地放下茶盏，怒道：“这一切都是阴谋！那洪哲呢，又在其中担当怎样的角色！”

卫廷之笑道：“都是阳谋，哪里有什么阴谋？”

王雅懿咬牙道：“到底从何时开始的？”

卫廷之抿唇一笑：“方才说到，阿珏在我家养病一年，我们分开那年该是七岁。从何时呢？王二娘子就占据了我们两人的信件，一月一封，我写的大多都是遇见的趣事与学业，可阿珏写的几乎都是一个人。”

王雅懿微微一怔，似乎也并不吃惊：“谢七郎要如何，与我又有何干？”

卫廷之倒也不恼：“一个人对另一个人好，与谁都无关，即便是你也可以选择不接受这种好。自然，你接受了，也不见得需要付出交换。想来那时，阿珏从未想过，需要你用什么回报。”

王雅懿冷笑：“说得好听！这世上从来就没有坐享其成的事，想要什么，想做什么，就该自己去筹谋去争抢！谁会相信一个人没有缘由无条件地对另一个人好。”

卫廷之注视了王雅懿片刻，轻声道：“女郎虽为王氏嫡次女，但你父母不在府中时，你过的是怎样的日子，那时的阿珏需要你给予什么交换呢？你是如何入的宫？是如何得谢贵妃青眼照顾？如何让你祖母对你和颜悦色，又是如何一步步走近皇长子？女郎当真半分不记得吗？”

王雅懿眉宇间已有些厌倦，冷笑道：“记得如何，不记得又如何，都是过去的事了！虽有契机一说，但我所得到的一切，都是我自己步步为营争取来的！与谢七郎无甚关系！他能左右我何时入宫，还能左右谁的喜好不成？得谢贵妃青眼，在家中站稳脚跟，也算不到谢七郎身上！

“何况，谢七郎当初那般做，说不定就是受了长辈的支持，谁不懂放长线钓大鱼的道理？我王氏嫁嫡女给予谢氏所出皇长子，在先帝时皇长子可不是太子，四个皇子谁都有机会成为太子，自然都需要拉拢我王氏。一如你卫氏与谢氏，早早投诚，一起患难，才好共富贵。”

卫廷之垂首，好半晌，轻笑了一声：“是啊，女郎所说也不为错，熙熙攘攘皆为利来。阿珏这一生就是眼光不好，交友如此，相人也是如此。若阿珏还在，你们分开，我也只会庆幸。不过，你们不分开，一个女郎而已，娶了就娶了，某也犯不上与你生气，就因为人不在了，你才有今日，不是吗？”

王雅懿垂眸，冷笑道：“我的今日又如何？是穷途末路了吗？还是死到临头？谢七郎坟头上都长草了，骨头都该碎了，我还不是风光如昨？”

卫廷之倒也不恼，含笑颔首：“曾听人说，光的负面是暗，干净的人性总是被卑劣丑恶所吸引。某那时还半信半疑，自见了你，某才知道，前人所言，大多是有所经历。莫怪人看卫氏玉郎，总是光风霁月，实然内心该是与女郎有所相同之处，难以证实，可谁又知道？

“阿珏自小得父母所爱，被两位长兄呵护，周遭最负面的人，怕也只有某这个愤世嫉俗的狂生，何时见过如此阴郁又满心筹谋的同龄人？想来遇见都有些缘分与吸引在，他对你好，某无可否决，毕竟他对周遭的人都很好。

“你得他所助，得谢贵妃青眼，你心慕皇长子，步步筹谋地接近，他看得清楚，心里难受，与你渐行渐远。他为你不喜皇长子，甚至不愿入宫侍读，最后选择离开帝京。这些某都不会怪怨，人生在世，各有各的选择，好不容易来这一遭，我们总要抓住最想要的一切。”

王雅懿冷笑道：“既是明白个中缘由，通透世事，如今又何必旧事重提。”

卫廷之笑道：“他十四岁离京，我们相伴游学，其间结识好友两三，常常对酒当歌，好不快哉。洪哲虽为寒门子，但满腹才华，灵气动人。我们三人志趣相投，某尚还好，总还有世家子的傲气与底线，但阿珏不拘一格，对阿哲从不曾另眼相待，不但有相助庇护之义，更有救命之恩。”

王雅懿咬牙道：“洪哲……”

卫廷之轻笑道：“女郎莫用这般的眼神看某，洪哲也是阳谋中的人，他参与其中，甚至不惜得罪你王氏，可谓拼尽了寒门子所有的希望与仕途。某也曾劝过，这般的事让个奴仆来做就是，可怎奈他执意如此。某也想过，一个奴仆该是不能引女郎侧目。

“阿哲曾言，东窗事发，即便一死，也无怨无悔。可回头想来，阿哲违背多年遵循的君子之道，甚至做出自认卑劣难以面对的事，某也不曾感到丝毫意外。当年新安县丞曾有意夺取阿哲祖产，刁难欺压自不必说，阿珏无意得知后，奔走多日又愿意庇护，阿哲一门才算转危为安。若这些都是小事，渭水河畔的救命之恩，又该如何偿还？谢氏嫡子，身份贵重不输皇子，寒冬腊月的跳水救人，落下了终身的病痛，被救上岸的好友，该有多内疚？”

“一丘之貉！你们竟敢合谋算计我王氏一门！洪哲呢！你说的这些我不信！让他亲自来和我说！那些……那人！怎么可能是假的！”王雅懿鲜嫩的红唇，霎时失了所有的水分，抿成一条线的嘴唇，整个人看起来苍白又脆弱。

卫廷之微微一笑：“女郎如此愤世嫉俗，一定不知道，什么是金子般的心肠。有这样的人在身侧，你会失望，但不会绝望，会有一瞬间寒冷，但始终感觉人世温暖，有他在，不会孤单，哪怕站在所有人的对面，他也不会让你孤军奋战。有这样的人在，心有来处归处，志同道合处，不由自主地也就多了一份豁达与无惧。

“阿哲不但满腹才华，也算君子端方，最后做出这般的事来，内心也该很是煎熬，可自始至终不曾犹豫。他不肯面对你，非是对你有情，只怕深觉此事或是此人的不堪。毕竟，不管我们面上多光风霁月，始终向往阳光，但永远做不了阳光。因为我们即便没有不堪的过往，但也还有隐藏在心底的阴暗与恶毒。”

王雅懿紧紧地抿着唇，咬牙道：“别和我说这些！什么阳光黑暗！你们懂什么！我不想听，也不会信！洪哲性情虽软弱，但最是端方！你在说谎！你将我骗至此地，到底有何图谋！”

卫廷之轻声道：“事已至此，某不能说与阿哲的所作所为就是对，手段太不入流，也得手得太容易了。可身为一个郎君，谁又真的愿意与女郎锱铢必较。可一条人命横在其中，又如何能心慈手软，当初女郎若有半分心慈手软，即便是跛了的阿珏，想必我们都会认命，甚至甘之如饴，可总也不该……不该将人逼至死路上。”

王雅懿目光如炬，骤然坐正了身形，不屑地冷笑：“笑话！谢七郎的死与我何干，本都换了文定，他不在家中好好准备亲事，为何要去冬猎！若不去打猎，又怎会摔断了腿！谢氏再高的门第又如何，一个瘸子不能入仕，一辈子只能依靠祖荫过活，我乃王氏嫡女，有万千个选择，为何要嫁给一个瘸子！”

卫廷之仿佛毫不意外，垂眸了片刻：“他不善武艺，骑射也不入流。自然也就没有冬猎春猎的喜好，可这世间最难得的就是赤子之心，他喜欢的，自然要给予最好的。十年的朝思暮想，一朝得偿心愿，想必也会任你予取予求。虽已交换了文定，但定亲时，能有一对亲手抓来的活着的大雁，才是最好的诚意，不是吗？”

王雅懿微怔了怔，咬牙道：“如今再说这些又有何用！他已经死了！谢七郎如何死的，谢氏尚不敢质疑，你有何资格过问？你即便说一万次他为我而死，也没有用！因为没人知道，也不会有人相信，他是自己熬不过而死的！”

卫廷之笑道：“谢氏要顾虑的太多，某却不用。某将此事告诉你，不是为了让你追悔莫及。即便某现在说，你哪怕肯晚些退亲，让他有信念熬过高烧，他也许不会死。毕竟他一直都是个充满希望的人……可一如你所说，都是‘也许’，人生的‘也许’永远不会成真了，可总该有人，为这件事负责，你王氏的落井下石背信弃义，何尝能饶过呢？”

王雅懿咬着嘴唇：“我王氏不管如何，如今你也只能看着！若你现在将洪哲交出来，我可当此事没发生过，不然，你当真以为我已能任你欺凌了吗？”

卫廷之轻笑了一声，眉宇间却有种说不出的冷硬与厌烦：“洪哲不过是个化名，那一家人也当真是我卫氏世仆。从你来此后，这世上就再没有洪哲这个人了！不过，见你还是这般执迷不悟，某心中忐忑全无。

“我与阿哲如何阴暗，自小奉行的都是君子之道，此事不妥，某与阿哲何尝不知。人心总该有底线，可王女郎，能将自私与冷漠，奉行得这般彻底，合该有此一报。”

王雅懿斜眼望向门口，咬牙道：“卫廷之！我虽是随你来此了，可你当真以为我就没有后手吗！若冉荷三日不见我回帝京，定然回府告诉我母亲，你以为我父亲会放过你卫氏不成！”

卫廷之抿唇一笑：“直至此时，女郎还要将离开帝京之事怪到我身上吗？私奔是你策划好的，送信给洪哲的也是你，何时出府是你提前通知的，明明是女郎想要摆脱王氏，想与洪哲双宿双栖，为何又要找我卫氏要人？”

王雅懿愣怔当场，好半晌开口道：“卫廷之！你藏匿洪哲也得不到什么好处！若为谢珏的话，你可曾想过……谢珏不见得愿意你如此待我！不过，这些我暂时可不计较，但我失了踪影的话，凶手只能是你卫氏！你们当真想好要与我王氏为敌了吗？”

卫廷之轻轻一笑：“如此说来，某若将女郎放回家中，今日某所说的每一句话，女郎都不会泄露吗？”

王雅懿忙道：“自然！朝政与我有何相干！你卫氏与谢氏联手，也不见得就能成事，何况我父亲对你卫氏，本也没有多少信任。”

卫廷之笑道：“某虽不相信女郎，可事情说清楚了，某不会对女郎如何。”

王雅懿狐疑地看向卫廷之：“既如此，还请卫郎君准备马车，送我回帝京去。”

卫廷之抿唇一笑：“这也是不成的，但王二娘子自己也有财帛，可去庄内雇一辆牛车，都是官道，若快一些，天黑之前该是能入城了。”

王雅懿端坐了片刻，蹙眉道：“难道你将我骗来三日，就是为了说这些？我知道了这些，对你又有何好处！你以为我会让父亲母亲饶过卫氏与洪哲？！”

卫廷之微微斜视，浅浅笑道：“君子坦荡荡，有些事，有些好，总该让已经接受了好意的人知道。洪哲是个化名，任凭你王氏权势滔天，想必也找不到此人了。方才所说的每一句话都是事实，女郎若要报复，大可冲着卫氏与某来，某无怨无悔。”

王雅懿站起身来，冷笑连连：“卫氏三郎，已到如此地步，还说什么君子坦荡，你以为我王氏要一个人，他能逃多久多远？洪哲是化名又如何？莫不是他与你卫廷之、谢珏游学数年，还能是个无名之辈？书生，呵！就是迂腐，君子之道，呵呵。”

卫廷之丝毫不惧，端起茶盏来，轻笑道：“如此，某就不送王二娘子了。”

王雅懿冷哼一声，快步朝外走去，片刻之间便消失在院中。一侧的书童，上前一步，轻声道：“三郎君，就这样算了吗？”

卫廷之缓缓放下茶盏，斜眼望向对面半盏茶，徐徐道：“当初一次次想，这样绝情决意的人，怎配活在这世上，可年纪大了些，反而心软了。”

书童撇嘴：“如此久的筹谋，哲先生甚至还……事到临头，你们反而不肯再走一步，早知如此，当初又何必费尽心机。”

卫廷之抿唇一笑：“阿哲到底不如我……他不敢面对的不是王氏的报复，而是自己的所作所为才是……”

书童蹙眉道：“郎君们书读多了，也忒心软了！七郎可是活生生的一个人，奴听闻了死讯，尚忍不住落泪，那王氏方才的话语之间，哪里有半分的悔过之意！甚至还有七郎咎由自取之意！”

卫廷之垂眸，轻声道：“是啊，就因为她觉得没有错，甚至没有半分的内疚，我才临时改了决定。她不是以王氏嫡女为傲，不是自恃贵女的身份吗？就让她回去，我倒要看看，王氏两日前就发了讣告，她是不是还能回得去。”

书童哼了一声：“王氏护短也非一日两日了，三郎君就不该将所有的事都告诉她！万一她回去告诉了王家人，就会坏了大人的事！”

卫廷之不以为意道：“是死是活，都该有个瞑目，不管为了谁好，这仇就该报得坦荡。王氏要护短，也不是我们能左右的，她回去后又当如何，听天由命。既然随着祖母礼佛，就该相信佛家所说的因果，若她这般的人还能得了好结果，必然也是上天的意思。”

书童嘟囔道：“三郎君就是执拗，报仇哪里还有坦荡一说！”

卫廷之微微斜眼：“若七郎在，该会明白我与阿哲的用心……”

一寸还成千万缕
9

太极殿西侧，是一片小花园相连的梅林。

隆冬的季节，梅花开得正好，阴凉的地方，枝头上还有不曾化去的白雪冰霜，包裹着盛开或是将要盛开的花骨朵，煞是惹眼。

梅林虽不大，也一眼望不到尽头，采了几枝红梅，夕阳落山，光线暗淡了不少。

明熙有些冷，回眸看向祁平怀中的花瓶："这些够吗？"

祁平数了数瓶中的花枝："娘子再受受累，还是有些少，正寝、书房、外书房，还有小厅里，哪里不需要放上几枝？"

明熙抿唇一笑："少就再摘些，哪用说那么多话。"

祁平赔着笑脸道："往年都是里面的红梅开得最艳，咱们去那边看看如何？"

明熙道："太极殿的人太勤快了些，前日才下的雪，就扫那么干净，总也少了些意境。

祁平笑了起来："奴婢们哪曾想那么多，早知道娘子要踏雪寻梅，咱们一入冬就把雪好好地放起来，一扫帚都不扫。

"油嘴滑舌，怪不得那么多宫侍，六福独独看上了你。"明熙笑了一声，朝花开得最繁盛的地方走去，不想却被挡了去路。

盛开的花枝间，站着一个人。

长身玉立，纯白色一尘不染的大氅，逆着光站在了云霞蒸腾的繁花中。阳光下的侧脸，只露出个模糊的轮廓，蝶翼般的睫毛遮挡了凤眸。明明在橘色的夕阳下，可又似乎置身在阴影里，一层层的光泽与花香，都被隔绝身外，照不进这人的身边。

"太子殿下！"祁平微怔了怔，忙躬身行礼。

明熙恍然回过神来，轻出了一口气。

她仿佛不经意地瞥了皇甫策一眼，脚步一转，想从一侧走过去。这般的意图似乎被识破了，皇甫策眼眸未抬，脚步微动，再次挡住了前路。

明熙缓缓站定，抬眸望去，逆着光，入眼的一切都很朦胧。

他本就生得俊美，如今无声无息地站在冰天雪地的花枝中，犹如一尊完美无瑕的冰雕，看不清细节，依旧夺走了天地的颜色，芝兰玉树，不足以形容。

明熙面上冰冷，双手掩在袖中，紧握成拳，依然压不住心中的震动。

一年不见，好似隔了无数个时光，又似乎一直隔岸相望。以为那些难熬的光阴，已足够堆砌成厚重的围墙，抹去这人，可当他就这样猝不及防地再次出现，沉寂许久的心，再次掀起了惊涛骇浪。直至此时，明熙才明白，一年的时间太短太短，短到让人错以为是一瞬，或以为是一生。

往事历历在目，以为放下的一切，以为忘记的感情，此时此刻，都在胸口涌动着，是愤恨、恼怒、嘲讽，以及隐隐作痛，一切一切的负面以及暴戾。

所有的忘记，所有的平和、风轻云淡、不屑一顾，终究是自欺欺人。这人的模样，不管过了多久，竟还是熟悉到，闭上眼眸，就能临摹出来。

皇甫策面上无波无澜，淡淡地开口道："贺女郎，近来可好？"

明熙硬声道："太子殿下，为何会在此处？"

"相请不如偶遇，不若女郎随本宫走走，如何？"皇甫策那双深不见底的凤眸，凝视着对面的人，仿佛潋滟着水色，有种浅光流溢的错觉，该是温暖的光线，可却还是透着几分冷清，一如既往的矛盾。

甘凉城漫长的深夜里，是如此难熬，以为熬到天亮，黑白的世间，便会再次变作鸟语花香，绿树红花。实然，愤怒也好，不甘也好，明熙终是知道，只要这人站在面前，世间便会再次被刷上色彩。

那些以为想明白的情感，与将妥协的世俗，瞬间变得不堪一击，崩塌。所有的辗转反侧，都是因为一直的耿耿于怀，所有的妥协，不过是因为一直都不曾放下过。

明熙缓缓收回眼眸，望向一侧的花枝，轻吐了一口气："不如何，时至今日，我们之间已无话可说了，哪还有同路的道理。"

皇甫策挑眉，微微勾起了嘴角，不轻不重地开口道："是吗？贺女郎为何不敢看本宫了呢？贺女郎这是在害怕什么呢？"

明熙紧紧地抿着唇，骤然回眸望向皇甫策，星眸中似乎闪过种种情绪，又似乎空寂一片，冷声道："不是不敢看，是不想再看，或是不能再看。如今我与殿下都已至双十，早已男女有别，如此的偶遇，对我与殿下，算不得好事。

"太子殿下饱读诗书，六艺尚不在话下，礼运该是倒背如流了。此处虽是梅园一隅，可也有无数个岔路。太子殿下远远见我，或是我远远见太子殿下，都该绕路而行，不该再有交际，不是吗？"

皇甫策微微挑眉，轻声道："才多久不见，贺女郎就与本宫拘起礼来，若贺女郎如此知礼，当初又何须将本宫藏在阑珊居里，嗯？"

许久许久的沉默，皇甫策凝视着明熙略显冷硬的侧脸，当他以为明熙不会作答时，却见她深吸了一口气，缓缓开口道。

"太子何必再说以往。你我生于帝京，长于皇城，总以为高人一等，有着天生就该得到一切的优越感。那时我们骄纵自恃，也有破釜沉舟的勇敢。可是，无论何种欢喜悲伤，人总要长大。"明熙轻轻一笑，又道，"少年时的莽撞与不顾一切，经过岁月的磨砺，让我们逐渐懂得了平和接受，适可而止，明白了可遇不可求的珍贵。”

帝京人都云，贺明熙容貌殊丽，灿如春华，皎如秋月。

年少时，皇甫策常对此嗤之以鼻，可直至此时，才明白，艳丽还是淡雅，张扬还是内敛，这人都是如此夺人眼目，让自己情不自禁，无限眷恋。

可当真正面对这人，内敛平和，不喜不怒，明明该让人心生喜欢，可事实却是让人心惊胆战。这般的平和，这般的世故，都不该出自嚣张跋扈的贺明熙之口。她可以热情如火、肆意妄为、口不择言，甚至出手伤人，也不该这般妥协与退让，或是轻言放弃，更不该有对所有事都一目了然的通透与淡漠。

莫名的，皇甫策来此之前的所有的笃定、淡然，都化作了心底最深的恐慌与恐惧，只感觉是如此深重，让他恨不得捂住明熙的嘴，甚至开口求饶认输。

不管胸口如何翻腾，皇甫策面上依然浅淡，许久，有些不悦地抿着唇，冷笑一声：“本宫可不懂，什么是适可而止？什么是可遇不可求？！即便有无数条岔路，本宫偏偏与你同行，又当如何！贺女郎要临阵脱逃吗？”

明熙不以为意，嗤笑道：“太子殿下莫要以己度人，行军打仗，刀光剑影，我尚不懂何谓临阵脱逃，何况只是面对一介书生。”

皇甫策眉眼轻动，扫了眼明熙，勾唇而笑，讽道：“贺女郎无惧无畏，本宫虽不敢苟同，但也略有所闻。既然——贺女郎能如此坦荡磊落，不过是与本宫同行一路，又有什么可躲避的？”

明熙余光扫过皇甫策，娓娓道：“如今太子殿下孑然一身，所作所为，不会让任何人有所感触，也不用对人负责。可我与太子殿下最大的不同，时至今日，我之一切都要对另一个交代负责，遇见也好，说话也好，甚至同行，都要以那人的喜恶为主。

“今后，这一生里，太子殿下对我来说，可有可无。那人才是要陪我行走这一路的良伴，喜怒哀乐，荣辱与共。太子心无旁贷，自然可以磊落，但在此事上，对我一个心有挂念的人来说，没有什么可磊落的。”

皇甫策咬牙，好半晌，深吸了一口气：“既得贺女郎如此重视，不知本宫可有幸见一见这人。”

明熙十分干脆地回道：“没有。”

皇甫策微怔了怔，不以为然道：“藏头露尾！这可让本宫对贺女郎现在的眼光有所质疑，郎君本该顶天立地，藏在一个娘子的身后，算得了什么？”

明熙轻笑了一声：“我选中的人，我喜欢就好。我眼光如何，为何要得到你的肯定？或是太子殿下的质疑对我来说，又能算得了什么呢？”

皇甫策凝视着明熙浅浅的笑脸，静默了许久，深吸了一口气，轻声道：“你可是还在为翠微山赐婚一事生气，若是为此，大可不必，你也知道本宫如今已孑然一身。那些人对本宫来说，从来都不算什么，当初也是……”

“太子殿下。”明熙扬声打断了皇甫策的话，抚了抚伸到路边的花枝，利落地折断，把玩了片刻，脸上的笑意越显冷漠绝情：“所谓断骨难续，覆水难收。不管你与我之间，曾有多少往事，过去就是过去了。”

皇甫策本就白皙的脸，霎时间惨白一片，不知是天气太冷的缘故，那方才还红润的薄唇也失了血色，显得十分脆弱。他缓缓地闭上了眼眸，深吸了一口气，再次睁开时，漆黑的凤眸似乎多了一些软弱，让人看不真切。

“你还在耿耿于怀，你要本宫如何做？或是，如何你才能使你一如……”

“我认识的太子殿下，最是傲骨，从不曾为任何人任何事放下身段，若虚与委蛇，必然是心有所谋。”明熙并不打算接受皇甫策的示弱，毫不犹豫又十分绝情地再次打断了皇甫策的话，随手扔了那花枝，不以为意地轻笑道，“时至今日，不知我还有什么，值得太子殿下图谋利用的？”

“贺明熙！”明明是这般的咬牙切齿，不知为何却给人哽咽的错觉，皇甫策那双本该冰封的凤眸，莹莹灼灼可见水色，似乎隐藏着波澜，这三个字仿佛要道尽所有的不甘与愤怒，又似乎只是单纯地求一条生路。可明熙不曾回眸，那侧脸，显得如此孤冷绝情，甚至隐隐可见其中的不屑一顾。

“本宫在你心中，已是如此不堪了吗？难道所有的一切与曾经，你当真不在乎半分了吗？！”虽极力隐忍，可声音还是发颤，似乎用尽了所有的支撑，才说出这句话来。

明熙缓缓回眸，轻笑了笑，那双杏眸中，露出极为浅淡的嘲讽：“太子殿下莫要如此轻看自己，也许您在我心中还有更多的不堪，只不过是你已恢复了一人之下万人之上的身份，无可追究罢了。我虽读书少，可君为臣纲的道理，还是懂的。”那声音如此的熟悉，可满是不以为意，残忍到不肯留一丝一毫的余地。

时间仿佛在这句话后静止了，所有的一切都成了空白，只有胸口的剧痛越显真实。皇甫策闭上眼眸，长长的睫毛犹若蝶翼一般，轻颤着，仿佛下一刻就要破碎在这寒风中。许久许久，他无声地舒了口气，却始终不肯再睁开眼眸。

“本宫只问你，一切的曾经，贺女郎都已不在乎了吗？”清湛的声音明明没有情绪，可不知为何会有让人求乞的错觉，以及不可触碰的脆弱。

隔着伸展了一路的花枝，影影绰绰，挡住了所有感情，明熙望向对人的面，正色道：“太子殿下，再过不久，我将为人妇。一切的曾经，年少的妄为，在我今后的生命里，都会湮灭消散。剩下的年岁，该要珍惜的，只有那个唯一携手的同路人。”

眉心传来了一阵剧痛，灵台像被什么重重击了一下，猝不及防又一箭穿心。皇甫策只觉头晕目眩，又疼得撕心裂肺，这一刻，甚至错以为天地晃动，万物失色。他的身形不由自主地晃了晃，抬手不动声色地扶住了身侧树干。

刺骨的冷风，将要没落的夕阳，逐渐消散世间，耳中长鸣，虽是极力侧耳倾听，可对面人的话语，传入耳中模糊一片，只余寒风凛冽。

不知为何，皇甫策的脑海里，竟无比清晰地浮出那日，阑珊居阁楼上分别的画面。那时男子嘴角含笑，今生不见，后会无期，这些残忍又不顾后果的话，如此轻易地吐了出来。而后，他与贺明熙也是这般的两两相望。

记忆中的每一帧都变得缓慢清晰，不曾放过贺明熙每一瞬的神情。

她听到分别的瞬间，红润的双颊就失去了血色，那双漆黑的杏眸霎时就变得微红，染上了水色，可一切的一切都被生生忍了下来。她将嘴唇咬得发白，该是如何剧痛，几次欲言又止，似乎找不到反驳的话来，该是怎样的毅力与绝望，才忍住了那眼底呼之欲出的祈求与不舍。最后，那双绞着种种纠葛，翻腾着种种情绪的墨玉般的杏眸，终于沉淀了下来，所有的一切都化作了绝望与死寂。

近三年的无微不至，近三年毫不费力地得到，让皇甫策对那些弥足珍贵的付出，与全心全意的感情，变得不屑一顾又不以为意。如此残忍的分别，在那时看来也不过是又一次对她真心与底线的试探。

所有的经验，都让皇甫策的心变得笃定，自以为是又沾沾自喜。他从不觉得会有一日失去眼前的这人，不管如何对待，不管多难堪，她总会转身就忘，没多久，就会再次笑嘻嘻地回到身边来。如此简单好懂，甚至根本不需要任何手段。她的眷恋，她的思念，她的心慕，如此热烈又让人不能拒绝，她的内心甚至不曾对自己有半分的防备与遮拦。

坦诚到，让人根本不用为她思考，甚至不屑一顾地为她费心。

近三年的经验，都告诉皇甫策，残忍一些，再肆无忌惮一些。反正贺明熙肯定会回来，会追到翠微山去，求自己身边的一席之地。阑珊居时，皇甫策一文不名时尚如此不舍不放，当恢复到一人之下万人之上的太子，她岂有放过之理。

阑珊居里，她一退再退，不过求个常伴左右。翠微山处，她也可以凭借以往的伎俩为自己求更上游的位置。人心就是如此狡猾贪婪，既想坐享其成又想让这贪得无厌变得理所当然。

可翠微山上的日思夜想，终究不曾再等来这人。

原来，那次不经意的分别，就已注定了，两人真正的天各一方。

原来，这就是因果循环，处处有报的深意，无视了的真心，违心扔出去了在乎的一切，总有一日会反回来，毫不留情地将你整颗心都绞碎。

如此，才能感同身受，明白了那人当时所遭受的疼痛与痛苦。

再回首，阁楼上的对话，对贺明熙竟是如此残忍与恶毒。那甚至不是口出恶言的诅咒和谩骂可比拟的。

将对方的真心踏在脚下，不以为意，笑着碾碎，在整个过程中，甚至要求对方笑着应和。

原来，这感觉竟是如此疼，疼到心神惧裂，发疯般地惨叫。甚至愿放弃尊严，不顾一切地下跪求乞，只为那人肯再次回眸，或是回顾片刻……

一阵窒息的沉默，那双苍白的手颤了又颤，仿佛用尽了全力，终于说出了一句话。

“本宫就只是你年少时的……妄为？”

明熙下意识地扭头，望向一侧。皇甫策神色冷然，骤然上前了两步，硬声道：“贺明熙，你敢看着我回答吗？”

明熙望向一侧的眼眸，缓缓地合上，两个人好半晌都没有动静。不知过了多久，明熙回眸，望向皇甫策宛若透明的脸颊，忽略了他眉宇间一触即碎的脆弱，微微浅笑，片刻后，明熙开口道。

“从古至今，三皇五帝，为何要称孤道寡？他们从开始就明白，一切都要有所交换。既选择了俯视天下的权利，就要付出高处不胜寒的孤寂。一生的独行，也已注定。”

皇甫策凝视着明熙，许久许久，那双流光溢彩又潋滟波光的凤眸，一点点地黯淡了下来，直至死一般的沉寂。

明熙看了皇甫策片刻，率先移开了眼眸，缓声道：“太子殿下若是无事，我就先走一步了。”

“贺明熙。”皇甫策半合着眼眸，极轻声地开口道，“普天之下，莫非王土。率土之滨，莫非王臣。本宫若破釜沉舟，你又当如何？”

“太子殿下虽享世间至尊之位，自然也有相同的责任。若说破釜沉舟，以太子殿下的性格，还不至效仿幽王纣王。”明熙站直了身形，长出了一口气，浅浅一笑，忽又道，“自然，我也深信自己的选择，即便有一日行至末路，也无惧无畏。最少，我选的那人，会与我并肩作战同生共死。”

皇甫策逐字逐句道：“你无惧无畏，就不怕连累他吗？宦海浮沉多少年，才熬到今时今日，为了你的肆意妄为从而失去一切，只怕终其一生，你们两人之间只会剩下了厌倦与怨恨。”

“他若觉得值得，自然会为我抛开一切。”明熙唇角轻勾，眉宇之间，尽是不以为意，“太子殿下，又何尝是公私不分之人？”

皇甫策半合着眼眸，冷笑一声：“到时天下都是本宫的，还有何公私一说？本宫历来不以君子自诩，你以为皇叔能保住你与谢放多久？三年、五年或是十年？”

明熙目光微冷，嘴角的笑意，终是消失不见：“太子殿下，这算是威胁吗？”

皇甫策眉宇间具是决绝，冷然道：“是又如何？本宫若心如刀割，为何还要违心地笑下去？这天下，这人世，尽握手中，本宫懒得迂回，也不愿虚与委蛇。本宫为何要强迫自己做不愿之事，本宫为何不能争取？本宫得不到，同归于尽罢了。”

明熙抬眸，凝视皇甫策的冷脸，许久许久，轻声道：“太子殿下远胜往昔，我不可仰及，乞请告退！”话毕，俯身推手时，微向上举高齐额，俯身长揖，而后，甩袖离去。

皇甫策情不自禁地上前一步，忽又站定了原处。

冷风过，似有浅色花瓣划过肌肤，他肤色本就白皙，此时在橘色的夕阳下宛若冰凌，让人错以为，一触就碎……

天色已晚，太极殿后园的八角亭内，点上了琉璃灯。

漆黑的冬夜，枯枝间，蒙着青纱，晕着橘色灯盏。远看上去，很是有种朦胧的美感。

六福附在泰宁帝脸侧，耳语了片刻。

泰宁帝嘴角的笑意越来越大，惊讶道："当真？明熙当真如此说？"

六福点头连连："祁平回报时，支支吾吾的，只怕娘子所言，比这有过之而无不及。"

泰宁帝放声大笑，笑到一半，忙坐正了身形，朝外面看一眼，忽又忍不住偷笑道："朕真该去看看太子的脸色。说是身体羸弱，可到底还是年轻啊，被这般的奚落，也没有气出个好歹来。"言语之中，遗憾颇多。

六福笑了两声，不好接话："陛下还是自己小心一些吧，若非娘子被雪水打湿了长裙，回揽胜宫置换，只怕这会儿正在与陛下清算此事。"

泰宁帝无辜道："朕摆明是入了太子的圈套，明熙若秋后算账……咳咳，也算不到朕身上。朕想了又想，这相见之事，肯定是太子一早就算计好的，可见他没有落好，朕心甚慰，朕心甚慰啊！"

六福轻咳道："老奴肯定相信陛下，可娘子不见得相信，没有陛下的口谕，太子殿下可是出不了东宫的，何况又是出现在太极殿的花园里。"

泰宁帝忙道："那就让太子亲自去解释！太子呢？太子人呢？"

六福想了想，极小声地开口道："听看见的宫侍说，太子站在原地许久，天快黑了才离去……"

泰宁帝顿时忘记了忐忑，抿了一口茶水，咏叹道："放眼整个朝廷，也就明熙能替朕出出气啊！一想到今后这满朝文武，都要以那个小狼崽子马首是瞻……朕就分外心塞哪。"

祁平领着一个小内侍，一前一后，停在了八角亭外。

祁平躬身道："陛下，猗兰殿的小钟，有急事求见。"

小钟正是猗兰殿管事的小徒弟，平日里很是得用。荣贵妃当初为诚王府，历来不是那种用手段固宠的妃妾，这个时辰说是急事，该是不虚。

六福忙站直了身形，瞥了眼那小钟："你上前回话。"

小钟十分瘦弱，虽快至双十，但看起来也就十五六岁的样子。虽是伺候荣贵妃身侧，但得见圣颜的机会，不是很多。此时，他看起来很是紧张，一直低着头，只敢小小地上前一步，好半晌才颤声道："贵妃娘娘一早有些不舒服，下午躺了一会儿，好了些。可傍晚用了些素膳后，一直说胸口闷，没多久就昏了过去。"

泰宁帝怔了怔，低声道："太医怎么说？"

小钟忙道："太医说可能是胸闷心慌所至，此病说大不大，说小也不小，鲁管事不敢做主，让奴婢请陛下过去。"

六福凑到泰宁帝耳边道："陛下去看看也好，正好错开娘子回来……明后日又是休沐，躲上两日，正旦一到，人多事忙的，娘子也就不记得这事了。"

泰宁帝双眼一亮，轻咳了一声："既如此，朕得去看看。天色已晚，今夜不见得能回来了，一会儿娘子来了，你们要好好伺候。"

祁平垂眸道："是。"

泰宁帝神清气爽道："摆驾猗兰殿。"

轻纱帐下的八角亭里，摆着一桌尚还温热的饭菜与清酒。

明熙将长裙换成了简单的黑色长袍，眉眼轻挑，拿起桌上的锦盒。

祁平露出个大大的笑脸，小声道："陛下去了猗兰殿，让奴婢伺候娘子用膳。"

明熙喜怒不显，拿起了桌上的锦盒，把玩了片刻："天色已晚，陛下为何突然要去贵妃娘娘那里？"

祁平忙道："娘娘有所不适，猗兰殿里的人来请，陛下不好不管不问。"

"陛下可曾交代什么？"明熙倒也不奇怪，后宫争宠，历朝历代不过就是相似的手段。

祁平道："陛下让娘子不用等他，今夜可能要宿在猗兰殿里。"

明熙不置可否，打开了锦盒，是一根做工极为精致的羊皮软鞭，手柄上系着一圈彩色宝石点缀的流苏。拿起来甩了两下，那手柄似乎也是软皮卷出来的，入手极为柔软贴合，声音也是清脆。

祁平见明熙喜欢，忙道："这是前年柔然进贡的金丝软鞭，陛下特地让六福总管找出来给娘子的。"

傍晚碰见皇甫策，晚膳时收到这般贵重的赏赐，其中干系，一眼明了。明熙心安理得地将鞭子挂在了腰间，缓声道："陛下可曾用膳？"

祁平见明熙的口气软和了下来，暗暗松了口气："虽是不曾，但想必贵妃娘娘那里会为陛下准备的。"

明熙执起银箸，停顿了片刻，忽又道："今日你去接裴达，可曾见到人？"

祁平笑道："见着了见着了，裴管事特地从漠北带了些土仪，说是要整理出来，城西小院落也要打扫干净，这才和奴婢约好，明日一早入宫。"

明熙微微点头："那明日一早，还烦请公公去城门处接应。"

"都是奴婢分内之事，哪里当得了娘子的请字。"祁平话毕拿起酒壶，斟了杯酒，有些讨好地再次道，"这乃陛下私藏的梨花酿，知道娘子喜欢，陛下特意让人从树下起了出来。夜色正好，不如娘子小酌几杯？"

明熙嘴角轻抿："善。"

月夜朦胧，大雍宫，最西侧的临华宫。

整座主殿只余下了不曾清理干净烧剩的断壁残垣。小花园与院落间处处可见枯枝野草，与未扫的积雪。单看此时的宫殿，已感受不到往日西临华宫曾有比拟揽胜宫的辉煌了。

因皇甫策的临时起意，主仆二人一前一后地来此，连宫灯都不曾提上一盏。如今置身这如野地的宫殿里，颇有种寒夜无处诉的凄凉。

不知在这断壁残垣之中站了多久。

皇甫策抬起有些发麻的双脚，一步步地走向宫殿后院。

东西侧两边的小院，因不曾被大火波及，反倒都保留了下来，可经久不见人烟，杂草与荒凉不比主殿好上多少。

东侧小院，是入临华宫的必经之地，有一棵有些年岁的大槐树，隆冬之际也失了绿色，但茂密的枯枝将小小的院落覆盖住。

推开了寝房的门，点起了屋内唯一的灯盏。屋内虽也积了些灰尘，但看起来很是整齐，也无破败之感。这是皇甫策第一次进入这个有些偏僻的小院。

柳南见皇甫策再次发起呆来，再也不曾过问。

从院内井中打上来些水，不知从何处找了块棉布，擦拭了起来。箱笼里面还有崭新的棉被铺盖，柜子里的东西也叠得很是整齐，虽是许久没有主人，但该在的东西都还在。

梳妆台前，铜镜蒙了些灰尘，一只雕工精湛的木梳被丢弃在桌上。

一切的一切都宛若定格了般，屋内的摆设与物件，几乎都是临华宫当初赏赐下来的，虽不贵重也不便宜，都不曾带走，可见当初此处主人对这些东西的不屑一顾。

皇甫策坐在了梳妆台前，看向虽已被擦拭干净，依然模糊不清的铜镜。

许久不曾打磨的铜镜，在朦胧的光线下，点点铜斑，依然很是醒目。皇甫策接过柳南递过来的干净的湿布，垂眸将那梳子细细擦拭一个来回，拿在手中，细细把玩。

不知又过了多久，小小的寝房已焕然一新了。桌上的瓷器茶盏，床上的一切都换成簇新的，红泥小炉，燃起了炭火，煮上了井水。

柳南轻声道："虽有些灰尘，但该是有人对此处也留了心，不然这些东西不是入库，就是该被那些奴婢惦记了，决计是剩不下来的。"

皇甫策自傍晚就不曾再开口说话，柳南又是忐忑又是着急，可是半句都不敢问起："娘子本有个羊脂白玉的梳子，不慎打碎了。贵妃娘娘听说了，就将这檀木梳给娘子送了过来。听闻这是娘娘的陪嫁，用惯了的。"

灯盏很是昏暗，那梳子的纹缕并不能看得清晰，皇甫策手指无意识地摩擦着那木梳上的纹路。好半晌，才回眸看向已打扫干净的屋子，斜视看了眼炭火。

柳南轻声道："上好的金丝炭，该是娘子用剩的，没人动过。"

皇甫策不置可否，缓步走至床榻前，坐了下来，眉宇间尽是疲惫。

自辰时至此，还不曾有片刻的休息，他倚在了床沿边上，那双凤眸虽是半合着，但也黯淡无光。

"天色已晚，此处离东宫甚远，殿下今夜不如就在此处凑合一宿？"柳南等了半晌，不见皇甫策说话，只当默认。他轻手轻脚地取下了束发的长簪与金冠，解开了皇甫策身上纯白色的大氅。

长发如瀑布般倾泻了下来，遮盖了侧脸，使得皇甫策的面目更是模糊了，褪去了鞋履，缓缓拉上了被褥。被褥中该是还放着特制的香木，又因冬季的干燥，虽是放置了许久也不潮湿，没有难闻的气味，似乎是明熙当初用惯了的熏香。

“这地方该是一直有人关照。”一晚上不曾开口说话，声音有些沙哑。

炭火上的铜壶已冒起了烟来，柳南倒了些白水于茶盏里，笑着捧到床榻前：“奴婢擦拭时就知道了，家具上都是薄薄一层灰，被褥也干净，柜子整齐。金丝炭都码得整齐，该是有奴婢定时来换的。

“想来也简单，六福公公如今贵为太极殿的总管，娘子又是他自小看到大的，哪里舍得将娘子住过的地方废弃搁置。可这般的事，该是不好做得太过明显，想必打扫此处的，只怕也是六福公公的心腹。”

皇甫策喝了一杯热水，冰冷的手脚，也有些回暖:“六福倒是难得地念旧，什么时辰了？”

柳南见皇甫策肯说话了忙道：“亥时了，殿下要吃些东西吗？奴婢在太极殿里拿了些点心，都是殿下爱吃的。”

皇甫策轻叹了一声：“不必了，想来今夜还有风雪，你莫出去守夜了，睡在对面长榻上，若无多余的被褥，盖着大氅。”

柳南笑道：“有有有，从床榻上换下的被褥都是干净的，奴婢还说一会儿在外间打地铺呢。”

皇甫策躺了下去：“将炭火拉到你那边吧，本宫不冷。”

“这屋子小，一盆炭火放在这里，奴婢也不冷。”柳南缓缓放下了厚重的床帐，想了想，又轻声道，“殿下莫要沮丧，虽奴婢当时不在，但娘子生起气来，历来口不择言，不见得就出自真心……以前你们也总也争执，哪次没有和好？”

许久许久，柳南以为皇甫策不会回话，听到厚重的帷帐里，传来了一声嗤笑：“争执？今日的贺明熙何尝生气，又何尝吵闹？那些轻言细语，条理清晰，字字诛心，哪里像气话？”

柳南沉默了片刻：“也许……”

“熄灯吧，本宫累了。”皇甫策打断了柳南的话，声音已透露出无尽的疲惫。

一寸还成千万缕

10

灯盏被熄灭了，柳南轻手轻脚地铺床，摸黑接了水，放在了炭火上。

不久，一切都沉寂了下来，这般的黑暗与无声无息，让人莫名感觉安全。床铺上的熏香很熟悉，似乎有安神的作用，烦乱的心与凌乱的思绪，逐渐地清晰清明了起来。

一时间，多年前早已忘记的往事，纷纷浮上了心头，许多许多细节，清晰到一目了然。

十五岁那年的上元节，皇帝携众嫔妃皇子在尚武门楼上观灯。

按惯例，这一日帝京百姓会在尚武门前搭好戏台，舞狮杂耍，戏剧灯盏，走个过程，求个君民同乐，风调雨顺。最后压轴的，是帝后一家在护城河上游，放走第一盏许愿河灯。

往年帝后携手同行，众皇子与贺明熙，以及各宫有头有脸的嫔妃跟随其后。

那年正旦前的腊月，惠宣皇后身体已有些不好了，年节的祭祀，也只是勉强走个过程。上元节，先帝以不忍惠宣皇后劳碌，让其安心养病为由，只带上了众嫔妃、皇子与贺明熙。

记得那夜，先帝放了河灯，突然来了兴致，打算微服私游，让人回宫取了常服，带上众皇子与嫔妃一起前去。

皇城里的人，即使皇帝本身，一年到头也不见得能出宫一次。皇甫策虽性格沉稳，可十五岁正是年少爱动，得知此事后也很是兴奋。换完了衣袍，却不见了一起放河灯的贺明熙，疑惑之下不禁多问了一句。

贺明熙身体有些不适，放完河灯已回宫去了。听了这些，不知为何皇甫策顿时有些扫兴，脑海中总是浮现贺明熙一晚上的心不在焉，与有些苍白的脸。

惠宣皇后年节后，不曾公开露过面，听闻病得很重。陛下更是许久不曾夜宿中宫了，探望了两次，也被拒之宫外。惠宣皇后此举，可能伤了皇帝的面子，自此后，陛下赌气再未去过中宫。

上元节与民同乐，惠宣皇后并未说不去，但临出宫之前，被先帝留在宫中养病，这才不能成行。自然，这已属于宫中秘辛，若非皇甫策身为皇长子，又有谢氏的人帮衬，不见得能这般清楚其中缘故，外人只当先帝体惜皇后。

皇子们逐渐地长大，二皇子与三皇子开年后，也要入朝堂听政。先帝不得不打破后宫多年如一日的平衡，重新洗牌，所有的制衡，都要重新建立了。自然，先帝当时还在全盛之年，不见得是非立下太子，但想必已开始考虑立太子的事了。惠宣皇后一家独大的后宫格局，从此以后，只怕再不复存在了。

何况腊月时，惠宣皇后唯一的血亲，堂侄英年病逝了，只留下一个没名没分的庶子，没有嫡子，便为绝嗣，断没有庶子继承爵位的事，那赫连将军用命换回的爵位，也被皇室收回了。赫连氏惠宣皇后这一支，算是彻底断了香火，赫连氏族长之位，自然也由旁支接替了。

惠宣皇后大病了一场，甚至对先帝恶言相向，因两人怄气，初一十五在中宫过夜的规矩，也被先帝置之不理了。自那以后，临华宫更是花团锦簇，二皇子与三皇子母妃那里也比以往热闹了起来。

越想越是莫名的不安，皇甫策随意找了理由，告了假，将有些担忧的谢贵妃安抚了一番，就迫不及待赶回宫去。

那夜，是皇甫策有记忆以来，大雍宫最冷清的夜晚。

因正主们几乎都不在，宫人懈怠，在宫中走上许久，也不见碰上一个人。

御花园，还备好皇帝回来赏的花灯，挂得琳琅满目。这些耀人眼目的花灯，因临时起意的微服私行，无人赏看，更显凄凉。

御花园太液池一隅，传来了细细的说话声。

皇甫策几乎是下意识，躲在一侧的大树的后面，望向坐在太液池边的两人。

湖水粼粼，彩灯玉栏，将两个红衣的女子映照得光彩动人。

不管如何不喜惠宣皇后，可已到了这般年纪，盛装之下，依然如此耀眼，与正是豆蔻年华的贺明熙依偎一起，甚至还各有千秋，绝不会被忽视，只怕也只有惠宣皇后能做到了。

此时，皇甫策仿佛也明白了，为何父皇要执意宠爱惠宣皇后多年，若说只为赫连氏的权势，只怕在十多年前，赫连夫妇去世时，那些恩宠早已不在了。

“这小走马灯，做得就是精致，在河灯上还能转圈，可比外面那些粗制的河灯好多了。”明熙已十三了，个头只比皇甫策矮一些，出落得也越发漂亮。今夜她一身红裳红裙，束着傍晚时的双丫髻，一对紫金铃缀在耳侧，一步一响，说不出的赏心悦目。

“娘也放个河灯，许个愿吧。人家都说，这一天许愿最灵了，肯定会实现的……陛下说不定会在下游捡到娘的河灯呢！不如我帮娘写，好不好？”

惠宣皇后无意识地拨着湖水，目光望向水中逐渐飘走孤孤单单的灯盏：“还有什么可求的呢？”

明熙垂眸想了片刻：“就写娘与陛下和好如初，或是白头偕老。娘和陛下和好了，肯定会开心，心情好了，身体也就会好。”

惠宣皇后笑了一声，远远听着有种说不出的怪异与冰冷：“你以为娘求的是和好如初、白头偕老？傻丫头，你记住，这世间没有破镜重圆，更无覆水能收，自然也就没有什么和好如初。好马尚知不吃回头草，难道娘会连个牲口都不如吗？”

明熙咬着唇，轻声道：“娘心里明明是不舍……又何必把话说得这般绝情？”

惠宣皇后长出了一口气，不置可否："以后揽胜宫也只能这样了，或是比这更冷清了，若二皇子三皇子做了太子尚好说，若是谢氏所出的那个孽障做了太子，咱们的日子只怕会更难过了。"

明熙坐在台阶上，依偎在惠宣皇后肩膀上："娘不要担心了，你可是还有我啊！等我长大了，就把娘接出宫去，娘不是最喜欢看《风物志》吗？到时候，娘喜欢哪里，咱们就去哪里，再也不回来了。"

惠宣皇后怔了怔："你也不喜欢宫中了吗？"

明熙抿了抿唇："当然不是了，我本就没什么，娘在哪里我就去哪里。他们各有各的目的，揽胜宫花团锦簇时，也不过我与娘。如今冷冷清清的还是我与娘，没什么分别。"

惠宣皇后斜眼看向明熙片刻，搂紧了她的肩膀，轻声道："最近怎么不见高钺往宫里递信了？你们不是最好了吗？"

明熙道："他去安定城了，没那么快回来。"

惠宣皇后低声道："可不是，我都忘记了。那二皇子呢？往日里总是朝宫里给你送东西，最近怎么也不见人影了？"

明熙低声笑了起来："二皇子送东西也不是给我呀，都是孝顺娘的。"

惠宣皇后道："也是，陛下已许久不曾过问揽胜宫了，他也不必讨好你了。"

明熙忙道："没有的事，平日里碰见，二皇子有事没事就爱与我搭讪。方才还要和我一起回来，不过是我看他真的很想去玩，不愿扫他的兴，才没让他一起回来，他对我还是不错的。"

惠宣皇后若有所思地点点头："那你看高钺与二皇子，哪个更顺眼一些呢？"

明熙道："现在都差不多，二皇子心有所图，自不必说。可高钺对我好，怕也是为了博得陛下青眼，我只要有娘就够了。"

腊月时，惠宣皇后唯一的堂侄病逝，因无嫡子，既不能继承家中的爵位，就连赫连氏族长之位也易主了。惠宣皇后与陛下在御花园众人面前大吵了起来，回宫后就大病了一场，病好后，时常发呆，念念有词，时笑时哭，夜夜在梦中还在尖叫，眼神一日日地木了下来。

明熙面上不显，可心里越发地恐惧，多次催促六福请太医看看，可不管六福还是裴达都不让明熙声张此事，甚至为怕别人得知惠宣皇后性情有变，六福几乎摈弃了所有不受信任的宫侍。惠宣皇后的一切事宜，都由六福裴达以及邹嬷嬷亲自料理。

"年纪小小的，活那么清楚明白做甚？"惠宣皇后目光有些呆滞地望向湖面，幽幽地叹息，"我像你那么大的时候，整日就是吃穿打扮，没事出城跑几圈马，从无烦心事。有父有伯父堂兄还有整个赫连氏，外面腥风血雨啊，都刮不到面前来……转眼都二十多年了，娘也是才能看明白一些，可太明白了，想得太深了，不过都是失望罢了。

"失望多了，也就不抱希望了。十几岁入宫，这些年，得意过，争取过，不甘过，最后除了怨恨，居然还是一无所有。

“陛下厌倦了，我何尝不是呢？”

明熙见惠宣皇后眼神又木了起来，害怕地抿着唇，紧紧地抱住惠宣皇后，红了眼眶：“娘不要这样想，您还有我啊。等我长大了，我就能帮您了。以后，我会很孝顺很孝顺您的，真的！没有陛下也不要紧，没有那些人都不要紧，您看这些年，我们不是过得很好吗？”

惠宣皇后轻轻地擦拭着明熙眼角的泪，柔声道：“是啊，娘因为还有你，才能坚持到现在。你很懂事，娘很欣慰，以后不管如何，都不会让你回贺家受苦的。那些人个个狼子野心，没有一个好东西，你要是落在他们的手里，可怎么活？”

明熙轻声道：“等过了今日，我们去求陛下，让堂舅舅家的小柚子继承家业与爵位就是了，娘不是一心想让家中复爵吗？小柚子虽是庶子，可若有陛下的特许与恩准，还是能恢复爵位的啊！”

“呵呵，还说什么家里？那么一个庶子，出身早已摆在那里，再有出息又能如何？他若抛头露面，别人只会越发地嗤笑我家后继无人！”惠宣皇后又冷笑了两声，望着太液池，轻轻地开口道，“那些人没一个好东西！狼心狗肺，心有所图！娘遇见了，你何尝没有遇见？高钺！二皇子！哪个值得娘托付？个个为达目的不择手段！将来必然都不得好死，都不得好死的！”

“娘！娘！嘘，小声些，若被人听见了……只怕会有麻烦。”明熙虚虚地捂住了惠宣皇后的嘴，小声哄道。

惠宣皇后拿下了明熙的手，低声地笑了起来，小声道：“咱们也许看不到这些人的下场了，可是娘就是知道，他们都不会有好下场的！那些有心害我们的人，利用我们的人！那些个无耻贱人！是他们害尽我赫连一门！一步步地赶尽杀绝！使我赫连氏绝嗣！

“皇甫氏个个都是刽子手，他们骨肉之间尚且残杀，更何况是对外人！皇甫深更是蛇蝎心肠！不得好死！不得好死！”惠宣皇后的声音越发地尖锐，在这无人的太液池边上，回荡了起来，有种说不出的癫狂。

“娘！娘！嘘嘘！小声些，小声些。”明熙紧紧抱住惠宣皇后挣扎不休的肩膀，压低声音诱哄了起来。

玉栏下的一排灯盏，将惠宣皇后的脸映照得十分清晰，表情呆滞，眼神恍惚，有种说不出的疯狂。她使劲扭动着身形，又掐又拧，想要挣脱明熙的搂抱与钳制。

明熙却丝毫不敢放手，柔声道：“娘让六福公公准备了元宵，咱们回宫吧。娘别怕，别害怕，您还有我啊！咱们回宫去，别说这些了。”

惠宣皇后听到此话，不禁停止了挣扎，歪着头打量着明熙，而后放声大笑了起来：“哈哈哈，你怕了吗？怕什么？这里又没人！那些人都逍遥自在去了！害了别人全家，还能悠游自在地活着！

“阿熙，那些人踩着我赫连氏的鲜血，享受这一切。他们和咱们有不共戴天之仇，可惜娘身单力薄，性情软弱，没有勇气手刃仇人。苍天有眼，就该让那些人千刀万剐！”

明熙柔声哄道："娘，夜深了，咱们回去再说。"

惠宣皇后低声地浅笑，极轻声地道："咱们虽然杀不了那些人，还有别的办法呀……人说穿着红衣红裙，在月圆之夜横死之人，怨气最为深重，阴魂多年都不会散去。"

明熙怔了怔，不解道："什么？"

"我阿熙穿红衣真好看，你看娘的红衣好看吗？阿熙莫怕，不管去何处，娘都带着你，不会将你留在那些人手中。咱们一起走，化作厉鬼，纠缠他们，让他们求生不得求死不能！"惠宣皇后咬着牙，将话说完，紧紧地抱着明熙一头栽入太液池中。

皇甫策已顾不上震惊，想也不想就从树后面冲了出去，跟着跳下去……

冰冷的水，从四面八方涌入身体。

皇甫策率先捞起明熙，朝岸边游去，可明熙在冰冷的水中，双手紧紧地拽住朝下沉的惠宣皇后，不肯放开。

"先……先救我娘……"

皇甫策掉转了方向，拉住了惠宣皇后的腰身，急声道："你也拽住我衣袍！"

"那样你游不动，咱们都上不去。你先救我娘，先救她走……求求你了……皇甫策救我娘……"

皇甫策深深地看了明熙一眼，咬了咬牙，抱着呛了水的惠宣皇后，极快速地朝岸边游去，将人推上岸后，不及喘口气，再回头已不见了明熙的踪影。他微怔了怔，想也不想再次扎入了水底，一点点地摸索了起来。

片刻之后，皇甫策已有些头晕目眩，却不肯浮上来换气，越是危急，头脑也越发地清醒。此时若是浮上去，按照自己的体力，只怕很难再沉下来一次，若再等人来救，肯定为时已晚。

皇甫策紧紧地咬着腮肉，剧痛分散着痛苦，沉了口气继续又朝下潜了潜，细细地摸索了起来，不肯放过一丝一毫。可湖底漆黑一片，除了冰冷的湖水与水草，仿佛已经什么都没有了。

时间一点点的过去，皇甫策绝望起来，心口似乎比湖水更冰冷。可动作不曾怠慢半分，明知道前面也许就是绝路，可依旧不想放弃了，甚至破釜沉舟地想着，若是再找不到，就和那人一起沉下去。

当手指触摸到那湿滑的衣襟时，皇甫策甚至有片刻的不敢置信，毫不犹豫地抓了过去，迅速环住腰身，朝岸边游去。一颗心快要跳出胸膛，是失而复得，也是欣喜若狂。他缓慢地将人推上岸，因失了力气，不得不将自己趴在水中，半身伏在岸上，重重喘息着，嘴唇已被咬破了，嘴角的鲜血也溢了出来。

惠宣皇后愣怔地坐在岸边，当看见被推上来的明熙时，好半晌，才露出恍然大悟的神情，看也不曾看湖水中的皇甫策一眼，紧紧地将昏迷的明熙搂在怀中，整个人都颤抖个不停。

"阿熙你怎么了，别吓娘，别吓娘，来人哪——"

"母后！咳咳咳，不可声张……"皇甫策用尽全力地爬上岸，坐在一侧气喘吁吁，虚弱的声音打断了惠宣皇后的尖叫，"若宫人赶来，你要如何自圆其说？"

"皇甫策？怎么办！阿熙不好了！叫太医，对对对，快叫太医……"惠宣皇后不停地喃喃自语，将明熙搂在怀中，那双本该灵动的眼眸，凄惶地四处张望，宫灯下尽是无助与脆弱。

这一刻，皇甫策突然明白了这种相依为命，隐隐约约地懂得那种破釜沉舟的同归于尽。他深吸了一口气，爬上岸去："母后先将人放下，让我看看。"

惠宣皇后狐疑地看向皇甫策，当对上那双与皇甫深有些相似的凤眸时，慌乱不堪的心莫名地镇定了下来，小心翼翼地将人平放在了台阶上。

皇甫策摸了摸明熙的脉搏，毫不迟疑地按压着明熙的腹部，许久之后，也不见有水吐出来。他沉思了片刻，将手指伸入她的口中，摸索了起来，也不见有水草泥沙，再次搭上了她的脉搏，摸索了半晌不见脉动，虽面上镇定，可皇甫策的心再次沉到谷底。

"没有呼吸了吗……为何会没有呼吸了？你要救救他！皇甫策快叫人……快找人！叫太医来救人啊！"

"母后，即便现在找人叫来太医，等太医赶到此处，也为时已晚。"

"怎么会为时已晚呢？可这要怎么办？阿熙你应娘一声！"惠宣皇后突然抓住了皇甫策的胳膊，"你不是最敏慧多智吗？那你救她啊！皇甫策，你帮我救阿熙！……对对对，你不是最喜欢阿熙了吗！你历来最喜欢她了，只要你救活她，只要你能救活她，我必将阿熙许配给你！"

"母后莫要惊慌，我肯定会救她的！"

"那你倒是帮帮我们啊！你不是最喜欢阿熙了吗？我将她许配给你可好？只要你能救活她！阿熙……阿熙……"惠宣皇后双手发抖，手指极轻地触碰着明熙的脸。

"母后冷静，嘘，噤声，我再看看。"皇甫策抬眸扫了一眼似乎有些神志不清的惠宣皇后，温热的手划过明熙的额头，托起了她的下巴。迟疑了片刻，冰冷的唇压在了她的嘴唇上，一下下地吹着气。

惠宣皇后怔怔然地望着皇甫策动作，却不曾阻拦，如此反复，不知过了多久，惠宣皇后眉宇间尽是绝望，眼泪一滴滴地无声滑落。

"没用了。我害死了阿熙，我害死了所有人。父亲母亲堂兄，阿林还那么年轻，都因为我必须病死……阿熙莫怕，娘去陪你，娘不会让你孤孤单单地走。"

惠宣皇后猛然推开了皇甫策，笨拙地将明熙搂护在怀中，歇斯底里道："你走开！走开！阿熙不想看见你们！我也不想！"

"母后！人命关天，现在不是闹脾气的时候！她的胸口还温热着！您先让我救人！！"

"你省省吧！别以为我不知道，你早打阿熙的主意！告诉你，不可能！只要我活着就不会让你们……得逞！"惠宣皇后冷冷地瞥着皇甫策，眉宇间有种不近人情的冷酷。

皇甫策急声道：“母后！她还有救！”

“皇甫策，就这样吧。我也不相信你们，死就死，活就活，我同阿熙一起就是，你们休想再分开我们！”

“母后！您别这样，她还没有死！您让我救她！”皇甫策咬牙道，伸手去抢被惠宣皇后紧紧抱在怀中的人，急声道，“母后生无可恋，怎知她也如此！她在水里还求我先救母后！可见她想母后活着，也想自己活着！

“母后！您不是她，不能替她做选择！您想想她的性格，她怎么会愿意现在就……母后，您要相信我，您知道的，我不会害她！我喜欢她，很喜欢她！不然我为何要回宫！不然我为何要找你们！母后！让我救她！她不会死的！您要相信我！”

惠宣皇后怔了怔，面上虽有所松动，可双手还是紧紧地将人钳制在怀中：“喜欢又能如何？救下了又能如何……你能给她什么？让她和我一样在后宫中抢夺半生，却一无所有吗？你们的喜欢是如此廉价，不值一顾……”

皇甫策见惠宣皇后神情怔然，却紧紧抱住明熙不放，再也没了耐心，伸手就要将人夺回来，惠宣皇后骤然一惊，想也不想就去拉扯抢夺。

“滚开！你给我滚！”惠宣皇后歇斯底里地尖叫着，锐利的指甲，将皇甫策的手背划得鲜血淋淋。

皇甫策咬着牙不肯放手，急声道：“你不是她，我不是父皇！怎知我们会像你们一样，母后休要想岔了……”

“都一样！你们皇甫……”

“咳……”许是两人撕扯的力气太大了，明熙呛咳了一声，嘴角溢出了许多的水。

“醒了！醒了！阿熙醒了……”

明熙似是听到了惠宣皇后的声音，眼睑微动，努力地睁开了眼眸，当看到惠宣皇后喜极而泣的脸时，她唇角勾了勾，似乎笑了笑，可也无力支撑，再次闭上了眼眸。

惠宣皇后忙摸上明熙的脖侧，边哭边笑：“好了好了……”

皇甫策攥住了惠宣皇后的手腕，正色道：“母后，人已经救回来了，现在更不可声张，我们即刻回揽胜宫去，再寻太医。”

惠宣皇后终是醒过神来，不顾湿透的全身，挣扎着想要抱起明熙，试了几次都不曾将人抱起来。

皇甫策眉宇间露出几分急切，还是轻声道：“天寒地冻的，不可再耽误了，我背她回去，母后以为如何？”

惠宣皇后谨慎地看了皇甫策一眼，片刻后，点了点头，慢慢地松开了手……

大雍宫内，揽胜宫，天才黑时，尚可见朦胧的月光。此时，明月星辰被黑云遮挡，寒风阵阵，似乎又酝酿着一场大风雪。

今夜明熙的心情似是不错，在太极殿的八角亭里饮了些酒，又在揽胜宫里走了好几圈，回到寝房，依然没有睡意。洗漱后，她的脸颊仍旧有些红，时不时地轻咳两声，一双杏眸因饮酒的缘故，在灯盏下，越显晶莹剔透亮。

祁平跪在床榻前，将明熙的长发理顺了，轻声道："娘子在太液池边上站了许久，怕是吹了风，要不要召太医来看看。"

明熙翻了身，不以为意道："没有那么娇气了，我累了，你也快去睡吧。"

祁平虽有些不放心，但还是放下床帐，熄灭了灯盏："奴婢候在外间，娘子若是有事就喊一声。"

明熙道："不必了，夜里怕是还有风雪，我这里没有守夜的惯例，你去东厢房睡吧。"

东厢房与这间寝房，用的是一道火墙，在这般的天气里，如正寝一般温暖如春。祁平虽未打算偷懒，可听见这般的吩咐，嘴角还是情不自禁地微勾了起来，轻应了一声，无声无息地走出了门。

片刻后，屋内又是一片黑暗。

揽胜宫这间寝房，明熙住了十年之久，虽离开了这些年，可里面的一切都还是原本的模样。先帝时无人动过，陛下登基后，更是无人敢动分毫。

明熙轻车熟路地从床内的暗格里，拿出一串玉佩来，不禁低声地笑了起来。

两壶梨花酿下肚，该是有些醉了。可当路过波光粼粼的太液池时，本有些混沌的头脑莫名地清晰了起来，竟是忆起了多年前的那个冬夜。

漆黑冰冷的水，从四面八方涌了过来。身体一点点地沉下去，满心的绝望，只能眼睁睁望着逐渐游走的人，不敢呼救，生怕发出一点声音来，他都会改变主意，回头拉住自己。直至亲眼看见他将惠宣皇后推上岸后，才敢彻底地沉下去。

说也奇怪，明熙在水中该是惊慌恐惧的，可直至此时，还能清晰记得皇甫策将惠宣皇后推上岸后，骤然转身寻找自己时的侧脸。

璀璨的花灯下，水色之间，显得如此苍白脆弱，那双从来都微微挑起又有些矜贵的凤眸中，尽是惊慌失措，只觉比平日里都好看。

那时明熙以为，那一眼怕是这尘世上看到的最后的画面。毕竟，明熙离岸边那样远，皇甫策根本不及赶过来了。

他们都以为明熙一直都是昏迷不醒的，实然在那人不算宽阔的背上，明熙已在逐渐恢复了意识，只是失了全部的力气，睁不开眼罢了。当躺回温暖的床上时，虽还是有些难受，忽冷忽热，睁不开眼，可明熙的神智是清醒的。

后来所有的对话，所有的事，都被深埋在记忆中……

明熙攥住玉佩，轻吐了一口气，缓缓地闭上了眼眸……

"已经烧起了来，这可如何是好？"

“母后少安毋躁，容我想想办法。” “怎么少安毋躁？你能有什么办法，现在太医一个都不来，让阿熙就这样熬着，万一有个三长两短，谁赔给本宫一个阿熙……本宫现在就去褚嫔宫中，亲自去找太医！”

“母后！六福跑了两趟，为何连个医女都请不来？您真当是因为褚嫔有孕，被路人冲撞了，整个太医院都去了栖霞殿的缘故吗？”

“不是褚嫔恃宠而骄，又是什么？！”

“母后怎么不明白，您与父皇冷战了月余，太医院里的人肯定得了父皇的授意，才不敢轻易给母后跑腿！”

惠宣皇后愣怔当场，攥住了明熙的手，好半晌，开口道：“我……我是与他有所争执，可若非病重，谁会几次去叫太医？”

“母后早就准备好去尚武门的事，谁不知？可父皇今日早早地派人来说，不让母后去尚武门，就是等着母后去求他。可母后倒好，干脆真的不去了。父皇说是心血来潮微服私行，可我看他可是一晚上都黑着脸，对明熙几次欲言又止。微服私行又出了褚嫔有孕，被人冲撞的晦气事，只怕这会儿正生气呢。”

皇甫策看了眼惠宣皇后苍白的脸，虽有些不忍，还是果断地开口道：“母后也不想想，太医们有天大的胆子，也不敢为难母后，这只怕是父皇为了让母后低头，早早授意好的。”

惠宣皇后沉默了片刻，有些心灰意冷：“本宫现在就去栖霞殿，他不是要听好话吗？只要他肯给明熙看病，本宫会说……”

皇甫策不得不冷酷地提醒：“栖霞殿若是那么好进，方才六福也就进去了。褚嫔现在正得父皇心意，敢将母后的人挡在门外，想来也不会怕母后……罢了，还是我走一趟吧。”

六福愣了愣，急声道：“大皇子殿下，可不能啊！这太医是要请到揽胜宫的，您虽不曾开府建牙，可年岁也不小了。平日里，您与咱们揽胜宫，可一点都不亲厚，今夜上元节，您又莫名地提前回了宫。

“这深更半夜的，您置身中宫，莫说您帮中宫请太医，就是被人碰见了，咱们就是有一万张嘴也说不清楚。二皇子三皇子哪一个都不是省油的灯，即便陛下不想岔，只怕也会被有心人利用，说不定还有什么一箭双雕之计，到时候您和娘娘可就真完了……”

六福将话说得婉转，可众人却也心知肚明了。此事放在以前还好说，只当皇甫策转了性，开始巴结惠宣皇后了，可如今皇后与陛下闹得不可开交，冷战了许久了，备受冷落，又因赫连氏绝嗣的事横在其中，不说帝后之间已没有多少信任可言了，只怕有心人也会暗自揣测皇甫策的动机。

惠宣皇后抚过明熙烫手的额头，沉默了许久，轻声道：“皇甫策你回去吧。本宫亲自去找太医，若再找不来，就听天由命就是。”

皇甫策斜眼看向明熙，咬了咬牙：“母后等着，我现在就去临华宫找母妃去！”

惠宣皇后骤然抬眸，有些不信地看向皇甫策：“谢贵妃肯帮本宫？”

皇甫策沉默了片刻，轻声道：“母后方才在太液池边，已对我与明熙许亲，只要我对母妃表明心迹。母妃肯定会顺我心意的，到时我与……婚事，还请母后做主。”

屋内突然静寂了下来，惠宣皇后挑眉望向皇甫策，将人打量个来回，突兀地，低声地笑了起来：“本宫说，大皇子殿下今日怎么如此热心肠，原来早有所图。你想娶我阿熙啊？呵呵，也是，据本宫所知，你这妄念也非一日两日了。”

皇甫策蹙眉道：“可方才母后明明许婚于我，为何现在又不认了？”

惠宣皇后满眸的不善，冷声道：“本宫可不记得此事，本宫只记得说过，只要本宫活在这世上一日，你永远别想打我阿熙的主意！你以为本宫不知道吗？你母亲早已看中了王氏二娘子，在陛下那里都报备过了，陛下对你与王氏的联姻，可是极为满意的，你想让我阿熙去给你做妾，做梦！呵呵！”

皇甫策当下冷了脸，怒极反笑：“母后的忘性可真大，方才可不是这样，是你要将贺明熙许配给我的。母后好好想想，我是怎么救活贺明熙的？她与我已是这般，只要我着人稍稍放出一些风去，整个大雍谁能敢娶她？”

“小畜生！你敢算计本宫！是不是从开始你就打的这个主意！皇甫策！你这个卑鄙小人，你们皇甫氏没有一个好人！”惠宣皇后突然又笑了起来，“如何救的又能怎样？除了本宫，有谁看见了？有谁知道了？你敢放出风去，本宫立即就告诉陛下，此事乃你为娶阿熙不择手段，污蔑中宫！

“你觉得，陛下是信你，还是信本宫？呵，我阿熙好着呢，将来这大雍朝的世家子，可任她挑选。唯独你，救了我们又能怎样，本宫可是一句好话都不会替你说！哦不，本宫能落入今日的田地，在阿熙眼里，就是拜你们母子所赐！”

皇甫策不顾口中的伤口，咬牙切齿道：“母后身为一朝皇后，怎可出尔反尔！若您不满意侧妃之位，王氏婚事尚未敲定。若得母后首肯，父皇也不会委屈贺明熙……到时候，必然给予正室之位。

惠宣皇后冷声道：“巧言令色！明修栈道，暗度陈仓都是你父皇用剩的了！小畜生！凭你也配！给本宫滚！我阿熙不需要你救，本宫自己就能请来太医！”

皇甫策虽聪慧多智，可到底年少浅薄，做梦都不曾想到惠宣皇后出尔反尔也就罢了，竟是如此翻脸无情，或是早已想到，不愿意深想罢了。

当时跳水救人时，头脑一片空白，任何想法也没有。将人救上来后，危在旦夕时，惠宣皇后张口就许下婚事，若说皇甫策当时不动心也是骗人，可也不曾想到太多的利益关系，只是莫名的动心罢了。

虽一心一意地救助明熙，可皇甫策还是莫名其妙地将这诺言听进心里。但直至最后，贺明熙救回来后，也不曾特意筹谋此事。哪怕方才说将心思回禀谢贵妃，求助她传召太医，也不过是权宜之计，全没有逼迫的意思。

可惠宣皇后如此的反应，让皇甫策情不自禁地忆起了几年前，差不多情景与际遇的出尔反尔。父皇未在宫中，贺明熙高烧不退，惠宣皇后疑神疑鬼，又六神无主。当下许诺，在贺明熙转危为安后，将人许配给自己。那时虽是年幼，不懂那么多，可心里也十分欣喜。

可当贺明熙转危为安后，惠宣皇后翻脸无情，不但不遵守诺言，甚至当着奴婢奚落嘲笑自己的心意，虽然皇甫策不认为自己就有那般的心思，可依然恼恨了许久。

此时此刻，皇甫策身着亵衣，赤脚从炭盆边站了起来，凤眸瞥了眼床榻上的明熙，轻笑了一声："母后，我的衣袍与鞋履，只怕裴达还没有烤干。若我现在从这里走出去，告诉父皇，你与贺明熙晚上投了太液池，被我救回来。

"母后会如何，我是不知道，可贺明熙将来肯定是要入我府邸的，母后以为如何？"

"你敢威胁本宫！"惠宣皇后咬牙道，"呵，只有你会说吗？本宫若说你用计将我母女骗至太液池，趁人不备将我们母女推下了水，你父皇会相信谁！今日你贸然回宫，我们母女不明原因地落水，你救下的我们？你说出去，只怕整座后宫都没人相信你的好心，呵……"

"陛下驾到！"便在此时，门外不远处，传来裴达高亢的传喝声。

惠宣皇后与皇甫策对视了一眼，六福拽了皇甫策一把，指了指床榻。皇甫策想都不想就跳了上去，六福急忙地将厚重的床罩放了下来，将床遮挡个干净。

武帝推门进来，就见六福快速地吹灭了一盏灯，惠宣皇后坐在床榻对面的炭火边。

六福忙上前一步，躬身道："奴婢给陛下请安。"

屋内还剩下一盏宫灯，很是昏暗。

武帝在门口站了片刻，有些看不清楚屋内，沉默了片刻，屏退了跟在身后的宫侍，缓步走了进来。

武帝坐到了惠宣皇后对面，目光不经意地划过床榻："朕听闻明熙不舒服，特意带了太医来看看。"

惠宣皇后不语，六福干笑了一声，忙接道："可不是，奴婢方才专门去了栖霞宫请太医，可看着大家都在忙，这才扑了空，哪承想这点小事，就传到陛下那里去了。"

武帝见惠宣皇后不言不语，当下心生烦躁，站起身来朝床榻边走了过去："让徐鹤进来看看。"

惠宣皇后立即站起身来，轻声道："陛下莫要这般大的动静，她才睡下。"

"是吗？那朕看看。"武帝扫了惠宣皇后一眼，朝床榻边上走，不想半途却被惠宣皇后拽住了衣袖。

惠宣皇后轻声道："太医也不必了，我来时，孩子已睡了。陛下若是无事，咱们去正殿坐一会儿吧。"

武帝笑了笑："外面才起了风雪，这会儿正冷。你且在此坐一会儿，朕让人抬个暖轿来，省得你受风寒。"

惠宣皇后想了想，不动声色地看了床榻一眼，拉着武帝坐到了离床榻最远的椅子上。

因门窗关得结实，屋内只剩下一盏灯，武帝嘴角的笑意就有些放肆："六福再点上一盏灯。"

惠宣皇后低声道："阿熙在睡觉，陛下莫要扰她，咱们就这样说说话吧。"

武帝忍不住笑了起来："好好好，说话好，一边说话一边等着轿暖了。"

六福忙道："陛下稍等，奴婢这就去准备暖轿。"

武帝挑眉一笑："快去，务必等轿子暖个彻底，再来回话。"

衹为恩深便有今

1

床帐内，只着亵衣的皇甫策，紧张得浑身都紧绷起来，额头上溢出细碎的汗珠。武帝的声音低低柔柔逐渐远去，一直屏住呼吸的皇甫策才下意识地轻出了一口气，紧绷的身体不禁放松了下来。

拔步床虽也不小，因心虚的缘故，皇甫策怕帷帐外能看到阴影，两个人挨得极近。直至那紧张的感觉过去，鼻尖有一股极诱人的香甜，从身侧飘了过来。

莫名地，皇甫策的心跳加快了，有些痒痒的，又溢出些陌生的柔软来。他侧过脸颊，情不自禁地勾起了唇角，悄悄靠近身侧的人，将那双冰冷的脚，自以为神不知鬼不觉地伸入了被褥里。暗自得意间，抬眸对上一双发亮的眼眸，皇甫策微微一愣，几乎是下意识地咧嘴一笑。

明熙满眸的怒火，凶狠地瞪着对面的无赖，几次想将那双宛若冰块的双脚，蹬出被窝，未果，不禁又羞又怒。

皇甫策眯眼一笑，笃定明熙不敢发出声音，几乎将脸贴在了明熙的脸上了。明熙又惊又怒，抬手就去推皇甫策，这番的动静可能有些大，惊动了对面的人。

武帝微微一怔，起身朝床榻走来，轻声道："阿熙醒了？"

明熙与皇甫策顿时都老实了下来，却见一只手欲掀床帐。

皇甫策急忙整个人都钻入了被褥中，屏住了呼吸，手脚都缩了起来。好在这只手将幔帐掀开一条缝隙时，被拦了下来。

"陛下，女儿大了，你怎能贸然行事？"惠宣皇后急急地拽住了武帝的手，有些气恼地开口道。

武帝恍然大悟，脸上露出了几分尴尬："朕疏忽了。"

直至两个人再次走远，明熙紧绷的神经才稍稍地松弛下来，一侧是皇甫策浑身冰冷冰冷的，这般的温度，让发着烧的明熙好受了不少。

黑暗中两个人几乎紧贴着，可却看不清晰彼此的模样。

明熙的脑海中，莫名闪过皇甫策跳下水的瞬间，动作一气呵成，没有半分的犹豫迟疑。沉下水时，最后的记忆，是那双凤眸中的慌乱与凄惶。

一切的一切，都让明熙莫名地心软内疚。

黑暗中，人的触觉更是敏感。她的体温很高，也温暖了自己冰冷的身体，气息甜美诱人。

皇甫策能感觉到对方长长的睫毛，忽闪忽闪划过肌肤的微痒，脖颈间是呼吸的灼热，离得这样近，让人窃喜，想要更加靠近。莫名的，忆起那唇间的香甜，软软的，滑滑的，柔软得很。

有一股陌生的热流与酥麻在身体里乱窜，皇甫策情不自禁地侧着身躯，嘴唇碰触身侧人的脸颊，如不经意般轻轻地划过她的耳垂，细微的动作间，满是珍惜与虔诚，宛若对待世间最金贵的宝物。

明熙因高烧本就没多少力气，动了动想要离远一些，不想被那人极迅速地圈在了怀中，挣脱不掉。皇甫策似乎察觉到明熙的软弱无力，得寸进尺，将人牢牢地禁锢怀中，嘴唇一下下地擦过脸颊，移到那有些发烫又渴慕许久的唇上，细细磨蹭着，浅浅地吸吮，胸口有种说不出的满足与甜蜜，可心中的渴慕也越发地深了，不舍得放开怀中人半分。

明熙有些发晕的头，晕眩得更厉害。快烧起来的体温，似乎也在渴望对方冰凉的触碰，两人之间的温度莫名地热了起来，有种让人惧怕又向往的战栗，又有种难以形容的莫名的满足。

那微凉的唇所过之处，酥酥麻麻，很是舒服。虽眼睛看不见，但动作之间的珍惜与不舍，触动着越发温软成水的内心，仿佛所有的一切情感都变得直白起来。

直至那冰凉的手，不动声色地贴上肌肤……

明熙骤然清醒，惊恐地尖叫了起来……

“娘子！娘子！快醒醒！……”

从睡梦中惊醒，明熙骤然坐起身来，入眼一片黑暗，疑惑道：“祁平？可是有事？怎么不点灯？”

“娘子梦魇了？”祁平等了片刻，不见回答，忙将明熙的衣袍放在了床侧，从柜子里拿出了黑色的皮毛大氅，这才又道，“外面出事了，娘子要起身了。”

门外仍旧是漆黑一片，屋内也不曾点灯。窗外隐隐能听见凌乱压抑的脚步声，偶尔还有火把晃过。

虽是声音细微，但在甘凉城军营一年之久，明熙几乎是反射性地感受到了危机，骤然清醒，抓起衣裙快速朝身上套着，压低声音道：“出了何事？外面该是来了不少人，我们被包围了吗？”

祁平快速而镇定地为明熙整理衣襟，低声安抚道：“奴婢耳朵灵，听见了声响，早早出去看了一圈。虽有禁军朝咱们这里来了，但看样子也只是想围住揽胜宫。这会儿该是还有一些距离，奴婢不敢露头，就回来了。”

明熙微微一怔：“禁军？！高钺这是要做什么？！陛下呢？！”

祁平摸黑给明熙绾个简单的发髻，轻声道：“陛下怕是还在猗兰殿，不曾有人来报信。外面到底如何，出去后才能知道。”

明熙拿起大氅就要朝外走："我们出去看看！"

祁平忙挡住了去路，低声道："禁军闯宫，来者不善！娘子跟着奴婢走，揽胜宫里有一处暗道。"

明熙微微一愣，打量了一圈，可惜揽胜宫内殿里哪里会有趁手的武器，唯有拿起桌上的软鞭，挂在腰间："好！咱们先去荣贵妃处找陛下！"

猗兰殿内外，虽是人不多，可也已被守住了。

此时，正殿里灯火通明，泰宁帝安坐一侧，身侧歪着被捆缚了手脚的韩耀。君臣二人虽看似毫无波澜，但面色都有些紧绷，各有所思。

对面，荣贵妃端坐桌前，盛装着身，妆容精致，眉宇间尽是志得意满。慕容芙垂坐一侧，不敢与韩耀对视。姑侄两人身后站着六个人，都有些身手，正是慕容芙偷偷带入宫中的慕容氏的心腹世奴。

泰宁帝扫了眼一侧有些窘迫的韩耀，对荣贵妃道："韩耀不过是个文臣，贵妃何须如此戒备？不管今日慕容氏成不成事，他都还是你们家的女婿，这般绑着，小心坏了夫妻间的情意。"

慕容芙也斜眼望向荣贵妃，眉宇间露出了几分祈求之色，小声道："姑母，阿耀向来体弱……"

荣贵妃安抚地拍了拍慕容芙的手背，给了身后部曲一个眼色。

那人神色十分恭敬，走到泰宁帝身侧微微躬了躬身，行礼后，将韩耀绑着手脚的绳索，依次解开了。韩耀得了自由，瞥了眼慕容芙，笔直地跪坐在泰宁帝身后，此举自然不曾逃开荣贵妃的眼眸。

荣贵妃缓缓放下茶盏，不悦道："你和阿芙生什么气？若非是你自己跟了过来，如今还好好的在家里睡觉，本宫也不会如此待你。"

韩耀微微挑眉，不置可否，只垂眸不语。

泰宁帝低笑一声："小辈间的事，让他们私下解决就是了，贵妃大可不必为此担忧。若今日你慕容氏成事。到时哪怕给你家侄女换个士族郎君，也该不费吹灰之力。"

荣贵妃挑眉，柔声道："陛下说哪里的话，事成不成，臣妾也不会伤害您与阿耀。娘子嫁人，可都是一生一世的事，若过得好，谁又会想着改嫁？"

韩耀敛目，靠近泰宁帝身侧，轻声道："陛下，莫听贵妃娘娘巧言令色。最近半年，慕容芙时常神思不属，可见慕容氏图谋造反，绝非一日两日。

"今日傍晚，她不知接了谁的传信，一晚上神色慌张，坐立难安，这才被臣套出话来，若非事出突然，她无计可施，今日臣就要被她困在家中了。"

泰宁帝颔首，不经意地瞥了眼荣贵妃，轻笑一声："爱卿放心，有些事朕已悉数尽知。"

荣贵妃眉目轻动，丝毫不见半分慌张："陛下既有先见之明，为何还会被困在宫中？

难道陛下还藏有援军不成？”

一侧是燃着火红的泥暖炉，桌前是上好的紫砂器具，与一套和田玉的茶具。

泰宁帝不置可否，轻笑了一声：“朕记得贵妃藏了些好茶，不如让韩耀煮来，咱们夫妻共饮一杯如何。”

韩耀不等贵妃开口应下，当下起身，踱步走到暖炉旁的茶具前，端坐了下来。点燃了桌上的冷香，着水壶的流水净手，细细地将手指都擦拭干净。滚烫的水，一遍遍地浇在桌上放置的茶碗。这一套动作下来，行云流水，赏心悦目。

泰宁帝见荣贵妃一直沉默不语，不禁再次开口道：“高林想入城，可没有贵妃想象的那么容易。禁军虽在高钺手中，但时日尚短，心腹也不够多，光清除禁军中的保皇党，只怕还需要些时间。”

荣贵妃眼眸越发地冰冷，瞥了眼心腹宫女华鹤，不冷不热地开口道：“将本宫珍藏的瓜片拿来。”

泰宁帝笑道：“一整套的和田玉茶具，也算大手笔。这般温润又白皙的成色，朕的内库也不见得能找出一套来。”

荣贵妃神情得意，浅笑道：“臣妾自小爱好这些，难免有精益求精之心。陛下不肯给臣妾后位，用些最好的物件，也该是理所当然。”

泰宁帝赞同地颔首：“自然，从这套茶具不难看出，高林待你，该是比朕更仔细用心。”

荣贵妃的笑意僵硬唇角，微微一怔后，不以为然地撇嘴：“陛下说的话，臣妾听不懂。”

“韩耀你发什么怔，煮茶。”泰宁帝笑着扫了眼有些失态的韩耀，再次望向面色僵硬的荣贵妃笑了起来，“听闻少年时，你与高林上元节一见钟情，私相授受，两人已到了谈婚论嫁的地步。可谁知慕容氏得了皇兄的暗中授意，将你许配给了朕。你自然不愿，甚至曾以死抗争，可惜了……最后还是拗不过慕容老大人，入了诚王府的后宅。”

荣贵妃冷声道：“陛下说笑了，谁年少时没些任性的往事？几十年前的老皇历了，又何必翻出来说嘴？若这都算个事儿，那陛下年少时喜欢赫连诚岚，整座皇城谁人不知谁人不晓？”

泰宁帝挑眉笑道：“朕与你最大的不同，就是认命。皇兄娶诚岚为后，朕一走了之，镇守图南关几十年。贵妃在图南关接到帝京的家书，有几封是慕容氏写去的？私相授受，朕又不曾追究，你有什么可理直气壮的呢？”

荣贵妃很是不以为意：“臣妾可从未背叛过陛下，一两封叙旧的信，也值如此？”

泰宁帝道：“叙旧与否，贵妃心里明白。朕与你少年夫妻，共度二十多年，你若肯认命，与朕相依相伴，好好过日子，朕又怎么会不愿同你举案齐眉？

“朕不追究，也非是朕不明白。贵妃舍不下帝京的繁华，不甘心在偏僻之地度过一生，满腹幽怨，对朕处处挑剔，看不过眼，何尝给过朕与你夫妻同心的机会呢？”

荣贵妃紧紧地抿着唇：“陛下说得好听，你为何要对帝京送来的美人儿来者不拒？你皇兄宠爱你，时不时就有赏赐，财帛珍宝也就罢了，可你收下这些人的时候，可曾想过我的感受？你我新婚不到一年，你便将那些人收入后院，这与当众打脸，有何区别？！”

泰宁帝看了荣贵妃满腹幽怨的双眸，沉默了片刻，低声道：“你从来没有争取过朕，为何偏偏让朕争取你？朕手握重兵，镇守图南关，固然有皇兄的信重，可这信重从哪里来的？”

荣贵妃冷笑连连：“虽已事过多年，可臣妾还是要佩服陛下演技精湛。你那皇兄英明一世，最会权衡，深知你贪图富贵，懦弱无能，没有主心骨，又极胆小怕事，自然信重你。”

泰宁帝倒也不怒，低声道：“朕自小到大，对皇兄唯命是从，从不反抗半分。从慕容氏的亲事，到朕远离帝京，再到王府后院的掌控，都有皇兄的意思。那些帝京送来的人，虽是皇兄用来安抚朕的，可也是监视朕的，可收下这些人，何尝不是朕对皇兄的另一种安抚与妥协？”

荣贵妃眼神满是轻蔑，讽刺道：“先帝早已不在了，陛下也能堂堂正正地做人了，着实不必忆苦思甜。”

泰宁帝顿时冷了脸：“朕是豢养了不少美人，可与你婚后两年，除了看些舞曲，在后宅中除了你的院落，可曾有所留宿？朕从不知贵妃满腹的怨气从何而来，你要大妇的尊重，朕何时不曾给过你？两年多的始终如一，换来的依然是帝京每月一封的家书！”

荣贵妃不以为意，嗤笑道：“陛下将所有的事都隐瞒心底，不曾给予臣妾信任，又何必要求臣妾信任你？”

泰宁帝也笑了一声，学着荣贵妃不以为意地开口道：“贵妃心里住着他人，即便掌握王府后院，也不过是为了大妇的尊荣权威，何尝与朕心平气和地叙过话，又怎能责怪朕的隐瞒？”

荣贵妃冷笑道：“皇甫泽！当初你算个什么东西！我乃慕容氏最贵重的嫡长女，你那时不过是个一文不名的王爷。说是亲王，前有太祖对众兄弟的诛灭，后有先帝对待兄弟的不容，帝京贵族谁会真将你当一回事！

“我嫁你，看似高攀，实为下嫁，你即便放下身段讨好我，也属理所当然！若非你迎娶了我，如何能如愿以偿地在图南关做个逍遥自在的土皇帝！你所依仗的一切，都是我慕容氏给予的！你为何没有半分感恩之心！”

泰宁帝道：“既然贵妃知道，先帝对兄弟的不容，那些被人传颂的宽容大度、英明睿智，都是太祖对继承人的要求。为何还要认为朕所得一切是慕容氏的给予？皇兄最肖太祖，疑心寡情。朕的信任，就是全部的身家性命，你慕容绮凭甚不费吹灰之力就该得到？”

荣贵妃嗤笑一声：“既然陛下将自己标榜得如此有情有义，先不论我们的夫妻之情如何，那本该是我的东西，你登基之后为何不给我！荣贵妃？荣华富贵吗？

“我出身高贵，没了陛下，照样能荣华富贵一生，陛下这是在讽刺谁呢？！呸！皇后之尊换了个不入流的妃子，谁稀罕？！”

泰宁帝深深地看了荣贵妃一眼，逐字逐句道："虽说贵妃身为人妇，有许多不堪之处，但后院无嗣，贵妃为此背负流言蜚语，朕甚为感念，也从不曾想过要贬妻为妾。可朕才占了皇城几日，贵妃就动了歪心思？

"临华宫大火，若非明熙冲入火海，救下了太子，皇甫氏何来后人？若当真只是为了保障利益，放火杀人倒也罢了。可贵妃阴险又歹毒，杀人还不算，竟是先将人挑断了手脚筋，再活生生地扔在火海中！"

泰宁帝顿了顿，不顾荣贵妃难看的脸色，又道，"如此品性，肖想后位，朕都替你臊得慌！"

大雍宫，猗兰殿外，东侧墙角的大树后面。

祁平与明熙无声地对视了一眼，迅速地从一侧的假山处，再次返回了幽深的暗道里。

祁平低声道："娘子顺着南路走到头，为冷宫的枯井。那处历来无人，娘子可轻易地躲过巡守的禁军出宫，前去谢府求救。"

明熙沉默了片刻："我若出宫，需要多久？"

祁平道："以娘子的脚程，走出密道需半个时辰，躲开守卫出宫，最少要一个时辰。"

明熙摇了摇头："搬来救兵，需要一个时辰，谢氏若想攻进皇城，天亮也不见得能够，陛下和太子只怕坚持不了那么久！"

祁平紧蹙眉头，抿唇道："娘子只管放心出宫，陛下早知会有今日，已有布置。娘子入宫后，陛下曾一再嘱咐奴婢护好娘子。如今谢府，是帝京最安全的地方。奴婢本不该离开娘子左右，可陛下与太子都被困宫中，奴婢不能坐视不理！"

明熙愣怔了片刻，喃喃道："谢氏的人马，是为勤王而来？"

祁平颔首，低声道："若非为了勤王，不会特意绕开安定城，也不会将领军特意换成谢将军。暗探三日前才来报，叛军起事，该是正旦后，上元节之前。这些人竟将计划提前了数日，让陛下措手不及。

"东宫有重兵把守，还能坚持一时半刻。娘子有所不知，荣贵妃心思叵测，对陛下恨之入骨。奴婢必须先将陛下救出来，只怕顾不上娘子。"

明熙道："你不必担忧，那些人最先去了揽胜宫，肯定是为了寻大皇子，可不管是否找到，陛下都该性命无忧。荣贵妃与高氏，想挟天子以令诸侯，或是效仿献帝与曹氏，都需要陛下或者大皇子才能名正言顺地登基。陛下既然早有准备，兵符玉玺该早已放妥当了。"

祁平思索了片刻，轻舒了一口气："娘子所言极是。奴婢即刻带娘子出宫，密道西侧出口，是城西民房，一条街住的是陛下从图南关调来的兵勇，有五千人之多。如今宫中没有动静，外面只怕还不知道里面的情况。

"宫外的密道有两处入口，只有奴婢与六福公公知道，谢氏只怕还不曾察觉宫内的异变，奴婢要出宫给这些人送信，娘子可先去谢府。"

明熙道：“除了东宫外的守卫，陛下就再没有安排别的人手吗？”

祁平道：“个中详情，奴婢知道的不多。每个环节都有个人经手，陛下不会将所有的事，都交到一个人手上。奴婢协助六福公公修缮密道后，剩下的事，再不曾参与。直至娘子入宫，陛下吩咐奴婢伺候一侧，令奴婢在事发时保护好您。

“陛下既然连娘子这里都安排好了，东宫那里想必万无一失，即便那些人能杀入东宫，也不见得太子殿下就在东宫里。”

明熙微微一怔：“此话怎讲？陛下不会有危险，但太子若被抓住……只怕连抓都不会抓，许多事有陛下一人就够了，太子身为皇甫氏之根基，肯定是要除掉。东宫固若金汤，也不见得有用，那些人不用活捉太子，若不怕打草惊蛇，一把火就能将太子逼出来了。”

祁平道：“奴婢不敢有所欺瞒，太子这会儿该不在东宫。傍晚时，太子殿下离了太极殿，柳南就抱了些书画过来，来的路上未曾碰见太子殿下。当时奴婢着急太子殿下的去处，可柳南半分不急，一直向奴婢打听太子殿下与娘子见面的事。

“奴婢自是不愿多说，又怕太子殿下出事，多次催促柳南寻找太子殿下。柳南见奴婢催得急了，就十分笃定地说，太子殿下该是去了临华宫。柳南还在奴婢这里拿了些点心才离开，走的就是临华宫的方向。”

明熙点了点头：“从此处去临华宫可有捷径？”

祁平沉默了半晌，摇了摇头：“地道是一年前才开始修整的，皇宫的前身乃前朝的行宫，本就有几处密室暗道与出口，但时间仓促，修缮之人又必须是心腹，人手不够。打通的地方，都是些要紧的地方，东宫里倒是有入口和出口。临华宫早已废弃，哪里会特意弄个密道。”

明熙颔首：“你去接应图南关的五千人，顺道通知谢放，我去临华宫看看。”

祁平骤然瞪大了眼眸，急声道：“娘子不可！自猗兰殿至临华宫，根本无暗道可行，娘子要如何躲开那些人？何况，太子殿下在临华宫再安全不过了，娘子若过去，只怕会打草惊蛇。”

明熙正色道：“太子殿下出东宫，是得了陛下的旨意。东宫知道的人不多，可也不是秘密。那些守卫，虽是陛下亲兵，未必就是一条心。东宫之中若有太子，那些人也许会视死如归，但东宫空无一人，谁会为守一个空宫，不顾生死？”

祁平愣了愣：“如此一来，太子躲在临华宫，肯定更安全了。皇宫那么大，他们也未必能猜到太子殿下就在临华宫。”

明熙敛目道：“别人或许想不到，可高钺肯定能想到。他曾是太子的伴读，心思又最为缜密，只要稍微有些蛛丝马迹，只怕不用猜，都知道太子身在何处。”

祁平忙道：“那娘子也不必只身犯险，奴婢去寻太子殿下！”

明熙摇头道：“谢府那里又当如何？图南关的兵勇又由谁去通知？宫内已如此危急，你可见有半分凌乱破坏之处？如此悄无声息，高氏与荣贵妃何尝不是怕惊动了外面？且我根本找不到宫外的密道入口和出口。

“谢氏一无所知，再晚一些，只怕即便前来救驾，也无力回天了！到时若被高氏与荣贵妃占了先机，甚至可以诬陷谢氏与图南关的将领为乱臣贼子。我们只有两个人，一个人去找太子，另一个人出宫搬救兵！你觉得我能做什么？”

祁平抿唇道：“太危险！不说这一路危险重重，单说太子殿下若真被发现，娘子过去又有何用！他们根本不会对太子心慈手软，哪里又会顾及娘子的安危？娘子虽有些武艺防身，可那些人都是沾了血的兵勇，多是阴狠的手段。若真有个万一，不过是多一个人落入网中！”

明熙道：“若我猜得不错，你该是陛下的暗卫。既然陛下将你安排在我的身边，太子那里必然也有准备。临华宫在西六宫，陛下登基后，那些地方已被废弃。此时太子也不见得能发现宫中危急至此，我去临华宫是为了通知太子。若能早些躲起来，太子也不用面对乱军！”

祁平道：“陛下有令，让奴婢不离左右，无论如何都要保护娘子的安危！”

明熙深吸了一口气：“陛下与太子的安危，都系于你身上。若宫中无人里应外合，这一仗将如何艰难？！陛下筹谋许久，若无人通知宫外，这一年的筹谋不也白费心机？既然陛下让你保护我，那么你就必须听我号令！快去通知谢氏与陛下亲兵！”

祁平垂眸思索了片刻，抬眸后咬牙道：“娘子若能找到太子殿下，先找个安全的地方躲起来，若是找不到太子殿下，娘子大可自己躲起来好了，等奴婢带来了援军，可徐徐图之。”

明熙安抚道：“放心，你方才在地上画的几处地方，我都还记得。只要找到他，我只需将他带到就近的密道躲起来，不会有什么危险的。”

祁平却没有那么乐观：“西六宫几乎无人居住，临华宫那处更是偏僻，前后也只有一条路，离最近的密道尚需要……”

“我知道。”明熙笑着打断了祁平的话，“现在没有时间让我们瞻前顾后，你快去快回，才最妥当。”

是夜，安定城一如既往的祥和。

因还有两日就至正旦，有些人家为准备年节所用，常常通宵达旦。

半夜时分，穆府内也是灯火通明。

十几个家奴将有些偏僻的小灵堂团团围住，秋姨娘母子二人，还有一个很年轻的妇人搂着才四五岁的孩童，被人押着跪在灵堂的牌位前。

穆夫人刘氏端坐一侧，她比穆长白年长三岁，四十多岁的年纪。

一生都不曾生育的妇人，却比实际年龄还显老十多岁，满脸的皱纹，看起来像个老妪。若非那双手还算保养得当，已完全看不出这是个养尊处优的官夫人了。

“大人才走两日，夫人又要作妖？”秋姨娘虽是衣衫不整，被迫跪在灵堂上，可面上没有半分畏惧之色，眼中具是不屑。

穆刘氏端起茶盏来，目光缓缓划过几人，嘴角露出一抹鄙夷的浅笑。许久，她放下茶盏，那双染得鲜红的指甲，在阴冷的灵堂里，显得分外的诡异。

穆柏成乃穆长白的庶长子，正是秋姨娘所出。此时，他不但跪着，身上胳膊上束着绳索。他看了一会儿穆刘氏笃定的模样，心下有种极不好的预感，轻声安抚道："年节将至，夫人为何突然发难？若有大事，不如等父亲回来再做定夺，明日一早衙上还有些事要处理。"

穆刘氏含笑望向穆柏成，满眼讥讽："将大郎君的嘴堵住。"

那年老的家奴问都不问，轻车熟路地将一对石核桃，狠狠地塞进穆柏成的口中。因为棱角太过尖锐，穆柏成顿时满嘴鲜血，不能言语。

穆柏成身侧跪着的年轻妇人见此，一下就哭了出来，低声道："夫人这是为何！大半夜不由分说，这般对待我等！"

"没规矩。"穆刘氏将茶盏轻轻地放在桌上，"什么夫人？我乃穆长白明媒正娶的原配，你们的嫡母，连句母亲都不叫，亏你还是大户出来的娘子。"

秋姨娘见长子遭此对待，"嗷"一声，就要站起身来拼命，不想却被身后的家奴狠狠地按了下去，不禁叫骂道："刘锦！你算个什么东西！敢如此对待大郎君！等大人回来，看我让他不打死你！"

"虽然穆夫人的头衔，我历来不屑，可就这样我不屑的头衔，你一辈子，到死，也得不到。"穆刘氏不经意地瞥了一眼秋姨娘，轻声道，"将大少奶奶也捆上，堵住嘴。"

"夫人可要想清楚了，我乃钱家的嫡女，你敢如此待我，嗯……"那穆钱氏话未说完，也被一对石核桃堵住了嘴，她抱在怀中四五岁的童子，也被惊醒了，当即号啕大哭。

秋姨娘顾不上长子长媳，挣扎着要去抱那孩童，不想被身后的两个家奴死死地按住，半张脸都压在了地上。穆柏成目眦尽裂，扭动着身躯，想靠近那童子。可穆刘氏身后的嬷嬷，却极利落地将那童子抱了起来，返回了穆刘氏身侧。

秋姨娘用尽全力抬着眼眸瞪着穆刘氏，大声道："刘锦，你且等着！大人回来定剥了你的皮！"

穆刘氏站起身来，俯视着秋姨娘三人，抿唇一笑："穆长白回来又能如何？！这些年你拿他威胁我的次数，还不够多吗？安秋娘，你个贱人！配穆长白这个伪君子，也乃天作之合。"

秋姨娘眼珠子骨碌碌地转着，却被身后的家奴按在地上，再想说句完整的话都不能。

穆刘氏眉宇间尽是扬眉吐气，伸出鲜红的指甲，逗弄着哭个不停的童子："瞧瞧，这就是穆氏的庶长孙，穆氏的宝贝疙瘩。莫怪全家喜欢，这孩子就是长得巧，像了你们一家的优点呢。"

那嬷嬷笑道："好看又有何用，单薄得很，一看就是个没有福气的。"

刘锦笑道："虽然嬷嬷说得极是，这么干净的孩子，看着多无辜，我多少还是不忍心。"

嬷嬷不以为意："娘子就是心善，可自他生下来，本就欠下了娘子，又怎么会无辜。"

刘锦深吸了一口气："可不是，自打他出生后，我就夜夜难眠，生怕哪日就被穆长白找个理由害死了，这样的催命鬼又怎会无辜呢？你哭什么呢？一会儿就让你哭不出来了。"

嬷嬷笑了起来："庶子就是庶子，便是那些人有心害夫人，也做不了嫡子嫡孙。"

穆刘氏颔首一笑，用手帕仔仔细细地擦拭着手指，斜眼看向秋姨娘，"你瞪我做甚？我和嬷嬷说的哪点不对？老狗生出的一窝狗崽子！"

穆刘氏斜眼向那嬷嬷，笑道："一会儿咱们就将这小崽子，扔进井里去。"

秋姨娘猛地挣脱了家奴的钳制，力气大得惊人，就蹿到了那嬷嬷的面前抢孩子，可很快就被追上来的家奴再次拧住了胳膊。

穆刘氏似是有些受惊，轻轻地拍了拍胸口，笑道："农家女就是农家女，养尊处优这些年，还是有股子蛮力。"

秋姨娘尖叫了一声："来人哪——快来人哪！！救命哪！"

穆刘氏不动声色地把玩着鲜红的指甲，任由秋姨娘尖叫，直至秋姨娘叫到声嘶力竭，这才拍手轻笑："那些人都被我陆陆续续放了出去，可惜你一直想着法儿地要救牢里的小畜生，根本没注意到这些。"

秋姨娘瞪着眼："你怎么敢！那些都是世仆，哪是你张张嘴就能打发走的！"

穆刘氏以帕掩唇，笑了起来："你也知道那些是世仆？那是我刘氏的世仆，可不是你们穆氏的世仆！你尚且是狗窝出来的贫家女，哪里来的世仆？"

秋姨娘终于有了危机感："刘锦！你到底要做什么？！"

穆刘氏笑得很轻，柔声道："我要你们这些人都不得好死呀。"

秋姨娘嘴唇哆嗦，咬牙道："你对个孩子下手，就不怕报应吗？！"

穆刘氏笑得更是开心了，鲜红的指甲划过那童子的脸庞，轻声道："你们踩着我，猖狂了半生，尚且没有报应。我孑然一身，为何要怕报应呢？把你们都弄死了，我给你们赔命，也值啊。"

那童子哭声方歇了点，又因脸上的剧痛，再次号啕大哭了起来。

秋姨娘咬牙道："你到底想要什么，若是管家权，都可以商量！"

"半生如此，我要那些做甚？"穆刘氏低声地笑起来，"你们个个锦衣玉食珠光宝气，也不想想都是从哪里来的？若非拜我刘家所赐，你们都还在东后街里喂猪卖履！你安氏一门，是怎么从贫民窟搬出来的？养条狗尚知感恩，你们这群毒蛇，只会恩将仇报。"

秋姨娘逐渐冷了脸，不以为意地撇嘴："什么是你刘氏给的？我住的是穆家的房子，做的是穆家的媳妇，哪里有你刘氏的事！"

"媳妇？"穆刘氏冷笑道，"你一个小小的妾室，即便卖出去，尚不如一头得用的牲口值钱！你也算媳妇！呵！谁的妾室，敢自称媳妇！"

秋姨娘眼神颇为讥讽："我为妾室，乃拜你刘氏所赐！当初若非你刘氏仗势欺人，拆散了我与长白，穆夫人的位置又怎么轮得到你！刘锦，别以为我不知道你的老底！你为何二十岁尚待字闺中？

“长白娶你，早已受尽屈辱，你比他大三岁不说，还是个婚前就被破了瓜的淫妇！十四岁就与人厮混，坏了身子，连蛋都下不出来！你有何等资格管理后宅？你又有何资格叫嚣！看看你如今的鬼样子，哪里像四十岁，说你六十都有人相信！比长白的娘都显老，还敢以穆夫人的身份出门会客，我都替你臊得慌！”

穆刘氏怒极反笑：“我爹拆散了你们？呵！郡尉大人，好大的官威，若非是我刘氏，穆长白熬到死也就是个百夫长，哪来的官身？那些幕僚，那些人脉，那些金银庄园，我爹为何都留给了穆长白？我刘氏安定城内虽无至亲，但老家尚有伯父堂兄，哪里能将所有产业都给了出嫁女，哪里轮到他穆长白得到一切！”

秋姨娘冷笑连连：“心虚啊！若非你爹心虚，为何要将家业留给长白？嫁妆尚且有些说头，可你家的家业，也没算作你的嫁妆！当初你爹活着的时候，尚且对长白忍让提拔，恨不得当儿子对待，为的是谁？还不是因为有你这个有辱门楣的女儿！你让你一家人都抬不起头来，你说你有多不孝！”

“安秋娘，你可真可怜，让一个伪君子骗了那么多年。我父亲在许婚前，曾询问穆长白可有定亲，被他断然否认。若他说订了亲，根本不会有后面的事！我父亲对待穆长白像亲子一般，为的还不是今后他能好好待我？可我父亲到死，都不知道自己还拆了一门亲事。我家在许婚穆长白之前，我之遭遇、年纪，我父亲都不曾隐瞒半分，更不曾仗势欺人，从开始就将所有的事情与穆长白说了清楚，让他自己做选择。”

秋姨娘嗤笑了一声，不以为意道：“死无对证，如今你红口白牙，说什么都成了。”

穆刘氏面上无怒无悲：“不管你信还是不信，这都是事实。如今你被我踩在脚下，生死不过我一句话的事，我为何还要骗你？”

秋姨娘微微一怔，冷笑道：“你怕长白回来与你清算。你以为今日你如此作为，我会轻易饶了你吗？告诉你，不会！当初的婚事，你也别将刘氏择得那么干净，你即便没有仗势欺人，难道你还不曾用官身财帛引诱吗？那时长白才十七岁，经不起这些，在所难免。”

穆刘氏轻声道：“是啊，我父亲也有错，错不该太光明磊落，将所有的事都告之穆长白，更错在识人不清，又以巨大的利益诱之，使得他被利益所惑。”

秋姨娘虽在劣势，但好歹风光了二十多年，颇有依仗，听闻此言，不禁笑了起来：“你出身好又怎样？你父亲疼你，又能怎样？你光明磊落了，又得了什么？可怜的刘大人中年得女，如珠如宝，又不能照顾你一生。

“官家娘子，刘氏独女，自小娇生惯养，饱读诗书，又有何用？不照样被大字不识一个的妾室，压得抬不起头来？穆夫人？呵，你看看安定城里谁当你是穆夫人了？别人是怎么奚落你的，你不知道吗？可怜啊，一辈子都活成了笑话。”

“是啊，可我为何要遭受这些？人说好死不如赖活着，到了这个地步，我还赖在这世上做甚？”穆刘氏轻笑了一声，柔声道，“在你眼中，穆长白是个长情又有担当的郎君，可我却知道，什么是真正长情又有担当的郎君。他在我眼里，就是个不折不扣的不仁不义卑鄙无耻的小人！”

秋姨娘笑道：“吃不到葡萄，你就酸吧。”

“夏虫不可以语于冰者。”穆刘氏目光缓缓划过跪在地上的三人，“我刘氏出身寒门，父亲少时家中赤贫，虽有上进之心，可怜家中无财力供应。十六岁娶我母亲，外祖将家中所有产业陪嫁母亲一半，剩下一半赠予父亲作为家业。

“父亲得了外祖支持，举了孝廉，得了官身。父亲因得力于外祖家，一生感激不尽，曾承诺外祖一生不纳妾室，善待母亲。我母亲只是乡绅家的娘子，不曾读过书，可也得父亲真心爱戴，呵护一生。我母亲身体羸弱，直至中年，只得我一个娘子，父亲为此绝嗣，都不曾食言半分。”

秋姨娘不以为意，讽刺道：“可惜了，你没有你娘的好命。”

穆刘氏眼眸冰冷一片，扫向秋姨娘，冷声道：“这世间最害人的莫过于以己度人，我父亲重情重义，便以为所有肯上进的贫家子合该如此。他看中穆长白，何尝不是在他身上看到了当初的自己？他用自以为是的经验，好心办了错事，终是害了我一生。”

秋姨娘抿唇一笑：“现在说这些又有何用？长白他捡了破鞋，受尽屈辱，可没有半分承情你父亲，你自己自然也得不了好，活该受气！”

“是啊，我忍受了二十多年，若无意外，还要继续忍下去。我常常想，穆长白既答应了交换，我父亲已将能给他的，全部都给予了。他娶我入门，即便不喜，可有交易在，也该保我一世无忧。后宅管家权，我不要就是，可他连最基本的尊严都不给我！让个出身低微的妾室作践欺辱我半生！”穆刘氏说着说着昂头大笑了起来，笑着笑着眼角就溢出了水光，咬牙道，“嬷嬷，将这小畜生，给我扔井里，溺死！”

那嬷嬷十分忠心，虎着脸点头，抱着哭闹不休的童子朝外走。

安秋娘顿时尖叫了起来：“刘锦！你敢！！你这个毒妇！金裕才四岁！你就敢对他下手！大人回来非活活剐了你！

“刘……夫人有话好好说，咱们好好说就是了，大人间的恩怨，与个孩子有什么关系？他还那么小，你让徐嬷嬷回来，万事都好商量！你要什么？我都给你，管家权我不要了，都给你就是。”安秋娘的声音顿时软和了起来，穆柏成与穆钱氏斜着身子朝门口挪，但被家奴死死地按住了。

穆刘氏抿唇笑了起来，不以为意地端起茶盏品了起来，好半晌，幽幽地长出了一口气，柔声道：“我不要什么管家权，只想扬眉吐气，还要看着你们一个个不得好死。”

祇为恩深便有今

2

大雍宫，猗兰殿内，冷香缭绕，温暖如春。

荣贵妃虽被拆穿临华宫大火之事，又被泰宁帝奚落，可精致的脸上十分淡然，竟还轻笑了一声："陛下还知道此事啊。知道又如何？那谢氏本就是贱人！当年同为贵族娘子，她不就是门第高些，便能众星捧月，当众撂脸奚落我！

"她凭甚轻而易举得到一切，士族的身份，诞下太子，太后之位！我偏要看她痛彻心扉，眼睁睁地看着所有的希望被折磨，被重伤，无能为力，甚至无法开口求乞！我得不到，她就不能有！"

泰宁帝低声地笑了起来，好半晌，才忍住笑意，勉强道："同为贵族娘子？也不知贵妃哪来的自信，敢自比谢氏的嫡长女？若朕记得不错，慕容氏不过是跟着太祖的从龙之功，莫说士族了，那些承认你们是新贵的，只怕心里都要骂一句，暴富户土财主。朕也就不明白了，朝中寒门也不少，贵妃怎么就那么想不开，偏偏与王谢比？你们有什么可比的？"

荣贵妃似乎被踩了痛处，忍不住高声喝道："皇甫泽！别那么嘴贱！如今你的生死，不过我一句话的事！"

泰宁帝颔首："朕不过是好意提醒贵妃，何必那么生气？"

荣贵妃不无幽怨道："说起来，臣妾灭杀太子，还不是为了陛下好。太子深恨陛下夺了他的皇位，又怎会老老实实地被圈禁后宫，一把火，一劳永逸多好？偏偏杀出个贺明熙！若太子身死，陛下可从五服外的族人当中认养子嗣，想要名正言顺，也必然寄养在我的名下，哪里还需要费这份周折！"

泰宁帝不咸不淡地开口道："让贵妃失望，是朕的过错。"

荣贵妃嗔怒道："可不是，陛下就是执拗，不管出了几服，也都是皇甫氏的血脉，一个祖宗的，能差到哪里去？弄个小太子养在身边，将来是圆是扁，还不是任由我们磋磨？"

韩耀不屑地瞥了眼荣贵妃，端起托盘上煮好的几盏茶水，双手捧到泰宁帝面前，轻声道："陛下润润喉。"

泰宁帝拿起一盏茶，抿了一口，眯眼道："韩卿好手艺，怪不得太子从小到大都喜欢喝你煮的茶。"

韩耀不禁扬了扬唇角，低声道："陛下喜欢就好。"

泰宁帝也笑了起来："得得，朕不过与贵妃谈谈心，你们小辈犯不着跟着苦大仇深的，将你的茶，给贵妃娘娘还有你夫人，都送去尝尝。”

韩耀虽有些不愿，还是轻轻地颔首，捧着托盘，送到了荣贵妃面前：“娘娘用茶。”

荣贵妃倒不客气，示威般地与泰宁帝对视了一眼，接过茶盏来，抿了一口，当下面色就缓和了一些，眯眼笑道：“当真好手艺。”

韩耀也不多言，拿起托盘，不顾慕容芙欲言又止的神情，起身离开。

荣贵妃自然将两人的互动看在眼中，不禁轻声道：“阿芙若想喝，自去取就是了。”

慕容芙看了韩耀好半晌，目光幽怨，可到底没等到韩耀回头，忍不住起身，坐到了茶桌前。

韩耀虽是绷着脸，自始至终都不曾开口，到底还是递给了慕容芙一盏茶。

慕容芙也不强求，接了茶盏，喝了一口，当即露出个笑脸来。

两人的互动，再次落入泰宁帝与荣贵妃眼中。

荣贵妃也露出个轻松的笑来，正欲开口说话间，一个身着盔甲的禁军急匆匆地进门，在荣贵妃耳边轻声说了几句话。

荣贵妃望向泰宁帝，含笑的眼眸，再次冷冽了下来，质问道：“陛下将大皇子安置何处了？”

泰宁帝似是很诧异，目光掠过那禁军：“哪里来的大皇子？”

荣贵妃冷声道：“陛下少揣着明白装糊涂！陛下如今都这般年纪了，也经不起折腾了，不要敬酒不吃吃罚酒！”

泰宁帝了然道：“贵妃何时给朕喝过酒？难道不是毒吗？”

荣贵妃噎住，微怔了怔，片刻后，不以为意地笑了起来：“哦，陛下也知道了啊？那就不奇怪了，本来早该毒死了，怪不得现在还好好活着。”

泰宁帝笑了笑：“贵妃去岁就算着朕的死期，可惜进不了太极殿急得团团转了。朕就说，贵妃何时如此关心过朕，挡住明熙执意想知道朕的病情。可怜明熙信以为真，多次在朕面前替你美言。

“不过，朕又让贵妃失望了，虽是中毒颇深，还是被太医救了回来。贵妃担惊受怕了些时日，见朕没查出来是中毒，也就放下心来。”

荣贵妃咬牙道：“陛下倒是能忍！这般深沉的心思，倒是臣妾小看了你！”

泰宁帝笑道：“你这才哪儿到哪儿？朕在皇兄手下忍了几十年，贵妃心思筹谋，所作所为，与皇兄相比，不值一哂。”

荣贵妃道：“陛下胸有成竹又当如何，到底妇人之仁，合该得了今日的下场！”

泰宁帝笑了笑：“当年知道你乃灭杀太子之幕后真凶，朕不曾追究，你许是以为朕是忌惮慕容氏朝中的势力，才不得不妥协。实然，朕历来念旧，与你之间，虽无男女之情，但好歹相伴多年，又错以为你是被王府旧臣怂恿，才做下这般的糊涂事。如此，朕不予你皇后之位，乃为小惩大诫。”

荣贵妃道："陛下现在说出这些来，是求饶吗？"

泰宁帝道："朕为何要求饶？即便你们想辅佐大皇子登基，尚需朕活着才能名正言顺，只怕你们今日真正要杀的还是太子。"

荣贵妃挑眉一笑："陛下还是这么老奸巨猾。"

泰宁帝嘴角的笑意凝了凝，轻声道："比不上贵妃蛇蝎心肠。朕虽对贵妃历来不屑一顾，可好歹还念夫妻之情，做梦都不曾想到，贵妃竟还巴不得朕死。那些慢性毒朕服用了两年半，该是朕封你为贵妃后的事。朕思来想去，贵妃犯下弥天大错后，已甚为宽容，可算仁至义尽，可贵妃哪里来的狠心，对朕恨不得处之而后快。"

荣贵妃将茶一饮而尽，重重地放下茶盏："好个仁至义尽！皇甫泽！你兄弟众多，在太祖时，就最不起眼最受冷落，甚至连个封地都不曾给你。先帝登基后，你在帝京游手好闲两年，最后他肯将你放出去，给予你图南关的封地，还不是因为你娶了我？！"

泰宁帝轻笑了一声："这些咱们都已说过了，贵妃绕来绕去，又绕了回来。你信也好，不信也好，朕只说最后一次，不管我们为何会成亲，但那时朕只想娶妻，离开帝京。从此以后不再踏入帝京半步，在封地过些悠闲的日子，最好能与贵妃举案齐眉，携手到老。

"从开始，朕就不曾想过要从你或慕容氏身上得到利益。所有的一切，你自以为是的给予，也都是你慕容氏的野心！"

荣贵妃冷笑连连："事到如今，陛下所说的本心，还有谁能证明？满帝京可都知道，你诚王能出京，坐地为王，该对我慕容氏感激涕零！一个闲置多年的王爷，说去镇守图南关，难道就靠你一双手吗？你的一切，都是我慕容氏送去的。诚王府的幕僚旧臣，有一大半是我父兄为你招揽推荐！剩下的那些，也是王府有了底蕴，慕名而去的！

"你十几年不曾进京一次，与帝京官员之间的关系，谁来替你维系？拥兵二十万，是你开始就有的吗？那是我慕容氏一点点给你换来的！先帝之信重，光是你一个人张张嘴，或是够听话就能得到的吗？"

泰宁帝道："慕容氏所做一切，不管出于何种目的，朕都甚为感念。是以，朕登基后，将慕容氏一门加官晋爵，你们家中闲置的子弟，都已挂了官职，虽比不上王谢两家的底蕴，但论起权势富贵，也已丝毫不逊色，这不是朕还给你慕容氏的吗？这些若还不够，可见你慕容氏之愚蠢贪婪了。"

荣贵妃愤然道："少拿那些小恩小惠当说辞，我乃你原配之妻，即便与人通信也不过排遣心中苦闷，即便灭杀太子，陛下也是最大的得利者，我自问从不曾对不起你！皇后之位，本就该是我的，是慕容氏倾一家之力为我换来的。陛下翻脸无情，用各种各样的理由，不肯立我为后！难道不是你欠我的吗？"

泰宁帝似乎也动了真怒，冷哼一声："冥顽不灵！朕不想与你相互埋怨，让小辈看了笑话。"

"我也不是要找旧账的，不过是被陛下又绕进去了。"荣贵妃冷然看向泰宁帝，"劝陛下还是趁早将大皇子交出来，不然这后宫之中，多是陛下没见过的手段。”

韩耀听闻此言，脊背骤然紧绷，攥住茶勺的手紧了紧。

泰宁帝虽怒色未消，可没有半分紧张，甚至将空杯子再次递给了韩耀，这才看向荣贵妃：“朕说没有大皇子，就是没有大皇子，贵妃不信，查玉牒去。”

荣贵妃沉思了片刻，骤然坐起身形，厉声道：“你敢骗我！”

泰宁帝冷笑：“说得好像贵妃不曾骗过朕一样，有来有往，才叫夫妻。哦，忘了贵妃不曾扶正，妾室当算不得夫妻。”

荣贵妃恼羞成怒，抬手挥飞了茶盏，怒极反笑：“邹虎！你去禀告高统领，说不必找大皇子了。待到宫中事了，从我慕容氏选个差不多年岁的童子就成。”

邹虎正是方才来的禁军，听闻此言，微微一怔，拱手道：“属下这便去通知统领。”

荣贵妃想了想又道：“东宫如何了？”

邹虎看了泰宁帝一眼，轻声道：“回娘娘，东宫守卫乃陛下之亲卫，有三百多人，个个忠心耿耿，将东宫护卫得如铁桶般。禁军在皇城也不过两千多人，尚有保皇……叛逆者众。徐副统领一直在强攻，只怕还需要些时候。”

荣贵妃眉头蹙得更紧，斜眼看向嘴角上扬的泰宁帝：“既然是陛下的亲卫，何不让陛下帮忙喝退？”

邹虎忙安抚道：“太尉以为陛下出面，反而弄巧成拙。三百多人，都是当初陛下从诚王府带出来的私兵，可谓个个心腹。若见陛下受胁迫，只怕到时宁愿鱼死网破，也不肯罢手，反而助长士气。此时，咱们的大军尚未入城，皇城虽掌握了大半，但到底人心不稳。三百多人已够棘手，陛下万不可露面，不然反倒稳了那些人心。”

荣贵妃抿了抿唇：“高钺身在何处？”

邹虎轻声道：“正逐宫搜索皇长子，揽胜宫这两日住上了人，把守很是严格，高统领以为皇长子该是在揽胜宫，已派人包围了揽胜宫。那宫殿占地宽广，一时半会儿搜不完。”

荣贵妃催促道：“你即刻去告知高钺，陛下这里已是万全，还需要加派人手拿下太子，以免夜长梦多！”

邹虎颔首，压低声音道：“娘娘放心，属下这便去回统领。门外有五十人，乃高氏亲兵，太尉亲自嘱咐保护娘娘安全。”

荣贵妃面色和缓了不少：“知道了，去吧。”

韩耀望着邹虎的背影，咬了咬牙：“陛下……”

泰宁帝抬手制止了韩耀的话，看向荣贵妃，若有所思道：“贵妃就如此信任高林？”

荣贵妃挑眉一笑：“怎么？陛下吃醋了，又想挑拨了？”

泰宁帝嗤笑一声，讽刺道：“你想从慕容氏的子嗣中挑选一个大皇子，怎知高林不想从高氏子嗣当中挑选个大皇子……”

安定城，穆府偏僻的小院落内。

孩子凄厉的哭声，传入屋内，只听扑通一声。

那哭声沉闷了下来，断断续续的，很快弱了下来……

秋姨娘这才明白，穆刘氏今日绝非虚张声势，便歇斯底里地尖叫起来：“夫人夫人，我们之间的事，你和孩子计较什么！他才四岁，话都说不清楚，懂什么！夫人，我……妾以后都听你的，万事以夫人马首是瞻！求夫人放了金裕！”

穆刘氏轻笑了一声：“他生为穆氏庶长孙，就不无辜。朝廷行事，还讲究株连九族，我放过他？你们谁会放过我？呵？若非你们要赶尽杀绝，我何必孤注一掷？泥人还有三分土性。”

片刻后，徐嬷嬷再次进门，怀中已没了孩子：“夫人放心，小畜生已经沉下去了。”

“不会的，你……你、你怎么敢？！怎么敢？！你就不怕大人回来吗？！大人回来了，你要如何说？！”秋姨娘双眸有些呆滞，满脸的不可置信。

秋姨娘幼年得父兄呵护，少年虽婚约有碍，可到底是如愿以偿地跟了穆长白，入了穆氏又有穆母的偏帮偏心，没多久就为穆长白诞下两个郎君。自此后，更是顺风顺水，虽有些手段，可大多都是市井学来的，极粗俗不入流，哪里真的见过这等场面。

此时，只见她愣怔了半晌，才恍然回神，撕心裂肺地尖叫了起来：“他还是个孩子！那么小知道什么！不管我们做过什么都与他无关！刘锦！毒妇！你疯了吗？！”

穆刘氏似乎很是欣赏秋姨娘的狂乱，站起身来，轻笑，居高临下道：“是，我早就疯了，将大郎君拖到院子中——打死。”

穆柏成目光呆滞，落泪无声，听到此话，怔怔然地回过神来，恶狠狠地瞪向穆刘氏，自喉咙中发出咕噜噜的声音。

穆钱氏满脸是泪，无声地哽咽，摇头连连，挣扎着朝穆柏成爬了过去，掉了一地的珠钗，凌乱的长发披散身后。

穆刘氏见此，笑得更是开心：“既然夫妻如此难舍，那你就去院中，看你夫君去死好了。”

家奴得了令，没有半分的质疑，拖拉着两个人朝外面走去。

秋姨娘宛若癫狂：“夫人！夫人有话好好说！有话好好说！大郎素日里最是尊敬夫人了！从不曾对夫人有过半分不敬啊！夫人饶了他吧！就饶了他吧！！”

穆刘氏不以为意地笑道：“他要为官，必须孝敬嫡母，平日里连母亲都不叫，以夫人相称，可见心里也是恨我早些死。他是穆长白最得意的庶长子，大雍朝不论士族寒门，嫡庶分明，穆长白为了这个有出息的儿子，也恨透了这个‘庶’字，肯定不会让我活着。”

“没有没有！！”秋姨娘摇头连连，“妾身虽是管着后宅，也时常惹夫人生气，但从不敢有害死夫人的心！大人对夫人虽是不闻不问，可绝无加害之心！夫人你行行好，放过大郎吧！他以后会孝敬你这个嫡母啊！他要为官啊！肯定会善待嫡母的！不然朝廷也不会用他！夫人你就行行好吧！”

穆刘氏道："你现在求我了？呵！当初将我病重的乳母赶出家门时，我也曾求过你！你是怎么对我的？你让那些人将我关在屋中，不许我救济乳母！假惺惺地对穆长白说，那么大岁数的奴仆了，病得都走不动了，我们这般的家境，还哪有荣养奴婢的？寒冬腊月！她动也不能动，怎么扔出去的又怎么死在了街上，可是活生生冻死的！！"

"那时，我就恨不得你们去死！去死！！你们那么做，比拿刀子戳我的心都狠！还不如直接杀了我！你和那伪君子怎么不直接杀了我！"

秋姨娘急声道："那就是个下人！夫人何至于如此！夫人若是生气，拿我贴身的丫鬟出气就是！大郎可不能有事啊！夫人你就行行好吧！我……妾当真没有害死你的心啊！一点都没有啊！夫人夫人！你就发发慈悲吧！！"

"你的大郎是人，我乳母就不是人了吗？那些下人就不是人了吗？就你安秋娘一家是人吗！可你也不想想，当初以你安家门户，还不如一个当家的下人！你凭什么如此猖狂！"穆刘氏冷笑连连，"你说没有害死我的心，我可不信！你奸猾恶毒，心里毫无底线，好在是个小门小户出来的贫家女，即便恨不得我死，可胆子太小，有一万种想法，也不敢真刀真枪付诸动作！"

秋姨娘忙道："是是是，夫人知道！我有贼心没有贼胆啊！求夫人让他们停下来吧！这样下去，大郎真的会被打死的啊！！"

穆刘氏风轻云淡地笑了笑："可架不住穆长白有杀我之心，不然我为何要这么做？我能活着，做甚要与你们这些贱人同归于尽？"

"没有的事！大人总也让我敬重夫人！哪里会有害夫人之心。这些年，我对夫人多有不敬，明里暗里让大人没少给夫人气受，大人虽是偏帮偏信，可大人也没有杀夫人之心啊！"秋姨娘听着外面木棍敲击皮肉的声音，面无人色，连声告饶，泪如雨下，颤声道，"夫人，你先让外面的人停了吧！好好的人，可禁不住这样打啊！"

穆刘氏不以为意："你现在知道害怕了？当初你要当众打杀我几个心腹丫鬟的时候，风光得很，怎么不见你害怕？你侵吞我刘氏产业，以及我的嫁妆，难道就没想到今日？"

秋姨娘急声道："夫人！给你给你，妾全部都还给夫人！大人述职不过两日就回，没了大郎没了金裕！大人肯定会问起来的！夫人！你可是官家的娘子，犯不着和我们一般见识啊！"

穆刘氏轻轻地笑了起来："是犯不着，可架不住你素日里人贱嘴贱，把我逼急了啊。看看你被穆长白保护得多好，活得多天真，真真让人妒忌啊！述职？呵，往年述职何尝点兵入京？

"穆氏偷偷养的那些私兵，还有得用的心腹家奴，几乎全部都被带走了。在穆长白看来，安定城乃高氏的大本营，固若金汤，不管帝京如何，此处一定不会被波及。可惜，千算万算，不曾算到后宅的变数，不然这宅院，如何会轻而易举地落在我的手中！"

秋姨娘呆愣当场："什么？！"

“你的样子可真蠢啊。你不知道穆长白入京做什么去了？我告诉你，他啊，去造反了。若是败了，那就株连九族。你们和我，都得跟着一起死。若是胜了，那是从龙之功。他也会让我立即暴毙，好扶正了你，到时候你的两个畜生就都是嫡子。”

秋姨娘虽是吃惊，可到底还记得外面挨打的长子，忙道：“不会不会！大人不会造反的！大人对陛下忠心耿耿……为何要这般做啊，大人也不会那么对待夫人啊！哪里有妾室扶正的事，大人以后还要做官的啊！”

“对陛下忠心耿耿？呵，陛下知道他穆长白是谁？他不过是高氏养的一条狗！”穆刘氏俯下身来，轻声道，“士族和讲究的人家，自然做不出扶妾为妻的烂事儿。可穆长白深受高氏信任，高太尉后宅乱成那般，定不在意这些。那日，我可是亲耳听见穆长白与心腹幕僚商议，事成之后，让庶长子变成嫡长子，还能冤枉他不成！”

“夫人肯定是听错了！这般的大事，我毫不知情，哪里会被夫人轻易听到！你看看，我什么都不知道，大人是入京述职，哪里会是造反，造谁的反？夫人快饶了大郎吧！”秋姨娘大哭了起来，“夫人！我求求你了！你行行好！再打下去，大郎真的会死啊！求你放过大郎吧！他也是您的儿子啊！他以后肯定会恭恭敬敬地叫您母亲的！”

穆刘氏大笑了起来，咬牙道：“晚了，穆长白要害死我……不，穆长白要造反的时候，这些就注定了！狼心狗肺的东西！吞了我刘氏一切尚不算，还要将人赶尽杀绝，我刘锦窝囊了半生，受尽嘲笑奚落，今日才能挺直了腰板，即便是死，都不会再弯下来了！”

片刻之后，门外的仗刑停了。

年老的家奴将了无生气的人拖到了门前，火把之下，穆柏成已成了血人。

“大郎？大郎你应娘一声，大郎？大郎啊！刘锦！你不得好死啊！！刘锦你这个毒妇，我诅咒你！诅咒你下地狱！”秋姨娘整个人都癫狂了起来，撕扯着朝穆刘氏扑去，未果，又挣扎着朝穆柏成的尸身爬去，侧脸被地面磨得鲜血淋淋，只可惜按住她的家奴，冷漠到了不近人情，即便她用尽全力，竟是不能撼动分毫。

穆刘氏似乎也被穆柏成满是鲜血的尸身震慑了，好半晌才回过神来，斜眼望向灵堂上刘威夫妇的牌位，突然笑了一声：“下地狱才好，最少碰不见我爹娘了，不然他们知道我活得如此窝囊憋屈，该多伤心？爹若知道了前因后果，又该有多自责？”

秋姨娘咬牙切齿，尖叫道：“你这样的毒妇！畜生都不如！哪配有好命！你活该！你活该！你怎么不死！”

穆刘氏低声地笑了起来：“我是没有我娘的好命，不然也不会在十四岁的上元节被掠走，我父亲如此谨慎，不管如何掩人耳目，终是掩耳盗铃。十日后我再回家，也成了不明不白的人。

“高不成低不就的，蹉跎了下来。不然，何至于二十岁都不曾出嫁……我乃刘氏独女，若好好的，嫁个门当户对的人家，过安安生生的日子，该多好！”

徐嬷嬷轻声抚慰道：“娘子快别想这些，不管以前如何，现在这些贱人，还不是任凭您拿捏。老爷夫人若知道这些人这般待您，也不会放过他们的。”

穆刘氏走至灵位前，拿下刘威与刘氏的牌位，擦拭了一下，放在备好的花布上：“黎叔，什么时辰了？”

屋内的家奴虽不多，但都是有些年岁的了，最年轻的只怕也快四十了。

黎叔年纪最大，已是满头白发，也是这十多人的头目。他看了一眼门外，低声道：“子夜刚过，离约定开角门的时间，还有半个时辰。”

虽是贿赂了守城门的兵将，等时间一到，便可离开安定城，只因暂居之地不远。穆刘氏到底心里没有底气，怕穆长白造反成功的秋后算账，也怕造反不成朝廷的追捕。

穆刘氏长出了一口气，将两人的牌位包裹好：“嬷嬷，咱们的东西都送出去了吗？”

徐嬷嬷笑道：“娘子放心，都安置好了。”

这些年，穆刘氏所有的心腹奴仆，不是被秋姨娘寻借口打杀了，就是被赶出穆府，即便当初穆府的老人，也没人敢与穆夫人亲近的。这全府上下，谁不知穆夫人活成了孤家寡人。

那些新进的奴仆，个个以安氏母子马首是瞻，不折磨克扣穆刘氏，已算是有良心了。穆刘氏周围所用之人，也全部都是秋姨娘安排的，徐嬷嬷能活到现在，也全凭当初在针线房里做活，看似与穆刘氏没有多亲近罢了。

秋姨娘还在望着穆柏成的尸身发呆，骤然被人拽了起来，绑在了灵堂上的柱子上，与拖进来已有些神志不清的穆钱氏牢牢地绑在了一起。

徐嬷嬷拉着穆刘氏朝后面站了站，轻声道：“娘子不要站那么近，省得一会儿火油沾上了脚。”

穆刘氏攥住了徐嬷嬷的手腕，哑声道：“嬷嬷与黎叔跟着我受苦多年，却不能安享晚年，是我的罪过。”

黎叔似是不善言语，眼眸微动，一时没有接话。

徐嬷嬷拂过穆刘氏鬓角的白发，浑浊的眼中似有水光闪过：“娘子还是良善，老奴半生蹉跎宫中，眼前这些人的下场，不算什么。若非当年夫人路过乱葬岗上救了老奴一命，又寻医问药，老奴又哪能苟活至今？夫人临去前，将娘子托付给了老奴……可老奴无用啊！眼睁睁地看着娘子受苦多年，万般手段，终是抵不过那人是您的夫君。

“娘子无须自责，都到了你死我活的地步了，若咱们不先出手，造反不成咱们要陪葬，造反成了那畜生回来，第一个要害死的还是娘子，咱们做这些也不过为了自保罢了。”

黎叔年轻时该是经历过战场，但左脚稍微有些跛，受伤后不但不曾被刘威所弃，更是被当成私兵教头，荣养了起来，教导刘氏私下豢养为数不多的私兵。这不到二十人该是刘威留给穆刘氏的后手，穆长白并不知情，或是即便知情，也不会将二十多个老弱病残当一回事。

如今黎叔的目光里，还有年轻时的冷酷，他看了一眼挣扎不休的秋姨娘婆媳，不声不响地将穆柏成的尸身扔了过去，随后就有年轻些的家奴将火油泼在三人身上。

徐嬷嬷搀扶着穆刘氏走了出来，回眸瞥了眼满眸惊恐，还在挣扎尖叫的秋姨娘，嘴角噙着一抹极为冷酷的浅笑："贱妇，也有今日。"

整座院落布满了火油的味道，徐嬷嬷看了眼黎叔："我们去前面等你，你可要将此地烧干净，一点都别给那姓穆的留下。"

黎叔抿了抿唇："放心，牢中的穆志成……"

徐嬷嬷冷笑一声："斩草除根，我年轻时就懂。咱们留着那些地契庄园也无用，牢里该买通的人早买通了，他也活不过今夜！"

夜半时分，安定城穆府骤然起火，当几处火苗连成一片火海，整座宅院依旧无声无息湮灭在彻夜也不曾扑灭的大火里……

这夜安定城侧门，开了一条缝，二十多人漏夜出城，自此不知所踪……

祇为恩深便有今

3

夜半时分，大雍东宫外围。

此处，已成了宫中最喧闹之处，虽不至于刀光剑影，但也剑拔弩张，呼喊着交了几回合的手。

八百人虽将东宫围得水泄不通，但因没有攻城的器具，禁军们显得有些束手无策，几次撞门都遭遇了弓箭手的伏击，两方还未遭遇，禁军已有了损伤。

东宫三百人乃泰宁帝亲卫，配备装置比禁军肯定要高上一筹，但不曾想到，不过是三百来人，竟配备了如此多的武器与弓弩。

从武器装备来看，只怕泰宁帝不见得对宫中的异动毫无防备或是毫无察觉。可事已至此，早已没有退路，唯有分秒必争，若想取胜，唯有早早地擒杀太子。不管泰宁帝还有多少撒手锏，只要太子一死，不过都是投鼠忌器。

徐备领着众人抬着滚木小跑了过来："统领，弟兄们从木匠坊找来这个，梧桐木虽松散，但撞开东宫大门，该是轻而易举。"

高钺站在暗处，望向宫墙上的弓箭手，想了片刻："他们的弩箭射程比咱们的远，若想撞开东宫大门，只怕也少不了有些死伤。景阳宫荒废许久，四周又无宫殿，你们不是备好了火油吗？"

徐备轻声道："太尉曾言，大军未入帝京之前，让咱们最好动静小一些。"

高钺颔首："大皇子，还没找到吗？"

徐备摇了摇头："属下已派人禀告贵妃娘娘，一会儿就有人来回话。"

高钺想了想，轻声道："我未来之前，你可曾见过太子殿下？"

徐备忙道："如今宫中乱成这样，太子哪敢出来？"

高钺轻声道："你们不可小看了太子殿下，他可不是传闻中胆怯懦弱。在东宫的暗哨，也没有传出消息吗？"

徐备道："他负责巡逻内殿，想靠近大门只怕不易。若有消息，肯定会从西侧内墙扔出来的，不如再等半个时辰，实在不成咱们再火攻，统领以为如何？"

高钺沉默了片刻："一刻钟内，东宫暗哨没有消息传来，立即放火，父亲若要追责，自有我来交代。"

徐备紧蹙的眉头松了松，忙道："属下立即让人将火油搬来。"

远处有兵勇快速地跑了过来，小声道："内殿暗哨传出消息来，请统领过目。"

高钺接过包着石子的纸团，看了一眼，沉默了片刻，肃声道："留三百人在此，剩下的人随本统领离开！"

徐备愣了愣，低声劝道："虽说对方也有死伤，但最多也不过十来人，要是咱们只留三百人攻殿，怕只能围而不攻了……"

高钺抿唇，看了徐备一眼："你在此督战，无须放火，只需佯攻，将这些守卫拖在此处，本统领便记你一功。"

徐备眼角掩不住的喜色，看了眼被高钺撕碎了的纸条："这是出了别的变故不成？"

高钺冷笑了一声："成败全看天意。"

临华宫地处偏僻，今夜月黑风高，不见半分光亮，宫殿也就越显阴暗可怖。

谢贵妃身份高贵，生性喜静。先帝为表对谢氏的诚意，将西宫东南侧占地颇广的顺章宫，修缮全新，改名临华宫。又将紧邻的四处宫殿都圈了进去，依照后制，仿造了与揽胜宫一模一样的花园，建了相当规格的宫殿。

泰宁帝为诚王时乃豪富一方，骄侈无比。

武帝连年征伐，国库空虚。泰宁帝登基后，接下了空荡荡的国库，不得不开支节流，变得极为节省。泰宁帝后宫美人虽是不少，但身份都不高。整座西六宫的主殿都用不上了，也就没想过要修缮临华宫，附近完好的宫殿也就此闲置了。

当年的一场大火波及西侧一排宫殿，谢贵妃以及些许宫人都不曾跑出来。不知何时，就有传闻，此处入夜后，废墟之中常有人影晃动，阴雨响雷天还出现过凄惨的呼救声。如此一来，这片废墟也成了比冷宫更冷清的存在。

临华宫寝房内，柳南隐隐约约地听到了响动，坐起身来，斜眼望向窗口的方向，倾听了片刻，也听得不甚真切。他想了想，下了榻朝外面走去。

床帐内，皇甫策听了动静，并未睁开眼眸："出了何事？"

"怕是起了风，吹落了碎瓦，奴婢出去看看。"柳南等了片刻，不见皇甫策回答，这才小心翼翼地开门走了出去。

外面依旧是漆黑一片，虽还是听不真切，可柳南确定是有脚步声，由远而近，看情况人数竟还不少。柳南眼中露出些许狐疑，朝大门口走去。

寝房内，虽房门还是紧闭的，可莫名地有些冷。

皇甫策耳朵动了动，骤然睁开眼眸，迅速地坐起身来，撩开床帐，正对一个黑影。

黑影被皇甫策无声又快速的动作吓了一跳，朝后退了一步，愣怔了一瞬，急忙捂住了他的嘴，压低声音道："嘘！别声张。"

皇甫策紧绷的脊背，瞬间放松了下来，微微颔首。

等了片刻，明熙见皇甫策不曾挣扎，才缓缓放开了手，将声音压得极低："快起身！

跟我离开这里！”

皇甫策眉头轻动，不曾过问半句，拿起一侧的白色大氅。

纯白的颜色，在黑暗中异常地扎眼。明熙按住了那只手，制止的意思不言而喻。皇甫策愣怔了一瞬，放开了手，起身下榻摸索长袍。明熙快速地脱掉身上纯黑色的皮毛大氅，披在了皇甫策的身上，两人之间的气息，有片刻的凝滞。

黑暗中，皇甫策望向明熙，两人的眼睛都已适应了黑暗，虽看不清细微的动作，但也已能看出个大概了。明熙明显感到皇甫策有些灼热的注视，转身从一侧的墙上，拽下被挂起来当作装饰的宝剑，走到了门边。

明熙朝外偷看了一会儿，回眸对还站在原地的皇甫策低声道：“快走！”

黑色大氅，还保留着原主人身上的温度与淡淡的熏香。

皇甫策嘴角不由自主地微微勾了起来，轻声道：“柳南在外面，该是门口的方向。”

明熙蹙眉，回身攥住了皇甫策的手腕：“等不及了！那些人就快到了，我们必须从后院出去！”

皇甫策眉宇间终是露出几分凝重，嘴角的笑意也消失了：“何事，如此惊慌？”

明熙嘴唇动了动，到底没有回答，拽住皇甫策极快速地走了出去，单手掩住了门。

不远处的宫墙，映照着火光，影影绰绰的人影，凌乱的脚步声，离得越发地近了。明熙单手执剑，另一手紧紧地攥住皇甫策的手腕，脚步一转，换了方向，朝后园的角门急速跑去。

皇甫策也不拖泥带水，轻声道：“柳南留下，可会有危险？”

皇甫策等了片刻，不见明熙回答，不禁再次开口，轻声安抚道：“你不用如此惊慌，万事总还有我。”

“高氏与慕容氏勾结造反，不知还有没有别家，他们已控制大半个皇宫，可能整个禁军都已经反叛了。陛下，似乎还有韩耀，已被荣贵妃软禁在猗兰殿，暂时不会有危险。高钺这会儿怕是发现你人不在东宫，追了过来。咱们现在必须找个安全的地方躲起来！”

明熙极快速地说完，顿了顿又道：“柳南只要不和你在一起，不管是被抓，还是自己藏了起来，都不会有危险的。”

皇甫策似乎也感到了棘手，蹙起了眉头，轻声道：“临华宫四处都无可躲藏。”

明熙闻言脚步更快，攥住皇甫策的手更紧：“若原路返回，两刻钟的地方，就有处密道！可我没想到高钺反应如此之快，现在只能找个相对偏僻的地方躲起来了，等援军救驾！”

皇甫策虽不曾放慢脚步，还是轻声道：“这条路毫无遮蔽，再走下去，就到内宫西门。你确定西门的禁军不曾反叛吗？”

蓄谋已久的反叛，第一个要控制的就是四处城门，西城门虽较为偏僻，按照高钺谨慎的性格，必定也会有心腹重兵把守。

临华宫的地段，若无人知道，肯定是最安全的藏身之所。可若被发现了，也就只有前后一条路可逃。若不去西城，就得原路返回。此时此刻，不管哪一条路对皇甫策来说，可能都是死路一条。

叛军会对陛下仁慈，也会放过韩耀，可不会给皇甫策分辩的机会，他们唯一要做的事，就是击杀太子！是以，此时只能尽量拖延时间，让那些人找不到皇甫策。

明熙脚步微微一顿，虽只有一瞬，皇甫策还是感觉到了她内心的迟疑惊慌。他反手握住了明熙的手，紧紧攥住，柔声道："我在此，总会护你周全。"

明熙听到这低沉又温柔的话语，甚至失去回头看皇甫策一眼的勇气，自暴自弃道："你不用护我周全，只要护好自己就成！若原路返回，肯定会对上高钺！城门的守将，怎么也比高钺容易对付！不管前面的路有多少危险，我们只有赌这一把了！

"若我们能悄无声息地穿过西城门下，在最南侧有一处角门，可通冷宫。如果能侥幸逃到冷宫，也许我们还有机会先逃出城去。"

皇甫策抿了抿唇，回首望向遥遥可见的火光，莫名地轻笑了一声："我跟你走 。"

临华宫的断壁残垣，被火把映照得犹如白昼。

高钺踩着漆黑的瓦砾，一步步朝东院走去。

众将士已将整座东侧院，围个水泄不通，弓箭手占据了门口与院墙高处，剑拔弩张，蓄势待发。

周全轻声道："属下现在带人搜剩下的院落。"

高钺脚步微微一顿，沉声道："搜人时，都用些心。"

周全有片刻的愣怔，颔首道："大统领放心！太子心思深沉，最善诡计，属下已有所戒备。"

柳南被个极高大的兵勇挟持住，捂住了嘴，听闻此言，挣扎得更厉害，可到底挣不开钳制，不禁张嘴恶狠狠地咬住捂住了嘴的那只手，尖叫道："殿下快……嗯嗯……"

那兵勇猝不及防，被恶狠狠地咬了一口，手指顿时鲜血淋淋。虽因训练有素，不曾痛呼，可脸色很难看，当再次捂住柳南的嘴时，从腰间抽出刀子，就要动手。

高钺回眸看了一眼："别伤他。"

说话间，高钺已踢开了东院正寝的门。

火把瞬时将屋内照得犹若白昼，数十人一拥而入，极迅速地踢开了遮挡的屏风。

床帐被彻底地拉开，能躲人的柜子箱笼都敞开，连房梁上都照了照，可整间屋子确实空无一人。

炭盆还闪着火光，床榻一侧散落着长袍、白色的大氅。

高钺走到床边，摸了摸被褥，挑眉道："人尚未走远。"

周全从门外走了进来，轻声道："回大统领，剩下的几间屋子也搜过了，没人。"

窗外，飘起了稀稀落落的雪花来，虽是很小，但气温似乎又比方才低了不少。

高钺沉默了好半晌：“这个天气，穿着亵衣能跑多远？临华宫前后只有一条路。”

周全敛目道：“以统领之见，咱们是全部都去追，还是此处留些人。”

高钺不动声色地打量了柳南一眼：“留些人守住此地，本统领的意思，你可懂？”

周全怔了怔，忙道：“属下明白，若是有人，定格杀当场！”

高钺似是不想心腹寒心，不禁开口道：“放心，不会让你为难。临华宫荒废已久，今日太子只带柳南一人出来。他逃得匆忙，衣袍都未来得及穿，天寒地冻的，穿亵衣逃跑，对他来说无异于寻死，肯定是从此处拿了衣袍或衣裙，做了乔装……”

周全舒了一口气：“大统领思虑万全，属下愚钝。”

高钺欲走出门口的脚步顿了顿，又道：“揽胜宫可有动静？”

周全轻声道：“大统领放心，属下调派的第一批人就去了揽胜宫，那么多人围了宫墙，保证一只蚂蚁都跑不出去。”

高钺点了点头，边走边道：“你们可曾惊动里面的人？”

周全低眉顺眼：“那些都是精挑细选出来的兄弟，最为妥当不过。除非里面的人是真正的练家子，否则肯定惊动不了。”

片刻的工夫，雪下得越发大了，夹杂着愈演愈烈的寒风，让人忍不住打哆嗦。

从后院出了临华宫，唯一的路，已被火把照亮了。

高钺望向黑洞洞的路，莫名有些不安：“你亲自去看了吗？”

周全愣怔了片刻，恍悟道：“统领特意交代的地方，属下定是亲自部署的，自然要去查看一番的。”

“何时去的？”高钺停了停，朝偏僻处走了两步，才又开口道，“她睡了吗？”

“傍晚从太极殿回来，没多久就熄了灯火，该是已经睡了。”周全想了片刻，又斟酌道，“猗兰殿与东宫离揽胜宫都有些距离，稍微近一些的太极殿，也不会有动静，只要不是放火或对垒，该是传不到揽胜宫里。她住的那处，可是内殿的内殿，极安全的地方了。”

高钺若有所思：“揽胜宫内可有宫侍逃出去？”

周全见身后的人离的距离还算安全，低声道：“不曾。不过……到底有些匆忙，不曾准备万全。前番太尉还言正旦后，开印前，此番为何会贸然行事。当初统领迟疑不肯动手，也不过想要保全太子殿下，一直在劝太尉大人徐徐图之，甚至为此与二郎君都有了些许嫌隙，为何一夕之间改变了主意？”

高钺站在原地片刻，突兀地笑了一声，可那双深蓝色的眼眸，却满是雾霭：“往日是我太想当然了，总以为有许多时间，许多机会，改变一切。父亲有生养之恩，我与太子虽无兄弟之名，但当年也算有些兄弟情谊，先帝的教养之恩……自古忠孝难两全，我又凭甚两全其美？这世上本就没有两全其美，也只能不负一方。

“这般的日子，莫说过上一年两年，回头想来，多熬一日都觉艰辛难忍。以往以为自己总能坚持，是因为坚信，不曾失去想要得到的，那美好足以让我坚持所有的不堪与苦难。

可……还是太想当然了，我做了许多，可失去了更多，以为这样对所有人都好，到最后也不过一无所有。”

周全愣怔了好半晌，思索不上来高钺到底在说什么：“虽是如此，可陛下与先帝一般，对大统领信重有嘉，不然也不会将禁军交予统领。”

高钺斜眼看向周全，颔首道：“就因如此，才要快刀斩乱麻，这般的境地已经是你死我活，不管是早是晚，要么我死，要么太子死，不管怎样，总该有个结果，也省得继续僵持下去。”

周全慢慢地蹙起了眉头：“大统领何至如此，成与不成，咱们都还有退路！南朝……”

高钺抬手制止了周全的话，轻声道：“那是父亲与高战的退路，我从不曾想过要逃去南朝！”

周全低声道：“大统领何至于此……”

高钺抬手制止了周全的剩下的话，低声道：“你不必再说，事已至此，我也想搏一搏，不管是输是赢，命该如此！”

周全咬牙，沉声道：“属下誓死跟随大统领。”

高钺紧紧抿着唇，好半晌，高声喝道：“传令下去，陛下有旨，击杀太子者，官升三级，赏金千两。”

西城门的最东侧，已可见城墙上下巡逻的兵勇。

明熙偷看了一眼不远处，粗略地估算了下人数，眉头越发地紧蹙。

两人背靠背地躲在墙角处，虽谁也不曾开口说话，可气氛很是凝重。

不知过了多久，皇甫策攥住明熙的手松开了，拽住了明熙腰间的一组缓佩，缓缓地松开了紧蹙的眉头，拇指细细摩擦着那玉佩，嘴角溢出了极柔和的浅笑。

明熙回眸见此，眉宇间露出些许尴尬来：“这……这个一直在揽胜宫里，今日拿出来，本打算还给你，谁知夜里竟出了意外，只有先戴在身上。”

这解释很是窘迫，又有些难以自圆其说。

皇甫策的笑意蔓延眼底，身上的气息都泛着浅浅淡淡的柔和。今夜，明熙身着黑色长袍，金簪绾了个简单的发髻。因奔跑的缘故，鬓角已满是碎发。

莫名地，明熙不敢再与皇甫策对视，拽着缓佩就要摘下：“物归原主……”

皇甫策握住明熙的手，制止了动作：“你戴着，很好看。”

明熙缩了缩手指，沉默了片刻：“那时……还要谢谢你。”

“当年之事，故我所愿，当不得谢。”皇甫策将明熙耳边的碎发挂在耳后，神态温和，动作说不出的轻柔，又满含呵护之意。

明熙愣怔了片刻，有些迷茫地看向皇甫策：“什么？”

皇甫策轻声道：“我们自小争执吵闹，针对彼此。可不管如何，我都想要护你周全，幼年不懂时如此，如今懂得了更是如此。”

明熙抿着唇，不知该如何作答。

皇甫策浅笑道：“你能戴上这缓佩，我心甚悦。”

明熙莫名地红了耳根：“我……这是你落在揽胜宫的，不是我私藏的。”

皇甫策丝毫不恼，眼中的笑意反而更深了，柔声哄道：“你还是不懂，可只要我一个人明白也足够了。”

明熙恼羞成怒道：“此时逃命要紧，哪有时间让太子殿下忆苦思甜！”

皇甫策低低地笑出声来，宠溺道：“救命之恩，当以身相许。你救过我，我也算救过你，该是天定的缘分。”

明熙咬牙道：“你占尽便宜，我还要谢谢吗？！”

皇甫策笑道：“我乃情难自制，你求助，理所当然，摸块石头将人砸个头破血流，又在父皇面前说我偷摸了进去，欲趁你病时，图谋不轨。所作所为，一气呵成，择出了惠宣皇后，也择出了自己。

“若不是还要顾忌朝廷承嗣与谢氏的问责，父皇该是想把我杖毙当场。贺女郎，如此诡计多端，心狠手黑，直至今日不思己过，倒还这么理直气壮。”

“你……强词夺理！”明熙有心争辩，可显然感觉气氛越发怪异，不禁抿唇不语，好半晌后，低声道，“一会儿你跟在我后面，咱们从外侧阴影处，也许能穿过去。”

城墙下面，有一条极宽敞的路，历代城墙处，从无遮蔽躲藏的地方，也是为了便于查探与巡逻，两人能走到此处，已算是极有运气。因还挨着墙角，躲藏的地方还算有些阴影遮挡，可前面大路上因火把众多，已亮如白昼。

皇甫策敛去了笑意，拉住明熙的手腕，轻声道：“阿熙。”

明熙身形微微一僵，垂下眼眸看向被皇甫策握住的手腕，沉默了片刻才应道：“嗯？”

皇甫策笑了笑：“若被发现，你不要抵抗，那些人找的是我。”

明熙抬眸，看了皇甫策一眼，不置可否地挑眉：“抓住了，再说！”

皇甫策凤眸中露出些许无奈：“那你跟好我。”

明熙顿住了脚步，回眸看向皇甫策。

皇甫策不解道：“怎么？”

明熙道：“你怎么不自称‘本宫’吗？”

皇甫策微微勾起了唇角：“有你同路，哪里算得上孤家寡人？”

明熙道：“暂且而已！”

皇甫策不置可否，攥住明熙的手腕，一小步一小步地走出阴影处。

可两个人一路走来，似乎已将所有的运气都用光了。不过，走出了十多步，迎面碰见了远处巡逻回来的队伍。

皇甫策和明熙都不曾想到，城楼上有巡逻的守卫，门口有两队人马，这一条路上，居然还有巡逻的禁军。两人虽反应得很快，极快速地朝后退去，可为时已晚。

巡逻的守将正是高钺部下百夫长罗平："谁在那里！出来！"

罗平眯眼望着前面，见两道人影听到呼喊声，非但不曾出来，反而迅速地朝后面退去，便毫不犹豫地高声喝道，"放箭！"

明熙脚步翻转，执剑挡在胸前，极灵敏地将皇甫策拉到身侧，一边朝后退，一边格挡箭矢。长剑乃临时找来的装饰物，不锋利也不趁手，舞起来有些笨拙吃力，可即便如此，在甘凉城一年多的磨砺，还能将两人护得滴水不漏。

皇甫策有些惊异明熙的身手，可也不敢让她有所分心，眉宇间终是露出了些许焦躁不安，可箭雨急促，一拨又一拨，似是不打算停止一般，根本不给人思考与停歇的机会，明熙的呼吸也逐渐地粗重了起来。

"住手！"皇甫策高喝一声。

罗平闻言，抬手制止弓箭手的动作，高声喝道："何方宵小！报上名来！"

皇甫策将明熙拉到身侧，半个身子，将人挡在身后，也看了会儿罗平，是个极脸生的百夫长，又在西城门这偏僻的地方任职，只怕素日里连接近东宫的机会都没有，更别说见过太子了。

皇甫策紧紧地攥住明熙的手，低声道："若有危险，你先走，找人救本宫。"

明熙听见了皇甫策的自称，不禁挑眉，似笑非笑地看了皇甫策一眼："哦。"

虽是如此危急，可皇甫策依然被明熙这一眼看得发窘，掩唇轻咳，正色道："这回，你一定要听本宫的，知道吗？就这一回。"

明熙谨慎地握了握手中的长剑，笑道："既然这一条路，殿下要自己走，那么以后的也是要独自上路咯……"

"报个名字，要想这许久吗？"罗平面对两个看不甚清的人，早已失了耐心，且又丝毫不敢大意，抬手对弓箭手喝道，"预备——"

皇甫策骤然抬眸望向罗平，凤眸微冷，沉声道："放肆，本宫乃当朝太子皇甫策！"

罗平挑了挑眉头，嘴角轻勾，那抬起的手慢慢地放下了："原来是太子殿下啊。"

弓箭手闻言，面面相觑，都慢慢也合上了弩张的弓箭。

皇甫策一眼不眨地看向对面的人，心稍稍放松了几分："你又是谁？"

明熙不知为何，满眸谨慎，望向对面，却又紧了紧手中的长剑。

罗平笑出声来："陛下有旨，太子谋逆，欲谋皇位。击杀太子者，无论官职大小，官升三级，赏黄金千两。

"放箭！"

大雍宫，猗兰殿，正殿。

寂静的殿外，突然杀声震天。

片刻间，火光冲天，兵器撞击之声，不绝于耳。

虽是听到了外面的声音，可泰宁帝依旧嘴角噙笑，端坐原处，神色怡然，优哉游哉地朝荣贵妃举了举手中的茶盏。

韩耀听到外面的动静，舒了口气，终是抿了口茶水，紧蹙的眉头微微放开了，半合的眼眸中也露出了几分喜色。

荣贵妃慢慢地蹙起了眉头，眼中露出几分冷凝，倒也不曾畏惧："陛下的援军，来得倒快！"

泰宁帝掩唇轻咳，谦虚道："贵妃哪里的话，援军入皇宫，和高林想入皇城一样难。这哪里是援军，该是禁军起了内讧。"

泰宁帝顿了顿，又道："顾氏经营禁军十多年，怎么也会保留些势力与心腹。"

荣贵妃很是不以为意："臣妾怎么记得，陛下对先皇心腹顾氏，不是那么信任？太子在翠微山时，陛下为防万一，将禁军统领易主。顾氏会保太子，臣妾不奇怪，可若说顾氏忠于陛下，只怕不太可能。说不定，这些人才是陛下的催命符。"

泰宁帝轻笑道："顾氏没贵妃想的那么简单，朕也没贵妃想的那么招人恨。这皇位虽是来路不正，可朕乃皇甫氏最正统的血脉。比起那些乱臣贼子，朕与太子都最是名正言顺。"

荣贵妃沉默了片刻，咬牙道："如此说来，顾氏明升暗降，高氏接管禁军，乃是陛下一手策划！"

泰宁帝谦逊地笑道："一部分，只是其中的一部分而已。"

泰宁帝见荣贵妃陷入沉思之中，不禁好心解释道："贵妃私下令顾泽中护送太子去翠微山，何尝不是为了让朕误会顾泽中有对太子拥护的忠心？若贵妃设法除掉了顾氏，那郑氏犹如你慕容氏的家奴，有他们接管禁军最好。即便郑氏不合朕心，还有高钺这枚暗子，只要不是难以拉拢的顾氏，这禁军不管朕交给谁，都算是交给你慕容氏。"

"朕当然也可以不选择郑氏或高氏，可只要是武职出身，大多都是寒门，谁人不曾与权势滔天的慕容氏有些瓜葛呢？只要先铲除了顾泽中这个大士族出身的武将，剩下的那些小虾小鱼都好拉拢着呢。贵妃也不必懊恼，这本是一手极好的算盘。"

荣贵妃冷笑道："陛下知道了又能怎样！计划万全又能怎样？！如今你与太子还不是落在我的手里？！我让你活，你就活！我让你死！你就得死！"

泰宁帝挑眉："朕落不落在你手里尚不好说，可太子何曾落在你们手里？守卫东宫的兵勇全部都是朕诚王府时的亲兵。除了朕，你们谁动得了太子？"

荣贵妃冷笑道："好个明修栈道，暗度陈仓！陛下之卑鄙阴沉，臣妾望尘莫及！"

泰宁帝不置可否，谦虚地笑了起来："哪里哪里，贵妃谬赞了。知己知彼，百战不殆。几十年来，贵妃待朕冷若冰霜，从不曾花半分心思了解朕。为何就这么笃定，朕就是你认为的那样昏庸无能呢？"

荣贵妃冷哼："陛下当真不适合这怨夫的嘴脸！"

泰宁帝不以为意地撇嘴："朕是没想到贵妃万年不变的脸，还有那么多精彩丰富的表情，片刻间变幻无穷，只可惜年岁已大，有了些皱纹。若当年贵妃愿意为朕多展笑颜……”

荣贵妃拍案而起，打断了泰宁帝的话，怒声喝道：“皇甫泽！我现在就让你死！！”

泰宁帝不紧不慢，悠然自得地端起茶盏来：“可惜，朕自皇兄那里学的最大的教训，就是不论何时何地，都不将自己的生死放在别人的手中。”

茶盏缓缓放下，荣贵妃身形有些不稳地晃了晃，无力地倒在桌上。那几个部曲也应声摔倒在地。慕容芙不知何时，早已俯在桌上。

韩耀抿唇一笑，缓缓起身，走到几人的身侧查看了一番：“陛下放心，这特质的软骨香，撂倒头耕牛都不成问题。”

泰宁帝长出了一口气，站起身来，拉了拉身上的衣襟，颔首道：“开门。”

韩耀踱步走到门边，双手将兵符捧过头顶，高声喝道：“陛下有旨，放下兵器者，不当谋逆论！”

众人动作静止了片刻，纷纷望向正殿的台阶。

火光之下，泰宁帝很是平静地屹立台阶上，眉宇间尽是庄重，有种让人从内心臣服的强大与威严。

“放下兵器者，不当谋逆论，且，朕既往不咎。”

“砰！”不知是谁先撂了手中的兵器。在这般寂静到能清晰地听见火把燃烧的院中，显得异样的刺耳。

“砰砰砰！”有了第一个人，便有了第二个第三个。片刻间，兵器落地之音，不绝于耳，剩下的人全部束手就擒。

院中的人，虽都是身着禁军服，但也分两种。衣袖上绑着红布条的禁军几十人而已，胳膊上空无一物的禁军，一时看不到尽头。一场厮杀下来，那衣袖上绑红巾的五六十人，已三去其一，也不过就二三十人还是完好，如今都抱着头蹲在了一侧。

泰宁帝与高台下的顾泽中对视了一眼：“韩耀帮顾将军善后。”

韩耀注视那些人胳膊上的红巾，若有所思，听到泰宁帝的话，抿唇一笑：“是。”

祇为恩深便有今

4

泰宁帝再次返回猗兰殿时，里面外面都比方才更是平静了。

慕容氏的六个部曲都被绑了出去，可因荣贵妃的身份过高，慕容芙的身份有些敏感，众将士倒也不曾挪动她们。

一时间，整座正殿，只剩下荣贵妃与慕容芙，以及宫女华鹤。

泰宁帝走至荣贵妃桌前，居高临下，抿唇一笑，柔声道：“贵妃不知哪里出了问题？”

荣贵妃用尽全力，才支起脸来，冷笑：“呵，看看你那得意的嘴脸，真让人作呕！”

泰宁帝丝毫不恼：“一般人家的贵女都知道，净手焚香，从来不是煮茶的必需步骤。你们喝茶，朕与韩耀喝的是解药。自然，韩耀比你想象的更聪明，更会演戏。他与朕最大的不同，就是自始至终，不曾相信过慕容芙。

“从贵妃到慕容芙，朕也能看出慕容氏虽为新贵，但养育嫡女，着实也曾煞费苦心。可兵家子就是兵家子，财力够了，权势满了，说到底还是没有底蕴，你们与真正的士族贵女还是有些差距的。”

荣贵妃咬牙道：“我慕容氏是兵家子？！呵！难道你皇甫氏就不是吗！你比我们又高贵了多少！”

泰宁帝不置可否地笑道：“太子乃谢氏嫡长女所出，即便不从皇族来说，他的身份依然矜贵着呢。”

荣贵妃怒视着泰宁帝，咬牙道：“呵，皇甫氏三代才出了那么一个太子，可真是值得炫耀的事啊。”

泰宁帝轻笑了一声：“贵妃一定是想，那焚烧的冷香乃你猗兰殿之物，往日也无事，今日怎么就成了软筋散。还记得你的心腹宫女华鹤的出处吗？诚王府时，她被贵妃选在身侧还不到十岁，如今在宫中都已是有头有脸的大姑姑了呢。”

荣贵妃挣扎着想起身，几次未果，咬牙道：“皇甫泽！你这个卑鄙小人！你以为这样你就赢了吗？！炫耀吧！得意吧！只要太子身死，你照样是一败涂地！”

泰宁帝不以为意，蹲下身去与荣贵妃对视，笑道：“东宫固若金汤，朕也早已备下了密道。那些人攻进去，也找不到太子。不然，你以为你擒住朕时，为何不见六福？一入你猗兰殿，朕就感觉不对，六福得了朕的嘱咐，只怕这会儿早已将太子带出宫去了。”

荣贵妃冷笑了一声：“呵呵，皇甫泽，我就喜欢看你犯傻，又沾沾自喜的愚蠢样子！”

泰宁帝笑道：“蠢不过贵妃，你若对高氏多一些信任，何至于高氏只敢留五十多人在猗兰殿外，甚至连入内殿保护贵妃的，都是你慕容氏的几个部曲。”

荣贵妃恼羞成怒：“皇甫泽，你最好现在就杀了我！不然有你后悔的时候！”

泰宁帝道：“人说，一日夫妻百日恩，朕与贵妃这许多年，怎不知贵妃的心意呢？什么青梅竹马，什么郎情妾意，贵妃都是用来骗那些有用的傻瓜罢了。

“贵妃深知出嫁女的一切，都系在母家。贵妃嘴上说与高林青梅竹马，可也只相信慕容氏，只相信父兄若权倾天下，自己才有真正的好日子。是以，贵妃不惜任何手段与代价，让慕容氏得到一切，甚至至尊之位。”

荣贵妃冷笑连连：“本宫如此，有何不对！那些一心为夫君着想的出嫁女，何其愚蠢！何其可怜！多少同苦，能换来男子的同甘？若女子娘家式微，夫君一旦得势，休妻再娶对儿郎们来说，根本不需要付出任何代价！”

荣贵妃眯眼望向泰宁帝，讽刺道：“难道我与陛下不曾同苦过吗？可陛下登基后，也不是对我弃如敝屣！”

泰宁帝冷笑：“强词夺理！我皇甫氏虽以兵起家，可最仰慕的就是士族之礼仪风度！宠妾灭妻，以妾为妻，乃朕最不屑之事！若非是你虐杀谢贵妃与太子，想断我皇甫氏根基！朕何至于如此待你？！

“你犯的罪，足够一杯鸩毒，也足够牵连你慕容氏满门了。若放在任何人身上，只怕都会让你在冷宫里待一辈子！可朕念着夫妻几十年，心软了。好歹太子没死，又想着你许是被旧臣蒙蔽，一时糊涂。直至那时，朕都还想让你荣华富贵一生！可换来的是什么？是贵妃的不思悔改心狠手辣，要毒杀朕！”

荣贵妃眼底冰冷一片，没有悔悟，也没有感激：“成王败寇。我之一切不幸，都乃拜你皇甫泽所赐！因为你，我必须远离帝京，在图南关荒废半生！若说可惜与后悔，本宫心里又何尝没有？

“可惜当初杀皇甫策时，只挑断了手脚筋。就该直接杀了，将尸身扔进火海，一了百了。后悔的是，下毒之时，畏首畏尾，瞻前顾后，不敢用那烈性毒药。若是狠下心来，一杯鸩毒下去，陛下坟头都长草了，哪里还能如此志得满意，在此长篇大论？”

泰宁帝气得整个人都在发抖，好半晌，咬着牙道：“朕不知道贵妃到底执着于什么？若说对高林情深不悔，贵妃的性子，注定了不会舍身为人。若说向往帝京的繁华，图南关也没有逊色到哪里去。

“这般深重的怨恨，到底出自何处？难道你嫁给高林，就会有好日子过了吗？高林后宅乱成何种程度，帝京之人有目共睹！那高钺的母亲去世，他才守了几日？”

荣贵妃不以为意地笑道：“我嫁的非我心中人，他娶的也不是心中之人，即便待她不好，也不奇怪。”

泰宁帝怒极反笑：“你是怪朕不曾在你身上用过心？可与你成亲几十载，朕又何尝在别的女子身上用过心！诚王府时，大妇之权威，后宅之一切！朕有没有给予你！所有的自由，一切的家业，朕有没有交到你手中！

“朕对贵妃是不曾细心呵护，可夫君应该给予妻子的一切，都给予了！朕可曾在任何时候任何地方，下过贵妃的面子？妾为奴！妻为主！你若不喜，后宅的那些人，打死打发不都随了你心意！朕可有过问一句！朕不知道你还有什么不满足？你要朕的心吗？可你为何不拿自己的心来换？！”

荣贵妃眼神似有触动，可片刻后，还是冷酷地笑道：“陛下也说了，那些都是大妇该得的，你凭甚不给我？”

泰宁帝缓缓站起身来，冷酷一笑：“冥顽不灵！不过，贵妃放心，朕心软念旧，不会怎样你。可慕容氏，怕是再也没有以后了。”

“皇甫泽！你敢！”

“呵，你好好活着，睁眼看着，看朕到底会不会将你慕容氏，一个个地全部杀死，晾干了挂在城门上暴尸！”

荣贵妃几次起身未果，发疯般地喊道：“皇甫泽你赢了吗！自以为是！只要皇甫策死了！你照样一败涂地！什么你们皇甫氏！什么正统血脉！也就烟消云散了！你肯定还以为，皇甫氏还有大皇子呢。大皇子？他才是你人生最大的笑话！大皇子会是陛下的种吗？凭你这个废物吗！！”

泰宁帝挑眉冷笑：“贵妃到底瞒了朕多少事呢？”

荣贵妃低声地笑了起来，小声道：“陛下有所不知，与敏妃苟合之人，是低贱到寒门都不如的粗使奴仆！乃本宫亲自挑选，安插到禁军里的。陛下肯定还不知道，诚王府多年无嗣，问题不在我这儿，不在那一后院的人身上。因为陛下病弱，即便那些人怀上了，孩子也活不了！

“呵呵呵，凭什么？！凭什么所有人都说本宫善妒狠毒！凭什么所有的过错，都要我背在身上！都是因为你！因为你无能！因为你就是废物！你以为我为何如此恨你！我若嫁给别人，没有一切，也会有子嗣！有了子嗣，我就会有依靠！

“你以为我为何那么在乎慕容氏，因为我没有任何真正得到！同陛下蹉跎半生，直至今时今日，我看似拥有一切，实然什么都没有！高林有再多不堪，可他最少是个男人！他的原配生下了高钺！陛下，男人都能让女人孕育子嗣，不能让女人诞下子嗣的就不叫男人！”

华鹤垂眸跪在一侧，身为荣贵妃的心腹宫女，此事该是早就知道，面上也不曾露出半分吃惊之色。慕容芙虽趴着，可还是满眼的震惊。

泰宁帝深吸了一口气，斜眼打量还剩在正殿里的人：“来人，将贵妃娘娘与韩夫人，关到侧殿去。”

韩耀从门外一侧站出身来，脸色有些不好，挥手叫来了四五个禁军。

荣贵妃笑了起来，声音从小到大，越发猖狂："皇甫泽！你以为你的太子在固若金汤的东宫里吗？你忘了吗？你的太子一早就被你放出了东宫！根本没有回去！哈哈哈哈哈！皇甫泽。知道什么是百密一疏吗？你不是得意吗！你这个废……呜呜呜……"

韩耀为怕再听到什么不该听到的话，眼疾手快地将一块粗布塞入荣贵妃口中，快速挥手让那两个押住荣贵妃的禁军离开，斜眼扫过被押其后的慕容芙，目光不曾停顿。

泰宁帝自然看见了韩耀的动作："你方才听到什么？"

韩耀忙道："臣正想禀告陛下，暗探回报，高钺未在东宫外，半个时辰前领走了大半的兵马去了临华宫，只留下三百人佯攻东宫。"

泰宁帝骤然蹙紧了眉头，快步朝外走去："顾泽中呢？"

韩耀跟在其身后，有条不紊道："顾大人不曾在此停留，早已带人去了临华宫，正阳门那处已乱了起来，图南关的兵勇正在攻正门，谢氏人马该是在城外阻击高林父子！"

泰宁帝快步朝门外走去："你随朕去寻太子！"

韩耀忙挡住了泰宁帝去路，低声劝道："如今留守陛下身侧的人不算多，不若陛下就在此等顾大人的消息。若陛下不放心，臣愿意替陛下走一趟！"

泰宁帝扶住韩耀的肩膀，一把推开，不冷不热道："少狗腿，朕的安危，可比不上你那东宫主君！"

韩耀忙追上泰宁帝的脚步，急切地表白道："陛下与太子殿下，都是臣为之效忠之人，没有主次！君子不立于危墙之下，陛下怎可以身犯险！"

泰宁帝顿住了脚步，目光扫过猗兰殿外的禁军。

上百人的列队，很是齐整，人人的胳膊上都绑上了红巾。

泰宁帝挑眉，赞许地看了韩耀一眼："众人都说文臣心黑，韩大人当算是文臣中的佼佼者，怪不得你家殿下对你如此宠爱。"

韩耀面对这番类似夸赞的贬损，眉宇尽是纠结："陛下，没有这个说法，倒有足智多谋一说。"

泰宁帝瞥了眼韩耀，笑道："去，给朕拿一副禁军副将的盔甲来！"

韩耀双眼一亮，奉承道："陛下真真足智多谋……"

泰宁帝踹了韩耀一脚："滚！"

西城门处，火光冲天，杀声震天。

明熙与皇甫策且战且退，被西城门的叛军围堵在了城门楼下。

两人虽都有些狼狈，但看起来似乎都不曾受伤。

明熙黑色的长袍似乎湿透了，执剑的手，微微有些颤抖。

皇甫策还紧紧裹着黑色大氅，看起来也没有多狼狈，但那毛皮上全是被溅上的血渍，有一只胳膊微微倾斜，但另一只手紧紧握着一把砍刀，正是禁军的装备。

因为左右都是叛军，可众人距离很近，叛军怕误伤己方，不再放箭，如此才给了明熙与皇甫策两人喘息的机会。

守西城门的乃卢斌，三十来岁，寒门子弟。

一年多前也不过是个百夫长，不知如何入了高钺的眼，一年内连提数级，才有了八品的前锋副都督的官职。虽只是从八品官职，但有了官身，与做个大头兵，本就有天壤之别。

罗平附在卢斌耳边低声道："都督，你方才为何阻止我放箭？这会儿为何又一直围而不杀？！若怕误伤兄弟，从西侧城角他们的正面放箭，可将这二人诛杀当场！杀了太子，可是头功哪！"

卢斌沉默了片刻，蹙眉道："我瞅着不对，你看太子后面的那人没？眼熟不？你还记得自己的百夫长之位与我这官身哪里来的吗？"

罗平似是与卢斌极为熟稔，忙道："哪能不记得啊！当初您带着弟兄们与大统领的部曲半路会合，一同护送贺氏嫡长女，前去安定城。到了安定城下，部曲首领就丢了人，还是都督心细，摸到了蛛丝马迹，知道她去了何处，这才得了大统领青……那是贺氏嫡长女！"

卢斌赞同地颔首，低声道："你可还记得大统领当初是如何用心？诛杀太子，固然有功，可若连带此女一起诛杀，只怕过大于功，到时候不死也得脱层皮……大统领片刻便到。此时，只要围而不杀，也算擒住了太子，总该有功无过。"

罗平恍然大悟，满面喜色："都督思虑周全，我等望尘莫及！"

卢斌嗤笑一声："你特意上了几天学堂，大字没识几个，倒是学会了油嘴滑舌。不过，这两个词用得甚得吾心……"

就在此时，西城门更西的方向，有金色的烟火突然腾空而起，在半空中炸出绚烂的火花来，转眼即逝。

众人纷纷望向那处，虽看似不远，但也该是帝京城外的方向。

罗平莫名其妙地摸了摸头："当初可不曾说，有烟火传讯，这是哪里在放暗号啊……"

卢斌望着那烟火，有种莫名的心慌，眯了眯眼，沉默了片刻，看向罗平厉声道："一会儿听我号令！"

罗平回过神来："都督放心！这些兄弟可都是咱们亲手带起来的，除了你与我，谁来了也没用！"

一声长哨，金色的烟花，在漆黑如墨的夜空骤然炸开，光华四溅，璀璨夺目。让这冷凝的夜里，多了种难以言喻的惊心动魄。当烟花逐渐地落下，失了光泽，似乎一切再次归于静寂。

西城门唯一的来路上，突兀地传来了厮杀声与呼和声，逐渐地，由远及近。

明熙与对峙的叛军，面面相觑，都有些不明所以，一同朝对面望去。

罗平满脸喜色道："大统领来了！大统领率部增援来了！"

兵勇们虽然也骚动了起来，可不曾得到命令，也不再次围攻二人，大家都趁着这个空隙，放松了不少。

明熙面色更为凝重，有些脱力地靠在身后的城墙上，长出了一口气，从衣摆下撕扯一道布条，不紧不慢地将剑柄紧紧地缠绕在手掌中。

皇甫策手脚本就有旧伤，体力似乎也到了极限，脸上毫无血色，虽不曾靠在墙壁上，可呼吸十分地粗重。

明熙斜眼望向皇甫策，轻声道：“太子殿下，今夜说不定就是咱们人生的最后一役，你怕不怕？”

皇甫策深深地看了明熙一眼，低声道：“你现在后悔，还会有很多以后。这些人……似乎还是有所顾忌，不然咱们也不会活到现在的。”

明熙系好了手掌上的剑，离了墙站直了身形，深吸了一口气，笑了一声：“我的人世间，可没有卖友求生，临阵脱逃！当初曾有人对我说，只要坚持了本心，不管得何结果，总也无怨无悔！”

皇甫策瞥了眼明熙，嘴角轻勾：“我又算你哪类朋友？”

明熙不置可否，浅笑道：“太子殿下可有信心，与我一同杀出去！”

皇甫策虽面色惨白，嘴唇也失了血色，可眉宇间俱是坚毅。片刻后，低声地笑了起来：“贺女郎不敢回答了吗？莫不是贺女郎的本心，就是与我生死相随吗？这算是另类的倾慕吗？”

明熙回头看了皇甫策一眼，不以为意道：“事已至此，随便你想吧。”

皇甫策凤眸微弯，唇角含笑，受伤的手，虚握了握明熙的另一只手，架起了手中的刀，笑道：“虽是最后一役，能与你同生共死，本宫心甚悦。”

“那有没有人，告诉过太子殿下，你的武艺烂极了！”明熙话毕，攥住剑就朝城楼上冲了出去。皇甫策微微一怔，当下一笑，与明熙一同冲了出去。

因明熙与皇甫策的出其不意，骤然冲了出去，围住的兵勇杀也不是，堵也不是，一时间乱了方向。

整片西城门区域都乱了起来，蓄势待发的弓箭手，再次抬起了弓箭，可也不知道该对着太子还是从西六宫杀出的那班人。卢斌有些紧张地望着从西六宫杀出的两拨人，一时间也失了分寸，不禁倒吸了一口冷气。

皇甫策与明熙杀出了一条血路，眼看着就要到了弓箭手的范围，方才有些摇摆不定的人，在性命的威胁下，将全部的箭矢再次对准了明熙与皇甫策。

罗平不及反应之时，羽箭齐发，毫不留情地朝快要杀出重围的二人疾驰而去。

“留活口！”罗平急急地喊了一声，可到底还是晚了一些。

明熙感觉右侧肩膀上一阵剧痛，动作僵了僵，双手握住了剑，再次手起剑落，斩断了羽箭，与皇甫策背对背喘息着。

一晚的危急奔波，该是疲惫又恐惧。可不知为何，明熙在与祁平一起时还有些紧张，找到皇甫策逃跑时虽有些担忧，可一路下来，竟是一点都没有恐惧。明知是死路，明知也许再无挽回的可能，可当知道那人依旧守在身后，同生共死，心中竟有种无惧无畏的强大。

顾泽中来不及杀进去，只见远处已是羽箭齐发，不禁肝胆俱裂，嘶吼道："救驾！救驾！众将士随本将军杀过去，保护太子殿下！"

高钺有片刻的愣怔，开始并未看清不远处被围在中间的两人，当箭矢飞出的一瞬间，终是看到了站在皇甫策身后的人。

高钺以为自己的心跳也要停止了，目眦尽裂，怒声喝道："住手！留活口——"

西城门地处偏僻，所有守卫加在一起，不过百人。

帝京兵勇素日多是做些护送守城门的活计，岂能与甘凉城内浴血奋战过的兵勇相提并论。遭遇了明熙与太子，虽有主帅下令放水的嫌疑，可近小半个时辰也不曾将两人拿下，甚至还有些折损，其兵力可见一斑。

顾泽中与高钺几乎同时下的相同的命令，让两方厮杀的人马，都有片刻的愣怔与不知所措。

卢斌与罗平对视一眼，目光都有些疑问。

罗平道："不对啊！这些人胳膊上都系着红巾，可明显不是一路人马，大统领似乎在被那些人压着打啊。"

卢斌心思缜密，观察入微，看了片刻道："有些禁军的翎羽乃黑绸伪造，虽可混淆真伪，可若仔细分辨，区别还是很大的。"

罗平见此，倒吸了一口气："都督！这情形不对啊！若如你所说，你看看大统领还剩下几个人啊！竟是在被那些人围杀！"

卢斌抿唇道："大统领的人骤然遭受伏击，哪里有时间分辨这些！如此深夜，若非他们且杀且退，来到城下火把处，便是我一时半会儿也分不出来！这番的措手不及，自然要遭黑手！可那些黑绸军没有这些顾虑，从开始将敌我分得很清楚！"

罗平急声道："那该如何是好！"

卢斌咬牙道："既然大统领要留活口，咱们就别管太子他们了！杀过去！先救大统领要紧！"

罗平忙道："对对！众将士随我来，营救大统领！"

众兵勇突然转了方向，明熙与皇甫策这边瞬时空了下来。

此时，两人都已是强弩之末，皇甫策喘了口气，回眸看向明熙，因两人都是身着黑色衣衫，倒也看不见彼此身上的伤痕，只是明熙的脸色太过苍白，让皇甫策顾不上身上的伤，只觉心疼得很，伸手将人揽在怀中，半个身子，将人护在后面，眉宇间溢满了焦躁。

明熙望向远处酣战一团的禁军，也有些莫名其妙，可敌我不明，不敢松懈半分，两人竟是只能呆呆地站在原地。

便在此时，城门外突然传来震天的马蹄声与呼和声。

明熙怔了怔，不禁望向城门处，见城内竟有几个人杀了一侧的守卫，在偷偷地开城门，可所有人都穿着禁军的服饰，明熙根本分不清，到底谁是谁的人。

皇甫策自然也将这一幕收入眼底，低声道：“禁军里顾氏经营多年，要用的城门必然留有暗哨，这些人不会轻易被高氏掌控。”

明熙恍然大悟，只觉胳膊疼得厉害，又有些头晕目眩：“太子殿下早知道这里面有内应吗？”

皇甫策低声道：“我虽知道必然有一处城门留有不少暗哨等着开门，但也不知道是哪一处城门，不然何必与你厮杀这半晌？”

明熙将信将疑地瞥了眼皇甫策：“太子殿下总也有道理。”

皇甫策攥住了明熙的一只手，轻声道：“我固然不惜己命，难道还能拿你的性命玩笑不成？”

明熙侧开了眼眸，倒也不窘迫了，只感觉心有余悸，又有些庆幸：“太子此话差矣，该是我固然是不惜己命，也当护得殿下周全。”

皇甫策抿唇一笑：“方才，你可曾害怕？”

明熙回眸：“太子可有害怕？”

皇甫策凤眸微挑：“不过一死，何惧之有？”

明熙忍不住笑了一声：“彼此彼此。”

须臾间，固若金汤的西城门已大大敞开了，大队人马冲了进来，等到明熙看清来人所穿服饰时，不禁轻轻地吐了口气，彻底松懈了下来，也将皇甫策扣在腰间的手，很坚定地拿开。

皇甫策虽有片刻的愣怔，可当望向冲进门最前面的人时，不禁有些了然地挑了挑眉头。

谢放翻身下马，跪下身来：“末将救驾来迟，请殿下责罚。”

皇甫策正欲与明熙诉衷肠，半路又杀出让他堵心月余的谢放来，自然很是不喜。虽有心让谢放跪死算了，可身后尚有三军兵士眼睁睁地看着，当不能让人寒心。

皇甫策唇角含笑，神态很是亲切，亲手将人扶了起来，弹了弹谢放衣襟上的尘土，轻声道：“本宫还没死，不算太迟。”

谢放自然听出了太子殿下话语中的不善，只当太子怪自己救驾来迟，微微一怔，很快回过神来，颔首起身道：“来人！保护好殿下！”

皇甫策再次挑眉：“传个太医过来。”

一个人带着一个背着药箱的童子，匆匆跑了过来。

谢放看向明熙，抓住了她那只不停渗血的手，急声道：“这是伤在了何处，先让军医给你处理一下伤口。”

皇甫策不悦道：“谢将军去忙，这里有本宫处理。”

谢放缓缓地放下明熙的手掌，低声道：“末将去去就回。”

皇甫策蹙眉，凤眸中露出些许懊恼，细细地查看明熙的身上，目光停在了肩窝处，拿起金疮药先撒了上去，“何时受的伤，这会儿只怕不能拔箭，先止了血，等顾泽中收拾了这些人，咱们即刻回宫……”

明熙蹙眉颔首，目光越过皇甫策，望向远处。

谢放所领人马众多，几乎已挤满了西城门前后所有的空地，因一时半会儿，谢放也分不出两拨禁军人马，虽将众人围住，可也不曾进攻。

可不管如何看，高钺已身处劣势，被团团围在了中间，身上也有几处挂了彩，但好在他与残部从另一侧混合了，且战且退，至门口比较空旷的地方。守城门的本就是高氏的人，虽是身处劣势，但在此时也便利大开。

眼见高钺一点点接近城门，此时已退到了离皇甫策与自己相距不远的地方，凭借高钺的手段，明熙已能肯定他能率领残部逃出去。虽然此前还在气恼高钺的叛乱，可此时生死之间，见高钺能逃出去，明熙紧绷的神经还是逐渐地松懈了下来，暗暗松了一口气。

高钺有感远处的注视，抬眼寻去，正对上那双朝思暮想的杏眸，微微愣怔了片刻，这般危急的时刻，脑海中竟清晰地闪过那日两人之间的话语，顿时只觉四体百骸都疼了起来，越发地痛不欲生。

不知有多久了，两人再也不曾这般对视过。不知有多久了，高钺再也不曾得到过这全心全意又专注的目光。她的脸色很是苍白，但望过来的杏眸略显担忧，宛若子夜的瑰宝，璀璨夺目，莹莹如水，又潋滟波光，让人不由自主地深溺其中，不思救赎。

两人相距不远，隔着人潮，对视了片刻。

明熙率先垂下了眼眸，长长的睫毛遮盖了思绪。

高钺突然顿住了逃离的脚步，不肯再朝城门外后退一步，竟是持起长刀，朝明熙的方向冲了过来。明熙感觉到变化，骤然抬眸，不可思议地望向冲过来的高钺。

皇甫策也微微一怔，想也不想上前一步，将人挡了自己身后。

一时间，皇甫策被顾泽中与众侍卫团团护在了中间，可高钺已满身是伤，竟如无知无觉般，领着众人破釜沉舟地朝这边杀了过来。

皇甫策蹙起了眉头，斜眼看向顾泽中，轻声道：“活捉高钺，不可伤他性命。”

顾泽中咧了咧嘴，低声道：“殿下有所不知，殿下的格杀令，便是高钺亲自传下去的。”

皇甫策深吸了一口气：“那又如何！本宫的话，不想重复第二遍。”

顾泽中抿唇道：“殿下放心，此番定叫高钺插翅难飞！”

明明已处于劣势，可高钺一路浴血，越战越勇，竟是快要冲到皇甫策的面前了。他深蓝色的眼眸微动，嘴角溢出一抹浅显的笑意来……

千钧一发间，变故骤生！

高钺执剑的手骤然停顿了下来，笑意凝固在唇角，整个人站在了原地，一切动作突然静止了，深蓝色的眼眸沉了沉。好半晌，才摸了摸腰后，满手鲜血，满眸的不可思议，这才回身望向身后的两人。

徐备缓缓松了手，轻笑了一声：“二郎君有令，不论成败，都让属下送大郎君一程。”

高钺眉宇间尽是冷酷，目光扫过另一个目光闪烁的人，平静道：“高战如此，也不奇怪。卢斌，你乃我一手提拔起来，本统领待你如何？”

卢斌端的是心虚，急忙松了手中的刀柄，低声道：“大统领莫怪，所谓人不为己天诛地灭，属下跟您左右，不过是为了升官发财，哪里值得将身家性命都赔进去？”

“这话是有些道理……”高钺嘴角溢出一抹冷笑，抽剑捅了出去。

卢斌愣怔了片刻，呆呆地看向腹部的长剑，满眸的震惊，直至嘴角溢出鲜血来，尚不能回过神来。

徐备大惊失色，正要抽出高钺腹部的刀，却被人从后面重重地推了一下，趔趄着倒在了一侧。周全终是从震惊中醒悟过来，想也不想就撞开了徐备，手起刀落，将徐备斩杀当场。而后，整个身形护在了高钺身侧，急声道：“大统领！忍一忍！属下带你杀出去！”

罗平缓缓回神，看着血泊中的卢斌，沉声道：“你方才一直阻止我们击杀太子，围而不攻，不是怕大统领怪罪误伤了贺女郎，而是你从一开始就打定了主意，不杀太子，好给自己留一条后路？”

卢斌拽住罗平的手：“阿平！你读书少，不知道这其中的利害关系。陛下与太子才是正统！高统领父子领兵暴乱这是谋反，咱们即便只是帮凶，也要株连宗族！阿平！咱们还带着军医！快叫军医救我！”

罗平微微颔首：“原来你早已被陛下与太子收买了！怪不得你看到烟火时，脸色都变了！是不是那个时候你打定主意要刺杀大统领了！”

卢斌急声道：“阿平！好兄弟，我这是为了咱们大家好啊！烟花冲天时，高氏父子已是功败垂成，我本是想和你一起领个头功！阿平你叫军医救我！你救救我！我不能死啊！我不能死啊！”

罗平平静地从卢斌手中拽出了衣角：“我是读书少，不如你懂得多。可这些时日，我在学堂里明白，滴水之恩，当涌泉相报——你死有余辜。”

祇为恩深便有今

5

高钺站在原地片刻，看了看满手的鲜血，在衣襟上擦了擦，很是坚定地推开搀扶自己的周全，走了一步，踉跄间，后退了半步。

周全眼中含泪，抿唇站在原地，欲再上前搀扶，可还是按照高钺的意思，顿住了脚步。

高钺深吸了口气，好半晌，才再次站定了身形。

一步步地，极坚定地，朝一个方向走去。

腰间的两把刀，扎得那样深，每走一步，都消耗着最后的生命，地上是鲜血凝成的脚印。

这样重的伤势，不管是周全，还是皇甫策，以及明熙，都知道这人已是救不回来了。

高钺以长剑支撑，好半晌才站在了明熙的对面，可两人依旧有些距离。

明熙望着眼前的人，明明上一刻还在怪怨他的狠心与不顾情谊，甚至在被人围住最绝望的时候，还暗恨他的野心与不知足。可此时此刻，这个瞬间，对这个人所有的负面情绪都不见了踪影。那人银白色的盔甲上已布满了鲜血，刀光剑影，也只剩下满眸的猩红。

明熙的脑海似乎闪过许多许多画面，仿佛又是空白一片，眼泪不受控制地落了下来。这不是明熙第一次面对死亡，甘凉城时，也有人在身侧一个个地倒下去过，再也没有起来，可那些人甚至连熟悉都说不上。虽有感触与心惊，但说不出有伤心，更不会像这般让人胆战心惊，甚至不敢深想。

两人相对，一人落泪，一人含笑。

高钺道："未去东宫前，我便下令，让人围住了揽胜宫，你为何没在里面？"

明熙抿着唇，半晌后，开口道："陛下的暗卫将我救了出来。"

高钺笑意更深，低声道："实然，你大可不必蹚这趟浑水，只要好好待在揽胜宫，不管结果如何，都不会被波及的。"

明熙哑声道："为什么？陛下待你不薄，你历来感念先帝的栽培之恩，太子与你又有自小的情谊……阑珊居时，你甚至还要保太子。"

高钺斜眼望向冷冷地站在一侧的皇甫策，又回眸看向明熙："你曾说过，世事哪能尽如人意？这其中牵扯太多，说了你不懂。"

明熙努力地睁开双眼，不让眼泪落下："你不说，我也能想到了。"

高钺蹒跚两步，有些艰难地抬手，擦拭掉明熙眼角的眼泪，可惜手上沾染了太多鲜血，将那张本就不干净的脸，染满了鲜血的印记。

明熙下意识地退了一步，目光对上那双逐渐黯淡的深蓝色的眼眸，宛若做错事的孩童。

高钺垂下眼眸，似乎有些不知所措地缩回了手，单手用长刀支撑着摇摇欲坠的身体。

明熙嘴角动了动，可不知要说什么，也已无法思考。

高钺轻笑了一声，从腰间拽下一串缓佩，残缺的主佩上，点缀着圆润的珍珠、赤红的珊瑚，以及雕刻精美的辅佩。

“自小到大，你时常问我，这半块玉佩如此难看，处处是裂痕。我为何还要用那么多东西做成的一组缓佩，日日佩戴。”

明熙垂着眼，模糊的眼眸，有些看不清高钺手上东西，哑声道：“嗯，这组缓佩，可……真的不好看啊！我曾送你那么多好看的，你为何都不戴。”

高钺眉宇间柔和一片，抿唇浅笑：“又怎么能换掉呢？又怎舍得换掉？这是你母亲与我母亲，给我们定亲时交换的信物。

“虽被摔碎了，可我偷偷捡了回来，将能拼起来的都拼起来。本待来日向你求亲，作为咳咳……信物的，如今，只能提前还给你了。”

明熙颤着手，接过缓佩，轻声道：“既是如此……为何陛下许亲时，你一直不肯应！”

高钺嘴角溢出一抹鲜血，不置可否，轻声笑道：“我一直都待你很好，你可知道？”

明熙攥着缓佩，垂下眼眸，浑身颤抖，缓缓颔首。

高钺满是鲜血的手，拂过明熙鬓角的碎发，轻声道：“我从不曾嫌弃过你半分，你可知道？”

明熙垂着头，强忍的眼泪，终是忍不住落了下来：“现在说这些，又有何用？”

高钺嘴角的笑意凝了凝，可还是勉强地笑了笑：“你就是个傻娘子，一直那么傻，可怎么办才好？我不是不愿娶你，只是不能在事情还不曾……让你因高氏受牵连。

“我本想着，事成后娶你。若事不成，我也不会告诉你，我这些年的心意……可是，可事已至此，我才知道，自己有多么不甘心。不甘心就这样死了……把你交给谁，又都不放心……”

明熙摇头，哑声道：“你不会死，太子说不要伤你性命，你方才明明可以逃出去的……”

高钺笑了笑，轻声道：“你当初同陛下说愿嫁我，可是真心的？”

明熙抬眸望向高钺，泪如雨下：“从小到大，我与你一起时，历来都不用费心，那时我走投无路，起了贪心……”

高钺那双深蓝色的眼眸，掩藏不住的悲伤，终还是抿唇一笑：“我以为陛下逼你，不曾设身处地为你想过，也不知道你已走投无路，若我知道……又怎么舍得……怎么舍得……

“怕你后悔，怕你怨恨，怕得太多……可已追悔莫及了，怎么办？当初要是不曾瞻前顾后多好，带你走，去南朝，去所有你想去的地方，没有了高氏，没有了一切，又能如何？咳咳咳……”

明熙扶住了高钺，望着手中的鲜血。皇甫策冷着脸看向高钺，从一侧拽住了明熙的手腕，将她拖开了半步，自始至终没有说话。

这瞬间，仿佛一切都静寂了下来。

高钺踉跄了一步，用剑支撑着，勉强站稳了身形，强撑道："太子殿下，何必如此。我们不过说说话而已。自你入了阑珊居后，她已许久不曾与我好好说过话了。还记得，你不屑一顾地安歇……"

高钺不及说完，缓缓地朝一侧倒去，可那双眼眸依然望着满脸震惊的明熙。

明熙瞪大的双眸，哑声道："皇甫策救他，快找人救他……"

高钺朝明熙伸了伸手，溢出鲜血的唇角，依旧含着笑："阿熙，每次你说不喜我样貌时，我都特别难过，你知道吗？我也想长成你喜欢的样子……可不管如何，我总是应你的，只要你开心了，我也就不那么难受了……

"阿熙，我死了。你会一直记住我的样子吗？我多想继续对你好，好一辈子，可现在知道这些都不是我想要的，又能如何？你会忘了我吗？

"我们一起长大，一起念书，一起习武，你还偷偷地给我送汤，我……我真的很喜欢那时候……"

高钺似乎已失了说话的力气，口中也已不再有鲜血溢出来，只不过深蓝色的眼眸依然睁着，静静地望着面前的人。

他用尽全力抬起手来，抚上那朝思暮想，喜欢了半生的人的鬓角……

——在这世上，我执戈上刃征战四方，走过许多的路，看过很多的风景，可一直爱着原本的人。

——杀戮半生，从不惧生死，只是怕这一去，来生再也遇不到这样的人了。此生亦然错过，但求来生，可生死轮回，俱有天定，若走得太早，总也怕等不到……

——明熙，你可知道，我心中有多少舍不得……

高钺微微一笑，那抚过鬓角的手，无力地滑落……

明熙凝望着已闭上了眼眸的高钺，脑海一片空白，眼前一片模糊，她只感觉整个人坠入了冰窟，浑身冰冷。就在此时，她感觉有人紧紧抱住了自己，一下下地抚过后背，可依然忍不住瑟瑟发抖。

不知过了多久，明熙缓缓抬起打湿的眼眸，对上了一双担忧的凤眸："皇甫策，阿钺死了……"

皇甫策微微颔首，紧紧地搂住怀中的人："过去了，都过去了……"

明熙双眼有些发直，颤抖着摇头："不，你不知道，他小时候对我有多好……"

皇甫策看着骤然晕厥过去的明熙，急声道："太医呢！快传太医！"

阳春三月，少年坐在校场的角落，埋头忙些什么。

明熙蹦蹦跳跳地过来，少年看见来人，急忙将东西藏在身后。可明熙眼尖，见少年藏东西，急忙道："你藏了什么！为何怕我看见！"

少年最多不过十二三岁，但个头很高，人也很魁梧，五官犹如雕刻，那双深蓝色的眼眸，在阳光下越发明显，虽还很年少，却很是俊美了。

明熙瞪着眼，恐吓道："还不快将东西拿出来！"

少年似乎不善言语，沉默了好半晌，不情愿地开口道："不曾。"

明熙颔首，拉长声音道："不曾吗？那你站起来，让我看看。"

少年当下蹙起眉，好半晌才开口道："今日你下课早了些。"

明熙撇嘴："阿钺，你这话题转得好生硬，换个。"

高钺垂眸又想了片刻，又道："后日我出宫，你有什么要带的吗？"

明熙双眼一亮，歪头笑道："好啊好啊！我想吃烧鹅！"

高钺舒了口气，情不自禁地跟着笑了起来："是洪记的吗？还是洞口的？"

明熙歪着头思索了片刻，骤然蹲下身来，极迅速地从高钺身后抽出藏起来的东西，得意地笑了起来："我想吃红烧闷头鹅，大笨鹅！"

高钺骤然一惊，再想阻拦已有些来不及了："小心些，别伤了自己……"

明熙拿起木剑晃了晃："咦，做给我的吗？"

高钺有些不知所措，却也不否认："等上两日，才能做好。"

明熙爱不释手："你是要教我练剑了吗？！可是……娘不让我学啊。"

高钺听出了明熙话后的失望，不禁轻声安抚道："木剑描了金，上好色。我帮你求情，皇后娘娘不愿让你习剑，也是怕刀剑无眼，误伤了自己。"

明熙一双杏眸顿时闪闪发亮，欣喜道："对呀对呀，有了木剑，我就不会伤到自己了，娘就不会阻拦了！阿钺，你对我可真好！我就没有想到呢！"

高钺不由自主地看向一侧："那后日我出宫，你还吃烧鹅吗？"

明熙咧嘴一笑："好啦好啦，那就不吃你这只闷头鹅了！"

高钺顿时红了耳根，轻斥道："口无遮拦。夫子听了，定会罚你抄书。"

明熙丝毫不惧："这荒郊野外的，夫子哪里会听到，除非你出卖我啊！不过，你也不会那么傻了，反正罚得再多，也是你在抄啊！"

高钺虽听到明熙这般说，不知想到什么忍不住笑了起来："放心，以后再也不会被夫子发现了。"

明熙愣怔了片刻，笑了起来："你已经能写好我的字了吗？"

高钺颔首："九分相仿。"

明熙道："太好了太好了，那快走啦。"

高钺愣了愣："去哪儿？"

明熙理所当然道："回宫啊！以前阿耀还能帮我做些功课，自从他不理我以后，那些功课也没人替我写了呢！现在好了，以后我练剑，你帮我做功课啊。"

高钺顿时蹙起了眉头，轻声斥道："怎可如此？"

明熙当下有些不高兴："你不愿意帮我吗？"

高钺抿唇道："功课该自己写。"

明熙当下冷了脸："我一个娘子识文断字就够了，写那么多策论做甚？每天大家的功课一样，我写那些又没有什么用！"

高钺竟是有些无言以对，好半晌才开口道："那我只帮你写策论。"

明熙顿时眉开眼笑："那就够了！走啦走啦，咱们回宫。"

"你还没有说，烧鹅还吃吗？"

"你买我就吃啦！"

"吃什么味的？"

"有几种味道？"

"四五种，一样买一只，如何？"

"好啊好啊！你对我可真好啊！"

"是、是吗？"

"咱们玩那么好，你以后会一直如此吗？会不会像阿耀翻脸就不认人了？"

"不会。"

"什么？"

"我与他不同，我与大殿下也不熟。"

"也是！那阿钺会一直一直一直对我好咯？"

"嗯。"

"嗯什么嗯！你说个一直对我好一直对我好一直对我好，又能怎样！嗯嗯的，谁知道你在嗯什么？"

"……"

"不说算了！就知道你也是骗我的！我也不要吃什么烧鹅了！我气死算了！"

"阿熙……"

"哼哼。"

"我以后会一直对你好……"

"哼哼哼！这还差不多！"

宁静的帝京，晨雾未散。

上元节已至，这日一早，关闭了半个多月的内城门，终是要开了。

今年正旦，祭祀天地，陛下偕太子同往，比历年都来得更隆重。

当日，祭祀之后，陛下未下神坛，昭告天下。即日起，大雍继续由太子监国，太子的登基大典定在了三月初三。

腊月二十八那夜，皇城内火光冲天，帝京内外兵荒马乱。皇城内近一年的暗潮汹涌，似乎在正旦以后，都已平静了下来。可也是自那以后，内城门关闭了半个月之久。腊月二十八夜后，除了皇家祭祀那日内城门开了片刻，供陛下与太子出行，祭祀完毕后再次关闭了城门。

直至正月十四，城门外才贴出告示，正月十五上元节清晨，开内城门。

内城里的高门大户年节必然储备了许多食物，但接连半个月没有外庄的供奉，只怕所有的储藏也该用尽了。

天不亮，就有一排排送鲜菜活鱼生肉的车，静静地等在了城门外。靠近内城门转角的早点摊，更是坐满了人。

裴达坐在车里等了片刻，焦躁地从马车上跳下来，见一侧的早点摊上正好空出了桌子，蹙眉坐了过去："老丈，来两碗豆花。"

小摊上人人交头接耳，似乎都议论着帝京这半个月的动静。

潘清从后面的马车上跳了下来，低声道："娘子不是派人送信说，等人来接咱们吗？在家等着多好，非要一大早地出门，这城门一时半会儿怕是开不了呢！"

摊主是一对老夫妻，那个满头白发的老叟，端着豆花放在桌上："以前内城门都是天不亮就开了，哪里会等到天光大亮。"

老叟压低声音，又道："昨夜不知又出了何事，兵荒马乱的，这会儿守门的哪有空开门，定是在忙别的。"

潘清伸着头道："忙什么？"

老叟咧嘴一笑，危言耸听道："最近内城不知多少人家换了天日，听说高氏一门都跑了个干净，没跑掉的那些，祭祀回来全砍了！慕容家也被抄了，几位当家的郎君，当夜就被处死了，妇孺也充了官奴！高氏兄弟众多，好歹还跑了些人，可慕容氏的郎君，竟是一个都没有跑出来！"

裴达将一串铜板扔在了桌上，不经意地开口道："老丈从何处得来的消息？"

老叟伸手将铜板揣到衣袖里，一屁股坐在裴达的身侧，压低声音道："你们这段时日入不了内城，可内城当差的也要吃饭哪！最近都是他们在照顾生意，棚子下面，全都是他们的人，说话也不避讳！"

裴达另一侧的农夫饭都不吃了，伸着头问道："那到底出了何事？年前的时候，我可是看见过大队人马都在帝京外啊，气势汹汹的，不知在干什么！"

老叟低声道："小老儿家就在这条胡同里，腊月二十八那夜，内城杀声震天，到处都是大头兵！内城外，就在那边，还有人架着云梯攻城！听说这次是高氏勾结了慕容氏！好似还有王氏的事，王大人未等开印就辞了官！

"啧啧啧！高氏那是太祖时就倚重的臣子啊！慕容氏自陛下登基，权倾朝野了！他们家的家奴走道都是打横的！那王氏更不用说了！没有咱们大雍朝的时候，人家就是顶级的士族门阀了！”

农夫深以为然道：“可不是吗！现在有吃有喝的！也不知道那些人都要干什么，没事造反玩啊！这一下全族都跟着遭了殃，做了官奴，只怕好几代都不能翻身了！”

老叟瞥了眼农夫，嗤道：“想什么呢！瘦死的骆驼比马大！除了慕容氏，高氏男丁都跑了出去，那郡守穆……穆什么也跟着高氏跑了！听说安定城的驻兵都被带空了！王氏也就当家人辞官，怎么都比咱们过得好啊！

“慕容氏那里就更不好说了，听说慕容家贵妃娘娘还好好的在宫中，啥事都没有呢！说不定哪一天把陛下哄高兴了，慕容氏就又翻身了。”

另一桌上的人，嗤笑道：“贵妃那也是陛下的贵妃！等到三月初三，太子登基！咱们陛下就成太上皇了，以后还有这贵妃什么事啊！”

老叟道：“我听那些人说，就是慕容家的贵妃说要废太子，立大皇子！大皇子也是短命的，谁知道年前就去了！虽说儿子和侄子不一样，可架不住咱们陛下活得明白！哪能立幼主啊！将来太子殿下登基，只怕这贵妃的日子也不会好过了！”

裴达若有所思地点了点头：“竟是如此吗？”

老叟摆摆手：“都是道听途说啊！作不了数的！管他们呢！天无二日，反正闹来闹去，都是他们家的人，你们还年轻，没见过太祖杀兄诛弟……”

“老头子！”那老妪急声打断了老叟的话，“有新客，快问问人家吃什么。”

老叟咧嘴一笑：“好嘞！来得早不如来得巧，客官快看，城门这是要开了。”

裴达回眸看向城门处，笑道：“谢谢老丈了。”

潘清小声道：“娘子说城门一开，就有人来接咱们，咱们现在等在这里，只怕要与那些人错过了。师父你身上还有入宫的腰牌吗？要是没有，咱们去了也进不去……”

裴达眯眼望向远处，片刻后，骤然起身，边走边道：“你吃完，押着东西，先去正阳门外等着，我一会儿就回来。”

潘清跟随裴达的目光望去，看见了一道极为窈窕的背影，怔了怔：“师父，那是谁？你认识？”

裴达推开了潘清挡在前面的脑袋：“把东西都看好了，少一样，小心你的狗腿。”

潘清见裴达是小跑了出去，才小声嘟囔道：“不过就是长得漂亮的小娘子，有什么稀奇的，等见了娘子，看我怎么告诉她！”

帝京内城东侧，王氏宅邸。

半个月前的动乱，内城虽有些痕迹，在东街已看不出分毫了。

门房处的宋小楼才送走了两位郎君，和衣躺在了床上，正要小憩，就听见急促的拍门声。虽很是不耐烦，可宋小楼才被从庄子里调入帝京主宅，很是珍惜这得来不易的机会，快速地起身抹了把脸，笑着开了侧门。

很年轻的小娘子，穿着半旧的长裙，衣襟虽整齐，上面却沾满了泥土。虽长得不错，但行容十分狼狈，眉宇间布满了疲惫。

宋小楼见小娘子虽穿着不好，但长相不俗，倒也不愿为难，放缓了语气：“你找谁？”

王雅懿眯眼看了会儿宋小楼，狐疑道：“你是谁？安怀呢？！”

宋小楼见这人的语气神态都极为轻蔑，当下冷了脸，可还是好脾气地解释道：“安怀年纪大了，耳朵不好使，年前去了城外北郊的庄子做事。要是找他，你去那里问问吧！王氏外庄，很好找的。”

王雅懿自然能感受到宋小楼态度上的倨傲，不屑道：“没规矩！竟敢对我如此说话！”

宋小楼上下将人打量个来回，嗤笑了一声：“那你想让我怎么和你说话？这位娘子，你以为你是谁，这可是王氏宅邸！”

王雅懿抬脚就朝里面走，呵斥道：“一个卑贱的看门奴，也配问我名讳！”

宋小楼顿时涨红了脸，堵住了门口，怒道：“哪里来的无知野妇人！说着话就朝人府里闯，没脸没臊的！”

王雅懿嫌恶地避开了宋小楼，冷声喝道：“放肆！我是二娘子！”

宋小楼冷笑：“什么二娘子，到处都是二娘子！这可是帝京王宅！岂是你这乡野村妇乱闯的地方吗！”

王雅懿站在原地，咬牙道：“贱奴！我是府里的二娘子！让我进去！”

宋小楼忍不住笑了起来，拉长声音：“哦？你说你是我们府里的？我们王氏的二娘子？”

王雅懿抬着下巴，哼道：“自然。你府里有几个二娘子？！”

宋小楼伸手将王雅懿扯了回来，重重地推搡一边，恶狠狠地呸了一声：“我们二娘子！不打听打听就骗到这里来了！二娘子去岁腊月就去了！如今坟头上都长草了！

王雅懿微微一怔，当即大怒：“胡说！！”

宋小楼道：“这么大的事！我敢胡说！骗子快滚！不然我就报官了！”

王雅懿满眸的不可置信：“怎么可能！老何家的在不在！你去将老何家的叫出来！”

宋小楼虽为家生子，以前都在城郊的小庄子里，来此也还没有一个月，虽是认识了进进出出跑腿的奴仆和家中的郎君大人，但还不熟悉内宅里的人。宋小楼生来就是王氏家奴，虽一直在外庄，可往日在田间村庄，佃农匠人见了也得喊一声小哥，自然不惧一个行骗的村姑。

宋小楼蹙眉不耐烦道：“不知道！快滚！”

王雅懿又道：“秋槐呢！夫人身边大丫鬟秋槐，你总认识吧！”

宋小楼见王雅懿又想上前纠缠，忙退回门里，嘟囔道：“不认识不认识！”

在两人推搡间，一辆深蓝色的马车，缓缓停在门外。

王安知蹙眉，撩开了马车的帘幕。

宋小楼最是机灵，抬眸看见王安知，双眼一亮，重重地撞开了王雅懿，躬身迎了过去：“四郎君，今日下朝可真早。”

王雅懿退了两步，听闻此言，忙站起身来，朝车边走：“四郎！”

王安知乃王雅懿最小的兄长，比她还大上一岁，可王雅懿自来就很少称呼过王安知兄长，都是随着母亲叫四郎。往日里为此曾被父亲与长兄训斥过，但因王氏护短，王雅懿有恃无恐，王安知又是个不计较的温润性子，也就默认了王雅懿对王安知的称呼。

王安知正欲下车，闻言一惊，急忙望向奔过来的人，眉头皱得更深了，可脚下动作更快了，不等马夫放好车凳，径自跳下了马车，快速朝门内走去。

王雅懿还欲上前，被宋小楼拽住肩膀，拉了一下：“好个村野粗妇，怎如此厚颜无耻，当街就要拉扯我家郎君！”

王雅懿微微一怔，忙改口道：“四阿兄！四阿兄！我是阿雅！”

王安知脚步顿了顿，抿着唇，未回头，可到底还是站定原地，低声道：“我二妹妹得了急病，前些时日就去了。虽不知你从哪里打听到小妹的名讳，可若再当街乱喊，别怪我王氏不客气了！”

王雅懿大惊失色，恶狠狠地推开了宋小楼，拽住了王安知的衣袖：“四阿兄！你为何也这么说！我不是好好的在这儿吗！母亲呢！我要见母亲！”

王敛知蹙着眉头，匆匆下马，听见了动静，抬眸见王安知，急声道：“四弟！礼部那里可有为难你？东宫此番也太过目中无人！陛下今夜上元节放灯，肯定会出来的，我们与父亲商量商量，到时在陛下那里……”

王敛知拦住王安知话说了一半，终是注意到他僵硬的脸色，以及身侧拽着他只露衣裙的人，当下冷了脸：“呵！哪里来的小娘……竟如此不知羞耻，当街拉扯男子！”

王雅懿见王敛知训斥，下意识地缩了缩肩膀，可攥住王安知的衣袖并未放开，怯怯地喊道：“大兄。”

王敛知微微一怔，终是看清了来人是王雅懿，微微一愣后，瞪向宋小楼，怒声斥道：“宋小楼！门口赖着这等人，你眼瞎吗！”

王雅懿抿唇，破罐子破摔道：“大兄！肯定又是你交代了门房拿捏我！我要见母亲！你们让我进去，若不让我进去，我现在就喊人了！”

王敛知脸色更冷，将声音压得极低，咬牙：“母亲！呵！你此时想起母亲来了！也不知道谁将母亲害到生不如死的地步！四弟！愣着做甚！父亲还等着咱们回话呢！”

“你说什么？你说什么生不如死？你说谁害的？我走时母亲还好好的！怎么是我害的？大兄总是将事都推到我身上！”王雅懿将王安知的衣袖攥得更紧，急声道，“四阿兄！大兄历来不喜我！自从……那事后，为了他的嫡女能嫁个好人家，一心想将我除去！四阿兄！你可不能见死不救！”

王敛知冷笑连连，对王安知低声道：“看见没？死性不改，还在血口喷人！我算是知道，我为何自来就看不上她了！这般的性情，这般的恶毒！哪里像咱们家生出来的娘子！又哪里有一点士族娘子的风仪！说是无知狠毒不足为过！”

王雅懿闻言大怒，高声道：“你不让我进门，你还有理了！母亲呢！我要见母亲！母亲若知道你们两个如此对我，定然揭了你们的皮！”

王敛知冷声对随从长寿，冷声喝道：“你们都死了吗！愣着做甚！还不快将这疯妇赶走！”

虽说换了门房与王夫人身边的人，也打死了不少帮王雅懿逃出去的仆从。可王敛知与王安知的随从，都是自小的伴侍，哪有不认识王雅懿的。若当真是陌生人，定然连两个人的身都近不了，何至于王安知那么轻易地就被扯住了衣袖。虽是被王敛知呵斥，长康、长寿面面相觑，一时间谁也不敢动。

天光大亮，晨光驱散了雾霭。

众人的声音虽都刻意压低，但王氏府邸的朱门前是何等的宽阔，这番拉扯，主角又有王氏的两个嫡公子。那些看热闹的人，虽不好围上去，可已有不少人在不远处驻足观看，甚至稍远一些的地方，有些马车也刻意停了下来。

有些车帘撩开了缝隙，或者让车夫仆从，上前一些去旁听，如今这世道，若在街上出点事，尤其是王氏这般的人家，几乎所有人第一反应就是要看看情况。东街往来无白丁，马车里的都不是平头百姓，该是和王氏兄弟一般，刚下朝回来的大臣们。

王敛知蹙眉，担忧地看向王安知，急切的低声道：“四弟！在府门前，你同个小娘子拉拉扯扯的，成什么样子！说不定明日早朝，就有人作伐子了……”

王安知垂下眼眸，遮住了情绪，片刻后，缓而有力地将衣袖从王雅懿的手中扯了出来：“长康，还不快将人撵走。莫不是等我和大郎君亲自动手不成！”

王敛知紧张的神色放松了不少，扶着王安知的肩膀，小声道：“别耽搁了，咱们快些进去吧，只怕父亲等急了！”

王雅懿还欲说话，不等长康长寿动手，却被不知情的门房宋小楼狠狠地推搡在地：“小娼妇！快滚！再不走，乱棍打死你！”

长康与长寿见宋小楼如此积极表现，很是乐见其成，既然有人不认识这人，肯定比他们这些人好做事。

王雅懿咬着唇，不可置信地望着头也不回地进门的王敛知兄弟，眼眸中有水光闪动，欲起身再追过去，可因王氏兄弟的离开，远处围观的人也就少了畏惧，越来越靠前，人也越聚越多，对跌倒在地的王雅懿指指点点的。

长寿、长康见此，不好再出面。

长寿对宋小楼低声道：“她若不死心，你就叫几个门房，将人打出去！悠着点，别真闹出人命来。”

宋小楼本来正怒视着王雅懿，听见此话，忙点头哈腰压低声音道：“两位兄长放心！

我做事你们放心了！绝对不会让人真以为这小娘子和咱们家郎君有什么牵扯的。”

“交给你了。”长寿话毕，与长康对视了一眼，极快速地离开，从侧门进了府。

宋小楼转身，狠狠地给了王雅懿一脚，对围上来的众人喝道：“呸！真不要脸！不知哪里来的疯子！大当街的就敢纠缠我王氏的郎君！也不看看自己的德行！小娼妇！”

驻足观看的人群，听闻此言，不禁哄笑了一声，纷纷毫无顾忌对王雅懿打量上来。

“贱奴！你……”王雅懿被推搡在地，本就极不可思议，又被狠狠踹了一脚，剧痛之下恼恨不已，可接下来这些话，让她的脸色又青又白。

宋小楼对围观的众人笑了笑，朝侧门走，便道：“这位小娘子虽长得齐整，可看起来脑子不那么正常啊！各位让让，我还有差事呢！”

围观的众人，见连宋小楼都跑了，目光肆无忌惮起来，许多人的眼神，也就不如方才那么正气了。王雅懿不管幼年际遇如何，也不过都是后宅的手段，何曾遇见过这光景，一时间竟忘了生气，只朝后缩了缩，垂着头，用手挡住脸，欲起身离开，可却被众人恶意地包围其中，怎么也钻不出去。

此时还敢围在王氏门外的，除了一般的路人，大部分都是被东街的大人们遣来看究竟的长随或是马夫，当然不会惧怕一个无依无靠，被王氏奚落丢弃的小娘子。

“不知是谁家的女儿，看穿着也该是个小户人家的娘子，认出了王家的郎君，想要上去纠缠呢！”

“也不好说，高门大户的郎君，谁身上没些风流债！呵！这小娘子的姿色还不错！怕真是被王氏郎君……也说不得。”

“哎？我来得最早，她好像真不是纠缠郎君……她刚才大喊是这府的二娘子！”

“那我还是王氏的二郎呢！王氏二娘子几个月前就得了病，再也没出过门，年前腊月就去世了！我家娘子与王二娘子可是至交好友，去年还几次让我家那口子来王宅问人呢！”说这话的奴仆，似乎因自家娘子与王二娘子交好，颇以此为荣。

另一个忙道：“年前腊月，我家也收了王氏的讣告，夫人还跟大娘子唏嘘王二娘子命苦！没嫁人就死了，连祖坟都入不了，随便买一处地方下的葬！”

一个马夫打扮的人，看起来很是憨直，不以为意道：“前些时日，我家夫人娘子出门，正好我赶车，亲耳听见我家夫人与娘子说起王氏二娘子！”

“夫人说，这王二娘子自小要强，最后落到这步田地，也是咎由自取！若不是王氏执意与太子殿下退了婚，如今是什么光景，那可能就是未来的皇后！即便死了，有太子殿下的情意在，说不定还能葬进皇陵里！”

王雅懿脸色瞬息万变，斜眼扫了一众人的腰间，捂着脸，寻一空隙，猛地冲了出去，还想朝王氏侧门跑，可被人恶意地挤了一下！再次摔倒在地，众人再次将她围住。

“因王二娘子得病去世的事！腊月里王夫人已经病倒了，病得很重！若不是又是正旦又是上元节，我家夫人早来探望了！”

“对对对，前几日王氏专门请我们府里家医前去，你也知道我家周大夫，最善心悸重症……那王宅也是病急乱投医，宫中的御医都说没救了！”

“看这小娘子长得还齐整，没承想还是个骗子！“

“什么小娘子！虽是梳着娘子的头，看她年纪也不小了！谁知道是不是嫁了人的妇人！”

“世风日下啊！现在的妇人，都能当街拉人了，比翠居的那些个娼妇还大胆！”

“小娘子还有些姿色，若不是不长眼，拉扯了王氏郎君，换成了旁人，只怕这会儿已被人带回府了……嘿嘿嘿！”

王雅懿忍不住落泪，猛地蹿了出来，捂着耳朵，扎着脑袋冲了出去，低着头捂着脸，再也不敢朝王氏大门跑去，脚步一转，朝偏僻的小路跑去……

众人见被王雅懿逃了出去，有些人眼中都有些失望，那些本打算围着不安好心，更是因为周围的人多，不好下手。

裴达眼眸深沉地从人群后侧走了出去，望着王雅懿消失的方向。许久，似是轻叹了一声，转身朝皇城的方向走去……

祗为恩深便有今

6

大雍自建朝以来，上元节这夜就没有宵禁。

傍晚时分，各家各户的门口都挂上了彩灯。不知今年从哪里传来了雕刻冰灯，许多商铺都愿花些银钱，在门前都雕刻上一排冰灯，一来可吸引众人停留，二来也以供正阳门楼上的天潢贵胄欣赏。冰灯虽赶得有些匆忙，但到晚上点上灯光，也显不出粗糙来。

正阳门楼对面，下午时就搭好了四个戏台，夜幕刚降临时，各种杂耍戏班，已轮番上阵，颇有江河锦绣昌盛繁荣之感。

今夜上元节，如往年般烦嚣。帝王家因无皇后的缘故，这几年都是泰宁帝放第一盏河灯，而后才是贵妃与后宫众人，今年却有所不同，第一盏河灯是由陛下偕太子一同放出的——祈求国泰民安，风调雨顺。

夜色动人，放了河灯后，上元节余下庆典均由太子殿下主持。

泰宁帝很是难得闲暇一侧，眉宇间颇有些自得其乐的意思。片刻后，他终是找到了站在偏僻护栏处的明熙，忍不住凑了过去：“在这儿看什么，你怎么不放河灯？”

自第一盏河灯在吉时放出后，护城河道上已布满了河灯。

明熙笑了起来：“风调雨顺，国泰民安已被陛下和太子先求了，我想了又想，除了这些，似乎也就没什么可求的。”

泰宁帝啧啧两句，不以为意地笑了起来：“年纪轻轻的，一副历经沧桑的老成样子！你看下游那些小娘子们，都和你差不多大呢！人家都求乞好姻缘，如意郎。国泰民安，风调雨顺让朕和太子来求，也就够了。”

泰宁帝停顿了片刻，不禁又酸道：“看看这河边花枝招展的，往年朕放河灯时，可没有这般的光景，咱们的太子可真招人呢！”

明熙回眸看向泰宁帝，抿唇一笑：“陛下虽是一把年纪了，可此时看来，年轻时也该是极英俊的人，当初就没有这等光景吗？”

泰宁帝挑眉道：“那……图南关那处，不讲究这些。帝京又都是些见风使舵的人啊！朕当年自觉比太子长得招人，可惜是个闲散的亲王，士族本就见人下菜，再者，也不全是朕身上的问题，我爹的出身……太祖咳咳，也不过是个乡绅。那时士庶泾渭分明……你懂？”

泰宁帝说太祖乃乡绅出身，着实朝脸上贴金。大雍朝无人不知无人不晓，皇甫氏以兵起家，草莽出身。往日里太祖才当政时，陆氏与太祖有所争执，与人醉酒后大骂皇甫氏乃一群目不识丁的兵家子！

兵家子可是极鄙夷的称呼，比贩夫走卒都难听些。

太祖听闻后，气得摔碎了满宫的瓷器，吹胡子瞪眼好些时日，可还是拿陆氏这般的大士族毫无办法，甚至无可反驳。后来不知谁人给太祖出了主意，皇甫氏重写了族谱，愣是将出身改在了南朝某士族的旁支。

虽大家都心知肚明，这不过是太祖的掩耳盗铃，可为人臣子者，谁也不愿将帝王得罪死了，不管私下里如何不以为意，但面上还要摆出原来如此的模样，可谓君臣都是演技派。

明熙抿着唇，极力不笑："懂得懂得……"

明熙这般似笑非笑的安抚，倒是让泰宁帝有些讪讪，下意识地转移了视线："河岸东边，可都是些郎君啊！远处内湖里的画舫里，可都是帝京的士族郎君，不然咱们爷俩去看看？"

明熙莫名其妙地看向泰宁帝："看什么？"

泰宁帝咧嘴一笑："那边有吸引火力的，咱们偷溜街上，肯定不会有人注意的。"

上元节，在大雍朝历来有天下同乐之意，皇室一家在正阳门城楼上的亮相，点上第一盏河灯放出去，然后就要登上现在的高台观看百姓准备了许久的曲目。当然，城墙与护城河相隔的地方都有帷帐，一般的百姓是绝对过不来的。

同样的，帝京的士族与够了品级的臣工，都可携家眷前来，也没有不让女子抛头露面的禁锢。往年接待女眷的都是荣贵妃，今年陛下的后宫，已没了够得上品级的妃子，太子又未婚，只有将先帝的淑太妃请了操持上元节诸事。

未婚又没了婚约的太子殿下，如今可是个香饽饽，士族寒门暗暗较劲，都各有盘算。不说这些，单说太子的样貌就十分惹眼。此时，女眷虽都是有说有笑，可许多小娘子的目光始终不曾离开过太子，更何况还有特意来相看女婿的贵夫人们，自然对太子的样貌气度，是一千一万个喜欢满意。

大雍朝虽十分看重女子的操守和德行，更是没有后世对女子的苛责与墨守成规。爱美之心无须遮拦，不然前番卫玉郎入京，街道就不会被人围得水泄不通了，更不会有看杀卫玠的典故了。

今夜，皇甫策头戴东珠金冠，身着正黄色太子礼服，腰缀华美绶佩。虽面无表情地端坐在高台正中的火光下，可远远看去，当真是芝兰玉树，美不胜收。

一人之下万人之上，又大权在握，即将登基的太子。可到底还是需要笼络朝臣，太子的态度与姿态都不会放得太高，众臣也不会将态度放得很低。若当真是登基之后，想要相互亲近，只怕双方都还要斟酌斟酌。

皇甫策自小就不是心事放在脸上的性情，不管心里有多不耐烦，也会笑得恰到好处，既不会让人感觉太子待人冷清，也不会让人以为太子待人太过亲近。一来二去的，看起来，君臣相得益彰。

"嘿嘿嘿。"泰宁帝对侄子，还是有一定了解，一眼就能看出皇甫策眼角的隐忍与不耐烦，实然已经到了极限了，忍不住幸灾乐祸，笑得十分狡诈不遮拦。

明熙哪能听不出泰宁帝笑声的幸灾乐祸，忍不住轻咳了一声：“陛下何时换下的朝服？”

泰宁帝听闻此言，顿时蹙起眉头：“最近谢放都不曾入宫啊！你说他是不是变卦了？”

明熙挑眉，虽不明白谢放入宫，与换掉朝服有何种关系，但还是好脾气地笑道：“谢放不是不曾入宫，是多次求见陛下未果，被太子着人阻在宫外。”

泰宁帝很明显地一愣：“不可能啊！朕怎么一点消息都没有收到？”

明熙看向别处：“我在揽胜宫中都听闻，谢放曾数次在朝堂上求见陛下，不但被挡了下来，甚至有两次被太子当庭呵斥。”

泰宁帝坐正了身形，怒道：“有这等事！太子挡着谢放做甚？！当真是无法无天了！朕还在位，他竟是要只手遮天了吗！反了他！”

明熙道：“陛下所言极是。”

“谢氏是何等的人家！如今连王氏都要避其锋芒，岂能是说训斥就训斥……”泰宁帝话说到一半，想起自己虽与谢氏不亲近，可皇甫策的母家却是谢氏，忙改口道，“咳，那谢放可是他的亲表兄，岂能如此无礼！”

明熙深以为然：“何止是无礼，听闻谢楠大人为帮太子出气，当堂踹了谢放一脚，斥责谢放打扰陛下清修！”

泰宁帝气乐了：“谢氏这群……无耻之徒！什么顶级世家！什么门阀士族！都是流氓！这是摆明了要架空朕，不把朕放在眼里！”

明熙看了泰宁帝一眼，撇嘴道：“陛下窃喜太子有谢氏帮衬，不过半月就收服了朝廷，现在又装愤愤不平，受尽委屈的模样，也不嫌累？何况陛下之演技，与太子相比，当真拙劣了许多。”

泰宁帝挑眉：“朕自然比不过那小子的油滑！那时，朕不肯将你与谢放的事早早定下，也是朕到底有些不情愿便宜谢氏，说到底还是太子他们家的人。年节都过完了，你也一点都不着急，又是怎么想的？若谢楠真不愿的话，谢放肯定拧不过家中。婚姻大事，说来说去，还是父母之命。”

明熙道：“船到桥头自然直，陛下何必为还没有发生的事，杞人忧天？”

泰宁帝撇嘴：“朕得先把话撂出来，不管你怎么想，谢氏若不愿，朕可就更不愿了。如今世人最看重的依然还是出身，朕的门户之见也颇深，没有谢氏宗族，谢放还是什么谢四郎？若谢四郎为这亲事和家中闹翻了，或他家中人执意不肯让他娶你，朕还不乐意呢！”

明熙笑道：“陛下忧心的怎么也都是外在？愿意如何，不愿又如何？前朝晋城公主曾在帝京北郊建一道观，蓄养面首，逍遥一生，我为何非要嫁人？”

泰宁帝瞪着眼：“哎，那怎么一样？！晋城公主是驸马都尉早丧，前有父皇奉帝的宠爱，后有胞弟启帝的护佑，才能逍遥自在地过了一生。若将来你那相公，如晋城公主的驸马都尉一般早丧，尚可……咳咳咳，什么乱七八糟的！

“总之，你犹如朕的女儿一般。谢放是什么，一个庶子！即便是个士族出身，哪里能配得上你？虽说这亲事，朕一万个不愿，也架不住你愿意。不过，若你也不愿意，朕也还能在帝京里再给挑选几个士族嫡子。如今朕也闲得很，不若将几家适龄的郎君都叫入宫中，开个花会，朕也好好看看人品。”

韩耀抄着手走了过来，抿唇一笑，温声道：“陛下，这怕是不合适。帝京风俗，相看女婿都是私下来，省得坏了娘子的名声。只闻适龄的郎君开个花茶会相看媳妇儿的，可从未见过大张旗鼓相看女婿的。”

“大雍现如今还是朕的，朕想挑个好点的女婿都不成？你若想换娘子，朕可择日给你也开个花茶会，各家娘子都来走上一圈，也好相看相看。虽说你寒门出身，架不住韩大人如今正受太子殿下的宠爱，多是士族想将庶女嫁给你！”泰宁帝虽是十分不耐烦地白了韩耀一眼，可不知为何对待韩耀的态度也好了不少，也不像以前那般，见人就驱赶的地步了。

韩耀轻声道：“多谢陛下关心，如今内子还在，臣可不敢出去胡乱招惹。”

泰宁帝笑道：“什么内子，她现在连你都不认识了，你还指望能治好她不成？”

明熙蹙眉道：“慕容芙还没好吗？太医如何说？”

韩耀嘴角的笑意凝了凝：“太医和城中的大夫说得一样，受惊过度，需要好好休养，以后再看。”

泰宁帝难得地对韩耀语重心长道：“朕倒是特意问了太医。疯癫狂躁，哪里是能治好的。不是朕要棒打鸳鸯，太医还说，有了这般疯病的妇人，所出子嗣大概也会如此。”

明熙愣了愣：“如此严重吗？当初不就是在侧殿关了一夜吗？何至于……”

韩耀看着明熙摇头，轻声道：“该不是关那一夜的事，往日里也有些征兆，我只当她是脾气不好。”

泰宁帝沉默了片刻：“慕容氏确实有这般的病根，荣贵妃有个姑姑就是为此被休回家中的。当年荣贵妃还有个幼弟，三五岁时，被骤然掉落的花瓶惊吓了，懂事时就疯疯癫癫的，十岁左右跌入井里溺死了。”

韩耀微微颔首，若有所思道：“竟是如此吗？我以为虽有预兆，可到底还是那夜惊吓太过所致……”

泰宁帝道：“太医同你自然不会直言，朕问起来，也不敢隐瞒。慕容氏图谋造反非一日两日，你那夫人一直帮贵妃通风报信，早已知情。那么长时间，一个贵族的娘子做这些事，难免担惊受怕。到了那夜又不曾成功，怕是心理承受到了极致，一溃千里。”

明熙了解韩耀所虑，轻声安慰道：“你虽瞒着她帮了陛下，可她何尝不是瞒着你为家中做事？她如今这般，乃慕容氏野心太过所致，非你的过错。”

泰宁帝若有所思：“你还年轻，深受你那殿下重用，这个岁数又还不曾有子嗣，若她不治，你大可休妻。慕容氏在时，她若是如此，你尚理直气壮，何况慕容氏都没了。若心中过意不去，可专门将她安置起来，照顾一生，也不算亏待了。

“有个罪妇的正妻，本就对你的仕途百害无一利，何况她疯癫到六亲不认，总不能让妾室操持后宅。万一诞下的嫡子也是如此……再者，妾室管理后宅也不能够。你看安定城穆氏就是活生生的例子，穆长白逃过一劫，跟着高氏跑了。不然，不说谋反这事，光治家不严这一条，朕也不会轻饶了他！”

这般的私事，泰宁帝都可拿来说嘴教训，明熙也不好插话，唯有垂眸看向茶盏。片刻间，三人都没了言语，气氛显得有些诡异地安静。

不知过了多久，韩耀斜眼轻声道：“陛下所言，句句在理。韩耀迎娶慕容氏时，韩氏不堪般配慕容氏。当初慕容芙不曾嫌半分，如今她遭逢剧变又重病缠身，我若休妻，只怕这一生愧疚。仕途之上，太子殿下不会在意这些，子嗣之事，家中兄弟众多，过些年再过继子侄于膝下便是。”

明熙见泰宁帝还欲开口规劝，私下拽了拽泰宁帝的衣袖，低声道：“韩大人所言极是，嫁娶乃一生一世的事，何能为外因，毁了夫妻盟誓。慕容氏已是如此，陛下尚不曾将贵妃娘娘关入冷宫，何必规劝别人生离？”

泰宁帝沉默了片刻，轻叹一声正欲开口，见裴达无声地走来，挑眉道：“六福不是找你说话吗？怎么这一会儿就回来了？”

裴达笑了一声：“回陛下，奴婢有事找娘子。”

泰宁帝笑道：“上元灯会，多是儿女情长，这会儿你能有什么重要的事？”

裴达的笑意当即僵硬在唇角，干笑了两声：“呵呵呵……”

泰宁帝挑眉：“别藏了，也是宫里的老人了，何为欺君之罪，你不知道吗？来，上前同朕说说，谁找你家娘子有事？”

裴达掩唇轻咳，嘟囔了半晌，开口道：“谢大将军有言，素水东桥畔，不见不散。”

泰宁帝挑眉，瞥了眼明熙，对裴达道：“谢放说能带家长吗？”

裴达咳了半晌，讷讷不语，求助地看向明熙。

明熙深深地看了泰宁帝一眼：“我有事与谢放商议，陛下要旁听吗？”

“自然——”泰宁帝见明熙变了眼神，改口道，“如朕这般的大家长，自然是不会去的。”

天色已晚，上元节的东街三五步就有一排花灯，将整个东街打照得犹如白昼。

各个府邸宅院的后街，自然也是各家的产业，大多住的都是成了家的奴婢，王宅后宅角门，以供奴婢进出的宅院，也开在一个极偏僻的小巷。

今夜上元节，天色虽不早了，但王氏家中依旧热闹。

往年也是如此，除去正阳门伴驾的郎君们，女眷与幼童，都不会早早歇息。今年王氏在高氏与慕容氏的事中，受了些波及，但好在不曾被牵连其中。

王纶甚至不等开印就已上奏致仕，虽是不曾批复，但次日就有人顶替了王纶的职位，虽有个代字，可明眼人都知道，王氏这是受了嫌弃。自然，王氏虽是在朝为官者众，可家中现如今唯一能有伴驾资格的就只剩王敛知了。王安知职位太低，不光今年，往年也是没有机会去正阳门的。今年的上元节因家中人众多，自然也就比往年更热闹了。

此时，王氏后巷的角门打开，正是忙碌的时候，下等奴仆也在此进出。

王雅懿在巷子后面，躲了一天，虽是饥肠辘辘，可也等到天黑许久，才敢冒出头来。走至角门，便看见一道熟悉的身影，急声道："小颖……"

"砰！"小丫鬟微微一怔，待看清来人，眼疾手快，极迅速地关上了角门，顺手就落了锁头。

王雅懿站在角门处微微一怔，随即大怒："开门！快开门！小颖！你寻死吗！看不见我是谁吗！贱婢！信不信我进去，让人乱杖打死你！"

小颖听闻此言，背对着角门，吓得哆嗦，咬着唇站了片刻，转身朝前院跑去。

王雅懿拍得双手红肿，也不见里面有声音，终是缓缓地蹲下身来，抱着膝头，低声地啜泣了起来。不知过了多久，小木门骤然从里面拉开了。

王雅懿正靠着门房伤心，猝不及防地趔趄了一下。

来人正是大少奶奶陆氏的陪嫁邹嬷嬷，王雅懿双眼红肿，满脸是泪，看见来人时，忙用衣袖擦干净脸，很是傲气地挑了挑眉头，瞥了眼邹氏。

邹嬷嬷站在门内一会儿，居高临下，将人打量了好几个来回，仰着下巴冷笑了一声："谁家的小娘子，竟是如此不知礼，大正月的在人家门口恸哭？"

"邹氏！你敢对我无礼！"王雅懿历来与大嫂王陆氏不对盘，自然也从没有拿正眼看过王陆氏的乳母历邹氏。

邹氏乃士族出身的世奴，姿态与傲气，自然比一般的奴婢更高。她扫了一眼王雅懿，不以为意地笑了一声："呵！不过是个乡野村姑，对你无礼又能怎样？"

王雅懿骤然站起身来，怒视着："邹氏！你这个刁奴！若我母亲知道你如此待我！即便有陆氏给你撑腰，也能让你脱一层皮下来！"

邹氏眼角微眯："说得也是。天无二日，宅无二主。若老夫人好好的，我们这些子人，哪敢四处晃荡。如今我们大奶奶能得了管家权，还得谢谢那差点将母亲害死的人。若不是她有心暗算自己的母亲，老夫人哪里能气急攻心，卧病在床？"

王雅懿眼眸微动，硬声道："胡说！我母亲身体好着呢！即便病了，也肯定有大好的一日！邹氏！你敢诅咒当家主母！待我进去一定让人剥了你的皮！"

邹氏冷笑不语，许久许久，嘲讽道："凭现在的你？"

王雅懿心里也有些没底，虚张声势道："我好歹是父亲母亲的嫡女，即便落魄，也不是你个奴婢能奚落的！我就不信，父亲母亲若知道你那么待我，你不会有好下场！"

邹氏皱了皱眉头，眯眼冷笑："来人！将这个疯子，乱棍打出去！"

在门后待命许久的粗妇，手拿棍棒，气势汹汹地冲了出来。这些人都是三等的婆子，平日里哪里有机会见王雅懿的真容，自然没有邹氏心中的忐忑与畏惧。

王雅懿还未看清众人，已感到身上传来的剧痛，不禁尖叫一声。

“住手！”王安知闻讯匆匆赶来，正好看见了这一幕。虽是恼恨王雅懿，可还是被这些奴婢气得浑身发抖。他眯眼看向邹氏，素日温软的眼神已十分冰冷，“放肆！”

王雅懿抱着头，蹲在地，听见这一声，脸上露出了几分喜色，委屈道：“四阿兄……”

王安知瞥了眼王雅懿，瞪着邹氏道：“滚！自己向大奶奶请罪去！”

邹氏顺眉敛目，点头连连：“奴婢这就去。”

王安知见众人散去，对身后的长康和两个小厮低声道：“看好四周。”

“四郎君放心，这会儿天色晚了，不会有人的。”长康话毕，可也指挥身后的人守好巷口，自己抱着个包袱，站在了不远处。

王雅懿蹲在原地，怯怯地站起身来，未语先落下眼泪，满怀委屈地开口道：“四阿兄，你让我进去吧……”

王安知虽知这妹子骄纵，但他自来孝顺王氏，很是心疼妹子。如今见此，又怎能不伤心，可一想到还躺在床上的母亲，眼神里的触动也淡了不少：“叫四郎君。”

王雅懿怔了怔：“四阿兄，你也看见了！那些刁奴，竟敢如此待我！四阿兄，我是不该任性离家，可我也是想着能有个依靠……哪里想到竟是被人骗了！卫氏不安好心，暗算于我！本来我早想回家了，谁知道后来就锁了城门，直至今日才……”

“住口！你怎么不问问母亲如何了！”王安知斜眼对上王雅懿满是受惊的眼眸，暴怒的情绪压了压，低声道，“若不是你骗了母亲，逃出家门，母亲哪里会卧病在床，如今你在外受挫又想回家，将所有过错推给卫氏与洪家……”

王雅懿急声道：“本来就是卫氏与洪家做的局，四阿兄你要帮我报仇！那卫氏狼子野心，最有图谋……”

王安知怒斥道：“死不悔改！到如今还不知错吗！”

王雅懿怯生生地看了眼暴怒的王安知，轻声道：“四阿兄，你为何要生我的气？”

王安知闭了闭眼，失望道：“是我苛求了，也许大兄说得对，你性子就是如此。”

王雅懿再次道：“大兄自来看不上我，总也吹毛求疵。他如此刻薄，凭甚就能成为我王氏当家的嫡长子！四阿兄母亲真的病了吗？严重吗？我走时还好好的，这才多久，怎么就病了呢？母亲病了，我该怎么办啊？”

王安知抖着唇，好半晌，开口道：“叫我四郎君，我二妹王雅懿，漏液急病去了，讣告年前腊月已出，今生今世都不可能回来了。”

王雅懿愣了愣，尖叫道：“四阿兄，你在胡说什么！我是王氏二娘子，我好好地在此！是不是大嫂那个贱妇挑唆你了？她为自己的女儿，早想将我赶出门去了，不然大兄为何不喜欢我！”

王安知闭了闭眼眸，轻声道：“以后别再回来了，母亲只怕好不了了，讣告是父亲做主发的，与兄嫂无关。”

王雅懿大惊失色："什么？！父亲怎能如此！即便再不喜欢，也不该不认我！是太子吗？！父亲是怕得罪太子吗！我可以去求皇甫策，他不是马上就要登基了吗！他对我是有旧情的，只要我肯放下身段，他必然回心转意的！"

王安知深深地看了王雅懿片刻，轻声道："王氏二娘子已经去了，你用何等身份面见太子？"

"我就是王氏的嫡出娘子啊！除不除族，也不是父亲张张嘴的事……"王雅懿虽是如此说，实然心里半分底气都没有。若她不曾做出败坏王氏名誉的事，即便身为王氏族长的父亲也不能张嘴就将她除族。

当初王雅懿还在家中的时候，族中已有不少人上门，商议处置王雅懿，不过是被王夫人一力挡了下来。当时王氏父子虽颇有微词，因有王夫人坐镇也是无果。

王安知轻声重复道："你不是被除族了，王氏二娘子已得急病去世了。还有，母亲只怕好不了了，你懂吗？"

王雅懿心乱如麻，急声道："什么去世了，我不是好好地在这里吗！母亲怎么就不好了！母亲若不在了，谁还会帮我！四阿兄！你平日对我最好了！你要救我！你一定要救救我啊！你知道，若是父亲的意思，大姊历来最势利，她肯定不会救我的！剩下的几位阿兄与我几乎都没怎么见过！

"四阿兄，你得救我啊！你去求求父亲……不，你让我进去求求父亲吧！这怎么能够啊！我是王氏二娘子啊！我是父亲母亲亲生的嫡娘子啊！你们……你们怎么能这样啊！"

王安知推开了王雅懿的手："阿雅，母亲不是不在了，只是病了。"

王雅懿忙道："母亲何时能痊愈？"

王安知摇头苦笑："也许我不该出来亲自见你，最少我们兄妹间还能留下些……阿雅，你可真会让人失望啊……"

王雅懿愣怔当场："四阿兄……你、你也见死不救吗？"

王安知接过长康递过来的包袱，冷声道："这里的房契，是安定城锡山村的，原本就是母亲给你的，宅院虽不大，足够你一个人住了。一千两你拿去生活，以后再见，你休要再叫阿兄，只作不识。"

王雅懿有些发怔地望着那包袱，不肯接，讷讷道："四阿兄，你怎能如此狠心，我是被人骗了啊！那些人勾结一起，报复我们……"

王安知将包袱放在了王雅懿怀中，似是十分疲惫，有气无力道："长康，你让东顺、西平送这位小娘子回乡吧。"

王雅懿呆呆地抱着那装满银锭的包袱，不及反应，已见王安知闪身入了角门。片刻间，那角门已被紧紧地关上……

王雅懿望着那紧闭的角门，许久许久，不由自主地落下泪来，喃喃道："四阿兄，你怎能也如此狠心，我被人骗了啊……"

长康不愤道：“狠心？郎君每月俸禄都要交予公中，虽是各房都有份例，不过也是维持，哪有富余！我家郎君最是端方，没有体己，一千两已是不小一笔银钱了，这可是从四奶奶那里要来的嫁妆！我家郎君什么性子你还不知道吗，能为你张嘴找四奶奶要钱，可见已是极心疼你的了……”

王雅懿仿佛不曾听见长康的话，喃喃道：“我是王氏二娘子，嫡出的二娘子！！你们怎可以如此！母亲，在不在？你们这些人，当初丢下我一走了之，亏欠我良多，如今怎能如此对我……怎能如此待我？！

“你们出来！你们出来啊！！给我说清楚！狼心狗肺的东西！没有我在家中侍奉祖母，哪里来你们在外面的逍遥自在！让母亲来见我！！”王雅懿疯了般地砸着角门，发疯般地尖叫着。

长康斜眼望向巷口，低声对王雅懿道：“四郎君慈悲，给你送些东西来，若是惊动了大郎君，你以为这些东西你还能带走吗？！”

王雅懿重重地将包袱砸了长康一头一脸，恶狠狠地骂道：“呸！狗奴才！你也配和我说话！”

长康被银锭砸得头晕目眩，又见银锭掉落了一地，心头火起，拽住王雅懿的头发，不顾她的尖叫连连，就朝巷口的马车走去，将人扔给了西平：“扔进去！捆好！堵住嘴！趁着城门还没有关，立即出城去！”

东顺捡起了银两，包好递给了长康，有些为难地开口道：“她这般的凶狠，我怕路上制不住她……”

长康将银两的包袱扔进了车里，对着车窗道：“这些好歹是四郎君的心意，小娘子收不收都随心，若执意不要，下车时留在马车里就是。”

西平长了心眼，小声道：“万一她再回帝京，又该如何？”

长康咬牙小声道：“你们只管将人送出城去，剩下的别管了！长寿已说了，大郎君既然得了她的行踪，断不会让她还有机会入帝京。四郎君心善，要送她去安定城郊外庄子，大郎君的意思是将她直接塞入念平庵去。”

念平庵虽是尼姑庵，历来是帝京朱户内宅犯了事，又无娘家依靠的妇人的囚禁之地，一旦进去，是疯是病，今生今世都不可能再出来了。听闻太祖时有个颇为受宠的妃子，因犯了事被送了进去。没多久，太祖后悔了，招人回来的时候，那妃子已疯疯癫癫，人都识不清了。

王雅懿没了王氏嫡次女的身份，实然王氏将人送进念平庵也不合适，即便是送也不能作为王氏娘子送进去。可王氏也不曾狠心到直接将人勒死，也只有送出帝京，让她不能回来，听之任之了。

长康叹息一声：“快走吧！省得夜长梦多……”

东顺扬起了马鞭：“兄长快回去开解开解四郎君吧，咱们郎君心善这会儿指不定多难受呢！这事交给我们兄弟两个，你就放心吧！”

长康长出了一口气，摇头道：“你们也要快去快回，郎君这两日定然会等着消息的。”

东顺点了点头，驱动马车：“我们办事，兄长放心。”

西平回眸对长康摆了摆手：“兄长快去看看四郎君吧。”

马车缓缓离了小巷，走到了街道上，可马车内还是时不时传来“咚咚咚”的撞击声。西平与东顺坐在车架上，对视一眼，齐看了车厢一眼，不约而同地长叹了口气……

祇为恩深便有今

7

素水湖乃帝京唯一的内城湖，位于南城打铜巷。

东侧一面全是店铺，多为铁匠铺，西侧便是素水湖畔，为上元与七夕最为热闹的地方，帝京出名的佳会之所。

谢放今日褪去了战袍，做了帝京最常见的贵公子的装扮。

长发松散，一支木簪很是随意地固定了发髻。白色阔袖长袍，腰束银线八宝带，腰间缀着两挂琳琅绶佩，手持当下时兴的檀木洒金纸扇，端的是君子如玉，如琢如磨。

明熙远远便见一人站在素水东桥畔，可不敢贸然前去相认，不得不又走近了一些。谢放有感有人走近，回眸望去，四目相对间，露出个笑脸来。

明熙双眼微亮，舒了一口气："差点都要认不出将军来了。"

谢放情不自禁跟着笑了起来，很是爽朗地开口道："都云女为悦己者容，男子亦然，今日我当如何？"

明熙将人打量个来回，忍不住笑道："将军不知上了谁的当，方才走来，似乎满帝京的贵公子都做了这身装扮，那折扇也是满街人手一把，当真风流倜傥得千篇一律。"

谢放当下抿了唇，咬牙："臭小子……"

明熙不解道："将军说什么？"

谢放也不好再装，拉着阔袖，将折扇别在了腰上："你在正阳门放河灯了吗？不若咱们去岸边买盏河灯许个愿？"

明熙道："河灯年年如此，当初我年年祈愿，也不曾见实现一次，如今早已不是幼童了，哪里会特意用这些求心愿？"

谢放深以为然："也是，事在人为，有时拜诸天神佛，也不见得有努力争取来得有用。"

明熙抿唇一笑，又道："大将军又想岔了。世人也道心诚则灵，虽说事在人为，可万事都有些运道在里面，若无运气加身，怕是成事也会有些艰难。"

谢放抿了抿唇，忍着笑意："总之，不管本将军如何奉承，贺女郎总也有理。"

明熙见谢放的目光游移不定，恍然大悟："为何不曾在正阳门处见到大将军？即便不论功绩，按品级来说，今夜正阳门宴所，也该有大将军的一席之地。"

谢放当下冷了脸："家中已到伴驾品级的兄弟众多，父亲说我前番救驾已露了大脸，此番让太子殿下见见别的兄弟，只让我在家赏月。"

明熙愣了半晌，不禁扑哧一笑："谢大人以为今天是八月十五吗？在家赏月？说起来，在漠北时，我可是听说，你素日很得谢楠大人青眼，怎么此番回来就惹了人眼？"

谢放抿唇道："那还要多谢太子殿下从中作梗。"

谢放话毕就有些后悔，看向缓缓垂下眼眸的明熙又道："左右无事，咱们也四处看看灯如何？"

明熙笑了起来："我知道一个茶楼，有些特色，这般好的夜色，咱们同去喝杯茶如何？"

谢放也嫌街上人多杂乱，不好说话，忙笑道："正有此意。"

与此同时，正阳门处，当今太子殿下忙乱了一阵，好不容易得了清闲，目光不经意地扫过一个方向。西侧角落，方才凑在一起有说有笑的三人，如今一个人影也不见了，皇甫策几乎是下意识地挑了挑眉头，寻找了起来。

韩耀走近，将皇甫策的神态收入眼眸，轻声道："殿下在找谁？"

皇甫策回眸，淡淡地撇了韩耀一眼："随意看看。"

韩耀点头一笑："若殿下无事，臣家中还有些庶务……"

皇甫策不等韩耀话毕，开口道："你爹正乐不思蜀，你家能有何等庶务，需要爱卿亲自料理？"

韩耀顺着皇甫策目光看过去，韩奕与谢楠不知说些什么，两人的神情颇有几分默契："谢大人倒是越来越平易近人了。"

以韩氏之出身，韩奕能得谢楠平辈相交，当众窃窃私语，在此时依旧算是纡尊降贵了。

皇甫策瞥了眼韩耀，宛若不经意地开口道："你方才同陛下说了些什么？这会儿怎么就剩下了你一个？"

这处正是个高台，该寒暄的都已寒暄了一圈。此时，皇甫策与韩耀这个近臣说话，自然也没人特意去打扰，且左右侧有宫侍守着，前后又空旷，倒也是个难得能说私话的好地方。

韩耀抬眸眺望夜空："今夜城内灯火通明，月色星光显得暗淡了不少。"

皇甫策端起了茶盏，挑眉道："可是有什么不好说的？"

韩耀斜眼道："臣只是在想，殿下是想知道第一个问题，还是第二个问题？若是第一个问题，那就说来话长了……"

皇甫策重重地将茶盏放在了桌上，宛若不经意地开口道："跳过说来话长。"

韩耀恍然大悟："谢放将贺女郎叫走了，陛下不放心，带着左右跟了上去。"

皇甫策微微眯眼："去了何处？"

韩耀道："有一会儿了，这会儿也该不在那处了。不过，即便殿下知道了又如何？您也脱不开身，若派人跟随，陛下身侧还跟着几个好手，若被陛下的人发现有暗卫跟踪，只怕难免猜出殿下的心思。有些事不怕不水到渠成，可就怕从中作梗，何况陛下又是贺女郎极亲近的人。"

皇甫策眉宇间尽是冷凝，扭头望向不远处，沉默了下来。

韩耀顺着皇甫策的目光看去，轻声细语道："殿下前番特意恢复了贺大人的官职，贺女郎虽嘴上不说，但心中该是十分感念殿下的。可贺女郎既然已自出宗族，只怕婚姻大事，贺大人也插不上手了，陛下手中的主动权反而更多。至少，今夜众人面前，贺女郎与贺大人甚至连个基本的招呼都没有打过。"

皇甫策端起茶盏，抿了一口："坐下说。"

韩耀道："殿下虽为陛下亲侄，可远不及贺女郎亲近。陛下眼中的好女婿，也绝不会是殿下这般的。莫说今夜看起来贺女郎似乎无心殿下，即便贺女郎有心殿下，陛下也会不赞成。"

"贺明熙救驾有功，皇叔翻来覆去地提起，难道不是为了以身相许吗？"皇甫策沉默了半晌，又道，"本宫难道还比不上这帝京大士族的儿郎？若你有女儿，难道不想她留在身侧，嫁得尊贵，也能得享尊贵吗？"

韩耀了然地颔首，却笑了起来："虽不知殿下为何如此笃定，可臣有感，贺女郎该是不愿留在帝京……"

皇甫策道："有话直说，本宫恕你无罪。"

韩耀沉默了片刻，等来了皇甫策的保证，不禁再次颔首一笑："众人所求，皆有不同。若臣有女儿，必然不求尊贵尊荣，但求一心一意。臣有幸自幼入宫，伴殿下左右，得见后宫弱肉强食，捧高踩低，比比皆是。臣之家世、人脉，都不足以支撑女儿在宫中安逸生活。是好是坏，全赖夫君给予的宠爱，可自古以来，都云色衰而爱弛，我若能选择自己给予女儿一切，为何要将她交给一个陌生人？"

皇甫策嗤笑："皇叔又不是你，他该是不会顾虑这些。"

韩耀道："三月初三，即为殿下登基大典，陛下也就成了太上皇。自然，太上皇若是愿意，也可用孝道挟制殿下，可陛下显见不是那么勤快的人，自然不愿再为任何事费心。将人交给殿下，还要时时念叨，常常用心，但是嫁给别人却是不用，只要太上皇还在一日，殿下即便想要纳美，还要看看太上皇高兴与否。"

皇甫策道："本宫在你们眼中，如此靠不住？"

韩耀摇头："非是殿下靠不住，实然是从古至今，哪家的帝后一生一世一对人或是一心一意过一生？"

韩耀等了片刻，见皇甫策不曾开口，不禁又道："世人都知强扭的瓜不甜，若她实在不愿，殿下不若成人之美，将人放回漠北。"

皇甫策挑眉，看向韩耀，冷声道："你让本宫成全她与谢放？"

韩耀往日最会看皇甫策脸色，又对他的性情极了解。若放在往日，或是别的事上，韩耀肯定闭口不言，或是会将话说得婉转些。自小侍奉的主君，为臣之道，早已成了本能，哪能刻意地找不自在。

韩耀沉默了片刻，垂下眼眸，轻声道：“殿下若心中不愿，也不必成全谁。可我们都是自小相识，谁都知道谁的脾性。她那般的性格，将来入宫，又怎会开心，惠宣皇后当初又何尝真的开心过……”

皇甫策瞥了眼韩耀：“你能笃定本宫不会一心一意，她肯定不开心？”

韩耀道：“殿下今时不比往日，正妃之位不知多少士族觊觎。贺氏出身虽还勉强，可贺女郎身为贺氏嫡长女时，般配一般皇子尚可，与殿下相比，尚有不足。殿下可不光出身皇甫氏，也是谢氏外子，可谓身份贵重，但若为妃嫔，贺女郎定然宁死不从。”

皇甫策淡淡地开口道：“本宫许她后位，会有人敢阻拦不成？”

韩耀眉宇间并无触动，又道：“殿下，皇后固然尊荣，可贺女郎那般的脾气，怎能容人，又怎能母仪天下？往后岁月，殿下后宫之中，少不得进无数个美人。一日日的，总会将两人的情意磨尽的，殿下难道就不怕惠宣皇后与先帝之事重演吗？”

皇甫策抿了抿唇：“陛下与她，让你来敲打本宫？”

韩耀摇头道：“陛下自始至终都不曾将殿下作为女婿人选，她该没有这般的妄念。我同她私交如何，殿下该是知道的。自许久之前，她若遇见难事，就怕会被我看了笑话，瞒都瞒不住，更不会特意对我说。”

皇甫策道：“那你还为她说情？”

韩耀道：“方才我们三人说起了慕容氏。贺女郎对陛下说，嫁娶本就是一生一世一双人之事，何能让外因毁了夫妻间的盟誓。”

皇甫策缓缓垂眸，深吸了一口气，许久许久：“高氏那边可有消息？”

韩耀见皇甫策不欲再谈此事，自然不会深问下去，轻声道：“高战暗算了高钺，本想一劳永逸，可他怕是不曾想过周全能率残部逃出去，也就被周全抓住了把柄。”

皇甫策抿唇道：“高战虽继承了高林的长袖善舞，可着实没有继承到领军的天赋，徐备已死，高战以为周全对高钺的死因不知情，对周全还是拉拢居多。”

韩耀轻声道：“殿下所言极是，可周全虽是效忠殿下，但高钺对周全曾有实打实的恩情，只怕找到机会，还是会将高钺的死因对高林全盘托出的。到时候高林不管处置高战与否，都会心有芥蒂。不管高钺与高林如何不亲近，但都是高氏嫡子，又是高长泰钦定的继承者。高林定然也会想，高战今日能杀嫡长子篡位，将来弑父也不算什么了。”

皇甫策闭目轻声道：“百年难得一见的将帅之才，死在这般上不了台面的谋逆上，当算可惜。若高钺不曾左右摇摆，投诚于皇室，本宫与皇叔肯定会善待他的。”

韩耀轻声道：“高氏虽为庶族寒门，但不管如何，高钺一直都有高氏撑在身后。高氏一族有不臣之心，高钺又能如何，只能随波逐流罢了。高钺当初能给殿下暗示，想必内心也是极挣扎不安，算是尽力了。以高钺的手腕，禁军中人当真有心收服，又怎会只有那些人跟随，且又被周全掌握了一半。

“此役不管谁胜谁败，对高钺来说，都是极煎熬的。他这一生先有先帝的知遇教导，又有殿下的相伴数年，以及陛下的重用，桩桩件件都是恩与情。高钺虽不善言辞，但极为重情重义，不然也不会将此事生生地拖延了许久。说起来，这一年来，局势越发地严峻，各方都已蓄势待发，最可怜的还是高钺，抱着怎样的心情，还想着两边都不伤害。”

皇甫策轻声道：“在阑珊居时，他对本宫的帮助出自真心，翠微山之行送信于本宫，咱们才能绕开了慕容氏的那次刺杀。一次次的，若没有高钺的暗示明示，陛下与本宫也必然没有那么完全的计策。可做了这些，高钺若当初全盘托出，以表投诚之意，本宫必然善待加恩于他。本宫不明白，做了这些他为何还要选择跟随高氏造反，他到底是要什么。”

韩耀道：“殿下想岔了，不管高钺对陛下与殿下有多少善意，实然从来只有跟随高氏这一条路可走。这般的滔天大罪，高氏若败落，定然满门不存，他如何能继续跟随杀害全家的君主坐享荣华富贵？

“世人都说宗族，从古至今有几个人背叛了宗族，还有路走？这般的世道，不说南梁讲究出身宗族，大雍又能好多少，无宗无族如何立足？高钺所行之事，虽说忠君，可几次送信心里也终究愧疚，即便将来得殿下重用，统帅了三军，可这一生都要背负卖族求荣的包袱，又怎会好过了？”

皇甫策道：“你说的这些，本宫何尝不知？只因如此，本宫才更厌恨高氏的贪心，官至当朝太尉，还不知足！”

韩耀道：“高氏举家造反，绝非高林一人有不臣之心，该是从高长泰还在世时，就已有苗头了。历时三代，高钺根本无力阻止，牵扯全族，更不能全盘托出。高钺虽有将帅之才，可终是无治国之权谋，将心思都用在了行军布阵上，高氏家中的权势，也已被高战架空，族中之事早已不能左右。

“阻止不了，又不能随波逐流。是以，他一直以来才是最痛苦最矛盾的人。那夜他本有机会逃到城外，可后来又选择走回来，可能也不是为了谁，不过是忠孝两难全，即便逃出去又能如何，将来莫不是当真要率领南朝之军攻打大雍不成……”

长久的沉默，皇甫策缓缓闭了眼眸：“道理谁都明白，他那般强硬的性格，亲见他死于小人之手，如此憋屈窝囊，不管素日里如何，总难免为他难过……”

韩耀轻声道：“也许不光前面的那些缘故。高氏这一代人除了高钺外，别人都无领兵的天赋，也许高钺以为，唯有一死，才能弥补心中对皇甫氏的亏欠。陛下对高钺的拉拢也十分真心，在得知高氏可能有谋逆之心时，甚至两次有意将贺女郎许配给高钺。可高钺执意不从，说已有外室。

“陛下为此迁怒于臣，将臣叫去大骂高钺不识好歹，我二人一丘之貉，竟是喋喋不休地骂了半个时辰，可见责深爱切。虽是如此，可陛下还是不信高钺的话，出了不少暗卫，彻查高钺的所有。”

皇甫策略有些疲惫道：“你与高钺历来不睦，怎还能牵扯你身上？”

韩耀抿唇一笑：“不管如何不睦，臣与高钺都是殿下的伴读，自然是蛇鼠一窝。”

皇甫策缓缓睁开凤眸，望向韩耀："他真有外室？"

韩耀道："若是没有，可当欺君之罪。外室自然是有的，养了个帝京有些名气的歌姬，空背着外室的壳子，一年也见不了高钺三回。高钺为掩人耳目，倒也常回外宅，在书房中过夜，从不曾招人侍寝。

"这些个后宅的事，本来陛下的暗卫，也不见得能查出来，高钺历来就是做事滴水不漏，可那歌姬起了心思有心攀附，让心腹丫鬟去月老庙求了一个姻缘符，丫鬟是个碎嘴的，被人套了几句话，就全盘托出。"

皇甫策微微颔首："你知道得倒清楚。"

韩耀道："如今祁平跟随殿下身侧，殿下若有疑问，大可问祁平。陛下对殿下也是大手笔，祁平虽是宫侍，乃是当年与人打斗时，伤了下身。平日也不显山露水，可也是暗卫里的小头目。臣前些时日查处高氏时，与他共事了两日，也打听到了一些旧事。"

皇甫策沉默了片刻，轻声道："太祖与父皇都不曾豢养暗卫，那些人都是皇叔养了多年的死士。皇叔登基后，这些人理所当然就成了皇室的暗卫。"

当年诚王离开帝京时，虽是被赏赐了不少金银珠宝，但除了私有的五百部曲之外，当真没有什么家当了，后来那二十万驻军，也是一点点地得来的。图南关的封地，算不上多富饶的地方，反而是个历朝历代的兵祸之地。

那时诚王境遇如何艰难，如今已是不可考量了，但是那般的地方，以及诚王自小的环境，也就造就了他极没有安全感的性子。是以，诚王在图南关当家做主时第一件事，就是豢养死士。图南关的一举一动都在先帝的监视中，诚王虽时时为性命担忧，但也不敢上来就豢养死士。以修建王府之名，很是奢侈无度地招揽了一批能工巧匠，暗中留下了不少武功好手，又从乡间挑选了不少根骨好的幼童，刻意栽培了起来。

这些年过去了，当初所做的一切虽是为了保命，只是后来用起来顺手，也就逐渐有了探听消息的能力。久而久之，诚王府内也就逐渐地形成了很牢固的暗卫系统。

韩耀似乎不愿探知皇室秘辛，轻声道："臣一直不明白，高钺本可以好好地结一门好亲事，为何非要用外室迷惑陛下与高氏？他不肯成婚，害得下面的弟弟们也不好成亲。高氏嫡子总还年纪小，可那高战只比高钺小八个月，竟也不曾定下亲事，这一家倒也奇怪！"

皇甫策道："高钺自来独善其身，从不攀附别人，既知道家中要谋逆，不论成败，都不会再牵扯无辜的人。

"高钺未做禁军统领前，亲事尚高不成低不就。高战一无军功，二无名声，官位不显，虽是能支应家中一切，但又有几人会看中这些，他如何擅长谋略，在所有人眼中，高氏家业也必然是嫡长子的，谁能看见碌碌无闻的庶子，何况嫡长子又如此年少有为。"

韩耀嗤笑一声："高战着实打了一手好算盘，也怪不得不管谋逆事成与否，都要对高钺下黑手了。若是事成了，有战功赫赫的嫡长子挡路，谁又能看见他这个藏在后面的庶子。若事不成，即便高林率部窜逃，高钺身死，今后很多年里高林唯一能倚重的也只有庶二子了。”

皇甫策道：“可不是，若运气好除掉了高钺，又谋逆成功了，高战也必然有大士族贵女般配。高钺那般的性情之人，又怎会花心思在内宅的小事上，又如何斗得过这心思叵测的狼崽子。”

韩耀深以为然，轻声道：“嫡庶不分，乃乱家根本。高林后宅乱七八糟的，尽人皆知，高林自己不但养虎为患，这虎患还是亲生子，可见万物相生相克，报应不爽。”

皇甫策沉默了好半晌：“高林只怕也没想到，庶子能恨嫡子，恨成这般……”

春茗园，位于素水河畔的转角处，临水而建。

二楼临窗的位置，与大堂一道屏风之隔，白日里能一眼望尽湖光山色。

此时，湖心一艘艘游嬉的画舫，与岸边的各色花灯相辉映着，也美不胜收。

明熙与谢放两人相对跪坐，矮几之隔，气氛看起来完全没有游山玩水的轻松。

谢放几次欲言又止，可明熙的目光几乎不离远处的画舫，一时间只剩凝重与不安。

不知沉默了多久，谢放眼角的笑意早已不复存，手握着茶盏放放拿拿，斟酌道：“你自幼在帝京长大，不曾去画舫上游玩过吗？”

明熙回眸一笑：“少时在宫中便不喜人多喧闹，出宫后极少与人来往。帝京大族虽家家都有几艘画舫，可毕竟是北地，画舫也不是日日会在内湖中。上元节帝京尚冷，有些地方还不曾破冰，倒是往年七夕，画舫更多一些。”

谢放闻言一笑，轻声道：“虽是回来述职几次，可上元节多是在家中度过，原以为帝京的上元节会有所不同，可如今看这帝京也就多了几处画舫，实然别处与甘凉城也差不了许多，那些冰灯雕得还没有甘凉城的走心。”

明熙望着河边的冰灯，忍不住笑了起来：“这些东西往年可是没有，今年不知是谁将咱们漠北的不传之秘传到了帝京。”

谢放不禁恍然大悟：“可不是，今年漠北军可是有许多人在帝京过的正旦。”

明熙道：“将军何时开拔？”

谢放深深地看了明熙一眼，逐字逐句道：“该是朝廷开印之后了，父亲很是不放心甘凉城那处，正旦过后就一直催促我整装了。”

大雍朝素有惯例，往年新春开印，一般定在正月十九到二十一这三日，钦天监卜算吉日吉时后，也是为求新的一年风调雨顺。

明熙颔首一笑，眉宇间露出几分柔和来：“阿燃在甘凉城早该等急了。”

谢放暗暗地松了一口气，轻声道：“可不是，往年述职也是带他入京的，这还是我们第一次分开过正旦。”

谢放停顿了片刻，又道：“你呢？准备得如何了？可是要一起回去？”

明熙想也不想，开口道：“自然要回去的。”

谢放微微扬起了唇角，笑道：“我们约定之事，你考虑得如何了呢？”

等了片刻，谢放见明熙垂眸不语，好脾气地笑了笑：“自然，这对娘子来说，乃一生最大的事了，多考虑一些时日，也属难免的。甘凉城虽也算是一步一景，可到底天气干燥，风沙又大，不及帝京繁华，对个娘子来说，左右还是安逸一些好……”

明熙抿了抿唇，蹙眉道：“将军胡思乱想些什么？我肯定是等大将军述职之后，一同回甘凉城去的。我人虽还在宫中，但裴达正月十四早已得了信，已将回甘凉的行李马车都早早备好了。”

谢放眯眼笑了起来，低声道：“如此，你也大可放心。我晚上回去就对父亲说咱们的婚事！虽是时间上匆忙了些，但今日才十五，等到开印二十来算，还要五日。大军开拔怎么也要十日，半个月的时间已足够将咱们的亲事定下来了。

“若有我父亲和嫡母二人亲自出面，与陛下说亲，不知会不会于理不合？若你感觉委屈，陆太傅虽已致仕，但到底历经三朝，也曾教导过太子殿下，他人一直在帝京，你看由他为我二人保媒如何？”

明熙沉默了好半晌，轻声道：“此事怕是让将军失望，这段时日我想了想，也许我还未曾做好嫁人的准备，也许终是做不到问心无愧……

“当初，将军与我都将成亲想得太简单了。那夜遭逢帝京变故，许多人许多事都有了改变，又亲见了些生离死别……我自问是个好战友，但不见得能做一个无怨无悔的好妻子。”

谢放急声道：“这般的事，哪里光是能靠想的，谁成亲之前，会想着以后会将日子过成怎样？那些人不曾见面，便将彼此一生托付，你与我彼此已算是十分了解，为何你还会没有信心呢？”

明熙轻声道：“将军年少有为，天资卓越，如今年岁正好，堪匹配帝京崔王陆陈家中嫡女。何况，如今境遇，也不比入京之前了，将军救驾有功，早已成了帝京许多人家里的佳婿人选，根本无须为了我这样一个连身份都没有的人，委屈自己。”

谢放嗤笑了一声：“谢放岂是出尔反尔之人？既是入京前，就与你有了约定，不管此时是何种境地，我都不会更改。”

明熙沉默了片刻，轻声道：“我深知大将军品行贵重，才更不敢有半分侥幸之心。举案齐眉，恩爱不移，可能需要更深一些的感情，我自问对将军敬重有余，爱慕不足，还做不到这些，若贸然应了这亲事，对大将军不公平。”

谢放一只手将茶盏握了又松，松了又握住，许久许久，轻声道：“可是我提出的条件，你还有不满之处？若你感觉哪里不好，或是我哪里对你有过分的要求，或是你对我还有哪些要求与不满，现在也能说出来，万事都好商议。”

明熙垂眸轻声道：“将军之心诚，我心里明了。将军所给予我之一切承诺，对许多娘子来说已是一生都可望不可即。我也深信将军这一生都会信守承诺，更是因此，我才不能应承将军的诺言。”

谢放深深地看了明熙一眼，哑声道：“那又是为何？若不满意有拒绝之理，哪有太满意了，还要开口拒绝的道理？”

明熙垂眸道：“将军曾言永不纳妾，给予我一切的自由，不求子嗣，不求回应，只求相依相伴，共度一生。将军虽也对我有要求，但唯一的要求，也不过是让我从军营里出来。”

谢放急声道：“若你着实喜欢军营之地，也不必着急出来，可先跟着阿燃做个副将。你嫁给我，也不过是在内宅中，不会有许多人见过你。以你的气度与行事，即便再作男装，也不会有人怀疑半分。”

明熙轻出了一口气：“可将军还记得我们的初衷吗？我无族无依，有家不愿回，若为娘子一直漂泊在外，只怕际遇坎坷。将军想要个不是嫡母掌控的夫人，愿赋予我安稳生活，甚至一生做伴。可我们既然是交易，或是相互得利的交换，将军为何对我没有要求？

“虽说自出军营，算是将军对我的要求，可这件事看来看去，都是我以后必然要做的事，根本不算什么，甚至将军提出要求时，也是为我着想之处颇多。”

谢放轻声道：“你为何会有这般多的顾虑呢？既然我们说好了是交换交易，你为何还要如此在意因果？若你实在对我所给予的承诺没有信心，我明日可求见陛下，按照陛下要求的一切，当众人面前立下军令状。”

明熙道：“有付出，必然想要回报。若无条件地付出，总也有厌倦的时候。将军如此宽待，该是放了许多期待与心思在其中。不然，何至于一诺终身？可不管出于何种的心情，我都无法给予将军相同的感情回应，甚至可能连相同的心情都不会有。”

谢放道：“若我说，我从不曾期待什么呢？”

明熙轻声道：“当真如此，我将来的所作所为，只怕会践踏了将军的真心诚意。我若此时应下了，这一生都会问心有愧。”

谢放闭了闭眼，才低声道：“是以，不管我做到何种地步，都还不够让你对自己或是对我有信心吗？”

明熙道：“我历来对将军有信心，可是我对自己却没有信心，或是我对自己的心不再自信。许多人许多事，这一生只有一次，从来没有从头再来的机会与运气。有人曾说，一辈子一颗心也只能给出去一次，剩下的那些，不过都是对生活的将就与妥协。可若是我当真能够将就妥协，也就不是我了。”

谢放注视着明熙不肯对视的侧脸，轻声道：“有人这般说过吗？为何我从不听说过呢？”

明熙颔首：“大将军品性贵重，是我见过的郎君中最难得的人了。以后肯定会遇见家世、品性、样貌更好，更能匹配您的娘子。”

谢放冷笑了一声：“若是遇不到呢？”

明熙道：“老天总是要善待真心诚意的人，将军待人如此赤诚，又怎么会被亏待吗？”

谢放垂眸，不明所以地笑了一声：“可能吧，也许你说得对。”

明熙颔首一笑：“我日日随着陛下诵经念佛，看了许多福报的故事，必不敢欺瞒将军。”

谢放抿着唇，沉默了许久，再次开口道："一颗心只能给出去一次吗？"

明熙松了一口气，笑了笑："世事无绝对，虽是书中是这样写的，但也不见得人人如此。"

谢放紧蹙的眉头，舒缓开来，笑道："无甚！既是如此，此事不必再提就是了。回程时，你是与大军一同开拔，还是与裴达同行？"

明熙见谢放如此爽朗，当下也松了一口气："自然要与大军一同开拔，待回了甘凉城，必然不让将军为难，定然第一时间去营中辞行。"

谢放嘴角微微勾起，斜眼望向画舫："若是如此，也就没有几日了，此番离开，想必一时半会儿你也不会回来了，总要将该准备的都准备好，与亲近的人好好辞行。"

明熙忍不住笑了起来："行伍之人，哪有那么多儿女情长，陛下早知道我要离开的，自然有所准备，贺氏那边我也打了招呼。裴达也早将一切都准备好了。"

谢放挑眉："如此说来，帝京对你来说，没有可留恋的人吗？那日你誓死保太子，几次同生共死……"

"将军慎言！"明熙将刚端起的茶盏，慢慢地放下了下来，嘴角的笑意也敛去了，"不说我自小长于宫廷，得惠于先帝先后与谢贵妃的恩情，便是读书多年，习得最多的还是忠君之道，当时那般危急，若将军在我的位置，可会豁出性命护太子殿下周全？"

谢放沉默了片刻，逐字逐句道："食君之禄，担君之忧。我乃朝廷任命的将军，不论生死，必责无旁贷。"

明熙轻轻地舒了一口气，笑道："我营中的饷银，也是出自朝廷。既如此，将军又何必特意将此事提出来？我与将军也有数次的同生共死，与阿燃、营中的弟兄，哪个不曾同生共死过？将军与我相识也非一两日，以我的性情，又怎会惦念高不可攀的太子殿下，将自己陷入两难又不堪的地步？"

谢放抿了茶水，差点喷了出来："如今太子殿下，可是士族心中最在意的乘龙快婿，若被人知道你心中所想，只怕也会气出个好歹了。后宫与太子又不是毒蛇猛兽，你又何至于有如此诛心之论？"

明熙笑了一声："因为我知道的后宫比将军多些，也因为我知道自己最想要的是什么。不管如何，我都不愿一生困于后宫，与众家娘子钩心斗角，每日周旋，只为抢夺夫君一日。我自幼长于中宫，必然不能成为自小最不屑的人，也不能做自小最鄙夷的事。"

谢放垂了垂眼眸："你难道不曾想过吗？这非太子一人之事，将来不管你要与谁度过一生，都难免困在后宅，也管不住夫婿是否会纳妾室。既是心中对此如此畏惧，为何宁愿……也不愿答应我开出的条件呢？至少，我不会让你有这般的顾虑，不是吗？"

谢放又道："承君一诺，必守一生。"

谢放见明熙蹙眉沉默，不禁再次开口道："你我有言在先，不管将来如何不好，也摊不上谁会辜负谁。"

明熙紧蹙眉头，为难道："我以为我们已经说清楚了，将军为何又……"

谢放缓缓舒了一口，仿佛浑不在意地笑了一声："我也是一时半会儿有些想不通，随口一说。你清楚自己想要什么就好，买卖不成仁义在，以后在甘凉城里若有难处，只管开口就是，将军我对手下弟兄也很仗义。"

明熙忍不住笑了起来："自然自然，我何曾与阿燃客气过……麻烦阿燃与麻烦将军不都一样。"

谢放挑眉，见明熙半途改口，面色稍霁："你总是将人分那么清楚，难道就不累吗？"

明熙道："累啊，可是我若能糊弄自己，或是糊弄别人，又何必那么坚持？在甘凉城里，总还有得相处，以后将军也就会明白了。"

谢放看了明熙片刻，情不自禁地跟着明熙笑了起来，朗声道："我就喜欢你这点，不妥协也不示弱，一点都不像个娘子。"

明熙大笑了起来："我可是当大将军在夸我了。"

谢放疑惑道："这难道不是夸你？"

祇为恩深便有今

8

子夜时分，大雍宫，太极殿里，依然灯火通明。

上元节帝京无宵禁，宫中这夜自然也没有下钥一说。御花园的花灯不管有人看管与否，都会有人续上灯盏，整整亮上一夜。

明熙从素水湖回宫已十分疲倦，可还是被盛怒的泰宁帝揪回了太极殿。

泰宁帝发了一通火，眼看明熙还在打瞌睡，顿时更是勃然大怒："你就给朕作吧！那谢放有甚不好的！朕可是听明白了！人家给你开的哪是成亲的条件，简直是给你卖身为奴的条件，即便是朕也难免动心了！你上嘴唇碰下嘴唇，想也不想就给朕拒了！好一个擅作主张！你为朕考虑过了吗！你和朕商量了吗！"

明熙还想睡，无奈泰宁帝已在耳边吼了起来，遂敷衍道："陛下那么想嫁，就自己去嫁呗。晚上时，陛下还对谢放有诸多不满，说自己有门户之见，这会儿倒是都怪在我身上了。"

泰宁帝怒吼道："你还敢说，你还敢说！你何时和朕说过他为你开出的条件！你和朕说了一条了吗！朕哪里会想到，他竟是给你那么好的条件！你是不是故意隐瞒朕的？

"朕是对他有诸多不满，不过都是为了考量他的品性，毕竟你犹如朕的亲女，公主之尊！什么门户之见，朕难道会如同那些士族一般，浅薄到只看出身与嫡庶吗？"

明熙见泰宁帝对门户之见都翻脸不认，可见已是气急攻心了，忙否认道："哪有，我当初可是对陛下说了，他开出的条件，我甚为满意，才会考虑他的！陛下不曾问他开出何等条件，我若贸然说出来，不就是炫耀吗？我历来谦逊有礼，哪里会做出这种事来！"

泰宁帝重重地哼了一声："朕算是看出来了，你压根就不曾中意过谢放！当初说会考量人家的条件……可你若没有相中他，为何还要回甘凉城！帝京里多的是不曾成家的郎君，咱们若不拘门户的话，该是有能与谢放开出同等条件的人才是。

"谢楠已两次上折子，担忧甘凉城内无可用守将，催促太子让谢放整合大军快些离开。朕也觉得漠北军在帝京太久了，有些说不过，禁军那边已是颇有微词了！可这婚事，朕还是要亲自主持……"

明熙叹了口气："陛下明知道我已经拒绝婚事，哪里有出尔反尔之理！我都没有谴责陛下窃听私事的行为，陛下不以为耻，反以为荣，回来就拿偷听来的事，将人痛斥一场，说来说去，还总是您的道理！陛下不觉得自己很过分吗？"

泰宁帝指着明熙怒道："朕那是偷听吗？！朕只是不小心路过，不小心坐在屏风后面……你还敢反抗朕！你还有理！”

明熙撇嘴：“总也没有陛下有理，陛下就叫总有理，常有理，反正您就是规则，您就是圣旨，谁也反抗不了您！陛下把话都说完了，我还有什么可说的？”

泰宁帝噎住，好半晌开口道：“朕不管你了！可谢放他自己向朕求亲，朕还没有答复呢！你拒绝有什么用！现在朕就下旨传谢放觐见！这事你别管了！朕自有主张！你去吧！朕看见你就来气！”

明熙小声反抗道：“陛下若答应了，自己嫁过去！我意已决！即便要选择祸害一个人也不能是谢将军。陛下有空也想想，谢放不远千里救驾而来，若心中有所触动，就该放人一条生路，哪有这般恩将仇报的！”

“什么？！朕恩将仇报！朕将宛若亲生的娘子嫁给他，怎就成恩将仇报了！你也不想想，如今多少人来问你的亲事了，朕都压住不放！他谢放提了提，朕就记在心中，还不是因为他忠心不二，一个谢氏庶子，哪里能般配得上你！”

明熙阴阳怪气道：“方才陛下还说，自己哪里会像士族那般浅薄庸俗，只看人家的出身与嫡庶，这会儿还不是嫌弃人家是个庶子，黑的白的，都是陛下一张嘴。不管陛下怎么说，我也绝不会选择对我有救助之恩的谢放与谢燃兄弟！”

泰宁帝瞪向明熙，恼羞成怒道：“你！给朕滚出去！朕现在看见你就心烦！”

明熙撇嘴，嘟囔道：“滚就滚，若不是您让六福在宫门处揪我过来，我早睡了，真是……”

正旦祭天回宫后，泰宁帝当下就欢天喜地地将奏折与诸事送去了东宫。

虽是腊月的最后几日有明熙的帮忙，泰宁帝也着实勤快了几日，将急奏的折子批复了不少，但相比已堆积了三五个月的奏折来说，不过是九牛一毛。是以，太子还不曾养好身体时，案头的奏折已堆积如小山。

正旦后，泰宁帝再次尝到久违的悠闲自在，再也不肯动半分脑子。先是压着明熙养了几日的伤，都是不重的皮肉伤，没两日就好得七七八八。

爷俩每日辰时早膳后，整理抄写佛经，好在明熙当初伤的肩窝不是拿笔的那边。午息之后，还去优哉游哉地跑会儿马，明熙虽还不能骑马，但也要陪同左右。晚上用膳后，明熙还要将早上临摹好的佛经，给泰宁帝念上一遍，如此一天就过去了。

正月里，时人不是在走亲戚，就是在宴客。东宫养伤，闭宫不见客。自前番宫变，泰宁帝懒得应酬各方，嫔妃也都不出来露头了，反倒大雍宫似乎一夜之间静寂了下来。

经历了腊月二十八那夜的惊险，虽泰宁帝不顾韩耀规劝，执意去了西城门，可赶到的时候已尘埃落定。泰宁帝见太子优哉游哉，站在大军的后面，当下拽走了面色黯淡双眼红肿的明熙，顺道重重地哼了一声，问都没问亲侄子一声。可见不管经历了多少，泰宁帝也不见得多喜欢太子。

不过太子年节后，也说得上至诚至孝了，养了三天伤，便去大雍宫晨昏定省。可架不住泰宁帝看见太子那张脸就心塞，以太子有伤在身需要静养，挡在太极殿外。

东宫当初被禁宫时，从嫔妃到宫人，不是袖手旁观，就是落井下石，如今许多人日夜担忧太子秋后算账，恨不得夹着尾巴做人，自然不愿出来惹眼。太子所过之处，已到了寸草不生的地步。

本来这般各自相安无事，眼看三月初三也会平安交替，可正月十六一早，中书侍郎陆旭接到了六福亲自送到陆府的圣旨，犹如晴天霹雳，恨不得当场晕了过去。

陆氏乃百年的顶级门阀，与各大士族世代联姻，陆氏因是南朝士族，比别家的士族多了几分清高，当初陆氏也并非是没有适龄与身份相当的小娘子送去翠微山甄选太子妃。

可这一代陆氏嫡长女正是王敛知的夫人陆氏，乃王氏之宗妇。先前就有王陆氏送来消息，说太子妃已定了王氏二娘子，其次就是陆氏娘子不屑被皇室甄选，自然更是不屑将庶女送去宫中为人妃妾。因陆氏族群是如此性情，也就导致了王陆氏看不上王雅懿的做派。

言归正传，这奏折虽为草拟，但写的正是谢放与贺女郎的婚事，准确地说，这是一封瞒着所有人的赐婚圣旨。

自然，两人的婚事，也不是不可以，贺女郎自幼养在宫中，又出了贺氏宗族。陛下为她赐婚算是有理有据，可谢氏那边就不好说了，大士族的婚事，即便是个庶子，哪里是一张圣旨就能草率定下的。

陛下若是真心与人做亲，哪怕要谢放尚公主，也必须下旨之前和谢氏私下商定好，经过谢氏点头才可以。

君使臣以礼，臣事君以忠，才相得益彰。

哪里有在别人不知情下，将别家眼看着前途无量的郎君，偷偷定给个没有身份的人。何况，陆氏已有意与谢氏结亲，相中的就是镇守甘凉城的谢放，陆氏舍出去的那可是嫡幺女。

六福可不管陆旭的脸色多难看，根本不离去，眼巴巴地等在配房里，专等陆旭将圣旨弄好，好回宫交差。陆旭捧着烫手山芋般的草拟圣旨，坐立难安，让人从后门寻谢楠去了。

半个时辰后，陆旭打翻了一盏茶，伤了手不说，还模糊了陛下草拟的圣旨。六福自然知道这其中猫腻，虽是气得脸色铁青，甚至难得很是无礼地指着陆旭冷哼了一声，可还是没有办法，只得拿着糊了的圣旨气呼呼地回宫了。

此番回去，泰宁帝沉着脸看了会儿糊了的圣旨，当下不言不语，也不曾发怒，只让六福不要声张出来。皇甫策对政事的掌控与手腕，自然是泰宁帝有所不及的，养伤的三日，已将堆积如山的奏折，批复得七七八八。但有心想入太极殿，别说门了，窗户都没有。

揽胜宫那边不但有六福亲自照看，明熙更是早出晚归的，根本不给皇甫策机会见面。前些时日，皇甫策还特意去御花园太液池晃荡了两日，终是没有那么多巧合。从政变当夜与明熙分开后，在上元节之前甚至无缘相见，上元节那日，皇甫策又被众人围在中间，等找到与明熙说话的空当，早已人去多时了。

若只是有泰宁帝的阻挠，皇甫策是丝毫不惧的，可这般手段与配合，不用深想，也是明熙自己的意思。两人自幼相识，双方也算了解得十分透彻，若明熙一意孤行，皇甫策这般的筹谋，也有些棘手。

好在，泰宁帝虽对太子不喜，到底在乎皇甫策的安危，将已暴露的祁平这一支暗卫给了东宫。皇甫策深居简出，自然也不用暗卫保护，吩咐做些事还是可以。

是以，从泰宁帝十五那夜听了壁角后大发雷霆，到明熙拒婚谢放，以及泰宁帝已在当夜拟好了圣旨，直接送到中书侍郎的家中，逼其润色，事无巨细，太子殿下可是悉数尽知。

正月十七这日一早，钦天监早早地将算好的三个吉日吉时，如往年那般送至陛下案头。

泰宁帝正烦心明熙的婚事，看见吉日吉时，不胜其烦，又有几分事不关己高高挂起的意思，当下一挥手，就送去了东宫。

虽是私拟圣旨行不通，泰宁帝已打定主意，不管定在哪日开印，一定豁出老脸去，破罐子破摔，直接下个口谕，当堂逼迫让谢楠许婚。给谢放与明熙赐了婚，余事就不管了。

泰宁帝的做法虽简单粗暴，但若是成了，双方也就不好反悔了。

自然，泰宁帝也本打算给谢放打个招呼，可从谢放被拒后，竟是不曾想过入宫求见泰宁帝，害得六福为了特意给谢放开后门，白白地在宫门外等了两日。可若是让泰宁帝下旨见谢放，先不说有太子与谢氏的阻挠，光觉得上赶着嫁女儿，还要提前和人家说好话，着实有点掉价。可这两日泰宁帝的气定神闲，越发地让皇甫策有些捉摸不透。

天色已晚，东宫正书房，今晨送来的钦天监的折子，随意地被翻开。

皇甫策拿起了朱笔，站在案头沉思了半晌，抬手撂了笔："最近你可有见到贺女郎？"

柳南对皇甫策这几日的喜怒无常，颇是习以为常："哎哟喂，陛下防您就跟防贼一样，您都近不了太极殿十丈，这大雍宫上下谁不知奴婢是您的人哪！"

皇甫策瞥了眼柳南："别贫，说正事。"

"最近这几日，太极殿里颇为风平浪静的，娘子对陛下那叫一个千依百顺……"虽是微不可察，可柳南听见皇甫策轻哼了一声，忙改口道，"十五那夜陛下大发雷霆后，次日也不曾再给娘子脸色看，如今两个人不知怎么的，倒是看起来更是亲近了。"

皇甫策抿着唇道："明日就十八了，裴达入宫了吗？"

柳南忙道："十五一早就来了呢！还带了两车漠北的土仪，本是入不了宫的，顾统领那边接了陛下的条子，才敢让那些东西入宫。听说老多东西了，吃的、玩的，还有些土布，和咱们这里的都不一样，六福、祁平他们都分了不少东西。

"陛下最近这两日变着法儿地吃面食，娘子还学会了做饼子，昨天亲手做了饼，陛下吃得可开心了！六福和祁平都有分到，昨天殿下不是找不到祁平吗？那是去太极殿吃独食去了！"

皇甫策冷笑："你这恨不得把小鞋都穿到祁平脚上的样子，肯定是没分到吃食。"

柳南抬眸瞟了眼皇甫策一眼，小声道："殿下有甚可幸灾乐祸的，祁平要是忠心的话，殿下为何一口都没有吃到。”

皇甫策噎住，眯眼：“你人缘不好，还怪到本宫身上吗？”

柳南撇嘴，很是委屈地开口道：“奴婢虽不算这宫中最长袖善舞的，也算是出了名的和善人，哪至于被人如此防备。这宫中内外，谁不说奴婢是殿下的狗腿子……”

皇甫策斜眼看向柳南，轻声道：“如此说来，本宫连累你了。”

柳南懊丧地开口道：“算了，您这样的性子，奴婢早习惯了，哪里会真的和殿下计较……呵呵呵，什么连累不连累的！看殿下这话儿说的，奴婢就是您的人，根本没有连累一说！”

皇甫策瞥了眼柳南：“不是本宫的狗腿子吗？”

柳南捂嘴轻笑：“殿下这话说得粗俗！哪有的事儿！天晚了，殿下晚膳没怎么用，华灵让人给殿下炖了些参汤，这会儿该炖好了。”

皇甫策撂下了朱笔，轻声道：“嗯，端上来吧。”

柳南将案头收拾了出来，朝门外挥了挥手：“韩大人今晨还交代奴婢，事情是忙不完的，让殿下多休息休息，过两日开朝还有许多事，有得忙哪！”

皇甫策捏了捏眉心，担忧道：“郑廉虽是紧追不放，可到底还是让高林带着残部跑去了南朝，此人不除，必成后患。高钺身死，高林余下嫡子年幼，高战野心勃勃，心思深沉，又极擅权谋……将来整个高氏，必然落入这庶子手里。”

柳南忙道：“殿下哪用为这个操心啊！不管他多大的野心，如今人都在南朝呢！南朝皇帝欢天喜地地接纳了他们，他的野心也不可能只是打回大雍，南梁人愿意自作聪明，咱们也管不着呢！”

皇甫策微微斜眼，紧蹙的眉头缓缓松开，不禁笑了笑：“你倒是看得清楚。”

柳南虽是极力忍住不笑，可还是忍不住得意地歪了嘴：“哪有！还不是殿下素日里教导得好。”

华灵端着托盘进了门，将东西仔细放在案头，从青瓷盅内盛出一碗参汤来，将汤匙放了进去，双手捧到了皇甫策面前：“殿下，请用。”

皇甫策接过瓷碗，沉默了半晌，低声道：“高氏一家如何，本宫倒也无感。只是可惜了高钺，若是能继续得本宫所用，十年何愁南梁不平？”

柳南心有余悸地点头：“可不是吗！奴婢被禁军擒住，还想着这次死定了，只能来生再伺候殿下呢！高统领人走后，只将奴婢扔在院中，虽是捆绑了起来，到底也没人补一刀啊！这是有心放奴婢一条生路啊！”

皇甫策一口饮尽了参汤，放下空碗擦拭唇角，瞥了眼柳南：“你当所有人，都那么好心？周全是本宫的人。”

柳南不可思议地看向皇甫策：“何时的事！奴婢怎么一点风声都不曾收到！”

皇甫策挑眉：“本宫若知会你，一日之后，该知道的也都知道了。”

柳南讪讪，压低声音道：“哪能啊！奴婢对殿下忠心苍天可鉴，日月可表！不过，殿下这么一说，奴婢也就想明白了。”

皇甫策道：“都明白了？”

柳南坚定地点头，小声道：“当初陛下提拔了高大人做禁军统领的事，殿下也有推波助澜。不然，陛下诏令咱们从翠微山回宫时，殿下竟没有半分犹豫，可见那时殿下对禁军的一部分掌控已是十拿九稳了。”

皇甫策挑眉，轻声道：“没有了？”

柳南忙道：“高统领身死，周全能带余下残部杀出重围，该是殿下放的水。周全在安定城时，就是高统领的副将了，与高林会合后，绝对不会被任何人怀疑的，这一枚钉子，殿下算是扎在了高氏的胸口上了。”

皇甫策道：“还有吗？”

柳南娓娓道：“如此看来，殿下方才说的，可惜高统领身死，倒是真话了。周全历来深受高统领信任，高氏不管如何逃窜，能统帅高氏兵马的唯有高统领一个，将来不管他们逃到哪里，殿下总也胜券在握。高统领这一死，只怕高氏又要重新洗牌了，周全再受信任，也不过是个外人，不会有太多主动权。”

皇甫策不动声色地瞥了眼柳南一眼，不经意地开口道：“本宫方才说可惜高钺身死，你是怎么想的？”

柳南道：“肯定是违心之论啊！奴婢追随殿下多年，又怎会不了解殿下性情？那是惯于心里咬牙切齿，面上含笑称赞。高统领那是逆贼啊！要杀了殿下谋反的呀！他虽是曾善意暗示过殿下，可到了真刀真枪，丝毫不含糊啊！

“禁军统领叛变，那是什么概念啊！可不光是忠诚问题了，那是监守自盗啊！当然，高统领也是不擅权谋，心里只怕也有矛盾，如此才一步步地落入了殿下叔侄的圈套里，可这完全不是一码事啊！”

皇甫策轻声道：“继续……”

柳南眨眨眼，笑道：“虽说殿下不见得就是公报私仇，可陛下突然重爱高统领，竟是越级提拔，可见那时陛下对高氏已有所怀疑。这个中猫腻，殿下看得清楚，也察觉了。殿下与陛下斗得跟乌鸡眼一般，愣是半分都没有提醒过高统领。”

皇甫策再次端起又盛出来的参汤，抿了一口，轻声道：“在你看来，这是何故？”

柳南颇为自得：“奴婢寻思着，虽然你们两个都是宫中长大的，可高钺才算正经与娘子青梅竹马的人啊！陛下明明对高氏起了疑心，还能两次许嫁，可见对高统领本人也是有心拉拢的。殿下当初得了消息的，娘子也曾对嫁与高钺很是动心！殿下那般的心思，在西城门处，见高统领人死道消，心里必然额手称庆啊！哪里会有多难过可惜啊！”

皇甫策又饮了一碗参汤，才缓缓放下青瓷碗，漫不经心道：“正五品理事还是太委屈你了。”

柳南谦虚道：“不委屈不委屈，跟着殿下，奴婢做什么都不委屈。”

皇甫策挑眉："如此，明日你去洒扫，从头做起吧。"

"看殿下这话说的，显得奴婢多势利啊！奴婢说这些，哪是为了升官……"柳南顿了顿，"殿下您方才说什么？"

皇甫策斜眼："先回头想想，自己说了什么，就知道本宫说了什么。"

柳南愣怔，憋了好半晌，扑在了皇甫策腿上，哭号："殿下啊！可不能这样啊！忠言逆耳利于行啊！您这样……您这样摆明就是陷害奴婢啊！"

皇甫策挑眉道："本宫特意陷害了你？"

柳南抿着唇，偷着打了自己的嘴巴，咏叹般地哭道："殿下哪！奴婢生是您的人，死是您的鬼哪——"

一声轻声的浅笑，打断了主仆二人的对话。

华灵忙捂住了嘴，羞怯地垂下眼眸，柔声道："柳管事，殿下和你说笑呢。"

柳南这才想起身侧还有别人，当下也不好意思抱腿哭了，站起身来："哎哟喂，今天的参汤是谁主的厨，殿下都喝完了呢！"

皇甫策瞥了华灵一眼，不咸不淡地开口道："赏。"

华灵顿时红了脸，低声道："奴婢见殿下自十五后，就不曾好好用膳，特意从下午炖上的，来时专门让司膳尝过，才端过来的。"

华灵当初是翠微山行宫的侍女，柳南挑人时，难得看华灵长得顺眼，特意让她做了内院的伺候。华灵人勤快又本分，翠微山那处的侍女品级制度虽不严格，但她也很快就有了侍女之首的资质。有几次柳南办事，不曾赶得及伺候皇甫策洗漱，几次都是华灵一手操办，亲自伺候的，再妥当不过了。柳南见皇甫策用得顺手，就带回了宫中。

在翠微山时，华灵虽是勤快，倒也显不出来别的特质，毕竟翠微山时太子殿下正是风光，自然人人都是趋之若鹜。可回到大雍宫后，景阳宫的际遇一日不如一日，直至闭宫时，许多人都匆忙找了下家，或是干脆不见了人影，唯有华灵实实在在跟随皇甫策左右。

平日的洒扫，桌椅地板的擦拭，膳食茶水的侍奉，说起来的这些，几乎都是华灵跟着柳南在操持。东宫被勒令闭宫时，柳南也不好出门，即便手里有些金银财帛，可架不住外面的人势利或是心有顾虑，不肯给东宫置办好东西。皇甫策回宫时，除了柳南也就没有别的心腹了，于是置换外面的东西也就落在了华灵的身上。

当年的新茶、金丝炭、花花草草，也都是华灵去置换的。柳南自然越看华灵也越是顺眼喜欢，时不时情不自禁地在皇甫策身边说上几句好话，于是此时华灵虽还不曾接触东宫更深的东西，但是素日里已算是皇甫策身边的红人了。虽还是个没有品级的宫女，但宫变之后，也是身价大涨。

柳南看向华灵，赞叹道："啧啧啧，说起来还是华灵心细，这事奴婢都没想到，还是得了她提醒，才回过神来，不然最近这段时日，殿下哪会有参汤喝！"

华灵看了眼柳南，小声道："太极殿里有人过来，说是有事让柳管事去一趟。奴婢光顾伺候殿下用汤，竟是将这事忘记了。”

柳南微微一愣：“太极殿找人？该不是找祁平吧？天色不早了，怎么会找我过去？”

华灵道：“祁管事也去了太极殿，怕真是有事吧。”

皇甫策不知听没听到两人的对话，只对华灵道：“你识字吗？”

华灵受宠若惊，不敢置信地望向皇甫策，似是好半晌，才回忆起皇甫策问了些什么，那双水灵灵的眼眸，片刻就黯淡了下来：“奴婢从小家贫，五岁就被送入翠微山行宫伺候贵人。”

柳南心细，能让华灵近身服侍皇甫策，必然是一早将人的身世打听清楚的，若是来历不明，不管华灵长得多顺眼，那也是入不了内殿的。

柳南可惜道：“华灵本是翠微山下佃农家娘子，有一年大旱，收成不好，兄弟姊妹又多，家里人就不得不将最大的娘子，卖到了翠微山行宫做了奴婢，转眼就是十多年了。殿下也知道的，一般人家的娘子，尚不曾有识字的，像华灵这般的身世，哪有机会识字啊！”

笔墨纸砚虽是贵，但好歹都是能买得起的东西，可此时人讲究藏书。一般乡绅家，即便有财帛也买不到书籍，大多都是从别处借来抄写。说起士族的底蕴，也与族中所藏的书画不无关系，此时的书都是手抄的，本本都极为珍贵的。

大雍宫的藏书，也不见得有王谢陆陈这些大世家其中一家来得多。当初谢贵妃嫁给先帝时，陪嫁不菲不说，还曾得了族中三车书籍的陪嫁，那可是最风光最宝贵不过的陪嫁了。

赫连氏当时乃朝中最有权势的新贵了，最风光的时候嫁独女赫连诚岚，陪嫁最多也是金银财帛地契田庄，哪里会有书籍这般的贵重东西。谢贵妃这三车书，不但让这宫中上下眼红羡慕，更是让先帝欣喜若狂。

嫁妆本是出嫁娘子私有的东西，传给自己儿孙所用。可谢贵妃也是个知情识趣的人，当下便将这三车书拉到了太极殿，放置于内书房，以待将来皇室子孙读书所用。

许久许久，皇甫策见华灵不似说谎：“会写字吗？”

华灵垂眸：“奴婢虽现在不会，可奴婢学东西很快，若殿下有事吩咐，奴婢可从明日就去学。”

皇甫策轻轻颔首：“本宫与柳南的话，你都听见了吗？”

华灵怔了怔：“奴婢虽是听了，可也听不懂多少……”

皇甫策手指把玩着朱笔，看了眼上面的三个日期，似是有什么想明白了，当下圈定了一个，这才开口对华灵道：“你长得像一个人。”

柳南闻言，斜眼打量华灵，上上下下地将人看了好几个来回，恍然大悟道：“奴婢就说当初怎么看着华灵最顺眼，原来竟是……那眉眼长得可真好，跟会说话一样。”

皇甫策垂眸不语，轻轻一动，又坐了回去：“可不是长得好吗？有时候本宫看着也……”

柳南这才发现皇甫策的不对劲，轻声道：“殿下，您这是怎么了？好端端的怎么脸那么红。”

皇甫策喘息了一声，扫了眼空了的汤盅，跌坐椅子上，看向华灵：“谁指示你的？”

柳南愣怔当场，直至皇甫策手中的朱笔掉落在地，方才回过神来，再也顾不上什么了，触碰他的额头，急声道：“这是怎么了！华灵！你这贱婢！好大的狗胆！竟敢下毒谋害太子殿下！来人哪！快来人！”

片刻间，已有护卫冲了进来，将皇甫策护在中间。

华灵愣了愣，急声道：“殿下，奴婢怎会谋害殿下呢！那些人不是这样说的呀！他们说……怎会有人谋害殿下呢……不是那样的！殿下，奴婢绝无二心……”

皇甫策冷冷地看向华灵，紧紧握住拳头，似乎压抑着剧痛：“拖下去，交给祁平。”

华灵扑通跪了下来，发抖道：“殿下！殿下饶了奴婢吧！奴婢这是被人迷了心窍了啊！那人没说这是毒药啊！只说殿下……奴婢绝对不敢谋害殿下啊！”

皇甫策轻声道：“你见本宫喝下，又要将柳南支开……还说没有图谋？”

柳南恍然大悟，上前给了华灵一个窝心脚：“贱婢找死！将人拖下去！让祁平亲自来审问！”

往日里华灵虽也是近身伺候，可不管是洗漱还是穿衣，端茶送水，只要做完，皇甫策从不许她留在身侧，更不曾让她听见过朝中之事，今日这般宛若故意留在身侧还是第一次。

柳南也注意到华灵在一侧，见皇甫策不曾说什么，也就没有特意让她退下。这东宫将来，可不能只有柳南一个心腹可用，祁平再好也是暗卫，还是陛下给的，柳南有意提拔华灵，可是做梦都不想到她竟敢对皇甫策下毒手！

柳南有些懊恼，忙道：“殿下，这可如何是好！快宣太医！”

华灵见有人来拖自己，惊慌失措，哭道：“殿下饶了奴婢吧！奴婢……奴婢仰慕殿下许久，可殿下从不曾多看奴婢！那些人说……殿下即将登基，将来这东宫会进更多的人！殿下！殿下饶了奴婢！奴婢是受人利用的！奴婢也是被人骗了！绝不敢谋害殿下啊！”

柳南尖声道：“来人——将这贱婢先关起来！交给祁平！问清楚！”

皇甫策按住胸口，喘息了一声：“让皇叔来……”

柳南忙用衣袖给皇甫策擦拭额头上的冷汗：“太医片刻就来，殿下忍忍啊！”

皇甫策那双凤眸中深沉得不见半分波动，轻声道：“你着人去请皇叔。”

柳南瞥了眼空的汤盅，忍不住心疼道：“奴婢这就让人去请陛下了！人命关天呢！这些人，不好好地伺候殿下，到底是图什么啊！”

皇甫策随着柳南的搀扶，脚步蹒跚地朝内寝走，轻声道：“本宫这会儿感觉还好，发作也没有那么快，你去揽胜宫。”

柳南急得眼泪都出来了：“知道知道，太医来了，奴婢就去请娘子，肯定会将娘子请过来！”

皇甫策倚在拔步床上，长出了一口气：“你现在就去。”

柳南忙给皇甫策拉上薄被：“殿下自小被贵妃娘娘不知灌了多少乱七八糟的东西，喝那汤的时候怎么就一点都没察觉呢！都怪奴婢啊！这阵子心浮气躁，根本没有防备身边的人啊！殿下你可不能有事啊！”

皇甫策似是有些疲惫，闭目道：“闭嘴，你现在亲自去揽胜宫找你家娘子……”

柳南忙道：“好好好，奴婢现在就亲自去请娘子，肯定会将人给您请来的！殿下您的心思，奴婢都懂！娘子来之前，殿下可不要有事啊！”

祇为恩深便有今

9

明月皎洁，繁星闪烁。

近日闲暇，泰宁帝日日午睡到傍晚，每至天黑，精力充沛。

上元节后，天气明显地暖和了起来，如此深夜在院中因有地龙的缘故，虽花亭敞开一侧留用赏月，但并不觉得有多冷。

泰宁帝今夜心情很是不错，还愿意与明熙手谈几局。

许是临近离别，明熙心思越发地烦躁，夹杂着莫名的失落，每夜都不能安睡。这几日里，明熙也是不愿早早地离开太极殿，回空无一人的揽胜宫去。两人厮杀了几个回合，毫无悬念地，明熙又被惯于迂回示弱的泰宁帝杀个片甲不留。

今夜天气很好，银白色的月光洒在花苑中，各色的迎春花，仿佛也被镀上了一层银辉，周遭的一切都蒙上了细纱，朦胧中透着无尽的美好。

泰宁帝最后一子落下，抬眸望去，见明熙又望着月色发呆，不禁道："又在想什么？莫不是帝京的月亮比漠北的都好看？这段时日，你常常魂不守舍，若有所思。若是舍不得朕，不若做了朕的公主，咱们也就不必将就谢放那庶子。"

明熙缓缓回神，瞥了眼泰宁帝，轻声道："陛下若舍不得我，为何不与我一同去甘凉城。有陛下在漠北，也就不必担心我会在甘凉城被人欺负了。"

泰宁帝垂下了眼眸，长出了一口气："朕何尝没想过这些？可朕若走了，依照那小狼崽子的疑心，只怕更是寝食难安，朝臣们也难免要用朕的离开做幌子了。离开也要等到一切稳定下来，也许三年，也许五年。"

明熙重重地哼了一声。

泰宁帝不免又解释道："太子心思重，身体又不好，左思右想的，若当真又熬出病了，有了子嗣还好说，若无子嗣……朕怎么有脸见列祖列宗。"

明熙挑眉道："陛下说不在意太子，都是骗人的气话。太子被荣贵妃暗算，都多少年的老皇历了，陛下竟是能内疚至今。"

泰宁帝道："说不上内疚，不过总会懊恼自己的粗心大意，朕若稍稍留心，这事也许就不会发生。"

明熙微微斜眼，轻声道："陛下实然不必如此，往日在阑珊居时，陛下总会寻些借口送去贵重药材和一干用物，不管我开口求什么，陛下都会毫不犹豫地应承下来。如今回想，除了皇位一事，陛下当真算是对太子宠爱得犹如亲子了。”

泰宁帝抿唇一笑：“人生在世，哪能没有牵绊？当初皇兄说要将皇四子给朕承嗣，你以为朕只有烦心吗？那好歹是朕的亲侄儿，养好了和儿子有何区别？朕可是早早地将紧邻正院的庭院都打扫了出来。可惜……皇兄算计太过，即便有心要将皇四子给朕过继，也要等皇四子长成懂事后了，否则将来只怕四皇子与皇兄不一条心啊。”

明熙轻声道：“可如今看来，陛下似乎喜欢太子更多一些呢。”

泰宁帝挑眉：“朕方才说了，四皇子虽是私下说好过继诚王府承嗣，可朕拢共也没见过两回。如今四去其三，虽不知这其中都有谁的手段在，可太子成了朕唯一的侄儿，也是大雍唯一的承嗣，与朕之亲子又有何不同？”

泰宁帝笑了笑：“皇兄脾气冷硬，性情暴烈，做事懒得迂回，直来直往。太子性格几乎与皇兄没有一丝相同，不管心中如何作想，面上总也能让人如沐春风。性格上也有许多地方，与朕极为相仿。有时候想想也很奇怪，朕与他父皇不是一个母妃，皇兄也随了父皇，太子倒是奇怪，与他父皇半分也不相仿，倒像朕亲手养大的。”

“呵，我看是陛下的错觉才是，他哪里像陛下养大的，陛下的率直慈心，太子可没有半分！”明熙虽不是有心泼泰宁帝冷水，可一想到皇甫策眼眸微动，就不知动了多少心思，着实有些不愤又恼怒，若他真如泰宁帝这般好懂，自己哪里需要躲那么远！

泰宁帝回眸一笑，拉长了声音道：“这是青出于蓝而胜于蓝啊。”

明熙瞥了眼满怀欣慰的泰宁帝，冷冷道：“如今不是他当初算计您的时候了，这会儿想起来的全是优点了！”

泰宁帝斜眼笑道：“好了好了，他是心思叵测不讨喜，做事也没朕干脆爽快，看似爱笑，性子却阴沉沉的。你不喜欢，咱们不说他了就是。”

明熙何尝不知道，不管泰宁帝嘴上多嫌弃太子，实然内心里却以他为骄傲。不管是心思深处，满腹诡计也好，虽叔侄两人有些争斗，可太子这些特质，终究是要用到臣子身上，将来要与满朝文武或是南朝周旋，巩固皇权，开疆拓土。

当初图南关之变，泰宁帝抢下皇位时，该也是抱有一番波澜壮阔的心思。诚王当初不得不灰头土脸地离开帝京，虽有赌气的意思，可何尝不明白。先帝与惠宣皇后大婚后，只有听话地离开，才能有一条活路。先帝肖其父，太祖当年对兄弟子侄，是何等血腥，抓到一点错处就是一门一户地屠杀，所有的兄弟子侄都不得善终。

泰宁帝乃太祖幼子，母亲身份低微，他自认不输先帝的筹谋，苦因出身的缘故，不能大展身手。虽有心治世，可当真正坐到这个位置，才知道有太多的不得已与无能为力，即便是坐拥天下，也不能随心所欲，士族、庶族、朝廷、皇权，相互掣肘。

九品中正制的推行，天下一切已被盘桓几百年的大士族瓜分得差不多了，即便有皇权更迭新贵的兴起，也不过是几年，或是短短几十年，又重新洗牌，如此不管谁来掌权，都是大士族在当家做主。皇权前所未有地衰落，这些绝非一朝一夕就能改变的。

泰宁帝登基后，着实让不停征战的大雍，好好地休养生息了三年多，百姓得以安居乐业。可如今这世道，你若不争，必然要被动地挨打，南朝、柔然，甚至北狄都虎视眈眈，养肥了自己，也不过是便宜了那些狼子野心。

泰宁帝在位三年里，也终是明白了，大雍现在需要的依然不是守城之君，若放在盛世，这般的心思、手段、绸缪也就够了，可若想一统天下，只怕还少不了杀戮果断，反而是先帝那般刚硬又不近人情的帝王，才适合这世道。

虽然三年的赋税不算多，但谁不知图南关的诚王最擅商道，近二十年打通了图南关各路商业要道，与南朝、北狄、柔然都有通商。图南关周边十二大城，赋税与经济几乎都握在诚王一人之手。如此，图南关才从不毛之地，到后来的富可敌国。

二十万大军也非张张嘴就能有，虽是找先帝要了些兵马，可先帝那般的性格，又怎会让朝廷帮助诚王府招兵买马。兵马未动，粮草先行，当初泰宁帝虽能占了全部先机，何尝没有图南关的粮草源源不断地做支持，如今图南关十二城的财富都成了泰宁帝的私库，只怕是要留给太子励精图治。

是以，泰宁帝也从不曾妄自菲薄，自认为这几年打好了根基，以及带来的财富，足够给皇甫策大展身手了。有了这般的继承人，又有足够的粮食与财帛，又何愁大雍朝不能再进一步，甚至一统天下。

想至此，明熙虽有意忍耐，可还是忍不住笑了起来："陛下想说就说，何必话说一半，又生生地压下了克制不住的炫耀之心。平心而论，太子也没甚不好，若能再多几分陛下的忠厚实在，那就更好了。"

泰宁帝瞥了眼明熙，挑眉道："小娘子家家的懂些什么！一朝天子一朝臣，有时候是需要仁慈忠厚的帝王，可有时更需要有手段的帝王。朕若只是忠厚，这皇位哪里轮得到朕来坐？"

泰宁帝长出了一口气："坐在高位上，虽能俯瞰众生，可同样的，四面八方都是埋伏，一招不慎粉身碎骨。慕容氏、高氏，甚至王氏，哪个不是深受皇恩，可有哪一家真正感恩图报的？那些大士族各有各的算盘，自不必说，即便是谢氏只怕也是为家族打算得较多。"

明熙道："何为士族？乃为门第、世族、世家、门阀。'世胄蹑高位，英俊沉下僚。地势使之然，由来非一朝。'几百年，江山几次易主，陛下早该明白，他们要忠于的从来不是朝廷或是皇室，而是宗族，若无门第，何来自己？陛下不该为这些不是背叛的背叛，再耿耿于怀。"

泰宁帝闭了闭眼眸："朕随口一说，还不至于那么想不开。见你这段时日似乎也想不开，才想开解你几分。高钺的事，朕也很可惜与后悔。如今回想，高钺左右为难时，也曾放下身段对朕求助。

"可朕依然选择了袖手旁观，甚至落井下石。朕也矛盾，一侧希望高钺投诚，将计划全盘托出，一侧又无法相信一个不愿忠于宗族的人。是以，高钺几次示好，都被朕罔顾了。

朕也明白了，不管高钺如何做，朕的心里根本无法接受背叛宗族的投诚。”

明熙沉默了片刻：“陛下虽有私心，也在乎权势，但想得最多的还是皇甫氏的以后。高钺所作所为虽是忠君，陛下依旧会反感，不管是为情还是为恩，他为一己之私，背叛族人，陛下都不会接受。陛下的左右为难与顾虑，我也明白。”

泰宁帝轻声叹息：“朕第一次向高钺许婚时，曾言高氏后宅不宁，许你们自立门户。高钺那时候眼睛一下就亮了。他曾问朕，可是能自出宗族，与高氏再不相干？朕那时已有感他问的什么，可还要装糊涂。”

明熙愣怔了片刻，轻声道：“陛下说，自立门户当另算，本就是宗族之人，哪能不认祖宗。”

泰宁帝闭目轻叹：“朕说完后，高钺眼中的亮光便熄了。若朕当时肯让高钺与高氏撇清关系，高钺也不会拒绝婚事，更不会选择赴死……他可以逃出去的，即便一无所有，也不该惨死在这不体面的战场上。

“朕欣赏他是真的，提拔他也绝非只有利用。他当真是百年难得一见的帅才，朕如今回头想，若肯给他一线希望，也许就不会得了这般的结果，可如今也只有后悔罢了。”

明熙沉默了许久，许久许久，抬眸望向明月：“陛下也说，高钺本可以逃出去，却不肯逃。其实不管成败，这一条路是高钺早为自己选好的。他想忠于陛下，也感念皇甫氏知遇之恩，可族中的事又不得不尽力，这般的矛盾，该是日夜难安。假若他不曾赴死，被陛下招安，可高氏一家因此蒙难，他的后半生，只怕也会在内疚与后悔中度过了。”

明熙眼角似乎溢出了水色，低声道：“高氏给予了他一切，也给予了他无解的死局。他若当真杀伐果断，六亲不认也就罢了。或是心狠手辣，为达目的不择手段，也就罢了。可他偏偏内心都是摇摆不定，亦正亦邪，优柔寡断，也让人不敢依靠。”

许久许久，明熙深吸了一口气，再次开口道：“忠孝两全，对他来说是比生与死更艰难的选择。”

泰宁帝拍了拍明熙的手，轻声道：“只因懂得，朕才更后悔。为将者，不见得能为帅才，他这般的性情，若能一心一意，誓死也难回头。朕当初若真的舍得，咬着牙给你们做主就是……可如今回想一切的假设，都成了未知的结果。”

明熙道：“陛下活了半生，该比谁都明白，人生哪有那么假设呢？我们总是将假设想得那么好，可每件事的发展，都有各人的性情左右，也就有了许多必然。这不是假设，是从开头就注定了结果，不会再有别的路。”

泰宁帝挑眉冷哼：“你倒是忠心的，出事后第一件事就是护太子。朕被困猗兰殿，你连问都不问一句话。你也不想想，太子那般的人，经历了临华宫的大火，又怎会再一次地将自己置于险地里？

“别以为朕不知道，周全可一直都是他的人！他在临华宫里不跟着你跑出去，到最后也会安然无事！偏偏你傻，不顾死活地带人杀了出去，他倒是隐忍，竟是一直到最后都不说后招，这心思，这算计，这份狠劲，啧啧，朕当真是望尘莫及……”

明熙忍不住打断了泰宁帝的话："陛下闲来无事，怎么就喜欢冤枉别人？我可不信祁平没告诉您，我第一个来救的人可是您。猗兰殿外人手众多，我才不得不让认识路的祁平去搬救兵的！

"祁平说了，您早料到慕容氏的心思，依陛下的才智与筹谋，又怎会没有后招呢！不然，我也不会放心去救太子的。"

泰宁帝虽是面上不显，可微微勾起的唇角，还是暴露了心情："因为知道你心里惦记朕，朕才更舍不得你啊！谢放给出的条件，着实让人心动，不然千里迢迢的，朕何至于相中他！太子若愿一心一意，与你妇唱夫随的，朕岂不是更舒心……"

"陛下！大事不好了！"六福慌慌张张地从院外跑了进来，祁平紧跟其后。

泰宁帝不以为意，轻笑了一声："如今还有什么大事？还能有什么不好的？"

六福急声道："太子殿下被近身的侍女下了毒，东宫将所有的太医都招了去！这会儿怕是危在旦夕！"

泰宁帝骤然坐正了身形："谁来报的！人呢？"

祁平上前一步道："回禀陛下，奴婢亲眼所见！宫女已被属下关了起来，奴婢来时，殿下如今……不许太医近身！"

泰宁帝急急地起身，怒道："混账！朕是如何吩咐你们的！宫中只怕还有慕容氏的余孽，让你们严守四处！你们就这般保护人吗！都愣着做甚！还不快些摆驾东宫！一个个不省心的！太子若有个三长两短，东宫众人都要陪葬！"

夜半时分，东宫正寝外。

泰宁帝站在帐外拂过皇甫策烫手的额头，心都跟着抖一抖，低声道："太子，太子？"

皇甫策虽喘息有些重，但看起来犹如睡着了一般。片刻后，他眯着眼望着眼前的人，好半晌不曾说出话来，那呼出的热气，烫得人手指都发疼。

不知过了多久，皇甫策似是看清了来人："夜半时分，还惊动了皇叔，是侄儿的不是……"声音断断续续，虚弱至极。

泰宁帝手指轻颤，不敢再碰皇甫策，遂红了眼眶，又是着急又是心疼："早上还好好的，怎么那么不小心，身边的人也不挑些可用的！朕可是将最好的暗卫都给了你，怕的就是还有余孽，早上还好好的，怎么一转眼就成了这般模样。"

皇甫策抬了抬手指，虚虚地握住了泰宁帝有些颤抖的手指，安抚道："皇叔不必忧心，侄儿感觉甚好……"

泰宁帝轻拍了拍皇甫策的手，轻声道："朕不担忧，太子吉人天相，定能熬过去的……"

皇甫策抿唇一笑："若熬不住，皇叔可从宗族中挑个年幼的听话的……亲自教养……"

明明还是这般气人的语调，可泰宁帝闻言大恸，紧紧地握住皇甫策的手指，急声道："那些小崽子，都出五服了，哪里还是咱们家的人，你才是朕的亲侄儿啊！哪里要挑他们！

你且莫想这些，先让太医给你看看，不见得是无解的……你前日不是还特意让陆氏气朕吗？你快些好。好了，朕还和你生气啊……”

皇甫策疲惫地点点头，难得温顺地开口道：“皇叔莫要担忧。”

泰宁帝点头连连，可心中越发地难过：“不担忧不担忧……”

高氏已鱼死网破，慕容氏几乎已被斩尽杀绝了，都是丧家之犬，哪里还有迂回之处。若是得了机会下毒，定然是灭口毒药，哪里还会留下活口。不然，泰宁帝也不会未雨绸缪，特意让祁平留在东宫了。可日防夜防，到底是家贼难防，偏偏是从身边人出事的。

千难万险，以为终是皆大欢喜了。日日抄诵佛经，还不是为赎皇甫氏前人杀戮之罪，护佑这唯一的子嗣，难道终究是皇甫氏杀戮太过，还是逃不过这般的结局，这是天要灭皇甫氏吗？想至此，泰宁帝终是忍不住落下泪来。

皇甫策疲惫至极，轻声道：“皇叔，贺明熙在哪儿？”

泰宁帝急急地拭去眼角的水色，低声道：“在！在外面！朕现在就去给你叫来，给你叫来！你别睡，朕去寻太医！”

皇甫策却紧紧地攥住了泰宁帝的手腕，轻笑了笑：“皇叔，侄儿从不曾求过您，您让贺明熙一直陪着侄儿，可好？”

泰宁帝终是忍不住再次落下眼泪来，哽咽道：“好！只要你病好了，朕万事都应你！你乃我大雍的太子，要什么不能……哪至如此……哪能……朕这就帮你叫她！”

皇甫策微微颔首，慢慢地松开了泰宁帝的手：“谢皇叔。”

泰宁帝拍了拍皇甫策的手，不忍再多言，转身朝外走去……

这夜，无风无云，月明星稀，明日本该是个艳阳天。

若太子无事，就算泰宁帝明日一早站在朝堂上号啕大哭，天下仍旧太平。可只要太子有些不适，今夜传扬出去，不出三日，失了继承人的大雍朝，很快就会再一次陷入混乱中。

在屏风出口站了一会儿，泰宁帝揉了揉双眸，深吸一口气，面无表情地踱步走了出去。

当值的太医在寝宫外，四五个人围成了一团，窃窃私语，不知在讨论什么，一见泰宁帝出来，当下没了声响。明熙有些发怔地站在一侧，见泰宁帝出来才回过神来，不经意地扫了一眼屏风的入口。

泰宁帝坐到了正中的桌前，等了半晌，不见太医回话，不禁恼怒道：“到底中的什么毒！多久了，你们一群人都号了脉，还断不出来吗！那宫女审问得如何了！铁桶一样的东宫！怎么混入奸细的，朕好好的太子交给你们了，你们就是这般辜负朕的信任？！”

祁平轻声道：“奴婢这就去审问！”

泰宁帝怒道：“柳南死了吗？他是怎么看顾太子的？这会儿连人都不见了！一个个的！太子若是有个三长两短，你们都给朕洗干净脖子等着！”

祁平掩唇轻咳，瞥了眼明熙，小声道："殿下要见娘子，柳南怕别人请不来娘子，亲去了揽胜宫，这才与陛下错过了。揽胜宫离东宫路途有些距离，想必一会儿就回来了。"

泰宁帝蹙眉扫了一圈，找不到撒气的人，再次瞪向众太医："方子呢！快去给朕开方子！不然去行针！都愣着做甚！等天亮吗！"

众太医一起望向徐太医，徐太医斜眼看向明熙。

泰宁帝沉默了片刻，深吸了一口气："明熙你入内帮朕照顾太子，现在任何人朕都信不过。"

明熙扫过众太医凝重的脸色，虽有心听上两句病情，可此时更想看看皇甫策到底如何，得了吩咐，当下起身朝内室走去。

徐太医见明熙起身入内，嘴角扯了扯，到底不曾多言多语。

泰宁帝又等片刻，见徐太医仍旧沉默不语，压住内心的慌乱，不禁再次恼怒道："为何都不说话！难道这毒还解不了吗？"

徐太医小声道："陛下放心，还没有那么危急，陛下可清空此处，此事出去再议。"

泰宁帝眯眼看了会儿徐太医，见他虽是面色凝重，倒无慌张之色，沉默了片刻，又想着明熙在里面看顾太子，外面又有祁平与暗卫，该是不会再有危险，方才点了点头，又对祁平道："挑些知根知底的护卫，牢牢地守好此处，但凡有陌生人意图靠近此处十步，不论是谁，当场格杀！"

东宫内书房与正寝一墙之隔，可也是两个院落。

徐太医与众太医在书房里站了一会儿，见泰宁帝的脸色已阴沉得能渗出水来，面面相觑后，才跪下身来，一一请罪。

泰宁帝当即变了脸色，急声道："你们这是做甚！请什么罪！有病治病，没病就去想办法！太子到底如何了，你们倒是快说啊！"

徐太医忙道："陛下不必心慌，太子虽有些危急，但一时半会儿还不会出事。"

泰宁帝冷笑一声："站着说话不腰疼！那是朕的侄儿，朕能不着急吗！"

徐太医垂着头，轻声道："太子中了媚毒，陛下着急也是干着急……"

"哈？什么，你们说什么？太子中了什么？"泰宁帝骤然瞪大了双眼，好半晌才道，"那太子为何会昏昏沉沉的，连人都识不清了，你们当朕没见识吗！人都成那样了，哪里会是……会是那种，你们都去号脉了吗！"

徐太医极小声道："临华宫大火后，太子殿下四肢有伤，寒凉入体，伤及根本，如今连体质都是偏寒，可这药大多都是阳盛催发之药。太子殿下服用量又颇大，这一热一冷交替之间，若非太子意志坚强，只怕早已神志不清……"

泰宁帝刚放下的心，当下又提了起来，急声道："那到底有没有性命之忧？这个要怎么解毒！东宫宫女都是前些时日才赐下的，不可能人人都是奸细，不过太极殿里有些得用的又知根知底的，朕还可以再去挑选一些，若当真是媚毒，怎么耽误到现在！"

徐太医扭头扫了几眼身旁的众太医，不见一个上前搭救的，咬牙道："虽有些凶险，但只要行房后，该是就能解了。陛下来之前，臣不敢贸然行事，只敢与殿下商议。可殿下听闻后竟是勃然大怒，将臣等都赶了出来……"

泰宁帝怔了怔："若只是有些凶险，太子不解毒，是不是就没有性命之碍了？"

徐太医忙道："太子殿下与别人不同，若换作别人，许是熬过去也就罢了。太子殿下寒凉体质，有阳盛催发之毒加身，体质羸弱，当真熬上一夜，只怕明日以后再固本培元，对以后也于事无补。到底体质羸弱，哪里经得起这般地打熬，若太子殿下一直不愿，虽没有性命之忧，可子嗣上的事，陛下还要早作打算才是……"

泰宁帝好半晌不曾回过神来："他若不愿，朕有什么办法！难不成还绑上他与人行房吗？！"

徐太医低着头，小声道："陛下不是将贺女郎留在了太子寝房内……"

泰宁帝瞪大了眼眸，回过神来忙道："什么！朕的明熙……祁平！快来！快将明熙叫出来！"

众太医与祁平站在原地，都没了反应，面面相觑后，一双双眼眸默默地望着泰宁帝。

泰宁帝怒道："你们看朕做甚！宫里什么没有，就是姿色非凡的适龄小娘子最多！祁平你再去给太子挑选几个可靠的过来。明熙是朕要嫁给别人的，你们这帮狼子野心的，休要痴心妄想！"

众太医再次看向徐太医，祁平左右为难，也看向徐太医。

徐太医深吸了一口气，低声道："陛下，此时距太子殿下中毒已有半个时辰了，若耽搁得太久，就算将来人熬了过来，肯定会……留下暗伤。"

泰宁帝愣怔："什么暗伤？你倒是把话一次给朕说清楚！一会儿有事，一会儿没事！到底有没有事！"

徐太医上前两步，附在泰宁帝耳侧，极小声地说道："如今殿下身体已是羸弱，若打熬一夜，即便熬了过去，以后只怕更是破败。别的不敢说，但滑精不举也是在所难免……"

泰宁帝脸色一阵青一阵白，又是恼恨，又是心疼："朕算是看出来了，太子到底要做什么了，这是以死相逼！捏住朕的软肋了！好好好！你们一个个的！都那么会算计……祁平，你来！"

祁平耳目最灵，自然听清了太医说的什么，忙小声地撇清："陛下，奴婢才跟随殿下刚满一旬，根本不得信任，此事半点内情都不知道……"

泰宁帝抿唇，附在祁平耳边小声道："你去挑几个长得顺眼的宫女，最好是与你家娘子长相有些相仿的。"

祁平微微一怔，想也不想就跪在了地上，急声道："奴婢今夜若是做了这事，以殿下的手段，只怕陛下明天就见不到奴婢了啊！陛下陛下！奴婢历来对陛下忠心耿耿啊！可不敢如此啊！"

泰宁帝脸色一阵青一阵白："瞧你那点出息！这点小事能吓成这样吗？"

祁平闷着头，讷讷道："奴婢一心忠于陛下，本就没多大的出息与抱负。柳管事可算是最是了解殿下的人，陛下不如将这事交给柳管事，他肯定更称殿下的心意。"

泰宁帝看了祁平半晌，黑着脸道："柳南素日里没少得罪你吧？"

祁平道："哪能啊！柳管事面上最是笼络奴婢，以为四下无人，就没少在殿下面前给奴婢穿小鞋。他是猪脑子啊，不知道暗卫为什么叫暗卫吗？以为四下无人，就真没人了吗？"

祁平见泰宁帝沉默不语，不禁又道："陛下将奴婢派遣到殿下身边，肯定也不想奴婢折在这事上。柳管事那可是殿下的心腹，素日里最是嘴贱，好几次奴婢看殿下都被气得哆嗦，也没见得殿下怎么他！"

泰宁帝闭了闭眼，叹了口气："别贫了，你去将此事来龙去脉、前因后果，清清楚楚明明白白地告诉你家娘子，要如何选择，让她自己决定。"

祁平正欲前去，却听见泰宁帝又道："告诉你家娘子，朕也将宫女备好……"

烛光朦胧，宛若笼上一层细细的红纱。

寝室内殿的温度很热，明熙才坐了片刻，额头上已溢满了汗珠。

皇甫策体质寒冷，每年开春半月，停了火龙仍然要烧炭盆。此时刚过了上元节，宫中别处单烧着地龙，东宫却是炭盆与地龙一起燃着，只着亵衣也不会冷。

皇甫策睡得昏昏沉沉的，拉着明熙的手不肯放，也不见得有意识。许是高烧的缘故，他的额头溢满了汗珠，脸色呈现出不正常的红润，呼出的热气都是滚烫的。

侧耳倾听了片刻，外面已是空无一人，明熙心下有种不太好的预感，起身欲出去询问病因，可忘记了一只手还被半昏迷的人牢牢地抓住，这一挣，将人扯醒了。

皇甫策凤眸中溢满了水色："贺明熙？你要去哪儿？"

明熙蹙眉，僵坐了半晌，轻声道："我去看太医的方子开得如何了，如此高烧，都该先退烧才是。"

皇甫策咬着唇道："呵，人都要去漠北了，又何必如此做派？本宫是死是活，与你何干？"

明熙微微一怔，突然不敢与那双溢满波光的凤眸对视了，轻声道："好，那你先松手，我让柳南进来伺候。"

皇甫策本半合的眼眸，听到此话，骤然睁开，凝向明熙，不知是不是太过难过，还是身体上不适，眼角竟是溢出了水光。虽是如此，但那嫣红的嘴唇，溢出一抹浅笑来，攥住明熙的手，一直不曾放下过。

那交缠的手，让明熙有片刻的恍惚。还记得，皇甫策初到阑珊居时，后背上有一块十分严重的烧伤，不能穿衣，也不能盖被，手脚俱有深可见骨的剑伤。那时虽是尽力用了最好的药，可他依旧高烧不退，清醒的时候，也只是半合着眼四处打量，昏睡时便会虚虚地握住明熙的食指，若是明熙离开片刻，昏迷中都会惶恐不安，甚至忍不住翻身去寻找。

一日日的，一夜夜的，一个在床上趴着，或侧卧，一个伸着手，蜷缩在脚踏上，就这样熬过了最危险的五十多天，终将皇甫策从生死边缘拉了回来。本以为有了这番患难的情意，两个人就能好好地相处，彼此珍惜相处的日子。

彻底清醒的皇甫策让人难以亲近，也难以捉摸，不是冷言冷语，就是冷眼旁观，若同众人皆是如此，也就罢了。

可这样的坏脾气与冷漠，只针对明熙一个人，对待那些无关紧要的人，甚至奴仆，都是和颜悦色的好脾气。不管明熙如何讨好，都难以亲近，若着急了甚至恶言相向。

记忆最深的那个淡然地站在春光花间，神情温和，仿佛整个人带着全部阳光的少年，再不复见踪迹。

不管何时再回想起以往来，依旧觉得当初一定是着了魔，或是欠了这个人。不然，为何会将一个人捧得那样高，又保护得那般好，甚至愿意倾尽一切，只换他往昔的浅笑。可即便有了后来的决绝与分离，又过了这许久，明熙依旧对那时的所作所为，还是不曾后悔。

若没有阁楼上皇甫策那番诛心的对话，毫不留情又满怀恶意地打碎了梦境，明熙直至今日，也走不出那魔障，肯定不会有离开帝京的勇气。因为在上阁楼之前，明熙依旧满怀希望，内心深处有太多不舍与难过。

虽是短短的一年，可明熙也自认会得到一切的年纪，少了有志者事竟成的天真，可望着这人受苦，还是忍不住地心疼，还是忍不住地想要落泪，一如得知他会有危险时，那般地不顾一切，抛去心中所有坚持，只求生死与共。

那时才明白，前人所说，用过的真心，一生都难以收回。

因为心中曾有过这样一个人，即便不完美，即便曾给予了太多伤害，可那些用尽全心全意，也不曾留下后路的欢喜与爱慕，将来无论如何，都不会再轻易地交付任何人，更不会有什么为世俗妥协的情感，逼迫自己的心将就不喜欢的人，过上一生一世。

此番，可能是最后的机会，也是两个人最后的相处了。

往后，无数个岁月里，一个天南，一个地北。

不管如何，都不会相见了。

明熙突然觉得眼前的人是如此脆弱，那双凤眸里该是什么情绪都没有，可却让人错以为有太多的不舍与情感。此时，明熙多想伸出手去，抚过他滚烫的脸颊与额头，诉说一些藏在心底许久，也许以后都不会说出来的话，可理智却知道不该踏出这一步。

既要断就要断个干净，不该有犹豫与心软，这般纠缠不清，也不过徒添伤心罢了。

两人对视了许久，又仿佛只是一瞬。明熙缓慢垂眸，收回了目光，掰开了皇甫策握住自己手腕的手，再次抬首，四目相对，已无半分波澜。

皇甫策愣怔地望着空无一物的手掌，挣扎着勉强坐起身来，虽极力想找回往日的气势，可此时此刻，也不过只是勉强支撑起来罢了："贺明熙，你想逃到哪里去？"

明熙不欲与此时的皇甫策有所争执，低声道："殿下既已醒来，就让太医给药吧。"

祁平站在屏风外踌躇了半晌，直至此时才终于有机会说话：“娘子……”

明熙见到祁平在此，如释重负，疾步朝外走去：“药煎上了吗？”

祁平站了片刻，有些为难道：“娘子可否借一步说话？”

明熙脸色微微一变：“太医到底如何说？”

祁平对上明熙略显担忧的目光，多少有些难为情：“不是娘子所想那般的毒药，是……”

祁平极小声地给明熙耳语了起来：“……殿下体质弱于常人，若继续强忍，只怕有性命之碍，且耽搁久了又会留有后患。”

明熙好半晌不及反应：“还有后患？”

祁平极低声地开口道：“太医说，以后肯定会子嗣有碍……”

明熙紧蹙的眉头，许久都不曾松开，低声道：“太子可知道自己中的是什么毒？”

祁平忙摇了摇头：“奴婢和柳南当时都在，殿下感觉不舒服，当下就处置了那贱婢！奴婢点住了太子的几处大穴，防止毒发入心，不然哪能坚持到现在。殿下自那后有些精神不济，虽然太医也喂了些白菊蜜水，效果也不太好。”

明熙沉默了片刻，有些艰难地开口道：“陛下没别的准备吗？”

祁平想了想，斟酌道：“有是有，可陛下与娘子来之前，奴婢也放了个稍有姿色的宫女进来，殿下大发雷霆，许是刚在华灵那里吃了苦，十分忌惮生人。陛下让奴婢对娘子据实以报，让娘子自己考虑，但是同样的，陛下那里也有了别的准备。”

明熙又沉默了片刻，轻声道：“太子这会儿精神不错，不若你与他说清楚。”

祁平瞪大了双眼：“奴婢跟随太子殿下尚不足一旬……咳咳，虽懂些医理，可万一惹怒了太子殿下……娘子实然不必如此忧心，陛下给太子殿下备好的宫女，已都在外面廊上，娘子一会儿可让两人先进来……奴婢本就不得太子殿下信任，这事要是奴婢来做，只怕以后在殿下手下做事更是艰难，娘子最是心善，心疼心疼奴婢吧。”

明熙蹙眉道：“那你还在这儿说什么！还不快去将陛下请回来做主！”

祁平道：“殿下这里无人看顾……”

明熙站在原地，回眸看了眼纱帐里的人：“我在此等候，你快去快回！”

祗为恩深便有今

10

东宫内书房里。

泰宁帝眉宇紧蹙满是焦躁，双眼之中是显而易见的矛盾之色，时不时站在窗口张望外面，许久许久，不曾回过神来。

泰宁帝此时都不知自己到底想要怎样的结果。明熙若愿意与皇甫策在一起，从此以后，再也不必离开大雍宫了，自己也不用如此不舍了。可另一方面，泰宁帝也是真心疼爱明熙的，又不愿她一生困在宫中。

漠北甘凉城，有一万个不好，依旧有自由有野花野草，有大漠山水，甚至这一生还有别的选择，或许能碰见更好的郎君。不管如何，一生都不必困于后宫，看一辈子同样的花枝与围墙，更是不必与别的娘子钩心斗角，抢夺夫君。

可大雍的太子殿下，有一万个不好，那是血浓于水的亲侄儿，也是大雍朝唯一的继承者，搭上自己的性命，也不能让他再出万一。莫说他性命有碍，即便是可能落下那般的病根，也是万万不能的。

大雍千秋万代自是不大可能，但也不能只传到了皇甫策这一代。再没有泰宁帝了解皇甫策的性子了。他执拗固执，为达目的不肯罢休，若执意不愿，这般的事根本强迫不了。不管这件事是巧合，还是太子布的局，或是有意地推波助澜。若当真不应了他的心意，只怕他肯定能豁出去，非鱼死网破了不可。太子年轻，尚能不管不顾地豁得出去，可泰宁帝已是这般的年纪，不愿再冒半分风险。

如此一来，若明熙不愿，泰宁帝又不知道要如何是好了，若要张嘴劝明熙，当真不如先找根绳子吊死算了。若不劝，也怕皇甫策一根筋，宁死也不愿生人近身……

事已至此，一步步地，似乎将泰宁帝逼到了这般无解的境地。

明明后日早朝，只要提前宣布了明熙与谢放的婚事，从此以后，不管是谁，都不予更改，即便被御史骂个霸道，也无关紧要了。可太子之心机、手段再没有泰宁帝知道，明熙若对他无情，尚说不定能得逞，何况按照这些时日明熙的所作所为，明眼人都知道这是对太子不曾忘情，只怕今夜这事十成十的还是会让他得逞。

今夜之后，不管情形如何，不管当初还有多少祈盼，只怕许多人许多事也只会成了泡影了。

祁平几乎是小跑着进门，急声道：“宫女都留在了廊上，太子殿下将奴婢赶了出来……”

泰宁帝微微回眸，侧了祁平一眼，冷笑连连："太子狼子野心，心思深沉，若心有执念，又有什么做不成的！"

众人听见泰宁帝如此评价太子，不约而同地垂下了眼眸，全当不曾听见。

祁平见众太医不敢说话，忙开口道："奴婢偷眼看着，殿下满脸怒色，该是什么都不知道……那宫女华灵，奴婢现在就去审！明日一早定给陛下一个交代。"

泰宁帝劳心劳力地折腾半晚，已十分疲倦了，捏了捏眉心，长出了一口气躺在了贵妃榻上："六福，柳南还没有回来吗？"

六福是所有人中唯一能与泰宁帝感同身受的人，好半晌才回过神来："该是回来了……"

泰宁帝见六福无甚精神，也知他心中所想，哑声道："你去揽胜宫知会裴达一声，今夜明熙就不回去了，你今夜也不必回来伺候了。"

六福微微一愣，轻声道："陛下……"

泰宁帝难得地起身拍了拍六福的胳膊，轻声道："你想什么，朕都知道，你放心，即便太子有意为难，朕也绝不会委屈了明熙……到时，登基大典与封后大典一起办了。"说到最后一句话，泰宁帝已咬牙切齿。

六福得了准话，也放下了半颗心，想了想，轻声道："那奴婢去跟裴达说一声。"

泰宁帝颔首，斜眼看向缩头缩脑的柳南，咬牙恨道："狗头！给朕滚过来！祁平留下伺候，太医都守在院中！"

柳南颤巍巍地走了过去，跪在了贵妃榻前，哭着喊了起来："陛下！奴婢是冤枉的啊！殿下和奴婢本是好好地说话，华灵就来送参汤了。殿下喝了好几日都没事，哪里会想到其中有诈啊！殿下出了事，奴婢比谁都着急啊！又是太医，又是陛下，还有……还有殿下一直找娘子，又怕娘子不来！让奴婢特意去请啊！"

泰宁帝疲惫地闭上了眼眸，开口道："如此说来，你家殿下完全不知情了。"

柳南瞪大了双眸，急声道："当然不知道了，那可是毒药！若是知道，哪能全部喝下啊！往日殿下也是都喝完的，后来可能感觉不适，才知道华灵出了问题啊！祁平呢？人审出结果了吗？奴婢当下就将人交给了祁平了，如此前因后果，陛下肯定知道得清楚了。"

泰宁帝听见柳南絮叨个没完，着实嫌弃："好了好了，朕都知道了，你下去吧。"

柳南忙点头连连："那奴婢去看看殿下好些了没！太医院都开了什么方子？"

泰宁帝咬牙道："滚回来！跪下！"

柳南怔了怔，见泰宁帝虽是眉宇间俱是焦躁，可还能气定神闲地躺在这处，便想着皇甫策该是无事，虽是有些担忧，还是老老实实是地跪在了原地。

不知过了多久，泰宁帝缓缓睁开眼眸："你家殿下当真半分不知情吗？"

柳南满眼惊讶道："陛下怎能这般怀疑殿下！殿下明知道有毒，难道还会自己喝下毒药不成！殿下为何要陷害自己？这对殿下有什么好处啊！殿下可是陛下的亲侄儿，还有两个多月就要登……也不会那么想不开啊！

“今日这事当真半点预兆都没有，华灵素日里也没有显出别的来，底细也被奴婢查得一清二楚。当时殿下还在忧心高氏逃窜到南朝的事，正在和奴婢说……都要洗漱了，哪知道就出了这样的事啊！陛下到底想说什么？”

泰宁帝闭目轻声道：“这参汤，你家殿下喝了几日了？”

柳南掰着手指，笃定道：“自打年初六到今日了……”

泰宁帝想了片刻，也想不出个所以然了，自暴自弃道：“朕现在头脑乱得很，醒来再问你。”

柳南怔了怔：“殿下到底如何了呢？娘子可有去看顾殿下，那时候殿下眼看不好了，还说要见陛下……让人一定请陛下过来……”

泰宁帝有感自己也许大概可能真的错怪了皇甫策，可心里又有预感自己肯定又不自知地钻进了圈套里，这样想来想去，着实不好分辨，当下迁怒道：“滚去伺候你家殿下去！若要选人，你去选……若有别的消息，立即来报！”

祁平忙给发怔的柳南耳语了几句，只见柳南面上的焦躁缓缓褪去，长出了一口气：“奴婢这就去守着殿下，若有消息，立即给陛下报来。”

东宫内殿的灯盏本就不亮，不知是有意还是无意，今日的灯罩，竟是红色细纱。

屋内朦朦胧胧的，隔着幔帐，隐约可见皇甫策长发披散，倚坐在床榻上，虽是不适地动了几次，但除有些急促的呼吸声，已没有别的声响。

明熙自知皇甫策因何如此后，有些窘迫地站在屏风入口，不曾动过。可正寝到底不大，皇甫策的一举一动似乎都在眼前，就连呼吸也越发地清晰了。

片刻后，依然不见祁平回来。明熙越发地焦躁不耐，心乱如麻，有种如坐针毡的尴尬。想到外面既然有准备的人，只要有人先叫进来伺候，不管是谁，总比明熙独自一人留在此处来得强些。

“贺明熙！你去哪儿？”皇甫策虽声音依旧清冷，越发急促的呼吸，暴露出已到了极致。

明熙蹙眉道：“我出去找人过来……”

皇甫策闻言，水漾的凤眸顿失温度，冰冷至极：“贺明熙，你想让谁进来？你就那么害怕，看本宫一眼都不敢吗？”

明熙始终不曾转回身来，轻声道：“殿下少安毋躁，既已找到了病灶，陛下必有定夺！”

“贺明熙！你敢出去，明日本宫便下旨，着惠宣先皇后与先帝合葬！”皇甫策见明熙要夺门而去，再也顾不得浑身无力，猛地起身，可忍不住地头晕目眩，扶住一侧无力地歪在床榻上。

明熙站在原地，不曾再动，好半晌才道：“陛下还在，不会任你胡作非为。”

皇甫策挣扎，几次欲起身，可到底打熬了一晚上，心有余而力不足地摔倒在床，闷哼了一声，却也不肯示弱：“何谓胡作非为？先帝先后合葬，哪里不合礼仪法度？即便皇叔想要阻拦，只怕也是不能！”

皇甫策见明熙依旧不曾回眸，再次开口道：“贺明熙，甘凉城将你的勇气都磨灭了吗？你何时曾如此胆小怯懦，遇事只会逃跑吗？”

明熙抿着唇，低声道：“我意如何，与殿下无关。”

皇甫策低声地笑了：“你的心，你之一切都落在本宫的身上，你还想走？你能逃到哪里去？离了本宫身边，就不会相思入骨，日夜难安吗？这一生，除了本宫，你又能嫁给谁，用那没有灵魂的躯体，再去欺骗谁的一生？”

明熙深吸了一口气，冷声道：“殿下慎言。”

皇甫策急喘了两声，挑眉一笑：“慎言？本宫坐拥一切，有何不可说的？本宫说的哪一句又不是事实？自欺欺人，可不是你的作风。你以为漠北甘凉城会是你的乐土吗？你以为谢放会是你的救赎吗！”

明熙骤然转身，怒道：“皇甫策！休要欺人太甚！”

皇甫策轻声道：“欺人太甚？阑珊居里，你也曾占尽先机，何尝不曾欺人太甚，本宫事事对你千依百顺，让你为所欲为时，何尝有过抱怨？明知道你贺明熙对本宫抱有别样心思，何尝不是一直忍受？如今，本宫为刀俎，你为鱼肉，本宫为何不能以牙还牙。”

明熙大怒：“皇甫策！你颠倒是非黑白，还血口喷人！”

皇甫策凤眸微微眯起，不以为意笑了起来：“什么是黑，什么是白？本宫说黑就是黑，本宫说白就是白！本宫为天下之主，行事还要问你心意不成？你以为本宫会放过那些收留你，或是对你居心叵测的人吗？谢放、谢燃，还有与你要好的那个副将，林城？”

明熙紧紧地握住腰间缀满宝石的马鞭，咬牙道：“皇甫策！你就是卑鄙小人！”

皇甫策浅浅一笑：“本宫性情如何，你今日才知吗？你以为皇叔能保你无恙吗？呵，三月初三，他就成了太上皇。兼冬宫或太液池中央，建一所屋子，让太上皇住进去，安度余生又当如何？”

明熙怒道：“陛下待你犹如亲子般，你竟是要恩将仇报吗！”

皇甫策微微勾起了唇角，轻笑了一声：“天下是父皇留给本宫的，皇位本就是本宫的！临华宫大火与这皇位，哪个与他无关，何来恩重如山？贺明熙，只要你敢一走了之，明日本宫便会让你尝尝失去至亲好友之痛。”

骤然撩开青纱幔帐，明熙抽出腰间的马鞭，恶狠狠地抽了过去。皇甫策伸手抓住鞭尾，两人对视间，皇甫策的脸上始终保持着浅显的笑意，漫不经心的模样，一如从前，让明熙本就高涨的怒意，暴涨了起来。

不管初衷如何，不管如何做，不管对他多好，他总是能曲解人意，不知好歹，甚至恩将仇报！

皇甫策单手支撑着身形，坐了起来，侧脸低笑了一声：“贺明熙，怎么？今时今日，你还想与本宫动手吗？”

明熙骤然施力拽回了鞭子，居高临下地冷笑："太子不是要我回来吗？"

皇甫策凤眸微转，抿唇一笑："本宫如今可不是客居东苑，身份未名的人了。你这一鞭子抽过来，难道就没想过会有何种后果吗？"

明熙动作微微一滞，与皇甫策对视的眼眸，也缓缓垂了下来，长长的睫毛遮盖了眼眸，紧紧地攥住手中的鞭子，慢慢地放下手去。

皇甫策凤眸流转，轻笑了一声："世间的人，大多如此。权势前，你贺明熙不照样得给本宫低下头，你不是无惧无畏吗？不是从不肯妥协吗？怎么？如今怕了吗？"

"啪！"明熙本欲收回的手，骤然抬了起来，甩出了鞭子。

皇甫策闷哼了一声，笑意顿失，一双含着笑意的眼眸，也降到了冰点。许久的沉默，皇甫策摸了摸火辣辣的脸颊，冷笑出声："贺……"

明熙甩手扔了鞭子，伸手扯过皇甫策的长发，低声道："太子殿下苦苦相逼，又意欲何为，嗯？"

"你不想要吗？"皇甫策凤眸微转，望向冷着脸的明熙，突兀地露出几分浅笑来。可那笑意显得如此轻蔑与不屑，一如当年，不管在何等弱势的境地里，这人一如当年的傲慢与矜贵。

明熙有片刻的恍惚，缓缓垂眸遮盖了杏眸中的慌张："那是很久之前的事了……"

"贺明熙，即便过上百年，你的内心依旧如此懦弱。如此多借口，还不是因为本宫不再是那个需要依附你而活的人。你不敢，你恐惧，因为你再也不是阑珊居那个能为所欲为的人了。"

皇甫策见明熙愣怔原地，低低地笑出声来，支撑着床外侧，身形似乎已支撑不住摇摇欲坠，脸颊上的那道鞭痕触目惊心，缓缓渗着血丝，可那双凤眸依旧似笑非笑地凝视着明熙。

朦胧的光晕下，这人宛若坐在了氤氲的浅雾中，瀑布般的长发垂落脸侧，脸颊上的一道血痕更衬得肌肤白里透红，润若暖玉。那唇色因高烧的缘故嫣红一片，娇艳欲滴。即便处在这般的劣势里，他整个人没有半分的落魄与不堪，依然宛若不知凡世的谪仙。

"贺明熙，本宫会怕这些吗？一年多不见，你可是半点都不见长进呢。怎么？打完了，后悔了，心疼了，是不是还是满心的舍不得？"皇甫策的呼吸越发地重了，宛若蝶翼般的睫羽轻颤着，整个人看起来似乎虚弱至极，可又是挠人心尖的俊美，眉宇间的傲慢与睥睨却是让人忍不住施虐的软弱。

明熙微微回过神来，凝视了皇甫策片刻，低声道："皇甫策，你以为我不知道你想要什么吗？"

"你说，本宫要什么？"皇甫策眯眼，修长的手指微微曲了曲，攥住了明熙的手指，肌肤的触碰，炙热的温度将明熙微凉的手指包裹，强势的话语配上略显小心翼翼动作，如此矛盾又有莫名的珍惜。那紧握的手指，似乎都带着几分惶恐不安的颤抖，紧紧地抓住，一次次地收紧，却又无力。

明熙嘴角勾起一抹似笑非笑的弧度，甩开了皇甫策的手，慢慢地坐下身来，轻声道："殿下，难受吗？"

皇甫策凤眸微眯，沉吟了片刻，哑声道："尚可。"

"殿下，将你给我，又当如何？"明熙附在皇甫策耳边话毕，低笑出声。微凉的手指轻轻地碰触着皇甫策脸颊，划过他那双嫣红的唇角，拂过脸颊鞭痕。

"呃……"皇甫策低声地喘息了一声，方才还凌厉清冷的凤眸逐渐地氤氲了雾气，宛若剪水。那宛若蝶翼般颤抖的睫毛，忍不住地靠了上去，微凉的唇轻触碰着那微凉的手背。

明熙感觉到皇甫策的脸颊轻柔地蹭过自己的手背，一下下的，轻声道："殿下，熬得很难受吗？"

皇甫策凤眸满是水泽，迷茫一片，讷讷道："阿熙……"

一时间，似乎整个人的气息都变了，方才的傲慢睥睨转眼已是不见，他双手无力地想要攀附过去索取更多，可却被明熙毫不留情地推开。

明熙轻笑出声，那让人又厌又恼的人，顿时变得可怜又可爱："殿下，你想要什么呢？"

"本宫有些不适……"皇甫策凤眸已是毫无焦距，似乎忘记了思考，呼吸滚烫。他双手缠了上去，忍不住地靠近，索取或是给予。

"嗯？哪里？"明熙虽是问出这般的话来，但坐在原处连手都不曾动过，声音中满是强势与冰冷。

"有些热……"皇甫策似乎已有些分不出任何是非曲直了，被冷冷地推开后，竟是又不由自主地缠绕了上去，可再次说出的话，也懂迎合。他炙热的唇，迫不及待又极小心翼翼地划过明熙的耳郭、脸颊，那呼吸越发地粗重。发颤的手指，小心翼翼地碰触着她的侧脸。当指尖传来微凉的触感，心都莫名地踊跃了起来，可整个人又似乎越发地火热了起来。

明熙抿着唇，虽不曾推开贴过来的人，可依然冷言道："殿下为何有意为难我……"

"不会，阿熙莫走……"皇甫策虽有些不甚清晰，但依然能清晰分辨出情绪来，当他感觉不到明熙的抗拒，从心底溢出的愉悦与欣喜，似乎还有失而复得的满足，整颗心都填得满满的。他忍不住地呢喃，不由自主地浅笑，紧蹙的眉头慢慢舒展开来，那双漆黑如墨的眼眸荡漾着浅浅涟漪。

这般软弱，毫无还手之力，落入眼眸，让明熙不禁眯起了眼，几乎是下意识地伸出手去，毫不费力地将人推倒一侧，唇角露出一抹浅笑，低声道："殿下，即便我此时不走，以后我们也不会有所牵涉，你可懂？"

"本宫在此处……你要去哪儿？"皇甫策迷蒙的凤眸，似乎露出片刻的愣怔，不知所措地望向明熙，眉眼之间竟是露出几分小心翼翼的讨好。

明熙勾起了唇角，手指放在了那蹙起的眉间，轻轻地划过那眉眼的轮廓，那蝶翼般的睫毛一下下地刷过手心，痒痒的，食指停留在脸颊上的鞭痕上，轻轻地触碰，擦拭着脸颊的血污，最后缓缓朝下，停留在脖颈间的脉搏上，一下下地摩擦着。

皇甫策低声地喘息着，呼吸越显粗重，那磨人的手指宛若最冷酷的刑罚，又宛若最甜蜜的折磨。他骤然将人紧紧地抱住，大口大口地呼吸，可似乎远远不够，想要索取更多，终是忍不住翻身将明熙压在自己身下，撕扯着她的衣襟，急促而毫无章法，喃喃地喊着“阿熙”，一遍又一遍，似乎怎么都不够。

明熙清晰地感到皇甫策的需要，虽是处于劣势，可轻笑了一声，她的手握住了皇甫策有旧伤的手腕，轻轻地摩擦着，一下下的，当那双凤眸情不自禁地眯起时，明熙骤然用力。

皇甫策闷哼一声，整个人无力支撑，摔了下来，可即便如此，依然怕压坏了怀中的人，摔在了一侧。这般的动作自然落入了明熙的眼眸，让她情不自禁地笑了起来：“殿下，碰疼了吗？”

这笑意中带着开怀，似乎又有些坏的微笑，让皇甫策整颗心似乎被什么狠狠地撞了一下，心跳得越发厉害，仿佛快要从胸口跳了出来。他摸索着伸手，有些倔强地抓住明熙的手腕，急促地呼吸，情不自禁道：“阿熙阿熙，只有你能让本宫疼……”明明该是很有气势的一句话，却因此时此景，显得如此色厉内荏，仿佛示弱般。

明熙闻言眼神微眯，似乎被这句话取悦了，手指划过他亵衣的前襟时骤然拉开，咬上他脖颈的脉搏。皇甫策疼得哼了一声，在剧痛中反手将人紧紧地抱在怀中：“阿熙，你想要的，本宫都给你……”

两人离得如此近，皇甫策的呢喃清晰地传入了明熙的耳中，她斜眼看向这人。半合的凤眸颜色加深，蝶翼般的睫毛微颤着，眼角溢出些许水光来。嫣红的唇，不停地重复着这一句话。

这一刻，所忌惮的一切，谨慎、不安以及明日醒来的烦忧，都消失不见了。明熙如受蛊惑般，情不自禁地一下下地抚摸着皇甫策的脸颊，呼吸也急促了起来。

皇甫策感受到那肌肤间的触碰，与渴求了许久的爱抚，舒服地叹息。他抬眸望向那个拂过他脸颊的人，骤然翻身，反客为主，将人覆在怀中，亲吻了上去。他似是已忍到极限，滚烫的双手抚摸着那微凉的肌肤，一遍遍地亲吻着她，安抚着她，满是留恋不舍。粗重的呼吸交错了起来，肌肤的触碰，焚烧着两人压抑在心底最深的渴望。

片刻间，亵衣滑落，红纱之间，是毫无遮掩的坦诚。

皇甫策覆在明熙的身上，拂过她的脸颊，啃噬她的耳垂，一下下地安抚着。

“啊……”明熙感觉身体深处传来一股撕裂般的疼痛，疼呼了一声，双手骤然抓紧了皇甫策的后背。

可后背上疼痛，反而更是催得皇甫策情动到了极致，他脸色涨红地闷哼，可还是强行停住了所有的动作，一点点地亲吻啃噬着明熙的耳根与脖颈，哑声道：“忍忍，阿熙，为我忍忍……”

“很疼，皇甫策……”明熙的杏眸因疼痛溢满了水色，眉宇间已溢满了迷乱，贝齿咬着红肿的嘴唇，啜泣地重复着这般的话语。

皇甫策从未感觉“皇甫策”这三个字被人叫出来是如此悦耳好听。他滚烫的脸颊轻轻蹭了蹭明熙的脸颊，粗重的呼吸交错间，温柔小心地亲吻着安抚着身下的人，可到底隐忍不住，轻动了起来，柔声哄道：“叫我长生，可好……”

“嗯……”明熙感觉整个人生生被人撕裂成了两半，如今那把刀还在自己的体内，一下下地割开了自己所保留的一切，她长长的指甲骤然在那光洁的后背上收紧了，留下一道道的痕迹。

后背传来的剧痛，似乎是心甘情愿地为怀中人忍受，仿佛要将自己整个人都挤入这人魂魄里，生生世世绑缚一起，又仿佛置身仙境之中，那些恍然与躁狂，消失不见了。

这一刻，皇甫策是如此清晰，感受到隐藏在心底最深处的一切渴望，以及那涓涓流淌的温暖，是水到渠成的通透与顿悟。

当那股剧烈的疼痛过去，明熙那陷入皮肉中的指甲终是慢慢地放松了，那种透着灵魂的酥麻与舒适，一下下地撞入了心底，似乎是怎么都不够的渴望，似乎是想要将这人融为一体，让她低声地轻吟：“阿策……”

那双杏眸前所未有的柔媚，倒映出皇甫策的模样，那里面似乎包含许多情感与说不尽的爱恋，这让皇甫策的心跟着满足膨胀，似乎有甜甜的东西在心尖流淌，沉声道：“怎么？还走吗？”

骤然的停止，让明熙睁开了迷蒙的双眸，映入眼眸的是那张俊美无俦又朝思暮想的脸庞，她似乎有片刻的不明所以，可整个人依然忍不住地攀附了上去，有些催促，有些委屈：“阿策……”

皇甫策啃噬着明熙的耳垂，轻轻地吹气，却冷声道：“说，还要离开吗？”

明熙无分辨，摇着头，低声地啜泣了起来。

皇甫策不为所动，咬牙道：“说！”

明熙哭了起来：“阿策，给我……”

皇甫策嘴唇轻勾，缓缓地动了起来：“来，叫本宫长生。”

明熙双眸毫无焦距，重重地喘息，低声地呻吟：“长生……”

皇甫策眉宇间终是露出了些许满足，紧紧地搂着她的腰身，慢慢地加快了速度。

怀中的人无力地攀附，被情欲左右，予取予求的模样，只能自己才能给予。那空虚的胸口，充满了各种情愫，是得到，是满足，是甘甜，是灵魂深处的欲罢不能。她给予的一切，让他战栗，让他失去理智的疯狂，是比满足更深更深的慰藉。

明熙犹如一叶扁舟，随波逐流，被动地承受一切，双手紧紧地攀附这人的脖颈，一浪高过一浪，似乎眼看着就要登峰，忍不住低声地喘息着，急不可耐又有些凌乱地亲吻着给予自己一切的人，似祈求，似呢喃，急急地开口催促：“阿策、长生……”语无伦次，满是渴望。

皇甫策抿着唇，在关键时，停下了所有的动作，低声道：“贺女郎，心悦于谁？”

一切，在一个高度上骤然停止了，瞬间落了下来，那种逼人疯狂的感觉，让明熙低声地哀求：“阿策……”

皇甫策附在明熙耳边，极轻柔声地开口道：“阿熙以后不离我左右，可好？”

明熙只觉脑海一片空白，可却知道那温柔似水不过都是假象，只要不开口，他定然不愿妥协，一时间无法顾及，也无法思考了，耳边传来一声声的问话，让她无法反驳，也无法思考，可心里只要那强烈，让人战栗的需要。

明熙手指紧紧地陷入他的背后上，挣扎着，扭动着：“长生……”

皇甫策眉宇间尽是隐忍，凤眸中溢满了欲望，依然心若磐石，不肯动，纤长的手指撩起那被汗水浸湿的发髻，犹如蛊惑般，柔声道：“我一生一世，不离阿熙片刻，可好？”

明熙忍不住落下泪来，委屈又渴望道：“长生给我……求求你……求你给我……”

皇甫策眉宇间的阴沉，顿时化作了无尽的情意，那双凤眸氤氲的雾气散去，只潋滟着斑斓的水泽，嘴角溢出一抹浅笑：“阿熙，我的阿熙，我怎么舍得……”

这人笑时，依旧宛若谪仙，如此温柔，可动作却越发地粗暴，狂风骤雨般的速度，一波又一波的冲击，似乎要折断怀中人，似乎要将怀中的人一分为二。

明熙头脑一片空白，双脚下意识地绷住，忍不住地尖叫了起来：“长生，不行了……”

明熙全身都颤抖了起来，全身的肌肉骤然紧绷了起来：“啊——”

皇甫策喘息声越发地粗重，汗水顺着下巴滴落，重重地闷哼了一声，仿若失去了全部的声息，身体不由自主地颤动着，那双潋滟着波光，软成一摊水的凤眸，空洞而迷离。

“给你，一切都给你，我的阿熙……”许久许久，他讷讷地轻语，低声地叹息，宛若失去了一切力气，趴在一侧急促地喘息。

常得君王带笑看

1

烛火摇曳，似乎有风吹乱了帷帐。

皇甫策将人圈在了怀中，凤眸专注地凝望着已疲惫至极的怀中人，手掌一下下地抚过她还轻轻颤抖的后背，仿佛要用尽心底的柔情。

往日如一团火般的人，远远看去绚烂璀璨光彩夺目。若走近些，总觉那盛气凌人的姿态，要将人踏入尘埃里了。可如今她发髻散乱，脸颊嫣红，缩在自己的怀中，看起来显得如此羸弱，让人无尽欢喜与满足。

白皙修长的手指缠绕着那湿润的青丝，一颗荒芜的心，有一波波的涟漪荡漾开来。

埋在心中的失落想念，使人疲惫的一切虚无，都消失不见了，只余下怀中这真真切切的人，让人心心念念，心生无限欢喜。

原来，竟是只有将这人永远地拥在怀中，才能满足心中对尘世的一切妄念。

昨夜星辰璀璨，今晨艳阳高照。

辰时已过，东宫正寝内毫无动静。

泰宁帝在东宫的书房过了一夜，天不亮就让人从太极殿里拿了一套崭新的常服，自卯时已穿戴完毕，等待人来。泰宁帝与韩耀已手谈了好几局，因心不在焉的缘故，每次都是险中求胜，不过也只能赢了两三子。

阳光斑驳，落在棋盘上，眼见已近正午。

泰宁帝又赢了一局两三子，不禁心浮气躁地扔了手中的棋子，迁怒道："你倒是处处会做人！你那主君能有你的一半，朕也不至如此！"

韩耀自正旦后，如以往那般跟随皇甫策议事，如今太子殿下其他的心腹之臣，都等在外院的书房里，只有韩耀从外书房被泰宁帝单独提溜了过来，似乎只为出气。

昨夜东宫的事极是隐秘，莫说宫外的人，即便是宫内的人也没有几个人知道。

这一早上，饮茶有错，手谈有错，桌上的奏折处处都是错。泰宁帝连个好脸都没有，柳南不在，祁平的脸色不比泰宁帝好看多少，韩耀自然不敢多问。

祁平小跑了进门，低眉顺眼地对泰宁帝耳语了几句。

泰宁帝眯眼："将人给朕看牢了！若人跑了，六福也不必回来了！"

祁平忙道："陛下放心，六福公公和裴管事亲自看着人，不会有事的。"

泰宁帝冷哼了一声，十分不善地瞥了韩耀一眼："走！随朕去看看你家主君去。"

东宫正寝，屏风敞开，幔帐已撩了起来，床铺一尘不染。

窗外阳光璀璨，窗内仿佛一夜之间也扫尽了阴霾。

桌上的茶具已摆好，炉上正烧着清水。

皇甫策跪坐在前，见泰宁帝进门，抬眸一笑道："皇叔来了。"

泰宁帝站了片刻，将敞开的屏风与洁净到一尘不染的小客厅，打量了个来回，目光落在颇为气定神闲的人身上："人呢？"

皇甫策深深地看了泰宁帝一眼，不紧不慢道："皇叔若不知人走了，又怎会这般气势汹汹地兴师问罪？"

泰宁帝挑眉，不紧不慢地坐了下来，意有所指地扫了眼床榻的方向，故意道："太子当真无用，箭在弦上，这一夜竟相安无事啊。"

皇甫策不以为意，浅笑道："皇叔这把年纪，还能如此天真，可喜可贺。"

泰宁帝当即黑了脸，恼怒道："人天不亮就跑了，你还能睡到现在，倒是有恃无恐！"

皇甫策挑眉："胜券在握，有何畏惧？"

泰宁帝咬牙："皇甫策！别高兴得太早！儿女情长，岂能是算无遗漏就够了！"

皇甫策斜眼看了会儿泰宁帝，轻声道："侄儿知道皇叔自有打算，可有些事，侄儿也都替皇叔打算好了。阿耀，还不快将前日拟好的圣旨，给皇叔看看。"

韩耀轻咳了一声，在泰宁帝咄咄逼人的目光里，不紧不慢地从袖中抽出卷轴来，双手呈在桌上展开，低声道："陛下请看。"

泰宁帝眯眼扫过，勃然大怒："皇甫策！休要欺人太甚！你……这是何时的事！你敢假传圣旨！尚未开印，这般的东西，如何作数！"

皇甫策轻声道："皇叔息怒，圣旨上的玉玺，尚书省的三枚印章，都是真的。婚事更不是侄儿无的放矢，乃经由谢、陆氏两家主母与家长点头，才有了咱们皇室，这成人之美的旨意。"

泰宁帝颇有种搬起石头砸自己脚的痛楚，那玉玺本就是怕麻烦，早早给了太子批复奏折所用，尚书省有一半是陆氏的人，三枚印章自然是真得不能再真了。

泰宁帝咬牙："朕就不信，谢放会同意此事，肯定是太子强人所难！"

皇甫策讶然道："皇叔也太高看侄儿了，陆氏以嫡女嫁与谢氏庶子，这般打着灯笼也难找的好亲事，谢氏欢喜都来不及，哪里会拒婚？谢放的意思，不见得就是谢氏的意思。"

泰宁帝憋气，怒声道："那是朕看好的女婿，岂能让陆氏半路截和！这圣旨朕毫不知情，自然不作数！"

皇甫策也冷了脸，轻声道："侄儿无姊妹，皇叔哪来女婿一说？婚事乃父母之命媒妁之言，皇叔虽贵为天子，可您的意见对谢陆两家也毫无影响。难道谢放会为了娶妻，放弃谢氏给予的一切？若当真如此，皇叔这贵婿，要来又有何用？况且，经过昨……”

“住口！”泰宁帝瞥了眼站在一侧的韩耀与众人，“都给朕滚出去，退到十丈外去！”

早春之际，万物滋长。

屋内炭火上的水滚了起来，蒸汽弥漫在空气中，呼吸间都带着湿润的甜意。

叔侄相对而坐，皇甫策见泰宁帝脸色发青，难得体贴入微，亲自斟茶，放在二人面前。

泰宁帝瞥了眼茶盏，目光颇为不屑，也不端起来：“昨夜之事，朕可不相信太子无辜，一步步地算计筹谋，直至此时，你待如何给朕一个交代！”

皇甫策轻声道：“侄儿所谋，本就是与明熙相依相伴，昨晚皇叔都已准了侄儿之所求，又何来无辜一说？”

泰宁帝狐疑地看向皇甫策，否决道：“朕何时准的？朕可半分不记得！”

皇甫策胸有成竹道：“皇叔再想想呢？”

——“皇叔，侄儿从不曾求过你，你让贺明熙一直陪着侄儿，可好？”

——“好！只要你病好了，朕万事都应你！你乃我大雍的太子，要什么不能……哪至如此……哪能……朕这就帮你叫她！”

当时那场景，那些蠢话，真情流露，与隐隐要落下的眼泪，此时都还历历在目，让泰宁帝恨不得以头抢地，撞死算了。

咬牙切齿，恨不得掐死对面的人，可依然也只能咬牙切齿道：“竖子！你竟如此阴险！”

皇甫策挑眉一笑，安抚道：“皇叔贵为天子，金口玉言，侄儿只能唯命是从。况且，当时皇叔心中所思所虑，侄儿多少也明白几分。可事 到如今，皇叔还想出尔反尔，到底是何打算？”

泰宁帝深吸了一口气，强压怒火：“朕所忌惮的，对太子来说，倒也不难，可也不见得能做到，太子会算不到朕的私心吗？”

皇甫策凤眸流转，朝炉中添了些炭火，许久后，轻声道：“皇叔这是不相信皇甫氏，还是不相信自己呢？”

泰宁帝微微挑眉，冷笑一声：“朕相信皇甫氏，也相信自己。可太子在朕这里，无甚信诺可言。”

皇甫策道：“皇叔曾对前朝三代帝王往事嗤之以鼻，可我皇甫氏除太祖在此事上不显之外，别人又何尝逃过心中桎梏？”

泰宁帝抿唇：“朕要听的不是前朝旧事，太子的大道理，可以省省。”

皇甫策长出了一口气，娓娓道：“父皇文韬武略，胸怀天下，对儿女之情，轻视轻忽。惠宣皇后去世后，思念成疾，壮年而逝。皇叔情之所钟，不曾相守一日，心中的执念，又何尝不是一生一世……”

皇甫策看向愣怔当场的泰宁帝，不紧不慢地从桌上拿出卷轴来，放置在泰宁帝的桌上，低声道：“晨起所书，皇叔看后，若需添加之处，皇叔大可直言。”

泰宁帝缓缓垂下眼眸，遮盖了全部心思，不以为意地打开卷轴：“你以为朕要的是一纸立后的诏书？”

皇甫策微微摇头：“自然不是。侄儿只是想说，皇叔尚且如此，为何不相信你的侄儿也继承了皇甫氏的执拗呢？”

泰宁帝缓缓垂下眼眸，将卷轴的内容看了一遍，沉默了许久，轻声道：“立后诏书，就用太子亲笔所书，朕不会重写，也不会让尚书省动一个字。”

皇甫策微微斜眼，不禁抿唇一笑：“固所愿也，不敢请耳。”

泰宁帝眯眼看了会儿胸有成竹的皇甫策，冷笑一声：“朕帮你将人拦在了宫中，该如何说服，要看太子的本事了。”

皇甫策眉目轻动，又是一笑：“固所愿也，不敢请耳。”

泰宁帝眯眼看了皇甫策一眼，气恼道：“一朝太子何时成了应声虫！”

皇甫策好脾气地跟着泰宁帝起身，正色道：“侄儿恭送皇叔。”

泰宁帝本还不欲离开，如今站在原地，走也不是，留也不是，唯有狠狠地瞪着皇甫策。

阳光灿烂，皇甫策头戴紫金冠，东珠充耳摇曳脸侧，白色阔袖长袍，长身玉立。明明是低眉顺眼，垂首拱手的恭敬，可自那微勾起的嘴角，到染上暖色的眼角，看在泰宁帝的眼中，都是如此地碍眼，让人如鲠在喉，满心恼恨，无处发泄。

片刻后，泰宁帝瞪得眼都酸了，也不见皇甫策直起身来，重重地哼了一声，起身甩袖离去……

今晨醒来，已是早朝开印。

明熙那日天未亮，回到揽胜宫后，收拾了一番。六福寸步不离地贴在身后，再想出门，难若登天。明熙根本不敢与六福对视，无奈之下，干脆破罐子破摔，让人守住宫门，任何人都不见，蒙头睡了两日。

大雍今年开朝的第一件事就是，敲定了礼部三月初三太子登基的具体事宜外，而后便是泰宁帝亲自下旨，赐婚于谢放与陆氏嫡次女。

谢放武有折冲之威，文怀经国之虑，身负才华，又不喜弄权，乃太子之表亲，本该是个前途无量的武将。可惜生母为贱婢出身，即便是士族之子，依然有出身所限。虽有谢楠的青眼，得以镇守甘凉城，但想要再进一步，也有些艰难，毕竟数十年以来，燕平之地还是谢逸在当家做主。

如今有陆氏嫡次女的下嫁，不管从宗族地位，还是将来的仕途，都能给谢放带来说不清的好处，犹若如虎添翼，若再有些气运加身，将来统帅三军也不在话下。

道理虽都懂，可明熙还是气得咬牙切齿。

这些年来，明熙自认与泰宁帝的感情甚笃，胜似父女。太子与泰宁帝每每相见，哪次不是相看生厌，又不欢而散。明熙与太子之间不管发生任何事，泰宁帝都该毫不犹豫地站在她这边。可谢放的婚事来得太过突兀又巧合，有心就是要封了明熙所有的退路。可见关键的时候，泰宁帝还是偏帮太子。自觉过了大吵大闹任性妄为的年岁，可到底心中郁郁无处发泄，明熙午后去了靶场。

早春的午后，算不上寒冷。

皇室的靶场与马场兼并一处，位于北宫边缘。虽是皇城地界，但占地颇广，内围便是禁军所在。明熙在靶场上，连连拉了两壶箭矢，仍旧感觉气闷，接过裴达递来的水壶灌了一肚子的水。

裴达无声无息地陪了明熙一早上，可见她依旧眉眼冷凝，心里也不好受的："娘子歇一歇，如何？"

明熙斜眼，正对上裴达紧蹙的眉头，开口道："裴叔不必如此烦恼，不管有没有皇甫策，阿燃都只是我的朋友。"

裴达怎会不知明熙对谢燃无意，可还是忍不住道："奴婢哪里还会惦记谢氏，不过到底是……皇后娘娘的往事历历在目，心里不踏实。"

明熙张开的弓箭，骤然射了出去，可那箭矢只走了一半，就落了下来："有什么不踏实的？"

裴达道："太子殿下历来与娘子不和，自小常有争执，互不相让。可这以后，不说咱们连贺氏这个靠山都没了，即便有贺氏在，在将来的后宫之争中，又能有多大的用处？"

明熙缓缓放下了手中的弓箭，嗤笑了一声："后宫之争？他还敢让我有后宫之争？"

裴达安抚道："奴婢虽知这帝京繁华，可也明白娘子惦念甘凉城的自由。可事已至此，咱们还能有什么路走？娘子的硬脾气总该收敛一些，如今不再是在阑珊居，也不是当年娘娘还在的时候了……"

明熙道："事已至此，事已至此，又当如何？我少肉了，还是断手断脚了？你若当真如此不喜帝京，过了这风声，咱们照样能走！我还不信了，以后过日子，还要把脾气改了？"

裴达小声道："娘子万不可意气用事，太子殿下有恃无恐，咱们毕竟……毕竟是个女儿家，这般的事，还是咱们吃亏多一些。"

明熙冷笑道："裴叔何须如此在意，不过都是春风一度，看他也不像有经验的样子，咱们也算不上吃亏。裴叔根本不必将那一夜的事，想得这般严重。万一一拍两散，只当我白嫖了大雍太子！"

"咳咳咳咳……"裴达愣了好半晌，终是回过神来，顿时红了脸，"娘子可不敢这般说啊！咱们哪能、哪能这般不在乎啊！不说那事，万一有了子嗣……"

明熙微微眯着眼，笑了起来："那就当占了双份的便宜，以后许多孤身不能成行的麻烦事也就迎刃而解了。到时候不管去了何处，咱们都能新寡孀居，也就少了许多单身娘子的顾虑。"

泰宁帝站在原地听了片刻，终于忍不住笑出声来："哪能如此，不管是郎君还是娘子，可都是皇甫氏的血脉。若你争气，一举得男，可不光是你有依靠，那也是朕的依靠啊！到时候太子若是不孝或是让你不省心，咱们也可着手再废太子啊！"

明熙斜眼看向泰宁帝，不冷不热道："哟，陛下好雅兴，看天气好，又出来行骗。"

泰宁帝挑眉，虽早知这道圣旨下达后，肯定将人得罪个彻底，可深觉冤屈有口难辩，在揽胜宫扑了空，当即就追去了靶场，如今对上这冷脸，虽早有准备，可到底还是被冤枉得心塞。

泰宁帝解开了一侧的马，将缰绳递到明熙面前，不见她接，不禁笑了起来："好了好了，睡了三天，朕吃了那么多次闭门羹都不气，你有多大的气，还不消？"

明熙慢悠悠地开口道："陛下为了太子背叛了我，自己有什么可气的？"

泰宁帝深吸了一口气，低声道："这话怎么说的？朕向着你，心疼你都来不及，怎么就是朕背叛你了？"

明熙挑眉道："素日陛下总说和我最好，一到关键时候，还不是一直扯我后腿？"

泰宁帝道："那日一早，若让你贸贸然地出了宫，还不知你冲动之下会做出何等事来。他性情虽有些……可样貌还是看得过眼的，朕左想右想，如你所说，咱们也说不上多吃亏。儿女情长，也不是多见不得人的事。你又不是不喜欢他……虽然朕不见得想要这样的女婿，可手心手背都是肉，你让朕如何选？"

明熙瞥了眼泰宁帝，赌气道："总之，天下乌鸦一般黑，这世上有几个能真正靠得住的郎君？"

泰宁帝笑了起来："咱们哪里需要靠得住的郎君？他好，你就跟他好，他若让你有一个不顺心，朕做主给你休了，你方才不是还说只当白嫖了大雍太子吗？朕以为此言甚好，再者前番你不是艳羡前朝晋城公主吗？到时你休弃了夫君，照样可以去做晋城公主第二，颜色殊丽，年幼貌美的郎君何其之多，不必吊死一棵树上。"

明熙强忍着不笑，瞥了眼泰宁帝："陛下历来巧言令色，年轻时不知骗过多少人！"

泰宁帝将缰绳扔给了明熙，笑骂道："朕乃天生的皇族贵胄，哪里需要花这些心思！喏！去跑上两圈，心情也就好了。"

明熙翻身上马，回眸笑道："陛下英明神武，我们赛上两圈如何？"

泰宁帝摆摆手："一圈下来，朕的骨头都散了。你若想赛马，不若找……咳咳，让祁平陪你如何？"

明熙斜眼看向低眉顺目的祁平："听闻你乃暗卫中佼佼者，不若我们比上一场？"

祁平道："娘子先松松骨，奴婢选一匹马就来。"

春光惬意，清风徐来，水波不兴。

半圈下来，奔跑的马儿，缓缓放慢了脚步，放眼望去，翠微山在云间若隐若现。

明熙深吸了一口气，似乎连日来的抑郁难安，也被奔驰的马匹抛弃在风中。

一骑快马，很快追了上来，在边侧放缓了脚步。明熙不及回眸，一只手极快速地拽住了她的缰绳，翻身坐到了马后，心安理得地揽住了明熙的腰身。

霎时间，明熙被熟悉的气息笼罩住了，瞟了眼腰间的胳膊，讽刺道：“太子殿下手有旧伤，若方才一个施力不当，当真会闪了腰。”

皇甫策握住了缰绳，将马儿放得更慢，附在明熙耳边，柔声道：“哦？贺女郎如此担心本宫的腰吗？”

明熙顿时红了耳根，怒斥道：“无耻！”

皇甫策低低地笑出声，哑声道：“一日不见如隔三秋，贺女郎与本宫三日不见，心中又是如何思念呢？”

明熙坐正了身形，尽量远离后面的人，压低声道：“太子殿下莫要太高看了自己，也休要太小看了别人。”

皇甫策挑眉，轻声道：“三日不见，贺女郎竟还是如此胆怯。”

明熙嗤笑，不以为意道：“太子殿下身份贵重，犹如日月经天让人不敢高攀，我若胆怯，也不奇怪。”

皇甫策浅浅一笑：“本宫屡屡被贺女郎踏入尘埃，几不可企及。如今贺女郎这般的妄自菲薄，莫不是对本宫那夜生疏的表现，还不够满意？自然，若女郎再予契机，本宫当殚精竭力，不敢辞也。”

明熙大怒：“滚下去！”

皇甫策又是一笑：“大雍朝尽人皆知，女郎心慕本宫已久，本宫怎舍得女郎相思成灾？”

明熙咬牙：“皇甫策！你无耻！”

皇甫策眉眼微微挑起：“那谢放赐婚的旨意，乃本宫亲下的旨意。”

明熙斜眼道：“太子这又是要向我表示什么呢？‘普天之下，莫非王土，率土之滨，莫非王臣’吗？”

皇甫策道：“女郎如此口是心非，本宫也甚感不安，本宫在想贺女郎万一抛下本宫之后，还会去哪里？听闻谢燃骁勇善战，天真开朗，很得贺女郎的青眼……”

明熙眼角冷凝：“太子与我之间的事，又何必牵连无辜？”

皇甫策笑了起来：“阿燃说起来也是本宫嫡亲的表弟，爱牵连无辜的人，从来不是本宫。贺女郎以为如何呢？”

明熙扭头瞪向皇甫策：“太子心意，千回百转，若想如何，不若直说。”

皇甫策的唇不经意擦过明熙的耳畔，哑声道：“由爱故生怖，由爱故生忧。若无爱恨，何惧之有，又有什么可担忧的？贺明熙，你心慕本宫多年，又一直不曾忘怀，你心之恐惧，心之戾气，俱是因本宫而起。”

明熙微微眯眼，轻笑了一声：“是又如何？不是又如何？难道只因如此，我便非你不可吗？”

皇甫策见明熙躲开了自己的唇，眉眼之间的笑意更深，可还是轻声道：“贺明熙如此畏惧，何尝不是你看似有恃无恐，实然自卑自怜？”

明熙嗤笑了一声，不屑道：“这般低劣的激将法，太子还拿来用，也不嫌寒碜。我曾有言在先，太子早已远胜往昔，我不可仰及，心中又怎敢有所祈盼？”

皇甫策道：“贺明熙，本宫与你已有了夫妻之实，再与你赌上一世一双人的相守，你可敢给自己机会？你祈盼多年的一切，触手可及，甘凉城一年已将你的傲骨与勇气都磨碎了吗？竟是连伸手来拿的勇气都没有了吗？”

明熙缓缓垂眸，沉默了片刻，冷笑一声：“太子若当真如自己说的这般心如止水，又何必追到此处来？你遮掩一切，又有何用，还不是心里放不下？”

皇甫策唇角微勾起：“本宫想要的一切，从不屑遮掩。皇位如此，你亦如此。虽有些波折，可本宫明白得总还不算晚。一年时间，机关算尽，不过为了对贺女郎扫榻相迎，然贺女郎终也不曾负本宫，不是吗？”

明熙与皇甫策对视了许久，轻轻笑了起来：“人生苦短，将来谁辜负谁，还说不准？若有一日，我将太子弃如敝屣，太子又待如何呢？”

皇甫策轻笑一声：“本宫既说一生一世独你一人，难道连让贺女郎不舍的自信都没有了吗？”

明熙沉默了片刻，轻笑了一声：“若太子敢搭上一生，我又有何惧？”

皇甫策凤眸流转，低声地笑了起来，情不自禁地亲了亲明熙的耳根，哑声道：“今晨皇叔还有旨意，只怕还无人告知贺女郎。”

明熙错开了皇甫策的嘴唇，垂眸道：“有话直说。”

皇甫策将马停下，伸手将人抱下马：“三月初三，登基大典与纳后之礼一同举行，从此后，母仪天下者乃贺氏明熙。”

明熙冷冷地瞥了眼皇甫策：“既然太子早有主张，我同意与否已不在考量，那方才所言又当如何，太子何必多此一举？”

皇甫策将人放在早已备好的草席上，抬眸一笑：“本宫曾有言在先，由爱故生忧怖。本宫的先斩后奏，何尝不是患得患失？贺女郎善解人意些，体量几分本宫内心的不自信。”

明熙抿唇，挑眉望向皇甫策：“巧言令色！”

皇甫策凤眸微挑，缓缓跪下身形，将明熙的一只脚放在了膝头，拿出彩线来。

明熙笑道：“太子殿下，这又是做甚？”

皇甫策敛眉一笑，附在明熙耳边，轻声道：“三月初三渐近，从今日赶制凤冠凤袍凤履，为大婚所用，已有些匆忙。”

明熙半垂着睫毛，遮盖了微动的眼眸，可眉眼冰凝不知何时已是消融：“好啊，太子殿下既如此殷勤，所有的一切可都要亲手操持。”

皇甫策深深地看着明熙，低声地笑了起来道：“固所愿也，不敢请耳。”

春光日头，微风习习，盈盈碧水，宛若山水画卷。

皇甫策将人拥入怀中，凤眸潋滟，附耳道：“阑珊居内，本宫之锦袍鞋履，皆出女郎之手，本宫心之感念，迫不及待投桃报李，为贺女郎丈量鞋履凤袍，唯求岁月静好，贺女郎一生不悔。”

常得君王带笑看

2

大雍泰宁六年，泰宁帝退位。

太子皇甫策继位，立贺明熙为后，年号元景。

大雍元景十年，南梁覆灭。

大雍元景十年冬，大雍天下一统，四海归心。

翠微山的隆冬，自然不比帝京温暖，可如今这大雍朝的满朝文武，都窝在了翠微山脉过冬，甚至连藩国的进贡，都在此交接。

泰宁帝在位六年，大雍养精蓄锐，再次打开与北狄、大夏、西域的互市，六年间积累财富无数。又有图南关二十载四通八达的商道与赋税，这笔富可敌国的财库，在太上皇登基后都入了国库，才有了元景帝登基后，大雍朝十年兴兵征伐，依旧国祚中兴的资本。

太上皇退位以后，一年有大半年都消磨在翠微山行宫。一为养生，二为清闲。当年诚亲王那会儿可是惯会享受挥霍的主儿，虽有迷惑先武帝的意思，可一年年下来的习惯，早已成了本性。在位六年兢兢业业节衣缩食，为的不过就是退位后的大动干戈。一朝成了甩手掌柜，自然就琢磨着吃喝玩乐。

虽是图南关积累的财富都入了国库，可架不住赋税年年有，诚王府当年的私产有了太上皇这个靠山，自然是比做诚亲王时经营得更好，有钱有闲的太上皇，就开始在翠微山行宫大兴土木，又圈起了一个山头不说，但凡行宫内说得着的宫殿与花园，冬有地暖，夏有冰窖。

小花园因铺着暖铜管的缘故，一年四季都有鲜花盛开，何况大花园与几处主殿的温汤都重新修缮一遍，繁花盛开能延长一个季度。

几处汤池都建在花园中，四周都有竹排遮挡，只有后山最大的一处汤池，建在屋内，唯有顶端是水晶拼接的天棚。寒冬腊月，泡在热烫的汤池中，白日赏雪，夜里望月，当真是人间天宫。

翠微山行宫陆陆续续修缮了三年，才算彻底完工。耗费巨资与无数心血之后，当年不过是作为避暑所用的小行宫，如今再看那是华美舒适，古朴又雅致，顿时将帝京皇宫比成了新贵家的庭院。

自有了这般好去处，从不用理事的皇后娘娘，常常携皇子公主进山长住。

元景帝在朝上忙个焦头烂额，闲暇片刻，还想找机会偷溜后宫看上两眼，哪怕与皇后说上两句话，烦躁的心情也能好起来。可自翠微山行宫修缮完毕以后，元景帝常常喜滋滋地回去后宫，面对的都是人去殿空的尴尬与冷清。独守了几次空房，元景帝颇有怨言，又时常不言，或是深知言也无用，几次催促快马加鞭地让人接皇后回宫，大多换来置之不理。

元景帝私下里着实哀怨了些时日，随后大笔一挥，但凡皇后娘娘去了翠微山，整个朝廷即刻搬去翠微山行宫理事。好在此处当年就是太祖与先几代先王的避暑议事之地，所有的一切都很是齐全，大臣们又都有行苑在此，也无人有所怨言。

虽还是隆冬，但温汤附近的花树，都已早早地盛开，因地下埋着热水铜管的缘故，花草倒也一直都绿着。傍晚的时分，汤池的竹排房内，也早早地点上了灯，氤氲着浅浅的雾气，越显花事荼蘼。

元景帝趴在汤池中，隔着雾气，向走进门的人招了招手："爱卿，朕在此处。"

大雍陛下的第一近臣韩耀，如今已是官居一品太子太傅。忙完一日的政事，得元景帝召见，太子太傅面上不但没有半分喜色，甚至颇有几分生无可恋的木然。

韩耀在最大的汤池边上站了片刻，似乎有些认命地走到小圈口处，见元景帝趴在汤池中，几乎是下意识地皱了皱眉头："不知这个时辰，陛下召臣入宫，所为何事？"

元景帝长叹一声，很是体恤道："爱卿也忙了一日，下来泡泡。"

韩耀木着脸看了元景帝半晌，面无表情地褪去长袍，仔细地放在一侧的长榻上，下了水，坐到了远离元景帝的地方。韩耀虽是极力避开与元景帝接触，可小温汤满打满算也不过能坐三个成年男子，最远的距离也没有多远。

元景帝将浮在温泉上的果酒，推到了韩耀面前："爱卿也尝尝。"

韩耀颇有种无事献殷勤，非奸即盗的紧迫感，可为人臣子的到底不能多言多语，唯有紧蹙眉头，扶着托盘，摆出几分荣辱不惊的姿态："陛下知道，臣有些喝不惯贡酒。"

元景帝挑眉，将托盘又拉了回来："贡酒都在太上皇的地窖里，莫说你，朕都分不到。这壶杏果酒乃去年太上皇与皇后一同酿下的新酒，甜酸适中很是利口，朕拢共分了一小坛。"

韩耀不动声色地将托盘拉了回来，端起抿了一口，如元景帝所说，酸甜适中，很是爽口。虽有些酒味，可更多的还是果香。韩耀紧蹙许久的眉头，也不禁舒缓了不少。

元景帝见韩耀饮了酒，顿时叹了口气："爱卿再来一杯？"

韩耀自坐下就听见元景帝的连连叹息，可也装作一无所知，眯着眼饮起酒来："这般的好酒，外面也买不到，若陛下不喜这味道，倒不如都赏给臣，拿回去慢慢喝，如何？"

元景帝低声道："朕与爱卿哪用如此，这一壶你都带走就是。"

韩耀低眉顺眼道："臣谢陛下赏赐，不过陛下哪里只有一坛，余下的那些不如都给臣拿上，如何？"

元景帝噎住，看了韩耀半晌道："爱卿哪，朕遇见难事了……"

韩耀忙安抚道："如今天下归一，四海升平。这一年更是国运昌兴，风调雨顺，哪里还有陛下值得烦心的事？”

韩耀见元景帝还欲开口说话，忙又抢白道：“腊月里的急件，今晨也处理得差不多了，臣打算明日一早，携家眷回京准备准备正旦祭祖之事，还请陛下恩准。”

元景帝紧蹙着眉头：“爱卿有所不知啊，朕心里苦啊……”

韩耀垂着脸撇撇嘴，很是不屑，可抬眸间已是满眸担忧，开口道：“若陛下都深觉为难之事，臣只怕也爱莫能助。”

元景帝轻咳一声，将胳膊伸了出去，放在了韩耀眼前：“爱卿，也不能撒手不管啊！”

韩耀看见元景帝胳膊上的伤痕，心知今晚也没什么君臣相得好聚好散一说，不禁破罐子破摔，轻咳了一声：“陛下这话说的，皇家的事，臣敢管上几分？”

元景帝叹息一声：“爱卿，总有坏人想要害朕哪！”

韩耀很是漫不经心地开口道：“陛下何出此言？”

元景帝低声道：“柔然使者此番入京，进贡颇为丰富。”

韩耀眉目轻动，不知想到了何事，终是抿唇一笑：“有一匹汗血宝马的小马驹，大殿下甚是喜欢，与臣说了许多次了。怎么，莫不是二殿下也想要？这也不是多难的事，陛下再下旨让柔然送来一匹便是。”

元景帝侧了韩耀一眼，又道：“进贡的活物，可不止汗血宝马，那十个柔然贵女，爱卿不曾见过吗？”

韩耀体贴道：“前番宴席，臣曾远远看上一眼，都是些二八年华的美貌娘子，颇为养眼。众臣常言后宫空旷，陛下比起太祖先帝，确实有些寡淡，不若陛下趁机，将这些外族娘子收入宫中，哪怕先从女官做起，也能堵住悠悠之口。”

元景帝骤然瞪大了双眼，狐疑地看了韩耀半晌：“爱卿！朕与你有什么怨什么仇，你竟要和那些坏人一同害朕？你不怕朕死吗？你看看朕这一身……看看脖子，肿了吗？”

韩耀瞥了眼元景帝的脖子，漫不经心地开口道：“嗯，有点。”

元景帝伸出紫青的手腕来，极低声地开口道：“皇后的脾气，你也知道几分，动辄就是刀枪棍棒。平日还好，床笫之间更是不留余地，这是那日见到柔然进贡之物后，她当夜咬的……若是这些美人入了后宫，朕还能活着下床不成……咳咳咳，朕还能有什么活路？”

韩耀长叹一声，垂下了眼眸，张了张嘴，很想让元景帝死远一些。可到了嘴边，却又换了口气：“陛下仁善，素日里对皇后娘娘，也太过忍让了些。”

元景帝心有戚戚，又侧过身去，指着肩胛骨，低声道：“爱卿看看，后背上咬破了吗？”

元景帝皮肤本就十分白皙，那满后背的抓痕，在泡了温泉后，更显可怖。纵横交错，当真是触目惊心，何止是咬破了，简直没有好的地方。

韩耀虽有心不搭理元景帝一个月总有那么两天看似诉苦，实然炫耀床笫的破事，可奈何食君之禄，即便不担君之忧，也得演给君看。这满后背的伤痕，让韩耀恨不得额手称庆，狠狠地说一声，该！

可奈何君臣都是演技实力派，韩耀硬生生地压住了眉宇间的喜色，满眸忧伤又十分真情流露地倒吸了一口冷气，安慰道：“陛下受苦了。”

元景帝一晚上的诉说，终是找到了君臣间的共鸣，颇是感动又感慨地说道：“爱卿，朕和你说啊，为了不让皇后留指甲，朕也是费尽了心思。最近两年，都许诺重金，以往都是千金赎剪一根指甲。最近不知怎么就涨了价，一下就成了万金。

“你也是知道的，因后宫封了几处用不着的宫殿，还有翠微山行宫主政的事，朕天天被那些个御史轮着骂昏庸啊。那国库里的金银再多，也是万万动不得的，可朕的私库比脸都干净，朕哪有那么多金银啊！”

六年的养精蓄锐，十年的励精图治，历经十六载。如今大雍上下朝政清明，天下昌平。御史虽有心挑剔，可也不能天天抓住士族鞭挞，又不能显得整日无所事事白领俸禄，自然也就盯紧了帝王家一些鸡毛蒜皮的小事，整日掰扯来掰扯去。

元景帝大多都是，坚决认错，就是不改。即便如此，在御史唾沫横飞破口大骂时，也不能反驳半句，甚至有时还要应上一句“爱卿所言有理”。不然，那可就捅了蜂窝，本来可能就一个御史唾沫横飞，若敢反抗，那就是大伙儿纷纷磨刀霍霍，单等与元景帝大战上几百回合，瞅准时机好名传千古。

自然，若元景帝有舌战群儒的本事，也是不怕的，那御史大人们可就皆大欢喜了，大家手拉手一起触龙柱，与这昏君一死方休，顺便名流千古啊！

所谓，礼不下庶人，刑不上大夫。

御史可不怕暴君暴行，最怕的就是朝政太过清明，没有死谏的机会！皇帝太能干了，御史大人们也就没有了载入史册的可能啊！

元景帝等了半晌，不见韩耀接话，不禁轻咳了两声：“爱卿……”

韩耀忙道：“臣内心十分自责，百分感慨，万分同情。然，臣虽为当朝一品，但俸禄有限，出身寒微，家资不丰，当真爱莫能助啊！”

元景帝安抚地拍拍韩耀的手，颇有几分君臣同病相怜之意：“爱卿能与朕时不时地宽宽心，朕已甚觉安慰。”

这句一个月总能听到三五次的话语，让韩耀内心深恶痛绝，恨不得弑杀君主，然面上依然颇为同情，沉默了片刻，忠心耿耿道：“这些年陛下受尽了苦楚与委屈，臣都一清二楚，可怜陛下这般羸弱之身落入虎狼之手。臣常为此心痛难忍，通宵达旦，恨不得以身饲虎，取而代之……”

元景帝顿时黑了脸，轻咳一声，打断了韩耀的话：“爱卿言重了。转眼都十年了，朕也习惯成自然了。”

韩耀愤慨道：“陛下仁善，万不可再心慈手软，养虎为患。若当真不喜，臣愿为陛下分忧，明日便联合众臣上折废后！”

“咳咳咳咳咳……”元景帝忙抓住韩耀的手腕，压低声音道，“爱卿慎言哪！若被太上皇听见了，朕一个怂恿之罪，那是跑不了，朕当真是不用活了！”

韩耀见此心里恨不得额手称庆，暗道：陛下，请去死。

可面上依然愤慨而忧伤：“陛下仁孝，如此委曲求全。臣甚为心痛，陛下自小待臣犹如亲兄弟一般，臣万死不能相报。此番死谏，臣愿押上身家性命……”

元景帝抿唇，深觉有些不好收拾，忙摇头安抚道：“爱卿爱卿，慎言……朕如何舍得。”

韩耀真情演绎：“陛下，万不必如此自苦啊！”

元景帝很是感慨地拍了拍韩耀的手，轻声道：“这些年，我们君臣常为政事通宵达旦，日夜不离，你也常见朕身上何时有一块囫囵地。自然，十年如一日，朕也习惯了，无甚不可忍受的了。

“可此番柔然进贡的十个贵女，那是包藏祸心，要置朕于死地啊！这些人该如何处理，爱卿可有章法？”

韩耀如今暗恨自己当初年少不知险恶，又太过心地善良。君臣时常忙碌到通宵达旦，自然也常常见到元景帝时不时露在外面的伤痕，隐忍多日，才勉强询问伤从何来，从不曾想过那伤痕累累乃元景帝故意露出来的，专等人询问，不小心就掉入了深水井里。从此大雍朝英明能干的陛下，就时常开启诉苦模式。

若非磨炼多年，早已郎心似铁，韩耀会情不自禁翻个白眼，咆哮道：陛下，请您死得再远一些！

韩耀轻咳了一声，为难道：“陛下不必多言了，臣明日就与谢氏、王氏、陈氏、陆氏、联合上书废后！太上皇见了那么多人联名，只怕也要斟酌几分。若当真事成了，陛下从此以后再也不必受此苦楚，岂不是皆大欢喜？”

“皇甫策！”明熙一脚踢开了竹排的单扇门，人未到，满腔的怒火似乎都已冲了进来。

柳南紧赶慢赶，终是追了上来，急声道：“娘娘留步啊！陛下与韩大人正在议事，都是赤身裸体啊……”

听到后面四个字，皇甫策与韩耀面面相觑，颇是心塞，君臣二人演技虽是磨炼多年，已到了返璞归真的地步，可此时此刻，两人的眼底还是泄露了几分对彼此的嫌弃。

明熙的脚步生生地停在了屏风外，却也不肯离开，可也压住了怒火，低声道：“阿耀也在啊。”

元景帝张张嘴，极小声地开口道：“爱卿！要救朕哪！”

韩耀旁若无人，极利落地从汤池中爬了出来，拿起一侧的衣袍，慢条斯理地穿戴起来，轻声回道：“臣正与陛下禀告明日回帝京之事，想来家中，这会儿也该打包行李了，臣也就不在此耽搁了。”

明熙抿唇一笑，轻声道：“庄园里住得好好的，何必那么着急回京？前日阿庆、官奴还说你在后山画寒梅傲雪图，这么快就画好了吗？不若让我也看看。”

韩耀一边穿戴，一边回道：“倒还不曾，大殿下与二殿下，如今也正学着作画，那半幅画正好让他多看看，多想想，反而好动笔。”

明熙轻声道：“阿庆少言寡语，官奴太过好动，这些年多亏阿耀帮忙调教。”

韩耀站在屏风内，拉着腰间的禁步，抿唇一笑，轻声道：“教导两位殿下，本是臣分内之事，娘娘不必客气。”

明熙微微斜眼，看向屏风外叠放好的明黄色常服，笑道：“方才听阿耀说‘陛下从此以后再也不必受此苦楚，岂不是皆大欢喜’又是何事？”

“梓童！韩爱卿已穿戴妥当，朕的常服还在外间，你帮朕拿进来，如何？”元景帝开口，打断了韩耀正欲回答的话。

明熙笑道：“陛下那么喜欢泡汤，不用着急上来。”

韩耀斜眼看了看元景帝，轻声道：“陛下，臣家中还有庶务，先行告退。”

明熙听见韩耀要离开，也知他已穿戴完毕，笑吟吟地缓步走了进来，轻声道：“阿耀还不曾说，方才你们说的是何事呢？”

韩耀瞥了眼元景帝，沉默了片刻，低声道：“臣方才正与陛下商议废……”

元景帝正色道：“都是朝中的琐事，哪里还用梓童费心，朕还应付得来。”

元景帝虽是成功地打断了两人的对话，也让明熙与韩耀同时望向池中的人。汤池的水色本就是奶白色，重要部位也有遮挡，倒也显不出来，可元景帝站在池中，面上虽很是有气势，但颇有种低人一等的错觉。

明熙微微挑眉：“噢？是如此吗？”

元景帝抿唇一笑，眉宇间尽是威严，沉吟道：“梓童也来得正好，韩爱卿方才正与朕商议，将柔然十名贵女纳入后院之事。”

韩耀骤然瞪大了双眸：“陛下！”

元景帝低声地笑了起来：“韩爱卿不必羞涩，此事梓童肯定会理解你的。何况你与旁人不同，家中虽有大妇，可时病时好，连人都认不清，如何理事？如今有柔然进贡的贵女，身份得当。即便爱卿今日不来求娶，朕也有意将十名贵女赐与爱卿，以表韩爱卿教养两位皇子之功。”

韩耀脸色发青，冷声道：“陛下隆恩，可此事不需细细斟酌斟酌吗？”

明熙狐疑地看向元景帝，只见他满脸正色，很是刚正不阿，一派素日里太极殿内议事的作态。韩耀的脸色瞬息万变，好不难堪。明熙沉吟了片刻，当真以为是韩耀被元景帝拆穿了心思，忙安抚道：“阿耀不必如此，已过了这些年，你若当真喜欢那些人，大可不必遮掩，不管如何，后宅之中总该有个知冷知热……”

“娘娘慎言！”韩耀着实没想到元景帝指鹿为马的境界又进了一步，急声打断了明熙的话，沉默了片刻，可又不能反驳，咬牙道，“臣家中之事，怎敢劳烦陛下与娘娘累心。不过，这些年来，陛下对娘娘颇有怨……”

元景帝低声地笑了起来，轻斥道：“朕与娘娘如何，何须爱卿表衷肠！时辰不早了，韩爱卿家中还有庶务，朕就不留你了，那十名柔然贵女，爱卿也放心就是，朕明日一早直接让人给你送到帝京韩府。”

韩耀眯眼望向元景帝，咬牙道：“陛下隆恩，臣万死不敢……”

元景帝眼角挑眉瞥了眼韩耀，笑道：“你我君臣二人，还说什么万死不辞，韩爱卿若是无事就退下吧，朕与皇后还有事要说。”

“臣告退。”韩耀暗暗咬牙，低眉顺目地躬身退了出去。

明熙几次想出言安慰，又深知韩耀的傲气性子，生怕言语不当，戳人痛处，不敢多言，唯有眼睁睁地看着韩耀黑着脸离开。

自两位皇子五岁开蒙，两人虽因皇子们的功课见面逐渐多了起来，可每次也不过都是君臣面上的礼仪，多说几句，也是问两个皇子的近况，从未涉及私事。明熙对内情尚一知半解，当真不好开口再劝。

柳南讷讷地站了半晌，虽有意替元景帝说上几句好话，见明熙脸色再次冷了下来，到底感觉自己更要紧一些，连借口都不曾找，转身走了出去，顺手紧紧地拴住了房门。

元景帝十年如一日，对柳南一次次刷新底线的卖主求荣，早已淡定如风，甚至连试图挽留都不曾。

明熙踱步到池边，蹲了身来，撩起了水，柔声道：“陛下。”

元景帝不动声色，朝后站了站，虽然心里暗恨为了说话方便，找了一处最小的汤池，可如今退无可退，逃无可逃，倒也不惧，挑了挑眉头，朗声道：“梓童。”

明熙笑道：“陛下，来，过来。”

元景帝上前一步，正色道：“梓童，朕还想多泡一会儿，天寒地冻的，你先回吧。”

明熙轻笑了一声，柔声道：“长生，来。”

元景帝几乎是下意识地动动腿脚，上前了一步，又停了片刻，慢吞吞地游到明熙身侧，仰着头，有些不耐烦地开口道：“梓童如此匆忙，所为何事？”

元景帝见明熙沉默不语，沉吟道：“若为那十名贵女之事，朕当真半分不知。朕的性情，梓童知道，自来光明磊落，绝不会暗示柔然进贡殊丽貌美的娘子……”

明熙不等元景帝话毕，伸出手去，轻轻地抚过那脖颈上的旧伤，而后在锁骨上的伤口上抚过，笑道：“今日我去上书房，陛下已有三日不曾誊抄佛经了。”

大雍众所周知，元景帝有一女二子。

元景帝与皇后婚后次年，诞下嫡长女凤哥。但因胎中体弱，生产时又有损伤，多病多灾。太医甚至不敢保证皇长女能过周岁，又因皇后头胎生产伤了身体，竟被断言也许不能再孕。

元景帝为母女祈福，大赦天下，减免境内赋税一年。太上皇有感皇甫氏杀戮过重，波及子嗣后代，亲自为皇长女取名凤哥后，每日更是虔诚诵经念佛不说，也令帝后二人晨起诵经，每日抄写佛经三页，为子孙后代祈福。

转眼两年，大皇女凤哥身体逐渐好转，虽还是比一般幼童体弱，但也已无夭折之相，皇后竟也再次有妊。

元景四年冬，元景帝喜获双生麟儿，再次大赦天下，减境内赋税两年。

太上皇虽知帝后两人的身体，有太医调养之功，但也将这对双生子的诞生，归功于自己与帝后佛前的虔诚，从此以后对帝后二人耳提面命，功课不许松懈半分，也在三个孩子长成之前，只用乳名相称。

皇后年少就对太上皇言听计从，如今更是百依百顺，唯有元景帝常因忙于政务疏忽，因此柔然送来的贵女之事尚未完结，又有了今日的兴师问罪。

锁骨上的疼痛，似乎尚能忍受。

元景帝知有此事，也不曾狡辩，可等了半晌见明熙拧住伤口不撒手，且手劲越发地大了起来，不禁抿着唇，抬眸望向明熙，正色道："梓童轻些，朕疼。"

氤氲在雾气之下，微微湿润的长发如瀑披散在脸侧，更衬肌肤如玉。依旧的俊美绝伦，似乎没有沾染岁月的痕迹，一如当年那般耀眼夺目。那双有些勾人的凤眸被水雾熏蒸得异样明亮，宛若有潺潺溪水潋滟波光。微红的耳根与脸颊，显得比平日更光滑柔顺，蝶翼般的睫毛，似乎凝着水滴，轻轻地颤抖着，嘴唇因忍着痛楚紧抿，有些肿胀，绯红殊丽。

平日里已十分刚硬又冷漠的眉眼，此时勾染上一抹胭脂色，明明早已疼得受不了，可言语之间依旧保持着世家子的矜贵，端着一本正经的帝王架子。

明熙极喜欢看元景帝那副色厉内荏，端着盛世明主的正经模样，眯着眼手指松开划过那光洁的下巴，轻声道："陛下怎么不学着太上皇蓄须？"

元景帝瞥了明熙一眼，沉默了片刻，嗤笑一声："朕风华正好，太上皇何等的年纪，朕为何要与太上皇做相同的事。"

这轻轻地又极漫不经心地一瞥，似乎满池水色，都蓄入那双潋滟的凤眸内，颇有几分光华流转之色。明熙眯眼看了会儿元景帝，起身褪去了身上的凤袍，只着亵衣缓步走下了温汤。

元景帝一眼不眨地望着明熙的一举一动，站在原地，颇有几分君临天下的倨傲："梓童，一入腊月，各地急件纷纷入京。朕忙于朝政，倦怠了几日，不当为过。"

明熙抬着元景帝的下巴，轻声道："陛下看来，朝政最重要了？"

元景帝贴着池壁，沉吟了片刻，正色道："自然不会，朕素日常伴梓童佛前祈福，不敢心存侥幸，更不曾倦怠半分。这些时日，事出有因，疏忽大意了些……"

明熙轻笑了一声，手指顺着元景帝的下巴缓缓滑入水中，停留在胸口："事出有因，所为何事呢。柔然进贡年少贵女之事，扰乱了陛下心神吗？"

元景帝哂笑一声，轻声道："怎么？梓童吃醋了吗？"

明熙眼眸微动，手指动了动："陛下与人一起泡汤，竟是连亵衣都不曾穿吗？"

元景帝低声地闷哼了一声："梓童，轻些。"

明熙挑眉一笑，靠近了元景帝耳根，柔声道："陛下可是在对阿耀诉苦？"

元景帝半合着凤眸，羽扇般的睫毛轻颤了颤，虽是闷哼了一声，可还是硬声道：“朕与臣子之间的事，何须与梓童报备？”

明熙不禁微微眯起了眼眸，如受蛊惑般，唇侧划过元景帝的耳根，哑声道：“长生有事，宁肯告诉臣子，也不肯告诉我吗？”

元景帝似乎浑身都在颤抖，忍不住抬手扶住身后的池壁，吸着气，哑声道：“梓童有话慢些说，下手轻些，朕有些疼……”

明熙眯眼看着眼前的元景帝片刻，张嘴咬住那脖颈的脉搏。元景帝凤眸潋滟着水泽，急喘了一下，低声地呻吟，不知是痛楚还是别的。虽还是坐在池壁上，但一只手却情不自禁地环住了明熙的腰身，紧紧地，让她贴在了自己身上。

直至传来熟悉的铁锈味，明熙才松了嘴，忍不住在那伤口上舔舐了起来。元景帝的喘息更是粗重，不知是难受还是疼痛，低声地闷哼着。他几乎是下意识地将人钳制怀中，忍不住亲吻着怀中人的脸侧脖颈，如窒息般呼吸着，哑声道：“阿熙，轻些轻些，让朕缓缓……”虽沉吟的声音中还是一本正经，可那微哑的腔调里，有种说不出的暧昧与涩意。

明熙抬起头来，双手环住他的脖颈，抿唇一笑：“陛下，这是受不住了吗？”

元景帝抬手再次将人拉到脖颈间，喘息了片刻，勾唇一笑，虚张声势道：“怎会？梓童给予的一切，朕可都受得住。”

明熙眼眸触碰到脖颈上新伤，倒也多了几分心疼，可更多的还是苦恼：“你什么都好，就是皮肤太白皙了些，轻轻碰一下就会留下痕迹，热水泡了后，更是触目惊心，方才韩耀没有看到吧？”

元景帝抿唇一笑，安抚道：“朕先下来的，哪会让他看见。”

明熙又咬了元景帝一口，斜眼看他微微蹙眉，不禁开口抱怨道：“我明明都不曾使劲，你为何还是那么怕疼？不然，我以后不咬你了。”

元景帝亲了亲明熙的眉心，哑声道：“你喜欢，朕也喜欢，为何要勉强自己？”

明熙看了看元景帝脖颈上，多少还是有些心虚：“这地方遮得住吗？

元景帝的手，轻抚过明熙的后背，轻车熟路地解着明熙亵衣的衣扣，反客为主：“无妨，如今不比夏日，寒冬腊月的，如前番那般，也能遮住。”

年年夏日，元景帝都着高领衣袍，有一次伤痕太高，被议事的臣子发现了咬痕，不禁追问了起来，甚至一度报到了太上皇处。每日在朝堂上打瞌睡的众御史们，一看有活可干，群情激愤，磨刀霍霍，声称此事要彻查元凶。后宫空虚，御史自然心知元凶是谁，从酒池肉林，烽火戏诸侯，纣王幽王灭国之祸，一路隐射到董卓吕布之貂蝉，可谓声泪俱下。

元景帝不但矢口否认，更是指鹿为马，非说那些牙齿印，是蚊虫叮咬的，是臣子们老眼昏花了，没事乱说。御史气得一佛出世二佛升天，几欲触柱。元景帝都硬气地说，好死不送。御史当庭被气得号啕痛哭，找太上皇去了。

最后太上皇不得不亲自出面息事宁人，唱了红脸，安抚群臣，此事才不了了之。

明熙忆起前事，多少有些窘迫，忍不住爱娇地亲了亲那有些红肿的唇角。

元景帝微微眯眼，突然将人抱住，拥入怀中，亲吻着，啃噬着，动作虽轻柔，可身下一个施力，轻车熟路地没入其中。

明熙因这突然的进入，轻呼了一声，重重地咬住了元景帝肩膀，低声地呻吟了起来。

元景帝倒吸了一口冷气，可眯着眼，似乎毫不在意这疼痛，抱住怀中的人，动了起来。

两人凌乱的长发，不知何时在水中交织了起来，一波波的水流荡漾开来。片刻之间，明熙神情迷乱，低声地呻吟，叫着“阿策”，又唤“长生”。

元景帝将怀中人的神情，全部收入眼底，凤眸华光流转，轻轻勾起唇角，眉宇间俱是舒畅喜悦，哪里还有半分正经之色。

“阿策……慢、慢些，有些疼……”

这般求饶，终是让元景帝低声地笑了起来，亲了亲她的耳根，动作不曾停止，不顾这求饶声，反而更是用力，粗重的喘息交织在小小的竹房内。

不知过了多久，低声的呻吟变得大了起来。

突然一声高叫，仿佛一下没了声息，片刻后，再次传来两人粗重的喘息声。

元景帝揽着靠着怀中的人，亲了亲，柔声哄道：“阿熙，这一生，唯你能让朕疼，也只有朕能让你疼……知道吗？”

闭目喘息的人，似乎疲累至极，紧紧地蹙起了眉头。

元景帝揽着怀中的人，缓缓地亲上那有些红肿的嘴唇……

虎啸谷风起，龙跃景云浮。
同声好相应，同气自相求。
我情与子亲，譬如影追躯。
食共并根穗，饮共连理杯。
衣用双丝绢，寝共无缝绸。
居愿接膝坐，行愿携手趋。
子静我不动，子游我无留。
齐彼同心鸟，譬此比目鱼。
情至断金石，胶漆未为牢。
但愿长无别，合形作一躯。
生为并身物，死为同棺灰。
——《合欢诗》〔东晋〕杨方

卷外篇：他年我若为青帝，报与桃花一处开

1

华光初上，行宫深处。

翠微山行宫的马场，也在禁军所的外围。

一道小小的身影在马厩转了一圈，似乎在找些什么，半晌无果。片刻后，才走到马棚的院外的禁军所，探头探脑的，不敢进门。

天色虽晚，但禁军所的大院还十分热闹，侍卫们大呼小叫吵吵嚷嚷，不知闹些什么。

深冬腊月，滴水结冰，衣衫褴褛的少年，被捆缚手脚站在院中央。四五个侍卫一盆盆朝少年身上泼水，那中间的人，不知是早已冻僵了，还是不会说话，好半晌的时间，居然一点声音都不曾发出来。

不知过了多久，侍卫似乎感觉外面也很冷，吆喝了一声："晾晾他，一会儿出来再看！"

众侍卫听到这话，一哄而散，纷纷回到暖烘烘的屋子。

小身影长舒了一口气，无声无息地走了进来，火把下映出她整个人的轮廓。

七八岁的女童，在火光下显得有些瘦弱。她站在院中人周围，无声地打量了眼被扔在院中的少年，小声道："你是谁？"

屹立在院中的少年，似乎已快被冻结成冰的人，骤然抬眸，凶恶地瞪向那女童。

一双赤色的眼眸，在寒夜的火把下，显得异常诡异与可怖。

女童也算有些见识，倒吸一口冷气，才不曾尖叫出来："昆仑奴？！你是跟着马匹一起进贡来的昆仑奴！"

少年虽被捆缚了手脚，头发也冻结成冰，整个人明明都忍不住地发着抖，可依然笔直地站在院中，瞥了女童一眼，眉宇间十分不屑一顾。

女童等了片刻，不见少年开口，又将人打量了个来回。少年该是很壮实，个头也很高，但眉宇间很是稚嫩，看起来最多也不过十三四岁，那冻结成冰的发髻纠结在了一处，也看不出颜色来，不看眼眸，单是有些模糊的五官，已能显出非是中原人。

女童上前一步，撩开了那结冰的碎发，想要看清那双眼眸。

少年却骤然张嘴，咬住了女童的手背。

女童平时最是爱娇，突然被人咬住了手背，本要大哭大闹。可今时不同往日，她自己本就图谋不轨，又对上宛若在燃烧的火焰般的眼眸，赌起气来，不甘示弱地与少年对视着。女童感觉手背上的肉都要掉下来了，剧痛让那双凤眸染上了水雾，长长的睫毛上似乎闪烁

着泪滴，可依然一眼不眨地与那双赤色的眼眸对视着。

少年等了半晌，也没听见女童的痛呼与尖叫，直至那双琉璃般的凤眸无声地落泪，少年不知怎么，忽地一下，就心软了下来，缓缓地松开了嘴。少年又感觉如此松嘴，又有些气弱，不禁又重重地哼了一声，扭开脸，眉宇间难得一见的有些不知所措和尴尬，目光飘忽地看向别处，就是不肯再与女童对视。

女童眼中含泪，看了会儿手背的伤口，也重重地哼了一声。从腰间抽出一把精巧却极为锋利的匕首，小心翼翼地靠近了少年。

少年骤然回眸，微微松懈的目光，骤然眯了起来，眉宇间俱是谨慎与防备，全身紧绷，像一只蓄势待发的野狼，似乎准备随时随刻扑过去，将人咬死。

女童拿着匕首，蹲下身形，先是割断了少年双脚的绳索，而后很是诚恳地看了少年一眼，在少年缓缓放松的眼神中，割开了捆住他双手的绳索。

少年挑了挑眉头，甩了甩手，动了动双脚，眯眼看向女童，可那双赤色的眼眸中没有半分和善与感激。

女童垂首，将匕首在腰间挂好，再次抬眸，并未看见少年赤眸中瞬时掩藏的凶光。她伸手拽住了他手腕，只感觉犹如拽住了一块冰，不禁斜眼望向少年，小声道："很冷吗？"

少年垂眸，仿佛不曾听见女童的话，只是浑身上下还是不由自主轻轻地哆嗦。

女童恍然大悟，比了比两人的身高，看了眼远处的马棚，又看了眼眼前的少年，斟酌道："你会骑马吗？你是进贡的昆仑奴，那你知道柔然进贡的那匹汗血宝马的马驹被关在哪里了吗？"

女童等不到少年的回答，拿起他的手掌细细地查看，只见虎口与食指上的茧子十分厚重，该是常常骑马磨砺的，不禁舒了一口气，笑道："走！我先给你找个地方洗澡，咱们换身衣服。一会儿他们都睡了，咱们再来偷……再来牵马。"

少年默默地注视着被女童牵住的手，不自觉地跟随着女童的脚步，手腕是温热柔软，极陌生的触感。

翠微山行宫的东北角，有些偏僻的小花园里，有一处汤池。

时辰很晚了，此处离宫殿颇远，专门用来赏雪，素日里不常有人，更何况这个时辰。

女童将能找到的棉袍与大氅，都放在了一侧，坐在池边，清洗手背上的伤口，眉宇间露出几分苦恼之色。

汤池里的少年，垂首清洗着身上的伤口，虽看似面上毫无反应，可也时不时地偷看女童手背上的伤痕。那涨红的耳根，不知是温泉的温度太高，还是因为别的缘故。那双赤红的眼眸，始终不曾像平日那般大大方方地抬起来，更不曾看女童一眼。

女童洗了一会儿，也不见手上的伤口好转，苦恼地叹了口气，不管了。

少年感觉有什么落了水，抬眸望向，只见一个木制托盘漂到了自己面前，上面放着一盘精致的糕点，在昏暗的灯盏下，也能看出来是粉嫩的颜色。

“桃花糕，很甜的，吃吧。”女童托着下巴坐在池边，笑眯眯地对少年说道，虽是平平淡淡的一句话，但其中诱哄的口吻，怎么也遮掩不住。

少年抬眸望向女童，很是谨慎，好半晌，也不曾动手。

女童以为少年听不懂，扬了扬手中同样的糕点，咬了口：“吃吧吃吧，好吃的！”

少年这才甩干了手，拿起一块糕点，看了片刻，小心翼翼地放在嘴里。

甜糯，入口即化，夹杂着淡淡的花香。

少年素日就是个肉食动物，最不爱甜食，一天一夜不曾吃过东西，如今吃起甜点来，甚觉美味，竟是情不自禁地眯起了眼眸。

洗干净的少年，肌肤呈蜜色，发色也微微泛着棕色，鼻梁很高，一双剑眉飞入鬓角，赤色的眼眸十分狭长，微微上挑，还带着几分柔软。他穿上衣服时，看起来十分瘦削，但如今泡在汤池里，肌理分明，显得很是魁梧。那立体的五官，犹如雕刻，当真是赏心悦目，英俊不凡。

女童的年纪虽小，但也已分得清颜色，颇爱美色，喜滋滋地开口道：“你做我的昆仑奴吧！我娘亲一定很喜欢你啊！”

女童想了想又道：“这次除了你，柔然还进贡了几个昆仑奴，有比你的长相还好的吗？”

少年沉默地吃着糕点，听见女童问话，抬眸看了一眼，似乎有些不悦地皱了皱眉头。

女童道：“连话都不会说，那一定听不见，真可怜！不过也没关系，以后我教你写字啊！等明日我去爹爹那里，把你要过来，以后你就是我的昆仑奴了！我教你识字读书，你教我骑马射箭，想想就开心！”

少年紧紧地抿着唇：“我不是昆仑奴。”腔调虽有些怪异，可声音竟是难得的干净。

女童有些吃惊地张大了嘴巴：“咦，你居然会说话啊？那你是什么？为何会被禁军抓了起来？”

少年看了女童片刻，嘴唇动了动，又道：“我不是昆仑奴。”

女童颔首，抿唇一笑：“那你知道中原的规矩吗？”

少年眉头轻动，冷漠道：“规矩？！”

女童理所当然道：“救命之恩，当以身相许呀！”

少年极为不屑瞥了眼女童，冷哼：“凭你？”

女童似乎有些失望：“本来就是我救了你呀！你难道还要许给别人不成？怎么？你不愿意吗？其实……我长得也挺好的，不过看你是外族人，也不见得会欣赏的。”

少年沉默了半晌，正色道：“你不救我，我也不会死。”

女童撇嘴，理直气壮道：“在院中冻了一夜，肯定会死的啊！那些禁军摆明了还要收拾你呢！再说了，你一个昆仑奴，我都没有挑剔，你有什么好挑的！”

少年又道：“我不是昆仑奴。”

女童哼哼："不是就不是呗，不想以身相许也成，你就得给我别的！"

少年挑眉，似乎一点都不奇怪女童的要求，只是眉宇间比方才冰冷了不少："你要什么？金银财帛？"

女童不屑一顾："喏！我本来就是想要你啊！可是你既然不是昆仑奴，我也不能强人所难，总之呢，救命之恩，肯定有的！你只要把柔然进贡来的汗血宝马的马驹给我偷……从马厩里牵出来，藏好，我就当你报恩了。"

少年垂眸沉思了片刻，心里着实有些说不出的纠结，既不愿女童纠缠下去，可听了这话，似乎自己的价值还比不上一匹马，又有些不悦。

女童见少年不说话，不知为何就有些心软，勉强道："算了算了，要是实在不成，你将那匹马驹被关的地方告诉我就成了。"

少年听出了女童的心软，不知为何又有些开心，极慎重地开口道："你只是想要一匹马吗？"

女童瞪大了双眼，惊奇道："不要说得那么随意好吗？那可是一匹汗血宝马！虽然还是匹马驹，也价值万金啊！我娘亲小时候就有一匹，为什么这一匹就不给我！"

少年了然道："一匹马而已，不是说，要以身相许吗？"

女童嗤笑了一声："别闹好吗！你又不是昆仑奴，我怎么能让你以身相许？虽然我是无所谓，但是我们大雍最讲究出身，若我让你做了我的奴婢，将来你的孩子，你孩子的孩子都是我的奴婢呢！这样的话，你多可怜？"

女童话语之间，明明是带着几分奚落与嘲弄，可少年听在耳中越发显得甜腻，还有种说不出的暖意，莫名的感觉充斥着胸口。他站在池中看了女童好半晌，一双赤色的眼眸，有些发怔，又有种说不出的专注，心也莫名地软了下来。

女童歪着头抿着唇："有什么办法，让娘亲把马驹给我呢？"

少年终是回过神来，垂下眼眸，低声道："转过去。"

女童斜眼，疑惑道："做甚？"

少年垂眸，轻声道："我要上去了。"

女童一副拿少年没有办法的样子，不情不愿地捂住了双眼："好吧好吧，那你上来吧。"

少年谨慎地盯了女童半晌，不见她再动，遂放下心来，缓步走了上去，拿起了放在一侧的衣袍，快速地穿了起来。屋内埋着铜管日夜都有热水，倒也一点都不冷，可少年只套上亵衣就有些不知所措地站在了原地。

等了好半晌，不见有动静，女童忍不住从指缝里偷看了起来，只见少年满头大汗地拿起外袍，有些发怔，似乎不知该如何穿上去。

女童了然地笑了笑，拍了拍一侧的贵妃榻，诱哄道："来，上来。"

少年抱着凌乱的衣袍，似乎下意识地用衣服遮住了胸口露出的肌肤，警惕道："你待如何？"

“哈哈哈哈哈。”女童见少年如此，笑得歪倒在榻上，“我说，你都想了什么乱七八糟的！这里有上好的金疮膏，我说给你上药啊。”

少年面无表情地盯着女童看了片刻，一双赤色的眼眸闪过些许懊丧，眉宇间更是隐隐可见窘迫，垂头丧气又破罐破摔地趴在了贵妃榻上。

女童看出少年在闹脾气，只有忍住不笑，轻手轻脚地褪去了他的亵衣，细致专注地涂起药膏来。少年的肤色虽是蜜色，倒也不粗糙，难得的好皮肤。可后背上的鞭伤都是很新的，该是晚上那群泼水的侍卫干的才是。

“你犯了什么错，他们要这样打你呢？”

“……”

“你叫什么名字？你有中原的名字吗？要不要我帮你取个中原的名字？”

“……”

“你真是的，怪不得你会挨打！在我们这里，尤其是宫中，一问一答，才能显出相互的尊重来。不过，以后你若跟着我，犯了错，我也不会打你的。可是你不是昆仑奴的话，就不能跟着我了吧。”

“……”有些失落的话语，让忍痛的少年眉头蹙得更紧。

女童久久不见答复，不禁又道：“我叫凤哥，你叫什么呢？”

少年一动，牵扯了伤口，疼哼了一声。

“你别动呀，不然会疼呀。”凤哥急急地说完，又沾沾自喜道，“我上药可是一点都不疼。我常见娘亲这般给爹爹上药，不知不觉竟也学到了这般的好手艺哪！”

少年明明疼得想要尖叫，额头上已溢出细碎的汗珠，可还是咬着牙，硬生生地忍住了。

凤哥见少年沉默不语，倒也不会觉得无趣：“你没有中原名字的话，我帮你取一个啦。你放心，我书读得特别好，祖父常常夸我能干呢！”

少年憋了口气，终是忍不住问道：“你父亲是昆仑奴吗？常常挨打？”

凤哥扑哧一笑，歪头想了片刻：“是啊！我爹爹就是娘亲的昆仑奴，常常被娘亲打，大家都知道啦！可是为了我爹爹的面子，大家还要忍住不说，其实大家都还蛮辛苦的呢！”

少年垂首沉思了片刻，正色道：“原来中原是这样的规矩，娘子都是选奴隶嫁的吗？”

凤哥又是扑哧一笑，眼眸微动，笑道：“是啊是啊，夫君就该做夫人一辈子的昆仑奴啊！反正我家就是娘亲说东，爹爹非要说西，那大家就只好关着门商量清楚啦！等商量出来，肯定就是西边也就成了东边，这也就叫千依百顺。”

少年蹙眉沉思，仿佛很是苦恼：“我为何没听说，你们中原是女主天下？你们的皇帝陛下那么霸道阴险，会允许这般的事在治下吗？还是一般的百姓人家，才会如此呢？”

凤哥理所当然道：“瞎说，皇帝陛下肯定都是自家的好啊！你们还叫自己的皇帝天可汗，说是神人下凡，都还不都是在唬人的！若是不将自家的主君，传扬得高大神武不可一世，那显得自己多没眼光啊！

“中原人讲究一荣俱荣啊！若将主君的弱点传扬出去，那么大家都知道自己辅佐侍奉的人是个普通的或是天天挨打受气的人，最丢脸的还是自己啦！这也叫家丑不可外扬……算是家家有本难念的经……好像也不对啦！总之啦！士族新贵寒门皇帝家，都是一样啦！”

少年若有所思地颔首：“嗯，倒也有理。”

凤哥见自己说服了少年，不禁喜滋滋地开口道：“你若是没有中原名字，我给你取一个好不好？”

少年在凤哥的注视下，有些莫名的羞怯，好半晌，才开口道：“阿嗣。”

凤哥很是不满：“阿四？这算什么名字？是你在兄弟中的排行吗？”

阿嗣道：“嗣，继也。你不是自小也识文断字的，为何会不识字？”

凤哥道：“我哪里知道你说的哪个字？我五岁就开蒙了，好歹也念了四年的书，怎么能这样说我！”

阿嗣道：“九岁吗？那你个头可真矮小。”

凤哥恼羞成怒：“十岁！我们这里都说虚岁！虚岁知道吗？说了你也不懂！”

阿嗣恍然大悟：“那就更矮了。”

凤哥重重地将药瓶放了下来：“我们这里还说打人不打脸，骂人不揭短呢！”

阿嗣拉着亵衣坐起身来，赤眸中有些莫名其妙，无辜道：“我不曾打骂你。”

凤哥冷哼：“快穿快穿，穿上衣服，咱们就回去，明日一早把马偷出来，以后各回各家了！”

阿嗣见凤哥突然冷了脸，不知为何胸口也有些闷闷的。有心说些好听的话，可到底脾气冷硬又年少面薄，不知要怎么哄人开心。他抬眸看了一会儿凤哥，眉宇间有些讪讪，见人始终不曾转过身来，有些失落地垂下眼眸，长长的睫毛遮住了半合的眼眸。

凤哥抱着胸口等了片刻，见阿嗣拉着衣袍，站着不动，明明高高大大的一个人，可那失魂落魄的样子，好像一只被人抛弃的大狗，没有精神地耷拉着脑袋，透着呆滞的懊丧感。

凤哥顿时心软了下来，自己与个连话都说不真切，衣袍都不会穿的人较什么真。凤哥叹了口气，拽过少年的衣袍，满脸“拿你没办法”的无可奈何。

踮起脚尖来，扯过他身后卷起来的圆领，将盘扣对齐扣上。束带圈好，扣上了禁步，蹲下身来，拉了拉下摆，起身又对齐了前襟，一套走下来，很是行云流水。

阿嗣看着凤哥片刻，不自觉地挪开了眼眸，耳根火烧般的通红。那双手每次划过的地方，虽隔着厚厚的衣袍，似乎酥酥麻麻的，像是不舒服又像是很舒服。

凤哥将大氅给阿嗣披上系好，站远了些，打量了片刻：“你几岁了？这些衣袍可都是我娘亲出门时穿的，你穿上竟也十分合适。”

阿嗣顿时涨红了脸，讷讷道：“十三。你娘亲的衣袍……给我穿，不好吧。”

凤哥道：“十三岁啊！你可真高啊！怪不得祖父老是吓唬我，说你们外族人都很彪悍凶煞……高大魁梧。

"好啦好啦，别这样为难啦！我娘亲衣服那么多，怎么可能每件都穿过啊！柜子里的衣服都是新的！这衣服和大氅都送你了！你今夜就躲在这里了，明天我再来找你啦！"

阿嗣怔了怔："你要走吗？"

凤哥理所当然地瞪大眼眸："时辰不早了，万一那些人起夜找不到我，被发现的话，我肯定会挨打啊！"

阿嗣顿时挑起眉头，冷声道："谁敢？！"

凤哥撇嘴："我娘亲啊！"

阿嗣讪讪，轻声道："哦。"

凤哥歪着头看阿嗣，啧啧道："你干吗这样依依不舍啊！明早我就回来了！晚上我们还要一起去牵马呢！你自己在这里会害怕吗？"

阿嗣抬眸看了凤哥一眼，轻轻地摇头："不会。"

凤哥轻声哄道："好了好了，别一副要哭的样子啦！你是郎君呀！哪能这样啊！虽然我很想带你回去，可你不是奴婢，万一被人误会了，对你不好。你今夜先藏在这里，等你帮我牵了马，我就让祖父……你家住哪里？"

阿嗣抿着唇，不言不语，看向一侧。

凤哥倒也不想难为他，轻声道："那回家的事，以后再说了。总之，你先躲上一夜，明天一早我就会过来，给你带好吃的啊！你喜欢吃什么？"

阿嗣半垂着眼眸，粗粝的手指攥着身上的鹤氅，站在原地好半晌，从脖颈上摘下了一直贴身戴着的项链放到了凤哥手里："这个给你。"

一个比较大的金项链，链子很粗，吊坠是个凶狠的狗头。虽然做工还算可以，但除了金块比较大之外，着实说不上好看，甚至很丑很凶恶，戴在身上都会让人感觉丢脸的装饰啊。

可汗血宝马还没有影儿呢！此时正是用人之际，凤哥也不好将人得罪死了。

凤哥纠结地抬眸，正对上那双满含期待的赤眸，忙装作很欢天喜地的样子，当下就挂在脖颈上："谢谢你呀！你人可真好！虽然人说施恩不望报，可是你能送我自己珍惜的东西，我真的很开心呢！"

阿嗣虽没有笑，可那双一直没有感情的赤眸，似乎变得软软的，低声道："你还喜欢什么？"

"汗血宝马啊！你一定要帮我牵出来啊！"凤哥想了想，忍着心痛，从手腕撸下来一只黄金掐丝珍珠珊瑚手镯，想给阿嗣戴上，可惜那手腕有点太粗了，只好放在他的手心里，"这个给你，虽然你不能戴手上，但可以找一条链子当项链戴。"比这狗头好看太多了！！

阿嗣看了眼凤哥另一只手腕上相同的手镯，抿着唇，攥住了手镯，轻声道："嗯。"

凤哥见阿嗣盯着另一只手镯不放，顿时有些不乐意了，本来这手镯就是身上所有首饰里面最便宜的一对，可是也比那个狗头项链贵很多了。那项链最多也就是一大块金子，这手镯不说是南朝来的工匠才能做出来，光那点珍珠与珊瑚，都比金子值钱太多了。看起来那么老实一个人，可真的好贪心啊！

凤哥到底还是吝啬，可花了那么多心思，着实不想将人得罪了："这一只你也要吗？可是……给你一只还好说，若是一对都没有了，娘亲会问我的……"

阿嗣道："不要，这个给我，那个你戴着。"

凤哥舒了一口气，忙道："那我先走了！明早给你带好吃的！好啦！你别出来了，万一被人看见就不好了！"

阿嗣看着凤哥走到门口："凤哥，是你的名字吗？"

凤哥回眸一笑，生怕阿嗣再有别的要求，忙道："是啊！这里不冷，你早些睡吧！"

阿嗣目送凤哥离开，站在原地好半晌。转身，从丢在一侧的有些残破的衣袍里，拿出一撮香灰来，凑着油灯点燃了。

片刻后，一股异香很快弥漫开来，飘散了出去。

卷外篇：他年我若为青帝，报与桃花一处开 2

崇德殿，灯火通明。

太上皇板着脸坐在正位上，六福几次欲言又止，想要求情，到底不好开口。

凤哥垂头丧气地站在对面，时不时偷看一眼太上皇："祖父，生气会老得特别快，您别生气了，我最怕您老了，您以后还要一直陪着我呢！"

太上皇眼中已有了笑意，可还是虎着脸："前日寡人是如何交代你的！"

凤哥叹了口气，学道："这几日你给寡人老实待在宫中，柔然、北狄此番借着进贡，有不少人入京打探虚实，乱得很。"

太上皇忍着笑道："记这么清楚，为何还要到处跑！"

凤哥撇嘴："可我就是老实地待在宫中啊，哪里都没有去！祖父还说将那汗血宝马的马驹给我的，可娘亲一说不给，你转眼就变卦了，还合伙将那马驹藏了起来！我指望不上你们，就只有自己去找了！"

太上皇顿时有些理亏，因疏忽了凤哥的身高，随口将马驹给了出去。如今想要再改口，也拉不下脸："你娘亲的脾气你也知道，你爹是个靠不住的！寡人也不好太不给帝后颜面……"

凤哥撇嘴："祖父要反悔，总也有借口。"

太上皇虚张声势道："你去半宿，可将马驹偷来？若你当真有这本事，寡人做主，将马驹给了你又如何。"

凤哥抿唇一笑，得意道："我虽然没有找到马驹啊，可是我找到了养马的昆仑奴啊！他明日肯定会帮我偷……牵出来的！我只要等着坐享其成就好啦！"

太上皇挑了挑眉："哎哟，出去半宿，这是又骗了谁？"

凤哥嘴角微勾，笑道："哎呀呀，不值一哂不值一哂，哪有骗啊！那是哄啦！祖父不是说了吗？想让人家做事，就要对人好，哄着点人家啊！父皇就是那么哄大臣的呀！阿瓒也历来对我言听计从。

"这次我遇见了一个很有意思的昆仑奴啊！虽然他否认身份，还对我说谎，但是我能看出来他就是昆仑奴啊！小小年纪，虎口上都是茧子，比阿瓒的爹爹看着都厚实，又不是从军的，肯定是个马奴啦！"

太上皇微微一怔："比谢放……茧子在手上哪处？"

凤哥本就是顺杆爬的性格，见太上皇似乎不会秋后算账，忙坐到桌前，拉着他的手道：“虎口！还有食指啦！这里！！”

太上皇嘴角笑意逐渐散去：“那个外族人，多大年纪？你在宫里哪里遇见的？”

凤哥道：“他说他十三了，在禁军所里遇见的呀！似乎是犯了错，禁军的侍卫正欺负他呢！”

太上皇轻声道：“他说帮你偷马，你就将人放出来了吗？”

凤哥忙道：“当然不是啦！我先放他出来的，才哄他明日给我……牵马！是牵！祖父答应给我了啊！”

太上皇道：“那他现在在何处呢？”

凤哥道：“昆仑奴可是我的，为了哄他给我做事，我还送了一只手镯给他呢！”

太上皇道：“祖父先看看他，还不成？”

凤哥从脖颈里摘下了那个压得脖子疼的项链，递给了太上皇：“虽然送了一只手镯，可我也不算吃亏了，这个是他为表忠心，给我的信物呢！祖父不要和我抢人呀！他看着可厉害了！实在不成，将来让他给我做侍卫也成啊！我都哄了一晚上呢！虽然有些呆头呆脑的，话也说不清楚，但看样子以后肯定是个听话的呀！”

太上皇拿着纯金的吊坠，在灯下看了看，微微敛下了眼眸，可还是泄露了眼底的震惊，好半晌，才轻声道：“来，告诉祖父，那个昆仑奴人在哪儿？你母后要是发现宫中潜入生人，到时候寡人想帮你说情，只怕你母后也不肯。”

凤哥斟酌了片刻，深以为然，而后道：“在刺葵园的汤池屋里，祖父先帮我将人藏起来，好不？”

太上皇给六福一个眼色：“六福你去将人领回来，放在寡人的宫中安置了。”

凤哥当下高兴了起来：“祖父不如将那马驹也养在你宫中吧！不用特意给我啊！只要我平时能骑骑就成了！”

太上皇想了片刻：“你一会儿收拾收拾，住到你母后宫中去。”

凤哥顿时有些扫兴，小声道：“我要是住到母后宫中，父皇肯定又会看我不顺眼了，前番还旁敲侧击地对官奴与阿庆说，郎君大了，不要老朝母后宫里跑，否则影响男儿气概。官奴与阿庆都是笨蛋，居然深以为然得很！哪个人不喜欢和自己的娘亲在一起，与男儿气概有一文钱的关系！”

太上皇低声安抚道：“别理你父皇的酸话，他是个指望不上的。不过，这段时日北狄与柔然的人都在行宫附近，你住得安全些好。”

凤哥气道：“好不容易打没了南梁，又来了北狄、柔然，还有什么大夏，真是的！我们为什么老是要打仗啊？天下太平不好吗！”

太上皇长出了一口气，手掌抚过凤哥的发髻：“是啊，为什么呢……”

凤哥叹息了一声，又道：“我当初就不想让父皇一统天下。”

太上皇一愣：“为何？”

凤哥理所当然道：“有人说，最后统一天下的那个，肯定是最卑鄙的人！”

太上皇沉默了片刻，幽幽道：“此话，还是有些道理的。”

丑时将过，翠微山半腰的大庄园内。

阿嗣倚在圈背上，坐在正中的桌前，半合着赤眸，把玩着手上的金手镯。

一个文士样的男子坐在他身侧，堂下还跪着四个十分魁梧的大汉。

夜半时分，万籁俱寂。

此时，偌大的屋内，气氛显得十分压抑凝重。

文士的额头也溢出汗滴来，好半晌才低声道：“殿下，此番总是有惊无险，怒叱虽有看护不利之罪，到底罪不至死。此时，咱们还在大雍，副使骤然不见了踪影，总也不好交代。”文士虽长相与中原人无异，但张嘴就是极正宗的北狄语。

阿嗣抬眸，目光扫过众人，漫不经心道：“后山的禁军是谁引去的？”

怒叱忙道：“大殿下安心，术雷已被我等绞杀！肯定是二王子与舒尔木王妃的主意……自可汗将狼王令传给殿下后，舒尔木王妃一直耿耿于怀，正好借着此番出使大雍，做下了圈套，暗害殿下。”

阿嗣骤然抬眸，明明是火焰般的颜色，可不知为何却让人有种冷彻心扉的感觉：“好一招借刀杀人……”

文士轻声道：“殿下息怒，舒尔木王妃受宠多年，颇有些手段，最是让可汗在小事上言听计从，殿下不可轻举妄动。”

阿嗣嘴角扬了扬，虽看似在笑，但面上冰冷一片，不轻不重道：“父汗既舍不得她，本宫也不能不孝，那就让她的儿子替她去死了。”

一时间，屋内的人都沉默了下来，竟是无人开口相劝。

文士见阿嗣专注地把玩手镯，斟酌了片刻，轻声道：“殿下身上的衣袍，做工、用料都是一等一的。手镯的工艺，该是当初南梁皇室的御用工匠才能做出来。您看手中上的珍珠与珊瑚，都属极品，这该是大士族的贵女随身佩戴之物。”

阿嗣瞥了文士一眼，挑眉道：“大雍贵女，都会嫁给心爱的奴婢吗？”

文士愣怔，偷瞟了一眼阿嗣，只见他如往常般面无表情，没有半分玩笑的意思：“是、是、是吗？属下还是第一次听闻。”

阿嗣眼眸微挑，露出了几分恍然，而后又道：“如此，本宫累了，你们退下吧。”

全文终

后记

每一次遇见都是新的开始。

这本书从 2014 年 4 月，交了《一世安宁》的全稿后，就开始写了。

2015 年 7 月将本书交予编辑后，在一校的时候，又要回了原稿件。

帮忙看稿的几个朋友一致告诉我，当初《一朝锦绣》的稿子与《一世安宁》有太多的异曲同工之处，甚至故事都有些雷同。虽然这是每个作者很快进入下本书难以避免的，但是我感觉不太好。

于是要回了校对后的稿子，重新打碎了原有的一切，修了起来。其间非常感谢我的前编辑——李辉对我全程任性的谅解与宽容，自然还有无奈。

虽说是修稿，但实然全书都改了方向，要重写一遍，心里固有的一切都要打碎。这是比重写一本书都要艰难的事。最后男主都换人，男二更是打酱油了，让个跑龙套的上位了。

为此多少次和帮忙阅稿的清水大争执、对掐。但好在她也始终包容我、忍让我，若是没有她，我想这本书也许在某个片段上，就会被我放弃了。

一如 2012 年写了 20 万字存稿的《暮暮朝朝》那样无疾而终。

本书前前后后，用了一年半多的时间。虽然完结时，字数不算多，但毫不夸张地说，这本书前前后后写了一百零五万字，又修了七八次稿。2014 年后半年与 2015 年一整年还有 2016 年的前四个月。（咿！算起来竟然是两年了！我的数学啊！谁来拯救一下！）

虽不知道大家会不会满意，但我感觉这本书，已是现在能达到的巅峰，这次的故事绝对不会让等待许久的读者失望。（当大家看到这里时，只怕已看完了全书，要是失望了，或是看书的时候让你们落泪了，都可以去微博找我算账。）

这些年来，写书在我看来是非常快乐的事，每每写到流畅时，都会有种给我一支笔，我给一个天下的错觉。所以，我特别希望以后不要每次力图超越自我时，都如此痛苦！当然得到最多的还是快乐与得意。

首先，我要特别感谢清水慢文。虽有近十年的友谊铺垫，但一路的成长、摔倒、欢喜、痛苦，几乎都有她的陪伴。一本书期间修了七八遍。每一遍，她都会重新看一遍。写作的人都知道，一篇文看三遍，就连原作者都会厌烦了。到最后一遍的时候，我都感觉特绝望，修不动，可她还是在帮我看稿。到了真正完结的时候，我都不知道这一篇文是为了不负她，还是为了不负自己才写的了。

一个好的朋友给予的不光是温暖、光明，还有始终端正的态度与灵魂上的指引碰撞。那是一个眼神就能明白的内涵，这是比爱情更深一层，或是饱含爱的存在。

其间，我们两个一起写稿，三天的时间，谁也不理谁。我写两万多字，她写了三万多字，结果大情节还有里面的四五个小情节，居然全部相同！我们并没有商量，甚至不曾告诉彼此，这段要写什么！我们看完彼此的稿子以后，都感觉世间真是有那么神奇的事！

提笔前，我似乎有许多感谢的话要对她说，可写到此时，才知道那些在心中的一切很深刻的情感，用文笔描述起来，都略显苍白。

所有的默契，是你写了上句，我就能对出来下句。你心中所想，便是我心中所感。所有的喜悦、苦恼、烦忧、快乐，都愿意与之分享，甚至有一日不见如隔三秋的感觉。

有时可以什么都不做，就说一些似是而非的话，但是不管多么怪诞，我们还是会相信彼此的力量，甚至为彼此所有的思想与言论鼓掌。

我能成为现在的自己，或是将来会成为更好的人，都有她赋予的力量，她对我所有的帮助，我这一生都会受益无穷。

自然，还要感谢我家的小非。近十年的时间，从开始到现在，但凡有写作上的坎坷，他总是对我鼎力相助。

还记得停笔三年，再次提笔的艰难，他那时很忙很忙，在给我说了好几日的开头时，依然没有收获，毅然替我写了一个开头，甚至极快速地写出了一部书的梗概，让我拿去用。

虽然最后那些不是我要写的东西，可那些别人愿意为你做的无偿付出，一直埋在我心底许多年，感激至今。

直至此时，写得不顺时，依然还会找他。不管他有多忙，都会特意给我说出他的写作经验，找出问题到底出在哪里，也总询问我哪里需要帮助。当初我才开始写剧本时，他会一遍遍地告诫我各种事，阅稿与讲解规则，只要有一点坎坷，不管是剧本上还是情节上，他总会给予倾力相助。那都是从心底溢出的善意与宽容。

人生在世，当遇见充满善意与满怀爱心的人，你会感觉这世间始终温暖。你会因为这些人，因为这些美好，这些善意、宽容与爱，原谅那些伤害，那些背叛，那些曾得到的不公正对待。

因为也许这些挫折与遭遇，才能成就你如今的运气，遇见那些给予你全部善意的人。

张瑞

2016.04. 于保定

一朝锦绣

（全二册）第二册

ZUI Book
CAST

作者　　张瑞

出　品　人 \ 郭敬明
项目总监 \ 痕痕
监　　制 \ 与其　刘霁
特约策划 \ 卡卡　董鑫
特约编辑 \ 小河　张明慧　邱培娟

装帧设计 \ ZUI Factor (zui@zuifactor.com)
设　计　师 \ 曹欣

出品 / 上海最世文化发展有限公司
官方网站 \ www.zuibook.com
平台支持 \ 最小说 ZUI Factor

图书在版编目（CIP）数据

一朝锦绣：全 2 册 / 张瑞著．—长沙：湖南文艺出版社，2016.10
ISBN 978-7-5404-7694-6

Ⅰ．①一… Ⅱ．①张… Ⅲ．①长篇小说—中国—当代 Ⅳ．①I247.5

中国版本图书馆 CIP 数据核字（2016）第 164210 号

上架建议：古风言情

YIZHAO JINXIU

一朝锦绣：全 2 册

作　　者：张　瑞
出 版 人：曾赛丰
出 品 人：郭敬明
项目总监：痕　痕
责任编辑：薛　健　刘诗哲
监　　制：与　其　刘　霁
特约策划：卡　卡　董　鑫
特约编辑：小　河　张明慧　邱培娟
营销编辑：杨　帆
装帧设计：ZUI Factor (zui@zuifactor.com)
设 计 师：曹　欣

出版发行：湖南文艺出版社
（长沙市雨花区东二环一段508 号　邮编：410014）
网　　址：www.hnwy.net
印　　刷：三河市鑫金马印装有限公司
经　　销：新华书店
开　　本：700mm × 995mm　1/16
字　　数：744 千字
印　　张：45.5（全 2 册）
版　　次：2016 年 10 月第 1 版
印　　次：2020年 1 月第 2 次印刷
书　　号：ISBN 978-7-5404-7694-6
定　　价：69.80 元（全 2 册）

质量监督电话 | 010-59096394
团购电话 | 010-59320018